Launer/Mill/Richter

Krankheiten der Reitpferde

Peter Launer
Jürgen Mill
Wilfried Richter

Krankheiten der Reitpferde

2. Auflage, völlig neu bearbeitet und erweitert von Peter Launer und Wilfried Richter

211 Farbfotos
119 Zeichnungen
28 Tabellen

VERLAG
EUGEN
ULMER

Dr.med.vet.habil. Peter Launer, geb. 1940 in Zwickau, Studium der Veterinärmedizin in Leipzig, Staatsexemanen 1966, Promotion 1967, Habilitation für Veterinärtoxikologie 1991, Fachtierarzt für Klinische Laboratoriumsdiagnostik und Fachtierarzt für Pferde. Langjährige Erfahrung bei der Betreuung von Sportpferden, über 30 Jahre Rennbahn-Tierarzt in Dresden, Mitarbeit in verschiedenen Pferdesportgremien.

Dr.med.vet. Jürgen Mill, geb. 1937 in Marienburg/Westpreußen, 1957–62 Studium der Veterinärmedizin an der Humboldt-Univertsität zu Berlin, Staatsexamen. Promotion 1965. Tätigkeit im Tierpark Berlin, an der Tierklinik der Martin-Luther-Universität Halle, der Chirurgischen Tierklinik der Humboldt-Universität und der Außenstelle der Rennbahntierklinik Hoppegarten. 1992–96 Leitung der Außenstelle der Rennbahntierklinik Hoppegarten, seit 1997 frei praktizierender Tierarzt in eigener Praxis.Vorstandsmitglied des Rennvereins Hoppegarten, Mitglied der Tierärztekommission des Direktoriums für Vollblutzucht und Rennen in Köln, Mitarbeit an zahlreichen wissenschaftlichen Projekten.

OVR Dozent Dr.med.vet.habil. Wilfried Richter, geb. 1932 im Erzgebirge, 1951–56 Studium der Veterinärmedizin in Leipzig, 1962 Examen für Tierärzte im Verwaltungsdienst (Kreisexamen). Von 1962–93 Leiter der Pferdeklinik Hoppegarten, Außenstelle der Chirurgischen Tierklinik der Humboldt-Universität Berlin. 1975 Habilitation, ab 1983 Dozent für Pferdekrankheiten, Fachtierarzt für Pferde, von 1970–90 Kontakttierarzt der FEI. Tierarzt der Nationalmannschaft Reiten der DDR bei Olympischen Spielen, Europa- und Weltmeisterschaften. 1964–97 Leiter der Kommission Turniertierärzte, 1991–93 Vorstandsmitglied der Gesellschaft für Pferdemedizin. Seit 1994 Vorstandsmitglied der Gesellschaft zur Förderung der Fahrkultur und des Fahrsports. 1997 Verleihung des Deutschen Reiterkreuzes in Silber.

Umschlagfotos:
Vorderseite: Röntgenuntersuchung
Rückseite: Augenuntersuchung
(Fotos: Guni & Streitferdt, Böblingen)

Die Deutsche Bibliothek – CIP-Einheitsaufnahme

Launer, Peter:
Krankheiten der Reitpferde / Peter Launer ; Jürgen Mill ; Wilfried Richter. –
2., völlig neu bearb. und erw. Auflage. – Stuttgart (Hohenheim) :
Ulmer, 1999
ISBN 3-8001-7394-8

Wollgrasweg 41, 70599 Stuttgart (Hohenheim)
Printed in Germany
Lektorat: Dr. Jürgen Bartz, Dr. Nadja Kneissler
DTP und Produktion: Ulla Stammel
Druck und Bindung: Friedrich Pustet GmbH, Regensburg

Vorwort

Dieses Buch ist in erster Linie für Reiter, Trainer, Halter, Züchter und Freunde von Sportpferden bestimmt, mithin für diejenigen, für die der Umgang mit dem Pferd Beruf oder geliebte Freizeitbeschäftigung ist und deren Zahl sich in den letzten Jahren ständig vergrößert hat. Es soll ihrem steigenden Bedürfnis Rechnung tragen, sich einen Überblick über die Erkrankungen der Sportpferde zu verschaffen, sie schnell zu erkennen und notwendigenfalls unverzüglich tierärztliche Hilfe anzufordern. Ethische Gründe und der hohe materielle Wert der Sportpferde erfordern im Krankheitsfall eine rechtzeitige Behandlung im ausreichenden Umfang, zu der bereits der genannte Leserkreis wesentlich beitragen kann. Größere Sachkenntnis soll auch dazu führen, die Zusammenarbeit mit dem Tierarzt zum Wohle des Patienten zu verbessern. Das ist, wie Beispiele der Praxis immer wieder zeigen, dringend erforderlich.

Neben der Beschreibung der häufigsten bei Reitpferden auftretenden Krankheiten, unterteilt in die Abschnitte Begriffsbestimmung, Erscheinungsbild, Behandlung und Vorbeuge, werden die wichtigsten Untersuchungen des erkrankten Pferdes ausführlich geschildert. Es ist ein besonderes Anliegen der Autoren, mit diesem Buch vorbeugend wirksam zu werden und so die Erkrankungshäufigkeit der Pferde zu senken. Dazu werden viele, oft schon mit einfachen Mitteln zu realisierende Hinweise gegeben, die zur Erhaltung von Gesundheit und Leistungsfähigkeit beitragen können. Der sachgemäßen Haltung und Fütterung sowie dem richtigen Umgang mit Pferden, z. B. bei Training und Transport, wird zugleich große Bedeutung beigemessen. Die Abschnitte Verbandslehre, Erste Hilfe sowie Stall- und Reiseapotheke sollen die Kenntnisse abrunden.

Das Buch wurde reich mit Farbfotos und Zeichnungen ausgestattet, um so zum besseren Verständnis des Textes beizutragen. Zugleich hoffen wir, daß die praxisbezogene Darstellungsform dieses Buch zu einem echten Ratgeber macht. Mit vielen detaillierten Hinweisen soll über den genannten Leserkreis hinaus auch der Tierarzt angesprochen werden.

Allen, die mit Bildmaterial und Ratschlägen zum Gelingen des Buches beitgetragen haben, sei an dieser Stelle herzlich gedankt. Besonderer Dank gilt dem Verlag für die ständige Unterstützung und ausgezeichnete Zusammenarbeit sowie für die anspruchsvolle Gestaltung des Buches.

Vorwort zur 2. Auflage

Die freundliche Aufnahme des Buches durch einen erfreulich breiten Leserkreis hat uns ermutigt, eine Neuauflage anzubieten.

In den vergangenen 9 Jahren haben sich nicht nur die Fachkenntnisse rund um das Pferd erweitert, erfreulicherweise verbindet sich auch die Idee des Tierschutzes immer fester mit dem Pferdesport. Dem wurde im vorliegenden Buch Rechnung getragen. Alle Abschnitte wurden gründlich überarbeitet und ergänzt. Zusätzlich nahmen wir das Kapitel „Tierschutz im Pferdesport“ auf, das Kapitel „Doping und Dopingkontrollen“ wurde wesentlich erweitert.

Die Verlagsrechte sind mit dieser Auflage vollständig an den Verlag Eugen Ulmer in Stuttgart übergegangen. Es ist uns aber ein großes Bedürfnis, in Dankbarkeit Herrn Dr. Zschommlers vom Deutschen Landwirtschaftverlag Berlin zu gedenken, der dieses Buch auf den Weg gebracht hat.

Wir danken auch all denen, die mit Hinweisen und Bildmaterial zum Gelingen beigetragen haben. Unser besonderer Dank gilt dem Verlag Eugen Ulmer für die sehr gute Zusammenarbeit sowie die vorzügliche Ausgestaltung des Buches, das hoffentlich wieder zahlreiche Interessenten finden wird.

Dresden und Berlin,
im Dezember 1998

Peter Launer
Wilfried Richter

Inhaltsverzeichnis

1 Entwicklung, Nutzung und Leistung des Pferdes

Seit Jahrtausenden begleitet das Pferd den Menschen wie kaum ein anderes Tier. Über weite Wegstrecken sind beide Partner geworden und haben sich wechselseitig beeinflußt. Zuerst nur Jagdbeute für den Menschen, wurde es später zum Reisetier (equus), eine Bezeichnung, die aus der keltischen und lateinischen Sprache stammt. Als Zug- und Reittier brachte es die Völker entfernter Kulturen einander näher, lange bevor die Seewege erschlossen waren. Doch in den vergangenen Epochen wurden leider die nützlichen Eigenschaften des Pferdes oft mißbraucht. Nicht nur ägyptische Pharaonen, persische Despoten, römische Caesaren, Hunnenkönige, Kreuzritter oder spanische Konquistatoren opferten während ihrer Eroberungsfeldzüge Pferdearmeen. Auch unter Napoleon und später im Ersten und Zweiten Weltkrieg wurden hunderttausende Pferde abgeschlachtet.

In der Landwirtschaft, im Transport und im Bergbau waren Pferde unentbehrliche und geduldige Helfer des Menschen und mußten sehr hart arbeiten.

Das hat sich erst in dem Maße geändert, wie unter den modernen wirtschaftlichen Bedingungen neue Tierschutzgedanken die Einstellung des Menschen zum Pferd und damit auch zu dessen Haltungsbedingungen beeinflußten.

Die Ahnenreihe des Pferdes beginnt vor etwa 50 Millionen Jahren im Eozän mit dem *Eohippus*, dem Frühpferd. Das fuchsgroße Säugetier ging aus der Gruppe der Condylarthren hervor. Diese bevölkerten im Paleozän sehr zahlreich die Erde. Frühe Arten der Condylarthren waren Fleischfresser, spätere Formen fraßen Pflanzen. Diese Pflanzenfresser gelten als die Urform der Huftiere; sie waren katzengroß (30–50 cm Widerristhöhe) und hatten kurze Beine mit fünf Zehen.

Bei dem Urpferd *Eohippus* befanden sich an den Vorderfüßen vier und an den Hinterfüßen drei Zehen. Es trat zwar noch mit allen Zehen auf, aber die dritte wurde bereits bevorzugt benutzt. Für diese Entwicklung brauchte das Frühpferd etwa 20 Millionen Jahre. *Mesohippus* lebte dann in der erdgeschichtlichen Periode Oligozän weitere 12 Millionen Jahre später nur noch auf drei Zehen. Die mittlere Zehe wies eine Hornkappe auf und sah dem heutigen Pferdehuf schon sehr ähnlich. Im Miozän – vor 10 Millionen Jahren – zeigten sich die Seitenzehen lediglich als nutzlose Anhängsel. Vor 1,5 Millionen Jahren, am Ausgang des Pliozäns, waren diese verschwunden. *Pliohippus* bewegte sich auf vier Hufen vorwärts und war damit hervorragend an die harten, trockenen Grasböden der Savannen, die sich als Folge der Klimaveränderungen gebildet hatten, angepaßt.

Nicht umsonst bezeichnet der berühmte Biologe Ernst Haeckel die Entwicklung des Pferdes als Paradebeispiel der Abstammungslehre.

Mit den veränderten Umweltbedingungen wandelte sich auch das Gebiß. Die kleinen, höckrigen Zähne des *Eohippus* waren für die weichen Blätter und Früchte des Waldes geeignet. Für die harten Steppengräser benötigte das Urpferd große, rauhe Kauflächen, d. h. starke Kaumuskeln und einen mächtigen Kiefer mit großen, breiten Zähnen.

Die Herausbildung besonderer Sinnesorgane war ebenso erforderlich. Damit mußten feinste Geräusche und winzige Geruchspartikel der natürlichen Feinde wahrgenommen werden. Raubtiere hatten sich erst im Tertiär in stärkerem Maße entwickelt. Dieser Bedrohung konnte das Wildpferd am besten im Herdenverband begegnen.

In der Gemeinschaft vieler aufmerksamer Grasfresser hatte das einzelne Tier besseren Schutz und Überlebenschancen. Es entwickelte sich ein ausgeprägtes Sozialverhalten, das später die Domestikation des Pferdes wesentlich erleichterte. Doch bevor der Mensch das Rangordnungsverhalten nutzen konnte, mußte sich aus dem *Pliohippus* erst ein Pferd entwickeln. Das geschah vor ungefähr 5 Millionen Jahren in der Neuzeit oder im Tertiär. Die Gattung *Equus*, Stammform aller heutigen Einhufer wie Pferd, Esel, Halbesel und Zebra, bildete sich heraus.

Als Ursprungsgebiet des Pferdes gilt Nordamerika. Von hier verbreitete es sich über alle Kontinente, ausgenommen Australien. Es entwickelten sich zahlreiche Unterarten. Mindestens zwei Pferdegattungen wanderten von Nord- nach Südamerika, andere gelangten über die Behringbrücke von Amerika nach Asien, Europa und Afrika. Vor etwa 8000 Jahren bestand diese schmale Landverbindung zwischen Alaska und Sibirien noch.

Als der Mensch die Pferde zu domestizieren begann, lebten nur noch sechs der zahlreichen Unterarten. Heute existieren noch zwei freilebende, die nicht vom Aussterben bedroht sind: das große, feingestreifte **Grevyzebra**, das in den Trockensteppen und Savannen des nördlichen Ostafrika vorkommt und das zahlreicher vorhandene **Steppenzebra** (Böhmzebra). Das Grevyzebra wurde gelegentlich in Äthiopien gezähmt und als Zug- oder Reittier genutzt.

Erste Zugtiere waren vor etwa 6000 Jahren die asiatischen Halbesel in Mesopotamien. Um die gleiche Zeit wurde auch der afrikanische Wildesel domestiziert. Noch heute ist er in seiner Heimat, den Mittelmeerländern, Reittier und Lastenträger. Die Domestikation von Wildpferden begann etwa 1000 Jahre später ebenfalls in Asien. Sie breitete sich von Persien und Turkestan über Mesopotamien nach Ägypten, Indien, Südrußland und den Balkan aus. Erleichtert wurde das Häuslichmachen des Pferdes durch seine sozialen Verhaltensnormen wie Kontaktfreudigkeit, Anschlußbedürfnis und die Fähigkeit, sich in eine Rangordnung einzufügen.

Archäologische Funde beweisen, daß das Pferd zuerst als **Trag- oder Zugtier** gehalten wurde. Später wurde es auch zum **Reiten** genutzt.

Die Assyrer führten ihre Streitwagen mit auffallend langrückigen Pferden. Ihre Krieger dagegen saßen auf fast quadratischen Pferden mit muskulösem Rumpf und relativ kurzer Halspartie. Die Ägypter legten besonderen Wert auf Adel und Schönheit der Pferde. Wagenrennen mit Viererbespannung fanden bereits bei den Olympischen Spielen im antiken Griechenland statt. Hier entstanden auch erste Reitschulen, Hippodrome. An den Rennen im antiken Rom nahmen Wagen teil, die teilweise von 10 Pferden gezogen wurden. Trotz der Schnelligkeit dieser Pferde und ihrer Zug- bzw. Tragkraft waren sie nicht die wichtigste Säule der römischen Legionen. Sie verbreiteten sich aber mit den Feldzügen über das ganze römische Reich. Kriegstaktische Bedeutung hingegen wurde den Reiterscharen Alexanders des Großen oder der Hunnen beigemessen. In den asiatischen und südrussischen Steppengebieten waren schnelle und ausdauernde Pferde gezüchtet worden. Besonders erfolgreich waren in den ersten Jahrhunderten n. Chr. die Araber mit ihrer Zucht schneller, harter Pferde.

Im Feudalismus änderte sich das Zuchtziel. Die Ritter mit ihren schweren Rüstungen brauchten mittelgroße, gut bemuskelte, gedrungene Pferde. Sie waren damit sogar den mit leichten und schnelleren Pferden berittenen mongolischen Kriegern überlegen. 1241 besiegten Ritter bei Legnica eine mongolische Reiterarmee. Unter Napoleon erlangte das Pferd letztmalig große kriegstaktische Bedeutung.

Nach dem sportlichen Einsatz des Pferdes in der Antike und während ritterlicher Turniere gewann im 15. Jahrhundert der **Pferdesport** wieder an Bedeutung.

In Österreich und Italien begann im 16. Jahrhundert die Züchtung von Jagd- und Dressurpferden. Die Spanische Hofreitschule zu Wien entwickelte sich mit ihren Lipizzanern zum Zentrum vollendeter Dressurkunst. Die Spanische Reitschule war ebenso in Madrid, London und Paris zu Hause. Ein weiterer wesentlicher Schritt in der Pferdezucht wurde in England getan. Hier fanden zu Beginn des 18. Jahrhunderts die ersten Galopprennen mit **englischen Vollblütern** statt. Durch die Kreuzung der berühmten arabischen Hengste *Byerley Turk, Darley Arabian* und *Godolphin Arabian* mit einheimischen englischen Stuten entstand diese Zuchtrichtung. Von Byerley Turk stammt die *Herold-*, von Darley Arabian die *Eclipse-* und von Godolphin Arabian die *Matchem-Linie* ab. Bedeutende Rennpferde wie *Eclipse* oder die ungarische Stute *Kinscem* blieben in ihrer Rennlaufbahn ungeschlagen. Ihre Leistungen waren nicht an eine bestimmte Distanz gebunden. Sie bestachen mit ihrem Speed. In der Endphase eines Rennens konnten sie ihre Geschwindigkeit so enorm steigern, daß die Gegner deklassiert wurden. Die Körpergröße spielte bei den schnelleren Ausnahmepferden keine Rolle. Sie waren sowohl von kleinem als auch von großem Wuchs.

An einer schnellen, gleichmäßigen Gangart hingegen waren die Fahrsportler interessiert. Wagenrennen gab es schon im Altertum. Allerdings gingen die Pferde vor den Rennwagen nur im Galopp.

Abb. 1.1 Bewegungsablauf während des Springens.

Der Galopp erwies sich später als zu unruhig, um Personen in Kutschen und Reisewagen sicher zu befördern. Deshalb begann die Züchtung von **Trabern**, die mit ihrer Gangart eine gleichmäßigere Zuganspannung garantierten und das Umstürzen der Wagen verhinderten. Unabhängig voneinander entstanden in drei Ländern Traberzuchten. In Rußland war es Graf Orlow, der 1776 die nach ihm benannte Rasse züchtete. Er hatte sich ein schnelles und ausdauerndes Zugpferd zum Ziel gesetzt, das die großen Weiten des Landes leichter überwinden konnte. Er begann mit dem Araberhengst *Smetanka*, der hervorragende Trabaktionen zeigte, und einer dänischen Stute. Orlow erkannte sehr schnell, daß Leistung die Zuchtauswahl bestimmen müsse. Er ließ deshalb eine Rennbahn bauen, auf der er seine Pferde prüfte. Damit wurde er zum Begründer eines Rennsystems für Traber.

Das französische Militär strebte nach einem Pferd, das sowohl vor dem Wagen als auch unter dem Sattel gehen konnte. 1840 begann die sogenannte „anglo-normannische" Halbblutzucht mit englischen Vollbluthengsten und einheimischen Stuten. Ab 1897 wurden nur Pferde in das *„Stud Book Trotteur Francais"* eingetragen, die gute Leistungen vor dem Wagen und unter dem Reiter erbrachten.

Das dritte für die Entwicklung des Trabrennsports wichtige Land war Nordamerika. Stammvater des amerikanischen Trabers wurde der englische Vollblüter *Messenger*, der von Godolphin Arabian abstammte.

In Deutschland entwickelten sich Trabrennsport und Zucht später. 1874 fand hier das erste Rennen statt. Ebenso wie die Vollblut- und Traberzucht hat das sportliche Interesse auch die **Warmblutzucht** beeinflußt. Heute gilt als ideales Reitpferd ein Warmblüter mit freundlichem, gutartigem Charakter. Er soll sportliche Leistungen vollbringen können, aber auch Freizeitpferd sein.

Das **ursprüngliche Domestikationsziel** hat sich verändert: Das Pferd wurde vom Arbeitstier zum Sport- und Freizeitfreund des Menschen. Vor 40 bis 50 Jahren prägten die schwer arbeitenden Warm- und Kaltblüter das Straßenbild und die Landwirtschaft. Jetzt hilft das Pferd dem Menschen nur noch dort, wo Technik schwer einsetzbar ist, z. B. in der Forstwirtschaft und im Gebirge. Kaltblüter, einst die zahlenmäßig stärkste Pferderasse in Deutschland, haben ihre Bedeutung verloren und werden nur noch in geringem Maße gezüchtet. Großen Aufschwung hingegen erlebte die Pony- und Kleinpferde- sowie die Dressur- und Springpferdezucht, die für viele Menschen zu einer erfolgreichen, entspannenden Freizeitbeschäftigung wurde.

Der **Springsport** ist heute für das Publikum besonders attraktiv. Sprungvermögen und Schnelligkeit der Pferde begeistern die Zuschauer, verursachen aber auch die meisten sportbedingten Erkrankungen. Der Hochsprungrekord eines Pferdes steht bei 2,47 m, und als Weitsprungrekord wurden 8,40 m gemessen. Das Pferdeskelett ist jedoch zum Überspringen gewaltiger Hindernisse wenig geeignet. Auf der Flucht springt das Pferd im verlängerten Galopp eher weit als hoch. Hindernisse werden lieber umgangen. Deshalb müssen die körperlichen Voraussetzungen für Springleistungen gezüchtet und trainiert werden. Dabei gilt als wichtige Exterieuranforderung eine kräftig bemuskelte, gut gewinkelte Hinterhand, die einen explosionsartigen Galoppsprung ermöglicht. Das Erscheinungsbild des Pferdes sollte von einem angedeuteten Rechteck mit fester Lende und geschlossener Flanke bestimmt sein. Der Hals, der den Körperschwerpunkt beeinflußt, soll relativ lang und an der Oberlinie kräftig bemuskelt sein. Kräftige Beine, starke Sehnen und Gelenke sowie relativ breite Hufe tragen zu einem stabilen Fundament bei. Besonders wichtig ist, daß das Pferd natürlich springt. Dazu muß

Abb. 1.2 Bewegungsablauf im Galopp.

in der Schwebephase die Bascule, die Rückenlinie vom Genick bis zum Schweif, den Bogen der Flugbahn decken. Das Pferd darf in der abfallenden Flugphase nicht hinter dem Widerrist einknicken. Vorder- und Hinterbeine müssen gut angewinkelt sein und dicht am Leib liegen. Um die Rückenlinie nicht zu stören, muß der Reiter den Rücken entlasten. Richtiges Springen schränkt Erkrankungen des Bewegungsapparates ein. Die Vorderbeine sind während der Landephase extrem belastet. Landet das Pferd in relativ stumpfem Winkel, dann wirken starke Vertikalkräfte auf die Vordergliedmaßen. Die Pufferwirkung der Hufrolle und der Zehengelenke wird besonders beansprucht. Der starke mechanische Druck, der dabei auf das Strahlbein ausgeübt wird, begünstigt die Hufrollenerkrankung.

Ein gutes **Dressurpferd** besticht durch seine eleganten Bewegungen. Das kann in jahrelanger Ausbildung erreicht werden, wenn das Pferd gehorsam und für die Dressur veranlagt ist. Es muß beweglich und gewandt sein sowie über ein ausgeprägtes Gleichgewichtsempfinden und genügend Kraft in der Hinterhand verfügen. Deshalb wird die Hinterhand so trainiert, daß sie vermehrt Körperlast übernimmt. Damit es zu keinen Dauerschäden kommt, sollte das Dressurpferd im ersten Jahr nicht überfordert werden. Gerade zu Ausbildungsbeginn befinden sich Gelenke, Muskeln und Sehnen noch im Wachstum. In der S-Dressur müssen schwierige Lektionen beherrscht werden, wie Galopptraversalen, Pirouetten, fliegende Galoppwechsel, Schaukel, Piaffe und Passage.

Werden Pirouetten dosiert geritten, kräftigen sie die Hinterhand. Übermäßig trainiert, führen sie zu Abnutzungserscheinungen. Pferde, die es nicht gelernt haben, mit der Hinterhand zu unterstützen, piaffieren und passagieren auf der Vorderhand. Auch fliegende Galoppwechsel werden oft mit steifen Vorderbeinen gesprungen. Die Piaffe beansprucht die tragende Hinterhand in einem Höchstmaß, das nur in der Levade übertroffen wird. Die starke Arbeit mit der Hinterhand kann leicht zu überanstrengten Sprunggelenken, zu verstärkter Abnutzung und zum Spat führen.

Erhabene Bewegungen und lebhafte Tritte wie in der Passage sind Elemente vieler Übungen. Werden einzelne Lektionsteile zu stark akzentuiert, kommt es zur Überlastung der Zehengelenke der Vorderbeine, aus der sich chronische Schäden entwickeln können.

Die **Military-** oder Vielseitigkeitsprüfung umfaßt alle Reitdisziplinen. Am ersten Tag wird eine Dressur geritten, am zweiten der schwierige und kraftraubende Geländeritt. Der dritte Tag ist dem Springparcours vorbehalten. Im Gelände können die Pferde am meisten überfordert werden. Der Beugesehnenapparat und der Fesselträger der Vordergliedmaßen erkranken oft zuerst. Mikrotraumen, die durch das Auffangen der Körperlast entstehen, führen über Jahre zu chronisch degenerativen Entzündungen an den vorderen Zehengelenken.

Abb. 1.3 Bewegungsablauf im Trab.

Der **Fahrsport** ist ebenso publikumsattraktiv wie das Springen, hat aber nur eine kleine sportliche Basis. Fahrsport ist teuer und aufwendig. Wie jedes Sportpferd müssen auch Wagenpferde geschult und ständig trainiert werden. Dazu gehört neben dem Fahren auch eine reiterliche Ausbildung. Da der Fahrsportler nicht so unmittelbar auf das Pferd einwirken kann wie der Reiter, ist die Ausbildung schwieriger. Es stehen nur Stimme, Zügel und Peitsche zur Verfügung, um ein Pferd oder mehrere ausgeglichen, kraftvoll und elegant in allen Gangarten zu führen. Im Turnier sind Figuren auszuführen, Hindernisse zu bewältigen, Gewässer zu durchqueren und lange Distanzen zu überwinden. Das harmonische Zusammenwirken erfordert Disziplin. Der Fahrsport belastet das Pferd nicht so stark, sportspezifische Abnutzungen treten weniger auf. Wird jedoch die Hinterhand zu sehr beansprucht, können sich auch hier die Sprunggelenke verändern.

Der **Renngalopp**, die schnellste Fortbewegungsart des Pferdes, ist für den Vollblüter charakteristisch. Er entwickelt ihn aus der kräftig bemuskelten Hinterhand. Die Vorderhand wird dabei entlastet. Ermüdet das Pferd und wird langsamer, verstärken sich die bremsenden Einflüsse an den Vordergliedmaßen. Gefährdet ist dann die führende Vordergliedmaße, weil sie stärker als zu Rennbeginn die Körperlast auffängt. Da die Beugesehnen hauptsächlich diese Last zu tragen haben, erkranken sie zuerst.

Trabrennpferde, die einen leichten Wagen ziehen, laufen in einer symmetrischen Gangart. Jeweils das diagonale Gliedmaßenpaar befindet sich in der gleichen Bewegungsphase. Auch im Renntrab kommt der Schub aus der Hinterhand. Die fußenden Hintergliedmaßen setzen möglichst weit unter dem Körper auf. Dadurch wird die Vorderhand entlastet und ihre Bremswirkung beim Auffußen verringert. Der Schritt nach vorn wird unphysiologisch lang und belastet die Sprunggelenke stärker. Spat ist daher fast zwangsläufig die Berufserkrankung der Traber.

Das Pferd kann nur Höchstleistungen erreichen, wenn es entsprechend gezüchtet und trainiert wird. Die Grundvoraussetzungen wie Kraft, Ausdauer und Schnelligkeit bringen alle Rassen des gegenwärtig lebenden, domestizierten Pferdes in ihren Erbanlagen von den Wildequiden mit.

2 Das gesunde Pferd

Vom Sportpferd werden individuelle Höchstleistungen verlangt. Höchstleistungen setzen aber ein Optimum an Leistungsfähigkeit voraus. Gesundheitliche Störungen schränken die Belastungsfähigkeit ein und setzen die Leistungsfähigkeit herab. Deshalb führen Belastungsreize bei Erkrankungen nicht zur Anpassung an ein höheres Leistungsniveau, sie können im Gegenteil schädigen und einen anhaltenden Leistungsrückgang bewirken. Die regelmäßige Gesundheitskontrolle ist aus diesem Grunde nicht nur zur Erkenntnis von Krankheiten notwendig, sondern auch, um fallende Trainings- und extreme Wettkampfbelastungen rechtzeitig zu erfassen, die die Anpassungsfähigkeit überfordern und zur Ermüdung und Erschöpfung führen können.

Die Beurteilung der Gesundheit des Pferdes erfolgt nach Kriterien des Allgemeinverhaltens und regelmäßig kontrollierbaren physiologischen Meßwerten. Wir beginnen die Beurteilung mit der Einschätzung der allgemeinen Körperveranlagung und **Konstitution** und unterscheiden zwischen:

- **Kräftiger Konstitution** – bei der Knochengerüst- und Muskelbildung über das durchschnittliche Maß hinausgehen, der Brustkorb breit und tief ist, die Flanken gut geschlossen sind, eine breite Kruppe vorhanden ist und die Gliedmaßen, dem Rumpf angemessen, stark entwickelt sind;
- **Grober Konstitution** – die durch eine grobe Kontur und unharmonische Formen gekennzeichnet ist;
- **Feiner Konstitution** – die sich durch einen feinen Knochenbau bei kräftiger Muskulatur auszeichnet;
- **Schwacher Konstitution** – mit sehr feinem Knochenbau und schwach entwickelter Muskulatur;
- **Träger Konstitution** – mit trägem Temperament, plumpen Formen, Neigung zum Fettansatz und starker Entwicklung des Bindegewebes unter der dicken Haut.

Nach dieser Zuordnung beurteilen wir den **Ernährungs- und Entwicklungszustand** des Pferdes. Zuverlässige Angaben erhalten wir, wenn die Tiere in bestimmten Zeitabständen unter gleichbleibenden Bedingungen, d. h. am besten morgens vor dem Füttern und Tränken, gewogen werden. Besteht ein Gleichgewichtszustand zwischen Energiezufuhr und Energieverbrauch, verändern sich der Ernährungszustand und damit die Körpermasse nicht. Den Bedarf übersteigende Nährstoffzufuhr führt zum Fettansatz. Fettsucht deutet in erster Linie auf dauernde Überfütterung oder verminderte Muskeltätigkeit hin. Überwiegt der Energieverbrauch, entwickeln sich als Folge Masserückgang und Abmagerung. Unzweckmäßig zusammengesetztes Futter, gehaltloses Futter, zu wenig Futter, gestörte Futteraufnahme, Schmerzen, Fieber, chronische Erkrankungen, Parasiten oder chronische Überbelastung können die Ursachen sein.

Bei intensivem sportlichem Training stellt sich der Gleichgewichtszustand auf anderem Niveau ein als bei geringer körperlicher Belastung. Der höhere Energieumsatz in der Trainingsperiode, der die Folge des erhöhten Energiebedarfes bei intensiver Muskelarbeit ist, wird durch Mobilisierung von Körperreserven oder entsprechende reichhaltige Energiezufuhr gedeckt.

Der **Pflegezustand** ist kein direktes Kriterium der Gesundheitskontrolle. Er ist eher als Bestandteil der Gesundheitspflege zu beurteilen.

Allgemeinverhalten

Für die Beurteilung des Gesundheitszustandes sowie einer optimalen Nutzungsfähigkeit ist die Kenntnis der Verhaltensweisen des Pferdes von Bedeutung. Dabei müssen allerdings Rasse, Alter und individuelle Eigenschaften berücksichtigt werden. Durch ihre Schulung und Nutzung kann die Ausbildung effektiver und risikoärmer gestaltet werden. Verhaltensweisen können erblich sein und damit züchterisch selektiv beeinflußt werden, oder sie sind erworben. Dabei spielen in der Ausbildung und im Umgang mit dem Pferd ein konsequentes

Handeln, eindeutiges Anwenden des Lob-Tadel-Prinzips sowie Einfühlungsvermögen und Güte eine große Rolle.

Die Verhaltensweisen eines Pferdes werden erheblich von der Leistungsfähigkeit seiner Sinnesorgane geprägt. Auch das ist eine Ursache für die große Individualität, die in der Ausbildung zu berücksichtigen ist.

Das betrifft im wesentlichen folgende **Verhaltensmuster**:

- Ausgeprägte Neugierreaktion, verbunden mit Hemmungsfaktoren, die dem Grundsystem Furcht – Selbstschutz entsprechen.
- Ausgeprägter Futtertrieb, der oft Angst und Hemmung überspielt.
- Durchschnittliche Gelehrsamkeit im Vergleich zu anderen Säugetieren, die aber sehr stark variieren kann.
- Gruppenbezogenes Verhalten mit Neigung zu Handlungen der Angleichung (Nachahmung)
- Ausgeprägter Herdentrieb; er ist Grundlage des sozialen Zusammenlebens.
- Unter Berücksichtigung dieser Verhaltensmuster ergeben sich die Verhaltensweisen aus den Erfahrungen, die es mit dem Umgang mit den Menschen gemacht hat. Sie beginnen mit dem Zeitpunkt der Geburt.

Im Vergleich zu anderen Tieren sind die Äußerungen des Verhaltens beim Pferd nicht so leicht erkennbar. So sind für die Ausbildung so wichtige Merkmale von Hemmung bis Übermut, Angst über Keßheit bis Sturheit oder Zuneigung bis Gehorsam nicht immer leicht zu deuten. Ihre Erkennung ist aber Voraussetzung für eine dauerhafte und erfolgreiche Ausbildung.

Ein *gesundes Pferd* erkennt man an seiner Anteilnahme an Dingen seiner Umwelt, gepaart mit Neugier, lebhaftem Ohrenspiel, Abwehr der Fliegen, ungestörter Futter- und Wasseraufnahme, regelmäßigem Harn- und Kotabsatz und guter Hautsensibilität.

Abweichungen müssen nicht immer auf gesundheitliche Störungen hinweisen. Das gilt z. T. auch für ungewöhnliche Verhaltensweisen. Zu ihnen zählt die **gesteigerte Erregbarkeit**. Furchtsame Tiere können deutlich erregt sein, wenn sie mit Menschen in näheren Kontakt kommen oder plötzlich in fremde Umgebung gebracht werden. Es ist möglich, daß sich durch außergewöhnliche Ereignisse die Erregung dieser Tiere sehr stark steigert. Sie trampeln dann mit den Vorderbeinen hin und her, schwanken oder versuchen wegzulaufen. Gelingt ihnen die Flucht, rennen sie unaufhaltsam, ohne auf den Weg oder auf Hindernisse zu achten. Angebunden drücken sie die Stirn gegen die Wand, machen Schrittbewegungen, schlagen aus, beißen in erreichbare Gegenstände, bäumen sich auf oder überschlagen sich. In fremder Umgebung laufen sie im Kreis. Übermäßige Erregung kann allerdings auch Ausdruck gestörten Allgemeinverhaltens und damit Symptom einer Erkrankung sein.

Benommenheit weist bei Pferden auf eine Gesundheitsstörung hin. Die Tiere fressen schlecht, treten von der Krippe zurück und hängen im Halfter. Sie stützen den Kopf oder lehnen sich an die Wand. Oft stehen sie lange mit gesenktem Kopf und halten die Augen halb geschlossen. Der Lidschlag erfolgt seltener, wodurch die unzureichend benetzte Hornhaut glanzlos und der Blick der Tiere stier wird. Das Ohrenspiel wird träger oder fehlt gänzlich. Die Tiere beobachten die Umgebung nicht mehr, Umweltreize werden kaum beantwortet. Abwehrbewegungen gegenüber Fliegen bleiben aus. Wenn man die Gliedmaßen der Pferde in unnatürliche Stellungen bringt, werden diese oft beibehalten.

Ungewöhnliche Körperhaltungen kennzeichnen ebenfalls gesundheitliche Störungen. Zum Beispiel wird beim Wundstarrkrampf eine sägebockartige Stellung eingenommen, bei Kreuzverschlag fällt die Steifheit der Hinterhand auf, gestreckte Kopfhaltung sehen wir bei Erkrankungen im Bereich von Kehlkopf und Rachen. Kolikunruhe weist auf Schmerzen, meist im Bauchbereich, hin. Wenn sich Pferde über längere Zeit nicht legen, so kann das schon als Hinweis auf eine Gesundheitsstörung (z. B. Erkrankung von Lungen und Brustfell oder Gliedmaßen) gelten. Ausgenommen sind alte Pferde, bei denen diese Verhaltensweise physiologisch sein kann.

Atmung, Pulsfrequenz, Körpertemperatur, Nahrungsaufnahme und Verdauung sind Lebensäußerungen, die für die Beurteilung des Gesundheitszustandes mit herangezogen werden müssen.

Sie werden im Kapitel „Untersuchung des Pferdes" besprochen, die physiologischen Werte sind im Anhang (Tabelle Seite 364) dargestellt.

Sozialverhalten

Einhufer gehören grundsätzlich zu den sozial lebenden Tieren. Es gibt zwischen den einzelnen Arten lediglich Unterschiede in der Form ihres sozialen Zusammenlebens. Nur Hartmann-Zebras entwickeln als einzige Unterart in ihrer Verhaltensweise solitäre Lebensformen, da sie eine weite Individualdistanz haben. Bei den anderen Arten können höchstens absolut dominierende Hengste oder ranghöchste Stuten ein derart ausgeprägtes Distanzverhalten zu anderen Herdenmitgliedern entwickeln.

Den Kern der sozialen Gruppen, die zwanglos zusammenleben, bilden **Familien**. In den Familien haben in erster Linie die Laufsäuglinge ein Anschlußbedürfnis, da sie in den ersten Lebenstagen bis -wochen besonders schutz- und pflegebedürftig sind. Auch der Vorgang der Prägung auf das Muttertier ist für sie in den ersten Lebenstagen von großer Bedeutung. Alle Einhuferstuten verhalten sich deshalb in den ersten Tagen nach der Geburt allen übrigen Familienmitgliedern gegenüber abweisend und wehren auch andere, neugierige Fohlen ab. Dieses Verhalten des Muttertieres fällt mit der sensiblen Phase des Fohlens zusammen. Ist sie beendet, dürfen die Fohlen überall hinlaufen und mit anderen Fohlen spielen. Sie finden danach immer zur Mutter zurück.

Die sozialen Verhaltensformen entstehen aber auch aufgrund sozietätsfördernder Annäherungstendenzen, die im gemeinsamen Handeln in vielen Funktionskreisen wie Trinken, Nahrungsaufnahme, Ruhen, Komfortverhalten, Schutz- und Informationsverhalten ihren Ausdruck finden.

In sozialen Gruppen ist die **Stimmungsübertragung** auffallend verbreitet. Baden, Wälzen, Ruhen, Rufen oder Flucht werden von wenigen begonnen und alle anderen schließen sich an.

Durch vergleichende Untersuchungen zur **Herdenbildung** wurden bei den Arten und Unterarten der Equiden charakteristische Unterschiede der sozialen Struktur festgestellt. Hauspferde bilden Rudel, die vom stärksten Hengst geleitet und bewacht werden. Allerdings führt der dominierende Hengst nicht immer die Herde, sondern rangtiefere Junghengste oder Stuten können die Bewegung der Gruppe bestimmen. Auch in anderen sozialen Säugetiergruppen hat nicht in allen Handlungen das dominierende Alpha-Tier die Leitung, sondern ein oder mehrere rangtiefere Tiere, die den Veränderungen der Umwelt gegenüber besonders wachsam sind, können zeitweilig diese Funktion ausüben. Zu Weide-, Tränke- oder Futterstellen wird allerdings immer das ranghöchste Tier die Herde führen, weil es dort den besten Platz für sich beansprucht.

Beim Pferd besteht die Herrschaft des Alpha-Tieres das ganze Jahr hindurch. Auseinandersetzungen um die **Rangordnung** werden in einer Gruppe von Einhufern besonders dann ausgelöst, wenn Raummangel die einzelnen Tiere näher zusammendrängt, als ihnen die artspezifische Individualdistanz erlaubt. Wir finden diese Bedingungen in engen Ausläufen und an zu kleinen Futter- oder Tränkeplätzen.

In den stabilen Gruppen der Pferde rücken die rangniederen Individuen allmählich und fast kampflos in die ihnen altersmäßig zustehenden Plätze der Rangordnung auf. Fohlen als schwächste und rangtiefste Herdenmitglieder profitieren vom jeweiligen Rang der Mutter.

Zu den typischen Verhaltensweisen der sozial-lebenden Säugetierarten gehört die **Kommunikation**. Als soziale Kommunikationshandlung wird das flüchtige Beknabbern an Widerrist und Schulter als Teil der Begrüßungszeremonie ausgeführt. Sie entwickelte sich aus der sozialen Körperpflege, die ihren Ursprung wahrscheinlich in gegenseitigen Körperpflegehandlungen von Sexualpartnern und in der Jungtierpflege hat. In Ermangelung eines sexuellen oder sozialen Partners können Pferde als Ersatzhandlung z. B. auch Zäune beknabbern.

Durch Hautpflege oder angedeutete Hautpflegehandlungen, wie Kraulen am Kopf, Hals oder Widerrist, kann der Mensch das Zutrauen scheuer Tiere gewinnen.

Lautgebungen dienen der Information und gehören als „Warnschnauben" oder Schrecklaute zum Warnsystem der Einhufer. Viele Lautäußerungen haben eine direkte soziale Aussage durch ihre affine (anziehende) oder diffuge (abweisende) Bedeutung. Herdenmitglieder folgen sehr schnell den Aufforderungen warnender Tiere, und bei plötzlich auftretender Gefahr flüchten sie spontan.

Flucht kann aber auch Ausdrucksverhalten sein. So gewinnt die ritualisierte Flucht des Weibchens die Bedeutung, das Nachfolgen des Partners auszulösen. Andererseits haben sich auch manche Ausdrucksbewegungen aus dem Abwehrverhalten entwickelt, z. B. bestimmt das Beißverhalten das Rossigkeitsgesicht, und der Imponiertrab der Hengste ist nichts anderes als abgestopptes Angriffsverhalten. Ausdrucksverhalten vegetativen Ursprungs sind das Urinieren und Defäkieren der Equidenhengste auf Stutenharn und das Defäkieren und Scharren bei Erregung. Eine erlernte Ausdrucksgebärde ist das Betteln.

Innerhalb der Ausdrucksbewegungen unterscheidet Eibl-Eibesfeld sechs Gruppen:
- Droh- und Imponiergehabe
- Demutsgebärden
- Alarmsignal
- Notrufe
- Ausdrucksbewegungen sozialer Kontaktbereitschaft (Begrüßungsgesicht, soziales Beknabbern)
- Ausdrucksbewegungen für zwischenartlichen Verkehr

Im Umgang mit Pferden ist es wichtig zu wissen, daß bei ihnen zwei Formen der Drohgebärden vorkommen. Das **Aggressivdrohen**, das Kampfdrohen, Steigen, Schlagen mit den Vorderbeinen und Drohgesicht einschließt, sowie das **Defensivdrohen**, zu dem das Zuwenden der schlagbereiten Hinterhand zum Gegner und ein Drohgesicht, das dem Gegner die Abwehr signalisieren soll, gehören.

Die Begrüßungszeremonie, als Ausdruck sozialer Kontaktbereitschaft, besteht aus dem Begrüßungsgesicht mit gespitzten Ohren, erhobenem, vorgesenktem Kopf, geweiteten Nüstern, angehobenen Mundwinkeln und Wiehern. Anschließend folgt Beriechen, zuerst der Nüstern, dann der Anogenitalregion und anderer Körperstellen. Die soziale Hautpflege als Teil der Begrüßungszeremonie kann folgen.

Zusammengewöhnte Gemeinschaften stehen wie ein Block gegenüber Neuankömmlingen. Letztere müssen sich erst einen Platz in dieser Gemeinschaft durch Kampf, Unterwerfung und Gewöhnung erobern. Bei Neuankömmlingen ist daher Vorsicht geboten. Oft gehen Equiden interspezifische Vergesellschaftungen ein. Diese Gemeinschaften erstrecken sich auch auf das Warn- und Fluchtverhalten. In der Haustierhaltung können Pferde mit Hunden befreundet sein. Sie spielen und ruhen dann z. B. miteinander. Die Vergesellschaftung mit dem Menschen erstreckt sich zumeist nur auf eine gewisse Gewöhnung. Kumpanverhalten kann sich bei entsprechendem Bemühen entwickeln. Besteht Einzelhaltung, werden aufgrund des starken Anschlußbedürfnisses der Equiden Beziehungen zu den Tieren der Nachbarboxen hergestellt.

Nerventypen

Wenn wir ein Pferd einem Nerventyp zuordnen wollen, müssen wir die Art und Weise seiner Reaktionen auf äußere Reize in mehrtägigen Prüfungen erfassen und klassifizieren. Die Einteilung in Nerventypen beruht auf den Pawlowschen Erkenntnissen von der höheren Nerventätigkeit. Das ist von praktischem Interesse, da der jeweilige Typ der höheren Nerventätigkeit den Konstitutionstyp prägt. Gehen wir davon aus, daß Pferde eines Nerventyps annähernd gleiche Voraussetzungen für Trainierbarkeit und Leistungen haben, so sind für diese Tiere gleiche Trainingsbedingungen anwendbar.

Analog zum Menschen lassen sich auch beim Pferd 4 Typen höherer Nerventätigkeit unterscheiden, je nachdem in welchem Verhältnis Hemmung und Erregung die Reaktionsfolge bestimmen:
- Melancholiker
- Phlegmatiker
- Choleriker
- Sanguiniker

Da die Nerventypen ererbt sind, ist bereits bei der Geburt der entsprechende Typ festgelegt. Natürlich können während des Lebens gemachte Erfahrungen die Reaktionsweise der Tiere und damit die Ausprägung des Nerventyps beeinflussen.

Melancholiker sind schwache Nerventypen. Bei stärkerer nervlicher Beanspruchung kommt es rasch zu Fehlreaktionen, die sich entweder in starker Hemmung oder übermäßiger Erregung äußern können. Pferde dieses Typs sind bei ihren Aufgaben konzentrations- und leistungsschwach. Für den Leistungssport sind sie ungeeignet.

Phlegmatiker sind starke Nerventypen, bei denen Hemmungsprozesse im Vordergrund ihrer nervlichen Reaktionen stehen. Sie sind durch äußere Reize schwer zu beeinflussen. Wegen dieses „Phlegmas" muß man während des Trainings viel Mühe aufwenden. Obwohl sie gelernte Lektionen gut behalten, sind ihrem Lernvermögen und damit ihrer Leistung wegen des „Phlegmas" Grenzen gesetzt.

Choleriker sind starke Nerventypen, bei denen Erregungsprozesse im Vordergrund ihrer nervlichen Reaktionen stehen. Auf äußere Reize reagieren sie entsprechend heftig. Im Training muß man ihrem Typ Rechnung tragen und Trainingsmittel einsetzen, die diese Erregung immer wieder abbauen, dann werden sie als Sportpferde gute Leistungen vollbringen. Als Rennpferde erreichen sie Spitzenleistungen.

Sanguiniker sind starke Nerventypen. Erregungs- und Hemmungsprozesse beeinflussen die nervlichen Reaktionen gleich stark, so daß die Pferde ruhig und ausgeglichen erscheinen. Sie sind für alle Sportarten geeignet und zeigen das beste Lernvermögen. Als Rennpferde verfügen sie über Stehvermögen und über Schnelligkeit, so daß sie Voraussetzungen für lange und für kurze Distanzen besitzen. Wegen ihres guten Lernvermögens eignen sie sich sehr gut als Dressurpferde.

Biorhythmen

Die Leistungen unserer Pferde werden neben zahlreichen Umweltfaktoren auch durch die regelmäßige Wiederkehr bestimmter Verhaltensweisen beeinflußt. Diese periodischen Funktionsabläufe des Organismus werden als **Rhythmen** bezeichnet. Bekannt sind Tages- und Jahresrhythmen, Jahreszeit, Temperatur, Wetter, Klima, Lichtintensität usw. Die Kenntnis darüber ist wichtig für die Haltung, Ausbildung, den Transport und das Wettkampfgeschehen. Man unterscheidet:

- Artspezifische Rhythmuscharakteristika, die für das Pferd normal sind, z. B. bei veränderter Hormoneinwirkung, bei Rosse oder Laktation.
- Nicht typisches Verhalten infolge negativer Streßeinwirkung durch Überforderung im Training, bei Transporten oder Wettkämpfen.

Das Pferd reagiert auf Nervenbelastung besonders intensiv. Es ist sehr streßempfindlich. Reizzustände, die nicht trainiert wurden, führen deshalb meist zur Verschiebung der typischen Verhaltensweisen. Diese Streßanfälligkeit ist abhängig von der sozialen Rangstellung und der Dauer des Trainings der jeweiligen Eigenschaft.

Für das Pferd ist ein **Tagesrhythmus** üblich. So dauert die Nahrungsaufnahme etwa 15 bis 18 Stunden, wobei das Hauptmaximum 2 Std. vor Sonnenuntergang liegt. Die Hauptaktivität beginnt etwa um 12.00 Uhr und ist um 24.00 Uhr zu Ende. Die Nebenmaxima sind individuell unterschiedlich und werden vorwiegend gegen 5.00 und 9.00 Uhr beobachtet. Streßeinwirkungen auf erwachsene Tiere können diese physiologische Periodik aufheben. Deshalb sind die Pferde im Stall bzw. auf der Weide in den freßaktiven Zeiten möglichst nicht zu stören. Das ist bei der Trainingsplanung sowie bei Pflegemaßnahmen zu berücksichtigen. Die Futterzeiten sind so zu legen, daß die Nahrungsaufnahme ungestört erfolgen kann.

Der **Schlafbedarf** beträgt bei erwachsenen Pferden 7 Std. je Tag. Das kann im Stehen oder Liegen geschehen. Da das Pferd ein Tagtier ist, liegt das Hauptmaximum um 24.00 Uhr. Im allgemeinen liegt die Schlafzeit zwischen 20.00 und 6.00 Uhr morgens. Sie entsteht gewöhnlich gleitend aus der Periode der Nahrungsaufnahme. Für das sportliche Training als biologisch günstigste Phase gilt die Zeit zwischen 8.00 und 9.00 Uhr und 14.00 bis 15.00 Uhr, wenn man bestimmte Nebenmaxima vernachlässigt.

Die Schlafperiode des einzelnen Tieres hängt von der Gruppe ab, der es angehört. In freier Wildbahn richtet sie sich nach dem ranghöchsten Pferd. Streßeinwirkungen stören den typischen Verlauf der Schlafphase, reduzieren das Hauptmaximum und bewirken eine Störung der Gesamtfunktion des Organismus. Deshalb ist die Einhaltung der Stallordnung notwendig. Bei langdauernden Maßnahmen wie Transporten, Mehrtagesritten, Teilnahme an Wettkämpfen ist der typische, gewohnte Schlafrhythmus weitgehend zu berücksichtigen. Bemerkenswert ist, daß die Anwesenheit eines ranghöheren Sozialpartners streßmildernd wirkt. Der Schlaf selbst wird durch einen physischen Ruhezustand eingeleitet, der sich im Aufsuchen eines Schlafplatzes äußert. Dieser Schlafplatz ist meist eine geeignete Stelle in der Box, die jeweils zum Schlafen wieder aufgesucht wird.

Abhängig von der Tagesperiode ist unter anderm auch der **Geburtsvorgang**. So gebären Stuten bevorzugt nachts, da die Ausschüttung geburtsauslösender Hormone durch Unruhe, Licht, Lärm, Geschäftigkeit und andere störende Faktoren gehemmt wird.

Zwischen Sonnenuntergang und -aufgang, also etwa zwischen 18.00 und 6.00 Uhr morgens, erfolgen demnach 80 bis 90 % aller Geburten.

3 Artgerechte Haltung und Umgang mit Pferden

Haltung des Pferdes

Stall

Hohe Leistungen setzen auch bei Pferden physisches und psychisches Wohlbefinden voraus. Die Unterbringung hat darauf einen wesentlichen Einfluß, besonders dann, wenn die Pferde den größten Teil des Tages im Stall verbringen müssen. Die Pferdehalter berücksichtigen oft zu wenig, daß sich durch unzureichende Haltungsbedingungen auch die Anfälligkeit ihrer Pferde gegenüber bestimmten Krankheiten erhöht.

Nach § 2 des Tierschutzgesetzes ist der Halter eines Pferdes verpflichtet, es artgerecht unterzubringen. Es kann nicht als artgerecht angesehen werden, wenn ein einzelnes Pferd ohne Kontakt zu Artgenossen gehalten wird. Fohlen und Jungpferde müssen aus Gründen ihrer sozialen Entwicklung in Gruppen aufwachsen. Vor allem darf die Möglichkeit zur artgemäßen Bewegung der Pferde nicht so eingeschränkt werden, daß ihnen Schmerzen, vermeidbare Leiden oder Schäden zugefügt werden.

Stallklima

Der Pferdestall muß hell, trocken und gut belüftet sein und über ausreichende Wärmedämmung verfügen.

Licht ist für Pferde besonders wichtig. Bei Lichtentzug sinkt die Leistung. Deshalb soll die Fensterfläche mindestens 5% der Fußbodenfläche betragen. Die Fenster sind regelmäßig zu reinigen. Erfahrungsgemäß wird in vielen Ställen schon die erforderliche Fensterfläche nicht erreicht, und dann haben diese Ställe oft noch die schmutzigsten Fenster. Der UV-Anteil des Sonnenlichts, der die Vitamin-D-Bildung in der Haut der Pferde auslöst, wird durch die Glasscheiben absorbiert und ist deshalb im Stall nicht wirksam. Vom Pferd erreichbare Fenster sind durch Gitterstäbe o. ä. zu schützen.

Die günstigste **Stalltemperatur** liegt zwischen 10 und 15 °C. Die Temperatur sollte 7 °C nicht unter- und 35 °C nicht überschreiten und über das ganze Jahr gemäßigt der Außentemperatur folgen. Zur Kontrolle kann im Stall ein Minimum-Maximum-Thermometer angebracht werden. Zu hohe Stalltemperatur verringert die allgemeine Widerstandsfähigkeit der Tiere. Pferde, die in einem zu kalten Stall untergebracht sind, benötigen erheblich mehr Energie für die Wärmebildung. Das kann sich negativ auf den Ernährungszustand auswirken. Die Tiere bilden ein dichtes Winterfell und schwitzen deshalb bei anstrengender Arbeit leicht oder schwitzen nach, wodurch sich die Gefahr einer Erkältungskrankheit erhöht. Bei allmählicher Gewöhnung, d. h. ohne abrupte Umstellung, ist selbst die Kalthaltung der Pferde möglich. Auch von edlen Pferderassen werden niedrige Stalltemperaturen gut vertragen, da sie eine gut funktionierende Regulation der Körperwärme entwickeln. Voraussetzung für die Kalthaltung sind Vermeidung von erheblicher Zugluft, reichliche, trockene Stroheinstreu und angepaßte energiereiche Fütterung. Die relative **Luftfeuchte** sollte zwischen 60 und 80% liegen. Werte zwischen 40 und 60% sowie 80 und 85% sind noch vertretbar.

Pferdeställe müssen ausreichend belüftet werden. Dadurch wird sauerstoffreiche **Frischluft** zugeführt und verhindert, daß sich Schadgase (Ammoniak, Kohlendioxid und Schwefelwasserstoff) im Stall anreichern. Erhöhter Ammoniakgehalt (über 10 ppm, stechender Harngeruch!) kann besonders in Ställen mit hoher Luftfeuchtigkeit zur Erkrankung der Atmungsorgane führen. Da ein Großpferd stündlich etwa 300 ml Wasser an die Stalluft abgibt, ist besonders bei ungenügender Lüftung im Winter die Gefahr einer zu hohen Luftfeuchtigkeit gegeben. Die Kohlendioxidkonzentration sollte unter 10%vol gehalten werden, während der sehr giftige Schwefelwasserstoff nicht nachweisbar sein darf.

Pferde sind gegen zu starke **Zugluft** empfindlich. Besonders bei tiefen Temperaturen oder bei Kaltluft, die in den Stall einströmt, darf die Luftgeschwindigkeit in Tiernähe 0,3 m/s nicht überschreiten. Man kann sich bei der Einschätzung danach richten, ob die Luftströmung auch vom Menschen als unbehaglich empfunden wird.

Jedem Pferd muß im Stall ein ausreichendes **Luftvolumen** zur Verfügung stehen. Großpferde benötigen etwa 30 m^3. Die Höhe des Stalles sollte deshalb 2,80 m nicht unterschreiten. Wenn der Luftraum allerdings zu groß ist, kann der Stall im Winter durch die Pferde nicht genügend erwärmt werden.

Aufstallung

Die Gruppenhaltung entspricht den natürlichen Lebensbedingungen der Pferde und ihrem Bedürfnis nach sozialen Kontakten am ehesten. Besonders günstig ist es, wenn die Pferde einen an den Stall angeschlossenen Auslauf benutzen können.

Laufställe sind besonders für Jungpferdeaufzucht und die Haltung von Mutterstuten mit Fohlen geeignet, gewinnen aber, da finanzieller und Arbeitsaufwand dieser Haltungsform verhältnismäßig gering sind, auch zunehmend für „Freizeitpferde" an Bedeutung. Dabei sollte eine nicht zu große Gruppe von Pferden als möglichst stabiler Bestand in einem Laufstall gehalten werden. Um die Verletzungsgefahr zu verringern, empfiehlt es sich, die Tiere unbeschlagen zu lassen. Flächenbedarf und Krippenlänge je Großpferd sind in Tabelle 3.1 zusammengestellt.

Die Gruppenhaltung von Sportpferden bringt aber auch einige Probleme mit sich, so z. B. Rangkämpfe und Auseinandersetzungen bei der Futteraufnahme mit erhöhtem Verletzungsrisiko, sowie die Benachteiligung rangniedrigerer Tiere.

Die Unterbringung in **Einzelboxen** schließt diese Risiken aus, ermöglicht aber trotzdem eine begrenzte Bewegung der Tiere. Voraussetzung ist

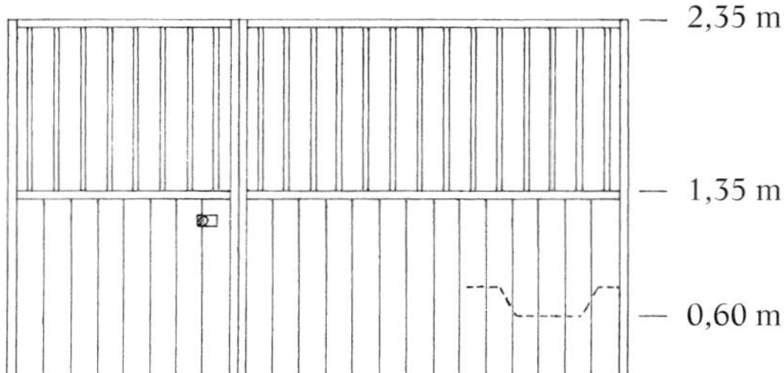

Abb. 3.1 Boxenwand mit Tür und Futterkrippe.

Abb. 3.2 Box mit geteilter Tür.

Tab. 3.1. Abmessungen von Laufstallboxen.

Großpferde Lebensalter (Jahre)	Lauffläche/Tier (m^2) bis 5 Tiere	für jedes weitere Tier	Krippenlänge/ Tier (m)
bis 0,5	4	3,5	0,6
über 0,5 bis 1	6	5	0,7
über 1 bis 2	7	6	0,8
über 2	8	7	0,8

natürlich, daß die Pferde möglichst ungehinderten Sicht-, Hör- und Riechkontakt zu ihren Stallgefährten haben. Der artgerechten Haltung tragen besonders Einzelboxen Rechnung, an die sich jeweils ein Paddock (Auslauf) mindestens von der Größe der Einzelbox anschließt, der ganzjährig genutzt werden kann.

In Rennställen sind Pferde z. T. in völlig abgeschlossenen Boxen untergebracht, so daß untereinander für die meiste Zeit des Tages nur ein Hörkontakt besteht. Es ist anzunehmen, daß zwischen dieser Haltungsform und den hin und wieder zu beobachtenden Störungen des Verhaltens und des Hormonstoffwechsels bei Jährlingen, die aus den Gestüten zugestellt wurden, Zusammenhänge zu suchen sind. Die annähernd quadratische Grundfläche sollte bei Großpferden etwa 12 m^2 und bei Kleinpferden 6 bis 9 m^2 betragen. Die nach innen glatte Wand ist bis zur Brusthöhe der Pferde geschlossen (ca. 1,35 m bei Großpferden und 1,20 m bei Ponys) und geht darüber in ein ca. 1,00 m hohes Rundeisengitter über. Es empfiehlt sich, an einigen Stellen den geschlossenen Teil der Wand durch Gitter zu ersetzen, damit auch am Boden der Boxen ein guter Luftaustausch möglich ist und eine Schadgasanreicherung vermieden wird. Die Abstände der Gitterstäbe müssen kleiner als eine Hufbreite sein, um Verletzungen zu vermeiden. Das Gitter ermöglicht den Kontakt zu den übrigen Tieren des Stalles. Die häufig vollständige Trennung der Rennpferde in isolierten Einzelboxen ist zwar veterinärhygienisch günstig, entspricht aber nicht der ursprünglichen Lebensweise der Pferde und kann zu Verhaltensstörungen führen (z. B. Manegebewegungen). Die Boxentür muß etwa 1,20 m bei großen Pferden und etwa 1,00 m bei Ponys breit sein. Das wird besonders in kleinen Ställen oft nicht beachtet, wo die Türen zu schmal sind. Dann besteht die Gefahr von Schulter- und Hüftverletzungen. Vorbeugend können an den Türpfosten „Hüftroller" (senkrechte drehbare Walzen) angebracht werden. Die Boxenaußentüren sollten für Großpferde 2,35 bis 2,50 m und für Ponys etwa 2,00 m hoch sein. Bei halbierten Türen kann die untere Hälfte eine Höhe von 1,35 m (Großpferd) bzw. 1,20 m (Pony) aufweisen (Abb. 3.2).

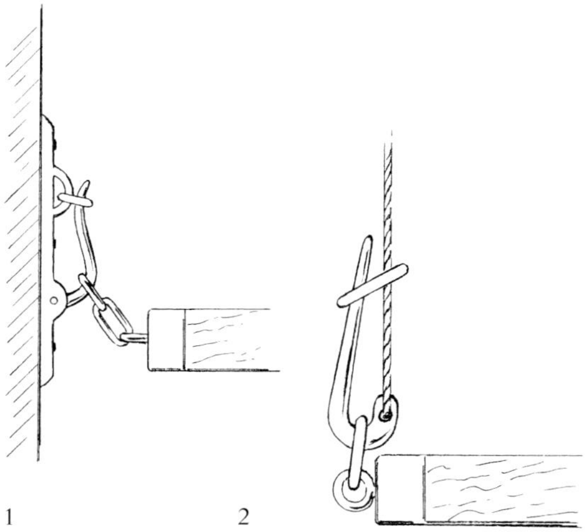

Abb. 3.3 Schnell lösbare Aufhängevorrichtung für Flankierbäume.
1 Standbaum.
2 Schwebebaum.

Manchmal werden Reitpferde noch in **Anbindeständen** gehalten, obwohl das als Daueraufstallung aus Tierschutzgründen abzulehnen ist. Solche Ställe sind möglichst bald zu pferdegerechten Aufstallungssystemen umzubauen. Bei Pferden, die zur Schaustellung dienen, ist eine kurzzeitige Unterbringung in Ständen möglich. Deshalb sollen hier noch einige spezielle Hinweise gegeben werden. Die Trennung der Stände kann durch feste Wände (Einzel- oder Kastenstand) oder durch bewegliche Standbäume (Reihenstände) erfolgen, die als Schlagschutz mit einer Hängewand versehen werden sollten (Abb. 3.4). Die in Tabelle 3.2. mitgeteilten Mindestabmessungen sind zu empfehlen.

Alle Stände sind durch Seil, Kette oder Stange zu verschließen, damit Pferde, die sich losgerissen

Abb. 3.4 Flankierbaum mit Schlagschutz (Hängewand).

Tab. 3.2. Mindestabmessungen von Anbindeständen für Groß- und Kleinpferde.

Abmessung	Großpferde	Kleinpferde
Standbreite (m) Einzelstand (feste Wände)	1,80	1,50
Reihenstände (bewegliche Abgrenzung)	1,55	1,35
Standlänge (m)	2,75	2,50

haben, den Stand nicht verlassen können. Dadurch wird verhindert, daß die Pferde sich gegenseitig verletzen oder unkontrolliert Futter aufnehmen.

Die **Krippenhöhe** (Sohle) soll für Großpferde 0,60 m und für Kleinpferde 0,40 bis 0,50 m betragen. Steinzeug oder glasierter Ton ist als Material besonders geeignet, da es verschleißfest und gut zu reinigen ist. Die Reinigung der Krippen wird oft vernachlässigt. Aus mit Wasser oder Speichel verunreinigten Futterresten entstehen besonders in den Ecken der Krippe fest anhaftende Beläge, die leicht schimmeln und eine Gefahr für das Pferd darstellen. Die beste Futterqualität ist zwecklos, wenn so verschimmeltes Futter aufgenommen wird! Krippen sind deshalb vor jeder Fütterung grob und etwa einmal wöchentlich gründlich (mit Wasser, Schwamm und Bürste) zu säubern. Besonders sorgfältig sind auch Tränkeimer oder Selbsttränken zu reinigen, die erfahrungsgemäß weniger durch Futter verschmutzt werden, wenn sie sich nicht unmittelbar neben den Futterkrippen befinden.

Bei **Heuraufen** besteht leicht die Gefahr, daß sie zu hoch angebracht werden. Sie sind nicht erforderlich, da die Pferde bei Einhaltung der Stallhygiene das Heu ohne Nachteile vom Boden aufnehmen können.

Als Formen der **Einstreu** wird für Sportpferdeställe meist die Wechselstreu und die Matratzen- bzw. Dauerstreu genutzt. Die Wechselstreu ist täglich zu erneuern, womit auch Endoparasitenstadien, die mit dem Kot in die Einstreu gelangen, meist wieder aus dem Stall entfernt werden. Dagegen bleibt die Matratzenstreu, die sehr viel Ammoniak binden kann, über einen längeren Zeitraum liegen. Deshalb ist bei dieser Einstreuform, besonders nach Vernachlässigung der Stallhygiene, eine Anreicherung von Endoparasitenstadien nicht auszuschließen, mit denen sich die Pferde direkt wieder infizieren können. Das betrifft besonders Spulwurmeier. Bei sehr feuchter Einstreu ist auch die Entwicklung von infektionsfähigen Larven aus Strongylideneiern möglich. Deshalb sind neben einer guten Stallhygiene der Parasitenbefall und damit auch die Eiausscheidung der Pferde möglichst gering zu halten.

Etwa halbjährlich wird die Matratzenstreu vollständig entfernt. Dann werden Box oder Stand gereinigt und desinfiziert. Ohne gründliche **Reinigung** ist eine Desinfektion wirkungslos, da die Wirkung der Desinfektionsmittel durch Schmutz reduziert oder völlig aufgehoben wird. Verschmutzte Oberfächen werden zunächst vorgeweicht, indem man sie 1 bis 2 Stunden mehrmals mit Wasser benetzt. Die Wirkung kann verbessert werden, wenn dem Wasser ein Einweichmittel (z. B. Tenside oder Natronlauge) in geringer Menge (etwa 0,5%) zugesetzt wird. Die anschließende Reinigung wird in kleinen Ställen mittels Besen und scharfem Wasserstrahl erfolgen. Für größere Ställe sind Hochdruckreinigungsgeräte (hydromechanische Naßreinigung) geeignet.

Nach Trocknung des Stalles schließt sich die **Desinfektion** an. Dabei muß das Desinfektionsmittel gleichmäßig in dünner Schicht die behandelten Flächen bedecken, um möglichst viele Infektionserreger und Parasitenentwicklungsformen abzutöten. Besonders geeignet sind Sprüh- oder Aerosoldesinfektionsverfahren. In kleineren Ställen können in Ermangelung der dafür erforderlichen Geräte Gießkanne oder Rückenspritze verwendet werden. Die Auswahl der Desinfektionsmittel ist sehr wichtig, da diese unterschiedliche Wirksamkeit gegenüber Viren, Bakterien oder Parasitenentwicklungsstufen besitzen. Es empfiehlt sich, Desinfektionsmittel einzusetzen, deren Wirksamkeit durch die Deutsche Veterinärmedizinische Gesellschaft geprüft und bestätigt wurde und die in einer Liste veröffentlicht werden, die Angaben zu Wirkungsbereich, Anwendungskonzentration und Einwirkungszeit enthält.

Nach Trocknung wird die neue Streu eingebracht. Die etwa 10 cm hohe Unterschicht kann aus festgestampften Sägespänen oder Torf bestehen. Anschließend folgt eine dicke Schicht Stroh. Am besten geeignet ist Roggenstroh, da es eine besonders gut Saugfähigkeit besitzt. Auch Weizenstroh kann verwendet werden. Bei Strohmangel kann die Matratze auch allein aus Sägespänen hergestellt werden. Man muß aber darauf achten, daß diese nicht von Holz stammen, das mit chemischen Präparaten, z. B. Holzschutzmitteln, behandelt wurde. Ferner sei darauf verwiesen, daß es Holzsorten mit giftigen Inhaltsstoffen gibt. Zu diesen gehört Walnuß- und Robinienholz, dessen Sägespäne ebenfalls nicht als Einstreu geeignet sind. Untersuchungen haben allerdings gezeigt, daß Pferde lieber auf einer guten Stroheinstreu als auf anderem Material liegen. Täglich sind möglichst mehrmals die Kotballen zu entfernen. Dabei darf die Matratze nicht zerstört werden, weil sonst zuviel Ammoniak freigesetzt wird. Von Zeit zu Zeit sind stark vom Harn durchfeuchtete Stellen der Matratze auszustechen und mit trockenem Material wieder aufzufüllen und festzutreten. Je nach Erfordernis wird eine neue Schicht Stroh bzw. Sägespäne aufgebracht. So hat das Pferd immer ein trockenes, weiches und warmes Lager. Vernachlässigte, harndurchnäßte Einstreu beeinträchtigt das Wohlbefinden und das Schlafverhalten der Tiere und führt u. a. zur Strahlfäule.

Der **Dung** ist sofort aus dem Stall zu entfernen, damit möglichst wenig Ammoniak in die Stalluft gelangt. Der Dungstapelplatz, der mindestens 30 m vom Stall entfernt sein soll, ist eine Visitenkarte. Nur wenn der Dung ordentlich gestapelt wird, erwärmt er sich so, daß Parasitenentwicklungsstufen abgetötet werden. Ein liederlicher Dunghaufen ist außerdem eine ideale Fliegenbrutstätte und führt so zur ständigen Belästigung der Pferde.

Einmal jährlich sollten Stallwände und -decken gekalkt werden oder einen Neuanstrich erhalten. Das ist eine die Stalldesinfektion sinnvoll ergänzende Hygienemaßnahme.

Die zum Stall gehörenden **Bergeräume** müssen eine ordnungsgemäße Lagerung der Futtermittel und auch der Einstreu gewährleisten. Ungeeignete, feuchte, schlecht belüftete Räume beeinträchtigen die Qualität des Rauh- und Konzentratfutters. Dadurch kann in ausgezeichneter Qualität eingelagertes Futter eine erhebliche Wertminderung erfahren. Als Bergeraumbedarf sind bei einer Lagerung von 100 Tagen, bezogen auf ein Großpferd, etwa folgende Richtzahlen zugrundezulegen:
Hafer 2 m^3, Heu 10 m^3, Futterstroh 4 m^3, Streustroh 4 m^3, Rüben 1,5 m^3.

Weide

Die Weidehaltung stimmt weitgehend mit der ursprünglichen Lebensweise des Pferdes als bewegungsintensives Steppentier überein. Als typische Herdentiere sollten die Pferde auf der Weide in Gruppen gehalten werden.

In freier Wildbahn fressen Pferde 16 bis 19 Stunden täglich und bewegen sich dabei langsam weiter. Das wird durch wenige Rastzeiten unterbrochen, die sich regelmäßig über den Tag verteilen. Weidehaltung fördert Gesundheit und Widerstandsfähigkeit. Sie trägt zur besseren Entwicklung von Knochenfundament, Muskulatur, Sehnen sowie Herz- und Kreislaufsystem bei. Durch den ultravioletten Anteil des Sonnenlichtes entsteht in der Haut Vitamin D, das für den Mineralstoffwechsel und insbesondere die Knochenbildung sehr wichtig ist. Auch im Winter sollten die Pferde ausreichend Auslauf erhalten. Ein Nachteil der Weidehaltung ist die erhöhte Verletzungsgefahr der Tiere. Auch ist es nicht selten, daß Pferde auf der Weide Hufeisen verlieren. Beides hält sich jedoch bei „weidegewöhnten" Pferden in erträglichen Grenzen, so daß die Vorteile der Weidehaltung überwiegen.

Nährstoffversorgung. Eine gute Weide setzt sich vielseitig aus verschiedenen Pflanzenarten zusammen. Etwa 75% sollten Gräserarten sein, die durch Klee und Kräuter ergänzt werden. Voraussetzung ist eine harmonische, standortgerechte Düngung. Die Nährstoffzusammensetzung des Weidefutters verändert sich mit dessen Alter im Verlauf des Jahres. Junges Grünfutter ist rohfaserarm und deshalb wenig strukturwirksam. Es hat einen hohen Eiweiß- und Wassergehalt. Je älter das Gras wird, desto höher steigen Trockenmasse- und Rohfasergehalt an, während der Eiweißgehalt abfällt. Somit besteht zu Beginn der Weideperiode ein überhöhtes Angebot an Eiweiß und Wasser. Für Extensivrassen (Pony) kann außerdem das Energieangebot zu hoch sein. Der Bedarf an Rohfaser und Strukturbestandteilen wird dagegen nicht gedeckt.

Probleme können auch in der Mineralstoffversorgung auftreten. Auf Weiden mit hohem Grasanteil ist oft das Magnesium- und Kalziumangebot unzureichend. Das gilt aber nicht für Weiden mit hohem Bestand an Klee. Fast immer sind der Natriumgehalt des Weidegrases sehr niedrig und der Kaliumgehalt zu hoch.

Prophylaxe von Ernährungsschäden. Der Übergang vom rohfaser- und trockenmassereichen und eiweißarmen Grobfutter im Winter zum eiweiß- und wasserreichen, rohfaserarmen Weidefutter birgt Gefahren. Eine zu plötzliche Umstellung kann zu Verdauungsstörungen, wäßrigen Durchfällen und Koliken führen. Auch toxische Hufrehe ist möglich. Um Schäden zu verhindern, muß folgendes beachtet werden:

- Die Fütterung ist langsam umzustellen. Das wird durch zunächst ein- bis zweistündiges Weiden erreicht. Die Zeit ist in den folgenden Tagen zu verlängern, so daß nach ein bis zwei Wochen zur Vollweide übergegangen werden kann.

- In den ersten zwei bis drei Wochen erhalten die Pferde täglich vor Weideauftrieb strukturreiches Futter (Heu, eventuell Stroh). Die Pferde begreifen aber sehr bald, daß sie anschließend saftiges Weidefutter bekommen und nehmen nach einigen Tagen dieses Rauhfutter, besonders bei schlechter Qualität, nicht mehr auf. Um so wichtiger ist dann die Begrenzung der Weidezeit.
- Durch ein kalzium- und magnesiumreiches Mineralstoffgemisch mit Viehsalzzusatz (Natrium) wird das Mineralstoffdefizit des Weidefutters ausgeglichen.
- Toxische Inhaltsstoffe der Pflanzen (z. B. Nitrat) sowie Pflanzenschutz- und Düngemittel können zu Schäden führen. Vorbeugende Maßnahmen werden im Abschnitt „Vergiftungen“ beschrieben.
- Um die Weide nicht zu einem Parasitenreservoir werden zu lassen, sind die Pferde vor Weideauftrieb zu entwurmen. Zusätzlich sind hygienische Maßnahmen erforderlich. Die Wiederansteckung mit Parasiten kann gering gehalten werden, wenn der Kot von der Weide abgesammelt wird. Im allgemeinen genügt es, den Kot alle drei bis vier Tage zu entfernen. Bei sonnigem, trockenem Wetter trocknet der Restkot aus, und die Wurmeier, mit Ausnahme der dickschaligen Spulwurmeier, sterben ab. Ein ähnlicher, allerdings schwächerer Effekt wird erreicht, wenn die Kotballen mechanisch zerteilt und ausgebreitet werden, wobei die Ballen zerstört werden müssen. Bei feuchtem Wetter kann diese Methode allerdings zu einer Ausweitung der Parasitenbelastung führen. In Gestüten ist es deshalb unerläßlich, den Kot von der Weide zu entfernen. Für Sportpferdeweiden wäre diese Maßnahme ebenfalls wünschenswert.

  Das Absammeln des Kotes ist auch eine Voraussetzung dafür, daß die Weide möglichst gleichmäßig abgefressen wird und wenig Meidestellen („Geilstellen“) entstehen.

Organisation des Weidebetriebes. Die Umzäunung der Weide muß ausbruchsicher sein. Dazu sind stabile Koppelzäune in ausreichender Höhe (0,9 × Widerristhöhe der Pferde) erforderlich. Zu beachten ist, daß nach dem Bundesbaurecht Zäune im Außenbereich nicht höher als 1,50 m sein dürfen. Koppelzäune sollten aus mindestens zwei übereinander angebrachten waagerechten Stangen aus Holz, Metallrohr oder anderem Material bestehen. Stacheldraht darf nicht verwendet werden, da er zu erheblichen Verletzungen führen kann. Elektrozäune sind allein zur Weideumgrenzung nicht ausreichend, sie können aber zusätzlich innerhalb der festen Einzäunung angebracht werden und verhindern dann zugleich Schäden, die durch Beknabbern und Scheuern der Pferde am Holz des Koppelzaunes entstehen können. Wenn keine Bäume vorhanden sind, die Schutz vor starker Sonne, Regen und Wind geben (Laubbäume sind im Winter ungeeignet), ist ein ausreichend großer Weideschuppen, der gleichzeitig allen Pferden Platz bietet, als Unterstellmöglichkeit erforderlich.

Ein Hektar Weidefläche sichert, abhängig von der Qualität des Weidefutters, die Ernährung von 2 bis 3 Großpferden während der Weideperiode. Dabei wird nur der Erhaltungsbedarf gedeckt und eine eventuell geringe Arbeitsleistung ermöglicht. Sportlich genutzte Pferde müssen zusätzlich Konzentratfutter erhalten. Da Pferde in der heißen Jahreszeit tagsüber nur wenig Weidefutter aufnehmen, sollte dann in den Morgen- und Abendstunden und möglichst auch nachts geweidet werden.

Tränkwasserversorgung ist bei Ganztagsweide unbedingt notwendig. Geeignet sind Wasserwagen mit Tränkbecken, deren Standort gewechselt werden kann. Dadurch wird verhindert, daß der Boden in der Umgebung der Tränke zu stark durchnäßt wird und dadurch Voraussetzungen für Parasitenanreicherungen geschaffen werden. Häufig wird man feststehende Behälter als Tränke verwenden. Der Behälter ist öfter vollständig zu reinigen. Die umgebende Fläche sollte befestigt werden.

> Zur Tränkung sind Brunnen-, Quell- oder Leitungswasser geeignet. Oberflächenwasser aus Teichen, Flüssen oder Bächen birgt die Gefahr in sich, daß es durch schädliche Substanzen wie Pflanzenschutz-, Schädlingsbekämpfungs- oder Düngemittel bzw. Krankheitserreger verunreinigt sein kann und sollte deshalb nicht verwendet werden.

Esel sollten nur dann mit Pferden gemeinsam auf der Weide gehalten werden, wenn bei ihnen vorher eine Lungenwurmbehandlung durchgeführt wurde. Esel sind oft Träger dieser Würmer, ohne sichtbar zu erkranken.

Robusthaltung von Pferden

Kleinpferde und besonders Ponys werden z. T. in sogenannter „Robusthaltung" ganzjährig in Gruppen auf der Weide untergebracht, um ihnen möglichst natürliche Haltungsbedingungen zu schaffen. Damit können wichtige Rassemerkmale wie hohe Widerstandsfähigkeit, Anspruchslosigkeit und Belastbarkeit besser erhalten werden. Islandponys kennen z. B. trotz der rauhen klimatischen Bedingungen der Insel auch im Winter keine warmen Ställe, bestenfalls steht eine einfache Unterstellmöglichkeit zur Verfügung. Zugefüttert wird in der Regel nur, wenn die Tiere infolge des strengen Winters nicht mehr selbst genügend Futter finden können. Deshalb besteht unter unseren Haltungs- und Fütterungsbedingungen eher die Gefahr einer Schädigung durch zu lange einseitige Stallhaltung und zu intensive Fütterung (zu üppige Weide!).

Zunehmend gewinnt die naturnahe und artgemäße Haltung in Offenställen an Bedeutung, die den Pferden freie Bewegung in Licht und Luft ermöglicht. Diese Kaltställe sind in jedem Fall mit einem Sandauslauf und nach Möglichkeit mit einer angrenzenden Weide zu verbinden. In der Regel befinden sich in der nach Süden oder Südosten weisenden Längswand große Türen, die (fest arretiert!) zu allen Jahreszeiten geöffnet bleiben. Vor Unwettern müssen sie allerdings geschlossen werden, da sonst erhebliche Sturmschäden am Stall auftreten können. Offenställe sind ausreichend stabil zu bauen. Sie sollten nicht in Bodensenken liegen, da sich hier Kälte, Nebel und Feuchtigkeit sammeln. Das Gebiet rund um den Stall ist, evtl. durch Drainage, gut zu entwässern. Wie der Warmstall muß auch der Offenstall trocken, sauber und zugfrei sein. Im Sommer ermöglichen Lüftungsklappen an den drei geschlossenen Stallseiten eine regulierbare Ventilation. Der Stall erhält eine Matratzenstreu, von der täglich Kotballen und Harnstellen zu entfernen sind. Damit für die Pferde ausreichend Platz zur Verfügung steht, rechnet man für Großpferde mit 3 × 4 m und für Kleinpferde mit 2,5 × 3,5 m. Vor Kraftfuttergaben und zur Pflege werden die Pferde angebunden. Als günstig hat sich der von der Liegefläche getrennte Einbau von Freßständen, deren Zahl der der Pferde entspricht, erwiesen. Sie dienen der störungsfreien Aufnahme von Kraftfutter und sollten so schmal sein, daß sich die Tiere nicht legen können. Nach hinten sollten die Stände die Pferde um etwa einen halben Meter überragen. Diese Stallanordnung fördert außerdem die tägliche Bewegung der Tiere und senkt den Kotanfall auf der Liegefläche. Auch im Winter muß Wasser immer zur beliebigen Aufnahme vorhanden sein. Offenstallhaltung hat sich nicht nur für Ponys sondern auch für Warmblutpferde, Araber und Vollblüter bewährt. Sollen die Tiere vom Warmstall auf Offenstallhaltung umgestellt werden, so erfolgt das am günstigsten im Frühsommer mit der Weidezeit. Die Pferde bilden dann im Herbst ein dichtes, warmes Winterfell aus, wodurch sie allerdings bei sportlicher Nutzung schnell schwitzen. Für Pferde, die über das ganze Jahr im Leistungssport eingesetzt werden, ist deshalb die Offenstallhaltung nicht geeignet. Eine vernünftige, der Kondition angepaßte Reitbelastung, z. B. Freizeitreiten, ist jedoch ohne Probleme möglich.

Fütterung

Als Pflanzenfresser verfügt das Pferd über einen Verdauungskanal erheblicher Länge, der es ihm ermöglicht, die Nahrungsbestandteile gut aufzuschließen und zu verwerten. Der Weg, den die Nahrung von der Maulhöhle bis zum After zurücklegt, entspricht etwa dem 12fachen der Körperlänge, das sind bei einem Großpferd ungefähr 30 Meter. Das Gesamtfassungsvermögen der Verdauungsorgane beträgt über 200 Liter. Täglich nimmt ein Pferd bei mittlerer Arbeitsbelastung eine Futtermenge auf, deren Trockenmassegehalt etwa 2% der Körpermasse entspricht.

In der **Maulhöhle** wird das Futter mit kräftigen Mahlzähnen gut zerkleinert. Für 1 kg Langheu sind dazu z. B. über 3000 Kieferschläge notwendig. Bei 70 bis 80 Kauschlägen pro Minute werden dafür 40 Minuten benötigt. Deshalb sind ausreichende Freßzeiten erforderlich. 1 kg Hafer wird schon in etwa 10 Minuten aufgenommen. Die täglich in die Maulhöhle abgegebene Speichelmenge ist mit 50 Litern erstaunlich hoch.

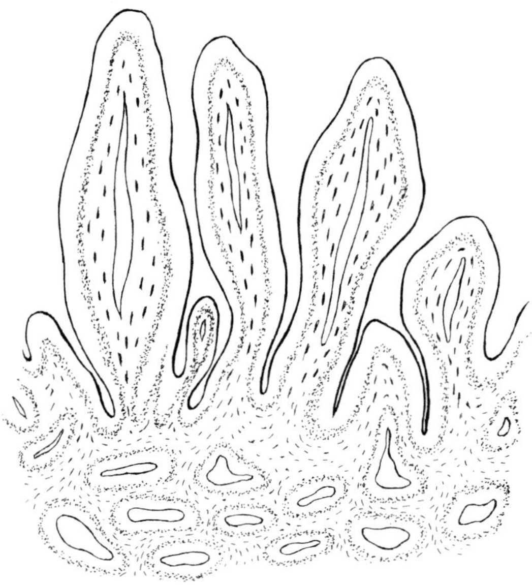

Abb. 3.5 Dünndarmschleimhaut.
Vergrößerung der Oberfläche durch Zotten (schematische Darstellung).

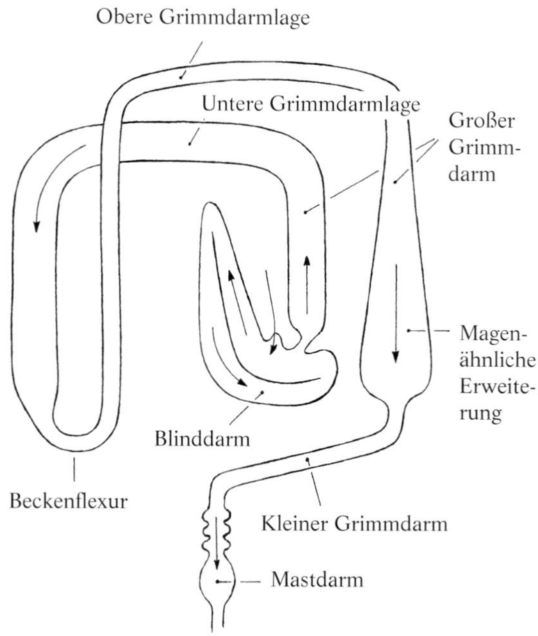

Abb. 3.6 Anordnung der einzelnen Dickdarmabschnitte des Pferdes (schematische Darstellung).

Der **Magen** der Großpferde faßt nur 15 bis 20 Liter. Sein Inhalt weist einen stark sauren pH-Wert von etwa 3 (mit Minimalwerten von 1,5) auf. In ihm verweilt das Futter 6 bis 12 Stunden. Während dieser Zeit werden die Hälfte der Eiweiße und ein Drittel der Kohlenhydrate des Futters aufgeschlossen.

Im sich anschließenden **Dünndarm** werden die Nahrungsbestandteile durch Verdauungssäfte weiter aufbereitet. Viele Zotten vergrößern hier die Gesamtoberfläche bis auf 200 m² (Abb. 3.5). Das begünstigt die Resorption der Nährstoffe durch die Darmwand.

Der folgende **Dickdarm** wird in Blind-, Grimm- und Mastdarm unterteilt. Blinddarm- und bestimmte Grimmdarmabschnitte stellen große Gärkammern dar (Abb. 3.6 und 3.7). Der Blinddarm faßt z. B. 30 bis 40 Liter und hat eine Oberfläche von ungefähr 20 m². In seiner Schleimhaut befinden sich etwa 300 Millionen Drüsen. In diesen Gärkammern erfolgt durch Darmbakterien der Abbau der Zellulose zu Fettsäuren, die über die Darmwand aufgenommen werden. Der Nahrungsbrei wird durch Wasserentzug eingedickt und zu Kotballen geformt.

Die **Verweildauer des Futterbreies** im Verdauungskanal wird von der Struktur des Futters beeinflußt. Je feiner die Teilchen des Futters sind, desto schneller passiert es den Verdauungskanal. Dann werden allerdings einige Nährstoffe schlechter aufbereitet und ausgenutzt. In der Regel sind 36 Stunden nach der Aufnahme ungefähr 50% der Futterreste als Kot erschienen. Bis zur vollständigen Ausscheidung aller Futterreste kann dann nochmals eine Woche vergehen.

Für die **praktische Fütterung** sind die
- Zusammensetzung der Ration,
- Art der Futtermittel,
- Qualität der Futtermittel und
- Futterbereitung, Fütterungstechnik sowie -hygiene

von Bedeutung.

Viele Krankheiten werden durch Fütterungsfehler hervorgerufen oder wenigstens begünstigt. Deshalb werden Fütterungsfehler bei den folgenden Abschnitten besonders berücksichtigt.

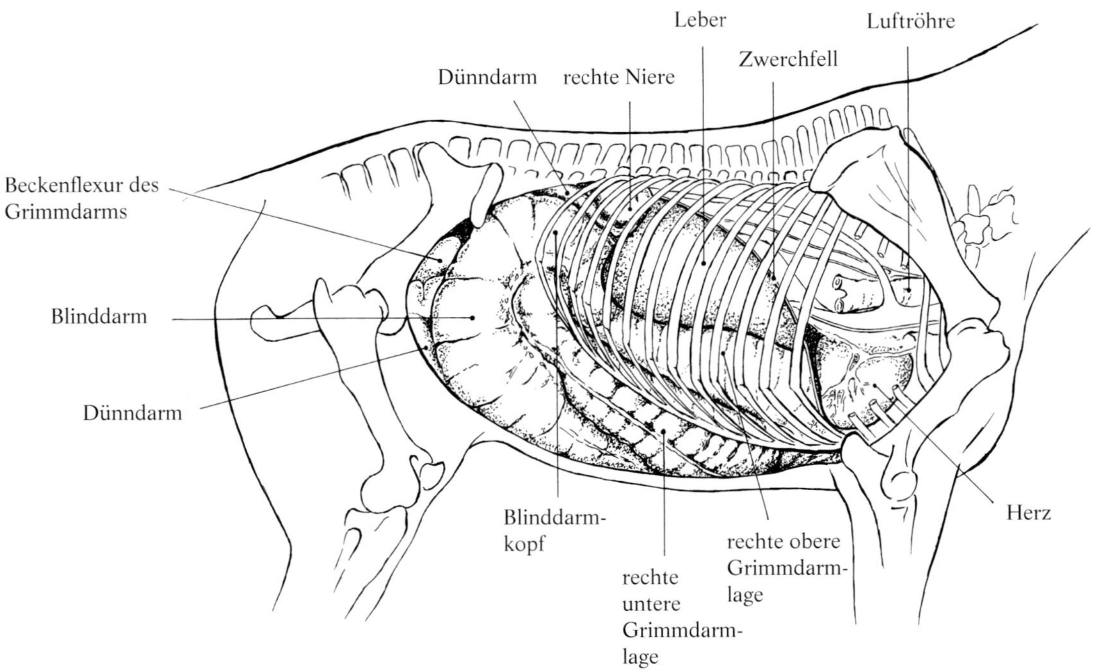

Abb. 3.7 Lage einiger Dickdarmteile in der Bauchhöhle des Pferdes, von der rechten Seite gesehen.

Zusammensetzung der Ration

Pferde benötigen täglich eine Futtermenge mit einem Trockenmassegehalt der 2 bis 2,5% des Gewichtes der Tiere entspricht. Mit Erhöhung der Leistungsanforderungen steigt der Trockenmassebedarf auf bis zu 3% an. Die Futterration muß den Energie-, Eiweiß-, Mineralstoff- und Vitaminbedarf der Pferde decken (Anhang, Tabelle Seite 370 und 371). Dabei ist ein ausgeglichenes Energie-Eiweiß-Angebot anzustreben.
Eiweiß ermöglicht das Muskelwachstum während des Trainings. Es muß entsprechende Qualitätsanforderungen erfüllen. Der Gehalt an essentiellen Aminosäuren (z. B. Lysin) ist besonders wichtig. Das Eiweißangebot sollte jedoch nicht wesentlich über der Bedarfsnorm liegen, da ein gesteigerter Abbau Leber und Nieren belastet und dem Pferd zusätzlich Energie entzieht. Die verstärkte Abgabe der Eiweißabbauprodukte über die Nieren ist mit einem häufigeren Harnabsatz und damit mit einer erhöhten Wasseraufnahme verbunden. Dieser gesteigerte Wasserumlauf im Körper kann dazu führen, daß die Pferde vermehrt schwitzen. Starke Eiweißüberfütterung kann zu Erkrankungen wie Durchfall mit Resorptionsstörungen, verdickten Fesselköpfen oder Hufrehe führen. Bei steigender Leistung erhöht sich der **Energiebedarf** stark, während der Eiweißbedarf nur gering ansteigt.

Von den **Mineralstoffen** muß den Mengenelementen Kalzium, Phosphor und Natrium besondere Beachtung geschenkt werden. Mit zunehmendem Alter der Pferde nimmt die Fähigkeit zur Resorption der Mineralstoffe ab. Neben der Bedarfsdeckung ist das Verhältnis von Kalzium zu Phosphor im Futter bedeutsam, das optimal 1,2 bis 1,5:1 beträgt. Ein hoher Konzentratanteil der Ration verschiebt das Kalzium-Phosphor-Verhältnis zugunsten des Phosphors, da sich z. B. im Hafer die Mengen der beiden Elemente wie 0,6:1 verhalten (Anhang,Tabelle Seite 374). Phosphorüberschuß in der Ration beeinträchtigt die Kalziumresorption. Hinzu kommt, daß Oxalsäure, die im Gras z. T. in erheblichen Mengen enthalten ist, und Phytat, das vor allem im Getreide vorkommt, Kalzium binden und damit dessen Resorption stören können. Ein Mineralstoffdefizit der Ration bzw. ein zu enges Kalzium-Phosphor-Verhältnis kann durch Zufütterung der im Handel erhältlichen kalziumreichen Vitamin-Mineralstoff-Ergänzungsfuttermittel für Pferde korrigiert werden. Diese decken allerdings den **Natriumbedarf** nicht immer, so daß dem Futter zusätzlich Kochsalz zuzusetzen ist. Salzlecksteine erfüllen den gleichen Zweck, die täglich aufgenommene Natriummenge ist dann aber weniger beeinflußbar. Von den Spurenelementen sind besonders Eisen (Bildung des roten Blutfarbstoffes Hämoglobin), Kupfer (Hämoglobinbildung und Knochen- sowie Knorpelentwicklung), Zink (günstiger Einfluß auf Hauterkrankungen und auf Hufhornqualität sowie Reifung von Knorpel und Knochen), Mangan (Knochenstoffwechsel, Fruchtbarkeit), Jod (Schilddrüsenfunktion) und Selen (Muskelstoffwechsel) bedeutsam. Nicht nur ein Mangel, sondern auch ein Überschuß an Spurenelementen sollte vermieden werden, da in beiden Situationen z. B. bei Selen, Jod und Kupfer Störungen ausgelöst werden können. Spurenelemente können sich wechselseitig in der Resorption beeinträchtigen (z. B. Eisen-Mangan). Das ist auch durch Mengenelemente, die im Überschuß aufgenommen werden, möglich (z. B. Kalzium-Zink).

Vitamin A wird im Organismus aus Karotin, einem sog. Provitamin, gebildet. Durch Grünfuttereinsatz wird der Vitamin-A-Bedarf der Pferde im Sommerhalbjahr gedeckt. Während der Heufütterung ist die Versorgung dagegen ungenügend. Reich an Karotinen sind Mohrrüben. Es sind allerdings 1,0 bis 2,5 kg täglich notwendig, um die Vitamin-A-Synthese in der erforderlichen Menge zu sichern. Andernfalls sind zusätzliche Vitamin-A-Gaben nötig. Da Pferde in der Leber Vitamin A speichern können, werden kurzzeitige Perioden ungenügender Versorgung kompensiert.

Vor einer andauernden Vitamin-A-Überdosierung muß nachhaltig gewarnt werden, da Vergiftungen möglich sind (vgl. Anhang, Tab. Seite Seite 372). Erste Erscheinung ist ein stumpfes Haarkleid, starke Überdosierung kann zu Haarausfall, Bewegungsstörungen (Ataxie) und Festliegen der Pferde führen.

Bei etwa halbtägigem Aufenthalt im Freien bilden Pferde unter dem Einfluß des Sonnenlichtes ausreichend **Vitamin D**. Im Winter kann der Bedarf durch Heu gedeckt werden. Bei überwiegendem Einsatz von technisch getrockneten Grobfutterstoffen muß die Ration durch Vitamin-D-Präparate ergänzt werden.

Vitamin E beeinflußt den Stoffwechsel besonders von Skelett und Herzmuskulatur und ist deshalb beim Sportpferd äußerst wichtig. Es ist in vielen Futtermitteln enthalten. Aufnahme und Verwertung können aber durch verschiedene Futterinhaltsstoffe beeinträchtigt werden.

Die Vitamine der B-Gruppe und Vitamin K werden im Darm der Pferde gebildet und decken im allgemeinen den Bedarf. Vitamin C (Ascorbinsäure) ist u. a. für die Bildung und den Stoffwechsel von Bindegewebe und Knochen sowie für die Hormonsynthese von Bedeutung. Es wird vom Pferd selbst hergestellt. Offenbar besteht bei Streßzuständen, z. B. bei Infektionskrankheiten oder hoher Leistungsbeanspruchung, ein erhöhter Bedarf. Da im Körper keine nennenswerten Vitamin-C-Depots angelegt werden, ist dann eine kontinuierliche Versorgung wichtig. Vitamin C wird unabhängig von der Form, in der es im Futter vorliegt, in hohem Maße im Dünndarm der Pferde absorbiert.

Sowohl bei Mineralstoffen als auch bei Vitaminen (besonders A und D) muß vor einem exzessiv überhöhten Angebot dringend gewarnt werden. Wenn mehrere durch Mineralstoffe und Vitamine ergänzte Mischfutterkomponenten in die Ration aufgenommen werden, kann der Überblick über die tatsächliche Aufnahme der Tiere verlorengehen und ein Luxuskonsum mit negativen Auswirkungen übersehen werden.

Offenbar wird durch die immer vielseitigere und intensivere Supplementierung der Rationen die Entwicklung besonders der jungen Pferde immer weiter forciert. Dabei können allerdings erhebliche Diskrepanzen im Reifegrad der einzelnen Organsysteme auftreten.

Hierzu sind statistische Erhebungen von Interesse, nach denen bei Vollblutrennpferden in der Bundesrepublik in den fünfziger und sechziger Jahren unseres Jahrhunderts zeitgleich mit dem beginnenden Einsatz mineralstoff- und vitaminreicher Mischfuttermittel Gliedmaßenfrakturen erheblich zunahmen.

Die Ration ist nicht grundsätzlich an bestimmte Futtermittel gebunden. Sie muß aber die Besonderheit der Pferdeverdauung berücksichtigen und deshalb mindestens 15% **Rohfaser** in der Trockensubstanz enthalten. Von dieser Rohfaser sollen etwa 50% strukturwirksam sein und die für die Pferdegesundheit wichtige Teilchengröße von mindestens 4 cm besitzen. Bei zu geringem Strukturanteil ist die Darmpassage beschleunigt. Durch die zu kurze Verweildauer können die Nährstoffe nur ungenügend freigesetzt und aufgenommen werden. Die Darmbewegungen werden gehemmt. Die einsetzende Gärung im Darm kann zur Kolik führen. Hinzu kommt, daß ungenügende Aufnahme strukturwirksamer Rohfaser die Pferde nicht ausreichend zum Kauen und damit zur Speichelsekretion anregt. Der alkalische Speichel ist aber erforderlich, um eine Übersäuerung des Darminhaltes zu verhindern. Zu niedrige pH-Werte beeinträchtigen die Mikrobentätigkeit im Dickdarm, woraus ebenfalls Verdauungsstörungen entstehen können. Zu hoher Rohfasergehalt beschränkt die Versorgung mit Nährstoffen. Er sollte deshalb bei Sportpferden mit mittlerer bis schwerer Arbeit 20 bis 25% und bei Rennpferden etwa 18% der Trockenmasse der Ration nicht überschreiten.

Je höhere **Leistungen** Sportpferde bringen müssen, desto konzentratreichere Fütterung ist erforderlich, damit die Tiere die notwendige Energie erhalten. Diese Pferde benötigen eine hohe Energiekonzentration in der gesamten Ration. Vollblutpferde, die für Rennen trainiert werden, erhalten z. B. vorwiegend Konzentrate. Ein Teil des Hafers wird noch durch Mischfutter ersetzt. Die Energiekonzentration der Ration sollte bei diesen „Hochleistungssportlern" durch Futterzucker, Zuckerschnitzel oder Pflanzenöle erhöht werden, um den Energiebedarf besonders während großer Belastungen zu decken. Bei „schlechten Fressern" ist diese Ergänzung der Ration eine Voraussetzung für das Erreichen der Rennkondition.

Auch Hochleistungssportpferde benötigen als Strukturkomponente das **Rauhfutter** (mindestens 1 kg/100 kg KG). Sie sollten Wiesenheu bester Qualität oder Luzerneheu erhalten, weil diese Heuarten neben der erforderlichen Strukturwirkung einen hohen Nährstoffgehalt haben. Damit kann die Energieaufnahme nochmals erhöht werden.

Von Pferden, die nach getaner Arbeit versorgt und gefüttert worden sind und die dann ruhig ihr Futter aufnehmen, geht geradezu eine wohltuende, gelassene Zufriedenheit aus. Das **Fressen** ist für die Pferde eine sehr wichtige Beschäftigung. Deshalb müssen, und das ist auch aus Gründen des Tierschutzes erforderlich, Futtermittel eingesetzt werden, für die die Tiere eine längere Freßzeit benötigen. Ein Nachteil bei rauhfutterarmer Ration besteht darin, daß sich die Tiere nach der schnellen Aufnahme des Konzentratfutters (4mal so schnell wie Rauhfutter) langweilen und die Voraussetzung für Untugenden (z. B. Weben und Koppen) geschaffen ist. Das ist auch dann der Fall, wenn Hafer und Heu (oft mit Zuschlagstoffen) gemahlen und pelletiert werden, um die Transporteigenschaften zu verbessern und die Fütterungstechnologie zu erleichtern. Durch dieses Verfahren kann zwar die Verdaulichkeit der Rohfaser erhöht werden, die Strukturwirkung der Futtermittel wird jedoch beeinträchtigt. Da letztere bereits stark zerkleinert sind, reduziert sich der Kauaufwand und damit auch die Zeit für die Aufnahme der Ration beträchtlich. Eine Sonderform des Pelletierens ist das Brikettieren. Hier ist das Rauhfutter nur teilweise zerkleinert, so daß eine bessere Strukturwirkung vorhanden ist und die Freßzeiten länger sind.

Man hat seit Jahren versucht, die traditionellen Pferdefuttermittel **Hafer-Heu-Häcksel** durch sog. **wirtschaftseigene Futtermittel** abzulösen. Das ist auch bei landwirtschaftlichen Nutz- und Zuchtpferden sowie bei Freizeitpferden möglich. Hier können Grasanwelk- oder Maissilage sowie Maisganzpflanzenpellets, Futter- und Zuckerrüben und Kartoffeln (roh oder gedämpft) in jeweils guter Qualität einen wesentlichen Teil der Ration ausmachen (Tab. 3.3.). 1 kg Hafer kann z. B. durch etwa 5 kg Maissilage ersetzt werden. Allerdings müssen die Pferde dann wesentlich größere Futtermengen aufnehmen, der Verdauungskanal wird mehr belastet, ist stärker gefüllt und kann eine extreme Lungen- und Herz-Kreislauftätigkeit mechanisch behindern. Deshalb sind solche voluminösen Futtermittel für Sportpferde nur in geringem Umfang zur Ergänzung der Ration geeignet (z. B. Rüben, Mohrrüben; Einsatzmengen s. Anhang, Tabelle Seite 372 und 373).

Grundlage der **Sportpferderation** (Beispiele im Anhang, Tabelle Seite 371) sollten auch weiterhin Hafer und Heu sein. Die Vorteile dieser Rationsgestaltung bestehen u. a. darin, daß die Fütterung überschaubar ist und einen geringen Arbeitsaufwand erfordert. Hafer und Heu sind gut lagerfähig und beim Turniereinsatz der Tiere leicht transpor-

Tab. 3.3. Ersatz von Hafer durch andere Futtermittel (bezogen auf Energiegehalt).

Futtermittel	Menge, die etwa 1 kg Hafer ersetzt (kg)
Zuckerrüben	4
Gehaltsrüben	6
Trockenschnitzel	1
Zuckerschnitzel	0,9
Maissilage	5
Grasanwelksilage	3,5
Kartoffeln (gedämpft)	3–4
Maisganzpflanzenpellets	1
Gerste	0,9
Mais (Körner)	0,8

tierbar bzw. durch die gleichen Futtermittel des Veranstalters zu ersetzen. Außerdem kann diese Fütterung gut der aktuellen Leistungsanforderung an die Pferde angepaßt werden. Bei höheren Leistungen ist der Haferanteil zu erhöhen. Hafer kann auch teilweise durch andere Getreidearten bzw. Mischfutter ersetzt oder ergänzt werden. Als Nachteil der Hafer-Heu-Fütterung ist das ungünstige Kalzium-Phosphor-Verhältnis anzusehen. Hafer enthält viel Phosphor und wenig Kalzium. Dadurch entsteht in der Ration ein starker Phosphorüberschuß, der zu Stoffwechselstörungen führen kann. Ein Ausgleich ist durch kalziumreiche Mineralstoffmischungen und Luzerneheu möglich.

Die praktische Fütterung zeigt immer wieder, daß gutes **Heu** für das Wohlbefinden und den guten Ernährungszustand der Tiere sehr wesentlich ist und Qualitätsschwankungen bei Hafer ausgleichen kann. Während des Sommerhalbjahres kann das Heu teilweise oder vollständig durch **Grünfutter** ersetzt werden. Auch hier wird die tägliche Menge durch die Leistungsanforderung bestimmt. Sportpferde, von denen mittlere Leistungen, z. B. täglich 2 bis 3 Stunden leichtes Training oder Touristikreitbetrieb, gefordert werden, erhalten 20 bis 30 kg, Hochleistungspferde mit intensivem Training oder Wettkampfbetrieb nur 10 bis 20 kg täglich (bei erhöhtem Konzentratfuttereinsatz). Im Winterhalbjahr sollte nach Möglichkeit die Ration durch etwas Saftfutter ergänzt werden. Besonders geeignet sind Möhren, von denen bereits 0,5 bis 1 kg pro Tier und Tag Ernährungszustand und Haarkleid günstig beeinflussen.

Bei Rationen vom Hafer-Heu-Typ werden je Großpferd jährlich etwa 18 dt Hafer und 18 dt Heu benötigt. Wenn Heu im Sommerhalbjahr durch Grünfutter ersetzt wird, reduziert sich der Bedarf auf 10 dt.

Genauere Angaben entnehmen Sie bitte den speziellen Übersichten im Anhang, S. 371 bis 374.

Art der Futtermittel

Hafer ist ein gutes Pferdefuttermittel mit hoher Energiekonzentration (Anhang, Tab. S. 371). Je kürzer und dicker die Haferkörner sind, desto höher ist der Stärke- und damit Energiegehalt. Das drückt sich auch im Litergewicht des Hafers (Gewicht der im Litermaß ermittelten Hafermenge) aus, das mit dem Energiegehalt der Hafercharge parallel geht. Werte unter 390 g/l sind niedrig. Hafer ist leicht bekömmlich, wird gern gefressen und rasch verdaut. Innerhalb von 2 Stunden steht die aus ihm gewonnene Energie dem Organismus zur Verfügung (das sollte vor besonderen Belastungen beachtet werden!).

Durch den hohen Spelzenanteil ist eine relativ gute Rohfaserwirkung gegeben. Außerdem bildet der bei der Verdauung entstehende Schleim einen Schutzfilm auf der Darmschleimhaut.

Mais und **Gerste** sind ebenfalls Getreidearten, die als Pferdefutter eingesetzt werden können. Sie sind rohfaserärmer als Hafer. Die Gerstenkörner sind hart und deshalb zu schroten. Auch die Verwertung des Maises kann durch Schroten verbessert werden. Da beide Getreidearten leicht ansetzen, sind sie für Tiere im schlechten Ernährungszustand besonders geeignet. Beide Getreidearten können etwa ein Drittel der Hafermenge in der Ration ersetzen.

Weizen ist kein geeignetes Pferdefutter, da er leicht zu Verdauungsproblemen führt.

Nach **Roggenfütterung** wurde beobachtet, daß die Pferde bei Belastung leicht schwitzen. Aus Roggenkleie können sich Darmsteine bilden. Roggenkörner quellen im Magen stark auf, was zur Magenüberladung führt. Diese Getreideart ist deshalb für Hochleistungstiere ungeeignet. Bei Tieren mit geringerer Leistung kann ihr Anteil maximal 15 bis 20% an der Getreideration betragen, wenn eine allmähliche Gewöhnung erfolgt. Zu schnelle Umstellung kann Reheerkrankung auslösen. Am besten sollte Roggen gequollen verfüttert werden.

Heu stellt als Rauhfutter eine wichtige stabilisierende Komponente der Sportpferderation dar. Es hat einen hohen Nährstoff-, Mineralstoff- und Vitamin-D-Gehalt und eine wichtige Strukturwirkung. Der nach der Heuwerbung hohe Gehalt an Karotin, der Vorstufe des Vitamin A, fällt während der Lagerung stark ab. Pferde können an die Aufnahme großer Heumengen gewöhnt werden. Über 10 kg je Tier und Tag beeinflussen aber die Form der Tiere negativ. Der Umfang des Bauches nimmt zu, es entsteht der sogenannte „Heubauch". Für Sportpferde, von denen hohe Leistungen gefordert werden, sind das gehaltvollere Kleegras- oder Luzerneheu besonders geeignet. Nachteilig kann der hohe Eiweißgehalt sein.

Trockengrüngut: Ein Teil des Heus kann durch Trockengrüngut ersetzt werden, das gehäckselt, pelletiert oder brikettiert eingesetzt werden kann. Briketts vereinen die guten Transporteigenschaften der Pellets mit den ernährungsphysiologischen Vorteilen des Langhäcksels und sind deshalb zu bevorzugen. Für Grascobs wird frisch geerntetes Gras auf 5 bis 8 cm Länge geschnitten und danach in Trommeln ohne Flammenberührung (sonst „Röstgeruch") getrocknet und gepreßt. Sie zeichnen sich durch Strukturwirksamkeit und geringe Nährstoffverluste sowie einen hohen Vitamin-E- und β-Karotingehalt aus und können täglich in einer Menge von 1 bis 3 kg eingesetzt werden. Zusätzliche Heu- und Strohaufnahme ist erforderlich. Pellets aus Grasmehl sind dagegen als Pferdefutter wenig geeignet, da sie keine Strukturwirkung besitzen und auch die Freßzeit wesentlich niedriger ist als bei Heu. Im Unterschied zu Heu enthält Trockengrüngut nur Spuren von Vitamin D.

Futterstroh gehört zum Rauhfutter und ist stark strukturwirksam. Es muß dann eingesetzt werden, wenn Heu nicht in ausreichender Menge vorhanden ist. Sommerhalmstroh ist weicher und besser für die Pferdefütterung geeignet als Winterhalmstroh. Am günstigsten ist Haferstroh, ferner Sommergerstenstroh zu verwenden. Allerdings wird dieses Stroh von den Pferden manchmal nicht so gut aufgenommen wie das härtere Winterstroh. Nach Aufnahme zu großer Strohmengen können Verstopfungen und Koliken entstehen.

Häcksel besteht aus mindestens 4 cm langen Strohstücken (oder Heu), die dem Hafer vor der Fütterung in einem Masseanteil von 10 bis 20% zugesetzt werden. Geeignet sind Roggen- oder Weizenstrohhäcksel.

Grünfutter ist für Pferde bekömmlich, wirkt anregend auf Appetit und Verdauungsvorgänge und hat einen hohen Nährstoff- (besonders Eiweiß-) und Karotingehalt. Während junges Gras sehr wenig Strukturbestandteile enthält, sind diese bei überständigem Gras sehr hoch. Luzerne und Klee sind besonders eiweißreich. Einseitige Kleefütterung kann zu üblen Dickdarmverstopfungen führen.

Gärfutter: Für Pferde sind lediglich Anwelksilage oder Maissilage sehr guter Qualität geeignet, deren Trockensubstanzgehalt mindestens 35 bzw. 20% betragen soll. Je höher der Trockenmassegehalt der Silagen ist, desto lieber werden sie von Pferden aufgenommen. Am besten wird das sogenannte Gärheu mit 40 bis 60% Trockenmasse gefressen, das zunehmend (auch um Stauballergien zu vermeiden) in der Pferdefütterung eingesetzt wird. Allerdings wird bei Silagen die Gefahr einer Fehlgärung mit steigendem Trockenmassegehalt größer. Nach Öffnung der Folienhüllen hält sich die Silage nur wenige Tage. Angefangene Silageballen müssen je nach Witterung in 2 bis 6 Tagen verfüttert sein. Pferde reagieren auf verdorbene Silagen sehr empfindlich. Während des Winters kann durch diese Futtermittel die Karotinversorgung verbessert werden.

Kartoffeln können roh oder gedämpft verfüttert werden. Maximal sind 10 kg je Pferd und Tag mit Spreu oder Häcksel vermischt einzusetzen. Dabei wird mit wenigen Kilogramm begonnen und die Menge allmählich gesteigert. Kartoffeln sind ein voluminöses Futtermittel und deshalb für Leistungspferde nicht geeignet.

Rüben: Futter- und Zuckerrüben können in einer Menge von 10 bis 15 kg täglich verfüttert werden. Allmähliche Gewöhnung ist erforderlich. Leistungspferde sollten jedoch nur geringe Mengen erhalten.

Trocken- und Zuckerschnitzel müssen einen Tag vor der Verfütterung in der etwa dreifachen Menge Wasser eingeweicht werden, weil sie sonst in der Speiseröhre aufquellen und zu gefährlichen Schlundverstopfungen führen können. Maximal sind an Sportpferde 3 kg je Tag einsetzbar. Zuckerschnitzel (Vollschnitzel) haben eine besonders hohe Energiekonzentration und werden deshalb in Phasen erheblicher Trainings- oder Wettkampfbelastung eingesetzt. An Ruhetagen sollten sie nicht gefüttert werden, um Kreuzverschlag zu vermeiden.

Möhren werden gern aufgenommen. Sie zeichnen sich durch hohen Zucker- und Karotingehalt (Vorstufe des Vitamin A) aus (letzterer nimmt während der Lagerung in der Miete kaum ab!) und sollten zur Ergänzung der Winterration, zumindest in Perioden starker Belastung und während des Haarwechsels, gegeben werden.

Fette und Öle: Beide Futtermittel haben einen sehr hohen Energiegehalt, der weit über dem des Futtergetreides liegt. Mit ihrem Einsatz wird die Energiekonzentration für Hochleistungspferde erhöht, ohne daß die Tiere durch zusätzliche Eiweißaufnahme belastet werden. Der Anteil dieser Futtermittel kann nach entsprechender Gewöhnung auf maximal 5 bis 10% des Konzentratfutters erhöht werden, dabei sind möglichst häufig kleine Mengen über den Tag verteilt zu verabreichen. Geeignet sind Öle, wie Erdnuß-, Lein- oder Sojaöl, oder Fette, die einen niedrigen Schmelzpunkt besitzen (kein Rindertalg!).

Mischfutter für Pferde werden als vielseitig zusammengesetzte, energie-, eiweiß-, mineralstoff- und vitaminreiche Ergänzungsfutter unter Beachtung der spezifischen ernährungsphysiologischen Belange für verschiedene Nutzungsrichtungen der Pferde hergestellt. So gibt es z. B. für Gestüte und Rennställe Sondermischungen.

Pelletiertes Alleinfutter ist den Bedarfsnormen der Pferde entsprechend zusammengestellt und ergänzt. Es besitzt allerdings keine wesentliche Strukturwirkung und wird innerhalb kurzer Zeit aufgenommen. Deshalb müssen die Tiere gutes Streustroh erhalten, durch dessen Aufnahme sie das Strukturdefizit ausgleichen und sich beschäftigen können.

Qualität der Futtermittel

Pferde besitzen einen sehr fein ausgeprägten Geschmacks- und Geruchssinn. Beide Sinne spielen bei der Auswahl der Futtermittel eine wichtige Rolle.

Deshalb stellen Pferde an die Qualität der Futtermittel hohe Ansprüche und beantworten Qualitätsmängel mit verringerter Futteraufnahme. Ein wesentlicher Teil der Magen-Darm-Erkrankungen ist auf qualitativ unzureichende Futtermittel zurückzuführen. Folgende Grundsätze sind deshalb zu beachten:

- Heu nach der Ernte 8 Wochen lagern, bevor mit der Fütterung begonnen wird. Das Heu verliert die Feuchtigkeit und „schwitzt durch".
- Keinen frisch geernteten Hafer verfüttern. Hafer soll ebenfalls nach der Ernte etwa 8 Wochen lagern.
- Hafer muß gereinigt sein. Als Beimengung können z. B. Kreuzblütersamen (kleine schwarze Körnchen) auftreten, die reizende Stoffe enthalten. Sie werden allerdings nur von einem Teil der Pferde mit aufgenommen. Verunreinigter Hafer muß vor dem Füttern gut gesiebt werden. Leider hat in den letzten Jahren auch die Verunreinigung des Getreides durch das sehr giftige Mutterkorn wieder zugenommen.
- Keine muffigen, verschimmelten Futtermittel (dumpf-muffiger bis schimmeliger Geruch, grauweiße oder braunschwarze Beläge, feuchte verklebte Stellen) einsetzen. Das gilt besonders für Heu (Ballen aufschütteln und kontrollieren), Stroh (weiches Sommergetreidestroh nimmt leicht Wasser auf, Gefahr der Verschimmelung) und Getreide (hier ist der Schimmelbefall oft nur am muffigen Geruch zu erkennen). Auch verschimmelte Brotabfälle dürfen keinesfalls an Pferde verfüttert werden. Da Streustroh teilweise gefressen wird, muß es die gleichen hygienischen Anforderungen wie Futterstroh erfüllen.
- Neben Schimmelpilzen besitzen Milben als Vorratsschädlinge für Pferdefuttermittel eine herausragende Bedeutung. Wie die Untersuchung einer großen Zahl von Futtermitteln ergab, waren 10% der Hafer- und 20 bis 50% der Heu-

proben stark vermilbt. Junge Pferde reagieren auf den Einsatz solcher Futtermittel besonders empfindlich.
- Angefaulte oder gefrorene Futtermittel (Rüben, Möhren) sind zu meiden. Hackfrüchte müssen vorher gründlich gewaschen werden. Anhaftende Bodenteile und Schmutz können wie Schmirgelpapier auf die sehr empfindliche Darmschleimhaut wirken, sich in bestimmten Darmabschnitten anhäufen und Kolik auslösen.
- Säuerlicher Geruch weist bei Getreide auf erhöhten Wassergehalt und bakterielle Fäulnis hin. Solches Getreide ist für Pferde ungeeignet. Massiver Befall mit Bakterien und Hefen verringert infolge Abbaus den Nährwert der Futtermittel. Er beeinträchtigt die Dickdarmflora und stört damit den Aufschluß und die Verwertung der Zellulose. Außerdem kann er zur gesteigerten Gasbildung im Magen-Darm-Trakt und damit zu schweren Koliken führen. Auch Durchfallerkrankungen sind möglich. Bakterien, Pilze und Hefen können selbst toxische Stoffwechselprodukte bilden, von denen eine Schädigung ausgeht.
- Grünfutter ist immer frisch zu verfüttern. Es erwärmt sich, wenn es liegt, und verliert an Schmackhaftigkeit und Futterwert. Im allgemeinen ist jedoch eine etwa 12stündige Lagerung nicht zu umgehen. Dann ist aber auf kleine Schichthöhe und luftige, kühle Lagerung zu achten (siehe auch Nitritbildung). Zu kurz geschnittenes Gras (Vorgartengras, Rasenmäher!) kann im Darm verfilzen und Verstopfungskoliken auslösen.

Werden diese Grundsätze nicht eingehalten, können Erkrankungen des Magen-Darm-Kanals (Aufblähung, Lähmung der Darmbewegung, Verstopfungen, Durchfall, Kolik) und Rehe verursacht werden. Im Zweifelsfall können Proben der bedenklichen Futtermittel mit Vorbericht an die zuständige Futtermitteluntersuchungseinrichtung (landwirtschaftliche oder vet. med. Untersuchungsämter) gesandt werden.

Fütterungstechnik

Pferde sollten aufgrund der Besonderheiten des Verdauungssystems wiederholt mit kleinen Mengen gefüttert werden. Bereits 5 Stunden nach der Futteraufnahme treten Hungerkontraktionen des Magens auf. Sportpferde erhalten deshalb ihre Tagesration in drei, Hochleistungspferde sogar in vier bis fünf Mahlzeiten. Dabei ist das Kraftfutter gleichmäßig zu verteilen, während etwa 50% des Rauhfutters abends und der Rest zu den übrigen Mahlzeiten gegeben werden. Da sich der Stoffwechsel des Pferdes auf die Fütterungszeiten einstellt, sind diese exakt einzuhalten. Wichtig ist es, daß die Pferde ausreichend Zeit zur Aufnahme der Futtermittel erhalten. Abhängig von den eingesetzten Futtermitteln und der Menge rechnet man mit 1,5 bis 2 Stunden je Mahlzeit. Starke Belastungen unmittelbar nach der Mahlzeit hemmen die Verdauungsvorgänge und sollten deshalb vermieden werden. Die Umstellung der Fütterung bzw. der Einsatz anderer Futtermittel muß grundsätzlich allmählich vorgenommen werden. Das gilt besonders für den Beginn der Grünfütterung im Frühjahr. Pferde mit freiem Zugang zu verschiedenen Futtermitteln nehmen nicht immer die ernährungsmäßig wertvollsten auf, sondern lassen sich bei der Auswahl von den Geschmackseigenschaften leiten.

Haferkörner können **ganz** oder **gequetscht** verfüttert werden. Fohlen und Pferde mit Zahnschäden und sehr alte Pferde sollten immer gequetschten Hafer bekommen. Ganzer Hafer kann nur dann weitgehend verdaut werden, wenn er gründlich zerkaut wird. Das erreicht man, indem man dem Hafer Häcksel zusetzt. Die Pferde fressen dann langsamer und kauen die einzelnen Bissen besser. Hafer mit Häckselzusatz wird ebensogut oder sogar besser verwertet als gequetschter Hafer. Leider wird heute nur noch selten Häcksel verwendet, so daß die Haferkörner blank gefüttert werden.

Die Freßzeiten und damit die Zahl der Kauschläge liegen dann etwa so hoch wie bei gequetschtem Hafer (Tab. 3.4.) Daraus ist eine nicht ausreichende Zerkleinerung des ganzen Hafers abzuleiten. Zugleich erklärt sich die Beobachtung, daß gequetschter Hafer meist besser nährt als blank gefütterte, ganze Körner. Wir fanden das in Sportpferdebeständen bestätigt, wo vorwiegend oder ausschließlich gequetschter Hafer eingesetzt wird. Zahnerkrankungen als Folge dieser Fütterung treten nicht auf, wenn die Tiere ausreichend Rauhfutter erhalten. Zu beachten ist, daß gequetschter Hafer leichter Feuchtigkeit anzieht als ganze Körner und unbedingt trocken aufzubewahren ist. Auch sollte jeweils höchstens soviel

Tab. 3.4. Durchschnittliche Aufnahmezeiten (min.) von 1 kg Hafer in verschiedener Zubereitung

ganzer Hafer	10,4 (6–16)
gequetschter Hafer	9,5 (5–16)
ganzer Hafer + 10% Häcksel	14,5 (9–21)
ganzer Hafer + 20% Häcksel	20,9 (11–26)

Anmerk.: Ein Pferd kaut durchschnittlich 70mal pro Minute

Hafer gequetscht werden, wie in 14 Tagen verfüttert werden kann.

Sehr gute **diätetische Wirkung** kann erreicht werden, wenn ein- bis zweimal wöchentlich **Mash** gefüttert wird. Eine einfache aber durchaus ausreichende Form der Zubereitung ist folgende (Mengenangabe je Pferd): 2 Handvoll Leinsamenschrot in 2 bis 3 Liter kochendes Wasser einrühren, etwa 3 Stunden bei wiederholtem Umrühren stehen lassen, dazu 2 kg Quetschhafer und 1 kg Weizenkleie, gut verrühren, etwas Traubenzucker, 1 Eßlöffel Kochsalz, Mineralstoffgemisch, evtl. Vitaminpräparat zugeben, gut mischen und füttern.

Im Mash wird das Mineralstoffgemisch auch von Tieren gut aufgenommen, bei denen es sonst regelmäßig als Rest in der Krippe liegen bleibt. Mashfütterung wirkt sich günstig auf den gesamten Ernährungszustand aus und trägt zu einem gesunden Glanz des Haarkleides bei. Die Fütterung sollte immer abends erfolgen, wobei die Menge etwa mit der sonst üblichen Konzentratmenge der Abendration übereinstimmt. Man sollte allerdings Mash nicht öfter als zweimal wöchentlich geben, da die Pferde bei dessen Aufnahme wenig kauen und damit wenig Speichel bilden und die Gefahr einer Übersäuerung des Futterbreies besteht.

Heu und **Futterstroh** können die Pferde vom Boden aufnehmen, so daß Raufen nicht erforderlich sind. Das setzt allerdings regelmäßige Wurmbekämpfung voraus, weil sonst die Gefahr einer erhöhten Aufnahme von Parasitenentwicklungsstadien besteht.

Tränkung

Die **tägliche Wasseraufnahme** hängt vom Wassergehalt der Futtermittel und von der Wasserabgabe mit Harn, Kot, Schweiß und Atemluft ab. Sie schwankt bei Großpferden zwischen 30 und 60 l. Am günstigsten ist es, den Pferden Wasser durch Selbsttränken zur beliebigen Aufnahme anzubieten. Moderne Selbsttränken sind gegen Überlaufen geschützt, da die Pferde ab einer gewissen Füllhöhe mit den Nüstern eintauchen müßten, wenn sie die Tränke weiter betätigen wollten. Das ist sehr wichtig, weil Pferde manchmal so lange an der Tränke spielen, bis die Box unter Wasser gesetzt ist. Für nicht frostsichere Ställe werden auch beheizte Tränken angeboten, die ein Einfrieren im Winter verhindern sollen. Wo keine Selbsttränken vorhanden sind, sollte in jeder Box eine Halterung für einen Tränkeimer angebracht sein (Abb. 3.8.). Somit steht den Tieren nach der Abendtränkung für die Nacht nochmals ein voller Tränkeimer zur Verfügung, was sich fördernd auf die Rauhfutteraufnahme auswirkt. Am Tage reicht dann ein dreimaliges Tränken aus. Die Tränkzeiten sind exakt einzuhalten und mit der Fütterung abzustimmen. Dabei ist es unwichtig, ob Pferde vor oder nach der Futteraufnahme getränkt werden. Untersuchungen zeigten, daß nach der Fütterung aufgenommenes Wasser nicht, wie oft befürchtet wird, den Mageninhalt verdünnt und damit die Konzentration der Verdauungssäfte abschwächt, sondern fast vollständig über den Mageninhalt hinweg in den Darm abläuft. Entscheidend ist, daß die Pferde an ein bestimmtes **Tränksystem** (vor,

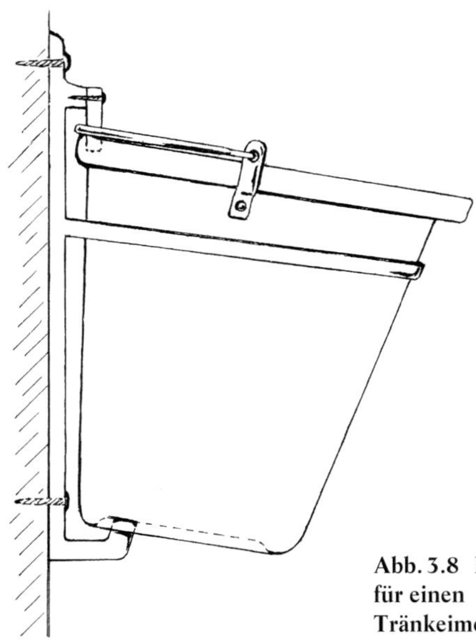

Abb. 3.8 Halterung für einen Tränkeimer.

während oder nach dem Füttern) gewöhnt werden (oft muß sich auch der Pfleger den Wünschen der Pferde anpassen) und daß die Tiere Wasser in guter Qualität und ausreichender Menge erhalten.

Unter Praxisverhältnissen wird den Pferden oft vor der Fütterung und nach der Kraftfutteraufnahme Wasser angeboten, was durchaus richtig ist. An heißen Tagen sollten Pferde häufiger getränkt werden, da sie nicht in der Lage sind, auf Vorrat zu trinken. Bei ungenügender Wasseraufnahme wird dann dem Dickdarminhalt zusätzlich Wasser entzogen, wodurch Verstopfungen entstehen können.

Während längerer Ritte können Pferde ohne Bedenken getränkt werden, wenn sie anschließend weiter bewegt werden. Kommen jedoch erhitzte Pferde in den Stall, so sollten sie erst nach etwa einer halben Stunde Wasser erhalten. Wenn man dazu noch etwas Heu auf das Wasser gibt, trinken die Tiere langsam und vorsichtig. Werden erhitzte Pferde im Stall sofort getränkt, können heftige Koliken auftreten. Deshalb sollten die Selbsttränken mit Absperrhähnen versehen sein.

Pferde stellen an die **Qualität des Wassers** hohe Ansprüche. Geruchs- und Geschmacksabweichungen beeinträchtigen die Wasseraufnahme. Tränkwasser sollte Trinkwasserqualität aufweisen.

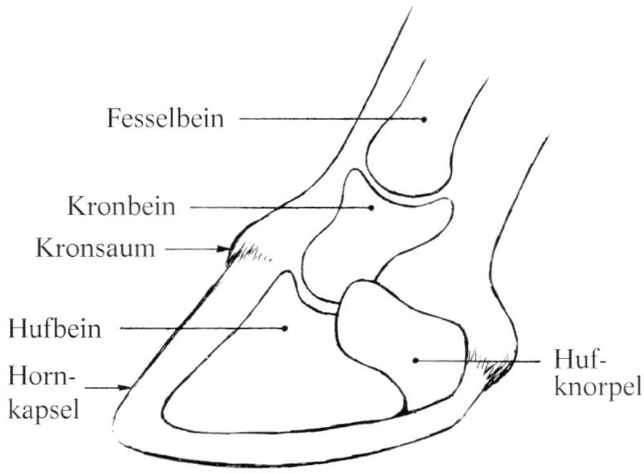

Abb. 3.9 Lage des Hufbeinknochens und der Hufknorpel im Huf.

Tränkung mit Oberflächenwasser (Teiche, Flüsse, Bäche) ist meist bedenklich, da toxische Bestandteile (wie Düngemittel und Pestizide), Krankheitserreger oder Parasiten enthalten sein können.

Hufpflege und Hufbeschlag

Aufbau des Hufes, Hufmechanismus

Für das Verständnis der Hufpflege und einiger Grundlagen des Hufbeschlages sind Kenntnisse über Aufbau und Wirkungsweise des Hufes wichtig.

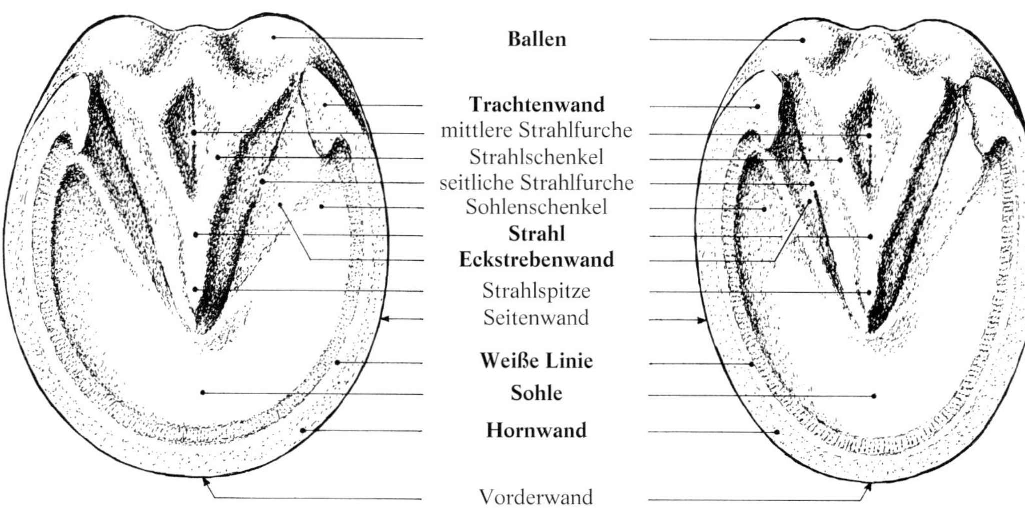

Abb. 3.10 Huf, Sohlenfläche. Links: Vorderhuf, rechts: Hinterhuf.

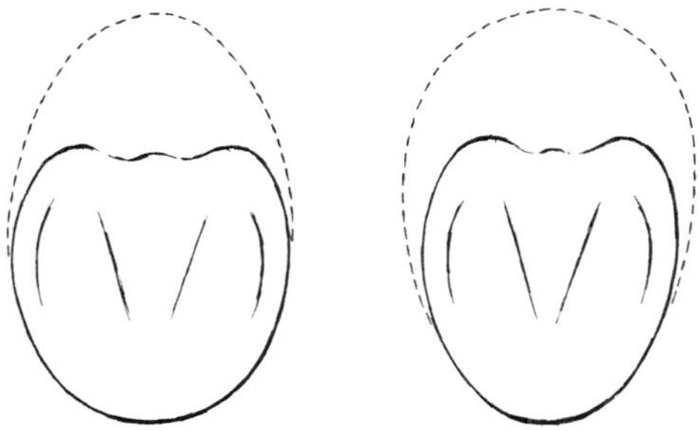

Abb. 3.11 Schematische Darstellung der Form des Tragerandes von Vorder- und Hinterhuf.

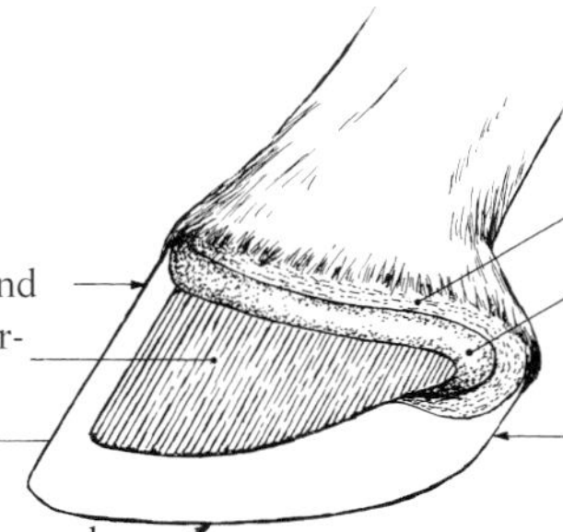

Abb. 3.12 Anordnung der Hornkapsel um die Huflederhaut, von der Seite gesehen.

Der Huf ist als Zehenendglied so ausgebildet, daß er eine schnelle Fortbewegung ermöglicht. Die knöcherne Grundlage ist das Hufbein, das gleichsam wie ein Prägestempel die Hornkapsel formt. Diese wird in die Abschnitte Deck- oder Glasurschicht, Wand, weiße Linie, Sohle, Strahl und Ballen unterteilt. Die Hornwand eines Hufes besteht aus Vorderwand, zwei Seitenwänden und zwei Trachtenwänden, die sich in einem spitzen Winkel auf die Sohlenfläche umschlagen und die zwei Eckstreben bilden. Der obere Rand wird als Kronrand und der untere als Tragerand bezeichnet.

Regelmäßige – also ideal geformte – Vorder- und Hinterhufe zeigen Unterschiede in der Form des Tragerandes. Hinterhufe sind spitzer und haben ihre weiteste Stelle hinter der Mitte, während diese bei Vorderhufen an der Mitte der Seitenwände liegt. Man kann das am Vergleich mit einem Ei deutlich machen. Dann entspricht etwa die Form des Vorderhufes dem stumpfen und die des Hinterhufes dem spitzen Pol. Auch im Winkel, den die Vorderwände von der Seite gesehen mit dem Erdboden bilden, bestehen Unterschiede. Bei Vorderhufen beträgt er 45 bis 50° und bei Hinterhufen 50 bis 55°. Vorderwand und Trachtenwand verhalten sich in ihren Längen zueinander bei Vorderhufen wie 3:1 und bei Hinterhufen wie 2:1.

Die Grundlage des Hornstrahles mit seinen beiden Strahlschenkeln und dem Körper ist ein weich-elastisches Kissen (Strahlpolster), das den hinteren Teil des Hufes ausfüllt. Hufbein und Strahlpolster werden von der Huflederhaut, die sehr viele Blutgefäße enthält, überzogen. Ihre Oberfläche hat an Krone, Saumband, Sohle, Ballen und Strahl die Form feiner Zöttchen und an der Wand die feiner Blättchen. Damit wird die Ober-

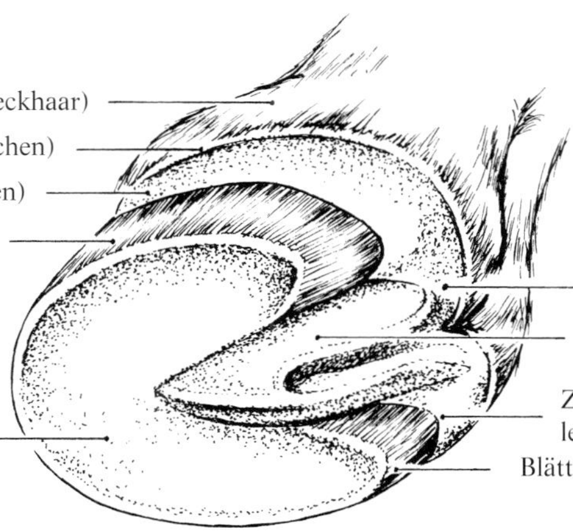

Abb. 3.13 Huf, schräg von unten gesehen. Nach Entfernung des Hornschuhs liegt die Lederhaut frei.

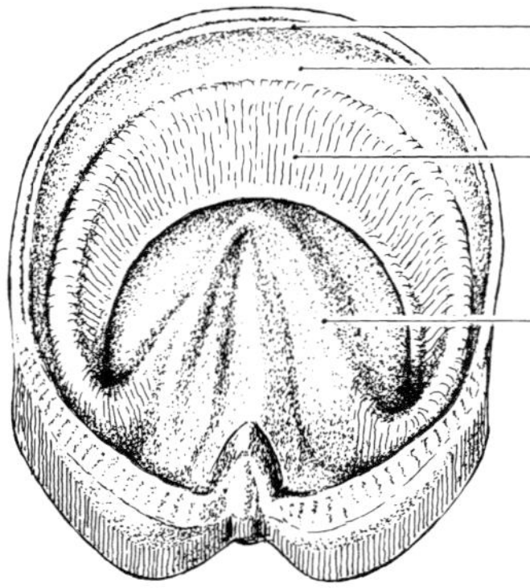

Abb. 3.14 Huf, Blick von hinten und oben in den abgezogenen Hornschuh.

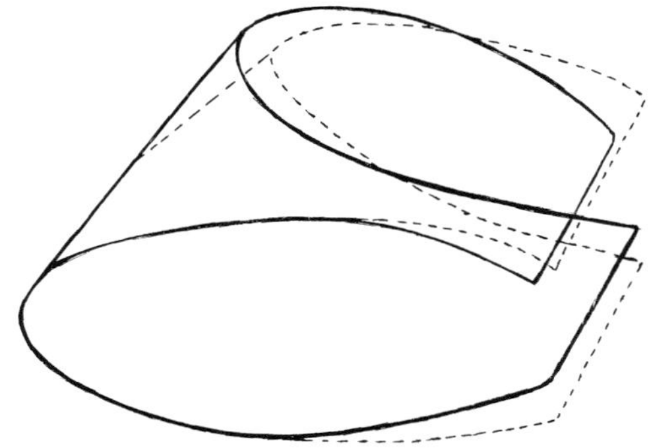

Abb. 3.17 Schema für die Darstellung des Hufmechanismus. Verformung der Hufwand bei Be- (punktierte Linie) und Entlastung (durchgehende Linie) des Hufes.

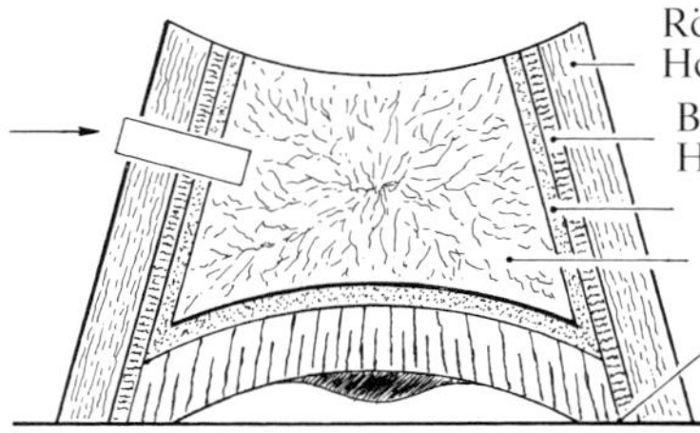

Abb. 3.15. Querschnitt durch den Huf.

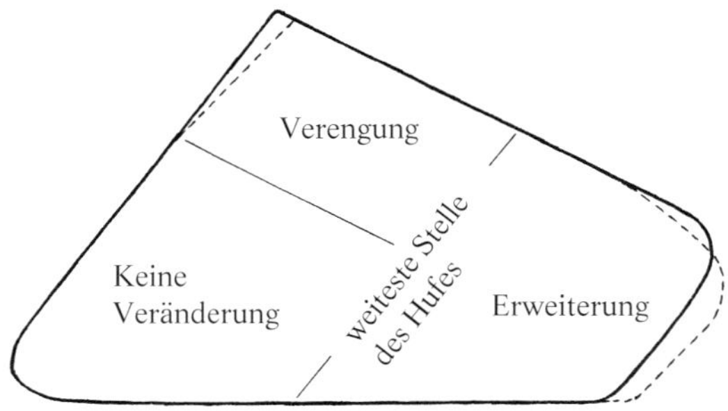

Abb. 3.18 Hufmechanismus, schematische Darstellung der Verformungszonen am Huf (von der Seite gesehen).

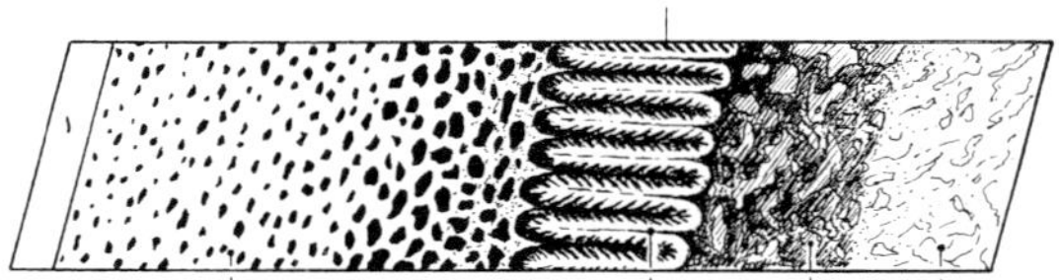

Abb. 3.16 Querschnitt durch Hornwand, Wandlederhaut und äußeren Teil des Hufbeins, (Ausschnitt von Abb. 3.15).

fläche sehr stark vergrößert. Die Wandlederhaut bildet z. B. ungefähr 600 von der Krone zum Tragerand verlaufende Blättchen, von denen jedes wiederum annähernd 100 Nebenblättchen enthält. Dadurch hat allein der Wandbereich der Lederhaut des Hufes eine Fläche von etwa 1 m^2.

Zöttchen und Blättchen bilden das Horn, das entsprechend eine Säulen- oder Blättchenstruktur hat. So entsteht eine großflächige feste Verbindung zwischen Lederhaut und Hornkapsel. Das Hufbein ist durch ineinandergreifende Lederhaut- und Hornblättchen geradezu an der Hornwand aufgehängt. Von den Zöttchen der Kronlederhaut wird die Hauptschicht der Hornwand gebildet, die außen von der Glasurschicht überzogen wird. Die Hornfestigkeit ist von der Dichte der Zöttchen und damit der Hornröhrchen abhängig. Hoch im Blut stehende Pferde haben besonders dichte Röhrchen und damit festes Horn.

Das Hufhorn wächst bei erwachsenen Pferden monatlich etwa 7 bis 8 mm. Bei jungen Pferden ist dieser Hornnachschub stärker als bei älteren Tieren. Obwohl der Huf eine so feste Form hat, ist er kein starres Gebilde. Bei Belastung verformt er sich, bei Entlastung geht er wieder in die ursprüngliche Form zurück (Abb. 3.17 und 3.18). Im Moment des Fußens sinkt die obere Hälfte der Vorderwand an der Krone etwas ein. Der Huf erweitert sich im Bereich der Trachtenwände, beginnend an der weitesten Stelle des Hufes. Diese Erweiterung ist an der Krone fühlbar stärker als am Tragerand, durch dessen Bewegung die dem Huf zugewandte Seite des Hufeisens blank gescheuert wird (Scheuerrinnen; Foto 7, Seite 50). Gleichzeitig senken sich die Ballen. In ihrer Gesamtheit bewirken diese Vorgänge den **Hufmechanismus**. Wichtigste Grundlage dafür sind Hornstrahl, Strahlpolster und Hufknorpel. Ein intakter Hufmechanismus verringert die Wucht des Stoßes, der sich von dem fußenden Huf auf die Gliedmaße fortsetzt. Er vermindert damit die Belastung von Beugesehnen und Fesselträger. Außerdem fördern die abwechselnde Erweiterung und Verengung an der Hornkapsel nach dem Prinzip einer Saug- und Druckpumpe die Durchblutung und Ernährung der Lederhaut und damit das Hornwachstum. Wenn die Scheuerrinnen am Hufeisen fehlen, ist der Hufmechanismus gestört. Dann besteht Verdacht auf Erkrankung der entsprechenden Gliedmaße.

Hufpflege

Ziel der Hufpflege ist es, gesunde Hufe zu erhalten bzw. wiederherzustellen. Pferde sind nur dann voll leistungsfähig, wenn ihre Hufe gesund sind. Insbesondere gilt es, den Hufmechanismus zu fördern, der an eine elastische Hornkapsel sowie einen gut entwickelten Strahl mit entsprechendem Strahlpolster gebunden ist. Im einzelnen sind folgende **Pflegemaßnahmen** erforderlich:

- Ausreichende tägliche Bewegung des Pferdes ist Voraussetzung für gutes Hornwachstum.
- Von großer Bedeutung für ein gesundes Hornwachstum ist eine qualitativ und quantitativ ausreichende Fütterung. Dazu gehört eine bedarfsgerechte Versorgung mit Mineralstoffen und Vitaminen. Eine besondere Bedeutung kommt dem Biotin zu. Durch tägliche Zufütterung von 10–30 mg Biotin über längere Zeit kann die Hornqualität verbessert werden.
  Hufhorn mit sichtbar schlechter Hornqualität weist niedrigere Zinkkonzentrationen auf als Horn mit guter Qualität. Durch Zulage von Zink zum Futter konnte der Zinkgehalt im Horn erhöht werden. Bei ungenügender Fütterung oder Ernährungsstörungen ist das Hornwachstum (vorübergehend) gestört. Es entstehen an allen vier Hufen parallel zur Krone verlaufende Futterringe.
- Die Hufe sind täglich zu reinigen (besonders Hornsohle und Strahlfurchen). Die verwendeten Hufreiniger dürfen nicht zu scharf sein, damit keine Schäden am Huf entstehen. Keinesfalls sind umgebogene Schraubenzieher geeignet!
- Beschlagene Hufe sind regelmäßig auf lockere Eisen und vorstehende Niete zu kontrollieren. Damit soll verhindert werden, daß die Hufeisen abgetreten werden und die Hornwand ausbricht. Vorstehende Niete können zu Verletzungen führen.
- Die erforderliche Elastizität der Hornkapsel setzt einen richtigen Feuchtigkeitsgehalt des Horns voraus. Bei zu hoher Feuchtigkeit wird das Horn mürbe. Es bröckelt leicht aus und wächst verzögert. Solche Hufe neigen zur Strahlfäule.
  Die Hufe sind oft dann zu feucht, wenn ungenügend eingestreut wird und die Pferde im Mist stehen (bei Anbindehaltung oft die Hinterfüße). Maßnahme: gute Einstreu, am besten Stroh. Dung und nasse Einstreustellen täglich entfernen. Zu trockene Hufe haben sehr hartes, sprödes Horn. Es bricht aus, reißt leicht, ist sehr schwer zu bearbeiten und behindert den Hufmechanismus (besonders Vorderhufe bei Anbindehaltung). Auch solche Hufe können ein sehr geringes Hornwachstum aufweisen. Um dem Hufhorn die richtige Feuchtigkeit zu geben, sind die Hufe etwa alle zwei Tage mit Wasser, Schwamm und einer sehr weichen Bürste (Schonung des Saumbandes und der oberflächlichen Glasurschicht) zu reinigen. Bei sehr harten Hufen ist das täglich erforderlich. Anschließend werden die Fesselbeugen mit einem weichen Lappen gut ausgetrocknet, damit keine Mauke entsteht. Auch nach jeder Bewegung im Schnee ist die Fesselbeuge gut auszutrocknen.
- Die Hufe werden gefettet, wenn sie noch feucht sind, da dann die Feuchtigkeit des Hornes besser erhalten bleibt. Der gesamte Huf, einschließlich Sohle, Strahl und Ballen, ist ein- bis zweimal wöchentlich dünn mit **Huffett** oder einem ungesalzenen und nichtranzigen Fett einzureiben. Das Huffett bildet auf dem Horn eine Schutzschicht und verhindert einerseits ein zu schnelles Austrocknen, andererseits das unerwünschte Eindringen zu starker Feuchtigkeit. Es übernimmt damit die Aufgabe der (zumindest in den unteren Hufabschnitten) zerstörten Glasurschicht. Wenn das Huffett auf einen vollstän-

dig trockenen Huf aufgetragen wird, ist die gewünschte Wirkung nicht zu erzielen. Andere Hufpräparate werden mit dem Ziel eingesetzt, im Hufhorn eine Fettbarriere aufzubauen, die ebenfalls einen zu hohen Wasserverlust vermeiden soll.

- Durch tägliche **Massage der Hufkrone** mit Lorbeersalbe können das Hornwachstum sehr gut angeregt und die Hornqualität verbessert werden. Am günstigsten wird die Salbe mit zwei Fingern eingerieben, wobei ein Finger oberhalb der Krone auf der Haut und der zweite Finger auf dem angrenzenden Horn liegt. Ziel ist es, die Durchblutung der Hufkrone zu fördern. Es ist immer wieder erstaunlich, wie günstig sich eine solche Behandlung auswirkt, wenn sie über mehrere Wochen durchgeführt wird. Im Wechsel mit Lorbeersalbe können Vitamin-A-haltige Salben oder Öle verwendet werden.

Hufbeschlag

Ein im Grab des Frankenkönigs Childerich I. gefundenes Hufeisen beweist, daß bereits vor 1500 Jahren Hufe beschlagen wurden. Da dieses Eisen an den Stellen, wo bei der Herstellung die Nagellöcher eingetrieben wurden, auseinandergedrückt ist, besitzt es einen welligen Rand und wird als „Wellrandeisen" bezeichnet (Abb. 3.19). Manche nehmen sogar an, daß schon die Kelten ähnliche Hufeisen benutzten. Sicher wurden damals nur in Ausnahmefällen Pferde beschlagen. Das war auch noch im Mittelalter der Fall, wo die Pferde nur in bestimmten Situationen, z. B. bei Reisen, Eisen trugen. Gewöhnlich gingen die Pferde barfuß.

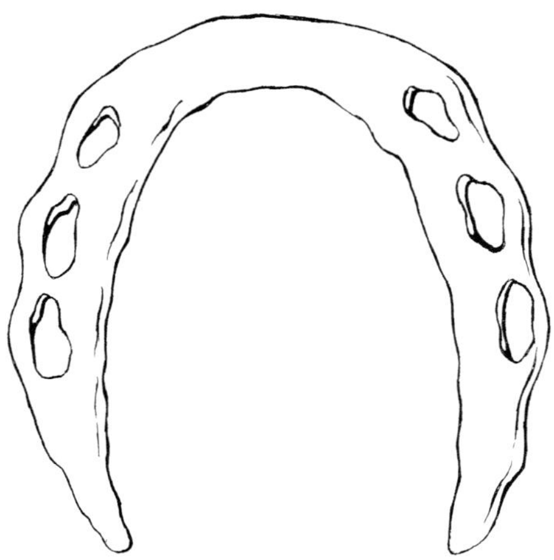

Abb. 3.19 Wellrandhufeisen.

Es ist für uns heute erstaunlich, daß in mindestens 1500 Jahren das Prinzip des Hufbeschlages, d. h. die Befestigung von Eisen mit Nägeln an der Hornwand, beibehalten wurde. Trotz einiger Nachteile, die diesem Verfahren anhaften, konnte es durch keine bessere Methode abgelöst werden. Seit einigen Jahren gewinnen Kunststoffe für den Hufbeschlag zunehmend an Bedeutung. Der Einsatz *aufklebbarer* Kunststoffhufschuhe wird, schon wegen des Preises, zunächst auf Sonderfälle beschränkt bleiben, wo z. B. eine Befestigung von Hufeisen mit Nägeln nicht möglich ist.

Vorzüge und Nachteile

Der Hufbeschlag hat **Vorzüge**, indem er

- vor zu starkem Abrieb schützt,
- als Gleitschutz dient,
- fehlerhafte Hufformen- und Gliedmaßenstellungen korrigiert (besonders bei Fohlen) sowie
- die Heilung bestimmter Huf- und Gliedmaßenerkrankungen fördert. Orthopädische Beschläge, z. B. mit halbmondförmigen Eisen, geschlossene Eisen mit Lederunterlagen, Hufpolster nach Norberg, Reheplatte nach Stark-Guther oder Hintereisen mit Zehenrichtung, werden in Absprache mit dem Tierarzt vorgenommen (s. Kapitel „Erkrankungen der Gliedmaßen").

Diesen Vorteilen stehen aber auch folgende **Nachteile** gegenüber:

- Der Beschlag beeinträchtigt z. T. den Hufmechanismus.
- Die normale Abnutzung des Hornes wird an der Zehe total unterbunden, im Bereich der Trachten kann sie aber durch die Reibung des Hufes auf dem Eisen erheblich sein. Dadurch wird der Huf während der Beschlagperiode immer spitzer (Abb. 3.20).
- Die Entwicklung des Strahles wird gehemmt. Außerdem wird die für die Sehnen so wichtige Pufferwirkung des elastischen Strahles weitgehend unterbunden.
- Die tragende Wirkung der Hufsohle wird teilweise aufgehoben (besonders bei zu schmalen Hufeisen).
- Das Horn hat kaum noch direkte Bodenberührung und wird weniger durchfeuchtet.

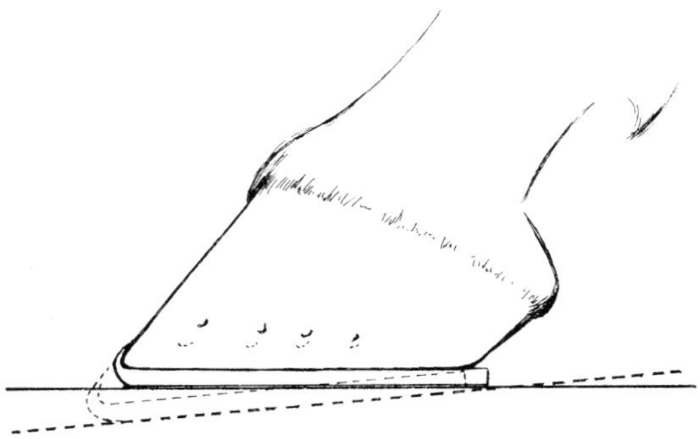

Abb. 3.20 Abrieb des Hufhorns an den Trachten als Folge des Hufmechanismus. Der Huf wird während einer Beschlagsperiode „über dem Eisen" spitzer.

Daraus sind zwei **Schlußfolgerungen** zu ziehen:
- Der Beschlag hat gewisse Nachteile für den Huf. Bei einem guten Beschlag werden diese in erträglichen Grenzen gehalten. Ein ungeeigneter Beschlag kann aber vorhandene Mängel noch verstärken.
- Soweit das möglich ist, sollten die Tiere barfuß gehen. Für diese Entscheidung sind Hufqualität, Leistungsanforderungen und Bodenbeschaffenheit wichtig. Der Hornabrieb darf nicht zu groß werden.

Allerdings wächst das Horn bei unbeschlagenen Hufen etwa 25% schneller als bei beschlagenen. Es ist anzunehmen, daß das mit auf die stärkere Durchblutung der Lederhaut infolge des ungestörten Hufmechanismus zurückzuführen ist. Bei Tieren, die einige Zeit barfuß gehen, verbessert sich in der Regel die Hornqualität.

Behandlung unbeschlagener Hufe
Da bei unbeschlagenen Hufen Sohle und Strahl mittragen sollen, ist hier vorsichtig lediglich das alte, bröcklige, sich in Ablösung befindliche Horn zu entfernen. Der Tragerand wird bis maximal zur weißen Linie gerundet. Damit soll verhindert werden, daß bei Belastung Teile der Wände ausbrechen. Die Eckstreben werden nur etwas zurückgeschnitten. Diese Maßnahmen, die keinen großen Aufwand erfordern, sind regelmäßig, bei Turnierpferden alle 8 bis 10 Wochen und bei Vollblutrennpferden alle 4 bis 6 Wochen vorzunehmen.

Grundsätze des Hufbeschlages
- Der Hufbeschlag muß Körperbau und Verwendungszweck des Pferdes berücksichtigen.
- Grundsätzlich ist das Eisen nach dem Huf zu richten und nicht umgekehrt. Das ist besonders wichtig, weil sich Wachstum und Form des Hufes dem Eisen anpassen.
  Leider werden relativ oft zu enge Eisen verwendet und die überstehenden Wände abgeraspelt. Nach einiger Zeit wachsen dann die Wände über das Eisen und werden von diesem regelrecht nach außen gedrückt. Das kann zu hohlen oder losen Wänden führen.
  Vor jedem Beschlag ist eine Beurteilung des Pferdes und insbesondere seiner Hufe und Gliedmaßen im Stande der Ruhe und beim Vorführen in Schritt und Trab erforderlich. Daraus ergibt sich die entsprechende Hufkorrektur, deren Ziel eine bei Betrachtung von vorn und von der Seite gestreckt verlaufende Zehenachse und ein zum Fesselstand passender Huf sind. Das gilt unabhängig vom Alter der Pferde. Falsche Beinstellungen der Pferde sind allerdings höchstens bis zum 3. Lebensjahr zu korrigieren. Später muß (nur in diesen Fällen) der Beschlag der Stellung angepaßt werden mit dem Ziel, eine weitere Verschlechterung zu verhindern.
- Der Beschlag soll den Hufmechanismus wenig hemmen. Als Grundlage dafür darf der Hornstrahl nicht zu stark beschnitten werden. Da sich bei Belastung der hintere Teil des Hufes an der weitesten Stelle des Tragerandes beginnend ausdehnt, ist nur bis zu dieser Stelle zu nageln. Weiter nach hinten wird dann genagelt, wenn man bei bestimmten Hufkrankheiten die Bewegung der Hufwand über dem Hufeisen vermeiden oder einschränken will.
- Das Hufeisen muß ausreichend breit sein, so daß die Sohle und das Hufbein mit zum Tragen herangezogen werden und die Eckstreben bedeckt sind. Bei Hufen mit schwach entwickelten Trachten und geringem Hornwachstum kann die Tragefläche des Eisens an den Schenkelenden poliert werden. Wenn das Eisen noch so aufgepaßt wird, daß sich zwischen Trachtenwand und Eisen ein hauchdünner Spalt befindet, wird die Reibung der Trachten auf dem Eisen und damit die Hornabnutzung stark vermindert. Das ist auch durch (im Handel angebotene) Kunststoffeinlagen möglich, die zwischen Huf und Eisen

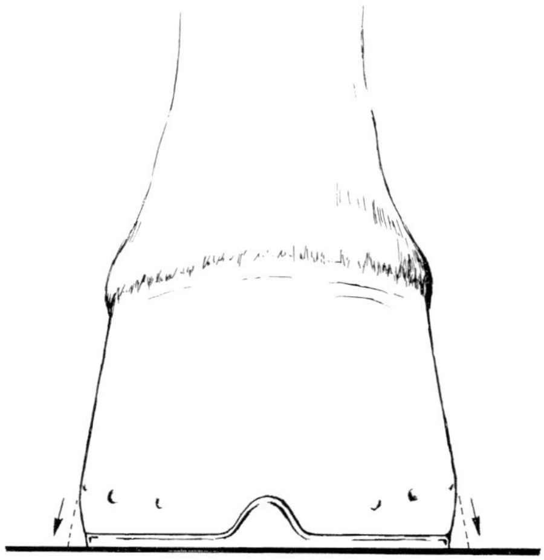

Abb. 3.21 Bei zu engem Eisen kann sich die Hornwand seitlich senken.

angebracht und mit diesem aufgenagelt werden. Sie haben zugleich beim Fußen einen stoßdämpfenden Effekt.

- Vordereisen erhalten eine deutliche Zehenrichtung, um das Abrollen der Hufe zu erleichtern. An den Hintereisen wird die Zehenrichtung nur angedeutet.
- In Abständen von 6 bis 8 Wochen sind die Hufe zu korrigieren und neu zu beschlagen. Das sollte man auch einhalten, wenn die Eisen wenig abgelaufen sind. Wir haben bereits gehört, daß der Huf über dem Eisen seine Form verändert und im allgemeinen die Zehe immer länger wird. Damit wird die Zehenachse immer stärker nach hinten gebrochen, wodurch die Belastung von Beugesehnen und Fesselträger steigt und das Abrollen des Hufes erschwert wird.

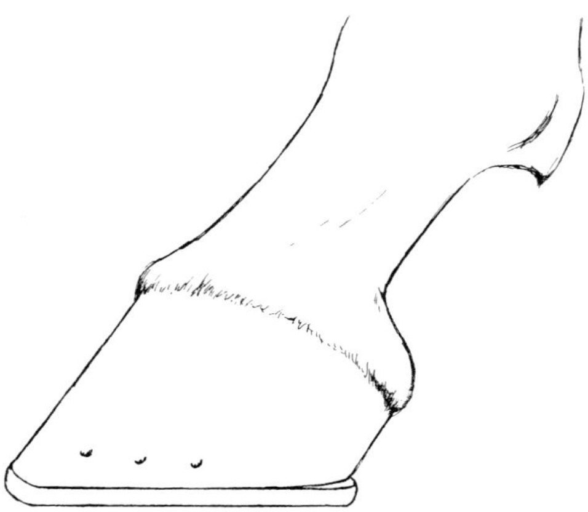

Abb. 3.22 Korrekt beschlagener Vorderhuf.

- Schraubstollen verbessern die Trittsicherheit bei Schnee und Eisglätte und auf glitschigem Boden. Deshalb sollten in den Eisen ganzjährig Stollenlöcher angebracht werden. Verwendet werden Vierkantstollen ohne oder mit Hartmetallstift. Hartmetallstollen sind haltbarer. Sie können aber bei überwiegender Bewegung auf hartem Boden zur Prellung der Hufe führen. Bei Stollen ohne Hartmetallstift ist diese Gefahr geringer. Stollen sind erst einzudrehen, wenn die Pferde für die Arbeit vorbereitet werden. Sie sind nach Beendigung der Arbeit unverzüglich zu entfernen, wenn die Tiere den Stall wieder erreicht haben. Dadurch können Verletzungen durch Stollen besonders bei Pferden, die sich nach der Arbeit gern legen oder wälzen, weitgehend verhindert werden.
- Kunststoffeinlagen auf Polyurethanbasis (Abb. 3.23.1) sind wegen ihrer hohen Elastizität sowie ihrer großen Härte und Kratzfestigkeit weit besser für Einlagen zwischen Huf und Eisen geeignet, als z. B. Leder. Sie werden besonders im orthopädischen Hufbeschlag, u. a. zum Hochstellen der Trachten (Abb. 3.23.2, gesamter Tragerand muß aufliegen!) verwendet und können hervorragend Erschütterungen dämpfen. An den Schenkelenden des Eisens werden sie mit Nieten befestigt, die an der hufzugewandten Seite versenkt sein müssen, um den Hufmechanismus nicht zu beeinträchtigen. Geschlossene Platten, die die gesamte Hufsohle bedecken, sollten über längere Zeit nur dann verwendet werden, wenn sie im freiliegenden Teil genügend kleine Öffnungen besitzen (Abb. 3.23.3), durch die der Flüssigkeitsaustausch der Hufsohle gesichert ist. Erforderlichenfalls kann die Sohle auch mit Werg ausgepolstert werden.
  Ein Nachteil der Beschläge mit Kunststoffeinlagen besteht darin, daß sich die Eisen leichter verschieben.
- Hybrideisen bestehen aus Metallkernen, die mit Kunststoff oder Gummi ummantelt sind. Sie besitzen gute stoßbrechende Eigenschaften. Empfindliche Pferde laufen damit besser, als mit konventionellem Beschlag.

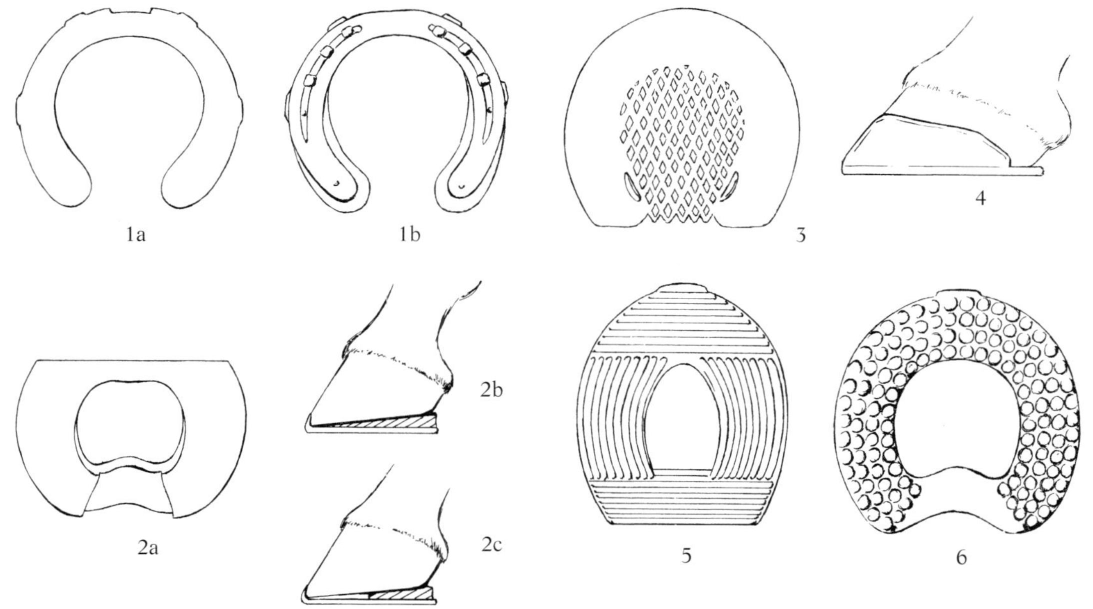

Abb. 3.23 Kunststoffbeschläge.
1) Kunststoffeinlage (a), am Eisen (b).
2) Kunststoffeinlage zum Hochstellen der Trachten (a), korrekte Anwendung (b), falsche Anwendung (c).
3) geschlossene Kunststoffeinlage mit Poren.
4) angeklebter Hufschuh.
5), 6) genagelte Kunststoffplatten.

- Kunststoffplatten für genagelte Beschläge (Abb. 3.23.5+6) sind mit verschiedenen Sohlenprofilen, jeweils in unterschiedlichen Größen, im Angebot. Sie werden passend zur Hufform zugeschnitten, wobei sie im Trachtenbereich deutlich überstehen. Kunststoffplatten besitzen immer einen Steg, der ein seitliches Verrutschen der Schenkelenden verhindern soll.
  Diese Beschläge zeichnen sich neben dem geringen Gewicht durch sehr gute dämpfende Wirkung aus. Sie weisen allerdings nicht den festen Sitz auf, der mit Hufeisen erreicht werden kann und verschieben sich bei ungleichmäßig fußenden Hufen relativ leicht. Auf nassem, glitschigem Boden bietet dieser Beschlag oft wenig Halt.
- Anklebbare Hufschuhe (Abb. 3.23.4) können, wenn sie gut angepaßt sind, ebenso fest sitzen wie konventionelle Hufeisen. Sie sind in dieser Beziehung Kunststoffbeschlägen überlegen. Die Beweglichkeit der Hornkapsel wird wenig beeinträchtigt. Hufschuhe eignen sich auch sehr gut für die Behandlung von Stellungsfehlern bei jungen Pferden.

Als Schlußfolgerung aus diesen Darlegungen bleibt festzustellen, daß es für jeden Pferdebesitzer oder -halter sehr wichtig ist, einen guten Hufschmied für den Beschlag zu gewinnen. Dieser Fachmann schafft mit seiner Erfahrung eine Grundlage dafür, daß das Pferd langdauernd genutzt werden kann.

Umgang mit Pferden

Tierschutz im Pferdesport

Schriftliche Gebote und Verbote zum Tierschutz finden sich bereits im zweiten Jahrtausend v. Chr. in einer Gesetzessammlung des Königs Hammurabi von Babylon. Danach sollten Tierhalter bestraft werden, die ihr Vieh über Gebühr arbeiten lassen. Auch im Alten Testament finden sich verschiedene Tierschutzvorschriften. Das biblische Engagement für Tierschutz bleibt aber begrenzt, weil der Mensch durch den Schöpfungsplan zum

Herren der Tiere eingesetzt wird. In der römischen Rechtsposition wurde das Tier als Sache behandelt. Es war kein Rechtssubjekt, sondern ein Rechtsobjekt. Dabei erhielt es freilich den gleichen Rechtsstatus wie die Frauen, Sklaven und Kinder. Der Fortschritt im Sinne des Tierschutzes ist darin zu sehen, daß es nun als Eigentum eines anderen respektiert werden mußte.

In der Neuzeit profitierten die Tiere im abendländischen Kulturkreis verstärkt von der aufklärerischen Erziehung des Menschen. Neben dem Mitgefühl für das Tier als Partner und Freund stand hinter den europäischen Tierschutzbewegungen des 19. Jh. das Anliegen einer ethischen und ästhetischen Erziehung des Menschen.

Nach mehreren vergeblichen Anläufen wurde im Jahre 1822 in England das erste Gesetz zum Schutz der Tiere verkündet. Es erstreckte sich allerdings nur auf Pferde und andere Großtiere. Erst im Jahre 1835 wurde dieses Gesetz auf alle Haustiere ausgedehnt. Dem britischen Beispiel folgten 1852 Norwegen, 1846 die Schweiz und Österreich, 1850 Frankreich, 1859 Italien, 1860 die USA, 1867 Belgien und Luxemburg, 1871 Rußland und 1889 Finnland. In Deutschland gründete man die ersten Tierschutzvereine 1837 in München, Stuttgart, Dresden und Berlin. In den Königreichen Sachsen, Württemberg und Bayern sowie im Großherzogtum Sachsen-Weimar war die Tierquälerei seit den Jahren 1838/1839 gesetzlich untersagt.

Das Strafgesetzbuch für das Deutsche Reich vom 15. 5. 1871 bedrohte im § 360 denjenigen mit Strafe, der öffentlich oder in ärgerniserregender Weise Tiere boshaft quält oder roh mißhandelt. Wie in anderen europäischen Staaten wurde das Tier nicht um seiner selbst willen, sondern im Interesse des Menschen geschützt (anthropozentrischer Tierschutz). Nur die öffentliche oder die ärgerniserregende, d. h. das ethische oder ästhetische Empfinden des Menschen störende Tierquälerei war strafbar. Um ihrer selbst willen wurden Tiere in Deutschland erst im Reichstierschutzgesetz von 1933 geschützt. Dieses den ethischen Tierschutz begründende Gesetz wurde 1972 durch das erste bundesrechtliche Tierschutzgesetz abgelöst. Die seit 1987 geltende Neufassung betont im § 1 die Verantwortung des Menschen für das Tier als Mitgeschöpf sowie die Aufgabe, das Leben und Wohl des Tieres zu schützen. Im Juni 1989 wurde dann vom Bundeskabinett ein Gesetzentwurf zur Änderung des Bürgerlichen Gesetzbuches verabschiedet, wonach Tiere auch juristisch nicht länger als „Sachen", sondern als schmerzempfindende Mitgeschöpfe zu behandeln sind. Niemand darf einem Tier ohne vernünftigen Grund Schmerzen, Leiden oder Schaden zufügen.

Nach § 3 des Tierschutzgesetzes ist es verboten:

- einem Tier außer in Notfällen Leistungen abzuverlangen, denen es wegen seines Zustandes offensichtlich nicht gewachsen ist oder die offensichtlich seine Kräfte übersteigen,
- ein Tier auszubilden, sofern damit erhebliche Schmerzen, Leiden oder Schäden für das Tier verbunden sind,
- ein Tier zu einer Filmaufnahme, Schaustellung, Werbung oder ähnlichen Veranstaltungen heranzuziehen, sofern damit Schmerzen, Leiden oder Schäden für das Tier verbunden sind,
- an einem Tier bei sportlichen Wettkämpfen oder ähnlichen Veranstaltungen Dopingmittel anzuwenden.

Der verhaltens- und tierschutzgerechte Umgang mit Pferden bei der Ausbildung, beim Training und bei der Nutzung verlangt gründliches Wissen und Können. Bei der Beurteilung von Verfehlungen ist der Tierarzt aufgrund seiner Sach- und Fachkenntnis Gutachter und Berater bei der Rechtsfindung. Er muß deshalb in der Lage sein, das Verhalten des Pferdes als Ausdruck seiner Befindlichkeit zu erkennen, die jeweils möglichen Leistungen und die für die Situation geeigneten Hilfen zu beurteilen. Ein Pferd ist nur dann in der Lage, seine angeborenen Anlagen voll zu entfalten, wenn seine artgemäßen Lebensansprüche erfüllt werden und es sich mit seiner Umwelt, d. h. auch mit den Menschen, im Einklang befindet. Voraussetzung dafür ist, daß Pferde nicht vermenschlicht, sondern ihrer Art gemäß behandelt werden.

Unter naturnahen Bedingungen bewegen sich Pferde zur Futteraufnahme bis zu 16 Stunden am Tag. Unter Haltungsbedingungen ist ein entsprechender Ausgleich zu schaffen. Das Pferd ist ein Fluchttier. Schreckhaft zu sein ist deshalb natürlich, weil es vor Schaden bewahrt. Ein Pferd wegen Schreckreaktion und Scheuen zu strafen ist deshalb falsch und verstärkt nur die Angst des Tieres.

Das Pferd lebt unter natürlichen Bedingungen in einem Verband. Alleinsein ist wesensfremd. Pferde fühlen sich nur in Gesellschaft von Artgenossen oder anderen Lebewesen, die sie als Partner akzeptieren, sicher. Personen, die mit Pferden häufig Umgang haben – Trainer, Reiter, Pfleger, Schmiede und auch der Tierarzt – müssen das angeborene Verhalten von Pferden und ihr arttypisches Verhalten kennen und verstehen. Unbekanntes löst beim Pferd in der Regel eine Furchtreaktion aus. Es muß deshalb an fremde Dinge langsam und mit sinnvoller Hilfengebung gewöhnt werden. Ziel muß sein, den Menschen als ein Lebewesen zu erkennen, gegenüber dem keine Fluchtreaktionen erforderlich sind und in dessen Nähe es sich auch in bedrohlichen Situationen sicher fühlt.

Das **Vertrauen zum Menschen** ist die Voraussetzung für das Pferd, Zeichen und Hilfen zu verstehen und annehmen zu können. Das Pferd begreift den Menschen als sozialen Partner, der ranghöher, ranggleich oder rangniedriger sein kann, oder aber als Feind. Ranggleichheit gegenüber dem Pferd schafft häufige Auseinandersetzungen, Unterlegenheit des Menschen erschwert die Ausbildung, Feindschaft verhindert sie. Die Verständigung zwischen Mensch und Pferd erfolgt über Hilfen.

Die **Hilfengebung** muß für das Tier verständlich und konsequent erfolgen. Sie dürfen im Grundsatz keine Schmerzen verursachen und müssen sich in der Intensität am innerartlichen Sozialverhalten der Pferde orientieren.
Solche Hilfen sind:
- Stimmhilfen (z. B. beruhigend, auffordernd),
- optische Zeichen (z. B. Körpersprache des Ausbilders),
- Berührungshilfen (z. B. Schenkeldruck, Touchieren mit der Gerte),
- Gewichtshilfen (z. B. Sitz),
- Führungshilfen (z. B. Longe und Zügel).

Das Pferd versteht den Willen des Menschen am besten, wenn seine Reaktionen auf die Hilfen bei richtigem Verhalten belohnt werden. Es lernt, richtiges Verhalten mit der Belohnung zu verknüpfen. Belohnung kann sein: Loben mit der Stimme, Zügel hingeben, Lektion beenden, Streicheln, Leckerbissen usw.

> Der Versuch, Ausbildungsziele durch Bestrafung zu erreichen, ist nicht verhaltensgerecht, uneffektiv und tierschutzwidrig.

Nur in unumgänglichen Situationen dürfen Zurechtweisungen mit der Hand oder Gerte eingesetzt werden. Sie müssen angemessen sein und sofort in unmittelbarem Zusammenhang mit dem falschen Verhalten erfolgen. Strafen dürfen keine längerdauernden Schmerzen und keinesfalls Schäden verursachen. Angemessen ist z. B. bei Schnappen das Drohen mit der Hand, bei Kneifen oder Beißen ein leichter Schlag. Strafaktionen nach mißglücktem sportlichem Einsatz sind sinnlos und tierschutzwidrig. Vor jeder sportlichen Nutzung sind die Pferde auf ihren Gesundheitszustand zu überprüfen.

Nach den Regeln der Reitsportorganisationen sind bei Wettkämpfen bestimmte Untersuchungen vorgeschrieben, die über die Teilnahme des Pferdes entscheiden.

Diese sogenannten **Verfassungsprüfungen** sind erforderlich:
- bei internationalen Wettbewerben vor der Prüfung im Spring-, Dressur- und Vielseitigkeitsreiten,
- bei nationalen Wettbewerben im Vielseitigkeitsreiten ab Klasse L vor der dritten Teilprüfung,
- bei großen Wettbewerben vor der Prüfung, während der zweiten Teilprüfung (Zwangspause) und vor der dritten Prüfung,
- bei Fahrprüfungen mit Gelände- und Streckenfahrt ab Klasse L bei der Zwangspause vor der dritten Teilprüfung,
- bei Distanzritten.

Pferdekontrollen sind nach der Durchführungsbestimmung zu § 76 der LPO bei allen Pferdeleistungsprüfungen vorgeschrieben.

Abweichungen vom Gesundheitszustand bei der zweiten Verfassungskontrolle können sein:
- Lahmheiten,
- sichtbare Erschöpfung,
- besonders hohe Abweichung der Herz- und Atmungsfrequenz,
- erheblich verzögerte Beruhigungsphase,
- Herzarrhythmien in der Ruhephase,
- starke Bauchatmung,
- Verletzungen größeren Umfanges.

Abweichungen vom Gesundheitszustand bei der dritten Verfassungskontrolle können sein:

- erhebliche Wunden,
- schwere Beinschäden,
- schwere Rückenschäden,
- Störungen des Allgemeinbefindens,
- Lahmheiten im Trab.

Pferde mit Erkrankungen, die ihre sportliche Nutzung einschränken, dürfen nur insoweit eingesetzt werden, als es ihrem Zustand angemessen ist und die Nutzung nicht zu Schmerzen, Leiden oder Schäden führt. So kann z. B. bei Hauterkrankungen eine Nutzung uneingeschränkt möglich sein, bei einer Kolik eine gezielte Bewegung zur Heilung beitragen, bei einer akuten schweren Erkrankung der Atmungsorgane keinerlei Belastung zulässig sein. Der Gesundheitszustand der Pferde ist durch den Tierarzt und die ordnungsgemäße Ausrüstung der Pferde durch ein Mitglied der Richtergruppe unmittelbar vor oder nach einem Wettbewerb stichprobenweise zu prüfen (Pferdekontrollen nach § 67 der LPO).

Bei Wettbewerben entscheidet die Jury, ob ein Pferd weiterhin eingesetzt werden kann oder ob es vom Wettbewerb ausgeschlossen werden muß. Der Tierarzt wirkt beratend mit.

Ausbildung, Training und Nutzung erfordern einen einwandfreien Zustand der **Hufe**. Eine ordnungsgemäße Hufpflege sowie ein regelmäßiger, sachgemäßer Hufbeschlag sind daher unerläßlich. Die Anwendung schädigender Beschläge (z. B. Griffe und scharfe Stollen im Galopprennsport) sowie das Anbringen von Gewichten an den Extremitäten sind nicht erlaubt.

Nach einem schweren Sturz beim Springreiten ist das Pferd aus dem Wettkampf zu nehmen. Pferde in Hindernisse hineinzureiten, ist tierschutzwidrig.

Die Ausrüstung muß zweckdienlich, dem Pferd angepaßt und in einwandfreiem Zustand sein. Sie darf keine Schmerzen oder Schäden verursachen. Zu scharfe, nicht passende, abgenutzte und fehlerhaft eingeschnallte Gebisse oder gebißlose Zäumung können zu erheblichen Schmerzen und Schäden führen. Es ist tierschutzwidrig, ein Pferd im Maul zu reißen oder durch Zügelhilfen unterjochen zu wollen.

Die Benutzung von **Sporen** muß Reitern mit entsprechendem Ausbildungsstand vorbehalten bleiben, die in der Lage sind, dieses Hilfsmittel kontrolliert einzusetzen. Der Sporeneinsatz darf nicht zu Verletzungen führen. Es sind nur solche Sporen zuzulassen, die bei sachgerechter Anwendung keine Stich- oder Schnittverletzung verursachen. Der Gebrauch von Peitschen, Gerten oder ähnlichen Hilfsmitteln darf bei der Ausbildung, im Training und in der Nutzung nicht über eine Hilfengebung hinausgehen und keine Verletzungen verursachen. Schläge am Kopf und an den Geschlechtsteilen sind tierschutzwidrig.

Der Tierarzt muß besonders im Rennsport bei übermäßigem und unsachgemäßem Peitschen- oder Gertengebrauch für die Jury tätig werden. Die Striemen sind als strichförmige Hautschwellungen am besten bei feuchtem, anliegendem Haar sicht- und fühlbar.

Zum Problem **Barren** ist durch die FN festgelegt worden: Ausgebildete Springpferde, die zu Nachlässigkeiten beim Springen neigen, können erforderlichenfalls im Training durch die Anwendung einer Stange im Sinne des Touchierens korrigiert werden. Die Anwendung einer Stange im Sinne des Touchierens ist jedoch nur unter Einhaltung folgender Bedingungen gestattet:

- das Pferd verfügt über eine gute Durchlässigkeit und läßt sich vertrauensvoll zum Sprung reiten,
- der Reiter verfügt über eine solide reiterliche Grundlage und kann Einzelhindernisse mit gutem Taxiervermögen anreiten,
- erforderliche Helfer verfügen über Geschick und Gefühl beim Einsatz der Stange,
- das Hindernis hat eine maximale Höhe von 0,80 m,
- die Stange muß rund und die Oberfläche glatt sein, sie darf nur aus nicht splitterndem, nichtmetallischem Material bestehen,
- die Stange darf nur aus der Höhe der obersten Hindernisstange gegen die Vorder- oder Hinterbeine des Pferdes geführt werden.

F1 **Pulskontrolle** an der Einkerbung des Unterkiefers.

F2 **Verfassungsprüfung bei der Vielseitigkeit** (Olympische Spiele, München 1972).

F3 **Kopfschutz** zur Vermeidung von Transportverletzungen.

F4 **Spezialfahrzeug** mit hydraulisch absenkbarer Ladefläche zum Transport schwerkranker oder verunfallter Pferde, eingesetzt bei der Olympiade 1972 in München.

F5 **Schweifschutz,** um eine Beschädigung des Schweifes in engen Transportfahrzeugen zu verhindern.

F6 **Das Kupieren der Schweife ist aus Tierschutzgründen verboten.**

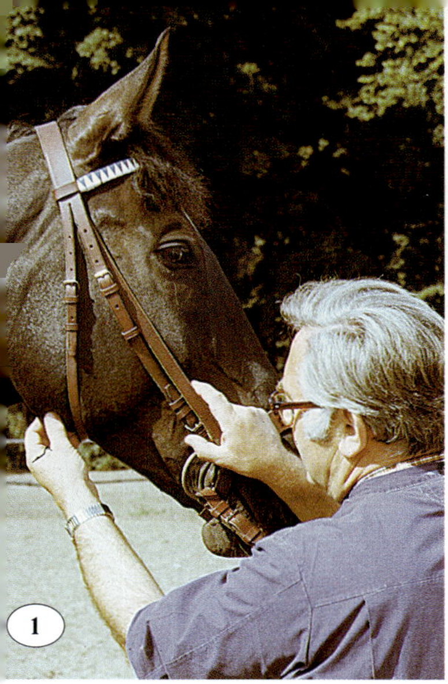
1

2

3

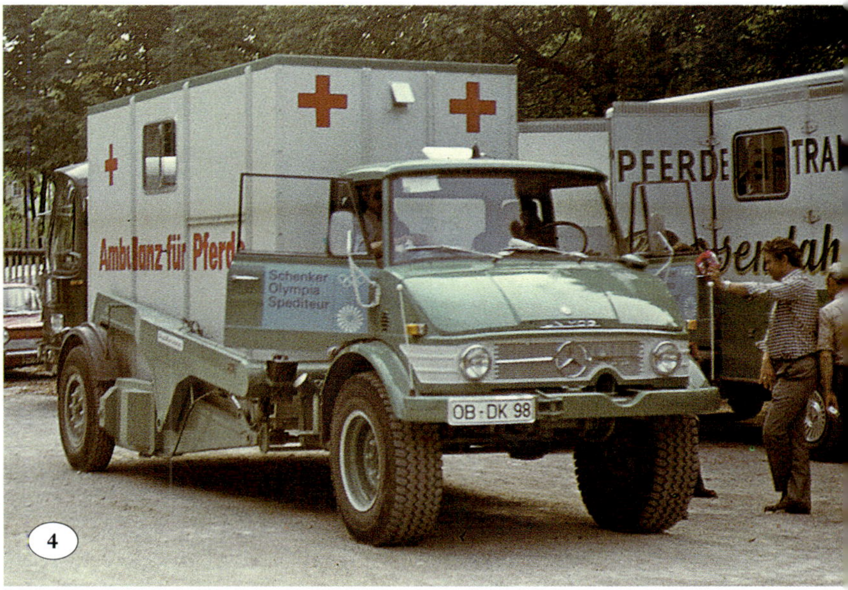

4

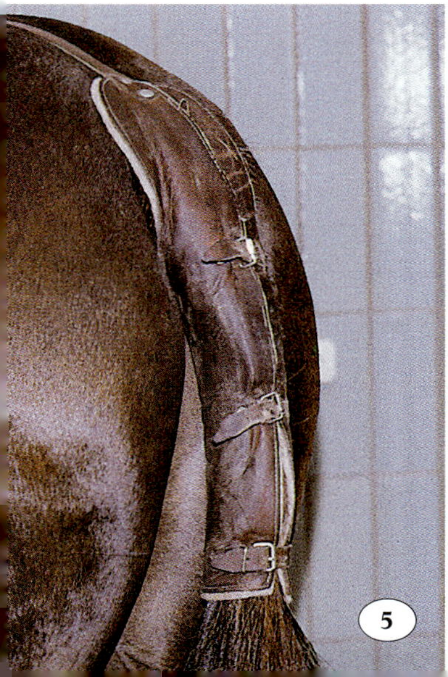
5

6

7

8

9

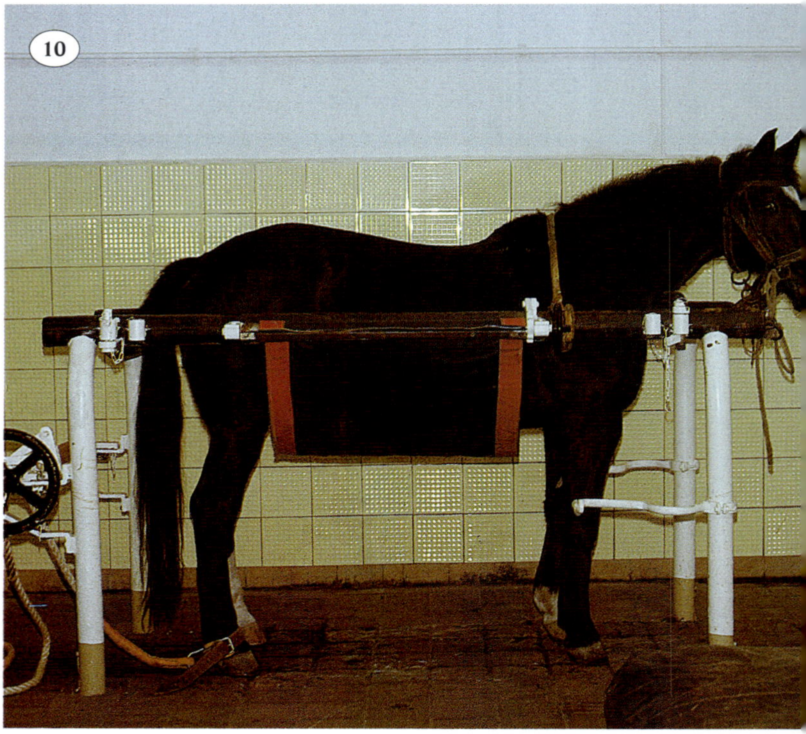
10

11

12

13

Die Verwendung anderer Gegenstände, eine andere Ausführung dieser Hilfengebung oder Anwendung anderer Methoden, z. B. stromführender Drähte, kann zu Schmerzen oder Schäden führen und ist daher tierschutzwidrig.
Führkarussells, Laufbänder usw. dürfen das tägliche Bewegen oder das Training durch den Tierlehrer nicht ersetzen. Diese Hilfsmittel dürfen nur nach sorgfältiger Eingewöhnung und unter Aufsicht angewendet werden.
Unerlaubte Hilfsmittel sind:

- Stromführende Hilfsmittel wie Elektrotreiber,
- Führekarussells mit stromführenden Treibmitteln,
- stromführende Sporen oder Peitschen,
- Zungenbänder,
- Manipulation zur Beeinflussung der Leistung, wie Blistern, präparierte Bandagen, schädigende Beschläge,
- Rasur der Tast- und Ohrhaare, Kupieren der Schweife (Foto 6, Seite 49).

Die Hindernisse oder Sportgeräte und alle für die Durchführung des Sports benötigten Gegenstände sind so zu gestalten, daß sie die Pferde nicht verletzen sowie keine Schmerzen oder anderweitige Schäden zufügen.

Fahrzeuge, die von Pferden gezogen werden, müssen in fahrtechnisch einwandfreiem Zustand sein, eine korrekte Anspannung erlauben und außer bei Renn- und Trainingswagen des Trabrennsports mit funktionsfähigen Bremsen ausgerüstet sein. Ihr Eigen- und Ladegewicht muß dem Leistungsvermögen der Pferde entsprechen. Durch die Anspannung müssen Verletzungen durch Fahrzeuge ausgeschlossen sein.

F7 **Scheuerrinnen am Hufeisen.** Sie entstehen durch Reibung der Trachten auf dem Eisen bei Be- und Entlastung des Hufes.

F8 **Warnhinweise auf aggressive Pferde an der Boxentür.**

F9 **Pferd im Zwangsstand** mit fixiertem Hinterhuf.

F10 **Pferd im Zwangsstand** mit angelegtem Bauchgurt und über den Widerrist laufendem Sicherungsseil gegen das Hochsteigen.

F11 bis F13 **Anlegen der Oberlippenbremse.** Der Griff der Bremse wird aus Sicht des Betrachters im Uhrzeigersinn gedreht. Keinen zu dünnen Strick verwenden, der stark einschneidet. Nüstern für Atmung freihalten.

Transportmittel und Fahrweise müssen beim Transport von Pferden den spezifischen Anforderungen der Pferde entsprechen und dürfen keine Schmerzen, Leiden oder Schäden verursachen (Empfehlung Nr. R [87] 17 des Minister-Komitees an die Mitgliedstaaten des Europarates für den Transport von Pferden).

Ziel der Ausbildung und Nutzung von Pferden dürfen nur solche Leistungen, Verhaltens- und Bewegungsabläufe sein, die in der Tierart, in der Rasse sowie im einzelnen Pferd von Natur aus angelegt sind. Manche traditionelle Prüfungen, wie z. B. berühmte Jagdrennen oder auch Mächtigkeitsspringen, weichen davon sicher ab. Auch die Anforderungen in Geländeprüfungen für Reit- und Fahrpferde müssen diesen Grundsätzen entsprechen.

Ein weiteres Problem ist die **zu frühe Ausbildung** junger Pferde und ihre Teilnahme an Leistungsprüfungen. Oft müssen die Pferde weit vor dem Erreichen der körperlichen Reife Belastungen hinnehmen, die schließlich zu erheblichen Verschleißerscheinungen besonders an den Gliedmaßen führen. Es ist sicher nicht wünschenswert, daß nach den statistischen Erhebungen verschiedener Versicherungen Sportpferde nur ein **Durchschnittsalter von 8 Jahren** erreichen.

Der Beginn der Ausbildung eines Pferdes durch qualifiziertes Personal muß sich daher an der körperlichen Entwicklung des Pferdes orientieren. Im Zweifelsfall ist ein Tierarzt hinzuzuziehen. Reit- und Fahrpferde früher als im Alter von drei Jahren auszubilden, verletzt in der Regel diesen Grundsatz. Bei frühreifen Pferderassen mit ausschließlichem Training auf Schnelligkeit kann das Mindestalter herabgesetzt werden (d. h. bei Galopp- und Trabrennpferden). Vor dem ersten Start sind alle zweijährigen Rennpferde fachtierärztlich zu untersuchen.

Die Häufigkeit der Einsätze eines Pferdes je Tag und Jahr ist so zu begrenzen, daß Überforderungen oder Schäden vermieden werden.

Ungeeigneter Boden oder extremes Wetter können zu Schäden führen. Bei für die betreffende Sportart ungeeigneten Bedingungen sind die Anforderungen anzupassen oder die Wettbewerbe nicht durchzuführen.

Die Anwendung körperfremder Substanzen bei sportlichen Wettkämpfen oder Veranstaltungen mit Tieren, die durch kurzfristige Steigerung oder Minderung der Leistungsfähigkeit zu Schmerzen,

Leiden oder Schäden führen können, ist tierschutzwidrig und gilt als **Doping** im Sinne des § 3 Nr. 11 des Tierschutzgesetzes. Bei den Bestimmungen zu Dopingmitteln in den Pferdesportorganisationen sind darüber hinaus Substanzen aufgelistet, von deren Verabreichung kein Schaden oder Nachteil für das Pferd zu erwarten ist. Das zeigt, daß das Tierschutzgesetz Dopingmittel enger interpretiert.

Die Regeln der Sportorganisation berücksichtigen weitere Kriterien, die über das Tierschutzgesetz hinausgehen, so z. B. den Schutz des Sports

- vor Zwischenfällen während des Wettkampfes,
- vor Wettbewerbsverzerrung,
- vor Vertrauensverlust des wettenden Publikums.

Die Feststellung der Anwendung eines Dopingmittels erfordert dessen Nachweis, wobei die zur Analyse kommenden Körperflüssigkeiten (Harn und Blut) durch die Regeln der jeweiligen Sportorganisationen vorgeschrieben werden. Problematisch ist, daß von vielen Pharmaka die Wirkung als Dopingmittel bei Pferden nicht bekannt ist bzw. bisher keine Grenzwerte und keine Ausscheidungszeiten vorliegen.

Wartezeiten für Pharmaka, wie sie für Lebensmittel angegeben werden, sind für die Dopingproblematik nicht verbindlich. Deshalb darf grundsätzlich bei Pferden zum Zeitpunkt des Wettkampfes kein Arzneimittel oder keine körperfremde Substanz im Körper vorhanden sein, d. h., es wird eine Nullkonzentration zugrunde gelegt. Dessen ungeachtet sind Pferde unabhängig von bevorstehenden Wettbewerben im Krankheitsfall zu behandeln. Sie dürfen jedoch erst nach Konsultation eines Tierarztes und Information der Jury am sportlichen Wettbewerb teilnehmen (Informationspflicht, Authorization for medication der FEI).

Sowohl die Neurektomie als auch die Anwendung eines Tracheotubus haben aus tiermedizinischer Sicht eine Berechtigung. Derart behandelte Pferde sollten jedoch nicht bei Turnieren oder im Leistungssport eingesetzt werden.

Bei der Beurteilung, ob ein Verstoß gegen § 3 Nr. 11 des Tierschutzgesetzes und damit eine Ordnungswidrigkeit vorliegt, ist es Aufgabe der Sachverständigen, der zuständigen Behörden und letztlich der Gerichte, diese Frage im Einzelfall zu entscheiden.

In Wettbewerben haben Reiter und Trainer die alleinige Verantwortung für das Pferd. Im Zweifel über den Zustand des Pferdes, z. B. bei Verdacht der Verabreichung eines Dopingmittels, muß die Jury informiert werden.

Sicherheitsforderungen und Hilfsmittel

Grundsatz im Umgang mit Pferden sollte eine **Vertrauensbasis** sein, die es ermöglicht, Gefahren durch unkontrollierte Verhaltensweisen, wie Schreck-, Furcht-, Angriff- oder Abwehrreaktionen, entgegenzuwirken. Da das Pferd im täglichen engen Kontakt mit dem Menschen zum Gehorsam erzogen wird, zerstören alle negativen Erfahrungen dieses Vertrauensverhältnis. Widersetzlichkeiten unterschiedlicher Art sind die Folge.

Alle Pferde, besonders aber Fohlen und Hengste, müssen stets freundlich, wenn nötig ernst und streng behandelt werden. Zu vermeiden ist jede Spielerei und das absichtliche Reizen zum Widerstand oder zur Durchsetzung des eigenen Willens.

Die **Erziehung** beginnt beim Fohlen durch frühzeitige Übung der beim Umgang mit dem Pferd üblichen Abläufe. Dazu gehört vor allem die Gewöhnung an das Anheben der Beine, das Dulden des Halfters und der Trense. Bei Schwierigkeiten sollte zunächst auf Zwangsmittel verzichtet werden. Auch sie sind negative Erlebnisse. Geduld, Lob bzw. Belohnung bei der Ausführung der Übung sind bessere Erziehungsmittel als Strafen.

Trotz bester Erziehung birgt der Umgang mit Pferden eine Reihe von Gefahren, die zu gesundheitlichen oder materiellen Schäden führen können. Aus diesem Grunde ist es notwendig, in der Haltung von Pferden bestimmte Grundprinzipien einzuhalten, die als vorbeugende Schutzmaßnahmen anzusehen sind. Sie haben in einzelnen Ländern eine gesetzliche Regelung gefunden.

Eine Grundforderung in der Haltung und im Umgang mit Pferden besteht darin, die Tiere so zu halten, daß **Gefährdungen** vermieden werden. Tiere, die Menschen gefährden können, sind entsprechend zu kennzeichnen (Foto 8, Seite 50). Haben die Tiere für den Menschen lebensgefährdende Eigenschaften, sind zusätzliche Sicherheitsvorkehrungen notwendig. Lassen sich diese nicht durchsetzen, müssen eine andere angemessene Nutzung oder, falls erforderlich, die Tötung erwogen werden. Um eine gesundheitliche oder materielle Schädigung fremder Personen zu verhindern, ist der Tierhalter verpflichtet, seine Pferde so zu halten, daß diese sich nicht ohne Aufsicht frei auf öffentlichen Straßen oder Plätzen aufhalten können.

Ein weiterer sehr wichtiger Grundsatz ist das **Ansprechen** der Pferde, wenn man sich ihnen nähert. Bevor man sich in seine Reichweite begibt, ist zunächst die Reaktion des Tieres genau zu beobachten. Man sollte stets dicht am Pferd stehen, um möglichen Abwehrreaktionen mit den Hufen die Schlagkraft zu nehmen. Aus diesem Grunde darf man sich auch nicht direkt vor oder hinter dem Pferd aufhalten. Verrichtungen an den Gliedmaßen und an den Hufen dürfen nur in Beugehaltung und nicht in hockender Stellung ausgeführt werden, um bei Abwehrbewegungen ausweichen zu können.

Die **Unterbringung** der Pferde erfolgt in Boxen, Anbindeständen oder Laufställen. Hier findet auch der häufigste Personenkontakt statt. Zur Verhütung von Schäden müssen bei Stallhaltung bestimmte Sicherheitsvorkehrungen beachtet werden. In Anbindeställen müssen Zwischenwände oder Flankierbäume zur Abtrennung der Tiere vorhanden sein. Die **Flankierbäume** werden in einer Höhe von zwei Handbreit über dem Sprunggelenk aufgehängt. Sie müssen sich jederzeit leicht lösen lassen, ohne durch die Pferde lösbar zu sein.

Pferde, die in Laufboxen untergebracht sind, müssen während der Pflege- und Wartungsarbeiten **aufgehalfert** werden. Hengste, die in Einzelboxen stehen, sind während der Pflegearbeiten anzubinden. Deckhengste haben ständig ein Halfter zu tragen. Zur tierärztlichen Untersuchung, Probeentnahme, Verabreichung von Medikamenten oder zu anderen Behandlungen sind die Pferde loszubinden. Von einer ihnen bekannten Person werden sie am Halfter mit Führseil oder, wenn nötig, an der Trense gehalten. Leichtes Bewegen am Gebiß kann sie ablenken. Anheben eines Vorderbeines, Hochhalten des Kopfes und des Schweifes kann Abwehrreaktionen und Ausschlagen mit dem gleichseitigen Hinterbein oder einem Vorderbein verhindern.

Bei widersetzlichen Pferden kann die **Oberlippenbremse** benutzt werden. Zu zuchthygienischen Untersuchungen oder ähnlichen Eingriffen, wie vaginaler und rektaler Untersuchung, müssen die Pferde **gespannt** (Abb. 3.24.1.) oder in einen Stand gestellt werden, der den Untersuchenden vor Schlagverletzungen schützt.

Besondere Vorsicht ist im Umgang mit rossigen oder Fohlen führenden Stuten geboten. Zum Decken sind Stuten vorschriftsmäßig zu spannen.

Jede Schmiede, in der Hufpflegearbeiten durchgeführt werden, muß über einen Beschlagplatz verfügen. Für widersetzliche Pferde sollen eine Oberlippenbremse, Spannvorrichtungen und ein Stand mit Sicherung gegen Ausschlagen vorhanden sein (Foto 9 und 10, Seite 50). Pferde, die beschlagen werden, sind abzusatteln oder auszuspannen und abzuschirren. Temperamentvolle oder empfindliche Pferde sollte man, bevor sie zum Beschlag gebracht werden, ermüden bzw. durch Verabreichung geeigneter **Medikamente** beruhigen. Auf dem Beschlagstand werden die Pferde leicht lösbar am Halfter angelegt oder durch eine Hilfsperson am Zügel gehalten. Bei widersetzlichen Pferden können je nach Notwendigkeit Oberlippenbremse oder Spannseile angelegt oder der Beschlag in einem geeigneten Stand vorgenommen werden. Hufpflegearbeiten ohne Beschlag lassen sich bei ruhigen Pferden auch an ihrem Standplatz ausführen, wenn eine ausreichende Umgebungsfreiheit einschließlich Fluchtweg vorhanden ist. Haltepersonen tragen eine große Verantwortung. Sie dürfen während der Behandlung ihre Aufmerksamkeit nicht vom Pferd abwenden oder sich ablenken lassen.

Beim Vorführen ist ein **Zaum** anzulegen. Dabei geht der Führende auf der linken Seite des Pferdes in Höhe des Kopfes. Die Zügel hält er in der rechten Hand. Nur Fohlen unter einem Jahr können am Halfter mit Führseil geführt werden.

Sollten alle vorbeugenden Schutzmaßnahmen nicht ausreichen, die Sicherheit der mit dem Pferd umgehenden Person zu gewährleisten, können geeignete Zwangsmittel oder beruhigende Medikamente angewendet werden. Haltepersonen, die für tierärztliche Maßnahmen herangezogen werden, sollten in jedem Fall über die notwendige fachliche Qualifikation verfügen.

Da die **Anwendung von Zwangsmitteln** für das Pferd ein negatives Erlebnis darstellt, sollte davon nur Gebrauch gemacht werden, wenn die Sicherheit des Menschen und die Durchsetzung unumgänglicher Maßnahmen zur Pflege und Behandlung keine andere Alternative bieten. Während viele Zwangsmittel die Tiere ablenken und eine Zwangssituation gar nicht erst aufkommen lassen sollen, senken medikamentelle Beruhigungsmittel die Empfindlichkeit gegenüber derartigen Situationen. Wahrscheinlich empfindet das Pferd als

Abb. 3.24 Zwangsmittel zum Anheben der Gliedmaßen.

1) Spannen der Hintergliedmaßen.

2) Zwangsweises Anheben eines Vorderbeines.

3) Zwangsweises Anheben eines Hinterbeines.

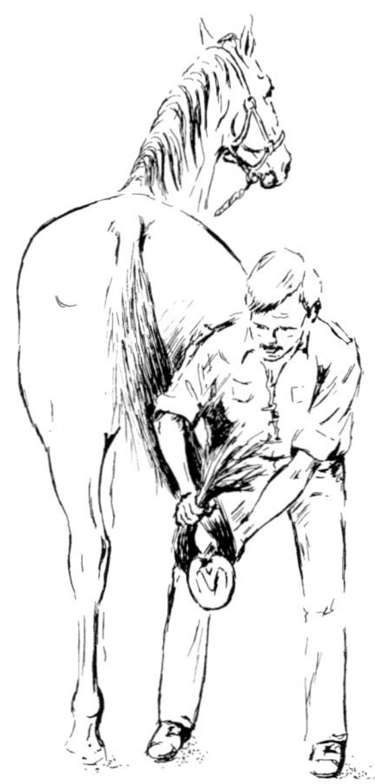

4) Aufheben eines Hinterbeines unter Nutzung des Schweifes.

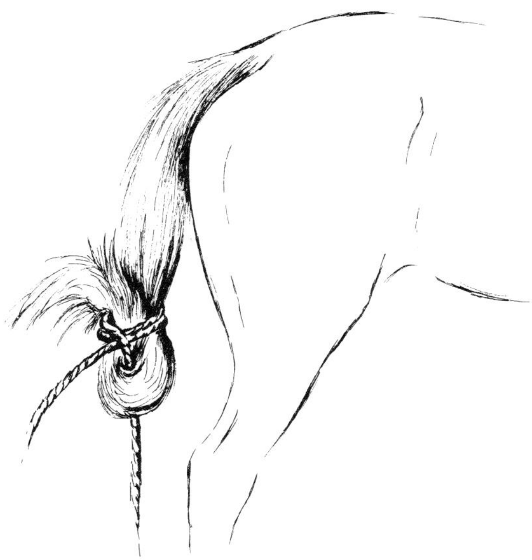

5) Befestigung eines Knotens im Schweifhaar.

Fluchttier Zwangssituatioenn, die sich auch aus tierärztlichen Behandlungsmaßnahmen ergeben können, wesentlich bedrohlicher als der Mensch und reagiert dementsprechend heftiger. Daher kann die Wahl geeigneter Maßnahmen erst nach Einschätzung der Situation in Abhängigkeit von individuellen Besonderheiten des einzelnen Tieres erfolgen.

Ist ein Helfer anwesend, kann das gebeugte Vorderbein auch von der Gegenseite mit einem entsprechend langen Seil gehalten werden, das an der Fessel mit einer Schlinge befestigt ist (Abb. 3.24.2) und über den Rücken läuft. Besonders problematisch wird bei einem Schläger das Aufheben der Hinterbeine. Man legt um die Fessel eine Zugschlinge bzw. läßt das Pferd hineintreten. Danach wird das Seil zwischen den Vorderbeinen hindurch gezogen und in einer Schlaufe um den Hals befestigt. Der Spannstrick bleibt etwas gelockert. Das anzuhebende Bein wird mit dem Ende des um die Fessel gelegten Stricks zunächst zur Seite gezogen und dann angehoben (Abb. 3.24.3).

Erzieherisch wirkt es, sich beim Aufhalten des Pferdeschweifes zu bedienen (Abb. 3.24.4). Am Schweif kann vorher ein Halteriemen mit einem sich nicht aufziehenden Knoten im Schweifhaar befestigt werden, der dann um die Fesselbeuge geführt zum Aufhalten des Beines genutzt wird.

Schlägt das Pferd aus, fügt es sich dadurch selbst Schmerzen zu (Abb. 3.24.5).

Zur besseren Fixation bedient man sich beim Aufhalten der Hufe auch eines um die Fesselbeuge gelegten Tuches.

Widersetzliche Pferde versucht man, mit einer Bremse zu bändigen. Es gibt verschiedene Arten von Bremsen. Die sogenannte **polnische Bremse**, bei der ein über das Genick und durch das Maul geführter Strick mit einem seitlichen Knebel angezogen wird, ist als Tierquälerei abzulehnen. Bei der **Halfterbremse** wird ein seitlich am Nasenriemen des Halfters befestigter Strick über das Genick und vor den Schneidezähnen unterhalb der Oberlippe über die empfindliche Schleimhaut durch einen seitlich am Backenstück angebrachten Ring in die Hand des Halters geführt. Sei wird heute ebenfalls als tierquälerisch abgelehnt. Die **Oberlippenbremse** (Foto 11 bis 13, Seite 50) besteht aus einem Holzgriff und einer Strickschlaufe. Die Schlinge wird auf die Oberlippe gesetzt und zugedreht. Diese Bremse schadet dem Pferd am wenigsten und soll einen von der Behandlung ablenkenden Schmerz erzeugen. Nach neueren Untersuchungen könnte die aufgesetzte Bremse ähnlich wie die Akupunktur eine Endorphinausschüttung induzieren und so die Schmerzempfindlichkeit senken. Sie sollte nicht am Halfter angebunden werden, um sie jederzeit lösen zu können. Notfalls kann eine Oberlippenbremse auch dadurch hergestellt werden, daß man eine Strickschlaufe über die Oberlippe zieht und mit einem Knebel fest dreht. Oberlippenbremsen dürfen die Atmung durch Einengung der Nüstern nicht behindern, die Haut nicht schädigen und die Durchblutung nicht zu lange unterbinden. Die Bremse ist nicht sofort fest anzuziehen, da sich das Pferd sonst spontan und heftig zur Wehr setzt. Vor Anlegen ist das Pferd loszubinden. Nach dem Lösen der Bremse ist die Oberlippe zur Anregung der Durchblutung leicht zu massieren.

Bei Pferden, die schwer zu bewegen sind, Transportmittel oder Startboxen zu betreten, können **Seile** zur Unterstützung verwendet werden („Seilen"). Diese werden hinter dem Pferd in Höhe der Oberschenkel herumgeführt und dann in Bewegungsrichtung entsprechend angezogen. Manchmal hilft auch das Verbinden der Augen.

Transport

Im allgemeinen können Sportpferde nur als voll gebrauchsfähig gelten, wenn ihre Teilnahme an Leistungsprüfungen gewährleistet ist. Das ist aber nur möglich, wenn sie sich transportieren lassen, weil der damit verbundene Ortswechsel lediglich mit schnellen Verkehrsmitteln erfolgen kann. Sportpferde, die sich nicht verladen lassen, sind in ihrer Nutzungsfähigkeit erheblich eingeschränkt.

Das **Umsetzen** der Pferde muß mit technisch einwandfreien Transportmitteln erfolgen, deren Zustand und Wartung Verletzungsgefahren und die Verbreitung von ansteckenden Erkrankungen ausschließen. Besonderes Augenmerk ist auf eine sachgemäße Beschaffenheit des Bodenbelages und auf vorstehende spitze Gegenstände zu richten. Für den Bau solcher Transportmittel gibt es technische Vorschriften. Bei der Projektierung und der Herstellung sollten die Fachleute des Fahrzeugbaues jedoch mit dem Tierarzt und den Reitsportlern eng zusammenarbeiten.

Veterinärhygienische Verfahrensweisen bei Tierumsetzungen und die Durchführung von Veranstaltungen sind durch Verordnungen geregelt. Für die Durchführung von Pferdesportveranstaltungen und damit verbundenen Umsetzungen von Sportpferden gibt es Richtlinien gemäß dieser Verordnungen und Weisungen.

Nach wie vor sind trotz bestehender Vorschriften eine Reihe von **Unfällen** bei Umsetzungen von Sportpferden zu beklagen, die häufig wegen ihrer schweren Folgen die weitere Nutzung in Frage stellen oder ganz ausschließen. Die meisten dieser Verletzungen treten unterhalb des Sprung- und Vorderfußwurzelgelenkes auf und erfordern in vielen Fällen eine langwierige, kosten- und zeitaufwendige Behandlung. Besonders häufig sind Wunden an der Krone oder am Ballen als Folge von Trittverletzungen, wenn die Stollen vor dem Verladen der Tiere nicht entfernt worden sind. Am Röhrbein und im Bereich der Fessel entstehen mitunter große flächenhafte Abschürfungen und Schnitt- oder Rißwunden durch das Abrutschen vom Rand der Verladeklappe, von der Rampe oder beim Durchbrechen der Bodenbretter. Sie hinterlassen oft ausgedehnte und unelastische Narben.

Tiefe Riß- und Stichwunden mit der Gefahr der Eröffnung von Gelenken, Sehnenscheiden und Körperhöhlen werden durch spitze Gegenstände verursacht. Häufige Folge von Prellungen und Quetschungen sind die Genickbeule, Karpalbeule, Stollbeule und die Piephacke. Durch starkes Bremsen, raschen Richtungswechsel und zu hohe Geschwindigkeit des Fahrzeuges in Kurven können Pferde zu Fall kommen und sich nicht ohne Hilfe wieder aufrichten. Dadurch besteht die Gefahr von Knochenbrüchen und des Erhängens, besonders dann, wenn die Pferde unbeaufsichtigt sind. Nicht selten sind aber auch Unfälle mit Körperschäden durch das Ausgleiten, Ausgrätschen oder Überschlagen auf engen, glatten Verladeplätzen. Diese wenigen Beispiele zeigen, daß der Transport von Sportpferden mit allergrößter Sorgfalt und Sachkenntnis erfolgen muß.

Auf dem Landweg sind die häufigsten **Transportmittel** zur Umsetzung von Sportpferden das Auto oder die Eisenbahn. Schwierigkeiten treten dabei weniger während der Fahrt als beim Verladen auf. Da das Pferd entwicklungsgeschichtlich zu den Fluchttieren zählt, scheut es vor allem Unbekannten und Ungewohnten. Deshalb kommt es darauf an, jede Situation so vertraut wie möglich anzubieten.

Ursachen für das **Scheuen** der Pferde beim Transport sind z. B.
- Angst vor dem eigenen Hufschlag auf Rampen und Wagenklappen,
- Angst vor dem Nachgeben und Durchbiegen von Rampen und Klappen bei starkem Gefälle,
- Angst vor dem Schritt aus dem Hellen in die Dunkelheit.

Diese drei Angstmomente gilt es weiterhin auszuschalten. Um den Hufschlag zu dämpfen und die Verladeeinrichtung vertrauter zu gestalten, genügen oft schon ein Bund Stroh oder ein Eimer Sand. Besser ist das Überdecken der Verladeklappe und des Hängerbodens mit Profilgummi.

Vor dem Verladen sind stets die Stollen zu entfernen. Verladerampen und Klappen müssen stabil sein und dürfen nicht zu steil stehen, um ein Durchbiegen und Abrutschen zu verhindern. Wichtig ist auch die Breite der Klappe. Sie sollte mindestens 2,50 m betragen. Bei Straßenfahrzeugen ist es Vorschrift, zur Vermeidung von Durchbrüchen eine zusätzliche Bohlenlage anzubringen, wenn kein doppelter Boden vorhanden ist.

Der Unterschied von Hell und Dunkel kann durch eine nicht blendende Lichtquelle im Laderaum ausgeglichen werden. Es ist vorteilhaft, ruhige Pferde, die den Verladevorgang kennen, zuerst einsteigen zu lassen. Dadurch können junge, unerfahrene Pferde besser mit Geduld und Einfühlungsvermögen veranlaßt werden, dem Stallgefährten zu folgen.

Vorbedingung für das Gelingen eines unfallfreien Verladevorganges sind Ruhe, Geduld und Einfühlungsvermögen der Transporthelfer. Der Mensch hat sich immer aufs Neue auf den individuellen Charakter des jeweiligen Pferdes einzustellen. Es ist falsch, ein junges Pferd vor der Verladerampe erziehen zu wollen. Wenn in Einzelfällen die Angst vor dem Neuen nicht ohne weiteres überwunden wird, können durch „Seilen“ und evtl. Verbinden der Augen, bei ruhigen Pferden mit Nachschieben bei hochgedrücktem Schweif, weitere Hilfen gegeben werden. Bei sehr widersetzlichen und aufgeregten Pferden kann der Tierarzt ein Beruhigungsmittel verabreichen. Dabei ist allerdings zu berücksichtigen, daß die Verabreichung dieser Mittel vor Leistungsprüfungen nicht erlaubt ist.

Da die Gliedmaßen am meisten gefährdet sind, empfehlen sich zur Vorbeuge von Verletzungen **Schutzverbände**. Sie dürfen nicht rutschen oder schnüren und müssen gut gepolstert sein. Nicht geeignet sind für diesen Zweck Gummibinden oder Verbände, die mit nicht nachgebenden Isolierband- oder Pflasterstreifen befestigt werden. Sie führen zu Durchblutungsstörungen oder sogar zu Druckwunden. Gut eignen sich Ledergamaschen mit Filzunterlage oder Schaumgummi, die von den Fußwurzelgelenken bis über die Fesselgelenke reichen. Bei hohen Außentemperaturen ist vor allem auf langen Reisen, wenn die Tiere stark schwitzen, ein Wechsel unumgänglich. Die Hufkrone wird zuverlässig durch Gummiglocken geschützt.

Zur Vermeidung von Kopfverletzungen empfehlen sich **Spezialhauben** und zur Verhinderung des Abscheuerns des Schweifes **Schweifrübenschoner** (Foto 3 und 5, Seite 49). Je nach den Temperaturverhältnissen ist zu entscheiden, ob die Pferde eingedeckt werden müssen oder nicht.

Pferde, die sich auf engem Raum nicht mit ihren Nachbarn verstehen, müssen einen Maulkorb erhalten und kurz angebunden werden. Die Länge der **Standfläche** sollte mindestens 2,60 m betragen. Die Standbreite kann mit mindestens 1,50 m hohen Trennwänden nach der Körpergröße des Pferdes reguliert werden. Die Breite sollte so bemessen sein, daß sich ein gestürztes Pferd wieder mühelos aufrichten kann.

Die Aufstellung der Pferde im Laderaum kann verschieden sein. In jedem Fall muß genügend Platz für das Begleitpersonal bleiben. Unbedingt notwendig ist eine Signaleinrichtung zum Wagenführer. Am günstigsten sind solche Transportmittel, bei denen sich der Aufenthaltsraum für das Begleitpersonal in der Mitte befindet und die Pferde mit den Köpfen zu diesem Raum stehen. Dadurch ist eine gute Übersicht und Betreuung gewährleistet.

Während des **Transports** muß **getränkt** und **gefüttert** werden, sofern dieser länger als 8 Stunden dauert. In Schweden z. B. schreiben Transportanweisungen das Tränken bereits nach 5 Stunden und das Füttern nach 8 Stunden vor. Vor Antritt der Reise sollten die Pferde ausreichend, jedoch nicht übermäßig gefüttert und satt getränkt werden. Von besonderer Bedeutung ist auch die gute Belüftung der Transportmittel. Schlechte Ventilation kann besonders bei längeren Fahrten zum Hitzestau und durch Anreicherung von Krankheitskeimen und Sauerstoffmangel zum Auftreten des sogenannten „Transportfiebers“ führen.

Mit der **Tierschutztransportverordnung** vom 31. 1. 97 wird der Transport von Nutztieren, auch Pferden, grundsätzlich auf acht Stunden begrenzt. Vor einer Weiterfahrt muß eine Pause von acht Stunden eingehalten werden. Ein länger dauernder Transport ist nur in Spezialfahrzeugen zulässig, wobei bestimmte Vorratsbestände für das Tränken und Füttern sowie Fahrt- und Ruhezeiten einzuhalten sind. Vor Beginn eines grenzüberschreitenden Nutztiertransports muß ein Transportplan erstellt und der zuständigen Behörde vorgelegt werden. In diesem müssen die Fahrtroute, die Ruhezeiten und die Möglichkeiten zum Füttern und Tränken ausgewiesen werden.

Bei der Ausfuhr von Tieren in Drittländer werden Transporte, die bis zum Erreichen der EU-Außengrenze bereits länger als acht Stunden unterwegs waren, nochmals kontrolliert.

Ferner muß nach einer Übergangszeit jeder im Inland ansässige Beförderer dafür sorgen, daß der

Transport von einer sachkundigen Person durchgeführt oder begleitet wird.

Besondere Kenntnisse und technische Unterstützung erfordert die **Beförderung schwer verletzter Pferde**, vor allem bei Knochenbrüchen im Gliedmaßenbereich. Nur selten wird ein Spezialfahrzeug zur Verfügung stehen, dessen Ladefläche hydraulisch auf Erdbodenniveau abgesenkt werden kann (Foto 4, Seite 49). Es empfiehlt sich, vor dem Verladeversuch dem verletzten Pferd ein schmerzstillendes und beruhigendes Medikament durch den Tierarzt verabreichen zu lassen, um den Transport für das Tier so schonend wie möglich zu gestalten. Wenn sich der Unfall während einer Veranstaltung ereignet, sollte der Verladevorgang so abgeschirmt werden, daß er nicht vom Publikum eingesehen werden kann. Die Pferde sind entgegen der Fahrtrichtung zu stellen und am besten hängend zu transportieren. Jede Belastung der erkrankten Gliedmaße kann die Verletzung verschlimmern und die Heilungsaussichten auch einer operativen Knochenbruchbehandlung verringern.

Pferdetransportfahrzeuge sollten niedrige Achsen und kleine Räder haben (möglichst ohne Radkästen), um ein flaches Verladen an jedem Ort zu ermöglichen. Geschlossene Wagen sollten gut klimatisiert sein. Der Boden muß sicher das Austreten von flüssigen Fäkalien verhindern. Die Ausscheidungen werden in einem Metallbehälter gesammelt.

Diese Ausführungen treffen auch für **Eisenbahntransporte** zu. Da sie oft über einen Zeitraum von mehreren Tagen oder sogar Wochen reichen, ist für eine ausreichende Trinkwasser-, Futter- und Streubevorratung zu sorgen.

Das gleiche gilt auch für **Schiffstransporte**. Da sich die Tiere häufig unter Deck befinden, muß eine genügende Frischluftzufuhr sichergestellt werden. Die Tiere brauchen auch mehr Bewegungsfreiheit und sollten quer zum Schiff stehen. Die Verladung geschieht in Verladeboxen, ähnlich wie beim Lufttransport.

Das **Entladen** der Pferde sollte ohne Hast und möglichst bei Tageslicht geschehen. Sie sind sofort auf Transportschäden zu untersuchen. Nach längeren Transporten wirken sich Massagen der Gliedmaßen vorteilhaft aus. Schwitzende Pferde sollten trockengerieben und geführt werden. Sie sind vor allem vor Zugluft zu bewahren. Das Tränken und Füttern geschieht am besten, wenn Ruhe im Stall eingetreten ist. Bei internationalen Transporten erfolgt am Anfang und am Schluß einer Reise eine amtstierärztliche Untersuchung nach den jeweils gültigen Vorschriften.

Die Regeln der FEI schreiben vor, daß alle teilnehmenden Pferde bei internationalen Turnieren einen gültigen Pferdepaß vorzuweisen haben, anhand dessen die Identität des Pferdes und die Impfung gegen Influenza überprüft werden können.

Tötung

Es ist wahrscheinlich, daß höher entwickelte Tiere und damit auch Pferde Todesangst empfinden. Sie müssen deshalb so getötet werden, daß Schmerzen und Angstzustände, die zu psychischen Leiden führen können, möglichst ausgeschlossen oder gering gehalten werden. Der Tod muß schnell eintreten, um dem Tier zusätzliche Qualen zu ersparen.

Die Tötung kann durch mechanische Geräte, z. B. Bolzenschußapparat und Schußwaffe, oder mit Hilfe spezieller Medikamente erfolgen. Werden Pferde unmittelbar nach der Betäubung (die dann aber nicht medikamentell erfolgen darf) entblutet, spricht man von **Schlachtung**. Nur diese Tiere sind für den menschlichen Verzehr geeignet. Voraussetzung ist allerdings, daß vorher bei den Tieren nur Medikamente eingesetzt wurden, die ausdrücklich für Pferde zugelassen sind. Für diese Medikamente wurden Wartefristen festgelegt, die nach ihrer Anwendung bei Pferden bis zur Schlachtung der Tiere einzuhalten sind. Damit sollen Rückstände im Fleisch, die zu einer Schädigung der Verbraucher führen können, vermieden werden. Das schließt aber die Anwendung weiterer wichtiger Medikamente, für die diese Voraussetzungen nicht gegeben sind, aus. Tierbesitzer und Tierarzt können diese Bestimmungen außer acht lassen, wenn sie sich bereits zu Beginn einer Behandlung schriftlich darauf einigen, in jedem Fall von einer Schlachtung des Pferdes und damit von einer Verwertung für den menschlichen Verzehr abzusehen. Da Blutgeruch auf Pferde offenbar sehr abstoßend wirkt, meiden sie über längere Zeit die Stelle, an der ein Pferd beim Schlachten ausgeblutet wurde. Das kann z. B. in Ställen, auf Koppeln oder auf einem pferdesportlich genutzten Gelände in der Folge zu erheblichen Problemen führen.

Eine „schmerzlose Tötung", meist durch Verabreichung einer Überdosis von Betäubungsmitteln, wird auch als **Euthanasie** bezeichnet. Sie wird durch den Tierarzt vorgenommen, der dem Pferd die hoch wirksamen Medikamente intravenös verabreicht. Dabei ist umsichtiges Handeln erforderlich, um eine mögliche Verletzung der beteiligten Helfer zu vermeiden. Das Pferd wird aufgetrenst und am Zügel gehalten. Eine Nasenbremse ist meist nicht erforderlich. Nach zügiger intravenöser Injektion legt sich das Tier innerhalb weniger Sekunden und stirbt kurz darauf.

Eine Euthanasie wird vom Besitzer in den meisten Fällen aus emotionalen Gründen, z. B. aus freundschaftlichen und dankbaren Gefühlen gegenüber dem langjährigen Sportkameraden, für Pferde gefordert, die unheilbar erkrankt sind oder bei denen aufgrund eines hohen Alters verschiedene, nicht mehr zu behebende Gesundheitsstörungen auftreten, die die Lebensqualität der Tiere erheblich beeinträchtigen. Eine Nottötung kann nach schweren Unfällen oder bei anderen akuten, unheilbaren Erkrankungen erforderlich werden. Diese Entscheidung setzt meist große Sachkenntnis voraus und sollte durch einen Tierarzt erfolgen. Tritt der Unfall, in dessen Folge die Tötung notwendig wird, auf einer öffentlichen Sportveranstaltung auf, so ist das Publikum vom Ereignisort fernzuhalten und ein Sichtschutz aufzustellen (z. B. Aufspannen einer Plane).

An dieser Stelle möchten wir uns deutlich gegen die Schlachtpferdetransporte, die zu Recht in den letzten Jahren in Verruf geraten sind, aussprechen. Es wäre sehr wichtig, Höchstgrenzen für Transportwege zur Schlachtung für Pferde festzulegen.

4 Untersuchung des Pferdes

Klinische Untersuchung

Allgemeinuntersuchung

In der Regel wird der aufmerksame Besitzer oder Pfleger ein krankhaft verändertes Verhalten seiner Pferde zeitig erkennen. Oft fällt es aber schwer, Art und Umfang der Veränderungen genauer zu beschreiben. Hierzu ist ein systematisches Vorgehen erforderlich. Im folgenden Abschnitt soll deshalb eine einfache Allgemeinuntersuchung erläutert werden, durch die man sich einen Überblick über den Gesundheitszustand des Pferdes verschaffen kann. Der Betreuer soll damit in die Lage versetzt werden, auf wesentliche Gesundheits- oder Krankheitsmerkmale seiner Pferde besser zu achten, Krankheiten schnell zu erkennen und erforderlichenfalls einen Tierarzt hinzuzuziehen. Außerdem kann ein aussagekräftiger Vorbericht die Arbeit des Tierarztes wesentlich erleichtern.

Grundsätzlich gilt, daß man das Gesunde kennen muß, um das Krankhafte zu erkennen.

Es empfiehlt sich, die Allgemeinuntersuchung in einer bestimmten Reihenfolge durchzuführen:
- Alllgemeinzustand
- Haarkleid und Haut
- Körpertemperatur
- Lidbindehäute, Nasen- und Mundschleimhaut
- Puls, Herztöne
- Atmung und Atmungsorgane
- Kehlgangslymphknoten
- Futter- und Wasseraufnahme, Kot- und Harnabsatz

Im folgenden werden diese einzelnen Punkte näher erläutert.

Allgemeinzustand: Das Tier ist ansprechbar, d. h. es zeigt normale Reaktionen auf Umweltreize. Einzelheiten siehe unter „Allgemeinverhalten“.

Haarkleid und Haut: Beide sind gute Indikatoren des Pflege- und Gesundheitszustandes. Bei einem gesunden Tier ist das Haarkleid anliegend, glatt und glänzend. Sein Aussehen wird aber nicht nur durch Krankheiten, sondern auch durch den Haarwechsel beeinflußt. Je natürlicher Pferde gehalten werden (Weide, kalter Stall), desto intensiver ist der Haarwechsel. Als Schutz gegen die Kälte wächst dann im Herbst längeres Deckhaar mit guter Unterwolle. Das dabei entstehende rauhe, etwas stumpfe Haarkleid darf keinesfalls als Krankheitszeichen angesehen werden. Durch den Frühjahrshaarwechsel erhalten die Tiere wieder ihr Sommerfell, das Haarkleid wird glatt, glänzend und anliegend. Unter unseren klimatischen Bedingungen dauert er im allgemeinen 3 bis 4 Wochen und ist im Mai abgeschlossen. Ein verzögerter Haarwechsel kann ein Hinweis auf eine gesundheitliche Störung des Tieres sein. Pferde, die sich lediglich zwischen warmem Stall und Reithalle bewegen, behalten auch im Winter ein sehr kurzes, glattes Fell.

Wenn Pferde frieren (z. B. auch bei erhöhter Körpertemperatur), werden die Deckhaare aufgestellt, um die isolierende Luftschicht zu vergrößern. Das Haarkleid liegt nicht mehr an und erscheint stumpf und glanzlos.

Jeder Schweißausbruch, der nicht im Zusammenhang mit einer körperlichen Belastung steht, ist ein Hinweis auf eine Erkrankung. Oft wird er durch Schmerzen hervorgerufen (z. B. Kolik). Das Haarkleid ist dunkler, stumpf und feucht. Bei starkem Schwitzen, z. B. auch im Schock, kann der Schweiß vom Körper abtropfen.

Haarausfall kann an einzelnen Stellen oder generalisiert am ganzen Körper auftreten. Gleichzeitiger Juckreiz weist häufig auf Parasiten als Ursache hin. In solchen Fällen ist die Haut, besonders in der Umgebung von haarlosen Stellen, gründlich bei gutem Licht auf bewegliche Parasiten (Haarlinge, Läuse u. a.) und deren Eier (an den Haaren angeheftet, nicht mit Schuppen zu verwechseln!) zu untersuchen.

Eine gesunde Haut zeichnet sich durch hohe Elastizität aus. Um das zu prüfen, bildet man am Hals (besser noch über der Schulter) der Pferde eine Hautfalte (Foto 14, Seite 67), die, sobald man die Hand entfernt, wieder verstreicht. Bei langanhaltenden Ernährungsstörungen und stärkerem Wasserverlust ist die Elastizität der Haut verringert. Die Hautfalte verschwindet dann langsamer.

Die Oberfläche der gesunden Haut ist glatt. Rötungen sowie trockene oder nässende Krusten und Auflagerungen sind krankhaft.

Deutliche Temperaturdifferenzen der Haut an verschiedenen Körperstellen erfordern eine weitere Untersuchung, wobei die Ursachen nicht nur in der Haut gesucht werden dürfen. Allerdings fühlen sich Ohren, Hufe und untere Beinabschnitte stets etwas kühler an.

Körpertemperatur. Sie wird rektal (im After) gemessen (Foto 15, Seite 67). Vor dem Messen wird die Quecksilbersäule des Thermometers heruntergeschüttelt. Es können natürlich auch automatische Thermometer verwendet werden, die meist das Ende der Messung durch ein Signal anzeigen. Durch Vaseline oder etwas Öl wird die Spitze des Thermometers gleitfähig gemacht. Bevor man zum Einführen des Thermometers seitlich hinter das Pferd tritt, läßt man das gleichseitige Vorderbein aufheben. Sehr unruhige Pferde erhalten die Nasenbremse. Die Pferde können auch dadurch am Schlagen gehindert werden, daß der Schweif kräftig nach oben und vorn gehalten wird. Nach einer Meßzeit von 3 bis 5 Minuten kann das Thermometer abgelesen werden. Bei der Bewertung ist zu beachten, daß die Körpertemperatur durch die Tageszeit beeinflußt wird (zirkadianer Rhythmus). Morgens ist sie am niedrigsten und steigt bis zum späten Nachmittag etwas an. Das gilt sowohl für die normale Temperatur als auch für das Fieber. Bei der Bewegung der Tiere wird Wärme gebildet, so daß die Körpertemperatur ansteigen kann. Nach intensiven Dauerritten wurden Temperaturen von über 41,5 °C gemessen. Auch eine „übliche" Trainingsbelastung der Sportpferde führt zum Anstieg der Körpertemperatur. Es können bis zu 2 Stunden nach Beendigung des Trainings vergehen, ehe das Pferd wieder die Ausgangstemperatur erreicht. Deshalb sollte erst nach dieser Zeit die Körpertemperatur zu diagnostischen Zwecken gemessen werden. Durch hohe Umgebungstemperatur und starke Sonneneinstrahlung kann die Körpertemperatur ebenfalls ansteigen. Umgekehrt fällt sie nach Aufnahme von viel kaltem Wasser über mehrere Stunden deutlich ab. Die physiologische Körpertemperatur zeigt eine Altersabhängigkeit. Bei Fohlen geht sie in den ersten 4 Lebenstagen bis 38,9 °C. Eine erhebliche Rasseabhängigkeit besteht nicht. Eine erhöhte Körpertemperatur wird als **Fieber** bezeichnet. Dabei sind folgende Abstufungen möglich:

• Normaltemperatur	37,0–38,4 °C
• geringes Fieber	38,5–39,0 °C
• mittleres Fieber	39,1–40,0 °C
• hohes Fieber	40,1–41,0 °C
• extrem hohes Fieber	ab 41,1 °C

Lidbindehäute: Farbe und Beschaffenheit sind für die Beurteilung des Allgemeinzustandes der Pferde besonders wichtig. Sie sind im Krankheitsfall zeitig verändert und geben sogar Hinweise auf bestimmte Krankheiten. Zur Untersuchung werden die Augenlider mit Daumen und Zeigefinger einer Hand geöffnet, wobei ein leichter Druck auf den Augapfel ausgeübt wird. Dadurch werden die Bindehaut des Augapfels und der Augenlider sowie die Nickhaut für den Untersucher sichtbar. Bei gesunden Pferden ist die Bindehaut blaßrosarot gefärbt. Hinweise auf Erkrankung geben die Farbabweichungen Rötung, insbesondere schmutzig verwaschene Rötung, bläuliche oder gelbliche Verfärbung und Blässe. Bei Veränderungen ist immer zu prüfen, ob sie einseitig oder an beiden Augen auftreten. Im letzteren Fall weisen sie in der Regel auf Allgemeinerkrankungen der Pferde hin. So können Schwellung und feucht-triefendes Aussehen der Lidbindehäute beider Augen Anzeichen für eine akute Allgemeinerkrankung (oft Virusinfektion) der Pferde sein.

Nasen- und Mundschleimhaut werden zusätzlich zur Beurteilung herangezogen. Sie sind bei gesunden Pferden rosarot gefärbt. Zu beachten ist, daß sowohl Augenbindehäute als auch Nasen- und Mundschleimhaut während und nach der Trainings- oder Wettkampfbelastung der Pferde gerötet sind, was natürlich die Aussage einschränkt. Eine Untersuchung sollte deshalb erst etwa 2 Stunden nach dieser Belastung erfolgen.

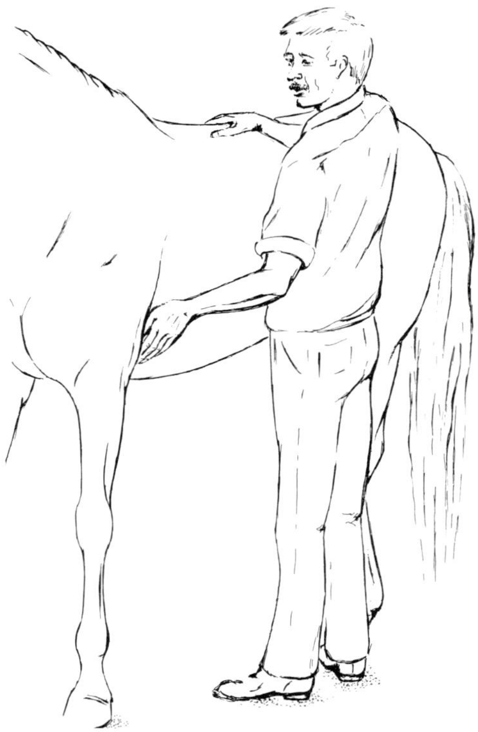

Abb. 4.1 Fühlen des Herzspitzenstoßes.

Puls und Herztöne: Der Herztätigkeit liegen abwechselndes Zusammenziehen und Erschlaffen verschiedener Muskelabschnitte zugrunde, die nerval gesteuert werden und in bestimmter Reihenfolge ablaufen. Jedes Zusammenziehen der Herzkammern befördert das Blut durch die Arterien des Körpers. Die ankommende Blutwelle, der Puls, wird bei Pferden am unteren Rand des Unterkiefers an der Einbuchtung vor dem Kaumuskel (Ganaschen) gefühlt und dann 30 Sekunden oder 1 Minute lang ausgezählt (Foto 1, Seite 49).

Das gesunde Pferd hat 28 bis 40 Pulsschläge in der Minute. Während der Arbeit ist die Pulsfrequenz erhöht. Je schneller sie in der anschließenden Ruhepause wieder zur Norm abfällt, um so besser ist der Trainingszustand des Tieres.

Ein erheblich verzögerter Abfall der Puls- und auch der Atemfrequenz nach Belastungen kann Anzeichen einer Überforderung des Tieres oder einer beginnenden Erkrankung, die sich zunächst in einer Leistungsschwäche zeigt, sein. Bei fieberhaften Erkrankungen ist der Puls beschleunigt. Unruhige Pferde können durch häufige Kopfbewegungen das Fühlen und Zählen des Pulses erschweren. Bei diesen Tieren sollten die Herztöne gezählt werden. Abgesehen von einigen seltenen Erkrankungen stimmt die Zahl der Herzschläge und der Pulswellen überein. Am günstigsten bedient man sich eines Schlauchtstethoskops. In Ermangelung eines solchen Gerätes kann auch der Herzspitzenstoß an der linken Brustwand hinter dem Ellbogenhöcker gefühlt werden (Abb. 4.1) (schwierig bei gutgenährten Tieren). Bei einer weitergehenden Untersuchung durch Auskultation (Abhören) wird besonders auf die Qualität der Herztöne und eventuelle Nebengeräusche geachtet.

Atmung und Atmungsorgane: Beim Einatmen erweitert sich die seitliche Brustwand. Das ist am besten zu sehen, wenn man sich schräg hinter das Pferd stellt. So kann man die Atemzüge zählen. Ein gesundes Pferd atmet 10 bis 14mal je Minute. Bei und nach körperlicher Anstrengung oder Erregung sowie bei Schmerzen und Fieber ist die Atmung beschleunigt. Als krankhafte Erscheinung ist ein verkrampftes, stoßartiges Ausatmen im Ruhezustand anzusehen. Es ist bei chronischen Erkrankungen der Bronchien und der Lunge zu beobachten und erfolgt unter weitgehendem Einsatz der Bauchmuskulatur (Bauchatmung). Nach einiger Zeit führt es zur verstärkten Ausbildung bestimmter Bauchmuskeln, wodurch eine sogenannte Dampfrinne (abgeleitet von Dämpfigkeit) entsteht. Weitere wichtige Krankheitszeichen, die an den Atmungsorganen auftreten können, sind wiederholter Husten und Nasenausfluß. Solche Pferde gehören von der Arbeit befreit und sofort in tierärztliche Behandlung.

Wichtige Hinweise für die weitere Diagnostik geben die Atemgeräusche über Luftröhre und Lunge, die mittels Schlauchstethoskop (Auskultation) erfaßt werden. Bei gesunden Pferden ist über den Lungenflügeln lediglich während der Einatmungsphase ein weiches, leises, sogenanntes vesikuläres Atmungsgeräusch hörbar. Die Ausatmung verläuft ohne Geräusche.

Kehlgangslymphknoten. Die zwei Kehlgangslymphknoten liegen zwischen den beiden Unterkieferästen unter der Zunge und sind durch die Haut als derbweiche, etwa daumenlange, lappige, verschiebbare Gebilde zu fühlen. Lymphknoten wirken als Filter- und Abwehrstationen des Körpers. Die Kehlgangslymphknoten sind diesbezüglich für den Kopf, insbesondere für die Nasen- und Mundhöhle zuständig. Infektionen in diesem Gebiet führen zu einer Reaktion der Lymphknoten. Diese werden größer, druckschmerzempfindlich und fühlen sich manchmal wie flüssigkeitsgefüllte Blasen an. Man kann somit von den veränderten Lymphknoten auf Erkrankungsvorgänge in den genannten Kopfgebieten schließen. Weitere Lymphknoten am Kopf des Pferdes liegen im Bereich der Ganaschen.

Futter- und Wasseraufnahme, Kot- und Harnabsatz: Eine ungestörte Futter- und Wasseraufnahme ist der wichtigste Indikator für das Wohlbefinden der Pferde. Unter Beachtung der individuellen Unterschiede zwischen einzelnen Pferden muß jede Störung als Alarmzeichen angesehen werden. Zunächst sind die Qualität des Futters und des Wassers sowie die Funktionstüchtigkeit der Tränken zu prüfen. Pferde lehnen oft Futter und besonders Wasser ab, wenn es einen veränderten Geruch hat oder andere sensorische Qualitätsmängel aufweist. Auch neue, den Pferden ungewohnte Tränkeimer können die Wasseraufnahme beeinträchtigen. Pferde, die nicht trinken, fressen schlecht. Deshalb muß bei ungenügender Futteraufnahme auch die Wasserversorgung überprüft werden. Die Störung kann auf die Verdauungsorgane beschränkt sein oder auch von anderen Organsystemen ausgehen. Bei Erkrankungen der Zähne und des Zahnfleisches, die zu Kaustörungen führen, können z. B. den Pferden nach Fütterung von Heu oder Streu walzenförmige, zusammengedrehte Gebilde (sog. Wickel) aus dem Maul fallen (Foto 107, S. 208). In anderen Fällen sind die Pferde nicht in der Lage, das Futter oder Wasser richtig abzuschlucken oder bis in den Magen zu befördern. Bei der Schlundverstopfung laufen z. B. aufgenommenes Wasser oder Futterbrei wieder aus den Nüstern ab. Diese Tiere schlucken zwar, wenn sie trinken, der Inhalt des Eimers verringert sich aber nicht. Pferde, die einige Zeit kein Futter aufnehmen, haben oft säuerlichen Mundgeruch.

Auch Abweichungen im regelmäßigen Kotabsatz und veränderte Kotkonsistenz können Anzeichen einer Erkrankung sein. Das gilt nicht für den breiigen Kot, den Pferde oft unter Belastung oder bei Aufregung absetzen. Schmerzäußerungen beim Harnabsatz oder gar Harnverhalten sind Zeichen einer Erkrankung. In diesen Fällen ist tierärztliche Hilfe unverzüglich anzufordern.

Der genannte Untersuchungsgang ist erforderlichenfalls durch weiterführende Methoden zu ergänzen. Hier sollen angeführt werden:
- Die rektale Untersuchung, die ein „inneres" Betasten des Becken- und des hinteren Abschnittes des Bauchraumes des Pferdes durch den Mastdarm gestattet und besonders bei Kolikerkrankungen sehr wichtig ist (Foto 19, S. 67).
- Die endoskopische Untersuchung, die z. B. bei Erkrankungen der Atmungs-, und Verdauungsorgane, der Harnblase und von Gelenken eingesetzt wird und einen Einblick ermöglicht (Foto 22, S. 68).
- Die Röntgen- und sonographische Untersuchung (Ultraschall), die als durchdringende, bildgebende Verfahren einen Einblick auch in tiefere Körperschichten ermöglichen (Foto 24, S. 68).
- Die hämatologische (Zellen) und biochemische (Inhaltsstoffe) Untersuchung des Blutes, die neben einer diagnostischen Aussage auch Hinweise auf den Schweregrad und den Verlauf von Erkrankungen geben kann (vgl. Anhang, Tabelle Seite 365 bis 368).
- Die Harnuntersuchung (einschließlich des Harnsedimentes), die sowohl bei der Erkrankung des Harnapparates als auch bei Erkrankungen anderer Organsysteme Bedeutung hat (vgl. Anhang, Tabelle Seite 369).
- Die Kotuntersuchung auf Parasitenstadien (Eier, Bandwurmglieder u. a.) und auf Bakterien.
- Die Untersuchung von Nasensekret auf Viren und bakteriologische Krankheitserreger.
- Die Untersuchung von Punktaten aus Lymphknoten, veränderten Geweben, Körperhöhlen, Gelenken u. a.

Untersuchung bei Bewegungsstörungen und Lahmheiten

Was ist eine Lahmheit?

Lahmheit allgemein ist ein Symptom für die strukturelle oder funktionelle Störung an einer oder mehreren Gliedmaßen, die sich in der Fortbewegung und/oder im Stand äußern kann. Landläufig

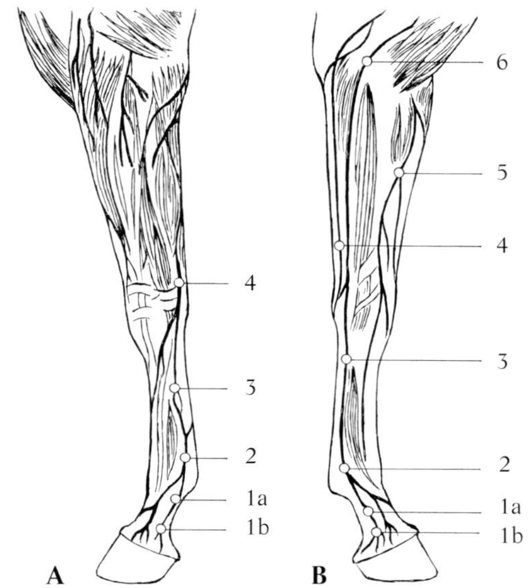

Abb. 4.2 Injektionsstellen für die Leitungsanästhesie an der Vordergliedmaße.
A) von außen, B) von innen.
1a) Anästhesie des Nervus digitalis palmaris.
1b) Anästhesie des N. pulvinus, Nervus palmaris distal.
2) Anästhesie des Nervus pulmaris distalis.
3) Anästhesie des Nervus palmaris proximal.
4) Anästhesie des Nervus ulnaris.
5) Anästhesie des Nervus medianus.
6) Anästhesie des Nervus musculocutaneus.

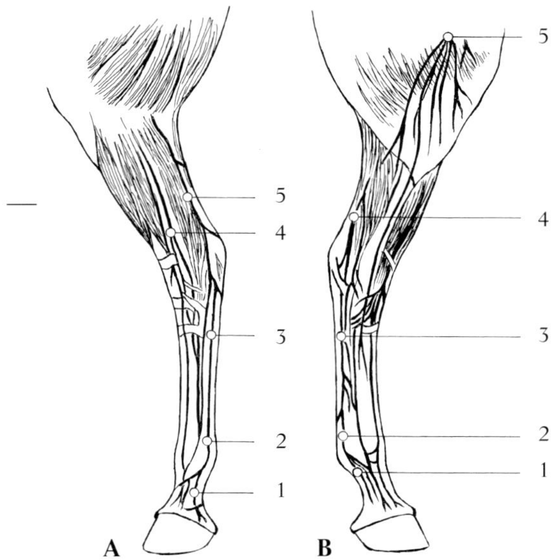

Abb. 4.3 Injektionsstellen für die Leitungsanästhesie an der Hintergliedmaße.
A) von außen, B) von innen.
1) Anästhesie des Ramus prof. (plantaris) des N. plantaris.
2) distale Plantaranästhesie.
3) proximale Plantaranästhesie.
4) Anästhesie des N. fibularis (A4) bzw. N. tibialis (B4), Anästhesie des N. cutaneus surae caud. (A5) bzw. N. saphenus (B5).

versteht man darunter eine Störung des Bewegungsablaufes.

Die **Ursachen** dafür sind vielfältig. Neben Gewalteinwirkungen, angeborenen oder erworbenen Gliedmaßenanomalien, Infektionen, stoffwechsel-, kreislauf- oder nervösbedingten Störungen spielen unregelmäßige und unsachgemäße Hufpflege und Hufbeschlag sowie ein falsches Training eine Rolle. Eine der häufigsten Ursachen sind fortwährende Erschütterungen und übermäßige vorzeitige Belastungen, besonders von nicht völlig ausgereiften Sehnen- und Gelenkabschnitten im Jugendalter. Zentralnervöse Störungen des Bewegungsablaufes zeichnen sich durch ungeordnete bzw. unkoordinierte, sog. ataktische und arhythmische Fortbewegung aus.

Wie stellt man eine Lahmheit fest?

Um die Lahmheit exakt feststellen bzw. beurteilen zu können, sind genaue Kenntnisse über den Aufbau der Gliedmaßen und den Bewegungsablauf erforderlich. Darüber hinaus gehört auch eine große Erfahrung dazu.

Die **Bewegungen der Gliedmaßen** bestehen aus einer zweigeteilten **Stützbeinphase**, bei der das Bein die gesamte Körpermasse aufzunehmen und zu übertragen hat, und einer **Hangbeinphase**, bei der die Extremität, ohne den Boden zu berühren, vorgeführt wird. Schmerz oder mechanische Behinderung stören diesen Bewegungsablauf. Je nach Ort des krankhaften Prozesses sind dann die eine oder die andere Phase oder auch beide gestört.

Man unterscheidet dementsprechend eine **Stützbeinlahmheit** der 1. oder 2. Phase, eine **Hangbeinlahmheit** oder eine **gemischte Lahmheit**. Daneben können aber auch Lahmheiten durch fehlerhafte reiterliche Einwirkungen entstehen, die keine krankhaften Veränderungen des Bewegungsapparates zur Ursache haben. Derartige Bewegungsstörungen werden als **Zügellahmheit** bezeichnet.

Diese verschwindet, wenn sich das Pferd ohne Sattel und Reiter frei bewegen kann.

Nach dem **Schweregrad der Bewegungsstörung** wird zwischen gering-, mittel- und hochgradiger Lahmheit unterschieden. Erstere ist nicht immer leicht erkennbar. Es empfiehlt sich dabei oft die Musterung bei einer spezifischen Belastung (Springen, Fahren, Dressur usw.). Bei mittelgradiger Lahmheit ist das Auffallen auf die gesunde Gliedmaße bereits im Schritt sicht- und hörbar. Bei hochgradiger Lahmheit wird der Huf des kranken Beines nur mit der Zehenspitze aufgesetzt, oder die Gliedmaße überhaupt nicht mehr belastet.

Das **Vorführen des Pferdes** geschieht in der Regel auf ebenem Boden am langen Zügel.

Zur genauen Ermittlung einer Lahmheitsursache ist die Anwendung folgender **Untersuchungsverfahren** üblich:

1. Vorbericht
2. Adspektion (Betrachtung) in Ruhe und Bewegung
3. Palpation (Betastung)
4. Perkussion (Beklopfen)
5. Provokationstest:
   • Beugeprobe
   • Wendeprobe
   • Keilprobe
6. Leitungsanästhesie: Die Betäubung regionaler Nerven zur Feststellung von Lahmheitsursachen. Durch Unterbrechung der Leitfähigkeit der Nerven verschwindet der Schmerz und damit auch die Lahmheit. Bei mechanischer Behinderung der Beweglichkeit kann auch bei Beseitigung des Schmerzes die Lahmheit bestehen bleiben.
7. Bilddarstellende Methoden:
   • **Röntgenaufnahme:** Abbildung eines Körperteils auf einem photographischen Film mittels Röntgenstrahlen
   • **Computertomographie:** Kompliziertes röntgendiagnostisches Verfahren zur Darstellung von Weichteilstrukturen, wobei durch Anordnung von Röntgenröhre und kreisförmig gegenüber liegenden Detektoren transversale Schnittbilder erzeugt werden. In der Praxis wird dieses Verfahren nur in ganz seltenen Fällen durchgeführt.
   • **Ultrasonographie:** Ultraschallschnittbildverfahren, das sowohl eine zweidimensionale Darstellung (Querschnittsmessung) stationärer Zustände als auch eine Sichtbarmachung der Bewegung von Objekten auf dem Bildschirm erlaubt. In der Tiermedizin wird das Verfahren zur Feststellung von Trächtigkeiten, Weichteilveränderungen, besonders an Sehnen und Gelenken, sowie an Herzen angewendet.
   • **Szintigraphie:** Diagnostische Methode zur Darstellung der Verteilung inkorporierter Radionukleide mittels einer elektromagnetischen Schreibvorrichtung. Krankhafte Gebiete können als Ort vermehrter Anreicherung des Radionukleides lokalisiert werden. Selten angewendetes Verfahren.
8. Synovialflüssigkeitsanalyse: Mikroskopische und chemische Untersuchung der Flüssigkeit von synovialen Räumen (Gelenkhöhle, Sehnenscheide, Schleimbeutel).
9. Anästhesie der Synovialräume: Betäubung von Gelenkhöhlen, Sehnenscheiden und Schleimbeuteln zum Zwecke der Ermittlung von Lahmheitsursachen.
10. Arthroskopie: Endoskopische Methode zur Besichtigung von Gelenkhöhlen, zur Darstellung von Knorpeldefekten, Absprengfrakturen u. a.

Die letzten 5 Methoden sind Aufgaben des Tierarztes.

Beim Reitpferd erkranken, bedingt durch stärkere Belastung, die Vordergliedmaßen häufiger als die Hintergliedmaßen. Beim Zugpferd und Traber sind in der Regel öfter die Hintergliedmaßen betroffen.

90% der Lahmheitsursachen sind im allgemeinen unterhalb des Vorderfußwurzel- und Sprung-

Tab. 4.1. Gliedmaßenführung bei Lahmheit.

VL VR ← VR	VL VR ← VR	VL VR ← VR
normal	Hangbein-lahmheit	Stützbein-lahmheit

VR: vorn rechts; VL: vorn links
Bei gesunden Pferden sind beide Teile eines Schrittes gleich lang: VR/VL = VL/VR. In diesem Fall halbiert VL die Bewegungslänge VR–VL–VR.
Bei lahmenden Pferden bleibt die Schrittlänge als Ganzes gleich. Es ändert sich jedoch einer der beiden Abschnitte der Bewegungslänge. Bei Hangbeinlahmheit wird die vordere Strecke der Bewegungslänge, bei Stützbeinlahmheit die hintere Strecke der Bewegungslänge verkürzt.

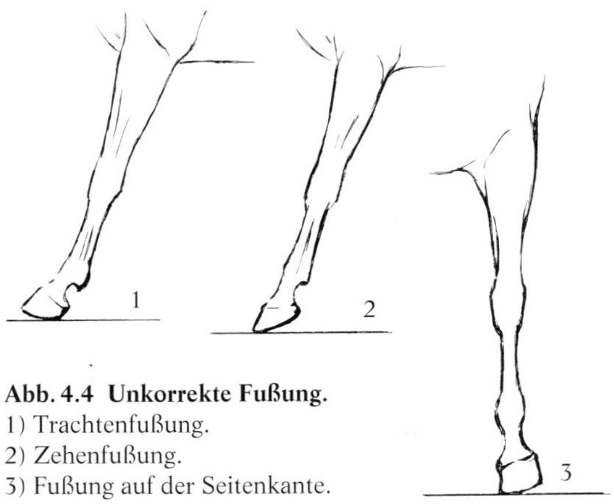

Abb. 4.4 Unkorrekte Fußung.
1) Trachtenfußung.
2) Zehenfußung.
3) Fußung auf der Seitenkante.

gelenkes lokalisiert. Entsprechend dem Verwendungszweck treten gehäuft arbeitsbedingte Schäden auf, die auf bestimmte Krankheiten hinweisen können. Man bezeichnet sie deshalb als „Berufskrankheiten" des Pferdes.

Vorbericht

Zunächst ist ein genauer Bericht über den Krankheitsvorgang wichtig. In manchen Fällen bereitet die Erhebung Schwierigkeiten, weil genaue Angaben nicht bekannt sind oder auch verschwiegen werden (z. B. Dauer der Erkrankung). Es obliegt dem Geschick des Untersuchers, durch direkte Fragen die Fakten zu erhalten, die für die **Diagnose** wichtig sind.

Folgende Fragestellungen sind von Bedeutung:
- Wie lange lahmt das Pferd?
- Ist die Ursache bekannt?
- Verändert sich die Lahmheit bei Bewegung?
- Ist das Allgemeinbefinden gestört?
- Welche Behandlungen wurden bisher vorgenommen und wie war das Ergebnis?

Betrachtung (Adspektion)

Untersuchung am Ort. Bei der Betrachtung des Pferdes im Stand ist besonders auf Umfangsvermehrung, unscharfe Konturen der Gliedmaßen, Zusammenhangstrennungen der Haut und der Muskeln (Wunden) sowie der Knochen (Brüche) zu achten. Man beobachtet das Pferd am besten in Ruhe in seinem Stand oder in seiner Box, weil es so Schmerzen in den Extremitäten oft besser zeigt als bei der Arbeit. Wichtig ist, wie das Pferd die schmerzende Gliedmaße zu entlasten sucht. Dieses kann einen Hinweis für den Ort der Lahmheit und die betroffenen Organe geben. Wenn z. B. die Gliedmaße vorgesetzt und der Ballen entlastet wird, sollte besonderes Augenmerk auf die Vorderfußwurzelgelenks-, hintere Fessel- und Ballengegend gerichtet werden. Bei betonter Zehenfußung kann eine Erkrankung im Bereich der Hufrolle vorliegen.

Wird eine Vordergliedmaße nach hinten gesetzt, im Vorderfußwurzelgelenk gebeugt und mit auf dem Boden ruhender Zehe gehalten, so ist an einen krankhaften Prozeß in der Schultergegend zu denken. Ellenbogengelenkserkrankungen äußern sich in einem gestreckten Unterarm, wobei Vorderfußwurzel- und Fesselgelenk nur gering gebeugt und die Zehe mit der Spitze belastet werden. Der erhobene Befund sollte stets mit der normalen Haltung der Gliedmaße verglichen werden. Normalerweise tragen die Vordergliedmaßen die Körpermasse gleichmäßig und stehen einander genau gegenüber. Bei beiderseitiger Erkrankung der Vordergliedmaßen wird die Masse häufig von einem Fuß auf den anderen verlagert, oder es werden beide Vordergliedmaßen weit nach vorn gesetzt (z. B. bei Rehe). Bei den Hintergliedmaßen ist eine Masse-

F14 **Bildung einer Hautfalte.** Bei erhöhtem Flüssigkeitsverlust des Körpers verstreicht diese Falte langsamer.

F15 **Messung der Körperinnentemperatur im After.**

F16 **Mit der Hufuntersuchungszange wird die Hornkapsel auf Druckschmerz geprüft.**

F17 **Beugeprobe Fesselgelenk.**

F18 **Beugeprobe Karpalgelenk.**
Gelenkbeugeproben werden zur Lahmheitsdiagnostik durchgeführt. Schmerzreaktionen bei der Beugung oder Lahmheit nach längerem Beugen können auf die Erkrankung des Gelenkes hinweisen.

F19 **Innere (rektale) Untersuchung** zur Betastung der Bauch- und Beckenorgane.

F20 **Pulskontrolle** an der Innenseite der Vordergliedmaße, verstärkte Pulsation weist auf Entzündungen im Zehenbereich hin.

F21 **Pulskontrolle** an der Hintergliedmaße. Hier wird der Puls an der Außenseite gefühlt.

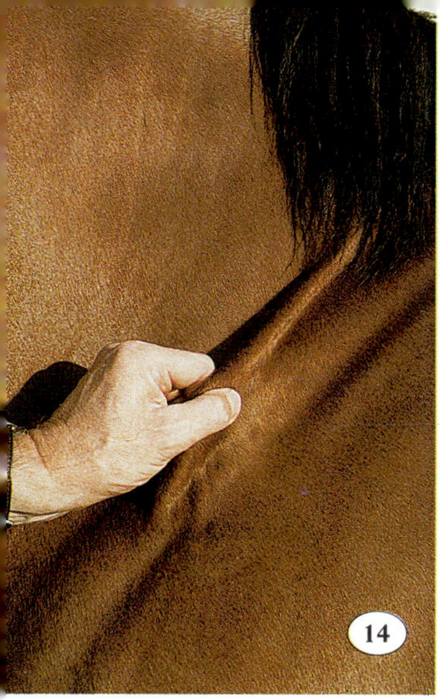
14

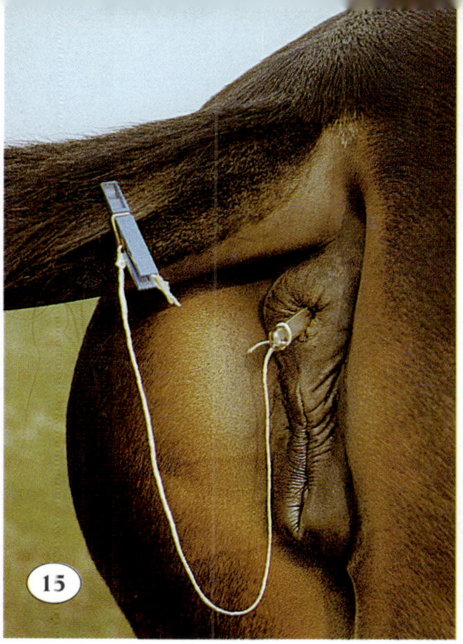
15

16

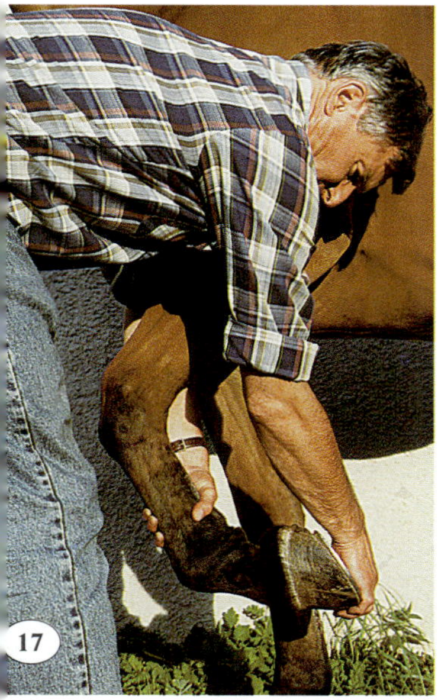
17

18

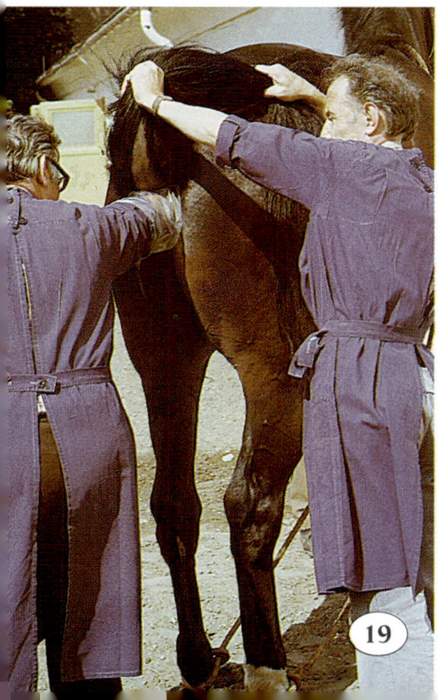
19

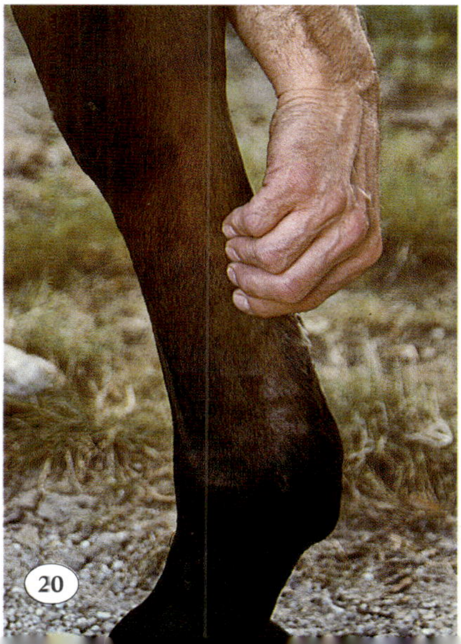
20

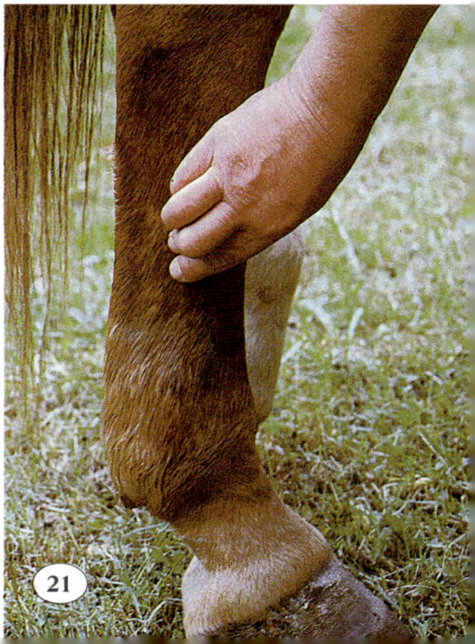
21

22

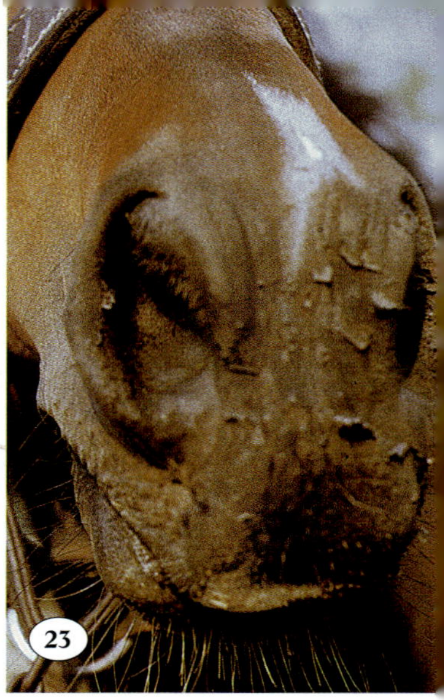
23

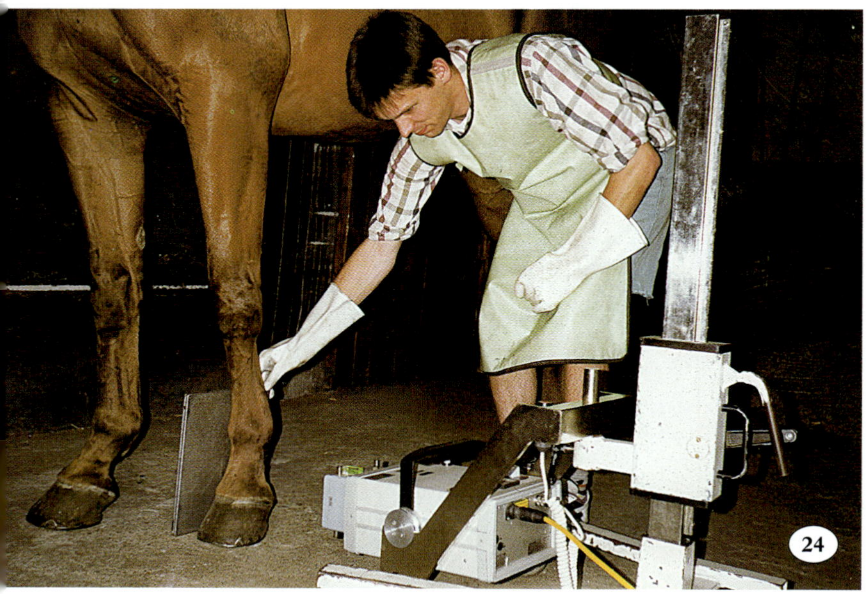
24

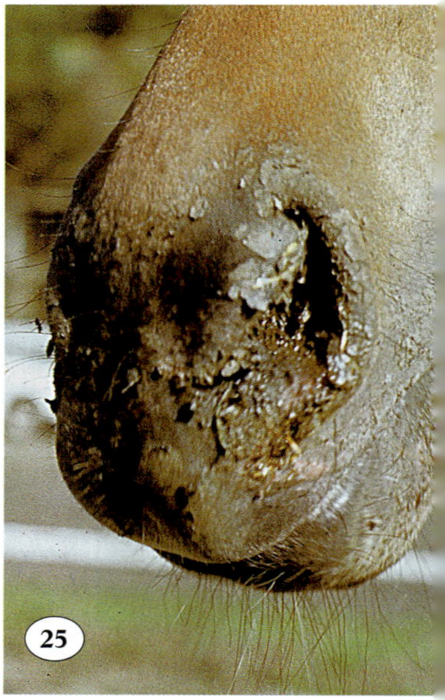
25

26

27

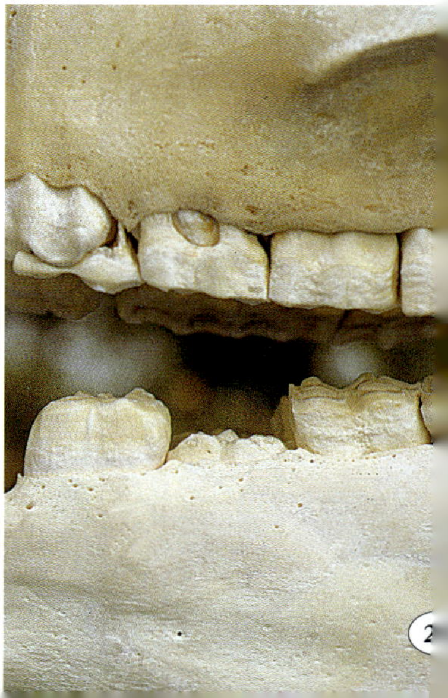
2

verlagerung von der einen auf die andere Seite typisch (Schildern). Wenn jedoch eine Extremität nur für kurze Zeit oder überhaupt nicht belastet wird und das Pferd auch nicht gezwungen werden kann, die Körpermasse mit diesem Bein zu tragen, so kann die Lahmheit in dieser Gliedmaße vermutet werden.

Bedeutungsvoll ist für die Entstehung von Gliedmaßenschäden auch die **Gliedmaßenstellung**. Deshalb ist auch ihr bei der Untersuchung Aufmerksamkeit zu schenken. Beurteilt wird von vorn, von hinten und von der Seite. Dabei sollte das Pferd auf einer geraden und festen Unterlage stehen. Abweichungen von der Norm sind aus den Darstellungen (Abb. 4.6. u. 4.7) ersichtlich.

Untersuchung in der Bewegung. Sehr wichtig ist die Art und Weise der Bewegung. Sie wird aus einer gewissen Entfernung beobachtet. Für ungeübte Untersucher ist es vorteilhaft, zuerst die Vordergliedmaßen in Augenschein zu nehmen, dann folgen die Hintergliedmaßen. Ist man in der Lage, alle Gliedmaßen gleichzeitig zu beurteilen, wird die Lahmheitsdiagnose wesentlich einfacher. Die Koordination aller Gliedmaßenbewegungen ermöglicht auch, zentralnervös bedingte Krankheiten auszuschließen. Das Pferd sollte unter Umständen auch rückwärts gerichtet werden, um das Verhalten auch bei dieser Bewegung beurteilen zu können. Die Musterung erfolgt am besten auf hartem

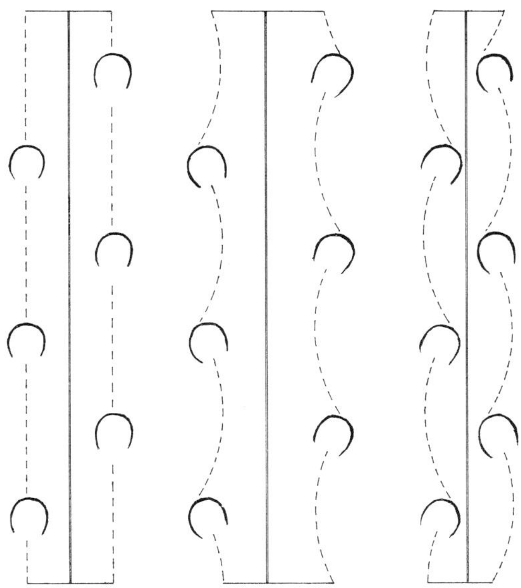

Abb. 4.5 Schenkelführung.
1) regelmäßig, 2) bodenweit, 3) bodeneng.

und weichem Boden. Dabei ist unter anderem auch der Gliedmaßenführung Beachtung zu schenken, die wesentlich von der Gliedmaßenstellung und vom Hufbeschlag beeinflußt werden kann. Bedeutungsvoll sind **fehlerhafte Gänge**, wie das Streichen (seitliches Berühren zweier Gliedmaßen) oder das Greifen (Einhauen), bei dem die Hinterhufe an die Vorderhufe anschlagen (Abb. 4.5). Beim Traber ist darüber hinaus auch das sog. Knie- oder Ellenbogenschlagen bekannt, wobei mit „Knie" das Vorderfußwurzelgelenk gemeint ist.

Bei **Lahmheit einer Vordergliedmaße** senkt sich der Kopf, wenn das Pferd den gesunden Fuß belastet. Fällt die zu tragende Körpermasse auf die kranke Gliedmaße, so wird der Kopf gehoben. Wenn keine hochgradige Lahmheit vorliegt, eignet sich der Trab am besten zur Beurteilung einer Lahmheit. Dabei darf man eine Lahmheit vorn links nicht mit einer Lahmheit hinten rechts verwechseln und umgekehrt (diagonales Hinken oder Lahmen). Das kann geschehen, weil bei der Hintergliedmaße der Kopf gehoben wird, wenn die Masse auf dem gesunden Fuß lastet und sich senkt, wenn sie mit dem kranken Fuß abgestützt werden muß. Bei beiderseitiger oder auch sehr geringgradiger Lahmheit kann die Kopfbewegung auch ganz fehlen. Die Musterung sollte von vorn und von der

F22 Endoskopische Untersuchung der Atmungsorgane.

F23 Schimmelpilzvergiftung. Veränderungen an Lippen und Nüstern durch hautreizende Mykotoxine im Heu.

F24 Röntgenuntersuchung mit einem transportablen Gerät.

F25 Schimmelpilzvergiftung. Heftige Hautreaktion an den Nüstern, die einer eitrigen Infektion der oberen Luftwege ähnelt.

F26 Milchige Trübung des Blutserums bei pathologisch erhöhtem Fettgehalt (Hyperlipidämie).

F27 Zahnwechsel Schneidezähne. In Ober- und Unterkiefer sind die Milchzangen durch bleibende ersetzt, die noch nicht in Reibung getreten sind.

F28 Zahnwechsel Prämolaren. Im Oberkiefer ist der Wechsel des vorderen Backenzahnes fast abgeschlossen. Der Milchzahn sitzt noch als kleine „Kappe" über dem bleibenden Zahn. Am nächsten Zahn beginnt der Wechsel. Im Unterkiefer sind die entsprechenden Zähne völlig ausgewechselt.

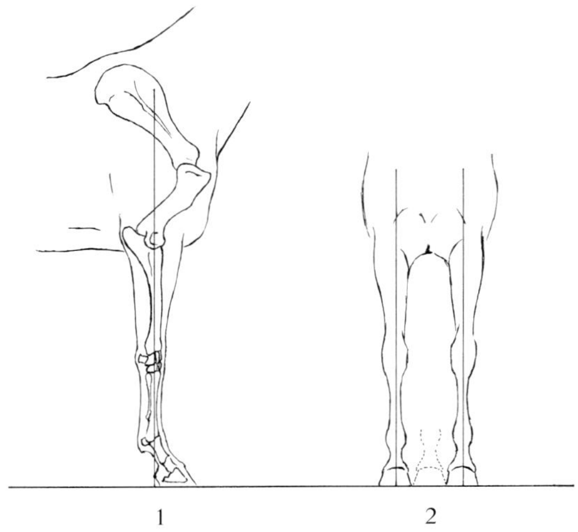

Abb. 4.6 Stellung der Vordergliedmaßen.
1) Normalstellung von der Seite,
2) Normalstellung von vorn,
3) vorständige Stellung,
4) rückständige Stellung,
5) rückbiegige Stellung,
6) vorbiegige Stellung,
7) bodenenge Stellung,
8) zehenbodenweite Stellung,
9) zehenenge Stellung,
10) zehenweite Stellung,
11) knieweite, zehenbodenenge Stellung,
12) knieenge, zehenbodenweite Stellung.

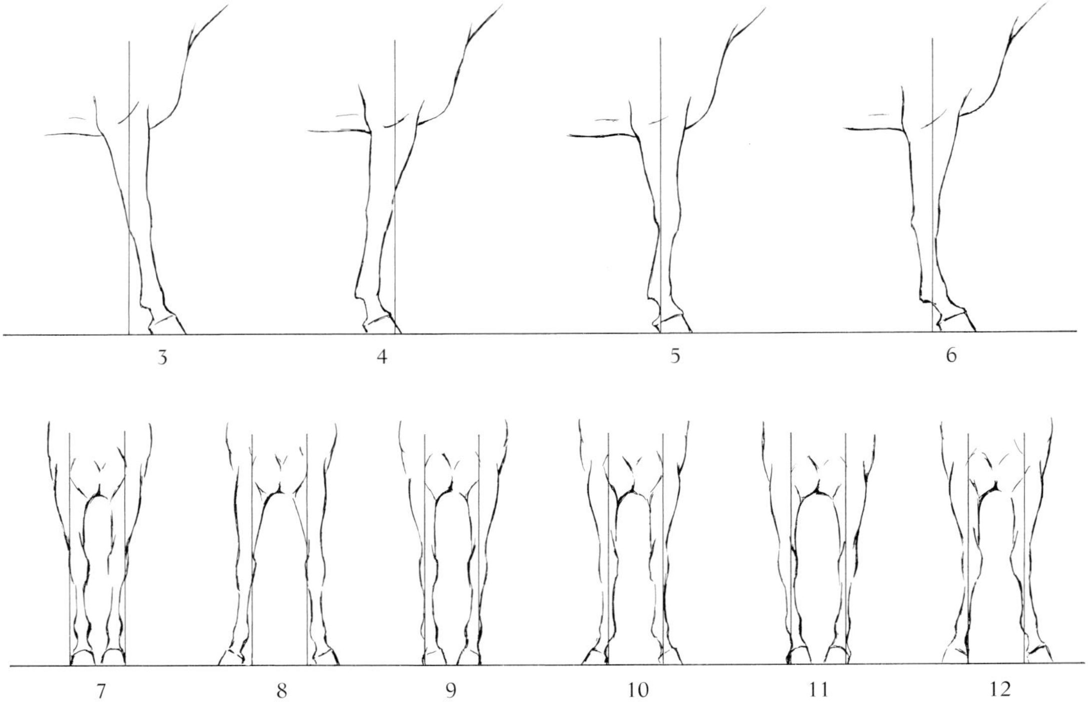

Seite erfolgen. Bei normaler Gangart wird beim Vorführen der Gliedmaße zuerst der Ballen angehoben. Er setzt auch bei Beginn der Stützphase zuerst auf.

Wenn aber ein schmerzhafter Prozeß im Ballen besteht, wird das Pferd versuchen, zuerst die Zehe zu belasten, wie das z. B. bei Erkrankungen der Hufrolle oder Verletzungen in der Ballenregion der Fall ist. Im Gegensatz dazu wird es bei diffusem Schmerz im Huf (wie z. B. bei Rehe) oder lokalem Schmerz im Zehenbereich übertrieben bemüht sein, nur mit dem Ballen den Boden zu berühren, um Druck von der Sohle fernzuhalten. Von Bedeutung ist auch der Bogen, den der Huf in der Hang-

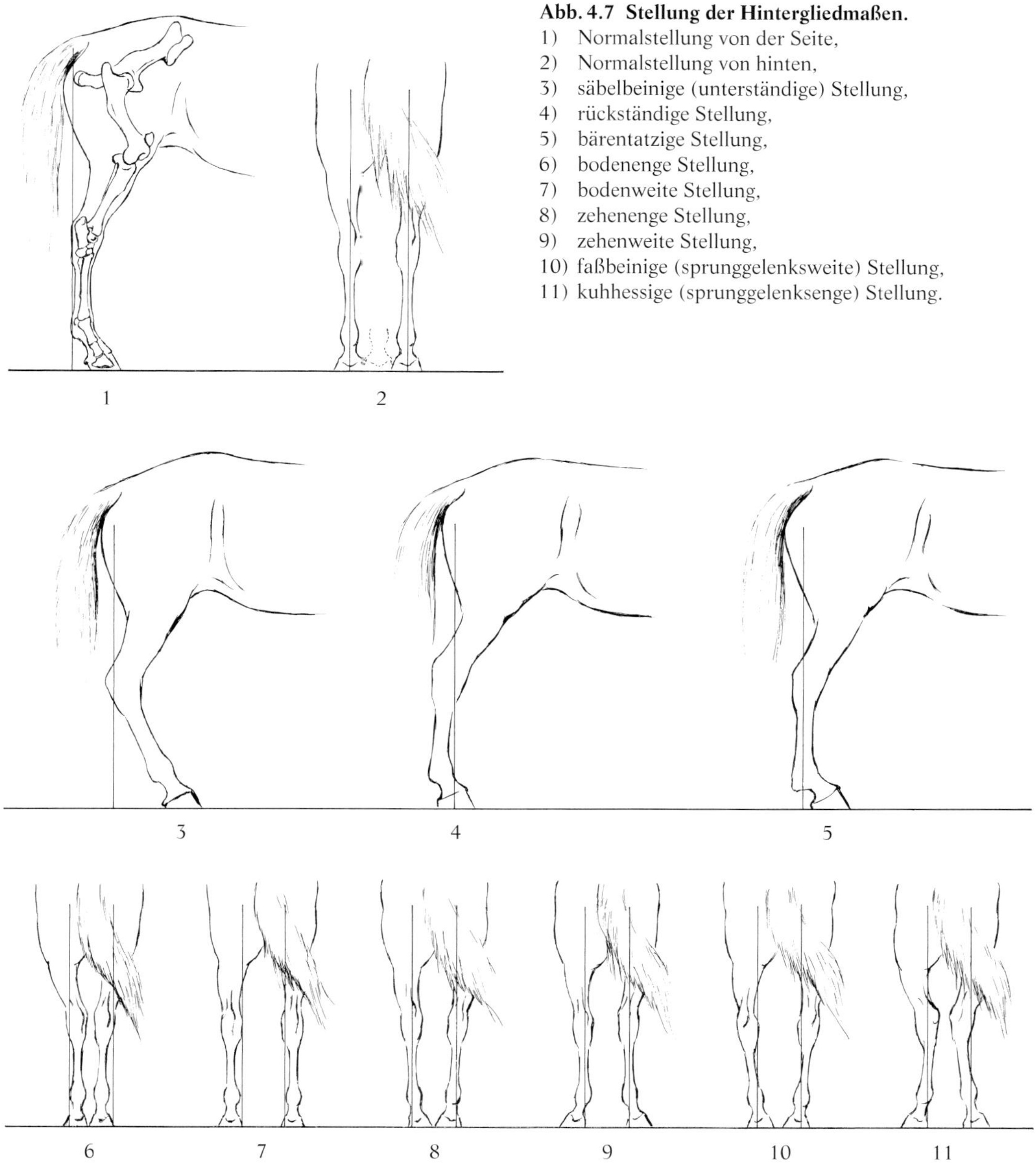

Abb. 4.7 Stellung der Hintergliedmaßen.
1) Normalstellung von der Seite,
2) Normalstellung von hinten,
3) säbelbeinige (unterständige) Stellung,
4) rückständige Stellung,
5) bärentatzige Stellung,
6) bodenenge Stellung,
7) bodenweite Stellung,
8) zehenenge Stellung,
9) zehenweite Stellung,
10) faßbeinige (sprunggelenksweite) Stellung,
11) kuhhessige (sprunggelenksenge) Stellung.

beinphase beschreibt. Ist er zu niedrig, kann eine Störung im Vorderfußwurzel- oder Schultergelenk vermutet werden. Die Fixation dieser Gelenke verkürzt den Bogen.

Durch Bergabführen kann die Lahmheit verdeutlicht werden. Bei Störungen im Schultergelenk bleibt gewöhnlich das Schultergelenk während der Hangbeinphase teilweise fixiert. Der Kopf zeigt eine deutliche Hebung, die meist zur kranken Seite hindeutet. Bei schwer sichtbaren Bewegungsstörungen kann der betreffende Huf mit Kreide markiert werden.

Auch bei der Lahmheitsdiagnose der Hintergliedmaßen ist der Bogen der Hangbeinphase von

Bedeutung. Störungen im Sprung- und Kniegelenk verkleinern diesen Bogen. Das Sprunggelenk ist erfahrungsgemäß am häufigsten befallen. Meist ist die Zehe bei Störungen in Sprung- und Kniegelenk stärker abgenutzt. Beim Vorführen schleift die Zehe und wirft weichen Boden auf.

Bei Lahmheiten der **Hintergliedmaßen** senkt sich die Hüfte der gesunden Seite. Gleichzeitig wird der Kopf angehoben, wenn das gesunde Bein den Boden berührt. Die Hüfte der kranken Seite hebt und der Kopf senkt sich, wenn die Lebendmasse auf die kranke Gliedmaße verlagert wird. Dieser Vorgang ist am besten von hinten und von der Seite zu sehen. Es kommt aber auch vor, daß beide Vorder- oder Hintergliedmaßen gleichzeitig erkrankt sind und keine Unterschiede in der Belastung bestehen, sondern lediglich ein verkürzter, klammer Gang wahrnehmbar ist.

Betasten und Beklopfen

Der Beobachtung aus der Ferne folgt die Untersuchung aus der Nähe. Dabei kommt dem Betasten und Beklopfen eine besondere Bedeutung zu. Damit nichts übersehen wird, sollte nach einem bestimmten System verfahren werden. Man beginnt am besten mit der Sohle und geht dann zur gesamten Gliedmaße über. Zunächst wird die Sohle nach gründlicher Säuberung untersucht.

Zur **Sensibilitätsprüfung** leisten die Hufuntersuchungszange und der Perkussionshammer unentbehrliche Dienste (Foto 16, Seite 67). Bei Schmerzäußerung im gesamten Sohlenbereich muß an eine diffuse Huflederhautentzündung oder einen Hufbeinbruch gedacht werden. Bei lokalisiertem Schmerz ist auf Stichwunden, Steingallen, Zusammenhangstrennungen der weißen Linie und umschriebene Huflederhautentzündungen zu achten.

Jede Zusammenhangstrennung der weißen Linie oder Verfärbung der Sohle sollte genauer mit dem **Hufmesser** untersucht werden. Schmerzen im Strahl können durch Stichwunden verursacht sein. Beim beschlagenen Huf sind vor allem die Art und die Form sowie der Sitz und die Abnutzung der Hufeisen zu kontrollieren. Besonderes Augenmerk gilt auch dem Sitz der Nägel. Sie müssen bei notwendiger Entfernung des Hufeisens einzeln herausgezogen und geprüft werden.

Die **Hufwand** ist auf ihre Konsistenz und Form, auf Druckempfindlichkeit und Zusammenhangstrennungen zu untersuchen. Die Form der Wand kann Hinweise über die Art und Weise der Abnutzung und das Hornwachstum geben.

Die **Krone** sollte auf vermehrte Wärme untersucht werden. Das geschieht gewöhnlich, indem man mit dem Handrücken die Hauttemperatur der Kronenregion der kranken mit der gesunden Gliedmaße vergleicht. Vermehrte Wärme und aufgestelltes Haar an der Vorderseite der Krone können die Entstehung einer Schale anzeigen. Des weiteren ist auf Verletzungen (Kronentritt und Unterminierungen) zu achten.

Die **Hufknorpel** sollten am belasteten und aufgehobenen Fuß auf ihre Elastizität untersucht werden, um eine Verknöcherung auszuschließen. Bei der Kontrolle der Fesselbeingegend ist auf Temperaturunterschiede und Umfangsvermehrungen zu achten. Des weiteren ist auch die Pulsation der Zehenarterien von Bedeutung.

Das **Fesselgelenk** ist durch Beugung (Foto 17, Seite 67) und Drehung (Rotation) sowie durch Druck auf schmerzhafte Gebiete und knirschende Geräusche (Krepitation) zu untersuchen.

Besondere Aufmerksamkeit gilt dabei der Gleichbeingegend und der Fesselgelenkkapsel. Bei verstärkter Füllung des Gelenkes tritt zwischen dem unteren Teil des Mittelfußknochens und dem Schenkel des Fesselträgers (M. interosseus medius) die Gelenkkapsel hervor. Derbe bzw. harte Umfangsvermehrungen an der Vorderseite des Fesselgelenkes deuten auf **Knochenwucherungen** hin. Durch Beugung sollte festgestellt werden, ob ein bestehender Schmerz verstärkt werden kann.

Man unterscheidet die **Gesamtbeugeprobe**, bei der alle Gelenke gleichzeitig angewinkelt werden, von der **Beugung einzelner Gelenke** (Zehengelenk, Karpalgelenk- oder Sprunggelenkbeugeprobe). Dadurch ist eine Lokalisation des Schmerzes möglich (Beugungsdauer 60–90 s bei ca. 20 kp Kraft).

Die **Mittelfußregion** (Röhre) sollte auf das Vorhandensein von **Überbeinen** geprüft werden. Meist befinden sie sich an der inneren Seite.

Der **Fesselträger** sollte am belasteten und angehobenen Bein sorgfältig abgetastet werden. Er befindet sich direkt hinter dem Mittelfußknochen.

Eine Entzündung des Untstützungsbandes der tiefen Beugesehne ist als schmerzhafte Schwellung handbreit unterhalb des Fußwurzelgelenkes tastbar, wenn die tiefe Beugesehne selbst auf Druck schmerzfrei bleibt. Die beiden Beugesehnen werden zusammen untersucht. Dabei ist auf verstärkte Füllung der Sehnenscheide, Umfangvermehrungen im Verlauf der Sehnen, Schmerzhaftigkeit und vermehrte Wärme zu achten.

Wichtig ist auch die Kontrolle der **Mittelfußarterien** als Indikator für entzündliche Prozesse im Hufe des Pferdes. Man fühlt ihre verstärkte Pulsation an der Innenseite der Vordergliedmaßen und an der Außenseite der Hintergliedmaßen des Hauptmittelfußknochens (Foto 20 und 21, Seite 57).

Das **Vorderfußwurzelgelenk** sollte sorgfältig auf Umfangvermehrungen in der vorderen und hinteren Gelenksgegend untersucht werden. Im hinteren Bereich können eine verstärkte Füllung der Beugesehnenscheide und bei einem Bruch des Erbsbeines Krepitation und abnorme Beweglichkeit festgestellt werden.

Weiche Umfangsvermehrungen an der Vorderseite können durch verstärkte Füllung der Gelenke, der Sehnenscheiden und des Schleimbeutels entstehen. Derbe Verdickungen in diesem Bereich zeigen Gewebsverdickungen oder Knochenwucherungen an. Durch Beugung sollte festgestellt werden, ob ein bestehender Schmerz verstärkt werden kann **(Beugeprobe)** oder ob bereits eine mechanische Einschränkung der Beweglichkeit eingetreten ist (Foto 18, Seite 67).

Bei der Untersuchung der **Ellenbogen- und Schultergegend** ist auf Schmerz, Schwellung und Stichwunden zu achten. Durch passive Bewegung kann unter Umständen Krepitation nachgewiesen werden. Atrophien der Muskulatur deuten auf chronische Prozesse oder Nervenlähmung im Gesamtbereich der Gliedmaße hin. Schulterlahmheiten zeigen sich meistens als Hangbein-, seltener als gemischte Lahmheiten.

Das **Sprunggelenk** sollte sorgfältig auf Spat und Gallen untersucht werden. Sprunggelenksgallen (Wasserspat) werden vor allem an der vorderen inneren Fläche, gelegentlich auch im hinteren Teil des Gelenkes gefunden, wo sie weitere Aussackungen mit fluktuierendem Inhalt darstellen.

Eine weitere, meist schmerzhafte Umfangsvermehrung an der inneren Seite des Sprunggelenks, die parallel zum Fersensehnenstrang verläuft, deutet auf eine Veränderung der gemeinsamen Sprunggelenkssehnenscheide (Tarsalsehnenscheide) hin. Die innere Seite des Sprunggelenks ist sorgfältig auf Veränderungen zu untersuchen, die für die Spatdiagnose von Bedeutung sein können. In diesem Zusammenhang empfiehlt es sich auch, routinemäßig eine Beugeprobe (Spatprobe) durchzuführen (Abb. 4.8).

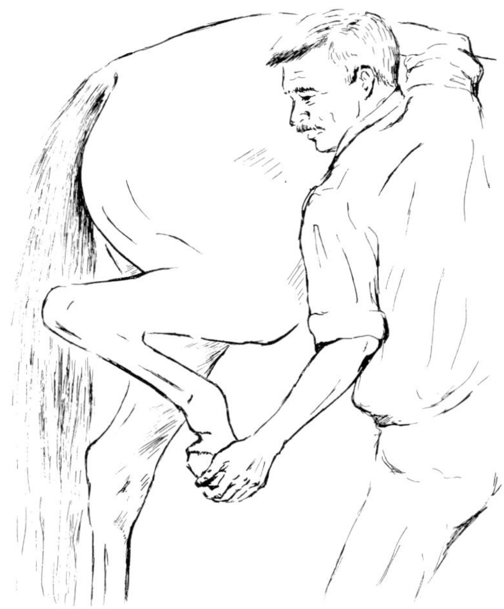

Abb. 4.8 Sprunggelenksbeugeprobe (Spatprobe).

Am **Kniegelenk** ist vor allem auf Verrenkungen (Luxationen), Bänderrisse und Gelenksentzündungen zu achten. Bei der stationären Luxation ist die fixierte Kniescheibe (Patella) auf dem medialen Rollkamm des Oberschenkelknochens (Femur) fühlbar, ein Symptom, das neben der typischen Streckhaltung auffällig ist. Veränderungen an den Kniegelenken (Femoropatellar- und Femorotibialgelenk) werden als Umfangsvermehrungen durch vergleichende Palpation beider Seiten ermittelt.

Bei ruhigen, gutartigen Pferden kann das gleichzeitig geschehen, indem man hinter dem Pferd stehend beide Kniegelenke umfaßt und betastet.

Alles **weiche Gewebe** oberhalb des Kniegelenks muß sorgfältig auf krankhafte Veränderungen untersucht werden. Besonders ist auf Asymmetrien zu achten (Atrophie, Fraktur des Hüfthöckers usw.).

Hüftlahmheiten stellen einen Sammelbegriff für Krankheiten verschiedenen Ursprungs im Bereich des Oberschenkels dar. Sie können sich als Hangbein-, Stützbein- und hin und wieder als gemischte Lahmheit äußern.

Das **Becken** muß vor allem auf Frakturen untersucht werden. Das kann nur durch innere (rektale) Untersuchung vom Tierarzt geschehen (Foto 19, Seite 67). Wenn möglich, wird dabei durch passive aber auch aktive Bewegung der Gliedmaßen, bei der sich die Hand im Mastdarm befindet, festgestellt, ob Beweglichkeit der Beckenknochen besteht. Oft sind Krepitation oder ein Bluterguß tastbar.

Allgemein sollten noch folgende **methodische Hinweise** bei der Lahmheitsuntersuchung Beachtung finden:

Temperaturunterschiede werden am besten mit dem Handrücken unter Vergleich mit der gesunden Gliedmaße ermittelt. Es ist zu beachten, daß geschorene und von der Sonne bestrahlte Gebiete sich wärmer anfühlen.

Bei Sensibilitätsuntersuchungen muß das Alter und das Temperament des Pferdes Berücksichtigung finden. Junge Pferde sind meist schwieriger zu untersuchen. Deshalb ist bei Schmerzreaktionen genau zu prüfen, ob es sich tatsächlich um Schmerz oder Abwehr infolge Nervosität und Angst handelt. Grundsätzlich sollten alle Befunde mit der gesunden Gliedmaße verglichen werden, um falschen Rückschlüssen vorzubeugen. Abschließend muß festgestellt werden, daß der Palpationsbefund allein nicht genügt, um das Ausmaß und den Grad einer Gliedmaßenerkrankung zu beurteilen. Man muß sorgfältig abschätzen, ob eine krankhafte Veränderung aufgrund ihrer Lage (Gelenksnähe usw.) wichtig ist oder nicht.

Spezielle Untersuchungen

Tierärztliche Untersuchung beim Pferdekauf

„Der Pferdehandel ist eine der reichsten Quellen von Streitigkeiten, die für Käufer wie Verkäufer höchst unangenehm sind". Das ist eine Feststellung, die in einem Artikel über die Währschaft vor 130 Jahren getroffen wurde. Unsere heutigen Erfahrungen bestätigten die Richtigkeit nicht nur, sondern erweitern den Kreis der Betroffenen noch um den Tierarzt, der als Sachverständiger oder sogar als Beteiligter oft in den Streit verwickelt ist.

Fellmer unterscheidet nachstehende Untersuchungsarten:

1. Verkaufsuntersuchung (tierärztliche Untersuchung vor dem Kauf).
2. Ankaufsuntersuchung (der Kauf ist abhängig vom Ergebnis der tierärztlichen Untersuchung).
3. Gewährschaftsuntersuchung (tierärztliche Untersuchung nach dem Kauf, ob das Pferd die vereinbarte Gewährleistung erfüllt).

Das Ausmaß der dabei erforderlichen tierärztlichen Tätigkeit bestimmt der Untersuchungsauftrag. Es muß beim Abschluß des Vertrags genau geregelt werden.

Schwierigkeiten und Grenzen

In der Behandlungspraxis weist der Vorbericht im allgemeinen auf eine bestimmte Krankheit hin, was eine gezielte Auswahl notwendiger Untersuchungen gestattet. So liegt z. B. bei einem Husten der Schwerpunkt auf den Atmungsorganen, bei einer Lahmheit auf der betroffenen Gliedmaße usw.

Sind die Befunde nicht eindeutig, besteht die Möglichkeit des Abwartens, der wiederholten Untersuchung, einer nur symptomatischen Diagnose oder Behandlung, der vorläufigen Wahrscheinlichkeitsdiagnostik. Oft läßt sich sogar die Diagnose im Laufe der Behandlung ohne Schaden für die Beteiligten korrigieren.

Ganz anders liegen die Dinge bei der **An- und Verkaufsuntersuchung**. Der Vorbericht gibt im allgemeinen nur Auskunft über den Kauf und die vereinbarten oder zugesicherten Eigenschaften usw., über die Kauf- oder Verkaufsabsicht. Es fehlt eine Unterrichtung über Fehler und Mängel, die eine Untersuchung erleichtern könnte. Vielmehr besteht oft die Möglichkeit einer bewußten Irreführung. So kann z. B. der Verkäufer, der über den gegenwärtigen beschwerdefreien Zustand seines Pferdes froh ist, einen rezidivierenden Husten, eine Neigung zu Lahmheiten, eine Behandlung mit Langzeitglukokortikoiden verschweigen, um einen günstigen Verkauf zu erzielen.

Der Käufer wiederum kann in der Erkenntnis, sich „verkauft" zu haben, Symptome erfinden bzw. übertreiben, um mit Hilfe des Tierarztes zu versuchen, den Kauf rückgängig zu machen. Durch die gesetzlichen **Fristen** bzw. durch die Bestimmungen des Vertrages ist die Zeit zur Diagnosestellung beschränkt. Wegen dieser Fristen und der vertraglichen Bedingungen kann eine sich später erweisende Änderung der Diagnose den Kauf vielfach nicht mehr rückgängig machen. Wahrscheinlichkeitsdiagnose oder Vermutungen nützen dem Käufer wenig. Das alte Gewährschaftsrecht verlangte für die Beweisführung zumindest die an Sicherheit grenzende Wahrscheinlichkeit.

War der Untersuchungsaufwand bei der früheren Beschränkung auf die Hauptmängel schon erheblich, so muß er sich bei der gegenwärtig meist üblichen vertraglichen Zusicherung „gesund und fehlerfrei" und bei der zunehmend beobachteten Vertragsform, bei der der Kaufabschluß vom Ergebnis der tierärztlichen Untersuchung abhängig gemacht wird, auf alle Organe ausdehnen. Allein das macht die An- und Verkaufsuntersuchung für den Tierarzt zu einer schwierigen Aufgabe.

Damit aber nicht genug. Hinzu kommt die heute sehr aktuelle Gefahr der **Schadensersatzforderung** des Käufers, wenn ein Mangel bei der Untersuchung vom Tierarzt durch Verletzung seiner Sorgfaltspflicht übersehen wurde und der Käufer durch den Erwerb des gebrauchs- oder wertgeminderten Pferdes einen Vermögensschaden erlitten hat.

Alle diese Faktoren zwingen den Tierarzt bei der An- und Verkaufsuntersuchung zu besonderer Sorgfalt, die sich nur auf die gewissenhafte Untersuchung, nicht aber auf den erfahrenen Blick, die langjährige Betreuung, das Vertrauen auf klangvolle, traditionsreiche Namen des Verkäufers u. a. gründen darf.

Tierarzt als Gutachter

Der Tierarzt muß in der Lage sein, ein den sachlichen und rechtlichen Ansprüchen genügendes Gutachten über den allgemeinen Gesundheitszustand, über geforderte Eigenschaften, über das Vorhandensein oder Nichtvorhandensein von Fehlern und Krankheiten auszustellen.

Rechtlich stehen bei der An- bzw. Verkaufsuntersuchung zwei Gesichtspunkte im Vordergrund:

- Was ist zu untersuchen, d. h. welche Organsysteme, welche speziellen Mängel sind in die Untersuchung einzubeziehen?
- Wie ist zu untersuchen, d. h. welche Hilfsmittel müssen neben der einfachen klinischen Untersuchung angewendet werden (Röntgen, Laborproben, EKG, Endoskopie usw.)?

Die Antwort auf die erste Frage ergibt sich aus dem Umfang der Garantie.

Die Vertragsbedingung „gesetzlich fehlerfrei" verlangt die Untersuchung zum Ausschluß der 6 **Hauptmängel** (Dämpfigkeit, Dummkoller, Kehlkopfpfeifen, Koppen, periodische Augenentzündung und Rotz). Hierfür bestehen seit Jahrzehnten anerkannte Regeln, die man in den Lehrbüchern der gerichtlichen Tierheilkunde finden kann. Problematisch ist dabei das „Kehlkopfpfeifen" mit der strittigen Frage der Unheilbarkeit der chronischen follikulären Laryngitis und anderer stenotischer Atemwegserkrankungen. Ist der Ton nicht durch Stimmbandlähmung, sondern durch eine chronische follikuläre Laryngitis verursacht, wird von EIKMEIER ein zwei- bis dreiwöchiger Behandlungsversuch durchgeführt und bei ausbleibender Heilung die Unheilbarkeit und damit der Hauptmangel „Kehlkopfpfeifen" bescheinigt.

Die Frage der Belastungsdauer bei der Untersuchung auf Kehlkopfpfeifen, die bei Gewährschaftsprozessen gelegentlich diskutiert wurde, läßt sich mit Minuten nicht beantworten. Zu fordern ist, daß das Pferd so lang und so intensiv belastet wird, daß es angestrengt atmen muß. Dabei spielt es keine Rolle, ob dafür 5 Minuten oder eine halbe Stunde Bewegung und in welcher Gangart benötigt werden. Zur Untersuchung auf „Kehlkopfpfeifen" gehört die Laryngoskopie (Foto 22, Seite 68). Entsprechende Symptome nach Belastung lassen lediglich einen Verdacht auf eine Erkrankung im Kehlkopf-Rachen-Raum zu.

Der Käufer des Tieres ist verpflichtet, bei Entgegennahme oder innerhalb der **Garantiezeit** Verletzungen der vorgeschriebenen oder vereinbarten Qualitätsmerkmale (Mängel) dem Verkäufer schriftlich anzuzeigen. Garantieforderungen sowie Forderungen auf Vertragsstrafe bzw. Schadensersatz stehen dem Käufer nur zu, wenn er den Mangel innerhalb der Garantiezeit und spätestens innerhalb von 10 Tagen nach Feststellung schriftlich angezeigt hat. Danach ist der Käufer zunächst verpflichtet, das Tier selbst zu untersuchen, nicht aber tierärztlich untersuchen zu lassen.

Da es sich aber bei einer Einschränkung der Gebrauchsfähigkeit beim Tier in der Regel um Gesundheit oder Krankheit handeln wird, ist der Tierarzt der jeweils sachkundige Partner, der die Mängelfreiheit in diesem Sinne zu prüfen, zu attestieren bzw. vorhandene Mängel nachzuweisen und die Ursache bei fristgemäßer Mängelanzeige dafür anzugeben hat. Der Verkäufer kann sich von der Verpflichtung, Garantieforderungen des Käufers zu erfüllen, nur befreien, wenn er beweisen kann, daß die Mängel nicht bei ihm entstanden sind. Bei der Erfüllung dieser gegenseitigen Verpflichtungen aus dem Kaufvertrag nehmen somit sowohl der Verkäufer als auch der Käufer die Dienstleistungen des Tierarztes für eine Gewährschaftsuntersuchung in Anspruch. Sie schließen dabei einen Werkvertrag mit allen juristischen Konsequenzen.

Innerhalb einer Garantiezeit entspricht die gesetzliche Garantiepflicht dem bisher schon vielfach gebräuchlichen Vertragsmerkmal **„gesund und fehlerfrei"**. Der Verkäufer haftet danach dafür, daß das Pferd zum Zeitpunkt des Überganges der Gefahr nicht mit Fehlern behaftet ist, die den Gebrauchswert oder die Tauglichkeit zu dem gewöhnlichen oder durch den Vertrag vereinbarten Zweck aufheben oder mindern. Eine unerhebliche Minderung des Wertes oder der Tauglichkeit ist aber ohne Belang.

Nach dieser Definition ergeben sich für den Tierarzt bei Feststellung eines Mangels zwei Forderungen:
- Nachweis der Erheblichkeit,
- Beweis, daß der Mangel bei der Übergabe bereits bestanden hat.

Die **Erheblichkeit** wird bestimmt durch die Beeinträchtigung der Gebrauchsfähigkeit oder des Handelswertes. Es gibt Fälle, z. B. Husten, Herzarhythmien, eine abgeheilte Tendinitis usw., die zum Zeitpunkt der Untersuchung die Leistungsfähigkeit in keiner Weise beeinträchtigen, möglicherweise aber später. Eine nach Umständen spätere Leistungsminderung gilt nicht. Die Leistungsminderung muß innerhalb der Garantiezeit nachgewiesen werden. Dieser Modus gilt auch für Pferde, die ohne Lahmheitserscheinung röntgenologische Veränderungen am Bewegungsapparat aufweisen (Entkalkungsherde im Strahlbein, Exostosen im Bereich der Gelenke, Griffelbeinfrakturen, intraartikuläre Knochenfragmente, Überbeine). Nach Schebitz sagen z. B. röntgenologische Veränderungen am Strahlbein nur aus, daß der Gewebsverschleiß ein nachweisbares Ausmaß erreicht hat, nicht aber, daß eine Erkrankung wie die Podotrochlose bereits vorliegt.

Selbstverständlich sind bei der Frage der Erheblichkeit auch der Kaufpreis und der Gebrauchswert zu berücksichtigen. Es ist zur Beurteilung der Erheblichkeit ein Unterschied, ob ein Pferd für die Zucht, zum Turniersport oder zum Spazierenreiten gekauft wurde, oder ob es 5 000,– oder 50 000,– DM kostet. Wer ein geringwertiges Pferd für einen geringen Preis kauft, kann nicht Preiserstattung verlangen, weil das Pferd einen Mangel besitzt, bei dessen Nichtvorhandensein es einen wesentlich höheren Handelswert hätte.

Es bestehen also ganz andere Verhältnisse als bei den Hauptmängeln, die vom Gesetzgeber grundsätzlich als erheblich betrachtet werden.

Das zweite Problem, das sich dem Tierarzt nach dem Vertragsmerkmal „gesund und fehlerfrei" stellt, ist der Beweis, daß der **Mangel beim Übergang der Gefahr** bereits bestanden hat und sich nicht erst nach der Übernahme entwickelt hat.

Beweispflichtig ist nach allgemeiner Rechtspraxis der Verkäufer und damit letzten Endes dessen Tierarzt. Dieser Nachweis wird umso leichter fallen, je früher er die Untersuchung nach der Übergabe durchführen kann. Im Gegensatz zur Ankaufsuntersuchung muß der Tierarzt bei der Untersuchung auf Gewährleistungen jedoch nicht sofort eine Entscheidung fällen. Dafür steht ihm eine sechswöchige Verjährungsfrist zur Verfügung. In diesem Zeitraum kann er prüfen, ob auch bei stärkerer Belastung die uneingeschränkte Diensttauglichkeit erhalten bleibt.

Manchmal kann auch die Erheblichkeit eines Befundes mit einer Minderung des Preises begründet werden.

Die wichtigsten und häufigsten Mängel, die zu Streitigkeiten Anlaß geben, sind die chronischen Erkrankungen des Bewegungsapparates und der Atmungsorgane. Dabei ergeben sich die schwierigsten Probleme bei der Altersbestimmung der Erkrankung.

Unproblematisch ist der Entwicklungszeitpunkt eines Mangels bei der heute häufiger praktizierten Vertragsform, daß der Kauf gilt, wenn die Untersuchung durch den Tierarzt keine Beanstandungen ergeben hat. Wird bei der Untersuchung ein Mangel festgestellt, liegt die Gefahr noch beim Verkäufer. Der geplante Kauf kommt wegen der Mangelfeststellung nicht zustande. Das Problem dieser Vertragsform liegt in der Erwartung des Käufers, daß der Tierarzt alle Mängel feststellt, einerlei ob erheblich oder unerheblich, deren Kenntnis den Kauf ausschließen würde. Dabei ist allerdings zu berücksichtigen, daß auch ein noch so erfahrener Tierarzt diese Erwartung nicht eindeutig erfüllen kann. Er ist zunächst anhand seiner Untersuchungen nur in der Lage, einen Zustand zu bescheinigen, der zum Zeitpunkt der Untersuchung besteht. Eine prognostische Einschätzung kann nur nach der Wahrscheinlichkeit getroffen werden, weil die Entwicklung einer Erkrankung als biologischer Prozeß nicht nach mathematischen Regeln erfolgt und nicht eindeutig voraussehbar ist.

Nachdem gezeigt wurde, daß der Vertragsinhalt das Untersuchungsziel bestimmt, bleibt die zweite Frage, wie, d. h. mit welchen Mitteln, in welchem Umfang die Untersuchung durchzuführen ist. Das Haftpflichtrecht verlangt für alle tierärztlichen Tätigkeiten im Rahmen eines Betreuungsvertrages, also auch für die Ankaufsuntersuchung, die Anwendung der im Verkehr erforderlichen Sorgfalt.

Rechtswidrig handelt danach ein Bürger, der einen Schaden dadurch verursacht, daß er sich aus mangelnder Sorgfalt, aus Leichtfertigkeit, Gleichgültigkeit oder aus ähnlichen Gründen nicht so verhält, wie es in der gegebenen Lage entsprechend der allgemein an ihn zu stellenden Anforderungen zur Vermeidung des Schadens notwendig ist. Gerichtlich ist Sorgfalt definiert als eine Arbeitsweise, die ein pflichtbewußter, ordentlicher Durchschnittstierarzt anwendet. Es werden also haftpflichtrechtlich Durchschnittsleistungen und nicht Optimalleistungen verlangt. Die geforderte Durchschnittsleistung muß entsprechend dem Spezialisierungsgrad Allgemeinpraktiker, Fachtierarzt, Kliniker differenziert werden.

> Die Erfüllung der **Sorgfaltspflicht** erstreckt sich bei derartigen Untersuchungen auf alle damit im Zusammenhang stehenden tierärztlichen Tätigkeiten und nicht nur auf die Methodik der Untersuchung.

Sie beginnt bereits mit der Übernahme des Falles. Fehlen dem Tierarzt die zur Übernahme der Ankaufsuntersuchung notwendigen Fähigkeiten, Erfahrungen oder Einrichtungen, verletzt er allein mit der Annahme des Falles die Sorgfaltspflicht. Auch die umfassende Aufklärung des Käufers über alle sich aus der Untersuchung ergebenden gesundheitlichen Probleme gehört zur Sorgfaltspflicht. Dazu zählt nicht nur die Unterrichtung über die Bedeutung der festgestellten Mängel, ihr Einfluß auf Wert und Tauglichkeit, sondern auch der Hinweis auf die diagnostischen Grenzen der meist einmaligen Untersuchung.

Diagnostische Schwierigkeiten bestehen auch für Experten bei **Verhaltensstörungen**, da sie meist erst nach einer gewissen Eingewöhnungszeit (z. B. Koppen oder Weben) auftreten bzw. mit der Rosse verbunden sein können, wie z. B. bei der Stätigkeit. Ebensolche Probleme ergeben sich bei der der Untersuchung vorausgegangenen Unterdrückung von Krankheitserscheinungen durch Medikamente mit Langzeiteffekten.

Nicht zuletzt wird eine ordnungsgemäße Untersuchung oft durch Umstände, wie gefrorener Boden, das Fehlen einer Reitbahn, das Bestehen akuter Erkrankungen oder einen ungenügenden Ausbildungsstand, behindert. Zur Sorgfaltspflicht gehört ferner die **Befunddokumentation**. Im Falle einer Mängelfeststellung bei der Ankaufsuntersuchung, mehr noch bei drohendem Währschaftsstreit, sollten diese Aufzeichnungen besonders ausführlich und klar sein.

Da in den meisten Fällen von Verkaufsstreitigkeiten die Frage „akuter oder chronischer Prozeß" eine große Bedeutung besitzt, z. B. Husten als Folge eines alten Katarrhs oder einer chronischen Bronchitis, muß in einem Befundbericht ersichtlich sein, ob und weshalb akute Krankheitszustände auszuschließen sind. Ein Untersuchungsschema, das nur auszufüllen ist, kann die Befundsdokumentation erleichtern und vor Unterlassungen schützen. Am besten eignet sich dafür ein Untersuchungsprogramm, wie es im Handel erhältlich ist. Die Vermögenshaftung des Tierarztes kann dabei nicht durch vertragliche Einschränkung der Sorgfaltspflicht verringert werden. Bei der Währung der Sorgfaltspflicht wird vom Tierarzt ein gleiches Maß erwartet, wie bei anderen akademischen Berufen auch. Es kann nur die Höhe der Haftung vertraglich vereinbart werden.

Was ist zu untersuchen?

Im allgemeinen empfiehlt sich bei Verkaufs- bzw. Ankaufsuntersuchungen folgender Untersuchungsgang: Die Untersuchung des Pferdes erfolgt in Ruhe, während und nach Belastung auf Puls- und Atemfrequenz, Körpertemperatur sowie durch Auskultation und Perkussion von Herz und Lunge. Darüber hinaus sind einzubeziehen die Nüstern, die Augen, sämtliche tastbaren Körperlymphknoten, die sichtbaren Schleimhäute und die Kapillarfüllungszeit.

Die **Untersuchung der Extremitäten** hat sich auf den Ausschluß von Lahmheiten zu erstrecken. Sie hat in der Ruhe, aus dem Stand heraus und unter intensiver Belastung zu erfolgen. Es ist darauf zu achten, daß sowohl manche Lahmheiten weggeritten werden können, als auch manche Lahmheiten erst nach Belastung sichtbar werden. Das Ergebnis der Beugeprobe an den Hintergliedmaßen kann Aufschluß über das Vorhandensein einer Spaterkrankung geben, wobei die Diagnose Spat die Röntgenuntersuchung (Foto 24, Seite 68) und eine eventuelle diagnostische Anästhesie (Schmerzausschaltung) einschließt. Das trifft auch für chronische degenerative Erkrankungen im Bereich der Zehe zu, wie z. B. Schale und Hufrollenerkrankung.

Die **Augenuntersuchung** erstreckt sich auf entzündliche Erscheinungen, Sehfunktionsproben, Pupillenreaktion und Augenspiegelung. Chronische bzw. nicht traumatisch entstandene Prozesse sprechen für eine periodische Augenentzündung.

Es kann vereinbart sein, daß die Tiere frei von Rhinopneumonitis und infektiöser Anaemie der Einhufer sind. Sofern gefordert, kann der Nachweis bestimmter Impfungen, z. B. gegen Tetanus und Influenza, geführt werden. Schließlich muß bei der Untersuchung auch auf bestimmte **Verhaltensstörungen** (Untugenden) geachtet werden. In allen Zweifelsfällen genügt zur Wahrung einer An- bzw. Verkaufsuntersuchung allein die klinische Untersuchung nicht. Sie muß durch spezielle diagnostische Verfahren wie Röntgen, Blutkontrolle, EKG ergänzt werden.

Wenn aber die sorgfältige klinische Untersuchung im Stande der Ruhe und der ausgiebigen Bewegung auf weichem und hartem Boden keinerlei Hinweise auf eine Erkrankung gibt, erscheint die Sorgfaltspflicht überfordert, grundsätzlich Röntgen, Laborkontrollen usw. zu verlangen.

Nach gerichtlicher Auffassung erfordert die Erfüllung der Sorgfaltspflicht nicht die Optimal- oder Idealleistung. Dieser haftpflichtrechtliche Grundsatz schließt natürlich nicht aus, daß diese Optimaluntersuchung dem Käufer angeboten oder sogar empfohlen werden soll, indem auf die Grenzen der klinischen Untersuchung und die Vorteile der weiteren Kontrollen verwiesen wird. Dadurch wird der Käufer an der Entscheidung, z. B. röntgen oder nicht, mitbeteiligt. Es sollten aber bei dieser Beratung der Preis, das Alter, der Verwendungszweck des Pferdes usw. Berücksichtigung finden.

Verzichten Käufer oder Verkäufer nach dieser Aufklärung auf die empfohlenen Hilfsuntersuchungen, so können sie ihre Unterlassung niemals zum Anlaß einer späteren Schadensersatzforderung gegen den Tierarzt machen. Empfehlenswert ist es, Belehrung und Verzicht im Befundbericht zu vermerken. Je mehr Hilfsmittel bei der Untersuchung zur Anwendung kommen, umso seltener wird die Untersuchung absolute Fehlerfreiheit des Pferdes ergeben. Die mit dem Leben gekoppelten Alters- und Verschleißerscheinungen sowie Erkrankungen zwingen zu Kompromissen. Hierbei den Käufer richtig zu beraten ist die schwierigste tierärztliche Aufgabe der Handelsuntersuchung.

Verfassungsprüfung bei Wettkampfeinsatz

Das wachsende Interesse der Zuschauer am Gesundheitszustand der Sportpferde sowie das Bemühen der Veranstalter, Turniere störungsfrei durchzuführen, und nicht zuletzt auch der allgemeine Wunsch, das Pferd vor Überforderungen und Schäden zu bewahren, hat dazu geführt, daß eine Kontrolle des Gesundheitszustandes der teilnehmenden Pferde vor und während bestimmter Leistungsprüfungen eingeführt worden ist. Diese Verfassungsprüfungen sind nach dem Generalreglement der FEI und nach der LPO festgelegt.

Nach diesen Regeln und auch denen nationaler Pferdesportorganisationen sind bei Wettkämpfen bestimmte Untersuchungen vorgeschrieben, die über die Teilnahme der Pferde befinden.

Diese Verfassungsprüfungen sind erforderlich:

- Bei internationalen Wettbewerben vor der Prüfung im Springen, Dressur- und Vielseitigkeitsreiten und Fahren.

- Bei nationalen Wettbewerben im Vielseitigkeitsreiten ab Klasse L vor der 3. Teilprüfung.
- Bei großen Wettbewerben in der Vielseitigkeit vor der Prüfung, während der 2. Teilprüfung (Zwangspause) und vor der 3. Prüfung (Foto 2, Seite 49).
- Bei Fahrprüfungen mit Gelände- und Streckenfahrten ab Kl. L in der Zwangspause vor der 3. Teilprüfung.
- Bei Distanzritten.
- Pferdekontrollen nach den Durchführungsbestimmungen § 67 der LPO bei allen Pferdeleistungsprüfungen.
- Bei Dressurprüfungen sind Zäumungskontrollen vorzunehmen.

Die Verfassungsprüfung erfolgt durch einen Richter oder eine Richtergruppe sowie einen Tierarzt, wobei der Tierarzt nur als beratendes Mitglied wirkt. Die Entscheidung über den Ausschluß eines Pferdes muß schriftlich begründet werden. Um die Prüfung zu erleichtern und Fehlurteile zu verhindern, ist es wichtig, daß der Veranstalter optimale Untersuchungsbedingungen schafft. Der Platz sollte die Besichtigung des gesamten Pferdes, einschließlich der Hufe, erlauben und eine Störung der Untersuchung durch äußere Einflüsse (Geräusche usw.) ausschließen. Nach Möglichkeit sollte der Untergrund fest sein. Es ist Aufgabe des Reiters, das Pferd in einem einwandfreien Pflegezustand und mit einem sachgemäßen Hufbeschlag vorzustellen.

Der Tierarzt selbst muß fachlich in der Lage sein, eine solche Untersuchung auszuführen. Er muß entscheiden können, ob Mängel für die Teilnahme an einer Prüfung von Bedeutung sind und dafür auch gegenüber dem Reiter, dem Pferd und dem Veranstalter verantwortlich sein. Da bei der Inspektion keine eingehende Untersuchung erfolgen kann, ist die Einrichtung eines abgegrenzten Untersuchungsplatzes (holding-box) vorgeschrieben, wo in Zweifelsfällen Pferde von einem zweiten Tierarzt untersucht werden können. Unter Einbeziehung dieses Untersuchungsergebnisses erfolgt die endgültige Beurteilung.

Bei der Verfassungskontrolle zu Beginn des Turniers ist eine genaue **Untersuchung des Pferdes** erforderlich. Man beginnt am **Kopf** und beobachtet besonders die Augen. Ein schläfriger Augenausdruck kann auf Beruhigungsmittel hinweisen, die zur Überdeckung von Schmerzzuständen verabreicht worden sind. Weiterhin ist auf Nasenausfluß, Gebißverletzungen und Scheuerstellen im Trensenbereich zu achten. Die **Haut** ist speziell im Hals- und Brustbereich auf Injektionsstellen zu untersuchen, die auf eine kurz vorher erfolgte Verabreichung von Arzneimitteln hinweisen könnten.

Die **Sattel- und Gurtlage** gilt es auf Schmerzstellen und frische Entzündungsherde zu prüfen. Dabei ist zu entscheiden, ob es sich um eine alte harmlose Hautschwiele oder durch das Training bedingte frische Druckstelle handelt. Bei einem frischen umfangreichen Satteldruck ist das Pferd auszuschließen, weil zu erwarten ist, daß sich die Veränderung erheblich verstärken wird. Der **Rücken** sollte im übrigen von beiden Seiten betastet und besichtigt werden.

Besonders wichtig ist die **Examination der Gliedmaßen**. Nach eingehender Betrachtung aller vier Beine auf Umfangsvermehrungen, Verletzungen und sachgemäßen Beschlag hat eine genaue Betastung zu erfolgen. Dabei ist auf

- eine verstärkte Pulsation der Mittelfußarterie,
- Temperaturunterschiede der einzelnen Gliedmaßen,
- örtliche Umfangsvermehrungen sowie
- Schmerzhaftigkeit

zu achten. Bei Verdachtsmomenten ist das entsprechende Bein anzuheben und im entlasteten Zustand zu betasten. Wenn nötig sind weitere spezielle Untersuchungen auszuführen.

Der Untersuchung im Stand folgt eine **Beurteilung des Bewegungsablaufes**. Dafür wird das Pferd zunächst ohne Stützhilfe des Pferdeführers am lockeren Zügel etwa 30 bis 40 m vom Betrachter weggetrabt. Das gestattet eine genaue Beurteilung der Bewegungen der Hintergliedmaßen. Beim Zurücktraben nach einer kurzen Wendung, die ebenfalls zu beobachten ist, sind die Vorderbeine zu kontrollieren. Lahme Pferde sind von Leistungsprüfungen auszuschließen.

Die **erste Verfassungskontrolle vor Vielseitigkeitsprüfungen**, Dauerritten usw. hat besonders sorgfältig zu erfolgen. In Zweifelsfällen ist es besser, ein Pferd nicht zur Prüfung zuzulassen, weil mit Sicherheit anzunehmen ist, daß sich eine entzündliche Veränderung zum Nachteil des Pferdes verstärkt, ein Umstand, der auf die Verantwortung des Tierarztes zurückfällt. Da unsachgemäßer und mangelhafter Hufbeschlag Gliedmaßenschäden stark begünstigt, sollten solche Pferde ebenfalls gemaßregelt werden.

Zum Schluß ist der Verantwortliche für das Pferd vor Zeugen zu befragen, ob es unter der Einwirkung von Arzneimitteln steht, die geeignet sind, die sportliche Form zu beeinträchtigen.

Die **zweite Verfassungsprüfung** findet in der Regel im Gelände statt, wenn die Phasen A, B und C einer Vielseitigkeitsprüfung als erste Belastungsprobe hinter dem Pferd liegen. Diese Untersuchung findet in der vorgeschriebenen Zwangspause von 10 Min. statt. Besonderes Augenmerk ist dabei auf Lahmheiten und Verletzungen zu richten. Am zweckmäßigsten geschieht das, wenn das Pferd unmittelbar bei Ankunft 20 bis 30 m vorgetrabt ist. Etwa 2 bis 3 Min. vor dem Start zur Phase D wird diese Adspektion dann wiederholt. Ist dabei das Pferd lahm oder noch lahm, wird es ohne weitere Untersuchung aus der Prüfung genommen. Das Entfernen von Bandagen und zusätzliche Hilfsuntersuchungen erübrigen sich, da die Ursache und der Umfang der Lahmheit in diesem Zustand meistens nicht zu klären sind.

Das Hauptaugenmerk sollte bei dieser zweiten Untersuchung auf Atmung, Herz und Kreislauf gerichtet sein. Sie erfordert große Erfahrung, da eine Wertung der Puls- und Atemfrequenz allein nicht genügt. Man muß in der Lage sein, den Gesamtzustand des Pferdes zu beurteilen, der nicht meßbar ist. Die Werte von Puls und Atmung variieren in Abhängigkeit vom Alter, von der Rasse und vom Trainingszustand. Eine verzögerte Beruhigungsphase allein ist kein Kriterium von Konditionsschwäche. In Zweifelsfällen müssen auch klimatische Verhältnisse berücksichtigt werden. Für eine richtige Einschätzung der Puls- und Atemfrequenz können die in Tabelle 4.2. ausgewiesenen Erfahrungswerte beachtet werden. Bei jüngeren Pferden sind die Werte etwas höher, bei älteren (10 bis 12 Jahre) etwas niedriger.

Ein Pferd ist aus dem Wettkampf zu nehmen, wenn folgende **Abweichungen des Gesundheitszustandes** bestehen:
- Lahmheit,
- sichtbare Erschöpfung,
- besonders hohe Abweichung der Herz- und Atemfrequenz,
- erheblich verzögerte Beruhigungsphase,
- Herzarhythmien in der Beruhigung,
- starke Bauchatmung,
- Verletzungen größeren Umfanges,
- Nasenbluten sowie
- verlorene Hufeisen.

Die **dritte Kontrolle** findet in der Regel am nächsten Tag vor dem Parcourspringen statt. Dabei ist besonders auf
- erhebliche Verletzungen (es ist ohne Einfluß auf die Entscheidung, ob und wie sie behandelt worden sind),
- schwere Beinschäden,
- schwere Rückenschäden,
- Störungen des Allgemeinbefindens sowie
- Lahmheiten im Trab

zu achten. Da das Pferd die Prüfung bis auf das Springen beendet hat, sollte hierbei berücksichtigt werden, ob der Schaden erheblich ist und ob eine ernste Gefährdung seines Gesundheitszustandes zu erwarten ist. So kann z. B. ein Pferd wegen geringgradiger Verletzungen an der Krone oder an anderen Gliedmaßenbereichen nicht ausgeschlossen werden, wenn es nicht lahmt. Eine Herz- und Kreislaufuntersuchung erübrigt sich im allgemeinen, weil diese krankhaften Abweichungen in der Ruhe meist nicht mehr zu erkennen sind.

Nur beim Distanzreiten versieht der Tierarzt die Funktion eines Richters. Seine Entscheidungen sind bindend. Sie gehen auch als Bestandteil der

Tab. 4.2. Durchschnittliche Puls- und Atemfrequenz in Abhängigkeit von der Rasse, gemessen in der Zwangspause einer Geländeprüfung (nach v. SALIS).

Alter Jahre	Rasse	bei Ankunft Atemfrequenz	bei Ankunft Herzfrequenz	nach 8 min Atemfrequenz	nach 8 min Herzfrequenz
8	VB	60–70	100–120	40	60–70
8	HB	70–80	120–140	50	70–80
8	WB	80–90	130–150	50	80–90

VB = Vollblut; HB = Halbblut; WB = Warmblut

Auszug aus dem Reglement des VDD
R 202: Das Mindestalter beträgt:
- für Einführungswettbewerb 5 Jahre;
- für kurze und mittlere Distanzwettbewerbe 6 Jahre;
- für lange Distanzwettbewerbe 7 Jahre.

R 203: Bei fünfjährigen und älteren Pferden muß der Zahnwechsel abgeschlossen sein. Säugende Stuten und Pferde, die an ansteckenden Krankheiten leiden, sind nicht zugelassen.
R 301: Ausrüstung beliebig, jedoch verkehrssicher. Atembeengende Zäumung ist verboten.
R 501: Jede Veranstaltung muß tierärztlich betreut werden. Für je angefangene 30 Pferde muß mindestens ein Tierarzt vorgesehen werden. Ein Tierarzt muß während des Wettbewerbes selbst ständig anwesend sein. Über die Reittauglichkeit entscheidet nur der Tierarzt.
R 504: Alle Pferde müssen vor, während und nach dem Wettbewerb auf ihre Reittauglichkeit untersucht werden. Folgende Untersuchungen sind durchzuführen:
- Voruntersuchung;
- das Pferd ist ohne Sattel und Bandagen vorzuführen;
- Verfassungskontrollen während des Wettbewerbes;
- Zieluntersuchung;
- Nachuntersuchung.

Pausen-, Ziel- und Nachuntersuchungen beinhalten das Vortraben auf festem Boden.
R 505: Ein Pferd gilt als reittauglich, wenn es nach Meinung des Tierarztes die vor ihm liegende Strecke, bei der Nachuntersuchung aber mindestens 20 km unter dem Reiter, sofort zurücklegen kann, ohne Schaden zu erleiden oder Schmerzen zu ertragen.
R 508: Bei angekündigten Kontrollen, in Pausen und am Ziel müssen Puls- und Atemwerte spätestens 20 Minuten nach dem Eintreffen 64/60 erreicht oder unterschritten haben, sonst erfolgt Ausschluß (Grenzwerte). Bei allen angekündigten Kontrollen auf der Strecke darf das Pferd weiterlaufen, sobald es die P/A-Werte 72/72 innerhalb von 10 Minuten erreicht oder unterschreitet. Im übrigen gelten die Grenzwerte 64/60 innerhalb von 20 Minuten. Zusätzlich sind an Pausen und am Ziel Eingangs-Pulswerte zu messen.

Prüfung in das Gesamtergebnis ein. Zum Schutze vor Überforderungen der Pferde werden vor, während und nach der Prüfung eingehende Untersuchungen des Gesundheitszustandes durchgeführt, die angemeldet oder spontan erfolgen. Erreichen die Pferde nicht die vorgeschriebenen Normalpulswerte oder zeigen gesundheitliche Schäden, so werden sie vom Wettkampf ausgeschlossen. Im übrigen wird die tierärztliche Tätigkeit beim Distanzritt nach dem Reglement des VDD vorgeschrieben (siehe Kasten).

Überwachung des Trainungszustandes

Grundlagen der Leistungsentwicklung

Das Herz-Kreislauf-System der Pferde ist hervorragend an hohe körperliche Leistungen angepaßt. Bei maximaler Belastung steigt die Herzfrequenz auf das etwa 8fache der Ruhefrequenz (von ca. 30 auf maximal 230 Schläge pro Minute), während sie von Mensch und Hund nur um das 3,2- bzw. 2,5fache erhöht werden kann. Mit jedem Herzschlag werden mehr als 1 l Blut in das Gefäßsystem befördert. Bei maximaler Belastung wiederholt sich das in 1 Sekunde 4mal. Damit pumpt das 6 bis 7 kg schwere Herz eines Rennpferdes bei höchster Geschwindigkeit in jeder Minute etwa 400 l Blut in den Körperkreislauf und zusätzlich die gleiche Menge in den Lungenkreislauf.

Für die Energiegewinnung in den Muskeln ist Sauerstoff erforderlich (aerober Stoffwechsel). Die Sauerstoffaufnahme über die Lunge steigt bei hoher Rennbelastung im Vergleich zur Ruhe um das 35fache an.

Das resultiert aus der Erhöhung der Atemfrequenz, die mit der Galoppfrequenz übereinstimmt (1 Atemzug je Galoppsprung), und aus dem Anstieg des Atemvolumens (von etwa 4 l in der Ruhe auf 15 bis 20 l bei hoher Belastung). Damit kann das Blut in der Lunge ausreichend Sauerstoff aufnehmen und besonders die arbeitenden Muskeln versorgen, deren Durchblutung bei starker Arbeitsleistung auf das 75fache der Ruheversorgung ansteigt. Auch hier ist die Anpassung an starke physische Belastungen wesentlich besser als z. B. bei Mensch oder Hund.

Bei einer Laufgeschwindigkeit von mehr als 350 m/Min. bzw. bei einer belastungsbedingten Erhöhung der Herzschlagfrequenz auf über 150 Schläge/Min. steigt die Milchsäurekonzentration (Laktat) im Blut an. Das resultiert daraus, daß die bereitgestellte Sauerstoffmenge für diese hohen Leistungsanforderungen nicht mehr ausreicht. Eine zweite Form der Energiegewinnung in den arbeitenden Muskeln kommt hinzu und tritt mit steigender Leistung immer mehr in den Vordergrund: der von der Sauerstoffzufuhr unabhängige anaerobe Stoffwechsel. In ihm werden die energiereichen Verbindungen unter Freisetzung von Energie, die in Bewegungsenergie umgewandelt wird, zu Milchsäure abgebaut. Sprintleistungen werden im wesentlichen unter den Bedingungen des anaeroben Stoffwechsels erbracht. Im Körper angehäufte Milchsäure führt zur Ermüdung („Muskelkater"); je höher der Anstieg der Milchsäure ist, desto stärker ist auch der Grad der Ermüdung.

Durch Training ist es möglich, die maximale Sauerstoffaufnahme zu steigern und damit die Sauerstoffversorgung der Muskeln zu verbessern. Das heißt, es erhöht sich der Anteil der Energie, der aus dem aeroben Stoffwechsel gewonnen wird. Dann wird weniger Milchsäure gebildet, die Ermüdung der Tiere tritt später ein.

In diesem Zusammenhang ist es interessant, daß Muskeln Fasern verschiedener Typen enthalten, die sie zu unterschiedlichen Leistungen befähigen. Die Fasertypen unterscheiden sich in der Geschwindigkeit, mit der sie sich zusammenziehen können und der Zeit, nach der sie ermüden. Die einzelnen Typen sind auch unterschiedlich auf aerogene bzw. anaerogene Energiegewinnung spezialisiert. So gewinnt der sich schnell kontrahierende, aber auch schnell ermüdende Muskelfasertyp die für die Bewegung erforderliche Energie ohne Sauerstoffverbrauch, also anaerob. Der Anteil der verschiedenen Fasern in den Muskeln ist rassebedingt und offenbar auch individuell genetisch festgelegt. Eine gewisse Trainingsbeeinflussung wird aber vermutet.

Jedes sportliche Training des Pferdes hat das Ziel, die Bewegungsfunktionen zu trainieren, um sie auf einem möglichst hohen Niveau zu stabilisieren. Eine Leistungssteigerung wird dann erreicht, wenn das entsprechende biologische System im Training hohen, bis an die Grenzen seiner augenblicklichen Leistungsfähigkeit gehenden Belastungen ausgesetzt wird **(1. Grundregel des Trainings)**. Fehlende bzw. unzureichende Belastung führt dagegen zum Rückgang der Leistungen und zum Absinken der Leistungsfähigkeit, da sich die ungenutzten Anteile des biologischen Systems zurückbilden.

Die genetisch festgelegte Leistungsveranlagung eines Pferdes wird allerdings nur unter optimalen Bedingungen, u. a. auch der Beanspruchung bzw. Belastung, voll wirksam. Wiederholte erhöhte Beanspruchungen werden vom Organismus mit einem Leistungszuwachs der beanspruchten Eigenschaften beantwortet. Dieser Vorgang wird als **Anpassung** bezeichnet. Im Rahmen seiner genetischen Veranlagung verfügt der Organismus also über die Fähigkeit, bei entsprechend hoher Trainingsbelastung die Voraussetzung für eine höhere Leistung zu schaffen. Als Trainingsreize sind die Belastungen, die zu einer Leistungssteigerung führen, für bestimmte körperliche Eigenschaften, wie Ausdauer, Schnelligkeit, Kraft, Beweglichkeit und Takt, spezifisch. Die entscheidenden biologischen Vorgänge spielen sich in den Muskeln (Kraft, Schnelligkeit, Ausdauer) und im Nervensystem (Gewandtheit, Bewegungsfolge, Konzentration) ab. In Ruhe besteht ein Zustand der Reaktionsbereitschaft. Bei physischer Belastung werden die Systeme zur Energie- und Sauerstoffversorgung und die Regulationsmechanismen beansprucht. In der folgenden **Erholungsphase**, in der vorübergehend die Leistungsfähigkeit vermindert ist (bei Rennpferden ist das oft mit einem Anstieg der Ruheherzfrequenz verbunden), werden die Ausgangsbedingungen in unterschiedlicher Geschwindigkeit wieder hergestellt. Nach maximaler oder fast maximaler Belastung kehren die Prozesse der Wiederherstellung nicht bis zum Ausgangsniveau zurück, sondern überschreiten es für einen gewissen Zeitraum. Während dieses Zeitraumes ist die Leistungsfähigkeit des beanspruchten Systems höher. Dieser Zustand wird als **Überkompensation** bezeichnet. Trifft den Organismus in diesem Zeitraum ein neuer Belastungsreiz, folgt erneut der Ablauf Belastung-Wiederherstellung-Überkompensation. Allerdings kommt es jetzt zu einer Verstärkung des Überkompensationseffektes und damit zu einer weiteren Zunahme der Leistungsfähigkeit.

Dieser Prozeß der **überschießenden Anpassungsreaktionen** als Grundlage für die Steigerung der sportlichen Leistungsfähigkeit ist die **2. Grundregel des Trainings**. Um weitere Trainingseffekte zu erzielen, muß die Beanspruchung jeweils nach Einhaltung der Erholungsphase wieder bis zur Maximalgrenze gesteigert werden **(3. Grundregel des Trainings)**. Damit nähern sich die biologischen Anpassungsvorgänge allmählich einer Grenze, die durch die Anpassungsmöglichkeit des betreffenden Systems gegeben ist. Beim trainierten Organismus hat sich ein Gleichgewichtszustand auf einem Niveau eingestellt, das weit über dem auf Alltagsbelastungen beruhenden Leistungsdurchschnitt liegt. Diese größere Leistungsfähigkeit bleibt aber nur so lange erhalten, wie die Leistungskapazität in nicht zu großen Abständen durch hohe Belastungen auch genutzt wird. Andernfalls vollzieht sich eine rückläufige Anpassung an Minderbelastung **(4. Grundregel des Trainings)**. Bei völliger Ruhigstellung verringert sich die Muskelkraft schon innerhalb weniger Tage, die maximale Sauerstoffaufnahme in 1 bis 2 Wochen.

Es ist sehr wichtig, daß zwischen den einzelnen Trainings- oder Wettkampfbelastungen ausreichende Erholphasen liegen. Der neue Belastungsreiz darf erst **nach** der Erholphase wirksam werden. Unzureichende Erholung läßt Ermüdungsprodukte anwachsen. Eine erneute hohe Trainingsbelastung, die in die Ermüdungsphase fällt, kann statt zu einer Steigerung sogar zu einem deutlichen Leistungsabfall führen.

Zusammenfassend läßt sich das Training als ein Prozeß aus Aneignen, vorübergehendem Verlust und erneutem Aneignen der sportlichen Form auf höherem Niveau verstehen. Im Verlaufe des Trainings wechseln Zustände erhöhter Leistungsbereitschaft und vorübergehende Verschlechterung der sportlichen Leistungsfähigkeit einander ab. Dieser organische Wandel muß in der Trainingsplanung berücksichtigt werden, damit sich Anpassungserscheinungen auch stabilisieren können.

Sollen Trainingsmittel gezielt eingesetzt werden, um eine geplante Leistungssteigerung zu erreichen, steht man vor der Aufgabe, Untersuchungen zur Überwachung des Trainingszustandes durchzuführen. Dabei müssen wir allerdings neben den physiologischen Möglichkeiten auch die technischen Fertigkeiten eines Pferdes berücksichtigen, eine Übung auszuführen. Technische Fertigkeiten werden durch ständiges Üben der Bewegungsabläufe, d. h. durch Wiederholen und Korrigieren, erworben und beinhalten einen **Lernvorgang**, der auf dem Einschleifen von Reflexen beruht. Es fordert sicher von einem Trainer große Erfahrung, die Lernfähigkeit eines Pferdes richtig einzuschätzen, und das Tier derjenigen sportlichen Nutzung zuzuführen, für die es besonders geeignet ist.

Die Leitungszeit für Reflexe ist von der Leitungsgeschwindigkeit in den beteiligten Nervenfasern und von der Geschwindigkeit der Überleitung in das Erfolgsorgan, z. B. den Muskel abhängig. Sie nimmt ab, wenn kurz nach einem Reflex ein zweiter Reflexvorgang ausgelöst wird. Der Erregungszustand durch den ersten Reflex darf in den Schaltstellen noch nicht vollständig abgeklungen sein. Wir sprechen in diesem Fall von der Bahnung des Reflexes. Die Leitungszeit kann außerdem durch Erhöhung der Reizstärke verkürzt werden. Zwei unterschwellige Reize können durch Summation gemeinsam einen Reflexvorgang auslösen. Kurz hintereinander gesetzte überschwellige Reize ergeben eine stärkere reflektorische Muskelzuckung als ein einzelner Reiz. Wird ein Reiz nach und nach verstärkt, so breitet sich die Erregung immer weiter aus und immer neue Muskelgruppen werden in Tätigkeit versetzt. Da im Training mit dem Pferd ein bedeutender Teil der Arbeit auf Lernvorgängen beruht, spielt auch das Einschleifen von Reflexen eine wesentliche Rolle für die Leistungsentwicklung.

Untersuchungen zur Überwachung des Trainingszustandes

Wir müssen das Training als planbaren, langfristigen Prozeß verstehen, in den viele Funktionsabläufe einbezogen und aufeinander abgestimmt sind. Wollen wir eine Aussage zum Trainingszustand machen, so soll eine vielschichtige Entwicklung auf einer bestimmte Stufe sichtbar gemacht werden. Das ist mit einfachen Meßverfahren nicht möglich, oder es werden immer nur Teilbereiche erfaßt, die in unterschiedlicher Beziehung zum ganzen Entwicklungsvorgang stehen. Einzeluntersuchungen sagen deshalb relativ wenig aus, so daß man stets mehrere Untersuchungen im Zusammenhang beurteilen muß.

Die **Zeit** ist ein Faktor bei der Beurteilung der Laufleistung. Allerdings sagt sie wenig über den Zustand oder das Niveau aus, auf dem die Leistung erreicht wurde. Dafür sind nur gezielte, komplexe leistungsphysiologische Untersuchungen geeignet. Es gibt auch einige einfache Möglichkeiten, mit deren Hilfe sich der Reiter oder Trainer einen Einblick in die physiologischen Leistungsvoraussetzungen und damit den Entwicklungsstand seines Pferdes verschaffen kann. Die wichtigsten Parameter sind hier Puls- und Atemfrequenz. Die größte Aussagekraft von ihnen hat die **Pulsfrequenz**. Die Pulsfrequenz gibt Auskunft über die Funktionstüchtigkeit des Herz-Kreislauf-Systems. Das Herz als zentrale Pumpstation des Blutkreislaufes hält das Blut ständig im Umlauf und sichert damit die Transportfunktion des Blutes. Betriebsstoffe und Sauerstoff, die für die Funktion der Muskelzelle benötigt werden und Stoffwechselendprodukte, die bei der Energiegewinnung in der Muskelzelle anfallen, werden im Blut transportiert. Die Leistungsfähigkeit steht in Beziehung zur vorhandenen **Transportkapazität**. Diese ist abhängig vom Blutvolumen, vom Hämoglobingehalt und von der Zahl der roten Blutkörperchen, die den Sauerstofftransport in die Muskelzelle quantitativ begrenzen, und vom Grad der Kapillarisierung der Muskulatur. Durch intensives Training kann sich die Zahl der feinsten Blutgefäße erhöhen. Dadurch soll der Weg vom Blutgefäß zur Muskelzelle möglichst kurz gehalten werden. Außerdem wird die Transportkapazität des Blutes durch die **Herzleistung** bestimmt. Sie kann durch Erhöhung der Herzfrequenz (Minutenvolumen) und durch Vergrößerung der pro Herzschlag beförderten Blutmenge (Schlagvolumen) gesteigert werden.

Je besser der Trainingszustand eines Pferdes ist, desto niedriger wird bei konstant bleibender Leistungsanforderung (Geschwindigkeit, Strecke) in der Regel der Anstieg der Pulsfrequenz sein und desto schneller werden Puls- und Atemfrequenz nach Beendigung der Belastung wieder zur Norm zurückgehen. Dieser Abfall verläuft in den ersten Minuten sehr schnell und wird dann zunehmend langsamer. Die Merkmale „Höhe der Pulsfrequenz während und Abfall nach der Belastung" müssen im Verlauf der Trainingsperiode für jedes Pferd getrennt beurteilt werden, da erhebliche individuelle Unterschiede bestehen. Es muß auch berücksichtigt werden, daß weitere Faktoren, wie Erregungszustände der Tiere und Wettersituation, die Werte beeinflussen und verfälschen können.

Eine gewisse Aussage gestattet auch die **Ruheherzfrequenz.** Zwischen der Form der Rennpferde und der Herzfrequenz im Ruhezustand ließen sich Zusammenhänge erkennen. Pferde mit einer Frequenz an der unteren Grenze ihres individuellen Bereichs zeigten meist gute, Pferde mit einer Frequenz an der oberen Grenze dagegen meist schlechte Rennleistungen.

Auch die Ruhewerte für **Erythrozyten, Hämatokrit** und **Hämoglobin** werden für eine Kontrolle des Trainingseffektes herangezogen, wenn auch deren Bedeutung umstritten ist. Bei diesen Parametern besteht eine erhebliche Rasseabhängigkeit; englische Vollblüter wiesen die höchsten Werte auf. Pferde mit hohen Werten zeigen i. allg. bessere Rennleistungen. In Milz und Leber sowie ferner auch in Lunge und Knochenmark der Pferde werden Erythrozyten gespeichert. Diese Reserve, die ebenfalls rasse- und trainingsabhängig ist, wird während der Belastung in Abhängigkeit von der Trainingsintensität freigesetzt. Dadurch kann das zur Verfügung stehende Blutvolumen maximal um etwa 20% erhöht werden. Für die leistungsphysiologische Untersuchung ist von Bedeutung, daß bereits die mit der Blutentnahme verbundene Aufregung zu einer Kontraktion der Milz und zu einem Anstieg der Erythrozyten-, Hämatokrit- und Hämoglobinwerte führen und damit die Ruhewerte verfälschen kann.

Rückschlüsse auf Trainingszustand und Leistungsentwicklung eines Pferdes können aus der Bestimmung der Erythrozyten-, Hämatokrit- und Hämoglobinwerte am besten dann gezogen werden, wenn Verlaufsuntersuchungen erfolgen.

Auch durch Verlaufsuntersuchungen verschiedener **Enzyme** während eines Trainingsjahres ist eine gewisse Einschätzung des Trainingserfolges möglich. Nach intensivem Training oder nach Ren-

F29 **Nitratnachweis.** Grünfutter mit erhöhtem Nitratgehalt färbt Diphenylaminschwefelsäurereagens dunkelblau.

F30 **Mutterkorn.** Die Sklerodien sind während der Kornreife meist an Roggenähren zu sehen, können aber auch andere Getreidearten und Gräser befallen. Sie enthalten giftige Alkaloide.

F31 **Giftpflanzen: Schierling.**

F32 **Giftpflanzen: Tollkirsche.**

F33 **Giftpflanzen: Adlerfarn.**

F34 **Giftpflanzen: Roter Fingerhut.**

F35 **Giftpflanzen: Goldregen.**

F36 **Giftpflanzen: Eibe.**

F37 **Giftpflanzen: Robinie.**

29

30

31

32

33

34

35

36

37

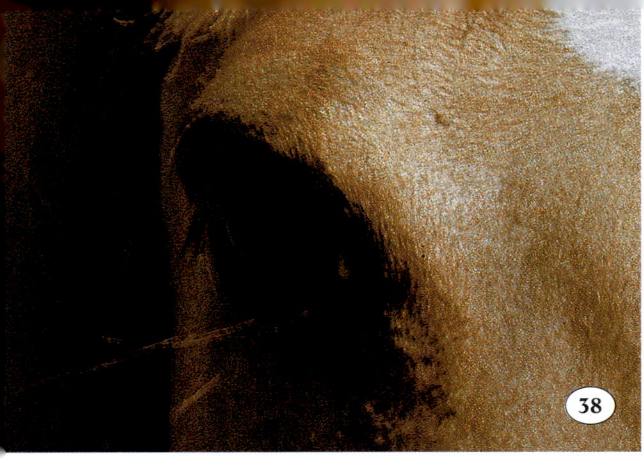
38

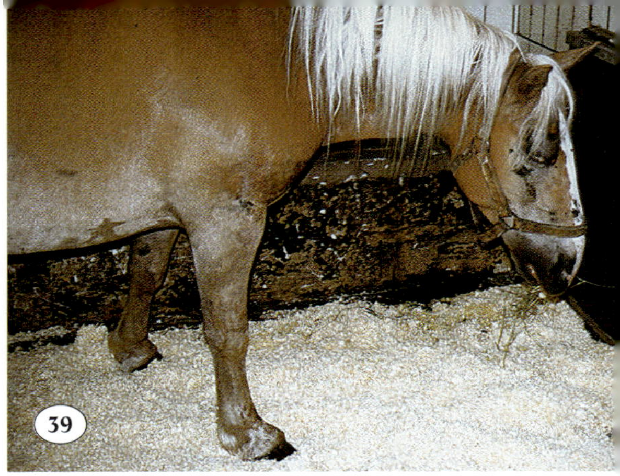
39

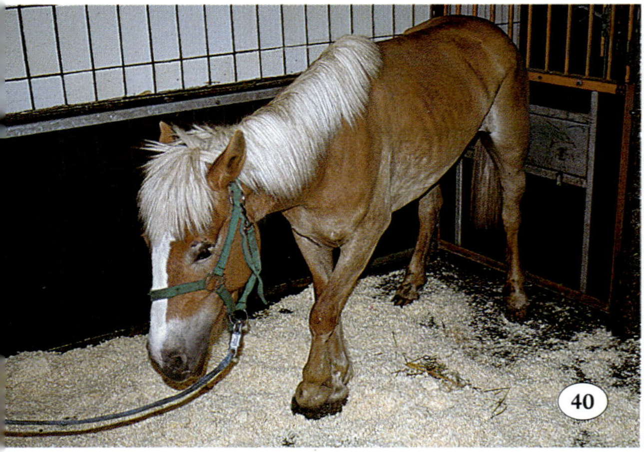
40

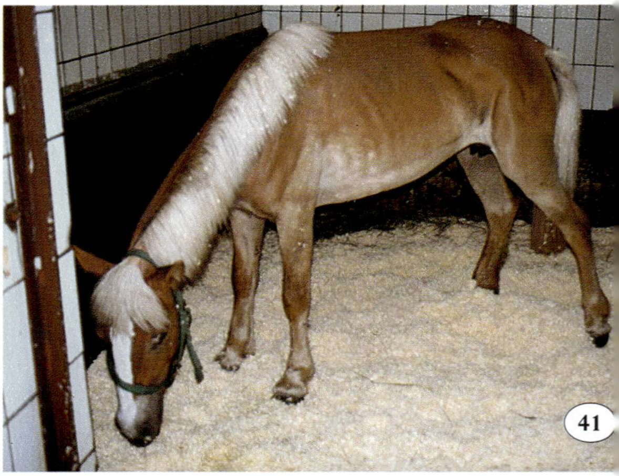
41

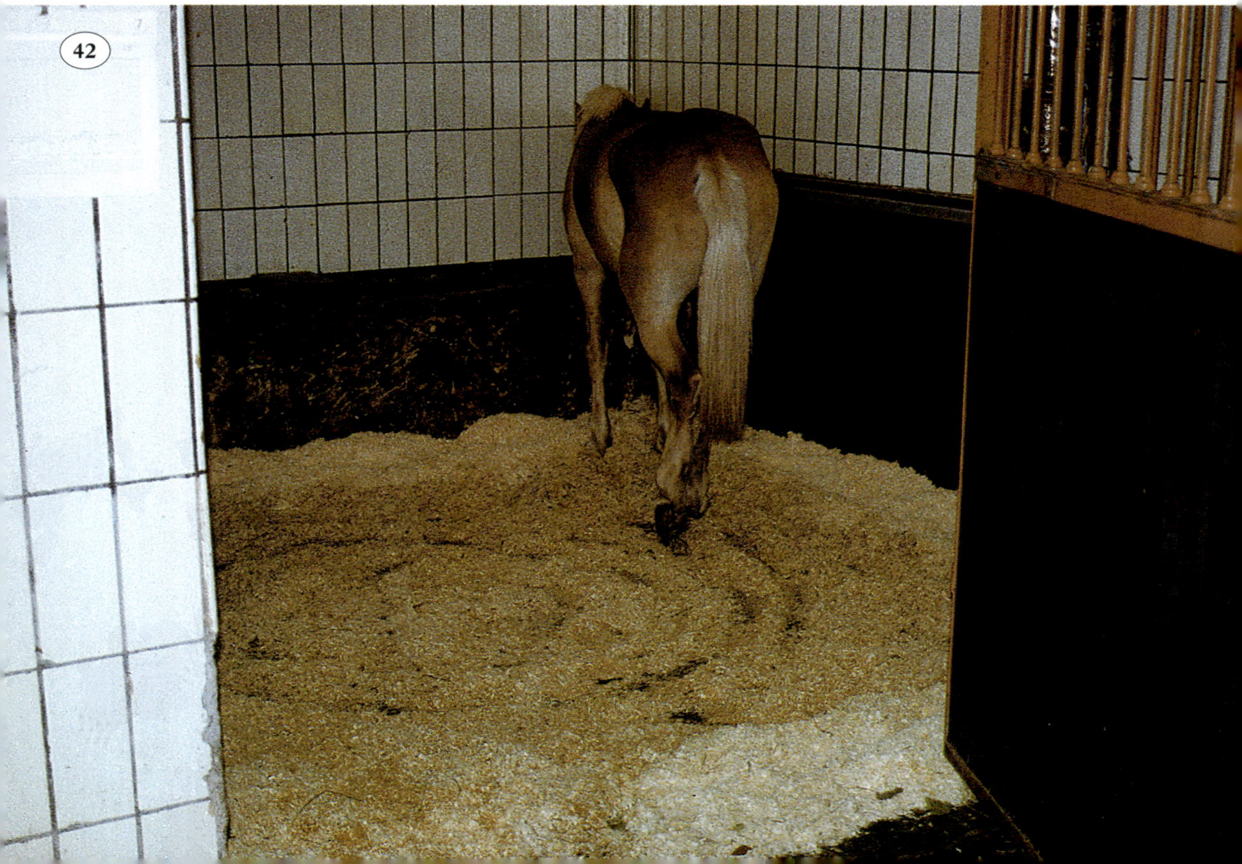
42

nen steigen z. B. die Enzyme ASAT und CK erheblich an, um dann nach ein bis zwei Tagen wieder zur Norm abzufallen. Mit zunehmender Leistungsfähigkeit erhöht sich allerdings dieses Normplateau als Ausdruck einer Anpassung an erhöhte Belastungen etwas, ohne den physiologischen Bereich zu verlassen. Als Folge von Überlastungen werden allerdings Werte ermittelt, die weit in den pathologischen Bereich angestiegen sind. Die betroffenen Pferde zeigen schlechte Leistungen, wenn sie weiter an Rennen teilnehmen. Sie benötigen sofort eine ausreichende Erholphase.

Die **Laktatkonzentration** des Blutes kann ebenfalls Hinweise auf den Trainingszustand eines Pferdes geben. Der Laktatruhewert wurde von SCHNEIDER mit durchschnittlich 0,8 mmol/l (0,33 bis 1,77) gemessen. Im Blut von Vollblutpferden lagen nach dem Rennen die Laktatwerte bei maximal 25 mmol/l. Sie waren am höchsten bei den Pferden, die sich am meisten verausgabt hatten. Der Laktatspiegel des Blutes steigt erst nach intensiven Belastungen mit Geschwindigkeiten von etwa 450 m/min deutlich an. Dabei ist der Grad des Anstieges neben der Intensität (Geschwindigkeit) und dem Umfang (Wegstrecke) der Belastung auch vom Trainingszustand des Pferdes abhängig. Wenn man nun wiederholte Tests im Verlauf des Trainings durchführt und zwei dieser drei Variablen, nämlich die Belastungsintensität und den Belastungsumfang, konstant hält (und hier ergeben sich beim Galopprennpferd im Unterschied zum Traber erhebliche Probleme!), wird sich eine Verbesserung des Trainingszustandes in fallenden Laktatkonzentrationen dokumentieren. Das ist darauf zurückzuführen, daß die oxidative Kapazität des Muskelgewebes trainingsbedingt ansteigt.

F38 **Pferdestaupe.** Lidödem.

F39 **Bornasche Krankheit.** Kauen und Schlucken sind gestört, ein Bissen hängt aus dem Maul. Die Hautabschürfungen am Kopf weisen auf die stark herabgesetzte Schmerzempfindung hin.

F40 **Bornasche Krankheit.** Unnatürliche Körperhaltungen, wie gekreuzte Vorderbeine, werden beibehalten.

F41 **Bornasche Krankheit.** Apathie. Unphysiologische Körperhaltung.

F42 **Bornasche Krankheit.** Aus den Spuren in der Einstreu sind die Manegebewegungen des Pferdes zu erkennen.

Damit kann mehr Energie unter Sauerstoffverbrauch freigesetzt werden; ein Abbau energiereicher Verbindungen bei Sauerstoffmangel zu Laktat ist dann nur in geringerem Umfang erforderlich. Die Bedeutung dieser Anpassung und damit der Reduzierung des Laktatanfalls für den Organismus wird deutlich, wenn man beachtet, daß von der Höhe der Laktatkonzentration auf den Grad der Ermüdung geschlossen werden kann. Offenbar fällt auch der Laktatruhewert mit steigendem Trainingserfolg ab.

Die genannten Veränderungen treten nur bei entsprechender Belastungsintensität, d. h. Bewegungsgeschwindigkeit, ein. Nach ruhigen Trab- oder Galoppbelastungen ist der Laktatspiegel nicht oder nur gering erhöht. Das gilt auch für Distanzpferde, die ihre Bewegungsenergie unter Sauerstoffverbrauch gewinnen.

Laktat kann im venösen oder auch im Kapillarblut bestimmt werden. Die Konzentrationen sind etwa gleich.

Eine weitere Kontrollmöglichkeit ist die Messung von **Schrittlänge** und **Schrittfrequenz** bei bestimmten Geschwindigkeiten. Eine Verbesserung des Trainingszustandes bei Rennpferden ist mit einer Vergrößerung der Schrittlänge verbunden. Mit Verschlechterung des Trainingszustandes nimmt die Schrittlänge ab.

Fehler, die in der Trainings- und Wettkampfgestaltung oder in der Leistungseinschätzung der Pferde gemacht werden, können besonders dann, wenn sie mit ungünstigen Umweltbedingungen zusammentreffen, zu schwerwiegenden Schädigungen des Organismus führen. Daher ist es notwendig, sie beizeiten zu erkennen, um im Trainingsprozeß eine Periode der aktiven Erholung einzulegen oder, falls erforderlich, eine tierärztliche Behandlung durchführen zu lassen.

Erste Anzeichen dafür, daß die **aktuelle Leistungskapazität** überfordert wurde, bestehen darin, daß die Futteraufnahme eingeschränkt ist. Außerdem verlieren die Pferde zunehmend an Frische und erfüllen ihre Aufgaben lustlos, z. T. sogar widerwillig. Auffällig sind Störungen im Bewegungsablauf, die zu unkoordinierter Fußfolge führen und damit schwere Schäden im Stützsystem bewirken können. So wechseln Rennpferde z. B. bei hohen Geschwindigkeiten dann mehrfach zwischen Rechts- und Linksgalopp. Bei überlasteten Pferden stellt sich die erwartete Leistung nicht ein, das Leistungsniveau beginnt zu sinken. In dieser Phase ist es unbedingt notwendig, die Ursachen zu klären. Sie können in einer chronischen Übermüdung bestehen, wenn über längere Zeiträume ohne ausreichende Erholung durchgeführte Belastungen zur Summation der **Ermüdungseffekte** führten. Es ist jedoch auch möglich, daß einmalige Anforderungen die Grenze der Leistungsfähigkeit überschritten haben. In beiden Fällen lassen sich im Körper von der Norm abweichende Stoffwechselveränderungen nachweisen. Werden die genannten Anzeichen, die Störungen in der Leistungsentwicklung ankündigen, nicht bemerkt, so schreitet der Zustand fort. Die ständig verminderte Futteraufnahme führt zur Abmagerung, das Fell verliert seinen Glanz und wird rauh. Die Muskelkraft läßt deutlich nach. In vielen Fällen macht sich auch eine erhöhte Erregbarkeit bemerkbar. Offenbar haben die Tiere Angst vor weiteren hohen Belastungen. Das kann dazu führen, daß sich die Pferde weigern, den Springplatz oder die Rennbahn zu betreten. Rennpferde gehen nicht mehr in die Startbox.

Langanhaltende bzw. anstrengende Arbeit führt beim Pferd zwangsläufig zum Anstieg der Körpertemperatur (Hyperthermie). Unter günstigen Umweltbedingungen kann infolge der normalen Wärmeregulation die Körpertemperatur relativ konstant gehalten werden. Von den Möglichkeiten der Wärmeabgabe kommt der Schweißbildung beim Pferd die größte Bedeutung zu. So kann ein Pferd bei Ausdauertraining innerhalb von 5 bis 6 Min. und bei Leistungen in hoher Geschwindigkeit innerhalb von 1 bis 2 Min. bis zu 1 l Schweiß abgeben.

Überhitzungen werden besonders durch feuchtheißes Klima begünstigt, weil dann die Schweißverdunstung und damit der Wärmeentzug aufgrund der hohen Luftfeuchtigkeit eingeschränkt sind.

Vielseitigkeitspferde können unter ungünstigen Bedingungen in den 3 Tagen des Wettkampfes bis zu 45 l Flüssigkeit, das sind über 12% des Wassergehaltes des Körpers, verlieren. Dieser hohe Flüssigkeitsverlust führt zu einer Bluteindickung (Hämokonzentration), die durch typische Veränderungen gekennzeichnet ist. Hämatokrit-, Gesamteiweiß-, Albumin- und auch Natriumwerte steigen im Blut an, die Kalium-, Chlorid-, Magnesium- und auch die Kalziumionenkonzentrationen fallen dagegen ab. Analoge Erscheinungen wurden nach Distanzritten oder Querfeldeinrennen beobachtet. Starker Flüssigkeitsverlust kann bei den Tieren schwere gesundheitliche Allgemeinstörungen nach sich ziehen und in extremen Fällen zum Zusammenbruch der Tätigkeit der Nieren, der Leber und des Zentralnervensystems führen. Die Pferde sind abgeschlagen, der Kopf wird tief gehalten, ihre Bewegungen sind lethargisch (Tab. 4.3.). Eingesunkene Augen, trockene Maulschleimhaut und verringerte Hautelastizität sind deutliche Zeichen des starken Flüssigkeitsverlustes. An der Umwelt besteht kein Interesse. Die Pferde nehmen kein Futter und ungeachtet des starken Flüssigkeitsmangels meist auch kein Wasser auf. Sie atmen sehr schnell. Die Körpertemperatur ist stark erhöht (bis 41 °C), steigt nach der Belastung weiter an und fällt dann, wie auch die Pulsfrequenz, nur sehr verzögert ab. Die Elektrolytimbalancen im Blut führen zu Muskelzittern und Krämpfen sowie zu Zwerchfellflattern und Herzarrythmien. Zusätzlich kann die Darmtätigkeit bis zur völligen Atonie gehemmt sein. Schockzustände sind möglich.

Eine **Behandlung** ist mit intravenösen Infusionen von Elektrolytlösungen (Kalziumborogluko-

Tab. 4.3. Symptome einer Gesamtermüdung nach Rennbelastung (nach HANACK 1974).

Beurteilungskriterium	geringe Ermüdung	mittelgradige Ermüdung	starke Ermüdung, Erschöpfung
Lidbindehäute (Farbe)	rot	stark gerötet	schmutzig rot bis bläulich
Schweiß	wenig, wäßrig	viel, wäßrig	viel, schaumig
Atmung	schnell, regelmäßig	schnell, unregelmäßig	heftig, unregelmäßig
Bewegung	normal	unlustig, stolpernd	unkoordiniert, taumelnd
Aufmerksamkeit	normal	verzögerte Reaktion	schlecht, keine Reaktion

nat-, Kochsalz- und Glukoselösungen) möglich. Bei Muskelkrämpfen sollten die Tiere zusätzlich vorsichtig geführt und die Muskeln massiert werden. Zur Behandlung der Herzstörungen ist besonders die wiederholte Kaliuminfusion wichtig. Kaliumchlorid kann auch in einer Menge von 2 × täglich 25 g oral gegeben werden.

Der Hitzeschock, der infolge des starken Anstiegs der Körpertemperatur entstehen kann, erfordert eine rasche Abkühlung des Tieres. Der gesamte Körper wird mit kaltem Wasser besprüht. Auch rektale Einläufe mit kaltem Wasser sind möglich.

Durch Zufütterung von Elektrolytpräparaten kann einer Schädigung durch starken belastungsbedingten Wasserentzug vorgebeugt werden.

Doping und Dopingkontrollen

Das Tierschutzgesetz verbietet, „an einem Tier bei sportlichen Wettkämpfen oder ähnlichen Veranstaltungen Dopingmittel anzuwenden" (§ 3, Nr. 11).

Die Leistungsmanipultion von Sportpferden bildet nicht nur für Aktive, Sportfunktionäre und Sportanhänger ein Problem, sondern auch für die Züchter, die eine wirksame Selektion nur unter Berücksichtigung des echten Leistungsvermögens vornehmen können. Tiere, die nur durch Unterstützung mit unphysiologischen Mitteln, d. h. in einer künstlichen Umwelt, hohe Leistungen vollbringen, stellen Züchter und Sportaktive in gleichem Maße vor ernste Fragen.

Zur Geschichte des Dopings im Pferdesport

Die zunehmende Kommerzialisierung des Sports in Ländern mit hohen Siegprämien sowie das hohe soziale und regionale oder nationale Prestige, verbunden mit materiellen Vorteilen, das oft an sportliche Erfolge geknüpft wird, verführt immer wieder zu einem übersteigerten Ehrgeiz mit dem Willen zum Sieg um jeden Preis. Dadurch lassen sich vereinzelte Aktive und Funktionäre dazu verleiten, den Erfolg im Wettkampf auch mit anderen als nur den sportlichen Mitteln und Möglichkeiten zu erzwingen. Der Wunsch nach einem „mühelosen" Sieg oder der „sicheren" Niederlage des Gegners dürfte jedoch ebenso alt sein wie die Geschichte des Sports selbst, lediglich die benutzten Mittel und Methoden unterlagen einem zeitlichen Wandel. Am bekanntesten und am häufigsten angewendet wurden zur „übernatürlichen" Leistungssteigerung Drogen und andere Arzneimittel bzw. Lebens- und Futtermittel, die tatsächlich oder vermutlich solche Stoffe enthalten oder „besondere Kräfte" verleihen sollten. Diese seit altersher übliche, auch heute im Alltagsleben verbreitete Praxis des „Fitmachens" zum rechten Zeitpunkt durch Einverleibung von Drogen und (oder) Medikamenten bzw. Nahrungsmitteln mit „besonderer" Wirkung wird im sportlichen Wettkampf allgemein als „Doping" bezeichnet.

Der folgende geschichtliche Überblick zeigt, daß die Manipulationen zur Leistungsbeeinflussung älter als der Begriff Doping sind. Dieser erscheint erst seit der Jahrhundertwende in zunehmendem Maße in der einschlägigen Literatur. In einem englischen Wörterbuch aus dem Jahre 1889 wird Doping erstmalig als eine Mischung aus Opium und Narkotika definiert, wie sie damals im Pferdesport benutzt wurde. Das Wort stammt nicht, wie fälschlich oft angenommen, aus dem Englischen, wo „dope" sowohl ein Rauschgift oder ein Beruhigungsmittel als auch einen Menschen, der nicht im Vollbesitz seiner geistigen Kräfte steht, bezeichnet. Seine Wurzel wird etymologisch auf die Bantu-Sprache zurückgeführt. Aus einem von den Bantu in Südostafrika gesprochenen Dialekt wurde das Wort in die Burensprache übernommen. Es bezeichnet einen dort hergestellten, hochprozentigen dickflüssigen Likör, der als Stimulans bei religiösen Riten benutzt wurde. Erst später wurde der Begriff auf andere stimulierende Getränke ausgedehnt. So z. B. im amerikanischen Slang, wo „to dope" das Berauschtmachen von Personen mittels Drogenmischung, z. B. aus Tabak und Stechapfelsamen, bedeutet. Das Wort hat sich als Begriff für Wettbewerbsbeeinflussung durch unlautere Mittel im internationalen Sprachgebrauch durchgesetzt. Synonyma für Dopen auf Sieg sind im Englischen *to drug, to spice, to touch them up, inside job*, Verabfolgung von *speed balls*, im Französischen *fortifier*. Für Dopen auf Niederlage werden im Französischen die Begriffe *contredoping, le droguage, l'endormissement* und im Englischen *to noble, hopping, outside job* angewendet.

Die ersten Hinweise auf den Gebrauch solcher Mittel gehen bis in das Altertum zurück. Krieger nahmen damals Drogen und zusätzliche Nahrungsstoffe auf, die ihnen Überlegenheit über den Gegner und Stärke verschaffen sollten. Aus alten Fabeln und Sagen weiß man, daß die Helden ihren herausragenden Mut und die übernatürliche Stärke wundersamen Tränken und anderen Zaubermitteln verdankten. Berichte von Phylostrates und Galen belegen, daß auch die Athleten der antiken Olympischen Spiele bereits im 3. Jahrhundert v. u. Z. alle möglichen Mittel zur Steigerung ihrer Leistungen einnahmen. Aus dem alten Rom ist bekannt, daß eine als „Hydromel" bezeichnete wäßrige Honiglösung zur Verbesserung von Geschwindigkeit und Ausdauer bei Rennpferden verabfolgt wurde. Als wirksame Komponente könnte hier der bei der Aufbewahrung dieser Mischung entstandene Gärungsalkohol angesehen werden.

Das Vergiften von Wagenrennpferden wurde im kaiserlichen Rom mit der Strafe der Kreuzigung belegt. In England, wo im 17. Jahrhundert die Pferderennen nach Art eines mobilen Jahrmarktes aufgezogen wurden, erhielten die dadurch sehr strapazierten Tiere Reizmittel zur Aufmunterung, zumeist in Form von alkoholischen Getränken. Ein Gesetz, das vom 14. Juni 1666 datiert, verbot die Anwendung exzitierender Substanzen, die allerdings nicht definiert wurden. Dieses Gesetz könnte man als erstes Antidoping-Gesetz in der Sportgeschichte bezeichnen. Die Anwendung von alkoholischen Getränken mußte in Preußen laut § 38 der auf königlichen Erlaß vom 11. April 1881 zugelassenen Rennordnung als „besondere Begünstigung" bei der Rennleitung angezeigt werden.

Die Verabreichung gefährlicher Drogen und Arzneimittel zur Leistungsverbesserung soll zu Beginn des 19. Jahrhunderts in den USA bereits sehr verbreitet gewesen sein und wurde als „spiceing", was so viel wie würzen oder pfeffern heißt, bezeichnet. In England soll das „spiceing" von Sportpferden in jener Zeit mit Verbannung in die Kolonien bestraft worden sein.

Eine zielgerichtete Dopingbekämpfung setzte etwa zu Beginn dieses Jahrhunderts in Europa ein, nachdem Ende des vorigen Jahrhunderts neben echten technischen Verbesserungen des Rennsports und der Trainingsmethoden auch das Dopen mit Alkaloiden aus den USA Einzug hielt. Namhafte Rennsportvereinigungen führten Dopingparagraphen in ihre Rennreglements ein oder erweiterten sinngemäß lautende Paragraphen. Im Oktober 1903 erließ z. B. der englische Jockeyclub einen Dopingparagraphen, im Dezember des gleichen Jahres wurde der Dopingparagraph 224 der österreichisch-ungarischen Rennordnung entsprechend erweitert, und im August 1904 wurde vom Union-Club eine für Deutschland gültige Antidoping-Regelung erlassen. In Frankreich bemühten sich die Rennbehörden mit den Artikeln 9 und 10 des *Code des Courses et des Steeple Chase* um die Dopingbekämpfung, und zu gleicher Zeit verbot sogar der Verteidigungsminister desselben Landes das Dopen der Armeepferde. Nach dieser Zeit wurde dann in praktisch allen Pferdesport treibenden Ländern das Doping reglementiert.

Der erste Dopingskandal ereignete sich 1903 in Rußland, wo man den Begriff Doping bereits in die Untersuchungskontrolle einführte. Die Aufklärung dieser Affäre scheiterte schließlich an den unzulänglichen Möglichkeiten einer Beweisführung. Es ist sicher kein Zufall, daß die ersten exakten experimentellen Untersuchungen zum Dopingproblem bereits 1904 in Moskau an 6 Sportpferden durchgeführt wurden. Diese Untersuchungen führten dazu, daß es gelang, durch chemische und biologische Untersuchungen von Speichel einen Dopingnachweis zu führen. Aber erst die Dopingkontrollen mit 7 Dopingnachweismöglichkeiten führten 1910 zu einer wirksamen Einschränkung der Turfskandale infolge Dopings.

Besonders deutlich wurde diese Entwicklung in den USA sichtbar, wo man erst Mitte der dreißiger Jahre systematische Dopingprüfungen vornahm. Wie Presseartikeln jener Zeit zu entnehmen ist, wurde damals jedes 2. Pferd in Sportwettbewerben gedopt, so daß die Rennen nicht mehr als Wettbewerb zwischen den Pferden, sondern zwischen Rezepten angesehen wurden. Erst als sich das US-Bureau of Narcotics in die Dopingpraktiken einschaltete und schwere Strafen verhängte, ging die Zahl der Dopingfälle merklich zurück. Nach Einführung systematischer Dopingkontrollen nach dem französischen Muster der Probeentnahme und Untersuchung nahmen die Dopingfälle rapide ab. Nach Angaben der *Association of Official Racing Chemists*, die 1947 mit 80 Chemikern aus 70 Ländern gegründet wurde, liegt die Dopingquote heute unter 1%.

Bei uns wird die Anwendung unerlaubter Mittel im Rennsport nach den Rennordnungen für

Galopp- und Trabrennen gemaßregelt. Im Turniersport gelten die Bestimmungen der Leistungsprüfungsordnung, die im wesentlichen dem internationalen Reglement Spécial Vétérinaire der FEI (Féderation Equestre Internationale) vom 1. 1. 1990 entsprechen.

Drogen und andere Pharmaka werden jedoch nicht nur zur Leistungssteigerung eingesetzt. Es sind in der Sportgeschichte auch Fälle bekannt geworden, bei denen Substanzen mit dem Ziel verabreicht wurden, die Leistungsfähigkeit zu schwächen und so dem Favoriten jede Siegeschance zu nehmen. Diese Art der Leistungsmanipulation wird fast ausschließlich von Außenstehenden betrieben und meist bei Pferden angewandt, die hoch vorgewettet sind.

Deshalb wird Doping auf Niederlage auch als *outside job* bezeichnet. Bekannt ist hierfür auch der Begriff *Para-Doping*, der sich ähnlich wie die Bezeichnung Anti-Doping nicht im Sprachgebrauch durchgesetzt hat. Diese Doping-Methode wird aber oft auch als Entschuldigung von denen vorgebracht, die des Dopings überführt wurden.

Was ist Doping?

Dem Begriff Doping haftet die Schwäche an, daß es hierfür noch keine eindeutige und klar umschriebene Definition gibt. Das bestätigen die zahlreichen Versuche einer Begriffsbestimmung. Die größte Schwierigkeit für eine klare Eingrenzung besteht darin, daß im Hinblick auf Dopingbekämpfung eine unterschiedliche Auslegung des Begriffs erfolgt.

Zur Präzisierung der Dopingregeln wurden u. a. von zahlreichen nationalen und internationalen Sportvereinigungen, von der medizinischen Kommission des Internationalen Olympischen Komitees, ja selbst von einer Expertenkommission des Europarates, Begriffsbestimmungen erarbeitet. Alle stimmen darin überein, daß man mit Doping die Einverleibung irgendwelcher Mittel bzw. Substanzen zum Zweck jeder positiven oder negativen Leistungsveränderung bezeichnet. Manche Definitionen schließen auch die Verabfolgung von physiologischen Substanzen, wie Vitaminen und Hormonen, in anormalen Mengen in den Begriff ein.

Das zentrale Problem besteht in der Schwierigkeit, Doping von der medizinisch verordneten Behandlung mit Anregungsmitteln und darüber hinaus von jeder, auch einer die normale Leistung nicht steigernden Medikation, während des Wettkampfes bzw. Wettkampfzeitraumes zu trennen.

Die Expertenkommission des Europarates hat daher in ihrer Sitzung im November 1963 in Madrid festgelegt: „Wo eine Behandlung mit Medikamenten erforderlich wird, die aufgrund ihrer Art oder Dosierung die physische Leistungsfähigkeit über das normale Niveau hinaus erhöhen kann, muß eine solche Behandlung als Doping angesehen werden und die Teilnahmeberechtigung für den Wettkampf ausschließen".

Diese Fragestellung schließt also eine Teilnahme am Wettkampf unter Einfluß von Medikamenten grundsätzlich nicht aus. Es dürfte jedoch von verschiedenen Gesichtspunkten aus sehr zweifelhaft sein, kranke Menschen oder Tiere unter Medikamenteneinfluß, in der Regel unter Ausschaltung hinderlicher Symptome, höchsten physischen und psychischen Belastungen auszusetzen bzw. aussetzen zu lassen. In bezug auf die Arzneimittelanwendung scheint jetzt allgemein der Trend dahin zu gehen, Pferde, in denen Arzneimittelreste nachweisbar sind, von Wettkampf oder Leistungstest auszuschließen. Das Reglement Spécial Vétérinaire (RSV) und die Ergänzung desselben umfassen bereits eine große Palette von Arzneimitteln und gestatten Behandlungen nur, wenn sie mit Wissen der Veterinärkommission und der Jury geschehen.

Die Gleichstellung von Doping und medikamenteller Therapie, die mit dem Ziel erfolgt, eine mißbräuchliche Anwendung auszuschließen, zieht Probleme nach sich. Diese entstehen z. B. dadurch, daß die Empfindlichkeit der Nachweismethoden immer weiter steigt und jetzt bereits Substratreste im Nano- bis Pikogrammbereich (das sind milliardstel bis billionstel Gramm) durch die Analysen erfaßt werden. Das ist für den Nachweis einiger Dopingsubstanzen sehr wichtig, z. B. der synthetischen Hormone, die als Anabolika verwendet werden und bereits in sehr kleinen Konzentrationen wirken.

Es werden aber auch Arzneimittelreste, z. B. Antibiotika erfaßt, die weit unter dem wirksamen

Spiegel liegen. Spuren von Arzneimitteln könnten in Pferden auch dann noch nachweisbar sein, wenn die Tiere nach einer erkrankungsbedingten Therapie wieder genesen und, z. B. bestätigt durch das Ergebnis einer tierärztlichen Untersuchung, wettkampftauglich sind. Trainer, Reiter und Besitzer werden sich beim behandelnden Tierarzt nach den Wartezeiten erkundigen, die einzuhalten sind, um einen vollständigen Abbau bzw. eine vollständige Ausscheidung der Medikamente und damit ein negatives Ergebnis einer eventuellen Dopingprobe zu sichern. Diese Wartezeiten wurden aber bisher nicht oder nur für einzelne Medikamente festgelegt. Das ist auch außerordentlich schwierig, weil Abbau- bzw. Ausscheidungsgeschwindigkeit der Medikamente von vielen Faktoren abhängen und erheblichen individuellen Schwankungen unterworfen sind. Es ist deshalb verständlich, daß auch der behandelnde Tierarzt in der Regel keine exakten Wartefristen nennen kann.

Man könnte sich vorstellen, daß aus dieser bestehenden Unsicherheit heraus und aus der Angst vor einem positiven Ergebnis einer Dopingprobe eine für das Pferd notwendige Behandlung unterlassen wird. Das ist nicht im Sinne des Tierschutzes und kann keinesfalls Ziel der Dopingbestimmungen sein.

In einigen Staaten der USA dürfen Pferde 48 Stunden vor einem Rennen keine Medikamente erhalten. Der „Report of the Duke of Norfolk's Committee to the Stewarts of the Jockey Club and National Hunts", eine umfangreiche Studie über das Doping, empfiehlt sogar, die Arzneimittelanwendung auf 72 Stunden vor einem Wettkampf zu begrenzen. Eine psychische Leistungsbeeinflussung, z. B. durch Hypnose, die nach der „Europarat"-Definition ebenfalls als Doping anzusehen ist, dürfte bei Tieren keine Rolle spielen. Hingegen ist die Anwendung physikalischer Mittel und Methoden, wie z. B. elektrischer Strom, Kältebehandlung, raffinierte mechanische Vorrichtungen am Geschirr oder am Sattel, an den Stiefeln des Jockeys, im Pferdesport als Doping anzusehen. Es ist interessant, daß die erste und zugleich bis heute einzige in Deutschland vor einem ordentlichen Gericht behandelte Doping-Affäre auf physikalischem Doping beruhte.

Unter Berücksichtigung der bisher genannten Aspekte könnte man den **Begriff Doping** für den Pferdesport folgendermaßen definieren:

Doping ist die Veränderung von auf genetischer Veranlagung, optimaler Haltung und Fütterung, sachgemäßem Training und aktuellem Gesundheitszustand beruhenden Leistungsvermögen und der Verhaltenseigenschaften eines im sportlichen Wettkampf oder in anderen physischen Leistungstests eingesetzten Pferdes durch die Verabreichung körperfremder, chemischer Stoffe oder körpereigener Substanzen in unphysiologisch hohen Dosen oder die Anwendung physikalischer Manipulationen, soweit sie in den Regeln nicht ausdrücklich zugelassen sind.

Worin liegt die Gefahr des Dopings?

Dem physischen Leistungsvermögen sind absolute physiologische Grenzen gesetzt, deren Überschreiten schwere Schädigungen des Organismus verursacht. Die höchstmögliche Leistung, die ohne Risiko erreicht werden kann, liegt noch erheblich unter der absoluten Leistungsgrenze. Bei Überschreitungen dieser durch Training erreichbaren höchsten Leistungsgrenze bestehen Risiken für Leben und Gesundheit. Eine quantitative Einschätzung der einzelnen Bereiche des Gesamtleistungsvermögens versuchte HETTINGER (1965) vorzunehmen (Tab. 4.4). Das Schema zeigt, daß selbst bei höchstem Leistungswillen noch erhebliche Leistungspotenzen blockiert bleiben. Die bewußt und unbewußt erworbenen Hemmungen und die physiologischen Schranken in Form des Ermüdungskomplexes und des Schmerzes, die jeweils die einzelnen Leistungsbereiche eingrenzen, schützen den aktiven und passiven Bewegungsapparat und das Kreislaufsystem gegen eine schädlich wirkende Überbeanspruchung und eine möglicherweise tödliche Erschöpfung der energetischen Stoffwechselsysteme.

Das unter normalen Bedingungen erreichbare Leistungsniveau hängt im wesentlichen von der physischen Verfassung und dem Trainingszustand ab. Bisher ist von keinem Dopingmittel der wissenschaftliche Nachweis einer Erhöhung der absoluten Leistungsfähigkeit gelungen. Der scheinbare Leistungszuwachs beruht stets auf der teilweisen oder vollständigen Verschiebung der psychisch und physisch bedingten Barrieren zwischen den Leistungsbereichen auf Kosten der autonom ge-

Tab. 4.4. Leistungsbereiche nach HETTINGER.

%	Leistungsbereich
100	Autonom geschützte Reserven
80	
60	Gewöhnliche Einsatzreserven
40	Physiologische Leistungsbereitschaft
20	Automatisierte Leistungen

schützten Reserven. Alle unterhalb der Risikozone liegenden Leistungsbereiche lassen sich durch Training voll ausschöpfen. Ihre absolute Größe ist im wesentlichen genetisch und physiologisch bedingt.

Die gewöhnlich durch Aufhebung der physiologischen Leistungsbarriere verursachten Überlastungsschäden und Kreislaufdefekte sind Gefäßrupturen, bei extremen Witterungsbedingungen Hitzeschock sowie Muskelkrämpfe, Sehnen-, Muskel-, Bänderrisse und Knochenbrüche. Das kann einerseits durch Mittel geschehen, die auf zentrale Regulationssysteme wirken, oder andererseits durch Stoffe, die nur bestimmte Organe beeinflussen. Die moderne chemische Industrie kennt Hunderte von Wirkstoffen und ein Vielfaches davon an pharmazeutischen Zubereitungen, mit denen Doping möglich ist. Die FEI hat deshalb eine Liste von verbotenen Wirkstoffgruppen aufgestellt. Diese Liste kann auf Beschluß der Generalversammlung jeder Zeit verändert und ergänzt werden.

Verbotene Substanzen

Verbotene Substanzen sind Mittel, die von außerhalb dem Pferd zugeführt werden oder innerhalb des Pferdes entstehen, jedoch nicht zum Pferd gehören. Dazu zählen:

- Substanzen, die auf das zentrale oder periphere Nervensystem wirken,
- Substanzen, die auf das autonome Nervensystem wirken,
- Substanzen, die auf das Herz- und Kreislaufsystem wirken,
- Substanzen, die auf das Atmungssystem wirken,
- Substanzen, die auf den Bewegungsapparat wirken,
- Substanzen, die auf die Magen- und Darmfunktion wirken,
- Mittel gegen Viren, Mikroben und Parasiten,
- Antihistaminika,
- Analgetika,
- entzündungshemmende Substanzen,
- Diuretika,
- Lokalanästhetika,
- Muskelrelaxantien,
- Sexualhormone (Anabolika),
- Kortikosteroide,
- endokrine Sekrete und ihre Derivate,
- zellschädigende Substanzen,
- Versuchsmuster, die nicht anerkannt und registriert sind,
- alle Substanzen, die nicht aus einer normalen Ernährung entstehen, jedoch ihrer Natur nach geeignet sind, die Kondition des Pferdes im ganzen zu beeinflussen.

Diese Liste ist Bestandteil der Bestimmung über verbotene Substanzen, die für den Turniersport international verbindlich ist. Darauf basieren auch die einschlägigen nationalen Bestimmungen. Die nachfolgenden Ausführungen beziehen sich auf diese Regeln. Im Zusammenhang damit muß darauf hingewiesen werden, daß Arznei- und Stärkungsmittel ohne Inhaltsangabe verbotene Substanzen enthalten können. Das gleiche gilt auch für Mischfutterzubereitungen. Das ist aber auch bei deklarierten Arzneimitteln möglich, da hier Trägersubstanzen nicht genannt werden müssen. Eine solche Trägersubstanz ist z. B. das DMSO, das zu den Dopingmitteln zählt. Wichtig ist auch zu wissen, daß manche Wirkstoffe als Bestandteil von Einreibungen durch die Haut aufgenommen und im Blut und Urin nachgewiesen werden können. Aus dem vorher Gesagten ist ersichtlich, daß die Gefahr eines „unbeabsichtigten Dopings" groß und selbst bei umsichtigem Handeln nicht völlig auszuschließen ist. Es ist deshalb wichtig, jeden einzelnen Fall sehr ernsthaft unter Berücksichtigung der Art der nachgewiesenen Substanzen zu prüfen, wobei natürlich bewußte Dopingmanipulationen mit aller gebotenen Härte zu bestrafen sind.

Nach diesen Regeln muß auch jeder bei Leistungsprüfungen mit Bestrafung rechnen, wenn in seinem Besitz Spritzen, Nadeln oder verbotene Substanzen gefunden werden, weil daraus die Absicht eines Regelverstoßes abgeleitet werden kann. Die Verabreichung von Sauerstoff und die Injektion von normalen Nährstoffen, z. B. Glukose, Salzlösungen, Elektrolytlösungen, Vitaminen usw. als Hilfeleistung bei erkrankten Tieren bedürfen der

Information der Veterinärkommission bzw. des für das Turnier verantwortlichen Tierarztes und müssen von diesen der Jury angezeigt werden (Medikationsdeklaration der FEI). Dieses probeweise auch bei nationalen Turnieren in einigen Bundesländern durchgeführte Verfahren ist leider wieder ausgesetzt worden.

Nach der Rennordnung des Direktoriums für Vollblutzucht und Rennen werden den unerlaubten Mitteln erlaubte Mittel gegenübergestellt. Zu den **erlaubten Mitteln** gehören „erlaubte Substanzen" (Impfungen, Entwurmungsmittel, Immun-Inducer, Homöopathika, Akridinfarbstoffe und Jodpräparate), „Substanzen mit Grenzwerten" (z. B. Arsen bis 0,3 µg im ml Urin, Hordenin bis 80 µg im ml Urin und 1 µg im ml Blut) und „kontrolliert erlaubte Substanzen (antiinfektiöse Substanzen)" (antibiotische und antibakterielle, antimykotische sowie antiparasitäre Substanzen). Behandlungen mit antiinfektiösen Substanzen müssen in das Medikamentenbuch eingetragen und bei Entnahme einer Dopingprobe auf der Untersuchungskarte angegeben weden. Durch die Festlegung der erlaubten Substanzen ist es z. B. möglich, Bagatellverletzungen, die sich ein Pferd beim Transport zum Rennen geholt hat, zu behandeln.

Die **unerlaubten Mittel** sind in „Dopingsubstanzen" und „sonstige unerlaubte Substanzen" unterteilt. Als **Dopingsubstanzen** werden Stimulantia, Sedativa, Opiode, Anabolika, Beta-2-Agonisten und Diuretika genannt. Die Anwendung dieser Mittel ist nur im Einzelfall aus medizinischen Gründen gestattet. Dann ist ein vom Tierarzt bestätigter Nachweis über Indikation, Zeitpunkt und Art des verabreichten Mittels zu führen. Vom Direktorium fürVollblutzucht und Rennen werden zur Kontrolle zusätzlich Proben von Pferden während der Trainingsperiode entnommen und die Behandlungsnachweise überprüft. **Sonstige unerlaubte Substanzen** sind alle Mittel, die in den vorstehenden Gruppen nicht genannt wurden, sowie Mittel oberhalb der festgelegten Grenzwerte. Auch bei medizinischer Indikation dürfen unerlaubte Mittel am Renntag nicht nachzuweisen sein. Die Pferde dürfen also nur dann an Rennen teilnehmen, wenn zweifelsfrei feststeht, daß alle unerlaubten Substanzen abgebaut sind. Im Zweifelsfall kann der Besitzer des Pferdes als Grundlage für die Entscheidung, ob eine Teilnahme möglich ist, auf eigene Kosten die Entnahme und Untersuchung einer Dopingprobe beim Direktorium beantragen.

1998 wurde von der Deutschen Reiterlichen Vereinigung in Warendorf ein Handbuch zur Medikation herausgegeben, das Karenzzeiten für einige Arzneimittel enthält, die bei einer Notversorgung eingesetzt werden.

Es wurde festgelegt, daß Akridinfarbstoffe in Form von Angußverbänden und Medikamente mit ätherischen Stoffen (Kampfer) während der Wettkämpfe äußerlich angewendet werden können.

Außerdem liegt ein Entwurf für eine Ergänzung der LPO 2000 vor, die analog den Bestimmungen für Vollblutrennpferde gegliedert ist und den unerlaubten Mitteln erlaubte gegenüberstellt. Zu letzteren gehören Impfstoffe, Substanzen zur Bekämpfung von Endoparasiten, Paramunitätsinducer sowie externe Desinfektionsmittel und Insektenschutzmittel.

Entnahme und Untersuchung von Proben

Die Entnahme von Proben zur Untersuchung auf verbotene Substanzen ist für Olympische Spiele, Championate und CHIO vorgeschrieben. Für CI, CA, CF, CNI und nationale Turniere wird sie empfohlen. Die Auswahl der Pferde trifft die Jury. Bei internationalen Prüfungen sind mindestens 5% (bei Fahrwettbewerben 7,5%) der teilnehmenden Pferde zu untersuchen.

Um eine einheitliche, standardisierte Entnahme und Untersuchung der Proben zu ermöglichen, hat die FEI das sogenannte Medication Control Program (MPC) eingerichtet. Dieses Programm schreibt vor, daß bei internationalen Turnieren die Proben von bestimmten Tierärzten entnommen werden, die die FEI benennt. Die Untersuchung erfolgt im Equine Research Institute in Newmarket in Großbritannien. Bei nationalen Wettbewerben werden die Proben in der Regel durch den verantwortlichen Tierarzt entnommen.

Der Veranstalter hat für die Bereitstellung von Möglichkeiten zu sorgen, die für die sachgemäße Entnahme von Proben notwendig sind. Sie hat unmittelbar nach der Prüfung zu erfolgen, wenn nicht anders möglich, nach der Siegerehrung. Es muß jedoch gewährleistet sein, daß das ausgewählte Pferd von der Beendigung der Prüfung bis zur Entnahme der Probe ständig unter Aufsicht steht. Für die Unterbringung der Pferde hat der Veranstalter zwei sichere, gut belüftete Boxen bereitzustellen, die in der Nähe des Turnierplatzes liegen, aber nicht dem Publikum zugänglich sind. Sie sollten eine Größe von 3,5 m × 3,5 m haben und mit sauberer Einstreu versehen sein. Das Pferd muß ohne Störungen beobachtet werden können.

Neben der Box sollte sich ein Arbeitsplatz mit möglichst folgender **Ausrüstung** befinden:
- Ausguß mit Verschlußstopfen,
- Gestell zum Ablegen der Proben,
- Kleiderablage,
- Tisch und zwei Stühle,
- verschließbarer Kühlschrank,
- Feuerlöscher,
- zwei Urinauffanggefäße,
- Handtücher, Desinfektionsmittel, Eimer, Mistgabel und Abfallbehälter.

Der Veranstalter hat darüber hinaus für entsprechend sachkundiges Hilfspersonal zu sorgen.

Die Entnahme wird durch einen Funktionär, ein Mitglied der Veterinärkommission und die für das betreffende Pferd verantwortliche Person überwacht. Der Tierarzt hat die **Identität des Pferdes** zu überprüfen und zu gewährleisten, daß keine Verschmutzungen der Proben eintreten können.

Verbotene Substanzen können in Körperflüssigkeiten und Ausscheidungen (z.B. Blut, Schweiß) nachgewiesen werden. Die Bestimmungen der FEI sehen die Untersuchung von Urin und Blut vor.

Urin wird am besten mit einem speziellen Urinsammler entnommen, es kann auch ein Plastikgefäß oder ein mit einem Plastikbeutel ausgelegtes Metallgefäß mit einem Fassungsvermögen von 1 Liter verwendet werden. Die Person, die den Urin auffängt, muß Wegwerfhandschuhe tragen. Handschuhe und Beutel sind nur für ein Pferd zu benutzen. Der gesammelte Urin wird sofort im Verhältnis 2 zu 1 auf zwei Weithalsgefäße verteilt. Das erste Gefäß sollte etwa 450 ml Urin enthalten und gilt als Probe A. Das zweite Gefäß (Probe B) dient der Kontrolluntersuchung. Beide Gefäße werden dicht verschlossen, versiegelt und beschriftet.

Wenn innerhalb von 60 Min. nach dem Betreten der Entnahmebox kein Urin zu erhalten ist, müssen 150 ml Blut entnommen werden, und zwar 100 ml für die Probe A und 50 ml für die Probe B. Ist Urin vorhanden, genügen 50 ml Blut (25 ml für die Probe A und 25 ml für die Probe B). Die Blutentnahme darf nur durch einen Tierarzt erfolgen.

Im Galopprennsport sind die Entnahmebedingungen ähnlich. Zunächst wird versucht, Urin aufzufangen. Wenn das Pferd nach 90 Minuten noch keinen Harn abgesetzt hat, wird Blut entnommen. Lediglich bei Verdacht auf negatives Doping ist sofort nach dem Rennen eine Blutprobe zu entnehmen, weil diese Substanzen nur kurze Zeit im Blut nachweisbar sind.

Die Untersuchung der Proben geschieht in Laboratorien, die von der FEI anerkannt sind. Ihr Leiter muß berechtigt sein, vor einem Zivilgericht aufzutreten, sofern sich aus dem Analysenergebnis ein Rechtsstreit ergibt.

Die Proben müssen innerhalb von 24 Stunden nach der Entnahme verschickt werden und innerhalb von drei Werktagen das Labor erreicht haben. Bis zum Versand sind sie im Kühlschrank aufzubewahren.

Sollte eine Kontrolluntersuchung der Probe B notwendig sein, so muß sie innerhalb von 10 Tagen nach Erhalt des Berichtes angefordert werden. Die Analyse erfolgt im gleichen Labor, jedoch auf Wunsch durch einen anderen Untersucher, der benannt werden kann.

Altersbestimmung

Die Altersbestimmung des Pferdes ist eine Schätzung nach dem sog. Zahnalter. Sie beruht auf Veränderungen, die sich im Lauf des Lebens an den Zähnen vollziehen. Es können aber erhebliche Abweichungen vom tatsächlichen Alter auftreten.

Bezeichnung der Zähne (Abb. 4.9)

Schneidezähne *(Incisivi)* I
- Zangenzähne
- Mittelzähne
- Eckzähne
- Hakenzähne *(Canini)* C
- Vorderbackenzähne *(Prämolares)* P
- Backenzähne *(Molares)* M

Für Milchzähne wird zur großgeschriebenen Abkürzung der lateinischen Bezeichnung I, C, P ein kleingeschriebenes d hinzugefügt (d = decidua = hinfällig).

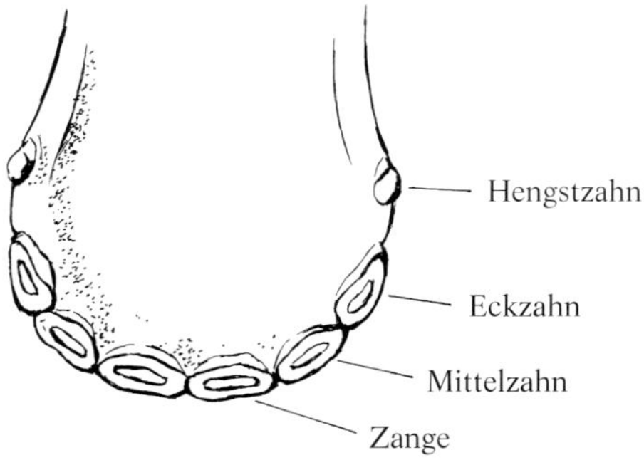

Abb. 4.9 Lage der Schneidezähne und der Hengstzähne (Hakenzähne).

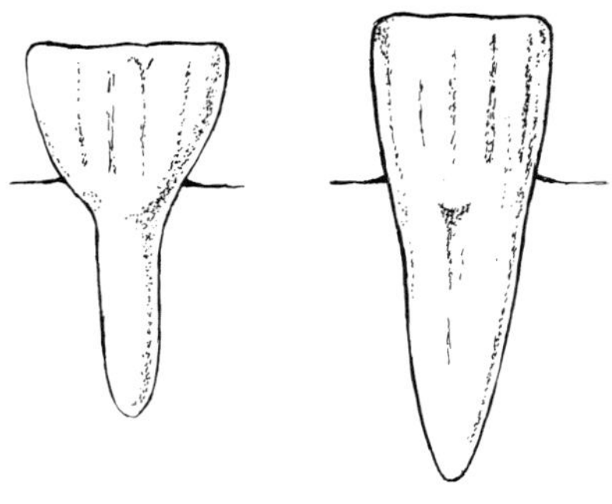

Abb. 4.10 Form der Schneidezähne.

Zahnformeln

Fohlen: 24 Milchzähne

Pd	Id	Id	Pd	
3	3	3	3	Ok (Oberkiefer)
3	3	3	3	Uk (Unterkiefer)

Stute: 36 bleibende Zähne

M	P	I	I	P	M	
3	3	3	3	3	3	Ok
3	3	3	3	3	3	Uk

Hengst und Wallach: 40 bleibende Zähne

M	P	C	I	I	C	P	M	
3	3	1	3	3	1	3	3	Ok
3	3	1	3	3	1	3	3	Uk

- Hakenzähne kommen in der Regel nur bei Hengsten und Wallachen vor.
- Im Oberkiefer kann zusätzlich ein Wolfszahn auf jeder Seite vor den Prämolaren auftreten. Wolfszähne werden nicht gewechselt.
- Schneidezähne und Vorderbackenzähne werden also bereits als Milchzähne angelegt und dann durch bleibende ersetzt („Ersatzzähne"), während die Backenzähne nur im bleibenden Gebiß erscheinen („Dauerzähne"). Milch- und Ersatzschneidezähne unterscheiden sich deutlich in ihrer Form (Abb. 4.10).

Bestimmung des Alters

Die Bestimmung des Zahnalters erfolgt nach
- dem Durchbruch der Milchzähne,
- dem Zahnwechsel,
- dem Abrieb der Kunden, d. h. der inneren Schmelzringe an den Kauflächen der Schneidezähne,
- der Form der Reibefläche der Schneidezähne,
- dem Einbiß an den Eckzähnen des Oberkiefers,
- dem Schneidezahnwinkel zwischen Ober- und Unterkiefer und
- der Form des Schneidezahnbogens.

Die Altersangaben für den **Durchbruch der Milchschneidezähne**, den **Wechsel der Schneidezähne** und den **Abrieb der Kunden** sind in der folgenden Tabelle 4.5 zusammengefaßt.

Die Milchzangen sind oft bereits bei der Geburt der Fohlen vorhanden.

Nach dem Zahnwechsel brauchen die Ersatzzähne etwa 1 Jahr, bis sie auf die Höhe der Kauflächen der Nachbarzähne gewachsen sind und der

Tab. 4.5. Altersbestimmung anhand der Veränderungen an den Schneidezähnen.

Schneidezähne	Durchbruch Milchzähne	Zahnwechsel	Kunden abgerieben Unterkiefer	Oberkiefer
Zangen (11)	etwa 6 Tage	2 –3 Jahre	6 Jahre	9 Jahre
Mittelzähne (12)	4–6 Wochen	3.–4 Jahre	7 Jahre	10 Jahre
Eckzähne (13)	6–9 Monate	4 –5 Jahre	8 Jahre	11 Jahre

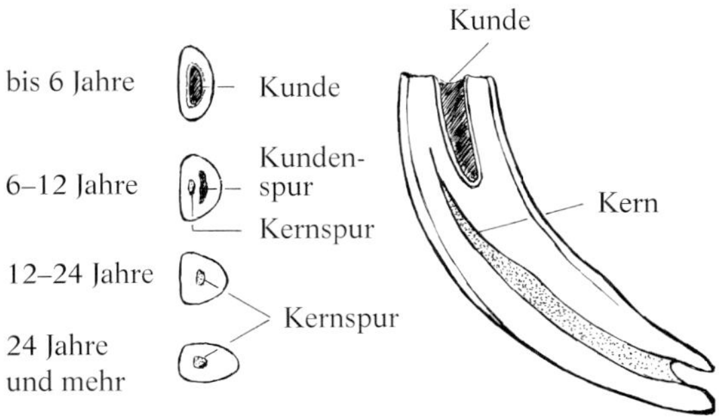

Abb. 4.11 Unterkieferschneidezahn. Schematischer Längsschnitt, abriebsbedingte Änderung der Kauflächenform.

Abrieb der Kauflächen beginnt (siehe Foto 27, Seite 68). Der jährliche Abrieb beträgt etwa 2 mm. Die Kunden der Unterkieferschneidezähne sind ungefähr 6 mm und die der Oberkieferschneidezähne 12 mm tief. Deshalb sind sie im Unterkiefer etwa 3 Jahre früher abgerieben als bei den entsprechenden Oberkieferschneidezähnen.

Schwierigkeiten kann die Altersbestimmung bei Krippensetzern und -wetzern bereiten, da Kunden und Zahngewebe unphysiologisch stark abgerieben werden.

Der Abrieb der Kunden an den Schneidezähnen des Unter- und Oberkiefers ist in Abb. 4.12 skizziert.

> Bis ca. 11 Jahre kann das Alter der Pferde anhand der Zahnveränderungen relativ gut geschätzt werden. Danach muß man auf Kriterien zurückgreifen, die eine wesentlich geringere Zuverlässigkeit besitzen.

Die **Kaufläche der Schneidezähne** ist
- queroval mit 6–12 Jahren,
- rundlich mit 13–18 Jahren,
- dreieckig mit 18–23 Jahren sowie
- hochoval über 23 Jahre.

Ab dem siebenten Lebensjahr wächst der Unterkiefer stark nach vorn, so daß der Unterkieferschneidezahn I 3 den I 3 des Oberkiefers nur noch zur Hälfte berührt. Beim Abrieb entsteht dadurch bei 9 bis 10 Jahre alten Pferden an der Kaufläche des Oberkiefer-I 3 eine Kerbe, der sogenannte Einbiß, der etwa im 13. Lebensjahr wieder verschwindet.

Der **Winkel**, in dem die Schneidezähne des Ober- und Unterkiefers zueinander stehen, wird im Laufe des Lebens immer spitzer. Das „Zangenge-

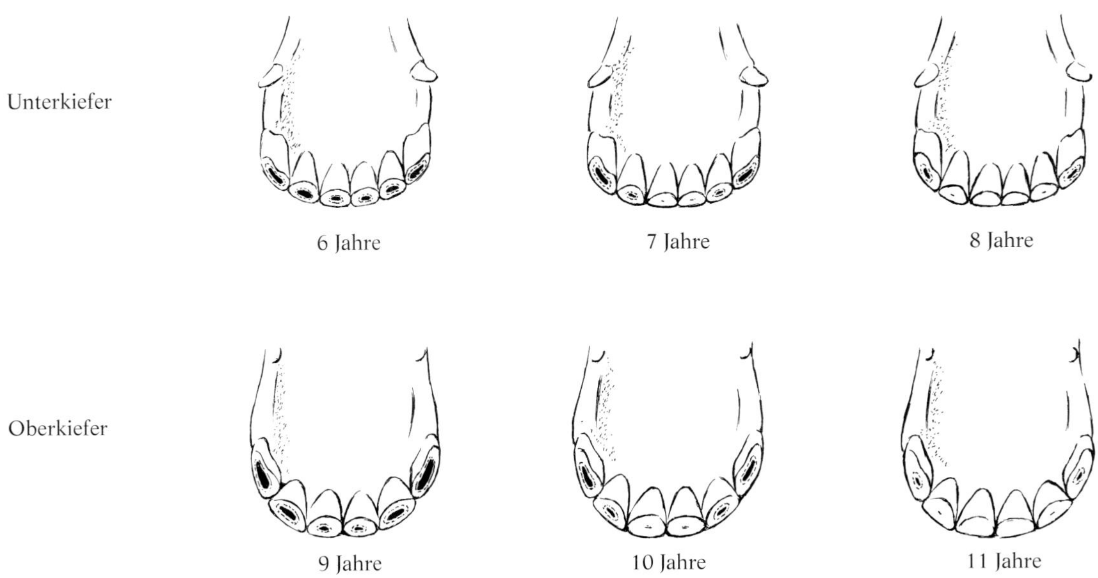

Abb. 4.12 Abrieb der Kunden an den Schneidezähnen des Unter- und Oberkiefers.

bis 8 Jahre

8 bis 15 Jahre

über 15 Jahre

Abb. 4.13 Veränderung des Schneidezahnwinkels zwischen Ober- und Unterkiefer.

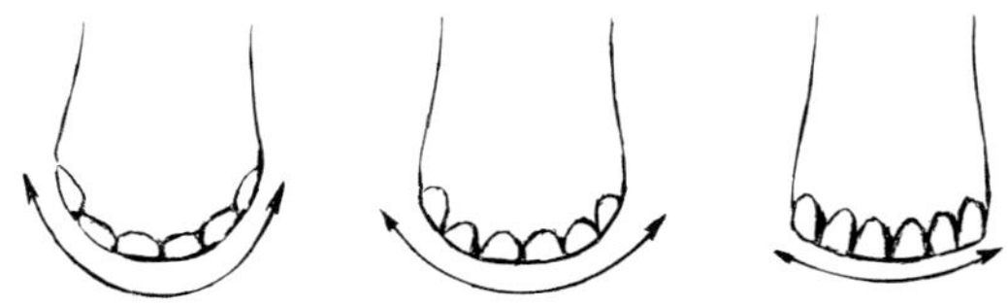

Abb. 4.14 Form des Schneidezahnbogens.

Tab. 4.7. Altersbestimmung beim Kleinpferd.

1 bis 4 Wochen	Durchbruch der Milchzangen
3 bis 4 Monate	Durchbruch der Milchmittelzähne
7 bis 11 Monate	Durchbruch der Milcheckzähne
6,5 Jahre	Verschwinden der Kunden in den Unterkieferzangen
8 Jahre	Verschwinden der Kunden in den Unterkiefermittelzähnen
9,5 Jahre	Verschwinden der Kunden in den Unterkiefereckzähnen
11 Jahre	Verschwinden der Kunden in den Oberkieferzangen
15 Jahre	Verschwinden der Kunden in den Oberkiefermittelzähnen
17 bis 18 Jahre	Verschwinden der Kunden in den Oberkiefereckzähnen

biß" geht in ein „Winkelgebiß" über (Abb. 4.13).

Die **Wölbung** des Bogens der Schneidezähne verringert sich mit zunehmendem Alter der Pferde (Abb. 4.14).

In Tab. 4.6 ist das Alter angegeben, in dem die Prämolaren gewechselt werden. Diese Daten sind weniger für die Altersschätzung als für die Ermittlung der Ursachen von Kaustörungen von Bedeutung. Die Milchzähne werden nämlich z. T. verzögert abgestoßen und legen sich kappenförmig über die bleibenden Zähne (Foto 28, Seite 68). Sie können dann, wenn sie über die Nachbarzähne vorstehen, zu Kaustörungen führen.

Tab. 4.6. Wechsel der Vorderbackenzähne (Prämolaren) (vgl. auch Foto 28, Seite 68).

Prämolaren	Wechsel
P2	2,5–3 Jahre
P3	3–3,5 Jahre
P4	3,5–4 Jahre

Kleinpferde zeigen beim Durchbruch der Milchschneidezähne und auch bei der Abriebszeit der Kunden an den Ersatzschneidezähnen infolge der etwas größeren Zahnhärte einige Abweichungen. Wenn das nicht beachtet wird, werden die Tiere nach dem Zahnalter zu jung geschätzt (Tab. 4.7).

Identifizierung

Um die Identität eines Pferdes feststellen zu können, ist dessen genaue Beschreibung notwendig. Neben Brandzeichen, Tätowierungen und Benennung individueller Körpermerkmale werden auch fotografische und schematische Abbildungen verwendet. Besonders günstig hat sich die Aufzeichnung von Unterscheidungsmerkmalen in einem Diagramm erwiesen, die daneben noch mit Fachbegriffen beschrieben werden. Neuerdings benutzt man auch im Schulterbereich implantierte

Mikrochips, die mit einem speziellen Gerät abgelesen werden können.

Die Fédération Equestre Internationale (Internationale Reiterliche Vereinigung – FEI) hat sich bei der Einführung eines **internationalen Pferdepasses** für diese Verfahrensweise entschieden und in einer 1981 veröffentlichten Schrift eine Anleitung dazu herausgegeben. Diese Anleitung verfolgt das Ziel, alle technischen Einzelheiten, die mit der Kennzeichnung des Pferdes verbunden sind, zu standardisieren und international verständlich zu machen. Inzwischen haben sich auch viele andere Sport-, Renn- und Zuchtverbände diese Methode zu eigen gemacht.

Die nachstehende Anleitung entspricht den Hinweisen der FEI.

Allgemeine Festlegungen

Die Hinweise sollen die Identifizierung von Pferden erleichtern, die an Wettkämpfen teilnehmen. Zugleich wird damit versucht, die vielen technischen Einzelheiten zu vereinheitlichen, die für die Beschreibung der Abzeichen und für die graphische Darstellung im Pferdepaß erforderlich sind.

- Die Beschreibung des Pferdes muß in einem offiziellen FEI-Paß, der von der NF (Nationale Reitsportföderation) ausgestellt worden ist, oder in einem von der FEI anerkannten nationalen Pferdepaß erfolgen.
- Es ist erforderlich, daß die Kennzeichnung in Übereinstimmung mit nachfolgenden Hinweisen durch einen Tierarzt (oder einen anderen qualifizierten Fachmann) erfolgt, der von einer NF anerkannt ist.
- Besitzer und Reiter von Pferden, die im Besitz eines Pferdepasses sind, dürfen das Diagramm oder die Beschreibung nicht verändern.
- Ziel dieser Maßnahmen ist es, eine genaue Identifierung des Pferdes zu ermöglichen, um eine Verwechslung von Pferden zu verhindern. Deshalb ist es notwendig, besonders charakteristische Merkmale von jedem Pferd anzugeben, nicht aber, bei leicht erkennbaren Pferden ausgefallene Details zu vermerken.
- Das Pferd muß auf Trense gezäumt vorgestellt werden. Die Besichtigung hat bei Tageslicht zu erfolgen. Das Pferd muß dazu auf einer festen Unterlage stehen. Sauberkeit ist besonders im Bereich der Extremitäten unterhalb der Karpal- und Sprungelenke notwendig.
- Zu beachten ist außerdem eine korrekte Angabe der betreffenden Seiten des Pferdes. In der Beschreibung beziehen sich die Begriffe „rechts“ und „links“ immer auf die jeweilige Körperseite des Pferdes.
- Die Kennzeichnung des Pferdes umfaßt die Beschreibung seiner charakteristischen Unterscheidungsmerkmale (Farbe und Abzeichen) und das Diagramm, welches die beschriebenen Merkmale bildlich darstellt. Beide Teile müssen genau und vollständig ausgefüllt werden.

Beschreibung der Kennzeichen

Sprache
Wenn möglich, sollte die Beschreibung in einer oder beiden offiziellen Sprachen der FEI (englisch, französisch) und in deutscher Sprache erfolgen.

Geschlecht
Es muß angegeben werden, ob das beschriebene Pferd Hengst, Stute oder Wallach ist. Abkürzungen sind dabei nach Möglichkeit nicht zu benutzen.

Wenn ein Pferd nach der Ausstellung des Passes kastriert worden ist, muß das Datum der Operation vom Tierarzt in den Pferdepaß eingetragen werden. Des weiteren sind Anomalien der Geschlechtsorgane festzuhalten.

Farbe
Die Bezeichnungen für die Pferdefarben unterscheiden sich in den einzelnen Ländern. Einige benutzen die Farbe der Haut als Kriterium, andere die Farbe der Haare oder eine Kombination der Haarfarben. Daraus ergeben sich Schwierigkeiten für die Übersetzung.

Für die deutschsprache Beschreibung dienen als Grundlage der Bestimmung der Farbe das Deckhaar und das Schutzhaar. Dabei ergeben die den ganzen Pferdekörper bedeckenden Deckhaare die Grundfarbe des Pferdes.

Als Schutzhaare bezeichnet man die Haare vom Schopf, von der Mähne, dem Schweif und Kötenbehang sowie die Tasthaare an den Augenlidern, Nüstern und am Maul.

Die Schutzhaare sind ein zuverlässiges Unterscheidungsmerkmal von der Grundfarbe.

Tab. 4.8. Fachbegriffe in deutscher, englischer und französischer Sprache für die Kennzeichnung eines Pferdes.

Abkürzung	deutsch	englisch	französisch
Aalstrich	Aalstrich	list dorsal band	rai de mulet
Haarwirbel	Haarwirbel	whorl	épi
gekrümmt. Haarwirbel	gekrümmter Haarwirbel	sinuous whorl	épi sinueux
gefied. Haarwirbel	gefiederter Haarwirbel	feathered whorl	épi penné
St.	Stern	star	pelote, étoile en tête
Sth.	wenig weiße Haare	few white hairs	quelques poils
auslfd. St.	auslaufender Stern	stern elongated star	pelote allongée
unreg. St.	unregelmäßiger Stern	irregular star	pelote irréguliére
gemischt. St.	gemischter Stern	mixed star	pelote mélangée
mel. Abz.	melliertes Abzeichen	mixed mark	plage mélangée
Str.	Strichblesse	stripe	liste
schm. Bl.	schmale Blesse	narrow stripe	fine liste
Bl.	Blesse	blaze	large liste
Laterne	Laterne	white face	liste débordante
Milchmaul	Milchmaul	white muzzle	boit dans son blanc
unterbr. Bl.	unterbrochene Blesse	interrupted stripe	liste interrompue
schatt. Bl.	schattierte Blesse	bordered stripe	liste bordée
schwache Bl.	schwache Blesse	faint stripe	trace de liste
flf. Abz.	unpigmentiertes Abzeichen	flesh mark	ladre
Schn.	Schnippe	snip (beween nostrils)	petit grisonné (entre naseaux)
Kr. w.	Krone weiß	white coronet	principe de balzanée
Fsl. halb w.	Fessel halbweiß	white pastern	balzane au paturon
Fsl. w.	Fessel weiß	white fetlock	balzane au dessus du boulet
Fuß halb w.	Mittelfuß halbweiß	half cannon white	balzane á micanon
Vf. hoch w.	Vorderfuß hochweiß	white to knee	balzane jusqu'au genou
Hf. hoch w.	Hinterfuß hochweiß	white to hock	balzane jusqu'au jarret
w. Fleck auf Kr.	weißer Fleck auf Krone	white patch on coronet	trace de balzane
v.	vorn	in front	en pince
auß.	außen	outside	en dehors
inn.	innen	inside	en dedens
am Bln.	am Ballen	on heel	en talons

Tab. 4.8. Fachbegriffe in deutscher, englischer und französischer Sprache für die Kennzeichnung eines Pferdes.

Abkürzung	deutsch	englisch	französisch
Hengst	Hengst	stallion	mâle, étalon
Stute	Stute	mare	femelle, jument
Wallach	Wallach	gelding	hongre
F.	Fuchs	chestnut	alézan
Df.	Dunkelfuchs	dark chestnut liver chestnut	 alézan brulé
B.	braun	bay	bai
Db.	dunkelbraun	dark bay brown bay brown	 bai foncé
schwbr.	schwarzbraun	bay brown	bai brun
R.	Rappe	black	bai brun foncé
Sch.	Schimmel	grey	gris
Rsch.	Rappschimmel	mouse coloured	souris
(Kohlsch.	Kohlschimmel)		
Farbensch.	Farbenschimmel	roan	rouan
Fsch.	Fuchsschimmel	strawberry	aubére
Falbe	Falbe	dun	louvet
Is.	Isabelle	isabella	isabelle
Albino	Albino	cream	café au lait
Schecke	Schecke	piebald skewbald	pie
Palomino	Palomino	palomino	palomino
Tiger	Tigerschecke	leopard	tigré
groß. Fleck	großer Fleck	patch	tache
braun. Fleck	kleiner brauner Fleck (Tupfer)	brown	truiture
rot. Tupfer	kleiner roter Fleck (Tupfer)	red spot	truiture
Stichelh.	Stichelhaar	grey-ticket	rubican
gefl.	gefleckt	fleckend	neigeure
d. Abz.	dunkles Abzeichen	darkor	charbonnure
schw. Abz.	schwarzes Abzeichen	black mark	charbonnure
Glasauge	Glasauge	wall eye	oeil varion
Bammelohr	Bammelohr	nicked ear	oreille fandue
Muskeldelle	Muskeldelle (Lanzenstoß)	prophet's thumb mark	coup de lance
Überbeißer	Überbeißer	parrot mouth	bec de perroquet
Zebrastreifen	Zebrastreifen	zebra marks	zébrures

Die Farben werden wie folgt beschrieben:

→ **Rappe (R.).** Das Deckhaar des Rappen ist schwarz einschließlich des Schutzhaares ohne jede andere Farbgebung außer weißen Abzeichen.

→ **Brauner (B.).** Das Deckhaar ist braun, das Schutzhaar der Gliedmaßen, der Mähne, des Schweifes und die Tasthaare sind schwarz. Man unterscheidet:

- *Schwarzbrauner (Schwb.)*
  Eine Mischung aus Braun und Schwarz mit vorherrschend schwarzer Farbe.
- *Dunkelbrauner (Db.)*
  Eine Mischung aus Braun und Schwarz mit vorherrschend brauner Farbe.
- *Brauner (B.)*
  Jedes Pferd, das nicht einwandfrei schwarzbraun, dunkelbraun oder hellbraun ist, ist als braun zu bezeichnen.
- *Hellbrauner (Hlb.)*
  Eine helle braune Farbe, die nahezu bis zur Fuchsfarbe variiert.

→ **Fuchs (F.).** Das Deckhaar ist rötlich. Neben der Fuchsfarbe der Deckhaare (von hell bis tief dunkel) müssen Behang, Mähne, Schweif und Tasthaare fuchsfarben oder hell sein. Im Behang dürfen keine schwarzen Haare vorkommen.

- *Dunkelfuchs (Df.)*
- *Fuchs (F.)*
  Jedes Pferd, das nicht einwandfrei Hellfuchs oder Dunkelfuchs ist, ist als Fuchs zu bezeichnen.
- *Hellfuchs (Hlf.)*

→ **Schimmel (Sch.).** Die weiße Körperfarbe entsteht durch ein Mosaik von weißen und andersfarbigen Haaren. Mit zunehmendem Alter nimmt die Zahl der weißen Haare zu (verblassende Schimmelung). Die Hautfarbe ist schwarz. Häufig sind Schimmel noch mit Flecken verschiedener Art versehen, die mehr oder weniger ausgedehnt über den Körper verteilt sind. Sie müssen gesondert notiert und bezeichnet werden. Hierzu zählen die Apfelung und die Fliegen- und Muskatflecken in verschiedenen Farben sowie die Farbe der Hufe. Pferde, die nicht eindeutig als Schimmel (Schimmel haben immer weiße Wimpern) zu erkennen sind, werden nach Grundfarben unterschieden:

- *Fuchsschimmel (Fsch.)*
  Aus dem Fuchs entstanden mit Fuchs- und Schimmelfarbe am ganzen Körper, Schutzhaare dürfen kein Schwarz enthalten, die Wimpern sind fuchsfarben. Je nach Farbtönung auch Dunkelfuchsschimmel (Dfsch.) und Hellfuchsschimmel (Hfsch.)
- *Braunschimmel (Bsch.)*
  Aus dem Braunen entstanden mit Braun- und Schimmelfarbe am ganzen Körper, die Schutzhaare sind schwarz, die Wimpern jedoch braun. Die Farbtönung kann auch die Einteilung in Dunkelbraunschimmel (Dbsch.) und in Hellbraunschimmel (Hbsch.) ergeben.
- *Rappschimmel (Rsch.)*
  Aus dem Rappen entstanden mit Rapp- und Schimmelfarbe am ganzen Körper, die Wimpern sind schwarz.

→ **Albino (Albino).** Eine Besonderheit stellt der Albino dar. Der Albino hat aufgrund fehlender Pigmentierung weißes Deckhaar und rosafarbene Haut. Die Augen erschienen dann rot, weil die Iris farblos ist. Die Wimpern sind weiß.

→ **Isabell (Is.).** Der Isabell entspricht dem Fuchs und hat gelbes Deckhaar mit großer Variation nach hell und dunkel; Behang, Mähne, Schweif und Hufe sind stets hell.

→ **Falbe (Falbe).** Der Falbe entspricht dem Braunen und hat gelbes Deckhaar mit großer Variation nach hell und dunkel; Behang, Mähne, Schweif und Hufe müssen schwarz sein. Aalstrich und Schulterkreuz können, müssen nicht vorkommen.

Im englischen und französischen Sprachgebrauch wird der Falbe mit Isabell bzw. Isabelle bezeichnet.

→ **Schecke (Schecke).** Kennzeichnend ist das Vorhandensein von großen, zusammenhängenden Farbflecken. Scheckfärbung kommt in allen Farben

F43 **Ekzem** mit borkigen Auflagerungen an der Innenseite der Ohrmuscheln. Kein Juckreiz.

F44 **Ekzem** an der Außenseite des Sprunggelenkes bei feinhäutigen Pferden, offenbar stark juckend, da es häufig benagt wird.

F45 **Ekzem** mit Haarausfall.

F46 **Nässende Mauke** mit flächenhaften Hautdefekten, Krustenbildung und Gliedmaßenschwellung.

F47 **Schweifekzem.** Starker Juckreiz, die Schweifhaare werden abgescheuert.

F48 **Warzenmauke.** Blumenkohlartige Wucherungen der Haut und Unterhaut bei langandauernder Erkrankung.

F49 **Nesselfieber.** Brust und Flanken sind von zahlreichen, flächigen, bis handtellergroßen Hautquaddeln überzogen.

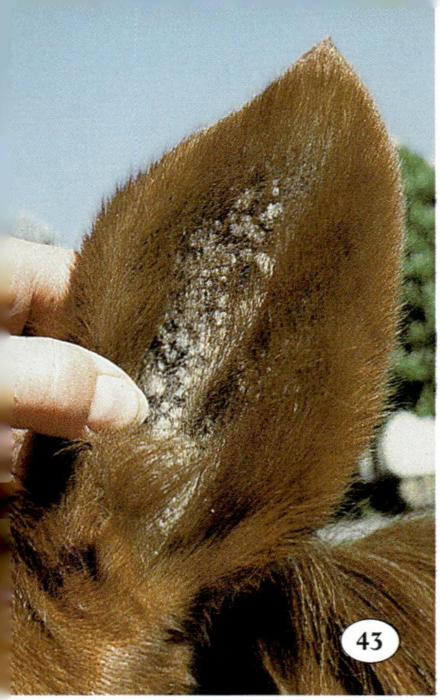
43

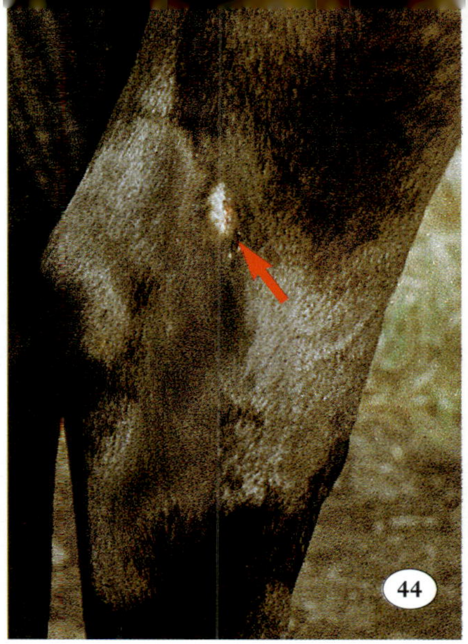
44

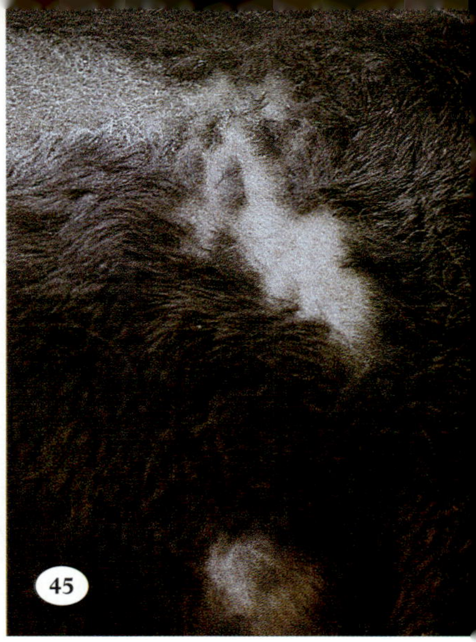
45

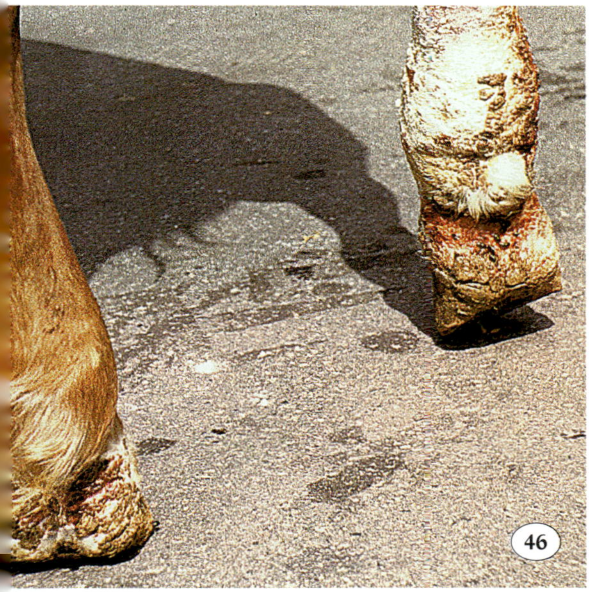
46

47

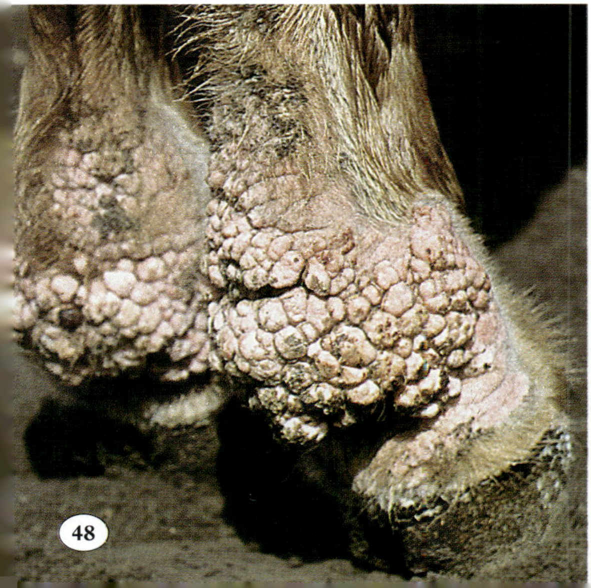
48

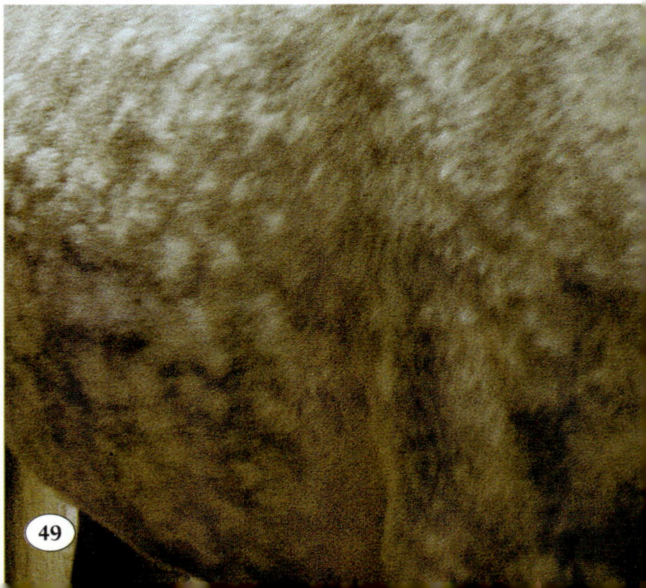
49

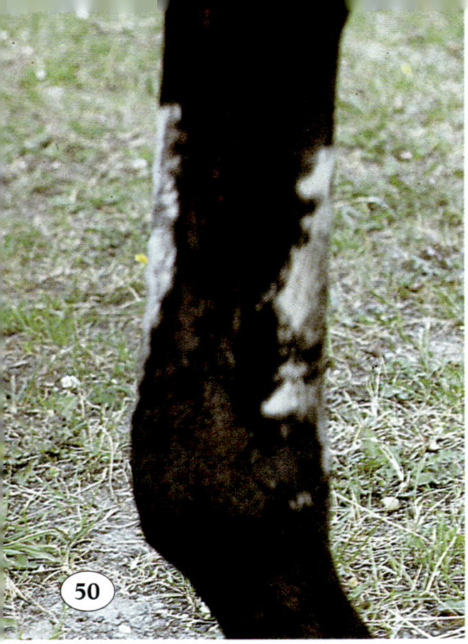
50

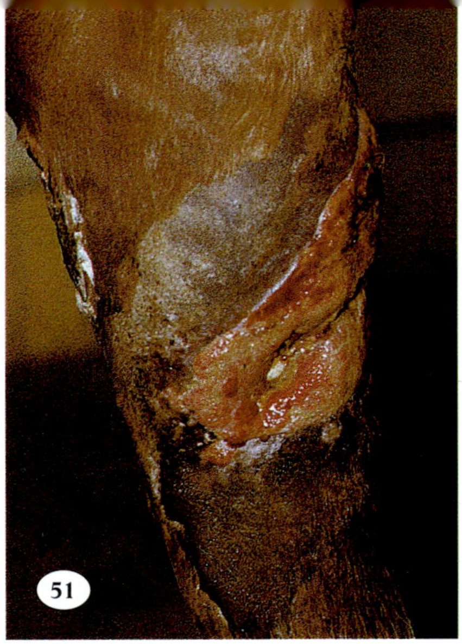
51

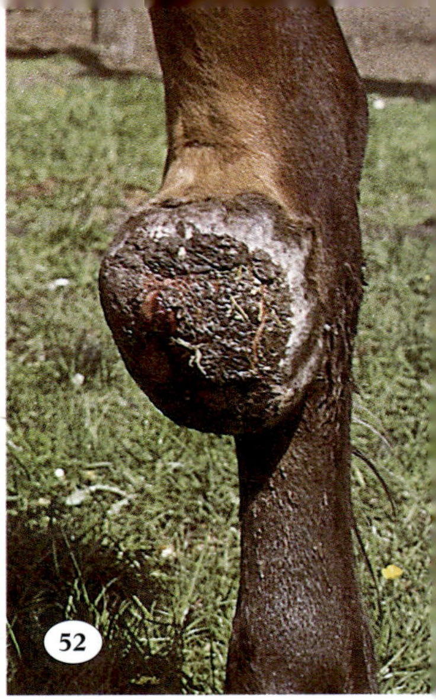
52

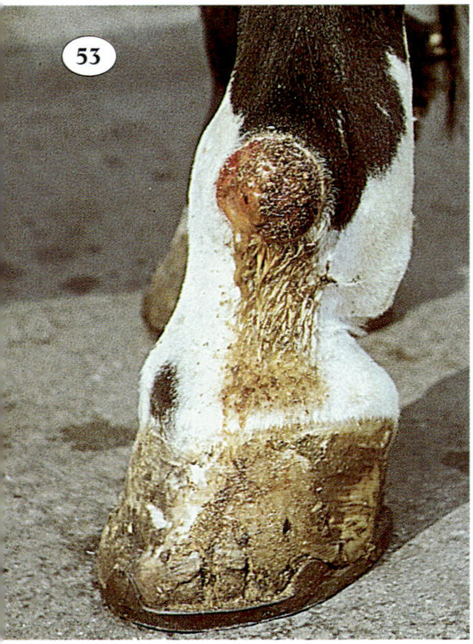
53

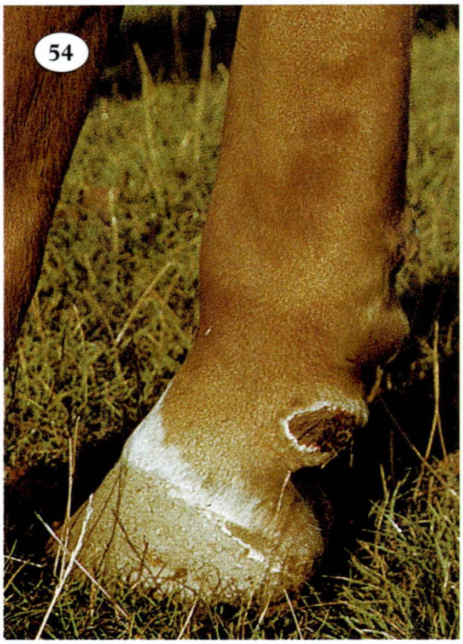
54

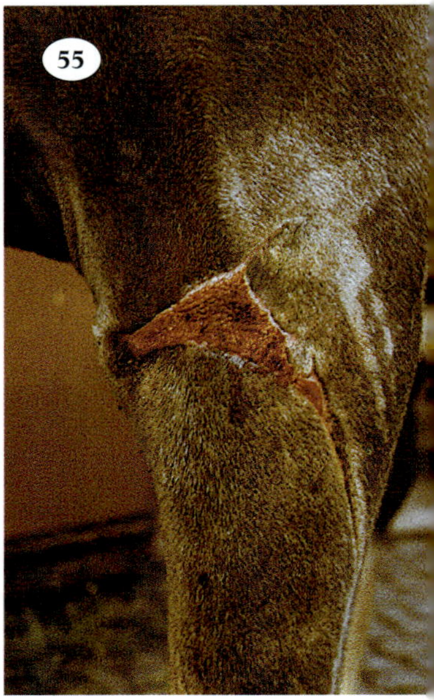
55

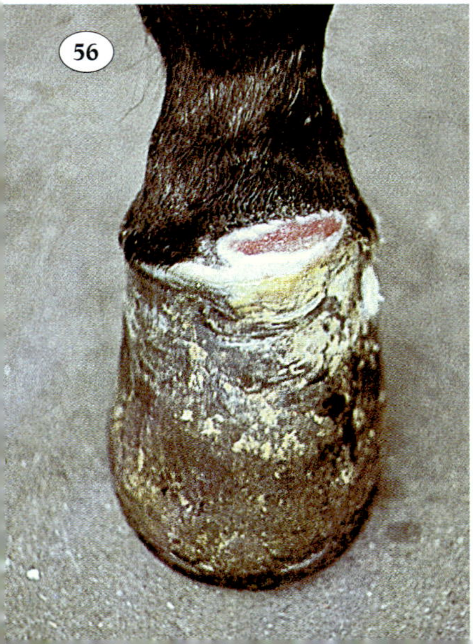
56

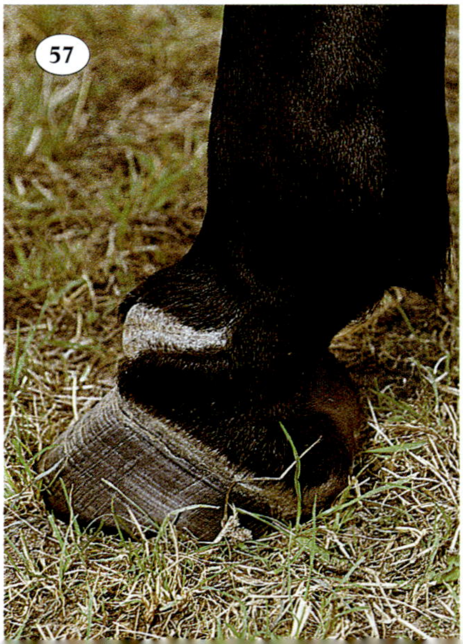
57

58

vor und ist entsprechend zu bezeichnen (z. B. Rappschecke, Fuchsschecke etc.).
→ **Tiger (Tiger).** Kennzeichnend ist das Vorhandensein von verschieden großen, meist rundlichen oder länglichen Flecken, die mehr oder weniger auf dem ganzen Körper verteilt sind. Die Tigerzeichnung kommt in allen Farben vor und ist entsprechend zu bezeichnen (z. B. Fuchstiger etc.).
→ **Palomino (Palomino).** Der Palomino hat eine Farbe wie frisch geputztes Gold, wobei hellere oder dunklere Schattierungen zulässig sind. Mähne und Schweif sind weiß.
→ **Appaloosa (Appaloosa).** Das Deckhaar ist weißgrau und mit einem Mosaik schwarzer oder brauner Flecken bedeckt.

Geburtsjahr
Wenn es keinen dokumentarischen Nachweis über das Geburtsjahr gibt, muß das Alter von einem Tierarzt nach den Zähnen geschätzt werden. Das ist zu vermerken. In der Beschreibung ist das Geburtsjahr und nicht das Alter anzugeben.

Widerristhöhe
Die Widerristhöhe ist der Abstand zwischen dem Boden und dem höchsten Punkt des Widerristes, gemessen in Zentimetern. Das Pferd muß bei der Messung beschlagen und völlig ausgewachsen sein. Die Widerristhöhe ist besonders bei Ponys wichtig. Deshalb müssen sie sorgfältig gemessen werden.

Unverwechselbare Kennzeichen

Diese Kennzeichen müssen entsprechend ihrer Lage auf der Körperoberfläche beschrieben und im Diagramm bildlich vorgestellt werden.

Wirbel. Haarwirbel sind Veränderungen im Haarmuster und können verschiedene Formen aufweisen – einfach, buschig, gefiedert oder gekrümmt. Ihre Lage muß eindeutig bestimmt sein. Am Kopf muß der Standort in bezug auf weiße Abzeichen, auf die Mittellinie des Nasenbeines, auf die Augenebene und auf jeden anderen Wirbel bestimmt werden, wenn sich zwei oder mehrere Wirbel in unmittelbarer Nähe befinden.

Wirbel am Kopf und am Mähnenkamm sind in der Beschreibung und im Diagramm bei allen Pferden anzugeben.

Wenn nur wenige oder keine weißen Abzeichen vorhanden sind, müssen die Wirbel am Kopf, an der Kehle, am Hals (besonders unter der Mähne), in der Drosselrinne, am Unterarm, an der Brust, am Bauch, in den Flanken (Kniefalte), auf der Kruppe, an den Hinterschenkeln und Hinterbeinen bis zu den Sprunggelenken angegeben werden. Wenn das Pferd nur wenige auffällige Abzeichen besitzt, ist die sorgfältige Angabe der Haarwirbel

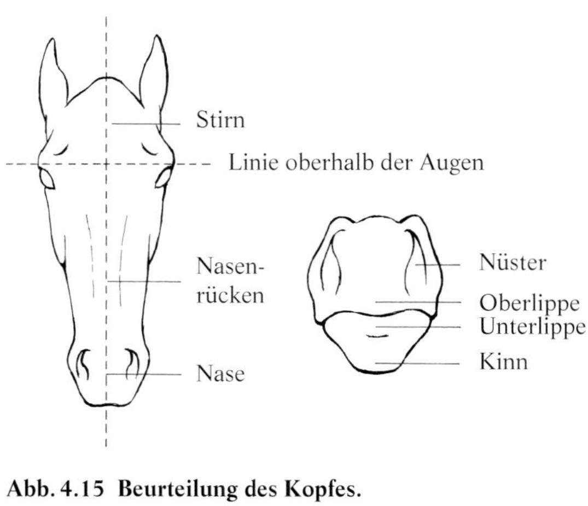

Abb. 4.15 Beurteilung des Kopfes.

F50 **Pigmentverlust** der Haut nach starker Druckschädigung durch einen unkorrekten Verband.
F51 **Infizierte Wunde.** Schmierige Oberfläche, geschwollene Wundumgebung.
F52 **Narbengeschwulst (Keloid).** Aus dem im Überschuß gebildeten Granulationsgewebe ist eine derbe Wucherung von Narbengewebe entstanden.
F53 **Eitrig infizierte Wunde,** vorgefallenes Granulationsgewebe, gestörte Wundheilung.
F54 **„Kettenhang".** Offene Verletzung in der Fesselbeuge, der weiße Wundrand deutet auf eine beginnende Epithelisierung hin.
F55 **Epithelisierende Wunde.** Gesundes Granulationsgewebe, von den Rändern ausgehende Überhäutung.
F56 **Kronenwunde,** oft durch Kronentritt verursacht. Die flache Wunde mit weißem Rand zeigt eine gute Heiltendenz.
F57 **Narbengeschwulst.** Folge einer vernachlässigten Wunde. Solche Veränderungen stellen nicht nur Schönheitsfehler dar, sie können auch die Beweglichkeit beeinträchtigen.
F58 **Zungenwunden** zeigen meist eine gute Heiltendenz.

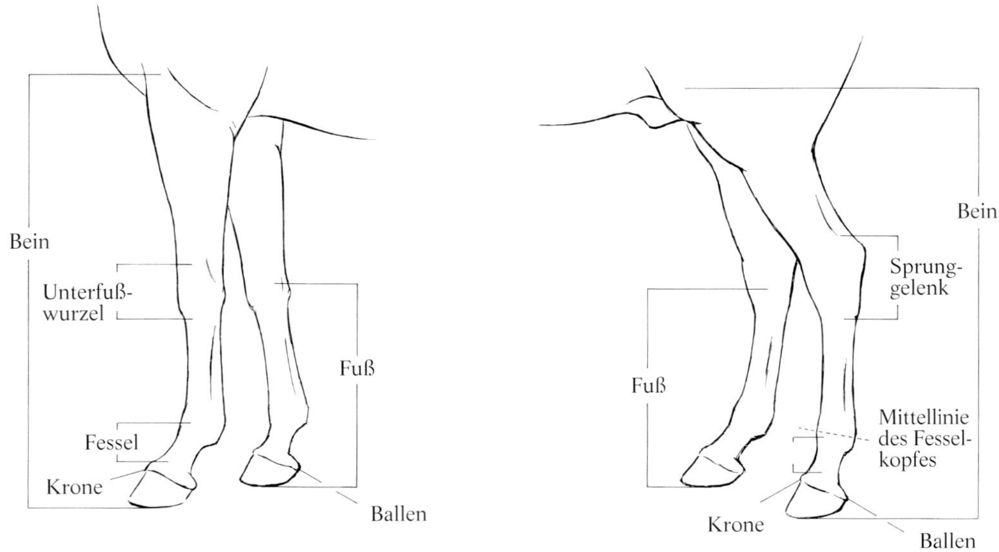

Abb. 4.16 Beurteilung der Gliedmaßen.

von besonderer Bedeutung. Ist das Pferd jedoch auffällig gezeichnet, genügt die Angabe der Wirbel an Kopf und Hals. Es müssen jedoch mindestens drei Wirbel genannt werden.

Weiße Abzeichen (w. Abz.). Alle weißen Abzeichen sind genauestens darzustellen. Ein weißes Abzeichen kann regelmäßig oder unregelmäßig sein. Es kann vollständig, zum Teil oder nur an den Rändern mit Haaren in der Farbe des Deckhaares durchsetzt sein (stichelhaarig). Ein weißes Abzeichen kann einen doppelten Rand aufweisen (schattiert sein), wobei sich am Rand des Abzeichens ein schwarzer Hautstreifen unter den weißen Haaren zeigt (dadurch erscheint dieser Bezirk blau).

Wenn das Pigment der Haut fehlt, wird ein Abzeichen als fleischfarben (flf.) bezeichnet.

Gefleckt (gfl.) ist ein Abzeichen, wenn es innerhalb der Fläche ein oder mehrere farbige Flecke aufweist.

Bei der Musterung der weißen Abzeichen beginnt man immer am Kopf und geht danach zu den Gliedmaßen und zu dem Rest des Körpers über.

Abzeichen am Kopf

Die Beschreibung der Abzeichen am Kopf sollte an der Stirn beginnen. Danach folgen Nasenbein, Maul, Lippen und Kinn. Die Abzeichen müssen hinsichtlich ihrer Lage zu den Wirbeln, zur Mittellinie des Nasenbeines und zur Augenebene klar beschrieben werden.

Stirnhaare (Sth.). Einzelne oder wenige (wg.), meist auf kleinem Raum verteilte weiße Haare auf der Stirn.

Flocke (Fl.). Kleines weißes Abzeichen auf der Stirn, etwa in Größe und Art einer Schneeflocke.

Stern (St.). Ein nach Größe und Form verschiedener weißer Fleck auf der Stirn, der über die Größe der Flocke hinausgeht (Normalmaß ca. 3,5 cm im Durchmesser), darüber hinaus Großer Stern (Gr. St.). Ein oben breiter, unten spitz auslaufender Stern wird als Keilstern (Kst.) bezeichnet und kann bis zur Mitte des Nasenrückens ziehen.

Strich (Str.). Ein meist strichförmiges, auf dem Nasenrücken verlaufendes weißes Abzeichen verschiedener Länge und geringer Breite. In vielen Fällen gehen Stern und Strich ineinander über und sollten als „Stern, in Strich übergehend" beschrieben werden. Ist kein Stern vorhanden, sollte genau angegeben werden, wo der Strich beginnt. Das Ende des Strich-Abzeichens und jede Abweichung in seiner Breite müssen vermerkt werden.

Blesse (Bl.). Ein auf der Stirn, meistens in Augenhöhle beginnendes und etwa bis auf die Höhe des oberen Nüsternrandes reichendes weißes Abzeichen verschiedener Form, Länge und Breite.

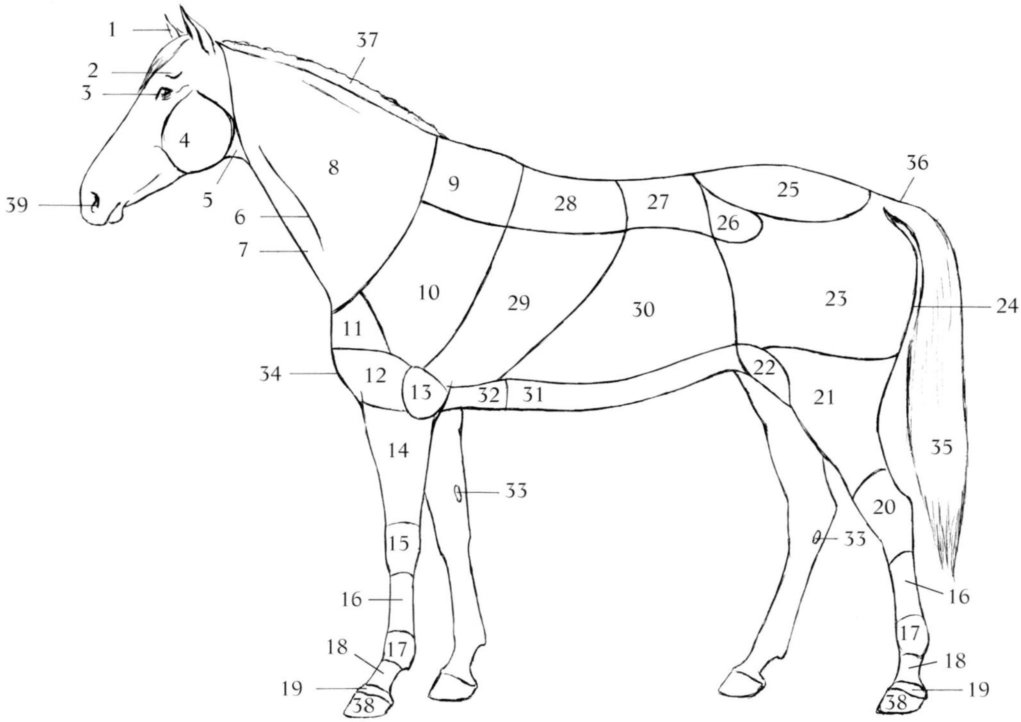

Abb. 4.17 Körperteile des Pferdes.
1) Ohren, 2) Augengrube, 3) Auge, 4) Backe, 5) Kehlgang, 6) Drosselrinne, 7) Unterhals, 8) Halsseite, 9) Widerrist, 10) Schulter, 11) Bugspitze, Schultergelenk, 12) Oberarm, 13) Ellenbogen, 14) Unterarm, 15) Vorderfußwurzel, 16) Mittelfuß, Röhrbein, 17) Fesselkopf, 18) Fessel, 19) Hufkrone, 20) Sprunggelenk, 21) Unterschenkel, 22) Kniegelenk, 23) Oberschenkel, 24) Hinterbacke, 25) Kruppe, 26) Hüfthöcker, 27) Lende, 28) Rücken, 29) Brustwand, 30), Flanke und Bauchwand, 31) Unterbauch 32), Unterbrust, 33) Kastanie, 34) Vorderbrust, 35) Schweif, 36) Schweifansatz, 37) Mähne, 38) Huf, 39) Nüster.

Durchgehende Blesse (dchg. Bl.). Eine Blesse, die bis auf den Rand der Oberlippe durchläuft, muß ausdrücklich als „Durchgehende Blesse" bezeichnet werden.
Schnippe (Schn.). Weißes oder fleischfarbenes Abzeichen verschiedener Größe und Form in der Gegend von Nüstern und Oberlippe.
Oberlippe bzw. Unterlippe weiß (Obl./Utl. w.). Bei nicht durchgehender Blesse müssen Abzeichen an der Oberlippe besonders angegeben werden. Desgleichen sind Abzeichen an der Unterlippe stets zu vermerken. Ist die Oberlippe bzw. Unterlippe in voller Breite weiß, so heißt die Bezeichnung: „Oberlippe bzw. Unterlippe weiß".
Ober- bzw. Unterlippe weiße(r) Fleck(e) (Obl./Utl. w. Fleck[e]). Hat die Oberlippe bzw. Unterlippe einen oder mehrere weiße Flecke, so ist anzugeben: „Oberlippe (Unterlippe) weißer Fleck bzw. weiße Flecke".
Krötenmaul (Krötenmaul). Ist das ganze Maul rosafarben und gefleckt, so bezeichnet man dies als „Krötenmaul".
Milchmaul (Milchmaul). Die Haare des ganzen Maules sind rein weiß.
Laterne (Laterne). Sehr breites, mindestens bis auf die Augenbogen und die Nüstern reichendes weißes Abzeichen, meist sind beide Augen weiß umschlossen und Glasaugen vorhanden, die gesondert anzugeben sind.

Abzeichen an den Gliedmaßen

Die Beschreibung der Abzeichen an den Gliedmaßen ist nach einer logischen Reihenfolge vorzunehmen. Sie beginnt immer mit dem linken Vorder-

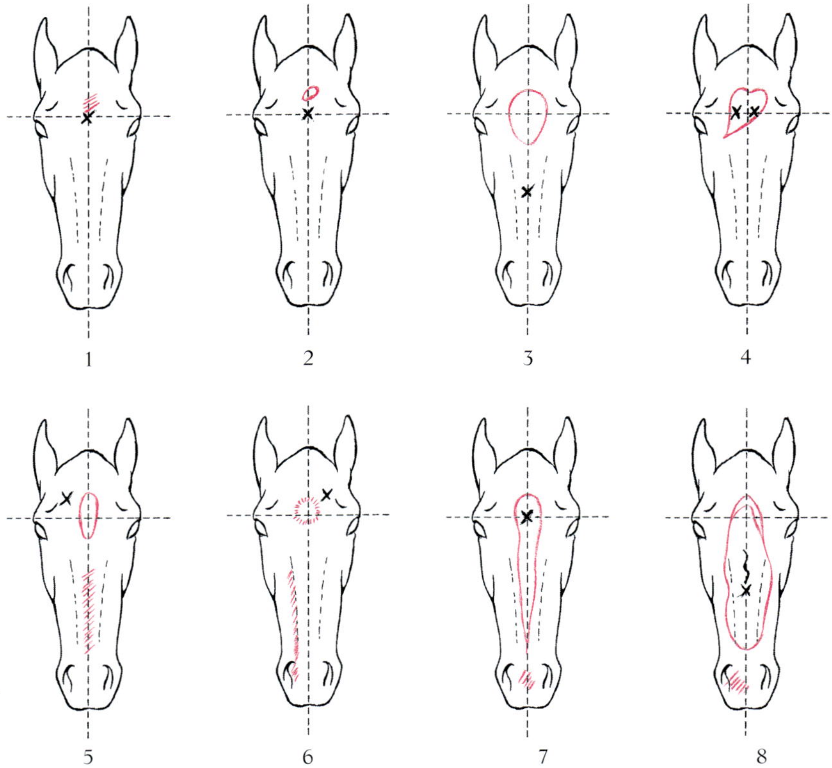

Abb. 4.18 Kennzeichnung nach den Merkmalen am Kopf.
1) Wenige Stirnhaare über einem Haarwirbel in der Mitte der oberen Augenebene.
2) Haarwirbel in der Mitte der oberen Augenebene, darüber ein kleiner ovaler Stern.
3) Haarwirbel in der Mitte der Nase, darüber großer eiförmiger Stern.
4) Herzförmiger Stern, der mit der Spitze nach rechts zeigt. Er enthält rechts und links auf der oberen Augenebene je einen Haarwirbel.
5) Haarwirbel rechts neben der Mittellinie über der oberen Augenebene. Zentraler langer Stern links vom Haarwirbel, der sich bis zur unteren Augenebene ausdehnt. Stichelhaare auf dem unteren Teil des Nasenrückens.
6) Haarwirbel links der Mittellinie der oberen Augenebene. Darunter zentraler, unregelmäßiger (gezahnter) Stern. Langer stichelhaariger Strich auf der rechten Seite des Nasenrückens, der sich bis zum Nasenflügel der rechten Nüster ausdehnt.
7) Stern, der in der Mitte der oberen Augenebene einen Haarwirbel enthält und spitz auslaufende, bis zum Ende des Nasenrückens reichende Strichblesse, zwischen den Nüstern Stichelhaare.
8) Länglicher, gerändeter Stern, der mit einer bis zur Nasenspitze reichende Blesse verbunden ist und in der Mitte des Nasenrückens einen Haarwirbel enthält, der gefiedert fast bis zur unteren Augenebene reicht. Stichelhaarige Schnippe zwischen den Nüstern, die unpigmentiert bis in die rechte Nüster reicht.

Abb. 4.19 Kennzeichnung nach den Merkmalen an den Extremitäten.
1) LV weiß bis zur Mitte des Mittelfußes.
RV weißer Fleck am inneren Ballen.
LH weißer Fleck am äußeren Ballen.
RH nichts.
2) LV weiß bis zur Mitte des Fesselgelenkes, unpigmentiertes Abzeichen am Ballen.
RV Mittelfuß $^{3}/_{4}$ weiß.
LH weiß bis zur äußeren Seite des Fesselgelenkes, innen mit einer Spitze bis zur Mitte des Mittelfußes reichend, schwarze Flecken innen am Fesselkopf und an der Fessel.
RH nichts.
3) LV weiß bis zur Mitte der Fessel.
RV weiß bis zur Mitte des Fesselkopfes, gezahnt.
LH nichts.
RH weiße Krone und Ballen.
4) LV nichts.
RV weißer Mittelfuß mit einer Spitze die Vorderseite des Karpalgelenkes einschließend.
LH nichts.
RH gezahnt weiß bis zum Sprunggelenk, schwarzer Fleck innen am Fesselkopf.

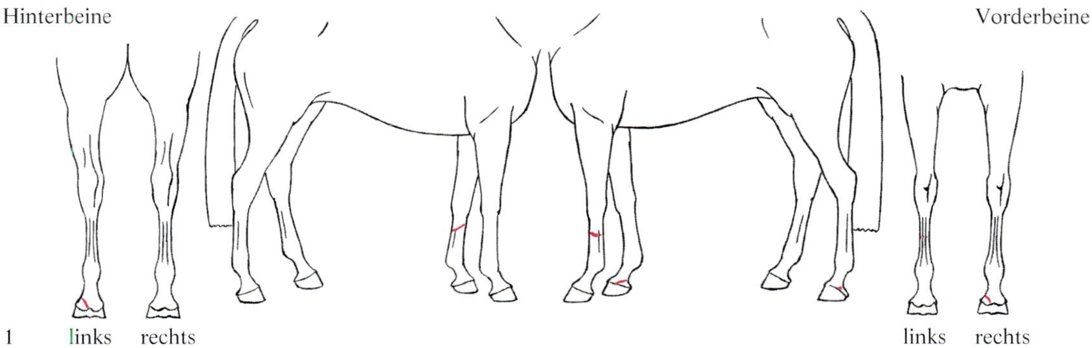
Hinterbeine
Vorderbeine
links
rechts
links
rechts

1

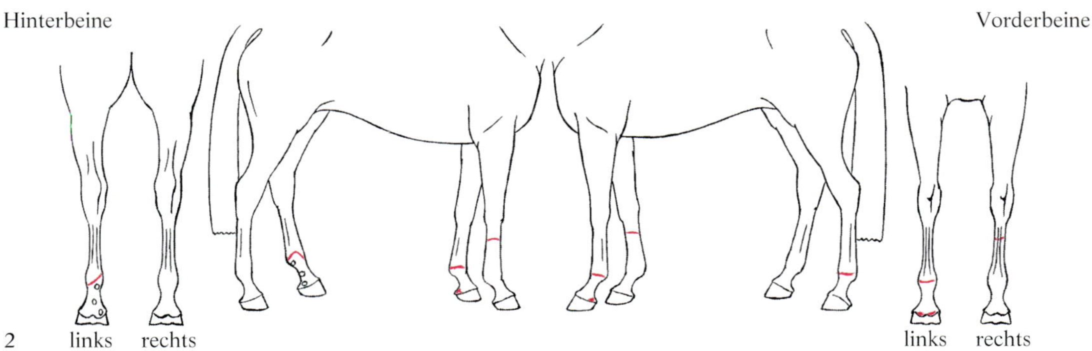
Hinterbeine
Vorderbeine
links
rechts
links
rechts

2

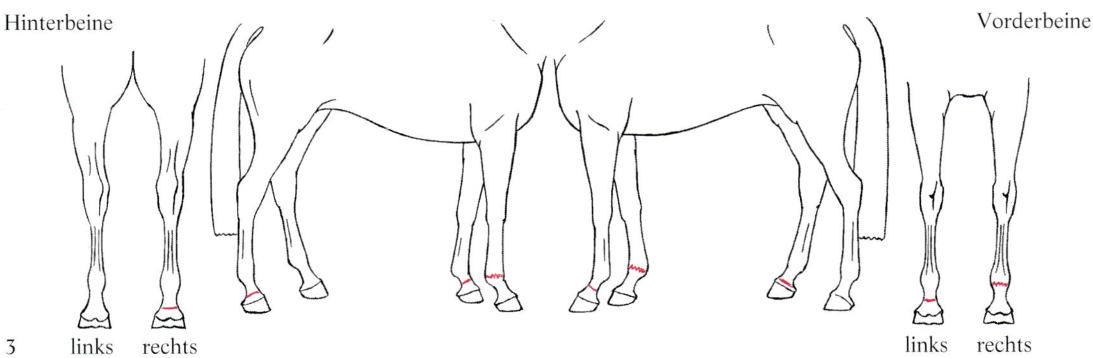
Hinterbeine
Vorderbeine
links
rechts
links
rechts

3

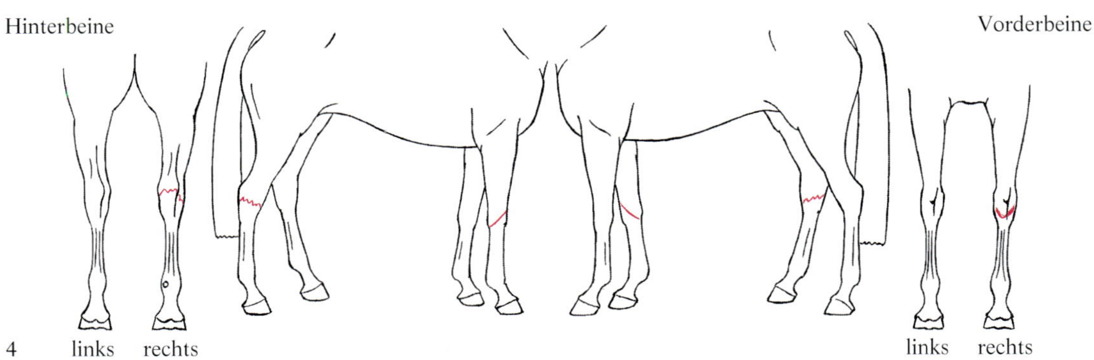
Hinterbeine
Vorderbeine
links
rechts
links
rechts

4

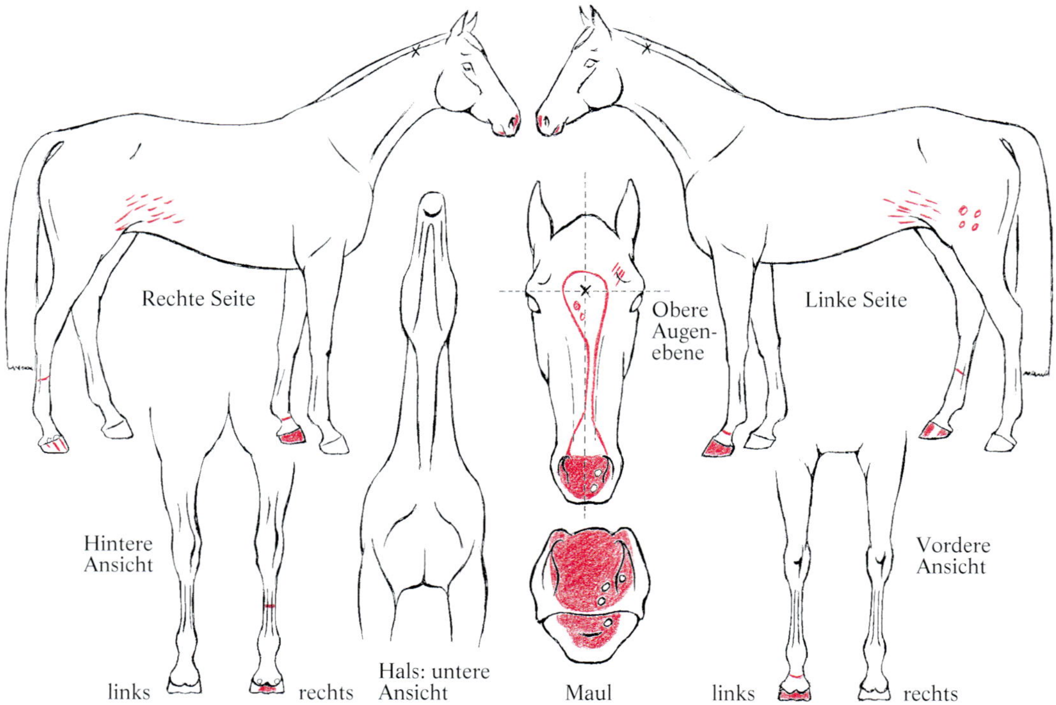

Abb. 4.20 Fuchsstute.
Kopf: Mittlerer Haarwirbel auf der oberen Augenebene in einem langen runden Stern, der sich auf dem linken Nasenrücken als Strichblesse fortsetzt, sich an der Nasenspitze verbreitert und als großes, unpigmentiertes Abzeichen endet, das in beide Nüstern reicht. Schwarze Flecken am Maul links und schwarzer Fleck an der linken Oberlippe. Großes unpigmentiertes Abzeichen an der Unterlippe und links am Kinn ein schwarzer Fleck, Stichelhaare an der linken oberen Augengrube.
VL Fessel bis zur Mitte weiß.
VR nichts.
HL nichts.
HR Mittelfuß bis zur Mitte weiß, schwarze Kronflecken.
Körper: Stichelhaare an den Flanken, linker Hinterschenkel gefleckt. Im vorderen Drittel des Mähnenkammes beiderseits ein Haarwirbel.

bein, gefolgt vom rechten Vorderbein, linkem Hinterbein und rechtem Hinterbein. Auch das Fehlen von Abzeichen ist zu vermerken.

Weiße Abzeichen an den Beinen. Alle weißen Abzeichen an den Beinen sind unter präziser Angabe der oberen Begrenzung zu bestimmen. Dabei sind anatomische Gesichtspunkte zu beachten. Die Verwendung von „gestiefelt“ und „gefesselt“ ist nicht zulässig.
Beispiele:

- Krone weiß – vorn
- Fessel weiß – außen
- Fuß weiß – innen
- Fuß ein Drittel weiß
- Fuß weiß bis zum Karpalgelenk
- Fuß weiß bis zum Sprunggelenk

Farbige Flecken in weißen Abzeichen. Farbige Flecken in weißen Abzeichen sind zu vermerken. Schwarze Abzeichen in einer weißen Krone werden als Kronenflecke (Krfleck[e]) bezeichnet.

Hufe. Alle Abweichungen im Hufpigment sind einzutragen, besonders wenn das Pferd keine weiteren Unterscheidungsmerkmale aufweist.

Als Krone (Kr.) bezeichnet man den Teil des Fußes, der von der Hufkrone in die behaarte Haut übergeht mit einer Höchstbreite von 3 Zentimetern.

Als Ballen (Bn.) werden die hinteren Kronenteile unter der Fesselbeuge bezeichnet mit der Einteilung in äußeren und inneren Ballen und der dazwischen liegenden Ballengrube.

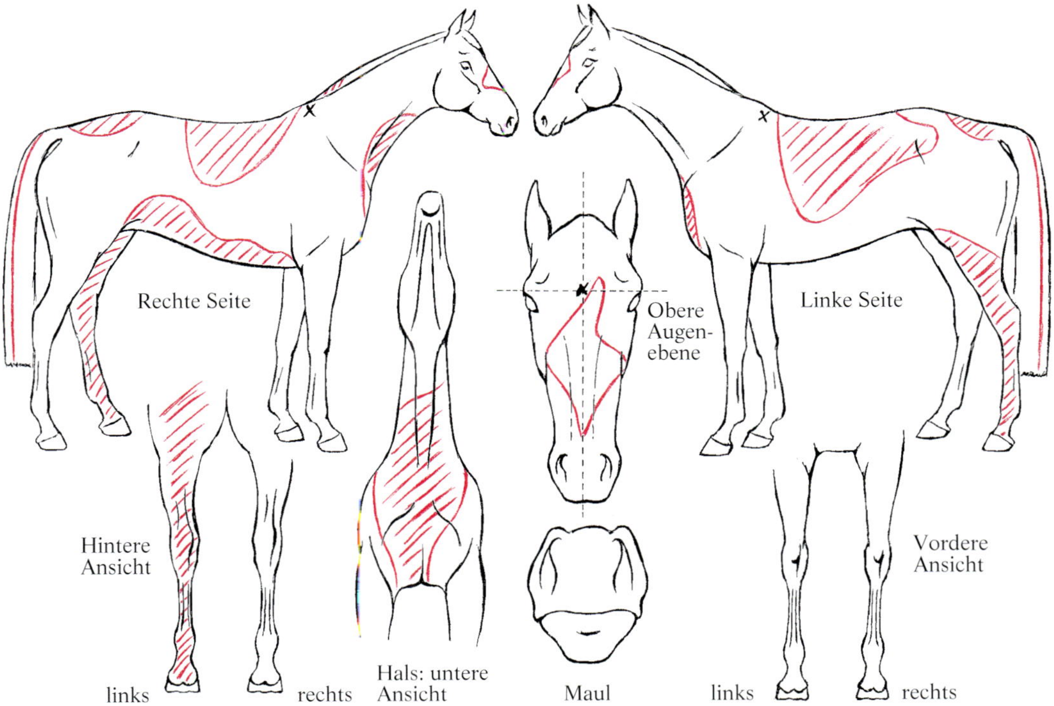

Abb. 4.21 Schwarzscheckenwallach.
Kopf: Mittlerer Haarwirbel auf der oberen Augenebene außerhalb eines ausgedehnten Sterns, der sich links bis zur oberen Augengrube ausdehnt, verbunden mit einem weißen Gesicht, das in einem Punkt auf der Nasenspitze endet.
VL nichts.
VR nichts.
HL weiß bis zum Hinterschenkel.
HR nichts.
Körper: Weißer Fleck auf der Kruppe, verbunden mit einem melierten Schweif, weißer Bauch und weiße Brust, weißer Sattelfleck, weiße Mähne im hinteren Viertel. Haarwirbel auf jeder Seite des Widerristes.

Als Fessel (Fsl.) ist der Teil des Fußes zu bezeichnen, der von der Mitte des Fesselkopfes (Fesselgelenkspalt) bis zur Hufkrone reicht. Hierbei kann ein Abzeichen die Fesselkopfmitte bis zu 3 cm nach oben überschreiten als „Fessel hoch weiß" (Fsl. hoch w.). Als „Fessel halb weiß" (Fsl. halb w.) wird ein in der Fesselbeuge auslaufendes Abzeichen bezeichnet. Als Fuß (F.) ist der Teil des Beines zu bezeichnen, der unterhalb des Vorderfußwurzel- bzw. Sprunggelenkes liegt und bis zur Hufkrone reicht. Auch hier ist entsprechend der Ausdehnung des Abzeichens in „Fuß halb weiß" oder „hoch weiß" zu unterscheiden.

Als Bein (B.) wird die gesamte Gliedmaße ab Rumpfansatz bezeichnet, wobei eine Unterteilung in „Bein weiß" und „hoch weiß" möglich ist. Werden die Bezeichnungen „Bein" oder „Fuß" ohne das Vorzeichen Vorder- oder Hinter- aufgeschrieben, so dürfen sie nicht abgekürzt werden. Sind die Abzeichen an mehreren Gliedmaßen gleich, so können diese Gliedmaßen zusammen beschrieben werden, z. B. beide Vorderfesseln unregelmäßig weiß (bd. Vfsl. unreg. w.). Die zu beschreibenden Abzeichen sind mit Angaben über die Gleichmäßigkeit und die Farbübergänge der Abzeichen zur Grundfarbe zu ergänzen wie beispielsweise unregelmäßig, stichelhaarig, schattiert oder gefleckt.

Abzeichen am Körper
Alle weißen Abzeichen und jedes andere Merkmal sind in bezug auf ihre anatomische Lage darzustellen, z. B. bleibende Merkmale wie Narben, Druck-

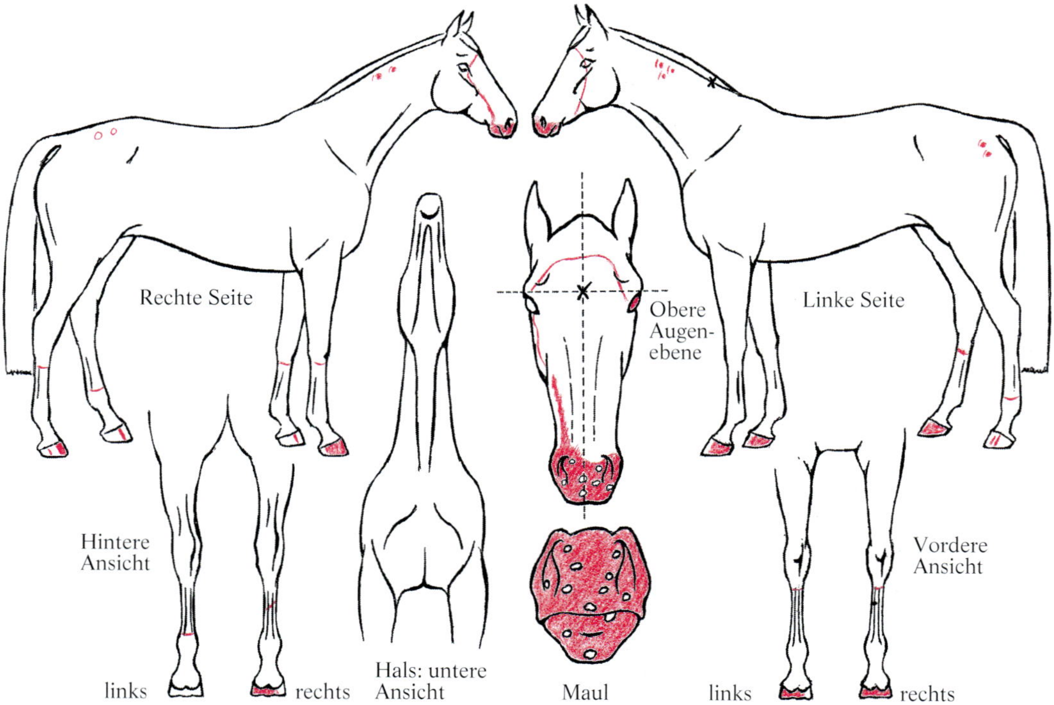
Rechte Seite
Linke Seite
Obere Augen-ebene
Hintere Ansicht
Vordere Ansicht
links
rechts
Hals: untere Ansicht
Maul
links
rechts

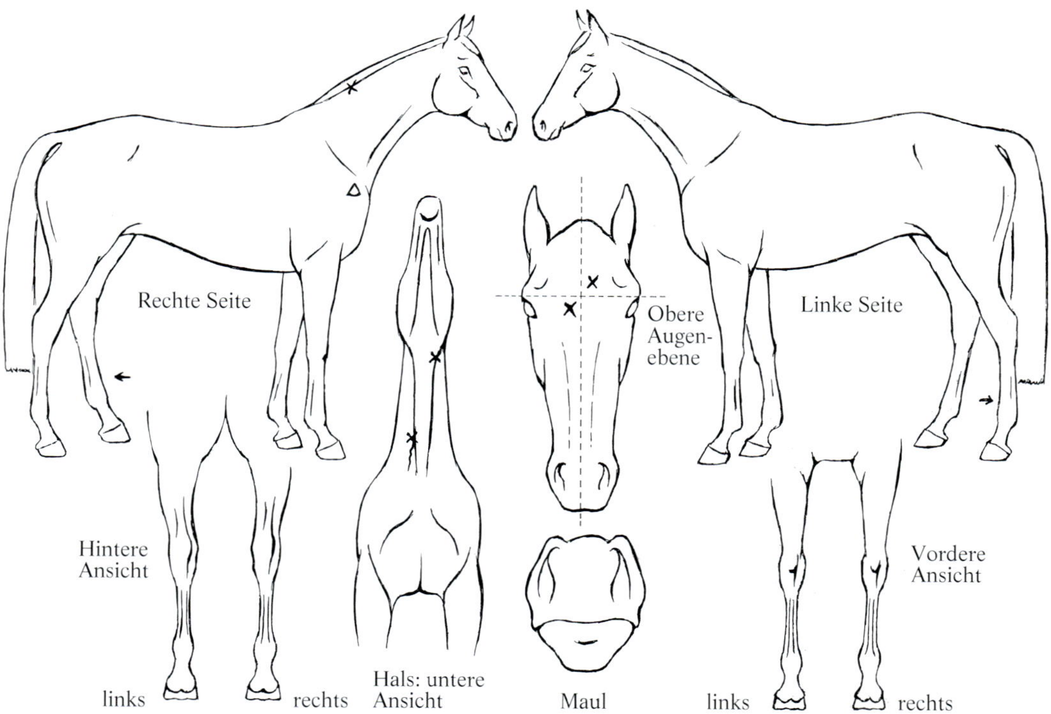
Rechte Seite
Linke Seite
Obere Augen-ebene
Hintere Ansicht
Vordere Ansicht
links
rechts
Hals: untere Ansicht
Maul
links
rechts

Linke Seite oben: Abb. 4.22 Schimmelwallach.
Kopf: Weiße Stirn mit einem Haarwirbel auf der oberen Augenebene, die mit einer Blesse verbunden ist, links mehr melliert, am rechten Rand mit einem großen, schwarz gefleckten, unpigmentierten Abzeichen endend, welches das Maul und die Unter- sowie Oberlippe einschließt. Glasauge links.
VL weiß bis zum Karpalgelenk.
VR weiß bis zum Karpalgelenk.
HL weiß bis über das Fesselgelenk.
HR $^3/_4$ des Mittelfußes weiß, innen gezahnt.
Körper: Einige kleine unpigmentierte Abzeichen am Hals und an der Kruppe, Haarwirbel im hinteren Drittel des Mähnenkammes.

Linke Seite unten; Abb. 4.23 Brauner Wallach.
Kopf: Haarwirbel links der Mittellinie über der oberen Augenebene. Ein 2. Haarwirbel diagonal darunter rechts von der Mittellinie unter der oberen Augenebene, helles Maul.
VL nichts.
VR nichts.
HL Narbe am Mittelfuß.
HR nichts.
Körper: Haarwirbel im hinteren Drittel des Mähnenkammes, Haarwirbel links an der Kehle, gewundener, gefiedert auslaufender Haarwirbel rechts im mittleren Halsbereich der Luftröhre, Lanzenstoß am rechten Buggelenk.

stellen von Sattel, Zaumzeug, Kummet, Sattelgurt, anderen Geschirrteilen, Bandagen usw.

Besonderheiten am Kopf

- Glasauge, Fischauge. Dieser Begriff wird ausschließlich bei Pigmentmangel in der Iris verwendet. Dabei kann das Pigment teilweise oder vollständig fehlen. Das Auge erhält dadurch ein rötlich-weißes oder bläulich-weißes Aussehen. Auch alle anderen wichtigen Varianten sollten angegeben werden.
- Verlust eines Auges;
- Zahnanomalien, z. B. das Fehlen eines Schneidezahnes durch Unfall oder einen Defekt in der Zahnentwicklung;
- Überbeißer (Vorstehen des Oberkiefers);
- Bammelohr;
- eingedelltes Nasenbein;
- ungewöhnliche Farbe des Maules.

Besonderheiten des Haarkleides

- Stichelhaare, wenn weiße Haare sparsam über das ganze Fell oder über einen Teil des Körpers verteilt sind.
- Gesprenkelt, wenn kleine Ansammlungen weißer Haare unregelmäßig auf dem Körper verteilt sind. Der Grad kann mit stark oder leicht gesprenkelt angegeben werden. Schwarze oder dunkle Abzeichen werden kleine Stellen schwarzer oder dunkler Haare inmitten einer sonst helleren Körperfarbe genannt. Bei fuchsfarbenen Pferden bezeichnet man sie als Edel- oder Kohlflecken.
- Tupfer (kleine Flecke) sind kleine, mehr oder weniger runde Ansammlungen von Haaren, die sich von der allgemeinen Körperfarbe unterscheiden und an verschiedenen Stellen des Körpers auftreten. Lage und Farbe müssen bezeichnet werden. Beim Vorkommen einer Vielzahl solcher kleiner Flecken spricht man von „getigert".
- Fleck. Diese Bezeichnung gilt für jedes größere, gut abgegrenzte Gebiet von Haaren, das sich von der allgemeinen Körperfarbe unterscheidet und nicht von den bereits genannten Definitionen erfaßt worden ist. Farbe, Gestalt, Ausdehnung und Lage müssen beschrieben werden.
- Zebrastreifen: So werden dunkle und schwarze Streifen an den Gliedmaßen, am Hals oder am Hinterbein genannt.
- Schulterkreuz (Widerriststreifen) ist ein dunkler oder schwarzer Streifen über Widerrist und Schultern.
- Aalstrich ist ein Streifen von schwarzen Haaren längs der Wirbelsäule, der sich vom Widerrist bis zum Schweif erstreckt.

Weitere Besonderheiten

Als weitere Besonderheiten sind zu erwähnen:

- Muskeldellen (Lanzenstoß), die sich gewöhnlich am Hals, an der Brust oder am Buggelenk befinden.
- Brandzeichen, Kaltbrände, Tätowierungen oder Narben.
- Das Auftreten von Haaren verschiedener Farben an Mähne und Schweif muß besonders bei Schecken vermerkt werden.

Informationen, die das Pferd benachteiligen können, z. B. über krankhafte Veränderungen, sind nur dann in der Beschreibung und im Diagramm zu erfassen, wenn sie für die Identifizierung des Pferdes notwendig sind.

Diagramm

Allgemeines. Das Diagramm (Umrißzeichnung) muß mit einem roten und einem schwarzen Kugelschreiber ausgefüllt werden. Blaue Farbe darf nicht verwendet werden, weil sie für die Herstellung von Fotokopien ungeeignet ist. Tinten, die auslaufen (z. B. Filzstifte, Füllhalter) sind zu vermeiden, weil das Diagramm zerstört werden kann, wenn es naß wird. Farbstifte, die radiert werden können, dürfen nicht benutzt werden. Der verwendete Kugelschreiber muß eine breite Spitze besitzen.
Verfahren. Zunächst ist die Beschreibung mit einem schwarzen Kugelschreiber auszuführen. Danach ist das Diagramm mit allen Unterscheidungsmerkmalen zu zeichnen. Man beginnt mit dem Kopf, fährt in der Beschreibung mit den Gliedmaßen fort und kommt danach zum Körper. Diagramme und Beschreibung müssen übereinstimmen. Abschließend ist sorgfältig zu kontrollieren, daß alle Seitenangaben (rechts und links) im Pferdepaß stimmen und keine Doppelsinnigkeit besteht.

Roter Kugelschreiber. Alles, was am Pferd weiß erscheint, muß im Diagramm rot gezeichnet werden.
Weiße Abzeichen. Von weißen Abzeichen müssen die Umrisse, einschließlich aller Unregelmäßigkeiten, klar eingezeichnet werden. Auf Schraffierung ist möglichst zu verzichten, sie darf ausschließlich dort benutzt werden, wo sie extra vorgeschrieben ist.
Schattierte Abzeichen. Ein schattiertes Abzeichen hat eine genau begrenzte Außenlinie, die bläulich erscheint und der schwarzen Haut unter den weißen Haaren entspricht. Schattierte Abzeichen werden durch eine Doppellinie dargestellt.
Melierte Abzeichen. Melierte Haare (gemischtes Haar) sind durch Schraffierung anzuzeigen.
Stichelhaare (wenige weiße Haare). Stichelhaare oder ein grau gesprenkelter Bezirk ist durch einzelne kurze Striche zu kennzeichnen.
Unpigmentierte (fleischfarbene) Bezirke. Unpigmentierte Bezirke, wie fleischfarbene Abzeichen, Glasaugen oder Streifen an den Hufen, werden völlig durchgehend rot gezeichnet.
Weiße Flecken. Große weiße Flecken bei Schwarz- oder Braunschecken müssen schraffiert dargestellt werden, um sie von anderen Flecken unterscheiden zu können.
Verschiedenes
- Einzelne weiße Haare in Mähne oder Schweif sind durch rote Linien anzudeuten.
- Bleibende weiße Abzeichen, die durch Wunden, Frostbrand, Operationen usw. verursacht worden sind, müssen im Diagramm wie andere weiße Abzeichen (s. o.) dargestellt werden.

Schwarzer Kugelschreiber. Alles, was am Pferd nicht weiß erscheint, muß im Diagramm schwarz gezeichnet werden.
Haarwirbel. Haarwirbel sind durch ein „×“ zu bezeichnen. Wenn der Wirbel länglich ausläuft, ist dies mit einer vom Wirbel ausgehenden Schlängellinie anzuzeigen. Sehr wichtig ist die genaue Lage des Wirbels.
Kleine schwarze Flecken und Abzeichen. Bei kleinen schwarzen Flecken und Abzeichen im Fell oder innerhalb eines weißen Abzeichens oder einer unpigmentierten Stelle müssen die Umrisse schwarz dargestellt werden, eine Schraffierung darf nicht verwendet werden.
Narben. Narben, die durch Operationen, Behandlungen oder Unfälle entstanden sind, müssen durch außerhalb des Diagramms befindliche Pfeile gekennzeichnet werden, deren Spitze auf den Sitz der Narbe gerichtet sind.
Brandzeichen. Brandzeichen sind darzustellen. Wenn die Form des Brandzeichens nicht erkennbar ist, muß das Brandzeichen als Narbe betrachtet werden und ist durch einen Pfeil zu kennzeichnen.
Muskeldelle (Lanzenstoß). Eine Muskeldelle wird durch ein kleines Dreieck angegeben.
Zebrastreifung. Zebrastreifen, Schulterkreuz und Aalstrich werden mit dicken schwarzen Linien abgebildet.
Kastanien. Die Umrisse der Kastanien müssen bei allen Pferden nachgezeichnet werden, die keine Abzeichen besitzen und drei oder weniger Wirbel aufweisen. Die Form einer Kastanie muß im Umriß und in Relation zur Senkrechten angegeben werden. Kastanien können auch aus einer Entfernung von 50 cm fotografiert werden.

5 Infektionskrankheiten

Ansteckende Erkrankungen sind im Pferdesport von außerordentlicher Bedeutung. Sie gefährden nicht nur das Einzeltier, sondern bedrohen ganze Bestände. Dadurch wird häufig die Teilnahme an Leistungsprüfungen verhindert oder die Durchführung von Sportveranstaltungen in Frage gestellt. Die besondere Gefahr liegt in der vielfältigen Kontaktaufnahme der Pferde, die mit der Beteiligung an Sportveranstaltungen im In- und Ausland verbunden ist. Die Pferde unterliegen außerdem durch Transport- und Wettkampfbelastung sowie wegen der oft provisorischen Unterbringungsbedingungen einem hohen Infektionsdruck. Durch Sperrmaßnahmen und Isolation kann dieser Gefahr nicht begegnet werden, weil Pferdeleistungsprüfungen ohne häufigen Standortwechsel nicht möglich sind.

Die Verhinderung der Übertragung von ansteckenden Erkrankungen besitzt deshalb im Pferdesport ein besonderes Gewicht. Dabei geht es einmal um die konsequente Beachtung veterinärhygienischer Bestimmungen in der Haltung von Pferden sowie der Durchführung von Veranstaltungen, zum anderen aber auch um maximale Durchsetzung vorbeugender Impfmaßnahmen. Erfolge in diesem Bemühen bewahren nicht nur unsere Pferde vor Schaden, sie schützen auch unsere Tierbestände in der Landwirtschaft und uns selbst.

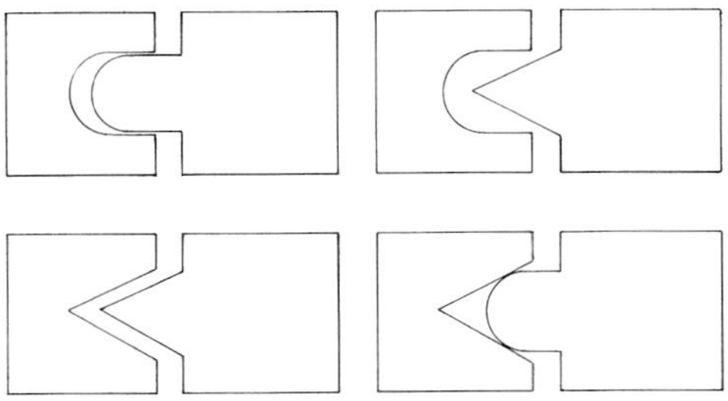

Abb. 5.1 Schema der Wirkungsweise von Antikörpern. Nur wenn Antigen und Antikörper wie Schlüssel und Schloß zusammenpassen, erfolgt eine Schutzfunktion (linke Hälfte).

Ansteckende Krankheiten werden durch Kleinstlebewesen verursacht, die aktiv oder passiv in den Körper eindringen, sich dort vermehren und ihn schädigen **(Infektion)**. Im allgemeinen handelt es sich um Bakterien, Viren und Parasiten. Nach überstandener Krankheit bleibt ein mehr oder weniger langer Schutz gegen diesen Erreger zurück **(Immunität)**. Dieser Schutz kann auch durch die Verabreichung von Impfstoffen erreicht werden, die eine Bildung von Abwehrstoffen im Körper (Antikörper) bewirken. Sie wirken allerdings nur ganz gezielt auf bestimmte Erreger (Antigene), d. h. ein Schutz tritt nur gegen die Keime ein, für die spezifische Abwehrstoffe gebildet worden sind (Antigen-Antikörper-Reaktion, Abb. 5.1.).

Dieses Wirkungsprinzip liegt auch den Schutzimpfungen zugrunde. Von einer aktiven Immunisierung spricht man, wenn abgeschwächte oder abgetötete Erreger verabreicht werden und der Körper seine Abwehr selbst ausbildet. Bei passiver Immunisierung werden außerhalb des Tieres produzierte Abwehrstoffe (Antikörper) verabreicht.

Neben diesen spezifischen Abwehrstoffen gibt es aber auch unspezifische (z. B. Paraimmunitätsinducer), die geeignet sind, die Widerstandskraft allgemein zu heben.

Viruskrankheiten

Pferdepocken

→ **Begriffsbestimmung.** Pferdepocken kommen in Form eines örtlichen, gutartigen, pustel- und bläschenartigen Ausschlages der Haut, eventuell der Schleimhaut vor.

→ **Ursachen.** Die Ursachen für Pferdepocken sind Viren, die sich in der Haut und in der Schleimhaut vermehren. Die Übertragung geschieht von Tier zu Tier oder über das Stallpersonal. Bei der mikroskopischen Untersuchung kann man bestimmte Zelleinschlüsse, die Paschenschen Körperchen finden.

Sie gelten als sicherer Nachweis für eine Pockenerkrankung.

→ **Erscheinungsbild.** Im Bereich der Fesselbeuge ähnelt die Krankheit einer nässenden Mauke. Das vorangehende Pustel- und Bläschenstadium bleibt meist unter dem Haarkleid verborgen. Erst wenn die Bläschen platzen und durch zusätzliche Besiedlung mit Eitererregern schmierige Beläge und Hautschwellungen entstehen, fällt die Krankheit auf. Die Pferde zeigen dabei eine geringgradige Stützbeinlahmheit.

Seltener findet man die Pferdepockeninfektion an der Maul- oder Nasenschleimhaut. Die Bläschen und Pusteln sind dann an den Lippen, der Backenschleimhaut, der Zunge und am harten Gaumen zu sehen. Wenn sie platzen, hinterlassen sie kreisrunde Defekte. Die Pferde speicheln viel und fressen vorsichtig. In den ersten 2 bis 3 Tagen besteht eine geringgradige Erhöhung der Körpertemperatur. Bei Fohlen kann allerdings mitunter auch ein langanhaltendes Fieber auftreten.

→ **Behandlung.** Die Heilungsaussichten sind bei erwachsenen Pferden stets günstig. Bei Fohlen kann die Erkrankung in Einzelfällen bei langanhaltendem Fieber zum Tode führen. Im Bereich der Fesselbeuge empfehlen sich zur Behandlung der Hauterkrankung austrocknende und desinfizierende Salben. Nützlich sind auch antibiotika- und sulfonamidhaltige Puder. Bei Erkrankungen der Maulhöhle sind Spülungen mit Wasserstoffsuperoxid (1%ig) und Kaliumpermanganatlösung (0,1–1%ig) angezeigt. Kleinere Schleimhautwunden werden mit Myrrhentinktur betupft. Zur Kauerleichterung empfiehlt sich die Verabreichung von Weich- oder frischem Grünfutter.

Virusinfektionen der Atmungsorgane

→ **Begriffsbestimmung.** Nach wie vor sind die Virusinfektionen der Atmungsorgane die verbreitetsten und bedeutungsvollsten Infektionskrankheiten. Als wichtigste Erreger wurden in den letzten Jahren Influenza- und Rhinopneumonitisviren gefunden. Es empfiehlt sich daher, an Stelle der zum Teil verwirrenden älteren Bezeichnungen, z. B. Viruskatarrh der Luftwege, seuchenhafter Husten, Hoppegartener Husten, infektiöse Bronchitis, Pferdegrippe usw., soweit wie möglich die auf die Ursache hinweisenden Krankheitsbezeichnungen Influenza und Rhinopneumonitis zu verwenden. Nutzlos sind Krankheitsnamen, die auf das betroffene Organ oder auf bestimmte Erscheinungen, wie ansteckende Kehlkopf-Luftröhrenentzündungen oder Bronchialkatarrh, hindeuten. Ein und dasselbe Virus kann nämlich unterschiedliche Krankheitsbilder verursachen und umgekehrt können gleiche Krankheitserscheinungen durch verschiedene Viren hervorgerufen werden. Da neben den genannten Erregern auch noch andere Viren, z. B. Rhino-, Reo-Parainfluenzaviren sowie andere Mikroorganismen eine Rolle spielen können, sollte man sich bei nicht geklärter Ursache auf den Sammelbegriff ansteckender Katarrh der Luftwege beschränken.

Pferdeinfluenza

→ **Ursachen.** Als Erreger gelten *Orthomyxovirus influenza* A *Equi* 1 und das *Orthomyxovirus influenza* A *Equi* 2. Das Virus befindet sich im Nasenschleim infizierter Pferde und kann hier bereits im Inkubationsstadium nachgewiesen werden. Das bedeutet, daß die Erkrankung schon ohne erkennbare Erscheinungen übertragbar ist. Die rasche, oft sogar explosionsartige Verbreitung in einem Bestand erklärt sich dadurch, daß hustende Pferde das Virus mit der Atemluft verbreiten. Zur Infektion genügt aber auch der Kontakt von Tier zu Tier. Vieles spricht dafürt, daß auch Reitbahnen, Transportautos, Stallgeräte usw. bei der Übertragung eine Rolle spielen. Die Bedeutung des Menschen als Zwischenträger scheint gering zu sein.

→ **Erscheinungsbild.** Die Inkubationszeit ist nach klinischen Beobachtungen kurz, oft nur 24 bis 36 Stunden, meist 2 bis 5 Tage. Es erkranken Pferde jeden Alters und jeder Rasse. Krankheitsbild und Verlauf sind zwar nicht einheitlich, in der Regel besteht aber ein Anfangsfieber von 1 bis 4 Tagen, dem nicht selten kurzfristige weitere Schübe folgen. Dazu treten wäßriger Nasenausfluß, mäßige Schwellung der Kehlgangslymphknoten sowie Husten auf, der durch eine Entzündung der oberen und unteren Luftwege bedingt ist. Ohne Komplikationen erstreckt sich die Krankheitsdauer auf 2 bis 3 Wochen. Einzelne Patienten zeigen nur einen kurzen Temperaturanstieg ohne sonstige Krankheitserscheinung. Neben diesen harmlosen Verlaufsformen kommen leider nicht selten komplizierte mit nachfolgenden Dauerschäden vor. Begünstigend wirken dabei die Weiterverwendung der Pferde zur Arbeit, eine zu frühe Belastung, intensive Belastungen bei Leistungsprüfungen, unhygienische Haltung wie naßkalte, zugige und staubige Stallungen, das Vorhandensein von chronischen Schädigungen der Atemwege u. a.

Alle diese Faktoren ebnen den Weg für bakterielle Infektionen, die dann zu den verschiedensten Krankheitsbildern, vor allem Eiterungsprozessen in den oberen und tieferen Atmungswegen und Lungenentzündungen Anlaß geben können. Nicht allzu selten sind auch Kreislaufschäden. Die wichtigste und leider häufigste Komplikation ist der Übergang in die chronische Entzündung der Bronchien. Viele Beobachtungen sprechen dafür, daß auch die Lähmung des Kehlkopfes (Kehlkopfpfeifen) in einem Teil der Fälle mit einem vorausgegangenen Katarrh der Luftwege in Verbindung steht.

Nach den Krankheitserscheinungen kann nur eine Verdachtsdiagnose gestellt werden. Die eigentliche Ursache kann erst durch den Virusnachweis aus dem Nasenschleim oder durch die Blutuntersuchung erbracht werden. Die sich nach überstandener Erkrankung entwickelnde Immunität ist von unterschiedlicher Dauer und kann nach Beobachtungen kürzer als ein Jahr sein.

→ **Behandlung.** Bei Ausbruch der Erkrankung sollten alle Pferde des Bestandes, nicht nur die offensichtlich erkrankten, für mindestens 14 Tage außer Dienst gestellt werden. Daneben ist für einwandfreies Stallklima und gute sonstige hygienische Bedingungen zu sorgen. Eine weitere Nutzung der Pferde, vor allem im Turnier- und Rennbetrieb, muß immer teuer mit Komplikationen und langem Krankheitsverlauf bezahlt werden. Patienten mit hohem Fieber erhalten über 6 bis 8 Tage ein Antibiotikum. Mit dieser Maßnahme gelingt es mit großer Sicherheit, Lungenentzündungen und chronische Bronchialkatarrhe zu verhindern. Die Wirkung ist um so besser, je früher mit der Behandlung begonnen wird. Um die Temperaturerhöhung rechtzeitig zu erkennen, ist deshalb in infizierten Beständen zweimal täglich eine Messung notwendig. Haben sich bereits derartige Komplikationen entwickelt, so liegt die Gefahr nahe, daß die Erkrankung nicht ausheilt und eines Tages zur chronisch-obstruktiven Lungenerkrankung oder zum Lungenemphysem führt. Krankheitsbilder, die landläufig als Dämpfigkeit bekannt sind.

Bei Herz- und Kreislaufschäden ist eine besonders lange Schonzeit notwendig. Da es sich bei diesen Komplikationen vielfach nur um eine Belastungsschwäche handelt, die in der Ruhe unerkannt bleibt, sollte grundsätzlich eine Untersuchung vor der Wiederaufnahme der Arbeit durch den Tierarzt unter Belastung durchgeführt werden.

Vorbeuge. siehe Rhinopneumonitis.

Rhinopneumonitis, Virusabort der Stuten

→ **Ursachen** Der Erreger gehört zur Gruppe der Herpesviren. Auch hier sind mehrere Typen bekannt. Sie verursachen eine fieberhafte Erkrankung der Atmungsorgane, bei tragenden Stuten Verfohlungen, sowie Hornhautentzündungen am Auge und zentralnervöse Störungen (z. B. Lähmungen). Wie die Influenza ist auch die Rhinopneumonitis weit verbreitet und hoch ansteckend. Das Virus findet sich in großer Menge im Nasensekret und wird durch Husten mit der Atemluft verbreitet. Weitere Infektionsquellen sind Fruchtwasser, Eihäute und abgestorbene Früchte. Hengste können den Erreger noch lange Zeit nach einer Infektion beim Deckakt übertragen.

Die Einschleppung in gesunde Bestände erfolgt in der Regel durch kranke Pferde oder solche, die sich im Inkubationsstadium befinden. Besonders empfänglich sind Vollblüter in den jüngeren Jahrgängen.

→ **Erscheinungsbild.** Bei der Erkrankung der Atemwege besteht eine Inkubationszeit von 3 bis 12 Tagen. Erscheinungen, Verlauf und Komplikationen entsprechen weitgehend der Influenza. Auch hier bestimmen rechtzeitige Schonung, Stallhygiene, Konstitution und Kondition in erheblichem Maße den Verlauf, der sich bis zu 3 Wochen erstreckt.

Stuten, die zum Zeitpunkt der Infektion tragend waren, verfohlen in einem hohen Prozentsatz 1 bis 4 Monate nach der Infektion, meist im 8. bis 10. Trächtigkeitsmonat. Das Verfohlen erfolgt ohne jegliche Komplikation. Die Früchte sind in der Regel frisch und die Eihäute unverletzt, so daß das Absterben erst kurze Zeit zuvor erfolgt sein kann. Gelegentlich werden auch lebensschwache infizierte Fohlen zum normalen Geburtstermin geboren. Vereinzelt werden nervöse Störungen wie Lähmungen und Ataxien beobachtet.

Wegen der großen Ähnlichkeit mit der Pferdeinfluenza kann die Ursache nach den klinischen Erscheinungen nicht ermittelt werden. Beim Auftreten von Verfohlungen müssen vorausgegangene Erkrankungen der Atmungsorgane, der Zeitpunkt des Verfohlens vom 8. bis 10. Trächtigkeitsmonat, der frische Zustand von Früchten und Eihäuten zumindest den Verdacht erwecken. Gesichert wird die Diagnose durch den Erregernachweis und durch Antikörpernachweis.

→ **Behandlung und Vorbeuge.** Die Behandlung der Erkrankung der Atemwege durch Rhinopneumonitisviren erfolgt nach den gleichen Richtlinien wie bei der Pferdeinfluenza. Vorbeugend wirken seuchenhygienische Maßnahmen und Impfungen. Gegen die Erreger dieser beiden Erkrankungen gibt es wirkungsvolle Impfstoffe. Der erzielte Schutz ist jedoch relativ kurz. Ihr Einsatz muß deshalb zeitlich so erfolgen, daß der erreichte Impfschutz die Perioden höchster Infektionsgefährdung im Frühsommer und Frühherbst überdauert. Der planmäßige Einsatz dieser Impfstoffe vom Gestüt bis in den Renn- oder Turnierstall stellt zur Zeit den bestmöglichen Schutz gegen diese Seuchen (Tab. 5.1.) dar. Die Durchführung dieser Schutzimpfungen geschieht nach einem Impfplan. Nach neueren Erkenntnissen sollten Fohlen nicht vor dem 5. Lebensmonat geimpft werden, da sonst noch Antikörper der Stute wirksam sind, die die Immunitätsbildung hemmen können.

Die Impftermine sind so zu legen, daß zum Zeitpunkt einer zu erwartenden hohen Infektionsgefährdung noch ein wirksamer Impfschutz besteht.

Da die Immunität bei Influenzaimpfstoffen nach 6 Monaten rasch zurückgeht, empfiehlt sich bei Zucht- und Sportpferden die Zeit zwischen Februar und April. Bei Leistungspferden, die viel an Turnieren teilnehmen und durch häufigen Standortwechsel und vielseitige Kontaktaufnahme sowie Transportstreß einem hohen Infektionsdruck ausgesetzt sind, empfiehlt sich eine Wiederholungsimpfung bereits nach 6 Monaten. Bei Rennpferden ist eine Impfung im Abstand von höchstens 9 Monaten zwingend vorgeschrieben.

Die Pferde sollten nach der Impfung 3 Tage geschont werden. Vollblutpferde dürfen erst 7 Tage danach wieder an Rennen teilnehmen. Die Impfungen sind vom zuständigen Tierarzt in den Impfausweis einzutragen. Die Termine sind so festgelegt, daß bei Berücksichtigung des Alters der Impflinge, züchterischer und trainingsmethodischer Belange sowie seuchentechnischer Besonderheiten ein weitgehender Schutz erreicht wird.

Das Direktorium für Vollblutzucht und Rennen e. V. sowie der Hauptverband für Traberzucht und -rennen e. V. machen eine Teilnahme an Leistungsprüfungen von einer vorbeugenden Impfung gegen Influenza abhängig. Sie ist nach einer ordnungsgemäßen Grundimmunisierung im Abstand von 9 Monaten zu wiederholen. Diese allgemeine Impfpflicht besteht bei Turnierpferden für den Start an nationalen Pferdeleistungsschauen nicht. Sie kann aber von den Landesverbänden oder regionalen Veterinärbehörden angewiesen werden.

Impfpflicht gegen Pferdeinfluenza besteht nach dem Veterinärreglement der FEI vom 1. 5. 81 allerdings für alle Pferde, die an internationalen Turnieren teilnehmen sollen. Die Impfung muß im laufenden Jahr erfolgt sein und ist im internationalen Pferdepaß auszuweisen. Der fehlende Nachweis verhindert die Teilnahme. Darüber hinaus sind Verstöße gegen diese Weisung dem Generalsekretariat der FEI zu melden und können disziplinarisch geahndet werden.

Pferdestaupe, Arteritisvirusinfektion

→ **Begriffsbestimmung.** Diese sehr ansteckende, fieberhafte Krankheit ist durch starke Bindehautentzündung und umfangreiche Ödeme an Unterbauch sowie der Gliedmaßen gekennzeichnet. Früher wurde sie auch Rotlaufseuche oder irreführend Pferdeinfluenza genannt.

→ **Ursachen.** Als Erreger wurde 1957 in den USA und später auch in der Schweiz ein Virus gefunden, das wegen seiner schädigenden Wirkung auf die Blutgefäße Arteritisvirus genannt wurde. Die kranken Tiere scheiden es während der Fieberphase mit Nasensekret, Speichel, Augensekret, Kot und Harn aus. Stark virusverseucht sind auch abortierte Feten.

Bei Bestandserkrankungen ist die Erkennung nicht sehr schwer. Influenza und Rhinopneumonitis unterscheiden sich durch das Vorherrschen katarrhalischer Veränderungen der Atmungsorgane. Im

Tab. 5.1. Impfschema gegen wichtige Infektionskrankheiten bei Sportpferden.

Infektionskrankheit	Grundimmunisierung	Wiederholungsimpfung (Auffrischung)
Influenza	drei Impfungen 1. Impfung *) 2. Impfung 4 bis 6 Wo. später 3. Impfung 5 bis 7 Mo. später	im Abstand von 6 bis 9 Monaten
Rhinopneumonitis (Virusabort der Stuten)	zwei Impfungen 1. Impfung *) 2. Impfung 3 bis 4 Mo. später	im Abstand von 6 bis 9 Monaten (tragende Stuten zusätzlich im 4. und 8. Monat der Trächtigkeit)
Tetanus (Starrkrampf)	drei Impfungen 1. Impfung *) 2. Impfung 4 bis 8 Wo. später 3. Impfung 1 Jahr später	im Abstand von 2 Jahren
Tollwut	eine Impfung *) (mindestens 3 Wo. vor Weideauftrieb)	in jährlichen Abständen

*) Fohlen ab 5. Lebensmonat

Gegensatz zur Arteritisvirusinfektion sind die Verfohlungen bei der Rhinopneumonitis Spätfolgen und treten meist im 8. bis 10. Trächtigkeitsmonat auf. In außereuropäischen Ländern ist an Pferdepest zu denken, die sich aber durch eine hohe Sterblichkeitsrate auszeichnet. Bei Bestandserkrankungen können Blutuntersuchungen im Abstand von 1 bis 2 Monaten sowie die Untersuchung von verfohlten Feten zur Klärung herangezogen werden.

→ **Erscheinungsbild.** Die Ansteckung erfolgt vorwiegend durch engen Kontakt von Tier zu Tier. Nicht abgeteilte Futterkrippen begünstigen die Verbreitung, die sich in größeren Pferdebeständen über Wochen und Monate erstrecken kann (z. T. seuchenartige Ausbreitung).

Nach einer Inkubationszeit von 1 bis 10 Tagen zeigen die Pferde fieberhafte Störungen des Allgemeinbefindens (39,5 bis 41 °C) mit Abgeschlagenheit und allgemeiner Schwäche. Dazu treten Bindehautentzündung, Lidschwellungen (Foto 38, Seite 86), Tränenfluß, Lichtscheue oder Rumpf-, Gliedmaßenödeme und Verdauungsstörungen, verbunden mit Kolik, auf. Bei milden Seuchenzügen sind auch Entzündungen der Atemwege nicht selten. Tragende Stuten können verfohlen oder lebensschwache Fohlen gebären.

Der Verlauf ist im allgemeinen gutartig, so daß nach einer Woche die Mehrzahl der Patienten fieberfrei ist. Sind die Pferde jedoch durch andere Krankheiten oder durch Wurmbefall und Mangelernährung vorgeschädigt, können auch Todesfälle eintreten. Es ist nachgewiesen, daß infizierte Pferde für mehrere Jahre oder lebenslang das Virus ausscheiden können.

→ **Behandlung.** Große Bedeutung besitzen Schonung und sorgfältige Pflege der Pferde. Zur Verhinderung einer zusätzlichen bakteriellen Infektion ist die Anwendung von Antibiotika angezeigt. Bei schweren Fällen und bei Komplikationen, wie Herzschwäche, Kolik, Hufrehe und Augenentzündungen, muß eine entsprechende symptomatische Behandlung erfolgen.

→ **Vorbeuge.** Hier stehen allgemeine hygienische Maßnahmen und die Einhaltung der Quarantänebestimmungen im Vordergrund. Kranke Tiere sind für 4 bis 6 Wochen getrennt aufzustallen. Wichtig sind zur Erregerverdünnung laufende Reinigungen und Desinfektionen. Gesunde Tiere können geimpft werden, wobei eine einmalige Impfung einen Schutz von drei Jahren gegen diese Krankheit gewährt.

Die Impfung ist jedoch nicht allgemein üblich.

Bornasche Krankheit

→ **Begriffsbestimmung.** Die Bornasche Krankheit ist eine virusbedingte, nichteitrige Gehirn- und Rückenmarkentzündung, die bei Einhufern und

Schafen auftritt. Sie wurde erstmalig 1894 in der Gegend von Borna bei Leipzig beschrieben und erhielt danach ihren Namen. Gegenwärtig scheint sie nur im Süden und der Mitte Deutschlands sowie in der Schweiz vorzukommen.

→ **Ursachen.** Der Erreger der Krankheit ist ein Virus, das eine bestimmte Bindung zu Nervenzellen des Gehirns (Ganglien) besitzt. In diesen bilden sich dann typische Einschlußkörperchen im Zellkern (Joest-Degensche Körperchen), die für den Nachweis der Erkrankung von großer Bedeutung sind.

Das Virus gelangt wahrscheinlich in Form von Tröpfchen auf die Nasenschleimhaut und über den Riechnerv ins Gehirn. Über die Nervenbahnen geschieht dann eine Verbreitung in die Speicheldrüse, die Nieren, andere Schleimhäute und die Milchdrüse. Die Entstehung der nichteitrigen Entzündung der Ganglienzellen führt zu Schädigungen der Nerven und zu dadurch bedingten bleibenden Lähmungen.

In der Regel erkranken nur einzelne Tiere des Bestandes. Da der Erreger neben dem Pferd auch bei Schafen und Ziegen gefunden wurde, können auch diese Tiere bei der Übertragung eine Rolle spielen. Darin liegt die generelle Gefahr einer gemeinsamen Unterbringung und Haltung dieser Tierarten.

→ **Erscheinungsbild.** Nach einer Inkubationszeit von 4 bis 6 Wochen und länger beginnt das Leiden in der Regel mit recht unspezifischen, unauffälligen Erscheinungen, wie Appetitlosigkeit, Schläfrigkeit und fieberhafter Erhöhung der Körpertemperatur bis 40 °C. Desweiteren können Durchfall, leichte Kolik und Husten auftreten. Die Lidbindehäute sind gelblich verfärbt. Im weiteren Verlauf zeigen sich zentralnervöse Störungen, wie torkelnder Gang, zuckende Bewegung des Augapfels, Lähmungen und Gleichgewichtsstörungen. Es treten unnormale Gliedmaßenstellungen und Zwangsbewegungen auf (Fotos 39 bis 42, Seite 86). Eine zunächst erhöhte Schmerzempfindung im Kopf- und Nackenbereich macht später einer allgemeinen Empfindungslosigkeit Platz. Meistens kommen die Pferde nach 1 bis 2 Wochen zum Festliegen und müssen getötet werden.

In einzelnen Fällen sind bei verzögertem Krankheitsverlauf Heilungen möglich. Vielfach bleiben aber auch erhebliche Körperbehinderungen zurück, die eine weitere Nutzung der Pferde stark einschränken. Die Sterblichkeitsrate beträgt etwa 90%.

Aufgrund der Krankheitserscheinungen allein ist keine sichere Feststellung möglich. Die Diagnose stützt sich daher auf Blutuntersuchungen und den Nachweis typischer Einschlußkörperchen im Gehirn getöteter Pferde.

Die Krankheit ist von anderen Erkrankungen des zentralen Nervensystems, z. B. der Tollwut, der Listeriose, dem Botulismus und der Aujetzkyschen Krankheit, abzugrenzen, die jedoch seltener auftreten. Ähnlich spezifisch virusbedingte Gehirn- und Rückenmarkentzündungen gibt es auch in Amerika, Japan und in der ehemaligen UdSSR.

→ **Behandlung.** Eine gezielte Behandlung ist nicht bekannt. Die Pferde sterben in etwa 90% der Fälle. Bei leichtem Verlauf bleiben sie zwar am Leben, behalten aber oft dummkollerartige Erscheinungen zurück, die eine Nutzung ausschließen.

→ **Vorbeuge.** In verseuchten Gebieten ist der Einsatz eines Impfstoffes möglich. Weitere Maßnahmen sind getrennte Haltung von Pferden, Schafen und Ziegen, sowie strenge Quarantänesierung von Pferden für mindestens 2 Monate, die aus verseuchten Gebieten kommen. In dieser Zeit haben Blutuntersuchungen im Abstand von einem Monat zu erfolgen.

Tollwut (Lyssa)

→ **Begriffsbestimmung.** Die Tollwut (anzeigepflichtig) ist eine vorwiegend durch Bißverletzungen übertragbare Viruskrankheit des zentralen Nervensystems, die beim Menschen und allen Säugetieren vorkommt. Auf das Pferd wird sie meist durch den Biß wutkranker Fleischfresser übertragen. Deshalb sind im Stall gehaltene Pferde weniger gefährdet als Weidetiere. Nach flächendeckender Köderimpfung der Füchse ist in Deutschland die Zahl der Tollwutfälle stark zurückgegangen.

→ **Ursachen.** Das Virus gelangt mit dem Speichel wutkranker Tiere über Bißwunden in den Körper und dringt vorzugsweise entlang der Nerven über das Rückenmark ins Gehirn. Hier bildet es neben anderen spezifischen Veränderungen vor allem die für die Erkennung wichtigen Nervenzelleinschlüsse aus, die Babes-Negrischen-Körperchen.

Schon sehr früh erfolgt vom Gehirn aus ebenfalls auf dem Nervenweg die Besiedlung der Speicheldrüse und des Auges. Dadurch können infizierte Tiere bereits vor dem Auftreten von Krankheitserscheinaungen für ihre Umwelt eine Gefahr sein.

→ **Erscheinungsbild.** Die Inkubationszeit ist lang und reicht von 3 Wochen bis zu 3 Monaten. Auffällig sind am Anfang eine fortlaufend zunehmende Schreckhaftigkeit und Unruhe. Die Tiere scharren und stampfen mit den Beinen und peitschen mit dem Schweif. Die als Eintrittspforte des Erregers fungierende Bißwunde wird wegen eines intensiven Juckreizes gescheuert und benagt. Mit fortschreitender Erkrankung steigert sich die Unruhe bis zur Raserei. Angebundene Pferde zerren an den Ketten und versuchen sich zu befreien. In der Laufbox rennen sie tobend gegen Türen und Wände und ziehen sich dadurch mitunter schwere Verletzungen zu. Auf der Weide galoppieren sie plötzlich aus unersichtlichem Grunde, schlagen um sich und bedrohen andere Pferde. Nicht selten sind auch kolikartige Anfälle. Sie wälzen sich, springen auf, stöhnen und zeigen Drang zum Kotabsatz. Hengste schachten zeitweise den Schlauch aus und Stuten setzen kleine Mengen Urin ab. Diese Erregungsstadien wechseln mit Perioden völliger Erschöpfung, in denen die Pferde stark schwitzen. Sie verweigern das Futter und versuchen Holz, Kot und andere ungewöhnliche Stoffe aufzunehmen. Im weiteren Verlauf besteht Krampfbereitschaft. Schließlich tritt eine Nachhandschwäche ein (Lähmungsstadium). Puls und Atemfrequenz sind erhöht, die Pferde schwanken, fallen um und verenden. Die Krankheit dauert in der Regel 2 bis 4 Tage. Daneben ist aber auch ein stiller Verlauf (stille Wut) mit Erscheinungen möglich, die denen der Bornaschen Krankheit ähneln.

Der Verdacht stützt sich auf

- aggressives Verhalten, Juckreiz, Neigung zur Aufnahme unnormaler Futterstoffe, Bißwunden, später Lähmungserscheinungen (rasende Wut);
- gedrücktes Verhalten, Bißwunden, Lähmungserscheinungen (stille Wut).

Die Diagnose wird durch den mikroskopischen Virusnachweis im Hornhautabstrich oder in bestimmten Nervenzellen des Gehirns gesichert.

→ **Behandlung.** Die Krankheit nimmt stets einen tödlichen Verlauf. Behandlungsversuche verbieten sich aus seuchenhygienischen Gründen.

→ **Vorbeuge.** Die vorbeugende Impfung von Pferden in seuchengefährdeten Gebieten ist möglich. Es erfolgt eine einmalige Grundimmunisierung, die mindestens 3 Wochen vor Beginn der Weideperiode vorgenommen werden sollte. In jährlichen Abständen schließen sich Wiederholungsimpfungen an (Tab. 5.1., Seite 119). Das Auftreten der Krankheit ist meldepflichtig. Personen, die mit kranken Tieren Kontakt hatten, erhalten meist eine Schutzimpfung. Die erkrankten Pferde werden auf Weisung des Amtstierarztes getötet. Tollwutverdächtige Tiere sind von anderen streng zu isolieren und müssen regelmäßig tierärztlich überwacht werden. Die Dauer der Quarantäne ist auf 4 Monate nach dem letzten Auftreten eine Krankheitsfalles festgelegt. Während dieser Zeit ist weder Weidegang noch Nutzung der Pferde möglich.

Ansteckende Blutarmut, Infektiöse Anämie

→ **Begriffsbestimmung.** Die ansteckende Blutarmut der Einhufer (anzeigepflichtig) wird durch ein Virus verursacht. Sie tritt bevorzugt in eng umschriebenen sumpfigen und waldreichen Gegenden der Erde auf. Dabei zeigt sie in der Regel den Charakter einer ortsgebundenen Stall- oder Weideseuche. Während in den Wintermonaten relativ wenig Krankheitsfälle beobachtet werden, ist in den Sommermonaten ein deutlicher Anstieg der Seuchenkurve zu verzeichnen.

→ **Ursachen.** Die natürliche Ansteckung geschieht wahrscheinlich durch den Stich blutsaugender Insekten. Gelegentlich können auch Infektionen über kleine Verletzungen der Schleimhaut und der Haut zustandekommen (infiziertes Putz- und Sattelzeug, Geschirrteile, Deckakt). Eine Ansteckung im Mutterleib ist möglich, aber bedeutungslos, da kranke Stuten sehr oft nur lebensunfähige Fohlen zur Welt bringen. Durch körperliche Anstrengung, unzureichende, unzweckmäßige Ernährung (Vitamin-B_1-Mangel) kann die Empfänglichkeit der Tiere erhöht werden.

Bei der Einschleppung der ansteckenden Blutarmut in bisher seuchenfreie Bestände kommt den Tieren die allergrößte Bedeutung zu, deren Blut Jahre hindurch den Ansteckungsstoff enthält. Sie zeigen weder Fieber noch sonstige auffällige Krankheitszeichen, scheiden aber den Erreger im Nasensekret, Harn und Kot aus, so daß die Möglichkeit der Ansteckung gesunder Tiere ohne weiteres gegeben ist. Darin besteht die besondere Gefahr der ansteckenden Blutarmut.

Im Seuchenverlauf sind zunächst nur vereinzelte Erkrankungen zu verzeichnen. Sie nehmen jedoch von Woche zu Woche zu. Schließlich werden fast alle Tiere ohne Alters- und Rasseunterschied befallen. In längere Zeit verseuchten Beständen erkranken zuerst und am schwersten neueingestellte Tiere. Das gleiche Bild zeigt sich bei frisch infizierten Pferdehaltungen. Allerdings greift die Krankheit nicht immer auf andere Stallungen oder auf abgesonderte Weiden mit eigenen Tränkstellen über. Es liegen auch Beobachtungen vor, daß die Seuche trotz Einschleppung in neue Bestände dort nicht immer Boden faßt, vielmehr zum Teil mit den einschleppenden Pferden ausstirbt.

→ **Erscheinungsbild.** Unter den klinischen Erscheinungen sind in unregelmäßigen Zeitabständen auftretende Fieberanfälle besonders bemerkenswert. Wegen dieses Fiebers und des häufigen Vorkommens in sumpfigen Gegenden wird die Krankheit im amerikanischen Schrifttum auch „Swamp-fever", d. h. Sumpffieber genannt. Das Krankheitsbild ist bei den verschiedenen Seuchengängen und selbst bei den einzelnen Tieren sehr wechselvoll, uneinheitlich und oft nur in wenigen Fällen typisch ausgeprägt. Der Zeitraum zwischen Ansteckung und Krankheitsausbruch schwankt zwischen 5 und 30 Tagen, kann sich aber auch über Monate erstrecken.

Nach dem Krankheitsbild unterscheidet man schnell und langsam verlaufende Formen. Die Krankheit beginnt gewöhnlich mit einer plötzlichen Körpertemperaturerhöhung auf 40 bis 42 °C. Dieses Fieber hält meist bis zum Tode an und wird nur vereinzelt durch fieberfreie Tage unterbrochen.

Das Allgemeinbefinden der Tiere ist während der Fieberanfälle erheblich gestört. Schwächezustände bei der Arbeit, Benommenheit, Bewegungsstörungen und Nachhandlähmungen werden beobachtet.

In den meisten Fällen ist die Freßlust am Anfang der Krankheit ungestört. Bereits nach kurzer Belastung wird der Herzschlag verhältnismäßig stark beschleunigt und unregelmäßig. Die Augenlidbindehäute erscheinen schmutzig, fleckig, verwaschen rot oder gelblich und sind gewöhnlich auch glasig geschwollen. Auf den geröteten Schleimhäuten der Augenlider, der Nase und der Zungenunterseite zeigen sich ab und zu kleine Blutungen. Weiterhin können kurzdauernde Kolikerscheinungen, blutiger Durchfall und starke Abmagerung beobachtet werden. In wenigen Tagen verlieren die Tiere ein Viertel bis ein Drittel ihres Körpergewichtes. Unter Abnahme der Körperkräfte kann es schließlich, manchmal unverhofft, zur Nachhandlähmung, bei Stuten zum Verfohlen kommen. Nach 5 bis 15 Tagen tritt meist der Tod ein. Oft nimmt die Krankheit jedoch einen langsameren Verlauf. Sie kann sich auf Monate und in einzelnen Fällen sogar auf Jahre ausdehnen. Das klinische Bild ist ähnlich, nur sind die einzelnen Symptome in ihrer Intensität stark vermindert und in ihrer Dauer erheblich verzögert. Erst im chronischen Stadium kann eine Blutarmut (Anämie) festgestellt werden.

Das zuverlässige Kennzeichen der ansteckenden Blutarmut ist das Fieber, das bei verzögertem Verlauf oft den Charakter des Rückfallfiebers annimmt. Deshalb muß auf eine genaue Beobachtung der Fieberkurve Wert gelegt werden. Der Tierbesitzer und der Pfleger können dem Tierarzt dabei eine wertvolle Unterstützung gewähren, indem die täglichen Temperaturmessungen gewissenhaft und sorgfältig durchgeführt und aufgezeichnet werden. Die Mithilfe des Tierhalters besteht weiterhin in einer genauen Beobachtung seiner Pferde hinsichtlich besonders auffälliger Erscheinungen.

Der Verdacht auf die Krankheit ist gegeben, wenn bei einem Pferd nachstehende Krankheitssymptome festgestellt werden:

Wechselfieber, auffällige Muskelschwäche, besonders der Nachhand, Herzschwäche (erhebliche Steigerung der Pulszahl und starker Herzstoß nach kurzer Bewegung), rasche Abmagerung bei guter Freßlust, bleiche, gelblichrote oder schmutzigrote Beschaffenheit der Lidbindehäute mit eventuellen Blutungen.

Durch eine spezielle Blutuntersuchung (Coggins-Test) ist der Nachweis der Erkrankung rasch zu sichern. Verschiedene Länder verlangen beim Import von Pferden, daß dieser Test negativ ist.

→ **Vorbeuge.** Im Unterschied zu anderen, mit einem Impfstoff günstig beeinflußbaren Infektionskrankheiten gilt die ansteckende Blutarmut der Pferde noch als unheilbar. Um so wichtiger sind daher Maßnahmen zur Vermeidung der Einschleppung. Hier erwachsen insbesondere den Gestüten, Renn- und Turnierställen wichtige Aufgaben, die nur in verantwortungsbewußter und verständnisvoller Zusammenarbeit mit dem beratenden Tierarzt gelöst und erfüllt werden können. Das gilt besonders für Ein- und Ausfuhr und Umsetzungen von Pferden.

Im Gesamtkomplex der Maßnahmen zur Verhütung der ansteckenden Blutarmut ist besondere Aufmerksamkeit der Weide zu widmen. Da die Verbreitung der Infektion unter Weideverhältnissen höchstwahrscheinlich durch blutsaugende Insekten geschieht, ist der Kontrolle der Tiere beim Auftrieb und der Insektenbekämpfung große Aufmerksamkeit zu schenken.

In verseuchten Beständen gilt als sicherstes Tilgungsmittel die Tötung aller kranken, angesteckten und scheinbar genesenen Tiere, da sie dauernde Träger und Ausscheider der Ansteckungsstoffe sein können.

Der Stall ist einer sorgfältigen Reinigung und Desinfektion zu unterziehen, wobei Jauche und Dung so zu beseitigen sind, daß weder Futter noch Trinkwasser verunreinigt werden können. Die drohende Gefährdung der Pferdebestände und der Zucht rechtfertigen eine Anzeigepflicht für alle seuchen- und ansteckungsverdächtigen Einhufer. Gesetzlich vorgeschriebene Sperrmaßnahmen bleiben bis 6 Monate nach dem letzten Erkrankungsfall bestehen. Als wirksame Desinfektionsmittel sind 2%ige Natronlauge oder 3%ige Formalinlösung zu verwenden.

Pferdesterbe (Afrikanische Pferdepest)

→ **Begriffsbestimmung.** Die Pferdesterbe ist eine Virusinfektion, die nur bei Einhufern vorkommt. Sie ist als Tierseuche anzeigepflichtig. Der Erreger hat eine hohe Bindungsneigung an rote Blutkörperchen. Diese Erkrankung ist in Afrika beheimatet. Durch die wachsenden turniersportlichen Beziehungen besteht jedoch die Gefahr einer Einschleppung in Länder, in denen diese Erkrankung zur Zeit noch unbekannt ist.
→ **Ursache.** Die Pferdesterbe wird durch ein sehr widerstandsfähiges Virus verursacht. Sie tritt im allgemeinen in warmen, regnerischen Monaten in bestimmten Gegenden auf. Häufig sind das Täler von Flußläufen und morastige Weiden. Die Übertragung erfolgt durch Zecken, Stechmücken und Fliegen. Besonders Zecken bevorzugen als Brutplätze mit Gras bestandene Pfützen und sich nach Niederschlag bildende Tümpel im offenen Buschfeld. Daneben ist auch eine direkte Ansteckung von Tier zu Tier möglich.
→ **Erscheinungsbild.** Das Inkubationsstadium beträgt 3 bis 13 Tage. Daneben treten Fieber, Störungen des Allgemeinbefindens und ein Lungenödem auf. Nach dem Verlauf unterscheidet man eine akute und eine chronische Form. Bei der akuten Erkrankung entwickeln sich unter der Haut ödematöse Schwellungen, besonders im Bereich der Augen. Die Körpertemperatur steigt auf 40 bis 42 °C. Atemnot und Lungenödem führen nach 8 bis 14 Tagen zur Herzlähmung und dadurch zum Tode. Charakteristisch für die akute Form sind weiterhin Anschwellungen am Kopf und an der Zunge, die sich blaurot verfärbt. Ganz vereinzelt führt die Krankheit so rasch zum Tode, daß sich dieses klinische Erscheinungsbild nicht erst ausbilden kann (septikämischer Verlauf).

Die chronische Form ist durch andauerndes Fieber und atypische, klinisch nicht auffällige Störungen des Allgemeinbefindens gekennzeichnet. Die Dauer erstreckt sich über mehrere Monate. Die Sterblichkeitsrate beträgt etwa 90%.
→ **Behandlung und Vorbeuge.** In Ländern, in denen die Erkrankung unbekannt ist, verbietet sich eine Behandlung aus seuchenhygienischen Gründen. Die Tiere werden getötet. In gefährdeten Gebieten empfiehlt sich der Einsatz einer Schutzimpfung. Zur Verhinderung der Einschleppung dieses Krankheitserregers in Länder, in denen diese Krankheit zur Zeit noch unbekannt ist, wurden strenge Quarantänemaßnahmen erlassen. Sie sind unbedingt einzuhalten.

Bakterielle Infektionen

Pararauschbrand

→ **Begriffsbestimmung.** Diese Erkrankung ist eine äußerst rasch verlaufende Wundinfektion, bei der eine schnell größer werdende entzündliche, gashaltige Schwellung entsteht, in deren Bereich das Gewebe abstirbt (Nekrose). Sie kommt bei allen Haustieren vor.

→ **Ursache.** Hauptsächlichster Erreger ist neben anderen Anaerobiern der Pararauschbrandbazillus, der über stark verschmutzte und mit viel Gewebszerstörung einhergehende Wunden in den Körper eindringt. Das ist in der Regel bei Pfählungsverletzungen mit morschen Holz- oder rostigen Metallgegenständen der Fall.
→ **Erscheinungsbild.** Innerhalb weniger Stunden entwickelt sich eine rasch wachsende, phlegmonöse Schwellung, die ihren Ausgang von tiefen, zumeist stark verschmutzten Quetsch- oder Rißwunden nimmt. Bereits nach 1 bis 2 Tagen verfällt das erkrankte Gewebe dem Gewebstod. Die Umgebung dieser Schwellung ist zunächst stark schmerzhaft, später unempfindlich und kühl. Beim Beklopfen und Betasten bemerkt man einen dumpfen Schall und ein Knistern. Das aus der Wunde ausströmende Gas hat zuerst einen apfelsauren, später ekelhaften, aasähnlichen, stinkenden Geruch. Die Gasphlegmone breitet sich rasch über große Bezirke des Körpers aus. Das Wundsekret ist anfangs wäßrig und enthält lackfarbenes, zersetztes Blut. Nach ein bis zwei Tagen wird es jauchig. Die absterbende Muskulatur sieht blau und wie gekocht aus.

Wenige Stunden nach dem Auftreten der Infektion kommt es durch die beim Gewebszerfall auftretenden Gifte zu schweren Störungen des Allgemeinbefindens. Betroffen sind besonders der Blutkreislauf und der Atmungsapparat. Die Temperatur steigt auf 40,0 bis 42,0 °C. Anzeichen und Verlauf der Krankheit sind recht typisch. Durch den meist raschen tödlichen Ausgang kommt ein Nachweis des Erregers für die Behandlung meist zu spät. Abzugrenzen sind Luftansammlungen unter der Haut (Hautemphysem), wie sie bei Stich- und Platzwunden entstehen können. Sie führen zu keiner Störung des Allgemeinbefindens.
→ **Behandlung.** Die Heilungsaussichten sind recht ungünstig. Selbst wenn das Pferd die Erkrankung übersteht, ist selten wieder mit einer sportlichen Nutzungsfähigkeit zu rechnen. Möglich sind frühzeitige Spaltung der Schwellungen, damit durch Sauerstoffzufuhr die Lebensbedingungen der Bazillen verschlechtert werden, die nur unter Luftabschluß gedeihen können. Denselben Zweck verfolgen auch Spülungen der Wunden mit Lösungen von Wasserstoffsuperoxid und Kaliumpermanganat. Antibiotika und Sulfonamide können örtlich im Bereich der Wunde und allgemein eingesetzt werden.

→ **Vorbeuge.** Wegen der schlechten Heilungsaussichten der Erkrankung empfiehlt sich bei allen stark verschmutzten, gequetschten Unterhaut- und Muskelwunden die vorbeugende Impfung mit Pararauschbrandserum.

Botryomykose

→ **Begriffsbestimmung.** Bei dieser Erkrankung handelt es sich um eine Infektion mit Eitererregern (Staphylokokken). Befallen werden meist die Haut, die Muskulatur, der Samenstrang, das Euter, seltener innere Organe. Typisch ist, daß im Verlauf einer chronischen Entzündung nach einer Wundinfektion umschriebene oder weitflächige Bindegewebswucherungen und Eiterungen entstehen, die in der Regel nicht schmerzhaft sind.
→ **Ursachen.** Der Erreger ist ein Eiterbakterium *(Staphylococcus aureus)*, der traubenähnliche Haufen von Stecknadel- bis Hirsekrongröße bildet. Die Infektion erfolgt in der Regel über Hautwunden. Der endgültige Nachweis der Krankheit ist nur durch das Auffinden der charakteristischen Traubenkokken im Eiter möglich.
→ **Erscheinungsbild.** Die Erkrankung beginnt mit einer entzündlichen Schwellung im Bereich der infizierten Hautabschnitte, aus der sich allmählich derbe bzw. harte Hautverdickungen entwickeln. Daraus entstehen dann knotige, geschwulstähnliche Umfangsvermehrungen bis zu Fußball- oder Brotlaibgröße. Mitunter können sie lange Zeit unverändert bestehen bleiben und dann wieder weiterwachsen.

Bekannt sind auch flächenhafte, harte Verdickungen mit kleinhöckriger, knolliger Oberfläche. Sie kommen besonders in der Haut der Gliedmaßen, des Widerristes, der Brust, der Schultern und des Halses vor. Im Gewebe selbst findet man linsen- bis erbsengroße Knötchen (Botrymykome), die mit einer schleimigen Flüssigkeit gefüllt sind. Das Bindegewebe in der Umgebung ist hart, speckig und grauweiß. Manchmal können sich mehrere Herde und Knoten zu einer Höhle vereinigen, die dann einen dicken, gelben, sahnigen Eiter enthält und zum Aufplatzen neigt. Diese Abszeßhöhlen heilen nicht ab, sondern bilden Fisteln. Hautbotryomykose findet man meist in der Geschirrlage, am Kopf, an der Vor- und Seitenbrust, am Widerrist, an den Außenflächen der Unterschenkel und an den Körperteilen, die sich leicht scheuern lassen. Durch Miterkrankung der zugehörigen Lymphknoten entstehen allmählich geschwulstähnliche, derbhöckrige Verdickungen. Hautbotryomykome sind auf der Unterlage verschiebbar. Meist fallen in diesem Bereich die Haare aus.

Die ebenfalls von einer Scheuerwunde ausgehende Muskelbotryomykose beobachtet man als sogenannte Bug- oder Brustbeule in der Geschirrlage vor dem Schultergelenk. Sie bildet eine spindelförmige Verdickung, die bis zu Kopfgröße anwachsen kann. Auch hierbei erkrankt meist der Buglymphknoten mit.

Bekannt ist auch die Samenstrangbotryomykose, die sich manchmal nach der Kastration entwickeln kann. Der Samenstrang erscheint dann konisch, derb verdickt und zeigt eine Fistel, die in die Mitte des Samenstrangsstumpfes reicht (Samenstrangfistel). Diese knotige Verdickung kann manchmal bis zum Leistenring vordringen und mehrere Öffnungen in der Haut des Hodensackes haben.

Bei der Stute kommt die Euterbotryomykose vor. Dabei finden sich derbe, harte Knoten in beiden Euterhälften.

→ **Behandlung.** Behandlungen mit Sulfonamiden, Antibiotika und Jod sind in ihrem Ergebnis unsicher. Am wirkungsvollsten ist die operative Entfernung des erkrankten Gewebes.

→ **Vorbeuge.** Da der Erreger nur über Wunden in den Körper einzudringen vermag, gilt in der Vorbeuge allen Maßnahmen Aufmerksamkeit, die Hautverletzungen bei der Beschirrung und Pflege vermeidbar machen. Wunden selbst sind vor Verschmutzung zu bewahren.

Wundstarrkrampf (Tetanus)

→ **Begriffsbestimmung.** Der Tetanus ist eine nichtansteckende Wundinfektion, bei der ein durch den Erreger erzeugtes Gift (Toxin) einen Dauerkrampf der Muskulatur hervorruft.

→ **Ursache.** Der Erreger des Wundstarrkrampfes ist das Tetanusbazillus *(Clostridium tetani)*, das unter Luftabschluß gedeiht und sehr widerstandsfähige Sporen bildet. Es ist ein weit verbreiteter Erd- und Kotbewohner, das über verschmutzte Wunden in den Körper gelangt. Besonders günstige Entwicklungsbedingungen findet es in Wunden mit wenig Sauerstoffzutritt, wie z. B. Nageltritten, Vernagelungen, Gabelstichen, Bissen und Pfählungsverletzungen. Bekannt sind aber auch Infektionen über den Nabel bei neugeborenen Fohlen, über Kastrations- und Schleimbeutelwunden. Je stärker eine Verletzung mit Eitererregern und verunreinigtem Gewebszerfall behaftet ist, desto besser sind die Vermehrungsbedingungen des Tetanusbazillus und um so mehr Toxin wird gebildet; Faktoren, die die Inkubationszeit und den Krankheitsverlauf bestimmen.

Die Verbreitung des Tetanustoxins im Körper ist nicht völlig abgeklärt. Es wird aber angenommen, daß es entlang der Nervenbahnen zum Rückenmark gelangt. Dort löst es einen Dauerkrampf der Muskulatur aus. Das Pferd ist unter den Haustieren gegenüber diesem Gift am empfindlichsten.

→ **Erscheinungsbild.** Die Inkubationszeit hängt von der Toxinbildung ab und ist daher recht unterschiedlich lang. Sie kann von wenigen Tagen bis zu mehreren Wochen reichen. Zunächst fallen eine gewisse Schwerfälligkeit der Bewegung, verminderte Freßlust, Schweißausbruch bei Belastung und ein gespannter Gang auf. In Abhängigkeit von der Toxinproduktion schreitet der Muskelkrampf entweder sehr rasch oder sehr langsam voran. Bemerkenswert sind weiterhin eine gestreckte, steife Körperhaltung, gespreizte Gliedmaßenstellung und ein aufgeschürzter Leib (Wespentaille). Hals und Kopf können nicht mehr gesenkt und gebogen werden, so daß eine Futteraufnahme vom Boden nicht mehr möglich ist. Daneben fallen starr erweiterte Nüstern, ein krampfhaft geschlossenes Maul (Krampf der Kaumuskulatur), steife unbewegliche Ohren und ein angehobener, in der Bewegung schief getragener Schweif besonders auf. Die Tiere sind sehr schreckhaft. Plötzlicher Lichteinfall, Lärm oder hastige Bewegungen führen zu einer Verstärkung des Krampfzustandes, wobei die Nickhaut vorfällt und alle Muskeln scharf konturiert erscheinen.

Pulszahl und Körpertemperatur sind nur bei raschem Verlauf erhöht. Die Atmung ist jedoch sehr beschleunigt und oberflächlich. Harn- und Kotabsatz erfolgen verzögert.

Ist das Krankheitsbild in 24 Stunden voll ausgebildet, so ist mit einem raschen Tod zu rechnen. Bei verzögertem Verlauf kann Heilung eintreten, wenn eine Futter- bzw. Trinkwasseraufnahme gewährleistet ist. Folgeschäden am Herz-Kreislauf-System und Muskeldefekte schränken jedoch häufig eine weitere sportliche Nutzung ein. Infolge von Schluck- und Schlingbeschwerden können im übrigen Futter und Trinkwasser in die Lunge gelangen und zu einer tödlichen Lungenentzündung führen. Das zeigt sich an einem auftretenden Husten, plötzlichem Temperaturanstieg und graurötlichem, stinkendem Nasenausfluß.

→ **Behandlung.** In der Behandlung ist zunächst auf die Unterbringung des Pferdes in einem ruhigen und abgedunkelten Raum zu achten, damit möglichst wenig äußere Reize einwirken und die Krampfzustände verstärken können. Zur Krampfminimierung empfiehlt sich eine Sedierung auch über einen längeren Zeitraum. Längere Transporte sollten unterbleiben. Sind sie nicht zu vermeiden (Klinikeinweisung), so muß das Pferd medikamentell beruhigt und so auf dem Wagen befestigt werden, daß es nicht umfallen kann.

Besondere Fürsorge muß der Wundversorgung gelten. Die Wunden sind unter Entfernung des Schorfes und des abgestorbenen Gewebes aufzufrischen. Es muß ein guter Abfluß für das Wundsekret bestehen. Empfehlenswert sind Spülungen mit Desinfektionsmitteln, wie Wasserstoffsuperoxid- oder Kaliumpermanganatlösungen. Günstig ist die lokale Verabreichung von Immunserum und Penicillin im Wundgebiet.

Patienten, die festliegen, müssen unter dem Einfluß von Beruhigungsmitteln in einem Hängegurt gehalten werden, um ein Aufliegen (Dekubitus) zu verhindern. Aus dem gleichen Grunde sind Fohlen alle 4 Stunden zu wälzen. Wesentlich ist eine regelmäßige Kontrolle der Futter- und Wasseraufnahmen, des Kotabsatzes, der Pulsfrequenz und des Temperaturverlaufs. Im übrigen ist die Behandlung Sache des Tierarztes, der durch Verabreichung von Immunserum und Penicillin sowie krampflösenden und beruhigenden Mitteln versuchen kann, den Krankheitsverlauf günstig zu beeinflussen.

→ **Vorbeuge.** Das Überleben der Erkrankung hinterläßt keinen Schutz. Deshalb und weil die Heilungsaussichten äußerst ungünstig sind, gilt der vorbeugenden Impfung besondere Aufmerksamkeit. Die Pferde erhalten durch 2 Impfungen im Abstand von 6–8 Wochen eine Grundimmunisierung, die nach einem Jahr aufgefrischt wird. Dadurch entsteht ein mehrjähriger Impfschutz. Zur Sicherung des Impferfolges wird jedoch bei stark verschmutzten Wunden eine weitere einmalige Auffrischung empfohlen, wenn die letzte Impfung schon mehrere Jahre zurückliegt. Fohlen sollten erstmalig im 5. Lebensmonat geimpft werden.

Es ist ratsam, Mutterstuten noch im letzten Drittel der Trächtigkeit zu immunisieren, da die neugeborenen Fohlen mit der Aufnahme der Kolostralmilch einen ersten Schutz erhalten, der mehrere Monate andauern kann. Nach einer ordnungsgemäßen Grundimmunisierung reicht eine Wiederholungsimpfung im Abstand von 2 bis 3 Jahren aus. Im Handel stehen kombinierte Tetanus-Influenza-Impfstoffe zur Verfügung, die Schutz gegen beide Krankheiten bewirken.

Ist ein Pferd nicht aktiv geimpft, so muß bei Wunden, die für das Eindringen und die Vermehrung der Tetanusbazillen besonders geeignet sind (Kastrationen, Hufwunden), Immunserum als passiver Impfschutz verabreicht werden.

Leptospirose

→ **Begriffsbestimmung.** Die Leptospirose ist eine fieberhafte, rasch oder auch langsam, häufig aber unauffällig verlaufende Infektionskrankheit, die mit Fieber, Blutarmut, nervösen Störungen sowie Leber- und Augenkomplikationen einhergeht. Leptospireninfektionen kommen in der ganzen Welt vor.

→ **Ursache.** Leptospireninfektionen treten besonders bei Weidetieren auf. Im Mittelpunkt des Seuchengeschehens stehen Wirbeltiere als Infektionsträger, die die Erreger mit dem Harn ausscheiden. Das sind im Falle des Typus *L. grippotyphosa* verschiedene Nagetiere und das Rind, im Falle des Typus *L. pomona* das Schwein. Infektionen von Pferd zu Pferd sind unbekannt. Wegen der im Vergleich zu anderen wirtschaftlichen Nutztieren günstigen Haltungsbedingungen treten Leptospirenerkrankungen nur vereinzelt auf. Es muß aber immer und überall damit gerechnet werden.

Der Erreger dringt durch Eigenbewegung aktiv in den Organismus ein und gelangt so auch ins Blut, von dort in die Leber, in der er sich vermehrt. Daraus erklärt sich eine Störung der Leberfunktion. Von den Leptospiren gebildete Toxine zerstören die roten Blutkörperchen und bedingen so Blutarmut, Bluthamen und Gelbsucht (Ikterus). Weitere Schäden entstehen am Zentralnervensystem und an den Blutgefäßen.

→ **Erscheinungsbild.** Die Inkubationszeit dauert bis

zu 3 Wochen. Beim akuten Verlauf, der relativ selten ist, stehen apathisches Verhalten, Appetitmangel, Leistungsabfall, Puls- und Atembeschleunigung, Blutharnen und häufiger Urinabsatz in kleinen Mengen im Vordergrund. Die Körpertemperatur steigt plötzlich über 40 °C an. Weiterhin werden steifer Gang, Lähmungen und Muskelschmerzen beobachtet. Die sichtbaren Schleimhäute sind gelblich verfärbt (Ikterus) und können Spritzerblutungen zeigen. Diese rasche Krankheitsform dauert etwa 7 Wochen. Bei langsamen Krankheitsgeschehen stehen Abmagerung, Leistungsschwäche und periodisch wiederkehrende Fieberschübe im Vordergrund. Auch hierbei können Ikterus, Spritzerblutungen unter der Schleimhaut und beschleunigte Herztätigkeit auftreten. Vereinzelt wurden auch zentralnervöse Störungen beobachtet. Bei tragenden Stuten kann es im letzten Drittel der Trächtigkeit zum Verfohlen kommen.

Wiederholte Infektionen mit geringen Erregerdosen führen in bestimmten Fällen zu allergischen Augenkomplikationen, wie sie unter dem Bild der periodischen Augenentzündung bekannt sind. Die Krankheit ist in der Regel gutartig, nur bei ganz raschem Verlauf treten Todesfälle auf.

Zur Feststellung der Erkrankung ist eine genaue klinische und eine Laboruntersuchung nötig. Dazu gehören mehrere Blutuntersuchungen in Abständen von jeweils einer Woche. Abzugrenzen sind vor allem Infektionskrankheiten, die Veränderungen des Zentralnervensystems und des Blutes verursachen, wie z. B. die ansteckende Blutarmut, die Bornasche Krankheit, die Listeriose und die Piroplasmose.

→ **Behandlung und Vorbeuge.** Erkrankte Tiere sind von gesunden zu trennen und dürfen nicht belastet werden. Die Verabreichung von Antibiotika über einen längeren Zeitraum bringt sehr gute Heilerfolge, vor allem bei frühzeitigem Einsatz. Bei besonderer Gefährdung kann eine Impfung erfolgen.

Rotz (Malleus)

→ **Begriffsbestimmung.** Rotz ist eine Infektionskrankheit, die durch zum Zerfall neigende Knötchen, Geschwüre und typische Narbenbildung an den Schleimhäuten, der Haut und den inneren Organen gekennzeichnet ist. Sie verläuft häufig chronisch und kann auch auf Fleischfresser und den Menschen übertragen werden. Die Seuche ist in Europa getilgt. Sie ist anzeigepflichtig.

→ **Ursache.** Die Krankheit wird durch das Bakterium *Pseudomonas mallei* hervorgerufen, das mit dem Futter oder Trinkwasser in den Körper gelangt. Über die Rachen- und Darmschleimhaut dringt es in die Lymphknoten, in denen es sich vermehrt. Möglich sind auch Wundinfektionen. Durch das Einbrechen in die Blutbahn erfolgt eine Verschleppung in die verschiedensten Organe, in denen die geschilderten Knötchen und Geschwüre entstehen.

→ **Erscheinungsbild.** Die Inkubationszeit beträgt 3 bis 30 Tage. Beim Pferd dauert es mitunter aber oft Monate, bis Krankheitserscheinungen wahrnehmbar sind. Akute Verläufe sind selten, häufiger treten chronische Formen oder klinisch unauffällige (latente) Infektionen auf.

Nach der Lokalisierung der Krankheitserscheinungen wird zwischen Nasen-, Lungen- und Hautrotz unterschieden. Es können aber auch alle Formen gleichzeitig vorkommen.

Beim akuten Rotz treten hohes Fieber (41 bis 42 °C), meist einseitiger Nasenausfluß, der mit blutigen Streifen durchsetzt ist, und starke Rötung der Augen- und Nasenschleimhaut auf. Die Kehlgangslymphknoten sind entzündlich angeschwollen. Auf der Schleimhaut der Luftwege und auf der Haut bilden sich rasch zerfallende Knötchen. Die dadurch entstehenden Geschwüre haben einen unregelmäßigen, zerrissenen Rand und einen speckigen Grund. Sie können bis in das Knochengewebe vordringen. Nach dem Abheilen hinterlassen sie strahlige, eisblumenartige, weißliche Narben. Durch Schwellung der Schleimhaut der Luftwege entsteht Atemnot. Infolge Kreislaufversagen tritt bei diesem akuten Verlauf häufig der Tod ein.

Der chronische Rotz ist in der Regel klinisch unauffällig und kann sich über Monate und Jahre erstrecken. Bemerkenswert sind wiederkehrende Fieberschübe, Husten, Atembeschwerden und alle Anzeichen einer chronischen Lungenentzündung. Die Kehlgangslymphknoten sind meist mit der Umgebung verwachsen und deshalb nicht mehr verschiebbar. In den Hinterbeinen kann sich eine Phlegmone entwickeln, die bis zu den Sprunggelenken reicht.

→ **Vorbeuge.** Bei Verdacht auf diese Erkrankung ist sofort der Amtstierarzt zu verständigen, der durch eine umfassende klinische und Laboruntersuchung (Malleinaugenprobe, blutserologische Untersuchung, Erregernachweis), in die auch die anderen Pferde des Bestandes und der Umgebung einbezogen werden, eine genaue Klärung anstrebt. Eine Behandlung darf nicht erfolgen, erkrankte Tiere sind zu töten und unschädlich zu beseitigen, damit andere Pferde nicht gefährdet werden.

Brucellose

→ **Begriffsbestimmung.** Die Krankheit verläuft beim Pferd als stumme, klinisch unauffällige Infektion. In manchen Fällen kann sie als örtlich beschriebene Entzündung bestimmter Organe auftreten.
→ **Ursachen.** Es gibt drei Typen des Erregers, die bei der Ziege *(Brucella melitensis)*, beim Schwein *(Brucella suis)* und beim Rind *(Brucella abortus)* vorkommen und auf das Pferd übertragen werden können. Als wichtigster Überträger spielt das Rind allerdings nur eine Rolle, wenn es zusammen mit Pferden gehalten wird. Aufgenommen wird der Erreger mit dem Futter oder mit dem Trinkwasser, bei Fohlen mit infizierter Kuhmilch.
→ **Erscheinungsbild.** Bei diesen lokalen Erkrankungen werden Schleimbeutelentzündungen am Genick und am Widerrist hervorgerufen, die zuweilen zu brotlaibgroßen Umfangsvermehrungen mit flüssigem Inhalt anwachsen können (Foto 65, Seite 138). Wegen einer Kammerung ist bei einer Punktion keine vollständige Leerung möglich. Nach dem Aufbrechen (Abszedierung) entstehen Fisteln (Genick- und Widerristfisteln). Die austretende Flüssigkeit ist zunächst honiggelb. Durch zusätzliche Infektion mit Eitererregern kommt es zum Gewebszerfall. Die Absonderungen werden dadurch gelb und dickflüssig.

Neben diesen häufig auftretenden Schleimbeutelerkrankungen sind aber auch Gelenk-, Euter-, Regenbogenhautentzündungen und Brustbeinfisteln möglich.

Die Diagnose wird durch den Erregernachweis im austretenden Eiter oder durch blutserologische Untersuchung gestellt.
→ **Behandlung und Vorbeuge.** Eine Behandlung ist zwar möglich, muß aber aus seuchenhygienischen Gründen abgelehnt werden, weil die geheilten Tiere weiterhin Erregerträger und -ausscheider bleiben. Dadurch besteht besonders für Nutztierbestände, die frei von Brucellose sind, eine große Gefährdung.

Tuberkulose

→ **Begriffsbestimmung.** Die Tuberkulose ist eine schleichend verlaufende Infektionskrankheit. Sie tritt beim Pferd, dem eine angeborene hohe Widerstandskraft gegen diese Infektion eigen ist, verhältnismäßig selten auf. Sie wird meist nur dort angetroffen, wo tuberkulöse Erkrankungen beim Rind, Geflügel und Mensch verbreitet sind.
→ **Ursache.** Die Tuberkulose des Pferdes wird durch das *Mycobacterium tuberculosis* hervorgerufen, von dem 3 Typen bekannt sind. Infektionen mit *M. tuberculosis* haben ihren Ursprung beim Menschen, mit *M. avium* beim Geflügel und *M. bovis* beim Rind. Die bedeutendste Rolle spielt bei der Entstehung der Pferdetuberkulose das Rind. Die Aufnahme des Erregers geschieht mit verunreinigtem Futter über den Verdauungskanal.
→ **Erscheinungsbild.** Der Verlauf ist meist chronisch. Die klinischen Erscheinungen richten sich nach dem Ort der krankhaften Veränderungen. So können Husten, Atembeschwerden, eitrig-blutiger Nasenausfluß, Nasenbluten, verminderte Freßlust, Verdauungsstörungen und fortschreitende Abmagerung beobachtet werden. Hauttuberkulose äußert sich in sichtbaren Knoten, die an Größe zunehmen und zu erheblichen Verunstaltungen führen können. Nach eitriger Einschmelzung brechen sie auf. Es entstehen Fisteln. Alle Organerkrankungen gehen mit Veränderungen der zugehörigen Lymphknoten einher. In vielen Fällen bleiben die tuberkulösen Prozesse jedoch im Eintrittsorgan des Erregers bzw. dem dazugehörigen Lymphknoten herdförmig begrenzt und dadurch nicht selten auf Lebzeiten klinisch unauffällig. Der Nachweis der Krankheit stützt sich auf

- die klinischen Befunde,
- den Nachweis des Erregers sowie
- den positiven Ausfall allergischer Proben.

Zu letzteren muß bemerkt werden, daß Pferde auf den Kontakt mit Tuberkulosebakterien wesentlich heftiger reagieren als Rinder. Das ist die Ursache für die häufig bei dieser Probe auftretende Hautschwellung, ohne daß tuberkulöse Prozesse vorhanden sind. In Zweifelsfällen müssen deshalb weitere Proben ausgeführt werden.
→ **Behandlung und Vorbeuge.** Eine Behandlung ist zwar möglich, verbietet sich aber aus seuchenhygienischen Gründen, da tuberkulosekranke Pferde eine Ansteckungsgefahr für tuberkulose-

freie Nutztierbestände darstellen. Sie werden deshalb getötet.

Druse

→ **Begriffsbestimmungen.** Die Druse ist eine akute, fieberhafte Infektionskrankheit der Pferde, die auf der ganzen Welt vorkommt. Sie ist durch eine eitrige Entzündung der oberen Luftwege gekennzeichnet, bei der stets die zugehörigen Lymphknoten ebenfalls erkranken und einschmelzen.
→ **Ursachen.** Die Krankheit wird durch *Streptococcus equi* verursacht, ein Bakterium, das nur beim Pferd vorkommt. Besonders empfindlich sind Fohlen, vor allem, wenn die natürliche Widerstandskraft infolge von Haltungs- und Fütterungsmängeln sowie durch Streßsituationen geschwächt ist.

Nach Ausbruch einer Erkrankung vermehren sich die Erreger so stark und vergrößern ihre krankmachenden Eigenschaften, daß bald auch erwachsene Tiere des Bestandes erkranken. Auch in Rennpferdebeständen kann hin und wieder Druse beobachtet werden.
→ **Erscheinungsbild.** Die Inkubationszeit beträgt 2 bis 5 Tage. Danach treten hohes Fieber (40 bis 41 °C), Mattigkeit, Appetitmangel und nach etwa 24 Stunden ein Nasenkatarrh auf. Der Ausfluß ist zunächst trüb, nach 3 bis 4 Tagen wird er schleimig-eitrig (Foto 100, Seite 207). Die katarrhalische Entzündung dehnt sich auf die Bindehäute und die Maulschleimhaut aus. Das äußert sich in Speichelfluß, Husten und eitrigem Augenausfluß.

Die Lymphknoten des Kehlgangs, der Ohrspeicheldrüse und des Rachenraums schwellen an, sind fest, warm und schmerzhaft. Durch eitrige Einschmelzung kommt es zu Abszessen, aus denen sich ein weißgelber, rahmiger Eiter entleert. Durch Verschleppung der Keime findet man solche Abszesse in anderen Organen, wie z. B. der Lunge, der Niere und im Gehirn. Durch Schmierinfektion können Drusepusteln und -abszesse auch an den Geschlechtsorganen, dem Euter und im Bereich des Afters gefunden werden. Besonders bei Fohlen verläuft die Erkrankung meist sehr rasch und führt durch die Entstehung einer Lungenentzündung häufig zum Tode.

Für die Erkennung der Krankheit ist bei fortschreitendem Verlauf das gehäufte Auftreten von Lymphknotenabszessen im Kopfbereich wichtig. In Gestüten erkranken neben den Fohlen meist auch die Mutterstuten, wenn auch weniger heftig. Schließlich kann der Erreger im Eiter nachgewiesen werden.
→ **Behandlung.** Eine Behandlung mit Penicillin (Mittel der Wahl) sollte an bestimmte Voraussetzungen gebunden sein:
- schnelle Anwendung vor Abszeßbildung,
- kein Fieberrückgang nach Abszeßeröffnung,
- bei verschleppter Druse.

Die Verabreichung sollte so frühzeitig wie möglich erfolgen, um eine Abszeßbildung oder Verschleppung des Erregers über die Blutbahn zu verhindern. Bekannt sind auch Kombinationen von Antibiotika und unspezifischen Reizkörpern. Eine Abszeßreifung kann mit durchblutungsfördernden Einreibungen unterstützt werden. Durch operative Öffnung ist für eine Entleerung des Eiters zu sorgen.
→ **Vorbeuge.** In besonders gefährdeten Beständen ist eine Impfung zu empfehlen. Besonders wichtig ist jedoch, durch gewissenhafte Untersuchung und die Einhaltung von Quarantänemaßnahmen bei Tierumsetzungen einer Einschleppung des Erregers vorzubeugen. Planmäßige Desinfektionen sorgen für eine Erregerverdünnung und helfen mit, einen Ausbruch der Erkrankung zu verhindern.

Borreliose, Lyme-Disease

→ **Begriffsbestimmung.** Diese Infektionskrankheit wurde erstmals in Lyme (USA) beschrieben. Sie ist in der ganzen Welt verbreitet und wird von Zecken übertragen. Es können Mensch und Tier befallen werden.
→ **Ursache.** Der Erreger ist ein Bakterium *(Borrelia burgdorferi)*. Borrelien sind bewegliche Schraubenbakterien. Sie werden in Europa durch die dreiwirtige Zecke *Ixodes ricinus* (Holzbock) und die Igelzecke *(Ixodes hexagonus)* übertragen. Da Pferde auf der Weide häufig von diesen Parasiten befallen werden, muß grundsätzlich mit einer Infektion gerechnet werden.
→ **Erscheinungsbild.** Nach den bisherigen Beobachtungen verläuft die Erkrankung beim Pferd meist latent, das heißt ohne sichtbare Krankheitsanzeichen. Sie ist nur serologisch im Blut nachweisbar. Bei einem Teil der Reagenten treten offenbar aber auch Symptome auf, die auf einen Befall mit Borrelien zurückgeführt werden können. So werden bei

diesen Tieren Fieber, Apathie, Futterverweigerung, Hautüberempfindlichkeit, Lahmheit, Steifheit, Gelenkschwellungen, Gliedmaßenverdickungen, Hufrehe und neurologische Erscheinungen (Gehirnentzündung, Bewegungsstörungen und Schweiflähmung) beschrieben. Bei einem Pferd wurde eine beidseitige Augenentzündung festgestellt.

→ **Behandlung.** Neben Behandlungen der einzelnen Krankheitserscheinungen werden Antibiotika, insbesondere Penicillin, Erythromycin und Tetracylin in hoher Dosierung eingesetzt.

Botulismus

→ **Begriffsbestimmung.** Botulismus ist eine Erkrankung, die durch Nervengifte hervorgerufen wird und zur schlaffen Muskellähmung und Hirnnervenausfällen führt. Die von der Bakterienart *Clostridium botulinum* gebildeten Gifte werden meist über Verunreinigungen im Futter und Tränkwasser aufgenommen. Obwohl Pferde sehr empfindlich sind, tritt die Erkrankung relativ selten auf.

→ **Ursachen.** Die im Boden vorkommenden Botulismusbakterien sind anaerobe Sporenbildner, d.h. sie vermehren sich unter Luftabschluß und bilden Dauerformen, in denen sie unter ungünstigen Umweltbedingungen lange überleben können. Sie produzieren verschiedene Toxintypen, von denen Typ B die größte Bedeutung erlangt. Das Botulismustoxin ist nicht an die Bakterienzelle gebunden, es wird von den sich vermehrenden Bakterien in das umgebende Substrat ausgeschieden.

Im allgemeinen ist Rauhfutter (Heu, Silageheu), in dem sich verwesende Tierkörper (Mäuse, Ratten) befinden, Ausgangspunkt der Vergiftung. Bekannt sind auch Fälle, in denen diese von Futtermitteln ausging, die durch Hühnerkot verschmutzt waren. Die Toxine verbreiten sich über die Blutbahn und schädigen die Nervenfasern und das autonome Nervensystem. Die Folge sind Lähmungen der Muskulatur.

→ **Erscheinungsbild.** Die Inkubationszeit richtet sich nach der Menge des aufgenommenen Giftes. Sie beträgt etwa 8 bis 72 Stunden, vereinzelt auch mehr. Zunächst zeigen die Tiere Störungen bei der Futteraufnahme und leichte Kolikerscheinungen, sie sind etwas abgeschlagen, schwitzen stark und weisen verstärkte Atemgeräusche auf. Eine genauere Untersuchung läßt eine Zungenlähmung, Schluckbeschwerden, Augenlidlähmungen und oft auch eine Verlangsamung des Pupillarreflexes sowie Pupillenerweiterung erkennen. Der Schweif hängt völlig schlaff herab. Fieber liegt nicht vor.

Die Lähmungserscheinungen führen nach 8 bis 14 Tagen unter zunehmender Benommenheit (Somnolenz) der Pferde, meist infolge einer Atemlähmung, zum Tode.

6 Stoffwechselstörungen, Mangelkrankheiten und Vergiftungen

Stoffwechselstörungen und Mangelkrankheiten

Stoffwechselstörungen treten als Folge von Störungen der Stoffwechselregulation selbständig oder als Komplikation anderer Erkrankungen auf.

Mangelkrankheiten werden durch qualitative oder quantitative Mängel der Futterration verursacht. Dabei kann der betroffene Bestandteil von Anfang an in ungenügender Menge vorliegen oder trotz ausreichender Aufnahme mit dem Futter infolge hemmender Einflußfaktoren nur ungenügend resorbiert werden. Mangelkrankheiten verlaufen anfangs gewöhnlich schleichend mit allmählich zunehmenden Störungen, während Stoffwechselstörungen meist innerhalb kurzer Zeit zu deutlichen Krankheitserscheinungen führen. Es ist aber oft nicht möglich, Stoffwechselstörungen und Mangelkrankheiten exakt zu trennen, weil beide Formen ineinander übergehen können.

Stoffwechselbedingte Erkrankungen des Skelettsystems

→ Begriffsbestimmung und Ursachen. Knochen bestehen aus weicher organischer Grundsubstanz, in die Mineralstoffe eingelagert sind, die die Festigkeit und die Härte des Knochens bedingen. Die Mineralstoffe liegen z. T. in Form eines Kristallgitters vor, das den Knochen eine sehr große innere „Oberfläche“ (insgesamt etwa 200 m^2) gibt. Auch ausgewachsene Knochen nehmen am Stoffwechsel teil. Ihre Bestandteile, einschließlich der Mineralstoffe, werden ständig ausgelöst und neu ersetzt. Bei wachsenden Knochen überwiegt die Einlagerung.

Die in diesem Abschnitt zusammengefaßten Skelettsystemerkrankungen werden durch Stoffwechselstörungen verursacht. Dabei kommt es zur Disproportion zwischen Auf- und Abbau der organischen Knochengrundsubstanz bzw. Einlagerung und Auslösung der mineralischen Knochenasche. Die am Knochen ablaufenden Austauschvorgänge sind gestört. Überfütterung mit sehr eiweiß- und energiereichem Futter kann bei Fohlen zu einem die Krankheit auslösenden Faktor werden. Diese Tiere zeigen ein beschleunigtes Skelett- und Muskelwachstum. Da aber Festigkeit und damit Belastbarkeit der Knochen oft nicht im erforderlichen Maße erhöht werden, können verstärkt wirkende Muskelkräfte und auch eine erhöhte Körpermasse zu Überlastungsschäden am Skelett führen. Neben diesen indirekten Schäden ist nach zu mastiger Fütterung auch mit direkten Störungen am Skelettsystem zu rechnen. Ein übersteigerter Energiegehalt der Ration (zu hoher Kohlenhydrat- und Fettanteil) wird von der Schilddrüse mit einem Abfall der Hormonbildung (Thyroxin) beantwortet. Daraus resultiert ein negativer Effekt auf die Knorpelreifung. Knochen- und Knorpelschäden wurden auch nach übermäßiger Aufnahme proteinreicher Nahrung bei wachsenden Pferden beobachtet; die Erkrankung wurde durch Kalziummangel verstärkt und trat besonders im Knochen-Knorpel-Bereich der großen Gelenke auf (Osteochondrosis dissecans). Offenbar spielt eine erbliche erhöhte Empfindlichkeit eine Rolle.

Kalzium (Ca) und **Phosphor (P)** stellen den Hauptanteil der Knochenasche. Bei länger dauerndem Mangel in der Futterration (für Kalzium relativ häufig nachgewiesen) oder gestörter Aufnahme eines oder beider Elemente aus dem Darminhalt, z. B. bei ungenügender Vitamin-D-Versorgung, werden weniger Mineralien in die wachsenden Knochen junger Tiere eingelagert bzw. zuviel den Knochen erwachsener Tiere entzogen. Dadurch verringern sich Härte und Belastungsfähigkeit der Knochen. So entsteht die **Rachitis** der Fohlen oder die **Knochenweiche** (Osteomalazie) der erwachsenen Pferde.

Außer der absoluten Deckung des Bedarfs an den beiden Elementen Kalzium und Phosphor ist ihr Mengenverhältnis in der Futterration bedeutungsvoll. Dieses Ca:P-Verhältnis soll 1:1 bis 2:1 betragen (optimaler Bereich 1,2 bis 1,5:1). In Grünfutter und Heu ist das weitgehend gegeben. Je höher aber der Konzentratfutter-(Kraftfutter-)Anteil an der Ration ist, desto mehr verschiebt sich dieses Verhältnis zu Gunsten des Phosphors, so daß beim Sportpferd im allgemeinen ein Phosphorüberschuß in der Ration vorliegt. In diesem Fall wird mehr Phosphor als Kalzium aus dem Darm aufgenommen. Um das Gleichgewicht im Blut wieder herzustellen, bildet die Nebenschilddrüse mehr Hormon, welches Kalzium und Phosphat im Überschuß aus den Knochen löst. Dadurch verlieren diese nach einiger Zeit ihre Härte („Faserknochen"), zeigen Auftreibungen und verformen sich **(Osteofibrose).** In weniger ausgeprägten Fällen reagieren die Gliedmaßenknochen an den Ansatzstellen von Sehnen und Bändern, wo Zug ausgeübt wird, mit Entzündungen und Knochenzubildungen. Das kann zu Lahmheiten und frühzeitiger Unbrauchbarkeit der Pferde führen. Neben den Mengenelementen Kalzium und Phosphor ist auch die Versorgung mit bestimmten Spurenelementen für die Bildung eines gesunden Knochensystems von Bedeutung. So wurden enge Beziehungen zwischen Gliedmaßenfehlstellung sowie Hufveränderungen bei Jährlingen und einer Kalzium-, Phosphor-, Kupfer- und Zink-Unterversorgung festgestellt. Besonders ein Kupfermangel muß als Ursache von Umfangsvermehrungen an den Gelenken, Stelzfußausbildung und schweren degenerativen Veränderungen an Gelenk- und Epiphysenknorpel angesehen werden. Ein Kupfermangel kann auch sekundär durch die Aufnahme toxischer Zink- und Kadmiummengen ausgelöst werden. Auch ein erheblicher Vitamin-D-Überschuß kann zu Knochenstörungen, und zwar zur Entkalkung, führen. Das geht mit einer Verkalkung von Sehnen und Bändern und einer erhöhten Kalkablagerung in Herz, Nieren und Blutgefäßen, und damit mit weiteren Schädigungen, einher.

→ **Erscheinungsbild.** Verringerte physische Belastbarkeit und rasche Ermüdung sind die ersten unspezifischen Erscheinung dieser Erkrankungen. Die Belastung der erkrankten Gliedmaßenknochen ist schmerzhaft. Deshalb laufen die Pferde nur ungern, zeigen einen steifen, gespannten Gang und stehen, wenn sie gelegen haben, vorsichtig auf. Bei der Rachitis der jungen Pferde sind die unteren Teile von Speiche und Röhrbein schmerzhaft aufgetrieben, daneben sind besonders Vorderfußwurzel-, Sprung- und Fesselgelenke verdickt. Infolge der Knochenzubildung an den Ansatzstellen von Sehnen und Bändern im Bereich der Gliedmaßen können Lahmheiten entstehen. Veränderungen treten auch an der Wirbelsäule auf, die in ausgeprägten Fällen als Verkrümmung sichtbar werden.

Zu Faserknochen werden vorwiegend Kopfknochenplatten umgewandelt, die dann derb-elastische, großflächige, schmerzempfindliche Auftreibungen zeigen. Wenn auch die Nasenhöhlen eingeengt werden, entstehen schnarchende Atemgeräusche. Auch das Kauen ist schmerzhaft. Im Röntgenbild wird eine verminderte Mineralisation der Kopfknochen sichtbar, die z.T. auch an den Röhrenknochen der Gliedmaßen nachweisbar ist. Der Spiegel des Nebenschilddrüsenhormons (Parathormon) sowie die Phosphatkonzentration des Blutserums und die Phosphatausscheidung mit dem Harn sind erhöht und haben diagnostische Bedeutung. Die klinischen Erscheinungen entwickeln sich bei jungen Pferden aufgrund des intensiven Knochenwachstums schneller als bei älteren. Die Erkrankung kann bei Pferden verschiedener Rassen, so auch bei Vollblutpferden, auftreten. In ausgeprägter Form wird sie am häufigsten bei Ponys beobachtet.

→ **Behandlung.** Die Tiere sind bedarfsdeckend mit Kalzium und Phosphor in einem ausgewogenen Verhältnis zu versorgen und erhalten zusätzlich Vitamin D. Dadurch wird die Mineralisierung der Knochen verbessert; eine bestehende Verformung kann aber nicht mehr behoben werden. Wenn die Knochenerkrankung auf eine zu hohe Phosphataufnahme zurückzuführen ist (Osteofibrose) sollte die Ration für $^1/_2$ bis 1 Jahr auf ein Ca : P-Verhältnis von 4 : 1 umgestellt werden. Bei dieser Fütterung kann auch eine starke Auftreibung der Kopfknochen fast wieder zum ursprünglichen Zustand zurückgehen.

→ **Vorbeuge.** Probleme bei der Mineralisation können besonders bei jungen Pferden entstehen, deren Skelettwachstum noch nicht abgeschlossen ist und die schon erheblichen Trainings- und Wettkampfbelastungen ausgesetzt sind. Das gilt z. B. für Vollblutpferde, die bereits zweijährig Rennen laufen und gerade in diesem Alter noch beträchtlichen Knochenzuwachs bringen. Die „Schienbeinerkrankung" dieser Tiere ist Ausdruck einer solchen Diskrepanz zwischen Knochenreifung und Belastung. Grundsätzlich sind junge Tiere in Perioden, in denen sie stark wachsen und an Körpermasse zunehmen, am meisten gefährdet. Dann werden Ca-P-Fehlernährung und Vitamin-D-Mangel am wenigsten toleriert. Die entstehenden Skelettschäden können oft erst später, wenn die Tiere intensiveren Belastungen ausgesetzt sind, als Lahmheit sichtbar werden und Nutzbarkeit und Nutzungsdauer der Tiere beeinträchtigen.

Als Voraussetzung für eine ausreichende und ausgewogene Versorgung ist der Kalzium- und Phosphorgehalt der Futterration anhand von Analysenergebnissen oder Tabellenwerten zu berechnen und entsprechend den Bedarfszahlen zu korrigieren.

Kalziumreiche Futtermittel sind Luzerne- und Kleeheu, phosphorreich ist Kraftfutter (Hafer). Meist liegt ein Phosphorüberschuß vor, so daß die Ration durch eine kalziumreiche und phosphorarme Mineralstoffmischung für Pferde ergänzt werden muß. Vitamin D können die Pferde in der Haut bilden, indem sie den UV-Anteil des Sonnenlichtes ausnutzen. Bei mindestens halbtägigem Aufenthalt auf der Weide dürfte diese Vitamin-D-Quelle ausreichen. Reich an Vitamin D ist sonnengetrocknetes Heu. Bei Pferden, die im Winter wenig Heu erhalten und sich überwiegend im Stall befinden sowie bei Hochleistungstieren ist es erforderlich, zusätzlich Vitamin D zu verabreichen. Das kann mit vitaminisiertem Futter oder durch Zusatz von Vitaminpräparaten erfolgen, da Vitamin D über den Magen-Darm-Kanal gut aufgenommen wird. Ferner sei darauf hingewiesen, daß auch die ausreichende Versorgung mit anderen Vitaminen (z. B. A und C) sowie ein bedarfsdeckendes, vollwertiges Eiweißangebot mit der Ration für die Prophylaxe von generalisierten Skelettsystemerkrankungen Bedeutung haben.

Es sei nochmals darauf hingewiesen, daß auch eine zu hohe Vitamin-D-Aufnahme, wie sie z. B. durch den unkontrollierten Einsatz mehrerer Vitamin-D-supplementierter Futterkomponenten verursacht werden kann, und eine erhebliche Energie- und Eiweißüberversorgung zu Schäden führen können und deshalb vermieden werden müssen.

Stoffwechselstörungen durch Senkung des Kalziumspiegels

→ Ursachen. Ein meist plötzlich eintretender Abfall des Kalziumspiegels im Blut (Hypokalzämie) stellt selbst keine Erkrankung, sondern nur eine biochemisch erfaßbare Abweichung von der Norm dar, die aber Leistungsminderungen und auch erhebliche Erkrankungen zur Folge haben kann. Ein normaler Kalziumspiegel des Blutes ist für die Gesundheit der Tiere überaus wichtig und wird exakt eingehalten. Trotzdem kann ein Abfall dann eintreten, wenn neben ungenügender Kalziumaufnahme aus dem Darm, z. B. infolge eines niedrigen Kalziumgehaltes und eines Phosphorüberschusses in der Ration oder Vitamin-D-Mangels, bei hohem Verbrauch plötzlich viel Kalzium abgegeben werden muß. Diese Situation soll durch erhöhte Kalziumabgaben mit dem Schweiß bei schwer arbeitenden Pferden entstehen können, obwohl die Tiere nur maximal 0,5 g Kalzium stündlich verlieren.

Es liegen Untersuchungsergebnisse vor, wonach bei Reitpferden der Kalziumspiegel des Blutes nach längerer intensiver Belastung (Distanzritte) abfällt. Das könnte außer auf erhöhte Kalziumverluste auch auf eine verminderte Kalziumresorption in der Belastungsphase zurückzuführen sein. Große Kalziummengen werden säugenden Stuten mit der Milch entzogen. Bei diesen Tieren kann, wenn die Regulation des Kalzium-Blutspiegels überfordert wird, innerhalb kurzer Zeit ein deutliches Abfallen des Blutkalziums auftreten und zu ausgeprägten Krankheitserscheinungen führen. Ein Abfallen des Kalziumspiegels wurde auch bei Stuten während der Rosse (besonders Fohlenrosse) und bei Pferden mit Verdauungsstörungen beobachtet. Übrigens bestehen enge Beziehungen zwischen Kalzium und Magnesium, und meist sinkt auch der Magnesiumspiegel im Blut. Bisher wurde diese relativ selten auftretende Erkrankung bei Stuten, Wallachen und Fohlen beschrieben.

→ Erscheinungsbild. Die klinischen Erscheinungen sind vom Grad des Abfalls des Kalziumionenspiegels im Blut abhängig. Ein gering verminderter Spiegel beeinträchtigt die Nerventätigkeit und verringert dadurch die Leistungsfähigkeit der Tiere. Muskelzuckungen und synchrones Zwerchfellflattern können auftreten. Bei fortlaufendem Abfall des Kalziumspiegels wird eine zunehmende Steifheit der Gliedmaßen, besonders der Hinterhand und auch des Halses, beobachtet. Die Gliedmaßenmuskeln sind krampfartig gespannt. Nur mit Mühe können diese Tiere vorwärts bewegt werden, wobei sie die Gliedmaßen weitgehend unkoordiniert führen. Wenn sie zusammenbrechen, sind sie meist nicht in der Lage, sich selbständig wieder zu erheben. In schweren Fällen sind Puls- und Atmungsfrequenz stark beschleunigt. Oft besteht Harnblasenlähmung, so daß kein Harn abgesetzt werden kann und die Blase stark gefüllt ist.

Vom Wundstarrkrampf ist die Erkrankung dadurch abzugrenzen, daß ihr Erscheinungen wie Nickhautvorfall, Kaumuskelkrampf, Sägebockstellung der Beine und Überempfindlichkeit gegen äußere Reize fehlen.

→ **Behandlung.** Bei ausgeprägter Erkrankung ist möglichst schnell ein Tierarzt hinzuzuziehen, der Kalzium- und Magnesiumlösungen in das Blut verabreicht. Bereits während oder kurz nach dieser Behandlung bessert sich das Krankheitsbild, Puls- und Atemfrequenz gehen in den Normbereich zurück, die Muskelkrämpfe lösen sich, oft setzen die Tiere spontan Harn ab. Trotzdem muß die Behandlung meist wiederholt werden.

Mit Kalziuminfusionen kann auch das **Zwerchfellflattern** erfolgreich behandelt werden. Diese dramatisch verlaufende Erkrankung kann nach starker Aufregung auftreten und ist durch herzschlagsynchrones Flankenschlagen, verbunden mit dumpfen Klopftönen, die bereits an der Boxentür zu hören sein können, charakterisiert.

→ **Vorbeuge.** Durch ausreichende, der Leistung (besonders während der Laktation oder in Phasen starker physischer Belastung) angepaßte Fütterung mit bedarfsdeckender Mineralstoff- und Vitamin-D-Versorgung und ausgeglichenem Ca: P-Verhältnis kann der Erkrankung vorgebeugt werden. Es muß auch beachtet werden, daß die Kalziumresorption durch Oxalsäure, die z. B. im Rübenblatt in bedeutsamer Konzentration vorkommt und Kalzium im Darm in eine nichtresorbierbare Verbindung überführt, und durch eiweißarme Fütterung verschlechtert wird.

Tetanie (Magnesiummangel)

→ **Begriffsbestimmung und Ursachen.** Obwohl Pferde im allgemeinen mit der Nahrung ausreichend Magnesium aufnehmen, sind vereinzelt Erkrankungen zu beobachten, die durch ein Abfallen des Magnesiumspiegels im Blut (diagnostisch verwertbar) ausgelöst werden. Manchmal liegt gleichzeitig auch der Kalziumspiegel unter der Norm. Das Leiden kann bei Stuten vor der Geburt, während des Säugens und nach dem Absetzen oder nach längeren Transporten der Pferde auftreten.

→ **Erscheinungsbild.** Die Pferde sind unruhig und schwitzen. Ihr Blick ist starr. Die Zähne werden krampfhaft zusammengebissen; nur mit Gewalt läßt sich das Maul öffnen. Die Nüstern sind verkrampft und trompetenartig geweitet. Hals und Kopf werden nach vorn gestreckt. An Kopf, Hals und Rumpf treten feine Muskelzuckungen auf, die von stärkeren Krämpfen unterbrochen werden. Die Tiere stehen unsicher, mit gespreizten Beinen, und sind nur mit Mühe vorwärts zu bringen. Ihre Futteraufnahme ist gestört. Diese Erkrankung darf nicht mit Wundstarrkrampf verwechselt werden.

→ **Behandlung.** Der Tierarzt wird den erkrankten Tieren magnesium- (und kalzium-)haltige Lösungen in das Blut verabreichen, worauf sich innerhalb kurzer Zeit der Zustand verbessert. Magnesiumpräparate können auch übernervösen Pferden erfolgreich zur Beruhigung zugefüttert werden.

→ **Vorbeuge.** Ausreichende Magnesiumversorgung ist zu sichern. Es ist zu beachten, daß die Magnesiumverwertung aus dem Magen-Darm-Kanal durch hohen Kalzium- oder Phytingehalt der Futterration verringert wird. Pferde geben bei stärkerer körperlicher Belastung 1 bis 3 g Magnesium täglich mit dem Schweiß ab. Dieser Verlust muß durch 2 bis 6 g Magnesium pro Tag ersetzt werden. Aus der Tabelle Seite 370 sind in diesem Falle die höheren Bedarfszahlen zu wählen.

Natriummangel und Natriumüberschuß

→ **Begriffsbestimmung und Ursachen.** Meist erhalten Sportpferde in der Ration zuwenig Natrium, wenn nicht eine Ergänzung durch natriumhaltige Mineralstoffgemische oder Viehsalz (vergälltes Kochsalz) erfolgt. Damit besteht die Gefahr eines **Natriummangels.**

Großpferde benötigen täglich 18 bis 25 g Natrium (Tabelle Seite 370).

Dieser Bedarf liegt im Vergleich zu anderen landwirtschaftlichen Nutztieren hoch, weil arbeitende Pferde mit dem Schweiß erhebliche Natriummengen ausscheiden. Pro Liter Schweiß sind das 3 bis 4 g. Die Schweißmenge, die ein Pferd abgibt, hängt von der Intensität und Dauer der Bewegung und von der Umgebungstemperatur ab. Sie schwankt bei einem Großpferd zwischen 2 und 7 kg je Stunde. Unter extremen Bedingungen kann ein Pferd mit dem Schweiß etwa 30 bis 50 g Natrium in einer Stunde verlieren. Das erklärt die bei Rennpferden aufgetretenen natriumdefizitären Zustände. Kalium und Chlorid werden ebenfalls in erheblichen Mengen mit dem Schweiß ausgeschieden. Die beiden Elemente sind im Futter in der Regel im Überschuß enthalten, so daß der Körper durch vermehrte Resorption schwere Defizite vermeiden kann.

Bei ungenügend natriumversorgten Pferden ist die abgegebene Schweißmenge etwas verringert, was auf eine natriummangelbedingte Störung des Wasserhaushaltes und der Wasserverteilung im Körper zurückzuführen ist. Diese Beeinträchtigung der Schweißbildung ist ungünstig, weil das Schwitzen einen sinnvollen Anpassungsvorgang des Pferdes an die Belastung darstellt, der der Wärmeregulation dient. Einen hohen Natriumbedarf haben auch hochtragende und säugende Stuten.

→ **Erscheinungsbild.** Anzeichen einer Erkrankung treten erst bei langandauerndem Mangel auf. Sie sind unspezifisch und bestehen in verringerter Leistung, Mattigkeit, verminderter Ausdauer, schlaffer Haut, stumpfem Haarkleid, verringertem Appetit, verminderter Futteraufnahme und Masseverlust. Manchmal kommt es zur Lecksucht. Es wurde auch beobachtet, daß Pferde mit Natriummangel auf der Weide Erde und Pflanzenwurzeln aufnahmen, um das Natriumdefizit auszugleichen.

→ **Behandlung und Vorbeuge.** Sie sind weitgehend identisch und bestehen in der Zufütterung von Kochsalz (2,5 g enthalten etwa 1 g Natrium), das lose mit dem Futter oder als Leckstein angeboten wird, oder von kochsalzhaltigen Mineralstoffmischungen. Ausgeprägte klinische Erscheinungen treten erst bei hochgradigem Natriummangel auf. Mit einer Beeinträchtigung der Leistungsfähigkeit ist sicher schon eher zu rechnen. Deshalb gehört zu einer ausgewogenen Leistungsfütterung auch eine bedarfsdeckende Natriumversorgung. Da in Mangelsituationen die Natriumausscheidung mit dem Harn drastisch reduziert wird, können aus der Natriumkonzentration des Harns Rückschlüsse auf die aktuelle Versorgung gezogen werden (siehe Tabelle Seite 366).

Neben einem Natriummangel kann auch ein **Natriumüberschuß** auftreten. Betroffen sind immer Pferde, denen Kochsalz als Leckstein unrationiert zur Verfügung steht und die in größeren Mengen dieses Salz fressen. Bei diesen Pferden steigen Wasseraufnahme und Harnausscheidung stark an. Dadurch können die Tiere, die nicht in der Lage sind, die Natriumkonzentration des Harnes beliebig zu erhöhen, das im Überschuß aufgenommene Natrium mit dem Harn wieder ausscheiden. Eine Verhinderung der freien Wasseraufnahme könnte zur Kochsalzvergiftung führen. Die betroffenen Pferde zeigen Leistungsschwäche, schwitzen besonders schnell und ermüden leicht. Die Diagnose kann durch Bestimmung der Natriumclearance und der Natriumkonzentration im Harn gestellt werden, die trotz der großen Harnmenge noch hoch ist. Zur Behandlung wird den Pferden Kochsalz anstelle der freien Aufnahme in *bedarfsdeckender Menge* mit dem Futter verabreicht.

Hyperkaliämische periodische Paralyse (HYPP)

→ **Begriffsbestimmung.** Diese erbliche Erkrankung tritt anfallsweise auf und ist mit der Erhöhung des Kaliumspiegels im Blut und einer bis zur Lähmung führenden Muskelschwäche verbunden.

→ **Ursache** ist ein genetischer Defekt und damit eine Störung der Erbanlagen. Die Krankheit wird seit einigen Jahren bei Quarter Horses, ferner auch bei Appaloosas und Paints beobachtet. Zu Anfällen kommt es offenbar im Zusammenhang mit besonderen Belastungen der Tiere (Streßsituationen), wie Transport, Trainingsbeginn, besonders intensives Training und plötzliche Futterumstellung.

→ **Erscheinungsbild.** Betroffen sind besonders (aber nicht ausschließlich) junge Pferde im Alter von 2 bis 5 Jahren; männliche Pferde erkranken offenbar häufiger als Stuten; in der Regel handelt es sich um gut bemuskelte, im Sport erfolgreiche Tiere. Die Krankheitsanfälle können in Schweregrad und Ausprägung erhebliche Unterschiede aufweisen. Sie enden nur selten tödlich und dauern durchschnittlich 30 bis 90 Minuten, in Ausnahmefällen bis zu 7 Stunden. Das klinische Bild kann sich in Schwächeanfällen, mehrminütigem Muskelzittern, das an Hals- und Stammmuskulatur beginnt und auf weitere Muskelgruppen übergreift, taumelndem Gang, unkoordinierten Bewegungen der Gliedmaßen, Lähmung der Hinterhand, die zur hundesitzigen Stellung führen kann, oder allgemeiner Muskelschwäche mit Festliegen der Tiere äußern. Beobachtet wurden weiterhin ausgebreiteter starker Schweißausbruch,

Nickhautvorfall und Kehlkopflähmung, die zu einem inspiratorischen Atemgeräusch führen kann. Die Pferde machen einen ängstlichen, wachsamen Eindruck, zeigen aber keine Schmerzen und sind ansprechbar. Temperatur, Puls- und Atemfrequenz liegen meist im physiologischen Bereich. Im Blut der Tiere ist ein erhöhter Kaliumspiegel nachweisbar (5–11,7 mmol K/l Blutserum). Ferner können Hämatokrit und Gesamteiweiß sowie auch ASAT und CK im Blutserum erhöht sein.

→ **Behandlung.** Durch Infusionen mit Elektrolytlösungen (physiologische Kochsalz- oder Ringer-Laktatlösung) kann das Na:K-Verhältnis verbessert werden. Kalziumglukonatlösung schützt den Herzmuskel vor Arhythmien, die durch den Kaliumüberschuß ausgelöst werden und zum Tode führen können. Auch Bikarbonat- und 50%ige Glukoselösung werden i. v. verabreicht. Durch harntreibende Mittel kann die Kaliumausscheidung über die Nieren gefördert werden.

→ **Vorbeuge.** Regelmäßige Fütterung und die Möglichkeit der freien Wasseraufnahme sind zu sichern. Ein Kaliumüberschuß in den Futterrationen sollte vermieden werden. Grünfutter von Flächen, die mit Kaliumsalzen, Gülle oder Jauche gedüngt wurden, weist besonders hohe Kaliumgehalte auf und ist deshalb nicht geeignet. Bei Pferden mit wiederholten Anfällen kann eine vorbeugende tägliche orale medikamentelle Behandlung mit Acetazolamid versucht werden. Durch einen Gentest (Untersuchung von Blutproben) sind Pferde, die diesen genetischen Defekt aufweisen, zu ermitteln.

Blutarmut (Anämie)

→ **Begriffsbestimmung und Ursachen.** Ein Mangel an rotem Blutfarbstoff (Hämoglobin) und/oder an roten Blutkörperchen wird als Blutarmut bezeichnet. Eisen ist das zentrale Element des roten Blutfarbstoffes, der in den roten Blutkörperchen enthalten ist. Ungenügende Eisenversorgung begrenzt deshalb die Bildung des roten Blutfarbstoffes und kann zur eisenmangelbedingten Blutarmut führen. Ungenügende Kupferversorgung verursacht ebenfalls Anämie, weil Kupfer für die Eisenverwertung erforderlich ist. Für die Synthese des roten Blutfarbstoffes ist offenbar auch Vitamin C (Ascorbinsäure) wichtig. Pferde können im Gegensatz zum Menschen dieses Vitamin selbst bilden. Unter extremen Belastungen reicht aber wahrscheinlich diese Bildungskapazität nicht aus.

Da der Eisengehalt des Pferdefutters immer hoch ist und über dem Bedarf liegt, ist eine deutliche Eisenmangelanämie beim Pferd sehr selten.

Sie kann sich aber infolge chronischer Blutverluste entwickeln. Anämie wird auch nach erhöhtem Erythrozytenzerfall (Blutparasiten, Vergiftungen), erheblichem Eiweißmangel (Parasiten des Verdauungskanals) und bei bestimmten Infektionskrankheiten (Infektiöse Anämie, Streptokokkeninfektionen) beobachtet.

→ **Erscheinungsbild.** Ein wichtiges Symptom der Anämie sind blasse Schleimhäute (besonders Lidbindehäute). Die Pferde zeigen verminderte sportliche Leistungen, sind schnell überfordert, ermüden leicht und springen dann z. B. unsicher. Bei trainierten Vollblutpferden wurden leichte Anämiezustände beschrieben, die die Leistungspersistenz beeinträchtigen sollen. Sie sind durch einen Abfall der Zahl der roten Blutkörperchen unter 8 Millionen pro mm^3, des Volumenanteils der roten Blutkörperchen am Gesamtblut (Hämatokritwert) unter 0,35 und des roten Blutfarbstoffes unter 120 g pro Liter Blut gekennzeichnet.

→ **Behandlung.** Nach Abklärung der Ursachen kann eine gezielte Behandlung erfolgen. Bei Zufütterung von Eisenpräparaten ist zu beachten, daß ein zu hohes Eisenangebot sogar die Resorption anderer Spurenelemente beeinträchtigen kann. Eisenpräparate können auch mehrere Tage lang direkt in den Blutkreislauf (intravenös) gegeben werden, woraus ein deutlicher Anstieg der Konzentrationen des roten Blutfarbstoffes und der roten Blutkörper-

F59 **Wunde am Kopf mit Eröffnung der Kieferhöhle.** Blutung aus der Nüster.

F60 **Perforierende Bauchwunde** mit Darmvorfall.

F61 **Tiefe Satteldruckwunde.** Solche Wunden heilen meist sehr langsam.

F62 **Pigmentverlust nach Satteldruck** am Widerrist. Die veränderte Haut hebt sich schollenartig ab.

F63 **Widerristfistel.** Aus der Wundöffnung entleert sich eine eitrige, schleimige Flüssigkeit, die das Haarkleid verkrustet.

F64 **Widerristbeule.** Der unter der Haut liegende Schleimbeutel ist stark vergrößert.

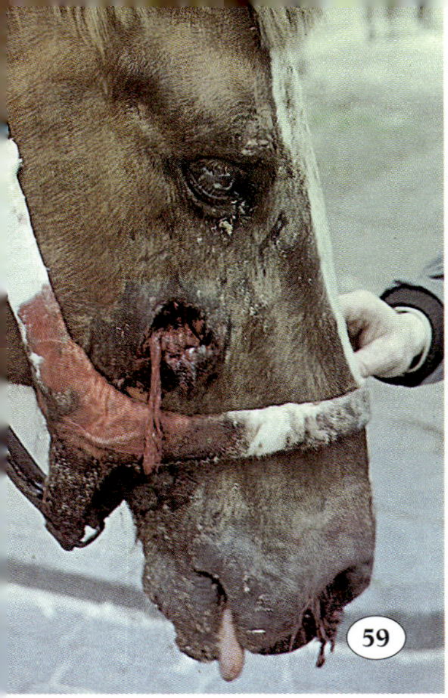

59

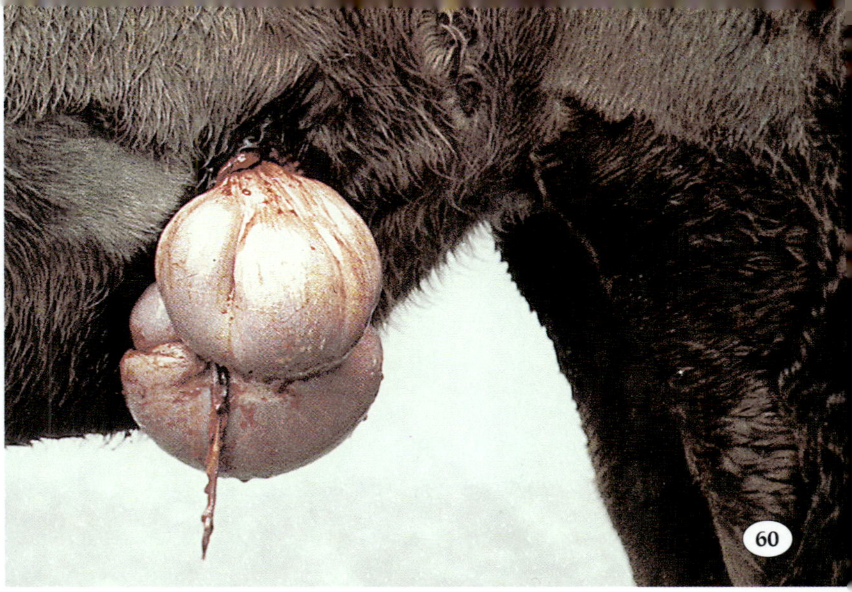

60

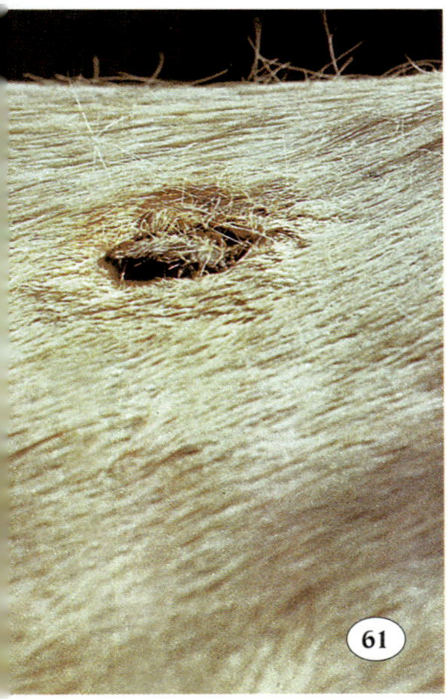

61

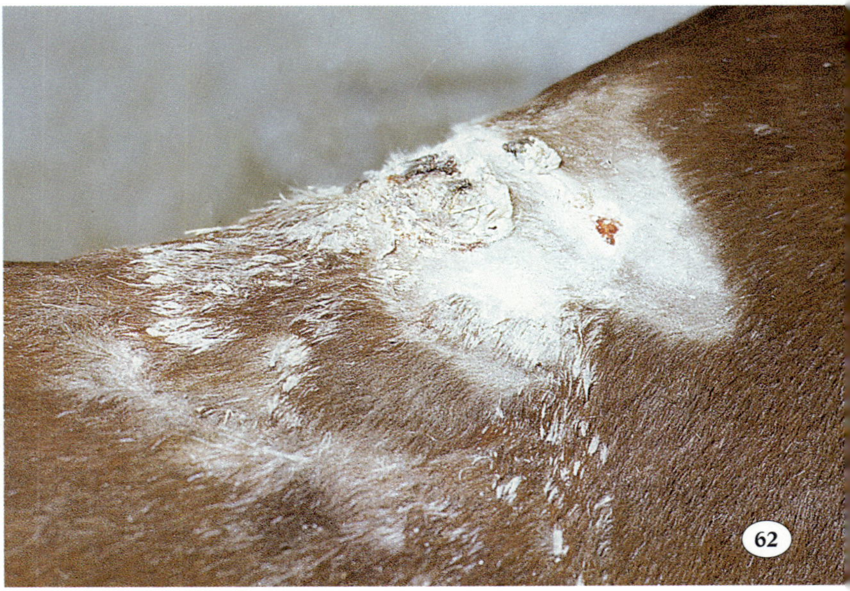

62

63

64

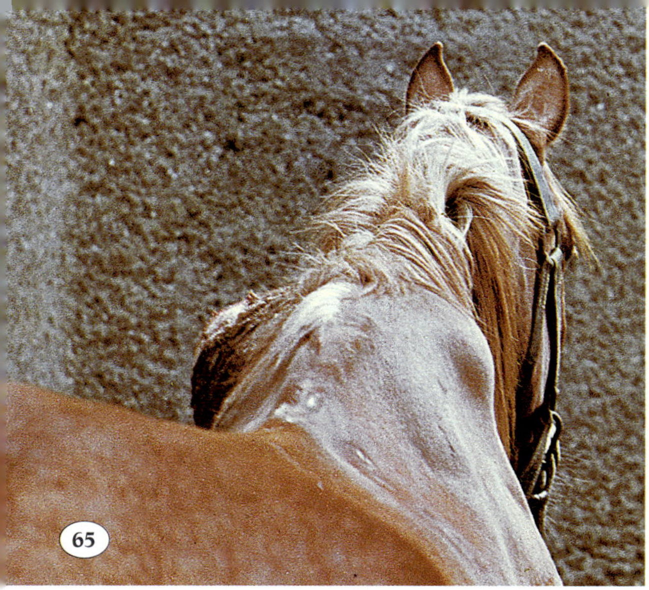
65

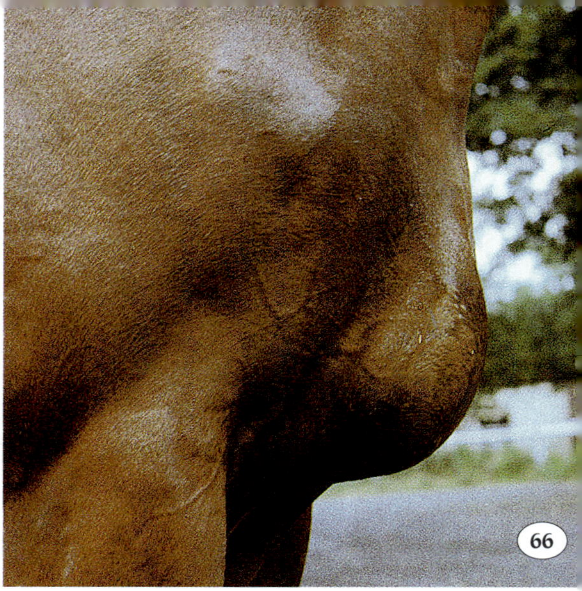
66

67

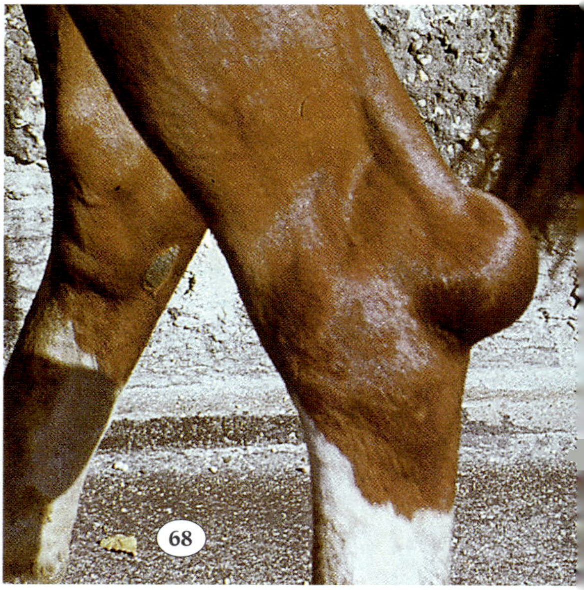
68

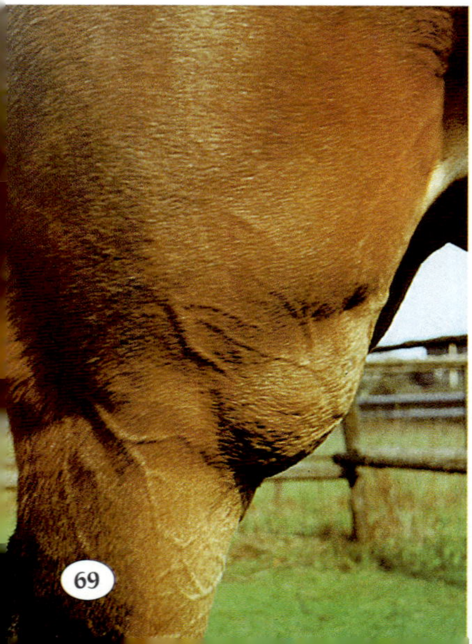
69

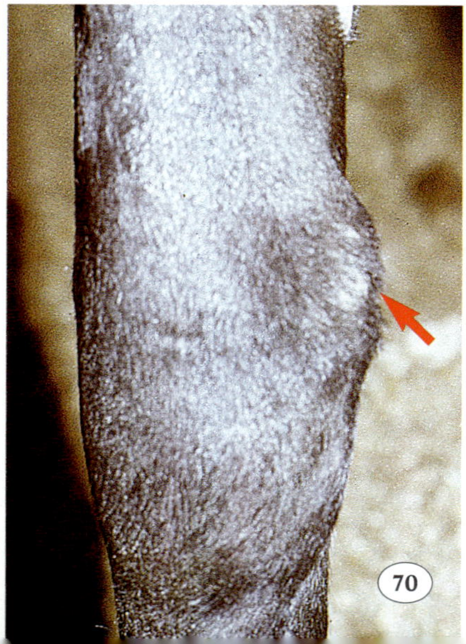
70

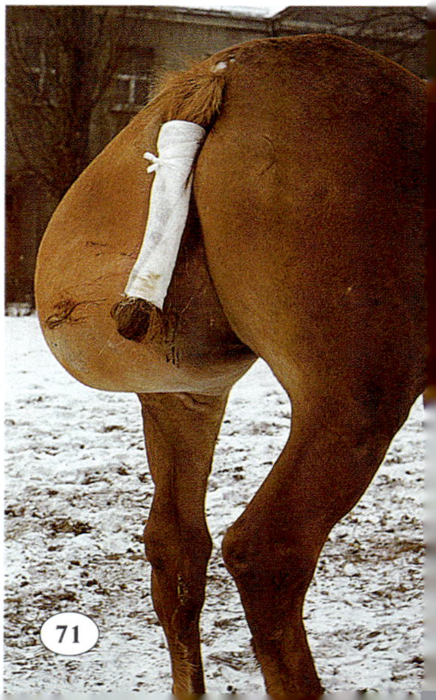
71

chen resultiert. Vitamin C sollte gleichfalls über mehrere Tage verabreicht werden.

→ **Vorbeuge.** Bei Sportpferden, die einen sogenannten „Leistungsknick" zeigen, sollten neben gründlicher Untersuchung auch der Gehalt des roten Blutfarbstoffes (Hämoglobin) und die Konzentration der roten Blutkörperchen (Hämatokrit) bestimmt werden. Falls diese Werte unter der Norm liegen und andere Ursachen (z. B. Parasiten) ausgeschlossen wurden, ist der Einsatz von Eisen- und Vitamin-C-Präparaten zu empfehlen.

Störungen der Schilddrüsenfunktion

→ **Begriffsbestimmung und Ursachen.** Die Schilddrüse liegt seitlich und unterhalb der ersten Knorpelringe der Luftröhre. Sie bildet jodhaltige Hormone, die in das Blut abgegeben werden und stoffwechselregulierend Wachstum und Entwicklung der Tiere beeinflussen. Bei Jodmangel liegt ein wichtiger Baustein dieser Schilddrüsenhormone in ungenügender Menge vor, woraus eine reduzierte Hormonsynthese resultiert. Das führt zu Erscheinungen der **Schilddrüsenunterfunktion.**

Iodmangel kann primär oder sekundär entstehen. Im ersteren Fall ist er auf eine ungenügende Jodversorgung zurückzuführen. Im letzteren Fall ist das Jodangebot ausreichend, die Jodresorption und die -verwertung durch die Schilddrüse sind jedoch beeinträchtigt.

Die Jodaufnahme der Pferde verschlechtert sich in Mitteleuropa von Norden nach Süden mit abfallendem Jodgehalt der Pflanzen. Das kann in bestimmten Gebieten zu primärem Jodmangel führen. Erhöhter Nitratgehalt und weit über dem Bedarf liegender Kalziumgehalt des Futters sowie bestimmte Inhaltsstoffe von Pflanzen, z. B. des Leinsamens, hemmen die Jodverwertung und Bildung der Schilddrüsenhormone und können einen sekundären Mangel hervorrufen.

→ **Erscheinungsbild.** Eine Schilddrüsenunterfunktion bewirkt allgemeine Leistungsschwäche und beeinträchtigt die Geschlechtsfunktion von Hengsten und Stuten. Körpertemperatur und Herzfrequenz sind niedrig. Die Schilddrüse vergrößert sich (Kropfbildung) mit dem Ziel, durch erhöhte Leistung auch unter den Bedingungen des Jodmangels dem Körper ausreichend Hormone zur Verfügung zu stellen. Diese umfangsvermehrte Schilddrüse wird unter der Haut deutlich sichtbar. Besonders auffällig ist die Kropfbildung bei Fohlen, deren Mütter ungenügend Jod erhielten.

Fälle von **Schilddrüsenüberfunktionen** sind beim Pferd sehr selten. Sie führen u. a. zur Übererregbarkeit der Tiere. Es sei hier erwähnt, daß in einigen Fällen Pferde, die in den Stallboxen überhöhte, ständige Bewegungsaktivität zeigten, nach perkutanter oder oraler Jodbehandlung wesentlich ruhiger wurden.

→ **Behandlung.** Zur Behandlung dieser Jodmangelzustände werden jodhaltige Medikamente dem Futter zugesetzt. Damit kann ein primärer Jodmangel behoben und ein sekundärer gebessert werden. Zusätzlich sind die Ursachen des sekundären Mangels abzustellen.

→ **Vorbeuge.** Als vorbeugende Maßnahme eines Jodmangels eignet sich die Zufütterung von jodiertem Kochsalz. Die genannten Ursachen eines sekundären Jodmangels müssen vermieden werden.

Bei Behandlung und Vorbeuge muß beachtet werden, daß Pferde Jod nur in sehr geringen Mengen benötigen (siehe Tabelle Seite 370), und daß es, wenn dieser Bedarf weit überschritten wird, zur entgegengesetzten Reaktion, nämlich zur Hemmung der Schilddrüsentätigkeit kommen kann.

Ähnlich wie bei Jodmangel brachten Stuten auch nach sehr hoher täglicher Jodaufnahme Fohlen mit stark vergrößerten Schilddrüsen zur Welt.

F65 **Widerristbeule nach Brucelloseinfektion.**

F66 **Bugbeule.**

F67 **Stollbeule.** Entzündung und Vergrößerung des Schleimbeutels am Ellbogenhöcker.

F68 **Piephacke.** Beulenförmige Umfangsvermehrung am Sprunggelenkshöcker.

F69 **Kniebeule.** Umfangsvermehrung vor dem Kniegelenk durch starke Füllung eines Schleimbeutels.

F70 **Bluterguß** an der Innenseite des Karpalgelenks nach Gegenschlagen. Häufige Verletzung bei Trabern.

F71 **Ausgedehnter Bluterguß** am Hinterschenkel. Auslösende Ursache ist meist Gewalteinwirkung, an Gerinnungsstörungen muß gedacht werden.

Weißmuskelkrankheit

→ **Begriffsbestimmung und Ursachen.** Diese ernährungsbedingte Schädigung der Muskulatur tritt vorwiegend bei Fohlen auf, wo sie plötzlich fast gleichzeitig mehrere Tiere des Bestandes erfaßt. Aber auch ältere Pferde verschiedenster Nutzungsrichtungen können erkranken.

Im Stoffwechsel der Tiere entstehen aus Fetten u. a. muskelzellzerstörende Substanzen (Peroxide), für deren Abbau und damit die Verhinderung ihrer Schadwirkung Selen und Vitamin E erforderlich sind. Zur Schädigung mit nachfolgenden klinischen Erscheinungen kommt es dann, wenn die Pferde mit dem Futter Selen und/oder Vitamin E nicht in ausreichender Menge aufnehmen.

→ **Erscheinungsbild.** Fohlen erkranken überwiegend in der ersten Lebenswoche, seltener bis zu einem Jahr. Saugfohlen sind oft nicht mehr in der Lage, bei der Stute zu stehen und zu trinken. Die Tiere sind schläfrig und schwach. Sie zittern, stehen schlecht auf und können sich nur mit Mühe vorwärts bewegen. Dabei schleifen sie die Hintergliedmaßen, die kaum gebeugt werden, nach, wodurch ein steifer Gang entsteht. Nach zunehmender Lähmung der Muskeln der Hintergliedmaßen brechen die Tiere zusammen. Die erkrankten Muskeln schwellen an und sind bei Druck schmerzempfindlich. Diese Veränderungen treten im allgemeinen auf beiden Körperseiten auf und erfassen besonders Oberschenkel-, Kruppen- und Lendenmuskulatur aber auch Kau-, Zungen- und Schlundmuskulatur sowie Atemmuskulatur einschließlich Zwerchfell. Der Herzmuskel kann ebenfalls betroffen sein. Der Harn enthält oft Muskelfarbstoff und ist rot- bis dunkelbraun verfärbt. Leider führt die Erkrankung häufig zum Tod der Fohlen.

Bei älteren Pferden treten ebenfalls Selen- und Vitamin-E-mangelbedingte Erkrankungen auf, die aber meist auf Bewegungsstörungen beschränkt sind und ohne Allgemeinerscheinungen verlaufen. Meist bestehen Schmerzen und manchmal auch Schwellung der Lenden- und Kruppenmuskulatur, wodurch die Leistung der Tiere beeinträchtigt wird. Hier gibt es Übergänge zu dem unter „Erkrankung der Rückenmuskulatur“ (Seite 265) beschriebenen Krankheitsbild.

Zur Sicherung der Diagnose können Selen und verschiedene „muskelspezifische“ Enzyme im Blut bestimmt werden (s. Tabelle Seite 365).

→ **Behandlung.** Die Heilungsaussichten sind um so günstiger, je früher erkrankte Fohlen behandelt werden. Die Tiere erhalten Vitamin E (750 mg) und Selen (8 mg Natriumselenit). Die Therapie sollte nach einer Woche wiederholt werden. Eine Selenüberdosierung ist allerdings zu vermeiden. Bei den Selen- und Vitamin-E-mangelbedingten Bewegungsstörungen von Sportpferden werden ebenfalls Selen- und Vitamin-E-Präparate verabreicht und entsprechende Futterzusatzstoffe eingesetzt. Die Behandlung ist hier meist erfolgreich.

→ **Vorbeuge.** Die Erkrankung der Fohlen wird letzten Endes durch eine Mangelsituation der Stuten hervorgerufen. So ist z. B. aus dem Selengehalt der Leber von Neugeborenen der Grad der Selenversorgung der Muttertiere zu erkennen. Da in einigen einheimischen Grobfuttermitteln (z. B. im Heu) z. T. niedrige Selengehalte ermittelt wurden, sollte der ausreichenden Selenversorgung vorbeugend Aufmerksamkeit geschenkt werden. Eine Gefährdung der Pferde besteht besonders dann, wenn unzureichendes Selenangebot mit ungenügender Vitamin-E-Versorgung (z. B: kein Einsatz von Grünfutter) zusammentreffen. In solchen Fällen sollten Selen- und Vitamin-E-Kombinationspräparate dem Futter zugesetzt werden. Zur Kontrolle kann die Selenkonzentration im Blutserum bestimmt werden, die eine gute Aussage zur Selenversorgungslage gibt.

Störung des Fettstoffwechsels (Hyperlipämie)

→ **Begriffsbestimmung und Ursachen.** Diese Erkrankung tritt fast ausschließlich bei Ponys auf und ist meist an Hochträchtigkeit, einen sehr guten Ernährungszustand und eine vorübergehend ungenügende Futteraufnahme gebunden. Sie kann aber auch Folge anderer Erkrankungen oder Belastungen sein, die die Futteraufnahme drastisch beeinträchtigen oder die Futterverwertung hemmen (z. B. starker Parasitenbefall, Hufrehe, Infektionskrankheiten des Magen-Darm-Kanals). Die betroffenen Pferde müssen, da sie ihren Energiebedarf nicht durch das Futter decken können, Fettreserven des Körpers angreifen. Diese Reaktion kann über das Ziel hinausschießen, so daß viel mehr Fett abgebaut wird, als im Stoffwechsel des Körpers verwertet werden kann. Als Folge steigt der

Fettspiegel des Blutes stark an, was zu einer milchigen Trübung des Blutserums führt. Leber, Niere und andere Organe verfetten krankhaft. Auch der Herzmuskel wird geschädigt.

→ **Erscheinungsbild.** Die Tiere nehmen nur sehr wenig oder kein Futter mehr auf, auch die Wasseraufnahme ist meist drastisch eingeschränkt. Sie wirken teilnahmslos und abgeschlagen. Puls, Atemfrequenz und Temperatur sind meist erhöht. Die Lidbindehäute sind verwaschen und gerötet. Die Diagnose kann durch eine Blutuntersuchung gesichert werden. Als charakteristisches Zeichen ist das Blutserum infolge des hohen Fettgehaltes milchig-trüb verfärbt (Foto 26, Seite 68). Der Gesamtlipidgehalt, dessen physiologischer Bereich bei 7 g/l endet, kann auf Werte von über 100 g/l ansteigen. Die Tiere weisen ein mattes, struppiges Haarkleid auf und magern innerhalb kurzer Zeit stark ab. Tragende Stuten verfohlen meist.

→ **Behandlung.** Die Erkrankung ist sehr ernst zu nehmen. Je höher der Fettspiegel des Blutes ansteigt, desto geringer werden die Heilungsaussichten. Werte über 20 g/l werden als ungünstig angesehen. Auch bei sofortiger fachgerechter und intensiver tierärztlicher Behandlung können z. Z. nur etwa 50% der Tiere geheilt werden. Die Behandlung hat das Ziel, die erhöhte Fettfreisetzung aus dem Fettgewebe zu hemmen (dazu werden zusammen mit Insulininjektionen verschiedene Zucker eingegeben oder über die Nasenschlundsonde verabreicht) und den Fettüberschuß aus dem Blut zu entfernen (Injektion von Heparin). Zusätzlich erhalten die Tiere schmackhaftes Futter (frisches Gras), oder, wenn sie die Aufnahme verweigern, breiige Nahrung und Wasser über die Sonde.

→ **Vorbeuge.** Ein weitgehender Futterentzug, wie er bisweilen bei der Behandlung der Rehe angewiesen wird, ist zumindest bei Ponys nicht angebracht, weil dadurch eine Hyperlipämie ausgelöst werden kann. Grundsätzlich ist eine physische Überlastung der Tiere (besonders der hochtragenden Stuten) zu vermeiden. Da offenbar auch ein psychischer Streß für die Auslösung der Krankheit bedeutsam ist, sollten tragende Stuten in den letzten Wochen vor der Geburt nicht umgestellt werden.

Vergiftungen

Zwei Faktoren sind für die Entstehung einer Vergiftung von wesentlicher Bedeutung, nämlich die Wirkungsstärke bzw. Menge des aufgenommenen Giftes und die Empfindlichkeit des betroffenen Organismus. Es ist zu beachten, daß Vergiftungen auch durch Substanzen mit relativ geringer Giftigkeit hervorgerufen werden können, wenn die Menge entsprechend groß ist.

Oft wird die Ansicht vertreten, daß in Vergiftungsfällen die meisten Tiere der Herde betroffen sind. Das ist aber nur selten so, weil die einzelnen Tiere das Gift in sehr unterschiedlicher Menge aufnehmen. Hierfür kann z. B. schon die Rangordnung der Tiere in der Herde bedeutsam sein. Außerdem ist die individuelle Empfindlichkeit unterschiedlich. So sind junge Tiere oder physisch stark belastete Tiere Giften gegenüber weniger widerstandsfähig.

Vergiftungen können **akut**, d. h. mit drastischen Krankheitserscheinungen kurze Zeit nach der Giftaufnahme, oder **chronisch**, mit allmählich auftretenden, weniger deutlichen Störungen, verlaufen. Über lange Zeiträume fortgesetzt aufgenommen, können kleine Giftmengen auch lediglich Wohlbefinden und Leistungsfähigkeit der Pferde beeinträchtigen, ohne daß deutliche Gesundheitsstörungen zu beobachten sind. Es bedarf meist umfangreicher Untersuchungen, um die objektiv nur schwer erfaßbaren Ursachen solcher Leistungsminderungen zu erkennen.

Vergiftungen durch Elemente

Blei

→ **Begriffsbestimmung und Ursachen.** Blei wirkt schädigend auf das Nervensystem und verschiedene Enzyme des Körpers, wodurch u. a. die Bildung des roten Blutfarbstoffes beeinträchtigt wird. Pferde sind offenbar bleiempfindlicher als Rinder. Besonders gefährdet sind Fohlen. Nach mehrmonatiger täglicher Aufnahme von etwa 2 mg Blei/kg Körpermasse können Pferde an den Erscheinungen einer Bleivergiftung erkranken, bei langdauernder Aufnahme von etwa 6 mg Blei/kg Körpermasse auch verenden. Ursachen der Bleivergiftung sind Bleifarben (Mennige), Emissionen von Bleihütten und bleiverarbeitenden Betrieben, die zur Anreicherung von Blei auf Weidegras führen können, sowie frisch

verlegte Bleirohre für Tränkwasser. Bleivergiftungen treten bei Pferden relativ selten auf.
→ **Erscheinungsbild.** Die Krankheit verläuft im allgemeinen schleichend. Klinische Krankheitserscheinungen können über Monate allmählich entstehen. Mangelnder Appetit, Abnahme von Körpermasse, allgemeine Schwäche und steifer Gang mit manchmal unkoordinierten Bewegungen und Sehstörungen sind die ersten (unspezifischen) Erscheinungen. Die Zahl der roten Blutkörperchen nimmt stark ab (Anämie). Eine eintretende Lähmung von Schlund- und Kehlkopf führt dazu, daß sich die Pferde verschlucken und Futter in die Lunge gelangt. Die entstehende Lungenentzündung ist tödlich. Wenn die Pferde größere Bleimengen täglich aufnehmen, stehen Kolik- und Durchfallerscheinungen sowie deutliche Bewegungsstörungen im Vordergrund des Vergiftungsbildes. Für die Diagnosestellung kann die Bestimmung des Bleigehaltes in Blut und Harn sowie (postmortal) in Leber, Niere und Mageninhalt herangezogen werden.
→ **Behandlung.** Gegen Bleivergiftung gibt es spezifische Gegenmittel (Kalziumdinatrium-EDTA), die unverzüglich durch den Tierarzt als Behandlungsversuch eingesetzt werden sollten. Natürlich muß die weitere Bleiaufnahme unterbunden werden.
→ **Vorbeuge.** Sie ergibt sich aus den obengenannten Ursachen der Vergiftung. So können bei Verdacht auf Industrieimmissionen Weidefutterproben und bei Einsatz von Bleirohren Wasserproben vorbeugend untersucht werden. Bleifarben sind für direkten oder indirekten Tierkontakt nicht zugelassen. Das sollte unbedingt beachtet werden.

Quecksilber

→ **Begriffsbestimmungen und Ursachen.** Quecksilber hat eine ätzende Wirkung und ist ein starkes Zellgift. Es wird durch Speichel-, Magen- und Darmdrüsen sowie Nieren und Euter ausgeschieden und schädigt dabei auch diese Organe. Metallisches Quecksilber ist fast ungiftig. Quecksilberverbindungen sind dagegen starke Gifte. Nach dem Verbot der quecksilberhaltigen Beizmittel in Deutschland und der Ausschaltung dieser Schadensursache treten Vergiftungen bei Pferden im wesentlichen nach einer, aus Tierschutzgründen abzulehnenden Einreibung mit Quecksilberscharfsalben auf. Quecksilberverbindungen werden sehr gut über die Haut aufgenommen.
→ **Erscheinungsbild.** Die klinischen Erscheinungen sind von der aufgenommenen Quecksilbermenge und der Empfindlichkeit der Tiere abhängig, bei der offenbar besonders große individuelle Unterschiede bestehen. Geschwächte Tiere weisen die höchste Empfindlichkeit auf.

Akute Vergiftungen, die allerdings selten auftreten, sind durch folgendes Erscheinungsbild gekennzeichnet: Die Pferde zeigen Kolikerscheinungen. Die Schleimhaut der Mundhöhle ist entzündet, es wird viel Speichel gebildet, der aus dem Maul abfließt. Infolge einer Entzündung des Magen-Darm-Kanals ist der Kot breiig-wäßrig, eventuell auch blutig. Die Schädigung der Nieren führt dazu, daß der Harn eiweißhaltig wird und die Harnmenge stark zurückgeht. Weitere Folgen der Vergiftung können Bewegungsstörungen, Lähmungen und Erblinden der Tiere sein.

Ganz anders verläuft die chronische Quecksilbervergiftung. Etwa zwei bis vier Wochen nach Einreibung mit Quecksilberscharfsalben können die Tiere fast ihr gesamte Deckhaar verlieren. In einigen Fällen ist das mit einer nässenden, schuppenden Entzündung der Haut (siehe Ekzem) und einem gestörten Allgemeinbefinden (zeitweise Unruhe, dann wieder depressive Phasen, Unlust) verbunden. In anderen Fällen zeigt die Haut nur geringe Schuppenbildung, das Allgemeinbefinden der Pferde ist ungestört. Bei allen Tieren wächst das Haarkleid innerhalb von vier bis sechs Wochen wieder nach.
→ **Behandlung.** Besteht Verdacht auf akute Quecksilbervergiftung, ist unverzüglich der Tierarzt hinzuzuziehen, der durch spezifische Gegenmittel versuchen wird, das Tier zu retten. Bei chronischen Fällen kann durch sachkundige Behandlung die Krankheitsdauer verkürzt werden, wobei es aber kaum gelingt, die Ausbreitung des Haarausfalls zu verhindern.
→ **Vorbeuge.** Quecksilberhaltige Scharfsalben werden immer noch als Einreibung bei Erkrankungen im Bereich der Gliedmaßen verwendet. Um zu verhindern, daß die Pferde diese Salben ablecken, was auch zu starken Verätzungen der Lippen und Mundschleimhaut führen kann, wird man die behandelten Stellen unter Verband halten. Die Aufnahme der Quecksilberverbindungen durch die Haut kann dadurch gemindert werden, daß man zum Einreiben nur die unbedingt erforderlichen Mengen roten Blisters verwendet und die graue Quecksilbersalbe am besten meidet. Auf keinen

Fall dürfen die Hautpartien, an denen eine Quecksilbereinreibung (Blistern) vorgesehen ist, vorher mit resorptionsfördernden Präparaten (z. B. Dimethylsulfoxid) behandelt werden, da es dann infolge stark erhöhter Quecksilberpenetration zu akuten Vergiftungen mit tödlichem Ausgang kommen kann.

Es sei nochmals darauf hingewiesen, daß mit dem **Blistern** dem Pferd erhebliche Schmerzen zugefügt werden und diese Behandlung deshalb aus Tierschutzgründen abzulehnen und durch weniger schmerzhafte Methoden zu ersetzen ist.

Cadmium

→ Begriffsbestimmung und Ursachen. Cadmium hemmt verschiedene Enzyme (Biokatalysatoren) des Stoffwechsels. Es kann mit cadmiumhaltigen Farben oder mit Grünfutter aufgenommen werden, das durch Emission von Industriebetrieben kontaminiert wurde. Dann tritt es meist zusammen mit weiteren Immissionsschadstoffen wie Zink und Blei auf. Das aufgenommene Cadmium wird nur sehr langsam ausgeschieden und reichert sich in den Nieren an. Die Cadmiumkonzentrationen der Pferdenieren liegen weit über denen anderer Haustiere. Cadmiumvergiftungen sind bei Pferden selten.
→ Erscheinungsbild. Krankheitserscheinungen zeigen sich im allgemeinen erst Wochen nach Beginn der Cadmiumaufnahme. Die Tiere führen unkoordinierte Bewegungen aus, knicken seitlich in den Hinterbeinen ein und zeigen Kolikerscheinungen. Ihre Körpertemperatur steigt an. Später liegen sie fest. Der Tod kann relativ schnell eintreten.
→ Behandlung. Eine spezifische Behandlungsmöglichkeit mit sicherer Wirkung ist bisher nicht bekannt.
→ Vorbeuge. Im Verdachtsfall einer Immissionsbelastung können Futterpflanzen toxikologisch untersucht werden.

An Stellen, wo die Möglichkeit eines Tierkontaktes besteht, dürfen nur Farben verwendet werden, bei denen der Hersteller die Unschädlichkeit für Tiere garantiert.

Zink

→ Begriffsbestimmung und Ursachen. Zinkvergiftungen treten nach Verunreinigung der Weiden bzw. des Futters in Emissionsgebieten von Zinkhütten und ähnlichen Industriebetrieben auf. Sie beeinträchtigen die Knochenreifung, so daß klinische Erscheinungen ausschließlich bei Jungtieren beobachtet werden.
→ Erscheinungsbild. Erscheinungen zeigen sich in erster Linie an den Gliedmaßen. Die Gelenke sind stärker mit Flüssigkeit gefüllt, ihre Umgebung ist geschwollen. An den Röhrenknochen kommt es zu Auftreibungen. Die Tiere zeigen einen steifen Gang und manchmal auch Lahmheit (Knorpel-Knochenschäden an den Gelenken – Osteochondrosen).
→ Behandlung. Entfernung der Pferde aus dem Immissionsgebiet. Tierärztliche Behandlung ist erforderlich.
→ Vorbeuge. Im Verdachtsfall können Futtermittel zur Zinkbestimmung an die zuständigen veterinärtoxikologischen Untersuchungsstellen eingesandt werden.

Arsen

→ Begriffsbestimmung und Ursachen. Arsenvergiftungen sind bei Pferden selten. Arsenhaltige Präparate werden heute bei uns zur Schädlingsbekämpfung nicht mehr eingesetzt. Analog zu den bei Rindern wiederholt aufgetretenen Schäden durch unsachgemäß beseitigte Reste überlagerter arsenhaltiger Schädlingsbekämpfungsmittel sollte aber auch bei Pferden an diese Vergiftungsmöglichkeit gedacht werden. Arsen wirkt auf verschiedene Enzyme (Biokatalysatoren) toxisch und hemmt Stoffwechselvorgänge. Außerdem entfaltet es eine stark reizende Wirkung im Magen-Darm-Kanal.
→ Erscheinungsbild. Nach Aufnahme größerer Arsenmengen kann der Tod sehr schnell eintreten, ohne daß vorher Krankheitserscheinungen zu beobachten sind. Ansonsten stehen nachfolgend genannte klinische Erscheinungen im Vordergrund: Die Vergiftung löst starke Bauchschmerzen mit heftigen Koliken und hochgradigen, übelriechenden, teilweise blutigen Durchfall aus.

Nach anfangs schwankendem Gang der Tiere kommt es zur fortschreitenden Lähmung der Hintergliedmaßen. Infolge des starken Durchfalls verlieren die Tiere sehr viel Wasser, wodurch der Kreislauf extrem belastet wird. Durch Kreislaufversagen kann der Tod eintreten.
→ Behandlung. Eine tierärztliche Behandlung sollte möglichst bald eingeleitet werden. Dabei können entgiftende Medikamente eingesetzt werden, deren Wirkung aber nicht vollständig befriedigt und die

außerdem einige unerwünschte Nebenwirkungen zeigen.
→ **Vorbeuge.** Sachgemäße Beseitigung aller Reste von Pflanzenschutzmitteln und Schädlingsbekämpfungsmitteln. Bei der Kontrolle der Weiden vor Nutzung sollte auch auf alte Papiertüten oder ähnliches Verpackungsmaterial geachtet werden.

Fluor

→ **Begriffsbestimmung und Ursachen.** Fluor ist in verschiedenen flüssigen Holzschutzmitteln und in Schutzbinden für Holzmasten enthalten. Die Aufnahme dieser Substanzen kann Vergiftungen bei Pferden auslösen. Ursache von Schäden können auch fluorhaltige Industrieemissionen sein, die zur Fluoranreicherung in Futterpflanzen führen. Fluor ätzt die Magen- und Darmschleimhaut und schädigt den Mineralstoffwechsel der Tiere.
→ **Erscheinungsbild.** Je nach den aufgenommenen Fluormengen können die Erscheinungen akut oder chronisch auftreten. Bei akuten Erkrankungen werden Bauchschmerzen, anhaltende Krämpfe der Muskulatur, Bewegungsstörungen, Schwanken und Niederstürzen beobachtet. In schweren Fällen kann durch Versagen des Kreislaufs rasch der Tod eintreten. Bei chronischem Verlauf sind die Zahnbildung gestört (weiche, durch Schmelzdefekte wie gesprenkelt aussehende Zähne) und die Knochenfestigkeit beeinträchtigt (Knochenauftreibungen, Lahmheit).
→ **Behandlung.** Plötzlich auftretende Vergiftungen erfordern eine schnelle Behandlung, durch die das im Blut vorhandene Fluor abgebunden und damit unschädlich gemacht werden kann. Bei allmählich auftretenden Fluorvergiftungen besteht die wichtigste Maßnahme darin, die weitere Fluoraufnahme zu unterbinden.
→ **Vorbeuge.** Pferde müssen von frisch mit Holzschutzmitteln bearbeiteten Holzteilen ferngehalten werden, damit sie diese nicht belecken oder benagen können. Holzschutzmittel sind so anzuwenden, daß sie Futtermittel nicht verunreinigen. Heu sollte nicht in Scheunen eingelagert werden, deren Holz frisch mit Holzschutzmitteln bearbeitet wurde. Aus dem behandelten Holz können Fluordämpfe entweichen und sich im Heu anreichern. Bei Verdacht auf immissionsbedingte Anhäufung von Fluor in Futterpflanzen können Futtermittelproben toxikologisch untersucht werden. Die Toleranzgrenze beträgt 60 mg Fluor/kg Futtertrockenmasse.

Selen

→ **Begriffsbestimmung und Ursachen.** Selen ist ein lebensnotwendiges Element und sollte zu 0,1 mg/kg Trockensubstanz in der Gesamtfutterration enthalten sein. Ab 5,0 mg Selen je kg Futtertrockensubstanz ist aber mit einer toxischen Selenwirkung zu rechnen. Damit ist die Gefahr einer Vergiftung besonders bei Überdosierung von Selenzusätzen zum Futter oder beim unkontrollierten Einsatz von Selenpräparaten gegeben.
→ **Erscheinungsbild.** Die Erkrankung verläuft in Abhängigkeit von der aufgenommenen Selenmenge akut bis chronisch. Im akuten Fall werden die Tiere apathisch, zeigen zunehmend Schwäche, Lähmungen, Atemnot, Durchfall und Blindheit. Der häufigere chronische Verlauf ist durch stumpfes Haarkleid, später Ausfall der Mähnen und Schweifhaare und hochgradige Entzündung des Saumbandes der Hufe, querverlaufende, tiefe Ringe im Wandhorn (Hornkluft) unterhalb des Kronsaums und starke Pulsation der Mittelfußarterien gekennzeichnet. Die Selenkonzentration des Blutserums dieser Tiere steigt auf über 0,3 mg/l an.
→ **Behandlung.** Die Selenaufnahme ist sofort einzuschränken. Eine symptomatische Behandlung ist erforderlich.
→ **Vorbeuge.** In die Berechnung der Selenversorgung sind alle Futtermittelkomponenten und -zusätze einzubeziehen, um eine Überversorgung zu vermeiden. Die Selenbestimmung im Blutserum gibt einen guten Überblick über den tatsächlichen Versorgungsgrad der Pferde.

Vergiftungen durch Nitrat und Nitrit

→ **Begriffsbestimmung und Ursachen.** Nitrat wird mit Mineraldünger, nitratreichen Pflanzen oder Tränkwasser aufgenommen. Es bewirkt eine Reizung der Magen- und Darmschleimhaut und der Nieren. Als eigentlich giftige Substanz entsteht aus Nitrat das Nitrit, wenn nitratreiches Grünfutter vor der Verfütterung in größeren Haufen gelagert wird und sich erhitzt. Eine Nitritbildung kann höchstwahrscheinlich auch im Magen-Darm-Kanal der Pferde stattfinden. Nitrit führt den Farbstoff der roten Blutkörperchen, das Hämoglobin, in das braune Methämoglobin über, das keinen Sauerstoff mehr transportieren kann. Zusätzlich erweitert es die

Blutgefäße stark und beeinträchtigt damit den Rückfluß des Blutes zum Herzen. Vergiftungserscheinungen treten bei Pferden auf, die etwa 0,7 g Nitrat pro kg Körpermasse aufgenommen haben. Im Vergleich zu Rindern wird diese Erkrankung bei Pferden nur selten beobachtet.

→ **Erscheinungsbild.** Anfangs fällt auf, daß die Pferde häufig Harn und Kot absetzen, wobei der Kot breiig wird. Infolge von Bauchschmerzen kommt es zu Kolikerscheinungen. Die Tiere taumeln und schwanken, ihre Atmung wird pumpend, der Herzschlag pochend und schnell. Das Blut verfärbt sich dunkelbraun, die Lidbindehäute werden verwaschen-bläulich. Nach Krämpfen mit anschließender tiefer Bewußtlosigkeit kann der Tod der Tiere eintreten.

Neben dieser akuten Erkrankung ist die chronische Nitrat- bzw. Nitritbelastung zu beachten, die z. B. zum Vitamin-A-Mangel (u. a. Beeinflussung der Fruchtbarkeit) und zur Störung der Schilddrüsenfunktion führen kann und dadurch Gesundheit und Leistungsfähigkeit der Pferde beeinträchtigt. So wurde bei Fohlen, die von nitratreich ernährten Stuten stammten, eine Häufung der angeborenen Unterfunktion der Schilddrüse beobachtet.

→ **Behandlung.** Gegen Nitrat- und Nitritvergiftungen gibt es ein spezifisches Gegengift, das Methylenblau, das intravenös verabreicht wird. Deshalb muß auch bei dieser Vergiftung möglichst schnell tierärztliche Hilfe angefordert werden. Vom Besitzer ist sofort eine weitere Aufnahme des Giftes (auch durch noch nicht erkrankte Tiere!) zu unterbinden.

→ **Vorbeuge.** Futtermittel mit erhöhtem Nitratgehalt können durch den Schnelltest mit Diphenylaminschwefelsäure erkannt werden (Foto 29, Seite 85). Der Test wird folgendermaßen durchgeführt: 2 bis 3 ml Diphenylaminschwefelsäure (eine 0,5%ige Lösung von Diphenylamin in konzentrierter Schwefelsäure) werden in ein Reagenzglas oder Blutröhrchen gegeben. In dieses taucht man einige Grünfutterstengel und Blätter einer von mehreren Stellen der Futterfläche entnommenen, vermischten Querschnittsprobe ein. Rüben werden angeschnitten und an diesen Stellen mit einigen Tropfen der Lösung begossen. Wenn sich innerhalb einer halben Minute die Testlösung deutlich blau färbt, so spricht das für einen erhöhten Nitratgehalt. Dieses Futter sollte zur exakten quantitativen Nitratbestimmung an die zuständige landwirtschaftliche oder veterinärmedizinische Untersuchungseinrichtung gesandt werden.

Bei Stallfütterung ist Grünfutter täglich frisch anzufahren und in niedriger Schicht an einer schattigen Stelle aufzubewahren, um eine Erwärmung zu verhindern.

Brunnenwasser enthält oft erhebliche Nitratkonzentrationen, die die Pferde chronisch belasten können. Wenn Brunnenwasser als Tränkwasser verwendet wird, sollten Wasserproben zur Nitratbestimmung eingesandt werden.

Da Vergiftungen auch durch nitrathaltige Düngemittel (100–150 g Kalisalpeter sind für Pferde tödlich) entstehen können, sind gedüngte Flächen vor der Beweidung auf Düngerreste zu kontrollieren. Die Nutzung der Weide kann erst dann erfolgen, wenn kein Dünger mehr zu sehen ist. Gefahrenquellen sind auch verunreinigte Wasserlachen, die sich nach Niederschlägen um Düngerlager bilden.

Vergiftungen durch Altöl

→ **Begriffsbestimmung und Ursachen.** Motorenaltöl, das dem Bodenbelag von Reitbahnen zugesetzt wurde, um die Staubentwicklung zu verringern, führte aufgrund seines Dioxingehaltes zu umfangreichen Vergiftungen bei Pferden. Die hohe Toxizität wird dadurch unterstrichen, daß in diesen Fällen auch Katzen, Hunde und Vögel und sogar einige Kinder erkrankten.

→ **Erscheinungsbild.** Die Pferde magern innerhalb weniger Wochen stark ab. Klinische Erscheinungen sind Kolik, Blutharnen und Huflederhautentzündung. Dazu kommen in einigen Fällen Geschwüre an Haut und Schleimhäuten. Die Erkrankung verläuft oft schleichend über Jahre, auch wenn der Schadstoffkontakt unterbrochen wurde.

→ **Behandlung.** Entfernung des Fußbodenmaterials. Tierärztliche Behandlung der einzelnen Krankheitserscheinungen.

→ **Vorbeuge.** Alle Substanzen, mit denen Pferde unmittelbar oder mittelbar in Berührung kommen können, müssen auf Unschädlichkeit geprüft sein. Motorenaltöl ist für die beschriebene Verwendung ungeeignet, jeder Kontakt mit Tieren muß vermieden werden.

Vergiftungen durch Pflanzenschutz- und Schädlingsbekämpfungsmittel

Zinkphosphid

→ **Begriffsbestimmung und Ursachen.** Zinkphosphid dient zur Schadnagerbekämpfung. Die präparierten Giftweizenkörner sind mit einer roten Warnfarbe versehen. Zinkphosphid spaltet, wenn es mit Flüssigkeiten in Berührung kommt, den stark giftigen Phosphorwasserstoff ab, der die Schleimhaut des Magen-Darm-Kanals ätzt und u. a. das Blutgefäßsystem und die roten Blutkörperchen schädigt.
→ **Erscheinungsbild.** Vergiftungserscheinungen treten etwa einen Tag nach Aufnahme des Giftes ein. Anfangs sind Verdauung und Futteraufnahme gestört, sehr schnell werden die Tiere zunehmend apathisch und können durch Kreislaufversagen verenden. In großen Mengen aufgenommen, führt Phosphorwasserstoff plötzlich zum Tode, ohne daß vorher klinische Erscheinungen deutlich ausgeprägt sind. Der Mageninhalt der phosphidvergifteten Tiere riecht nach Karbid.
→ **Behandlung.** Nur bei sehr schneller tierärztlicher Behandlung sofort nach Aufnahme des Giftes besteht eine gewisse Heilungsaussicht. Durch Magenspülung mit stark verdünnter Kaliumpermanganatlösung kann der noch im Magen befindliche Phosphorwasserstoff entgiftet werden.
→ **Vorbeuge.** Gefäße mit phosphidhaltigem „Giftweizen“ müssen gut verschlossen so aufbewahrt werden, daß sie nicht von den Tieren erreicht werden können. Restbestände sind vorschriftsmäßig zu entsorgen.

Cumarine

→ **Begriffsbestimmung und Ursachen.** Cumarine, wie Warfarin und Chlorphazinon, werden als Ratten- und Mäusegift verwendet. Wiederholte Aufnahmen auch kleinster Mengen schädigen die Blutgerinnung und erhöhen die Durchlässigkeit der Blutgefäße.
→ **Erscheinungsbild.** In der Unterhaut, der Muskulatur sowie in der Brust- und Bauchhöhle kommt es zu umfangreichen Blutungen. Auch aus den Körperöffnungen kann Blut austreten. Die Lidbindehäute werden blaß. In ausgeprägten Fällen tritt der Tod durch (meist innere) Verblutung ein.
→ **Behandlung.** Vitamin K stellt ein gut wirkendes Gegengift dar. Es muß möglichst schnell eingesetzt werden.
→ **Vorbeuge.** Ratten- und Mäusegift ist so auszubringen, daß es nur für die Schadnager zugänglich ist, z. B. in Rattenattraktivbehältern. Die Verunreinigung gelagerten Kraftfutters auch mit kleinsten Mengen Rattengift ist unbedingt zu vermeiden. Eine Kontamination wäre z. B. bei der Rattenbekämpfung auf Futterböden möglich.

Chlorierte Kohlenwasserstoffe

→ **Begriffsbestimmung und Ursachen.** Chlorierte Kohlenwasserstoffe sind Kontakt- und Fraßgifte, die zur Bekämpfung von Schadinsekten bei Pflanzen und von Parasiten bei Tieren Anwendung fanden (DDT) bzw. finden (HCH). Da sie sich im Fettgewebe des Körpers anreichern, sind Schäden auch durch kleine Mengen möglich, wenn diese über längere Zeit aufgenommen werden. Vergiftungen beeinträchtigen das Nervensystem sowie den Leber- und Muskelstoffwechsel.
→ **Erscheinungsbild.** Die Pferde zeigen Erregung und ein immer stärker werdendes Muskelzittern. Nach Zuckkrämpfen und Schwäche der Nachhand kommen sie bald zum Festliegen und führen in Seitenlage mit den Gliedmaßen anfallartige, heftige Ruderbewegungen aus. Atmungs- und Pulsfrequenz liegen noch im physiologischen Bereich. Später treten Lähmungen auf, der Puls wird schnell und unter Versagen des Kreislaufs und der Atmung verenden die Tiere.
→ **Behandlung.** Ein spezifisches Gegengift ist nicht bekannt, so daß sich die Behandlung darauf konzentriert, die auftretenden Krankheitserscheinungen zu mindern. Wenn sich der Zustand der Tiere nach etwa einem Tag bessert, ist die Heilung bei fortlaufender Behandlung günstig zu beurteilen.
→ **Vorbeuge.** Aufgrund der starken Persistenz wird DDT in der Landwirtschaft vieler Länder seit Jahren nicht mehr eingesetzt. Gefahren bestehen aber dann, wenn alte Schädlingsbekämpfungsmittel, die DDT (oder auch HCH) enthalten, in wilder Deponie „beseitigt“ werden und dadurch Pferden zugänglich sind. Auch eine falsche Anwendung HCH-haltiger Mittel bei der Bekämpfung von Parasiten kann zu Vergiftungen führen. Deshalb ist sorgfältig auf die richtige Konzentration und Menge der Gebrauchslösungen zu achten.

Phosphorsäureester

→ **Begriffsbestimmung und Ursachen.** Phosphorsäureester töten Insekten bei Berührung (Kontaktgifte) oder nach Aufnahme (Fraßgifte). Sie werden im Pflanzenschutz oder als Mittel zur Bekämpfung tierischer Parasiten einschließlich der Stallfliegen eingesetzt. Phosphorsäureester stören die Überleitung der Reize vom Nervensystem auf die Organsysteme des Körpers (z. B. Herz, Lunge, Darm, Muskulatur).

→ **Erscheinungsbild.** Die Pferde sind unruhig und zeigen Kolikerscheinungen. Hinzu kommen ein meist am Kopf beginnendes, sich dann auf den ganzen Körper ausdehnendes Muskelzittern, weiterhin Speichelfluß, zunehmend erschwerte und verlangsamte Atmung sowie niedrige Herzfrequenz. Die Tiere bewegen sich unkoordiniert und schwitzen. Sie sind zunächst übererregbar, dann immer weniger ansprechbar. Der Tod kann innerhalb weniger Stunden durch Atemlähmung eintreten.

→ **Behandlung.** Gegen diese Vergiftung gibt es spezifische Medikamente, die bei unverzüglicher Anwendung lebensrettend sein können. Antidots sind Atropinsulfat (stets zuerst verabreichen) und Obidoximchlorid.

→ **Vorbeuge.** Die meisten Vergiftungen treten bei Nutztieren nach Fliegenbekämpfung in den Stallungen auf. Diese Schäden können verhindert werden, wenn man die Anwendungsbestimmungen exakt einhält. Während der Spritzaktion sind Türen und Fenster des Stalles zu öffnen, die Futtermittel aus dem Stall zu entfernen und die Krippen und Tränken abzudecken bzw. anschließend gründlich zu reinigen. Die Tiere selbst und Stallflächen, die die Tiere belecken können, dürfen nicht besprüht werden. Eine erhebliche Gefährdung der Pferde besteht auch dann, wenn sie unter Obstbäumen weiden, die frisch mit Phosphorsäureestern gespritzt wurden. Um Schäden zu vermeiden, sind diese Flächen für etwa 5 Tage (Einhaltung der Karenzzeiten!) zu sperren und erst dann wieder als Weide zu nutzen. Nach dieser Zeit sind die auf das Gras gelangten Phosphorsäureester abgebaut.

Metaldehyd

→ **Begriffsbestimmung und Ursachen.** Metaldehyd ist Bestandteil von Schneckenbekämpfungsmitteln und wird offenbar von Pferden gern gefressen. Es wirkt schleimhautreizend und schädigt das Zentralnervensystem und die Nieren.

→ **Erscheinungsbild.** Einige Stunden nach Aufnahme des Giftes treten beim Pferd schwere nervöse Erscheinungen auf. Die erregten Tiere schwitzen stark und sind empfindlich gegenüber Berührungsreizen. Der Bewegungsablauf wird unkoordiniert, während die Muskulatur krampfartige Zuckungen zeigt. Die Pferde atmen schnell, ihr Puls ist stark beschleunigt.

→ **Behandlung.** Durch schnelle Behandlung, bei der u. a. mit Narkosepräparaten die Erregung gedämpft und durch Abführmittel das restliche Gift aus dem Magen-Darm-Kanal entfernt wurde, konnten einige der betroffenen Pferde gerettet werden.

→ **Vorbeuge.** Die Pferde sind von den mit Metaldehyd behandelten Flächen fern zu halten. Schneckenbekämpfungsmittel müssen sicher aufbewahrt werden.

Vergiftungen durch die Futterzusätze Monensin und Salinomycin

→ **Begriffsbestimmung und Ursachen.** Monensin und Salinomycin werden als Kokzidiostatika in Geflügel- und Rinderfutter eingesetzt. Pferde sind gegenüber diesen Substanzen sehr empfindlich, so daß nach Aufnahme Vergiftungen auftreten.

→ **Erscheinungsbild.** Unmittelbar nach der Aufnahme erkranken die Pferde an Kolikerscheinungen. Wenige Stunden später werden Bewegungsstörungen sichtbar; Herzfrequenz und Körpertemperatur steigen an. Durchfall kann auftreten. Nach kurzer Zeit tritt Nachhandlähmung ein, und die Pferde kommen zum Festliegen, zeigen Ruderbewegungen und können schnell verenden.

→ **Behandlung.** Da keine spezifischen Gegengifte bekannt sind, erfolgt eine symptomatische Behandlung. Die Heilungsaussichten sind in der Regel ungünstig.

→ **Vorbeuge.** Monensin kann bereits in einer Menge von 2 mg/kg Körpermasse (das sind etwa 1 g je Großpferd) zu tödlichen Vergiftungen führen. Das ist durch Aufnahme einiger Kilogramm monensinhaltigen Kraftfutters möglich. Bei Salinomycin liegen die Verhältnisse ähnlich. Deshalb sollte Mischfutter, das für andere Tierarten zubereitet wurde, auch in kleinen Mengen bei Pferden nicht eingesetzt werden.

Vergiftungen durch pilzbefallene Futtermittel

Rostpilze

→ **Begriffsbestimmung und Ursachen.** Rostpilze sind auf Gräsern und Getreidepflanzen als rostgelbe und auf Stroh als schwarze Flecken sichtbar. Sie bilden Gifte, die auf die Haut stark reizend und auf das Zentralnervensystem lähmend wirken. Das Ausmaß der Giftwirkung ist von vielen Faktoren, u. a. von der Empfindlichkeit der einzelnen Tiere abhängig.
→ **Erscheinungsbild.** Die Haut des vorderen Kopfbereiches und die Schleimhaut der Maulhöhle sind entzündet. Die Tiere speicheln stark. Außerdem werden Kolik, starker, oft blutiger Durchfall und blutiger Harn beobachtet. Infolge Hinterhandschwäche brechen die Tiere zusammen. Die Krankheit kann sehr schnell verlaufen, so daß die Tiere innerhalb weniger Stunden sterben.
→ **Behandlung.** Ein spezifisches Gegengift gibt es nicht. Die weitere Aufnahme des verdächtigen Futters ist sofort zu unterbinden. Die tierärztliche Behandlung wird sich nach den aufgetretenen Erscheinungen richten.
→ **Vorbeuge.** Die sensorische Kontrolle der zur Verabreichung vorgesehenen Futtermittel sollte die Überprüfung auf Rostpilze mit einbeziehen, die erfahrungsgemäß in erheblichem Umfang auftreten können, aber glücklicherweise nur selten Vergiftungen hervorrufen.

Brandpilze

→ **Begriffsbestimmung und Ursachen.** Brandpilze schmarotzen in Getreidekörnern und bilden bei Reifung dunkelbraune bis schwarze Sporen. Die Giftwirkung dieser Pilze ist unterschiedlich und offenbar von verschiedenen Faktoren abhängig.
→ **Erscheinungsbild.** Eine Lähmung des Schlundkopfes führt zu Schlingbeschwerden und zu starkem Speicheln. Außerdem treten Bewegungsstörungen auf. Die Tiere schwanken, taumeln, stürzen nieder und sind oft nicht in der Lage, sich selbst wieder zu erheben.
→ **Behandlung.**Die Verabreichung des verdächtigen Futters wird sofort unterbrochen und tierärztliche Behandlung angefordert. Diese ist darauf gerichtet, die weitere Aufnahme des Giftes im Magen-Darm-Kanal zu unterbinden und die aufgetretenen Krankheitserscheinungen zu verringern.
→ **Vorbeuge.** Durch die moderne Saatgutbehandlung sind Vergiftungen mit diesen Pilzen heute selten geworden. Trotzdem ist grundsätzlich eine Vergiftung möglich. Eine gezielte Vorbeuge gibt es kaum. Man muß beachten, daß neben den befallenen Getreidekörnern auch die entsprechende Spreu giftig sein kann.

Mutterkorn

→ **Begriffsbestimmung und Ursachen.** Vergiftungen können durch Aufnahme der schwarzvioletten, harten, bananenförmigen, 1 bis 3 cm langen Sklerodien (Foto 30, Seite 85) ausgelöst werden, die im Getreide (besonders anfällig sind Roggen und Triticale), aber auch im Gras und im Heu vorkommen und mehrere toxische Alkaloide enthalten. Pferde erkranken nach Aufnahme von etwa 500 g Mutterkorn.
→ **Erscheinungsbild.** Infolge örtlicher Reizerscheinungen kann es zu Entzündung und Blasenbildung der Mundschleimhaut sowie zu Speichelfluß kommen. Tragende Stuten verfohlen. Auf eine vorübergehende Erregung des Zentralnervensystems der Tiere folgt eine Dämpfung. Die Krankheit kann sich über Wochen hinziehen und heilt meist wieder aus.
→ **Behandlung und Vorbeuge.** Neben dem Einsatz krampflösender Mittel erfolgt eine symptomatische Therapie. Eine gute Reinigung des Saatgetreides und auch des in der Fütterung eingesetzten Getreides ist wichtig. Leider werden in letzter Zeit wieder häufiger Mutterkornsklerodien nachgewiesen.

Schimmelpilze

→ **Begriffsbestimmung und Ursachen.** Schimmelpilze können hochgiftige Substanzen bilden, die Mykotoxine, die sie an das Substrat, in dem sie wachsen, abgeben. Für Pferde ist die Mykotoxinbildung in Futtermitteln bedeutsam. Bereits die Aufnahme sehr kleiner Mengen kann zu Vergiftungen führen, die als **Mykotoxikosen** bezeichnet werden. Gegenwärtig sind etwa 300 Schimmelpilzarten bekannt, die insgesamt etwa 200 Gifte bilden. Mykotoxine sind äußerst widerstandsfähig und auch dann noch wirksam, wenn die Pilze, von denen sie gebildet werden, infolge ungünstiger Lebensbedingungen (z. B. Trockenheit) abgestorben sind. Sie lassen sich in mehrere Gruppen mit jeweils verschiedenen Wirkungen einteilen. Im Vergiftungsgeschehen spielen Aflatoxine, Satratoxine und Fusarientoxine eine besondere Rolle. Pferde reagieren offenbar auf diese Schimmelpilzgifte empfindlicher als andere Haustierarten; besonders gefährdet sind Fohlen.

→ **Erscheinungsbild.** Verlauf und Ausmaß der klinischen Erscheinungen jeder Mykotoxikose hängen von Art und Menge der aufgenommenen Mykotoxine und von der Empfindlichkeit des Einzeltieres ab. Mykotoxikosen können akut oder chronisch verlaufen. Nur ein Teil der Mykotoxine (z. B. Satratoxine und Zearalenon) verursacht deutlich abgrenzbare Krankheitsbilder.

Aflatoxine werden unter den klimatischen Bedingungen Mitteleuropas nicht gebildet. Sie können aber in Importfuttermitteln aus tropischen und subtropischen Gebieten enthalten sein. Bei Pferden traten durch Aflatoxine verursachte Vergiftungen mit tödlichem Ausgang auf, die durch Nachweis des Giftes in den eingesetzten Futtermitteln und in den Organen der verendeten Tiere bestätigt werden konnten. Die wichtigsten Erscheinungen waren Appetitverlust und verminderte Wasseraufnahme, starke Abgeschlagenheit, gelbliche Verfärbung der Lidbindehäute, Kolik sowie z. T. blutiger Durchfall. Trotz Behandlung nahm die Krankheit meist einen ungünstigen Verlauf.

Satratoxine werden durch die vorwiegend in Heu und Stroh lebende Pilzart *Stachybotrys atra* gebildet und führen nach Aufnahme über einen längeren Zeitraum meist zu chronischen Erkrankungen. Erste Erscheinungen sind Risse, Geschwüre und Krusten an der äußeren Haut von Lippen und Nase, während Mund und Nasenschleimhaut entzündet und gerötet sind. Infolge einer Schädigung der Blutzellenbildung tritt einige Tage später ein ausgeprägtes Krankheitsbild auf. Die Körpertemperatur steigt an. Es besteht starker Durchfall, der zum übermäßigen Verlust des Körperwassers führt. Atmungs- und Pulsfrequenz sind sehr hoch. Die Widerstandsfähigkeit gegenüber Krankheitserregern ist vermindert. Das führt zusätzlich zu Infektionen, die meist tödlich verlaufen.

Wir beobachteten bei Pferden eine milde, auf den Kopfbereich konzentrierte Form der Erkrankung, die offenbar auf die Aufnahme nur geringer Mykotoxinmengen zurückzuführen war. Die äußere Haut von Lippen und Nüstern wies seidenpapierähnliche, grau-weiße, schollige Beläge auf, die sich leicht entfernen ließen (Foto 23, Seite 68). In besonders ausgeprägten Fällen waren die Nasenöffnungen durch massive, borkig-schmierige Auflagerungen so stark eingeengt (Foto 25, Seite 68), daß bei der Atmung ein schniefendes Geräusch zu hören war und bei flüchtigem Hinsehen ein erheblicher Nasenausfluß vorgetäuscht werden konnte. Zum Teil waren die Lidbindehäute erheblich gerötet und geschwollen, was zu erhöhtem Tränenfluß führte, und die Unterkieferlymphknoten vergrößert. Husten war nicht auslösbar. Diese Erscheinungen dürfen nicht mit Infektionskrankheiten der oberen Luftwege verwechselt werden.

Zearalenon ist ein von Fusarienarten gebildetes Mykotoxin, das nach Aufnahme wie ein weibliches Geschlechtshormon wirkt. Es beeinflußt den Geschlechtszyklus der Stuten. In einigen Fällen bleibt die Rosse aus, während in anderen Dauerrosse besteht und die Erscheinungen der Nymphomanie ähneln.

Trichothecene stammen ebenfalls von Fusarien. Sie schädigen Gehirn, Herz-Kreislauf-System sowie Leber und Magen-Darm-Kanal. Klinische Erscheinungen sind Futterverweigerung, hohe Berührungsempfindlichkeit, Juckreiz, kolikartige Schmerzen infolge starker Darmentzündung, unsicherer Gang, Gleichgewichtsstörungen, Schwanken, Kreisbewegungen, Muskelkrämpfe, Schweißausbruch, Ödeme der Unterhaut, gelbgefärbte Lidbindehäute und in einigen Fällen auch Erblindung.

Das Fusarientoxin **Fumonisin**, das in Mais und Maisprodukten, seltener in Hafer und anderen Getreidearten nachgewiesen wurde, löst eine plötzliche Appetitlosigkeit und Apathie, fortschreitende Bewegungsstörungen, Muskelzittern, Lähmungen des Schlundkopfes mit Schluckstörungen, Sehstörungen bis zur Blindheit und erhöhte Erregbarkeit aus. Die Pferde pressen den Kopf gegen Hindernisse, führen Kreisbewegungen aus und kommen zum Festliegen, wobei sie krampfartige Bewegungen der Gliedmaßen zeigen. Bei einem langsameren Verlauf kann diese Erkrankung durch Beruhigungsphasen unterbrochen sein. Das Leiden führt zum Tod oder zu bleibenden Nervenschäden, die durch unheilbare Veränderungen im Gehirn verursacht werden.

Zusammenfassend sind folgende wichtige **Krankheitszeichen** zu nennen, die durch Mykotoxine verursacht werden können:

- schlechte Futteraufnahme,
- Durchfall (unter Umständen mit Blutbeimengung),
- Kolik mit Verstopfung und Aufblähung verschiedener Dickdarmabschnitte oder in akut verlaufenden Fällen mit starkem Durchfall,
- Gleichgewichtsstörungen, Erregungs- und Lähmungszustände, die den gesamten Organismus erfassen oder sich z. B. auf die Nachhand beschränken,
- Entzündung der äußeren Haut und der Schleimhäute im Kopfbereich, Blutungen,
- Störungen der Sexualfunktionen, Verfohlen.

Diese keinesfalls vollständige Symptomatik ist vielgestaltig und kann natürlich auch bei anderen Krankheiten auftreten. Es sollte aber, wenn eines oder mehrere dieser Krankheitsanzeichen beobachtet werden, eine Mykotoxikose als Ursache mit in Betracht gezogen werden.

→ **Behandlung.** Die Behandlung wird sich nach den klinischen Erscheinungen richten. Spezifische Gegengifte sind nicht bekannt. Als erste Maßnahme ist die Giftaufnahme zu unterbrechen. Manchmal sind allerdings umfangreiche Untersuchungen erforderlich, um das toxinbelastete Futtermittel bzw. den Weg der Toxinaufnahme zu erkennen. Die durch Satratoxine hervorgerufenen, auf Haut und Schleimhaut von Nüstern und Lippen begrenzten Veränderungen können mit milden desinfizierenden Lösungen oder Kamillentee abgewaschen und mit einer dünnen Vaselineschicht bedeckt werden. Die Erscheinungen klingen innerhalb weniger Tage ab.

→ **Vorbeuge.** Während „Feldpilze" (Fusarien, Stachybotrys) ihre Toxine bereits vor der Ernte der Futtermittel bilden und damit vorbeugenden Maßnahmen kaum zugänglich sind, vermehren sich „Lagerpilze" (Penicillien, Aspergillen) im Futterstapel. Die wichtigste vorbeugende Maßnahme besteht hier darin zu verhüten, daß sich diese Schimmelpilze im Futtermittel anreichern. Da sie hierfür Feuchtigkeit benötigen, müssen die Futtermittel ausreichend getrocknet und trocken gelagert werden. Heu ist nach der Ernte genügend hoch zu stapeln, damit es gut durchschwitzen kann. Getreide mit einem Wassergehalt von etwa 12% und Heu mit etwa 16% sind gut lagerfähig. Grobsinnlich verschimmelte Futtermittel sind für Pferde ungeeignet. Eine Gefährdung besteht auch dann, wenn die sichtbaren Schimmelpilznester vor der Fütterung entfernt wurden.

Die gleichen Anforderungen müssen auch an Streustroh gestellt werden, da es häufig mit gefressen wird. Besondere Vorsicht ist bei Importfuttermitteln, wie Erdnuß- und Sojaschrot oder Körnermais, geboten, da bestimmte Pilze am besten unter tropischen und subtropischen Bedingungen wachsen.

Im Zweifelsfall können suspekte Futtermittel zur sensorischen sowie mykologischen Untersuchung mit quantitativem Nachweis der Schimmelpilze (koloniebildende Einheiten) und/oder Mykotoxinbestimmung an die zuständigen veterinärmedizinischen oder landwirtschaftlichen Untersuchungseinrichtungen eingesandt werden. Von verschiedenen Stellen des zu überprüfenden Futterstapels sind Stichproben zu entnehmen und zu einer repräsentativen Querschnittsprobe zu vermengen, von der dann etwa 1 kg Futter für die Untersuchung benötigt wird. Sichtbar verschimmelte Futtermittelpartien sind gleichfalls mit einzusenden.

Die Untersuchungseinrichtungen geben anhand der Laborbefunde Hinweise für den Einsatz der Futtermittel.

Es ist sehr schwierig, in Futtermitteln enthaltene Mykotoxine zu zerstören. Inzwischen liegen Berichte über Versuche vor, in denen durch Zugabe alkalischer Substanzen, wie Ätznatron oder Ammoniak, sowie durch Adsorbentien und Enzyme der Mykotoxingehalt der Futtermittel verringert werden konnte.

Wenn Getreide zu feucht eingelagert werden muß, kann durch Zusatz von Propionsäure das Wachstum der Schimmelpilze (Lagerpilze) unterdrückt werden.

Vergiftungen durch Pflanzen

→ **Begriffsbestimmung und Ursachen.** Giftpflanzenarten enthalten in größeren Konzentrationen ganz unterschiedliche Substanzen, die Vergiftungen auslösen können. Diese Schadstoffe sind oft in bestimmten Pflanzenteilen angereichert und können, abhängig von Bodenbeschaffenheit, Witterung, Jahreszeit und anderen Umweltfaktoren, deutlichen Konzentrationsschwankungen unterliegen, so daß die „Giftigkeit" stark wechselt. Grüne Giftpflanzen (Fotos 31 bis 37, Seite 85) werden von Pferden meist nur gefressen, wenn Nahrungsmangel vorliegt. So kam es z. B. dadurch zu einer Vergiftung,

Tab. 6.1. Giftpflanzen und ihre Wirkung.

Pflanze	Vorkommen	Giftiger Inhaltsstoff	Vergiftungserscheinungen und Krankheitsverlauf
Adlerfarn (*Pteridium aquilinum*), ferner Wurmfarn (*Dryopteris filix-mas*)	Wälder, Waldwiesen und Lichtungen	Vitamin-B_1-zerstörender Wirkstoff; höchster Gehalt in jungen Pflanzen; Giftwirkung im Heu erhalten	Nervöse Störungen, Erregungszustände, hohe Berührungsempfindlichkeit, Störungen im Ablauf der Bewegungen, später krampfartige Zuckungen, blutiger Durchfall, Blutharnen. Aufnahme von täglich 2 bis 3 kg Pflanzen für Pferde nach etwa 1 Monat tödlich
Adonisröschen (*Adonis vernalis*)	Wiesen (kalkliebend)	Herzwirksame Glykoside, dazu hautreizendes Gift; auch im Heu giftig	Rötung und Schwellung von Maulschleimhaut, besonders Lippen und Zahnfleisch; Atemnot, Gleichgewichtsstörung, schwerer Durchfall
Bingelkraut (Schutt-Bingelkraut = *Mercurialis annua;* Wald-Bingelkraut = *Mercurialis perennis*)	Äcker, Ödland, Schuttplätze; Laubwälder (Schattenpflanze)	Reizendes Öl und Saponine; z.Zt. der Samenbildung am giftigsten; im Heu geht Giftigkeit weitgehend verloren	Magen-, Darm- und Nierenentzündungen; Nesselfieber, Unterhautödem, Blutharnen, Anämie, Ikterus, Lähmungen
Buchsbaum (*Buxus sempervirens*)	Zierstrauch oder Baum	Alkaloide, besonders in Blättern und Rinde; Aufnahme von etwa 750 g Blättern kann für ein Pferd tödlich sein	Kolik, Durchfall, Krämpfe, dann Lähmungen; Tod tritt durch Atemlähmung ein
Eibe (*Taxus baccata*)	Zierstrauch oder Baum	Alkaloide (Herz- und Atmungsgift); höchste Konzentrationen in den Nadeln, besonders im Herbst und Winter, Pferde sind sehr empfindlich, Aufnahme von etwa 100 g Nadeln kann tödlich sein	Anfangs Muskelzittern, Kolik und Durchfälle, dann Bewegungsstörungen, tiefe Depressionen, Tod. Größere Mengen führen fast schlagartig zum Tod (klinische Erscheinungen sind dann kaum ausgeprägt!). Tragende Stuten können verfohlen
Eiche (Stiel-Eiche = *Quercus robur;* Trauben-Eiche = *Quercus petraea*)	Wälder, Parks	Gerbsäure; Vergiftungen treten auf Koppeln mit Eichen besonders dann auf, wenn infolge eines Unwetters in kurzer Zeit viele Eicheln abfallen und gefressen werden können. Eichenlaub kann ebenfalls toxisch sein	Kolik, Verstopfungen, Fieber, erhöhte Pulsfrequenz, Schwäche, Nierenschäden, Harn durch Blutbeimengung dunkelbraun, Blut aus After, Schaum vor Maul und Nüstern
Gefleckter Schierling (*Conium maculatum*)	Wegränder, Schuttplätze	Alkaloid; 15,5 mg täglich über 1 Monat aufgenommen führten zu schweren Erkrankungen; Heu ist weniger giftig als grüne Pflanzen	Muskelzittern, Lähmungen, Festliegen, Pupillen weit. Atemnot; Tod durch Atemlähmung, Urin und Atemluft mit widerlichem, mäuseharnähnlichem Geruch

Tab. 6.1. Giftpflanzen und ihre Wirkung (Fortsetzung).

Pflanze	Vorkommen	Giftiger Inhaltsstoff	Vergiftungserscheinungen und Krankheitsverlauf
Goldregen *(Laburnum anagyroides)*	Zierstrauch oder Baum	Alkaloid mit nikotinartiger Wirkung; Pferd besonders empfindlich; Gift in allen Pflanzenteilen enthalten, höchste Konzentration in Blüten und Samen, 200 bis 250 g Samen sind tödlich. Pflanze wird selten gefressen	Erregung, Kolik, starker Speichelfluß, starkes Schwitzen und Muskelzittern, krampfartige Zuckungen, hohe Puls- und Atemfrequenz, anschließend Tod durch Atemlähmung
Hahnenfuß (Gift-Hahnenfuß = *Ranunculus sceleratus*, Scharfer Hahnenfuß = *Ranunculus acer;* Knolliger Hahnenfuß = *Ranunculus bulbosus*)	Sumpfiges Gelände; Wiesen, Wegränder; trockene Wiesen	Reizgift; höchste Konzentration im Gifthahnenfuß, besonders Blütezeit; Vergiftungen nur nach Aufnahme großer Mengen, kaum tödlich: Gift wird durch Trocknung zerstört, Heu ungefährlich	Entzündung der Maulschleimhaut, starker Speichelfluß, Kolik, später Durchfall, Schwäche
Herbstzeitlose *(Colchicum autumnale)*	Feuchte Wiesen	Alkaloid; giftig bes. Blüten u. Samenkapseln. Durch Trocknung der Pflanze wird das Gift nicht zerstört. Gift wird langsam wieder ausgeschieden, so daß eine allmähliche Anreicherung im Körper erfolgt	Klinische Erscheinungen treten wenige Stunden nach der Aufnahme auf; Kolik, schwere (blutige) Durchfälle, später Lähmungen; Tod durch Atemstillstand und Kreislaufversagen. Pferde sind besonders empfindlich; 1 bis 3 kg frische Blätter u. Samenkapseln sind tödlich
Jakobs-Kreuzkraut *(Senecio jacobaea)*, ferner Gemeines Kreuzkraut *(Senecio vulgaris)*	Wiesen, Waldränder; Äcker, Gärten, Schuttplätze	Alkaloide (starke Lebergifte); Pferde sehr empfindlich, besonders junge Tiere. Durch Trocknung wird das Gift nicht zerstört	Krankheitserscheinungen erst nach langdauernder Aufnahme. Die Pferde sind abgeschlagen und teilnahmslos, ohne Appetit, gähnen häufig, später Koordinationsstörungen in der Bewegung und ausgesprochene Unbeweglichkeit. Gelbfärbung der Lidbindehäute, Harn kann dunkelbraun verfärbt sein (Blutfarbstoff)
Lupine (Vielblättrige Lupine = *Lupinus polyphyllus*; Gelbe Lupine = *Lupinus luteus*; Blaue Lupine = *Lupinus angustifolius*)	Wegränder, Ödflächen	höchste Konzentration in den Samen. Offenbar sind auch auf der Pflanze wachsende Schimmelpilze an der Vergiftung beteiligt. Giftwirkung im Heu erhalten	Vergiftung kann schnell und drastisch verlaufen, wenn eine entsprechend große Menge dieser Pflanzen aufgenommen wurde; Unruhe, Krämpfe, Überregbarkeit, Atembeschwerden bis zur Atemlähmung, Gelbsucht stehen dann im Vordergrund. Bei schleichendem Verlauf nach langandauernder Aufnahme geringer Pflanzenmengen kommt es zu Appetitlosigkeit, Gleichgewichtsstörungen und Gelbsucht
Robinie (Falsche Akazie, *Robinia pseudoacacia*)	Wälder, Parks	Toxalbumin, Alkaloid und Gerbstoffe; besonders in der Rinde enthalten	Erste Erscheinungen (Weitstellung der Pupillen, Puls- und Atembeschleunigung, starke Schweißbildung, Übererregbarkeit, Krämpfe und Kolik) treten wenige Stunden nach Aufnahme des Giftes auf. Dann Abgeschlagenheit, Schwäche und Lähmung Hufrehe. Tod innerhalb eines Tages möglich

Tab. 6.1. Giftpflanzen und ihre Wirkung (Fortsetzung).

Pflanze	Vorkommen	Giftiger Inhaltsstoff	Vergiftungserscheinungen und Krankheitsverlauf
Rotbuche *(Fagus sylvatica)*	Wälder, Parks	Vitamin-B_1-zerstörende Substanzen; höchste Konzentrationen in den Früchten (Bucheckern), Pferde sind besonders empfindlich. 1 kg Bucheckern kann bereits tödlich sein	Schreckhaftigkeit, starke Schmerzen, Kolik, Zittern, Krämpfe, später Lähmung und Atemstörung. Der Tod kann innerhalb weniger Stunden eintreten
Roter Fingerhut *(Digitalis purpurea)*	Bergwälder, besonders Lichtungen	Herzwirksame Glykoside, vorwiegend in den Blättern enthalten. 100 bis 200 g frische Blätter können ein Pferd töten. Da die Giftstoffe im Herzen gespeichert werden, treten auch Vergiftungen auf, wenn diese Menge über mehrere Tage verteilt gefressen wird. Heu ebenfalls giftig	Sehr langsamer Puls und Herzschlag, Durchfall und Schläfrigkeit; später schnelles starkes Herzklopfen, sehr unregelmäßig; häufiger Absatz großer Harnmengen; gelegentlich Aufregung, sonst Mattigkeit und Lähmungen
Schwarzer Nachtschatten *(Solanum nigrum)*	Wiesen, Äcker, Ödland, Schuttplätze	Alkaloide; in allen Pflanzenteilen, höchste Konzentration in den unreifen Beeren; Heu ebenfalls giftig	Starke Hinfälligkeit, Niederstürzen, absolute Teilnahmslosigkeit, oft starker Durchfall. Harn kann durch Blutfarbstoff braunrot verfärbt sein
Stechapfel *(Datura stramonium)*	Schutthalden, Wegränder, Gärten	Alkaloide; besonders in Blättern, weniger in Samen, 500 g Blätter führen zur Erkrankung	Wie Tollkirsche
Sumpfschachtelhalm *(Equisetum palustre)*	Nasse Wiesen, Ufer der Gewässer, Gräben	Alkaloide, Vitamin-B_1-spaltende Substanz; Pferd besonders empfindlich. Giftigkeit bleibt bei Trocknung erhalten	Krankheitserscheinungen beginnen erst nach ein bis mehrmonatiger Fütterung sumpfschachtelhalmhaltigen Heus. Zunächst erhöhte Erregbarkeit, Überempfindlichkeit, Reaktionen bei Hautberührung, Muskelzuckungen. Später Bewegungsstörungen, Taumeln (auch im Stehen). Sehr niedrige Pulsfrequenz, Untertemperatur, weitgeöffnete Pupillen, evtl. Zusammenbrechen. Tod nach längerer Krankheitsdauer
Tollkirsche *(Atropa belladonna)*	Bergwälder u. Lichtungen, Weiden, Ödland; kalkliebend	Alkaloide in Samen (= Beeren) und Blättern; 10 g Samen für ein Pferd gefährlich; 125 g tödlich; 120 g getrocknete Blätter führten zu ausgeprägten Erkrankungserscheinungen	Trockene Schleimhäute, Sehstörungen, Pupillen sehr weit! Herzfrequenz erhöht, Unruhe, Aufregung, Toben, Darmlähmung, Verstopfung, Kolik, Zittern, Krämpfe, später Schwäche und Taumeln
Wasser-Pferdesaat (-Rebendolde) *(Oenanthe aquatica)*	Sumpfwiesen, an Gräben, Niederungen	Giftige Substanzen wirken ähnlich wie Giftwasserschierling. Höchste Konzentration in den Wurzeln. Pferde besonders empfindlich. Im Heu offenbar Schadwirkungen erhalten	Koliken, starker Durchfall, Tiere stürzen zusammen, krampfartige Zuckungen; Tod kann sehr schnell eintreten

Tab. 6.1. Giftpflanzen und ihre Wirkung (Fortsetzung).

Pflanze	Vorkommen	Giftiger Inhaltsstoff	Vergiftungserscheinungen und Krankheitsverlauf
Wasser-Schierling *(Cicuta virosa)*	Sumpfiges Gelände, Gräben, Ufer	Sehr giftige Inhaltsstoffe. Pferde sollen bereits nach Aufnahme eines walnußgroßen Stückes der frischen Wurzel verenden. Giftwirkung im Heu erhalten	Erscheinungen wechseln zwischen starken Erregungszuständen (Muskelkontraktionen, die Pferde gehen auf Hindernisse los, rennen gegen die Wand) und ausgeprägter Depression (Schläfrigkeit, kaum Reaktion auf Umweltreize)
Küchenzwiebel *(Allium cepa)*	Kulturpflanze (Vergiftungen auch durch wildwachsende Zwiebeln möglich)	Verschiedene Inhaltsstoffe mit schädigender Wirkung auf die roten Blutkörperchen	Nach langdauernder Fütterung Blutarmut und Gelbsucht; Blasse und gelbliche Lidbindehäute und Schleimhäute. Rot- bis Dunkelbraunfärbung des Harnes infolge Beimengung von Blutfarbstoff

daß Pferde auf einer abgefressenen Weide in großer Menge wildwachsende Zwiebeln aufnahmen. Unter ähnlichen Bedingungen können Vergiftungen durch Hahnenfußgewächse auftreten, wenn auf sonst kahler Weide an Bächen und Tümpeln überwiegend nur noch diese Pflanzen wachsen. Auch Tiere, die im Freien angebunden stehen und sich langweilen, fressen bisweilen an erreichbaren Giftpflanzen. Eine besondere Gefahr geht für Pferde von giftpflanzenhaltigem Heu aus, das allerdings nicht von allen Tieren gefressen wird. Pferde, die eine durch Vergiftung ausgelöste Krankheit überstanden haben, verweigern danach oft die Aufnahme des entsprechenden Heus. Der Schweregrad einer Vergiftung wird nicht nur von der aufgenommenen Pflanzenmenge und deren Giftkonzentration, sondern auch vom Ernährungs- und Gesundheitszustand des Pferdes bestimmt. So treten Vergiftungen durch schachtelhalmhaltiges Heu im Winter hauptsächlich bei solchen Pferden auf, die eine knappe und vor allem konzentratarme Fütterung erhalten.

→ **Erscheinungsbild.** Die wichtigsten Pflanzenvergiftungen sind in Tabelle 6.1. zusammengestellt.

→ **Behandlung.** Besteht der Verdacht auf eine Erkrankung durch Giftpflanzen, ist sofort die Aufnahme des verdächtigen Futters zu unterbinden und unverzüglich ein Tierarzt hinzuzuziehen. Eine gezielte schnelle Behandlung, wie sie z. B. bei der Adlerfarn-, Schachtelhalm- und Robinienvergiftung mit B-Vitaminen möglich ist, kann lebensrettend sein. Weitere Behandlungsmaßnahmen können Magenspülung, Eingabe von giftbindenden Medikamenten (Aktivkohle) und Abführmitteln sowie medikamentelle Unterstützung des Herz-Kreislauf-Systems und der Atmung sein. Sie richten sich nach der seit der Giftaufnahme vergangenen Zeit und den aufgetretenen klinischen Erscheinungen. Oft ist eine Behandlung über einen längeren Zeitraum erforderlich.

→ **Vorbeuge.** Auf Rennbahnen, Trainingsanlagen oder Turnierplätzen sind Giftpflanzen fehl am Platze (Hecken!).

Die Gefahr einer Vergiftung ist bei Pferden, die auf Weiden mit vielfältig zusammengesetzten Futtergräsern und -kräutern stehen, oder entsprechendes Grünfutter erhalten, geringer. Das gilt auch für eine gute, ausgeglichene Ernährung während des Winters.

F72 und F73 **Einschuß (Phlegmone)** an einer Hintergliedmaße. Unförmige Schwellung vom Kronsaum bis zum Unterschenkel durch Unterhautbindegewebsentzündung.

F74 **Einschuß (Phlegmone)** der linken Vordergliedmaße. Starke, beetartig abgesetzte, schmerzhafte Schwellung am Unterarm.

F75 **Pilzförmige Knochenwucherung** am Unterkieferast.

F76 **Hufrinnen,** parallel zum Kronsaum verlaufend. Sie entstehen durch Störungen des Hornwachstums und können z.B. auch nach Phlegmone auftreten.

F77 **Halfterdruck.** Umfangsvermehrung auf dem Nasenrücken.

72

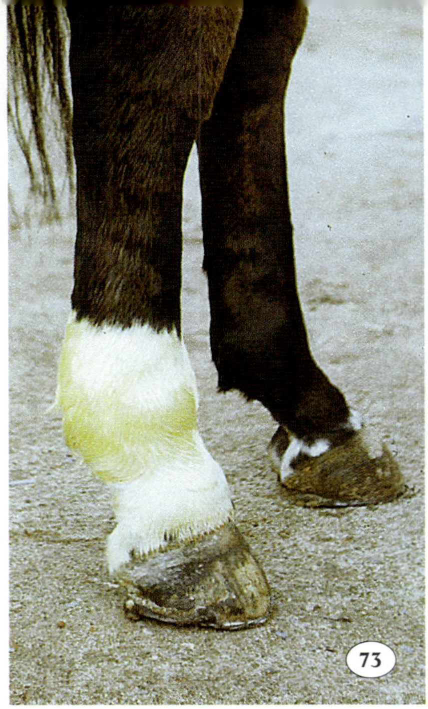

73

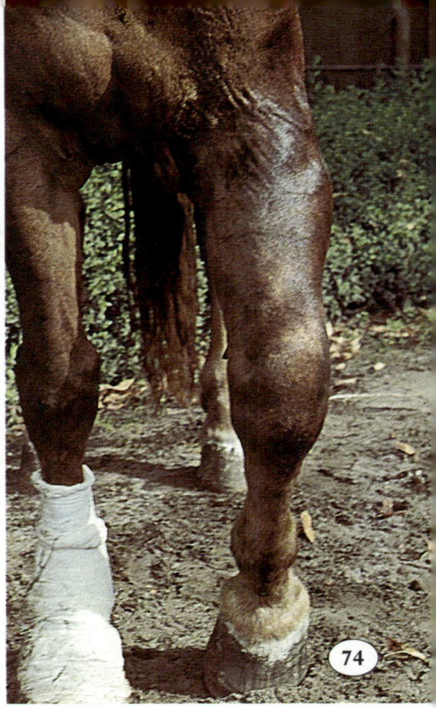

74

75

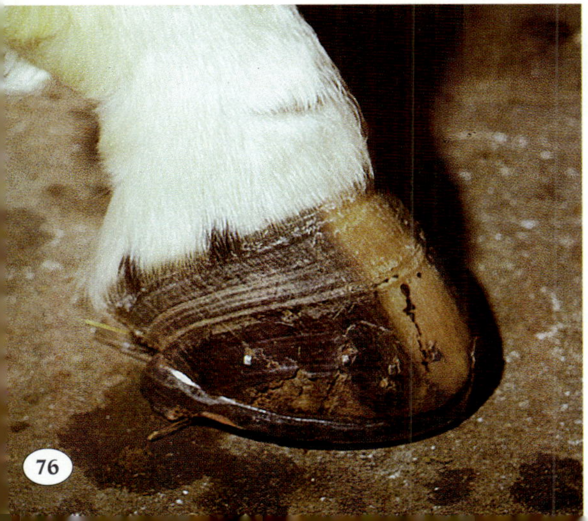

76

77

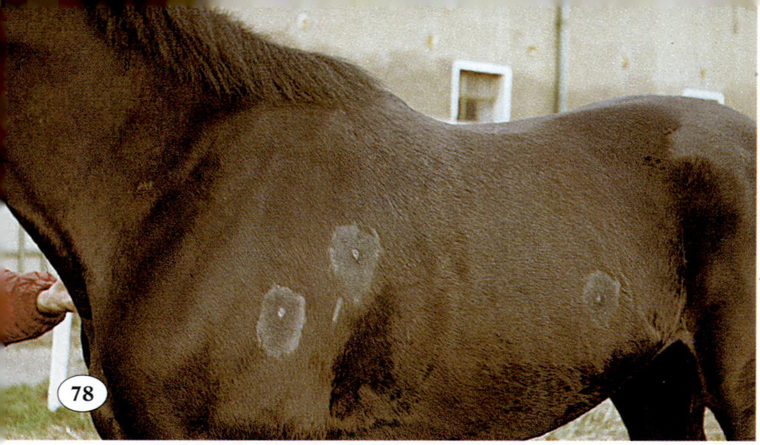
78

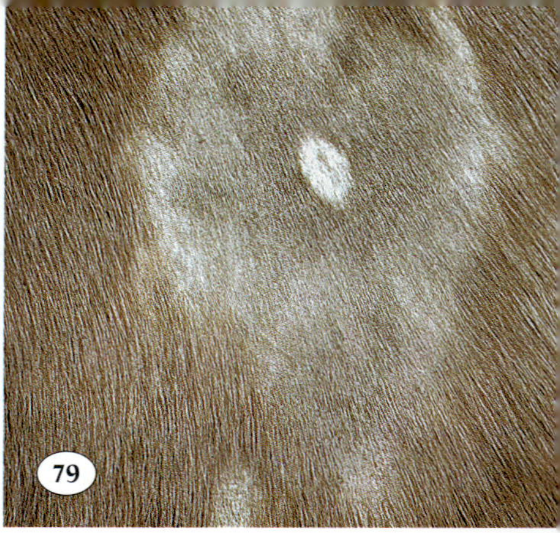
79

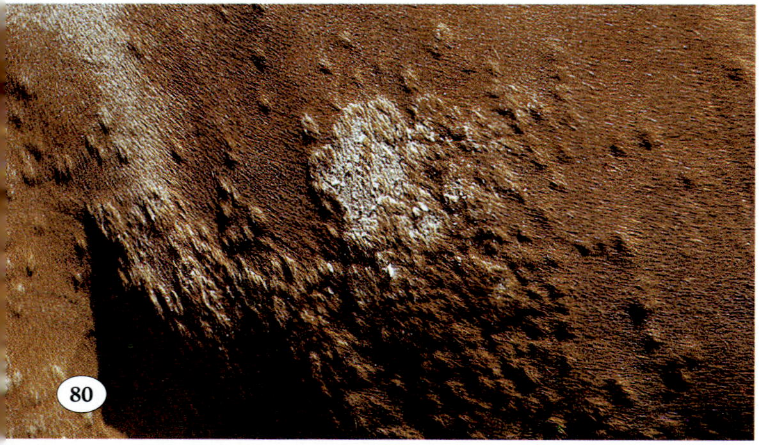
80

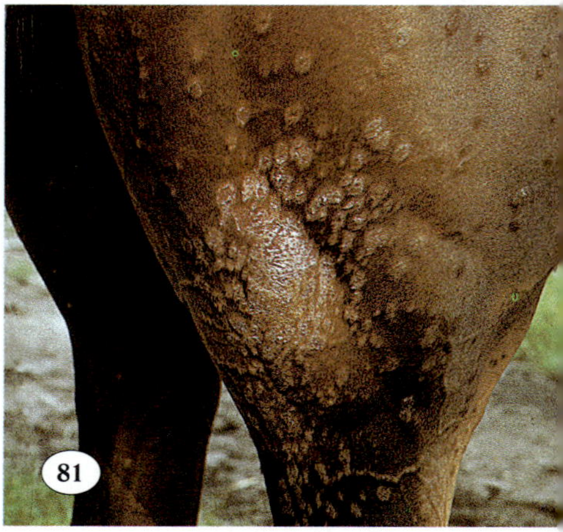
81

82

7 Erkrankungen bestimmter Organsysteme

Krankheiten der Haut

Die Haut ist ein sehr wichtiges Organ des Körpers. Sie schützt ihn als Hülle vor äußeren Einwirkungen. Als Sinnesorgan gestattet sie die Wahrnehmung von Temperatur-, Druck- und Schmerzempfindungen. Die langen Tasthaare in der Umgebung der Augen, an Nüstern und Maul sind besonders berührungsempfindlich und für die Orientierung in der Dunkelheit nützlich. Die Haut enthält viele Blutgefäße. Das strömende Blut führt ihr aus dem Körperinneren überschüssige Wärme zu, die an die Umwelt abgegeben wird. Dieser Vorgang wird durch Wasserverdunstung und Schweißbildung (etwa 100 Schweißdrüsen je cm^2 Haut) unterstützt. Außerdem kann die Haut Fett als Energiereserve speichern. Am deutlichsten ist das im Mähnenbereich ausgeprägt.

Ekzeme

→ **Begriffsbestimmung und Ursache.** Ekzeme sind Entzündungen der oberflächlichen Hautschicht, die auf allergische (überempfindliche) Reaktionen zurückzuführen sind. Die auslösenden Substanzen wirken von außen durch Berührung oder Aufnahme mit Futter, Wasser oder Atemluft auf das Tier ein oder entstehen im Inneren des Tieres selbst. Die Erkrankung tritt besonders bei Pferden auf, die eine erworbene oder angeborene Ekzembereitschaft, d. h. Überempfindlichkeit den auslösenden Substanzen gegenüber, aufweisen. Falsche Ernährung und schlechter Pflegezustand fördern die Erkrankung. Ekzeme sind meist an typischen Körperstellen lokalisiert.

→ **Erscheinungsbild.** An den betroffenen Stellen verliert das Haarkleid seinen Glanz, es wird matt und rauh. Die Haare liegen nicht mehr der Haut an. Diese ist gerötet und verdickt. Es bilden sich kleine Knötchen oder in großer Zahl Schuppen, die nicht mit Eiern von Haarlingen oder Läusen verwechselt werden dürfen. In anderen Fällen entstehen kleine Bläschen, die, wenn sie platzen, Flüssigkeit absondern. Infolge des starken Juckreizes scheuern sich die Pferde, wodurch die Hautveränderungen noch verstärkt werden. Mechanische Reizung und Erkrankung der Haut führen zum Haarausfall (Foto 45, Seite 103). Die Haut wird derb, verdickt sich und verhornt. Später können tiefe borkige Hautfalten entstehen. Bei nässenden Ekzemen trocknet die abgesonderte Flüssigkeit zu Krusten ein, unter denen sich Eiter ansammeln kann. Die bekanntesten Ekzeme des Pferdes sind

- Sommerekzem,
- Schweißekzem in der Sattellage,
- Mähnen- und Schweifekzem,
- Fesselekzem (Mauke),
- Schuppenflechte und
- Raspe.

Sie sollen deshalb im folgenden einzeln besprochen werden.

F78 **Hautpilzerkrankung.** Runde, haarlose Stellen, die sich zentrifugal vergrößern.

F79 **Hautpilzerkrankung.** Ausschnittvergrößerung aus F78. Bei der Heilung wachsen die Haare, vom Zentrum beginnend, nach.

F80 und F81 **Ausgedehnte Hautpilzerkrankung (Trichophytie).** Runde, borkige, sich vergrößernde und zusammenfließende Hautveränderungen. Durch Berührung oder Putzzeug leicht auf andere Tiere übertragbar. Der Mensch ist ebenfalls gefährdet.

F82 **Vollständiger Ausfall des Deckhaares.** Kann bei schwerer Allgemeinerkrankung und offenbar auch bei Fütterungsfehlern auftreten. Heilt meist nach Behebung der Ursachen wieder ab.

Sommerekzeme werden besonders an Mähnenkamm, Schweifansatz sowie später an Hals und Seitenbrust beobachtet. Es entstehen kleine, derbe, kaum schmerzhafte Knötchen, die zumindest zum Teil überempfindliche Reaktionen auf Insektenstiche (u. a. Kriebelmücken – s. Seite 177) darstellen und zu erheblichem Juckreiz führen können. Betroffen sind Pferde, die im Sommer nicht aufgestallt werden, also vor allem sogenannte Robustpferde, in letzter Zeit auch zunehmend Warmblüter. Die Erscheinungen können sich von Jahr zu Jahr stärker ausprägen und dann auch über den Winter nicht mehr vollständig abheilen. Da bei dieser Erkrankung eine gewisse familiäre Häufung auftreten kann, wird eine genetisch bedingte erhöhte Empfindlichkeit bestimmter Pferde vermutet. Offenbar spielen starke Schweißbildung und Schmutz ursächlich ebenfalls eine Rolle. Eine besondere Form des Schweißekzems ist das **Ekzem der Sattellage**. Seine Entstehung wird dadurch begünstigt, daß der Schweiß an dieser Stelle nicht ausreichend verdunsten kann. Schweiß und Staub wirken auf die Haut ein, die anschwillt und schmerzempfindlich wird.

Mähnen- und Schweifgrind werden oft erst dann erkannt, wenn die Tiere diese Stellen infolge des starken Juckreizes heftig scheuern und die Langhaare, die oft verklebt und verfilzt sind, zum Teil abreiben („Rattenschwanz"; Foto 47, S. 103). Dadurch wird die gerötete, nässende, verdickte und verkrustete Haut sichtbar.

Als **Fesselekzem (Mauke)** bezeichnet man ein Ekzem der Fesselbeuge, das besonders an den Hintergliedmaßen auftritt. Die Haut ist gerötet und sondert Wundflüssigkeit ab, die mit Schmutz schmierige Beläge bildet. Durch die geschädigte Haut können eitererregende Bakterien eindringen und zum „Einschuß" führen (Foto 46, Seite 103). Die sogenannte Warzenmauke mit warzenähnlichen Wucherungen der Haut ist manchmal bei Kaltblutpferden zu beobachten (Foto 48, S. 103). Diese Erkrankung kann auch durch Milben hervorgerufen werden (vgl. Fußräude).

Bei der **Schuppenflechte** entstehen unregelmäßige, dünner behaarte oder haarlose Flecken an den verschiedensten Stellen des Körpers, besonders aber an Kopf, Hals, Seitenbrust und Flanken. In der verdickten Haut bilden sich kleine Knötchen und seltener Bläschen. Diese Erkrankung wird bei feinhäutigen Pferden, z. B. Vollblutpferden, relativ häufig beobachtet. Sie tritt besonders bei körperlich schwächer entwickelten Tieren auf und steht offenbar mit Mängeln der Ernährung oder der Futterverwertung im Zusammenhang.

Als **Raspe** wird ein relativ seltenes Ekzem in den Beugeflächen von Vorderfußwurzel- und Sprunggelenk bezeichnet, wo verdickte, borkige, haarlose Hautstellen auftreten.

Bei Vollblutpferden und feinhäutigen Warmblutpferden tritt an der Außenseite des Sprunggelenkes häufig ein strichförmiges, begrenztes, schuppendes Ekzem auf, das von den Tieren zeitweise heftig benagt wird (Foto 44, Seite 103).

Toxische Kontaktekzeme können an Hautstellen auftreten, die mit reizenden Substanzen in Berührung kommen. Eine solche Wirkung lösen z. B. bestimmte Hautkosmetika, Lederöle und auch äußerlich eingesetzte Medikamente aus. An den Kontaktstellen ist die Haut anfangs gerötet, später können Bläschen und Krusten entstehen. Diese Reaktionen sind meist auf die Kontaktstellen beschränkt. Während immer mit örtlichem Haarausfall zu rechnen ist, tritt erheblicher Juckreiz nur in einigen Fällen auf. Sehr schwere Veränderungen wurden nach Verwendung von Lederzeug, das sechswertiges Chrom enthielt, beobachtet. Es entstanden tiefe, schlecht heilende, geschwürartige Wunden, die sich auch, von den Kontaktstellen ausgehend, weiter ausbreiteten. Außerdem kam es zu Nesselausschlag, der innerhalb kurzer Zeit den gesamten Körper erfaßte und durch kirschkerngroße, schmerzhafte Erhebungen der Haut gekennzeichnet war.

→ **Behandlung.** Die Behandlung eines Ekzems ist nur dann erfolgreich, wenn gleichzeitig die Ursachen beseitigt werden (siehe Vorbeuge). Bei allergischem Sommerekzem sollten die Pferde aufgestallt werden. Geeignete insektenabweisende Mittel (als wirksam hat sich z. B. Pemethrin-Emulsion erwiesen) sind auf die besonders gefährdeten Stellen der Tiere aufzutragen. Die Heilung der Ekzeme wird durch vielseitige Ernährung mit qualitativ guten Futtermitteln unterstützt. An den erkrankten Hautstellen (mit Ausnahme der Fesselbeuge) werden nach Möglichkeit die Haare abrasiert oder mit der Schere abgeschnitten. Krusten werden vorsichtig mit warmer Seifenlösung oder Rinderfußöl aufgeweicht und entfernt. Durch den Zusatz von 2 g Salizylsäure zu 100 ml Rinderfußöl kann die Wirkung noch verbessert werden. Anschließend wird mit

Zinkoxidöl bis zur Austrocknung und Heilung weiter behandelt. Auf frische, akute, nässende Ekzeme wird Zinkschüttelmixtur aufgebracht. Bei sehr starkem Juckreiz kann diesem Medikament noch 0,1 g Prednisolon/100 g zugesetzt werden.

Eitrige, infizierte Ekzeme werden zunächst mit dünner Kaliumpermanganatlösung (schwachviolette Färbung) vorsichtig abgewaschen und nach Trocknung mit antibiotika- oder akridinfarbstoffhaltigen Salben behandelt. Später kann auch hier Zinköl verwendet werden. Geeignet ist auch eine Mischung aus Lebertranzink- und Akridinfarbstoff. Mit diesen genannten Präparaten erschöpfen sich die Behandlungsmöglichkeiten der Ekzeme keinesfalls. Die Behandlung ist meist so kompliziert, daß sie dem Tierarzt überlassen werden muß. Bei chronischen Ekzemen ist der Behandlungserfolg manchmal nur gering.

→ **Vorbeuge.** Oft sind Ekzeme die Folge einer unzureichenden Hautpflege. Aus Schmutz und abgestoßenen Zellen der Haut entsteht bei Feuchtigkeit ein Belag, der den Luftzutritt zur Haut beeinträchtigt. Deshalb sind die Tiere täglich zu putzen (einschließlich Mähnen- und Schweifansatz) und nach Durchnässung des Haarkleides mit Stroh trockenzureiben.

Durch häufiges Waschen der Beine werden die Fesselbeugen von Staub und Schmutz gereinigt und anschließend mit einem weichen Lappen getrocknet. Das ist auch im Winter sehr wichtig, wenn Schneewasser, Tausalz und Abstumpfungslaugen die Haut besonders im Bereich von Fesselbeuge und Kronsaum reizen können.

Auf saubere Einstreu ist zu achten. Keinesfalls dürfen die Haare der Fesselbeuge kurz geschoren werden, da sie dann bei der Bewegung in die Haut einstechen, diese reizen und Ekzeme auslösen. Durch dünne, schweißaufsaugende Satteldecken, die häufig gewaschen werden, ist ein Schweißekzem der Sattellage weitgehend zu verhindern.

Da das Schweifekzem auch indirekt durch Befall mit bestimmten Darmwürmern verursacht werden kann, wenn sich die Pferde infolge des starken Juckreizes im After mit der Schweifrübe an Gegenständen reiben, ist eine wirksame Parasitenbekämpfung (vgl. Seite 216) auch aus diesem Grunde wichtig.

Als wesentliche vorbeugende Maßnahme muß eine bedarfsgerechte vielseitige Ernährung gefordert werden. Ungenügende Ernährung, ein Mangel an Vitaminen (besonders A, C und B-Komplex) und an Mineralstoffen (besonders Natrium und Jod) fördern die Erkrankung. Das gilt auch für ein einseitiges, zu hohes Eiweißangebot oder eine Verfettung der Tiere.

Nesselausschlag, Nesselfieber (Urtikaria)

→ **Begriffsbestimmung und Ursachen.** Reizende und giftige Stoffe, die von außen oder über den Verdauungskanal auf das Tier wirken, lösen eine überempfindliche Hautreaktion (Allergie) aus. Durch starke örtliche Flüssigkeitsansammlung in der Haut entstehen Quaddeln. Als äußere Ursachen können neben Giften von Pflanzen (Brennessel) oder Insekten (Bienen, Wespen) auch Arzneimittel durch Hautkontakt wirken.

Innere Ursachen, deren Wirkung vom Verdauungskanal ausgeht, können verschiedene Futtermittel wie grüner Roggen und Farnkrautblätter oder Schadstoffe sein, die infolge von Verdauungsstörungen entstehen. Nesselfieber kann auch Begleitsymptom verschiedener Infektionskrankheiten sein (Beschälseuche, Virusarteritis).

→ **Erscheinungsbild.** Die Hautveränderungen bilden sich sehr schnell und klingen oft schon nach kurzer Zeit wieder ab. Linsen- bis mandelgroße, flache bis halbkugelige Knötchen bzw. Quaddeln überziehen den größten Teil des Körpers. Kleine Quaddeln sind durch die aufgestellten Fellhaare zu erkennen, größere Quaddeln sind deutlich sichtbar (Foto 49, Seite 103). Sie können ihre Form fortwährend ändern und dabei ineinander übergehen und zu beetartigen Hautverdickungen führen. Bereits nach wenigen Stunden bis zu zwei Tagen können sie wieder vollständig verschwunden sein. Das Allgemeinbefinden ist meist ungestört. Manchmal machen die Tiere allerdings einen matten Eindruck, dann können Verdauungsstörungen und auch Fieber auftreten.

→ **Behandlung.** Wenn die Erkrankung durch auf die Haut aufgetragene Substanzen ausgelöst wurde, sind diese sorgfältig zu entfernen. Vorsichtiges Benetzen der erkrankten Hautstellen mit kühlenden Lösungen (Essigwasser, verdünnter Alkohol) fördert die Heilung. Eine tierärztliche Behandlung (Injektion von Antiallergika und Glukokortikoiden) ist dann erforderlich, wenn das Allgemeinbefinden des Tieres gestört ist oder die Krankheitserscheinungen nach ein bis zwei Tagen noch nicht abgeklungen sind. Wenn der Verdacht besteht, daß Verdauungskrankheiten oder Futterunverträglichkeiten das Nesselfieber ausgelöst haben, können Abführmittel (Glaubersalzlösung und Paraffinöl) per Nasenschlundsonde verabreicht werden.

→ **Vorbeuge.** Eine Vorbeuge dieser Erkrankung ist kaum möglich, da nur selten die Ursache eindeutig ermittelt werden kann. Wenn das Nesselfieber kurz nach einer medikamentellen Behandlung auftritt, ist der Tierarzt zu informieren.

Verletzungen

Verletzungen entstehen infolge mechanischer, thermischer oder chemischer Schädigung des Organismus. Das Ausmaß der Schädigung ist von der Stärke der Einwirkung und der Widerstandsfähigkeit der betroffenen Gebiete abhängig. Wenn dabei die abdeckende Haut oder Schleimhaut unversehrt bleibt und lediglich die tieferen Schichten geschädigt werden, spricht man von **gedeckten Verletzungen**. Zu ihnen gehören u. a. Prellung, Quetschung, Zerreißung, Verstauchung, Verrenkung und geschlossener Knochenbruch. Der geschädigte Bereich schwillt schmerzhaft an. Wenn Blutgefäße verletzt wurden, entstehen Blutergüsse, die zu erheblichen Schwellungen führen können. Die gedeckten Verletzungen werden an anderer Stelle detaillierter beschrieben.

Offene Verletzungen, bei denen dagegen Haut oder Schleimhaut durchtrennt werden, bezeichnet man als Wunden. Schürfwunden sind Defekte, die nur die Oberfläche der Haut erfassen. Da Wunden bei Pferden häufig vorkommen, wollen wir uns im folgenden Abschnitt mit ihnen ausführlich beschäftigen.

Wunden

→ **Begriffsbestimmung.** Wunden, sogenannte offene Verletzungen, entstehen, wenn äußere Haut oder Schleimhaut durchtrennt werden. Das geschieht vorrangig durch mechanische (z. B. Schnitt-, Quetsch-, Riß-, Stich- und Bißwunden), ferner auch durch thermische (Erfrierungen, Verbrennungen einschließlich der Wirkung des elektrischen Stroms) oder chemische äußere Einwirkungen (Verätzungen). Kennzeichnend sind die in unterschiedlichem Grad ausgeprägte, machmal weit in die Tiefe reichende Zerstörung, die Blutung, der Wundschmerz und die Störung der Funktion des betroffenen Körperteiles.

Da die schützende Körperhülle zerstört ist, können Krankheitskeime bereits bei Entstehung der Wunde oder auch später in diese eindringen. Die Erreger können Wundinfektionen (z. B. Eiterungen) oder auch das gesamte Tier erfassende Allgemeinerkrankungen (z. B. Wundstarrkrampf) verursachen. Verbrennungen werden im Anschluß an dieses Kapitel gesondert besprochen.

→ **Erscheinungsbild.** Die Ausdehnung verschiedener Wunden kann stark variieren. Sie reicht von oberflächlichen Hautabschürfungen und kleinen Schnittwunden bis zu umfangreichen Defekten (Fotos 51 bis 58, Seite 104), bei denen die darunterliegende Teile, wie Muskeln, Sehnen, Knochen, Gelenke, Blutgefäße, Nerven u. a., mit erfaßt oder auch Schleimbeutel, Sehnenscheiden, Gelenke sowie Brust- oder Bauchhöhle mit eröffnet werden können (Fotos 59 und 60, Seite 137). Mit wenigen Ausnahmen (z. B. Hornhaut des Auges) bluten frische Wunden. Da die Gerinnungszeit beim Pferd etwa 15 bis 30 min beträgt, werden kleine Blutungen nach dieser Zeit aufhören. Wenn aber größere Gefäße verletzt werden, dauert die Blutung länger. Lebensbedrohlich wird sie dann, wenn das Tier ein Viertel bis ein Drittel der Gesamtblutmenge verliert. Diese beträgt beim Pferd $^{1}/_{13}$ der Körpermasse. Bei einem Warmblutpferd sind das etwa 45 l. Im allgemeinen wird allerdings die Menge des verlorenen Blutes überschätzt, wenn es auf dem Boden breitgeflossen ist.

Das geronnene Blut kann die Wunde und das umgebende Fell verkleben. In anderen Fällen klaffen die Wundränder auseinander, so daß die darunter liegenden, eventuell verletzten Gebiete sichtbar werden. Manchmal hängen zerstörte Fettgewebs- und Muskelteile aus der Wunde. Da auch Nervenfasern geschädigt werden, ist die Wunde bei Berührung oder nach mechanischer Erschütterung schmerzhaft, was auch zur Lahmheit führen kann. Der Schmerz zwingt als Warner das Tier, die Wunde ruhigzustellen und fördert damit die Heilung.

Wenn Wunden durch Eiter- oder Fäulniserreger infiziert werden, sondern sie eine zunächst dünnflüssige, später rahmähnliche, gelbliche, übelriechende Flüssigkeit ab. Die Wundumgebung ist geschwollen, warm und sehr schmerzhaft. In ausgeprägten Fällen ist das Allgemeinbefinden der Tiere gestört. Sie fressen schlechter und bekommen Fieber. Später verfärbt sich die Wundfläche schwarzrot und blutet leicht. Vernachlässigte oder falsch behandelte, über längere Zeit eiternde Wunden weisen eine grauweiße, höckrige Oberfläche auf, die von gelblichem, dickflüssigem Eiter bedeckt ist. Wenn sich Eiter in der Tiefe oberflächlich verklebter Wunden ansammelt, entstehen äußerst schmerzhafte Schwellungen.

Leider sieht man immer wieder falsch oder nicht behandelte alte Wunden, in denen sich pilzartige Wucherungen von Granulations- oder Narbengewebe (Wildes Fleisch) gebildet haben (Fotos 52 und 53, Seite 104). Hier hat man die oft kleine Mühe einer sofortigen richtigen Behandlung gescheut und muß dann langwierige und aufwendige Maßnahmen in Kauf nehmen. Dem Tier werden dabei unnötige Leiden zugefügt.

→ **Behandlung.** Jede Wunde ist möglichst frühzeitig zu behandeln. Während das bei größeren Wunden meist erfolgt, werden kleinere häufig vernachlässigt. Besonders gefährlich sind Stichverletzungen mit der Mistgabel, die immer durch aggressive Bakterien verunreinigt sind. Diese Wunden schließen sich sehr schnell und scheinen zu heilen, während in der Tiefe eitrig-jauchige Flüssigkeit gebildet wird und nach 1 bis 2 Tagen sehr schmerzhafte Schwellungen entstehen.

Kleine Wunden kann bereits der Halter des Pferdes bei einiger Kenntnis richtig behandeln. In jedem Fall muß er zumindest Erste Hilfe leisten.

Stark blutende Wunden werden mit einem sauberen Tuch abgedeckt und erhalten darüber einen gepolsterten Druckverband. Dieser wird, auch wenn er durchgeblutet ist, nicht gewechselt. Die zerfallenden Blutzellen setzen nämlich Substanzen frei, die die Blutgerinnung fördern. Der herbeigerufene Tierarzt wird dann die Blutung endgültig stillen.

Gliedmaßen und Schweif (hier äußerste Vorsicht!) können auch oberhalb stark blutender Wunden für maximal 2 Stunden mittels Strick (Bindfaden ist zu dünn!) und Knebel abgebunden werden. Das sollte nur dann erfolgen, wenn keine Druckverbände anzulegen sind (kein Material, ungünstige Stelle). Der Verband schützt zugleich die Wunde vor weiterer Schädigung von außen, insbesondere vor zusätzlicher Verschmutzung. An Stellen, wo kein Verband möglich ist, kann man versuchen, das auf die Wunde aufgelegte saubere Tuch mit Klebebinden zu befestigen.

Bei der endgültigen Versorgung, die in den meisten Fällen dem Tierarzt obliegt, werden Wunde und Umgebung zunächst vorsichtig gesäubert und Blutkrusten und Schmutz entfernt. Oft ist erst dann das tatsächliche Ausmaß der Wunde zu erkennen. Mittels Schere sind die Haare an den Wundrändern kurz zu schneiden. Sichtbar verschmutzte Wunden sind mit Mull, der mit Rivanollösung getränkt ist, auszutupfen. Bei stark verschmutzten tiefen Wunden hat sich dafür 3%ige Wasserstoffperoxidlösung sehr gut bewährt, die bei Berührung mit der Wunde stark schäumt und zur mechanischen Reinigung beiträgt. Außerdem wirkt der entstehende Sauerstoff desinfizierend. Umschläge mit dieser Lösung sind aber nicht zu empfehlen, weil länger einwirkendes Wasserstoffperoxid die Heilung der Wunde beeinträchtigen kann. Auch dünne, schwach violett gefärbte Kaliumpermanganatlösung ist zur Spülung verschmutzter Wunden gut geeignet.

Es darf nicht vergessen werden, die Wundhöhle vorsichtig auf Fremdkörper zu untersuchen (z. B. Holz, Glas, Drahtstücke) und diese sorgfältig zu entfernen. Das ist auch bei kleineren Wunden erforderlich. Die meisten Wunden sind durch eitererregende Bakterien verschmutzt. Diese benötigen allerdings 6 bis 8 Stunden, um von der Wunde aus tiefer in das Gewebe einzudringen. Durch eine schnelle Behandlung kann deshalb ein Angehen der Wundinfektion verhindert werden. Man verwendet dazu akridinfarbstoff- oder sulfonamid- bzw. antibiotikahaltige Salben. Die Versorgung größerer Wunden ist immer dem Tierarzt zu überlassen. Sie erfordert viel Sachkenntnis und Erfahrung.

Bei frischen Schnitt- und Rißwunden kann durch sofortige chirurgische Behandlung (Naht oder Klammerung) die Heilung der Wunde wesentlich beschleunigt werden. Besonders schnelle und sachkundige Behandlung verlangen Wunden, die Schleimbeutel, Sehnenscheiden, Gelenke oder sogar Brust- oder Bauchhöhle eröffnen, wo eine Infektion besonders gefährlich ist. Neben örtlicher chirurgischer und antibiotischer Versorgung ist deshalb eine antibiotische Allgemeinbehandlung über 8 bis 10 Tage nötig.

Wunden sind möglichst bald mit einem Watteschutzverband zu versehen, der sie ruhigstellt (damit die Schmerzen verringert) und sie gegen äußere Einflüsse abschirmt. Dieser Verband wird anfangs nach zwei bis drei Tagen, später einmal wöchentlich gewechselt. Die Wunde benötigt zur Heilung unbedingt Ruhe. Deshalb muß auch jede weitere Wundsäuberung sehr vorsichtig erfolgen. Bei einer Störung des Allgemeinbefindens der Tiere (schlechte Futteraufnahme, Temperaturanstieg) oder bei starker örtlicher Schwellung müssen aber der Verband sofort entfernt und die Wunde kontrolliert werden (Tierarzt hinzuziehen).

Die **Heilung der Wunde** verläuft in bestimmten Phasen. Diese müssen bekannt sein, um den Verlauf zu kontrollieren und erforderlichenfalls korrigierend einzugreifen.

Zur **Wundreinigung** werden Schmutzteilchen und Zelltrümmer zum Teil durch Wundsekret ausgespült. Danach überzieht sich die Wunde mit einem graugelben Wundschorf, der sie vor äußeren Einflüssen schützt und nach etwa zwei Tagen wieder verflüssigt wird. Die in der Wunde noch verbliebenen Verunreinigungen oder zerstörten Zellen werden durch Freßzellen abgebaut und aufgenommen. Als Folge sondert die Wunde in dieser Zeit eine eiterähnliche Flüssigkeit ab, die zu Krusten und Borken eintrocknen kann. Diese Absonderung, die ein völlig normaler Vorgang der Wundheilung ist und nicht mit einer eitrigen Infektion verwechselt werden darf, geht nach einigen Tagen immer weiter zurück und wird dann ganz eingestellt.

Die Wundhöhle wird durch ein gut durchblutetes Gewebe ausgekleidet, dessen gekörnte Oberfläche ziegelrote Farbe hat. Bei Berührung blutet es schnell. Es wird ein schleimiges Wundsekret abgesondert, das ebenfalls nicht mit Eiter verwechselt werden darf. Dieses **Granulationsgewebe** ist eine sichere Barriere gegen Infektionserreger. Wenn es gelingt, die Wunde ruhigzustellen und die Wundheilung nicht zu stören, wächst das Granulationsgewebe schnell und füllt bald die Wundhöhle aus. Größere Fremdkörper oder Gewebereste kann es an die Wundoberfläche heben, so daß sie leicht zu entfernen sind. In diesem Stadium können erfolgreich Salben, wie Lebertran-, Zink-, Rivanol- und Jodoformsalbe oder Perubalsam, eingesetzt werden.

Von den Wundrändern ausgehend überzieht ein grauweißes, dünnes Häutchen, der **Epithelsaum** (Fotos 54 bis 56, Seite 104), das Granulationsgewebe, aus dem die oberste Hautschicht entsteht und das für den Abschluß der Wundheilung sehr wichtig ist. Es ist bei jeder Behandlung unbedingt zu schonen. Zur Förderung der Wundheilung können jetzt z. B. Lebertransalbe, Zinkvaseline, ölige Vitamin-A-Präparate, Pellidolsalbe oder Perubalsam vorsichtig aufgetragen werden.

Granulation und Epithelisierung der Wunden können durch gelbildende Wundauflagen (hydrokolloidaler Wundverband) gefördert werden, die eine hohe Saugkraft und damit ein hohes Flüssigkeitsabsorptionsvermögen aufweisen, nicht mit der Wundoberfläche verkleben und die Heilungsdauer verkürzen.

In der Tiefe bildet sich das Granulationsgewebe in das feste **Narbengewebe** um.

Eine ungestörte Heilung kann man am besten unterstützen, indem man die Wunde ruhigstellt (Verband, Stallruhe). Jede übertriebene medikamentelle Behandlung, wie auch zu häufiger Verbandwechsel, reizen die Wunde und hemmen damit die Wundheilung mehr als sie sie fördern. Eitriginfizierte Wunden erfordern dagegen eine intensive Behandlung. Bei Ansammlung von Eiter muß dieser entfernt werden. Taschenwunden werden dazu geöffnet. Durch wiederholte Spülungen mit 3%iger Wasserstoffperoxid-, schwach violetter Kaliumpermanganat- oder 1‰iger Akridinfarbstofflösung können der Eiter entfernt und die Eiterbakterien abgetötet werden. Besonders bewährt haben sich anschließend angelegte, mit warmer Akridinfarbstofflösung getränkte Watteverbände, die mit der gleichen Lösung häufig angegossen werden und über zwei bis drei Tage liegen bleiben.

Bei manchen Wunden hat man den Eindruck, daß die Heilung plötzlich zu stocken scheint. Hier hat es sich bewährt, die Tiere vielseitig, aber entsprechend der fehlenden Arbeit energetisch knapp zu füttern und das Futter zusätzlich mit Vitamin-A-Präparaten anzureichern. Sonnenlicht oder Höhensonne können die Heilung fördern. Deshalb sollte man die Verbände im vorangeschrittenen Heilstadium stunden- oder tageweise entfernen.

Eine starke Zubildung von Granulationsgewebe über die Hautoberfläche hinaus („wildes Fleisch") ist besonders bei Wunden vom Sprung- bzw. Vorderfußwurzelgelenk an abwärts möglich. Sie entsteht z. B. dann, wenn die Wunde sich an der Beugefläche eines Gelenkes befindet und durch die Bewegung desselben ständig mechanisch gereizt wird. Eine Behandlung ist oft recht aufwendig und schwierig und manchmal nur durch Operation möglich. Sie sollte deshalb dem Tierarzt überlassen werden. Als vorbeugende Maßnahme sind Wunden der unteren Gliedmaßenabschnitte unter Verband oder bei geringer Größe eventuell auch unter Ätz- oder Brandschorf zu halten. Lotagengel ist, wenn es auf die Wunde aufgetragen wird, ebenfalls geeignet, einen Granulationsgewebsvorfall zu verhindern.

Bei allen Wunden besteht die Gefahr einer Infektion mit Wundstarrkrampferregern (Tetanus). Diese gefährliche Erkrankung kann durch eine Seruminjektion verhindert werden, die unmittelbar nach der Verletzung erfolgen muß und einen Schutz von etwa 10 Tagen verleiht. Besser ist jedoch die vorbeugende aktive Schutzimpfung, wie sie auch beim Menschen vorgenommen wird. Sie gibt dem Pferd einen langdauernden Schutz gegenüber Wundstarrkrampf (s. Seite 119). Bei erheblichen Wunden wird eine sofortige Auffrischung der Immunität durch aktive Schutzimpfung empfohlen.

→ **Vorbeuge.** Natürlich wird man Wunden nie ganz verhindern können. Man kann aber auch hier **vorbeugend** wirksam werden. Dazu gehören folgende Maßnahmen:

- Kontrolle des Stalles, besonders der Boxenwände, auf vorstehende Nägel, Holzsplitter u. ä. und der Einstreu auf stechende oder schneidende Fremdkörper,
- Standbäume mit Schlagschutz versehen, so daß sich nebeneinanderstehende Pferde durch Schlag nicht verletzen,
- Hufeisen vor jedem Einsatz der Tiere auf richtigen Sitz prüfen, die Hufnagelnieten müssen geschlossen sein,
- bei der Weidebegehung vor Auftrieb im Frühjahr ist auf herumliegende Drahtstücke (besonders böse Verletzungen!), hervorstehende Nägel oder Drahtenden zu achten, diese sind zu beseitigen,
- bei Pferden, die zum Streichen neigen, sollten Beschlagskorrektur und Streichtücher vorbeugend verwendet werden.

Verbrennungen

→ **Begriffsbestimmung und Ursachen.** Verbrennungen werden durch Hitze, die von außen auf das Tier einwirkt, verursacht. Neben Schäden am Einwirkungsort können beim Pferd auch allgemeine Gesundheitsstörungen auftreten.

→ **Erscheinungsbild.** Nach den örtlichen Schäden können vier Grade der Verbrennung unterschieden werden:

- **Erster Grad:** Die Haut ist in den betroffenen Gebieten geschwollen und gerötet, die Haare sind versengt.
- **Zweiter Grad:** In der stark verdickten Haut bilden sich Blasen, die mit einer bernsteinfarbenen Flüssigkeit gefüllt sind. Kleine Blasen können eintrocknen, größere platzen und werden zu schlecht heilenden, geschwürartigen Wunden.
- **Dritter Grad:** Es treten tiefgreifende Veränderungen auf, die auch unter der Hut liegendes Gewebe mit erfassen können. Die Haut stirbt ab und wird gefühllos. Nach einigen Tagen entsteht ein dunkelgefärbter, lederartiger Schorf.
- **Vierter Grad:** Sehr große Hitzeeinwirkung kann zur Verkohlung führen. Dann sind z. B. Schweif und Ohren völlig schwarz und leblos (wie verkohlte Holzstücke).

Zu diesen äußerst schmerzhaften örtlichen Schäden kommen allgemeine Erscheinungen hinzu, die nicht nur durch die Schmerzen, sondern auch durch giftige Substanzen, die in den zerstörten Zellen entstehen, verursacht werden. Die Tiere zeigen bei stärkeren Verbrennungen große Unruhe, kolikähnliche Anfälle, starken Durst, Durchfall und Rot- bis Braunfärbung des Harns durch Blut und Blutfarbstoff. Die Körpertemperatur steigt an. Ein späteres Abfallen der Körpertemperatur, starke Pulsbeschleunigung, flache, schnelle Atmung und schläfriger Gesamteindruck sind Anzeichen eines zunehmenden Kreislaufversagens, was als ungünstig zu beurteilen ist. Die Voraussage für das Überleben der Tiere hängt nicht nur vom Grad der Verbrennung, sondern auch von deren Ausdehnung ab. Wenn mehr als ein Drittel der Körperoberfläche des Pferdes erfaßt wurde, besteht Lebensgefahr, auch wenn nur Verbrennungen ersten und zweiten Grades vorliegen.

→ **Behandlung.** Jede ausgedehnte Verbrennung gehört sofort in die Hand eines Tierarztes. Neben der örtlichen ist hier eine allgemeine Behandlung dringend erforderlich.

Die örtliche Behandlung richtet sich nach den aufgetretenen Erscheinungen. Die gerötete Haut wird vorsichtig mit einer schützenden und kühlenden Salbenschicht versehen. Geeignet sind z. B. Dexpanthenolspray oder -salbe, Lebertran- und Glukokortikoidsalbe sowie Zinkoxidöl. Wenn Brandblasen auftreten, kann das „Stahlsche Brandliniment" (Leinöl und Kalkwasser zu gleichen Teilen) aufgetragen werden. Aus platzenden Blasen entstehen Wunden, durch die leicht Bakterien in den Körper gelangen. Deshalb werden sulfonamid- oder antibiotikahaltige Salben aufgetragen (möglichst unter Verband), die die Heilung fördern und eine bakterielle Infektion verhindern sollen.

Bei ausgedehnten Verbrennungen ist eine intravenöse Flüssigkeitszufuhr (isotonische Salzlösungen) besonders wichtig, die Menge richtet sich nach der Größe des geschädigten Hautstückes. Außerdem werden Antibiotika und oft auch Schmerzmittel verabreicht.

Auch die Behandlung der Allgemeinerscheinungen kann durch den Besitzer unterstützt werden. Die Pferde sind vor Wärmeverlust zu schützen (warmer, gut belüfteter Stall, eventuell eindecken). Sie erhalten überschlagenes Wasser zur beliebigen Aufnahme, damit sie den Flüssigkeitsverlust ausgleichen können.

→ **Vorbeuge.** Ursache der relativ seltenen Verbrennungen sind in der Regel Stallbrände (in Ausnahmefällen auch LKW-Brände während des Transportes). Als Vorbeuge im weitesten Sinne ist deshalb in erster Linie ein wirksamer Brandschutz im Stall zu sehen. Rauchen und Umgang mit offenem Licht in Stall- oder Futterräumen sind unbedingt zu unterlassen. Das Heu ist so trocken einzulagern, daß eine stärkere Erhitzung unterbleibt. Während der ersten Tage sollte die Kerntemperatur im Heustapel gemessen werden. Temperaturen bis 50 °C sind vertretbar. Elektrische Anlagen sind regelmäßig zu kontrollieren. Da Schadnager Isolierungen zerstören und damit Kurzschlußbrände verursachen können, gehört letzten Endes auch eine konsequente Schadnagerbekämpfung zum Brandschutz.

Bei Stallbränden bereitet es oft erhebliche Schwierigkeiten, die Pferde aus dem Stall zu bringen. Sie geraten in Panik, drängen zueinander (typisches Herdenverhalten) und verlassen, wenn sie frei sind, meist nicht von allein den Stall oder rennen sogar in den brennenden Stall zurück. Es wird deshalb empfohlen, im Havariefall jedem Tier vor Lösen der Anbindekette einen Sack über den Kopf zu stülpen, damit sich die Tiere besser aus dem Stall führen lassen.

Für größere Ställe sind Evakuierungspläne zu erarbeiten. Man sollte immer davon ausgehen, daß in Katastrophenfällen nur dann ein richtiges und schnelles Handeln gewährleistet ist, wenn dem Betreuungspersonal die Aufgaben genau bekannt sind.

Druckstellen, Quetschungen

→ **Begriffsbestimmung und Ursachen.** Druckstellen können durch schlecht sitzendes oder defektes Sattel- oder Geschirrzeug entstehen, das auf der darunterliegenden Haut scheuert oder diese quetscht (Foto 77, Seite 155). In und unter der Haut kommt es zu kleinen Blutungen und zur Ansammlung von Gewebswasser. Auch ständiger Druck kann die Haut schädigen, weil er die Durchblutung und damit die Sauerstoffversorgung stört. Auf diese Weise entstehen Druckstellen bei kranken oder sehr mageren Pferden, die sich „aufliegen", oder auch durch schlecht sitzende Verbände. In ausgeprägten Fällen werden die unter der Haut liegenden Schleimbeutel mit erfaßt. Durch die geschädigte Haut können Bakterien eindringen und zur Vereiterung führen.

→ **Erscheinungsbild.** Erste Anzeichen sind meist eine gut abgegrenzte Schwellung, Rötung und starke Schmerzhaftigkeit des betroffenen Hautgewebes. Wenn die Ursache nicht sofort beseitigt wird und keine Behandlung erfolgt, hebt sich die abgestorbene Haut ab, und darunter entstehen schwer heilende, geschwürartige tiefe Wunden (Foto 61, Seite 137). Satteldrücke treten besonders auf dem Widerrist und seitlich davon sowie am Rücken zu beiden Seiten der Wirbelsäule und unter dem hinteren Sattelrand auf (Foto 62, Seite 137 und Abb. 7.1). Am häufigsten sind Druckstellen auf dem Widerrist. Zum Schutz der Wirbeldornfortsätze liegen hier unter der Haut und unter dem Nackenband wasserkissenähnlich Schleimbeutel, deren

Abb. 7.1 Stellen, an denen häufig Satteldruck vorkommt.

Inhalt sich bei äußerem Druck vermehrt. Es entsteht eine halbkugelige Auftreibung, die **Widerristbeule** (Foto 64, Seite 137), deren pralle Flüssigkeitsfüllung gut zu fühlen ist. Allerdings wehren sich die Pferde bei frischer Erkrankung wegen der starken Schmerzen oft heftig gegen jede Berührung dieser Stellen. In ungünstigen Fällen brechen diese Schleimbeutel auf, eitern und werden zur Widerristfistel (Foto 63, Seite 137). Durch wiederholte geringe Druckeinwirkung entstehen in der Sattellage oft umschriebene Verdickungen der oberen Hautschichten, sogenannte Schwielen.

Erkrankungen, die bei einmaliger oder wiederholter mechanischer Reizung bzw. Quetschung von Schleimbeuteln an anderen exponierten Körperstellen entstehen, sind **Genickbeule** (sogenannte Talpa), **Stollbeule** (die ihren Namen daher hat, daß sie über dem Ellbogenhöcker infolge Quetschung durch Vorderhufeisen mit überstehenden Schenkelenden oder Stollen entsteht, Foto 67, Seite138), **Brustbeule** (Vorwölbung vor der Brustbeinspitze in Mitte der Vorderbrust, fühlt sich tennisballartig an, Foto 66, Seite 138) und **Piephacke** (dem Sprunggelenkshöcker aufsitzend, Foto 68, Seite 138).

Auf mechanische Schädigung, z. B. durch Prellung an Koppelstangen oder Hindernissen, ist auch die relativ häufige verstärkte Füllung des zwischen Haut und Kniescheibe liegenden Schleimbeutels zurückzuführen (Foto 69, Seite 138).

Durch Geschirr, das infolge ungenügender Anpassung oder auch durch Abmagerung der Pferde schlecht sitzt, werden Druckstellen besonders an Vorderbrust, Hals und Rücken verursacht. Die Haut ist verdickt, beetartig geschwollen und auf Druck schmerzempfindlich. Trensen- und Kandarengebiß können zu Druckstellen an der Mundschleimhaut oder der Haut der Mundwinkel führen. Die erkrankten Pferde widersetzen sich oft bei schiefer Kopfhaltung der Zügelhand.

Druckstellen durch schlecht sitzende Verbände treten besonders über der Achillessehne oberhalb des Sprunggelenkes und über dem an der Beugeseite des Vorderfußwurzelgelenkes hervorstehenden Erbsenbein auf. Sie sind auch am Mittelfuß nach zu straffen Verbänden (z. B. mit Gummibandagen) zu beobachten, wobei sich umfangreiche Nekrosen bilden können. Druckstellen können durch Verbände auch dann entstehen, wenn vorher Krusten, die sich aus Wundflüssigkeit auf der Haut gebildet haben, nicht gewissenhaft entfernt wurden.

Hautschäden durch Aufliegen entstehen meist über Knochenvorsprüngen, so z. B. am Jochbogen, Hüfthöcker und am Ellbogengelenk. Nach anfänglicher Rötung und Schwellung färbt sich die Haut dunkel und wird lederartig. Später treten an diesen Stellen eitrige Infektionen auf. Nach Abheilung können derbe Hautschwielen zurückbleiben.

→ **Behandlung.** Um schwerwiegende Folgen zu verhindern, müssen Druckstellen sofort erkannt und behandelt werden. Besonders wichtig ist es, die Ursachen schnell abzustellen. Jeglicher Druck auf die geschädigte Stelle ist zu vermeiden. Sattel, Sattelgurt oder bei Geschirren z. B. Brustblatt und Kammdeckel dürfen deshalb nicht dort unterpolstert werden, wo sie der veränderten Haut aufliegen, sondern um diese herum, damit die Druckstelle selbst freiliegt und nicht berührt wird. So können z. B. bei Schäden am Widerrist ein alter Sattelfilz, in den im Bereich der Druckstelle ein ausreichend großes Loch geschnitten wurde (Abb. 7.2.) oder ein Spezialsattel, der den Widerrist völlig frei läßt, verwendet werden.

Diese Maßnahme ist nur in leichten Fällen anzuwenden, bei ausgeprägten Druckstellen können die Pferde nicht mehr geritten oder gefahren werden. Man sollte auch daran denken, daß Druckstellen äußerst schmerzhaft sind und jede weitere Reizung für die erkrankten Tiere eine Qual dar-

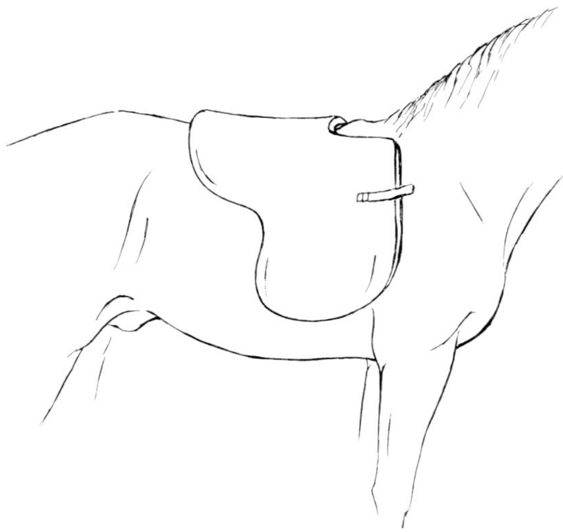

Abb. 7.2 Widerristbeule. Der Sattelfilz wird ausgeschnitten, um weiteren Druck zu verhindern.

Abb. 7.3 Widerristkompresse.

stellt. Behandelt werden Druckstellen anfangs mit kühlenden Salben (z. B. Wismut-Zink-Salbe) oder kalten Umschlägen mit essigsaurer Tonerde oder Burowscher Mischung. Nach zwei bis drei Tagen wird die Heilung durch milde durchblutungsfördernde Einreibungen, z.B. mit verdünntem Kampferspiritus oder durch feuchtwarme Kompressen (Abb. 7.3) unterstützt. Oberflächlich infizierte Druckstellen sind mit einer antibiotikum-, prednisolon- und Vitamin-A-haltigen Salbe zu behandeln. Geschwürige Wunden werden täglich mit warmer Rivanollösung gründlich ausgespült und gesäubert und anschließend mit einer wasserlöslichen Akridinsalbe versorgt. Diese Wunden heilen oft nur sehr langsam.

Für ältere, lederartige Hautveränderungen ist die Vitamin-A-haltige Lebertransalbe gut geeignet. Kleinere Druckstellen an der Mundschleimhaut sind ein- bis zweimal täglich über mehrere Tage mit Myrrhentinktur einzupinseln. Bei weniger ausgeprägten Veränderungen kann versucht werden, die Pferde mit Gummitrensen zu reiten. Manchmal entstehen bei chronischer Hautreizung haarlose, graue, verhornte Stellen, die auch dann bestehenbleiben, wenn die Ursachen beseitigt worden sind. Diese Borken können nach wiederholter Anwendung von Rinderfußöl oder von 15%iger Salicylsalbe vorsichtig entfernt werden. Anschließend trägt man zinkhaltige Salben, z. B. Lebertran-Zink-Salbe, auf. Nach einer solchen Behandlung wachsen die Haare oft wieder nach.

Es ist selbstverständlich, daß alle größeren Druckstellen unverzüglich in tierärztliche Behandlung gehören. Eiternde Fisteln (z. B. Widerrist- oder Genickfistel) erfordern operative Eingriffe. Auch chronisch entzündete Schleimbeutel am Widerrist können chirurgisch entfernt werden.

→ **Vorbeuge.** Um Druckstellen zu vermeiden, ist zu beachten: Der Sattel muß in der Größe zum Pferd passen und eine ausreichende Auflagefläche besitzen. Widerrist und übrige Wirbelsäule müssen frei liegen. Das erreicht man, indem beim Satteln gut gekammert wird. Der Sattelfilz ist sorgfältig über der Wirbelsäule genügend weit nach oben an den Sattel zu ziehen. Gebrochene Sattelbäume führen oft zu Satteldrücken. Sie sind dadurch zu erkennen, daß sich die Kammer des Sattels leicht seitlich zusammendrücken oder auseinanderziehen läßt. Der Woilach ist faltenlos unter den Sattel zu legen. Die Sattelgurte werden zunächst nur locker angezogen. Um Hautfalten zu vermeiden, können danach beide Vorderbeine nacheinander nach vorn gezogen werden. Festgegurtet wird erst, wenn die Tiere einige Schritte gegangen sind.

Druckstellen entstehen durch Sattel oder Gurt auch leicht an Hautstellen, wo sich kleine Knötchen gebildet haben. Diese stellen Reaktionen auf Insektenstiche oder auf durch Schweiß- und Schmutzanhäufung verstopfte Hautdrüsen dar. Deshalb ist vor dem Satteln die Haut in der Sattellage zu überprüfen. Die Knötchen können mit einer antibiotikahaltigen Schwefelsalicylsalbe behandelt werden.

Der richtige Sitz eines passenden Geschirrs ist Voraussetzung, um Druckstellen bei Gespannpferden zu vermeiden. Das betrifft besonders Kummet bzw. Brustblatt, von denen beim Zug der größte Druck ausgeht, und Kammdeckel, der Schäden am Widerrist verursachen kann.

Nach dem Absatteln sind Sattel- und Gurtenlage auf Druckstellen zu untersuchen. Bei sichtbaren oder fühlbaren Veränderungen ist sofort zu behandeln. Analog gilt das auch für Gespannpferde. Bei Pferden mit sehr empfindlicher Haut kann man versuchen, durch wiederholtes Einreiben der betroffenen Stellen mit Franzbranntwein deren Widerstandsfähigkeit zu erhöhen.

Die wichtigste vorbeugende Maßnahme, um das Aufliegen der Pferde im Stall zu verhindern, ist eine ausreichende Einstreu. Die Matratzenstreu hat hier gegenüber der Wechselstreu große Vorteile, da sie nicht so leicht vom Pferd zur Seite gescharrt und damit der harte Untergrund freigelegt werden kann.

Kranke Tiere, bei denen die Gefahr eines längeren Liegens besteht (z. B. Erkrankung an Kolik, Wundstarrkrampf, Kreuzverschlag), sind deshalb – sofern vorhanden – in eine Box mit Matratzenstreu oder in eine Lohebox zu bringen. Die Bedeutung der Einstreu wird z. B. auch dadurch unterstrichen, daß in Zuchtbetrieben die Zahl der Piephacken bei Jungtieren in stroharmen Jahren deutlich zunahm.

Einschuß (Phlegmone)

→ **Begriffsbestimmung und Ursachen.** Eine Phlegmone kann dann entstehen, wenn eitererregende Bakterien in die Unterhaut gelangen, sich dort vermehren und ausbreiten und zur Entzündung führen. Meist gehen ihr Verletzungen der oberen Hautschicht voraus. Besonders gefährlich sind Gabelstiche. Phlegmonen treten an den verschiedensten Körperstellen, am häufigsten jedoch an den Gliedmaßen auf.

→ **Erscheinungsbild.** Von „Einschuß" spricht man deshalb, weil das Krankheitsbild sehr schnell entsteht und Pferde, die wenige Stunden vorher völlig gesund waren, plötzlich ausgeprägte Erscheinungen zeigen. Der betroffene Hautabschnitt ist geschwollen und tritt gegenüber der gesunden Haut wulstartig hervor (Fotos 72 bis 74, Seite 115). Im Unterschied zum Ödem fühlt sich diese Schwellung warm an und ist druckschmerzempfindlich. Fingereindrücke lassen sich nur schwer anbringen. Erkrankte Gliedmaßen schwellen stark an. Bewegungen des Tieres, bei denen das phlegmonöse Gewebe gedehnt oder gedrückt wird, sind schmerzhaft, so daß bei entsprechender Lokalisierung Lahmheit besteht. Die Körpertemperatur ist meist erhöht, die Tiere fressen schlecht, ihr Allgemeinzustand ist beeinträchtigt.

→ **Behandlung.** Örtlich werden Phlegmonen mit Wärme behandelt. Sie fördert die Durchblutung und lindert die Schmerzen. Die Behandlung kann bereits vor dem Eintreffen des Tierarztes in folgender Form vorgenommen werden:

- als Angußverband (siehe dort), der alle zwei bis drei Stunden mit gut handwarmem Wasser gründlich durchnäßt wird. Dem Wasser sollten in geringer Menge akridinfarbstoffhaltige Präparate zugesetzt werden, um neben der wärmenden eine bakterienabtötende Wirkung zu erreichen;
- als Baden oder Berieseln mit Wasser von gleicher Temperatur. Diese Behandlung ist zwar wesentlich aufwendiger, hat aber dann eine ausgezeichnete Wirkung, wenn sie über Stunden durchgeführt wird;
- als Salbenbehandlung an Stellen, wo keine Verbände anzulegen sind. Dabei wird z. B. 10- bis 20%ige Kampfersalbe oder 10%ige Ichthyolsalbe gut messerrückendick aufgetragen und vorsichtig durch das Fell auf die Haut massiert.

Der Tierarzt wird in den meisten Fällen die bakterielle Infektion durch Verabreichung eines Antibiotikums oder Sulfonamidpräparates bekämpfen.

Besonders gefährlich sind Phlegmonen im Bereich des Kopfes. Hier besteht in der Regel Lebensgefahr, da die Krankheit auf die Hirnhäute übergreifen kann. Bei Phlegmonen der Mundhöhlenschleimhaut können auch die Atemwege eingeengt werden, wodurch in ausgeprägten Fällen Erstickungsgefahr besteht. Zur Behandlung von Kopfphlegmonen ist Rotlichtbestrahlung gut geeignet. Nach Verband wird der Kopf in der Regel hochgebunden und damit ruhiggestellt.

Phlegmonen können sich bei dieser Behandlung vollständig zurückbilden. In einigen Fällen entstehen Eiteransammlungen in der Unterhaut, über denen die Haut gespalten werden muß, damit der Eiter abfließen kann.

Ähnlich wie beim Unterhautödem kann auch eine nicht rechtzeitig und ungenügend behandelte Phlegmone zur chronischen Hautverdickung und damit an den Gliedmaßen zur Elephantiasis führen.

→ **Vorbeuge.** Täglich nach der Arbeit oder nach dem Koppelaufenthalt sind die Pferde neben den allgemeinen Pflegemaßnahmen gründlich auf Wunden zu kontrollieren. Auch kleine Wunden sind nach den Regeln (siehe Hautwunden) zu säubern und zu behandeln, um Infektionen der Unterhaut, die zur Phlegmone führen können, möglichst zu verhindern.

Unterhautödem

→ **Begriffsbestimmung und Ursachen.** Diese Ödeme sind Ansammlungen von Flüssigkeit in der unteren Hautschicht, die durch gestörten Rückfluß des Blutes oder der Lymphe (Gewebsflüssigkeit) aus den betroffenen Körperteilen entstehen. Ursachen können auch Veränderung der Blutzusammensetzung (Bluteiweißverminderung bei abgemagerten oder verwurmten Pferden), Herzschwäche oder Überlastung der Tiere sein. So treten teigige Anschwellungen der Hintergliedmaßen, die meist vom Fesselkopf bis zum Sprunggelenk reichen, bei Sportpferden nach starker Belastung gegen Ende der Saison auf (Herbstbeine). Ödeme können auch dann an den Gliedmaßen beobachtet werden, wenn gesunde Pferde langdauernde Stallruhe erhalten. Durch das abwechselnde Zusammenziehen und Erschlaffen der Beinmuskeln bei der Bewegung wird der Rückfluß des Blutes über die Venen gefördert und überschüssige Gewebsflüssigkeit über die Lymphbahnen aus den Gliedmaßen gepumpt.

Entzündliche Ödeme treten in der Umgebung von Verletzungen (z. B. Quetschungen, Schnittwunden, Zerreißungen) auf und zeigen sich hier als teigige Hautschwellung. In diesen Fällen ist die Temperatur der Haut erhöht.

→ **Erscheinungsbild.** Ödeme finden sich besonders an tiefliegenden Körperstellen (Beine, Vorhaut des Schlauches, Unterbrust). Die betroffenen Gebiete sind infolge der Hautschwellung verdickt und fühlen sich kalt an. Mit den Fingern können leicht Dellen eingedrückt werden, die längere Zeit bestehen bleiben. Schmerzerscheinungen werden dabei nicht hervorgerufen. Beim entzündlichen Ödem, das den Übergang zur Phlegmone darstellt, ist die teigige Hautschwellung allerdings wärmer und auch schmerzempfindlich.

→ **Behandlung.** Da Ödeme durch eine Vielzahl verschiedener Ursachen ausgelöst werden, sind Erkennung und Abstellung dieser Ursachen von ausschlaggebender Bedeutung. Unterstützend wirken Bewegung und Massage.

„Herbstbeine" sowie Gliedmaßenödeme, die auf längeres Stehen der Pferde zurückzuführen sind, können am besten durch täglich mehrmaliges, andauerndes Bewegen der Tiere in ruhiger Gangart behandelt werden. Während der Bewegung schwellen die Beine ab. Über Nacht werden sie mit elastischen Binden vorsichtig bandagiert (Touren am Fesselkopf beginnend nach oben legen!), um ein Wiederanschwellen zu vermeiden. Zur Unterstützung kann vorsichtige Massage mit milden, durchblutungsfördernden Mitteln angewendet werden (z. B. Kampferspiritus). Wenn nach zwei bis drei Tagen keine deutliche Besserung erzielt wurde, ist ein Tierarzt zu Rate zu ziehen.

Entzündliche Ödeme können mit warmen Angußverbänden, die drei bis fünf Tage liegenbleiben, behandelt werden (s. Verbände).

→ **Vorbeuge.** Die allgemeingültigen gesundheitsfördernden Maßnahmen sind einzuhalten. Dazu gehören sachgemäße ausreichende Fütterung und richtige Haltung. Sowohl eine Überlastung als auch ein zu häufiges Stehen der Pferde sind zu vermeiden, da beides zu Ödemen führen kann. Leider ist eine unregelmäßige Belastung bei Sportpferden oft zu beobachten. Außerdem sind die Grundsätze der Parasitenbekämpfung einzuhalten.

Unterhautödeme dürfen keinesfalls in der Behandlung vernachlässigt werden. Der Erfolg der Behandlung ist um so sicherer, je zeitiger diese beginnt.

Nach und nach wachsen nämlich in das anfangs teigige, wasserhaltige Gewebe Zellen ein, so daß dieses immer derber wird.

Im Endstadium entsteht die sogenannte Elephantiasis. Sie wird meist an einem Hinterbein als derbe, starke, auf Druck nicht schmerzhafte Verdickung beobachtet. Die Haut ist an den Gelenken in schwielige Querfalten gelegt. Die Beweglichkeit der Gelenke ist meist erstaunlich wenig beeinträchtigt, so daß die Tiere im Schritt nicht lahmen. In schnelleren Gangarten entsteht dagegen oft Lahmheit. Solche ausgedehnten chronischen Veränderungen sprechen auf Therapieversuche meist nicht mehr an. Das unterstreicht nochmals die Bedeutung einer rechtzeitigen Behandlung der Ödeme.

Bluterguß (Hämatom der Unterhaut)

→ **Begriffsbestimmung und Ursachen.** Als Bluterguß bezeichnet man eine Ansammlung von Blut außerhalb der Blutgefäße. Er wird meist durch mechanische Schädigung, wie Schlag (besonders Hufschlag, Foto 70, Seite 138), Biß, Rennen gegen Hindernisse, Sturz, und selten durch toxische Substanzen (z. B. Warfarin) verursacht.
→ **Erscheinungsbild.** Im Zusammenhang mit den Hauterkrankungen sollen hier die Blutergüsse im lockeren Unterhautgewebe beschrieben werden. Nach Einwirkung der schädigenden Kraft entsteht schnell eine gut abgesetzte, flüssigkeitsgefüllte, schwappende Vorwölbung von z. T. erheblicher Größe (Foto 71, Seite 138), die sich gegenüber der Umgebung nur wenig wärmer anfühlt und bei Betastung wenig schmerzhaft ist.
→ **Behandlung.** Frische Blutergüsse sind unbedingt ruhig zu stellen, um die Blutung bald zum Stehen zu bringen. Deshalb erhalten die Tiere Stallruhe. An geeigneten Stellen werden Druckverbände angelegt. Wo das nicht möglich ist, wird das Hämatom mit Eisbeuteln oder mit Tüchern bedeckt, die häufig mit kalter Lösung von essigsaurer Tonerde zu tränken sind. Gerinnungsfördernde Mittel (einschließlich Vitamin C und Eisen) werden allgemein verabreicht. Für die weitere Behandlung eignet sich z. B. eine kühlende Wismut-Zink-Salbe, die einige Millimeter dick aufzutragen ist. Massage ist, auch beim Auflegen der Salben, zu vermeiden, da sie zu einer erneuten Blutung führen kann. Später können heparinhaltige und wärmende Salben verwendet werden, die Abbau und damit Abtransport des geronnenen Blutes fördern. Bei größeren Hämatomen kann eine chirurgische Behandlung erforderlich werden. Das sollte aber nicht zu früh erfolgen, da auch diese Hämatome manchmal nach konservativer Behandlung vollständig resorbiert werden.
→ **Vorbeuge.** Hier wären die gleichen Maßnahmen wie bei der Vorbeuge von Verletzungen zu nennen.

Haarausfall

→ **Begriffsbestimmung und Ursachen.** Ausfall der Haare führt zur Haarlosigkeit, die entweder den ganzen Körper erfassen kann (Foto 82, Seite 156) oder auf einzelne Stellen beschränkt ist. Als typisches Merkmal dieser Erkrankung bleibt die darunterliegende Haut unverändert und weist keine Krankheitserscheinungen auf. Offenbar ist sie zumindest zeitweise nicht mehr in der Lage, die Ernährung der Haare zu gewährleisten. So kann Haarausfall als Begleit- oder Folgeerscheinung fieberhafter Erkrankungen, anhaltender Stoffwechsel- oder Verdauungsstörungen oder durch Aufnahme giftiger Substanzen entstehen. Er wurde z. B. nach Verfütterung von gedämpften Kartoffeln oder Rüben sowie nach Quecksilbervergiftung (Deckhaar) und überhöhter Selenaufnahme (Langhaar) beobachtet.
→ **Erscheinungsbild.** Die Erkrankung tritt bei Pferden relativ selten und zwar überwiegend als **ausgedehnter Haarausfall** auf. In kurzer Zeit werden verschieden große, unregelmäßig geformte und unscharf begrenzte Flecken haarlos. Dieser Prozeß schreitet fort, so daß große zusammenhängende haarlose Flächen entstehen. Das Langhaar ist gewöhnlich nicht betroffen. Meist wachsen die Haare bald nach, so daß schon nach einigen Wochen neue, kleine Härchen zu sehen sind.

Der seltenere **örtliche Haarausfall** ist auf einzelne Stellen beschränkt.

In den haarlosen Gebieten ist die Haut völlig unverändert und weich. Da kein Juckreiz besteht, scheuern sich die Tiere nicht. Abzugrenzen sind verschiedene Hauterkrankungen, die ebenfalls zu Haarausfall führen. Zu ihnen gehören Ekzeme und Erkrankungen durch Parasiten und Pilze, die meist starken Juckreiz hervorrufen. Diese Erkrankungen

sind in der Regel auf bestimmte Körperstellen beschränkt und mit deutlicher Verdickung und Rötung der Haut verbunden. Sie erfordern eine ganz andere, auf die Ursachen gerichtete Behandlung.
→ **Behandlung.** Der Zustand der Haut spiegelt das Allgemeinbefinden der Tiere wider. Hauternährungsstörungen sind meist auf Fehlernährung oder auf allgemeine Erkrankung der Tiere zurückzuführen. Deshalb müssen diese Ursachen beseitigt werden. Insbesondere ist eine vollwertige Ernährung zu sichern. Die Fütterung muß nicht nur quantitativ sondern auch qualitativ ausreichend sein. Auf bedarfsdeckende Eiweiß-, Vitamin- (besonders B-Komplex und A), Mineralstoff- und Spurenelementversorgung ist zu achten. Weideaufenthalt und UV-Lichtbestrahlung sind zu empfehlen. Eine örtliche Behandlung kann mit durchblutungsfördernden Einreibungen, z. B. 3- bis 5%igem Salizylspiritus, versucht werden. Die Heilungsaussichten sind bei großflächigem Haarausfall wesentlich günstiger als beim örtlichen. Bei allen hartnäckigen Fällen sollte bald ein Tierarzt hinzugezogen werden.
→ **Vorbeuge.** Die wichtigsten vorbeugenden Maßnahmen wurden bereits im vorhergehenden Abschnitt genannt. Kartoffeln und Rüben sind an Sportpferde nur in kleinen Mengen und unter Beobachtung der Verträglichkeit zu füttern. Da nach Sehnenbehandlungen mit quecksilberhaltigen Scharfsalben erhebliche Quecksilbermengen durch die Haut in den Körper gelangen können, ist auch hier entsprechende Vorsicht geboten (siehe Quecksilbervergiftung).

Pigmentverlust der Haare und der Haut

→ **Begriffsbestimmung und Ursachen.** Ein örtlicher Pigmentverlust der Haare und Haut stellt selbst keine Erkrankung dar, kann aber auf bestimmte Erkrankungen hinweisen und verdient deshalb unsere Aufmerksamkeit.

Weiße Haar- und Hautstellen können z. B. durch andauernden Gurten- und Satteldruck oder durch einen Kopperriemen hervorgerufen werden. Auch nach Hautwunden können sie auftreten.
→ **Erscheinungsbild.** An diesen Stellen treten zunächst vereinzelt, später in immer größerer Zahl weiße Haare auf, auch die Haut verliert ihr Pigment (Foto 50, Seite 104). So entstehen weiße Flecken, die sich nach Wegfall der auslösenden Ursachen nur teilweise wieder zurückbilden.
→ **Behandlung.** Eine Behandlung, die den Pigmentverlust behebt, ist nicht bekannt.
→ **Vorbeuge.** Soweit möglich, sollte man die auslösenden Ursachen rechtzeitig beseitigen.

Sonnenbrand (Dermatitis solaris)

Begriffsbestimmung und Ursachen. Die nur vereinzelt auftretende Erkrankung ist auf unpigmentierte Haut beschränkt (weiße Abzeichen) und wird durch intensive UV-Strahlung dann ausgelöst, wenn eine erhöhte Lichtempfindlichkeit vorliegt. Diese Photosensibilisierung kann durch bestimmte Stoffe hervorgerufen werden, die z. B. im Buchweizen und Johanniskraut, aber offenbar auch in Klee und Luzerne enthalten sind. Auch bei Lebererkrankungen können photosensibilisierende Substanzen, und zwar infolge einer Störung des Chlorophyllabbaus, entstehen.
→ **Erscheinungsbild.** An unpigmentierten Hautstellen treten Entzündungserscheinungen, wie Rötung, Ödem- und Bläschenbildung auf, die Oberfläche wird nässend und schmierig und weist später krustenartige Beläge auf. Diese Veränderungen sind schmerzhaft und stark juckend. Vereinzelt können auch zentralnervöse Störungen beobachtet werden.
→ **Behandlung.** Die Aufnahme des verdächtigen Futters muß unterbunden werden. Der Verdacht einer Lebererkrankung ist abzuklären; im positiven Fall erfolgt eine gesonderte Behandlung. Zugleich sind die Tiere tagsüber aufzustallen, damit sie vor Sonnenstrahlen geschützt sind. Die erkrankten Hautstellen werden vorsichtig gereinigt und mit abdeckenden Salben behandelt. In ausgeprägten Fällen werden örtlich und auch allgemein Glukokortikoide und Antibiotika eingesetzt.
→ **Vorbeuge.** Grünfutter mit viel Johanniskraut sollte gemieden werden. Besonders sensible Tiere können nur noch nachts weiden.

Neubildungen (Geschwülste)

Neubildungen (Fotos 83 bis 91, Seite 189) entstehen durch schrankenlose Vermehrung körpereigener Zellen. Sie sind bösartig, wenn diese Zellen entarten und das umgebende Gewebe durchdringen und zerstören. Das ist z. B. bei den meisten Karzinomen und bei Melanosarkomen der Fall. Gutartige Neubildungen wachsen dagegen langsamer und sind gut gegen das umgebende gesunde Gewebe abgesetzt. Zu ihnen gehören u. a. Warzen (Papillome), Fibrome und Melanome.

Als Beispiel für Neubildungen bei Pferden werden Melanom, Sarkoid und Papillom (Warze) näher beschrieben.

Melanom

→ **Begriffsbestimmung.** Diese Neubildung kommt fast ausschließlich bei Schimmeln aller Rassen, hier wieder vorwiegend bei älteren Tieren, vor und geht von den farbstofftragenden Zellen der Haut aus. Unter bestimmten Bedingungen kann sie bösartig werden und dabei auch innere Organe mit erfassen.

→ **Erscheinungsbild.** Melanome treten einzeln oder in Gruppen als derbe, bis walnußgroße, schwarze Knoten in der Haut auf, zumeist im Bereich von After und Scham und an der Schweifrübe (Fotos 90 und 91, Seite 189). Sie sind nicht schmerzempfindlich und nicht wärmer als die gesunde Haut der Umgebung. Meist vergrößern sie sich nur sehr langsam. In diesem Stadium beeinträchtigen sie den Gesundheitszustand und die Leistung des Pferdes nicht. Leider können aus diesen Melanomen plötzlich (besonders nach mechanischer Reizung) bösartige Melanosarkome entstehen. Diese Knoten wachsen schnell und erweichen. Die darüberliegende Haut schmilzt ein. So entstehen Geschwüre, aus denen eine schwärzliche Flüssigkeit abfließt. Von diesen bösartigen Tumoren werden Zellen in innere Organe (Magen, Darm, Leber) abgeschwemmt, aus denen „Tochtergeschwülste" (Metastasen) entstehen. Die Tiere magern stark ab und sterben.

→ **Behandlung.** Behandlungsversuche sind in der Regel ohne Erfolg. Ein Einsatz von Zytostatika wird neuerdings erprobt.

→ **Vorbeuge.** Pferde können viele Jahre mit gutartigen Melanomen leben. Deshalb sollte ein Besitzer nicht sofort verzweifeln, wenn er erste Melanome bei seinem Schimmel findet. Erhebliche Probleme entstehen erst, wenn diese Geschwülste bösartig entarten. Deshalb muß jede mechanische Reizung (z. B. durch Schweifriemen) vermieden werden.

Papillomatose („Warzen")

→ **Begriffsbestimmung und Ursachen.** Gehäufter Warzenbefall kann bei jungen Pferden (Jährlinge, selten zwei- und dreijährige Tiere) beobachtet werden. Er wird durch Viren hervorgerufen und ist übertragbar. Trotzdem erkranken in einer Herde meist nur einzelne Tiere.

→ **Erscheinungsbild.** Um Nüstern und Maul, seltener auch an Bauch, Vorhaut oder Beinen treten innerhalb weniger Tage gestielte, einige Millimeter bis etwa 2 cm große Papillome in großer Zahl auf, die oberflächlich verhornen (Foto 86, Seite 189). Die Erkrankung (Papillomatose) belastet die Tiere nur gering. Allerdings besteht manchmal Juckreiz, der dazu führen kann, daß die Pferde die Warzen blutig scheuern. Besonders hinderlich sind diese Warzen im Bereich des Lippenwinkels, weil hier das Gebiß auf sie drückt und Schmerz verursacht. Das kann zu Arbeitsausfällen führen und die Ausbildung einer Kopfscheue oder Widersetzlichkeit begünstigen.

→ **Behandlung.** Bei starkem Befall schrumpfen die Papillome nach einigen Monaten und fallen ab, ohne Narben zurückzulassen. Deshalb ist lediglich eine Behandlung aufgeriebener Papillome erforderlich. Sie werden mit milden, blutstillenden und leicht ätzenden Medikamenten, z. B. mit Eisenchloridwatte, Eichenrindentee oder essigsaurer Tonerde, betupft.

Sarkoid

→ **Begriffsbestimmung und Ursachen.** Diese Veränderungen werden oft als Warzen bezeichnet. Sie unterscheiden sich aber von diesen u. a. dadurch, daß sie nicht gestielt sind. Sarkoide sind Neubildungen (Tumore) der Haut, die durch das Rinder-Papillomavirus verursacht werden. Die Erkrankung tritt offenbar nur bei Pferden auf, die ihr gegenüber eine erhöhte Empfindlichkeit aufweisen. Das ist wohl auch eine Ursache dafür, daß in den Herden meist nur einzelne Tiere erkranken. Betroffen können Pferde aller Rassen sein. Am häufigsten soll die Erkrankung bei Wallachen vorkommen. Sarkoide bilden keine Metastasen, sie gehören also zu den gutartigen Tumoren. Allerdings sind sie sehr therapieresistent und bilden sich nach chirurgischer Entfernung oft wieder. Deshalb können sie, wenn sie an bestimmten Körperstellen entstehen (z. B. in der Sattel- oder Gurtenlage), die Nutzung des Pferdes drastisch beeinträchtigen.

→ **Erscheinungsbild.** Einzelne Tumoren wachsen allmählich aus der Haut hervor (Foto 89, S. 189). Es sind anfangs kleine, linsenartig erhabene, helle, weiche Gebilde, die allmählich erheblich größer werden, und dann eine verhornte und damit zerklüftete rauhe Oberfläche bekommen. In anderen Fällen kann die Oberfläche auch eitrige Beläge aufweisen.

→ **Behandlung.** Einzeln auftretende größere Tumoren können operativ entfernt werden. Das ist dann erforderlich, wenn sie sich an ungünstigen Stellen, z. B. in der Gurtenlage, befinden. Es besteht allerdings die Gefahr, daß es nach der Operation an diesen Stellen zu Rezidiven kommt. Versucht werden können auch eine starke Unterkühlung der Tumoren (Kryotherapie) oder der Einsatz einer spezifischen Vakzine, die aus einem vorher entfernten Tumor hergestellt werden kann. Einzelne gestielte Warzen können abgebunden werden. Um den Stiel einer solchen Warze wird ein Faden gebunden, der täglich straff zu ziehen ist, bis diese nach einigen Tagen abfällt. Auch eine medikamentelle Behandlung (Injektionen von Zytostatika in das Tumorgewebe) kann versucht werden.

→ **Vorbeuge.** Die erkrankten Pferde erhalten gesondertes Putzzeug, um die Möglichkeit einer weiteren Ausbreitung im Bestand zu vermindern. Offenbar erfolgt aber auch eine Übertragung durch Insekten. Als Desinfektionsmittel sind formalinhaltige Präparate geeignet.

Hautpilzerkrankungen

→ **Begriffsbestimmung und Ursachen.** Über kleine Wunden dringen verschiedene Pilzarten in die Haut ein und führen zu umschriebenen Veränderungen. Die Pilze stammen von erkrankten Tieren (Pferde, Rinder, Hunde) und Menschen oder aus dem Erdboden. Sie bilden Dauerformen (Sporen) und können sich monatelang im Haarkleid oder auf der Haut befinden, ohne zu sichtbaren Veränderungen zu führen. Diese treten oft erst dann auf, wenn der Körper zusätzlich geschwächt wird.

→ **Erscheinungsbild.** Charakteristisch sind gegen das gesunde Fell gut abgegrenzte, meist runde oder ovale Stellen, auf denen sich nur noch wenige abgebrochene Haare befinden (Fotos 78 und 79, Seite156). Diese Hautstellen sind mit Schuppen oder Krusten bedeckt, worunter nach Ablösung oft eine gelbliche Flüssigkeit sichtbar wird. Andere Stellen zeigen Pusteln oder kleine Knötchen. Zunächst treten wenige Herde auf, die sich vergrößern und vereinigen können und deren Zahl zunimmt. Charakteristisch ist, daß sich diese Herde nach außen erweitern, während sie im Zentrum wieder abheilen.

Am häufigsten werden Gurten- und Sattellage befallen (mechanische Reizung der Haut!). In ausgeprägten Fällen breiten sich die Hautveränderungen über den gesamten Körper der Tiere aus (Foto 80 und 81, Seite 156). Dieser ist dann mit unterschiedlich großen, an manchen Stellen zusammenfließenden, an anderen wieder weiter auseinanderliegenden Herden überzogen. Besonders die großen Herde können mit dicken, borkigen Auflagerungen bedeckt sein, bei deren Entfernung geschwürähnliche, schlecht heilende Wunden freigelegt werden. Solche ausgedehnten Erscheinungen kann man beobachten, wenn besonders aggressive Pilzarten auftreten. Diese Pilze sind sehr leicht übertragbar, so daß seuchenartig fast alle Pferde eines Bestandes erkranken können. Oft (aber nicht in allen Fällen) zeigen die Tiere starken Juckreiz und versuchen, sich an den erkrankten Stellen zu scheuern.

→ **Behandlung.** Die Diagnose einer Hautpilzerkrankung und die Einleitung der Behandlung obliegt dem Tierarzt. Die veränderten Hautstellen werden täglich mit Jodtinktur, Wasserstoffperoxid (2%ig) oder Peressigsäure (1‰ig) oder einem handelsüblichen, örtlich anzuwendenden Antimykotikum betupft, bis sich die Veränderungen zurückbilden. Es ist bei größeren Stellen günstig, die Haare in der Umgebung zu scheren, da die hier vorhandenen Pilze dann besser vom Arzneimittel erfaßt werden. Krusten werden vor der Behandlung z. B. mit Rinderfußöl mit 2% Salizylsäure betupft und dadurch vorsichtig abgelöst. Die Behandlung ist langwierig und erfordert viel Geduld. Pilze an Gegenständen (Putzzeug, Decken), können durch Kochen abgetötet werden. Für die Stalldesinfektion ist 5%ige Formalinlösung geeignet, die ca. einen Tag einwirken muß. Sehr gut wirksam ist auch verdünnte Peressigsäurelösung.

Besonders wichtig ist es, Fütterungs- und Haltungsmängel zu beseitigen. Durch Weidehaltung kann die Krankheitsdauer oft verkürzt werden. Eine gute Vitamin- und Mineralstoffversorgung fördert die Heilung.

→ **Vorbeuge.** Auch bei gesunden Tieren sind oft Pilze im Fell nachweisbar. Zu sichtbaren Hautpilzerkrankungen kommt es vorwiegend dann, wenn ungünstige Umweltverhältnisse, z. B. feuchte, unhygienische Ställe, vorliegen und die Widerstandskraft der Tiere geschwächt ist (mangelnder Ernährungs- und Pflegezustand). Hautabschürfungen und Druckstellen der Haut dienen als Eintrittspforten der Pilze. Sie sollten auch deshalb möglichst vermieden bzw. rechtzeitig und richtig behandelt werden (siehe Kapitel Wunden, Druckstellen).

Der Kontakt erkrankter mit nicht erkrankten Pferden ist möglichst zu unterbinden. Da die Übertragung der Hautpilze außer durch den direkten Kontakt auch durch Gegenstände wie Putzzeug, Satteldecken und Sättel erfolgen kann, ist für jedes Pferd eine getrennte Ausrüstung notwendig.

Eine Ansteckung der Pferde durch Rinder ist z. B. dann möglich, wenn sie zusammen auf der Weide gehalten werden und die Rinder an Hautpilzerkrankung („Glatzflechte") leiden. Die Übertragung kann außer durch direkten Kontakt auch indirekt erfolgen, wenn sich Rinder und Pferde z. B. an gleichen Pfählen oder Bäumen scheuern. Deshalb ist im Fall einer gemeinsamen Weide die Bekämpfung der Hautpilzerkrankung der Rinder eine wichtige vorbeugende Maßnahme. Umgekehrt kann von Pferden die Erkrankung auf andere Tierarten und auch auf den Menschen übertragen werden. Die Krankheit ist beim Menschen oft langwierig und hartnäckig. Es wird empfohlen, nach Umgang mit pilzerkrankten Pferden die Hände zu desinfizieren.

Ektoparasiten

Starker Juckreiz (die Pferde scheuern sich an den entsprechenden Körperstellen), nicht deutlich abgegrenzter Haarausfall und Veränderung der Haut (Verdickung, Knötchenbildung, Falten) weisen auf einen Befall mit Hautparasiten hin. Von Bedeutung sind Erkrankungen durch Haarlinge, ferner durch Läuse, während Räude nur noch selten beobachtet wird. Im folgenden werden auch Schäden durch Fliegen, Bremsen, Lausfliegen sowie Sommerwunden beschrieben.

Pferdeläuse

→ **Begriffsbestimmung und Ursachen.** Diese wirtsspezifischen Parasiten stechen die Haut der Pferde an und saugen Blut. Durch Blutentzug und Beunruhigung werden die Wirtstiere doppelt geschädigt und geschwächt. Stiche, in die Stichwunden abgegebener Speichel, Exkremente der Läuse und die Bewegung der Parasiten im Fell führen zu heftigem Juckreiz und zu Hautveränderungen mit Haarausfall. Ein starker Befall wird besonders bei schlecht ernährten und ungepflegten Pferden beobachtet.

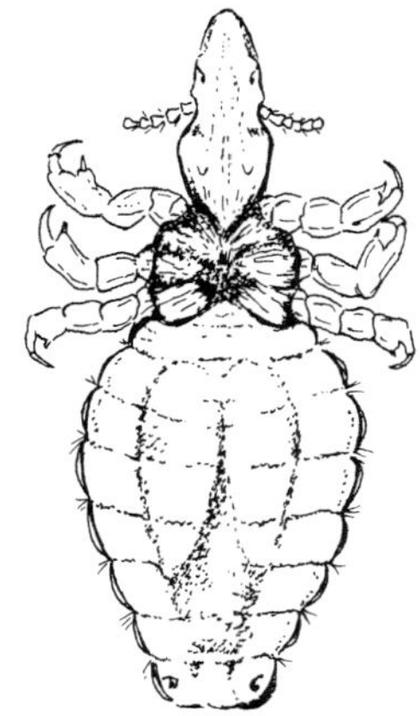

Abb. 7.4 Pferdelaus, etwa 20fach vergrößert.

→ **Erscheinungsbild.** Unruhe der Pferde, Scheuern und Benagen von Hautstellen, stellenweise lichtes Fell und unscharf begrenzte, fast haarlose Hautgebiete sind Anzeichen eines Läusebefalls. Durch genaue Untersuchungen können etwa 1 mm große Eier, die an den Haaren fest angeheftet sind (Nisse) und bis zu 3,5 mm lange, dunkle Pferdeläuse mit typischem spitzem Kopf und breitem Brustteil gefunden werden (Abb. 7.4). Läuse und auch Nissen sind besonders im Bereich von Kopf, Mähne und Schweifansatz der Pferde zu erwarten.

→ **Behandlung.** Phosphorsäureester oder Carbamate sowie Pyrethrine und Pyrethroide sind gut wirksam. Am einfachsten ist die Behandlung dann, wenn die systemische Wirkung der Phosphorsäureester ausgenutzt wird. So kann z. B. 6%ige Metrifonat-(Trichlorphon-)Lösung auf den Rücken des Pferdes aufgegossen werden. Der Wirkstoff wird durch die Haut aufgenommen und gelangt ins Blut, ohne daß das Pferd geschädigt wird. Die wesentlich empfindlicheren Läuse, die das Blut saugen, sterben.

Da durch diese Behandlung die Eier nicht abgetötet werden, muß sie nach 8 bis 10 Tagen wiederholt werden, um die Larven zu erfassen, die sich inzwischen aus den Eiern entwickelt haben. Neben dem Aufgußverfahren sind auch

Ganzkörperwaschung, Besprühen oder Einpudern möglich. Die Dosierung der Präparate ist exakt einzuhalten, um Vergiftungen bei den Pferden zu vermeiden. Das trifft besonders für Phosphorsäureester und Carbamate zu, weniger toxisch sind Pyrethroide. Oral kann auch Ivomectin eingesetzt werden.

Grundsätzlich sind alle Pferde eines Bestandes zu behandeln. Läuse können auch getrennt vom Wirtstier, d. h. ohne Nahrungsaufnahme, noch etwa eine Woche überleben. Dadurch ist eine Übertragung mit Sattel, Geschirr oder Putzzeug sehr leicht möglich. Für jedes Pferd sind deshalb getrenntes Putz- und Lederzeug zu verwenden.

→ **Vorbeuge.** Die Erkrankung wird durch Zukauf läusebefallener Tiere in eine Herde oder durch sonstigen Kontakt mit solchen Tieren ausgelöst. Ungeeignete Haltung (dunkle Ställe) und mangelnde Pflege des Felles begünstigen die Ausbreitung des Läusebefalls am Tier und im Bestand. Bei aufmerksam durchgeführten Pflegearbeiten können Läuseträger schnell herausgefunden werden. Dann ist eine unverzügliche Behandlung erforderlich.

Pferdehaarlinge

→ **Begriffsbestimmung und Ursachen.** Haarlinge sind wirtsspezifisch und leben im Haarkleid der Pferde. Sie ernähren sich von Hautschuppen, Absonderungen der Hautdrüsen und Haarteilen;

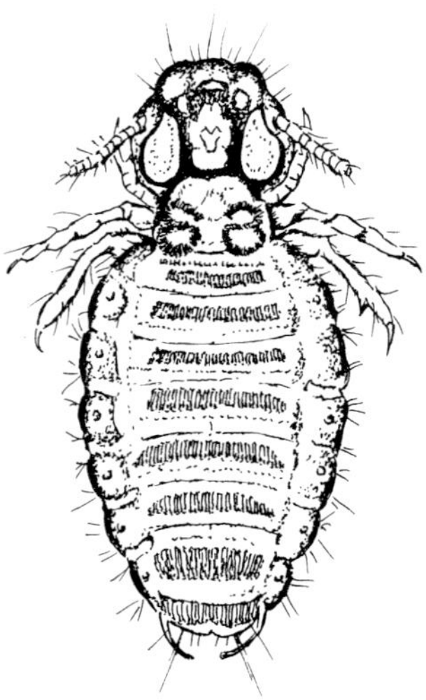

Abb. 7.5 Pferdehaarling, etwa 40fach vergrößert.

einzelne beißen aber auch die Haut an, um Blut aufzunehmen. Durch ihre lebhafte Bewegung und ihr Beißen beunruhigen sie die Pferde.

→ **Erscheinungsbild.** Klinische Erscheinungen treten erst bei stärkerem Haarlingsbefall auf. Charakteristisch sind, ähnlich wie beim Läusebefall, Juckreiz und verändertes Gesamtbild des Haarkleides. Es zeigt dünnere Stellen und wirkt rauh und struppig. Erste Veränderungen treten oft im Bereich von Hals und Schulter auf. Ein geringer Befall löst keine klinischen Erscheinungen aus, deshalb werden die betroffenen Pferde des Bestandes oft nicht erkannt. Erst wenn sich die Haarlinge infolge ungünstiger Haltungs- und Pflegebedingungen stark vermehren, was innerhalb kurzer Zeit erfolgen kann, treten Krankheitserscheinungen auf. Bei genauerer Untersuchung sind die 1,5 bis fast 2 mm großen, meist hell gefärbten Haarlinge (Foto 93, Seite 190; Abb. 7.5.), die sich lebhaft bewegen, zu erkennen. Unter der Lupe fallen der breite Kopf und der schmale Brustteil dieser Parasiten auf, wodurch sie deutlich von den Läusen zu unterscheiden sind. Durch gründliche Untersuchung können auch die etwa 1 mm großen, hellbraunen, an den Haaren festgeklebten Eier gefunden werden.

→ **Behandlung.** Da sich Haarlinge im allgemeinen nicht von Pferdeblut ernähren, können hier zur Behandlung keine systemisch über das Blut des Pferdes wirkenden Mittel eingesetzt werden. Die abtötenden Medikamente (chlorierte Kohlenwasserstoffe (HCH), Carbamate, Pyrethrine bzw. Pyrethroide oder Bromocyclen, Phosphorsäureester) müssen deshalb direkt an die Haarlinge herangebracht werden. Das geschieht durch vollständiges Waschen, Einsprühen oder Einpudern der Pferde mit diesen Präparaten. Dabei sind die Anwendungsvorschriften zum Schutz des Pferdes und des Behandelnden exakt einzuhalten. Haarlinge können sich im Bestand durch Kontakt der Pferde untereinander oder über Leder- und Putzzeug schnell ausbreiten. Deshalb sind alle Pferde des Bestandes, sowie Leder- und Putzzeug und auch der Stall in die Behandlung einzubeziehen. Da die Eier nicht abgetötet werden, ist nach acht bis zehn Tagen, wenn die Insekten die Eier verlassen haben, nochmals zu behandeln.

→ **Vorbeuge.** Guter Haltung und Pflege der Pferde ist besondere Bedeutung beizumessen. Feuchte, dunkle Ställe und mangelnde Pflege fördern die Ausbreitung der Erkrankung und insbesondere die starke Vermehrung an einzelnen Tieren, die zu klinischen Erscheinungen führt. Haarlinge können von den Pferden entfernt einige Tage überleben. Durch getrenntes Putz- und Lederzeug kann eine Übertragung auf diesem Wege verhindert werden.

Lausfliegen

→ **Begriffsbestimmung und Ursachen.** Lausfliegen treten als blutsaugende Parasiten im Fell der Pferde auf. Sie beunruhigen die Tiere stark.
→ **Erscheinungsbild.** Die Parasiten stechen die Haut an und saugen Blut, was den Pferden offenbar große Schmerzen bereitet. Die Pferde werden plötzlich sehr unruhig, schlagen aus und gefährden damit auch Personen. Dieses veränderte Verhalten kann schon durch wenige Parasiten ausgelöst werden. Wir beobachteten es, durch Hirschlausfliegen verursacht, wiederholt bei Pferden, die tagsüber Weidegang hatten. Anfangs ist das auffällige Verhalten oft nicht zu erklären. Bei gründlicher Untersuchung jedoch (Abtasten des Felles, besonders an Kruppe und Oberschenkeln, Besichtigung der Schenkelinnenflächen und des Euters sowie der After- und Vulvagegend) findet man die knapp zentimetergroßen, dunkelbraunen, flachen Parasiten. Am Rande sei darauf verwiesen, daß auch der Mensch befallen werden kann, die Parasiten verursachen bienenstichartige Erscheinungen.
→ **Behandlung.** Vereinzelt auftretende Lausfliegen können abgesammelt werden. Bei stärkerem Befall sollte mit Kontaktinsektiziden (wie bei Läusebefall beschrieben) behandelt werden.

Zecken

→ **Begriffsbestimmung und Ursachen.** Zecken sind Freilandbewohner, die feuchte, buschbestandene Gebiete lieben. Sie halten sich lediglich zum Blutsaugen an Säugetieren auf und sind auch als Parasiten bei Pferden von Bedeutung. Zecken schädigen die Pferde durch Blutentzug und beunruhigen sie. Außerdem übertragen sie verschiedene Krankheitserreger (Pferde-Babesiose, Borreliose).
→ **Erscheinungsbild.** Der Einstich der Zecken in die Haut führt zu Schmerzen und Juckreiz und löst bei den Pferden Unruhe aus. An der Stichstelle entzündet sich die Haut, die Haare können ausfallen. Eiterpusteln und sogar geschwürartige Hautveränderungen bilden sich dann, wenn die Zecken gewaltsam entfernt und dabei zerrissen werden, wodurch ihre festgehakten Mundwerkzeuge und Köpfe in der Pferdehaut verbleiben. Da eine Zecke bis zu 0,4 ml Blut saugen kann, entsteht durch starken Befall bei Fohlen ein erheblicher Blutverlust, der zur Blutarmut führen kann.
→ **Behandlung.** Bei geringem Befall einzelner Pferde können die mehrere mm großen Zecken abgelöst werden. Sie sind z. B. gut mit einer Zeckenzange zu entfernen. Bei stärkerem, örtlich begrenztem Befall können diese Körperstellen auf tierärztliche Anweisung mit Phosphorsäureesterlösung gewaschen werden. Ausgedehnter starker Befall erfordert Ganzkörperwaschung, Spraybehandlung oder Aufgußbehandlung mit Phosophorsäureesterlösungen. Dann sind alle Tiere des Bestandes in die Behandlung einzubeziehen.
→ **Vorbeuge.** In Zeckengebieten sind die Pferde während der Weideperiode, und zwar besonders im Frühjahr, auf anhaftende Zecken zu kontrollieren und bei Nachweis zu behandeln. In diesen Gebieten kann die Zeckenhäufigkeit durch Melioration und Weidehygiene verringert werden.

Fliegen und Bremsen

→ **Begriffsbestimmung und Ursachen. Stechende Fliegen** (z. B. Wadenstecher, Abb. 7.6.) und **Bremsen** suchen zum Blutsaugen auch Pferde auf und können durch Anflug und Einstich die Tiere stark beunruhigen. An den Stichstellen entzündet sich die Haut.

Leckende Fliegen (z. B. die Stubenfliege, Abb. 7.7.) ernähren sich dagegen vom Schweiß und von Absonderungen der Schleimhäute und Wunden

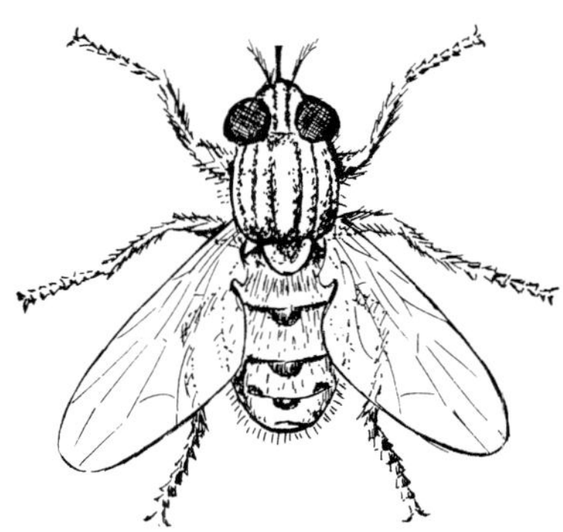

Abb. 7.6 Wadenstecher (*Stomoxys calcitrans*).

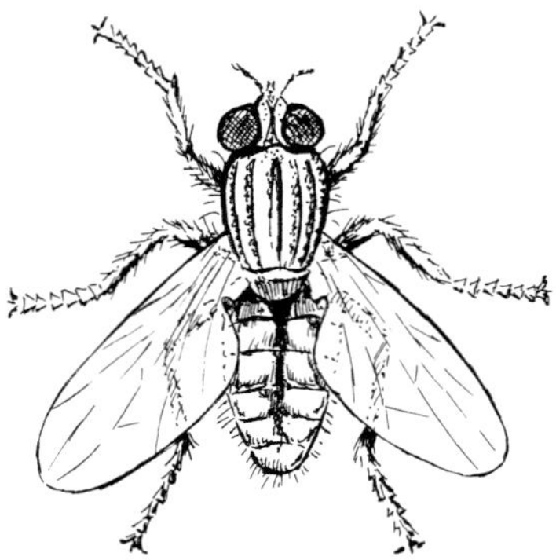

Abb. 7.7 Stubenfliege (*Musa domestica*).

und stören die Pferde durch ihr Umherkriechen.

Während Bremsen ausschließlich eine Weideplage darstellen, leben Fliegen auf der Weide und im Stall. Bestimmte Bremsen- und Fliegenarten können bei ihrer Nahrungaufnahme Krankheiten von Pferd zu Pferd übertragen.

→ **Erscheinungsbild.** Stechende Insekten verursachen bei Pferden oft heftige Reaktionen, wodurch sogar Fluchtreflex und Panikverhalten ausgelöst werden können. Bei der Arbeit scheuen die Pferde und widersetzen sich z. B. den Einwirkungen des Reiters. Die Stiche des Wadenstechers werden von sensiblen Pferden oft durch heftiges Ausschlagen beantwortet. Auch leckende Fliegen stellen eine ständige Unruhequelle dar. Die Pferde fressen unruhig, schütteln heftig mit dem Kopf und peitschen mit dem Schweif. Zur besseren Fliegenabwehr stellen sie sich manchmal paarweise nebeneinander, wobei jedes der beiden Pferde mit dem Kopf am Schweif des anderen steht. Bei sportlichen Veranstaltungen kann die Leistungswilligkeit der Pferde beeinträchtigt werden.

An den Einstichstellen bilden sich in der Haut juckende Quaddeln (Foto 96, Seite 190), Knötchen oder auch Eiterpusteln. Durch Reizung von Sattel oder Geschirr kann es hier zu langwierigen Hautschädigungen kommen. Deutliche Veränderungen treten infolge der Fliegenplage auch im Bereich der Augen auf. Die Lidbindehäute sind kräftig rot gefärbt und glasig geschwollen. Aus dem inneren Augenwinkel fließt schleimig-eitrige Flüssigkeit ab (Foto 179, Seite 315). Je stärker die Absonderung ist, desto mehr Fliegen werden angelockt. Das wiederum führt zu einer größeren Reizung und zu stärkerem Augenausfluß. So entsteht ein Kreislauf, der durch geeignete Maßnahmen unterbrochen werden muß.

→ **Behandlung.** Im allgemeinen heilen die durch Fliegen oder Bremsen ausgelösten Veränderungen schnell, wenn eine weitere Belästigung durch diese Parasiten unterbunden wird. Die Behandlung der Hautveränderungen ist im Abschnitt „Ekzem" beschrieben.

→ **Vorbeuge.** Vorbeugende Maßnahmen haben eine doppelte Zielstellung. Zum einen bekämpfen sie Fliegen und Bremsen und verringern damit deren Population, zum anderen sollen sie ein Anfliegen der Insekten verhindern.

Die Bekämpfung der Bremsen und Fliegen auf der Weide ist nach wie vor ein Problem. Neuerdings sollen sich sogenannte Bremsenfallen bewährt haben. Für die Fliegenbekämpfung im Stall sind Phosphorsäureester- und Pyrethrum-Präparate geeignet. Je nach der Art des Präparates werden damit entweder alle Stallwände besprüht oder die besonders von den Fliegen bevorzugte Stellen bestrichen. Die Anwendungsbestimmungen sind dabei exakt einzuhalten. Da sich Fliegen vorwiegend im Dung entwickeln, ist dieser ordentlich zu stapeln, um durch die Selbsterwärmung die Fliegenbrut zu vernichten.

Besonders wichtig ist es, nicht nur den Stall, sondern auch die Umgebung und insbesondere das Gebiet des Dungstapels sauber zu halten, da so den Fliegen die geeigneten Brutstätten entzogen werden. Insektizidfliegenbänder, die im Stall während der Sommermonate aufgehängt werden, unterstützen zusätzlich noch die Fliegenbekämpfung.

Seit langem ist man bestrebt, durch bestimmte Mittel, mit denen die Pferde eingerieben werden, Bremsen und Fliegen abzuhalten. Meist war der Erfolg nur kurz und nicht vollständig. In letzter Zeit werden bei Pferden Pyrethroid-Präparate (Cypermethrin, Permethrin) verwendet, die in Form von Emulsionen mit einem Schwamm auf das trockene Haarkleid der Pferde aufgetragen oder in Form von Bändern am Halfter befestigt oder in die Mähne eingeflochten werden (vgl. auch Abschnitt „Kriebelmücken, Vorbeuge", Seite 177).

Außerdem empfiehlt sich für Weidetiere während der Sommermonate ein Kopfnetz oder Augenschutz (den man sich selbst einfach herstellen kann), um Fliegen und Bremsen von den empfindlichen Augen abzuwehren.

Kriebelmücken

→ **Begriffsbestimmung und Ursachen.** Diese Erkrankung, die sich offenbar in den letzten Jahren weiter ausbreitet, wird durch die Stiche der 1,5 bis 4 mm großen (mehrere Arten) Kriebelmückenweibchen (Foto 95, Seite 190) verursacht. Für die Eiproduktion benötigen diese Tiere Blut, das sie aus der Stichwunde saugen. Da die Kriebelmücken zugleich ein Gift „einspritzen", kann die Erkrankung nicht nur zu örtlichen, sondern auch zu Allgemeinstörungen und sogar zu Todesfällen führen. Eine Immunität kann sich ausbilden.

Kriebelmücken legen ihre Eier an Pflanzenteilen unmittelbar über der Oberfläche von sauberen Fließgewässern ab. Die Nachkommen schwärmen hauptsächlich im Zeitraum zwischen Mitte April und Anfang Juni. Da die Mücken mehrere Kilometer fliegen können, beschränken sich die Erkrankungen nicht nur auf die gewässernahen Gebiete.

→ **Erscheinungsbild.** Bereits beim Nahen der oft großen Kriebelmückenschwärme zeigen die Pferde Unruhe, die sich bis zur panikartigen Flucht steigern kann. Kriebelmücken stechen überwiegend an Unterbauch und -brust, Schenkelinnenflächen, Euter, Vorhaut, Hodensack sowie in der Umgebung von Mund und Nase. Die Stiche sind sehr schmerzhaft. Dabei sitzen die Mücken z. T. so dicht, daß die Hautstellen schwarz erscheinen (Foto 94, Seite 190). Da aus jeder einzelnen Stichstelle Blut austritt, ist die Haut oft blutverschmiert, wenn die Mücken abgewischt werden. Bei massivem Befall können stärkere Blutungen aus der Haut auftreten. Der örtliche Befund kann durch nadelstichartige Blutpunkte, kleine Knötchen oder auch erhebliche ödematöse Schwellungen gekennzeichnet sein (Foto 97, Seite 190). Dazu können Allgemeinstörungen wie Mattigkeit, Fieber, Kreislaufschwäche, Schwanken und Festliegen auftreten. Auch Todesfälle innerhalb weniger Stunden sind möglich.

→ **Behandlung.** Die befallenen Hautstellen werden kühlenden Waschungen, z. B. mit Burowscher Mischung, unterzogen. Anschließend können kühlende und akridinfarbstoffhaltige Salben eingesetzt werden. Allgemeinstörungen erfordern unbedingt schnelle tierärztliche Hilfe. Sie werden u. a. mit Kreislaufmitteln und Glukokortikoiden behandelt.

→ **Vorbeuge.** Zur Abwehr der Mücken können abweisende Mittel (Repellentien) verwendet werden, die dünn mit einem Schwamm auf die Haut der Pferde aufgetragen werden. Geeignet sind ätherische Öle, wie Eukalyptusöl, Nelkenöl, Perubalsam und Menthol, in Kombination mit Pyrethroiden. Sie besitzen eine abschreckende Wirkung auf Insekten, wie Bremsen, Fliegen und Mücken einschließlich der Kriebelmücken, indem sie deren Tastelemente in den Extremitäten reizen und einen „Fuß-rückzieh-Effekt" auslösen. Die Insekten berühren meist nur kurz die behandelte Pferdehaut und fliegen wieder ab. Außerdem können Repellentien durch ihren Eigengeruch die Lockwirkung von Körpersekreten auf Insekten aufheben.

Die Wirkung der Repellentien kann über mehrere Tage erhalten bleiben, durch Abwaschen (Regen!) geht sie allerdings verloren. Da Pferde gegen das Kriebelmückengift eine Immunität ausbilden können, ist es sinnvoll, die Tiere bereits zeitig im Jahr, d. h. vor der Hauptschwärmzeit der Kriebelmücken, auf die Weide zu bringen. Sie sind dann zunächst kleineren Schwärmen ausgesetzt, deren Attacken noch keine Allgemeinstörungen auslösen, aber bereits zur Bildung einer Immunität führen können. Diese Tiere reagieren auf spätere große Kriebelmückenplagen mit weniger Allgemeinstörungen als ungeschützte Pferde.

Räudemilben

→ **Begriffsbestimmung und Ursachen.** Räude ist eine durch starken Juckreiz und chronische Hautveränderungen gekennzeichnete Erkrankung. Sie wird beim Pferd durch drei parasitierende, etwa 0,2 bis 0,8 mm große Milbenarten hervorgerufen, die jeweils unterschiedliche Körperstellen bevorzugen. Sichtbare Erkrankungen sind bei unseren Pferden heute selten geworden. Sie treten besonders bei ungenügenden Haltungs- und Fütterungsbedingungen auf. In extremen Fällen, in denen an einem Wirtstier mehrere Millionen Milben parasitieren können, kommt es zu deutlichen Störungen des Allgemeinbefindens.

→ **Erscheinungsbild.** Die drei Milbenarten (Grab-, Saug- und schuppenfressende Milben) lösen unterschiedliche Krankheitsbilder aus, die auf ihre verschiedenen Lebensgewohnheiten zurückzuführen sind.

- **Grabmilben** *(Sarcoptes)* leben in Bohrgängen (Abb. 7.8 und 7.9) in tieferen Hautschichten. Die Erkrankung beginnt meist an den kurzbehaarten Hautstellen von Kopf, Halsseiten,

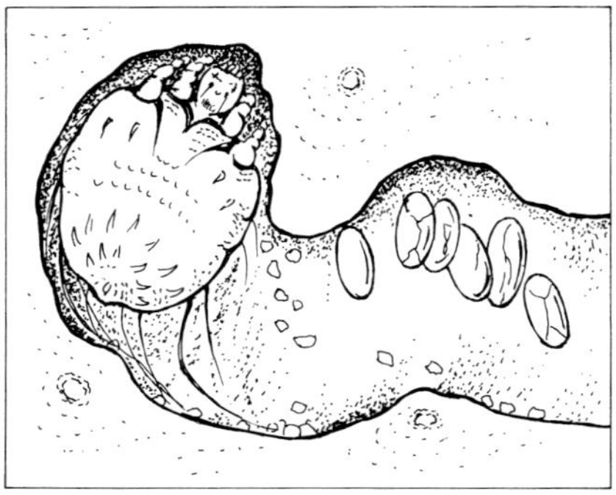

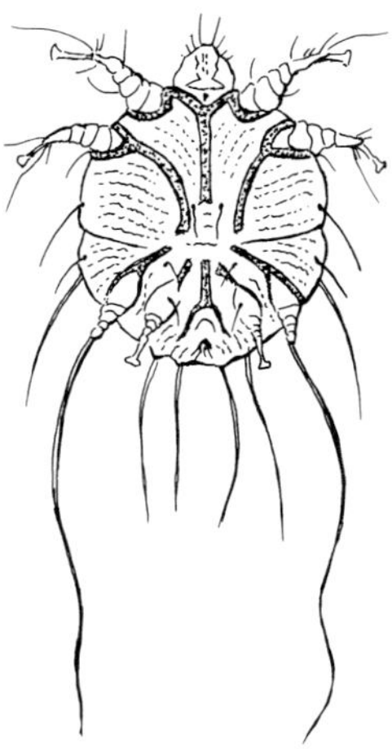

Abb. 7.9 Bohrgang in der Haut mit Grabmilbe und Eiern, 50fach vergrößert.

Abb. 7.8 Grabmilbe *(Sarcoptes)*, etwa 70fach vergrößert.

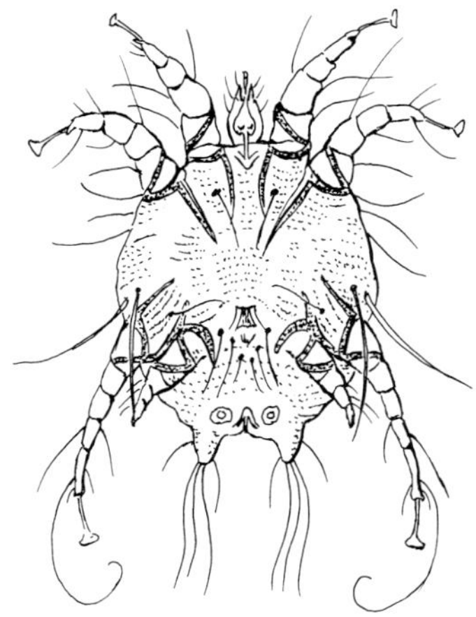

Abb. 7.10 Saugmilbe (*Psoroptes*), etwa 70fach vergrößert.

Schultern und Sattellage und kann sich innerhalb von vier bis sechs Wochen über den gesamten Körper mit Ausnahme der unteren Gliedmaßenabschnitte ausbreiten. Auf der Haut bilden sich Bläschen, Schuppen und Krusten, aus denen Borken entstehen. Nach großflächigem Haarausfall wird die derbe und faltige Haut sichtbar, die grauweiße, schuppige Beläge zeigt. Es besteht starker Juckreiz, der nachts im warmen Stall noch zunimmt. Die Tiere scheuern und benagen sich deshalb heftig. Bei sehr starkem Befall fressen die Tiere weniger, magern ab und werden apathisch.

- **Saugmilben** *(Psoroptes)* (Abb. 7.10) halten sich auf der Haut sowie zwischen und unter den Borken auf, die infolge ihrer schädigenden Tätigkeit entstehen, und stechen zur Aufnahme ihrer Nahrung, die aus Gewebesaft und Blut besteht, tiefere Hautschichten an. Da Saugmilben vorwiegend durch Langhaar oder dichtes Deckhaar geschützte Körperstellen bevorzugen, beginnen die klinischen Erscheinungen im Gebiet von Schopf, Mähne (Foto 92, Seite 190), Schweifansatz und können später auch Sattellage, Kruppe, Euter oder Schlauch und die Beugeseiten der Sprunggelenke erfassen. Saugmilben breiten sich wesentlich langsamer über den Körper aus als Grabmilben. Der Juckreiz ist geringer. Die herdartig erkrankten, oft stark borkigen, haarlosen Hautstellen sind schärfer abgegrenzt.
- **Schuppenfressende Milben** *(Choreoptes)* (Abb. 7.11) verursachen die Fußräude. Sie befallen vorwiegend die Fesselbeugen bei Pferden mit dichtem Kötenbehang und fressen Teile der oberen Hautschicht sowie die austretende Gewebsflüssigkeit. Die Veränderungen sind demnach meist auf die Fesselbeuge begrenzt, können aber bei ungünstigem Verlauf an Hinter- und Vorderbeinen aufsteigend auch den Rumpf erfassen. Sie

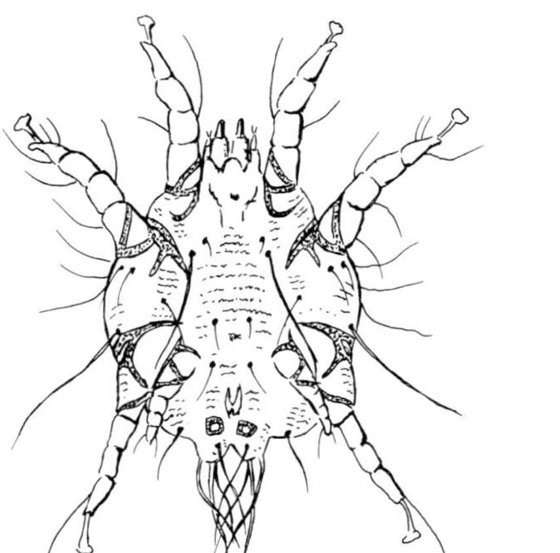

Abb. 7.11 Schuppenfressende Milbe (*Choreoptes*), etwa 70fach vergrößert.

bestehen anfangs in Schuppenbildung und Rötung, während sich später ein nässendes, schmierig belegtes oder verkrustetes Ekzem bildet. Ältere Erkrankungen können infolge der langanhaltenden Hautreizung zu beträchlichen, warzenähnlichen Hautverdickungen führen (Warzenmauke).

In ausgeprägten Fällen umschließen diese Veränderungen, von der Fesselbeuge ausgehend, das gesamte Bein ringförmig. Die schuppenfressenden Milben lösen starken Juckreiz aus, der durch die Stallwärme noch gesteigert wird. Die Pferde sind unruhig, stampfen, schlagen aus, trippeln und versuchen, die befallenen Stellen zu benagen und zu scheuern.

Milben können in kleiner Zahl auch längere Zeit auf Pferden parasitieren, ohne Krankheitserscheinungen auszulösen. Der Entwicklungszyklus der Milbe dauert 3 Wochen.

Insgesamt gesehen spielt heute diese Parasitose in Pferdebeständen nur eine geringe Rolle. Wenn aber bei Pferden starker Juckreiz auftritt, sollte man auch an diese Erkrankung denken. Die Diagnose wird durch mikroskopischen Nachweis der Milben in Hautgeschabselproben gestellt.

→ **Behandlung.** In die Behandlung sind alle Tiere des Bestandes einzubeziehen. Durch Ganzwaschung oder Sprühbehandlung der Pferde mit einer wäßrigen Phosphorsäureesterlösung, z. B. 2%iges Metrifonat (Trichlorphon) in einer Dosierung von 200 ml/100 kg Körpermasse, werden Saug- und Grabmilben sicher abgetötet. Die Behandlung ist frühestens nach fünf (sonst besteht Vergiftungsgefahr) bis zehn Tagen zu wiederholen. Bei Fußräude beschränkt sich die Waschung mit Phosphorsäureesterlösung auf die Gliedmaßen. Vorher sind diese mit Schmierseifenlösung zu reinigen. Der Kötenbehang ist zu scheren. Empfohlen wird auch eine orale Behandlung der Tiere mit Ivermectin. Diese Behandlung sollte in vierzehntägigen Abständen so oft wiederholt werden, bis keine Milben im Hautgeschabsel mehr nachzuweisen sind. Die Behandlung des Ekzems richtet sich nach den im entsprechenden Abschnitt gegebenen Empfehlungen. Durch eine gut ausbilanzierte Futterration, gute stallklimatische Bedingungen und Weidegang kann die Heilung ausgedehnter Erkrankungen wesentlich gefördert werden.

Leder- und Putzzeug können ebenfalls mit Phosphorsäureesterlösung milbenfrei gemacht werden.

→ **Vorbeuge.** Die wichtigsten vorbeugenden Maßnahmen sind eine ausgewogene Fütterung und gute Haltungsbedingungen. Neu in den Bestand einzustellende Pferde sind auf Hautveränderungen zu untersuchen.

Sommerwunden

→ **Begriffsbestimmung und Ursachen.** Fliegen übertragen als Zwischenwirt Larven des Pferde-Magenwurmes *(Habronema)* auf Pferde. Sie setzen sich zur Nahrungsaufnahme besonders an Nüstern und Lippen, wo sie Sekret aufnehmen. Dabei wandern die Wurmlarven aus dem Rüssel der Fliege aus und gelangen in den Magen des Pferdes. Hier entstehen geschlechtsreife Magenwürmer, deren Eier mit dem Kot ausgeschieden werden. Im Kot werden sie durch Fliegenlarven aufgenommen und gelangen so in die Fliegen. Damit schließt sich dieser Entwicklungskreislauf des Magenwurmes.

Wenn aber larventragende Fliegen zur Nahrungsaufnahme Wunden oder durch Schweiß und Augenausfluß verschmutzte Hautstellen aufsuchen, können an diesen Stellen „verirrte" Larven aus dem Rüssel der Fliegen auswandern und noch durch kleinste Spalten in die Haut eindringen (Abb. 7.12). Durch Reizung der Gewebe können ausgedehnte, schlecht heilende Wunden entstehen.

→ **Erscheinungsbild.** Sommerwunden treten fast ausschließlich in den Monaten Juni bis September auf. Sie sind mit einem schwammigen, oft über die Umgebung vorgewölbten, bläulich-roten Granulationsgewebe gefüllt, das eine schmierige Flüssigkeit absondert. Typisch ist, daß alle herkömmlichen Wundbehandlungsmethoden keine Besserung bringen und keine Bildung einer abdeckenden Hautschicht (Epithelisierung) erreicht werden kann. Erst im Herbst, wenn die Larven absterben, heilen die Wunden meist ab, zeigen allerdings oft im nächsten Sommer Rezidive. Sommerwunden sind besonders am Kopf (Augensekret; Foto 99, Seite 207), an den unteren Abschnitten der Gliedmaßen (kleinste Hautwunden; Foto 101, Seite 207), in der Sattellage (Schweißbildung) und an Vorhaut und Schlauch lokalisiert. Oft ist Juckreiz vorhanden, so daß sich die Pferde an diesen Stellen scheuern und benagen.

→ **Behandlung.** Außer der örtlichen Wundbehandlung (Säuberung mit 3%iger Wasserstoffperoxidlösung oder 1‰iger Rivanollösung, anschließend

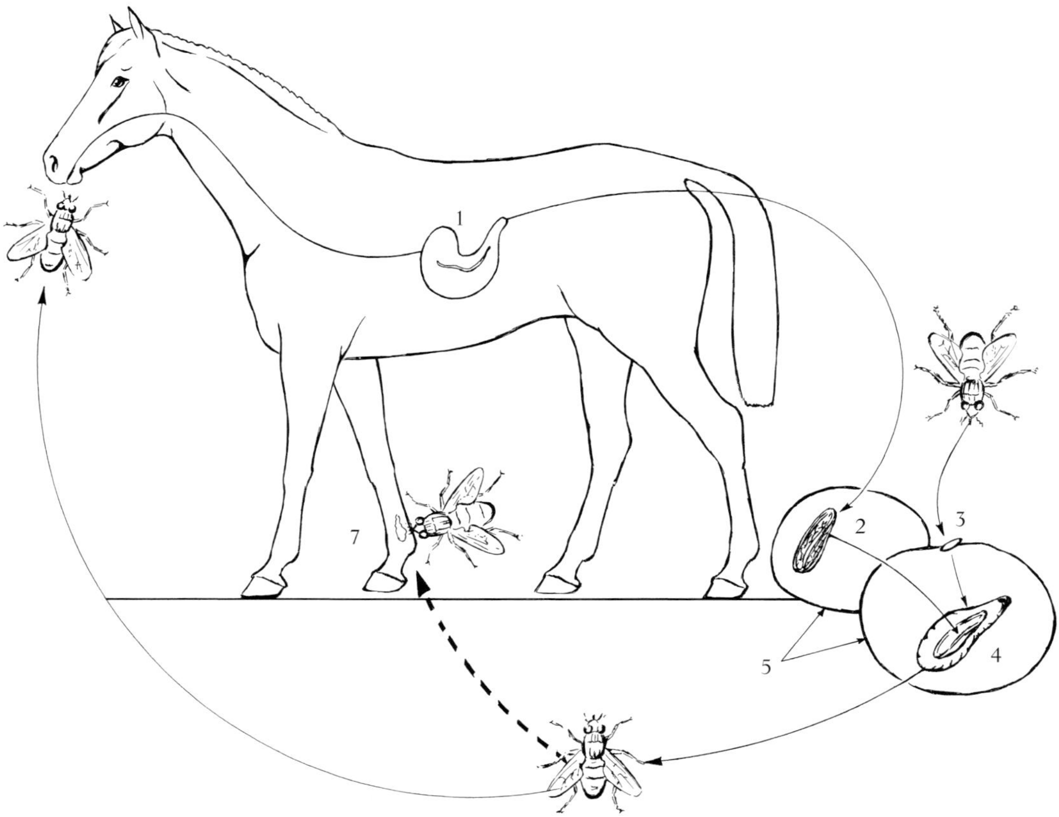

Abb. 7.12 Kreislauf des Pferdemagenwurmes (*Habronema*) **und Entstehung von Sommerwunden.**
1) Magen mit Pferdemagenwurm, 2) Ei des Pferdemagenwurms, 3) Fliegenei, 4) Fliegenlarve mit aufgenommenem Wurmei, 5) Kotballen, 6) Fliege mit Pferdemagenwurmlarve, 7) Wunde.

Puder- oder Salbenbehandlung) sind systemisch, also über das Blut wirkende Insektizide anzuwenden. Sie können z. B. als Pasten eingegeben oder als Lösungen auf die Haut aufgegossen werden und gelangen mit dem Blut auch in die Sommerwunden, wo sie von den Larven aufgenommen werden und diese abtöten. Zur Unterstützung können die Wunden mehrmals mit Phosphorsäureesterlösungen abgetupft werden. Auch moderne Breitspektrumwurmmittel (Ivermectin) sind für die Bekämpfung der Larven geeignet. Wenn die Larven abgetötet sind, entfällt die ständige „innere“ Reizung der Wunde. Das Granulationsgewebe wird fester und nimmt eine rosarote Farbe an. Um die Wunde herum bildet sich als Zeichen der Heilung ein grauer Hautsaum.

→ **Vorbeuge.** Starke Fliegenplage, die besonders bei unsachgemäßer, unhygienischer Dunglagerung auftritt, fördert die Krankheit. Durch ordentliche Dungstapelung sowie Fliegenbekämpfung im Stall konnte die Befallshäufigkeit gesenkt werden. Da die Entwicklungsstufen des Pferde-Magenwurms offenbar in Fliegen überwintern können, kommt auch der Bekämpfung der Restpopulation der Fliegen im Stall Bedeutung zu.

Als weitere wichtige Maßnahme sind auch kleine Wunden sorgfältig zu behandeln, um die Sekretabsonderung möglichst gering zu halten und keine Fliegen anzulocken.

Krankheiten der Atmungsorgane

Aufgabe der Atmung ist die Versorgung der Zellen mit Sauerstoff und die Ausscheidung von Kohlendioxid. Sauerstoff benötigt der Organismus zur Verbrennung von Nährstoffen im Prozeß der Energiegewinnung in den Zellen. Kohlendioxid entsteht neben Wasser als Endprodukt der energieliefernden Verbrennungsvorgänge und wird von den Zellen abgegeben. Wir unterscheiden eine **innere Atmung**, die den Gasaustausch in den Geweben betrifft, von einer **äußeren Atmung**, die in der Lunge stattfindet und bei der der Gaswechsel zwischen Blut und Außenluft vor sich geht (Abb. 7.13). Zwischen innerer und äußerer Atmung bildet das Blut das transportvermittelnde System. Die Atmungsorgane unterhalten die äußere Atmung. Damit besteht ein direkter Einfluß auf die Prozesse der Energiegewinnung, so daß sich Erkrankungen im Bereich der Atmungsorgane zu leistungseinschränkenden Faktoren entwickeln können.

Die der Atmung dienenden Organe sind Nase, Kehlkopf, Luftröhre und Lunge. Die **Nasenhöhle** wird durch die Nasenscheidewand in zwei Hälften geteilt. Im hinteren Teil der Nasenhöhle liegen die geruchsempfindlichen Zellen, die mit den Riechnerven in Verbindung stehen. Die durch die Nüstern eingeatmete Luft erreicht über den unteren Nasengang den Rachenraum. Beim Pferd wird der Rachenraum durch ein breites Gaumensegel von der Maulhöhle abgeschlossen, so daß eine Mundatmung nicht möglich ist. Das Pferd ist also auf die Nasenatmung angewiesen.

Der **Kehlkopf** ist das Anfangsstück der Luftröhre und aus mehreren beweglichen, miteinander verbundenen Knorpeln zusammengesetzt. Der Kehldeckel verschließt den Atemweg beim Schluckakt. Im Inneren des Kehlkopfes befinden sich die Stimmbänder. Die **Luftröhre** setzt sich aus 50 bis 60 Knorpelringen zusammen. Vor Eintritt in die

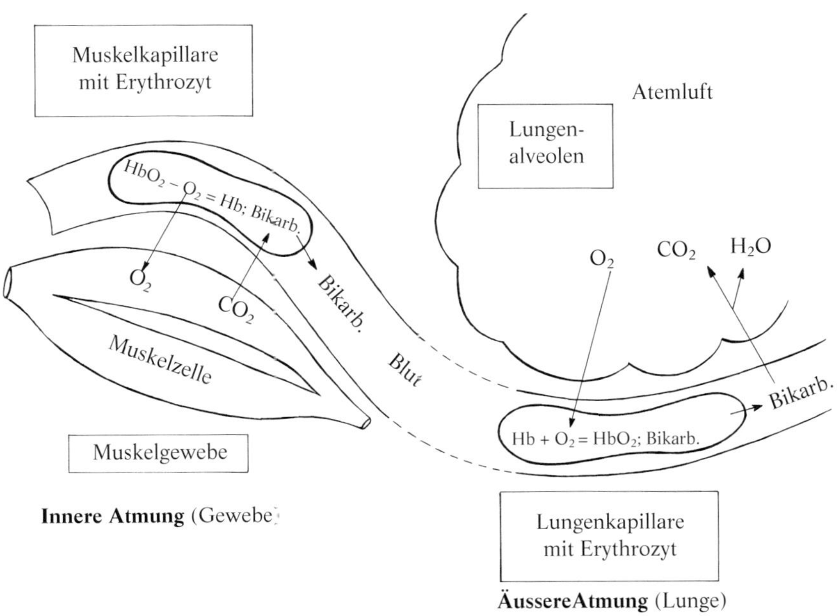

Abb. 7.13 Schematische Darstellung des Gasaustausches. O_2 = Sauerstoff, CO_2 = Kohlendioxid, Bikarb = Bikarbonat, Hb = Hämoglobin, HbO_2 = Oxihämoglobin, H_2O = Wasser.

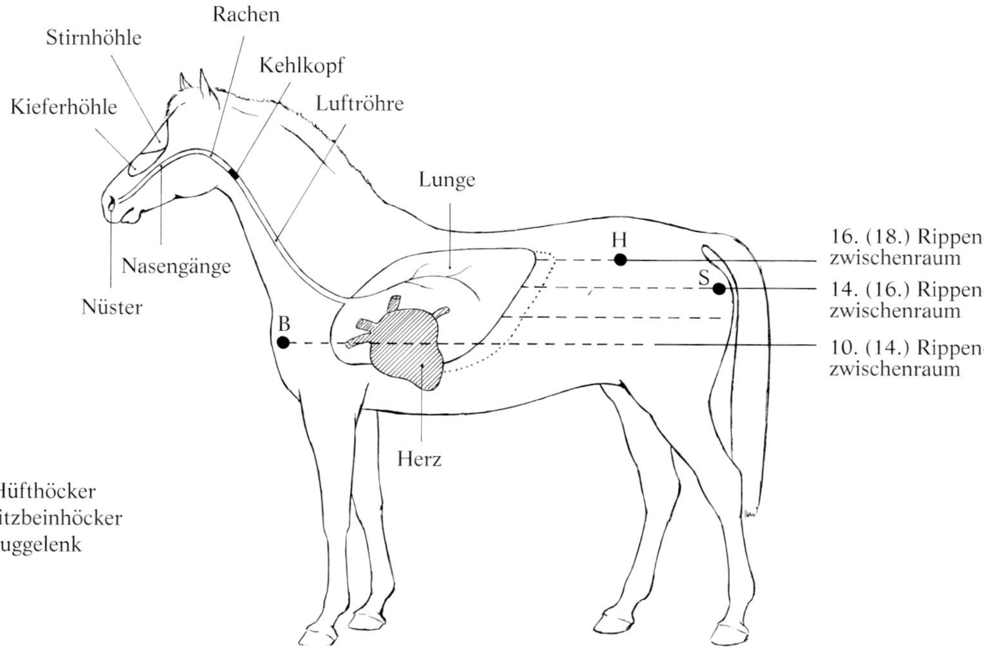

Abb. 7.14 Atmungsorgane und hintere Lungengrenzen. Die in Klammern gesetzten Zahlen geben die Verschiebung bei Dämpfigkeit an.

Lungenflügel teilt sie sich in 2 Hauptbronchien. Die **Lunge** besteht aus einem rechten und einem linken Lungenflügel und füllt die Brusthöhle, die durch das Brustfell ausgegleitet ist, aus. Sie wird durch das feucht glänzende Lungenfell überzogen. Jeder der beiden Hauptbronchien versorgt einen Lungenflügel. Nach Eintritt in den Lungenflügel verzweigt er sich in immer feinere Ästchen, die sich in die kleinste Einheit, die Alveolengänge, aufspalten (Bronchialbaum). Diese öffnen sich in viele Lungenbläschen, die 0,2 bis 0,5 mm großen **Alveolen,** die der Lunge eine sehr große „innere Oberfläche" von etwa der Größe eines halben Fußballfeldes verleihen. Atembronchien, Alveolengänge und Alveolen werden von einer speziellen Atemschleimhaut ausgekleidet und außen von einem dichten Blutkapil-larnetz umsponnen. Durch Alveolar- und Kapillarwand hindurch erfolgt der Gasaustausch zwischen Atemluft und Blut.

Atmungsvorgang. Durch Kontraktion der Atemmuskulatur wird der Brustraum während der Einatmung erweitert und das Lungengewebe gedehnt. Infolge des entstehenden Unterdruckes strömt Luft in die Lunge ein. Erschlaffen die Atemmuskeln, verkleinert sich der Brustkorb, und die elastischen Fasern der Lunge, die während der Einatmung gedehnt waren, ziehen diese wieder zusammen. Dadurch wird die Luft aus der Lunge herausgedrückt und ausgeatmet. Die Einatmung ist also ein aktiver Vorgang, während die Ausatmung passiv erfolgt. Die Atmung wird reflektorisch über das Atemzentrum im verlängerten Rückenmark gesteuert. Mit steigendem Kohlendioxidgehalt im Blut nimmt die Atemfrequenz zu, weil Rezeptoren in den Blutgefäßen diese Veränderung registrieren und an das Atemzentrum weitermelden.

Nasenbluten

→ **Begriffsbestimmung.** Unter „Nasenbluten" werden verschiedene Krankheiten zusammengefaßt, die Blutaustritt aus den Nüstern als gemeinsame Erscheinung aufweisen. Als Nasenbluten im engeren Sinne werden Blutungen aus den Blutgefäßen der Nasenhöhlen und Nasennebenhöhlen bezeichnet.

→ **Ursachen.** Häufig sind Einwirkungen äußerer Gewalt oder Fremdkörper Ursache des Nasenblutens.

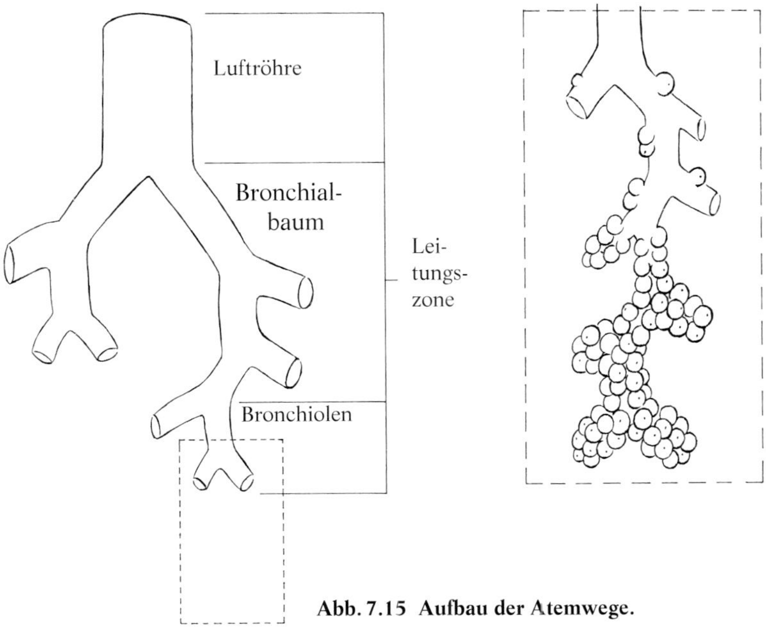

Abb. 7.15 Aufbau der Atemwege.

Blutungen aus **einem** Nasenloch geben Hinweise auf Veränderungen in der Nase oder in den Nebenhöhlen. Ursache können Gewalteinwirkung von außen (Sturz, Schlag), eingedrungene Fremdkörper oder auch Neubildungen in diesen Bereichen sein. Blutaustritt aus **beiden** Nasenlöchern (Foto 98, Seite 207) spricht dagegen dafür, daß die Ursachen tiefer, d. h. im Rachenraumgebiet (Luftsackinfektion), in den Bronchien oder in der Lunge lokalisiert sind. Große Bedeutung besitzt das belastungsinduzierte Lungenbluten, das auf einen während extremer physischer Belastung stark angestiegenen Kapillarinnendruck im Lungengebiet zurückzuführen ist. Hierfür sind der Anstieg der Herzfrequenz auf bis zu 210 Schläge pro Minute und die Entleerung der Blutspeicher der Milz während des Renngalopps von erheblicher Bedeutung. In dieser Phase tritt Blut durch die Wand der Blutkapillaren in die Lungenbläschen über und kann mit der Atemluft ausgestoßen werden. Offenbar begünstigen auch Schäden, die als Folge von Viruserkrankungen der Atmungsorgane zurückgeblieben sind, den Blutaustritt. Eine erbliche Veranlagung wird diskutiert.

→ **Erscheinungsbild.** Manchmal führen mechanisch-schädigende Einwirkungen zu sehr heftigem Nasenbluten. Die spontane Blutgerinnung tritt beim Pferd nach etwa 15 Min. ein. Der Blutverlust ist schwer zu beurteilen, da ein Teil des Blutes abgeschluckt wird; in der Regel wird er aber überschätzt. Akute Kreislaufschäden sind nur in Ausnahmefällen zu erwarten. Das belastungsinduzierte Lungenbluten der Rennpferde wurde durch endoskopische Untersuchung bei einem erheblichen Prozentsatz der Pferde nachgewiesen. Es führt allerdings nur bei etwa 2% der Tiere zu sichtbarem Blutaustritt aus der Nase. Die Erkrankung ist fast immer mit der Maximalbelastung eines Rennens verbunden und wird im Training nur in Ausnahmefällen beobachtet. Stärkere Blutungen können zu Atemnot führen, so daß die Pferde danach schlagartig ihr Renntempo verringern. Die Tiere schnauben Bluttröpfchen ab, aus beiden Nüstern fließt Blut. Die Blutung steht meist nach 20 bis 30 Min.

→ **Behandlung.** Tritt bei Pferden Nasenbluten auf, so sind die Tiere sofort ruhig zu stellen. Kühlende Kompressen wirken verengend auf die Blutgefäße. Die gleiche Wirkung haben auch vom Tierarzt angewandte Adrenalinsprays. Daneben gibt es Sprays, die die Blutgerinnung fördern. Allerdings sind diese Behandlungen nur wirksam, wenn sie den Ort der Blutung erreichen. Vitamin C, Kalziumlösungen, Vitamin K und andere blutstillende Mittel dichten die Gefäßwände ab oder fördern die Gerinnung, wenn sie dem Tier verabreicht werden. Eine gute gerinnungsfördernde Wirkung wird durch ca. 50 ml Fremdblut erreicht, die sofort nach der Entnahme, ohne Zusätze, dem erkrankten Pferd intravenös verabreicht werden. Bei starken Blutungen kann die Übertragung von 2 bis 3 Litern Fremdblut (nach Verträglichkeitsprüfung) erforderlich werden. Blutungen, die durch Einwirken äußerer Gewalt entstehen, sind meistens günstig zu beurteilen. Das gilt nicht für Blutungen, die als Folge von Geschwülsten oder Schleimhautgeschwüren entstehen. Die Behandlung des belastungsbedingten Lungenblutens kann zusätzlich mit antifibrinolytischen Präparaten erfolgen. Die

Heilungsaussichten sind allerdings nicht sehr groß, oft treten Rückfälle auf.
→ **Vorbeuge.** Da das belastungsinduzierte Lungenbluten offenbar durch Restschäden virusbedingter Lungenerkrankungen gefördert wird, ist eine vollständige Ausheilung dieser Erkrankungen sehr wichtig; eine zu zeitige Belastung der rekonvaleszenten Pferde muß vermieden werden.

Nasenentzündung, Nasenkatarrh (Rhinitis)

→ **Begriffsbestimmung.** Als Nasenkatarrh bezeichnet man durch Schädigung der Nasenschleimhaut hervorgerufene entzündliche Veränderungen, die sowohl selbständig als auch im Rahmen anderer Erkrankungen auftreten können.
→ **Ursache.** Entzündungen der Nasenschleimhaut können durch Einatmen von Rauch, reizenden Gasen oder Dämpfen oder durch starke Staubbelastung verursacht werden. Noch häufiger sind sie allerdings im Zusammenhang mit virus- oder bakteriellbedingten Infektionskrankheiten wie Influenza, Rhinopneumonitis, Druse, Brustseuche und Rotz zu beobachten. Pilze und andere allergisierende Substanzen haben eine ähnliche Bedeutung. Die Diagnose läßt sich aufgrund der Krankheitserscheinungen relativ schnell stellen. Wesentlich schwieriger ist es, die Ursachen zu finden. Gehäuft auftretende Nasenkatarrhe sind in jedem Fall durch Tupferproben von Nasensekret sowie Blutproben weiter abzuklären.

Einseitiger, nach Senken des Kopfes verstärkt auftretender Nasenausfluß, weist auf einen Katarrh der Kiefer- und Stirnhöhle oder auf einseitige Luftsackentzündung hin.
→ **Erscheinungsbild.** Liegt eine einfache Entzündung der Nasenschleimhaut vor, besteht wäßriger bis schleimiger Nasenausfluß aus beiden Nasenlöchern. Die Nasenschleimhaut ist gerötet. Die Pferde niesen und prusten.

Bei eitrigen oder nekrotisierenden Nasenkatarrhen ist gelblich-schleimiger Nasenausfluß (Foto 100, Seite 207) vorhanden. Das Allgemeinbefinden ist oft beeinträchtigt, die Pferde haben Fieber. Schwellungen der Nasenschleimhaut können infolge einer Einengung der Atemwege Geräusche bei der Ein- und Ausatmung hervorrufen. Bei schweren Krankheitsformen sind die Kehlgangslymphknoten geschwollen.
→ **Behandlung.** Ein akuter Nasenschleimhautkatarrh klingt nach Abstellen der Ursachen und reichlicher Frischluftzufuhr relativ schnell ab. In hartnäckigen Fällen sind Spülungen mit desinfizierenden, antibiotikahaltigen oder sauerstoffabspaltenden Flüssigkeiten zu empfehlen. Bei Verätzungen durch reizende Gase oder andere giftige Substanzen sind intensive Wasserduschen erforderlich. Empfehlenswert sind Inhalationen mit ätherischen Ölen. Aerosolbehandlungen mit Antibiotika unter Zusatz von ätherischen Ölen wirken besonders bei bakteriell hervorgerufenen Erkrankungen der oberen Luftwege. Besteht eine starke Schleimhautschwellung, kann der Spülflüssigkeit Adrenalin im Verhältnis 1:1000 zugesetzt werden. Eitrige oder nekrotisierende Entzündungen greifen nicht selten auf die Kiefer- und Stirnhöhlen sowie Kehlkopf und Luftröhre oder sogar Lunge über. Tritt die Rhinitis als Folge einer Infektionskrankheit auf, muß diese gezielt behandelt werden. Erkrankte Pferde sind zu isolieren, um eine Verbreitung der Krankheit im Bestand zu verhüten.

Entzündung der Kiefer- und Stirnhöhle (Sinusitis)

→ **Begriffsbestimmung.** Diese relativ häufige Erkrankung geht von einer Entzündung der Schleimhaut aus, die die Kiefer- und Stirnhöhle (Abb. 7.14.) auskleidet. In der Höhle kann sich vermehrt serös-schleimige Flüssigkeit (Hydrops) und später auch Eiter (Empyem) ansammeln.
→ **Ursachen.** In der Regel greifen Entzündungen der Nasenschleimhaut oder der Backenzahnwurzeln auf die Höhlen über und führen hier zu gesteigerter Sekretbildung. Da die Ausführungsöffnungen der Höhlen im Verlauf dieser Katarrhe leicht verkleben, staut sich das Sekret an.
→ **Erscheinungsbild.** Oft wird die Erkrankung erst bemerkt, wenn sie bereits chronisch ist. Die Erscheinungen treten fast nur einseitig auf. Es besteht übelriechender, eitriger Nasenausfluß aus einer Nüster, der sich beim Absenken des Kopfes verstärkt. Der gleichseitige oder auch beide Unterkieferlymphknoten sind geschwollen. Fieberhafte Allgemeinstörungen können auftreten. Gleichfalls kann es zu z. T. druckempfindlichen Knochende-

formationen und -auftreibungen kommen. Störungen in der Futteraufnahme weisen darauf hin, daß das Erkrankungsgeschehen von Zahnfachschäden ausgeht.

→ **Behandlung.** Die erkrankten Pferde werden vom Boden aus gefüttert, um durch das Absenken des Kopfes den Sekretabfluß zu fördern. Bei relativ frischen Fällen kann eine allgemeine Antibiotikabehandlung versucht werden. Sollte das ohne Erfolg sein, ist die operative Eröffnung der Höhlen erforderlich. Der angesammelte Eiter wird durch wiederholte desinfizierende Spülungen entfernt. Diese Behandlung ist aufwendig und langwierig und führt nicht in allen Fällen zur vollständigen Heilung. Wenn die Erkrankung von Zahnschäden ausgeht, sind diese in die Behandlung mit einzubeziehen.

→ **Vorbeuge.** Da die Entzündungen der Nasennebenhöhlen nicht am Ort entstehen, sondern fortgeleitet sind, kann man ihnen vorbeugen, indem Pferde mit Nasenausfluß oder Kaustörungen unverzüglich eingehend diagnostisch untersucht und behandelt werden.

Rachenentzündung (Pharyngitis)

→ **Begriffsbestimmung.** Es liegen oberflächliche bis tiefgreifende, oft schmerzhafte Veränderungen der Rachenschleimhaut in unterschiedlicher Ausdehnung vor. Als Sonderform ist die chronische follikuläre Rachenentzündung zu nennen, die zu zottenartiger Schwellung der Lymphfollikel führen kann.

→ **Ursachen.** Sie werden selten als selbständige Erkrankungen infolge von Verletzungen oder Verätzungen (z. B. nach Raucheinatmung bei Bränden) beobachtet. Sehr oft sind sie Begleiterscheinungen infektiös bedingter Atemwegserkrankungen durch Viren, wie Influenza, Rhinopneumonitis, Virusarteritis (die auch zur chronischen follikulären Rachenentzündung führen können), sowie der Druse oder anderer bakteriell bedingter Schleimhautentzündungen im Kopfbereich.

→ **Erscheinungsbild.** Die für eine Rachenentzündung typischen Krankheitsmerkmale werden erst bei schweren Formen festgestellt. Die Pferde halten den Kopf gestreckt. Es bestehen Schluckbeschwerden. Die Futteraufnahme erfolgt vorsichtig, beim Abschlucken wird die Streckhaltung des Kopfes besonders deutlich. Gelegentlich läuft das Wasser beim Trinken wieder aus den Nüstern Im fortgeschrittenen Zustand kommt es zu beiderseitigem, schleimigem bis eitrigem Nasenausfluß, der mit Futterteilen vermischt sein kann. Die Rachenumgebung ist schmerzhaft. Die Kehlgangslymphknoten sind geschwollen. Die Rachenschleimhaut ist gerötet und zeigt eitrige Auflagerungen. Husten tritt auf. Die Krankheit kann durch Fieber und schwere Allgemeinstörungen kompliziert werden. Die chronische follikuläre Rachenentzündung führt zu Ein- und Ausatmungsgeräuschen, die sich in der Bewegung verstärken. Vorübergehend kann wäßrig-schleimiger Nasenausfluß vorhanden sein. Sonst erscheinen die Tiere gesund.

→ **Behandlung.** Weiche, breiige und schleimige Nahrung erleichtert das Schlucken. Ist den Tieren die selbständige Nahrungsaufnahme nicht möglich, muß eine künstliche Ernährung mit Nasenschlundsonde und Dauertropf durchgeführt werden. In der Kehlgangsregion werden trockene oder feuchte Wärmeumschläge angelegt. Neben einer hochdosierten allgemeinen Antibiotikatherapie trägt die örtliche Anwendung von desinfizierenden Spülungen mit 3%iger Wasserstoffperoxidlösung oder 0,1%iger Kaliumpermanganatlösung wesentlich zur Genesung der erkrankten Schleimhaut bei. Bei Verdacht auf bakterielle Erkrankungen sollte man die Erreger mittels Tupferprobe nachweisen und ein Antibiogramm anfertigen lassen, das dann eine gezielte, auf die Empfindlichkeit der Erreger abgestimmte Behandlung ermöglicht. Auch wenn keine Bakterien nachzuweisen sind, trägt eine örtliche Aerosolanwendung mit Antibiotika und Prednisolon wesentlich zur Beschleunigung der Heilungsvorgänge bei.

Für die Behandlung der chronischen follikulären Rachenentzündung ist eine Ruhigstellung von 1 bis 2 Monaten zu empfehlen. Entzündungswidrige Mittel bringen nur z. T. Erfolg. Operative Behandlungen, Verätzen bzw. Verschorfen der entarteten Follikel werden versucht, sind allerdings schwer durchführbar.

Luftsackentzündung, Luftsackkatarrh

Der Luftsack ist eine paarige Ausstülpung der Ohrtrompete, die Rachen- und Paukenhöhle (inneres Ohr) verbindet. Er entwickelt sich beim Fohlen im ersten Lebensmonat und liegt mit seinem äußeren Abschnitt im Winkel zwischen Halswirbelsäule und aufsteigendem Unterkieferast. Der innere Abschnitt liegt der Wand des Nasenrachenraumes eng an.

→ **Begriffsbestimmung.** Luftsackkatarrhe sind akut oder chronisch verlaufende Entzündungen der Luftsackschleimhaut. Da die Entzündungsprodukte schwer abfließen, sammeln sie sich in den Luftsäcken an.

→ **Ursachen.** Luftsackentzündungen entstehen selten als selbständige Erkrankung. Verletzungen von außen oder über den Rachen eingedrungene Fremdkörper, z. B. Futterbestandteile, können dann die Ursache sein. Häufiger entwickeln sie sich allerdings im Verlauf ansteckender Katarrhe der oberen Luftwege, so bei Rachenentzündung und Druse, indem die Entzündung fortgeleitet auf die Luftsäcke übergreift und die Erreger (Bakterien oder Pilze) sich in den Luftsäcken ansiedeln, oder drusebedingte Abszesse, die sich in angrenzenden Lymphknoten bilden, in die Luftsäcke einbrechen. Die Öffnungen in den Rachenraum sind so angeordnet, daß Sekret nur austritt, wenn bereits eine größere Menge vorhanden ist und der Kopf gesenkt gehalten wird.

→ **Erscheinungsbild.** Symptome der auslösenden Krankheit stehen stets im Vordergrund. Der Kopf wird gestreckt gehalten. Häufig bestehen Schluckbeschwerden. Die Tiere verschlucken sich leicht, was reflektorisch Hustenanfälle auslöst. Da auch Wasser schlecht abgeschluckt werden kann, fließt es beim Tränken z. T. über die Nüstern wieder in den Eimer zurück. Nach Senken des Kopfes entleert sich aus der Nasenöffnung der erkrankten Seite schleimiges bis eitriges Sekret. Bei Druck auf den Luftsack verstärkt sich diese Erscheinung. Mit beginnender Eindickung wird das Exsudat trocken bis krümelig. Häufig wölbt sich der verdickte Luftsack nach außen vor. Bei akutem Krankheitsgeschehen besteht lokaler Druckschmerz. Diese örtlichen Krankheitserscheinungen erlauben allerdings nur eine Verdachtsdiagnose, die mit Hilfe der Endoskopie, d. h. der Rachen- und Luftsackspiegelung zu sichern ist. Dabei wird die gerötete und geschwollene Schleimhaut sichtbar, die mit schleimig-eitrigem Exsudat überzogen ist, und bei Virusinfektionen auch Bläschen und Knötchen bilden kann.

Wenn Druse die Ursache des eitrigen Luftsackkatarrhs ist, sind auch die regionalen Lymphknoten miterkrankt.

Luftsackerkrankungen durch Pilze (Luftsackmykose) treten vorrangig bei Stallpferden in der warmen Jahreszeit auf. Da mit jedem Atemzug geringe Mengen eingeatmeter Luft in die Luftsäcke gelangen, wird angenommen, daß auch Pilzsporen diesen Weg nehmen. Die Pilze zerstören die Schleimhaut und können angrenzende Blutgefäße schädigen und damit plötzliches Nasenbluten verursachen.

→ **Behandlung.** Im Vordergrund steht die Behandlung des Grundleidens. Die Pferde sind vom Boden aus zu füttern und zu tränken. Dadurch werden sie gezwungen, den Kopf zu senken, was die Entleerung der gestauten Sekretmassen fördert. Druck von außen auf die Luftsackgegend kann diese Maßnahme unterstützen. In günstigen Fällen tritt Selbstheilung ein.

Feuchtwarme Umschläge in der akuten Phase und bei länger dauerndem Verlauf durchblutungsfördernde Einreibungen mit Kampferöl, Kampfersalbe oder 50%iger Ichthyolsalbe unterstützen die Heilungsvorgänge. Mit Spezialkathetern sind Luftsackspülungen möglich. Sie sind um so notwendiger, je mehr die Sekreteindickung fortschreitet.

Um bei Pilzerkrankungen Gefäßschäden mit nachfolgenden, auch tödlich endenden, Blutungen zu verhindern, muß die tierärztliche Behandlung möglichst schnell begonnen werden. Neben örtlicher Medikamentenanwendung ist unbedingt auch eine Allgemeinbehandlung notwendig.

Kehlkopfentzündung (Laryngitis)

→ **Begriffsbestimmung.** Die Kehlkopfentzündung gehört beim Pferd zu den häufiger vorkommenden Krankheiten. Es ist in erster Linie eine Erkrankung der Kehlkopfschleimhaut, die sowohl akut als auch chronisch verlaufen kann.

→ **Ursachen.** Sie wird durch eingedrungene Fremdkörper, durch eingeatmete reizende Gase oder als Begleiterscheinung von Erkältungskrankheiten hervorgerufen. Weiterhin können Entzündungen der Nasen- oder der Rachenschleimhaut auf den Kehlkopf übergreifen. Bei Trockenheit kann starke Staubentwicklung beim Pferd Kehlkopfkatarrhe auslösen. Zugluft mit plötzlicher Abkühlung stört die Mikrozirkulation in der Kehlkopfschleimhaut. Dadurch können Bakterien leichter eindringen und Entzündungen auslösen. Regelmäßig treten Kehlkopfentzündungen bei Katarrhen der oberen Luftwege (Rhinopneumonitis, Influenza, Virusarteritis) auf. Man findet sie auch bei Druse und Rotz.

→ **Erscheinungsbild.** Akute Kehlkopfkatarrhe zeigen zu Beginn kurzen, trockenen, später feuchten und oft auch schmerzhaften Husten. Es fällt auf, daß die Pferde beim Hinausführen aus dem Stall, unter dem plötzlichen Einfluß kalter Luft, zu husten anfangen. Bei Staubbelastungen werden sie von schweren anhaltenden Hustenanfällen geschüttelt. Gelegentlich tritt Nasenausfluß auf, die Kehlgangslymphknoten sind vergrößert. Ist die Kehlkopfschleimhaut geschwollen, röcheln oder schnarchen die Pferde. Die vermehrte Sekretion der Kehlkopfschleimhaut ruft knisternde oder rasselnde Geräusche hervor. Druse verläuft mit hochgradigen Schleimhautschwellungen, die bis zur Atemnot führen können. Bei chronischen Katarrhen besteht kurzer, trockener Husten, ohne daß weitere Krankheitserscheinungen festzustellen sind.

→ **Behandlung.** Liegt eine fieberhafte Allgemeinerkrankung vor, wird in erster Linie die Infektion behandelt. Dazu stehen Antibiotika, Sulfonamide und andere Medikamente zur Verfügung. Zur örtlichen Behandlung wendet man Inhalationen von entzündungshemmenden, antibakteriellen Aerosolen an. Dampfbäder zur Einatmung sekretlösender Substanzen und feuchtwarme Umschläge tragen zur Genesung bei. Sie bewirken eine verbesserte Durchblutung der Schleimhaut und damit eine Erhöhung der Widerstandskraft. Regelmäßige Frischluftzufuhr und staubfreie Fütterung sind Voraussetzungen für eine erfolgreiche Behandlung und reichen in leichten Fällen bereits für die Heilung aus. Die Pferde dürfen erst wieder belastet werden, wenn sie keinen Husten mehr zeigen.

→ **Vorbeuge.** Eine gute Stallhygiene steht im Vordergrund, die Ammoniakkonzentration und der Allergengehalt der Stalluft müssen niedrig gehalten werden. Bestimmten Virusinfektionen kann man durch prophylaktische Impfungen vorbeugen.

Störungen der Atmung durch das Gaumensegel

→ **Begriffsbestimmung und Ursachen.** Wenn sich das Gaumensegel über den Kehldeckel legt, werden die Luftwege teilweise eingeengt. Es entsteht ein vorwiegend mit der Ausatmung verbundenes Geräusch. Die eigentliche Ursache dieser Verlagerung ist nicht bekannt. Pathologische Veränderungen sind an Gaumensegel oder Kehldeckel nicht nachweisbar.

→ **Erscheinungsbild.** Die Verlagerung des Gaumensegels kann selten in der Ruhe (während der Futteraufnahme oder nach dem Wiehern), häufiger bei versammelter Arbeit (gebeugte Kopfhaltung) oder bei großen Anstrengungen, wie schneller Arbeit oder Rennen (dann auch bei gestreckter Kopfhaltung) eintreten. Sie führt zu einem flatternd-schnarrenden Geräusch, das während der Ausatmung zu hören ist. Bei schneller Arbeit oder im Rennen kann es auch zusätzlich während der Einatmung vorhanden sein. Außerdem kann ein schluckenähnliches Geräusch auftreten. Diese Pferde ziehen oft die Zunge stark zurück oder legen sie über die Trense und atmen ausnahmsweise z. T. durch das Maul.

Für die Diagnostik ist eine wiederholte endoskopische Untersuchung erforderlich, die aber nicht immer zuverlässige Befunde liefert. Sie dient auch zum Ausschluß einer chronischen follikulären Rachenentzündung, die zu ähnlichen Stenosegeräuschen führen kann.

→ **Behandlung.** Eine Behandlung ist erst dann erforderlich, wenn die Leistung der Tiere beeinträchtigt wird. Da die Ergebnisse einer operativen Behandlung nur z. T. befriedigen, sollte zunächst versucht werden, durch weniger scharfe Trensen und fachgerechtes Anbinden der Zunge vor schnellen Arbeiten und Rennen das Leiden zu beheben, was durchaus möglich sein kann. Weil die Störungen in einigen Fällen nicht andauern, ist eine abwartende Haltung angebracht.

Kehlkopfpfeifen (Laryngealparalyse)

→ **Begriffsbestimmung.** Das Kehlkopfpfeifen ist eine akustisch wahrnehmbare, bleibende Störung derjenigen Kehlkopffunktionen, die der Regulation des Luftstromes dienen. In erster Linie erkranken große, seltener mittelgroße Pferde. Unter Kleinpferden und Ponys ist das Leiden so gut wie unbekannt. Heute erkranken vorwiegend Sportpferde bis zum Alter von 6, seltener bis zu 12 Jahren. Jenseits dieser Altersgrenze sind Neuerkrankungen nicht zu erwarten. Bei über 90% der Fälle liegt eine linksseitige Kehlkopflähmung vor. Die Erkrankung gilt aus Hauptmangel.

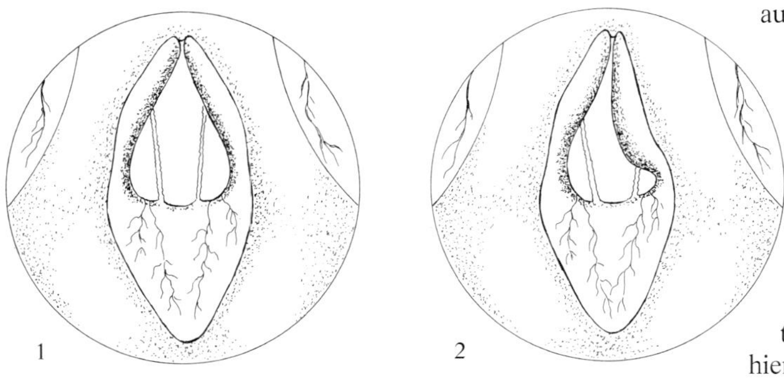

Abb. 7.16 Endoskopische Kehlkopfuntersuchung.
1) Normales Kehlkopfbild.
2) Lähmung des linken Stimmbandes und des linken Gießkannenknorpels.

→ **Ursachen.** Die gestörte Kehlkopffunktion ist auf eine Degeneration der die Kehlkopfmuskeln versorgenden motorischen Nerven, in erster Linie des linksseitigen N. recurrens, zurückzuführen. Die bevorzugte Erkrankung des linken Nerven wird mit anatomischen Besonderheiten begründet, die bei langhalsigen Pferden zu extremer Dehnung der Nerven führen. Vergiftungen und verschiedene Infektionen können seine Schädigung begünstigen, offenbar besteht eine erbliche erhöhte Erkrankungsneigung.

→ **Erscheinungsbild.** Klassisches Symptom ist ein während der Einatmung hörbares Stenosegeräusch, das sich während körperlicher Belastung als Pfeifen oder Rohren darstellt, und ein vom Grad der Luftwegsverengung abhängiger Leistungsabfall, der beim Rennpferd besonders auffällt. In den Anfangsstadien ist ein schwacher Pfeifton während körperlicher Belastung zu hören, der bei längerer Bewegung an Intensität zunimmt. Tritt der Ton zu Beginn der Erkrankung erst bei Maximalbelastungen auf, so kann er im weiteren Verlauf schon bei leichter Trabarbeit hörbar werden. Die Pferde verlieren ihre ursprüngliche Leistungsfähigkeit, da der Luftstrom zu den Lungen beträchtlich eingeschränkt ist (Foto 102, Seite 207).

Atemgeräusche können verschiedene Ursachen haben. Einatmungsgeräusche werden oft bei Pferden festgestellt, die untrainiert sind oder längere Zeit mit dem Training ausgesetzt haben. Diese Geräusche verlieren sich bei regelmäßiger Trainingsbelastung. Manchmal entstehen Geräusche auch, wenn Pferde die Zunge über das Gebiß legen und die Zügel angezogen werden. Sind die Zügel gelockert, verschwinden sie wieder. Asymmetrischer Luftstrom durch die Nüstern deutet auf Verengungen im Bereich von Nüstern und Nasengängen hin. Die Gaumensegellähmung führt bei maximaler Belastung zu akuter Atemnot. Atemgeräusche treten hier während der Ausatmung auf.

Die Diagnose wird auf der Grundlage des mit der Einatmung wahrzunehmenden typisch pfeifenden Atemgeräusches gestellt, das entsteht, wenn ein starker Luftstrom an der Kante des gelähmten Stimmbandes gebrochen wird. Das Geräusch kann in fortgeschrittenen Fällen in Ruhe provoziert werden, wenn man den Pferden die Nüstern zuhält und sie danach einige Male heftig einatmen. In der Bewegung erkennt man die Einatmung daran, daß die Nüstern maximal geweitet sind. Gesunde Pferde haben bei der Einatmung nur schwache Atemgeräusche. Zur Sicherung der Diagnose ist es notwendig, eine endoskopische Untersuchung des Kehlkopfes durchzuführen. Dabei werden die typische Asymmetrie der Stimmbänder sowie der herabhängende Gießkannenknorpel sichtbar (Abb. 7.16). Es ist zu berücksichtigen, daß eine schwache Asymmetrie des Kehlkopfes nicht krankhaft sein muß.

→ **Behandlung.** Die Behandlung der Erkrankung ist nur auf chirurgischem Wege möglich.

Heute wird in der Regel eine plastische Operation am Kehlkopf durchgeführt, die den eingeengten Kehlkopfinnenraum erweitert und eine unge-

F83 **Bösartige Geschwulst** (Krebs) am Schlauch.
F84 **Bösartige Geschwulst** (Krebs) am Mundwinkel.
F85 **Bösartige Zahnfleischgeschwulst.**
F86 **Papillomatose.** Zahlreiche kleine Papillome an Maul und Nüstern, vorwiegend bei jungen Pferden.
F87 **Neubildungen** (Fibrome) am Schenkelspalt.
F88 **Neubildung** an der Schenkelinnenfläche.
F89 **Neubildung** (Sarkoid) an der Vorhaut.
F90 **Melanome** in der Analgegend und am Schweifansatz. Sie treten bei Schimmeln aller Rassen auf und sind anfangs meist an diesen Stellen lokalisiert.
F91 **Melanom** am Ohrgrund.

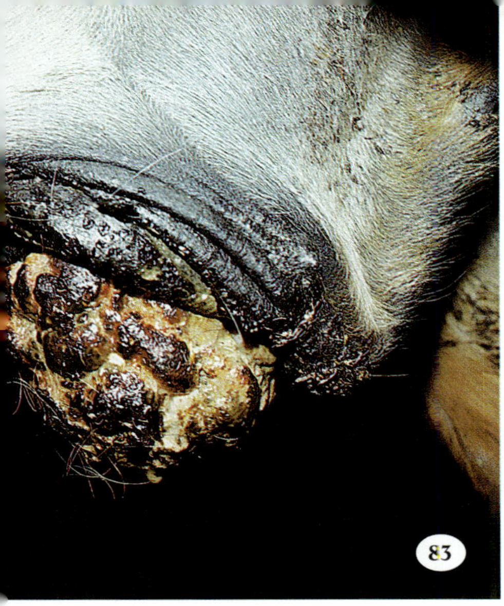
83

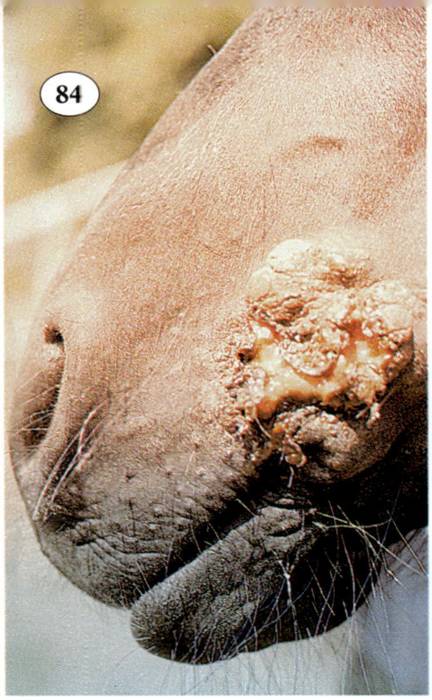
84

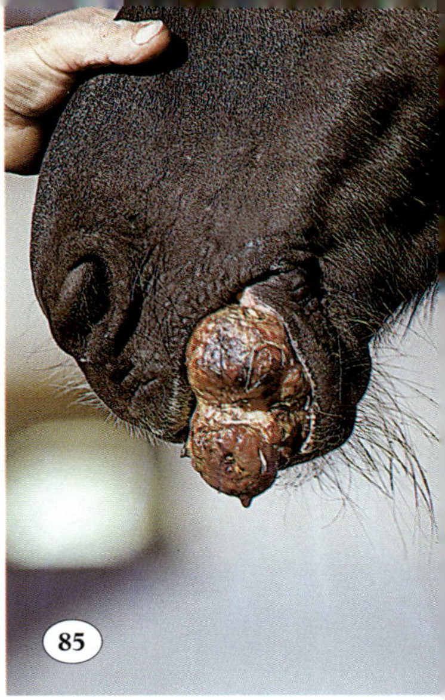
85

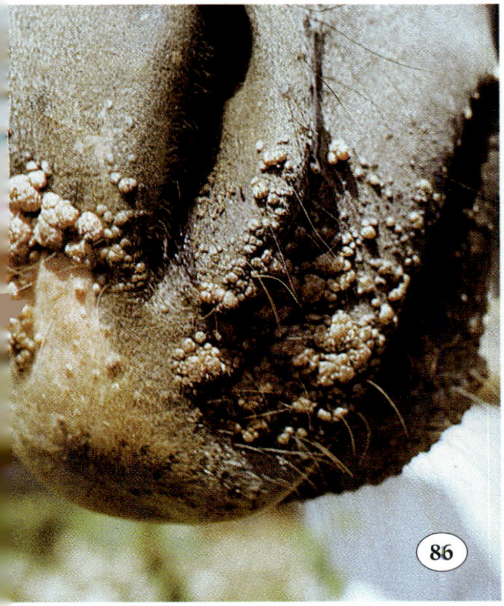
86

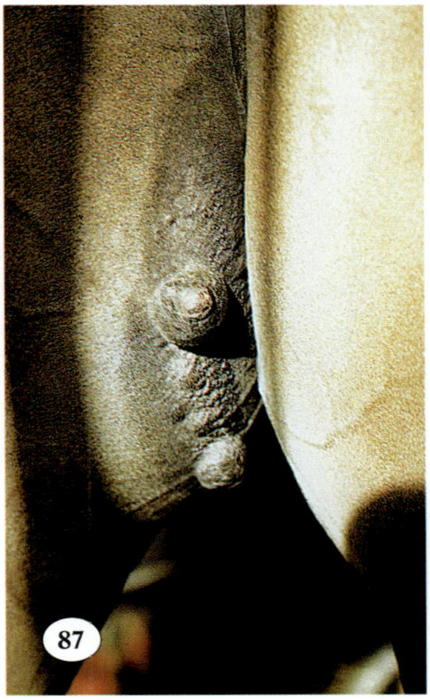
87

88

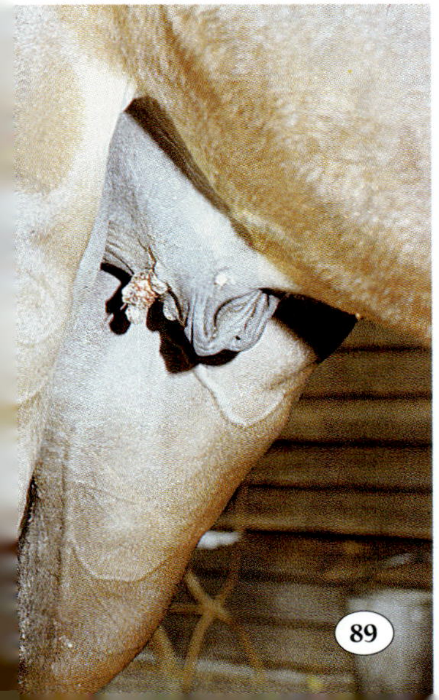
89

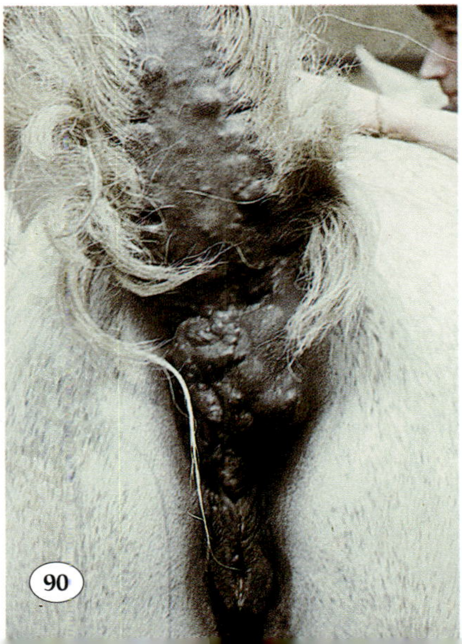
90

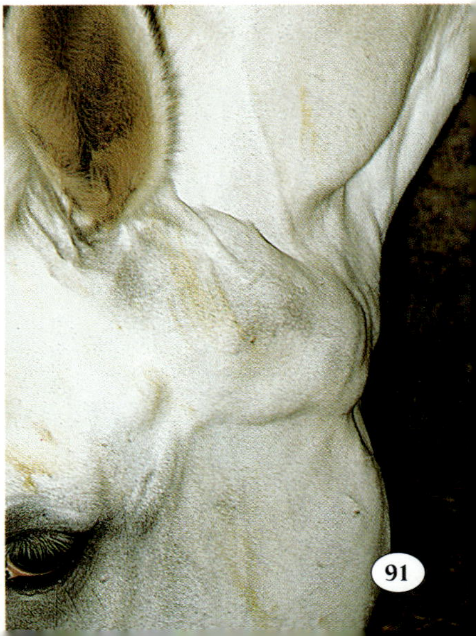
91

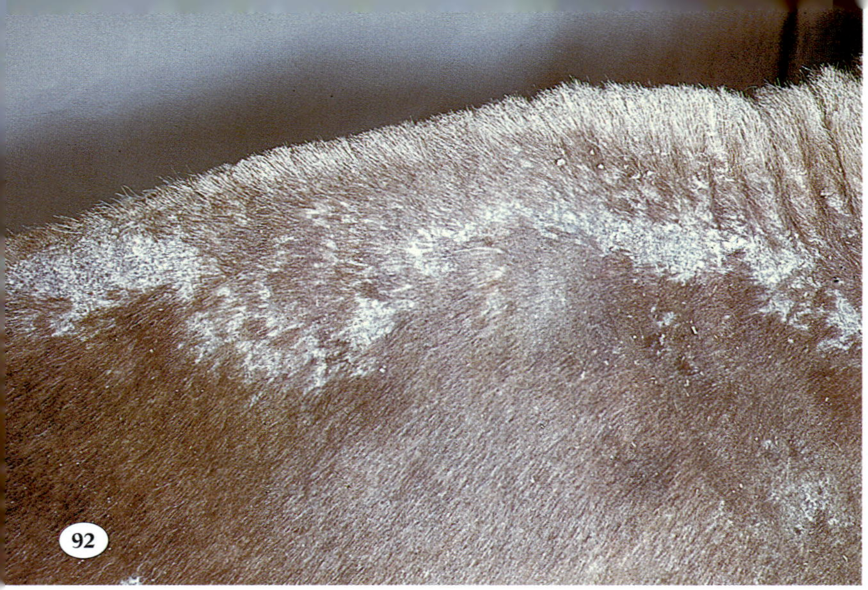
92

93

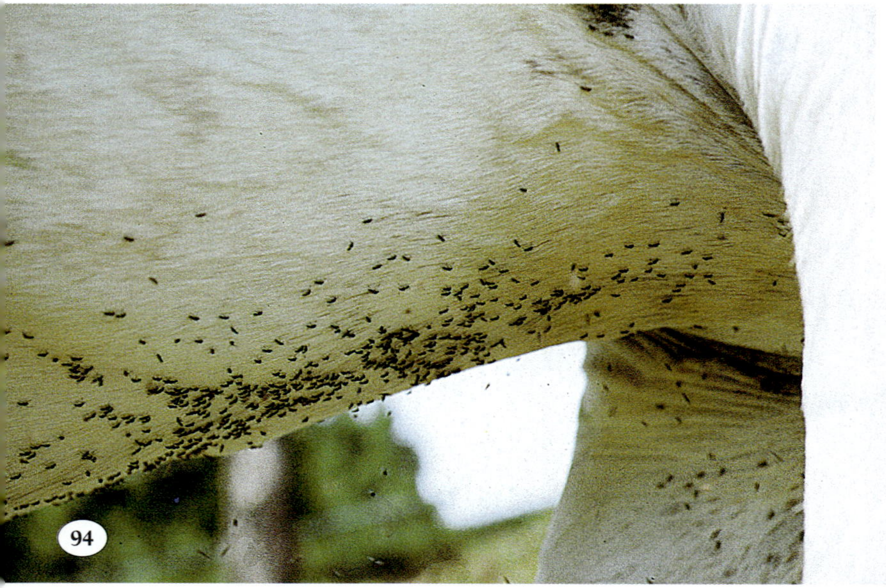
94

95

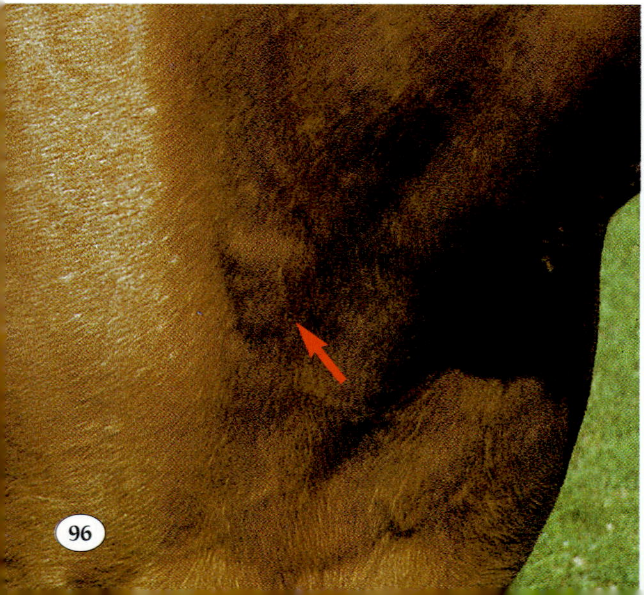
96

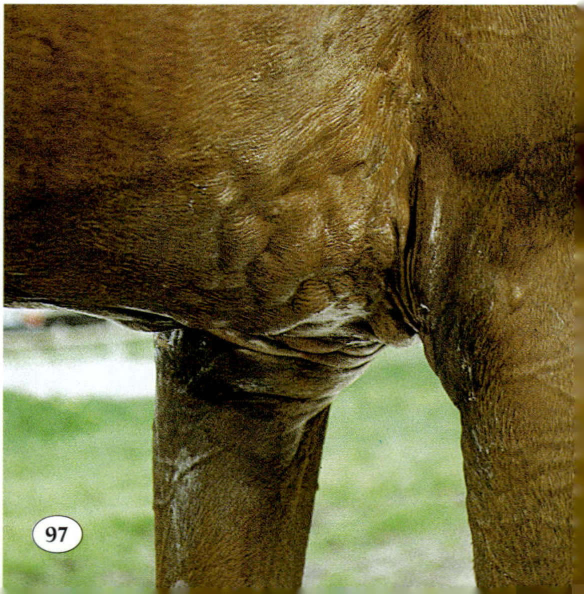
97

hinderte Passage des Luftstromes gestattet. Dieses Verfahren hinterläßt am Tier keine sichtbaren Veränderungen und hat sich als wirksam erwiesen. Wichtig ist allerdings, daß die Pferde zur völligen Ausheilung nach der Operation 12 Wochen lang Stallruhe erhalten.

Akute Bronchitis

→ **Begriffsbestimmung.** Bronchitiden sind Entzündungen der Schleimhaut des Bronchialbaumes der Lunge mit all seinen Aufzweigungen.
→ **Ursachen.** Die wohl häufigsten Ursachen sind Infektionen mit Influenza- oder Herpesviren (Rhinopneumonitis). Unterkühlungen können örtlich die Widerstandskraft der Schleimhaut senken und besonders bakteriellen Infektionserregern den Weg in das Gewebe erleichtern. Auch Schimmelpilze kommen als Ursache einer Erkrankung der Bronchien in Frage.
→ **Erscheinungsbild.** Die Bronchitis kann mit einem trockenen, schmerzhaften Husten beginnen, ohne daß gleichzeitig Nasenausfluß besteht. Nach einigen Tagen wird der Husten feucht, schleimiger Nasenausfluß tritt auf. Die ersten 3 bis 4 Tage steigt die Körpertemperatur auf etwa 40 °C an. Die Atemfrequenz ist deutlich erhöht. Die Pferde sind teilnahmslos und zeigen keinen Appetit. Danach beginnen sie wieder zu fressen, das Allgemeinbefinden bessert sich sichtlich. Über den Lungen hört man erste trockene Reibegeräusche, die später in feuchtes Rasseln übergehen. Ergreift die Entzündung auch die kleinen Bronchien, ist die Atmung erheblich erschwert. Das Fieber hält dann lange an. Die akuten Bronchitiden gehen, wenn sie nicht intensiv behandelt werden, nach vorübergehender Besserung in ein chronisches Stadium über (s. COB). Dann beginnen die Pferde nach scheinbarer Heilung plötzlich wieder zu husten.
→ **Behandlung.** Die Behandlung besteht in Außerdienststellung, Unterbringung in staubfreier Umgebung und Bekämpfung der Infektionserreger (s. Kehlkopfentzündung und COB). Bei quälendem Husten und lang anhaltendem Fieber ist die Anwendung hustendämpfender und fiebersenkender Mittel angezeigt.
→ **Vorbeuge.** Die wichtigste vorbeugende Maßnahme besteht in der Impfprophylaxe gegen Influenza und Rhinopneumonitis.

Durch Training, Wettkampf und auch besonders durch die Belastung längerer Transporte werden die Abwehrmechanismen der Luftröhrenschleimhaut (u. a. Lungenmakrophagen) deutlich beeinträchtigt und damit die Krankheitsanfälligkeit erhöht. Eine vorbeugende Behandlung mit speziellen Präparaten (Paraimmunitätsinducer) ist sinnvoll.

F92 Räudeerkrankung durch Saugmilben. Typischer Beginn an Mähne, Schopf und Schweifansatz.
F93 Starker Haarlingsbefall. Durch ihre lebhafte Bewegung können diese Parasiten die Pferde erheblich beunruhigen.
F94 Starker Kriebelmückenbefall. Zu Hunderten sitzen diese blutsaugenden Insekten an der Haut von Unterbrust und Bauch.
F95 Kriebelmücke. Die stechenden Mundwerkzeuge dieser 1,5 bis 4 mm großen Insekten sind gut erkennbar.
F96 Quaddel nach Insektenstich.
F97 Kriebelmückenbefall. Hautschwellungen in der Gurtenlage, mit Salbe vorbehandelt.

Chronisch-obstruktive Bronchitis (COB)

→ **Begriffsbestimmung.** Unter Chronisch-obstruktiver Bronchitis verstehen wir eine Krankheit, bei der durch Verengung der kleinen Bronchien und Bronchiolen und die Ablagerung zäher Schleimschichten in den Alveolen der Gasaustausch erschwert wird und das Atemvolumen eingeschränkt ist. Mit Fortschreiten des Krankheitsprozesses verschlechtert sich die Sauerstoffzufuhr, und am Ende steht ein als „Dämpfigkeit“ bezeichneter Zustand. In diesem Stadium sind die eingetretenen Lungenveränderungen irreparabel, eine Heilung ist unmöglich.
→ **Ursachen.** Die chronischen Bronchitiden des Pferdes gehören zu den sogenannten Domestikationskrankheiten. Bei Equiden in freier Wildbahn treten sie nicht auf. Erst bestimmte Haltungsformen im Zusammenhang mit klimatischen Einflüssen haben zu dieser Krankheit geführt. Der ganzjährigen Stallhaltung und der Heufütterung wer-

den eine besondere Bedeutung zuerkannt. Auslösend wirken infektiöse, nichtinfektiöse und allergische Umweltfaktoren. Von Einfluß soll auch die innere Reaktionslage des Organismus für die Krankheitsentstehung sein. Neben dem Alter könnte eine ererbte Allergiebereitschaft eine Rolle spielen. Einen Beweis für vererbte Anfälligkeit gegenüber der COB gibt es allerdings nicht. Sind Krankheitserreger an der Entstehung der COB beteiligt, müssen sie mit der Atemluft aufgenommen werden. Im Höchstfalle sind sie allerdings nur in den ersten 6 Wochen nach stattgefundener Infektion nachzuweisen. Wenn die Erkrankung ein chronisches Stadium erreicht, besteht daher keine Ansteckungsgefahr mehr.

Influenzaviren sind für die Entstehung der COB in mehrfacher Hinsicht von Bedeutung. Sie besitzen eine große Affinität zur Schleimhaut des Atemtraktes, hemmen deren lokale Abwehr und steigern die Sekretion der Schleimhautdrüsen. Dieser Schleim ist ein idealer Nährboden für bakterielle Nachfolgeinfektionen. Daher gilt die Virusinfektion als Vermittler bakterieller Sekundärinfektionen. Andererseits beeinflußt sie allergisch bedingte Lungenkrankheiten, indem sie eine erhöhte Reaktionsfähigkeit der Bronchialschleimhaut gegenüber bestimmten allergisch wirkenden Eiweißverbindungen (Allergene) hervorrufen kann.

Asthmatische Reaktionen beruhen ebenfalls auf erhöhter Allergiebereitschaft, die durch Reizung der Schleimhautrezeptoren mit pilzsporenhaltigen Stäuben von Heu und Stroh, aber auch mit Blütenstaub (Pollen) ausgelöst werden. Daneben werden chemische, physikalische oder klimatische Reize als auslösende Ursachen in Betracht gezogen.

Heute gibt es grundsätzlich zwei Ansichten zur Entstehung der COB. Die erste Auffassung geht davon aus, daß das auslösende Ereignis eine Virusinfektion ist. Sie führt im Verlaufe von 6 Wochen, kompliziert durch eine bakterielle Sekundärinfektion, zu einer chronischen Bronchitis mit unauffälligen Symptomen.

Bei Patienten mit ungenügender Abwehrreaktion werden die an die Bronchialschleimhaut fixierten Keime nicht vernichtet, sondern dringen in die Schleimhaut ein und verursachen Entzündungen. Zwei Wochen nach Infektionsbeginn sind keine Viren, und 6 Wochen nach der bakteriellen Besiedelung keine Bakterien mehr nachzuweisen. Durch die Entzündung wird vermehrt Schleim produziert. Das geschädigte Flimmerepithel kann seine Funktion, den Schleim nach außen zu fördern, nicht mehr erfüllen. Der Schleim sammelt sich in Lungenbläschen und Bronchien, wo er austrocknet und zähe Beläge bildet. Da die Bronchialschleimhaut infolge Entzündung gleichzeitig geschwollen ist, verengen sich die Luftwege derart, daß eine chronische Stenose entsteht, die den Luftstrom behindert. Die passive Ausatmung ist nicht in der Lage, die Bronchialeinengungen zu überwinden, so daß ein wachsendes Restluftvolumen in der Lunge verbleibt. Auf nervösem Wege wird durch Reizung des Nervus vagus eine Kontraktion der Bronchialmuskeln und damit eine zusätzliche Verengung der Bronchien erzeugt.

Die zweite Auffassung sieht in der Allergie die Ursache der COB. Sie kann duch eine Infektion ausgelöst werden, wenn aus zerfallenden Bakterien und Leukozyten Eiweißsubstanzen frei werden, die eine allergische Reaktionsbereitschaft (Sensibilisierung) bedingen. Dann können andere Umweltantigene (Staub, Polen, Pilzsporen, Milben) die Allergie auslösen. Stallhaltung bei ständiger Staubentwicklung, besonders unter schlechter Belüftung, fördert die Krankheitsentstehung.

Unabhängig von den Ursachen ist das **Krankheitsbild** durch drei Faktoren gekennzeichnet:
- Krampf der glatten Bronchialmuskulatur.
- Entzündliche Schwellung der Bronchialschleimhaut.
- Verstärkte Schleimsekretion der Bronchialdrüsen und Eintrocknung der Schleimmassen auf den Alveolen- und Bronchialwänden.

Während der Einatmung dehnt sich die Lunge aktiv aus, so daß die Luft trotz Verengung des Bronchialquerschnittes einströmen kann, aber bei der passiven Ausatmung reicht die Kraft der gedehnten elastischen Fasern der Lunge nicht aus, die Luft auszutreiben. Es entwickelt sich ein Ventileffekt, in dessen Ergebnis sich das Restluftvolumen in den Alveolen ständig vergrößert. Selbst die verstärkt eingesetzte Bauchpresse vermag die Luft nicht wieder vollständig auszutreiben. Die Alveolen blähen sich auf, ihre Wände werden gedehnt und zerreißen. Die darin entlanglaufenden Blutgefäße werden zunächst in die Länge gezogen, dadurch verkleinert sich ihr Querschnitt, und es fließt weniger Blut durch die Lunge. Das Herz muß gegen einen großen Widerstand Mehrarbeit leisten. Die Gasaustauschverhältnisse sind erheblich gestört, venöses Blut wird nur noch unvollständig mit Sauerstoff angereichert. Dadurch vermindert sich die Sauerstoffversorgung der Gewebe, die Leistungsfähigkeit sinkt.

→ **Erscheinungsbild.** Neben trockenem, oft bellendem Husten, der meist anfallsweise auftritt und morgens beobachtet wird, wenn die Pferde den Stall verlassen, wird gelegentlich ein- oder beidseitig schleimiger bis eitriger Nasenausfluß festgestellt. Im Verlauf der Erkrankung erhöht sich die Atemfrequenz sowohl bei Belastung als auch bereits in Ruhe. Die Pferde husten nun auch während der Belastungsphasen. Die sinkende Leistungsfähigkeit ist zunehmend von Bewegungsunlust begleitet. Infolge der erhöhten Atemfrequenz geben die Pferde mit der ausgeatmeten Luft mehr Feuchtigkeit ab, so daß nicht nur der Bronchialschleim eintrocknet, sondern der gesamte Flüssigkeitshaushalt gestört ist. Da offenbar kein Durstgefühl besteht, trinken die Pferde sehr wenig.

Der stark beeinträchtigte Wasserhaushalt und die gestörte Ausscheidung von Kohlendioxid in den Lungen führen zu massiven Verschiebungen im inneren Milieu. Der Appetit sinkt und die Leistungsfähigkeit geht erheblich zurück. Das Herz muß im Bereich der Lungen gegen einen erhöhten Strömungswiderstand arbeiten. Wegen der unzureichenden Sauerstoffversorgung sinkt auch die Herzleistung. Erhöhte Atemfrequenz, geblähte Nüstern und angestrengte Bauchatmung mit verstärkter Ausbildung der Bauchmuskulatur („Dampfrinne", Foto 103, Seite 207) kennzeichnen den fortgeschrittenen Krankheitszustand. Bei Belastung verstärken sich sofort die Symptome. Das Endstadium ist die Dämpfigkeit, in dem die Wände der geblähten Alveolen zerreißen und die Atmungsfläche, an der noch ein Gaswechsel möglich ist, immer kleiner wird. Die Lunge gleicht dann mehr und mehr einem geblähten Ballon (Lungenemphysem). Die Lungengrenzen sind weit in Richtung Bauch verschoben. Bei der Auskultation sind über der Lunge keuchende und rasselnde Geräusche hörbar. Besonders ausgeprägt kann die Atemnot bei allergiebedingten Erkrankungen sein. Sie nimmt dann bedrohliche Formen an. Die Lidbindehäute sind als Ausdruck des Sauerstoffmangels bläulich verfärbt (Zyanose).

→ **Behandlung.** Alle Behandlungsmöglichkeiten dürfen nicht darüber hinwegtäuschen, daß zwar eine Linderung, in der Regel aber keine vollständige Heilung erreicht werden kann. Bei der Behandlung sollen verschiedene Therapieprinzipien kombiniert und von Maßnahmen wie Haltungsoptimierung und Prophylaxe begleitet werden.

Nichtmedikamentelle Maßnahmen. An erster Stelle steht die Haltungsoptimierung. Die schädigenden Allergene müssen möglichst schnell ausgeschaltet werden. In der Stalluft steigt die Staubbelastung zur Zeit des Ausmistens und der Heufütterung auf das 100fache im Vergleich zur Außenluft. Daraus resultiert die Forderung nach staubarmen Haltungsbedingungen. Das Heu sollte vor der Fütterung in Wasser getaucht oder durch Grascobs ersetzt werden. Als Einstreu sollte auf Stroh verzichtet werden. Geeignet sind z. B. Torf oder Hobelspäne, Hafer ist vor dem Stall zu sieben. Langer Weideaufenthalt und ausreichende Belüftung (8- bis 10maliger Luftwechsel/Stunde) sind wesentliche Voraussetzungen für eine erfolgreiche Behandlung. Niedrige Stalltemperaturen bei hoher Luftfeuchtigkeit bieten Krankheitskeimen günstige Vermehrungsbedingungen und sind unbedingt zu vermeiden, andernfalls wird ein Ortswechsel erforderlich. Die Pferde dürfen in dieser Zeit nicht trainiert oder für den Sport genutzt werden. Dämpfige Tiere sind bestenfalls noch für leichte Arbeit geeignet.

Medikamentelle Behandlung. Grundsatz der Behandlung muß es es sein, schon bei leichten Verlaufsformen mit der Therapie zu beginnen, um die Entwicklung eines chronischen-alveolären Lungenemphysems zu verhüten. Die Behandlung der Patienten erstreckt sich stets über einen längeren Zeitraum. Im Anfangsstadium kann bei begründetem Verdacht einer infektiösen Genese eine Antibiotikabehandlung eingeleitet werden. Besteht die Krankheit allerdings schon länger als 6 Wochen, kann auf den Einsatz dieser Präparate verzichtet werden.

Von Anfang an sollen die Behandlungsmaßnahmen die Entfernung des Tracheobronchialsekretes erstreben. Dazu werden Sekretolytika eingesetzt. Sie wirken schleimlösend und sekretionsfördernd. Daneben soll der reflektorische Krampf der Bronchialmuskulatur durch Unterbrechung des Reflexbogens aufgehoben werden. Hierfür sind β-Agonisten (Clenbuterol) geeignet, die in der Regel oral verabreicht werden. Neuerdings brachten Behandlungsversuche, bei denen diese Präparate mittels Dosieraerosolpumpen in die Nüstern gegeben wurden, sehr gute Erfolge. Dabei konnte die Medikamentenmenge stark reduziert werden, so daß kaum noch Nebenwirkungen, wie Anstieg der Pulsfrequenz, auftraten. Die entzündliche Schwellung der Bronchialschleimhaut läßt sich durch Langzeitglukokortikoide günstig beeinflussen. Diese Präparate können allerdings ebenfalls Nebenwirkungen auslösen, unter denen die akute Hufrehe besonders hervorzuheben ist. Außerdem ist nach dem Absetzen dieser Therapie mit einem Rückfall zu rechnen.

Eine Lösung des eingedickten Bronchialsekretes kann durch intravenöse Infusion großer Mengen einer isotonischen Kochsalzlösung versucht werden. Die Ausscheidung der Flüssigkeit erfolgt z. T. über die Bronchialschleimhaut. Dabei wird das eingedickte Sekret, das an den Alveolenwänden haftet, verflüssigt und kann leichter abgehustet werden.

→ **Vorbeuge.** Wirksame vorbeugende Maßnahmen bestehen darin, den Pferden täglich möglichst regelmäßig langen Frischluftaufenthalt zu gewähren. Physische Belastungen tragen zur Konditionierung der Atemfunktion bei; sie regen die Sekretion der Bronchialdrüsen und die Funktion des Flimmerepithels an. In diesem Zusammenhang ist es interessant, daß bei trainierten Rennpferden nur sehr selten COB auftritt. Das ist auf die vollständige Beatmung der Lungen unter der Belastung zurückzuführen.

Im Stall ist für gute Belüftung und ein optimales Klima zu sorgen. Die Staubbelastung muß auf ein Minimum gesenkt werden. Treten Hustenerkrankungen auf, sind sie unbedingt ernst zu nehmen und in jedem Fall einer tierärztlichen Behandlung zu unterziehen. Die wichtigste Vorbeugemaßnahme ist die Vermeidung von pilzsporenbelastetem Staub in der Atemluft. Daher ist das Heu bereits bei akuter Bronchitis nur vollständig naß zu füttern, Stroheinstreu sollte durch Hobelspäne ersetzt werden. Die vorbeugenden Impfungen gegen Viruserkrankungen der Atmungsorgane sind vollständig vorzunehmen.

In letzter Zeit wurden Fälle beschrieben, wo sich die COB auch bei **Weidepferden** entwickelte. Mit hoher Wahrscheinlichkeit lagen allergische Reaktionen auf bestimmte Gräserpollen vor. Bei erhöhter Atemfrequenz war besonders die Ausatmung gestört. Husten trat auf. Bei der Lungenauskultation waren keuchende und rasselnde Geräusche zu hören.

Lungenentzündung (Pneumonie)

→ **Begriffsbestimmung.** Die Lungenentzündung ist eine akut oder chronisch verlaufende Erkrankung des Lungengewebes im engeren Sinne.

→ **Ursachen.** Neben den bekannten Influenza-, Herpes- oder Arteritisviren können eine Reihe von Bakterien sowohl im Verlauf von Viruserkrankungen als auch selbständig Lungenentzündungen hervorrufen. Beim Fohlen treten Lungenentzündungen nach Nabelinfektionen auf. Schwere bakterielle Darminfektionen (Salmonellen, Kolikeime) greifen auch auf die Lunge über. Wandernde Spulwurmlarven rufen kleine Verletzungen im Lungengewebe hervor und eröffnen somit Bakterien den Zutritt.

Verschlucken bei Verstopfung der Speiseröhre oder fehlerhaft eingegebene Medikamente erzeugen schwere Lungenentzündungen.

→ **Erscheinungsbild.** Die erkrankten Pferde sind teilnahmslos. Die Futteraufnahme ist herabgesetzt. Bei angestrengter Atmung husten die Tiere kaum. Der Husten ist feucht und schmerzhaft. Die Körpertemperatur steigt auf über 40 °C. Der Puls ist ebenfalls erhöht. Nasenausfluß kann vorhanden sein. Über der Lunge hört man rasselnde Atemgeräusche. Bei den durch Verschlucken bedingten Lungenentzündungen tritt nach 3 bis 4 Tagen grauer, etwas blutiger, faulig-süßlich stinkender Nasenausfluß auf. Diese Erkrankungsform ist in der Regel nicht heilbar.

→ **Behandlung.** Lungenentzündungen verlangen unverzüglich Behandlungsmaßnahmen. Neben einer Allgemeinbehandlung mit Antibiotika oder Sulfonamiden ist die örtliche Anwendung von Antibiotika über die Luftröhre möglich. Die Pferde sollen staubfrei gehalten und mit gutem Heu und frischem Grünfutter versorgt werden.

Brustfellentzündung (Pleuritis)

→ **Begriffsbestimmung und Ursachen.** Es handelt sich um eine von einer Lungenentzündung ausgehende infektiöse Erkrankung der serösen Häute, die die Lunge umgeben (Lungenfell) und den Brustkorb innen ausgleiten (Rippenfell).

→ **Erscheinungsbild.** Diese Erkrankung ist oft nur schwer zu erkennen. Sie führt zu oberflächlicher, beschleunigter Bauchatmung, schwachem, stöhnendem Husten, Fieberschüben mit Schüttelfrost, Gewichtsverlust und z. T. auch zu Kolikerscheinungen. Die Tiere laufen vorsichtig mit nach außen gedrehten Ellenbogen. Der Gang kann an Hufrehe erinnern. Es besteht die Gefahr, daß diese Nebenerscheinungen als selbständige Erkrankungen gewertet werden und die eigentliche Ursache nicht erfaßt wird. Zur Erkennung der Pleuritis sind die Auskultation (z. T. Reibegeräusche) und die Perkussion (schmerzhaft, Abwehrbewegungen) für den Tierarzt zwei wichtige Hilfsmethoden. Bei der Pleuritis mit starker Flüssigkeitsbildung ist durch Perkussion eine horizontale Dämpfung nachweisbar.

→ Die **Behandlung** ist bei ausgedehnten Prozessen langwierig und nicht immer befriedigend. U. a. besteht die Gefahr von Verwachsungen, die die Atmung auf Dauer beeinträchtigen können. Im Vordergrund steht der Langzeiteinsatz von Antibiotika.

Krankheiten der Verdauungsorgane

Entzündung der Maulschleimhaut

→ **Begriffsbestimmung und Ursachen.** Die Entzündung der Maulschleimhaut, Stomatitis, kann selbständig oder als Komplikation anderer Erkrankungen auftreten. Sie entsteht durch Verletzungen sowie thermische, chemische oder infektiöse Schädigungen.

→ **Erscheinungsbild.** Verstärkter Speichelfluß, Störungen in der Futteraufnahme und Widersetzlichkeit beim Einlegen des Gebisses werden beobachtet. Die Schleimhaut ist gerötet und geschwollen. Sie kann Bläschen, Geschwüre oder bei Verätzungen Schorfbeläge zeigen. Häufig wird übler Mundgeruch festgestellt.

Bei der bläschenbildenden Stomatitis handelt es sich um eine selbständige, durch ein Virus hervorgerufene Erkrankung. Eitergeschwüre entwickeln sich aus Eiterbläschen bei der Pferdepockenerkrankung. Verpilztes Futter kann schorfige Beläge hervorrufen.

Bisweilen werden Schwellungen der Gaumenschleimhaut beobachtet, die so stark sein können, daß diese über die Schneidezähne vorragt. Diese Erkrankung wird landläufig als „Frosch" bezeichnet. Obwohl sie meist ohne starke Entzündungserscheinungen verläuft, kann sie Futteraufnahme und Kauen beeinträchtigen. Diese Erkrankung erfordert in der Regel keine spezielle Behandlung. Nach Verabreichung von Weichfutter klingt sie wieder ab.

→ **Behandlung.** Zunächst sollte die Ursache der Erkrankung ermittelt und abgestellt werden. Dann erfolgt eine Futterumstellung auf breiige Nahrung, zartes Heu und evtl. auch Grünfutter. Frisches Wasser ist anzubieten. Mehrmals täglich sollte die Maulhöhle mit 0,1%iger Kaliumpermanganatlösung oder mit Kamillen- bzw. Salbeitee gespült werden. Daneben ist in der Regel eine antibiotische Allgemeinbehandlung erforderlich.

→ **Vorbeuge.** Es ist darauf zu achten, daß die Pferde kein verschimmeltes Futter aufnehmen und daß sie nicht mit ätzenden Substanzen in Berührung kommen können.

Zungenwunden

→ **Begriffsbestimmung und Ursachen.** Stich-, Riß-, Quetsch-, Schnitt- oder Ätzwunden an der Zunge sind beim Pferd immer wieder anzutreffen (Foto 58, Seite 104). Am häufigsten handelt es sich um Verletzungen, die sich die Pferde an spitzen und scharfkantigen Gegenständen oder Zahnspitzen zuziehen oder die durch scharfe Gebisse verursacht werden. Erhebliche Verletzungen und sogar Abrisse der Zungenspitze können auch dann auftreten, wenn unruhige Pferde durch Halten an der Zunge „gebändigt" werden sollen und plötzlich den Kopf zurückziehen.

→ **Erscheinungsbild.** Leitsymptom ist die gestörte Nahrungsaufnahme. Schmerzhaftigkeit schränkt die Beweglichkeit der Zunge ein. Speichelfluß, Blutungen aus der Maulöffnung und Widersetzlichkeit beim Versuch, die Maulspalte zu öffnen bzw. das Gebiß einzulegen, werden beobachtet. Beim Versuch, Futter aufzunehmen, fällt ein Teil wieder zurück in die Futterkrippe.

→ **Behandlung.** Während oberflächliche Zungenwunden im allgemeinen keiner speziellen Behandlung bedürfen, sind größere Wunden zu vernähen. Sogar der Verlust größerer Zungenabschnitte muß nicht unheilbar sein. Allerdings sind dann meist umfangreiche und auch langwierige Behandlungen erforderlich, die Folgestörungen verhindern bzw. beheben sollen. Die Pferde lernen allmählich, auch mit verkürzter Zunge Nahrung aufzunehmen und zu trinken. Wundinfektionen werden mit antiseptischen Spülungen und mit allgemein eingesetzten antibiotischen Substanzen behandelt. Besteht Erstickungsgefahr, muß vorübergehend in die Luftröhre ein Tracheotubus eingesetzt werden, durch den das Tier atmen kann.

Erkrankungen der Zähne

Zahnstein

→ **Begriffsbestimmung.** Zahnstein ist eine Speichelsteinbildung auf den Zähnen, die bei etwa 80% aller Pferde vorkommt.
→ **Erscheinungsbild.** Auf den Zähnen wird ein grauweißer, bröckliger Belag gefunden, der von der Basis bis zur Mitte des sichtbaren Zahnteiles reicht. Am häufigsten wird er in der Nähe der Ausführungsgänge der Speicheldrüsen im Bereich der Prämolaren des Oberkiefers sowie am Hakenzahn des Unterkiefers festgestellt. Zahnstein kann zur Zahnfleischentzündung und zu Kaustörungen führen.
→ **Behandlung.** In diesen Fällen kann es erforderich werden, den Zahnstein zu entfernen (mechanisch mit scharfem Löffel oder schonender und schmerzlos mit Ultraschallgerät). Entzündliches Zahnfleisch kann mit Jod- oder Myrrhentinktur betupft werden.

Zahnfachentzündung

→ **Begriffsbestimmung und Ursachen.** Die Zahnfachentzündung ist eine meist eitrige Erkrankung der Zahnfächer, die vorwiegend am Unterkiefer auftritt. Ursache sind eingeklemmte Futterreste und anschließend in das geschädigte Zahnfach eingedrungene Bakterien. Auch während des verzögerten Durchbruchs der Ersatzbackenzähne kann es zu solchen Entzündungen kommen.
→ **Erscheinungsbild.** Erkrankte Pferde kauen sehr langsam. Die Futteraufnahme ist eingeschränkt. Grobfutter wird teilweise zu Wickeln gekaut, die aus der Maulhöhle fallen (Foto 107, Seite 208). Der Ernährungszustand verschlechtert sich. Im Kot findet man unzerkaute Haferkörner. Koliken können auftreten. Gelegentlich ist verstärkter Speichelfluß zu beobachten. Häufig läßt sich übler Mundgeruch nachweisen. Das Zahnfleisch um das erkrankte Zahnfach ist angeschwollen und gerötet. Blutungen können auftreten. Bisweilen läßt sich der betreffende Zahn bewegen. Der sich im Zahnfach ansammelnde Eiter sucht nach einem Abfluß und bricht unter Bildung eines Fistelkanals häufig durch den umgebenden Knochen oder im Oberkiefer auch in die Nasenhöhlen bzw. in die Nasennebenhöhlen durch. Einseitiger, schubweiser eitriger Nasenausfluß kann ein Anzeichen dafür sein. (vgl. Seite 184).
→ **Behandlung.** Nach Entfernung der Futterreste kann durch antiseptische Behandlung in leichten Fällen Heilung erzielt werden. Liegt jedoch eine tiefgreifende Entzündung vor, dann muß der betreffende Zahn entfernt werden. Ist der Eiter gar in die Kieferhöhle eingebrochen, hilft nur die operative Öffnung und antiseptische Spülung (siehe Seite 185).
→ **Vorbeuge.** Um Schäden frühzeitig zu erkennen, müssen Futteraufnahme und Kautätigkeit der Tiere aufmerksam überwacht werden.

Entzündung der Zahnpulpa

→ **Begriffsbestimmung und Ursachen.** Die Zahnpulpa befindet sich in der Zahnhöhle und besteht aus Nerven, Gefäßen und Bindegewebe. Die Pulpaentzündung entwickelt sich häufig aus einer Zahnfachentzündung. Frakturen oder beschleunigte Zahnabnutzung mit Eröffnung der Pulpahöhle können durch eingedrungene Bakterien auch direkt zu einer Pulpaentzündung führen.
→ **Erscheinungsbild.** Die Entzündung der Zahnpulpa löst schmerzhafte Reaktionen der sensiblen Nervenfasern aus. Der Schmerz führt zu Störungen der Futteraufnahme. Gewebsschwellungen lassen in der Wurzelhöhle, in der es keine Ausdehnungsmöglichkeit gibt, sehr bald die Zahnpulpa absterben. Nach Abschluß dieses Vorganges ist der Zahn tot, und es besteht keine Reizempfindlichkeit mehr.
→ **Behandlung.** Bereits lockere Zähne werden entfernt. Bei Fistelbildung ist in Ausnahmefällen neben antibiotischer Behandlung eine Wurzelspitzenresektion möglich.

Zahnfraktur

→ **Begriffsbestimmung und Ursachen.** Zahnfrakturen sind Zusammenhangstrennungen des Zahnes. Sie entstehen bei Stürzen, beim Aufprall auf Hindernisse, durch Hufschläge, durch Hängenbleiben mit den Kiefern in Gattern und verschiedene andere Gewalteinwirkungen. Während des Zahnwechsels können die abgenutzten Milchzähne beim Kauen brechen und zu Kaustörungen führen.

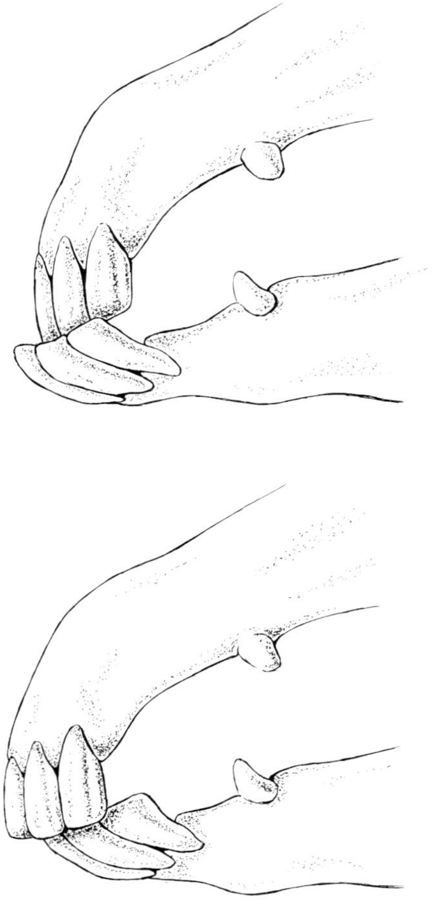

Abb. 7.17 **Gebißfehler.** Oben: Hechtgebiß, unten: Karpfengebiß.

→ **Erscheinungsbild.** Frakturen lassen sich durch genaue Untersuchung feststellen. Störungen der Futteraufnahme treten dann auf, wenn Verletzungen der Schleimhaut, des Kiefers oder Öffnungen der Kieferhöhle vorliegen bzw. wenn sich durch eingedrungene Bakterien eine Entzündung anliegender Gewebe entwickelt hat. In der Schleimhaut hängende, bewegliche Zahnfragmente führen neben Futterverweigerung zu starkem schaumigem Speichelfluß.
→ **Behandlung.** Die Behandlung besteht im Entfernen der lockeren Zahnsplitter, der Glättung der Oberfläche des verbleibenden Zahnteiles oder, wenn die Pulpahöhle bereits eröffnet bzw. eine Zahnfachentzündung zu erwarten ist, in der totalen Entfernung des Zahnes.

Zahnkaries

Sie wird an den schmelzhaltigen Zähnen der Pferde sehr selten beobachtet und kann in Ausnahmefällen zur Zahnfraktur führen.

Gebißfehler

Karpfen- und Hechtgebiß

→ **Begriffsbestimmung.** Es liegt eine angeborene Verkürzung eines Kiefers bei normaler Entwicklung des anderen Kiefers vor. Beim Karpfengebiß ist der Unterkiefer kürzer als der Oberkiefer, beim Hechtgebiß ist der Oberkiefer kürzer als der Unterkiefer (Abb. 7.17).
→ **Erscheinungsbild.** Die Veränderungen betreffen die Schneidezähne, die entweder nur teilweise oder überhaupt nicht in Reibung treten. Es kommt entweder zur Gratbildung oder zu ungehindertem Längenwachstum infolge fehlender Abreibung. Da auch Längsverschiebungen der Backenzähne möglich sind, entwickeln sich infolge unvollständiger Reibung Zahnspitzen, die zu Schleimhautverletzungen führen.
→ **Behandlung.** Grate und Zahnspitzen müssen regelmäßig sorgfältig abgeschliffen werden.

Überzählige Zähne

Entweder sind echte überzählige Zähne vorhanden, dieser Fall ist selten, oder Milchzähne bleiben stehen. Die überzähligen Zähne (Fotos 104 und 105, Seite 208) stehen in der normalen Zahnreihe oder außerhalb von ihr. Über eine Entfernung muß von Fall zu Fall entschieden werden.

Schieferzähne

→ **Begriffsbestimmung und Ursachen.** Es liegt eine derart ungleichmäßige Abnutzung der Backenzähne vor, daß sich an ihrer Längsseite scharfe Kanten und zackige Spitzen bilden. An den Zähnen des Oberkiefers entstehen sie backenseitig, an den Zähnen des Unterkiefers bilden sie sich zungenseitig aus.

Diese messerscharfen, über die Kauflächen hinausragenden Erhebungen können Backenschleimhaut und Zunge verletzen.

→ **Erscheinungsbild.** Meist fallen Kaustörungen, Schiefhalten des Kopfes und schlechtes Fressen auf. Im Futtertrog findet man sog. Wickel, die beim unvollständigen Kauen von Rauhfutter entstehen (Foto 107, Seite 208). Sie werden von den Pferden nicht abgeschluckt, sondern fallen in die Krippe. In der Backenschleimhaut bzw. am Zungenrand entwickeln sich Wunden oder Geschwüre. Des weiteren widersetzen sich die Pferde dem Einlegen des Gebisses und der Zügelführung des Reiters.

→ **Behandlung.** Einfache Zahnspitzen können mit der Raspel entfernt, stärkere Erhebungen mit der Zahnzange abgekniffen werden.

→ **Vorbeuge.** Bei Pferden sind regelmäßige Kontrollen der Zähne erforderlich, um Veränderungen frühzeitig zu erkennen und zu behandeln. Ältere Pferde sind besonders gefährdet.

Treppengebiß

→ **Begriffsbestimmung.** Die ungleiche Länge einzelner Backenzähne führt zu einer treppenartigen Mahlfläche.

→ **Ursachen.** Kranke Zähne, die sich schneller abnutzen, oder Zahnlücken begünstigen durch fehlenden Gegendruck die Längenzunahme der gegenüberliegenden Zähne, so daß diese über das Niveau der Zahnreihe hinausragen. Treppengebisse sind häufig bei alten Pferden zu finden.

→ **Erscheinungsbild.** Es können erhebliche Kaustörungen auftreten, die bei alten Pferden sehr schnell zur Abmagerung führen.

→ **Behandlung.** Der Tierarzt muß versuchen, durch Abschleifen oder Abkneifen der überstehenden Mahlzähne ein einheitliches Niveau der Kauflächen herzustellen.

Erkrankungen der Speiseröhre

→ **Begriffsbestimmung und Ursachen.** Durch die Speiseröhre, einen muskulösen, relativ engen Schlauch, gelangen Futter und Wasser von der Mundhöhle in den Magen. Dabei werden die Bissen auch gegen die Schwerkraft durch fortlaufende Muskelkontraktionen transportiert, wie vom Boden fressende Pferde demonstrieren. Die Bewegung des Bissens ist im Bereich der linken Drosselrinne des Halses zu sehen.

Verletzungen können lediglich die Schleimhaut erfassen oder auch tiefer greifen und in extremen Fällen die gesamte Speiseröhre durchdringen. Sie werden durch Fremdkörper oder durch gewaltsame Sondierung der Speiseröhre (besonders bei festsitzenden Fremdkörpern) hervorgerufen.

Verstopfungen werden besonders durch nicht eingeweichte Trockenschnitzel, durch trockenes, mehliges Futter, hastig abgeschlucktes Heu und schlecht zerkaute Hackfruchtteile oder Obst verursacht. Verletzungen der Schleimhaut und Verstopfungen durch Fremdkörper führen zu krampfhafter Verengung der Speiseröhre.

Dieser **Speiseröhrenkrampf** kann bei nervösen Pferden auch ohne eine vorherige Schädigung der Speiseröhre eintreten.

→ **Erscheinungsbild.** Die Futteraufnahme der Pferde ist gestört. Bei leichten Verletzungen und nicht vollständiger Verlegung nehmen die Tiere in der Regel noch vorsichtig Wasser auf. Auffällig ist eine gestreckte Kopf-Hals-Haltung. Bei stärkeren Verletzungen, Verstopfungen und auch beim Schlundkrampf tritt aus den Nüstern schleimig-schaumige, z. T. mit Futter vermengte Flüssigkeit. Diese besteht im wesentlichen aus Speichel, der weitergebildet wird, aber nicht mehr in den Magen gelangen kann. Die Tiere stehen mit hängendem Kopf, würgen und husten. Sie sind ängstlich und unruhig und zeigen z. T. Kolikerscheinungen.

→ **Behandlung.** Es werden möglichst rasch krampflösende und beruhigende Medikamente verabreicht. Feste Fremdkörper im Halsbereich versucht man anschließend durch Massage zu lösen. Wenn sie tiefer sitzen, versucht man sie mit einer Nasenschlundsonde vorsichtig in den Magen zu schieben. Diese Arbeiten erfordern sehr viel Sachkenntnis und Vorsicht, um eine folgenschwere Verletzung der Speiseröhre zu vermeiden. Auch chirurgische Maßnahmen können erforderlich werden.

Verstopfungen durch Rübenschnitzel, mehliges Futter u. ä., die die Speiseröhre fast in ganzer Länge zusetzen können, werden mittels ein oder zwei Nasenschlundsonden durch Wasserspülung oder Einblasen von Druckluft gelöst. Diese Behandlung kann sich über Stunden hinziehen.

Der ausreichenden Flüssigkeitsaufnahme der erkrankten Tiere kommt große Bedeutung zu. Erforderlichenfalls sind intravenöse Infusionen

Der reflektorische Schluckvorgang

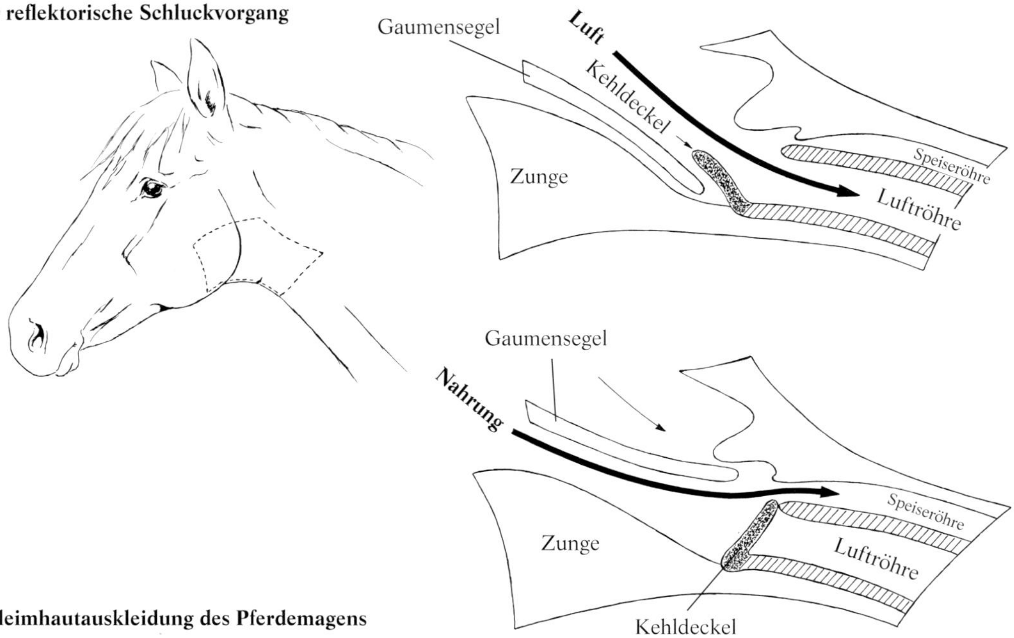

Schleimhautauskleidung des Pferdemagens

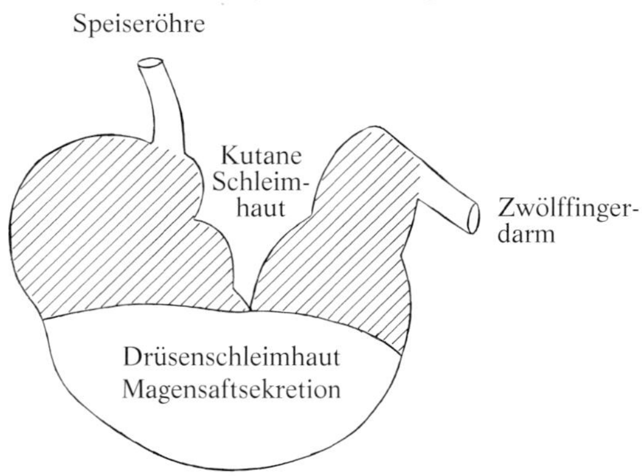

Bewegungsformen des Darmes

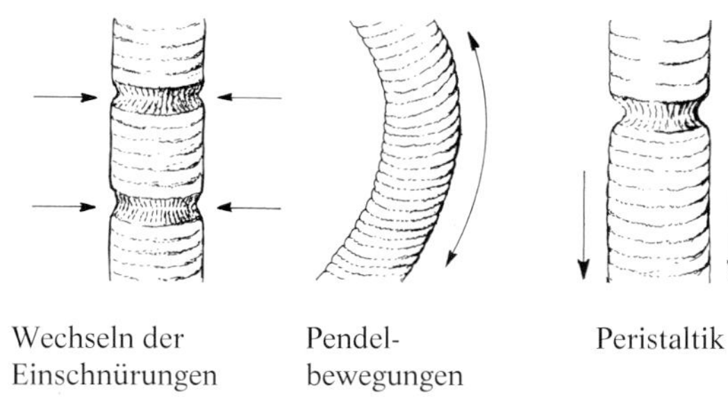

Durchgang von Flüssigkeit durch den gefüllten Pferdemagen

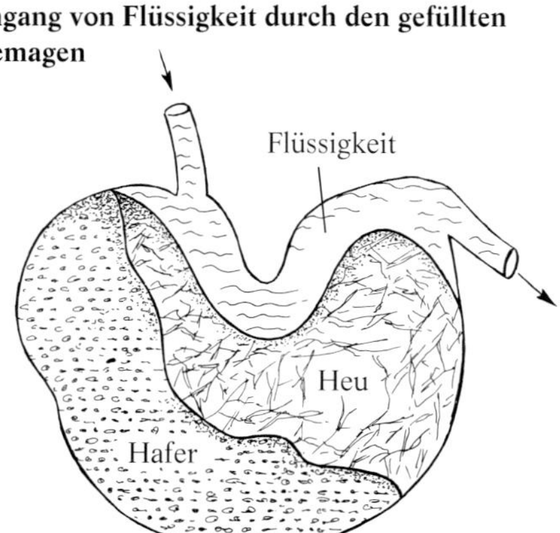

Abb. 7.18 Schematische Darstellung der einzelnen Verdauungsabschnitte.

vorzunehmen. Da die Gefahr einer nachfolgenden Erkrankung der Lungen durch eindringenden Speichel und Futterteilchen groß ist, erhalten die Tiere über längere Zeit einen Antibiotikaschutz.
→ **Vorbeuge.** Um der Erkrankung wirkungsvoll vorzubeugen, sind die häufigsten Ursachen ihrer Entstehung abzustellen. Trockenschnitzel läßt man 6 bis 12 Stunden vor der Fütterung in einer ausreichenden Menge Wasser quellen. Nach Rennbelastungen müssen sich die Pferde erst beruhigen, bevor sie Futter erhalten. Es hat sich gezeigt, daß es günstig ist, an Renntagen Mash zu füttern. Wenn die Pferde Ruhe haben und beim Fressen nicht gestört werden, lassen sie sich auch zum Kauen genügend Zeit.

Magenkatarrh, Magengeschwüre

Unter Magenkatarrh versteht man eine Entzündung der Magenschleimhaut, die akut oder chronisch verlaufen und mit der Bildung von Geschwüren verbunden sein kann.
→ **Ursachen** sind Fütterungsfehler, wie unregelmäßige Fütterung, abrupter Futterwechsel, konzentratreiche, rohfaserarme Rationen und Einsatz von frischem Getreide sowie Futterqualitätsmängel (verschimmeltes Futter), ungenügende Zerkleinerung des Futters bei Zahnschäden, Luftkoppen und Parasitenbefall (Magendasseln). Magengeschwüre treten besonders häufig bei Renn- und Turnierpferden auf, die mit Energie und auch Rohprotein überversorgt sind. Offenbar spielen auch ein gleichzeitiger Rohfasermangel und Streßsituationen (Wettkampf, Training) ursächlich eine Rolle. Es können bereits Fohlen erkranken. Die Magengeschwüre befinden sich hauptsächlich im kutanen Anteil der Magenschleimhaut. Die Diagnose muß durch Gastroskopie gesichert werden.
→ **Erscheinungsbild.** Die Pferde zeigen verminderten Appetit und werden sehr wählerisch oder nehmen kein Futter mehr auf. Sie lecken an Gegenständen, gähnen oder flehmen. Auffallend ist ein übler Mundgeruch. Der Mageninhalt weist den gleichen Geruch auf. Erhöhte Pulsfrequenz und mäßiges Fieber können, besonders in akuten Fällen, auftreten. Auch Kolikerscheinungen sind möglich. Die chronische Erkrankungsform führt zu starker Abmagerung. Die Leistungsfähigkeit der Tiere ist vermindert.
→ **Behandlung und Vorbeuge.** Die Ursachen müssen abgestellt werden. Eine weitere sehr wichtige Maßnahme ist die Entleerung und Ruhigstellung des Magens durch Futterentzug für mindestens 24 Stunden. Magenentleerung und Normalisierung der Magensaftsekretion lassen sich durch geringe Gaben von 80 bis 100 g Glaubersalz oder Karlsbader Salz anregen. Anschließend wird Leinsamenschleim, Grünfutter oder gutes Heu gegeben. Ratsam ist es, häufiger in kleinen Portionen zu füttern. Wenn ein Befall mit Magendasseln vorliegt, muß die Parasitenbekämpfung durchgeführt werden. Magengeschwüre werden oral medikamentell behandelt (H 2-Blocker, Aluminium- und Magnesiumhydroxid).

Magenerweiterung

→ **Begriffsbestimmung und Ursachen.** Die Magenerweiterung ist eine Ausdehnung des Magens, die immer durch eine Überladung hervorgerufen wird. Die Magenüberladung kann infolge Aufnahme großer Futtermengen oder rasch quellender oder gärender Futtermittel (Rübenschnitzel, Obst) auftreten. Sie entwickelt sich allerdings (und das ist die häufigere Ursache) auch, wenn der Abfluß aus dem Magen behindert ist, z. B. bei einem plötzlichen Darmverschluß.
→ **Erscheinungsbild.** Bei der **fütterungsbedingten Magenüberladung** sind die Pferde plötzlich sehr unruhig und nehmen kein Futter mehr auf. Sie speicheln und würgen. Aus den Nüstern kann erbrochener, flüssiger Mageninhalt austreten. Durch Abstellen der Beine vom Körper wird versucht, dem Magen mehr Raum zu geben. Häufig nehmen die Pferde eine hundesitzige Stellung ein, weil der Druck des erweiterten Magens auf das Zwerchfell Atmung und Kreislauf erheblich beeinträchtigt. Blutdruckabfall und Erscheinungen des Schocks können ausgelöst werden. Bei den häufigeren sekundären Magenüberladungen stehen die durch den Darmverschluß ausgelösten Erscheinungen im Vordergrund (s. Seite 210).
→ **Behandlung.** Magenabheberung und krampflösende Mittel stehen im Vordergrund der Behandlungsmaßnahmen. Flüssige und gärende Stoffe werden mittels Nasenschlundsonde schnell und vollständig abgehebert. Bei trockenem, festem Inhalt ist das erst nach Erweichung möglich.

Die Aufnahme zu großer Mengen Konzentratfutters kann zur Futterrehe führen. Daher muß auch nach Beseitigung der Magenüberladung eine Nachkontrolle der Hufe erfolgen.

Bei sekundären Überladungen ist neben der Abheberung eine Behandlung des Grundleidens erforderlich.

→ **Vorbeuge.** Es muß unbedingt verhindert werden, daß die Pferde unkontrolliert große Futtermengen aufnehmen können. Daher sind Futtervorräte so zu lagern, daß sie von den Pferden nicht erreicht werden. Futterkisten sind sicher zu verschließen.

Magenzerreißung

→ **Ursache.** Eine Magenzerreißung kann im Verlauf jeder schweren Magenerkrankung eintreten, in der Regel ist sie die Folge der Magenüberladung. Durch Überdehnung der Magenwand sind Durchblutungs- und Ernährungsstörungen möglich, die zur Zerreißung führen.

→ **Erscheinungsbild.** Einer Magenzerreißung infolge heftiger Kolikanfälle folgt immer eine plötzliche Ruheperiode mit schlagartigem Verschwinden der Koliksymptome. Sehr schnell setzen Schockerscheinungen ein, die mit Ausbrüchen von kaltem Schweiß einhergehen. Später meiden die Pferde jede Bewegung, die Atmung wird flach, ein kaum fühlbarer hoher Puls signalisiert den bevorstehenden Zusammenbruch aller Lebensfunktionen.

→ **Behandlung.** Eine Behandlung ist aussichtslos. Der Tod tritt meist wenige Stunden nach der Zerreißung ein.

Darmentzündung

→ **Begriffsbestimmung.** Darmentzündungen sind Erkrankungen, die mit fließenden Übergängen von einer rein oberflächlichen Reizung der Darmschleimhaut mit verstärkter Sekretion der Schleimhautdrüsen bis zu schweren Schleimhautschädigungen reichen.

→ **Ursachen.** Relativ häufig ist die Ursache dieser Erkrankung nicht zu klären. Offenbar sind verschiedene Faktoren an ihrer Entstehung beteiligt. Plötzliche Unterkühlung, längere Transportbelastungen, schwere physische Anstrengungen, plötzliche Umstellung der Haltungsbedingungen und der Fütterung, einseitige Fütterung mit Melasse, Brot, Rübenschnitzeln oder Roggen, verdorbene Futtermittel, die Aufnahme giftiger oder reizender Stoffe, Koliken, Parasitenbefall (s. Kapitel Magen-Darm-Parasiten), spezifische Infektionserreger oder deren Endotoxine kommen als Ursache in Frage.

Bakteriell bedingte Darmentzündungen werden durch Infektionen mit Salmonellen, Kolibakterien oder *Clostridium perfringens* hervorgerufen. Die beiden zuletzt genannten Krankheitserreger sind an der Entstehung von Darmentzündungen meist bei Fohlen beteiligt. Eine als „Colitis X" bezeichnete Dickdarmentzündung kann besonders bei hospitalisierten Pferden vor allem nach längeren Antibiotikabehandlungen in Verbindung mit anderen Stressoren und ferner bei Wiederaufnahme des Trainings nach Atemwegsinfektionen auftreten. Sie wird offenbar durch Endotoxine, die aus abgetöteten Bakterien frei werden, und durch starke Verschiebungen und Verdrängungen des natürlichen Darmbakterienspektrums ausgelöst.

→ **Erscheinungsbild.** Leitsymptom fast aller Darmentzündungen ist Durchfall. Krampfartige Darmkontraktionen rufen Bauchschmerzen hervor, die sich in unterschiedlich heftigen Kolikanfällen äußern. Die Darmtätigkeit ist gesteigert und die Darmgeräusche sind so laut, daß man sie schon in einiger Entfernung vom Pferd hören kann. Die Bauchdecken sind gespannt und schmerzhaft. Oft ist die Körpertemperatur erhöht. Dieser Temperaturanstieg wird zusammen mit einem drastischen Abfall der Granulozytenzahl im Differentialblutbild oft bereits vor den Durchfallerscheinungen beobachtet. Länger anhaltende Durchfälle verursachen Flüssigkeitsverluste, die zu Störungen des Wasserhaushaltes führen. Das Fell wird glanzlos und rauh. Die Tiere „trocknen aus", wegen der gestörten Nährstoffaufnahme kommt es auch zu Erscheinungen des Eiweißmangels mit Abfall der Eiweißwerte im Blut und zur Abmagerung.

Bakterielle Darminfektionen zeichnen sich besonders bei jungen Tieren durch ihre raschen und schweren Verlaufsformen mit schnellem körperlichen Verfall und hohem Fieber aus. Unter ähnlich schweren Erscheinungen verläuft die „Colitis X", die durch plötzlich einsetzendes hohes Fieber, hohe Pulsfrequenz, starken, wäßrigen, stinkenden Durchfall mit anfangs erhöhten, dann fast fehlenden Darmbewegungen und hohem Wasserverlust des

Körpers gekennzeichnet ist. Sie kann in ganz kurzer Zeit zum Tod der Tiere führen.

→ **Behandlung.** Grundsätzlich sind erkrankte Tiere ruhigzustellen. Einfache Darmentzündungen werden durch 1- bis 2tägiges Hungern günstig beeinflußt und heilen dann aus. Gaben von Paraffinöl und Leinsamenschleim haben sich zur Reinigung des Darmes von schädigenden Stoffen bewährt. Durchfälle werden z. B. mit Kohle (Carbo medicinalis, 100 bis 300 g) oder Eichenrinde in Pulverform (täglich 100 bis 200 g) behandelt. Kohle wird auch zur Absorption der Endotoxine eingesetzt. Als Diätfutter kann später abgelagertes, gutes Heu verwendet werden. Bakterielle Darminfektionen werden mit Antibiotika, Sulfonamiden oder anderen antibakteriell wirkenden Substanzen behandelt.

Eine Zwangsfütterung mit der Nasenschlundsonde kann bei Appetitlosigkeit vom 3. Tag der Erkrankung an mit leinsamenschleimhaltigem Futterbrei versucht werden. Soll sie Erfolg haben, darf keine schwerwiegende Schädigung der Darmschleimhaut vorliegen.

Wegen des fortlaufenden Wasser- und Elektrolytverlustes ist durch intravenöse Zufuhr entsprechender elektrolythaltiger Flüssigkeiten, denen Glucose und Aminosäuren zugegeben werden, für Ersatz zu sorgen. Beim Vorliegen parasitärer Ursachen wird eine Parasitenbekämpfung notwendig.

Problematisch ist die Behandlung der schwer verlaufenden Erkrankungsfälle und der Colitis X, bei denen rascher körperlicher Verfall eintritt. Hier muß die hohe intravenöse Flüssigkeitszufuhr (physiologische Kochsalzlösung) mit einer künstlichen Ernährung und mit dem Einsatz von Kreislaufmitteln verbunden werden. Per Nasenschlundsonde können milchsäurebakterienhaltiger Joghurt und medizinische Kohle in den Magen gegeben werden, um die Darmflora zu stabilisieren bzw. die Toxine zu absorbieren. Größere Mengen Flüssigkeit sollten aber bei diesen dramatischen Erkrankungsfällen nicht in den Magen gegeben werden, weil in der Regel infolge Dünndarmlähmung kein oder nur ein verzögerter Weitertransport stattfindet und die Gefahr einer Magenüberladung besteht.

→ **Vorbeuge.** Wirkungsvolle vorbeugende Maßnahmen gibt es nicht. In jedem Fall sollte man darauf achten, Unterkühlung zu vermeiden und die Aufnahme von schädlichen Futtermitteln oder Schadstoffen verhüten. Bei infektiösen Darmerkrankungen sind die erkrankten Tiere abzusondern, um eine Übertragung der Krankheitserreger auf andere Tiere möglichst zu verhindern.

Kolikerkrankungen

Kolik ist ein nicht näher definierter Sammelbegriff für Bauchschmerzen, der nur ein Symptom zum Ausdruck bringt und keine Krankheit bezeichnet. Koliksymptome werden nicht nur bei Magen- und Darmerkrankungen festgestellt, sondern u. a. auch bei Erkrankungen der Harn- und Geschlechtsorgane, bei verschiedenen Infektionskrankheiten (z. B. Wundstarrkrampf, Tollwut [!], Salmonellose) und bei Erkrankungen der Leber.

In ihrer ursprünglichen Verwendung wurde die Bezeichnung „Kolik" allerdings für Magen- und Darmerkrankungen bzw. für schmerzhafte Zustände geprägt, die von diesen Organen ausgehen. In diesem Sinne wird auch heute der Begriff „Kolik" verwendet.

Nachstehend werden Faktoren genannt, die die Entstehung von Magen- und Darmkoliken bei Pferden begünstigen (vgl. Abb. 7.19).

- Das Unvermögen des Pferdes zu erbrechen fördert Magenüberladungen;
- das besonders lange Gekröse, an dem der Dünndarm in der Bauchhöhle aufgehängt ist, gestattet ihm eine abnorme Beweglichkeit, so daß Verdrehungen möglich werden oder der Darm sich einklemmen kann;
- der Grimmdarm ist frei beweglich und kann sich mit seinem Fassungsvermögen bis zu 130 l leicht verlagern;
- mehrere Übergänge von weiten zu engen Darmabschnitten fördern Verstopfungen;
- häufige parasitäre Erkrankungen der Pferde. Wandernde Parasitenlarven verursachen nicht selten Gefäßwandschäden in den die Darmwand versorgenden Blutgefäßen. Sie sind der Anlaß von Thrombosen, die schmerzhafte Durchblutungsstörungen der Darmwand auslösen;
- erhöhte Anfälligkeit des vegetativen Nervensystems, das die Magen-Darm-Tätigkeit reguliert. Es reagiert z. B. empfindlich auf Witterungseinflüsse sowie Fütterungs- und Haltungsfehler.

→ **Erscheinungsbild.** Die Anzeichen einer Kolikerkrankung hängen wesentlich vom Grad der vorhandenen Schmerzen ab. Bei geringen Schmerzen beobachtet man Niederlegen zu ungewohnten Zeiten, ruhiges Stehen mit gestrecktem Hals, Flehmen, gelegentliches unruhiges Hin- und Hertrippeln, Scharren mit den Vorderbeinen oder Schlagen nach dem Leib, wiederholtes Umsehen nach dem Bauch, Zurückstellen beider Hinterbeine, wiederholtes Niederlegen und Aufstehen (Abb. 7.19).

Stärkere Schmerzen, die meistens anfallsweise auftreten, äußern sich in starken Unruheerscheinungen, Zähneknirschen, Niederlegen und Wälzen. In der schwersten Form werfen sich die Pferde rücksichtslos zu Boden, wälzen sich und zeigen starken Schweißausbruch.

Bei Dickdarmverstopfungen ist der Kolikverlauf fast immer mild mit Phasen scheinbarer Besserung. Darmkrämpfe, Darmverlagerungen, Darmverschluß oder Thrombosen der Darmgefäße führen dagegen immer zu heftigen Kolikanfällen. Unphysiologische Stellungen werden bei Magenerweiterung (hundesitzige Stellung), Darmverdrehung (Rückenlage) und Darmverstopfungen (Streckstellungen) eingenommen. Schweißausbrüche beginnen am Hals und an der Schulter und entsprechen in ihrer Intensität der Heftigkeit des Kolikanfalls. Nach Magen- oder Dickdarmzerreißungen tritt kalter Schweiß aus.

Krampfkolik

→ **Begriffsbestimmung.** Die Krampfkolik ist in erster Linie eine funktionelle Darmstörung, die u. a. als Reiz- und Erkältungskolik oder als katarrhalischer Darmkrampf zu bezeichnen ist. Mit einem Anteil von 40% ist sie die häufigste Kolikform des Pferdes.
→ **Ursache.** Als Ursache werden Unterkühlung, Wetterwechsel, verdorbene Futtermittel oder andere Reize angenommen, die krampfartige Darmbewegungen auslösen.
→ **Erscheinungsbild.** Plötzlich treten anfallsweise heftige Kolikattacken auf, die wenige Minuten dauern und denen anfallsfreie Intervalle folgen. Atem- und Pulsfrequenz sind erhöht, der abgesetzte Kot kann breiig sein. Verstärkte Darmbewegungen des Dünndarms werden auf der linken Bauchseite hörbar. Während der Krampfanfälle kann völlige Ruhe eintreten, oder die Darmgeräusche sind unterdrückt. Wenn auch der Schließmuskel der Harnblase erfaßt ist, nehmen die Tiere die Stellung zum Harnabsatz ein, ohne daß dieser erfolgt.
→ **Behandlung.** In leichten Fällen genügt es bereits, die Pferde zu führen. Der Tierarzt ist aber trotzdem hinzuzuziehen. Mittel der Wahl sind krampflösende Medikamente. Eine schnelle Behandlung ist sehr wichtig, da als Komplikation im weiteren Verlauf Darmverschlingungen oder Einstülpungen des Dünndarmes eintreten können.
→ **Vorbeuge.** Plötzliche Unterkühlungen sind zu vermeiden. Den Pferden ist kein kaltes, sondern abgestandenes Wasser zu verabreichen. Sie dürfen keine verpilzten, verschimmelten oder muffigen Futtermittel aufnehmen. Es ist darauf zu achten, daß der Hafer gesiebt und gereinigt wird und keine fremden Beimischungen enthält. Grundsatz jeder Vorbeuge gegen Verdauungsstörungen ist, daß die Pferde gründlich kauen und das Futter ausreichend einspeicheln.

Gas- oder Windkolik

→ **Begriffsbestimmung.** Die Gaskolik ist durch Aufblähen des Dünn- oder Dickdarms gekennzeichnet. Eine Überdehnung der betroffenen Darmwände kann sogar zu Wandzerreißungen führen. Deshalb muß die Prognose in ausgeprägten Fällen vorsichtig gestellt werden.
→ **Ursachen.** Die Gasentwicklung kann primär durch Verfüttern von welkem oder erhitztem Grünfutter, eiweißreichen Gräsern, frischem Klee, Obst, frischem Getreideschrot oder frischem Brot ausgelöst werden. Offenbar kann die Erkrankung auch nach starkem Luftabschlucken bei Koppern entstehen. Sekundär entwickeln sich Gase bei Darmverschluß oder bei Lähmung der Darmtätigkeit.
→ **Erscheinungsbild.** Bei geringer Blähung zeigen die Pferde nur leichte Unruheerscheinungen. Die Darmgeräusche sind verstärkt. Bei längerem Longieren geht reichlich Gas ab. Sind größere Darmabschnitte betroffen, sind die Kolikanfälle heftig. Der mit Gas gefüllte Darm drückt auf das Zwerchfell und erschwert die Atmung. Es kommt u. a. auch wegen der Blutstauung sehr rasch zu schweren Allgemeinstörungen. Zunächst ist die Darmtätigkeit verstärkt, aber bald tritt eine Lähmung

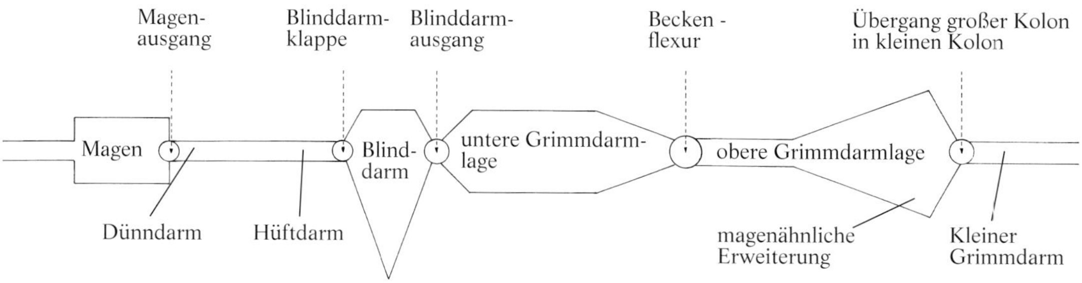

Abb. 7.19 Schematische Darstellung des Magen-Darm-Kanals im Zusammenhang mit fütterungsbedingten Kolikursachen (nach MEYER 1979).

der Darmbewegung ein. Die Herzfrequenz steigt auf 80/min und die Atemfrequenz auf über 30/min. Der Leib der Pferde erscheint dann äußerlich sichtbar aufgebläht.

→ **Behandlung.** Ziel der Behandlung muß es sein, die Gase zu entfernen. Das ist in leichten Fällen und bei ungehinderter Passage durch Bewegung und durch Anregung der Darmtätigkeit mit wechselwarmen Klistieren, in Verbindung mit der Injektion krampflösender Mittel, möglich. In schweren Fällen lassen sich die Darmgase nur noch durch Punktion der betroffenen Darmabschnitte abführen. Zur Entlastung des Magens kann eine Nasenschlundsonde eingeführt werden, durch die Gas- und Futteransammlungen aus dem Magen abfließen. Wenn diese Maßnahmen nicht schnell zum Erfolg führen, ist eine baldige Operation mit Eröffnung der Bauchhöhle angezeigt.

→ **Vorbeuge.** Es darf kein erhitztes oder angewelktes Grünfutter verfüttert werden. Frischer Klee, zuviel Obst, frisches Brot oder Getreideschrot von frisch geerntetem Getreide können ebenfalls im Darm Gärungsvorgänge auslösen und sind deshalb kein geeignetes Pferdefutter.

Verstopfung

→ **Begriffsbestimmung.** Verstopfungen sind neben einfachen Krampfkoliken die häufigste Kolikursache. Sie entstehen in der Regel an Darmeinengungen, die anatomisch bedingt sind (Abb. 7.19) oder sich aus anderen Gründen entwickelt haben.

→ **Ursachen.** Im Dünndarm und im Blinddarm ist die Nahrung normalerweise in einer großen Flüssigkeitsmenge suspendiert. Erst im Grimmdarm, und hier besonders in dessen magenähnlicher Erweiterung, wird Wasser in größerem Umfang resorbiert. Dadurch wird der Nahrungsbrei hier zunehmend eingedickt. Ist der Weitertransport der Nahrung behindert, was z. B. am Übergang vom Blinddarm in den Grimmdarm oder im Grimmdarm selbst möglich ist, so stauen sich dort die groben Futterteile. Anschoppungen und Austrocknung des Darminhaltes entwickeln sich unabhängig von der Lokalisation allmählich über mehrere Fütterungen. Demzufolge sind die Koliksymptome zunächst verhältnismäßig mild.

Seltener sammeln sich im Dünndarm vor einem Hindernis Futterpartikel, aus denen dann durch verstärkte Darmkontraktion (Krämpfe) die Flüssigkeit herausgepreßt wird, bis das trockene Futter den Darm vollständig verschließt.

→ **Erscheinungsbild.** Bei der **Dünndarmverstopfung** treten sehr bald nach der Futteraufnahme heftige Bauchschmerzen auf, Atem- und Pulsfrequenz sind anfänglich nur leicht erhöht, steigen aber im weiteren Verlauf an. Das Allgemeinbefinden verschlechtert sich zusehends, und nach 6 bis 10 Stunden werden trotz Nachlassens der Kolikanfälle deutliche Schocksymptome gefunden. Der Dünndarmstau kann nachfolgend zur Magenüberladung führen, so daß dann deren Symptomatik im Vordergrund der Krankheitserscheinungen steht. Die rektale Untersuchung liefert nicht in allen Fällen eindeutige Befunde.

Die **Dickdarmverstopfung** entwickelt sich allmählich, Kolikschmerzen treten erst auf, wenn bereits ein fortgeschrittenes Stadium erreicht ist. Es fällt auf, daß die Pferde weniger Kot absetzen. Die Kotballen sind kleiner, relativ fest und, infolge der

Abb. 7.20 Anzeichen einer Kolikerkrankung. Das Pferd sieht sich nach dem schmerzenden Hinterleib um.

längeren Verweildauer im Darm, von etwas Schleim umgeben, so daß sie ein glänzendes Aussehen erhalten. Bei der Blinddarmverstopfung wird der Kot breiig und übelriechend, die Menge ist ebenfalls reduziert. Wasser- und Futteraufnahme sind verringert, und die Pferde liegen häufiger als gewöhnlich. Bei der Arbeit schwitzen sie stark. Im Stall scharren sie, blicken sich nach dem Leib um und nehmen eine Streckstellung ein (Abb. 7.20), was offenbar dadurch verursacht wird, daß Teile des Dickdarms auf die Harnblase drücken. Die Darmbewegungen sind reduziert. Das Allgemeinbefinden ist weniger beeinträchtigt. Die Diagnose ist aufgrund des rektalen Untersuchungsbefundes relativ leicht zu stellen. Die Blinddarmverstopfung wird auf der rechten Seite der Bauchhöhle ertastet. Bei der Grimmdarmverstopfung ragen die betroffenen Darmteile oft bereits in das Becken und nehmen große Teile der linken Seite der Bauchhöhle ein. Nur die isolierte Kotanschoppung in der magenähnlichen Erweiterung des Grimmdarms ist nicht immer einfach zu finden. Verstopfungen des kleinen Grimmdarms lassen sich als armstarke Anschoppungen des verhältnismäßig glatten Darmrohres vor dem Beckeneingang leicht feststellen.

→ **Behandlung.** Die Prognose der **Dünndarmverstopfung** ist zweifelhaft, da ein vollständiger Darmverschluß auch bei frühzeitiger Behandlung oft nicht zu verhindern ist. Anfänglich kann Rhizi-

F98 **Nasenbluten.** Kann als Ausdruck des Lungenblutens nach starker körperlicher Belastung (Rennpferde) auftreten.

F99 und F101 **Sommerwunden.** Geschwürige Wunden, die durch Larven des Pferdemagenwurms hervorgerufen werden und sehr schlecht heilen.

F100 **Eitriger Nasenausfluß** bei Infektion der oberen Luftwege.

F102 **Linksseitige Kehlkopflähmung.** Stimmband und Gießkannenknorpel sind asymmetrisch.

F103 **Dampfrinne** bei Dämpfigkeit.

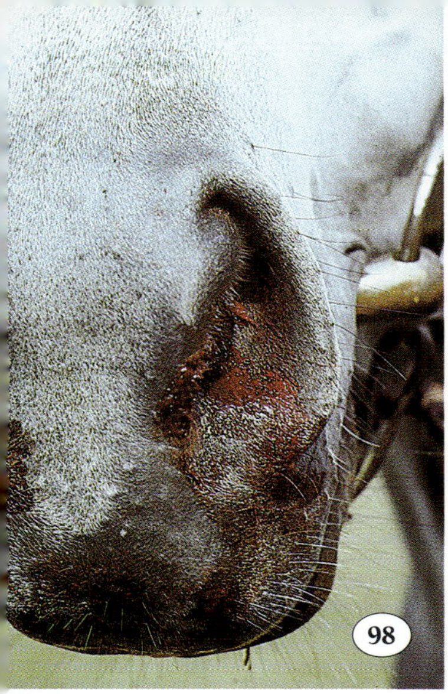
98

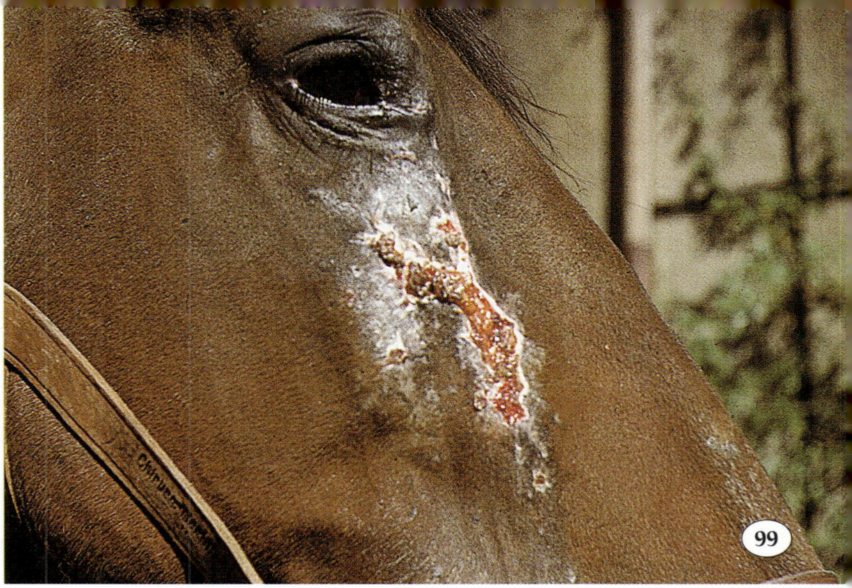
99

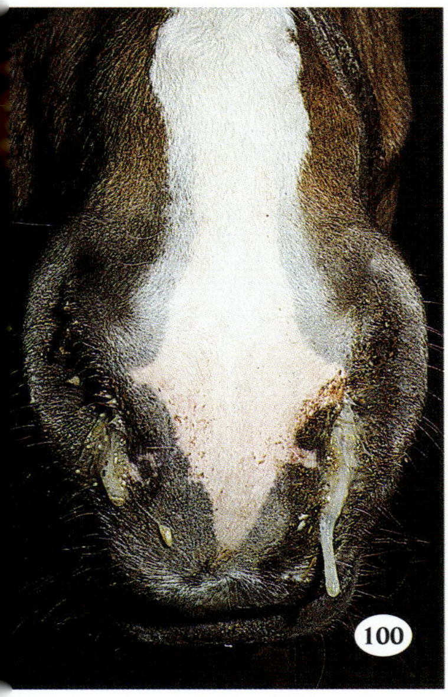
100

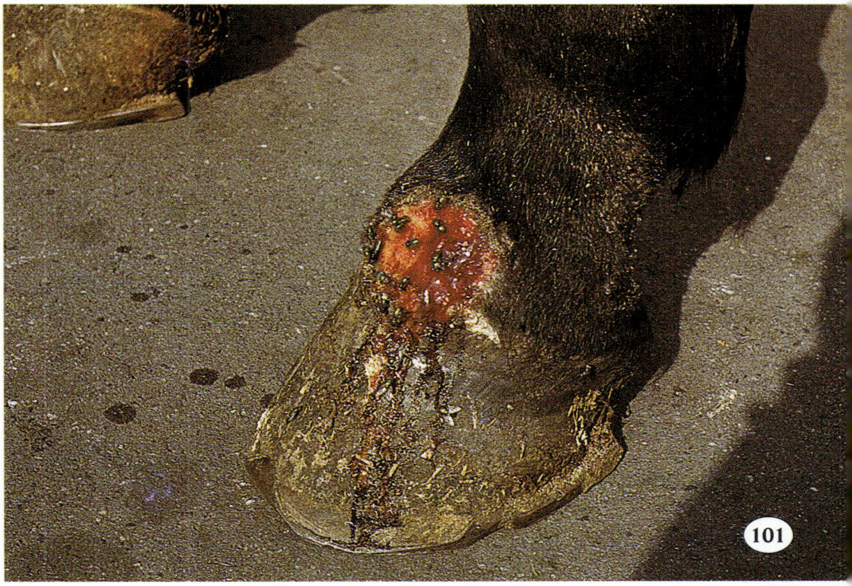
101

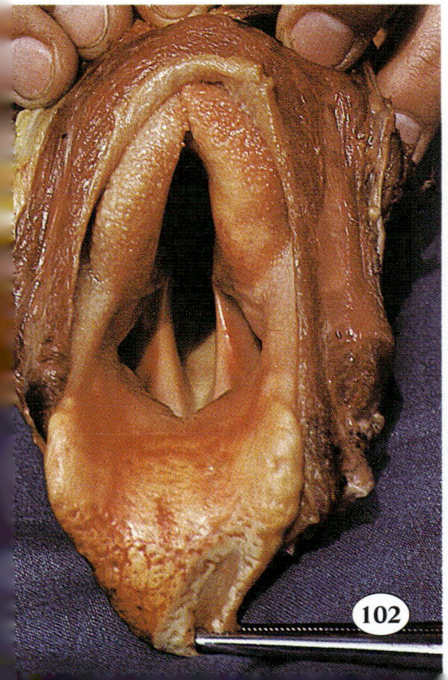
102

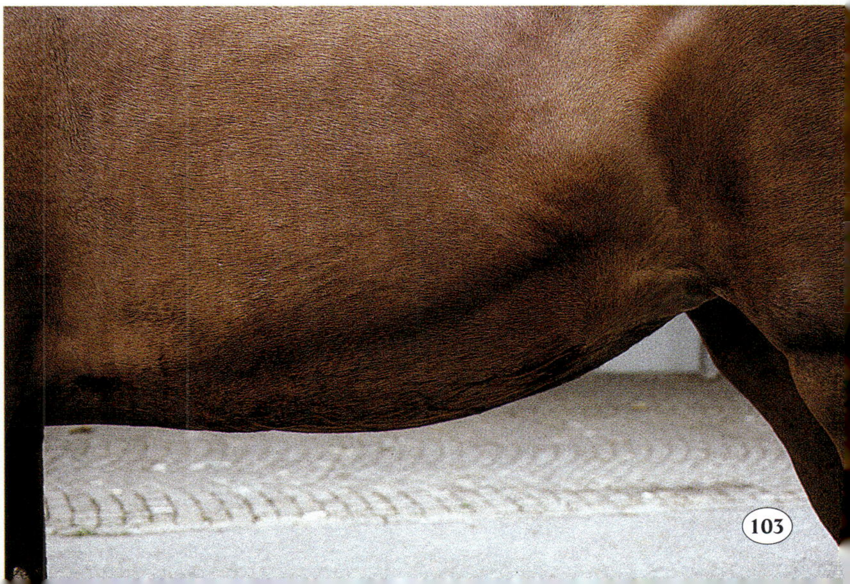
103

104

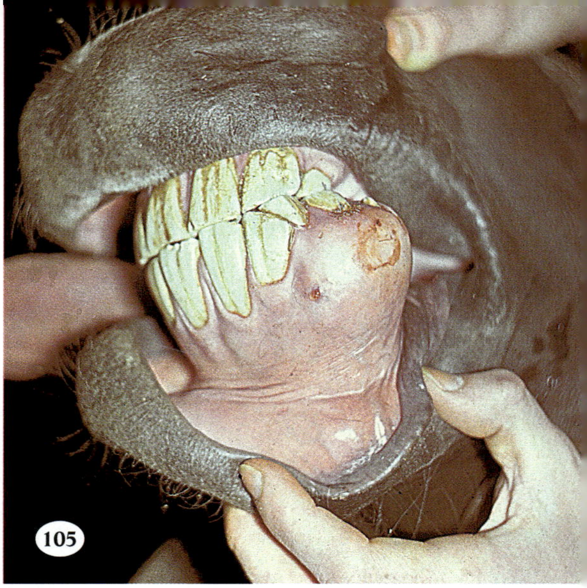
105

106

107

108

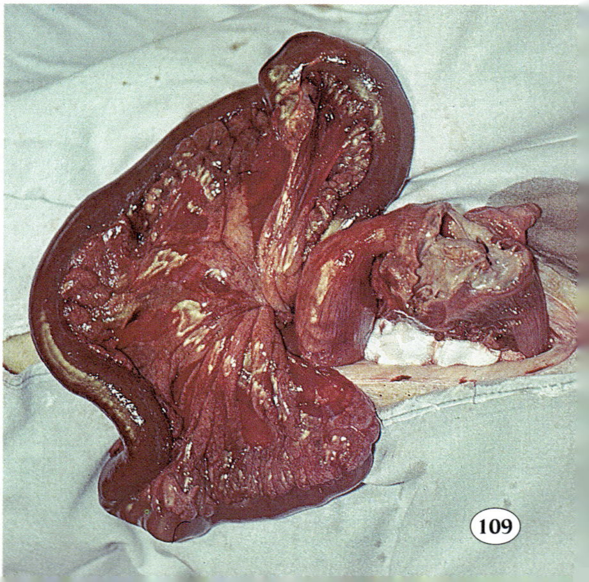
109

nus- oder Paraffinöl eingegeben und die Lösung des Dauerkrampfes der Darmmuskulatur medikamentell versucht werden. Liegt auch eine sekundäre Magenerweiterung vor, ist die Verstopfung nur operativ zu beheben und der trockene Dünndarminhalt ohne Eröffnung des Darmes in den Blinddarm zu massieren. Die Behandlung hat das Ziel, die Futtermassen schrittweise abzutransportieren. Vorher muß die Verstopfung durch eingegebene Flüssigkeit gelöst werden. Glaubersalz (400 bis 500 g in 8–10 l Wasser gelöst) verhindert die Resorption der eingegebenen Flüssigkeit, Bäckerhefe (500 bis 700 g) sorgt für die Auflockerung des ausgetrockneten Inhaltes, 1 bis 2 l Paraffinöl erhöhen die Gleitfähigkeit der Darmschleimhaut. Die Eingabe erfolgt mittels Nasenschlundsonde. Dabei sind Überlastungen des Blinddarmes zu vermeiden, um keine Zerreißungen der Darmwand zu provozieren. Krampflösende Mittel sollen die Anspannung der Darmwand verringern und die Peristaltik fördern. In hartnäckigen Fällen ist eine Operation erforderlich.

Grimmdarmverstopfungen behandelt man ebenfalls mit krampf- und schmerzlösenden Mitteln, auch wenn keine starken Kolikerscheinungen auftreten. Über Nasenschlundsonde werden 400 bis 500 g Glaubersalz als 5%ige wäßrige Lösung und 1 bis 2 l Paraffinöl eingegeben. Die Behandlung wird in hartnäckigen Fällen alle zwei Tage wiederholt. Hält die Verstopfung mehrere Tage an, kann es wegen der gestörten Flüssigkeitszufuhr zur Bluteindickung kommen. Der Hämatokritwert steigt an, die Hautelastizität geht zurück. Der Flüssigkeitsverlust muß dann durch Infusion von Elektrolytlösungen in die Blutbahn ausgeglichen werden. Das stützt nicht nur den Kreislauf, sondern hat auch eine koterweichende Wirkung. Zur Anregung der Darmtätigkeit können die Pferde im Schritt bewegt werden. Aus gleichen Gründen empfiehlt sich eine Massage der Bauchwand. Sind Sandansammlungen vorhanden, wird versucht, durch zweimal tägliche Zufuhr von 300 g Glaubersalz (5%ige Lösung) und 1 bis 2 l Paraffinöl, über vier bis fünf Tage verabreicht, den Sand aus dem Darm herauszuspülen. Gleichzeitig wird die Darmtätigkeit medikamentell angeregt. Verstopfungen des kleinen Grimmdarmes lassen sich durch Klistiere beheben. In hartnäckigen Fällen einer Dickdarmverstopfung kann eine Operation notwendig sein.

→ **Vorbeuge.** Einige Ursachen, die zur Dickdarmverstopfung führen, geben uns wesentliche Hinweise auf vorbeugende Maßnahmen. Grundsätzlich ist es erforderlich, den Pferden ausreichend Zeit zur Futteraufnahme zu gewähren. Die störungsfreie Passage im Darm wird u. a. durch herabgesetzte Darmbewegung und übergroße Futterpartikel behindert. Bewegungsmangel ist wesentliche Ursache für die herabgesetzte Darmtätigkeit. Relativ häufig können deshalb Dickdarmverstopfungen bei Sportpferden beobachtet werden, die verletzungsbedingt abrupt aus dem Training genommen werden und Stallruhe erhalten. Da diesen Tieren die Konzentratfutterration gekürzt werden muß, fressen sie viel Stroh, das ebenfalls zur Verstopfung beitragen kann. In diesen Fällen sollte nur sparsam eingestreut, durch Maulkorb die Strohaufnahme begrenzt oder auf Späneeinstreu umgestellt werden. Anstrengende Belastungen, die dem Darm viel Flüssigkeit entziehen, oder ungenügende Flüssigkeitszufuhr fördern andererseits die Eindickung des Darminhaltes. Besonders an Tagen, an denen die Pferde stark schwitzen, verlieren sie viel Flüssigkeit, die ersetzt werden muß. Ein quantitativ und qualitativ ausreichendes Rauhfutterangebot trägt in Verbindung mit entsprechender Flüssigkeitszufuhr wesentlich zur Anregung der Darmtätigkeit bei. Rohfaserarm gefütterte Pferde neigen zu chronischen Blinddarmverstopfungen. Häcksel, der dem Hafer beigemischt wird, zwingt das Pferd intensiv zu kauen. Er darf nicht kürzer als 4 cm sein, da er sonst seine Aufgabe nicht erfüllt und selbst Ursache von Verstopfungen wird. Chronische Verdauungsstörungen können durch

F104 Überzählige Anlage der Schneidezähne.
F105 Störung im Zahnwechsel.
F106 Überbeißer (Karpfengebiß). Die Schneidezähne des Unterkiefers stehen hinter denen des Oberkiefers. Der Zahnabrieb ist nicht nur an den Schneidezähnen, sondern oft auch an den Backenzähnen gestört.
F107 Futterwickel. Hinweis auf Kaustörungen.
F108 Darmsteine bestehen aus Tripelphosphat und werden bei reichlicher Kleiefütterung beobachtet. Im vorliegenden Fall wurden die kleinen Steinchen mit dem Kot ausgeschieden.
F109 Darmverschlingung. Die dunkelrote Verfärbung weist darauf hin, daß der Dünndarm infolge mangelnder Durchblutung abstirbt.

Zufütterung lein- und enzymhaltiger Präparate beeinflußt werden.

Darmsteine

→ **Begriffsbestimmung.** Bei den Darmsteinen unterscheidet man:

- **Echte Darmsteine** (Enterolithen). Sie sind steinhart, von glatter Oberfläche (Foto 108, Seite 208) und wachsen konzentrisch um einen Kern, wobei sie beachtliche Größe erreichen können. Zu 90% enthalten sie Ammoniummagnesiumphosphat (Tripelphosphat). Früher wurden sie häufiger bei Müllerpferden gefunden, die mit Kleie gefüttert wurden. Hin und wieder treten sie auch heute noch auf, wobei offenbar eine hohe Mineralstoffaufnahme von Bedeutung sein kann.
- **Hafersteine**; sie bestehen zu 50% aus Haferhaaren und zu 50% aus Tripelphosphat. Sie sind leicht, haben eine sandpapierartige Oberfläche und können sich innerhalb weniger Monate bilden.
- **Konglobate**; sie bestehen aus schlecht zerkauten, unverdauten, verfilzten Pflanzenresten und finden sich oft bei Pferden mit Gebißfehlern. Sie werden bis kindskopfgroß und können den Darm völlig verlegen.

→ **Erscheinungsbild.** Die Darmsteine rufen erst, wenn sie eine bestimmte Größe erreicht haben, milde Koliksymptome hervor. Bei fortlaufendem Wachstum sind Verlegungen, besonders des kleinen Grimmdarms, möglich, was zu heftigen Kolikerscheinungen führen kann.

→ **Behandlung.** Die Behandlung ist nur durch den operativen Eingriff möglich.

Lageveränderung des Darmes

→ **Begriffsbestimmung.** Drehungen des Gekröses und des Darmes um Längs- und Querachse, Verschlingungen und Verknotungen, Ineinanderschieben von Darmstücken sowie Einklemmung und Abschnürung führen zu teilweisem oder vollständigem Verschluß mit Störungen der Blutzirkulation und der Darmmotorik.

Lageveränderungen treten am häufigsten am Dünndarm und am Grimmdarm auf. Am Dünndarm werden besonders Verschlingungen und Verknotungen (Volvulus) sowie Einschiebungen (Invagination) und am Dickdarm, besonders an den linken Lagen des Grimmdarms, Achsendrehungen und (seltener) Abknickungen beobachtet.

→ **Ursachen.** Verschlingungen und Verknotungen des Dünndarms sind hauptsächlich als Folge heftiger Darmbewegungen am Beginn des Koliksyndroms (Krampfkolik) zu sehen. Für die Achsendrehung des Dickdarms sind offenbar sowohl eine erhöhte Füllung und eine verringerte Darmperistaltik als auch plötzliche heftige Bewegungen des Pferdes, z. B. als Reaktion auf einen plötzlichen Kolikschmerz, von auslösender Bedeutung. Die Rotation wird durch Gasbildung in der unteren Dickdarmlage gefördert.

→ **Erscheinungsbild.** Der Grad der Kolikerscheinungen und der Allgemeinstörungen hängt stark von Art und Umfang der Darmverlegung ab. Bei **Dünndarmverschluß** (Ileus) (Foto 109, Seite 208) zeigen die Pferde meist sehr heftige, plötzliche Kolikanfälle, die durch krampflösende Medikamente nicht zu beeinflussen sind. Die Darmgeräusche sind anfangs sehr heftig, dann stark unterdrückt und später nicht mehr nachweisbar („Grabesstille"). Der Bauch erscheint gebläht.

Innerhalb kurzer Zeit treten schwere Allgemeinstörungen auf. Neben einem Anstieg der Frequenz des Pulses auf 80, später 120 Schläge pro Minute und darüber verändert sich auch dessen Qualität; er wird schwach und fadenförmig. Die Atmung wird ebenfalls schnell und flach. Die Lidbindehäute zeigen ein immer stärker gerötetes und verwaschenes Aussehen. Die Kapillarfüllzeit, die an der Schleimhaut oberhalb der Oberkieferschneidezähne nach Daumendruck geprüft wird, ist verlängert. Weitere Erscheinungen, die einen Kreislaufkollaps ankündigen, sind verminderte Elastizität der Haut und Abfall der Körpertemperatur. Im Blut steigen Hämatokritwert, Erythrozytenzahl und Gesamteiweiß als Anzeichen einer zunehmenden Bluteindickung infolge gesteigerter Flüssigkeitsverluste an. Die Pferde schwitzen sehr stark. Der kalte Schweiß kann aus dem Fell abtropfen. Diese lebensbedrohlichen Schocksymptome können bereits sechs Stunden nach Beginn der Erkrankung auftreten. Zusätzlich werden die Erscheinungen einer sekundären Magenüberladung sichtbar: Den schwerkranken Tieren läuft ein Gemisch aus Magen- und Darminhalt sowie Speichel aus den Nüstern. Durch eine rektale Untersuchung können die gas- und flüssigkeitsgefüllten Dünndarmschlingen gefühlt werden. Die Tiere setzen keinen Kot mehr ab.

Die vollständige Drehung des **Grimmdarms** führt fast immer plötzlich zu einer hochgradigen Kolik. Die Tiere werfen sich rücksichtslos nieder, wälzen sich, springen auf und stürzen wieder. Sie verhalten sich so unberechenbar, daß sie kaum zu untersuchen sind. Auch hohe Dosen schmerzstillender Mittel bringen keine wesentliche Linderung. Schon nach kurzer Zeit (manchmal schon nach einer Stunde) treten massive Schockerscheinungen auf. Weitere akute Kolikerscheinungen bleiben dann aus.

→ **Behandlung.** Die meisten Lageveränderungen des Darmes erfordern eine chirurgische Behandlung. In dramatischen Fällen (Ileus) muß eine Klinikeinweisung innerhalb weniger Stunden (maximal 6 bis 8 Stunden nach Krankheitsbeginn) erfolgen. Eine Operation verspricht nur dann Erfolg, wenn der Kreislauf der Pferde noch weitgehend intakt ist. Deshalb sollten vor dem Transport kreislaufstabilisierende Infusionen mit Elektrolyt- und Glukoselösungen unter Zusatz von Natriumbikarbonat erfolgen. Der in den Magen rückgestaute Inhalt muß mit der Nasenschlundsonde abgehebert werden. Größere Aufgasungen können durch Punktion vom Mastdarm aus oder auch durch Flankenstich entfernt werden. Offenbar kann in seltenen Fällen der verlagerte Darmabschnitt danach wieder in seine natürliche Lage zurückkehren.

Vorbeuge. Hier muß nochmals eindringlich darauf hingewiesen werden, daß jede Kolik sofort tierärztliche Hilfe erfordert. Kolikbedingt verstärkte Darmbewegungen können eine Ursache von Darmverlagerungen sein. Blähende Futtermittel wie junges, im Stall gelagertes und dabei erhitztes Gras, sollten gemieden werden. Aus dem gleichen Grund ist die Aufnahme größerer Mengen Äpfel und Birnen zu verhindern.

Embolisch-thrombotische Kolik

Begriffsbestimmung und Ursachen. Hervorgerufen wird diese relativ seltene Kolikform durch einen Verschluß (Infarkt) von Darmarterien (ganz selten auch von Darmvenen). Durch die schädigende Wirkung der vierten Larvenstadien der Palisadenwurmart *Strongylus vulgaris* auf die Gefäßwände (vgl. Seite 220, und Foto 117, Seite 226) entstehen Blutgerinnsel, die die Gefäße verstopfen und den Blutfluß beeinträchtigen können. Bei plötzlichem Eintreten des Verschlusses ist die Zirkulation gestört. Kann die Blutversorgung des betroffenen Darmabschnittes durch Nebengefäße übernommen werden, so ist eine Erholung der geschädigten Gewebe möglich; wird die Versorgung jedoch längere Zeit unterbrochen, stirbt der nicht durchblutete Bezirk ab. Der Darm kann an der betroffenen Stelle reißen, Bauchfellentzündung und Toxinschock führen dann zum schnellen Tod des Tieres.

→ **Erscheinungsbild.** Im Anfangsstadium sieht man Symptome wie bei einer Krampfkolik. Verstärkte Darmgeräusche und häufiger Kotabsatz werden beobachtet. Bei Dickdarmthrombosen kommt es zu Gasansammlungen im Darm. Stinkender Durchfall kann im weiteren Verlauf auftreten. Es entwickelt sich fortgeleitet eine Bauchfellentzündung, die wiederum mit Fieber einhergeht. Das Bauchhöhlenpunktat ist in diesen Fällen trübe und enthält viele weiße Blutkörperchen.

→ **Behandlung.** Zunächst werden krampflösende Mittel verabreicht. Wenn die Kolikerscheinungen wiederholt auftreten, können Wurmmittel und gerinnungshemmende Medikamente eingesetzt werden. In schweren Fällen ist eine chirurgische Behandlung erforderlich, deren Erfolgschancen aber wesentlich von der Größe des durch den Infarkt betroffenen Darmabschnittes abhängen.

Graskrankheit

→ **Begriffsbestimmung und Ursachen.** Die Graskrankheit ist eine durch Nervenschädigung bedingte Erkrankung des Verdauungsapparates, oft einschließlich des Schlundes der Pferde, deren Ursache noch unbekannt ist. Am häufigsten erkranken junge Tiere. Die Erkrankung tritt bei Weidepferden besonders in Nordeuropa auf.

→ **Erscheinungsbild.** Die Erkrankung kann so schnell verlaufen, daß die Pferde tot auf der Weide aufgefunden werden, ohne daß vorher Krankheitserscheinungen zu beobachten waren. In anderen Fällen tritt der Tod innerhalb von 1 bis 2 Tagen ein, nachdem die Pferde kurze Zeit Benommenheit und Teilnahmslosigkeit, schmutzig-verwaschene, gelbrote Schleimhäute, rasch über 80 Schläge je Minute ansteigende Pulsfrequenz, Muskelzittern und oft starke Schweißausbrüche zeigen. Zu Beginn können Kolikerscheinungen auftreten. Die Tiere liegen auffallend oft. Meist bestehen Schluckbeschwerden. Speichel und Futterteile fließen aus den Nüstern wieder ab, wenn die Tiere versuchen zu fressen. Das ist auf eine völlige Erschlaffung von Schlund (manchmal auch der Zunge), Speiseröhre und Darm zurückzuführen. Der Magen ist mit stinkendem Inhalt gefüllt und stark erweitert, was zur Zerreißung führen kann. Jegliche Darmbewegung fehlt. Bei der rektalen Untersuchung können harte Kotmassen im Dickdarm gefühlt werden. Bei einer langsameren Verlaufsform treten die genannten Erscheinungen ebenfalls auf, sind aber weniger deutlich. Die Tiere können noch etwas Kot absetzen, der hart und schleimüberzogen ist. Als typische Erscheinung kommt ein zunehmend aufgezogener Bauch hinzu. Die Bauchdecken sind beim Betasten nicht schmerzhaft. Die Tiere magern zunehmend ab und sterben nach einigen Wochen.

→ **Behandlung.** Die Krankheit ist unheilbar. Behandlungsversuche sind deshalb ohne Erfolg. Durch künstliche Ernährung über die Sonde und Infusionen sowie durch medikamentelle Anregung der Darmtätigkeit wird eigentlich nur die Krankheitsdauer verlängert.

Brüche der Bauchhöhle (Hernien)

Unter einem Bruch versteht man eine Ausstülpung des Bauchfells (Bruchsack) durch eine vorgebildete, seltener zwangsweise entstandene Öffnung (Bruchpforte) in der Bauchwand. In die Ausstülpung können Bauchorgane oder Teile von ihnen hineintreten (Bruchinhalt). Von dieser Definition weichen die „inneren“ Brüche insofern ab, als ihnen ein Bruchsack fehlt. Es handelt sich bei ihnen um die Verlagerung von Bauchorganen durch anatomisch bedingte oder zusätzlich entstandene Lücken innerhalb des Bauchraumes. Verlagerungen von Darmteilen können schwere Koliken auslösen.

Zwerchfellbruch

→ **Begriffsbestimmung.** Hier sind Bauchorgane oder Organteile durch eine Bruchpforte im Zwerchfell in die Brusthöhle verlagert. Im Unterschied zu den übrigen äußeren Brüchen fehlt ein Bruchsack.

→ **Ursachen.** Öffnungen im Zwerchfell als angeborene Defekte sind offenbar sehr selten, da hierüber kaum etwas bekannt geworden ist. Hauptsächlich entsteht die Bruchpforte als Folge äußerer Gewalteinwirkung, z. B. nach Stürzen, Stoß- oder Schlagverletzungen.

→ **Erscheinungsbild.** Es bestehen unterschiedlich starke Anzeichen einer Kolik. Verlagerungen von Darmteilen in die Brusthöhle und Einklemmung in der Bruchpforte verursachen heftige Schmerzanfälle, die sehr schnell in einen Schockzustand übergehen können. Die Atemfrequenz ist teils wegen der Schmerzen, teils durch Behinderung der Lungenfunktion erhöht. Im Brustraum können Darmgeräusche zu hören sein. Dort, wo die Bauchorgane in den Brustraum gelangt sind, ist der Lungenschall gedämpft.

→ **Behandlung.** Die einzig mögliche Behandlung besteht in einer Operation, die nur bei künstlicher Beatmung vorgenommen werden kann.

Nabelbruch

→ **Begriffsbestimmung.** Beim Nabelbruch wird die Bruchpforte von dem Nabelring gebildet, durch den sich der Bruchsack vorstülpt.

→ **Ursachen.** Es handelt sich hierbei in der Regel um ein erbliches Leiden, das beim Fohlen bereits in den ersten Lebenswochen durch unvollständigen Verschluß der Bauchdecken im Bereich des Bauchnabels deutlich in Erscheinung tritt. Gewalteinwirkungen sind sehr selten Ursachen von Nabelbrüchen.

→ **Erscheinungsbild.** Bei neugeborenen Fohlen läßt sich der Nabelbruch allerdings noch nicht erkennen. Erst 10 bis 14 Tage nach der Geburt sieht man im Bereich des Nabels eine zunächst noch flache Vorwölbung der Bauchdecken. In der 3. bis 4. Lebenswoche vergrößert sie sich, denn mit beginnender Rauhfutteraufnahme verändern sich auch die Belastungsverhältnisse der Bauchdecken. Die Umfangsvermehrung (Foto 110,

Seite 225) ist zunächst schmerzlos, und der Inhalt läßt sich durch die Bruchpforte in die Bauchhöhle zurückschieben. Gelangen Darmteile in den Bruchsack, ist die Einklemmung des Bruches besonders dann möglich, wenn sich in ihnen Kot ansammelt. In diesem Fall fühlt sich der Bruch derb an und ist schmerzhaft. Die Pferde zeigen zum Teil recht heftige Koliksymptome, Schweißausbruch und Zittern. Der Allgemeinzustand verschlechtert sich innerhalb weniger Stunden. Zusehends treten Vergiftungserscheinungen durch Zersetzung im eingeklemmten Darm sowie bakterielle Infektionen auf. Dann kann nur noch eine schnelle Operation helfen.

→ **Behandlung.** Die von Laien häufig geübten Versuche, Nabelbrüche mit Bruchbändern oder scharfen Einreibungen zu behandeln, haben wenig Erfolgsaussichten und führen nicht selten zu unerwünschten Entzündungen. Unblutige Methoden, die nach Zurückschieben des Bruchinhaltes am auf dem Rücken liegenden Fohlen durchgeführt werden, bestehen im Abkluppen, Abnähen oder Abbinden des Bruchsackes. Durch ungenügendes Verkleben und Verwachsen kann es aber zur unverhofften Eröffnung der Bauchhöhle und zu schweren Komplikationen kommen.

Die sicherste und erfolgreichste Form der Behandlung bleibt daher die Operation. Sind Darmteile eingeklemmt, ist sie sofort erforderlich. Nach der Operation sind die Tiere die ersten 2 bis 3 Wochen auf engstem Raum zu halten, um übermäßige Bewegung zu vermeiden. Außerdem muß das Rauhfutterangebot eingeschränkt werden, damit die Bauchdecken entlastet werden

Leistenbruch, Hodensackbruch

→ **Begriffsbestimmung und Ursachen.** Beim Leistenbruch treten Eingeweideteile in den Leistenspalt ein, beim Hodensackbruch dringen sie durch den Leistenkanal bis in den Hodensack vor. Leistenbrüche treten selten auf, manchmal erkranken Stuten. Hodensackbrüche werden dagegen häufiger beobachtet. Betroffen sind besonders Traber- und Deckhengste sowie Zirkuspferde (Steiger), bei denen zeitweise die Leistenringe infolge des spezifischen Einsatzes der Tiere unphysiologisch geweitet werden. Deshalb muß besonders bei diesen Tiergruppen bei akuten Kolikerkrankungen an die Möglichkeit eines eingeklemmten Hodensackbruches gedacht werden. Von Bedeutung ist auch der angeborene Hodensackbruch, der bei wenige Tage alten Fohlen diagnostiziert wird.

→ **Erscheinungsbild.** Da die Einwanderung der Hoden in den Hodensack oft erst 8 bis 14 Tage nach der Geburt abgeschlossen ist, wird die Diagnose des angeborenen Hodensackbruches erst zu diesem Zeitpunkt gestellt. Der Leistenspalt ist so breit, daß man mehrere Finger eindrücken kann. Die sichtbar verstärkte Füllung und Vergrößerung des Hodensackes, die von Tag zu Tag deutliche Änderungen im Ausmaß zeigen kann, wird in der Regel nicht übersehen (Foto 113, Seite 225). Der Inhalt läßt sich leicht in die Bauchhöhle zurückdrängen. Da Einklemmungen des Darmes sehr selten sind, und damit keine weiteren klinischen Erscheinungen auftreten, kann bei jungen Pferden durchaus abgewartet werden. Kleine Brüche verschwinden im 1. Lebensjahr oft von allein.

Eingeklemmte Eingeweideteile verursachen aber heftige Schmerzen und lösen starke Koliksymptome aus. Die Tiere schwitzen, werfen sich nieder, wälzen sich und zeigen große Unruhe. Im Leistenspalt oder im Hodensack fühlt man eine derbe und schmerzhafte Umfangvermehrung auf der Seite, auf der der Bruch eingetreten ist. Bei rektaler Untersuchung sind die in den Leistenspalt ziehenden Darm- oder Netzteile zu fühlen.

Bereits 2 bis 3 Stunden nach Einklemmung von Darmteilen bestehen Störungen des Allgemeinbefindens. Die betroffenen Darmteile sterben nach etwa 10 Stunden ab. Dann lassen die Kolikerscheinungen nach. Jetzt tritt kalter Schweiß auf. Die Tiere werden apathisch. Die Herzschlagfrequenz steigt auf über 90 pro Min. Im weiteren Verlauf erhöht sich der Puls auf 120 pro Min. und wird schwach und fadenförmig. Infolge Kreislaufversagens sterben die Tiere innerhalb der nächsten Stunden.

Stuten mit Leistenbrüchen zeigen im Schenkelspalt neben dem Euter Vorwölbungen, die sich bis in die Kniefalte erstrecken können. Da es nicht zur Einklemmung des Bauchinhaltes kommt, fehlen die vom Hengst her bekannten Allgemeinstörungen.

→ **Behandlung.** Bei dem angeborenen Hodensackbruch des Hengstfohlens wartet man im ersten Lebensjahr zunächst ab, ob sich der Leistenring noch verengt und der Bruchinhalt sich von selbst in die Bauchhöhle zurückzieht. Ist das nicht der Fall, erfolgt auf der erkrankten Seite die Kastration und damit der Verschluß der Bruchpforte. Der eingeklemmte Hodensackbruch dagegen muß sofort operiert werden. Falls erforderlich, ist der Hoden auf der erkrankten Seite zu entfernen. Einseitig kastrierte Hengste können weiterhin decken.

Bauchwandbruch

→ **Begriffsbestimmung und Ursachen.** Bauchwandbrüche entstehen, wenn durch Einwirkung stumpfer Gewalt die tieferliegenden Bauchwandschichten bei intakter Haut zerreißen. Außerdem kön-nen geplatzte Operationswunden oder Narbenzerreißungen die Ursache von Bauchwandbrüchen sein.

Einteilung der Bauchwandbrüche:
- Flankenbrüche (entstehen meist durch Hufschlag in der Flankengegend über der Kniefalte, Foto 112, Seite 225).
- Brüche der hinteren unteren Bauchregion zwischen den Hintergliedmaßen (sie entstehen durch Reiten auf dem Flankierbaum oder der Wagendeichsel).
- Brüche in der Nabelumgebung (entstehen durch Einwirkung stumpfer Gewalten).
- Bauchbrüche (durch Abriß der geraden Bauchmuskeln am Beckenrand, werden bei hochtragenden Stuten gefunden, Foto 111, Seite 225).
- Bauchbrüche in der Mittellinie zwischen Nabel und Brustbein (kommen als Mißbildungen vor und sind Folge des unvollständigen Bauchwandverschlusses).

→ **Erscheinungsbild.** Liegt die Einwirkung einer stumpfen Gewalt vor, ist die Bruchumgebung geschwollen und teilweise blutig infiltriert. Der Bruchring ist oft erst nach 2 bis 3 Tagen fühlbar, wenn die akuten Schwellungen zurückgehen.

Brüche nach Operationen treten im Bereich von Operationswunden auf, wenn die Nähte dem Bauchinnendruck nicht standhalten. Bei hochtragenden Stuten kann die Endsehne des geraden Bauchmuskels am Beckenansatz abreißen. Die Bruchpforte liegt dann quer vor dem Becken. Sie ist vom Mastdarm aus zu fühlen.

→ **Behandlung.** Kleine Bauchbrüche mit schlitzförmiger Bruchpforte können nach erfolgreicher Reposition des Bruches von selbst ausheilen. Diese Fälle sind selten. Sonst müssen Bauchbrüche operativ behandelt werden.

Erkrankungen der Leber

Die Leber kann als zentrales „Stoffwechsellabor" des Körpers gesehen werden. Neben einer sehr wichtigen Entgiftungsfunktion wirkt sie maßgeblich am Kohlenhydrat-, Fett- und Eiweißstoffwechsel mit und speichert Vitamine und Spurenelemente. Nach Erkrankungen besitzt die Leber eine hohe Regenerationsfähigkeit.

→ **Begriffsbestimmung und Ursachen.** Lebererkrankungen treten meist sekundär, d. h. im Gefolge anderer Erkrankungen (wie Magen-Darm-Erkrankungen, Infektionskrankheiten) auf. Sie können aber auch durch geschädigte Futtermittel (Schimmelpilzgifte), Giftpflanzen (Jakobskreuzkraut), sowie Bakterien- und chemische Gifte verursacht und durch Mangel an Vitamin E und essentiellen Aminosäuren gefördert werden. Relativ häufig treten leichte Leberschäden auf, die ohne klinische Erscheinungen verlaufen.

Von den Formen der Lebererkrankungen sollen **Leberdegeneration** (Leberdystrophie), **Leberentzündung** (Hepatitis) und die chronisch verlaufende **Leberzirrhose** genannt werden. Eine Unterscheidung dieser Formen ist aus klinischer Sicht oft schwierig und z. T. nicht möglich.

→ **Erscheinungsbild.** Hinweise auf eine Lebererkrankung können Appetitstörungen, Gewichtsverlust, ungenügende Wasseraufnahme, leichte Ermüdung, stumpfes Haarkleid, Trägheit und Depression geben. Als typische Symptomatik ausgeprägter Lebererkrankungen sind Verhaltensstörungen anzusehen, die offenbar auf ein Versagen der Ammoniakentgiftung durch die geschädigte Leber zurückzuführen sind. Der erhöhte Ammoniakspiegel im Blut beeinträchtigt dann das Zentralnervensystem. Das äußert sich in einem ungestümen Vorwärtsdrängen der sonst trägen, abgestumpften Pferde. Die Tiere zeigen ein dummkollerartiges Benehmen und manchmal leichte Kolik. An Perioden mit starker Abgeschlagenheit können sich solche mit Übererregbarkeit, die bis zur Raserei geht, anschließen. Im Stoffwechsel einer geschädigten Leber können auch Substanzen entstehen, die sich in der Haut anreichern und die Lichtempfindlichkeit unpigmentierter Stellen erhöhen. Diese Hautbezirke röten sich nach intensiver Sonneneinstrahlung, es entstehen Bläschen und später auch Krusten (Foto 114, Seite 225).

Meist liegt bei Lebererkrankungen eine Gelbfärbung der Lidbindehäute (Ikterus) vor (Foto 115, Seite 225), die auf einen erhöhten Bilirubinspiegel im Blut zurückzuführen ist. Es kann allerdings nicht von jedem Ikterus auf eine Lebererkrankung geschlossen werden. Ein Ikterus tritt z. B. auch nach starkem Zerfall der roten Blutkörperchen (Bilirubin entsteht beim Abbau des roten Blutfarbstoffs Hämoglobin) auf, ohne daß der Leberstoffwechsel gestört ist. Es ist deshalb für die Diagnostik der Lebererkrankungen wichtig, neben Bilirubin Enzyme des Blutserums wie GGT, ASAT, SDH, GLDH (s. Anhang, Tab. Seite 365 bis 367) in die Untersuchungen einzubeziehen.

→ **Behandlung.** Die erkrankten Pferde werden kohlenhydatreich ernährt, ein Eiweißüberschuß muß vermieden werden. Glukoseinfusionen können die Energieversorgung weiter verbessern. Empfehlenswert ist auch der Einsatz von Glukokortikoiden. Die Wasseraufnahme kann durch Laborkontrolle des Hämatokritwertes im Blut überprüft werden. Wenn ein Anstieg auf ungenügende Wasseraufnahme hinweist, sind Infusionen mit Elektrolytlösungen vorzunehmen. Zusätzlich erhalten die Pferde Vitamin E und Selen.

→ **Vorbeuge.** Durch sorgfältige Kontrolle der Futtermittelqualität, Verhinderung der Aufnahme von Giftpflanzen und bedarfsdeckende Vitamin-E- und Selenversorgung ist eine gewisse Prophylaxe möglich. Starker Eiweißüberschuß in den Rationen kann den Leberstoffwechsel belasten.

Befall mit Magen-Darm-Parasiten, Endoparasitosen

Die intensive Haltungsform der Pferde in unserem Lebensraum, die ihnen nur ein sehr begrenztes Areal zur Verfügung stellt, erhöht die Gefahr der parasitären Infektion und Reinfektion beträchtlich. Jeder massive Wurmbefall beeinträchtigt nicht nur die Leistungsfähigkeit schlechthin, sondern stellt eine ernste, sogar lebensbedrohliche Gefahr dar. Dabei geht die Gefährdung von mechanischen Schäden aus, die die Würmer und ihre Entwicklungsstadien im Organismus hervorrufen und von der Giftwirkung der Stoffwechselprodukte dieser Parasiten. Treten sie in großer Zahl auf, können ihre größten Vertreter die Darmpassage mechanisch behindern oder sogar einen Darmverschluß herbeiführen. Besonders gefährdet sind Fohlen, die noch nicht genügend Widerstandskraft haben und bei starkem Befall ein Opfer der Parasiten werden.

Unter wirtschaftlichen Gesichtspunkten sind die bedeutsamsten Magen-Darm-Parasiten des Pferdes:
- Zwergfadenwürmer (*Strongyloides*),
- Pferdespulwürmer (Ascariden),
- Palisaden- oder Blutwürmer (Strongyliden)
- Magendasseln (*Gasterophilus*-Larven)

Bedeutung erlangen ab und zu:
- Magenwürmer (*Habronema*),
- Pfriemenschwänze (Oxyuren),
- Bandwürmer (Taenien),
- Lungenwürmer (*Dictyocaulus*).

Um Informationen über den Parasitenstatus eines Bestandes zu erhalten, ist es notwendig, in regelmäßigen Abständen Kotproben zu untersuchen. Das erfolgt als Bestands-, Stichproben- oder Einzeluntersuchung. Stichproben und Bestandsuntersuchungen geben Auskunft über den Erfolg einer Herdenbehandlung und helfen, den Zeitpunkt einer Neuverwurmung im Bestand zu erfassen. Einzeluntersuchungen werden bei klinischem Verdacht auf Parasitenbefall oder bei Umstellungen vorgenommen.

Jedes Pferd sollte vor der Umstellung in einen neuen Bestand parasitologisch untersucht und entwurmt sein. Andernfalls ist das Pferd isoliert aufzustallen und zu behandeln. Da bei der Entwurmung Parasiten verstärkt ausgeschieden werden, sind die Einstreu zu entfernen sowie der Stall zu reinigen und zu desinfizieren. Empfehlenswert ist auch eine Behandlung bei Pferden, die sich längere Zeit außerhalb des Bestandes aufgehalten haben und bei denen daher die Gefahr einer Ansteckung bestand.

In größeren Beständen und in Zuchtbetrieben ist es notwendig, die Bekämpfung nach einem einheitlichen Parasitenbekämpfungs- und Prophylaxe-

Tab. 7.1. Vorschlag eines Zeitplans für die Wurmbehandlung bei Sportpferden.

	1. Behandlung	2. Behandlung	3. Behandlung	4. Behandlung
Stall- und Weidehaltung	vor Austrieb	9. bis 10. Weidewoche	18. bis 20. Weidewoche	Oktober/November*)
ganzjährige Stallhaltung	März	Juli	November*)	

*) Einsatz von Präparaten, die auch gegen Magendasseln (*Gasterophilus*) wirken (vgl. Tab. 7.2.)

Tab.7.2. Wirksamkeit einiger Wurmmittel (Wirkstoffe) bei Endoparasitenbefall (nach HIEPE, ECKERT, MEHLHORN u.a.).

Wirkstoff	Dosis (mg/kg KM oral)	Zwergfadenwürmer	Palisadenwürmer große	Palisadenwürmer kleine	Magenwürmer	Pfriemenschwänze	Spulwürmer	Lungenwürmer	Magendasseln
Fenbendazol	7,5	++	+++	+++	–	+++	+++	+[1]	–
Mebendazol	10	–	+++	+++	+	+++	+++	++[2]	–
Thiabendazol	75	+++	+++	+++	+++	+++	+		–
Febantel	6,0	–	+++	+++	–	+++	+++	+	–
Piperazin (Base)	88	–	+	+++	–	+	+++		–
Dichlorphos	35	–	++	+++	–	+++	+++	–	+++
Metrifonat	30	–	–	–	–	++	+++	–	+++
Ivermectin	0,2	+++	+++	+++	+++	+++	+++	+++	+++
Moxidectin	0,4	+++	+++	+++	+++	+++	+++		+++

1) 10 mg/kg KM an 5 aufeinanderfolgenden Tagen
2) 20 mg/kg KM an 5 aufeinanderfolgenden Tagen

plan durchzuführen (Tab. 7.1). Die entscheidenden Gesichtspunkte bei der Aufstellung eines derartigen Planes ergeben sich aus der Biologie der Würmer. Ihre artspezifisch unterschiedlichen Schädigungen, die sie dem Pferd als Wirt zufügen, rufen pathologische Veränderungen hervor, die klinische Symptome auslösen können. Da die Pferde oft von verschiedenen Parasiten gleichzeitig befallen werden, lassen klinische Erscheinungen häufig keine genauen Rückschlüsse auf eine bestimmte Parasitenart zu. Erst der Nachweis der Parasiten oder ihrer Entwicklungsstadien in den Kotproben sichert die Diagnose.

Die Bekämpfung der Parasiten verfolgt das Ziel, die Befallsquoten in den Pferdebeständen auf ein Minimum zu senken. Man kann den Befall jedoch nur gering halten, wenn entscheidende Prinzipien der Hygiene und Prophylaxe beachtet werden, da letzten Endes der Infektionsdruck den Grad des Wurmbefalls bestimmt. Damit kommt den Hygienemaßnahmen bei der Parasitenbekämpfung eindeutig das Primat zu. Es ist eine irrige Ansicht, einen hohen Parasitenbefall allein durch Wurmmitteleinsatz bekämpfen zu wollen. Durch jahrelange intensive medikamentelle Behandlung konnten in regelmäßig kontrollierten Beständen weder das Parasitenspektrum noch die Befallshäufigkeit wesentlich beeinflußt werden. Hinzu kommt, daß die Präparate nur eine beschränkte Wirkungszeit haben, die auch günstigstenfalls nicht über 8 Wochen liegt. Gelingt es, die Verbreitung der Parasiten in der Umwelt der Pferde erheblich einzuschränken, werden auch weitere Behandlungsmaßnahmen erfolgreich sein. Das bedeutet, der Stall- und Weidehygiene größere Aufmerksamkeit zu schenken. Neben der regelmäßigen Entmistung der Ställe, dem Stapeln des Dungs und wiederholter mechanischer Stallreinigung und Desinfektion ist auch auf den Koppeln und in den Ausläufen die regelmäßige Dungentfernung (alle 3 bis 4 Tage) unbedingt notwendig. Allein diese Maßnahme ist bei der Parasitenbekämpfung wesentlich effektiver, als ein regelmäßiger Einsatz von Breitspektrumwurmmitteln nach einem Entwurmungsplan. Verstärkte Kontaktmöglichkeiten mit infiziertem Kot, die auch durch Überbelegungen in Laufställen und auf der Weide begünstigt werden, erhöhen den Infektionsdruck beträchtlich. Damit steigt auch die

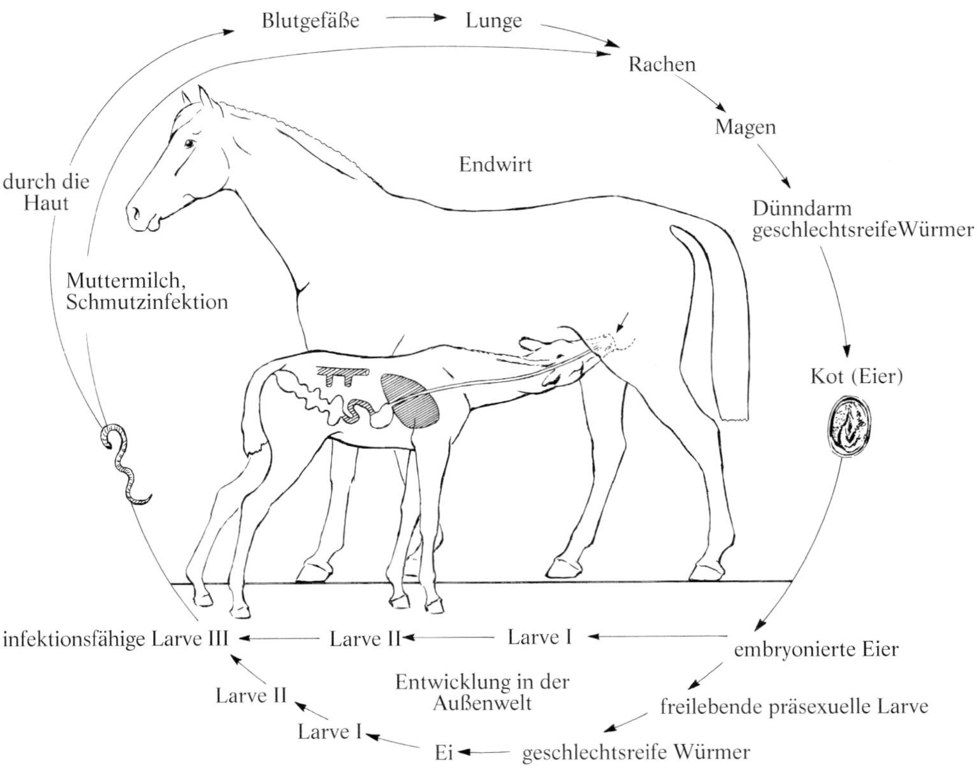

Abb. 7.21 Lebenszyklus des Zwergfadenwurmes (*Strongyloides westeri*).

Gefahr, daß die Empfindlichkeit der Parasiten gegenüber den Wurmmitteln abnimmt.

Zwergfadenwürmer

→ Begriffsbestimmung und Entwicklungskreislauf. Die Zwergfadenwürmer (*Strongyloides* spec.) sind Dünndarmparasiten, die als Stallinfektion vornehmlich bei jungen Fohlen auftreten. Die Erstinfektion der Fohlen geht von Larven aus, die von der Stute mit der Milch frühestens ab dem 4. Tag nach dem Abfohlen (und in den anschließenden 40 Tagen) ausgeschieden werden. Die Befallsquote der Fohlen bis zu einem halben Jahr liegt zwischen 50 und 100%. Im Darm entwickeln (Abb. 7.21) sich aus den Larven die geschlechtsreifen Parasiten. Sie sind nur wenige Millimeter lang und leben etwa ab dem 10. Tag nach der Aufnahme in Bohrgängen in den oberflächlichen Schichten der Dünndarmschleimhaut. Dort scheiden sie in den nächsten Wochen tausende Eier aus, die mit dem Kot der Fohlen (und analog auch der Stute) in die Außenwelt gelangen, wo sich infektionstüchtige Larven entwickeln. Ein geringer Prozentsatz kann sich zu einer freilebenden Geschlechtsgeneration ausbilden und garantiert die Vermehrung auch ohne Wirtstier.

Die infektionstüchtigen Larven bohren sich, von der Körperwärme der Fohlen angelockt, durch die Haut und dringen in den Körper ein. Auf dem Blutweg gelangen sie über das Herz in die Lunge und bohren sich hier in die Luftwege, erreichen mit dem Luftstrom den Rachen, werden abgeschluckt und sind schon nach 3 Tagen im Dünndarm anzutreffen, so daß der Kreislauf von neuem beginnt. Wegen der kurzen Entwicklungsperioden ist die Gefahr einer laufenden Wiederholungsinfektion besonders groß. Mit zunehmendem Alter der Fohlen geht der Wurmbefall zurück. Bei Jährlingen ist nur noch eine geringe Befallsquote zu erwarten.

→ Erscheinungsbild. Die wandernden Larvenstadien schädigen das Lungengewebe und schaffen

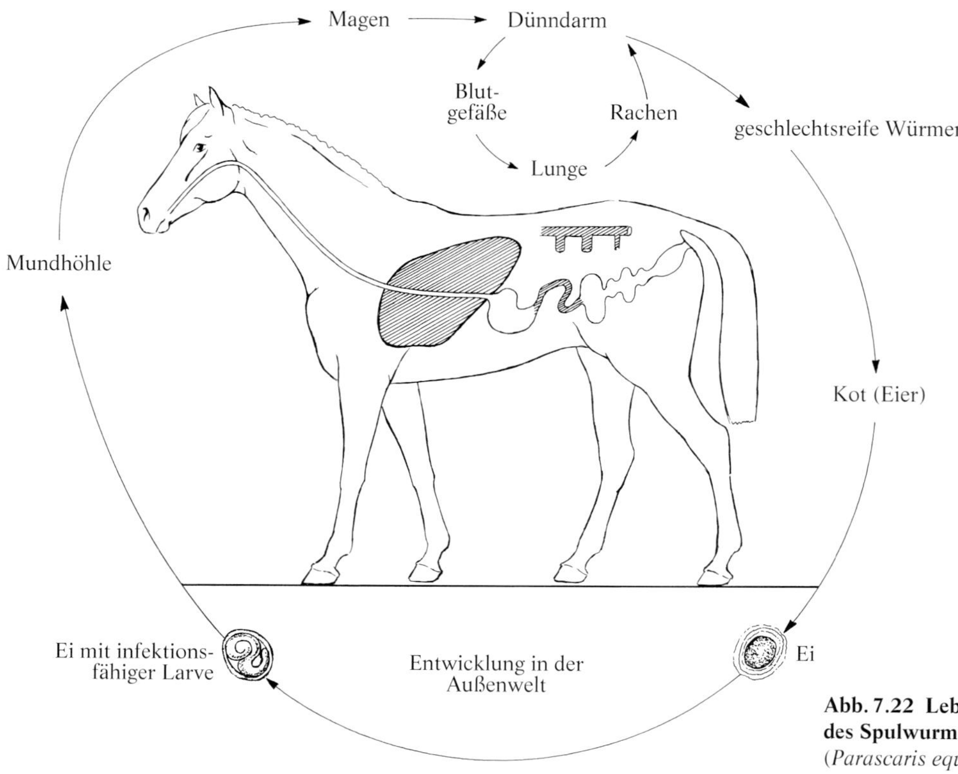

Abb. 7.22 Lebenszyklus des Spulwurmes (*Parascaris equorum*).

Eintrittspforten für Krankheitserreger, die akute und chronische Lungenentzündungen verursachen können. Die im Darm lebenden Würmer rufen Durchfälle, Verdauungsstörungen und Kolikanfälle hervor. Es konnte nachgewiesen werden, daß die mit der sog. „Fohlenrosse" der Stuten einhergehenden Durchfallerkrankungen der Saugfohlen in der Regel durch starken Strongyloidesbefall erzeugt werden. Starke Durchfälle bei 2 bis 3 Wochen alten Fohlen können deshalb u. a. auch auf eine Strongyloidesinfektion hinweisen.

→ **Behandlung und Vorbeuge.** Auch durch intensive medikamentelle Behandlung der Stuten vor der Geburt kann eine Ausscheidung der infektionstüchtigen Larven mit der Milch und damit der Beginn dieser Parasiteninfektion beim Fohlen zwar verringert, nicht aber verhindert werden. Deshalb ist es besonders wichtig, einer zunehmend stärkeren Verwurmung der Fohlen durch Unterbrechung der Parasitenkreisläufe entgegenzuwirken. Das ist durch tägliches Entfernen des Kotes aus dem Stall sowie durch regelmäßige Stallreinigung und -desinfektion möglich. Ergänzend können die Stuten mehrere Stunden nach dem Abfohlen vorbeugend mit Ivermectin behandelt werden. Bei erheblichem Parasitenbefall sollte eine Therapie bei allen Fohlen und Stuten des Bestandes vorgenommen werden.

Spulwürmer

→ **Begriffsbestimmung und Entwicklungskreislauf.** Spulwürmer (Ascariden) sind Parasiten des Dünndarms, die bei Fohlen und Jungpferden besonders stark verbreitet sind. Für ein-, zwei- und dreijährige Pferde wurden sinkende Befallsquoten von 60, 45 und 25% ermittelt. Die hohen Befallsquoten der Jungtiere beruhen auf ihrer geringen Widerstandskraft gegenüber diesen Parasiten. Ausgereifte Spulwürmer erreichen bis 40 cm Länge, sind bleistiftstark, drehrund und von weißer bis gelblicher Farbe. Ihre Lebensdauer übersteigt ein Jahr. Das enorme Reproduktionsvermögen (ein Weibchen erzeugt täglich mehrere hunderttausend

Eier) begründet die besondere Infektionsgefahr, der die Pferde ständig ausgesetzt sind. Die dickschaligen Eier besitzen eine außergewöhnliche Resistenz gegenüber Umwelteinflüssen und Desinfektionsmaßnahmen und können in Pferdeställen und auf Weiden einige Jahre lebensfähig bleiben. Durch die klebrige äußere Hülle haften die Eier an der Haut und den Haaren der Tiere sowie an Stallwänden und Futterbestandteilen. Unter feuchtwarmen Bedingungen, bei einem Temperaturoptimum von 25 bis 35 °C, erreichen die Eier durch die Entwicklung der Larve in 10 Tagen die Infektionsreife. Nach oraler Aufnahme der Eier wird die Larve im Dünndarm frei und wandert über das Blutgefäßsystem in die Lunge. Von hier erreicht sie den Rachen, wird abgeschluckt und gelangt nach 4 Wochen wieder in den Dünndarm, wo sie sich zum geschlechtsreifen Wurm entwickelt (Abb. 7.22).

→ **Erscheinungsbild.** Veränderungen durch wandernde Larven werden besonders in Lunge und Leber gefunden. Massive Infektionen, die bei Fohlen beobachtet werden, können die Entstehung von Lungenentzündungen begünstigen. Die im Dünndarm lebenden geschlechtsreifen Stadien entziehen dem Nahrungsbrei wichtige Bestandteile (z. B. Vitamine) und erzeugen in Abhängigkeit von der Befallsstärke wechselnde Erscheinungen wie struppiges, glanzloses Haarkleid, Wachstumseinbußen, Abmagerung, verminderten Appetit, Durchfälle, Kolikanfälle und chronische Blutarmut. Bei starkem Befall, der meist bei Jungtieren auftritt, können konzentrierte Wurmansammlungen im Dünndarm zum Darmverschluß (Foto 118, Seite 226) und nach heftigen Kolikanfällen zur Verendung führen. Die Würmer erzeugen ein giftiges Stoffwechselprodukt, Askaridin, das bei starkem Befall beim Wirt zentralnervöse Störungen hervorrufen kann. Im Vordergrund der Schäden steht jedoch beim Sportpferd die zum Teil beachtliche Leistungsminderung. Da eine Infektion sowohl im Stall als auch auf der Weide erfolgen kann, besitzt die Stall- und Weidehygiene eine besonders wichtige prophylaktische Bedeutung.

→ **Behandlung.** Ein direkter Nachweis von Eiern bei der Kotuntersuchung ist erst etwa 80 bis 100 Tage nach der Infektion möglich. Zu diesem Zeitpunkt können beim Fohlen schon wesentliche Schäden eingetreten sein. Daher sollte beim Fohlen neben einer intensiven Stallhygiene die erste Wurmbehandlung bereits 2 Monate nach der Geburt erfolgen. Zu diesem Zeitpunkt sind die Würmer noch nicht geschlechtsreif und haben die Umwelt noch nicht weiter mit Eiern kontaminiert. Gegen Spulwürmer sind fast alle Anthelmintika wirksam. Eine Übersicht gibt Tabelle 7.2. Im Lungengewebe wandernde Larven werden durch moderne Wurmmittel z. T. mit erfaßt.

→ **Vorbeuge.** Die dickschaligen Spulwurmeier sind äußerst widerstandsfähig. Daher wird für die Stallreinigung vor der Desinfektion die Verwendung eines Dampfstrahlgerätes empfohlen. Es hat sich bewährt, den Pferdedung sorgfältig zu stapeln, da durch die entstehende Hitze die Embryonalentwicklung in den Eiern gestört wird. Durch eine Wurmbehandlung im November kann die Ausscheidungsrate über den Winter relativ niedrig gehalten werden.

Palisadenwürmer

→ **Begriffsbestimmung und Entwicklungskreislauf.** Palisadenwürmer (Strongyliden) sind die beim Pferd am häufigsten vorkommenden Parasiten. Sie sind in den Pferdebeständen derart verbreitet, daß praktisch jedes Pferd im Laufe seines Lebens mit ihnen infiziert wird. Besonders gefährdet sind Fohlen und heranwachsende Pferde, da ihnen die Immunität noch völlig fehlt. Natürlich infizierte Pferde beherbergen meist große und kleine Strongyliden. Durch die ausgedehnte Wanderung ihrer Entwicklungsstadien im Organismus sind die **großen Strongyliden** (2,5–5 cm lang) gefährlicher. Die größte Schadwirkung geht von dem am häufigsten vorkommenden *Strongylus vulgaris* (Abb. 7.23) aus. Aus den mit dem Kot ausgeschiedenen Eiern entwickeln sich in den Monaten Mai bis Oktober innerhalb von 5 (Hochsommer) bis 14 (Frühjahr und Herbst) Tagen infektionsfähige Larven. Nur in diesem Zeitraum ist die temperaturabhängige Entwicklung der Larve bis zum infektionstüchtigen III. Larvenstadium möglich. Im Winter stagniert sie. Die Temperaturgrenzen für den Eischlupf liegen zwischen 12 und 38 °C. Bei 40 °C sterben die Eier schnell ab. Bei hohen Temperaturen überleben auch die infektiösen Strongylidenlarven nur wenige Wochen, während die Larven bei niedrigen Temperaturen viele Wochen und Monate in der Außenwelt zubringen können. Larven sind frostempfindlich. Sie können aber, wie auch die Eier, auf Weiden z. T. überwintern.

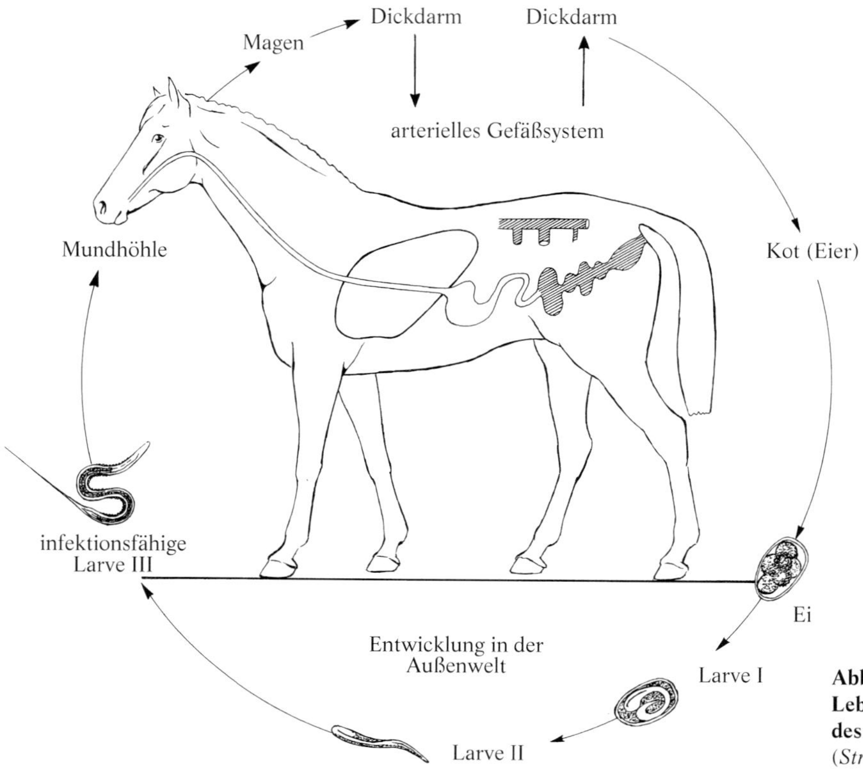

Abb. 7.23 Lebenszyklus des Palisadenwurmes (*Strongylus vulgaris*).

Werden allerdings diese Weiden im Frühjahr nicht von Pferden begangen, sterben bis Mitte Mai/Anfang Juni die meisten der überwinternden Entwicklungsstadien ab, so daß diese Weiden dann als unbedenklich anzusehen sind. Grundsätzlich ist die Infektionsgefahr auf permanenten Pferdeweiden besonders groß.

Die Gewohnheit der Pferde, trockene Kotballen zu beriechen und aufzunehmen, begünstigt gerade auf überbesetzten Standweiden die rasche und massive Verwurmung. Da die feuchtigkeitsliebenden infektionstüchtigen Larven III nicht gleichzeitig, sondern protrahiert über einen längeren Zeitraum aus den Kotballen (bis zu 30 cm weit!) auswandern, wirkt jeder Kothaufen als Reservoir.

Besondere Bewegungsaktivität entwickeln die Larven von der Dämmerung bis in die frühen Morgenstunden oder an trüben Tagen, wenn die Gräser mit einem Flüssigkeitsfilm überzogen sind, der durch Tau, Nebel oder Regen gebildet wird. Sie wandern bis zu den Spitzen der Grashalme, wo sie leicht aufgenommen werden. Hier lassen sie sich auch nachweisen. Erst beim Abtrocknen wandern sie in die Grasnarbe zurück. Verschlechtert sich der Aufwuchs und die Pferde werden gezwungen, in der Nähe der Kothaufen zu fressen, erhöht sich die Infektionsgefahr. Sie ist bei Stallhaltung besonders groß. In der Matratzeneinstreu leben die Parasiten in den oberen Schichten und wandern an feuchten Stallwänden empor.

Die infektionsfähigen Larven werden von den Pferden während der Futtersuche aufgenommen und abgeschluckt. Sie gelangen bis in den Dickdarm, durchdringen hier die Schleimhaut und erreichen die arteriellen Blutgefäße der Darmwand. In diesen Gefäßen wandern sie bis in die vordere Gekrösewurzel, aus der die Darmarterien entspringen. Sie verletzen hier die Gefäßwände und auch deren glatte Innenausgleitung. Dadurch entstehen Blutgerinnsel, die sich innen den Gefäßwänden anlegen. In diesen Auflagerungen aus geronnenem Blut halten sich massenhaft Larven von *Strongylus vulgaris* auf (Foto

117, Seite 226), die hier eine 3- bis 4monatige Entwicklung durchmachen, bevor sie wieder den gleichen Weg zurück in den Dickdarm wandern. Hier werden sie dann nach 6 bis 8 Wochen zu eiproduzierenden Würmern, die sich als Blutsauger mit ihrer Mundkapsel fest an die Darmwand ansaugen. Insgesamt dauert ihre Entwicklung also etwa $6^1/_2$ Monate. Die geschlechtsreifen Würmer leben 4 bis 6 Monate.

→ **Erscheinungsbild.** Durch wandernde Wurmlarven von *Strongylus vulgaris* verursachte Veränderungen der vorderen Gekrösewurzel, die sich bedingt durch Zerstörung der elastischen Gefäßwandschichten äußerlich als blasige Erweiterung darstellen, werden als Wurmaneurysmen bezeichnet. Sie sind bei Pferden häufig vorhanden. Lösen sich von dem Blutgerinnsel kleine Teilchen, so werden sie mit dem arteriellen Blut in immer kleinere Darmarterien gespült, bis sie sich festsetzen und diese verstopfen. Damit ist die Blutversorgung des entsprechenden Darmabschnittes gestört, was zu sehr schmerzhaften Koliken führen kann (s. embolisch-thrombotische Kolik). Wandernde Strongylidenlarven können aber auch in anderen Körperteilen Schädigungen und Thrombosen der Arterien hervorrufen. Beispielsweise verursachen sie Durchblutungsstörungen in den Gefäßen der Hinterbeine, die bei Belastung zur Lahmheit führen und die sich bei weiterer Bewegung bis zur völligen Funktionsunfähigkeit der betroffenen Gliedmaßen verstärken (s. intermittierendes Hinken). Der Schaden durch ausgereifte Strongyliden ist ebenfalls beträchtlich. Jeder Wurm kann täglich 0,2 ml Blut aufnehmen. Massiver Befall führt deshalb zu erheblichem Blutverlust.

Die Larven **kleiner Strongyliden** dringen in die Wand des Dickdarms (Blind- und Grimmdarm) ein, wo sie gewissermaßen in einer Ruhephase („hypobiotische Larve"), von einer Kapsel umschlossen (enzystiert), liegen können. Bei starkem Befall ist die Schleimhaut dieser Darmabschnitte von Knötchen übersät (es wurden bis knapp 500 Larven je Quadratzentimeter gezählt) (Fotos 119 und 120, Seite 226). Die Larven sind während dieser Ruhephase für Wurmmittel nur eingeschränkt erreichbar. Innerhalb kurzer Zeit können sie in großer Zahl die Darmwand verlassen und in das Darminnere zurückkehren. Dadurch wird die Darmschleimhaut großflächig so stark geschädigt, daß ihre Funktionen, wie z. B. die Aufnahme von Wasser und Nährstoffen aus dem Darmbrei, total gestört sind. Wiederholt wurde diese massive Mobilisierung der in der Darmwand ruhenden Larven kurz nach einer Wurmbehandlung beobachtet, die offenbar eine aktivierende Wirkung hatte. Die Erkrankung (larvale Cyathostominose) tritt überwiegend bei Jungtieren nach Abschluß der ersten Weideperiode im darauffolgenden Winter oder Frühjahr auf. Es können aber auch ältere Pferde bis zu etwa 6 Jahren betroffen sein. Die Erscheinungen sind plötzlicher, nicht stillbarer, dünnbreiiger bis wäßriger, übelriechender Durchfall, der chronisch wird, Appetitlosigkeit, Abgeschlagenheit, Gewichtsverlust, Anzeichen eines Wassermangels, Unterhautödem, sehr niedriger Blutalbuminspiegel und evtl. leichte Kolik. Schwer betroffene Tiere sterben oft trotz intensiver Behandlung.

Es sind auch nervöse Erscheinungen (Übererregbarkeit, Muskelkrämpfe) beobachtet worden.

Da zu Beginn der Erkrankung nur wenige geschlechtsreife Würmer im Darm vorhanden sein können, ist die Eiausscheidung meist gering und bei akuter Erkrankung diagnostisch nicht verwertbar. Im Darminneren wachsen auch die Larven der kleinen Strongyliden zu geschlechtsreifen Würmern heran, die sich mit ihren Mundkapseln an der Schleimhaut festsaugen und diese nochmals schädigen. Sie produzieren Eier, die mit dem Kot ausgeschieden werden, so daß sich der Parasitenkreislauf schließt.

→ **Behandlung.** Auch hier hat der Einsatz von modernen Breitbandwurmmitteln nur Sinn, wenn er mit Hygienemaßnahmen gekoppelt wird (s. Vorbeuge). In die Behandlung sind alle Pferde des Bestandes (auch die klinisch gesunden Tiere) einzubeziehen. Ein Befall mit enzystierten Larven der kleinen Strongyliden kann mit Moxidectin behandelt werden.

→ **Vorbeuge.** Die vorbeugenden Maßnahmen, deren Ziel die Verhinderung eines erheblichen Parasitenbefalls ist, müssen unter Beachtung der Saisondynamik der Parasitose und des Verhaltens der infektiösen Parasitenform außerhalb der Wirtstiere einschließlich der Überwinterungsmöglichkeiten erfolgen. Mit einer gewissen Belastung der Weiden durch überwinternde Larven ist im Frühjahr zu rechnen. Wenn aber die Weiden erst Mitte Mai begangen werden, stirbt auch noch der größte Teil dieser Larven ab.

Eine zweite Infektionsquelle sind die parasitenausscheidenden Pferde. Deshalb ist eine Wurmbehandlung vor Weideaustrieb erforderlich. Die Larvendichte nimmt besonders auf Standweiden im Laufe der Weideperiode immer weiter zu. Deshalb ist im Juli eine zweite Wurmbehandlung mit anschließender Umsetzung der Tiere auf eine bis dahin nicht begangene Weide zu empfehlen. Damit kann der Infektionsdruck, dem die Pferde ausgesetzt sind, drastisch verringert werden. Das ist auch möglich, wenn die Koppeln als Umtriebs- oder Portionsweide genutzt werden. An eine Weidedauer von ca. 1 Woche sollte sich dann eine Ruhephase von 40 Tagen anschließen. Mitte November ist dann eine dritte Wurmbehandlung erforderlich. Auch hier müssen (wie bei den vorangegangenen Behandlungen) alle Tiere der Herde erfaßt werden.

Sehr wichtig ist die regelmäßige Entfernung des Kotes von den Weideflächen (manuell oder mittels Vakuumreiniger), die zweimal wöchentlich erfolgen muß. Ein Überbesatz der Weiden muß vermieden werden.

Diese Hygienemaßnahmen sind auch für eine Reduzierung des Befalls mit kleinen Palisadenwürmern ausschlaggebend. Auch hier schaukelt sich der Befallsgrad ständig auf. Gesteigerte Aufnahme der mit dem Kot ausgeschiedenen Parasitenstadien führt zu stärkerer Verwurmung und damit zu erhöhter Eiausscheidung mit dem Kot usw.

Bandwürmer

→ Begriffsbestimmung und Entwicklungskreislauf. Relativ häufig sind Pferde auch Träger von Bandwürmern (Taenien), allerdings ist erst bei starkem Befall mit Gesundheitsstörungen zu rechnen. Die häufigste Bandwurmart wird bis zu 25 cm lang, weist breite, kurze Glieder auf und heftet sich im Hüftdarm (Ileum), besonders an dessen Übergang in den Blinddarm (Ileozäkalklappe), an (Foto 116, Seite 226). Die abgestoßenen, eigefüllten Bandwurmglieder sind an den Kotballen sichtbar. Als Zwischenwirte fungieren Moosmilben, die auf feuchten Wiesen leben. Sie können 2 bis 3 Jahre lang die infektiösen Entwicklungsstadien enthalten, so daß die Parasiten in den Milben mehrmals überwintern und dadurch die Weiden infektiös bleiben. Die Pferde nehmen die finnenhaltigen Moosmilben mit dem Futter auf, in etwa zwei Monaten wachsen die geschlechtsreifen Bandwürmer heran.

→ Erscheinungsbild. Massenbefall (es werden dann mehrere Hundert Bandwürmer gezählt) kann zu Abmagerung, Darmentzündung und zu heftiger Kolik infolge einer Verlegung des Darmlumens führen. Im Differentialblutbild ist eine Eosinophilie nachweisbar.

→ Behandlung. Durch orale Gabe von Praziquantel (Präparat: Dronzit, 1 ml/50 kg KM) können die Bandwürmer im Darm schnell abgetötet werden. Bereits 1 bis 2 Tage später sind im Kot keine Bandwurmglieder mehr nachweisbar.

→ Vorbeuge. Die Bekämpfung der Moosmilben, die als Zwischenwirt fungieren, wodurch der Entwicklungskreislauf der Bandwürmer unterbrochen werden könnte, ist praktisch nicht möglich. Wichtig ist eine gute Weidehygiene mit häufigem Absammeln des Kotes. Kurz vor Weideaustrieb und im August/September sollten Bandwurmbekämpfungen aller Pferde derjenigen Bestände vorgenommen werden, in denen diese Parasitose Bedeutung hat.

Lungenwürmer

→ Begriffsbestimmung und Entwicklungskreislauf. Lungenwürmer (*Dictyocaulus*) treten selten bei Pferden, häufiger dagegen bei Eseln und anderen Equiden überwiegend als Folge einer Weideinfektion auf. Die bis zu 6 cm langen geschlechtsreifen Würmer leben in Luftröhre und Bronchien. Die Eier gelangen durch Husten in den Rachen, werden abgeschluckt und mit dem Kot augeschieden. Aus ihnen entwickeln sich bereits nach 3 Tagen infektionsfähige Larven, die mit dem Weidegras aufgenommen werden. Vom Darm erreichen sie auf dem Blutweg nach 5 Tagen die Lungen und entwickeln sich hier in 5 bis 6 Wochen zu geschlechtsreifen Würmern. Die Eiausscheidung ist beim Pferd je nach Futterzustand auf 6 bzw. 12 bis 21 Monate begrenzt.

→ Erscheinungsbild. Während bei Eseln ein Befall mit Lungenwürmern meist ohne Krankheitserscheinungen verläuft, ist dieser bei Pferden durch andauernden, trockenen Husten mit Schleimauswurf gekennzeichnet. Die Tiere zeigen Freßunlust und magern ab. Bakterielle und Virusinfektionen der Lunge können gefördert werden.

Der Verdacht einer Lungenwurmerkrankung ist gegeben, wenn die Tiere während des Weideganges gehäuft husten. Eine sichere Diagnose gestattet nur die Kotuntersuchung durch den Nachweis embryonierter Eier im frischen Kot oder der innerhalb eines Tages geschlüpften Larve I.
→ **Behandlung.** Alle Pferde des lungenwurmkranken Bestandes sind aufzustallen. Zur Behandlung ist Mebendazol geeignet. Es muß aber an 5 aufeinanderfolgenden Tagen verabreicht werden. Ivermectin ist auch bei einmaligem Einsatz sehr wirksam. Wenn bereits bakterielle Lungeninfektionen vorliegen, ist vor der Wurmbehandlung eine Antibiotikatherapie erforderlich.
→ **Vorbeuge.** Esel sollten nicht mit Pferden auf den gleichen Weiden gehalten werden. Infizierte Weiden sind 3 Monate für Pferde zu sperren.

Magenwürmer

→ **Begriffsbestimmung und Entwicklungskreislauf.** Magenwürmer (*Habronema*) sind 3 bis 5 mm lange, haarfeine, rötlichbraune Parasiten, die in der Magenschleimhaut schmarotzen und Eier oder bereits Larven absetzen, die mit dem Kot ausgeschieden werden. Die weitere Entwicklung verläuft dann bei einigen Arten mit Zwischenwirt (Fliegenlarven und die daraus entstehenden Fliegen, vgl. Sommerwunden) oder, bei anderen Arten, direkt, wobei die infektionsfähigen Larven durch die Pferde mit dem Weidegras wieder aufgenommen werden. Die Larven können auf der Weide überwintern. Dadurch sind befallene Weiden auch nach der Winterpause noch infektiös.
→ **Erscheinungsbild.** Klinische Erscheinungen treten nur bei starkem Befall auf. Magenentzündung, Abmagerung, verminderter Appetit, Kolikerscheinungen, Anämie und Leistungsschwäche können beobachtet werden. „Verirrte" Larven sind die Ursache der schlecht heilenden Sommerwunden (siehe Abb. 7.12, Seite 180, sowie Fotos 99 und 101, Seite 207).
→ **Behandlung.** Zur Behandlung eignen sich alle Breitspektrumanthelmintika (s. Tab. 7.2).
→ **Vorbeuge.** Regelmäßige Entfernung des Kotes von der Weide. Da beim Pferd die gleichen Arten wie beim Wiederkäuer auftreten, erhöht sich die Gefahr, wenn die Weiden gemeinsam mit Schafen und Rindern genutzt werden.

Pfriemenschwänze

→ **Begriffsbestimmung und Entwicklungskreislauf.** Pfriemenschwänze (*Oxyuris equi*) sind bis zu 1,5 cm große Würmer, die als Parasiten des Dickdarmes, bevorzugt bei älteren Pferden, auftreten. Zur Eiablage wandern die Weibchen in die Afterregion. Dort setzen sie bis zu 60 000 Eier in einer erstarrenden Flüssigkeit ab. Diese Eischnüre sind außen am After sichtbar. Die Weibchen sterben kurz danach. In den Eiern entwickeln sich Larven, die mit den Eihüllen in die Streu abfallen und von den Pferden oral aufgenommen werden. Im Dickdarm bilden sich die Larven zu geschlechtsreifen Würmern um (Abb. 7.24).
→ **Erscheinungsbild.** Eine Schadwirkung geht vornehmlich von dem Juckreiz aus, den die Weibchen durch ihre meist nächtliche Wanderung an den After der Pferde zur Eiablage auslösen. Die Pferde sind unruhig und scheuern sich am Schweifansatz, wo es zu Haarausfall und entzündlichen Ekzemen kommen kann. Am After sind die Eischnüre sichtbar.
→ **Behandlung und Vorbeuge.** Für die medikamentelle Behandlung sind verschiedene Wurmmittel gut geeignet (Tab. 7.2). Bei Befall sollte die Afterregion der Pferde täglich mit Wasser abgeschwemmt und die Einstreu häufig gewechselt werden. Eine Heufütterung aus Raufen bietet sich an.

Magendasseln (Gasterophilose)

→ **Begriffsbestimmung.** Die Gasterophilose ist eine spezifische Erkrankung der Pferde, die durch parasitierende Larvenstadien der Magendasselfliegen (Abb. 7.25) im Magen-Darm-Kanal und in der Haut hervorgerufen wird. Sie hat sich in den letzten Jahren in Deutschland ständig weiter ausgebreitet. Die Larven I verursachen Bohrgänge in der Haut bzw. Schleimhaut, wenn sie aus den an den Haaren abgelegten Eiern frei werden und in den Wirtsorganismus eindringen. Die Larven II und III parasitieren im Magen-Darm-Kanal. Die rotbraunen Larvenstadien III leben dort 8 bis 9 Monate.
→ **Entwicklungskreislauf.** Die für das Pferd wichtige Art ist *Gasterophilus intestinalis*. Die Flugzeit liegt in der warmen Jahreszeit (August–September). Die bis zu 1,8 cm großen weiblichen Fliegen leben nur 14 bis 20 Tage und nehmen kei-

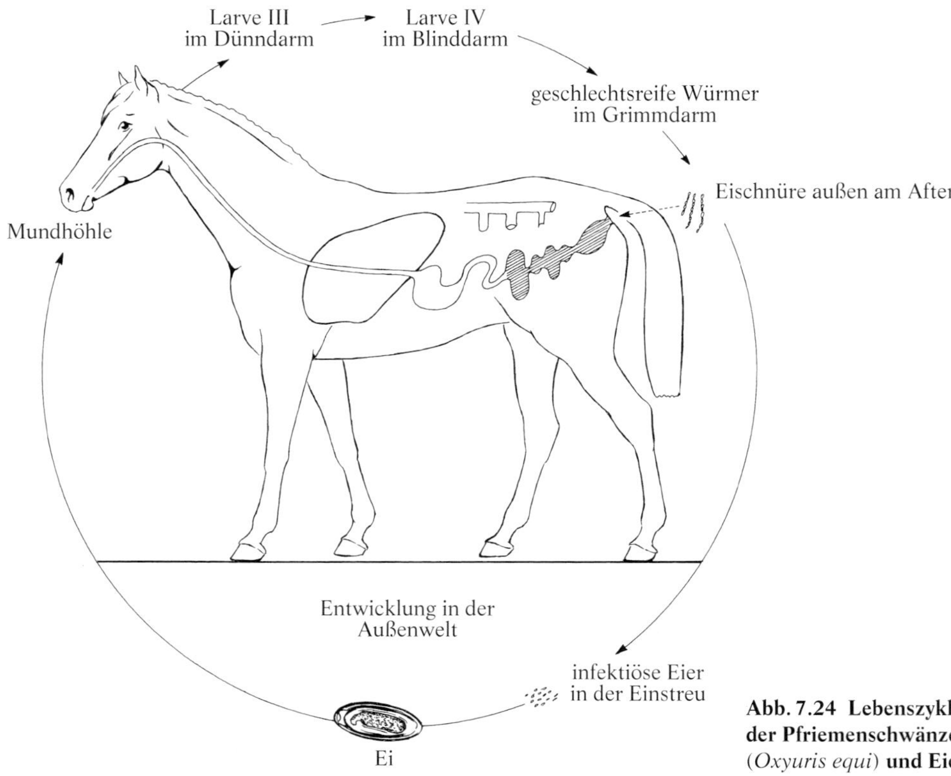

Abb. 7.24 Lebenszyklus der Pfriemenschwänze (*Oxyuris equi*) **und Eier.**

ne Nahrung auf. Sie fliegen besonders an windstillen Tagen (Flugradius 2–3 km) und legen bis zu 2500, gegen Umwelteinflüsse sehr widerstandsfähige Eier, die sie an Deckhaar und Mähne der Pferde ankleben (Fotos 123 und 124, Seite 243). Aus den Eiern schlüpft nach etwa 3 Wochen, wenn die entsprechenden Hautstellen von Pferden beleckt werden, die Larve I, bohrt sich in die Mundschleimhaut ein und entwickelt sich zur Larve II. Diese wird abgeschluckt und bildet sich im Magen zur Larve III um, die sich mit ihren Mundhaken in der Schleimhaut verankert und diese auch anfrißt. Im folgenden Frühjahr oder Sommer werden diese Larven mit dem Kot ausgeschieden (Foto 125, Seite 243), dringen in die oberen Schichten des Erdbodens ein, verpuppen sich und schlüpfen nach 3 bis 4 Wochen als geschlechtsreifen Fliegen.

→ **Erscheinungsbild.** Während der Eiablage beunruhigen die Fliegen die Pferde auf der Weide. Diese versuchen auszuweichen oder stellen sich, besonders während der Flugphase der Fliegen, zur Mittagszeit, in Gruppen zusammen. Wandergänge der Larven von *Gasterophilus inermis* rufen in der Backengegend das sog. Sommerstreifenekzem hervor. Die Larvenstadien I erzeugen bei massivem Befall in der Mundschleimhaut vorübergehend Kau- und Schluckbeschwerden. Im Magen-Darm-Kanal bohren sich die Larvenstadien II und III am artspezifischen Siedlungsort (bei *Gasterophilus intestinalis* ist das der Magen) in die Schleimhaut ein

F110 **Nabelbruch.** Die Bruchöffnung liegt in der Nabelregion.

F111 **Bauchbruch.** Abriß des geraden Bauchmuskels.

F112 **Flankenbruch.** Meist durch mechanische Einwirkung, wie Hufschlag, bedingt.

F113 **Hodensackbruch.** Darmschlingen treten in den Hodensack ein.

F114 **Lebererkrankung.** Schädigung der unpigmentierten Hautstellen nach Lichteinwirkung.

F115 **Lebererkrankung.** Gelbfärbung der Lidbindehäute, Ikterus.

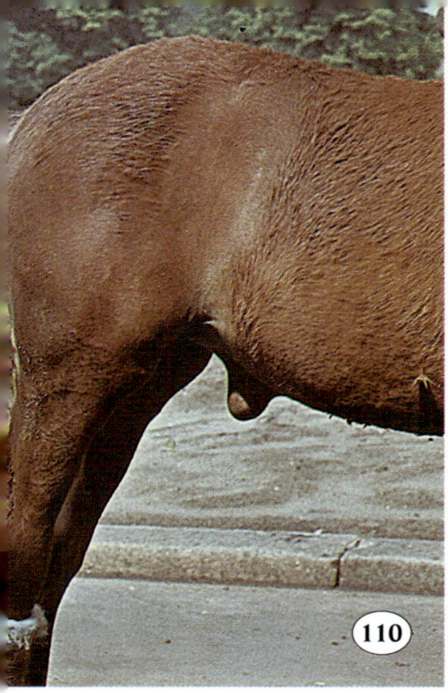
110

111

112

113

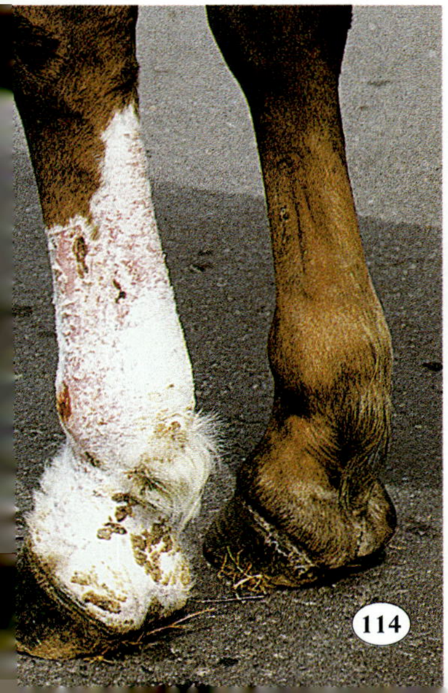
114

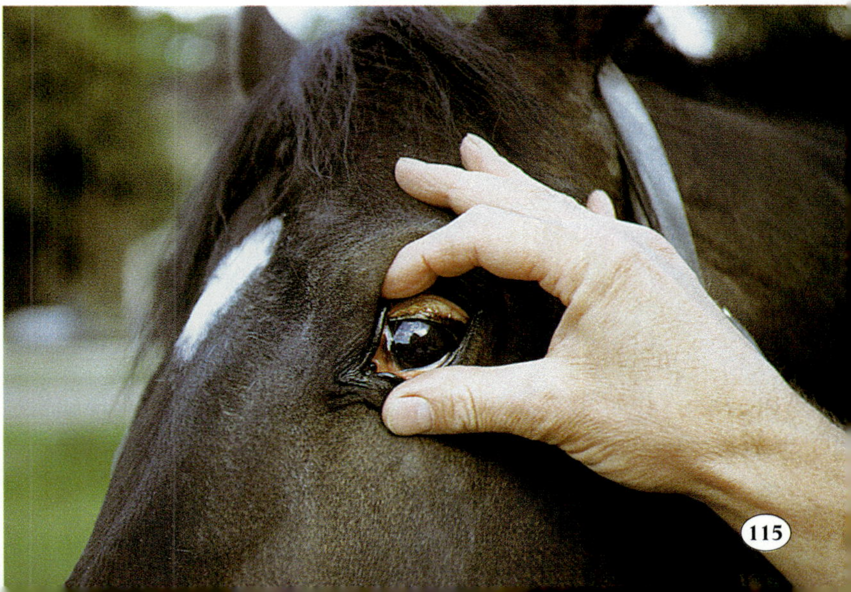
115

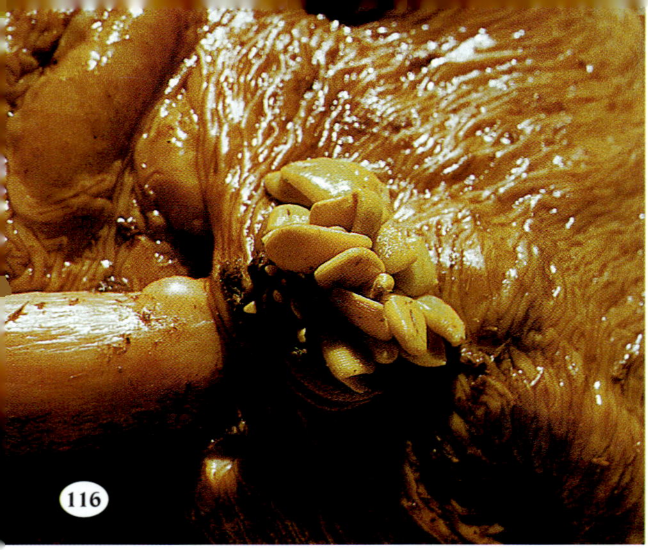
116

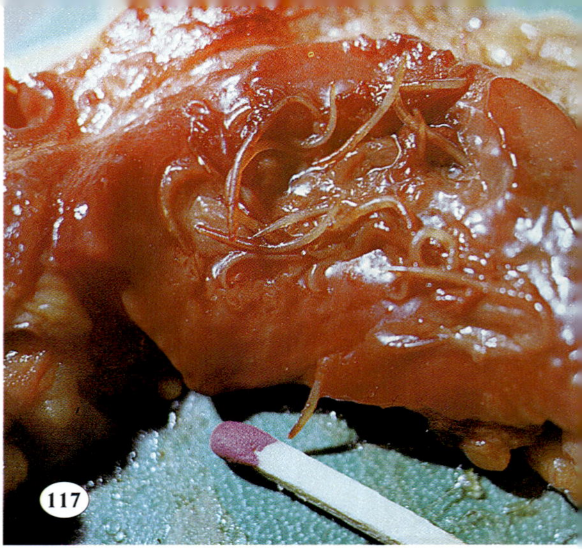
117

118

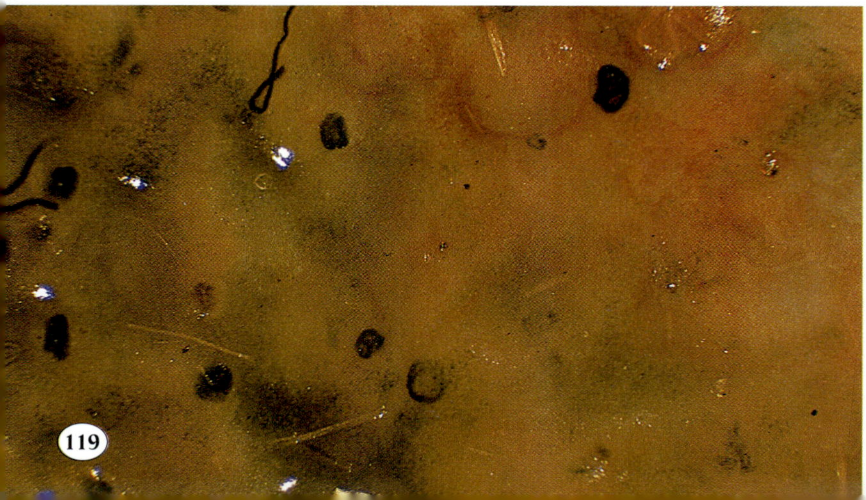
119

120

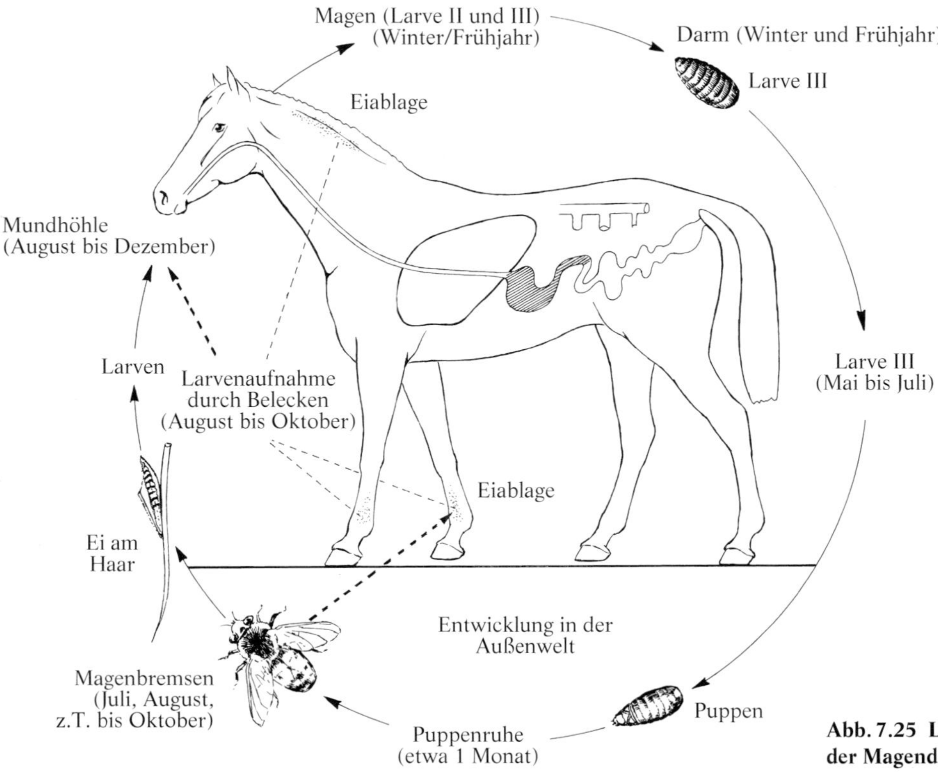

Abb. 7.25 Lebenszyklus der Magendasseln.

und bilden Larvennester (Fotos 121 und 122, Seite 243). Massenbefall kann zu Magenschleimhautentzündung, Verdauungsstörungen und eventuell auch zu Kolikanfällen führen. Bei Jungtieren kommt es zu Anämie, Abmagerung, Leistungsabfall und auch zu Todesfällen. Vereinzelt sind Magen- oder Darmdurchbrüche möglich.

Charakteristische Anzeichen eines Parasitenbefalls sind die Eier an den Haaren während der Sommermonate und spontan im Kot auftretende Larven.

→ **Behandlung und Vorbeuge.** In gefährdeten Gebieten richtet sich die Behandlung auf die Bekämpfung der Larve III, wenn sie den Ort ihres Schmarotzertums erreicht hat. Die Larven I und II sind medikamentell offenbar nicht zu erreichen. Die Behandlung sollte nicht vor Mitte November erfolgen. Für den Erfolg ist es wichtig, daß alle Pferde nicht nur eines Bestandes, sondern eines möglichst großen Territoriums in die Behandlung einbezogen werden. Sie kann anlässlich der herbstlichen Aufstallung der Pferde erfolgen. Eine Wiederholung empfiehlt sich 4 Wochen vor dem Weideaustrieb. Prophylaktisch, d. h. zur Minderung des Befalls, können die eibesetzten Haarstellen mit Schwamm und warmem Wasser (evtl. mit Insektizidzusatz) wiederholt abgewaschen werden. Die reifen Larven kriechen auf diesen Reiz hin aus und haften am Schwamm. Der Einsatz von Repellentien zur Abwehr eilegender Fliegen hat nur sehr begrenzte Wirkung.

F116 **Bandwürmer** am Eingang des Hüftdarms in den Blinddarm. Bei starkem Befall kann die Darmpassage gestört sein.

F117 **Palisadenwurmlarven** in der Wand einer Baucharterie (vordere Gekrösewurzel).

F118 **Starker Spulwurmbefall** bei einem Fohlen. Der Dünndarm ist durch Spulwürmer verstopft.

F119 und F120 **Dickdarmschleimhaut mit starkem Larvenbefall von kleinen Strongyliden.** Ein Teil der Larven hat die Knötchen verlassen, wobei Blutungen entstanden sind.

Krankheiten der Blutkreislauforgane

Die Leistung des Herz-Kreislauf-Systems, die für das Sportpferd vorrangig in der Erfüllung der Sauerstofftransportfunktion besteht, hat einen großen Einfluß auf die physische Leistungsfähigkeit, zu der enge korrelative Beziehungen bestehen. Jede Funktionsstörung kann zum leistungsbegrenzenden Faktor werden. Allerdings machen sich geringere Funktionsstörungen erst bei Belastung bemerkbar, wenn große Muskelgruppen beansprucht und erhöhte Anforderungen an die Transportleistung des Herz-Kreislauf-Systems gestellt werden.

Die sportliche Nutzung des Pferdes hat das allgemeine Interesse an der Leistungsfähigkeit und Trainierbarkeit des Herz-Kreislauf-Systems verstärkt, so daß nicht nur bei klinisch deutlich erkennbaren Erkrankungen, sondern oft bereits bei unterschiedlichsten Leistungsminderungen die Frage nach einer Mitbeteiligung des Herz-Kreislauf-Systems gestellt wird.

In der Ruhe zeigen diese Pferde aber gewöhnlich keine krankhaften Befunde, weshalb Untersuchungen des Herz-Kreislauf-Systems während und nach unterschiedlichen Belastungen durchzuführen sind. Sie sollen der Nutzungsart des Pferdes entsprechen und unter standardisierten Bedingungen erfolgen. Die aus der Gesamtzahl der Untersuchungsergebnisse gewonnenen Erkenntnisse ermöglichen eine verbesserte Beurteilung der Heilungsaussichten, entsprechende Behandlungsmaßnahmen und eine auf den Einzelfall bezogene Wiederherstellung der Leistungsfähigkeit.

Für die Feststellungen von Störungen des Herz-Kreislauf-Systems können folgende Erhebungen und diagnostische Untersuchungen herangezogen werden.

Vorbericht: Er gibt Hinweise über Leistungsabfall, übermäßig anhaltendes Schwitzen oder Schweratmigkeit nach Belastungen. Bei Galopprennpferden und Trabern fallen mangelnde Ausdauer und Geschwindigkeitsabfall im Endkampf auf. Daneben können Nasenbluten, Stolpern und Hinstürzen während der Arbeit auftreten.

Allgemeiner Eindruck (Adspektion): Wichtig ist zunächst ein Überblick über den allgemeinen Zustand des Pferdes. Die meisten Leistungsminderungen haben ihre Ursache in Erkrankungen der Gliedmaßen und des Atmungsapparates. Auch Ödeme an den Extremitätenenden und am Bauch sind selten ein Hinweis für eine zentrale Kreislauf-

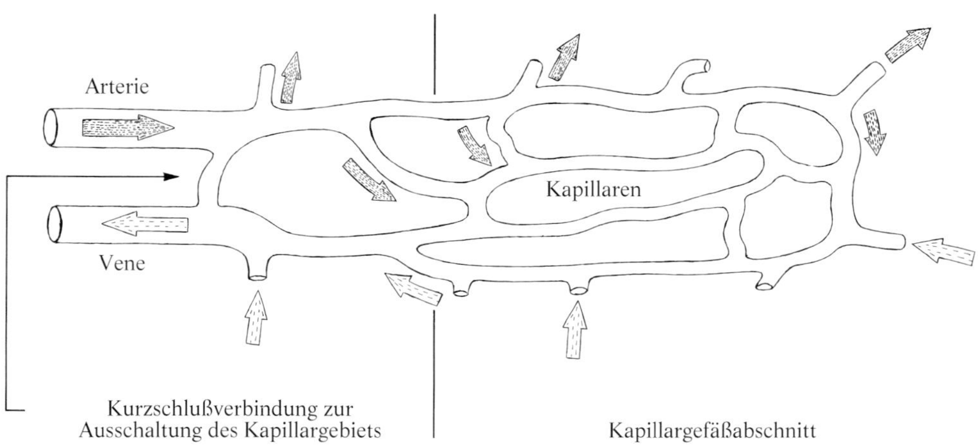

Abb. 7.26 Blutversorgung und Gefäßaufspaltung im Kapillargefäßabschnitt.

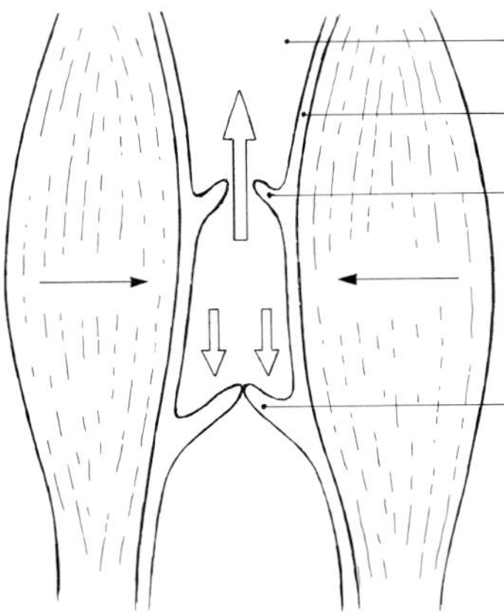

Abb. 7.27 Blutfluß einer Vene der Gliedmaßenmuskulatur, Funktion der Venenklappen.

störung. Sie entstehen meist durch mangelhafte örtliche Durchblutung infolge von Schädigungen des peripheren Venen- und Lymphsystems.

Zentral verursachte Ödeme sind meist erst im fortgeschrittenen Stadium einer Erkrankung des Herz- und Kreislaufsystems zu beobachten.

Untersuchung des peripheren Gefäßsystems: Der Druck der Drosselvene vermittelt Hinweise über die Arbeitsweise der rechten Herzkammer. Druckveränderungen, die in diesem Bereich entstehen, werden Venenpuls genannt. Beim gesunden Pferd ist weder die Drosselvene noch eine Pulsbewegung sichtbar.

Eine starke linksseitige Herzinsuffizienz kann sich in Atemnot, durch Husten, Druckzunahme in der Lungenvene sowie in einem Lungenödem äußern.

Die arterielle Pulswelle kann an der Unterkieferarterie, an der Schweifarterie oder der Zehenarterie (Fotos 1, 20 und 21, Seiten 49, 67) geprüft werden. Die Information über Qualität und Regelmäßigkeit der Pulswelle ist jedoch nicht genau genug, um eine exakte Diagnose z. B. über einen Herzklappenfehler zu ermöglichen. Dafür ist eine apparative Aufzeichnung notwendig.

Abhören der Herzgeräusche: Zur Beurteilung der Herzgeräusche benutzt man am besten ein Phonendoskop. Herzgeräusche entstehen durch Schwingungen im Herzgewebe und durch Veränderungen in der Geschwindigkeit des Blutstromes.

Die meisten hörbaren Teile der Herztöne und Geräusche beruhen auf Einengungen der Herzklappen.

Ein deutlicher Unterschied besteht zwischen dem ersten und dem zweiten Herzton. Der Herzschall ist am besten an der Stelle zu hören, an der er entsteht. Das Abhören der Herzgeräusche ist für die Ermittlung von Herzarrhythmien und Herzgeräuschen wichtig. Herzgeräusche sind bei vielen Pferden zu hören. Sie haben auch oft eine krankhafte Ursache. Die gute Anpassungsfähigkeit des Herzens hat aber beim Pferd meist nur eine geringe Leistungsminderung zur Folge.

Die Befunde einer Herzauskultation reichen allerdings für eine genaue Diagnostik und Beurteilung eines Herzschadens nicht aus. Dafür sind noch zusätzliche Untersuchungsverfahren wie Elektrokardiographie und Dopplerechinographie erforderlich.

Elektrokardiographie (EKG): Unter Elektrokardiographie versteht man die Aufzeichnung der Herzaktionsströme. Sie dient vornehmlich zur Feststellung von Herzrhythmusstörung. Das Elektrokardiogramm zeigt Potentialschwankungen der Herzmuskelzellen im Verhältnis zur Zeit. Die dabei entstehenden Zacken werden mit den Buchstaben P, Q, R, S, T und U bezeichnet.

Phonokardiographie: Diese Methode dient der Registrierung der Herzgeräusche. Beim Pferd wird allerdings die Qualität der Untersuchungsergebnisse oft dadurch begrenzt, daß es nicht gelingt, das Mikrofon weit genug unter die Schultermuskeln zu plazieren (Mm. anconei). Die Phonokardiographie ist besonders wichtig für die Dokumentation der Herzgeräusche.

Echokardiographie: Darunter versteht man die Aufzeichnung von reflektierten Ultraschallwellen am Herzen. Die klinische Bedeutung liegt bei diesem Verfahren in der Diagnostik von Herzfehlern, Herzbeutelergüssen und der Beurteilung des linken Herzens.

Blutdruckmessung: Die Messung des arteriellen Blutdruckes kann sowohl durch indirekte (unblutige) als auch direkte (blutige) Methoden geschehen. Ihre Bedeutung ist jedoch für die Ermittlung von Herz- und Gefäßerkrankungen beim Pferd als begrenzt anzusehen. Auch die Untersuchung mittels Herzkatheter hat beim Pferd keine Bereicherung der diagnostischen Möglichkeiten von Herz- und Gefäßerkrankungen gebracht.

Krankheiten des Herzens

Herzbeutelentzündung

→ **Begriffsbestimmung.** Die Herzbeutelentzündung ist eine entzündliche Erkrankung der um den Herzmuskel eine schützende Hülle bildenden serösen Häute, die beim Pferd vorwiegend als akute Entzündung im Gefolge verschiedener anderer Erkrankungen nachzuweisen ist. Sie tritt relativ selten auf.

→ **Ursache.** Sofern keine eingedrungenen Fremdkörper eine direkte Beschädigung des Herzbeutels hervorrufen, entstehen Herzbeutelentzündungen auf infektiöser Grundlage, indem Erreger aus erkrankten Organen entweder über den Blutweg in den Herzbeutel gelangen und sich hier anreichern oder entzündliche Veränderungen von den Nachbarorganen Herz, Lunge oder Brustfell auf den Herzbeutel übergreifen. Oft breiten sich Lungen- bzw. Brustfellentzündungen auf den Herzbeutel aus.

→ **Erscheinungsbild.** Neben massiven Fibrinablagerungen auf den Herzbeutelblättern kommt es auch zu Flüssigkeitsansammlungen im Herzbeutel, so daß die Herzarbeit behindert wird. In jedem Fall bestehen starke Allgemeinstörungen, wie Mattigkeit, Fieber, Kurzatmigkeit und eingeschränkte bzw. eingestellte Futteraufnahme. Bei einer Herzbeutelentzündung kann auch Brustschmerz auftreten, der sich durch Beklopfen auf die Herzgegend lokalisieren läßt. Die Tiere vermeiden wegen dieses Schmerzes jede Bewegung, stellen die Ellenbogen auswärts und versuchen den Rücken leicht zu krümmen. Die Flüssigkeitsansammlung im Herzbeutel schwächt die Herztöne ab. Der Puls ist beschleunigt und teilweise arhythmisch.

Die Prognose ist in jedem Fall zweifelhaft, da sich die volle Leistungsfähigkeit, die für das Sportpferd wichtig ist, kaum wieder herstellen läßt.

→ **Behandlung.** Die Behandlung ist auf die Bekämpfung der Ursachen gerichtet. Unterstützend durch den Tierhalter wirken absolute Ruhigstellung sowie diätetische, den Appetit anregende Maßnahmen. Durch Reduzierung voluminöser Futtermittel sollen eine starke Füllung des Magen-Darm-Kanals verhindert und die Kreislaufbelastung vermindert werden. Auf reichliche Frischluftzufuhr muß besonderer Wert gelegt werden.

Infolge chronischer Herz- und Kreislaufinsuffizienz kann es in seltenen Fällen zu einer vermehrten Flüssigkeitsansammlung im Herzbeutel kommen (Herzbeutelwassersucht).

Krankheiten des Endokards (Herzinnenhaut)

→ **Erscheinungsbild.** Gelegentlich kommt es zu einer Entzündung der Innenhaut des Herzens. Sie beruht im allgemeinen auf einem bakteriellen Entzündungsprozeß der Herzklappen.

→ **Ursachen.** Die Ansiedlung der Bakterien auf der Klappenoberfläche ist die Folge einer Sepsis. Nach Schädigung der Endothelzellen entsteht eine Ansammlung von Thrombozyten, in denen sich die Bakterien vermehren. Das bewirkt die Bildung einer Fibrinschicht, die die Klappenfunktion stört. Neben dieser Klappenendokarditis gibt es auch eine Entzündung an der Herzinnenwand, die meist die Folge eines septischen Infarktes ist.

→ **Vorkommen.** Die Endokarditis kommt beim Pferd in allen Altersgruppen vor. Beim Fohlen steht sie häufig im Zusammenhang mit einer septischen Nabelentzündung. Erwachsene Pferde erkranken mitunter im Verlauf einer septischen Thrombophlebitis der Drosselvene nach Injektionskomplikationen.

Neben Bakterien sind aber auch Parasitenlarven (*Strongylus vulgaris*) in der Lage, das Herzendothel zu schädigen.

→ **Erscheinungsbild.** Pferde, die an Endokarditis erkrankt sind, zeigen auffällige allgemeine Krankheitserscheinungen wie Apathie, Inappetenz und Arbeitsunwillen. Die Körpertemperatur ist erhöht, Puls sowie Atemfrequenz bis um das Doppelte vergrößert. In der Endphase der Erkrankung zeigen sich Stauungserscheinung an der Drosselvene und ein Venenpuls, der am stehenden Pferd zu sehen ist. Dann findet man auch Stauungsödeme am Unterbauch und der Vorbrust.

Die häufigsten fibrinösen Auflagerungen finden sich auf der Aortenklappe, gefolgt von Mitral- und Trikusspidalklappe.

Die Auflagerungen verursachen Insuffizienzgeräusche, die auskultatorisch hörbar sind. Nach einer Thrombophlebitis wird häufig eine Trikusbidalendokarditis und eine embolische Pneumonie gefunden.

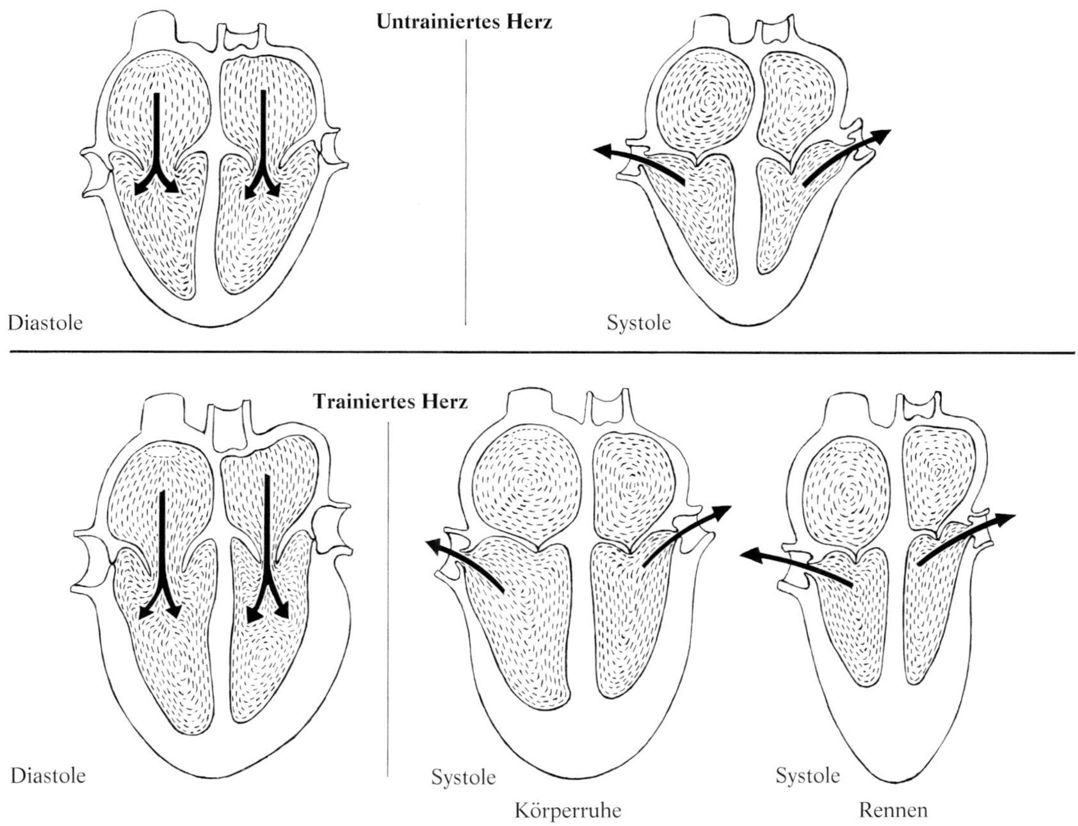

Abb. 7.28 Funktion des Herzens.
Die Herztätigkeit teilt sich in die Erholungsphase (Diastole) und Arbeitsphase (Systole). In der Diastole erfolgt die Blutfüllung der Herzkammer, in der Systole wird das Blut in den Körper- und in den Lungenkreislauf gepumpt.

Im EKG zeigen sich nur vereinzelt Veränderungen in Form von Extrasystolen und Vorhofflimmern. Die Veränderungen an den Herzklappen sind dagegen regelmäßig durch echokardiographische Untersuchungen nachweisbar.

→ **Behandlung.** Auch nach einer Dauerbehandlung mit Antibiotika tritt oft keine vollständige Heilung ein, da die klinischen Erscheinungen, die eine Diagnose ermöglichen, oft erst sichtbar werden, wenn bereits irreversible Schäden eingetreten sind.

Herzklappenfehler

Herzklappen üben an den Ein- und Ausmündungen der Herzkammern Ventilfunktion aus und bewirken, daß das Blut nur in eine Richtung fließen kann. Nicht selten kommen an den Herzklappen Defekte vor, die im Prinzip darin bestehen, daß die Ventile während der Verschlußphase nicht dicht schließen und das Blut gegen die normale Strömungsrichtung zurückfließt (Insuffizienz), oder daß sich die Ventile während der Öffnungsphase nicht vollständig öffnen können (Stenose) und dem Blutstrom erhöhter Widerstand erwächst. Je nach Lokalisation der Fehler unterscheidet man mangelhaften Verschluß (Insuffizienz) oder Verengung (Stenose) der Herzklappen, über die das Blut in die linke bzw. rechte Herzkammer fließt und der Klappen, die an den Austrittsstellen der Aorta bzw. der Lungenarterie vorgeschaltet sind.

Klappenfehler können angeboren oder im Verlauf einer Erkrankung erworben sein. Verengungen entstehen durch Gewebswucherungen oder

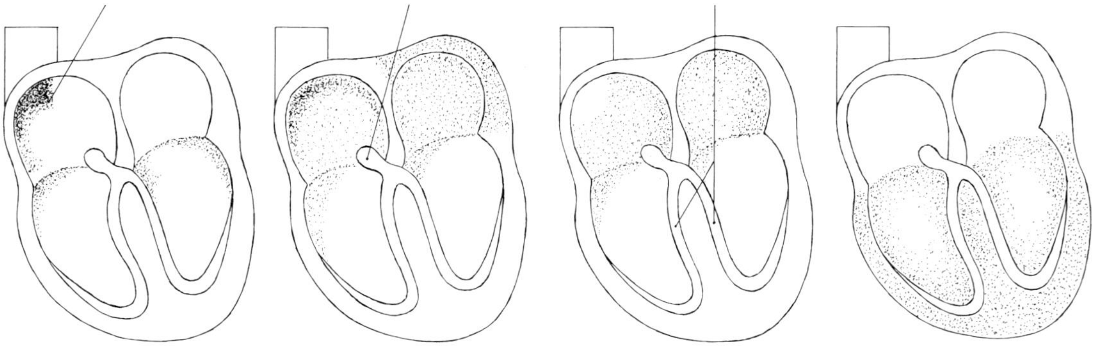

Abb. 7.29 Schema für die Erregungsbildung und Erregungsausbreitung im Herzmuskel.

Auflagerungen von Blutgerinnseln u. a. als Folge von Herzinnenhautentzündungen.

Mangelhafter Verschluß entsteht, wenn die Klappen schrumpfen, sich einrollen oder zerreißen. Klappenfehler erzeugen abnorme Herzgeräusche, die u. a. die Erkennung ermöglichen. Klappenfehler gelten solange als ausgeglichen, wie keine Grundsymptome einer ungenügenden Herzleistung vorhanden sind.

Klappenfehler der linken Herzhälfte

Das linke Herz, bestehend aus Vorkammer und Kammer, fördert das mit Sauerstoff angereicherte Blut zur Versorgung der Gewebe und Organe in den Körperkreislauf. Zwei Herzklappen verschließen die linke Herzkammer. Eine befindet sich am Eingang zwischen Vorhof und Kammer und reguliert den Blutzufluß. Die zweite Herzklappe verschließt die Öffnung am Übergang zur Aorta und reguliert den Blutstrom von der Kammer über die Aorta in den Körperkreislauf.

Während der Kammerfüllung ist der Herzmuskel erschlafft und befindet sich in der Erholungsphase. Die Klappe zwischen Vorkammer und Kammer ist geöffnet, jene zwischen Kammer und Körperkreislauf ist geschlossen. Nach erfolgter Kammerfüllung schließt sich die Klappe zwischen Vorhof und Kammer, und die Klappe zwischen Kammer und Körperkreislauf öffnet sich. Es beginnt die Arbeitsphase, d. h. die Entleerung der Herzkammern. Der Herzmuskel kontrahiert sich und drückt das Blut in den Körperkreislauf. Aus der Funktionsweise der Klappen lassen sich die unmittelbaren Folgen der Herzklappenfehler leicht erklären. Wir unterscheiden zwischen mangelhaftem Klappenverschluß und Verengung der Klappenöffnung.

Mangelhafter Klappenschluß der Vorkammer-Kammer-Öffnung

Bei Pferden ist dies ein relativ häufiger Klappenfehler. Während der Kammerkontraktion fließt ein Teil des Blutes durch die unvollständig schließende Vorhofkammerklappe zurück in die linke Vorkammer und nicht in den Körperkreislauf. Dadurch wird einerseits das in den Körperkreislauf geförderte Blutvolumen kleiner, und andererseits erhöht das in die linke Vorkammer zurückgestaute Blut den Druck im Lungenkreislauf, aus dem die linke Vorkammer das mit Sauerstoff angereicherte Blut erhält. Der Rückstau im Lungenkreislauf führt zu Störungen des Gasaustausches und zu einer abnehmenden Sauerstoffsättigung, die zunächst durch Mehrarbeit des Herzens kompensiert werden muß. Mit dem Erschöpfen der regulatorischen Ausgleichmöglichkeiten treten Blutstauungen auf. Die Bedingungen einer ausreichenden Sauerstoffversorgung des Gewebes verschlechtern sich stetig. Damit ist besonders der Zellstoffwechsel derjenigen Gewebe gestört, die einen hohen Sauerstoffbedarf haben.

→ **Erscheinungsbild.** Anzeichen einer Erkrankung werden erst sichtbar, wenn das Herz seinen Transportfunktionen nicht mehr gerecht wird und verminderte Leistungsfähigkeit auftritt. Dann lassen sich

Stauungsödeme vorwiegend an Gliedmaßen und Unterbrust nachweisen. Die sichtbaren Schleimhäute erhalten einen bläulichen Schimmer. Bereits bei geringer Belastung werden zunehmende Atemnot und deutlich erhöhte Pulsfrequenz festgestellt.
→ **Behandlung.** Die Behandlung obliegt dem Tierarzt und ist darauf gerichtet, die Herzleistung mit Hilfe geeigneter Medikamente zu verbessern. Sie wird durch ein rationelles Kreislauftraining unterstützt.

Verengung der Vorkammer-Kammer-Öffnung
Eine Verengung erschwert die Kammerfüllung während der Erschlaffung der Kammermuskulatur, es verbleibt eine größere Restblutmenge in der Vorkammer. Da der linken Kammer weniger Blut zugeführt wird, sinkt ihre Förderleistung. Der Blutdruck im Körperkreislauf nimmt ab. Demgegenüber erhöht sich durch den Rückstau des Blutes in die linke Vorkammer der Druckwiderstand im Lungenkreislauf. Dadurch wird die rechte Herzkammer zu erhöhter Druckerzeugung gezwungen. Erlahmt sie, treten Rückstauungen im Körperkreislauf auf.
→ **Erscheinungsbild.** Die verringerte Blutzufuhr versucht das Herz durch eine Erhöhung der Schlagfrequenz auszugleichen. Erst wenn das rechte Herz der zunehmenden Belastung nicht mehr gewachsen ist, ist eine deutliche Abnahme der physischen Leistungsfähigkeit zu verzeichnen. Im weiteren Verlauf können Gliedmaßenödeme auftreten.
→ **Behandlung.** Die Behandlung dient der Verbesserung der Kontraktionskraft des Herzens, da eine direkte Behandlung der Klappenfehler nicht möglich ist. Die Kontraktionskraft des Herzens kann sowohl medikamentell als auch durch angemessene Trainingsbelastung beeinflußt werden.

Mangelhafter Klappenschluß der Aortenklappe
Die Aortenklappe regelt den Blutstrom vom Herzen in den Körperkreislauf. Ein ungenügender Verschluß der während der Erschlaffung der linken Kammer geschlossenen Herzklappen führt dazu, daß Blut aus der Aorta während der Füllphase in die linke Herzkammer zurückfließt und sich damit die Füllbelastung der Kammer erhöht.

Die erforderliche Mehrarbeit kann eine Erweiterung der linken Herzkammer nach sich ziehen, so daß eine Leistungsminderung des linken Herzens eintritt.

→ **Erscheinungsbild.** Der Herzschlag ist wegen der Vergrößerung des Schlagvolumens verstärkt. Vom trainierten Herzen des Sportpferdes wird der mangelhafte Verschluß der Aortenklappen aufgrund der großen Reservekraft der linken Herzkammer relativ lange kompensiert. Daher ist die Prognose günstig, wenn Maximalbelastungen eingeschränkt werden.
→ **Behandlung.** Alle Medikamente, die die Erschlaffungs- bzw. Erholungsphase des Herzens stark verlängern, sind zu vermeiden, da sie das Pendelblutvolumen und damit die Belastung der linken Herzkammer indirekt vergrößern. Die Behandlung muß auf die Verbesserung der Herzkraft gerichtet sein.

Verengung der Herzkammer-Aorten-Öffnung
Die verengte Aortenöffnung behindert den Blutabfluß aus der linken Kammer. Die Kammermuskulatur muß einen erhöhten Druck entwickeln. Der erschwerte und verringerte Blutauswurf verursacht zunächst eine Verstärkung der Herzmuskulatur, aber erst eine Muskelschwächung durch anhaltende Überbelastung hat eine deutliche Leistungsminderung zur Folge.
→ **Erscheinungsbild.** Krankheitszeichen werden erst bei Nachlassen der Herzleistung erkennbar. Sie zeigen sich in Leistungsminderung infolge mangelhafter Blut- und Sauerstoffversorgung, erhöhter Puls- und Atemfrequenz bereits bei relativ geringer Belastung, schwachem Puls und geringer Gefäßfüllung.
→ **Behandlung.** Eine Behandlung ist beim Nachlassen der Herzleistung angezeigt.

Klappenfehler der rechten Herzhälfte

Chronische Klappenfehler des rechten Herzens allein kommen sehr selten vor. Die Insuffizienz und die Stenose der Trikuspidal- und Pulmonalklappen werden bei der akuten bzw. subakuten bakteriellen Endokarditis und im Endstadium des chronisch geschädigten Herzens gesehen.

Herzmuskeldegeneration (Myokardose)

→ **Begriffsbestimmung.** Die Myokardose ist eine Herzmuskelerkrankung, die mit einer Verringerung der Kontraktionsfähigkeit des Herzmuskels

infolge Störung des Stoffwechsels der Herzmuskelzellen einhergeht.
→ **Ursache.** Mangel an roten Blutkörperchen, Vergiftungen infolge infektiöser und parasitärer Erkrankungen oder im Verlauf von Darmerkrankungen sowie Stoffwechselstörungen können Anlaß zu dieser Erkrankung sein. Die schädigende Wirkung besteht in der Auslösung von Ernährungsstörungen, die die kolloidchemische Struktur der Muskelfasern verändern und dazu eine Verringerung ihrer Kontraktionsfähigkeit verursachen. Veränderungen können sich auch im Erregungsbildungs- und Leitungssystem der für die Herzkontraktion notwendigen Reize ausbilden. Daher stehen im fortgeschrittenen Stadium Herzrhythmusstörungen im Mittelpunkt dieser fieberfrei verlaufenden, nicht von Allgemeinstörungen begleiteten Erkrankung.
→ **Erscheinungsbild.** Die Krankheitszeichen werden in erster Linie durch das Entwicklungsstadium der Erkrankung bestimmt. Regelmäßig treten Pulsbeschleunigung, Abschwächung des Herzspitzenstoßes, Spaltung des ersten, Abschwächung des zweiten Herztons, Abfall des arteriellen Blutdruckes und Verlangsamung des Blutstromes auf. Unter physischer Belastung verstärken sich die Krankheitszeichen und es werden Störungen der Erregungsleitung gefunden. Im Laufe der Erkrankung entwickeln sich Symptome einer funktionellen Herz-Kreislauf-Schwäche, die von Kurzatmigkeit, bläulicher Verfärbung der Schleimhäute und Stauungsödemen begleitet sind.
→ **Behandlung.** Grundsätzlich sind in erster Linie ursächliche Faktoren anzuschließen. Physische Belastungen sind zu vermeiden. Trotzdem ist regelmäßige Bewegung angezeigt. Die Behandlung soll die Herzmuskelschwäche im Sinne einer Leistungsverbesserung beeinflussen.

Herzmuskelentzündung (Myokarditis)

→ **Begriffsbestimmung.** Die Myokarditis ist eine entzündliche Erkrankung der Herzmuskulatur, die beim Pferd häufig in Verbindung mit anderen Erkrankungen auftritt.
→ **Ursache.** Sie wird häufig als Komplikation infektiöser Erkrankungen, z. B. bie Influenza, Brustseuche, Rhinopneumonitis, Druse, infektiöser Anämie oder Piroplasmose gefunden. Der Entzündungsprozeß entwickelt sich unter dem Einfluß von Giften, die von den Erregern der Grundkrankheit abgesondert werden. Außerdem sind aber auch allergisch-rheumatische Ursachen in Betracht zu ziehen.
→ **Erscheinungsbild.** Am Beginn einer akuten Herzmuskelentzündung stehen Beschleunigung der Herzfrequenz, Blutdruckerhöhung, ein klopfender, an der linken Brustwand deutlich fühlbarer Herzspitzenstoß, gelegentlich sogar in der Herzregion bestehender Druckschmerz, Fieber und Allgemeinsymptome, die von Freßunlust bis zu völliger Apathie reichen. Treten im Verlauf der Erkrankung Schädigungen der Herzmuskelzellen auf, so werden außerdem noch Gliedmaßenödeme, erhöhte Atemfrequenz, verminderte Gefäßfüllung und schwacher Puls gefunden. Gelegentlich wird eine stark erhöhte Herzfrequenz im sogenannten Galopprhythmus registriert, die im Verlauf einer Infektion als Hinweis auf eine Herzinsuffizienz als Folge von Herzmuskelschädigungen anzusehen ist. In der ersten Phase der Herzmuskelentzündung verstärken sich die Herzkontraktionen und führen zur Blutdruckerhöhung und Beschleunigung des Blutstromes. In der zweiten Phase mit Eintreten dauerhafter Zellschäden werden die Herzkontraktionen dann schwächer. Es treten Symptome von Herz-Kreislauf-Schwäche auf.
→ **Behandlung.** Ein wesentlicher Gesichtspunkt der Behandlung ist die völlige Ruhigstellung des Patienten. Die Therapie richtet sich stets nach dem Grundleiden und erfordert bei infektiösem oder allergischem bzw. rheumatischem Charakter die Anwendung der jeweils wirksamen Medikamente. Hat die Schädigung der Herzmuskelfasern zu einem deutlichen Nachlassen der Organfunktion geführt, werden gleichzeitig Medikamente eingesetzt, die die Herzleistung verbessern.

Herzmuskelfibrose

→ **Begriffsbestimmung.** Die Myokardfibrose ist eine Erkrankung des Herzmuskels, die durch Zubildung von Bindegewebe zwischen den Herzmuskelfasern hervorgerufen wird.
→ **Ursache.** Die Erkrankung entwickelt sich im Gefolge von degenerativen und entzündlichen Herzmuskelerkrankungen. Sie ist eine Begleit-

erscheinung von Altersveränderungen und kann bei Ernährungsstörungen durch Schädigungen der Herzkranzgefäße entstehen.

→ **Erscheinungsbild.** Die Ausprägung der Krankheitszeichen wird wesentlich durch das Ausmaß der Veränderungen bestimmt. In der Regel liegen die Symptome einer Herzinsuffizienz vor, die entweder erst bei Belastung oder in schweren Formen bereits als Ruheinsuffizienz erkennbar sind. Die Herztöne sind abgeschwächt und die Strömungsgeschwindigkeit des Blutes ist verringert. Es erfolgt eine Zubildung von Bindegewebe, das auf die umgebende Herzmuskulatur und die dort vorhandenen Blutgefäße einen verstärkten Druck ausübt. Dadurch werden die eingetretenen Ernährungsstörungen der Herzmuskelzellen noch begünstigt, so daß der Krankheitsprozeß fortschreitet. Die Verhärtung der Muskulatur beeinträchtigt die Kontraktionsfähigkeit des Herzmuskels, Störungen des Blutkreislaufes mit Abnahme der Leistungsfähigkeit, die besonders bei physischen Belastungen deutlich wird, sind die Folge. Oft ist durch Bindegewebszubildung auch der Innenquerschnitt der Herzkranzgefäße verengt, so daß weniger Blut fließen kann.

→ **Behandlung. Die** Verbesserung der Sauerstoffversorgung durch Beeinflussung der Herzkranzgefäße und eine Verbesserung der Herzarbeit bilden die Grundlage der medikamentellen Therapie.

Herzrhythmusstörungen

→ **Begriffsbestimmung.** Herzrhythmusstörungen werden im Herzmuskel selbst verursacht. Sie entstehen entweder als Störungen der Reizbildung in den Reizbildungszentren des Herzmuskels oder durch Störungen der Reizleitung in den Reizleitungsbahnen des Herzmuskels. Herzrhythmusstörungen sind Symptome und nicht Ursache der Erkrankung.

Erregungsleitungs- und Reizbildungsstörungen

Sie äußern sich durch Unregelmäßigkeiten im Herzrhythmus. Der Herzmuskel besteht aus automatischen und nicht automatischen Zellen. Die Erregungsbildung geschieht in den automatischen Zellen. Sie werden beim Pferd im Sinusknoten, Aschoff-Tawaraknoten, dem Hisschen Bündel sowie in den Purkinje-Fasern gefunden (Abb. 7.29).

Zu den allgemeinen Reizbildungsstörungen werden gezählt:

- Extrasystolen, die von den Vorhöfen, dem Tawaraknoten oder den Kammern ausgehen,
- Tachykardien, die von den Herzkammern ausgehen,
- Vorhofflattern und Vorhofflimmern,
- Kammerflimmern.

Die genaue Einschätzung und Einordnung dieser Reizleitungs- und Erregungsstörungen ist nur mit dem EKG möglich.

Unregelmäßigkeiten im Herzrhythmus kommen beim Pferd oft vor. Sie haben aber meist keine krankhafte Ursache und auch keinen Einfluß auf die Leistung des Herz- und Kreislaufapparates. Diese Störung können während und nach der Arbeit, aber auch in Ruhe auftreten. Sie werden durch Verzögerungen in der Erregungsleitung und durch Reizbildungsstörungen ausgelöst.

Eine genaue Auskunft darüber gibt nur das EKG. Die Störungen der Erregungsleitung können einmal auf einer erhöhten Ermüdbarkeit oder einer allgemeinen Leistungsverlangsamung infolge einer Erhöhung der Reizschwelle, sowie einer Abschwächung der Erregungsintensität beruhen.

→ **Ursache.** Die erhöhte Ermüdbarkeit ist oft die Folge einer intrazellulären Azidose durch Entzündungsprozesse oder von Ernährungsstörungen bei unzureichender Durchblutung des Herzmuskels. Auch können toxische entzündliche und ischämische Schäden die Leitungsgeschwindigkeit beeinflussen.

Wenn die Erregungsüberleitung verlangsamt oder zeitweise unterbrochen ist, wird von einem unvollständigen oder partiellen Block gesprochen. Beim kompletten Ausfall der Überleitung liegt ein totaler Block vor. Unvollständige Herzblöcke werden in einen **Block 1. Grades** und einen **Block 2. Grades** eingeteilt. Ersterer entsteht bei Vergrößerung des Intervalls der Überleitung der Erregung zwischen dem kranialen und dem kaudalen Herzabschnitt. Beim Block 2. Grades besteht ein zeitweiliger Ausfall des kaudalen Herzens. Beim Pferd wurden bisher der sinuaurikuläre und der atrioventrikuläre Block ermittelt.

Über die klinische Bedeutung des Herzblocks gehen die Ansichten auseinander. Im allgemeinen wird aber der Herzblock als ein Zeichen der sogenannten Trainingsanpassung des Herzens gewertet. Dafür spricht, daß ein Herzblock bei kleinen Ponyrassen nicht, bei Zugpferden selten, aber bei Vollblütern und Trabern sowie Turnierpferden recht häufig vorkommt.

Gewöhnlich verschwindet der partielle Herzblock nach körperlicher Belastung oder nervöser Erregung verschiedener Art. Das Auftreten des partiellen Herzblockes kann weder als Herzmuskelschaden noch als Zeichen eines gesunden Herzens gedeutet werden. Er ist auch nicht das Ergebnis eines gezielten Herztrainings.

Jede Anpassung des Herzens an krankhafte oder physiologische Belastung äußert sich in einer erhöhten Arbeitsleistung des Vagus, die im angepaßten Zustand zu einer Verzögerung der Herzfrequenz führt. Deshalb findet man bei gut trainierten Pferden immer niedrigere Pulswerte als bei untrainierten.

Eines dieser Anpassungssymptome ist die Zunahme der atrioventrikulären Überleitungszeit. Vermutlich führt diese Anpassung beim Pferd nach einiger Zeit zur parteriellen Blockade.

Dem kompletten Herzblock liegt immer ein Herzmuskelschaden zugrunde. Die sehr langen Intervalle zwischen den Kammerkontraktionen bedingen dabei eine Mangeldurchblutung des Gehirns, die sich in einer Bewußtlosigkeit äußern kann. Pferde mit einem totalen Herzblock sind deshalb nicht in der Lage, eine ausreichende Leistung zu vollbringen. Als Ursache wird oftmals eine Herzmuskelentzündung gefunden.

→ **Behandlung.** Rhythmusstörungen werden je nach Charakter mit entsprechenden Antiarrhytmika behandelt. In Fällen von Herzmuskelinsuffizienz wird die Herzkraft durch gezielte Belastung und unterstützende medikamentelle Behandlung verbessert.

Angeborene Herzfehler

Angeborene Herzfehler werden meist erst bei einer Obduktion gefunden. Deshalb läßt sich schwer einschätzen, wie häufig sie auftreten und welche klinische Bedeutung sie beim Pferd besitzen. Bekannt sind Kammerwanddefekte, Herzklappenanomalien, Aneurismen, ein persistierendes Foramen, ovale oder ein offener Ductus arteriosus Botalli.

Krankheiten der Blutgefäße

Arterienverkalkung (Arteriosklerose), Gefäßruptur

→ **Begriffsbestimmung.** Die Arteriosklerose ist eine durch Ernährungsstörungen bedingte Entartung der Arterienwände, die mit überstürzter Zellwucherung als Versuch reparatorischer Schadensbeseitigung einhergeht.

→ **Ursache.** Die Krankheit entwickelt sich als Folge einer Stoffwechselstörung oder als Komplikation verschiedener mit chronischen Vergiftungen einhergehenden Erkrankungen. So können z. B. chronische Erkrankungen des Atmungs- und Verdauungsapparates Sklerose der Herzkranzgefäße hervorrufen.

→ **Erscheinungsbild.** Außer den typischen Folgeveränderungen Aneurysma, Gefäßwandzerreißung oder Gefäßverschluß sind nur selten Krankheitserscheinungen zu erwarten. Die starre Beschaffenheit der erkrankten Gefäßwand fördert Zerreißungen der betroffenen Gefäße. Infolge des erhöhten Widerstandes nimmt die Muskulatur der linken Herzkammer zu. Bei Ausbreitung der Erkrankung treten leichte Ermüdbarkeit, Schwäche und Atembeschwerden hinzu. Die krankhaften Veränderungen entwickeln sich allmählich. Zunächst bilden sich Zellschäden an der inneren Gefäßwandauskleidung aus. Im weiteren Verlauf wird die Gefäßwand mit Bindegewebe durchsetzt. In schweren Fällen treten Verkalkungen der Gefäßwand auf. Die Gefäßwandveränderungen behindern den Blutstrom und erhöhen den arteriellen Blutdruck. Die Herzarbeit ist erschwert, da die elastische Wandspannung verlorengeht. Gefäße können zerreißen und zur inneren Verblutung führen. Das ist besonders bei der Aorta und der Lungenarterie der Fall.

→ **Behandlung.** Sind bereits Veränderungen vorhanden, lassen sie sich nicht mehr beeinflussen. Die Pferde sind auf leichte Arbeit umzustellen. Vorsichtige Blutdrucksenkung und Verbesserung der Herzarbeit kann versucht werden.

Thrombose

→ **Begriffsbestimmung.** Thrombose ist der teilweise oder vollständige Verschluß der Blutgefäße durch geronnenes Blut.
→ **Ursache.** Die Krankheit entsteht beim Pferd vor allem durch mechanische Gefäßwandschädigungen oder durch wandernde Parasitenlarven, die die Innenauskleidung der Gefäße zerstören, so daß sich an den geschädigten Gefäßwänden Blutgerinnsel bilden, die die Gefäßquerschnitte einengen oder gar verschließen.
→ **Erscheinungsbild.** Eine Thrombose kann durch Störungen des Blutstromes im Versorgungsgebiet zu erheblichen Funktionsstörungen der betroffenen Organe oder Gewebe führen. Die Krankheitszeichen sind vom Ort und der Größe des geschädigten Gefäßes abhängig. So führt ein Verschluß der Herzkranzgefäße zum Herzinfarkt und ein Verschluß großer Arterien der Nachhand (Foto 126, Seite 244), besonders bei Belastung, zu zunehmenden Funktionsstörungen des betroffenen Beines bis zum Zusammenbrechen der Tiere (intermittierendes Hinken).

Thrombosen der Darmgefäße können die Ursache schwerer Koliken sein (s. embolisch-thrombotische Kolik), Thrombosen der Zehenarterien können zu dauernden Lahmheiten führen (Arthrosen).
→ **Behandlung.** Die Therapie beinhaltet immer eine regelmäßige Parasitenbekämpfung, da insbesondere die Beteiligung wandernder *Strongylus-vulgaris*-Larven an der Entstehung von Thrombosen nachgewiesen ist. Die medikamentelle Auflösung bereits vorhandener Thromben wird mit wechselhaftem Erfolg versucht.

Entzündung der Drosselvene (Thrombophlebitis)

→ **Begriffsbestimmung.** Die Entzündung der Drosselvene (Vena jugularis) geht fast immer mit einer Thrombose einher.
→ **Ursache.** Sie entsteht in der Regel durch nicht korrekt ausgeführte intravenöse Injektion gewebsreizender Mittel oder durch die Verwendung zu starker Dauerkatheter, die eine mechanische Reizung der Gefäßinnenwand mit anschließender Thrombosierung erzeugen. Aus diesem Grunde sollten Venenkatheter weich und elastisch sein und nicht länger als 72 Stunden liegen bleiben.
→ **Erscheinungsbild.** Die Symptome der Venenentzündung werden von der bakteriellen Infektion bestimmt. Gelangt bei einer intravenösen Injektion Injektionsflüssigkeit neben die Vene, so entsteht meist ein paravenöses Hämatom, das sich innerhalb weniger Tage zurückbildet. Dieser Vorgang kann durch eine Injektion von Hyaluronidase in den Erguß oder durch die Einreibung heparinhaltiger Gels unterstützt werden. An der Gefäßinnenwand bildet sich ein Thrombus, der schließlich das ganze Gefäß verschließen kann. Die Folge davon sind venöse Stauungen kopfwärts der Verschlußstelle.

Durch bindegewebige Organisation kann die Vene sich zu einem dünnen harten Strang umbilden. Die Abflußfunktion der Drosselvene wird meist von Kollateralbahnen übernommen. Dadurch verringern sich allmählich die Stauungserscheinungen. Mitunter tritt auch eine völlige Rekanalisation der Vene ein.

Bei einer bakteriellen Infektion ist der Verlauf ungünstiger. Durch Gewebsnekrosen kann eine Gefäßruptur entstehen, die zur Verblutung führt. Weitere Komplikationen sind Pneumonie, Thromboendokarditis, sowie Nervenschädigung, die eine Lähmung des Kehlkopfes nach sich ziehen kann. Dazu kommen Stauungen im Hals-Kopf-Gebiet. Ohne ausreichende kollaterale Abflußbahnen bleibt das Pferd arbeitsunfähig.
→ **Behandlung.** Hyperämisierende Salben werden behutsam aufgetragen, nicht einmassiert. Bei Infektionen erfolgt eine antibiotische Behandlung. Abszesse sind vorsichtig zu spalten. Bei drohendem Gefäßriß muß es oberhalb des betroffenen Abschnittes abgebunden werden. Die Folgen eines bleibenden Verschlusses der Drosselvene lassen sich erst beurteilen, wenn die Entzündung abgeklungen und die Anpassung des venösen Rückflusses an die Strombahn erfolgt ist. Bei Ankaufsuntersuchungen ist die Unversehrtheit der Drosselvene zu prüfen, damit ein evtl. Venenverschluß dem Käufer nicht verborgen bleibt.

Erkrankungen der Harnorgane

Allgemeines. Krankheiten der Harnorgane allein kommen beim Pferd selten vor. In Verbindung oder als Folge mancher Infektionserkrankungen oder Vergiftungen werden auch die Nieren und die ableitenden Harnwege in Mitleidenschaft gezogen. Die dabei auftretenden Symptome werden allerdings sehr häufig durch die Grundleiden überdeckt, so daß darauf hinweisende Erscheinungen häufig unerkannt bleiben. Bei Verdacht auf eine Störung der Nierenfunktion oder der Harnausscheidung muß eine eingehende Untersuchung erfolgen.

Die Harnorgane (Abb. 7.30) bestehen aus den etwa faustgroßen **Nieren**, die bei der rektalen Untersuchung unter der Wirbelsäule beiderseits der Bauchschlagader (Aorta) fühlbar sind. Daran schließen sich die **Harnleiter** an, die nicht tastbar sind. Beide münden in die **Harnblase**. Sie liegt unmittelbar am Beckeneingang und variiert nach Füllungsstand von Faust- bis Fußballgröße. Den letzten Abschnitt der harnableitenden Wege bildet die **Harnröhre**. Sie ist bei der Stute so kurz, daß sie mit dem eingeführten Zeigefinger untersucht werden kann. Beim männlichen Tier reicht die Harnröhre von der Harnblase in einer Biegung über den Beckenrand bis zur Penisspitze. Eine Untersuchung ist deshalb beim männlichen Tier schwieriger und nur mit Hilfe eines biegsamen Katheters exakt möglich. Das Einführen geschieht bei ausgeschachtetem Glied.

Neben dieser palpatorischen Untersuchung der Harnorgane sind weitere Verfahren zur genauen Diagnostik notwendig.

Die Harnuntersuchung. Der dafür benötigte Urin wird als Sammelurin mit einem sauberen, für bakteriologische Untersuchung sterilen Gefäß aufgefangen. Das erfordert etwas Geschick und Geduld. Wenn das nicht gelingt, muß zur Harngewinnung ein Katheter benutzt werden.

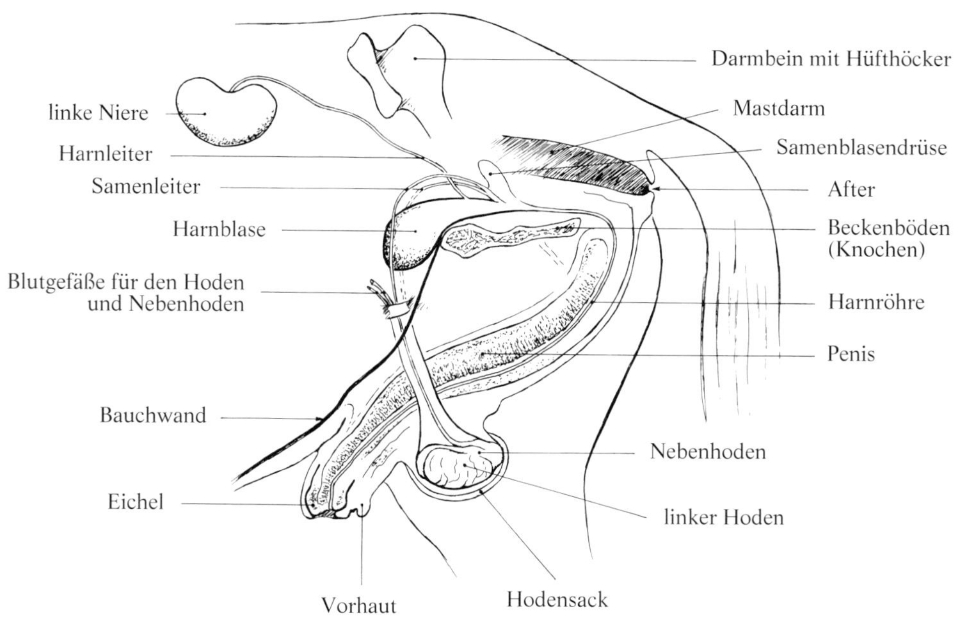

Abb. 7.30 Der Harn- und Geschlechtsapparat des Hengstes.

Die Verwendung eines Harnbeutels beim männlichen Tier bleibt auf Einzelfälle beschränkt, weil manche Pferde den Beutel nicht tolerieren und der gewonnene Urin häufig verunreinigt ist. Eine bakteriologische Untersuchung daraus ist wenig aussagefähig.

Die Harnmenge, die ein erwachsenes Pferd innerhalb von 24 Stunden produziert, schwankt zwischen 5 und 15 Litern. Sie wird in 5 bis 8 Portionen abgesetzt. Die Kriterien der Harnuntersuchung sind im Anhang, Tab. S. 369, zusammengestellt.

Neben physiologischen Werten werden hier auch Abweichungen und deren diagnostische Bedeutung beschrieben.

Mit Teststreifen und Tabletten ist eine Teiluntersuchung ohne großen Aufwand möglich. Wichtig ist des weiteren die Untersuchung des Harnsedimentes, das durch Zentrifugieren des Urins gewonnen wird. Die Bestimmung der harnpflichtigen Substanzen Kreatinin und Harnstoff im Blutserum erlaubt eine Aussage zur Ausscheidungsfunktion der Nieren (siehe Anhang, Tab. S. 366).

Weitere Untersuchungsverfahren zur Diagnostik von Erkrankungen der Harnorgane sind das Röntgen, die Sonographie und die Nierenbiopsie. Nierenfunktionsprüfungen sind beim Pferd wegen der schwierigen Gewinnung des 24-Stunden-Harns in der Praxis kaum durchführbar. Vereinzelt lohnt sich der Vollhard-Konzentrationsversuch. Tritt nach 24stündigem Wasserentzug keine oder nur eine geringe Konzentrationszunahme des Harns ein, deutet das auf eine Nierenfunktionsstörung hin.

Krankheiten der Niere

Nierenentzündung (Nephritis)

→ **Begriffsbestimmung.** Die Entzündung der Niere kommt als eitrige oder nichteitrige Entzündung mit diffuser oder herdförmiger Ausbreitung vor. Sie verläuft akut oder chronisch. In der Regel ist sie eine Folge von Infektionen oder allgemeinen Erkrankungen.

→ **Erscheinungsbild.** Bei der akuten, diffusen Nephritis bestehen sichtbare Störungen des Allgemeinbefindens, wie Fieber, Abgeschlagenheit und Futterverweigerung. Manchmal zeigen sich Kolikerscheinungen. Die Pferde sind müde und zeigen einen Leistungsrückgang. Beim Betasten ist die Niere schmerzhaft und häufig vergrößert. Der Puls ist hart und die Frequenz erhöht. Vereinzelt treten Unterbauchödeme auf. Der Urin enthält Eiweiß, hat eine hohe Dichte und vermehrt zellige Bestandteile. Erst in hochgradigen Fällen ist der Harngehalt des Blutes erhöht.

Weniger auffällig sind die Erscheinungen bei der akuten herdförmigen oder der chronischen Nephritis. Wesentliche Merkmale sind fortschreitende Abmagerung und ständige Proteinurie ohne Zellbeimischung. Später entwickelt sich eine chronische Herzinsuffizienz.

Eitrige Nierenentzündungen kommen meist nur bei jungen Pferden oder Fohlen vor. Die Symptome bleiben häufig im Rahmen der infektiösen Primärerkrankung (Fohlenlähme, Druse) unerkannt. Der Urin enthält reichlich Lymphozyten, Epithelzellen, Harnzylinder sowie Bakterien. Nierenabszesse werden fast ausschließlich erst bei einer Sektion gefunden.

Die Nierenbeckenentzündung (Pyelonphritis) spielt beim Pferd keine Rolle.

In Verdachtsfällen gibt die Harnanalyse Aufschluß. Eiweiß, Harnzylinder, Erythrozyten, Leukozyten und Nierenepithelien sind wichtige Veränderungen. Die Harnstoffbestimmung im Blut gibt Auskunft über den Funktionszustand der Niere.

→ **Behandlung.** Im Mittelpunkt steht die Behandlung der Primärerkrankung. Bei Infektionen sind die Erreger mit Antibiotika zu bekämpfen. Daneben ist Ruhigstellung und Diätfütterung angezeigt. Bei akuter Nephritis ist die Wasserzufuhr einzuschränken und ein vitamin- und kohlenhydratreiches Futter zu verabreichen. Empfohlen werden auch Infusionen mit Glukose und Ascorbinsäure sowie Kalziumchloridlösungen. Bei Herzschäden ist eine Herz-Kreislauf-Behandlung erforderlich.

In Verbindung mit Antibiotika zeigt die Verabreichung von Glukokortikoiden gute Erfolge.

Akute diffuse Entzündungen der Niere haben eine ungünstige Prognose. Sie enden meist tödlich. Chronische Formen führen zu einer deutlichen Leistungseinschränkung.

Nierendegeneration (Nephrose)

→ **Begriffsbestimmung.** Die Nierendegeneration ist eine Stoffwechselstörung des Nierenparenchyms, die zu einer Entartung und Nekrose führt. Sie entwickelt sich fast immer infolge anderer Erkrankungen, bei denen toxische Stoffe in den Körper gelangen oder dabei entstehen.

→ **Erscheinungsbild.** Auch hierbei werden die Symptome von denen des Grundleidens überdeckt. Bei der Urinuntersuchung finden sich verstärkt Eiweiß und Harnsediment, degenerierte Nierenepithelien, Epithel- und Hyalinzylinder. Bei längerem Bestehen ist ein deutlicher Abfall der Serumproteine bis auf 4 oder sogar 3 g/100 ml sowie eine ausgedehnte Ödembildung zu beobachten. Regelmäßig ergeben sich Hinweise auf eine Anämie, eine Steigerung des Lipidgehaltes im Blut sowie eine Erhöhung der Chloridkonzentration. Der Harnstoffgehalt im Blut nimmt besonders beim Kreuzverschlag zu. Ausgeprägte Symptome einer Urämie (Harnstoffvergiftung) treten selten auf.

→ **Ursachen.** Die häufigsten Ursachen sind toxische Schädigungen des Nierenparenchyms durch Schwermetalle, Arsen, Phosphor, chlorierte Kohlenwasserstoffe oder Phenothazin. Aber auch Pflanzengifte (Eichenlaub) können zu Schäden führen. Die gleiche Rolle spielen Bakterientoxine oder Gifte, die im Körper bei Störungen der Verdauungen entstehen. Schwere degenerative Nierenveränderungen werden regelmäßig beim Kreuzverschlag sowie der hämolytischen Anämie beobachtet.

Eine besondere Form ist die **Amyloidnephrose**, bei der Amyloid, ein körpereigenes Antikörperglobulin, im Nierengewebe abgelagert wird. Diese Nephrose wird bei Serumpferden, aber auch bei chronischen Infektionskrankheiten und Eiterungen gesehen.

Die Diagnose ist nur durch routinemäßig durchgeführte Harnuntersuchung möglich.

→ **Behandlung.** Wichtig ist die Erkennung der auslösenden Ursachen und ihre Beseitigung. Hoher Eiweißverlust ist über das Futter zu ergänzen. Die Wasserzufuhr ist nicht einzuschränken. In Abhängigkeit vom Laborbefund sind der Elektrolytsowie der Säure-Basen-Haushalt durch Infusionen zu regulieren. Günstig wirken sich auch harntreibende Mittel aus.

Krankheiten der Harnblase

Harnblasenentzündung (Zystitis)

→ **Begriffsbestimmung.** Die Entzündung der Harnblase kommt beim Pferd selten vor. Sie ist meist die Folge krankhafter Zustände des Harnapparates. Sie kann akut und chronisch verlaufen.

→ **Ursache.** Häufigste Ursache ist stagnierender Blaseninahlt mit anschließender Infektion, wobei die Erreger von der Harnröhre oder abwärts über die Harnleiter von der Niere eindringen können. Das äußere Genitale sowie bei Fohlen der Nabel sind daher unbedingt in die Untersuchung einzubeziehen. In Frage kommen aber auch Harnsteine, Blasenlähmung und Giftstoffe.

→ **Erscheinungsbild.** Die Erkrankung tritt öfter bei Stuten als bei männlichen Pferden auf. Auffällig ist im akuten Fall häufiger schmerzhafter Harnabsatz (Polakisurie, Strangurie), dabei werden mit Mühe wenige Tropfen Urin herausgepreßt. Danach verweilen die Tiere längere Zeit in einer für den Harnabsatz typischen Stellung. Ab und zu treten kolikartige Erscheinungen auf. Bei der rektalen Untersuchung erweist sich die Harnblase meist als leer und schmerzhaft. Der Urin enthält sichtbare Eiterflocken, Blut oder Schleim. Im Sediment sind Leukozyten, Plattenepithelien, Tripelphosphatkristalle und Bakterien nachweisbar.

Die chronische Entzündung der Harnblase verläuft unauffällig. Infolge des häufigen Harnabsatzes kann es zum Pigmentverlust der Haare, Haarausfall und Hautentzündung an den Stellen kommen, an denen der Urin abläuft.

Das Verhalten beim Harnabsatz, der Palpationsbefund und die Ergebnisse der Harnuntersuchung weisen auf eine Blasenentzündung hin. Bei akuter Zystitis ist der Harn immer deutlich alkalisch, stark getrübt und riecht nach Ammoniak. Im Sediment sind vermehrt Plattenepithelien sowie rote und weiße Blutkörperchen enthalten. Außerdem besteht Proteinurie. Bei der chronischen Form wird meist nur ein erhöhter Zellgehalt beobachtet.

→ **Behandlung.** Die akute Harnblasenentzündung heilt bei Ruhigstellung der Tiere schnell ab, wobei krampflindernde Mittel heilfördernd wirken. Eitrige Erkrankungen müssen allgemein und lokal antibiotisch behandelt werden. Empfehlenswert sind Harnblasenspülungen mit 1%iger Silbernitratlösung mit anschließender Verabreichung von Antibiotika und Glukokortikoiden. Chronische Formen sind schwer zu beeinflussen. Die Behandlung der Blasensteine wird getrennt beschrieben (s. Harnsteinkrankheit).

Lähmung der Harnblase

→ **Begriffsbestimmung.** Bei der Harnblasenlähmung besteht ein Unvermögen, willkürlich den Harn zu halten oder die Harnblase zu entleeren.
→ **Ursache.** Meist hat die Blasenlähmung ihre Ursache in den Blasenmuskeln oder in den versorgenden Nerven. Eine Lähmung kann entstehen, wenn die Pferde aufgrund langanhaltender pausenloser Belastung oder bei Verschluß der Harnröhre nicht rechtzeitig Urin absetzen können. Dadurch kommt es zu einer Überdehnung oder Lähmung der Blasenmuskulatur. Auch Entzündungen der Blasenschleimhaut oder des Bauchfelles sind als auslösende Faktoren bekannt.

Am häufigsten entsteht die Blasenlähmung im Zusammenhang mit einer Erkrankung des Rückenmarks. Neben einer Neuritis der Cauda equina (Rückenmarksende) sind Lähmungen nach einer Infektion mit equinen Herpesviren, der protozoenbedingten Myeloencephalitis und der Tollwut bekannt.
→ **Erscheinungsbild.** Bei Überdehnung der Harnblasenmuskeln kann die Fähigkeit zur Kontraktion eingeschränkt sein. Es kommt zum Harnverhalten mit zunehmender Blasenfüllung. Das führt zu Unruhe und ergebnislosen Harnabsatzversuchen. Rektal ist die prall gefüllte Harnblase zu fühlen.

Kann dagegen der Urin nicht gehalten werden, besteht kein Harndrang. Der Urin wird tropfenweise oder im Schwall entleert. Die Haut, an der er herunterläuft, entzündet sich. Rektal ist die schlaffe Harnblase zu fühlen.

Diese klinischen Erscheinungen weisen ziemlich eindeutig auf eine Harnblasenlähmung hin. Bei neurogenen Störungen ist auch der Mastdarm gelähmt. Abzugrenzen sind mechanische Behinderungen im Harnabsatz (Harnröhrensteine) und Krämpfe des Harnblasenschließmuskels.
→ **Behandlung.** Am wichtigsten ist die regelmäßige Entleerung der Harnblase durch Massage oder einen eingeführten Katheter. Dabei ist steril vorzugehen, damit keine Infektion eintritt. Zur Beeinflussung der Lähmung kommen Vitamin-B-Präparate und physiotherapeutische Maßnahmen zum Einsatz. Die Heilungsaussichten sind besonders bei Erkrankung des Rückenmarks ungünstig.

Im Zusammenhang mit der Geburt kann bei Stuten ein Vorfall der Harnblase eintreten. Bei neugeborenen Fohlen sind Blasenrupturen bekannt.

Krankheiten der Harnröhre

Die Harnröhre erkrankt selten. Bedeutung besitzt nur die Harnröhrenentzündung (Urethritis), die im Zusammenhang mit einer Blasenentzündung auftritt. Daneben können Schädigungen der Harnröhre durch mechanische Reizung entstehen. Das ist beim groben Einführen eines Katheters oder bei Harnröhrensteinen der Fall. Beim männlichen Pferd ist die Umschlagstelle im Sitzbeinbereich besonders gefährdet. Die Behandlung erfolgt wie bei der Blasenentzündung, vor allem mit Spülungen der Harnröhre mit desinfizierenden Lösungen, öligen Antibiotika und Glukokortikoiden. Bei groben Verletzungen kann eine Striktur (Einengung) der Harnröhre entstehen.

Harnsteinkrankheit (Urolithiasis)

→ **Begriffsbestimmung.** Blasensteine oder Gries können sich auf entzündlicher oder nichtentzündlicher Basis entwickeln und beachtliche Größe erreichen (Foto 129, Seite 244). Nach ihrer Lokalisation werden sie als Nieren-, Harnleiter-, Harnblasen- oder Harnröhrenstein bezeichnet.
→ **Ursachen.** Die chemische Zusammensetzung der Harnsteine hängt wesentlich von der Art der Fütterung ab.

So entwickeln sich bei Grünfutter ebenso wie bei Rauhfutter überwiegend Steine aus Kalziumkarbonat, bei hohen Kraftfuttergaben und Kleiefütterung vor allem Phosphatsteine. Die Salze lagern sich immer um einen organischen Kristallisationspunkt, dessen Herkunft noch unklar ist. Wassermangel und die Bildung eines sehr konzentrierten Harns, Harnstauung, Mangel an Vitamin A und dadurch bedingte Epithelabschilferung, entzündliche Veränderung des Nierenparenchyms können die Harnschutzkolloide ihrer Wirkung berauben und so die Voraussetzung für eine Steinbildung geben.

Beim Pferd kommt am häufigsten der Harnblasenstein vor, der bei der rektalen Untersuchung gefühlt werden kann.

Harnröhrensteine führen zu deutlichen klinischen Erscheinungen. Die Tiere zeigen Harndrang ohne Harnabsatz oder nur tröpfelnden Urinabgang. Die Harnblase ist meist prall gefüllt. Der Dammbereich der Harnröhre ist schmerzhaft. Hin und wieder kommt es am Harnröhrenausgang männlicher Tiere zu einer Einengung oder einem Verschluß durch einen eingetrockneten Smegmapfropf.

Nierensteine kommen beim Pferd ganz selten vor und bleiben wegen ihrer allgemeinen Schmerzsymptomatik meist unerkannt.

→ **Behandlung.** Blasensteine lassen sich bei der Stute manuell entfernen. Sind sie zu groß, muß man sie vorher mit der Steinzange zertrümmern. Bei männlichen Pferden ist nur die chirurgische Beseitigung möglich. Einer drohenden Blasenruptur kann durch die Punktion der Harnblase vom Mastdarm aus vorgebeugt werden. Mit der Entfernung der Harnsteine ist aber noch keine vollständige Heilung eingetreten. Es ist eine Nachbehandlung mit Hyaluronidase, reichliches Wasserangebot und eine evtl. Futterumstellung erforderlich, die eine genaue Nährstoffanalyse berücksichtigt.

Magendasselbefall

F121 In großer Zahl haften die *Gasterophilus*-**Larven an der Magenschleimhaut.**

F122 Nach Entfernung der *Gasterophilus*-Larven werden die von ihnen verursachten, trichterförmigen **Schleimhautverletzungen** sichtbar.

F123 *Gasterophilus*-**Weibchen bei der Eiablage** an der Innenseite des Mittelfußes (Vorderbein).

F124 *Gasterophilus*-**Eier** an der Mähne.

F125 **Mit dem Kot ausgeschiedene** *Gasterophilus*-**Larven.**

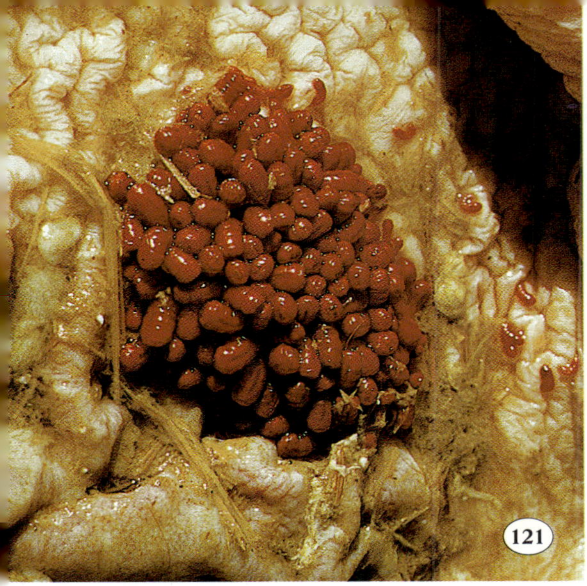
121

122

123

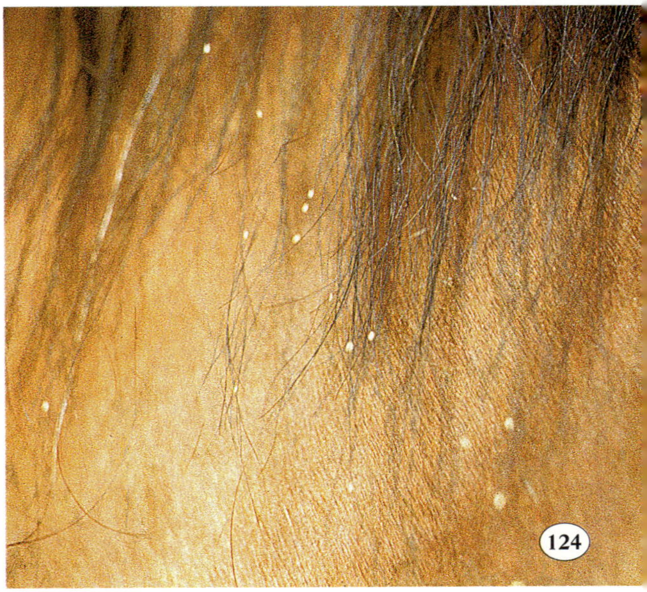
124

125

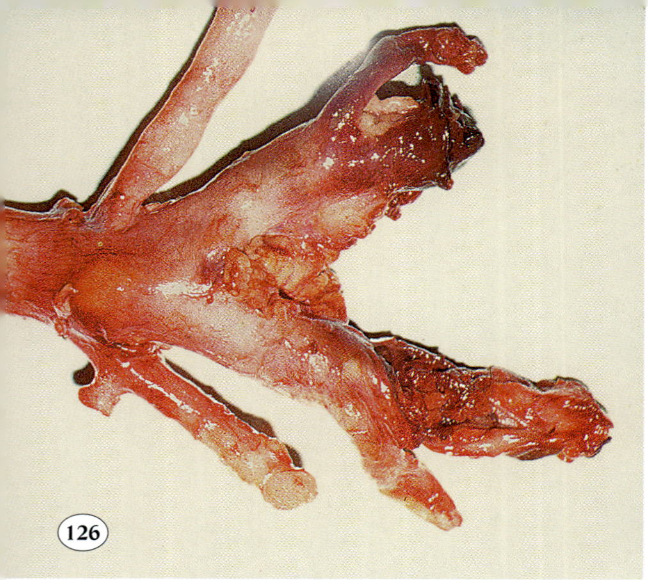
126

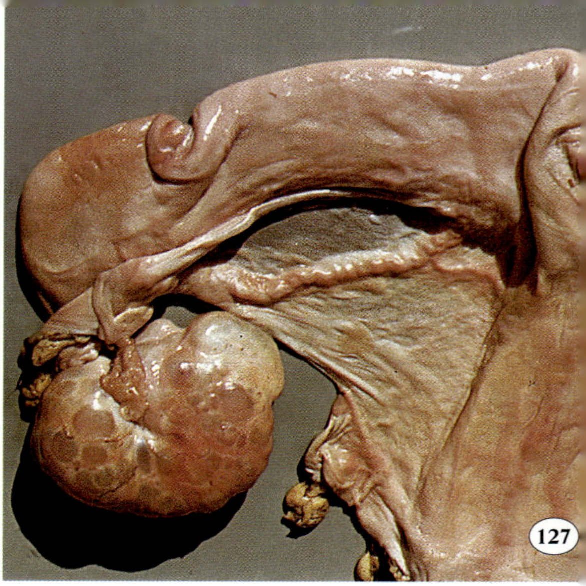
127

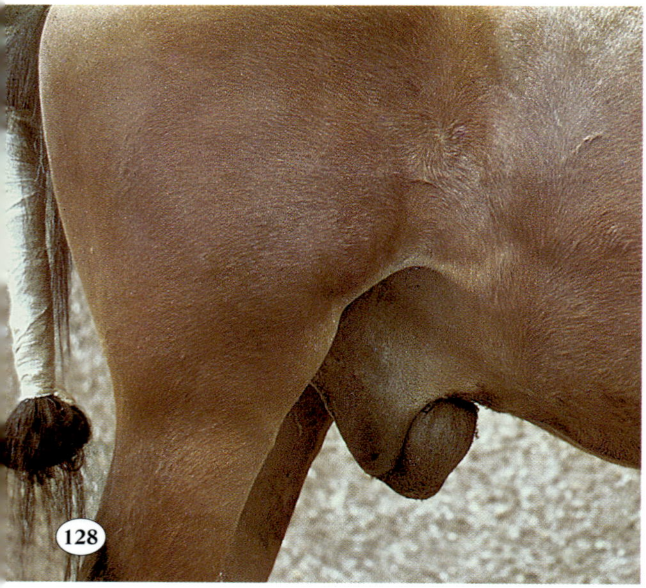
128

129

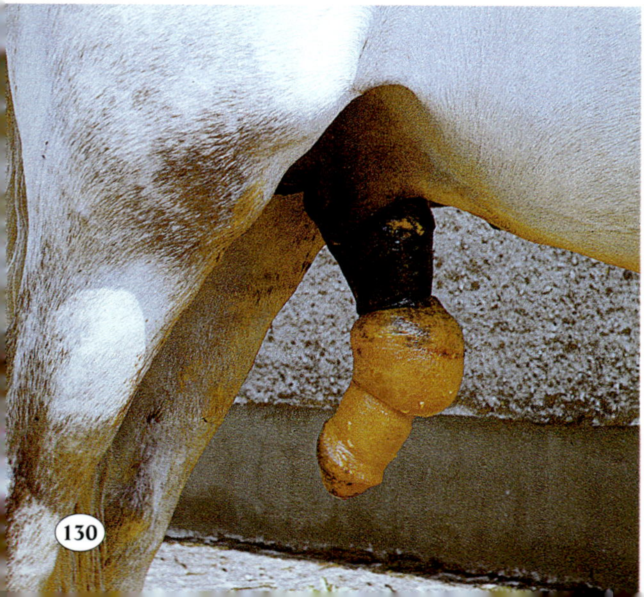
130

131

Krankheiten der Geschlechtsorgane

Männliche Geschlechtsorgane

Kastration

Zwischen 12 und 18 Monaten Lebensalter erreichen männliche Pferde ihre Geschlechtsreife. Dann werden in den Hoden Samenzellen (Spermien) gebildet, die eine Befruchtung der Stuten ermöglichen.

Bei der Kastration werden die Keimdrüsen (Hoden) operativ entfernt; aus dem Hengst wird ein Wallach. Da die Hoden auch der Hauptort der Bildung männlicher Geschlechtshormone sind, sinkt die Produktion dieser Hormone mit der Kastration stark, wodurch sich das Wesen der Tiere verändert. Das hengstige Verhalten verschwindet, die Tiere werden ruhiger, weniger dominant und fügsamer.

Je zeitiger Hengste kastriert werden, desto weniger kann sich der Hengsttyp auch im Körperbau ausbilden. Spätkastrierte Tiere weisen noch deutliche sekundäre Geschlechtsmerkmale auf. Deshalb ist der Besitzer meist bestrebt, die Kastration der Junghengste nicht zu zeitig vornehmen zu lassen. Dem steht entgegen, daß die Operationsbelastung für die Pferde um so größer ist, je älter sie sind. In Ausnahmefällen werden auch Rennpferde, die noch in den Leistungsprüfungen stehen, kastriert, und zwar meist dann, wenn sie durch widersetzliches, hengstiges Verhalten einerseits Pfleger und Reiter gefährden und andererseits nicht ihr volles Leistungsvermögen ausschöpfen.

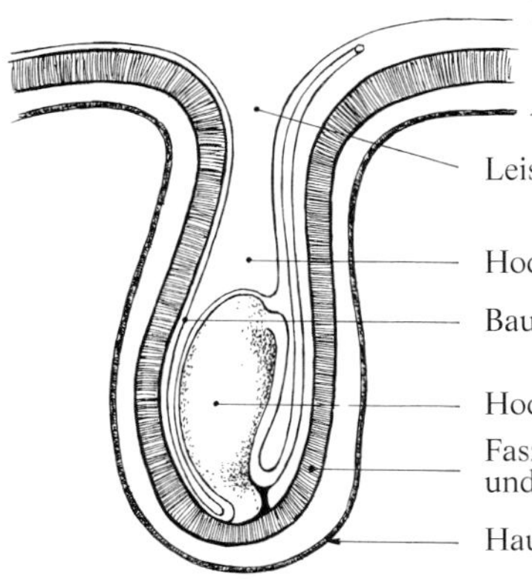

Abb. 7.31 Schematischer Schnitt durch Hodensack und Hoden.

Normalerweise besitzt ein Hengst 2 Hoden, die im Hodensack fühlbar sind. Diese Hoden, die während der Fetalentwicklung in der Nähe der Nieren gebildet werden, beginnen erst gegen Ende der Trächtigkeit zu wandern und treten durch Öffnungen der Bauchmuskeln in den Hodensack ein (Abb. 7.31). Das kann bereits zur Geburt der Fall sein, kann aber auch zu einem wesentlich späteren Zeitpunkt erfolgen. Offenbar besteht hier ein Rasseeinfluß; bei spätreifen Rassen ist dieser Vorgang oft verzögert. Spätestens aber bei Hengsten mit einem Alter von 2 Jahren müssen sich beide Hoden im Hodensack befinden. Bei Kryptorchiden oder Klopphengsten (vgl. Seite 248) ist dieser Abstieg gestört, so daß ein oder beide Hoden im Leistenkanal oder in der Bauchhöhle liegen bleiben und demnach nicht im Hodensack nachweisbar sind. Diese Störung ist überwiegend erblich bedingt und tritt besonders häufig bei Ponys auf. Offenbar kann ein Hoden, der im Leistenkanal „steckengeblieben" ist, bei schneller Bewegung des Pferdes (Galopp) ge-

F126 Thrombose der Beckenarterien. Der Verschluß der Arterien, die die Hintergliedmaßen versorgen, führt zu typischen Lahmheiten.

F127 Eierstockentartung mit Zystenbildung bei Nymphomanie.

F128 Vorhautödem. Flüssigkeitsansammlung in der Unterhaut, teigige Schwellung.

F129 Harnblasenstein. Diese Steine bestehen meist aus Kalziumkarbonat. Sie können zu Blutbeimengung im Harn führen und bei Bewegung des Tieres Schmerzen auslösen.

F130 Penislähmung. Ödematöse Schwellung des Penis und der Vorhaut.

F131 Penislähmung. Verletzungen an der Penisspitze.

drückt werden und Schmerzen verursachen. In der Bauchhöhle liegende Hoden bilden in der Regel zwar männliche Geschlechtshormone, aber keine Samenzellen. Deshalb sind die Testosteronwerte des Blutserums oder -plasmas bei Kryptorchiden ähnlich hoch wie bei Hengsten (Anhang, Tab. Seite 366). Die Testosteronbestimmung kann zur Klärung der Frage, ob Kryptorchismus vorliegt, herangezogen werden.

Es gibt eine größere Zahl verschiedener Kastrationsmethoden, die alle Vor- und Nachteile aufweisen. Die Kastration kann am stehenden oder abgelegten Hengst durchgeführt werden. Oft werden neben Allgemeinnarkose auch örtliche Betäubung der Hoden und Samenstränge (besonders bei der Kastration am stehenden Tier wichtig!) vorgenommen. Von einer bedeckten Kastration spricht man, wenn die Scheidenhaut und damit der Zugang zur Bauchhöhle nach der Entfernung der Hoden verschlossen (abgebunden) wird. Sie erfolgt in der Regel am liegenden Tier, ist aber auch als Stehendkastration möglich. Bei der unbedeckten Kastration werden lediglich die Samenstränge vor ihrer Durchtrennung gequetscht bzw. abgebunden.

Eine Kastration unter sterilen Bedingungen mit Naht der Kastrationswunden kann nur an narkotisierten, liegenden Tieren erfolgen und ist weitgehend den Kliniken vorbehalten.

Bei ungestörtem Verlauf der Heilung sind im allgemeinen Kastrationswunden in Abhängigkeit von der Operationsmethode und von Alter und Reaktionslage der Tiere nach 3 bis 4 Wochen vollständig geheilt. Es können aber einige Störungen auftreten, die den Heilungsverlauf stark beeinträchtigen und deshalb schnell erkannt werden müssen.

Blutung der Samenstrangstümpfe

→ **Begriffsbestimmung und Ursachen.** Diese Komplikation tritt meist während oder kurz nach der Kastration ein, wenn die Gefäße der Samenstränge nicht ausreichend verschlossen wurden. Sie ist aber auch noch bis zu einer Woche später möglich. Die Ursache liegt in einer ungenügenden Quetschung der Samenstranggefäße oder in mangelhafter Bildung bzw. zu schneller Auflösung der die Gefäße verschließenden Blutgerinnsel, was z. B. auf Gerinnungsstörungen zurückzuführen sein kann.

→ **Erscheinungsbild.** Aus meist einer Schnittöffnung fließt helles Blut im Strahl ab.
→ **Behandlung.** Sofortige tierärztliche Hilfe ist erforderlich. Bis dahin ist das Tier ruhigzustellen, es ist ihm Wasser anzubieten.
→ **Vorbeuge.** Auch bei aller Vorsicht kann dieser Zwischenfall nicht immer vermieden werden.

Darm- und Netzvorfall nach Kastration

→ **Begriffsbestimmung und Ursachen.** Bei abnorm weiten Leistenringen und dem Zusammentreffen mehrerer ungünstiger Begleitumstände, wie z.B. starkes Pressen oder Dehnung des Leistenbereiches durch Wegrutschen der Hintergliedmaßen, können Teile des Dünndarmes und des großen Netzes (einer sehr dünnen, schürzenartig in der Bauchhöhle liegenden Haut) durch den Leistenring austreten.
→ **Erscheinungsbild.** Ein Teil des 3 bis 5 cm dicken, grauweißen Dünndarms hängt aus der Kastrationswunde hervor. Meist ist gleichzeitig ein verklebtes grauweißes Stück des Netzes zu sehen.
→ **Behandlung.** Diese Störung kann nur dann erfolgreich behandelt werden, wenn ein weiteres Vorfallen von Darm und Netz verhindert und eine Verschmutzung oder gar Verletzung der herabhängenden Eingeweideteile vermieden wird. Dazu sind mindestens zwei Personen erforderlich. Die eine hält mit einem sauberen Tuch die Darmteile hoch, während die zweite sofort den Tierarzt informiert. Nur bei schneller tierärztlicher Hilfe ist eine Heilung möglich. Unter Praxisbedingungen ist meist nur eine provisorische Versorgung (u. a. Verschluß der Hautöffnung nach Rückverlagerung der vorgefallenen Teile in den Hodensack) möglich, damit das Tier zur weiteren Behandlung in eine Tierklinik transportiert werden kann.

Vorbeuge. Gefahren bestehen besonders beim Aufstehen der liegend kastrierten Tiere nach der Kastration und beim Führen. Hierbei ist große Vorsicht geboten, um ein Ausgleiten besonders mit der Hinterhand zu vermeiden (Stallgasse mit Sand bestreuen, Pferde gut am Kopf und erforderlichenfalls am Schweif stützen). Durch die bedeckte Kastration, bei der der Samenstrang mit der darüberliegenden Scheidenhaut abgebunden wird und damit beide Öffnungen zur Bauchhöhle wieder geschlossen werden, ist ein Darm- und Netzvorfall weitgehend zu vermeiden.

Sekretstau und Infektion der Kastrationswunde

→ **Begriffsbestimmung und Ursachen.** Durch Entfernung der Hoden entstehen Wundhöhlen, in die in den ersten Tagen viel Wundflüssigkeit abgesondert wird. Sie kann normalerweise über die offenen Hautschnitte abfließen. Wenn aber die Öffnungen zu zeitig verkleben, staut sich das Wundsekret im Hodensack an und stellt einen ausgezeichneten Nährboden für die sich stark vermehrenden Eitererreger dar.
→ **Erscheinungsbild.** Bei ungenügender Kontrolle der Kastrationswunden fällt oft zuerst das gestörte Allgemeinbefinden der Wallache auf. Die Tiere fressen schlecht, ihre Körpertemperatur ist erhöht. Eine oder beide Kastrationswunden sind verklebt, so daß kein Sekret abfließen kann (Hinterbeine nicht verschmutzt!). Der Hodensack ist ballonartig geschwollen. Oft besteht auch eine umfangreiche teigige Schwellung im Bereich des Unterbauches und der Vorhaut (Ödem; Foto 128, Seite 244).
→ **Behandlung.** Der Tierarzt ist unverzüglich zu verständigen. Er wird die verklebten Wunden wieder öffnen, damit das Sekret ablaufen kann und erforderlichenfalls das Tier antibiotisch behandeln.
→ **Vorbeuge.** Frisch kastrierten Pferden wird der Schweif für 3 bis 4 Tage eingebunden (Schweifrübe schonen, sie ist sehr druckempfindlich!), um eine Verschmutzung der Kastrationswunden zu verhindern. Aus dem gleichen Grunde wird die Einstreu etwas angefeuchtet; damit soll die Staubentwicklung in der Box verringert werden. Pferde sind vom ersten Tag an täglich mindestens eine halbe Stunde zu führen. Dabei wird kontrolliert, ob aus beiden Hautschnitten Wundsekret abfließt. Verklebte Schnittöffnungen sind mit 1‰iger warmer Akridinfarbstofflösung abzubaden und anschließend auseinanderzuziehen, indem man die Haut außen in Nähe der Wundränder erfaßt. So soll verhindert werden, daß beim Öffnen Schmutz in die Wunde gebracht wird. Der Geruch des abfließenden Sekrets ist zu prüfen. Übelriechendes Sekret erfordert tierärztliche Behandlung. In solchen Fällen hat sich auch die vorsichtige Spülung der Wundhöhle mit 1‰iger warmer Akridinfarbstofflösung bewährt. Dabei ist darauf zu achten, daß die Spülflüssigkeit wieder vollständig abläuft.

Die geringste Infektionsgefahr für Kastrationswunden besteht im allgemeinen, wenn die Tiere nach der Kastration auf der Weide gehalten werden. Aber auch dann muß die Wundheilung unbedingt täglich kontrolliert werden.

Samenstranginfektion

→ **Begriffsbestimmung und Ursachen.** Der verbliebene Samenstrangstumpf wird durch eitererregende Bakterien infiziert und entzündet sich innerhalb weniger Tage nach der Kastration.
→ **Erscheinungsbild.** Der Samenstrangstumpf ist verdickt und, wie auch der umgebende Hodensack, warm und bei Druck äußerst schmerzhaft, ohne daß das Wundsekret gestaut sein muß. Die Pferde bewegen sich nur sehr widerwillig vorwärts, wobei sie mit der Hinterhand steif und vorsichtig weitertreten. Die Futteraufnahme kann gestört sein. Ein Anstieg der Körpertemperatur ist möglich.
→ **Behandlung.** Auf den Hodensack werden einmal täglich bis zum Abklingen des Druckschmerzes durchblutungsfördernde Salben wie Kampfer- oder 20%ige Ichthyolsalbe aufgetragen. Die Wunden sind dabei zu meiden. Manchmal ragt das Ende des Samenstranges aus der Kastrationswunde hervor, wobei es mit dieser verklebt ist. Dann versucht man, die Verklebung zu lösen und den Samenstrang wieder in den Hodensack zu verlagern. Wenn das nicht möglich ist, wird das Wundgebiet mehrmals täglich mit warmer Akridinfarbstofflösung und nach einigen Tagen mit verdünnter essigsaurer Tonerde (3 Eßlöffel der 8%igen Lösung auf einen halben Liter Wasser, oder als Tabletten in vorgeschriebener Menge Wasser lösen) abgebadet. Bei rechtzeitiger und regelmäßiger Anwendung wird oft eine gute Rückbildung der vorgewölbten Samenstrangteile und ein Abheilen der Wunde erreicht. Unbedingt ist darauf zu achten, daß die Wundflüssigkeit aus den Kastrationswunden abfließen kann (siehe Sekretstau und Infektion der Kastrationswunde). Bei gestörter Futteraufnahme oder Fieber ist der Tierarzt zu konsultieren, der über eine zusätzliche Antibiotikaanwendung entscheidet.
→ **Vorbeuge.** Siehe unter „Infektion der Kastrationswunde".

Samenstrangfistel

→ **Begriffsbestimmung und Ursachen.** Unter Samenstrangfistel versteht man eine chronische eitrige Entzündung des Samenstranges, die sich langsam über Wochen nach der Kastration entwickelt.

→ **Erscheinungsbild.** Etwa zwei Monate nach der Kastration besteht an der Kastrationswunde immer noch eine kleine Öffnung, aus der dickflüssiger Eiter austritt und Hodensack sowie Oberschenkelinnenflächen verschmutzt. Durch die Haut ist der deutlich verdickte, aber nicht schmerzempfindliche Samenstrang zu fühlen. Wenn das Ende des Samenstranges durch die zugewachsene Kastrationswunde eingeschnürt wird, kann eine umfangreiche Wucherung entstehen, die pilzartig hervorragt.
→ **Behandlung.** In den meisten Fällen ist eine operative Entfernung des verdickten und eiternden Samenstranges erforderlich.
→ **Vorbeuge.** Siehe unter „Infektion der Kastrationswunde", Seite 247.

Sterilisation

Bei der Sterilisation werden die Keimdrüsen (Hoden) der Hengste nicht entfernt, sondern lediglich die samenabführenden Wege unterbrochen. Damit sind diese Hengste nicht mehr in der Lage zu befruchten. Da die Hoden weiterhin männliche Geschlechtshormone bilden, deren Abtransport ungestört mit dem Blut erfolgt, beeinträchtigt die Sterilisation das Hengstverhalten nicht.

Hoden- und Nebenhodenentzündung

→ **Begriffsbestimmung und Ursachen.** Mechanische Einwirkungen von außen (Stoß, Schlag) können zur Entzündung von Hoden und Nebenhoden führen. Durch Wunden eintretende Bakterien rufen eine Vereiterung dieser Organe hervor. Auch bei einigen allgemeinen Infektionskrankheiten wie Influenza, Brucellose, Salmonellose und Rotz, können die Hoden mit erkranken.
→ **Erscheinungsbild.** Oft fällt als erstes ein gespannter Gang der Hinterhand auf. Eine nähere Untersuchung zeigt, daß ein oder beide Hoden verdickt, warm und beim Betasten schmerzhaft sind. Wunden weisen auf Infektionen hin. Oft ist das Allgemeinbefinden der Tiere beeinträchtigt und die Futteraufnahme gestört. Die Körpertemperatur ist erhöht.
→ **Behandlung.** Entzündete, aber nicht infizierte Hoden (keine Wunden!) werden mit kühlenden Mitteln behandelt, z. B. mit Wismut-Zink-Salbe, oder mit kalten Umschlägen, die mit essigsaurer Tonerde getränkt und häufig zu erneuern sind. Die Tiere erhalten Stallruhe. Ausgeprägte Fälle und alle offenen Verletzungen gehören in die Hand des Tierarztes. Das gilt auch für Zuchthengste, bei denen jede Hodenentzündung eine große Gefahr für die weitere Zuchtverwendung darstellt.
→ **Vorbeuge.** Auch kleine Wunden am Hodensack sind unverzüglich sachgemäß zu versorgen.

Kryptorchismus (Klopphengst, Spitzhengst)

→ **Begriffsbestimmung.** Kryptorchismus kann bei Hengsten auftreten und ist dadurch gekennzeichnet, daß sich ein oder beide Hoden nicht im Hodensack befinden, sondern im Leistenkanal oder in der Bauchhöhle (inguinaler oder abdominaler Kryptorchismus) verborgen liegen (Abb. 7.32). Das Leiden ist erblich, Hengste mit diesem Mangel sind für die Zucht nicht geeignet. Kryptorchiden können unter Umständen als Wallache verkauft werden. Der neue Besitzer wundert sich später, wenn diese Tiere Hengstmanieren zeigen und auch bösartig sind. Das hängt offenbar damit zusammen, daß in der Bauchhöhle liegende Hoden bei Klopphengsten tumorös entarten und dann im Übermaß Geschlechtshormone bilden können. Im Zweifelsfall ist die Kastrationswunde zu untersuchen, ob Narben der Hautschnitte und Samenstrangstümpfe vorhanden sind. Am sichersten ist

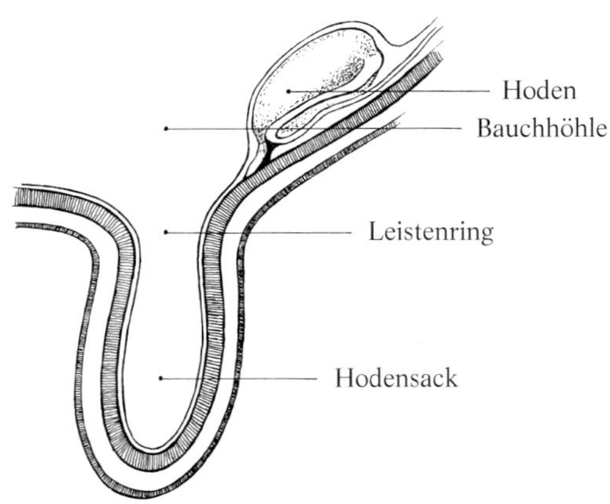

Abb. 7.32 Schematische Darstellung der Lage des Hodens bei einem Klopphengst.

ein „verdeckter“ Hoden durch Hormonbestimmung im Blut zu erkennen, da Kryptorchide signifikant höhere Hormonwerte aufweisen als Wallache (s. Anhang, Tab. Seite 366).

→ **Erscheinungsbild.** Im Hodensack ist vor der Kastration nur ein oder kein Hoden nachweisbar.

→ **Behandlung.** Durch die Kastration sind unbedingt beide Hoden zu entfernen. Beim abdominalen Kryptorchismus wird dazu die Bauchhöhle eröffnet. Wenn die mikroinvasive Methode der modernen Chirurgie angewendet wird, ist nur ein sehr kleiner Schnitt erforderlich.

Penisvorfall und Penislähmung

→ **Begriffsbestimmung und Ursachen.** Wenn der schlaffe Penis vorübergehend aus der Öffnung der Vorhaut herabhängt, wie das z. B. beim Stallen der Fall ist, spricht man von einem Penisvorfall. Dieser kann auch als normale Begleiterscheinung einer Narkose oder einer medikamentellen Beruhigung der Tiere beobachtet werden. Eine Penislähmung liegt dann vor, wenn das Tier den Penis nicht mehr in die Vorhaut zurückziehen kann. Sie wird hauptsächlich durch Schädigung (Quetschung oder Zerrung) der Nerven ausgelöst, die den Penis mit dem Rückenmark verbinden. Die Lähmung kann aber auch Folge von Erkrankungen des Rückenmarks oder von Infektionskrankheiten (ansteckender Katarrh der oberen Luftwege) sein.

→ **Erscheinungsbild.** Im schlaff herabhängenden Penis staut sich bald Gewebswasser an (Senkungsödem). Damit vergrößert sich sein Umfang, wodurch sich der Penis immer schwerer in die Vorhaut zurückverlagern läßt. Auch in der Bewegung ist das Pferd nicht in der Lage, den Penis in die Vorhaut zurückzuziehen (Foto 130, Seite 244), so daß dieser ungeschützt und leicht verletzbar ist. Die entstehenden Wunden infizieren sich schnell (Foto 131, Seite 244).

→ **Behandlung.** Wenn die Penislähmung erst kurze Zeit besteht, kann nach wechselwarmen Duschen und kräftiger Massage des Penis die Rückverlagerung in die Vorhaut versucht werden. Um Verletzungen zu vermeiden, legt man vor der Massage um den Penis ein Leinentuch. Durch einen gepolsterten Trageverband wird der Penis so lange in der Vorhaut gehalten, bis das Senkungsödem abgeklungen ist und er wieder normalen Umfang besitzt (bis zu 14 Tage). Zusätzliche Vitamin-B-Gaben wirken unterstützend. Bleiben diese Maßnahmen ohne Erfolg, ist eine Operation erforderlich.

→ **Vorbeuge.** Nach Stürzen oder Verletzungen des Pferdes muß einer eventuell auftretenden Penislähmung große Aufmerksamkeit gewidmet werden. Bei narkotisierten und medikamentell ruhig gestellten Pferden sind Zerrungen und Quetschungen des vorgefallenen Penis zu vermeiden, da auch dadurch eine Schädigung der Nerven und eine Lähmung entstehen kann. Wenn nach einem halben Tag der Vorfall noch besteht, ist bereits eine Behandlung einzuleiten. Je früher eine Penislähmung behandelt wird, desto günstiger sind die Aussichten auf eine vollständige Heilung.

Hypersexualität

→ **Begriffsbestimmung und Ursachen.** Gesteigerter Geschlechtstrieb kann bei Hengsten und in geringerem Ausmaß auch bei Wallachen auftreten. Offenbar entsteht er infolge überhöhter Bildung des männlichen Geschlechtshormons und einer unphysiologisch geringen Reizschwelle des Zentralnervensystems für dieses Hormon. Leistung und Verhalten und damit auch die sportliche Nutzung der Tiere sind beeinträchtigt. Das ist besonders bei Vollblut- und Traberhengsten, aber auch bei Pferden, die im Turniersport eingesetzt werden, von Bedeutung. Zusätzlich ergeben sich aus dem hengstigen Verhalten Gefahren für Pfleger und Sportler. Mit zunehmendem Alter der Tiere werden die Störungen in der Regel seltener.

→ **Erscheinungsbild.** Die Tiere sind bereits im Stall unruhig, nervös und meist in Bewegung. Sie wiehern laut und schachten aus. Die klinischen Erscheinungen können durch übersteigertes Rivalen- oder durch Partnerverhalten gekennzeichnet sein. Rivalenverhalten wird oft durch die Wahrnehmung fremder Pferde ausgelöst. Die Tiere sind erregt, schlagen, beißen und bedrohen so auch Personen, die sich in der Nähe befinden. In anderen Fällen überwiegt das Partnerverhalten. Dabei schachten die Tiere aus, drängen hell und laut wiehernd an andere Tiere, vorwiegend Stuten, heran und springen manchmal auch auf. Eifersüchtig bewachen sie „ihre“ Herde. Solche Pferde gehen in Rennen an Stuten nicht vorbei. Traber verfallen infolge der starken Erregung häufig in Galopp. Onanierende Hengste zeigen als Rennpferde erfahrungsgemäß schwächere Leistungen.

→ **Behandlung.** Die wichtigste und wirkungsvollste Maßnahme ist die Kastration. Hengsten, bei denen dieses Verfahren nicht angewendet werden soll, und Wallachen verabreicht der Tierarzt Östrogene, d. h. weibliche Geschlechtshormone. Die Injektionen können bei ungenügender Wirkung mehrmals wiederholt werden. Leider ist diese Behandlung nicht in jedem Falle erfolgreich. Sie versagt besonders dann, wenn die Hypersexualität als Folge einer Übererregbarkeit des Zentralnervensystems auftritt. Hier können versuchsweise Beruhigungsmittel, die auf bestimmte Großhirnfunktionen dämpfend wirken, eingesetzt werden. Ihre Anwendung in Leistungsprüfungen wird aber durch die Dopingbestimmungen verboten.

→ **Vorbeuge.** Eine gezielte Vorbeuge ist nicht möglich. Da bei einer Östrogenbehandlung die Erfolgsaussichten um so größer sind, je eher sie durchgeführt wird, ist der Tierarzt zu Beginn dieser Erkrankung hinzuzuziehen.

Weibliche Geschlechtsorgane

Roßkoller (Nymphomanie)

→ **Begriffsbestimmung und Ursachen.** Nymphomanie ist eine bei Stuten relativ häufige Erkrankung mit dem Bild der gesteigerten Rosse, hervorgerufen durch eine überschießende Wirkung weiblicher Geschlechtshormone. Sie wird durch fehlregulierte Hormonbildung und überhöhte Empfindlichkeit des Nervensystems verursacht. An den Eierstöcken entstehen große Zysten (Blasen; Foto 127, Seite 244), die im Übermaß diese Geschlechtshormone bilden. Das Verhalten der Tiere ist so verändert, daß eine sportliche Nutzung beeinträchtigt oder sogar unmöglich werden kann.

→ **Erscheinungsbild.** Erste Erscheinung einer Nymphomanie kann ein gestörter Sexualzyklus sein. Die Intervalle zwischen den einzelnen Rosseperioden (durchschnittlich 16 bis 17 Tage) verkürzen sich, die Rossen selbst sind verlängert (normal durchschnittlich 5 Tage), und das Geschlechtsverhalten ist immer deutlicher ausgeprägt (Heben des Schweifes, Blitzen, Harnspritzen). Während angriffslustige Stuten normalerweise während der Rosse ruhiger und fügsamer werden, sind an Nymphomanie erkrankte Tiere nervös, kitzlig und widersetzlich. Sie schlagen und beißen und gefährden die sie betreuenden Personen. Ein ähnliches Verhalten zeigen Stuten, die im Übermaß männliche Geschlechtshormone bilden. Diese „Vermännlichung“ (Virilismus), bei der ein hengstähnliches Verhalten und Erregungszustände im Vordergrund stehen, die sich manchmal bis zur Zerstörungswut und Raserei steigern, muß von der Nymphomanie abgegrenzt werden.

→ **Behandlung.** Der Tierarzt wird eine Behandlung mit Hormonen versuchen. Ist diese ohne Erfolg, kann die Nymphomanie durch operative Entfernung beider Eierstöcke meist geheilt werden. Der Virilismus ist z. Z. noch unheilbar. Aus Gründen der Sicherheit der betreuenden Personen sollten diese Stuten gemerzt werden.

→ **Vorbeuge.** Eine gezielte Vorbeuge ist nicht möglich. Interessant ist, daß die Nymphomanie mitunter nach erheblichen psychischen Belastungen (z. B. Umstellung in einen anderen Bestand) beginnt und in bestimmten Blutlinien gehäuft auftreten kann.

Erkrankungen der Skelettmuskulatur

Die Skelettmuskeln stellen den aktiven Teil des Bewegungsapparates dar und sind bei dem bewegungsintensiven Tier Pferd besonders umfangreich ausgebildet. Sie müssen sowohl kurzzeitige Höchstleistungen als auch enorme Dauerleistungen bringen. Dabei laufen in ihnen vielfältige Stoffwechselprozesse ab, bei denen die Energie chemischer Verbindungen in Bewegungsenergie umgesetzt wird. Der Wirkungsgrad beträgt bei leichter Arbeit 33% und bei schwerer Arbeit 28%. Das Blut muß bei An- und Abtransport der Stoffwechselprodukte und auch der frei werdenden Wärme Erhebliches leisten. Deshalb ist Muskelgewebe sehr gut durchblutet. In 50 kg Muskulatur verzweigen sich die Blutgefäße zu einem Kapillarnetz, dessen Gesamtlänge 100 000 km beträgt (!). Im tätigen Muskel steigt im Vergleich zum ruhenden die durchströmende Blutmenge auf ein Mehrfaches an.

Jeder Skelettmuskel besteht aus vielen Muskelfasern, die durch Bindegewebe zu immer größeren Bündeln zusammengefaßt werden. Muskeln laufen in Sehnen aus, durch die sie mit den Knochen verbunden sind (Abb. 7.33).

Durch Gewalteinwirkung verursachte Schäden

Muskelquetschung

Begriffsbestimmung und Ursachen. Mechanische Einwirkungen von außen, wie Sturz, Schlag, Gegenrennen gegen Hindernisse, können infolge Quetschung die Muskeln schädigen. Daraus können Bewegungsstörungen und in stark ausgeprägten Fällen schwere Allgemeinerkrankungen entstehen.
→ **Erscheinungsbild.** Die betroffenen Muskelpartien sind geschwollen und druckschmerzhaft (Foto 132, Seite 261). Bei aktiver oder passiver Bewegung der Muskeln verstärkt sich der Schmerz. Deshalb treten z. B. bei Schädigungen der Gliedmaßen oder Rückenmuskulatur Bewegungsstörungen auf. Sehr umfangreiche Quetschungen (z. B. bei Unfällen) können lebensbedrohliche Kreislaufstörungen und Nierenschäden verursachen.
→ **Behandlung.** Das Pferd erhält Stallruhe, damit die geschädigten Muskeln möglichst wenig bewegt werden. Es hat sich als günstig erwiesen, frische Quetschungen ein bis zwei Tage zu kühlen. Dafür sind Umschläge mit kalter Lösung von essigsaurer Tonerde gut geeignet, die in kurzen Abständen erneuert werden. Wenn es die Lage der geschädigten Muskeln erlaubt, sind Angußverbände anzulegen, die etwa stündlich kalt angegossen werden. In den folgenden Tagen wird zur weiteren Behandlung Wärme angewendet, um den Abbau der zerstörten Muskelteile zu beschleunigen. Dafür sind warme Angußverbände, warme Kompressen oder durchblutungsfördernde Salben und Einreibungen (z. B. Kampfer-, Ichthyol- und Jodpräparate) geeignet. Durch frühzeitige allgemeine (oder auch örtliche) Behandlung mit steroidalen und nicht steroidalen Antiphlogistika ist es möglich, das Ausmaß der Entzündung erheblich zu verringern und damit die Heilung zu beschleunigen. Die Tiere werden erst dann wieder bewegt, wenn alle äußeren Anzeichen der Erkrankung (einschließlich einer eventuellen

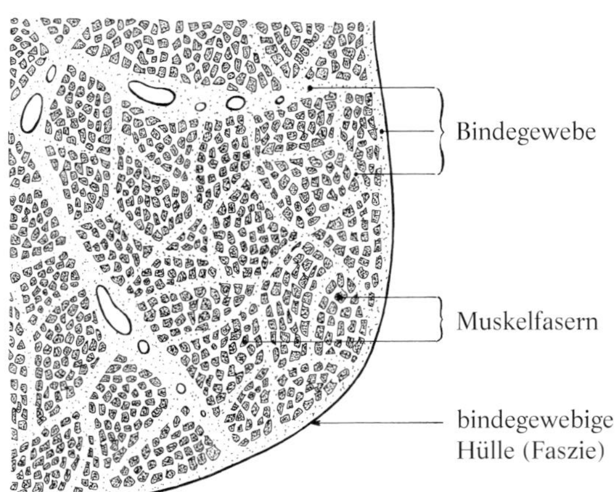

Abb. 7.33 Schnitt durch einen Skelettmuskel, stark vergrößert (nach Trautmann/Fiebiger).

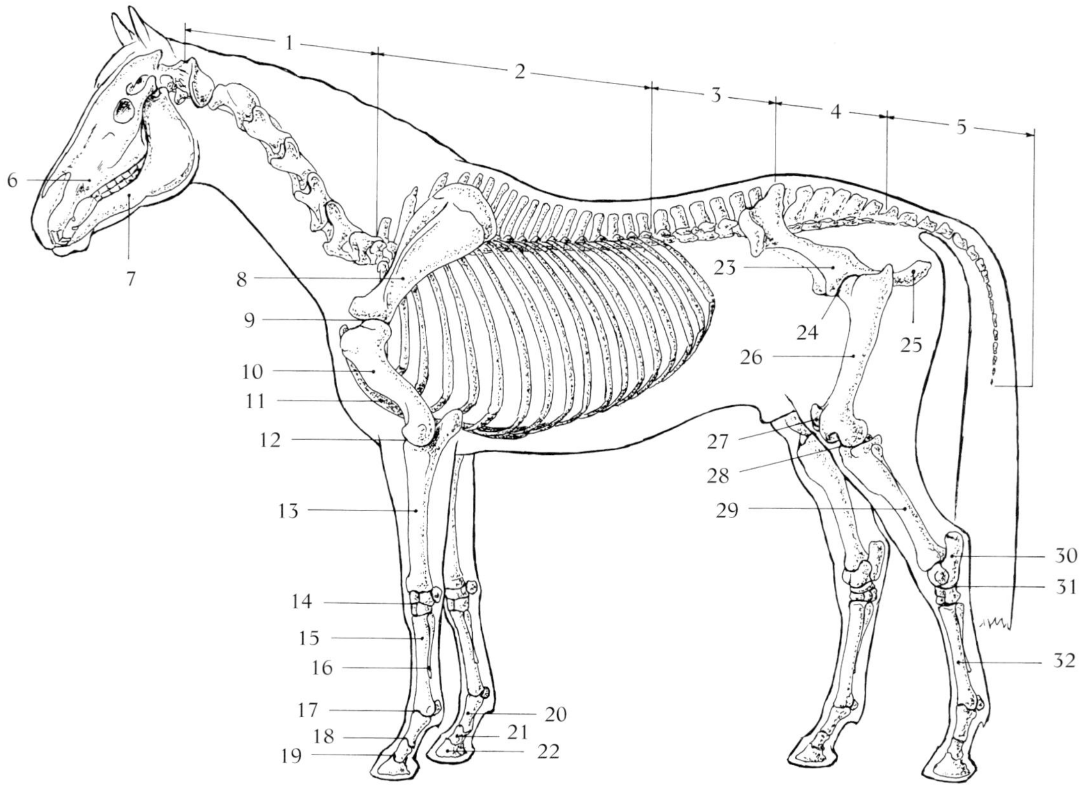

Abb. 7.34 Skelett des Pferdes.
1) Halswirbelsäule, 2) Brustwirbelsäule, 3) Lendenwirbel, 4) Kreuzbein, 5) Schweifwirbel, 6) Oberkiefer, 7) Unterkiefer, 8) Schulterblatt, 9) Schultergelenk, 10) Oberarmbein, 11) Brustbein, 12) Ellenbogengelenk, 13) Unterarmbein, 14) Fesselbein, 15) Kronbein, 16) Hufbein, 17) Vorderfußwurzelgelenk, 18) Vordermittelfußbein, 19) Griffelbeine, 20) Fesselgelenk, 21) Krongelenk, 22) Hufgelenk, 23) Darmbein, 24) Hüftgelenk, 25) Oberschenkelbein, 26) Sitzbein, 27) Kniescheibe, 28) Kniegelenk, 29) Unterschenkelbein, 30) Sprunggelenk, 31) Hintermittelfußbein, 32) Fersenbein (Sprungbein).

Rechte Seite:
Abb. 7.35 Oberflächliche Muskulatur des Pferdes.

1) Gemeinsamer Heber der Nasenflügel und Oberlippe (*M. levator nasolabialis*)
2) Heber der Oberlippe (*M. levator labii proprius*)
3) Kiefernasenmuskel (*M. caninus*)
4) Kreismuskel der Lippen (*M. orbicularis oris*)
5) Jochmuskel (*M. zygomaticus*)
6) Wangenmuskel (*M. buccalis*)
7) Niederzieher der Unterlippe (*M. depressor labii inferior*)
8) Äußerer Kaumuskel (*M. masseter*)
9) Kreismuskel des Auges (*M. orbicularis oculi*)
10) Ohrmuskel (*M. auricularis posterior et anteriores*)
11) Brustbeinzungenbeinmuskel (*M. sternohyoideus*)
12) Brustkinnbackenmuskel (*M. sternomandibularis*)
13) Gemeinsamer Kopf-Hals-Armbeinmuskel (*M. brachiocephalicus*)
14) Vorderer Rautenmuskel (*M. rhomboideus cervicalis*)
15) Riemenmuskel (*M. splenius*)
16) Kappenmuskel (*M. trapezius*)
17) Großer breiter Rückenmuskel (*M. latissimus dorsi*)
18) Gezahnter Muskel oder Sägemuskel (*M. serratus ventr.* et *M. serratus dors.*)
19) Rückenlendenbinde (*Fasica lumbodorsalis*)
20) Äußere Zwischenrippenmuskeln (*M. intercostales externi*)
21) Äußerer schiefer Bauchmuskel (*M. obliquus abdominis*)
22) Oberflächlicher Brustmuskel (*M. pectoralis superficialis*)

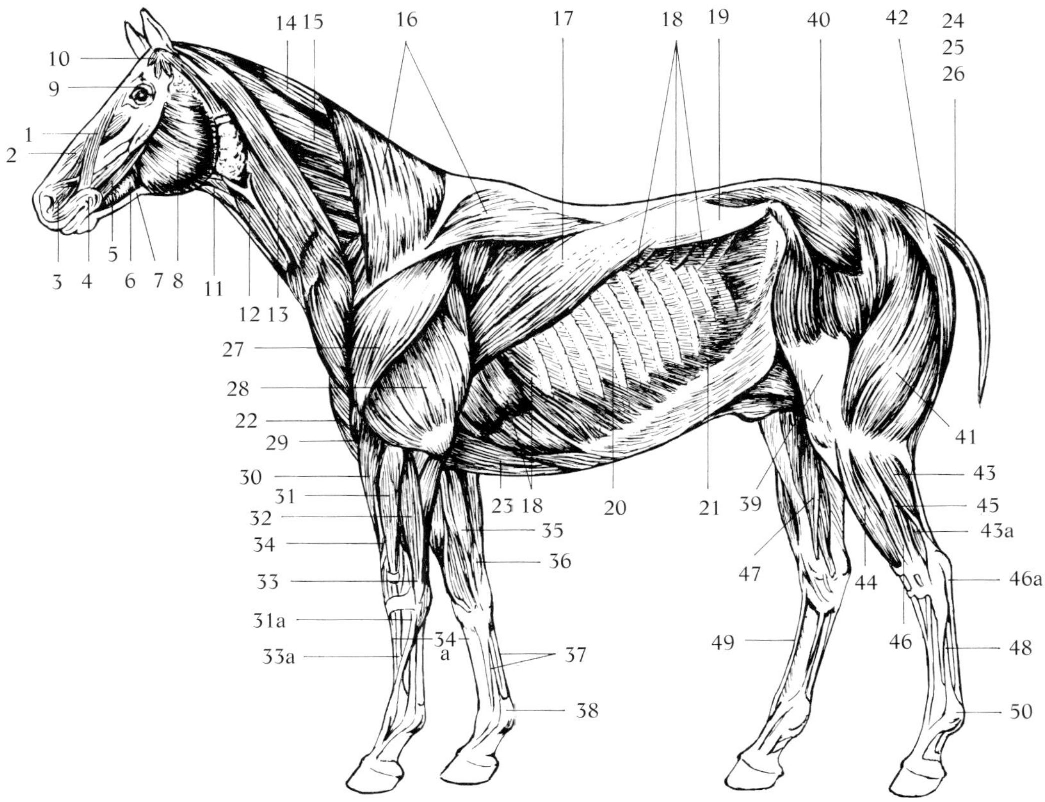

23) Tiefer Brustmuskel (*M. pectoralis profundus*)
24) Heber des Schweifes (*M. sacrococcygeus dors.*)
25) Seitlicher Niederzieher des Schweifes (*M. sac. lateralis*)
26) Niederzieher des Schweifes (*M. sac. ventralis*)
27) Deltamuskel (*M. deltoideus*)
28) Ellenbogenstrecker (*M. triceps brachii*)
29) Gewundener Unterarmbeuger (*M. brachialis*)
30) Äußerer Speichenmuskel (*M. extensor carpi radialis*)
31) Gemeinsamer Zehenstrecker (*M. extensor digit. communis*)
31a) Sehne des gemeinsamen Zehenstreckers
32) Äußerer Ellenbogenmuskel (*M. extensor carpi ulnaris*)
33) Seitlicher Zehenstrecker (*M. extensor digit. lateralis*)
33a) Sehne des seitlichen Zehenstreckers
34) Langer Zehenabzieher (*M. abductor pollicis long.*)
34a) Sehne des langen Zehenabziehers
35) Innerer Speichenmuskel (*M. flexor carpi radialis*)
36) Innerer Ellenbogenmuskel (*M. flexor carpi ulnaris*)
37) Oberflächliche und tiefe Beugesehne (Kronbein- und Hufbeinbeugesehne)
38) Fesselbinde
39) Spanner der Schenkelbinde (*M. tensor fasciae latae*)
40) Oberflächlicher Gesäßmuskel (*M. glutaeus superficialis*)
41) Zweiköpfiger Schenkelmuskel (*M. biceps femoris*)
42) Halbsehniger Muskel (*M. semidentineus*)
43) Wadenmuskel (*M. gastrocnemius*)
43a) Achillessehne
44) Gemeinschaftlicher Zehenstrecker (*M. extensor digit. pedis long.*)
44a) Sehne des gemeinschaftlichen Zehenstreckers
45) Dicker Zehenbeuger des Fußes (*M. flexor hallucis long.*)
46) Seitlicher Zehenstrecker (*M. extensor digit. lateralis*)
46a) Sehne des seitlichen Zehenstreckers
47) Langer Zehenbeuger (*M. flexor digit. pedis long.*)
48) Oberflächliche und tiefe Beugesehne
49) Gemeinsame Strecksehne

Bewegungsstörung) abgeklungen sind. Allgemeinstörungen erfordern eine sofortige intensive Behandlung.

Muskelzerreißung

→ **Begriffsbestimmung und Ursachen.** Infolge mechanischer Schädigung von außen oder heftiger Bewegungen mit extremer Kontraktion der Muskeln können diese teilweise oder vollständig zerreißen. Die Erkrankung betrifft vorwiegend jüngere Tiere.

→ **Erscheinungsbild.** Muskelzerreißungen treten besonders an den Gliedmaßen (Foto 160, Seite 280) und im Bereich der Bauchwand auf (Fotos 111 und 112, Seite 225). Da die Zerreißung äußerst schmerzhaft ist, zeigen die Pferde kurz danach oft starken Schweißausbruch. In frischen Fällen kann meist, natürlich abhängig vom Ausmaß der Zerreißung, eine quer über den Muskel verlaufende Einsenkung gefühlt werden. Sie entsteht dadurch, daß die Muskelfaserstümpfe sich zusammenziehen und an der Rißstelle auseinanderweichen. Sowohl aktive als auch passive Bewegung bereitet meist starke Schmerzen. Da die Funktion des Muskels gestört ist, bestehen entsprechende Ausfallserscheinungen. Nach der relativ häufigen Zerreißung des dritten Wadenbeinmuskels, der an der Vorderseite des Unterschenkels liegt und den Oberschenkelknochen mit den Knochen des Sprunggelenkes verbindet, ist das Pferd nicht mehr in der Lage, das Sprunggelenk zu bewegen. Am stehenden Pferd kann die Gliedmaße ohne Widerstand weit nach hinten herausgezogen werden, wobei sich der Fersensehnenstrang in Falten legt (Foto 160, Seite 280).

Bauchmuskelzerreißungen treten nach Verletzungen häufig in der Flankengegend auf. Sie sind durch starke Vorwölbungen in diesem Gebiet gekennzeichnet (Flankenbruch).

→ **Behandlung.** Die Pferde erhalten Stallruhe. Nach zwei bis drei Monaten heilen erkrankte Gliedmaßenmuskeln oft aus, wobei die Heilung durch durchblutungsfördernde Einreibungen (z. B. Kampferspiritus) und Massage unterstützt werden sollte. Es ist allerdings wichtig, die erkrankten Tiere schnell dem Tierarzt vorzustellen, da in einzelnen Fällen möglichst bald die Muskelstümpfe durch Naht miteinander verbunden werden sollten. Auch Bauchbrüche erfordern chirurgische Behandlung. Die Belastungsintensität der Tiere und damit der betroffenen Muskeln ist über längere Zeit allmählich zu steigern. Nach Abheilung bleibt zum Teil an der Rißstelle oberflächlich liegender Muskeln eine narbige Einsenkung bestehen, die fühl- und sichtbar ist (Foto 135, Seite 261).

→ **Vorbeuge.** Eine gezielte Vorbeuge ist nicht möglich. Man sollte aber berücksichtigen, daß z. B. ein glatter Stallgang oder Boxenfußboden das Ausgleiten und damit eventuell das Zerreißen von Muskeln fördert. Außerdem werden derartige Schäden oft dann beobachtet, wenn von untrainierten Tieren oder nicht genügend „erwärmten“ Tieren Höchstleistungen gefordert werden. Zerreißungen des dritten Wadenbeinmuskels treten relativ häufig bei widersetzlichen Pferden im Behandlungs- bzw. Beschlagsstand an der aufgezogenen Hintergliedmaße auf. Solche Tiere sollten vorher medikamentell beruhigt werden.

Kreuzverschlag (Nierenverschlag, Lumbago, Rhabdomyolyse)

→ **Begriffsbestimmung und Ursachen.** Da diese Krankheit besonders bei schweren, muskulösen Zugpferden auftritt, war sie früher häufiger. Edlere Reitpferde können auch erkranken, sie sind aber seltener betroffen. Offenbar wird eine gewisse erhöhte Anfälligkeit vererbt. Die Erkrankung ist durch eine plötzlich auftretende, lähmungsartige Bewegungsstörung, die besonders die Hintergliedmaßen erfaßt, charakterisiert. Ihr Auftreten ist an zwei Voraussetzungen geknüpft: Erstens hatten die Tiere einen oder mehrere Tage Stallruhe („Feiertagskrankheit“), und zweitens wurde ihn dieser Zeit die Fütterung nicht reduziert. Zwischen dem niedrigen Energiebedarf der Pferde infolge vorübergehender Bewegungsarmut und der zu hohen Energieaufnahme mit dem Futter an den Standtagen entsteht ein Mißverhältnis. Die Tiere häufen Glykogen, ein als Reserve dienendes energiereiches Kohlenhydrat, in den Muskeln an, und zwar besonders in Kruppen-, Lenden- und Oberschenkelmuskeln. Die Erkrankung kann dann auftreten, wenn diese Pferde wieder arbeiten. Dann wird im Übermaß gespeichertes Glykogen zur Energiegewinnung überstürzt abgebaut. Dabei entsteht plötzlich sehr viel Milchsäure. Der Abtransport der Milchsäure ist von der Durchblutung der Muskeln abhängig. Sie kann an kalten Tagen verringert sein, so daß kaltes Wetter die Erkrankung begünstigt. Die überschüssige Milchsäure übersäuert die Muskulatur und schädigt das Muskeleiweiß. Ein Teil der Muskelfasern wird zerstört und dabei tritt roter Muskelfarbstoff aus. Gleichzeitig werden Enzyme freigesetzt und gelangen in das Blut. So kommt es zu einem charakteristischen, z. T. extremen Anstieg der „muskelspezifischen" Enzyme CK und ASAT im Blutserum (Anhang, Tab. Seite 365). Für den Verlauf der Erkrankung ist es bedeutsam, daß Nieren, Leber und Herzmuskulatur mit erkranken können. In einzelnen Fällen kann die Erkrankung bei übermäßiger Anstrengung auch ohne vorangegangene Ruhepause auftreten. Das ist besonders bei Tieren mit einer erhöhten Erkrankungsbereitschaft möglich.

Bei Vollblutpferden beobachtet man eine ähnliche, allerdings leichtere Form der Erkrankung, das Tying-up-Syndrom (siehe Kapitel „Schmerzhafte Erkrankungen der Rückenmuskulatur", Seite 256).

→ **Erscheinungsbild.** Die Erscheinungen treten meist schon kurze Zeit nach Beginn intensiver Bewegungen auf. Als erstes fällt auf, daß das Pferd unwillig vorwärts geht. Dann beginnt es zu zittern und zu schwitzen. Herzschlag- und Atemfrequenz steigen stark an. Die Hintergliedmaßen werden zunehmend steifer bewegt. In schweren Fällen knicken die Tiere in den Gelenken der Hintergliedmaßen ein und brechen zusammen. Aufstehversuche sind meist erfolglos. Die Rücken- und Kruppenmuskulatur ist verhärtet, geschwollen und schmerzempfindlich. Diese Muskelschmerzen können so stark sein, daß krampfkolikähnliche Erscheinungen einschließlich Harnverhaltung hinzukommen. Dadurch kann ein charakteristisches Symptom maskiert werden, nämlich die rot- bis kaffeebraune Verfärbung des Harnes, die durch den freigesetzten Muskelfarbstoff entsteht.

Abzugrenzen sind Kolikerkrankungen (anfallsweise schmerzhafte Zustände; Bewegungsstörungen stehen nicht im Vordergrund), Thrombose der Beckenarterien (wenn die Tiere nach Schwanken oder Niederstürzen eine Ruhepause erhalten, sind sie schnell wieder bewegungsfähig; die Muskulatur ist nicht verhärtet, geschwollen oder schmerzempfindlich) sowie Knochenbrüche und Sehnenzerreißungen (starke Lahmheit meist nur einer Gliedmaße). Auch an Tetanus (Steifheit von Kopf und Hals, Sägebockstellung) ist zu denken.

→ **Behandlung.** Wichtig ist es, erkrankte Pferde nicht weiter zu bewegen. Die Arbeit ist abzubrechen. Die Tiere werden in den Stall zurückgeführt und in eine gut eingestreute Box gebracht. Jede weitere Bewegung verschlechtert die Erkrankung. Tierärztliche Hilfe ist sofort anzufordern.

Ziel der ersten Behandlung ist es, noch vor dem Eintreffen des Tierarztes die erkrankten Kruppen-, Lenden- und Oberschenkelmuskeln zu erwärmen, um Durchblutung und damit Sauerstoffversorgung und Abtransport der sauren Stoffwechselprodukte zu fördern. Deshalb sind die genannten Gebiete mit Fluid, Kampferspiritus o. ä. einzureiben und warm abzudecken. Gleichfalls ist das Auftragen erhitzter Pasten möglich und auch die feuchte Wärme warmer, gekochter Kartoffeln, die in einem Leinensäckchen auf die Muskulatur gelegt werden.

Wenn die Tiere auch im Stall noch starke Unruhe und heftige Bewegungen zeigen, wird der Tierarzt zunächst diese mit schmerzstillenden und krampflösenden Medikamenten bekämpfen, weil durch sie die Krankheit kompliziert werden kann. Oft setzen die Pferde erst danach Harn ab, der typisch verfärbt ist. Zusätzlich werden Elektrolyt- und Natriumbikarbonatlösungen verabreicht, um der Hämokonzentration (Bluteindickung, Verlust des Flüssigkeitsanteils im Blut) und der Azidose (Übersäuerung) zu begegnen und die Nierenfunktion anzuregen.

Festliegende Pferde müssen zweimal täglich auf die andere Seite gedreht werden, um ein Aufliegen und schwere Lungenveränderungen zu vermeiden. Aufrichtungsversuche (mit Unterstützung durch Gurte) sollten zwei- bis dreimal täglich vorgenommen werden. Mit jedem weiteren Tag, den das Pferd liegt, sinken die Heilungsaussichten schnell. Die betroffene Muskulatur ist mehrmals täglich einzureiben und zu massieren. Die Tiere müssen regelmäßig getränkt werden. Harn- und Kotabsatz sind zu kontrollieren. Erforderlichenfalls ist die Harnblase mittels Katheter zu entleeren. Die Heilungsaussichten sind günstig, wenn das Pferd nicht festliegt und sich schnell beruhigt.

Das Training der Pferde ist erst einige Wochen nach der Genesung zu beginnen und ganz allmählich zu steigern, weil die geschädigten Muskeln zur völligen Wiederherstellung Wochen benötigen und relativ häufig auch der Herzmuskel durch die Erkrankung mit erfaßt wurde.

→ **Vorbeuge.** Pferde sollten täglich, d. h. auch an Ruhetagen, an denen sie nicht arbeiten, bewegt werden (Koppel, Weide). Die Fütterung ist der aktuellen Leistung anzupassen, das tägliche Energieangebot muß dem täglichen Energiebedarf entsprechen. An Ruhetagen sind Futtermittel mit hohen Konzentrationen leicht verdaulicher Kohlenhydrate (z. B. Zuckerrüben und Melasse) zu meiden. Da auch ungenügendes Aufwärmen der Pferde vor schwerer und schneller Arbeit einen Kreuzverschlag provozieren kann, sind die Tiere vor Beginn der Arbeit ausreichend lange (etwa 20 Min.) im Schritt zu bewegen.

Weitere belastungsbedingte Erkrankungen der Muskulatur

→ **Begriffsbestimmung und Ursachen.** Diese Erkrankungen sind durch örtliche Schmerzhaftigkeit der Muskulatur im Bereich von Rücken, Lende und Kruppe und eine daraus entstehende Bewegungsstörung der Hinterhand gekennzeichnet. Die Ursachen sind offenbar denen beim Kreuzverschlag ähnlich, wobei auch Selen- und Vitamin-E-Mangel von Bedeutung sind (s. Stoffwechselstörungen). Klinische Erscheinungen und Verlauf stimmen aber nicht überein. Zum Komplex gehören auch die als „Tying-up-Syndrom" bezeichnete Muskelerkrankung der Rennpferde und die „Belastungsmyopathie".

→ **Erscheinungsbild.** Die Erkrankung tritt im Unterschied zum Kreuzverschlag im allgemeinen *nach* stärkerer physischer (Rennen, Training) oder auch psychischer (Transport) Belastung der Pferde auf und entsteht relativ langsam. Die Rücken-, Lenden- und Kruppenmuskulatur ist verspannt, hart und bei Bewegung schmerzempfindlich. Da die Gelenke der Hintergliedmaßen nur ungenügend gebeugt werden, wirkt die Nachhand in der Bewegung steif. Nach einigen Tagen Ruhe klingen die Bewegungsstörungen im allgemeinen ab, nach erneuter Belastung treten sie wieder auf. Bei sehr sensiblen, jungen Vollblutstuten können die Erscheinungen des **Tying-up-Syndroms** nicht nur nach, sondern auch während der Arbeit oder nach dem Aufgalopp zum Rennen auftreten. Die Tiere werden steif und unwillig und zeigen Muskelverspannungen. Wenn sie anschließend in ruhigem Schritt geritten werden, lösen sich die Verspannungen relativ schnell. Werden sie aber weiter gearbeitet, galoppieren sie mit erhobenem Kopf und verspanntem Rücken unter Schweifschlagen. Sie zeigen Schmerzäußerungen und Unwillen.

Analoge Erscheinungen können auch bei Reitpferden auftreten. Besonders bei Trabern, Jagd- und Springpferden, aber auch bei Pferden anderer Nutzung (Galopper) kann eine Entzündung des langen Rückenmuskels beobachtet werden, die ebenfalls belastungsbedingt ist. Sie äußert sich anfangs in einer beidseitigen Schrittverkürzung der Hintergliedmaßen. Die Pferde verkrampfen sich über dem Sprung und springen unsicher. Die Erkrankung darf nicht mit Schäden an den Hinterextremitäten verwechselt werden.

Manchmal kann beobachtet werden, daß die Tiere im Stall mit der Hinterhand nur ungern herumtreten. Die Pferde zeigen wenig Arbeitslust und ermüden schnell. Beim Putzen der Rücken-, Lenden- und Kruppengegend entstehen Schmerzen, denen die Tiere ausweichen, indem sie den Rücken absenken. Das kann ein erstes Zeichen dieser Muskelerkrankung sein, ohne daß bereits Bewegungsstörungen bestehen. An **Belastungsmyopathie** (belastungsbedingte Muskelentzündung) können Pferde erkranken, die Ausdauerprüfungen, z. B. Distanzritte, absolvieren müssen, ohne daß sie entsprechend vorbereitet wurden und über die erforderliche Kondition verfügen. Das Erscheinungsbild ist durch Steifheit, Muskelzittern und schmerzhafte Muskelentzündung geprägt. Daneben können schwere Störungen im Elektrolythaushalt auftreten (s. Überlastungssyndrom, Seite 88). Die Veränderungen können so schwerwiegend sein, daß es kaum noch möglich ist, das Pferd vorwärts zu bewegen.

Die Bestimmung „muskelspezifischer" Enzyme (CK, ASAT, ALD), die bei Muskelentzündungen erhöht sind, unterstützt die Diagnose. Bei manchen Tieren liegen die Werte bereits vor der Belastung mäßig über der Norm.

→ **Behandlung.** Die Haut wird im Bereich der erkrankten Muskeln mehrmals täglich mit durchblutungsfördernden wärmenden Einreibungen massiert (Fluid, Kampferspiritus u. a.). Sofort nach Auftreten der Krankheitserscheinungen und an den folgenen Tagen werden die Pferde je etwa eine halbe Stunde geführt. Zusätzlich wird der Tierarzt Medikamente (Vit.-E- und Selenpräparate) einsetzen, die die Heilung günstig beeinflussen. Je nach der Schwere der Erkrankung kann

nach 14 Tagen bis 4 Wochen wieder mit einem leichten Training begonnen werden. Schwere Fälle, die mit sehr starkem Anstieg der Enzyme im Blut einhergehen, heilen erst nach Monaten ab.
→ **Vorbeuge.** Nur bei einem Teil dieser Muskelentzündungen ist eine gezielte Vorbeuge möglich. So müssen Pferde, die erhebliche Dauerleistungen bringen sollen, auch über die entsprechende Kondition verfügen. Die tierärztlichen Kontrollen bei diesen Leistungsprüfungen sind auch in diesem Zusammenhang wichtig. Der ausreichenden Selen- und Vitamin-E-Versorgung der Pferde muß besondere Beachtung geschenkt werden. Pferde, die bereits wiederholt erkrankt sind, sollten noch zusätzlich täglich 60 bis 120 g Natriumbikarbonat mit dem Futter erhalten. Leistungspferde müssen sehr sorgfältig beobachtet werden, um erste Erscheinungen des Krankheitsbildes frühzeitig zu erkennen, die Belastung abzubrechen und eine Behandlung einzuleiten.

Atypische Myoglobinurie der Weidepferde

→ **Begriffsbestimmung und Ursachen.** Diese Muskelerkrankung tritt bei Pferden auf, die unmittelbar vorher auf der Weide gehalten und damit nicht gearbeitet wurden. Es besteht offenbar ein Einfluß des Wetters, da gehäuft Tiere 1 bis 2 Tage nach besonders kalten, frostigen Nächten betroffen waren. Die Krankheit ist durch den Zerfall eines Teils der Skelettmuskelfasern gekennzeichnet, der freiwerdende Muskelfarbstoff (Myoglobin) wird mit dem Harn ausgeschieden. Das Leiden führt bis auf ganz wenige Ausnahmen zum Tod. In Deutschland, wo erste Fälle 1995 beobachtet wurden, erkrankten bisher über 100 Pferde verschiedener Rassen. Eine Altersdisposition scheint nicht zu bestehen. Die Ursache der Erkrankung konnte bisher nicht exakt geklärt werden.
→ **Erscheinungsbild.** Die Pferde machen einen matten, apathischen Eindruck, nehmen aber noch Futter auf. Sie zeigen anfangs Zittern und Steifheit der Skelettmuskulatur sowie schwankenden Gang. Puls- und Atemfrequenz sind erhöht, die sichtbaren Schleimhäute gerötet. Infolge der Myoglobinurie ist der Harn rot- bis kaffeebraun verfärbt. Im Blutserum ist ein starker Anstieg des muskelspezifischen Enzyms CK nachweisbar. Nach wenigen Stunden kommen die Tiere zum Festliegen, zeigen Ruderbewegungen und Streckkrämpfe und sterben innerhalb von maximal 3 Tagen.
→ Eine **Behandlung** kann durch Infusion großer Mengen isotonischer Salzlösungen und durch Verabreichung von entzündungshemmenden, schmerzlindernden sowie Vitamin-E- und selenhaltigen Präparaten versucht werden. Sie ist in der Regel ohne Erfolg.
→ **Vorbeuge.** Da die Ursache unbekannt ist, kann eine wirksame Vorbeuge nicht erfolgen.

Schiefschweif

→ **Begriffsbestimmung.** Unter Schiefschweif wird eine Haltungsanomalie des Schweifes verstanden, bei der dieser entweder nach links bzw. rechts getragen oder zwischen den Hinterbeinen eingeklemmt wird. Der Schiefschweif ist besonders bei Dressur- und Fahrpferden erheblich störend.
→ **Ursachen.** Bei der Seitwärtshaltung liegt eine bleibende Verkürzung (Kontraktion) des gleichseitigen unteren Schweifmuskels vor, während beim eingeklemmten Schweif die unteren Schweifmuskeln insgesamt verstärkt sind (Hypertrophie). Es ist nicht bekannt, wie diese Veränderungen entstehen.
→ **Erscheinungsbild.** Der Schweif wird in der Bewegung nach einer Seite gehalten (Foto 133, Seite 261) oder ständig zwischen den Hinterbeinen eingeklemmt.
→ **Behandlung.** Die Seitwärtshaltung des Schweifes kann korrigiert werden, wenn man den jeweils auf der konkaven Seite des Schweifes liegenden verkürzten Muskel durchschneidet. Beim eingeklemmten Schweif muß diese Operation, die man auch „Englisieren" nennt, an beiden Muskeln ausgeführt werden.

In den Fällen, in denen die einfache Durchschneidung der Muskeln keine dauerhafte Korrektur bringt, muß ein 2 bis 3 cm langes Muskelstück entfernt werden (Myektomie). Der Erfolg ist bei dieser Methode sicherer. Nach einseitiger Operation ist der Schweif für mindestens 8 bis 10 Tage nach der nicht operierten Seite auszubinden.

Erkrankungen der Gliedmaßen

Die Gliedmaßen sind die Säulen, auf denen die Masse von Pferd und Reiter beim Halten und Stehen ruht, die diese Last beim Traben, Galoppieren und Springen auffangen müssen und zur gleichen Zeit als Kraftquelle der Fortbewegung dienen. Von der Gesundheit der Gliedmaßen hängt es vorwiegend ab, ob ein Pferd als Reitpferd geeignet ist und welche Leistungen von ihm verlangt werden können.

Fehlerhafte Gliedmaßenstellung (Foto 134, Seite 261) und Erkrankungen der Extremitäten führen zu Störungen im Bewegungsablauf, die allgemein als Lahmheit bezeichnet werden. Ihre Ursachen sind vielfältiger Natur und oft spielen begünstigende Faktoren, wie Körperbau, Erblichkeit, unregelmäßige Hufpflege, unsachgemäße Aufstallung und übermäßiges Training eine Rolle.

Die **häufigsten Ursachen** für das Entstehen von Gliedmaßenerkrankungen sind fortwährende Erschütterungen und übermäßige Belastungen, die vor allem zu Schäden an Knochen, Sehnen und Gelenken führen.

Eine Vermeidung dieser begünstigenden Faktoren hat deshalb in der Haltung und Nutzung von Reit- und Sportpferden besondere Bedeutung. Sie können wie folgt zusammengefaßt werden:

- Kein züchterischer Einsatz von Elterntieren mit auffälligen Stellungsfehlern der Gliedmaßen und der Neigung zur Bindegewebsschwäche (frühzeitiges Auftreten von Sehnenerkrankungen).
- Optimale Ernährungs- und Haltungsbedingungen während der gesamten Wachstumsperiode. Das Pferd ist ein Lauftier und muß sich viel und ausgiebig bewegen können.
- Keine zu hohen und intensiven Belastungen vor Abschluß der Skelettreifung. Sie tritt beim Vollblutpferd mit 28 bis 30 Monaten, bei anderen Pferderassen etwa ein halbes Jahr später ein.
- Vermeidung körperlicher Ermüdung, die zu Störungen des Bewegungsablaufes führen kann. Durch fachgerechtes Training muß der Körper für eine geforderte Leistung befähigt werden.
- Fachlich richtige Konstruktion und sachgemäße Wartung der Trainings- und Wettkampfanlagen (überbaute Kurven bei Rennbahnen, nicht zu kurze Distanz zwischen Bogen und Ziel, Gestaltung der Springbahn entsprechend dem physiologischen Bewegungsablauf des Pferdes, optimale Bodenbeschaffenheit). Unebenheiten, mangelnde Elastizität, unterschiedliche Konsistenz und fehlende Griffigkeit des Bodens begünstigen das Auftreten von Gliedmaßenschäden.
- Keine falsche und unsachgemäße reiterliche Einwirkung (heftiges Parieren, plötzliche Richtungsänderungen, abrupter Wechsel der Geschwindigkeit usw.).
- Regelmäßige und fachlich richtige Hufpflege.
- Ständige physiotherapeutische Betreuung der Gliedmaßen, vor allem vor und nach intensiven Belastungen. Dabei haben Massagen mit Linimenten und Wasserstrahl sowie Bäder und Wärmepackungen zur Durchblutungsförderung eine erhebliche Bedeutung. Verletzungen kann aber auch durch entsprechende Schutzmaßnahmen bei der Beschirrung und dem Anbringen von Bandagen vorgebeugt werden (Streichkappen, Gummiglocken, Ellenbogen-Karpalgelenk-Schoner, Bandagen, Zinkleimverbände usw.; Fotos 168 bis 171, Seite 298).
- Tägliche Kontrolle der Gliedmaßen, um kleinste Veränderungen frühzeitig zu erkennen und durch sofortige Arbeitspause und gezielte Behandlung größeren Schäden vorzubeugen.

Gelenkentzündungen (Arthritis)

Die Gelenkentzündungen zählen zu den häufigsten Gliedmaßenerkrankungen des Sportpferdes. Infolge schneller und ausdauernder Bewegungsanforderungen sind die Gelenke einer besonderen statischen und dynamischen Belastung ausgesetzt. Daneben unterliegen sie einer Vielzahl anderer stoffwechselbedingter, allergischer, toxischer und bakterieller Einflüsse. Gelenkentzündungen werden deshalb als Multifaktorenkrankheiten bezeichnet. Zum Ver-

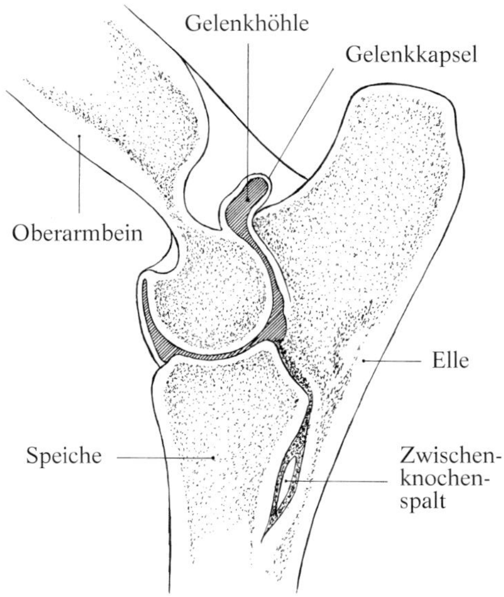

Abb. 7.36 Schnitt durch das zusammengesetzte Ellenbogengelenk des Pferdes mit Darstellung der Gelenkkapsel.

ständnis der krankhaften Abläufe und zum erkennen der Krankheitserscheinungen ist eine kurze Darstellung des Aufbaues der Gelenke notwendig.

Bau und Funktion der Gelenke

Gelenke bestehen aus den mit Knorpel überzogenen Gelenkenden zweier oder mehrerer Knochen und der Gelenkkapsel. Beide begrenzen die Gelenkhöhle. Die Verbindung zwischen den Knochen wird durch Gelenkbänder verstärkt. Einige Gelenke verfügen außerdem noch über andere zusätzliche Einrichtungen, z. B. Kapseltaschen, Knorpelscheiben und Fettkörper. Der Knorpel liegt als dünne, glatte Schicht dem Knochen fest an, wirkt stoßbrechend und als Gleitfläche. Die Gelenkkapsel überbrückt von den Rändern der Gelenkfläche ausgehend den Gelenkspalt. Die Innenauskleidung sieht verschieden aus. Zum Teil ragen von ihrer Oberfläche makroskopisch und mikroskopisch sichtbare Leisten, Zotten oder Wärzchen hervor, oder sie ist glatt. In der Gelenkhöhle bildet sich eine klare, fadenziehende Flüssigkeit von hellgelbem bis bernsteingelbem Aussehen, die Synovia (Abb. 7.36) Ihre Aufgabe besteht vor allem darin, die Reibung herabzusetzen. Die Gelenkfläche besteht aus den in typischer Weise gewölbten, mit Knorpel überzogenen Knochenenden. Dieser Knorpel ist gefäß- und nervenlos. Dafür sind die synovialen Wände reichlich mit Blutgefäßen versorgt, die eine große Bedeutung bei vielen krankhaften Zuständen haben.

Die Einteilung der Gelenkentzündungen wird bestimmt durch:
- den Verlauf der Erkrankung,
- die Anwesenheit oder das Fehlen von Krankheitserregern,
- das erkrankte Gewebe sowie
- den Entzündungstyp und die Ursachen der Entzündung.

Für das Pferd haben der Gelenkhydrops (die Galle), die nichteitrige akute und die chronische Gelenkentzündung eine besondere Bedeutung.

Eitrige Gelenkentzündungen, die durch Infektion oder Gelenkwunden entstehen, werden bei den Wundinfektionen beschrieben.

Gelenkhydrops (Galle)

→ **Begriffsbestimmung.** Als Gelenkhydrops im weiteren Sinne wird jede verstärkte Gelenkfüllung bezeichnet, die bei vielen akuten und chronischen Gelenkentzündungen auftreten kann. Gelenkhydrops im engeren Sinne oder Galle ist die nach Entzündungen verbleibende oder auf nicht entzündlicher Grundlage entstandene stärkere Gelenkfüllung.
→ **Ursachen.** Als Ursachen der Gelenkgallen werden allgemeine Überlastung, Ernährungsschäden und Stellungsanomalien genannt.
→ **Erscheinungsbild.** Entzündliche Erscheinungen sind nicht oder nicht mehr vorhanden. Es besteht keine Lahmheit. Die Gelenkkapsel wölbt sich bauchig vor und ist übermäßig mit Flüssigkeit gefüllt. Das Leiden kommt hauptsächlich am Sprunggelenk beim Pferd (Kreuzgalle) (Foto 145, Seite 279), Fesselgelenk und Kniescheibengelenk vor. Die Synovia kann gelegentlich leicht getrübt sein.

Da kleine Knochen- oder Knorpelabsprengungen im Gelenk ebenfalls solche vermehrte Füllungszustände verursachen können, ist zur Klärung eine Röntgenuntersuchung notwendig.
→ **Behandlung.** Gelenkgallen stellen in der Regel nur Schönheitsfehler dar und werden vom Tierarzt

nur auf Wunsch des Besitzers behandelt. Dabei kommen u. a. scharfe Einreibungen und Glukokortikoide zum Einsatz. Als günstig erweisen sich nach der Behandlung feste Bandagen zur Verkleinerung des erweiterten Gelenkraumes und Stallruhe. Bei jungen Tieren werden auch Selbstheilungen beobachtet. Vitamin-D- und Mineralstoffzufütterung kann den Heilungsverlauf unterstützen.

Nichteitrige akute Gelenkentzündung

→ Begriffsbestimmung, Ursachen und Erscheinungsbild. Darunter werden alle aseptischen Gelenkentzündungen zusammengefaßt, die nicht zur Deformation des Gelenkes führen. Sie entstehen meist traumatisch durch Verstauchung, Zerrung, Verrenkung und Überanstrengung. Der akute Gelenkschaden danach tritt entweder als Bluterguß oder als seröse Entzündung auf. Letztere kann den Bluterguß im Gelenk auch ablösen. Die erkrankten Gelenke sind meist spindelförmig geschwollen, vermehrt mit Gelenkflüssigkeit gefüllt, warm und schmerzempfindlich. Es besteht nach Sitz und Grad der Erkrankung eine unterschiedliche Lahmheit. Kommt es innerhalb von 24 Tagen nicht zur Heilung, gehen sie in eine chronische Form über.
→ Behandlung. Grundlage jeder Behandlung ist eine konsequente Ruhigstellung. Die Entzündungserscheinung kann durch entzündungswidrige Einreibungen, Umschläge, Wasserberieselungen und die Verabreichung schmerzstillender und entzündungswidriger Mittel beeinflußt werden. Verwendung finden im fortgeschrittenen Stadium milde, durchblutungsfördernde Einreibungen und andere physiotherapeutische Methoden (Kurzwelle).

Chronisch deformierende Gelenkentzündung

→ Begriffsbestimmung. Damit wird eine Gelenkerkrankung bezeichnet, bei der Knochen, Knorpel und die Gelenkkapsel deformierenden Veränderungen unterliegen.
→ Ursachen. Das Leiden beginnt mit einem Knorpelabbau, der durch konstitutionelle Schwäche, Vererbung, Alter oder Überlastung bedingt ist. Man spricht dabei von einer **Arthrose**. Der Knorpel nutzt sich bis auf den Knochen ab, dessen entzündliche Reaktionen auch auf die Knochenhaut und die Gelenkkapsel übergehen. Neben dieser primären, chronisch deformierenden Gelenkentzündung ist auch eine sekundäre Form bekannt, die von einer eitrigen Entzündung oder einer gedeckten Verletzung ausgehen kann.
→ Erscheinungsbild. Die chronisch deformierende Gelenkentzündung infolge Alters- und Abnutzungserscheinung zeigt zunächst keine wahrnehmbaren Erscheinungen. Diese werden erst nach dem Auftreten entzündlicher Reaktionen in und um das Gelenk sichtbar und äußern sich in einer nach Sitz und Grad der Erkrankung unterschiedlichen Lahmheit. Beim Pferd erkranken hauptsächlich die Zehengelenke in Form einer Huf-, Kron- und Fesselgelenkschale. Am Sprunggelenk wird dieses Leiden als Spat bezeichnet. Röntgenologisch nachweisbare Veränderungen sind vorhanden. Gelegentlich treten freie Körper auf.
→ Behandlung. Die Behandlung und die Heilungsaussichten sind in Abhängigkeit vom Sitz des Gelenkes und dem Erkrankungsgrad unterschiedlich. Sie gehört in die Hand des Tierarztes. Neben durchblutungsfördernden werden elektrotherapeutische Methoden (z. B. Kurzwelle, Ultraschall) angewendet. Gute Erfolge werden auch mit der Verabreichung von Glukokortikoiden sowie entzündungs- und schmerzstillenden Mitteln (sowie von Natriumhyaluronat oder sauren Mukopolysacchariden) erreicht.

Hyaluronsäurepräparate können neuerdings auch intravenös verabreicht werden. Sie reichern sich mit gutem Heileffekt in geschädigten Gelenken an.

Schultergelenkentzündung

→ Begriffsbestimmung. Bei der Schultergelenkentzündung sind für das Pferd von Bedeutung die

- akute, nichteitrige Entzündung und die
- chronisch-deformierende Entzündung.

F132 **Muskelzerrung.** Muskelschwellung an der Innenseite des Oberschenkels.
F133 **Schiefschweif,** bedingt durch einseitige Verkürzung der Schweifmuskulatur.
F134 **Starke X-Beinigkeit** als Folge einer Entwicklungsstörung.
F135 **Muskelriß** („Lanzenstoß") am Hals.
F136 Extrem ausgeprägter **Senkrücken.**

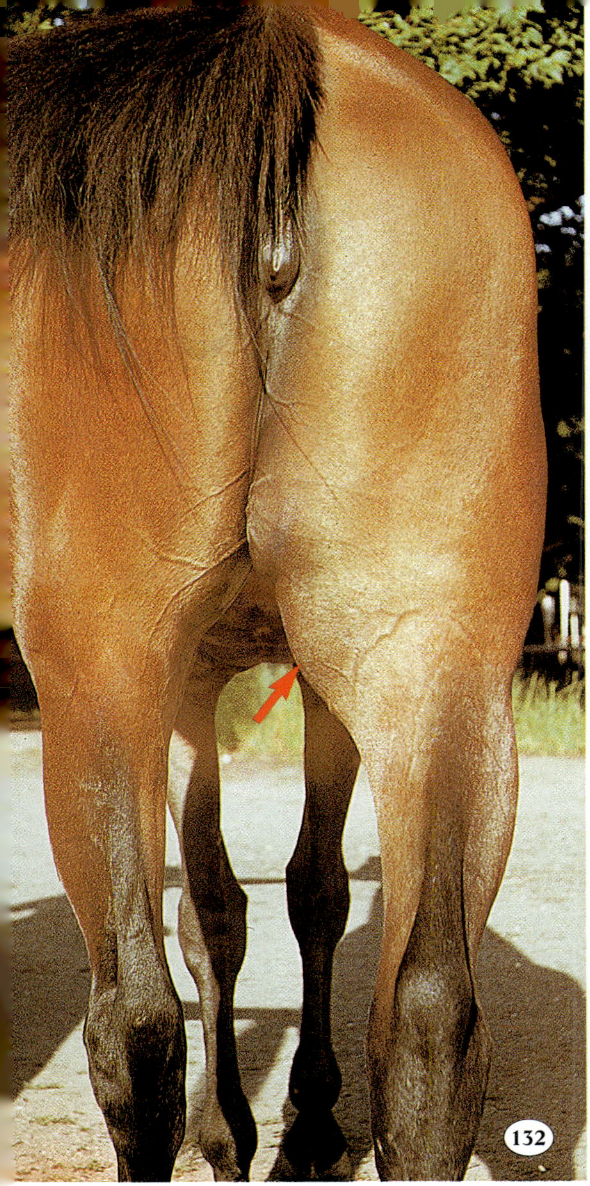
132

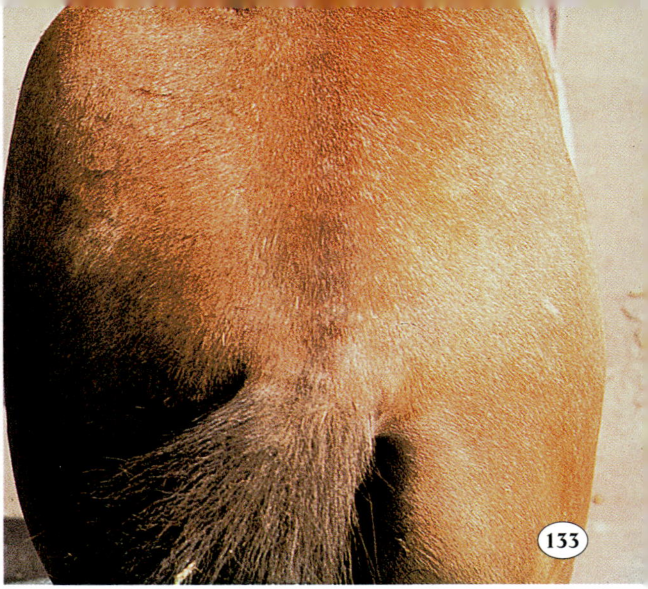
133

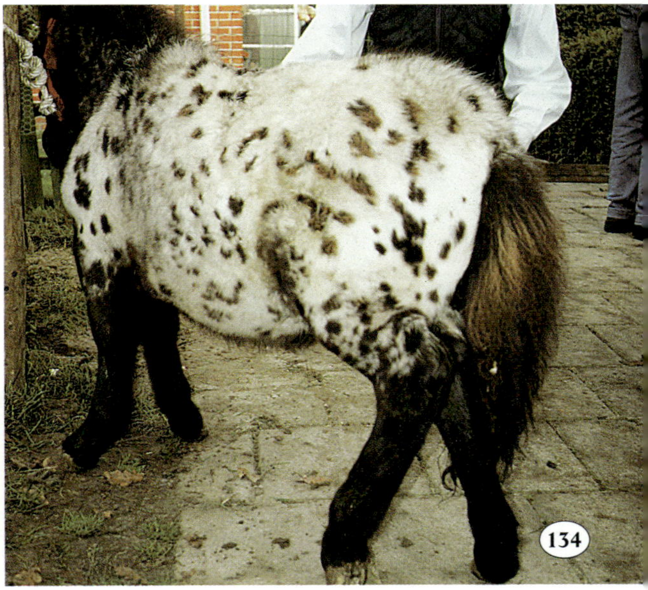
134

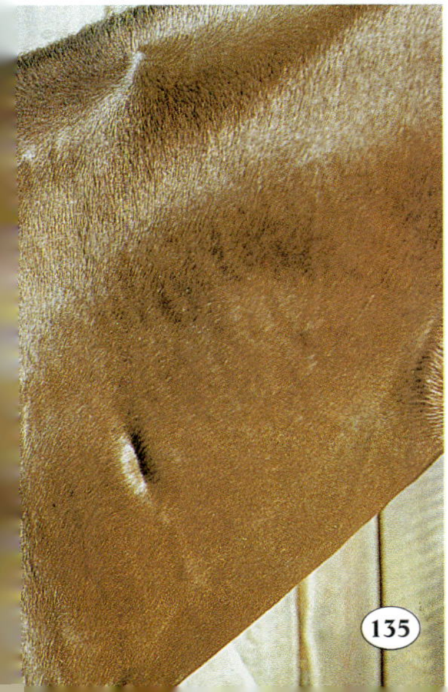
135

136

137

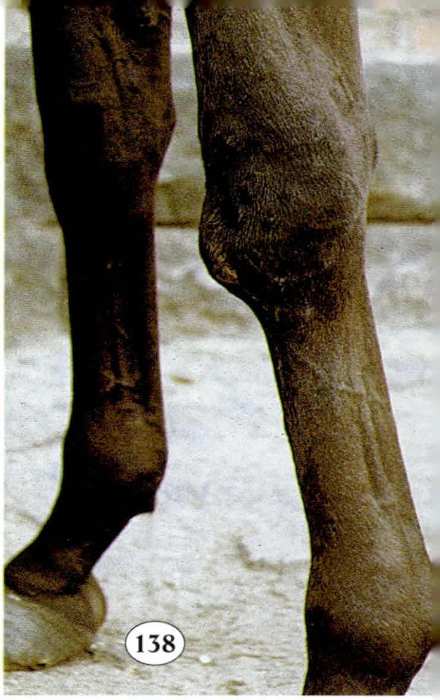
138

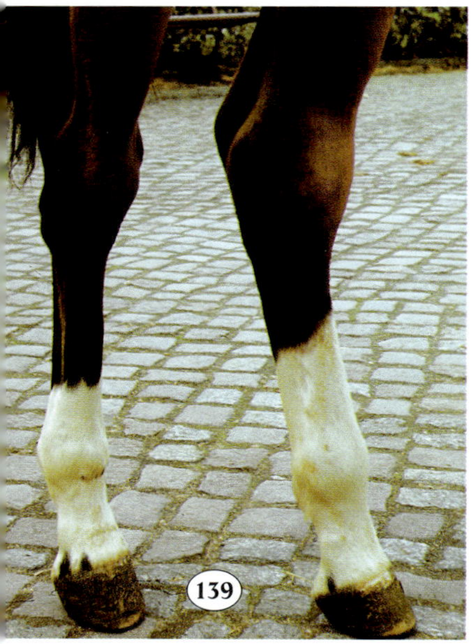
139

140

141

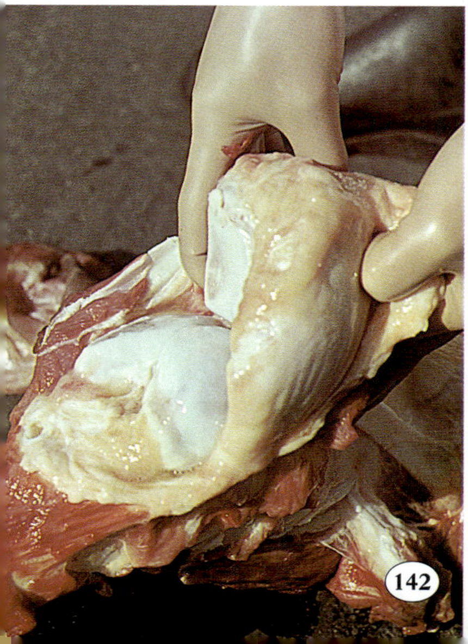
142

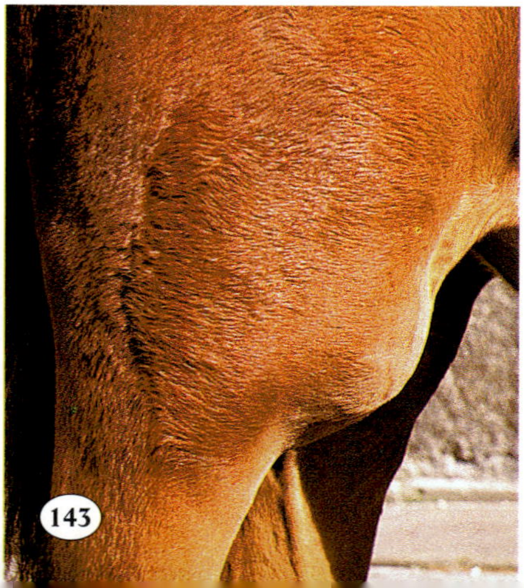
143

Während die erste Form bei allen Pferden vorkommen kann, tritt letztere vorwiegend beim schweren Arbeitspferd auf.

Charakteristisch für die Entzündung des Schultergelenks ist die Schulterlahmheit. Allgemein wird unter Schulterlahmheit eine Bewegungsstörung verstanden, die von krankhaften Prozessen im Gebiet der Schulter ihren Ausgang nimmt. Sie ist durch Symptome der Hangbein- oder gemischten Lahmheit gekennzeichnet. Neben einer Schrittverkürzung nach vorn bereitet besonders das Anheben der Gliedmaßen Schwierigkeiten. Dadurch schleift die Zehe beim Rückwärtstreten auf dem Boden. Auf weichem Boden und beim Bergaufführen tritt die Lahmheit deutlicher in Erscheinung. Das gleiche ist bei einer Kreisbewegung zu beobachten, wenn sich die kranke Gliedmaße außen befindet. Im Vergleich mit Erkrankungen der unteren Gliedmaßengelenke wird die Schultergelenkentzündung selten beobachtet.

Nichteitrige, akute Schultergelenkentzündung (Omarthritis)

→ **Ursache.** Quetschungen und Verdrehungen im Bereich des Schultergelenks durch Gegenrennen, Anstoßen, Hufschlag und Hängenbleiben mit der Vordergliedmaße führen zu Verletzungen des Schultergelenkes und damit zur Entzündung.
→ **Erscheinungsbild.** Die Pferde zeigen plötzlich eine „Schulterlahmheit", die sich in der Bewegung verstärkt. Passive Streckung, Beugung und Drehung der Gliedmaße im Schultergelenk führen zu Abwehrreaktionen und Schmerzäußerungen, die durch Ausweichen und Steigen gezeigt werden. Im Gelenkbereich sind vermehrte Wärme, verstärkte Füllung der Gelenkhöhle sowie Druckschmerz wahrnehmbar.
→ **Behandlung.** Neben einer sofortigen Außerdienststellung sind kühlende, entzündungswidrige Behandlungen (Aciterrananstrich), etwas später feuchte Wärme und durchblutungssteigernde Einreibungen angezeigt. Zusätzlich hat sich die Verabreichung von Glukokortikoiden und schmerz- und entzündungswidrigen Mitteln bewährt.

Einmalige Quetschungen des Schultergelenkes sind günstig zu beurteilen, wenn sie nicht mit Verletzungen der Knochen einhergehen. Da aber erfahrungsgemäß gleichzeitig Verletzungen der Gelenkkapsel und des Knorpels auftreten, geht die akute Schultergelenkentzündung häufig in eine chronisch deformierende Form über.

Chronisch deformierende Schultergelenkentzündung (Omarthrose)

→ **Ursache.** Die chronisch deformierende Schultergelenkentzündung kann sich im Anschluß an eine akute Form entwickeln, wenn ernstere Verletzungen vorliegen oder die Pferde nicht genug geschont worden sind. Sie kann aber von vornherein chronisch-schleichenden Verlauf nehmen. Dabei spielen fortwährende Erschütterungen des Schultergelenks bei schneller Gangart auf hartem Boden sowie ungleiche Belastung der Vorhand und häufiges kurzes Wenden eine Rolle. Begünstigend wirken eine bodenenge und bodenweite Stellung sowie eine zu enge und zu weite Brust, weil sie eine unterschiedlich starke Belastung bestimmter Gelenkteile und eine schlechte Winkelung der Schulter bedingen.
→ **Erscheinungsbild.** Im Gegensatz zu akuten Schultergelenkentzündungen fehlen örtliche, akute, entzündliche Veränderungen. Es besteht eine gemischte Lahmheit, die sich besonders bei kurzen Wendungen unter dem Reiter verstärkt. Durch Atrophie der Schultermuskulatur tritt die Kontur des Schultergelenkes deutlich hervor. In fortgeschrittenen Fällen lassen sich Knochenwucherungen tasten. Nach längerem Stehen kann sich die Lahmheit bessern.
→ **Behandlung.** Neben einer Arbeitspause von 3 bis 4 Monaten kommen intensive, reizende, durchblutungsfördernde Einreibungen oder früher auch das

F137 Die Überstreckung des Vorderfußwurzelgelenks (Karpalgelenk) kann bei Renngalopp zu **Absprengfrakturen** in diesem Bereich führen.
F138 Chronische Karpalgelenksentzündung. Die Beweglichkeit des Gelenks ist eingeschränkt.
F139 Sprunggelenksentzündung. Deutliche Umfangsvermehrung im Gelenkbereich.
F140 Sprunggelenksentzündung.
F141 Kugelschnapper. Kniescheibenverlagerung nach oben. Bei gestreckter Gliedmaße werden die Zehengelenke gebeugt gehalten.
F142 Knorpeldefekte im Kniegelenk. Der Knorpelüberzug der Gelenkflächen ist stellenweise dunkel verfärbt.
F143 Kniegelenksentzündung. Verdickung im Gelenkbereich.

Brennen zur Anwendung. Darüber hinaus kommen schmerzstillende und entzündungswidrige Mittel zum Einsatz. Die Heilungsaussichten sind oft ungünstig, weil die Erkrankung häufig wiederkehrt. Eine Behandlung lohnt sich bei Zuchttieren.

Hüftgelenkentzündung

→ **Begriffsbestimmung.** Die akute Hüftgelenkentzündung tritt meist nur einseitig auf. Im Gegensatz dazu wird die chronisch deformierende Hüftgelenkentzündung, die sich durch Abnutzungserscheinungen im höheren Alter entwickeln kann, beiderseits beobachtet. Charakteristisch ist für diese Erkrankung die sog. Hüftlahmheit. Sie ist ein Sammelbegriff für Bewegungsstörungen, die ihre Ursache im Gebiet des Beckens und des Oberschenkels haben. Sie kann als Hangbein-, Stützbein- oder gemischte Lahmheit in Erscheinung treten.

Hüftlahmheiten sind charakteristisch für Erkrankungen
- des Hüftgelenks,
- des Oberschenkelknochens,
- der Muskulatur sowie
- der Schleimbeutel, Nerven und Gefäße des Oberschenkels.

Akute Hüftgelenkentzündung (Coxitis)

→ **Ursachen.** Ursachen der Hüftgelenkentzündung sind meist Verdrehungen oder Quetschungen durch Stoß oder Sturz auf das Gelenk. Besonders häufig kommt es durch Ausgleiten nach hinten oder Ausgrätschen zu Quetschungen des Kapselbandes oder zu Absprengungen vom Rand der Gelenkpfanne.
→ **Erscheinungsbild.** Die akute Hüftgelenkentzündung ist durch eine gering- bis mittelgradige gemischte Lahmheit gekennzeichnet, die sich in der Bewegung verstärkt. Die Pferde laufen oft schief. Bei passiver Streckung, Beugung oder Drehung der Gliedmaße wird Schmerz geäußert. Die Beugeprobe ist wie beim Spat positiv.
→ **Behandlung.** Die Behandlung ist wie bei der Schultergelenkentzündung. Im Anfangsstadium kann eine einseitige Blockade des Nervus sympathicus durch die nachfolgende starke Durchblutung zur Beseitigung des Gelenkergusses beitragen. Ist eine akute Hüftgelenkentzündung nicht beeinflußbar, so liegt der Verdacht nahe, daß Zerreißungen der Bänder oder Absprengungen am Knochen vorliegen. Es entwickelt sich dann eine unheilbare, deformierende, chronische Hüftgelenkentzündung.

Chronisch deformierende Hüftgelenkentzündung (Coxarthrose)

→ **Ursachen.** Die chronisch deformierende Hüftgelenkentzündung tritt meist beidseitig auf und kann sich im fortgeschrittenen Alter ohne erfaßbare Ursachen entwickeln. Sie kann aber auch die Folge ständig einwirkender kleiner Traumen oder schwerwiegender Zerreißungen von Bändern oder Absprengungen vom Knochen sein. Dabei spielt auch ein Mißverhältnis zwischen Belastung und Leistungsfähigkeit des Pferdes eine Rolle. Nicht selten sind auch chronisch deformierte Entzündungen an anderen Gelenken gleichzeitig vorhanden.
→ **Erscheinungsbild.** Die Pferde können nur mühsam aufstehen. Sie sind steif und unbeholfen in der Hinterhand. Durch Bewegungseinschränkung tritt eine steilere Stellung des Oberschenkels ein. Es besteht eine Hangbeinlahmheit. Die passive Bewegung der Extremität ist schmerzhaft. Mitunter sind Knirschgeräusche hör- und fühlbar. Infolge einer Atrophie der Kruppen- und Hüftmuskulatur tritt das Hüftgelenk deutlicher in Erscheinung.
→ **Behandlung.** Die Behandlung muß auf eine Beseitigung der Schmerzen gerichtet sein. Ruhe, Massagen und hyperämisierende Mittel sowie die Kurzwellenbehandlung bringen zuweilen eine Besserung. Auch die Verabreichung von Glukokortikoiden und schmerzstillenden Mitteln führt zu einer Linderung des Leidens. Empfehlenswert ist ein orthopädischer Beschlag mit einem Hufeisen mit Zehenrichtung und Stollen.

Die Coxarthrose ist unheilbar. In Einzelfällen ist bei entsprechender Behandlung noch eine Verwendung zur Zucht möglich.

Kniegelenkentzündung

→ **Begriffsbestimmung.** Das Kniegelenk besteht aus zwei Gelenkabteilungen, wobei das Kniescheibengelenk mit der Gelenkhöhle des Ober- und

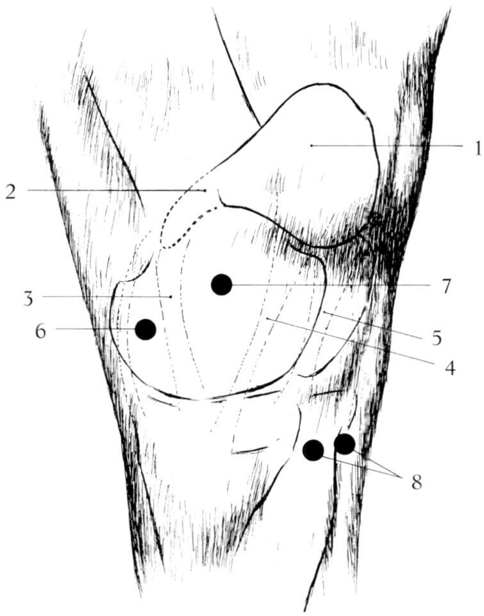

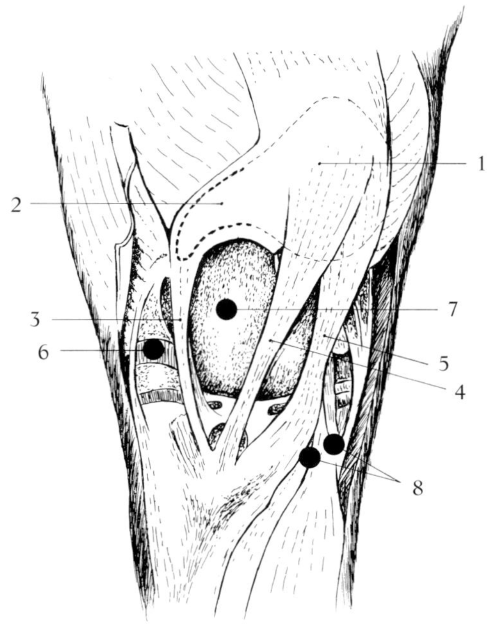

Abb. 7.37 Kniegelenk des Pferdes mit Punktionsstellen.
1) Kniescheibe (*Patella*)
2) Knorpelfortsatz der Kniescheibe (Umrisse punktiert)
3) Inneres Kniescheibenband (*Lig. patellae mediale*) Dieses Band wird bei Kugelschnappoperationen durchgeschnitten
4) Mittleres Kniescheibenband (*Lig. patellae intermedium*)
5) Äußeres Kniescheibenband (*Lig. patellae laterale*)
6) Innerer Kniegelenksack mit Punktionsstelle
7) Gelenkkapsel des Kniescheibengelenks mit Punktionsstelle
8) Äußerer Kniegelenksack mit Punktionsstelle

Unterschenkelgelenkes in Verbindung stehen kann. Die Erkrankung tritt bei Pferden jeden Alters auf (Abb. 7.37).

Akute Kniegelenkentzündung (Gonitis acuta)

→ **Ursachen.** Die Ursachen sind meist traumatischer Natur. Einmalige schwere oder wiederholte geringe Quetschungen oder Verdrehungen führen zu Reizungen der Gelenkkapsel.
→ **Erscheinungsbild.** Es fällt eine vermehrt warme, schmerzhafte Anschwellung des Gelenkes auf (Foto 143, Seite 262). Die Pferde halten die Gliedmaße im Stand in einer typischen Beugehaltung. In der Bewegung wird eine Hangbeinlahmheit sichtbar, die sich verstärkt. Bei Miterkrankung des Kniescheibengelenks sind die Kniescheibenbänder gar nicht oder undeutlich zu fühlen. Nach der Beugeprobe verstärkt sich die Lahmheit.

→ **Behandlung.** Die Behandlung entspricht denen anderer akuter Gelenkentzündungen. Bei nicht genügender Schonung kann die Erkrankung in eine chronisch deformierende Form übergehen.

Chronisch deformierende Kniegelenkentzündung (Gonarthrose)

→ **Ursachen.** Die häufigsten Ursachen sind neben einer ständigen mechanischen Überbeanspruchung des Kniegelenks schwere Traumen. Wiederholtes Anziehen schwerer Lasten, kurzes Parieren unter dem Reiter und scharfe kurze Wendungen können ebenso wie einmalige Quetschungen und Verdrehungen zur Verletzung besonders der Innenflächen des Kniegelenks führen.

Der fortwährend einwirkende Belastungsdruck hat schleichende Entzündungsprozesse am Knochen, am Knorpel und der Gelenkkapsel zur Folge

(Foto 142, Seite 262). Begünstigend wirken fehlerhafte Gliedmaßenstellungen, z. B. steile, stark gewinkelte, zu enge wie zu weite Kniegelenke, faßbeinige, säbelbeinige oder kuhhessige Stellung.
→ **Erscheinungsbild.** Die Erkrankung beginnt schleichend und wird deshalb meistens übersehen. Eine allmählich stärker werdende Hangbeinlahmheit, die sich bei Belastung verstärkt, kann nach längerer Arbeitspause abklingen oder völlig verschwinden. Es besteht eine stärkere Zehenspitzenbelastung. Die Gliedmaße wird nur zögernd und steif vorgeführt, wobei sie mitunter beim Übersteigen von Hindernissen anstößt. Im Stand wird das kranke Bein entlastet und in leichter Beugestellung gehalten.

Bei beidseitiger Erkrankung ist ein steifer, trippelnder Gang mit abwechselndem Hochheben der Hinterfüße zu beobachten. Die passive Bewegung verursacht Schmerz. In fortgeschrittenen Fällen sind besonders an der Innenseite des Kniegelenkes harte, unregelmäßig geformte Auftreibungen am Knochen tastbar. Bei Miterkrankung des Kniescheibengelenkes kommt es zu einer verstärkten Füllung der Gelenkhöhle (Hydrops). Nach und nach bildet sich eine Atrophie der Kruppen- und Oberschenkelmuskulatur aus. Beiderseits erkrankte Pferde vermögen sich schwer zu erheben und vermeiden deshalb das Hinlegen.
→ **Behandlung.** Die Behandlung erfolgt wie bei anderen chronischen Gelenkerkrankungen. Scharfe Einreibungen sowie Punktfeuer sollten nur an der Außen- und Vorderfläche des Kniegelenks verabfolgt werden, um schwere Hautreizungen im Bereich der Schenkelinnenfläche und beim männlichen Tier an der Vorhaut zu vermeiden. In jedem Falle empfiehlt sich ein orthopädischer Beschlag mit Hufeisen mit Zehenrichtung und Stollen.

Kniescheibenverrenkung oder -verlagerung

→ **Begriffsbestimmung.** Bei der Kniescheibenverlagerung handelt es sich um eine zeitweilige oder ständige Verlagerung der Kniescheibe. Dabei kann sie sich oberhalb des Kniegelenkes (dorsal) oder an der äußeren Seite (lateral) befinden. Die Kniescheibenverlagerung nach der Innenseite (medial) ist beim Pferd sehr selten.
→ **Ursachen.** Die zeitweilige (habituelle) Kniescheibenverlagerung nach oben ist häufig angeboren und wird meist erst im 2. oder 3. Lebensjahr sichtbar. Sie kann aber auch traumatisch durch übermäßige Muskelkontraktion bei Streckstellung entstehen, wie das beim Ausgleiten, Auskeilen, Aufstehen und Springen der Fall ist. Die bleibende (stationäre) Verlagerung der Kniescheibe nach außen entsteht durch eine starke Überdehnung oder gar Zerreißung des inneren, geraden Kniescheibenbandes. Beim Pony ist die Veranlagung angeboren.
→ **Erscheinungsbild.** Bei der Kniescheibenverrenkung nach oben kommt es durch das Hochziehen der Kniescheibe bei starker Streckstellung zu einem Festhaken über dem Rollkamm des Oberschenkelknochens. Die Folge ist eine Streckung und Unbeweglichkeit im Knie- und Sprunggelenk. Die Zehe des Hufes berührt dabei den Boden (Foto 141, Seite 262). Durch geringe Seitwärtsbewegung rutscht die Kniescheibe meist mit einem wahrnehmbaren Geräusch in ihre Ausgangslage zurück. Dieser Vorgang kann sich ständig wiederholen. Er wird landläufig als „Kugelschnappen" bezeichnet. Bleibt die Kniescheibe auf dem Rollkamm sitzen, so verändert sich diese Stellung nicht. Bei zwangsweiser Bewegung wird die erkrankte Gliedmaße halbkreisförmig in Streckstellung nach vorn geführt, wobei die Vorderwand des Hufes über den Erdboden schleift. Die festsitzende Kniescheibe und auch die straff gespannten Kniescheibenbänder sind fühlbar.

Bei der Kniescheibenverrenkung nach außen handelt es sich nahezu immer um eine bleibende Verlagerung. Bei Belastung entsteht eine Beugehaltung im Knie- und Sprunggelenk, wobei beim Abstützen der Eindruck entsteht, als ob das Pferd mit der erkrankten Gliedmaße zusammenbricht. Die Kniescheibe ist an der Außenseite des Kniegelenks zu tasten.

Hin und wieder werden Fohlen von Kleinstpferden mit Kniescheibenverrenkung nach außen geboren. Die Tiere bewegen sich in der Nachhand kriechend vorwärts, ohne Sprung- und Kniegelenk strecken zu können.
→ **Behandlung.** Häufig springt die Kniescheibe bei der stationären Verlagerung nach oben mit einem hör- und fühlbaren knackenden Geräusch von selbst in die Ausgangslage zurück. Die beschriebenen krankhaften Erscheinungen, insbesondere die totale Streckstellung, sind damit verschwunden. Manchmal wird die Rückverlagerung auch durch Rückwärtsrichten des Pferdes oder das Bergabschieben erreicht. Beim Transport so erkrankter

Tiere kehrt die Kniescheibe oft in ihre Normallage zurück, wenn sie rückwärts vom Wagen herunter treten.

Gelingt auf diese Weise keine Behebung der Kniescheibenverrenkung, so kann die Gliedmaße zur Entspannung der Kniegelenkstreckmuskeln nach vorn und etwas nach oben gezogen werden. Das gelingt, wenn man einen Strick über den Hals des Pferdes hinweg um die Fessel der erkrankten Gliedmaße führt. Durch Vorwärtsbewegung des Pferdes kann bei gleichzeitigem Druck von oben die festsitzende Kniescheibe dann aus ihrer Lage befreit werden. Fälle, die dieser Behandlung widerstehen, müssen in Narkose am völlig muskelerschlafften Tier eingerenkt werden. Das sogenannte Kugelschnappen wird operativ mittels Durchtrennung des inneren Kniescheibenbandes (Tenotomie) behoben. Auch die Verlagerung der Kniescheibe nach außen kann chirurgisch beseitigt werden. Es ist jedoch zu bedenken, daß die Erkrankung mit großer Wahrscheinlichkeit erblich ist.

Sprunggelenkentzündung

→ **Begriffsbestimmung.** Das Sprunggelenk ist ein zusammengesetztes Schraubengelenk, das aus einem großen und mehreren kleinen Gelenken besteht.

Neben dem Spat kommen akute und chronische Gelenkentzündungen vor.

→ **Ursache.** Die aseptische akute oder chronische Sprunggelenkentzündung entsteht durch einmalige oder sich wiederholende Quetschungen oder Verdrehungen.

→ **Erscheinungsbild.** Das Sprunggelenk ist stärker gefüllt und schmerzhaft (Fotos 139 und 140, Seite 262). Es besteht eine gering- bis mittelgradige gemischte Lahmheit. Abzugrenzen sind Gelenk- oder Sehnenscheidengallen in diesem Bereich, die Verlagerung des oberflächlichen Zehenbeugers (Fotos 152 bis 154, Seite 280) und der Spat. Plötzlich auftretende hochgradige Lahmheiten weisen auf eine Verrenkung oder einen Bruch hin. Zur genauen Diagnose können neben den beschriebenen Symptomen die Beurteilung der Gelenkflüssigkeit und das Röntgenbild herangezogen werden.

→ **Behandlung.** Akute Gelenkentzündungen können durch Hyaluronsäure, evtl. in Kombinationen mit Glukokortikoidenpräparaten, geheilt werden. Günstig wirken sich auch warme Angußverbände und milde durchblutungsfördernde Einreibungen aus. Die Pferde sollten mindestens 4 Wochen geschont werden.

Bei chronischen Sprunggelenkentzündungen kommen die Verabreichung von schmerz- und entzündungswidrigen Präparaten und Glukokortikoiden zur Anwendung. Die Pferde sind für mindestens 6 bis 8 Wochen ruhigzustellen. Bei der chronischen Gelenkentzündung sind Rückfälle möglich. Die Pferde dürfen deshalb nach der Behandlung nur schonend wieder an die ursprüngliche Belastung herangeführt werden. Ein orthopädischer Beschlag mit einem Spathufeisen kann zur Entlastung des Sprunggelenkes beitragen.

Spat

→ **Begriffsbestimmung.** Der Spat ist eine seit alters her bekannte Erkrankung des Sprunggelenks. Er zählt zu den häufigsten Lahmheitsursachen des Pferdes. Es erkranken Pferde jeden Alters, deren innerer (medialer) Abschnitt des Sprunggelenks durch die Gangart oder die Gliedmaßenstellung über das normale Maß hinaus belastet wird. Besonders ist das beim Traber der Fall.

Unter Spat wird landläufig eine chronische Entzündung der straffen Gelenke an der Innenseite des Sprunggelenkes verstanden, die mit einer typischen, in der Bewegung sich bessernden Lahmheit verbunden ist. Knochenauftreibungen an der äußeren Seite des Sprunggelenkes werden als „Rehbein" oder „Rehspat" bezeichnet.

→ Als **Ursache für Spat** kommen zwei Faktoren in Frage, die bei der Entstehung der Erkrankung zusammentreffen und ineinandergreifen können.

1. Die inneren indirekten oder begünstigenden Ursachen umfassen nicht nur einen Konstitutionsmangel, sondern eine Unvollkommenheit im Feinbau der Sprunggelenksknochen. Hinzu kommen Stellungsanomalien, wie rückständige, säbelbeinige, kuhhessige, faßbeinige Stellung, Bärenfüßigkeit sowei ein abnormer Bau der Sprunggelenke (flache, schmale, geschnürte Sprunggelenke und die Art der Winkelung). Die Erblichkeit des Spat wird bestritten, eine Veranlagung für diese Erkrankung jedoch als möglich angenommen. Eine gewisse Bedeutung hat sicher auch eine ungenügende Mineralstoffversorgung. Es wird

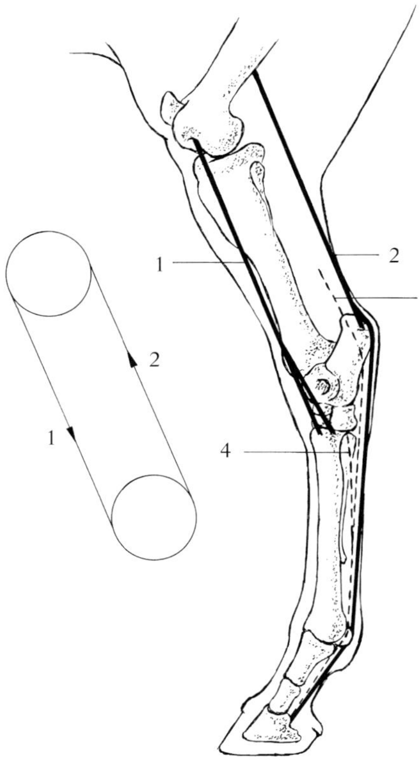

Abb. 7.38 Mechanismus der Gleichschaltung von Knie- und Sprunggelenk (nach Koch und Dobberstein).
1) Dritter Wadenbeinmuskel (*M. fibularis terius*)
2) Oberflächlicher Zehenbeugemuskel (*M. flexor digitalis superficalis*)
3) Tiefe Beugesehne
4) Unterstützungsband der tiefen Beugesehne

auch die Meinung vertreten, daß das Sprunggelenk im Zuge der stammesgeschichtlichen Entwicklung die Neigung zeigt, sich durch Verknöcherungsprozesse zu vereinfachen. In diesem Sinne wäre Spat keine Krankheit, sondern eine erbliche, von mechanischen Einflüssen unabhängige Übergangsform.

2. Die äußere, direkte Ursache besteht im Zusammentreffen vieler kleiner Gewalteinwirkungen, denen das Sprunggelenk an seiner inneren, stärker belasteten Seite ausgesetzt ist. Das sind sich oft wiederholende Quetschungen und Verdrehungen.

Aufgrund der Erkenntnis, daß Pferde mit spitzgewinkelten Hufen die Gliedmaßen weit vorschwingen, werden beim Traber zur Erreichung raumgreifender Trabaktionen die Trachten sehr niedrig gehalten. Diese willkürlich hergestellte Hufform soll ebenfalls das Entstehen der Spaterkrankung begünstigen.

→ **Erscheinungsbild.** Die Krankheitserscheinungen sind zu Beginn durch den Schmerz gekennzeichnet, der durch die Streckung oder Belastung des Sprunggelenkes zur Lahmheit führt. Später können durch die Bildung von Knochenauftreibungen mehr oder weniger große, schmerzlose, harte Umfangsvermehrungen im unteren Drittel der Innenfläche des Sprunggelenkes sichtbar und tastbar werden. Spatlahmheit und Spatknochenauftreibungen (Exostosen) gelten deshalb als typische Erscheinungen dieser Krankheit. Beide können unabhängig voneinander bestehen.

Die Spatlahmheit entwickelt sich meist allmählich. Sie tritt am deutlichsten beim Übergang von der Ruhe zur Bewegung auf. Dabei ist bei den ersten Schritten eine gering- bis mittelgradige gemischte Lahmheit zu sehen. In fortgeschrittenen Fällen wird die erkrankte Gliedmaße zeitweilig gar nicht belastet. Mit zunehmender Bewegung verschwindet die Bewegungsstörung. Sind beide Extremitäten gleichzeitig betroffen, so ist der Trab unsauber, manschend und stachelig. Traber fallen leicht in Galopp, weil sie in dieser Gangart das spatkranke Bein entlasten können.

Durch die stärkere Belastung der Vorderwand nimmt der Huf eine stumpfe Form an, oder das Hufeisen wird im Zehenbereich stärker abgenutzt. Die häufig beschriebene Atrophie der Streckmuskeln kommt beim Trabrennpferd nicht so deutlich zum Ausdruck. Manchmal tritt ein krampfhaftes, ruckartiges Heben des Fußes, der sogenannte „Zuckfuß oder Hahnentritt" auf.

Im Stand äußert sich Spat durch Schonen der erkrankten Gliedmaße (häufiges Schildern). Das Herumtreten auf die gesunde Seite verursacht beim Belasten der erkrankten Extremität Schmerz. Spatlahmheit wird auch bei sehr jungen Pferden beobachtet, wenn eine bodenenge Gliedmaßenstellung mit einer gleichzeitig diagonal nach außen gerichteten weiten Gliedmaßenstellung gekoppelt ist. Man spricht dann vom „Spat des jugendlichen Pferdes". Die Tiere schleifen meist mit den Hufen über den Boden und laufen sich so eine deutliche Zehenrichtung an. Diese Form der Spatlahmheit kann von einem guten Reiter „weggeritten" werden. Im übrigen zeigen sich die ersten Krankheitserscheinungen weniger in Bewegungsstörungen der Hintergliedmaßen, sondern vielmehr in einer Verspannung des Rückens.

Die Spatexostosen stellen mehr oder weniger große, harte Verdickungen oder Rundungen im unteren Drittel der Innenfläche des Sprunggelenkes dar. Zu Beginn sind sie jedoch häufig schwer nachzuweisen, weil sie sich erst im Verlaufe der Krankheit entwickeln (unsichtbarer Spat). Die Spatexostose ist im Stehen bei vergleichender Betrachtung von hinten zu sehen. Ihre Form und Lokalisation sind unterschiedlich (Foto 204, Seite 336).

Neben der Beugeprobe und der diagnostischen Schmerzausschaltung (Spatinfiltration nach Berge) spielt die Röntgenuntersuchung bei der genauen Feststellung der Erkrankung eine bedeutende Rolle.

→ **Behandlung.** Alle Behandlungsbemühungen zielen darauf ab, durch Beschleunigung des Verknöcherungsprozesses oder durch allgemeine oder lokale Schmerzausschaltung, die Lahmheit zu beseitigen. Vorbeugend kommt einer optimalen Mineralstoffversorgung vor allem in der Aufzucht eine große Bedeutung zu.

Folgende *Behandlungsmethoden* sind zu empfehlen:

- Orthopädische Huf- und Beschlagskorrekturen (Spathufeisen mit Zehenrichtung und erhöhtem Schenkel). Beim Spat junger Pferde Hufbeschlag nach Nyffenegger (breiter verstärkter Schenkel der stärker belasteten Hufabschnitte).
- Bei beginnendem Spat Verabreichung von Glukokortikoiden und schmerz- und entzündungswidrigen Einreibungen und Mitteln.
- Bei Pferden, die im vollen Training stehen, empfiehlt sich zur Vermeidung eines zu starken Konditionsverlustes die Spatoperation (Spatschnitt oder Tenotomie der Sehne des *M. tibialis cranialis*).
- Zerstörung der betroffenen Gelenkflächen (Arthrodese).
- Druckentlastung kleiner Tarsalknochen durch Anbohren (Fenestration).

Die Spaterkrankung ist im Sinne einer völligen Wiederherstellung nicht heilbar. Deshalb kann die Behandlung nur auf eine funktionelle Wiederherstellung abzielen. Dabei bestimmen zweifellos unterschiedliche Leistunganforderungen die Wahl der Behandlungsmethoden. Während z. B. von einem Dressurpferd oder von einem Traber einwandfreie Trabaktionen erwartet werden, verlangt man von Spring-, Galopp- und Zugpferden nicht so anspruchsvolle Leistungen. Nach einer Spatoperation erreichen in der Regel 90% der Trabrennpferde wieder ihre frühere Leistungsfähigkeit. Auch für die anderen Behandlungsmethoden bestehen im Hinblick auf die Wiedererlangung einer Arbeitsfähigkeit gute Aussichten. Vereinzelt sind Selbstheilungen möglich. Sie beanspruchen jedoch einen Zeitraum von 1 bis 2 Jahren.

Hahnentritt, Zuckfuß

→ **Begriffsbestimmung.** Man versteht unter Hahnentritt eine charakteristische Bewegungsstörung an einer oder beiden Hintergliedmaßen. Dabei wird die Gliedmaße besonders im Schritt und aus dem Stand zuckend gebeugt und manchmal so in die Höhe gezogen, daß die Fessel den Bauch berührt. Es entsteht so eine paradeschrittartige Bewegung.

→ **Ursachen.** Die Ursache ist beim echten Hahnentritt ungeklärt. Das Leiden stellt sich plötzlich, manchmal aber auch ganz allmählich ein. Vermutet werden Nervenentzündungen oder Verkürzungen der Schenkelfaszie infolge von Bindegewebs- oder Muskelentzündungen. Hahnentrittähnliche Bewegungen werden auch beim Spat beobachtet.

→ **Behandlung.** Mit Sicherheit kann der echte Hahnentritt nicht geheilt werden. Die Erscheinungen verschwinden bei manchen Pferden nach kurzer Bewegungszeit. Nach monatelanger Ruhe kann die Erkrankung sich verlieren. Möglich sind auch operative Korrekturen.

Entzündung des Karpalgelenkes

→ **Begriffsbestimmung.** Das Karpalgelenk besteht aus 3 Gelenkabschnitten, dem oberen (proximalen), dem mittleren und dem unteren (distalen), wobei die mittlere Gelenkhöhle mit der unteren in Verbindung steht. Durch Gewalteinwirkung können entweder ein Gelenkabschnitt oder alle entzündlich erkranken. Dabei wird zwischen einer akuten, nichteitrigen und einer chronisch deformierenden Form unterschieden.

Erstere wird bei zweijährigen Vollblütern beobachtet, deren Skelett noch nicht ausgereift ist. Letztere wird aufgrund ihres schleichenden Verlaufes erst spät erkannt. Sie kommt einseitig oder beiderseitig bei schweren Arbeits-, Reit- und Trabrennpferden vor. Bevorzugt erkranken die Gelenkabschnitte der inneren Seite.

→ **Ursachen.** In vielen Fällen entwickelt sich die Erkrankung schleichend infolge von Quetschungen der kleinen Karpalknochen durch fortgesetzte Überanstrengung des Gelenkes. Das geschieht beim Reitpferd auf hartem Boden und im tiefen Sand, beim häufigen kurzen Parieren, bei schnellen Wendungen, beim Springen sowie bei frühzeitiger Belastung junger Pferde vor Abschluß der Skelettreife. Darüber hinaus scheint die forcierte Streckung und Beugung des Karpalgelenkes bei manchen Trabrennpferden (sog. hohe Aktion) Veranlassung zur chronischen Karpalgelenkentzündung zu sein.

Entsprechend der stärkeren Belastung der inneren Hälfte des Karpalgelenkes wird diese Seite von den quetschenden Einwirkungen am stärksten betroffen. Begünstigende Ursachen sollen schmale, geschnürte Gelenke, eine steile Schulter und ein kurzer Oberarm sein. Auch eine vor- und rückbiegige o- und x-beinige Stellung können unterstützend wirken.

→ **Erscheinungsbild.** Die Gelenkhöhle erscheint vermehrt gefüllt. Am abgebeugten Gelenk ist bei Druck im Gelenkspalt ein deutliches Schneeballknirschen wahrzunehmen. Bei einer akuten Entzündung bestehen Druckschmerz, vermehrte Wärme und Schwellung. Später entwickelt sich eine gemischte Lahmheit, die besonders nach starker Belastung auffällt. Häufig wird sie nur bei Beginn der Bewegung beobachtet. Sie kann sich nach längerer Arbeitspause bessern oder ganz verschwinden. Sind beide Vorderbeine erkrankt, dann wirkt der Gang klamm und gebunden. Entzündungen im unteren Gelenkabschnitt verlaufen oft ohne Bewegungsstörungen. Nach längerem Abbeugen des Karpalgelenkes (Beugeprobe) (Foto 18, Seite 67) tritt die Lahmheit stärker in Erscheinung. Durch Knochenwucherungen entstehen im vorderen Gelenkbereich harte, nicht empfindliche Umfangsvermehrungen, die sich später über die gesamte Gelenkfläche erstrecken können. Dadurch wird die passive und aktive Bewegung des Gelenkes eingeschränkt (Foto 138, Seite 262). Die Gelenkkonturen werden rhombisch oder spindelförmig. Der Huf nimmt durch vermehrte Abnutzung der Zehe eine stumpfe Form an. Über Grad und Ausmaß sowie die Lage der Veränderung gibt die Röntgenaufnahme Aufschluß (Foto 24, Seite 68).

→ **Behandlung.** Zu Beginn der Erkrankung kann durch Verabreichung von Glukokortikoiden oder Natriumhyaluronat in das Gelenk und eine anschließende Arbeitspause von 3 Wochen in vielen Fällen Heilung erzielt werden. Je geringer die Veränderungen ausgeprägt sind und je weiter sie unten liegen, desto besser sind die Heilungsaussichten. Bei mechanischen Behinderungen durch Knochenwucherungen ist völlige Wiederherstellung nicht möglich.

Entzündung der Zehengelenke

→ **Begriffsbestimmung.** Zu den Zehengelenken zählen das Fessel-, das Kron- und das Hufgelenk. Bei allen kommen nichteitrige, akute und chronisch defomierende Formen vor.

→ **Ursachen.** Die akuten Entzündungen entstehen durch Verdrehungen, Quetschungen nach Fehltritten, Ausgleiten, Sturz, Hängenbleiben, scharfen Wendungen, plötzlichem Wechsel der Gangart und dem Landen nach dem Sprung in übermäßiger Beugung. Diese Faktoren werden besonders dann wirksam, wenn der wachsende, noch nicht ausgereifte Knochen den Belastungen nicht gewachsen ist. Treten diese Schädigungen wiederholt auf, heilen nicht ab oder reichen Brüche oder Knochenrisse in den Gelenkspalt, kann es zu einer chronisch deformierenden Entzündung kommen, die man landläufig „Schale" nennt.

Fortgesetzter Belastungsdruck führt zur seltenen (artikulären) Gelenkschale, während Reizungen an den Ansatzstellen durch Zug der Gelenkbänder zu einer Knochenhautentzündung führen, die schließlich eine um das Gelenk gehende (periartikuläre) Schale zur Folge hat. Je nach Ausdehnung spricht man von einer zirkulären (Ringbein) oder partiellen Form. Auch die Rachitis, eine Knochenerkrankung, kann eine Schale hervorrufen. Knochenwucherungen an der Hinterseite des Fesselbeines werden „Leist" genannt. Infolge von Bandeinrissen kommt es beim Turnier- und Rennpferd zu einer teilweisen Verlagerung des Kron- oder Hufbeins

(Subluxation) im Bereich des Gelenkes, wobei die untere Gelenkwalze nach vorn geschoben wird. Im Bereich des Kron- oder Hufgelenks entsteht so eine Vorwölbung, die äußerlich eine Schale vortäuschen kann (Foto 150, Seite 279).

Deformierende Entzündungen der Zehengelenke treten oft gemeinsam auf. Prädisponierend wirken fehlerhafte Gliedmaßenstellung, fehlerhafte Hufpflege, schwache Beschaffenheit der Gelenke und unzweckmäßiger Hufbeschlag.

→ Erscheinungsbild

• bei akuter nichteitriger Entzündung
Bei Fesselgelenkverdrehungen und Quetschungen tritt eine plötzliche Stützbeinlahmheit auf, der nach einigen Stunden eine Anschwellung und Erhöhung der Hauttemperatur in diesem Bereich folgen (Foto 147, Seite 279). Steilstellung der Fessel, unvollständiges Durchtreten und sog. Überköten sind weitere Erscheinungen. Bei passiver Beugung und Streckung wird Schmerz geäußert. In ernsteren Fällen wölbt sich die stärker gefüllte Gelenkkapsel innen und außen unter dem Griffelbeinknöpfchen oder an der Vorderseite des Gelenkes hervor. Im übrigen richtet sich der Befund nach der Schwere der Gewalteinwirkung (Zerreißung der Gelenkkapsel, der Seitenbänder, Entstehung eines Blutergusses und Quetschung des Gelenkknorpels).

Plötzliche, mittel- bis hochgradige Stützbeinlahmheit und starke Schmerzen bei passiver Bewegung des Krongelenks weisen auf eine akute Entzündung in diesem Bereich hin. Daneben bestehen vermehrte Wärme und eine Schwellung der Umgebung des Krongelenks. Die Pulsation der Hauptmittelfußarterie ist verstärkt.

Ähnliche, mittel- bis hochgradige Stützbeinlahmheit und Schmerzäußerung bei passiver Bewegung bestehen auch bei der akuten Entzündung des Hufgelenkes.

Bei starken Kapselquetschungen, Einrissen oder Blutergüssen entsteht eine ringförmige Anschwellung am vorderen Kronrand. Im Stand wird die kranke Gliedmaße nach vorn gestellt und nur die Hufspitze belastet.

• bei chronisch deformierender Entzündung
Es besteht eine deutliche, harte, meist reaktionslose Umfangsvermehrung im Bereich des Fesselgelenks (Fotos 148 und 149, Seite 279). Die erkrankte Gliedmaße wird leicht nach vorn gestellt und entlastet. Bei Rennpferden können nach intensiver Arbeit Ödeme auftreten.

Der Grad der Lahmheit variiert in Abhängigkeit von der Lage und dem Umfang der Veränderung. Manchmal ist gar keine bzw. nur nach Belastung eine Stützbeinlahmheit zu beobachten. Ähnlich harte Umfangsvermehrungen treten in der Umgebung des Krongelenks auf (Foto 150, Seite 279). Stützbeinlahmheit wird vor allem nach Arbeit auf hartem Boden gesehen.

Bei der Hufgelenksschale besteht eine häufig wiederkehrende Stützbeinlahmheit. Sind beide Hufgelenke befallen, zeigen die Pferde einen kurzen gebundene Gang und können so auch eine Hangbeinlahmheit vortäuschen. Vereinzelt kann sich eine solche Lahmheit auch nach einer stärkeren Gewalteinwirkung einstellen. Im Verlauf der Erkrankung kommt es zu einer Verkleinerung des Hufes. Schmerzen lassen sich bei starker Beugung auslösen.

Die fortschreitenden Verknöcherungsprozesse führen an allen Zehengelenken schließlich zu Verwachsungen der Gelenke und mechanischen Behinderungen. Für die genaue Diagnose ist die diagnostische Schmerzausschaltung und die Röntgenaufnahme wichtig.

→ Behandlung. Bei der akuten, nichteitrigen Entzündung fördern Ruhe und weiche, tiefe Einstreu die Heilung. In den ersten 2 bis 3 Tagen sind Kühlverbände mit entzündungswidrigen Mitteln angezeigt. Dann kann zur Förderung der Durchblutung mit feuchtwarmen Umschlägen behandelt werden. Günstig wirken sich auch feste und straffe Verbände aus, die die Bewegung der Gelenke einschränken (Zinkleim, Gips, Kunststoffverbände). Ein orthopädischer Beschlag zur Anhebung der Trachten (Stollen oder Keile) kann den Heilungsvorgang unterstützen. Gute Erfolge werden bei Entzündung des Fesselgelenkes und evtl. des Kronengelenkes mit der Verabreichung von Glukokortikoiden oder Natriumhyaluronat in das Gelenk erzielt.

Meist klingt die Entzündung schon nach wenigen Tagen ab. Nur in Einzelfällen und bei mangelnder Schonung dauert sie länger und geht in ein chronisches Stadium über. Bei der chronisch deformierenden Entzündungsform sind im Frühstadium auch feuchtwarme Umschläge möglich. Später sind jod- und kampferhaltige Einreibungen angezeigt. Anwendung findet auch die orale Verabreichung von Glukosaminoglykanen und die intramuskuläre Verabreichung von Chondroitinpolysulfaten. Als letzte Behandlungsmöglichkeit bleibt der Nervenschnitt, wenn durch die Knochenwucherungen noch keine mechanische Behinderung der Beweglichkeit eingetreten ist. In jedem Fall kann das erkrankte Gelenk durch einen orthopädischen Hufbeschlag (Zehenrichtung und Anheben der Trachten) geschont werden. Die Heilungsaussichten sind wegen der Umbauvorgänge am Knochen in vielen Fällen zweifelhaft. Die Knochenveränderungen selbst sind nicht zu beseitigen. Die Pferde sollten möglichst nur auf weichem Boden eingesetzt werden.

Schienbeinerkrankung des Galopprennpferdes

→ **Begriffsbestimmung.** Die Schienbeinerkrankung des Galopprennpferdes stellt eine schmerzhafte, später harte Vorwölbung der vorderen Kontur des Mittelfußknochens (Metakarpus) der Vordergliedmaße dar. Sie wird in Pferdezucht- und Rennsportkreisen als „Schienbeinschmerz" bezeichnet. Die Krankheit tritt vorzugsweise bei zweijährigen, vereinzelt bei dreijährigen Galopprennpferden auf. Beim Traber wird sie ganz vereinzelt am Mittelfußknochen des Hinterbeins (Metatarsus) gesehen.
→ **Ursache.** „Schienbeinschmerzen" entstehen nach einer nicht kompensierbaren Biegungsbelastung, die an der Vorderseite des Mittelfußknochens zu Veränderungen an der Knochenhaut (Periostose) und des Knochens (Hyperostose) führt. Manchmal entstehen winzige Risse unter der Knochenhaut (Foto 172, Seite 298). Bei weichem und elastischem Boden wird der Biegungsdruck gedämpft. Ist er dagegen hart, so wird der Biegungsdruck verstärkt und abrupt wirksam.

Ein dieser Beanspruchung nicht gewachsener Knochen wird versuchen, sich durch Verstärkung der belasteten Zonen anzupassen.

Als Ursache der ungenügenden Stabilität des Knochens wird eine allgemeine Knochenerkrankung angenommen, die mit einer nicht ausreichenden Mineralstoffversorgung des Knochens vor Abschluß des Skelettwachstums zu erklären ist. Deshalb tritt diese Erkrankung fast ausschließlich bei zweijährigen Vollblütern nach intensiver Galoppbelastung auf hartem Boden auf.
→ **Erscheinungsbild.** Die Krankheit äußert sich in einer schmerzhaften, derben, später harten Vorwölbung der vorderen Kontur des Hauptmittelfußknochens. Da die Erkrankung meist beiderseits auftritt, besteht häufig ein verkürzter klammer Gang.
→ **Behandlung.** Die Behandlung zielt zunächst auf eine Beseitigung der lokalen Schmerzreaktionen hin. Dabei kommen entzündungswidrige und durchblutungsfördernde Mittel zum Einsatz. Den Vorzug haben jodhaltige Einreibungen. Wichtig sind vorbeugende Maßnahmen in Form optimaler Nährstoffversorgung, regelmäßige Bewegung während der gesamten Jugendentwicklung und Vermeidung intensiver Galoppbelastung auf hartem Boden vor Abschluß der Skelettreifung.

Überbeine am Mittelfuß

→ **Begriffsbestimmung.** Knochenauftreibungen, die zu einer Konturveränderung am Hauptmittelfußknochen führen, werden bei erwachsenen, vornehmlich jungen Reitpferden am Vordermittelfußknochen, bei Trabern und Dressurpferden jedoch auch am Hinterbein gefunden. Überbeine können einseitig, oft aber auch an mehreren Gliedmaßen gleichzeitig auftreten. Nach ihrem Sitz werden sie als

- intermetakarpale,
- postmetakarpale oder
- tiefe metakarpale

Überbeine bezeichnet.
→ **Ursachen.** Traumatische Überbeine entstehen durch Streichen, Greifen oder Gegenschlagen. Sie sind selten oder kaum mit Lahmheit verbunden. Im akuten Stadium sind dabei Druckschmerz und vermehrte Wärme nachweisbar. Bei der Entstehung spontaner Überbeine spielt Zug und Druck von Sehnen und Bändern eine Rolle. Gleichzeitig sind Störungen des Knochenstoffwechsels vor allem durch nicht optimale Mineralstoffversorgung und vernachlässigte Hufpflege von Bedeutung.
→ **Erscheinungsbild.** Die seitlichen, intermetakarpalen Überbeine entwickeln sich durch Reizung der Knochenhaut an Bandansatzstellen. Es kommt dabei zu einer Knochenhautentzündung. Begünstigt wird diese Zug- und Druckwirkung bei zehenweiter

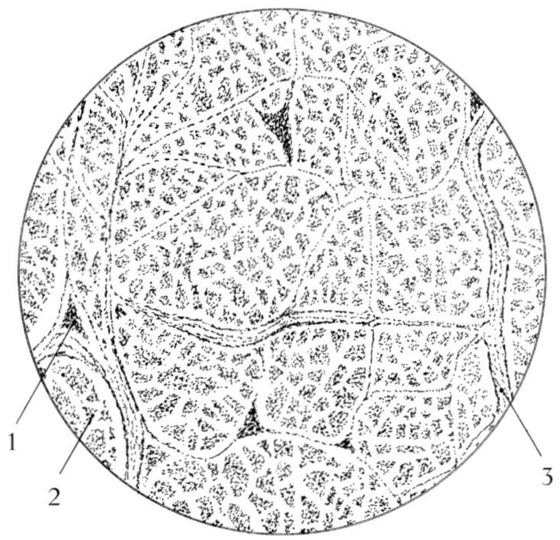

Abb. 7.39 Schnitt durch eine Sehne.
1) Gefäß
2) Sehnengewebe
3) Bindegewebe

Stellung und fehlerhaft gerichteten Hufeisen mit zu engem inneren Schenkel. Diese Überbeine sind meist bohnen- bis walnußgroß und verursachen nur eine Stützbeinlahmheit, wenn sie sich schnell entwickeln (Remontekrankheit) oder zu einer Entzündung des Karpalgelenkes führen.

Hintere metakarpale Überbeine beginnen ebenfalls an der Ansatzstelle durch Zug des Fesselträgers. Eine Lahmheit entsteht dadurch, daß die Knochenwucherung den Fesselträger einengt und gelegentlich mit ihm verwächst. Das Überbein hat meist eine zerklüftete Oberfläche und läßt sich am aufgehobenen Huf bei entspannter Beugesehne tasten.

Das tiefe metakarpale Überbein sitzt an der Ansatzstelle des Fesselträgers und des Unterstützungsbandes der tiefen Beugesehne und verursacht eine chronische, kaum zu beeinflussende Lahmheit. Es ist wegen seiner versteckten Lage nur schwer zu erkennen.

→ **Behandlung.** Eine akute Knochenhautentzündung, wie sie bei traumatischen Überbeinen abläuft, kann neben einer Arbeitspause durch feuchte Wärme oder jodhaltige Einreibungen gemildert werden. Zu empfehlen sind auch Glukokortikoidinjektionen. Bei intermetakarpalen Überbeinen verschwindet die Lahmheit mit der knöchernen Vereinigung des Hauptmittelfußknochens mit dem Griffelbein von selbst. Zur Beschleunigung dieses Vorgangs können scharfe Einreibungen oder das perforierende Brennen angwendet werden. Eine Behandlung der postmetakarpalen und tiefen metakarpalen Überbeine ist selten erfolgreich. Versuchsweise können Glukokortikoide örtlich angewendet werden. Zur Beseitigung einer dadurch bedingten Lahmheit kommt die Neurektomie in Frage. Große Überbeine können auch operativ beseitigt werden.

Vorbeuge. Vorbeugend sind durch Stellungsanomalien der Gliedmaßen begünstigende Ursachen durch eine Hufbeschlagskorrektur zu beseitigen, wobei zur Unterstützng der stärker belasteten Hufwand bei der boden- oder zehenweiten Stellung Hufeisen mit verbreitertem Innenschenkel wegen der erhöhten Streichgefahr nur ausnahmsweise angewendet werden dürfen. Zur Verhinderung spontaner Überbeine (Remontekrankheit) muß auf eine optimale Nährstoffversorgung geachtet werden.

Sehnenentzündung

Bau und Funktion der Sehnen

Die meisten Gliedmaßenmuskeln haben eine Endsehne, die mit dem Knochen verwachsen ist, an dem sie ansetzen. Sie dienen der Kraftübertragung. Wenn es sich um spindelförmige Muskeln handelt, wie das im Bereich der Gliedmaße allgemein der Fall ist, bildet die Masse der Sehnenfäden Bündel, die sich zu einem Strang vereinigen. Die Faserbündel und der Sehnenstrang sind von Hüllen umgeben (Abb. 7.39).

Am Mittelfuß und der Zehe von Lauftieren findet man keine Muskeln mehr, sondern nur noch Sehnen, die in Verbindung mit den Gelenkbändern komplizierte Aufgaben im Bewegungsablauf erfüllen.

Das Sehnengewebe ist von außerordentlicher Zugfestigkeit, die der des weichen Eisens nahekommt. Die Druckfestigkeit ist dagegen begrenzt. Wo Sehnen über Biegungen hinweg laufen, sind deshalb knorpelige oder knöcherne Gebilde, die sogenannten Sesambeine, eingefügt. Aus dem gleichen Grunde sind an Stellen großer Druckbelastung Schleimbeutel oder Sehnenscheiden als weiche, schonende Polster vorhanden.

Bei bestimmten Muskeln gehen die sehnigen Ansatz- und Endstücke ineinander über, so daß der Muskel ein sehniges Grundgerüst trägt. Wenn sol-

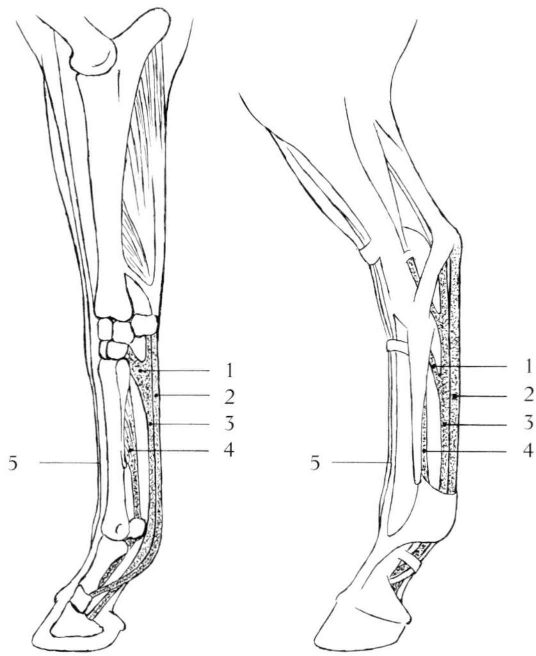

Abb. 7.40 Sehnen der Vorder- und Hintergliedmaße, die häufig erkranken.

1) Unterstützungsband der tiefen Beugesehne (*Caput tendinei* des *M. flexor digitalis profundus*)
2) Oberflächliche Beugesehne (*M. flexor digitalis superficialis*)
3) Tiefe Beugesehne (*M. flexor digitalis profundus*)
4) Fesselbeinbeugesehne, Fesselträger (*M. interosseus medius*)
5) Gemeinschaftliche Strecksehne (*M. extensor digitalis communis*)

che Muskeln erschlaffen, vermag dieses Gerüst den Körper ohne Ermüdung zu tragen. Den höchsten Grad dieser Entwicklung erreicht der sogenannte Musculus interosseus medius, der Fesselträger, bei dem die Muskelfasern ganz durch Sehnengewebe ersetzt worden sind. Ein solcher Muskel kann natürlich keine aktive Arbeit mehr leisten. Er wirkt aber als ein unermüdbares Spannseil bei der Feststellung des Fesselgelenkes (Abb. 7.40).

→ **Begriffsbestimmung.** Die Sehnenentzündung dient der Wiederherstellung von Zusammenhangstrennungen der Sehne. Dabei kann es sich um einen Riß der Sehnenhülle, der Sehnenfaser, der Faserbündel oder der gesamten Sehne handeln. Betroffen sind in der Regel

- Kronbeinbeugesehne,
- Hufbeinbeugesehne,
- Fesselträger und
- Strecksehne.

→ **Ursache.** Zusammenhangstrennungen der Sehne entstehen hauptsächlich durch Überdehnung, seltener durch Druck (Schlag, Bandagierung usw.). Die Erkrankung wird durch eine relativ geringe Blutversorgung und die Lage der Gefäße im Sehnengewebe begünstigt, die bei größter Belastung keine optimale Sauerstoffversorgung gestattet. Ganz selten werden auch einmal Sehnenentzündungen durch Parasiten oder durch Kalzium-Phospor-Stoffwechselstörungen hervorgerufen. Sehnenkontrakturen können bei Epiphysitis infolge extensiver Energiezufuhr und schnellem Wachstum entstehen.

Entzündungen der **Kronbeinbeugesehne** kommen vor allem beim Reit- und Rennpferd an den Vordergliedmaßen vor, weil die Vorderbeine, die ohnehin ein Siebentel mehr Gewicht zu tragen haben als die Hinterbeine, beim Reiten stärker belastet werden.

Da sich beim Galoppieren die durch den Vorderfuß aufzufangende Last mit dem Quadrat der Geschwindigkeit erhöht, verstärkt sich die Gefahr der Überdehnung der Sehne vor allem bei unebenem und unelastischem Boden. Dazu kommen Störungen des Bewegungsablaufes bei Ermüdung des Pferdes und unsachgemäße reiterliche Einwirkungen, wie z. B. ein zu abruptes Parieren.

Die **Hufbeinbeugesehne** wird besonders während des Abstemmens in Anspruch genommen. Das trifft vor allem für die Hintergliedmaßen zu, die für die Vorwärtsbewegung des Körpers verantwortlich sind. Im schweren oder schnellen Zug werden auch die Vorderbeine mit zum Abstemmen herangezogen, so daß auch an den Vorderbeinen Erkrankungen der tiefen Beugesehne und ihres Unterstützungsbandes möglich sind. Der M. interosseus medius wird verstärkt während der ersten Phase der Stützbeinphase der Bewegung beansprucht. Verletzungen treten gehäuft an den Schenkeln des **Fesselträgers** auf.

→ **Erscheinungsbild.** Frische (akute) Entzündungen äußern sich in

- mittel- bis hochgradiger Stützbeinlahmheit,
- Schwellungen im Verlauf der Sehne (nach dem Sitz der Umfangsvermehrung spricht man von einer unteren und oberen Wade, Foto 156, Seite 280),

- dem Verlust der scharfen Kontur der Sehne,
- lokalem Druckschmerz und
- vermehrter Wärme.

Geringfügige Defekte, z. B. Sehnenhüllenrisse, die auch als Ermüdung der Sehne bezeichnet werden, äußern sich nur in einer Temperaturerhöhung und geringfügigem Druckschmerz. Sie sind schwer feststellbar. Länger dauernde (chronische) Entzündungen erkennt man an

- kaum noch feststellbarer oder geringgradiger Stützbeinlahmheit,
- knotiger oder drehrunder Verdickung der Sehne,
- geringer Druckempfindlichkeit sowie
- Ausbildung einer Sehnenverkürzung (Stelzfuß), besonders beim Arbeitspferd.

Bei Erkrankungen der tiefen Beugesehne ist meist das Unterstützungsband mit betroffen. Das ist an einer umschriebenen, meist derben Verdickung im oberen hinteren Sehnenabschnitt unterhalb des Vorderfuß- oder Sprunggelenkes feststellbar.

Die Veränderungen bei einer Entzündung des **Fesselträgers** bestehen in einer mehr flächenhaften, schmerzhaften Verdickung an der Innen- oder Außenseite des Hauptmittelfußknochens oberhalb des Fesselgelenkes. Sie können bei längerem Bestehen ebenfalls hart und knotig werden. Oft sind beide Schenkel des Fesselträgers betroffen. Bewegungsstörungen werden durch den Grad der Veränderungen bestimmt. Die Erkrankung der Strecksehne zeigt sich in einer wurstförmigen länglichen, anfangs schwammigen, später derben Umfangsvermehrung an der Vorderseite des Hauptmittelfußknochens. Sie verläuft meist ohne Lahmheit (Foto 158, Seite 280). Um das genaue Ausmaß der Gewebszerstörung zu erkennen, empfiehlt sich eine Ultraschalluntersuchung (Foto 157, Seite 280).

→ **Behandlung.** Frische Sehnenentzündungen werden wie folgt behandelt:

- Arbeitspause,
- feuchte, kalte Verbände (Aciterran, Burowsche Mischung usw.),
- Eiskompressen,
- Wasserstrahlmassage, kalte Berieselungen,
- entzündungswidrige Medikamente (DMSO, Glukokortikoide, heparinhaltige Salben, Natriumhyaluronat), nichtsteroidale Antiphlogistika,
- Alkoholumschläge.

Bei länger dauernden Erkrankungen werden

- feuchte Wärme und
- durchblutungsfördernde Mittel (Jod-Kampfer-Präparate, Massagelinimente) angewendet.

Bei umfangreichen Sehnenschäden führen diese Behandlungen jedoch nicht zum Erfolg. Es empfehlen sich dann (die perkutane Resorption von quecksilberhaltigen Salben kann zu Vergiftungen führen)

- die Sehnenspaltung,
- das Stilettisieren der Sehne oder
- elektrotherapeutische Behandlungen (Ultraschall, Magnetfeldtherapie) sowie
- Karbonfiberimplantate,
- Hyaluronsäureinjektionen.

Bei Wiederaufnahme der Arbeit haben sich Zinkleimverbände besonders bewährt.

Geringe Schäden der Sehne heilen mitunter bei sofortiger Arbeitspause und entsprechender Behandlung in kurzer Zeit völlig aus. Chronische, schwere Erkrankungen der Sehne erfordern dagegen einen Trainingsstop von etwa 12 Monaten. Der dadurch bedingte Konditionsverlust kann nur langsam durch kontinuierliche Belastungssteigerung ausgeglichen werden. Auch Sehnengewebe ist allmählich an einen erforderlichen Sauerstoffbedarf anzupassen.

→ **Vorbeuge.** Sicher lassen sich bei der Komplexität der Ursachen, die zu einer Überlastung der Sehne führen können, nicht alle Sehnenerkrankungen vermeiden. Durch Beachtung wesentlicher Faktoren in der Aufzucht, Fütterung und Nutzung der Pferde können jedoch viele begünstigende Momente ausgeschlossen werden. Dazu zählen neben den allgemeinen Maßnahmen zur Vorbeuge von Gliedmaßenerkrankungen folgende Gesichtspunkte:

- Anpassung des Sehnengewebes an hohe Belastung durch gezieltes Training.
- Verbesserung der Durchblutung des Sehnengewebes durch regelmäßige physiotherapeutische Betreuung, vor allem vor und nach intensiven Belastungen (Zinkleimverbände, Massagen mit Linimenten und Wasserstrahl, sowie Bäder und Schwitzpackungen).
- Tägliche Kontrolle der Sehnen am be- und entlasteten Bein, um rechtzeitig Veränderungen wahrnehmen und durch sofortige Schonung und gezielte Behandlung beseitigen zu können.

Sehnenscheidenentzündung

Bau und Funktion der Sehnenscheide
Die Sehnenscheiden sind mit einer Flüssigkeit (Synovia) angefüllte Gleitvorrichtungen, die als schlauchartige Hüllen die Sehnen umgeben und sie an besonders mechanisch beanspruchten Stellen begleiten. Sie bestehen aus einer derben, bindegewebigen äußeren und einer zarten, serösen inneren Schicht, die die fadenziehende, klare, bernsteinfarbene Sehnenscheidenflüssigkeit absondert. Beide Schichten gehen am Ende des Synovialraumes ineinander über. Eine gemeinschaftliche Sehnenscheide umgibt immer mehrere Sehnen.

→ **Begriffsbestimmung.** Eine Sehnenscheidenentzündung ist durch eine merkliche Ausbuchtung der Sehnenscheide infolge übermäßiger Absonderung von Synovialflüssigkeit gekennzeichnet (Fotos 144 und 146, Seite 279). Nach Ursache und Verlauf werden eitrige (septische) und nichteitrige (aseptische), akute und chronische Sehnenscheidenentzündungen sowie das Sehnenscheidenhygrom (Sehnenscheidengalle) unterschieden.

Am häufigsten sind bei Sportpferden Entzündungen und Gallen der gemeisamen Sehnenscheide der oberflächlichen und tiefen Beugesehne (Foto 151, Seite 271). Daneben kommen auch Entzündungen

- an der oberen (proximalen) Beugesehnenscheide des Vorderfußwurzelgelenkes, wobei als Ursache eine Zerrung des Unterstützungsbandes der tiefen Beugesehne von Bedeutung ist,
- im Bereich der Sehnenscheiden des Karpalgelenkes (M. extensor carpi radialis) sowie
- an den Sehnenscheiden am Sprunggelenk (M. flexor hallucis longis und M. tibialis caudalis) vor (Kurbengalle).

→ **Ursachen.** Eitrige Entzündungen der Sehnenscheide entstehen durch Verschleppung von Keimen über die Blutbahn (metastatisch), häufiger noch

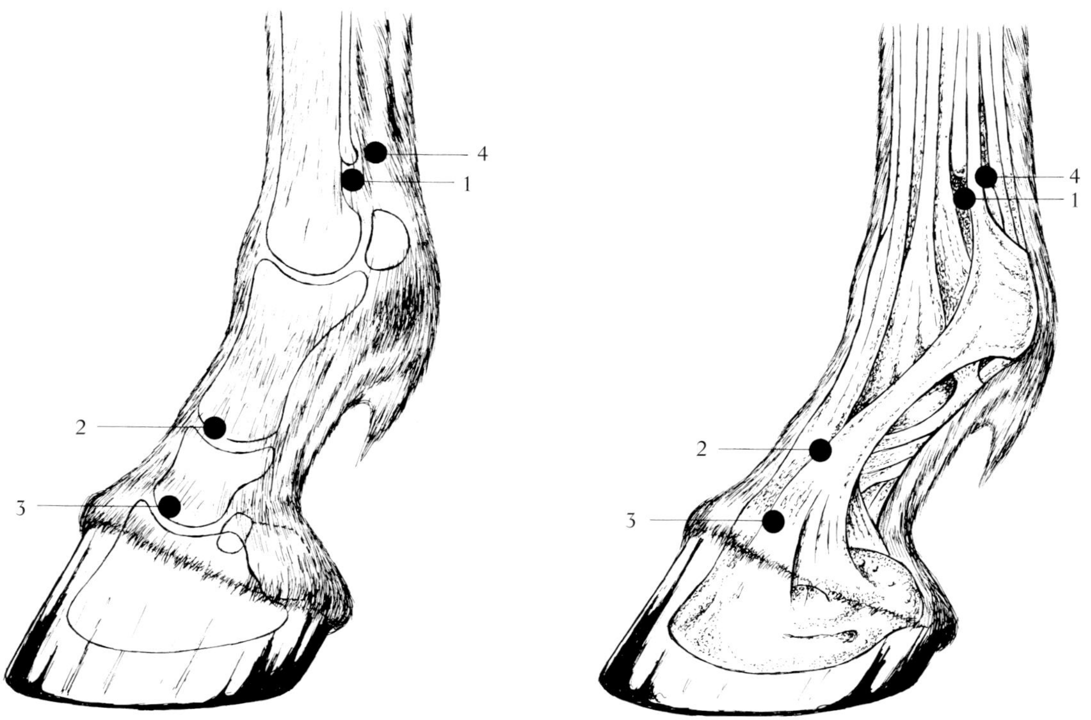

Abb. 7.41 Linke Vorderzehe des Pferdes, Seitenansicht mit Punktionsstellen der Gelenke und Sehnenscheide.
1) Fesselgelenkkapsel mit Punktionsstelle
2) Kronengelenkkapsel mit Punktionsstelle
3) Hufgelenkkapsel mit Punktionsstelle
4) Fesselbeugensehnenscheide mit Punktionsstelle

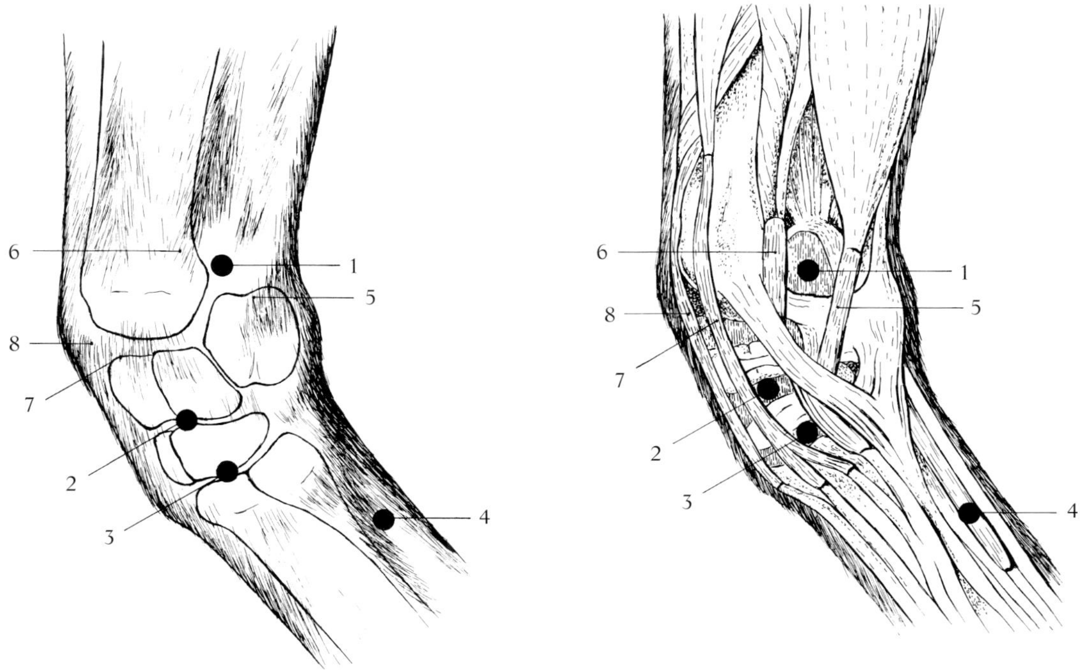

Abb. 7.42 Äußere Seite des Vorderfußwurzelgelenkes mit Punktionsstellen des Unterarmkarpalgelenkes und der Karpalbeugesehnenscheide.
1) Gelenkkapsel des Unterarmkarpalgelenkes mit Punktionsstelle (*Capsula articularis* der *Art. antibrachiocarpea*)
2) Gelenkkapsel des Zwischenkarpalgelenkes (*Capsula articularis* der *Art. intercapea*)
3) Gelenkkapsel des Mittelfußkarpalgelenkes (*Capsula articularis* der *Art. carpometacarpea*)
4) Karpalbeugensehnenscheide (*Vagina synovialis communis mm. flexorum*) mit Punktionsstelle
5) Sehnenscheide des Äußeren Ellenbogenmuskels (*M. extensoris carpi ulnaris*)
6) Sehnenscheide des Seitlichen Zehenstreckers (*M. extensoris digit. lateralis manus*)
7) Sehnenscheide des Gemeinsamen Zehenstreckers (*M. extensoris digit. communis*)
8) Sehnenscheide des Äußeren Speichenmuskels (*M. extensoris carpi radialis*)

durch Wunden. Diese Erkrankung wird deshalb bei Wundinfektionen beschrieben.

Als Ursache akuter, nichteitriger Entzündungen gelten Zerrungen, Dehnungen, Schlag und Druck. Auch bei der sog. Gleichbeinlahmheit kann die Sehnenscheide stark gefüllt sein. Ob die Sehnenscheide zunächst allein erkrankt, ist nicht geklärt. Es spricht vieles dafür, daß ursprünglich eine Sehnenentzündung vorliegt, die zur Sehnenscheidenentzündung führt. Beschrieben werden auch entzündliche Veränderungen bei Vergiftungen.

Die chronische Sehnenscheidenentzündung ist häufig Folge einer akuten Form oder eines größeren Blutergusses. Sie kann sich aber auch allmählich entwickeln, ohne daß jemals akute entzündliche Erscheinungen aufgetreten sind.

Die Sehnenscheidengallen sind nicht entzündliche, schmerzfreie Ausbuchtungen der Sehnenscheiden, die als Folge einer akuten oder einer chronischen Erkrankung zurückgeblieben sind. Bei jungen Pferden treten sie auch ohne vorherige Entzündung auf, oder sie sind angeboren.

Durch entzündliche Veränderungen des Ringbandes im Bereich der Fessel kann es zu einer Verwachsung und Einschnürung der Sehnenscheide kommen (Ringbandstriktur), wodurch eine charakteristische Kerbe in der seitlichen Kontur dieses Gliedmaßenbereiches entsteht (Foto 159, Seite 281). Sie kann operativ beseitigt werden.

→ **Erscheinungsbild.** Je nach Art der abgesonderten Flüssigkeit (Exsudat) unterscheidet man seröse oder fibrinöse Formen. Bei der serösen Entzündung

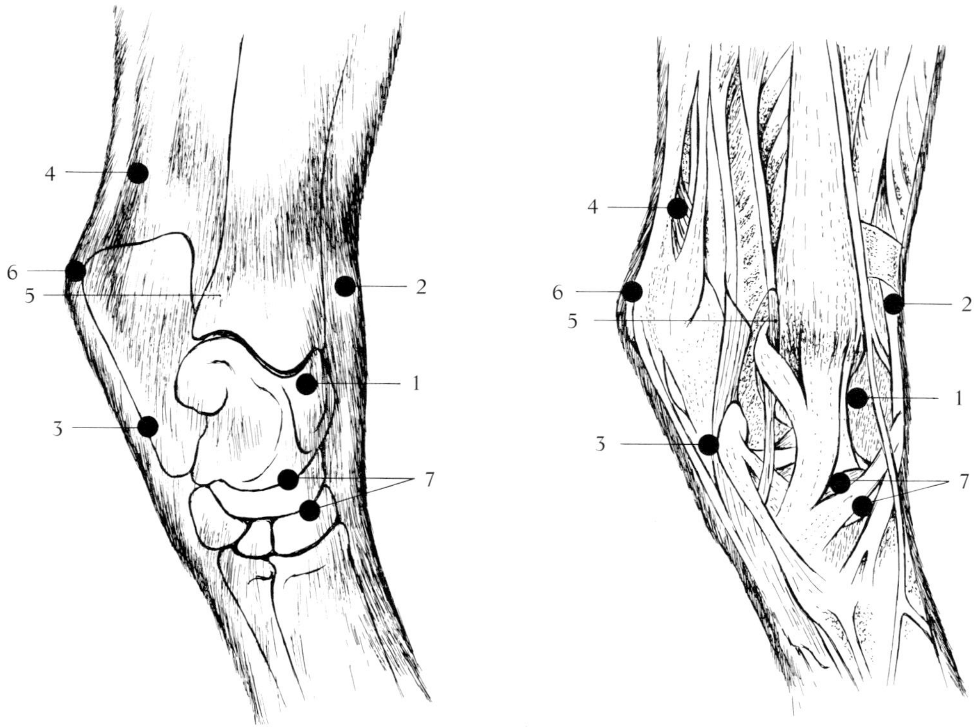

Abb. 7.43 Punktionsstellen des Sprunggelenkes sowie einiger Sehnenscheiden und Schleimbeutel im Bereich des Sprunggelenkes (Seitenansicht innen).

1) Gelenkkapsel des Rollgelenks (*Art. tarsocrutalis*) mit Punktionsstelle
2) Sehnenscheide des Gemeinschaftlichen Zehenstreckers (*M. extensor digit. longus*) mit Punktionsstelle
3) Sehnenscheide für die vereinigten Sehnen des dicken Zehenbeugemuskels (*M. flexor hallucis longus*) und des hinteren Schienbeinmuskels (*M. tibialis caudalis*) mit Punktionsstelle
4) Schleimbeutel am Fersenbeinhöcker unter der Sehne des oberflächlichen Zehenbeugemuskels (*Bursa calcanea M. flexsoris digitalis superficialis*) mit Punktionsstelle (Eiergalle)
5) Sehnenscheide des Langen Zehenbeugemuskels (*M. flexor digit. longus*)
6) Bursa subcutanea calcanea (Piephacke)
7) Schleimbeutel unter der Spatsehne (medialer Endschenkel des vorderen Schienbeinmuskels *M. tibialis cranialis*)

F144 Kurbengalle, Sprunggelenksbeugesehnengalle; schmerzlose, fluktuierende Schwellung an der Außen- und Innenseite des Sprunggelenks.

F145 Sprunggelenksgalle. Vermehrte Füllung des Sprunggelenks, meist ohne Schmerz und Lahmheit.

F146 Schleimbeutelentzündung unter der Strecksehne.

F147 Fesselgelenksentzündung. Anschwellung des Fesselkopfes mit meist verstärkter Füllung des Gelenkssacks.

F148 Chronische Fesselgelenksentzündung mit derber, meist asymmetrischer Umfangvermehrung und Einschränkung der Beweglichkeit.

F149 Fesselgelenksschale. Harte Umfangsvermehrung des Fesselgelenks durch Knochenzubildung.

F150 Krongelenksschale. Harte Auftreibung oberhalb der Krone durch Knochenzubildung.

F151 Sehnenscheidenentzündung, gebrannt. Diese Behandlungsart wird heute aus Tierschutzgründen kaum noch angewandt.

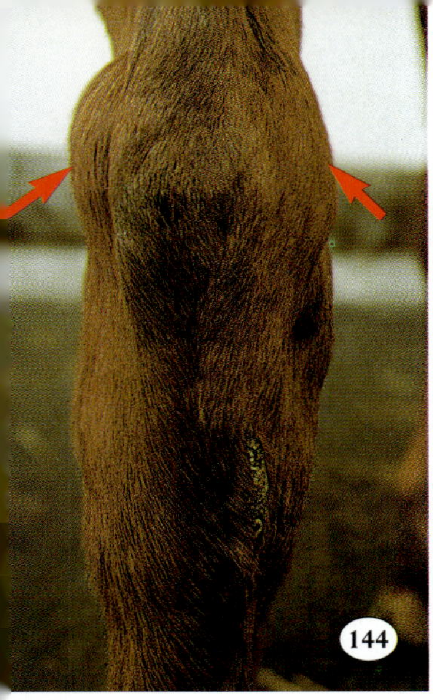
144

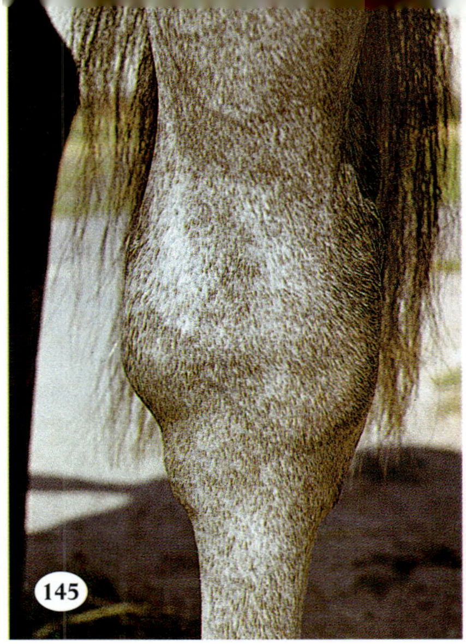
145

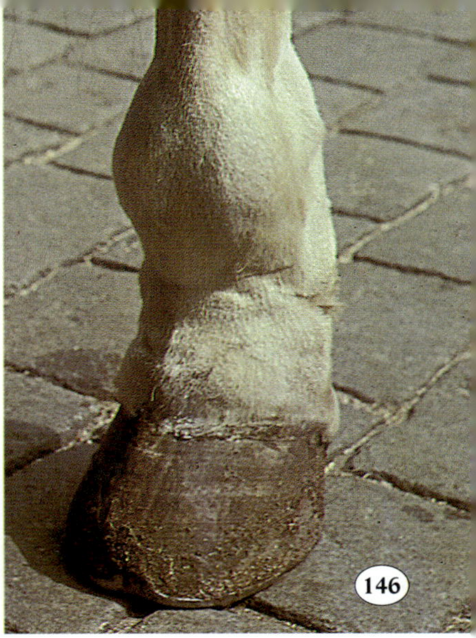
146

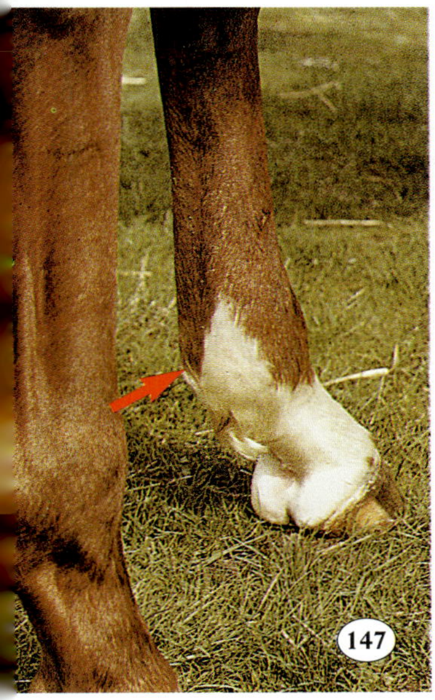
147

148

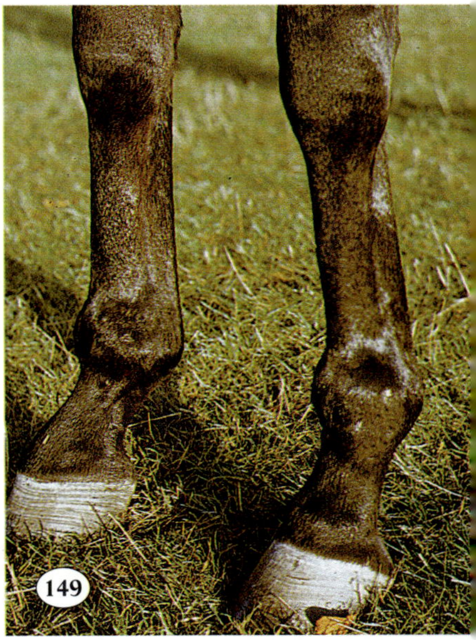
149

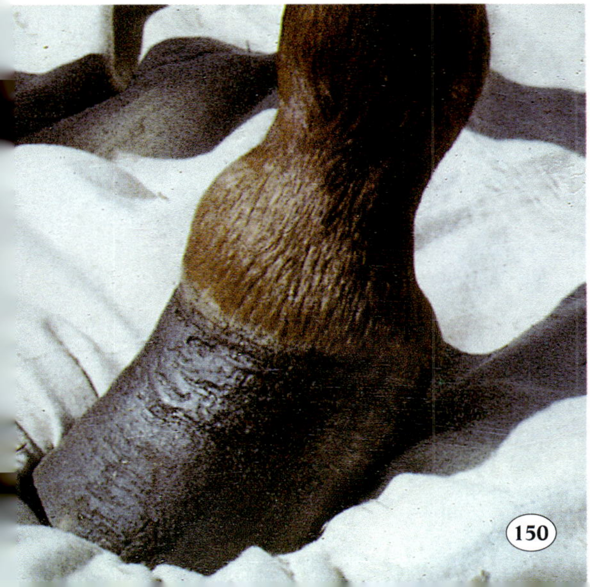
150

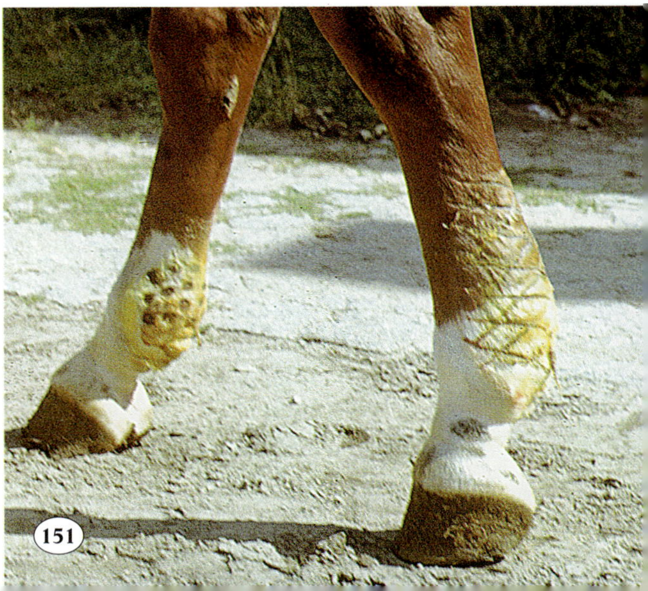
151

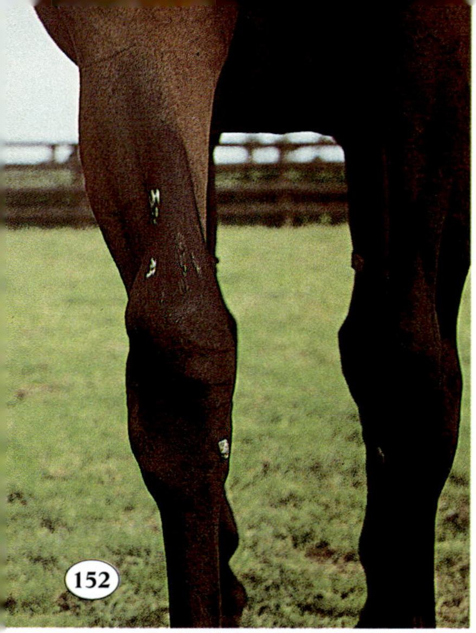

152

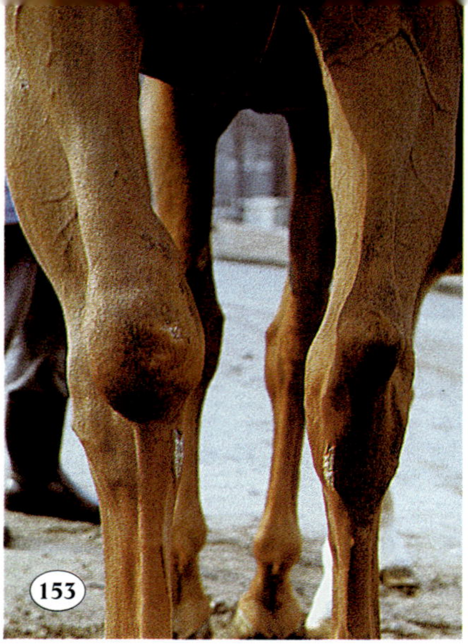

153

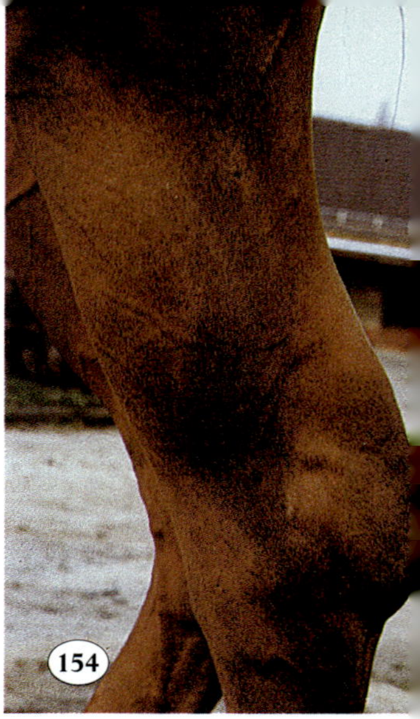

154

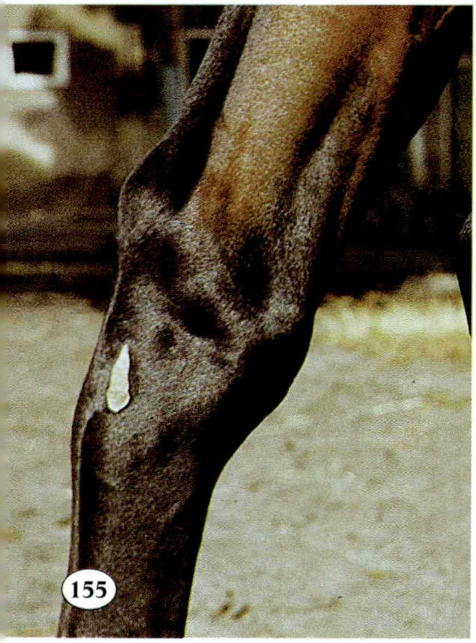

155

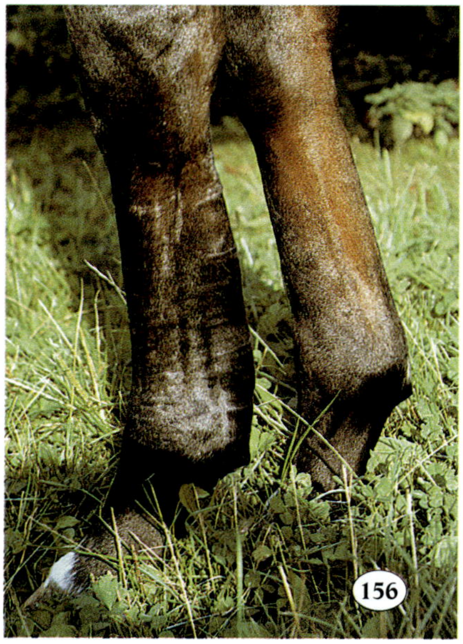

156

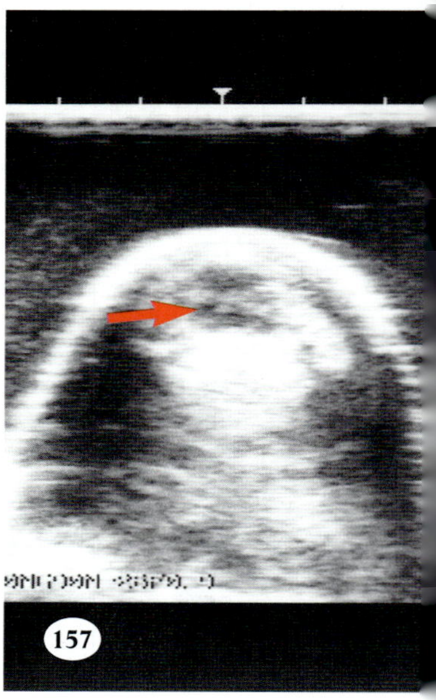

157

158

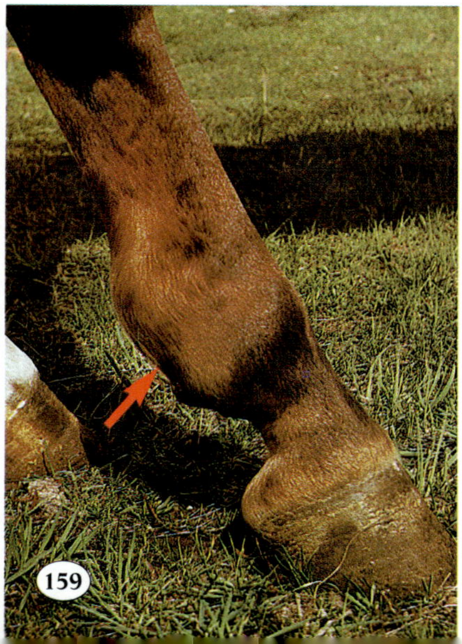

159

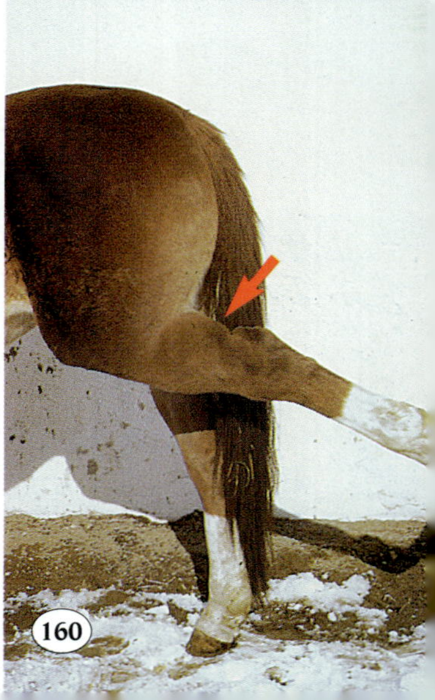

160

ist das Exsudat gelb bis gelblich rot und fadenziehend, bei der fibrinösen enthält es Fibrinflocken. Starke Blutungen führen zur hämorrhagischen Tendovaginitis. Bei diesen nichteitrigen Entzündungen bestehen keine Störungen des Allgemeinbefindens. Im akuten Stadium ist eine gering- bis mittelgradige Lahmheit wahrnehmbar.

Entzündungen der gemeinschaftlichen Sehnenscheide der oberflächlichen und tiefen Beugesehne sind durch eine längliche, schmerzhafte, warme und oft prall mit Flüssigkeit gefüllte Anschwellung seitlich neben den Zehenbeugern gekennzeichnet, die auch in der Fesselbeuge nachweisbar ist. Bei Quetschungen kann die gesamte Beugesehne verdickt sein. Durch Druck auf die Beugesehne und Streckungen des Fesselgelenks sind Schmerzen auszulösen. Ähnlich verläuft die Erkrankung der Karpalbeugesehnenscheide, die sich als flüssigkeitsgefüllte Umfangsvermehrung bis etwa handbreit unterhalb des Vorderfußwurzelgelenkes am Beugesehnenstrang abzeichnet.

Entzündungen der Sehnenscheide der Strecksehne in diesem Bereich stellen sich als wurstförmige, beetartige, schmerzhafte Umfangsvermehrung dar, die an der Vorderseite des Unterarmes bis über das Karpalgelenk zieht. Die Gliedmaße wird dabei geschont und im Schritt ohne Beugung vorsichtig vorgeführt.

Nichteitrige Entzündungen der Sehnenscheiden am Sprunggelenk sind sehr selten. Sie stellen sich ebenfalls als wurst- oder spindelförmige Verdickungen mit schmerzhaften Reaktionen dar.

Durch Punktion der Sehnenscheide kann grobsinnlich der Charakter der Entzündung bestimmt und durch Injektion eines schmerzausschaltenden Präparates (Lokalanästhetikum) der Beweis für das Vorliegen der Erkrankung erbracht werden. Bei der chronischen Sehnenscheidenentzündung wird eine Lahmheit unterschiedlichen Grades manchmal erst nach längerer Belastung sichtbar. Die Sehnenscheide zeigt neben einem starken Füllungszustand oft eine derbe, feste Hülle ohne großen Druckschmerz. Durch die Injektion eines schmerzausschaltenden Mittels kann eine bestehende Lahmheit in vielen Fällen nicht völlig beseitigt werden, weil die Sehnenscheide durch Verwachsungen in mehrere Kammern aufgeteilt ist. Diese Verwachsungen lassen sich mittels Luftkontrastfüllung im Röntgenbild darstellen. Auf diese Weise sind auch Kalkeinlagerungen zu erkennen.

Sehnenscheidengallen sind reaktionslose, mit Flüssigkeit gefüllte Ausbuchtungen, denen entzündliche Erscheinungen fehlen und die keine Lahmheit verursachen. Sie stellen meist nur Schönheitsfehler dar.

→ **Behandlung.** In den ersten Tagen bewähren sich feuchte Angußverbände mit entzündungswidrigen Mitteln. Nach einer Woche kommen milde, durchblutungsfördernde Einreibungen oder Zinkleimverbände zum Einsatz. Gute Erfolge erzielt man mit der Injektion von Glukokortikoiden oder Natriumhyaluronat in die Sehnenscheide, zum Schutz gegen Infektion werden gleichzeitig Antibiotika gegeben.

Auch bei chronischen Entzündungen ist mit Glukokortikoiden Heilung zu erzielen, vor allem wenn der Entzündungsprozeß durch ein vorherige scharfe Einreibung aktiviert worden ist. Möglich sind auch Kampferpackungen oder die Anwendung der Kurzwelle.

Entlastend wirken bei allen Entzündungsformen orthopädische Beschläge entsprechend der anatomischen Situation (Verhinderung einer starken Belastung der Beugesehnen durch Hochstellen der Trachtenwände). Bei Einhaltung einer strikten Arbeitspause von etwa 4 Wochen kann bei akuten

F152, F153, F154 Verlagerung der Sehne des oberflächlichen Zehenbeugers durch Abgleiten vom Fersenhöcker. Schmerzhafte Schwellung oberhalb und seitlich des Fersenhöckers.

F155 Hasenhacke. Bogenförmige Umfangsvermehrung an der Hinterseite der Gliedmaße unterhalb des Sprunggelenks.

F156 Beugesehnenentzündung, „Wade“, „Bogen“. Bogenförmige, anfangs stark schmerzhafte Verdickung im Bereich der Beugesehnen.

F157 Ultraschalluntersuchung. In der oberflächlichen Beugesehne wird ein starker Defekt sichtbar.

F158 Strecksehnenentzündung. Bogenförmige Umfangsvermehrung an der Vorderseite der Röhre eines Hinterbeins. Meist traumatisch bedingt (Schlag gegen Hindernisse).

F159 Fesselringbandeinschnürung (Ringbandstriktur). Oberhalb der Schnürstelle staut sich die Sehnenscheidenflüssigkeit.

F160 Zerreißung des dritten Wadenbeinmuskels (M. fibularis tertius). Die Gliedmaße läßt sich ohne Widerstand weit nach hinten ziehen und strecken; die Achillessehne rollt sich dabei wellenförmig auf.

Entzündungen mit völliger Wiederherstellung gerechnet werden. Die Heilungsaussichten gestalten sich ungünstiger, wenn gleichzeitig eine Sehnenentzündung vorliegt. Chronische Sehnenscheidenentzündungen zeigen oft eine ungenügende Heilungstendenz. Die Pferde sind meist nur noch für leichte Arbeiten auf weichem Boden einsetzbar.

Sehnenscheidengallen stellen in der Regel nur einen Schönheitsfehler dar und werden vom Tierarzt nur auf ausdrücklichen Wunsch behandelt. Dabei kommen Glukokortikoide oder scharfe Einreibungen zum Einsatz.

Als günstig erweisen sich nach der Behandlung feste Bandagierungen und Stallruhe. Möglich ist auch eine Rückbildung der Gallen durch die Injektion von 30 bis 60 ml 1‰iger Adrenalinlösung. Bei jungen Tieren werden auch Selbstheilungen beobachtet.

Gleichbeinlahmheit

→ **Begriffsbestimmung.** Unter Gleichbeinlahmheit versteht man alle chronisch verlaufenden Prozesse im hinteren Bereich des Fesselkopfes. Manchmal kann auch die tiefe gemeinsame Beugesehnenscheide mitbetroffen sein. Reitpferde erkranken bevorzugt an den Vordergliedmaßen, Zugpferde mehr an den Hinterbeinen.

→ **Ursachen.** Beim Reitpferd kommt es in hoher Geschwindigkeit auf unebenem Gelände zu wiederholten Zerrungen oder fortgesetzten Prellungen am Gleichbeinapparat, die degenerative Veränderungen zur Folge haben. Arbeitspferde fügen sich beim Abstemmen im schweren Zug feinste Einrisse an den Gleichbeinbändern und Gefäßen zu. Die Folge dieser Mikrotraumen sind Durchblutungsstörungen, Knorpeldefekte sowie chronische Erkrankungen der Sehnen, Bänder und der Gleichbeine selbst.

Nach neueren Untersuchungen ist diese Erkrankung dem sog. „Arthrosesyndrom“ zuzurechnen. Es bestehen beim Sportpferd enge Beziehungen zur Hufrollenerkrankung.

Als begünstigende Faktoren gelten lebhaftes Temperament, dadurch bedingt hohe Bewegungsaktionen und fehlerhafte Hufkorrekturen wie starkes Kürzen der Trachten mit Brechung der Zehenachse nach hinten und Zulanglassen der Vorderwand.

→ **Erscheinungsbild.** Die Erkrankung beginnt beim Reitpferd ganz allmählich mit einem stumpfen Gang mit Schrittverkürzung. Im Stand wird die erkrankte Gliedmaße nach vorn gesetzt und nur mit der Vorderwand des Hufes belastet. Bei schweren Arbeitspferden wird die Gliedmaße manchmal sogar angehoben. Im Gegensatz zum Sportpferd ist bei diesen Tieren meist auch die gemeinsame Beugesehnenscheide prall gefüllt.

Passive Streckung des Fesselgelenkes an der angehobenen Gliedmaße oder intensiver andauernder Druck auf die Gleichbeinregion führt zur Schmerzäußerung. Auch beim Beklopfen sind Schmerzreaktionen auslösbar. In fortgeschrittenen Fällen sind manchmal knotige Verdickungen zu fühlen.

Eine genaue Diagnose ist nur mit Hilfe einer gezielten regionalen Schmerzausschaltung (hohe bzw. proximale Anästhesie der Palmar- oder Plantarnerven), bei stärkerer Füllung der Sehnenscheide durch Anästhesie der Sehnenscheide möglich. Wertvolle Hinweise über den Grad der Veränderungen gibt die Röntgenaufnahme. Dabei werden oft Knochenwucherungen, Entkalkungsherde und Knorpeldefekte entdeckt.

→ **Behandlung.** Die Aussichten auf völlige Ausheilung sind ungünstig. Angezeigt sind längere Arbeitspause, feuchte Wärme und Massagen mit hautreizenden Mitteln. Zur Unterstützung des Heilverlaufes ist ein orthopädischer Beschlag empfehlenswert. Dabei erhalten Sportpferde an den Vordergliedmaßen Hufeisen mit starker Zehenrichtung. Bei spitzgewinkelten Hufen und niedrigen Trachten können Leder- oder Kunststoffkeile angebracht werden. Arbeitspferde bekommen an den Hintergliedmaßen Hufeisen mit Zehenrichtung und Stollen.

Wie bei der Hufrollenerkrankung kann auch bei der Gleichbeinlahmheit ein Behandlungsversuch mit blutgerinnungshemmenden Mitteln versucht werden. Im Einzelfall ist ein Nervenschnitt möglich. Für die Zucht sind die Pferde einsatzfähig.

Schleimbeutelentzündungen im Bereich der Gliedmaßen

An Stellen, wo Sehnen und Muskeln in ihrem Verlauf über eine drückende Unterlage, wie z. B. Knochenvorsprünge, hinweggeführt werden, finden sich als weiche, schonende Polsterkissen Schleimbeutel (Bursen). Sie bestehen aus einer bindegewebigen Kapsel und enthalten eine ähnliche Flüssigkeit wie Gelenke und Sehnenscheiden. Durch äußere Gewalteinwirkung können sie entzündlich erkranken und als mehr oder weniger große, flüssigkeitsgefüllte Anschwellungen an verschiedenen Stellen der Gliedmaßen in Erscheinung treten (Abb 7.44 und 7.45).

Stollbeule

→ **Begriffsbestimmung.** Als Stollbeule, Liegebeule oder Ellenbogenbeule wird jede Umfangsvermehrung im Bereich des Ellenbogenhöckers verstanden. Sie kann ein- oder beiderseitig auftreten. Je nach Grad der Gewalteinwirkung können die Haut, die Unterhaut, der Schleimbeutel oder Ellenbogenhöcker erkranken. Wunden führen mitunter zu eitrigen Entzündungen.
→ **Ursachen.** Stollbeulen entstehen immer durch Quetschungen, die beim Liegen auf hartem Boden auftreten, besonders dann, wenn die Pferde Hufeisen mit langen Schenkeln und Stollen tragen. Begünstigend wirkt sich mangelnde Bewegungsfreiheit in zu engen Ständen aus. Trabrennpferde fügen sich im Winter beim Laufen mit scharfen Stollenhufeisen bei hoher raumgreifender Aktion im Renntrab mehr oder weniger tiefe Wunden in diesem Bereich zu.
→ **Erscheinungsbild.** Die akute Stollbeule tritt als umschriebene, teigige, warme, schmerzhafte Schwellung auf, die oft Flüssigkeit enthält. Sie entsteht plötzlich und kann apfel- oder faustgroß werden. Lahmheit wird nur vereinzelt gesehen. Nach Beseitigung der Ursachen verschwinden sie in der Regel in kurzer Zeit bei entsprechender Behandlung. Dauert die Quetschung jedoch fort, so entsteht eine chronische Schleimbeutelentzündung, die durch eine bindegewebige, derbe Verdickung der Kapsel des Schleimbeutels und eine schwielige Verstärkung der Haut gekennzeichnet ist (Foto 67, Seite 138). Bei der eitrigen Form beobachtet man eine phlegmonöse Schwellung mit Lahmheit und oft auch eine Störung des Allgemeinbefindens (Fieber, Freßunlust).
→ **Behandlung.** Zunächst müssen alle Faktoren beseitigt werden, die zu einer Quetschung in diesem Bereich führen können. Die Pferde sind nach Möglichkeit in einer geräumigen, weichgepolsterten Box unterzubringen. Bei der frischen Stollbeule werden entzündungswidrige Mittel (Acetat, Jod-Kampfer-Präparate, heparinhaltige Salben) eingesetzt. Die Schleimbeutelentzündung läßt sich durch Glukokortikoidinjektionen beseitigen.

Chronische Formen werden operativ beseitigt. Ältere Stollbeulen sind jedoch nur Schönheitsfeh-

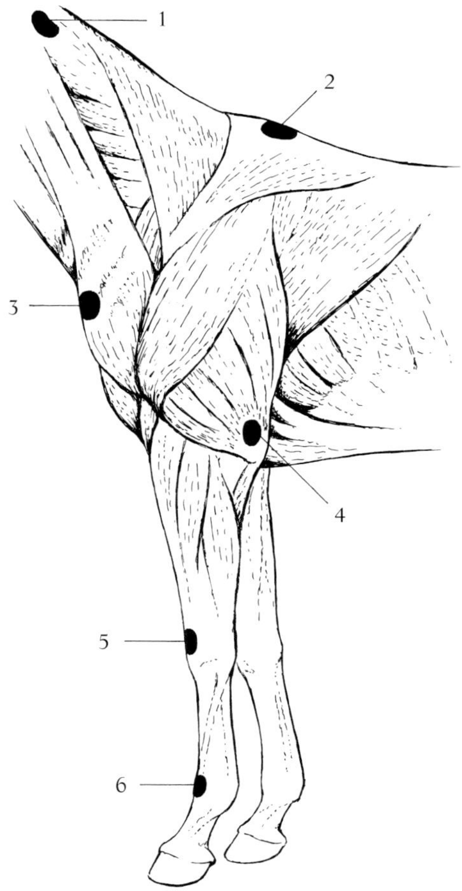

Abb. 7.44 Schleimbeutel der Schultergliedmaße, der Schulter und des Halses, die häufig erkranken.
1) *Bursa nuchalis* (Nacken)
2) Subkutaner Widerristschleimbeutel
3) *Bursa intertubercularis* (zwischen den Bandhöckern am Buggelenk)
4) *Bursa subcutanea olecrani* (unter der Haut am Ellenbogenhöcker)
5) *Bursa subcutanea praecarpalis* (unter der Haut am Vorderfußwurzelgelenk)
6) *Bursa subtendinea* (unter dem Zehenstrecker)

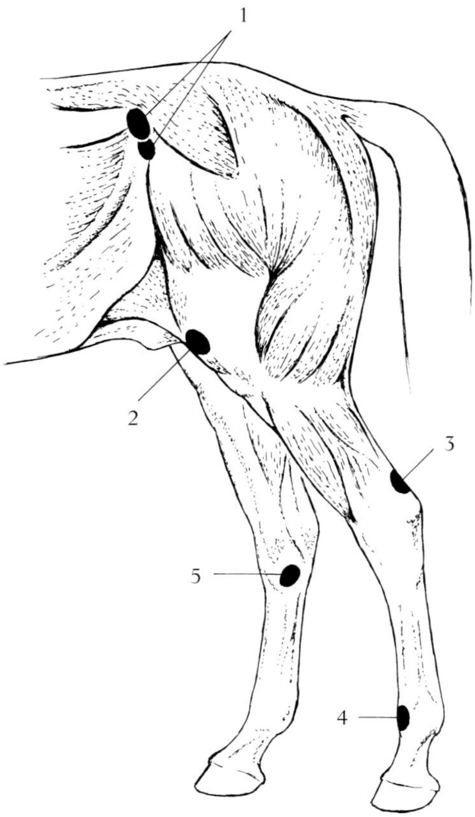

Abb. 7.45 Schleimbeutel der Beckengliedmaße und in den Beckenregionen des Pferdes.

1) *Bursa subcutanea iliaca coxalis* (unter der Haut am Hüfthöcker)
2) *Bursa subcutanea pareapatellaris* (zwischen Haut und Kniescheibe)
3) *Bursa subcutanea calcanea* (unter der Haut am Fersenhöcker)
4) *Bursa subtendinea* (unter der gemeinschaftlichen Strecksehne)
5) Schleimbeutel unter der Spatsehne

ler und beeinträchtigen die Gebrauchsfähigkeit des Pferdes nicht. Alle frischen Fälle sollten jedoch sofort behandelt werden, weil dann die Aussicht auf völlige Heilung am größten ist.

→ **Vorbeuge.** Wichtig ist die Vorbeuge. Geräumige, weich gepolsterte Lager, lange Anbindeketten, bodeneng geränderte Hufeisen und abgerundete Schenkelenden ohne Stollen können die Entstehung der Stollbeule verhindern. Pferde, die aufgrund ihres Alters oder ihrer Liegegewohnheiten zu Stollbeulen neigen, können zusätzlich mit Schutzmitteln in Form von Leder- oder Gummikappen versehen werden. Trabrennpferde erhalten in der Arbeit und im Rennen einen Ellenbogenschutz.

Karpalbeule

→ **Begriffsbestimmung.** Unter Karpalbeule versteht man jede Umfangsvermehrung an der Vorderfläche des Vorderfußwurzelgelenkes. Dabei kann es sich um eine Schwielenbildung der Haut mit akuter oder chronischer Entzündung des Schleimbeutels oder um einen alten Bluterguß handeln. Diese Blutergüsse treten besonders häufig an der inneren Seite des Gelenkes bei Trabrennpferden auf. Weitere Bezeichnungen sind Kniebeule, Liegebeule und Knieschwamm.

→ **Ursache.** Karpalbeulen entstehen durch Quetschungen beim Liegen auf hartem Boden oder durch Stürze auf das Gelenk. Trabrennpferde schlagen sich häufig bei unsauberer Gangart mit dem gegenüberliegenden Huf.

→ **Erscheinungsbild.** An der Vorderfläche des Vorderfußwurzelgelenkes entsteht eine allmählich sich vergrößernde, gewöhnlich derbe, schmerzlose Umfangsvermehrung. Sie kann auch weich sein, Flüssigkeit enthalten und beträchtliche Größe erreichen. In solchen Fällen bestehen Schwierigkeiten beim Beugen und Vorführen der Gliedmaßen. Die Blutergüsse bei Trabern bilden weiche, schmerzhafte, mit Blut gefüllte, spindelförmige Verdickungen an der Innenseite des Gelenkes. Sie sind kaum mit Lahmheit verbunden. Nach Rückbildung des Ergusses bleiben nicht selten derbe schwielige Hautverdickungen zurück.

→ **Behandlung und Vorbeuge.** Zunächst muß bei Liegebeulen für weiche, gut gepolsterte Einstreu gesorgt werden. In frischen Fällen kommen dann entzündungswidrige und durchblutungsfördernde Mittel zum Einsatz. Auch Behandlungen mit Glukokortikoiden führen zum Erfolg, wenn vorher die angesammelte Flüssigkeit entleert wurde. Chronische Schleimbeutelvergrößerungen können operativ beseitigt werden. Karpalbeulen, die keine Bewegungsstörungen bedingen, sollten nur in Einzelfällen behandelt werden, weil sie nur schwierig und unvollkommen beseitigt werden können. Die Blutergüsse und frischen Schleimbeutelentzündungen heilen dagegen fast immer aus.

Piephacke

→ **Begriffsbestimmung.** Jede Anschwellung im Bereich des Fersenhöckers wird als „Piephacke" bezeichnet. Sie tritt ein- oder beiderseitig auf.
→ **Ursachen.** Sie entsteht durch Hufschlag, durch Auffahren und Ausschlagen im Behandlungsstand oder in engen Boxen, besonders auf dem Transport. Je nach Schweregrad der Gewalteinwirkung treten unterschiedliche Schäden auf:

- Quetschungen der Haut und der Unterhaut,
- Quetschungen der Kappe des oberflächlichen Zehenbeugers oder des dort befindlichen Schleimbeutels,
- Knochenrisse oder Brüche des Fersenbeines.

Im allgemeinen handelt es sich um nichteitrige Prozesse. Bei Wunden können auch eitrige Infektionen eintreten.
→ **Erscheinungsbild.** Frische Piephacken stellen eine weiche, druckempfindliche, meist mit Flüssigkeit gefüllte Anschwellung am Fersenhöcker dar (Foto 68, Seite 138). Dabei ist häufig eine gering- bis mittelgradige Lahmheit vorhanden. Hühnereigroße Umfangsvermehrungen seitlich neben der Kappe des oberflächlichen Zehenbeugers werden als „Eiergalle" bezeichnet. Knochenwucherungen am Fersenbeinhöcker verursachen eine starke, kaum schmerzhafte, weniger auffällige Verdickung.

Bei plötzlich entstandener, hochgradiger Lahmheit, wobei die Pferde im Moment der Belastung zusammenbrechen, ist an einen Bruch des Fersenbeines zu denken. Die Röntgenaufnahme macht die Knochenveränderung sichtbar.
→ **Behandlung.** Frische entzündliche Veränderungen werden mit feuchten Umschlägen oder Breianstrichen, später mit durchblutungsfördernden Einreibungen behandelt. Bei älteren Hautverdickungen oder Knochenwucherungen kommen scharfe Einreibungen oder das Brennen zum Einsatz. Liegt eine Entzündung des Schleimbeutels vor, reicht diese äußerliche Behandlung meist nicht aus. Es empfiehlt sich dann eine Injektion von Glukokortikoiden, nachdem der meist blutige Inhalt des Schleimbeutels durch Punktion entfernt worden ist. Diese Behandlung kann im fünftägigen Abstand ein- bis zweimal wiederholt werden. Ein gut sitzender, straffer Verband verkleinert die erweiterte Schleimbeutelhöhle. Es muß jedoch besonders oberhalb des Fersenhöckers gut gepolstert werden, damit keine Druckstellen entstehen. Eitrige Piephacken werden wie infizierte Wunden behandelt. Schließlich ist es auch möglich, den erkrankten Schleimbeutel operativ zu entfernen. Wenn die Piephacke die Gebrauchsfähigkeit des Pferdes nicht beeinträchtigt, sollte in chronischen Fällen auf eine Behandlung verzichtet werden. Bei frischen entzündlichen Veränderungen gelingt meist eine völlige Heilung. Offene eitrige Piephacken sind dagegen schwer zu beseitigen.

Hasenhacke

→ **Begriffsbestimmung.** Unter Hasenhacke oder Kurbe versteht man eine bogen- oder halbkugelförmige Vorwölbung der hinteren Kontur der Hintergliedmaße unterhalb des Sprunggelenkes. Sie fällt vor allem bei seitlicher Betrachtung auf. Die Hasenhacke kann angeboren sein. Die angeborene Hasenhacke wird als „verletzte Linie" bezeichnet und ist eine besondere Exterieureigenschaft mancher Vollblutpferde. Bei der erworbenen Hasenhacke unterscheidet man die Knochenhasenhacke und die Sehnenhasenhacke, die beim Trabrennpferd häufig zu finden ist.
→ **Ursachen.** Die Sehnenhasenhacke entsteht durch Sehnenfaserrisse an der tiefen Beugesehne oder ihrem Unterstützungsband beim Reiten und Springen in schneller Gangart, und durch Quetschungen. Dabei kann auch ein unter der Sehne befindlicher Schleimbeutel miterkranken. Die Knochenhasenhacke ist häufig beim Liegen auf hartem Boden zu finden.
→ **Erscheinungsbild.** Bei der Sehnenhasenhacke sieht man am Übergang vom Sprunggelenk zum Mittelfußknochen im Bereich der Beugesehne eine weiche Anschwellung mit geringer Schmerzhaftigkeit. Ist der Schleimbeutel miterkrankt, fühlt man eine geringgradige Flüssigkeitsansammlung (Foto 155, Seite 280). Die Knochenhasenhacke ist an einer kaum schmerzhaften harten Knochenauftreibung erkennbar. Bei beiden ist keine vollständige Streckung des Sprunggelenkes möglich. Es besteht eine gering- bis mittelgradige Lahmheit.
→ **Behandlung.** Stallruhe von 4 bis 8 Wochen und entzündungswidrige Einreibungen führen bei der Sehnenhasenhacke oft zur Heilung. Die Pferde erhalten einen Spathufeneisenbeschlag und für 6 bis 8 Wochen Stallruhe. Wichtig ist dabei eine weiche Einstreu. Auch Rennpferde erreichen nach der Behandlung wieder ihre volle Leistung.

Huferkrankungen

Krankhafte Formveränderungen

→ Begriffsbestimmung und Erscheinungsbild. Zu den Formveränderungen des Hufes zählen
- Flachhuf,
- Vollhuf,
- Schiefhuf,
- Zwanghuf,
- Bockhuf und
- Hornsäule.

Der **Flachhuf (Platthuf)** zeigt sich an einer schwachen, dünnen Hornsohle, die mit dem Tragerand in einer Ebene liegt. Er ist vorwiegend beim Kaltblut, seltener beim schweren Warmblut anzutreffen.

Beim **Vollhuf** befindet sich die schwach ausgebildete Hornsohle im Bereich der Sohlenäste unter der Tragerandebene. Durch Quetschung der Huflederhaut können bei beiden Formen Lahmheit oder Schrittverkürzungen entstehen.

Schiefe oder **krumme Hufe** zeichnen sich dadurch aus, daß Seiten- und Trachtenwände konkav bzw. konvex verlaufen.

Zwanghufe sind Hufe, deren Hornkapsel sich in bestimmten Bereichen verengt, so daß der Innendruck im Bereich dieser Verformungen ansteigt und zur Schmerzerscheinung führt. Man unterscheidet:
- Trachten-,
- Kronen-,
- Sohlen- und
- Tragerandzwanghufe.

Bockhufe zeigen extrem verlängerte Trachtenwände und eine stark gewölbte Sohle. Die Vorderwand ist steil oder gerade und bildet einen Winkel von über 60°. Im Unterschied zum Bockhuf besitzt der erworbene steile Huf eine konkav verlaufende Vorderwand.

Die **Hornsäule** stellt eine säulenförmige Verdickung an der Innenfläche der Hornwand dar. Beim Nachschneiden erkennt man eine Vorwölbung der weißen Linie. Auf Zangendruck wird oft Schmerz geäußert. Typisch sind besonders an den Hinterhufen ein schleuderndes Vorführen des Beines. Es ist nicht immer Lahmheit zu beobachten.

→ Ursachen. Flach-, Voll- und Schiefhufe sind angeboren oder entstehen durch Zerstörung des Aufhängeapparates des Hufbeines. Zwanghufe können durch fehlende Bewegung, fehlerhafte oder mangelnde Hufpflege hervorgerufen werden. Für die Erkrankung besteht eine bestimmte erbliche Veranlagung. Trachtenzwang wird darüber hinaus durch Strahlfäule und zu starkes Kürzen der Trachten begünstigt.

Der Bockhuf kann angeboren sein oder durch zu starkes Kürzen der Vorderwand bei der Hufpflege entstehen. Fohlen laufen sich auf hartem Boden die Zehenwand zu stark ab. Darüber hinaus entstehen Bockhufe bei bestimmten Gliedmaßenerkrankungen als Umformungshuf. Das kann beim Spat, bei

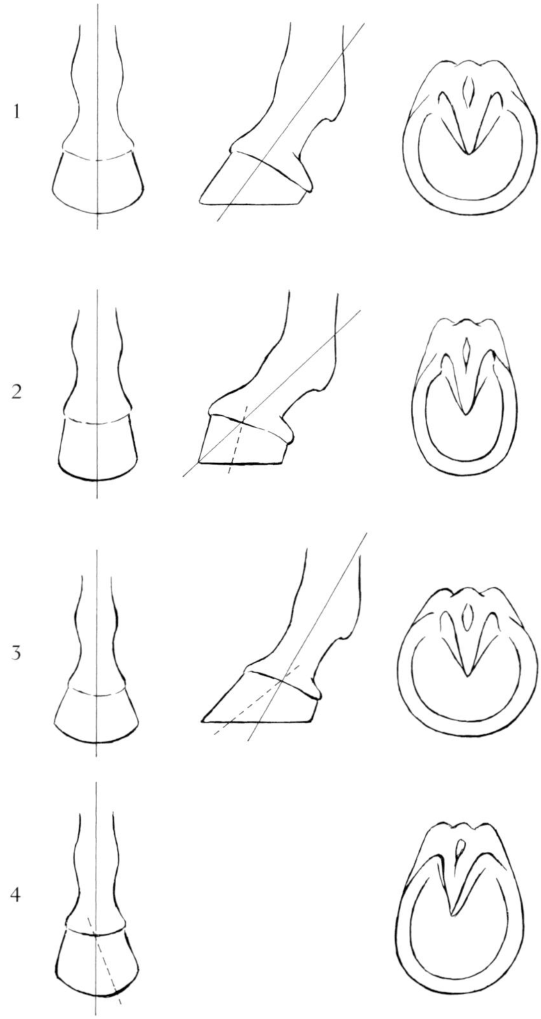

Abb. 7.46 Hufform.
1) regelmäßiger Huf
2) enger, stumpfer Huf (Bockhuf) mit gebrochener Zehenachse
3) weiter, spitzer Huf mit gebrochener Zehenachse
4) schiefer Huf mit gebrochener Zehenachse

der Schale und bei chronischen Sehnenentzündungen der Fall sein, Hornsäulen bilden sich infolge von Verletzungen im Bereich der Krone, wie z. B. bei Hornspalten und Kronentritten. Möglich sind aber auch Hornsäulen nach eitrigen und nicht eitrigen Entzündungen im Bereich der Krone.

→ **Behandlung.** Die Behandlung von krankhaften Formveränderungen des Hufes beziehen sich im wesentlichen auf orthopädische Maßnahmen. Sie erfordern deshalb die Zusammenarbeit mit einem fachlich qualifizierten Hufschmied, der Spezialhufeisen anfertigen und anbringen kann.

Beim **Flachhuf** werden beim Beschlag
- Schonung des Sohlenhorns,
- Verringerung des Tragerandumfanges und
- ein breites tragendes Eisen empfohlen.

Eventuell ist ein geschlossenes Eisen mit durchgerichtetem Steg und gepolsterter Lederunterlage zu verwenden. Möglich ist auch das perforierte Norberghufkissen.

Diese orthopädischen Maßnahmen sind auch für den **Vollhuf** gültig. Zur Behebung des **Trachtenzwanghufes** ist wie folgt zu verfahren:
- Schonung von Strahl- und Eckstrebe,
- Kürzung der Zehenwand,
- Dünnraspeln und Rinnenschnitte im Bereich der Trachtenwand,
- Hufeisen mit nach außen abfallender Tragefläche,
- viel Bewegung mit unbeschlagenen Hufen auf weichem, sandigem Boden.

Beim **Kronenzwanghuf** werden angewendet:
- ein Entspannungsschnitt parallel zur Krone,
- feuchte Umschläge,
- Schwebenlassen der Trachtenwand sowie
- geschlossenes Hufeisen mit gepolsterter Unterlage.

Der **Sohlenzwanghuf** ist nach dem Kürzen der Zehenwand mit einem halbmondförmigen Pantoffeleisen oder einem H-förmigen Hufeisen zu beschlagen, so daß Vorderwand und Trachtenwand Bodendruck erhalten.

Pferde mit **Tragerandzwanghuf** sollte man nach Möglichkeit unbeschlagen gehen lassen. Oft bringt auch ein Hufkissen nach Norberg Besserung.

Krumme Hufe stellen meist Stellungsänderungen im Wachstumsalter dar und sind durch folgende Maßnahmen zu beheben:
- Verkürzung der langen konvexen Wandabschnitte,

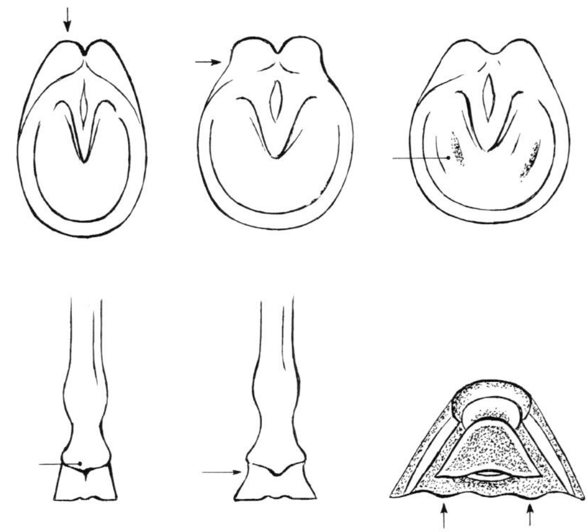

Abb. 7.47 Zwanghufe.
1) Trachtenzwang, Ansicht von unten und von hinten.
2) Kronenzwang, Ansicht von unten und von hinten.
3) Vollhuf von unten und im Querschnitt.

- Hufeisen an der konvexen Seite weit richten und tief falzen,
- der konkave Schenkel kann leicht gepolstert werden.

Der **Fohlenbockhuf** ist durch rechtzeitige orthopädische Maßnahmen in den meisten Fällen zu beheben. Dabei kommen nach entsprechendem Kürzen der Trachtenwände Halbmondeisen, Schnabeleisen oder Bügeleisen zur Anwendung. Bei Bockhufen, die im Ergebnis von Krankheiten entstanden sind, muß man die Ursachen, die zum Bockhuf geführt haben, beseitigen.

Hornsäulen bedingen nicht immer Lahmheiten. Es genügt deshalb oft zur Vorbeuge von Schmerzerscheinungen ein breites Hufeisen mit Zehenrichtung und zwei seitlichen Aufzügen. Die Zehenwand sollte schweben und nicht belastet werden. Treten allerdings starke Lahmheiten auf, dann empfiehlt sich die operative Entfernung der Hornsäule.

Zusammenhangstrennungen im Hufhorn

→ **Begriffsbestimmung, Ursachen und Erscheinungsbild.** Als Folgeerscheinung schlechter Hufpflege, eines fehlerhaften Hufbeschlages, entzündlicher Veränderungen der Huflederhaut und Verlet-

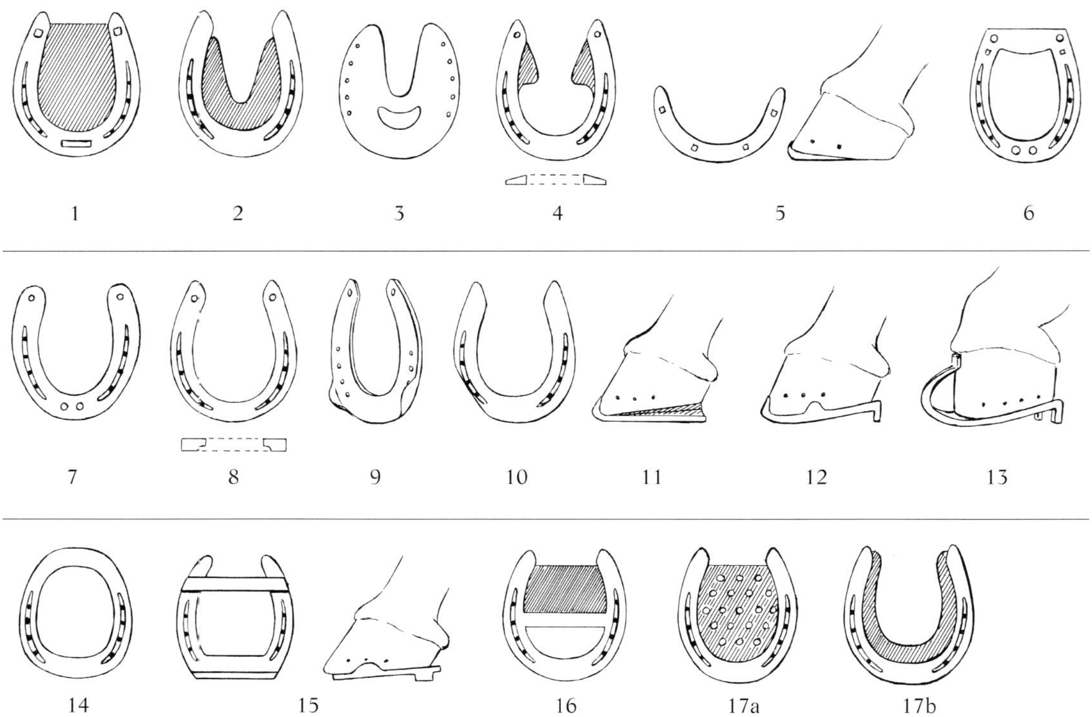

Abb. 7.48 Orthopädische Hufeisen.
1) Deckelhufeisen
2) Ausgeplattes Falzhufeisen (Rehehufeisen)
3) Reheplatte für Sohlendurchbruch
4) Selbsttätiges Erweiterungshufeisen
5) Halbmondförmiges Hufeisen
6) Geschlossenes Eisen
7) Breitschenkeleisen
8) Vordergreifhufeisen
9) Hintergreifhufeisen
10) Vorderstreichhufeisen
11) Vorderhufeisen mit Leder- oder Kunststoffkeilen
12) Hinterhufeisen mit Zehenrichtung und Stollen
13) Bügelhufeisen
14) geschlossenes Eihufeisen (Egg-bar-Schuh)
15) modifizierter Egg-bar-Schuh nach Hertsch (und Seitenansicht)
16) Steghufeisen bei Hufrehe nach Pflug
17a) Hufeisen mit Lochplatte (Kunststoff, Silikonkautschuk, Werg, Gummi)
17b) Hufeisen mit Kisseneinlage

zungen des Kronenrandes können Zusammenhangstrennungen im Hufhorn auftreten. Verlaufen diese in Richtung der Hornröhrchen, so bezeichnet man sie als Hornspalte. Oberflächliche Hornspalten, Windrisse genannt, durchdringen meist nur die harte Schutzschicht. Dagegen reichen die durchdringenden Hornspalten bis auf die Huflederhaut und führen oft zu Blutungen und Eiterungen. Hornspalten sind meist auf ungünstige Belastungsverhältnisse zurückzuführen und treten besonders an überbelasteten Wandabschnitten auf.

Im Gegensatz zur Hornspalte wird eine Trennung der Hornwand, die quer zur Richtung der Hornröhrchen verläuft und mehr oder weniger einen Hornverlust darstellt, Hornkluft genannt. Von loser und getrennter Wand spricht man, wenn die Hornwand von der Hornsohle getrennt ist. Dabei ist die weiße Linie mehr oder weniger zerstört (Abb. 7.49). Unter einer hohlen Wand (Foto 161, Seite 297) versteht man eine Trennung der harten von der weichen Schutzschicht oder der Hornplättchen von der Röhrchenschicht. Die hohle Wand ist meist eine Folge entzündlicher Veränderungen der Huflederhaut, wie sie bei Vernagelungen, Hufrehe und Kronentritten auftreten können. Sie erstreckt sich zuweilen bis zur Krone hinauf.

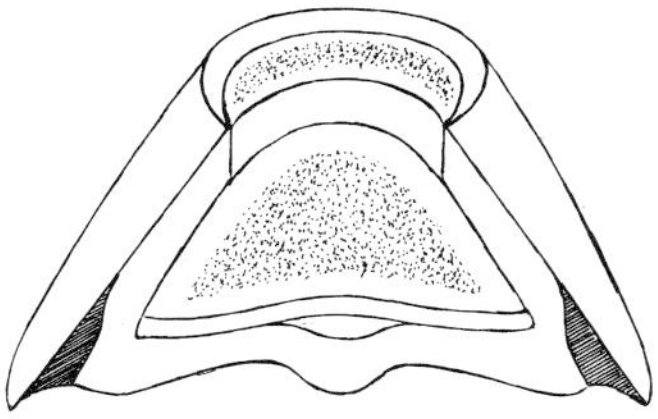

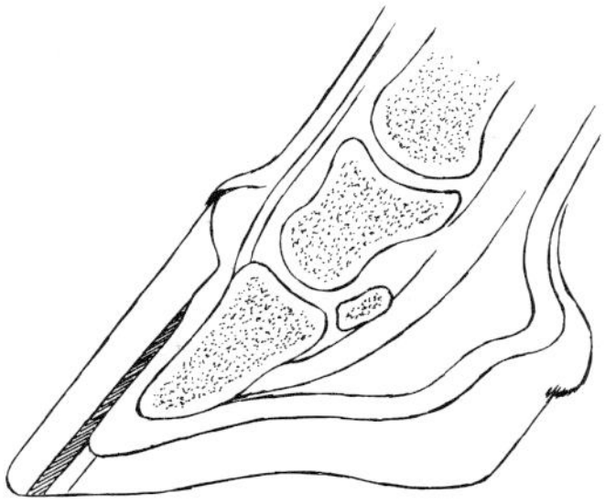

Abb. 7.49 Schnitt durch den Huf (nach MOSER und WESTHUS).

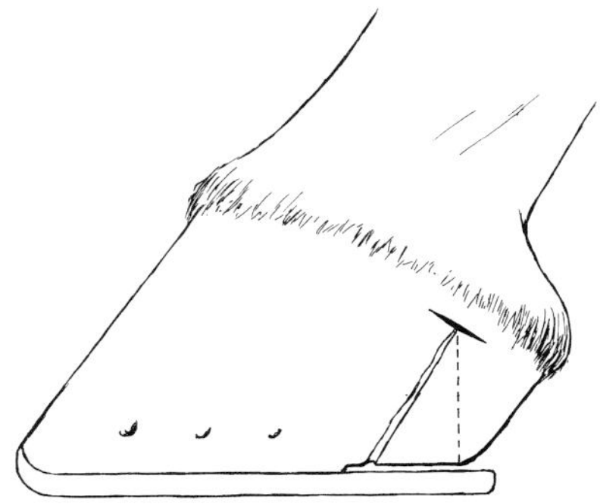

Abb. 7.50 Hornspalte. Bei Hornspalten sollte die Wand schweben und die Aufspaltung durch eine Querrinne aufgehalten werden.

Beim spröden oder mürben Huf bricht das Horn am Tragerand leicht aus und erschwert so das Anbringen der Hufnägel. Diese Krankheit kann durch Ernährungsstörungen und schlechte Hufpflege entstehen. Oft liegt eine Veranlagung dafür vor.

→ **Behandlung und Vorbeuge.** Die Behandlung all dieser Leiden erfolgt durch den Hufschmied in Zusammenarbeit mit dem Tierarzt. Bei Hornspalten empfiehlt sich zur Entlastung des betroffenen Hornwandabschnittes ein breites Hufeisen, damit die Sohle mitträgt. Im erkrankten Bezirk sollte die Wand schweben (Abb. 7.50). Der Spalt selbst wird durch das Schneiden einer Querrinne parallel zum Kronenrand abgeriegelt. Häufig ist jedoch eine operative Korrektur notwendig. Zur Festigung der Hornwand werden darüber hinaus unterschiedliche technische Verfahren, wie das Anbringen von Drahtklammern, Nieten, Metallplättchen, Kunststoffklebstoffen und Verbänden, genannt. Bei der Hornkluft wird der Wandteil abgetragen und durch Kunststoff- oder Huflederkitt ersetzt. Zur Entlastung des erkrankten Hufabschnittes wird ein Hufeisen mit hohen Aufzügen und verbreiteter Tragefläche verwendet.

Besondere Aufmerksamkeit gebührt dem spröden Huf und der losen Wand. Diese Pferde müssen schonend geritten werden, damit die Eisen solange wie möglich halten. Sie sollten ein breites Hufeisen erhalten, bei dem die erkrankten Hornabschnitte schweben und nach Möglichkeit nicht genagelt werden (geklebter Kunststoffhufschuh).

Zur Förderung des Hornwachstums und zur Verbesserung der Hornqualität empfehlen sich bei allen Zusammenhangstrennungen im Bereich der Hornkapsel eine reichliche Zufuhr von Vitamin A mit dem Futter und das tägliche Massieren der Krone mit Lorbeersalbe. Wichtig ist die Beseitigung aller die Entstehung der Erkrankung begünstigenden Faktoren. Die Zufütterung von 20 mg Biotin täglich über mindestens 6 bis 12 Monate kann die Hornqualität verbessern.

Entzündung der Huflederhaut

→ **Begriffsbestimmung.** Man unterscheidet zwischen

- nichteitrigen und
- eitrigen Huflederhautentzündungen.

Nach der Ausbreitung trennt man die umschriebene, abgegrenzte Form von derjenigen, die sich auf die ganze Huflederhaut ausbreitet (= diffuse Form).

→ **Ursachen.** Die umschriebene Huflederhautentzündung entsteht durch Quetschungen, Druck eines Hufnagels, Verbrennung der geschwächten Hornsohle beim Aufprobieren des Hufeisens usw. Durch vermehrte Blutzufuhr und Austritt entzündlicher Flüssigkeit aus den Blutgefäßen versucht der Körper das geschädigte Gewebe wieder herzustel-

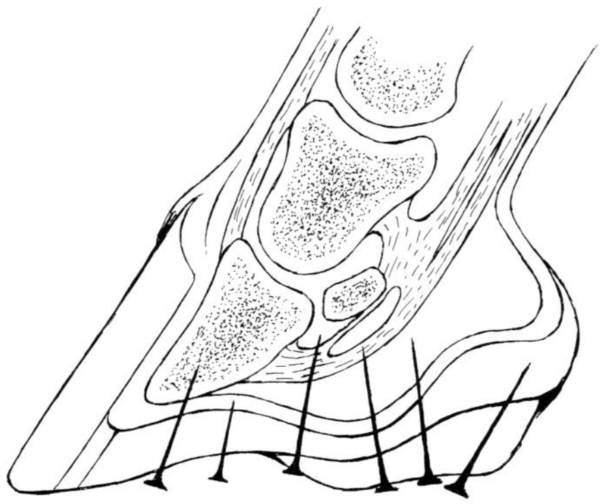

Abb. 7.51 Verschiedene Möglichkeiten der Verletzung durch Nageltritt (nach MOSER und WESTHUS).

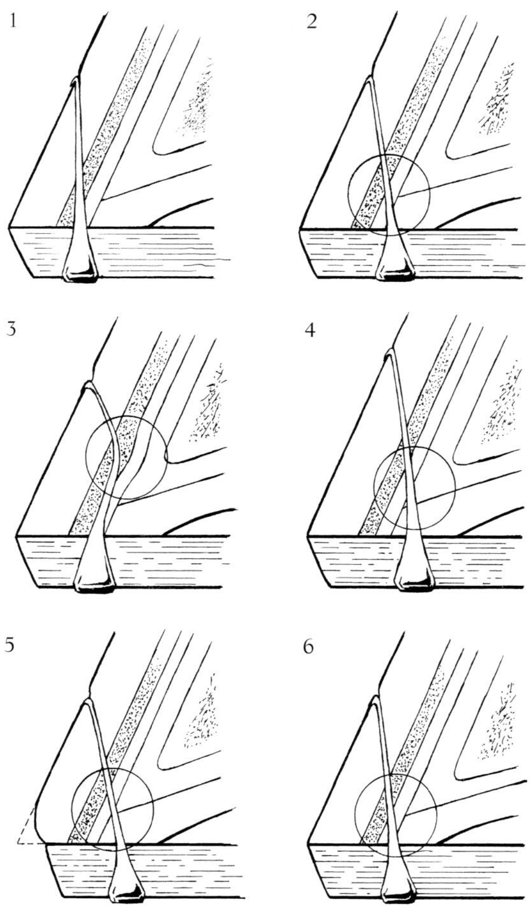

Abb. 7.52 Richtige (1) und fehlerhafte Nagelung (2 bis 6) (nach MOSER und WESTHUS).

len. Bei Verletzung von Gefäßen kann es zu Blutungen kommen. Dringt der Blutfarbstoff in die Hornröhrchen und gelangt mit diesem an die Oberfläche, so erscheinen nach längerer Zeit strichförmige, verwaschene Rötungen bzw. Blaufärbung, sog. Steingallen.

Wird durch eine Verletzung der schützenden Hornschichten die Huflederhaut freigelegt, kann durch Eindringen von Mikroorganismen eine eitrige Huflederhautentzündung entstehen. Besondere Fälle dieser Wunden stellen die „Vernagelung" und der „Nageltritt" (Abb. 7.51) dar. Bei einem sachgemäßen Hufbeschlag werden die Hufnägel in der weißen Linie, die die Röhrchenschicht von der Plättchenschicht trennt, eingeschlagen. Sie liegen daher in unempfindlicheren Hornteilen. Sobald aber ein Hufnagel auf die hochempfindliche Huflederhaut drückt oder diese verletzt, entsteht eine Huflederhautentzündung (Abb. 7.52). Die Ursachen können in unsachgemäßer Vorbereitung der Hufe oder in einem fehlerhaften Hufbeschlag liegen. In diesen Fällen ist der Hufschmied haftpflichtig. Vernagelungen kommen aber weit häufiger vor, wenn Nagelstücke in den Nagellöchern zurückgeblieben sind, die Hufnägel nicht vorhersehbare Materialfehler haben, die Pferde beim Beschlagen unruhig sind und die Beschaffenheit der Hornwand eine regelrechte Befestigung der Hufeisen nicht zuläßt. Bei solchen Vernagelungen kann der Hufschmied nicht haftbar gemacht werden.

→ **Erscheinungsbild.** Die Huflederhautentzündung zeichnet sich durch eine mittel- bis hochgradige Stützbeinlahmheit aus, die sich auf hartem Boden verstärkt. Die Fessel- sowie die Mittelfußarterie lassen eine deutlich verstärkte Pulsation fühlen. Der erkrankte Huf selbst ist wärmer und beim Beklopfen oder auf Zangendruck wird Schmerz geäußert. Ausnahmsweise kann auch außerhalb des Hufes eine Anschwellung wahrgenommen werden. Ist die entzündliche Flüssigkeit oder der Eiter bereits an der Krone durchgebrochen, so zeigt sich hier eine nässende Stelle.

Der Nageltritt äußert sich durch eine plötzliche Lahmheit. Beim Aufheben des Hufes findet man den eingetretenen Fremdkörper oder, wenn er bereits herausgefallen ist, dessen Einstichstelle, die manchmal durch eine blutige oder dunkle Verfärbung markiert ist, die aber auch wieder verschlossen und dann kaum aufzufinden sein kann.

→ **Behandlung.** Die Behandlung besteht in erster Linie in der Beseitigung der Ursachen (Entfernung eingetretener Fremdkörper oder falsch sitzender Nägel) und völlige Ruhigstellung des Pferdes. Als erste örtliche Behandlung kommen Bäder und Angußverbände mit Acridinfarbstoffen zur Anwendung. Da jedoch Stichwunden am Huf stets infiziert sind, ist mit einer eitrigen Entzündung zu rechnen, die operativ behandelt werden muß. Bei Verletzungen ist ein Impfschutz gegen Wundstarrkrampf erforderlich.

Hufrehe

→ **Begriffsbestimmung und Ursachen.** Die Rehe ist eine Allgemeinerkrankung der Pferde mit typischen Veränderungen an den Hufen. Sie entsteht plötzlich und wird von heftigen Krankheitserscheinungen begleitet. Diese akute Rehe kann in eine schleichend verlaufende (chronische) Form übergehen, in der wiederum akute Phasen auftreten.

Bei der Entstehung der Rehe spielt Histamin, ein Eiweißabbaustoff, eine wichtige Rolle. Es kann im Verdauungskanal vermehrt gebildet werden, wenn die Pferde frisches Körner- oder Grünfutter aufnehmen. Bereits in der gesunden Huflederhaut kommt es in hoher Konzentration vor. Histamin erhöht die Durchlässigkeit der Gefäße der Huflederhaut und führt damit zum Austritt von Blutflüssigkeit. Die durchtränkten Lederhautblättchen verlieren ihre innige Verbindung zu den Hornblättchen der Hornwand. Damit lockert sich die Befestigung des Hufbeins in der Hornkapsel. Infolge der Last der Körpermasse und des Zuges der tiefen Beugesehne kann sich die Hufbeinspitze senken und auf die Hornsohle drücken. Im Röntgenbild ist zu sehen, daß Hufvorderwand und Vorderseite des Hufbeines nicht mehr parallel verlaufen. Da die Huflederhaut von Hufbein und Hornkapsel allseitig eingeschlossen wird, kann sie sich nur wenig ausdehnen. Die bei der Rehe auftretende Lederhautquellung ist deshalb äußerst schmerzhaft. Offenbar spielen auch Endotoxine und übermäßige Kohlenhydrataufnahme bei der Entstehung der Hufrehe eine Rolle. Ebenso kann es zu Blutgefäßverengungen im Huflederhautbereich kommen, die Durchblutungsstörungen nach sich ziehen. Eine rohfaserarme Futterration begünstigt das Auftreten der Hufrehe.

Eine Rehe kann durch folgende Faktoren ausgelöst werden:

- Zu starke Belastung in der Bewegung (Distanzritte, schnelle Bewegung auf hartem Boden) oder durch langes Stehen (z. B. bei Transporten) – „Marschrehe“ oder „traumatische Rehe“. Eine „Belastungsrehe“ tritt bei hochgradiger Lahmheit einer Gliedmaße an der Nachbarextremität auf, die die Körperlast mit übernehmen muß.
- Aufnahme toxischer Substanzen bei Fehlfütterung, Vergiftungen (z. B. Rizinus, Herbizide) „toxische Rehe“; oder Eindringen schädigender Substanzen durch die Gebärmutterwand „Geburtsrehe“.
- Schwere Allgemeinerkrankungen (z. B. Influenza).

Bei Ponys, bei denen die Reheerkrankung relativ oft beobachtet wird, ist sie eine häufige Ursache für die Schlachtung. Offenbar werden bei diesen Tieren besonders viele Fütterungs- und Haltungsfehler begangen.

→ **Erscheinungsbild.** Eine akute Rehe beeinträchtigt das Allgemeinbefinden stark. Atmung und Puls sind beschleunigt, die Temperatur ist erhöht. Die Tiere schwitzen und zeigen Muskelzittern. Aufgrund der starken Schmerzen können kolikähnliche Erscheinungen auftreten. Die Gliedmaßenstellung der Tiere ist typisch: Die Vordergliedmaßen werden weit nach vorn gestellt, damit die Zehenwände der Hufe möglichst entlastet, die Trachten aber vermehrt belastet werden. Die Hintergliedmaßen treten weit unter den Leib, um möglichst viel Körperlast zu übernehmen. Die Pferde „kleben“ am Boden. Es sieht aus, als wenn sie sich gegen jedes Vorwärtsgehen stemmen. In der Bewegung werden die Gliedmaßen nur kurz und wenig angehoben und sofort wieder abgesetzt. Es können ein bis vier Hufe erkranken (Belastungsrehe: ein Huf; traumatische Rehe: vorwiegend die Vorderhufe, die $^{3}/_{5}$ der Körperlast aufnehmen; toxische Rehe: eventuell alle vier Hufe, zumeist sind aber die Vorderhufe betroffen).

An den Hufen sind folgende **Veränderungen** zu beobachten:

- Die Hufwand ist vermehrt warm.
- Sohlen und Vorderwand sind druck- und klopfempfindlich (starke Schmerzreaktion).

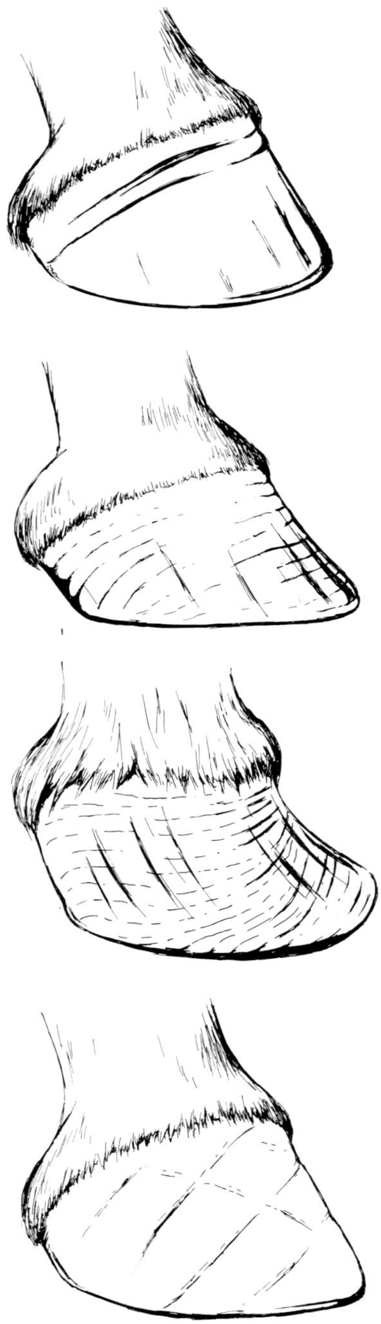

Abb. 7.53 Ringbildungen am Huf.
1) Ernährungsringe
2) Pathologische Ringe eines Vollhufes
3) Ringe eines Rehehufes
4) Strahlfäuleringe

- Die zugehörige Mittelfußarterie zeigt starke Pulsation.

Die akute Rehe kann mit anderen Entzündungen im Hufbereich, z. B. mit der eitrigen Huflederhautentzündung, verwechselt werden. Auch an Starrkrampf und Nierenverschlag ist zu denken. Pferde mit chronischer Rehe zeigen einen pantoffelnden Gang. Er entsteht dadurch, daß die Tiere zuerst mit den Trachten, also dem hinteren Teil der Hufe, auf den Boden aufsetzen und dann mit den vorderen Tragerandabschnitten nachklappen. Fessel-, Kron- und Hufbein der erkrankten Gliedmaßen stehen steil. Nach Senkung des Hufbeines entsteht der charakteristische knollenförmige Rehehuf mit den nach den Trachten zu divergierenden Reheringen (Fotos 163 und 164, Seite 297; Abb. 7.53). Im Zehenteil ist die weiße Linie stark verbreitert. Die Hufsohle ist abgeflacht oder nach unten vorgewölbt. Diese Hornstelle kann durch Bluteinlagerung rot verfärbt sein (Foto 165, Seite 297), wenn das Hufbein gegen die Sohle drückt. Bei starker Hufbeinsenkung kann es zu Sohlenhorndurchbrüchen kommen. Sie führen zu Infektionen und verschlechtern die Heilaussichten stark.

→ **Behandlung.** Eine akute Rehe muß frühzeitig erkannt und unverzüglich behandelt werden. Dazu ist sofort tierärztliche Hilfe anzufordern.

Jede Verzögerung verschlechtert die Heilungsaussichten, da die Senkung des Hufbeins bereits nach drei Tagen eintreten kann. Nur eine schnelle Behandlung gibt Aussicht, das Pferd wieder völlig herzustellen.

Bereits vor Eintreffen des Tierarztes kann folgendes eingeleitet werden:

- Das Futter wird entzogen. Die weitere Fütterung ist mit dem Tierarzt abzusprechen.
- Das Pferd wird in eine gut eingestreute Box gebracht (möglichst Sägespäne oder Torfmull).
- Wenn das Pferd noch die Beine aufheben läßt, werden die Hufeisen abgenommen oder zumindest die Zehenhufnägel entfernt.
- Die Hufe werden gekühlt (z. B. Hufpackung mit nassem Lehm), oder das Pferd wird stundenweise mit den Hufen in kaltes Wasser gestellt.

In die tierärztliche Behandlung wird erforderlichenfalls das Schneiden einer Entlastungsrinne unterhalb der Krone, bis Blut austritt, und die Anweisung für einen **Spezialbeschlag** mit einbezogen (evtl. Deckeleisen mit Ausguß der Sohle mit Huflederkitt oder Acryl), um durch Gegenlage eine Senkung des Hufbeins zu verhindern (Steghufeisen nach Pflug).

Da bei Pferden mit chronischer Rehe plötzlich wieder akute Phasen auftreten können, ist eine ständige Kontrolle wichtig. Dabei sollten Gang und Gliedmaßenstellung, Hufwandtemperatur sowie Pulsation der Mittelfußarterien besonders beachtet werden. Ein chronischer Rehehuf (Fotos 163 bis 165, Seite 297) kann durch die Kunst des Hufschmiedes korrigiert werden. Durch diese Behandlung ist es möglich, Huf-, Kron- und Fesselbein wieder in die richtige Stellung zu bringen und die Voraussetzung für eine weitere bescheidene sportliche Nutzung des Pferdes zu schaffen.

→ **Vorbeuge.** Neben den Faktoren, die eine Rehe auslösen können, müssen auch diejenigen beachtet werden, die fördernd auf die Entstehung dieser Krankheit wirken. Im Hinblick auf die auslösenden Faktoren sind folgende **Maßnahmen** erforderlich:

- Keine Überfütterung der Pferde. Die tägliche Kraftfutterration ist der aktuellen Leistung anzupassen. Insbesondere ist zu verhindern, daß die Tiere unkontrolliert Kraftfutter aufnehmen können (Stände zum Stallgang durch Ketten schließen, Boxentüren ordentlich sichern, Futterkiste verschließen, Futtersäcke nur in einem abgegrenzten, verschlossenen Raum aufbewahren).
- Futterumstellungen sind grundsätzlich allmählich vorzunehmen, d. h. der Anteil des neuen Futtermittels an der Ration wird von Tag zu Tag langsam gesteigert. Das gilt in Zusammenhang mit der Rehe besonders für energie- und eiweißreiche Futtermittel wie z. B. Melasse, Hülsenfrüchte und junges Gras. Deshalb ist der Weidegang im Frühjahr mit ein bis zwei Stunden täglich zu beginnen und allmählich zu steigern. Zugleich muß genügend Rohfaser über Heu oder gutes Futterstroh angeboten werden.
- Besonders gefährlich ist frisches Kraftfutter (Körnerfutter). Es ist erst zu verfüttern, wenn es nach der Ernte zwei bis drei Monate gelagert wurde. Das gleiche gilt für frisches Heu, das nach der Ernte erst „ausschwitzen" muß. Mit der Fütterung wird ebenfalls nach einer Lagerzeit von zwei bis drei Monaten begonnen. Durch Kochen, Dämpfen oder Einweichen soll die schädigende Wirkung frischer Körnerfrüchte unterbunden werden.
- Auch übermäßige Zufuhr von kaltem Wasser kann Rehe auslösen. Kaltes Wasser ist nicht zu beanstanden, wenn die Tiere daran gewöhnt sind und regelmäßig und ausreichend getränkt werden. Defekte oder fälschlicherweise abgestellte Selbsttränken können längere Durstzeiten verursachen und nach Inbetriebnahme zu sehr hoher Wasseraufnahme führen. Deshalb sind Selbsttränken täglich auf Funktionstüchtigkeit zu prüfen.
- Zu starke Belastung der Hufe durch schnelle Gangarten auf hartem Boden ist zu vermeiden. Bei Distanzritten ist entsprechende Vorsicht geboten.
- Pferde mit hochgradiger Lahmheit sind in einem reichlich eingestreuten Stand oder besser in einer Box (Lohebox) unterzubringen. Durch diese Maßnahme soll eine zu große statische Belastung der gegenüberliegenden gesunden Gliedmaße vermieden werden. Unbedingt muß die tägliche Kraftfuttermenge, die das Pferd vor der Lahmheit erhielt, verringert werden. Wir beobachteten die Belastungsrehe besonders bei den Tieren, denen die Kraftfutterrationen nicht gekürzt wurden.
- Da auch Vergiftungen Rehe auslösen können, ist ein Teil der unter Vergiftungen genannten Vorbeugemaßnahmen auch hier zu beachten.

Zur Ausschaltung der die Reheerkrankung fördernden Faktoren sind folgende vorbeugende Maßnahmen notwendig:

- An erster Stelle steht ein fachgerechter Hufbeschlag. Mangelhaft beschlagene Pferde erkranken unter gleichen Bedingungen leichter an Rehe als gut beschlagene.
- Die Hufe dürfen an der Vorderwand nicht zu stark gekürzt werden, da dann die Belastung dieser Abschnitte größer wird und eine Rehe leichter entstehen kann.
- Nach einem neuen Beschlag sind die Pferde einige Tage vorsichtig zu belasten. Sie müssen sich an die gekürzten Hufe gewöhnen.

Kronen- und Ballentritt

→ **Begriffsbestimmung und Erscheinungsbild.** Kronen- und Ballentritt sind Hufverletzungen im Bereich der Krone und des Ballens. Sie kommen als oberflächliche und tiefe Wunden der Huflederhaut in diesem Bereich vor.

→ **Ursachen.** Die Pferde treten sich in unebenem Gelände oder bei fehlerhaftem Hufbeschlag selbst auf die Krone oder in den Ballen bzw. werden durch Nachbarpferde verletzt.
→ **Behandlung und Vorbeuge.** Während Ballentritte im allgemeinen günstig heilen, entstehen bei Kronentritten oft Komplikationen. Neben der Gefahr der Eröffnung des Hufgelenkes kann es zur Verletzung des Hufknorpels kommen, was eine langwierige, hartnäckige Eiterung zur Folge hat (Hufknorpelfistel). Auch unbedeutende Wunden der Krone führen oft zu Hornspalten und Hornklüften, wenn sie vernachlässigt werden. Kronentritte sind daher stets tierärztlich zu versorgen. Zur Vorbeuge müssen bei Transporten die Stollen entfernt und die Hufe geschützt werden.

Saumbandentzündung

→ **Begriffsbestimmung und Erscheinungsbild.** Unter einer Saumbandentzündung versteht man eine entzündliche Veränderung im Bereich des Übergangs der Haut zur Hornwand. Sie ist durch eine Überproduktion von bröckligem Hufhorn gekennzeichnet (Foto 167, Seite 297). Saumbandentzündungen sind selten akut und schmerzhaft.
→ **Ursache.** Sie entstehen infolge mangelhafter Hufpflege, durch Verwendung ungeeigneter Pflegemittel (ranziges Huffett) oder Verätzungen (Tausalz).
→ **Behandlung und Vorbeuge.** Nach einer gründlichen Säuberung mit Kernseife empfiehlt sich die Anwendung von Zinköl und eine regelmäßige Massage der Krone mit Lorbeersalbe. Zur Minderung von Erschütterungen ist ein Hufbeschlag mit Ledersohle und Wergpolster anzubringen. Die Erkrankung kann bei sachgemäßer Hufpflege in vielen Fällen verhindert werden.

Strahlfäule

→ **Begriffsbestimmung und Erscheinungsbild.** Die Strahlfäule ist ein Zerstörungsprozeß des Horns, der durch äußere Einwirkungen unter Beteiligung von Fäulniserregern veranlaßt wird. Ausgehend von alten Nagelkanälen, von Zusammenhangstrennungen der Wand und der mittleren Strahlfurche kann sich dieser übelriechende Prozeß über Wand, Sohle und Strahl ausbreiten.

→ **Ursachen.** Ursachen sind neben schlechter Hufbeschaffenheit, einer veränderten Hufform (Zwanghuf) und einer gewissen Veranlagung hauptsächlich eine ungenügende Hufpflege.
→ **Behandlung und Vorbeuge.** Die Behandlung besteht in einer gründlichen Entfernung der übelriechenden zerklüfteten Hornmassen. Der Huf wird gut gesäubert und mit einem Desinfektionsmittel behandelt. Hohle Stellen und Furchen werden mit Werg ausgestopft, nachdem sie mit Kupfersulfat bestrichen worden sind. Möglich ist auch das Ausbrennen durch den Hufschmied. Besonders wichtig ist bei Sportpferden eine gründliche tägliche Säuberung, weil eine Selbstreinigung, wie sie sich bei langer Arbeit auf weichem Boden vollzieht, während der relativ kurzen täglichen Bewegung nur ungenügend erfolgen kann.

Hufkrebs

→ **Begriffsbestimmung und Erscheinungsbild.** Im Gegensatz zur Strahlfäule, bei der nur das Hufhorn verändert ist, stellt der Hufkrebs eine Wucherung der Huflederhaut mit mangelhafter Verhornung dar. Die Erkrankung greift in ihrem Verlauf auf die Sohlen-, Ballen- und Wandlederhaut über. In fortgeschrittenen Fällen entstehen blumenkohlartige, zottige Wucherungen mit schmierigen, übelriechenden Belägen (Foto 166, Seite 297).
→ **Ursachen.** Neben einer gewissen Veranlagung spielen schlechte Hufpflege und mangelhafte Einstreu bei der Entstehung eine begünstigende Rolle. Hufkrebs ist gehäuft beim Kaltblutpferd anzutreffen.
→ **Behandlung.** Die vor allem operative Behandlung ist langwierig und nicht immer erfolgreich. Sie ist Sache des Tierarztes.

Erkrankungen des Hufknorpels

Hufknorpelverknöcherung

→ **Begriffsbestimmung und Erscheinungsbild.** Bei der Verknöcherung des Hufknorpels kommt es zur Kalkeinlagerung, die zum Verlust der Elastizität führt. Zuerst erkranken in der Regel die äußeren Hufknorpel. Die Pferde zeigen vor allem auf hartem Boden einen vorsichtigen, wenig raumgreifenden Gang. In hochgradigen Fällen tritt eine Stützbeinlahmheit auf. Im Verlauf der Erkrankung werden

die Trachten höher und der Huf nimmt eine stumpfe Form an. Die Hufknorpel selbst fühlen sich hart und unelastisch an. Durch die Verknöcherung des Hufknorpels kommt es zu einer Beeinträchtigung des Hufmechanismus und zu einer Quetschung der Wandlederhaut (Foto 210, Seite 336).
→ **Ursachen.** Hufknorpelverknöcherungen kommen in jedem Alter vor. Sie sind vermutlich das Ergebnis fortgesetzter Erschütterungen und Quetschungen. Eine bodenenge Stellung kann das Auftreten der Erkrankung begünstigen.
→ **Behandlung.** Durch das Dünnraspeln der Trachtenwände oder das Schneiden von Rillen soll eine Druckentlastung erzeugt werden. Günstig sind des weiteren Breitschenkelhufeisen mit Lederkeilen und feuchte Umschläge mit Leisamenbrei. Pferde mit Hufknorpelverknöcherung sind nicht für Arbeiten auf hartem Boden geeignet.

Hufknorpelfistel

Begriffsbestimmung und Erscheinungsbild. Hufknorpelfisteln sind nicht heilende Wundöffnungen oberhalb des Kronenrandes der Trachtenwand, aus denen sich ein grünlicher Eiter entleert. Sie bedingen eine Stützbeinlahmheit.
→ **Ursache.** Hufknorpelfisteln entstehen durch Wunden, die den Hufknorpel verletzt haben. Häufig sind sie Folgen von Krontritten und Hornspalten.
→ **Behandlung.** Nach operativer Entfernung des erkrankten Hufknorpels heilen die Fisteln ab. Der Heilverlauf kann durch ein Breitschenkelhufeisen unterstützt werden.

Hufrollenerkrankung (Podotrochlose)

→ **Begriffsbestimmung.** Die Hufrolle wird vom Strahlbein, von einem Schleimbeutel, der Bursa podotrochlearis, und dem darüber gleitenden Teil der tiefen Beugesehne gebildet (Abb. 7.54). In der Hauptsache tritt in diesem Bereich eine Abnutzungserkrankung, die Podotrochlose auf. Entzündungserscheinungen stehen dabei im Hintergrund. Beim Turnierpferd zählt die Podotrochlose zu den häufigsten Lahmheitsursachen im Bereich der Vordergliedmaßen. Wesentlich seltener tritt sie beim Traber und beim Galopprennpferd auf. Meist sind beide Vorderbeine gleichzeitig, jedoch unterschiedlich stark erkrankt. An der Hintergliedmaße kommt sie beim Traber vereinzelt vor. Oft besteht ein Zusammenhang mit einer Hufgelenkentzündung.
→ **Ursachen.** Die Erkrankung wird durch mehrere Faktoren ausgelöst, die noch nicht völlig geklärt sind. Es ist anzunehmen, daß die spezifische Belastung der Hufrolle beim Reitpferd im Leistungssport infolge einer ständigen Druck- und Zugbeanspruchung zu einer raschen Abnutzung in diesem Bereich führt. Begünstigend wirken eine spitze Hufform, Hufbeschlagsfehler, anormale Gliedmaßenstellung, Aufzuchtschäden und Haltungsfehler. Ein erblicher Einfluß ist nicht erwiesen.
→ **Erscheinungsbild.** Die krankhaften Veränderungen entwickeln sich ganz allmählich und werden deshalb anfangs meist übersehen. Bevor sich eine deutliche Lahmheit einstellt, zeigen die Pferde einen klammen Gang, häufiges Stolpern, kurzen Schritt und schwunglose Aktionen der Vorhand.

Im Stall wird die erkrankte Gliedmaße geschont. Allmählich wird die Fesselstellung steiler, der Huf enger und die Trachten deutlich höher. Anfangs ist die Lahmheit nur nach stärkerer Belastung und in kurzen Biegungen unter dem Reiter zu sehen. Auf hartem Boden ist sie ausgeprägter als auf weichem. Später bleibt sie ständig bestehen. Durch das Schonen der Gliedmaße kommt es zur Atrophie der Schultermuskulatur. Es kann so eine Schulterlahmheit vorgetäuscht werden. Bei der Keilprobe (nur vom Tierarzt vorzunehmen!; Abb. 7.55) verstärkt sich die Lahmheit. Das Beklopfen der Sohle löst Schmerz aus (Hammerprobe).

Zur genauen Diagnose sind jedoch Schmerzausschaltungen der Zehennerven und die Röntgenuntersuchung (Fotos 206 und 211, Seite 336) notwendig. Meist springt bei positivem Ausfall der Schmerzausschaltung die Lahmheit auf das andere Bein über, weil in der Regel beide Hufrollen erkrankt sind.
→ **Behandlung.** Zur Behandlung genügt in leichten Fällen ein orthopädischer Beschlag. Um den kranken Bezirk des Hufes zu entlasten, wird der hintere Abschnitt des Hufes mittels Leder- oder Kunststoffkeil hochgestellt, oder es wird ein Hufkissenbeschlag angebracht. Günstig wirkt sich auch ein geschlossenes Hufeisen mit starker Zehenrichtung (Egg-bar-Schuh) aus (Abb. 7.50). Bei Gefahr des Greifens empfiehlt sich die Modifikation nach Hertsch, bei der der Zehenteil des Hufeisens nur bis zur weißen Linie reicht und der Steg so plaziert wird, daß die Zehenachse gestreckt gehalten wird (Abb. 7.50). Der Heilungsverlauf kann durch Trai-

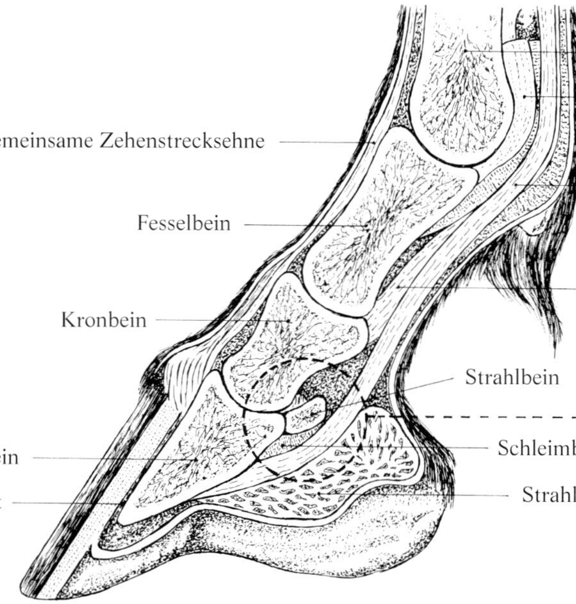

Abb. 7.54 Strahlbein, Schleimbeutel *(Bursa podotrochlearis)* **und der über beide gleitende Teil der tiefen Beugesehne bilden die Hufrolle** *(Podotrochlea).*

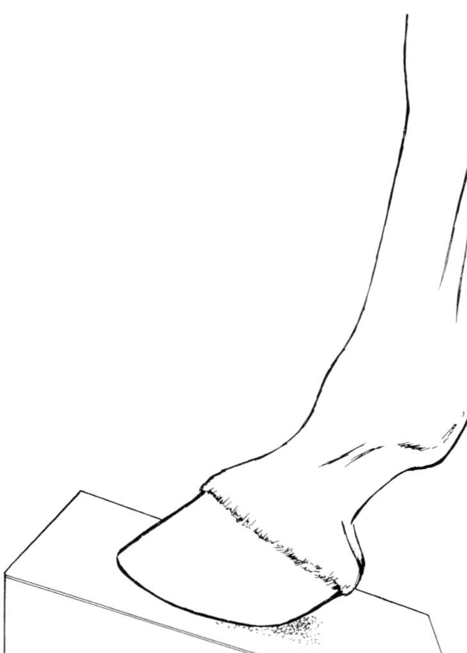

Abb. 7.55 Schema der Keilprobe.

ningspause und längeren Koppelaufenthalt gefördert werden. In jüngster Zeit werden auch Mittel eingesetzt, die die Blutgerinnung verzögern und so das Entstehen von Blutgerinnseln in den Gefäßen verhindern bzw. in diesem Bereich bestehende auflösen. Dadurch wird die Durchblutung verbessert und die Erkrankung am Fortschreiten gehindert. Als durchblutungsfördernde Maßnahme wird auch die periphere Sympathektomie empfohlen. Neuerdings wird auch die Injektion von Hyaluronsäure

F161 Hohle Wand, vernachlässigte Hufpflege. Der Strahl ist völlig verkümmert.
F162 Vernachlässigte Hufpflege, sehr lange Zehen.
F163 Hufverformung bei chronischer Hufrehe. Charakteristisch sind die Knollenbildung und die zu den Trachten divergierend verlaufenden Reheringe.
F164 Hufverformung bei chronischer Hufrehe, stark ausgebildeter Knollhuf, Korrektur des zweiten Hufes.
F165 Chronische Hufrehe, rötlichblaue Verfärbung des Sohlenhorns durch Lederhautblutungen nach Druck der Hufbeinspitze.
F166 Hufkrebs. Blumenkohlartige Wucherungen mit schmierigen, übelriechenden Belägen.
F167 Saumbandentzündung. Borkige Hornbildung im Kronenbereich.

161

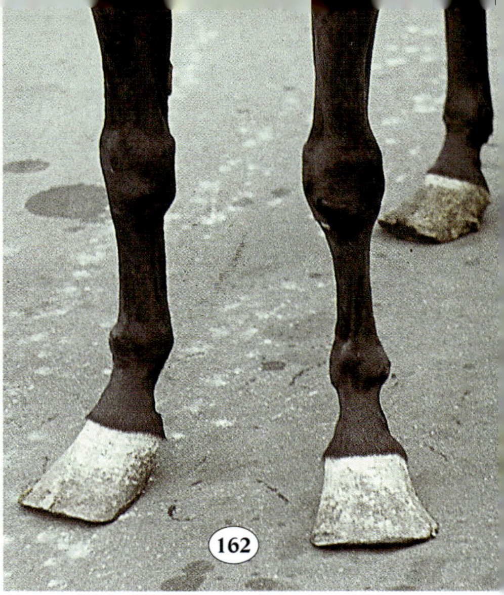

162

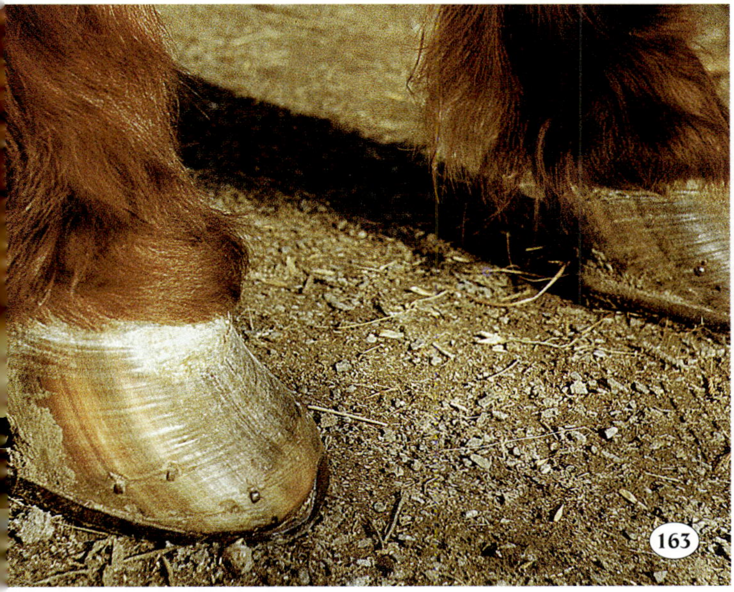

163

164

165

166

167

168

169

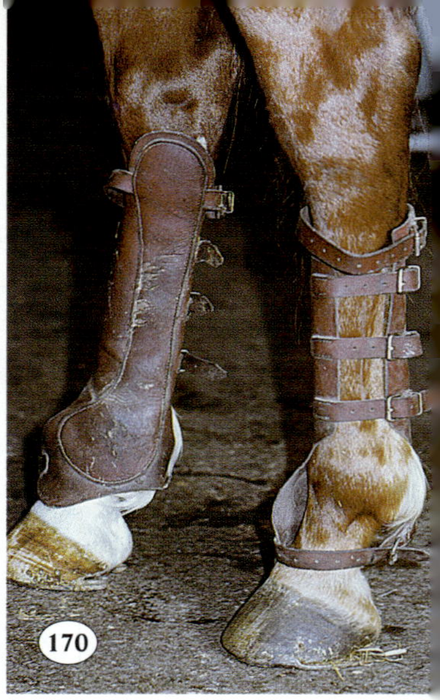

170

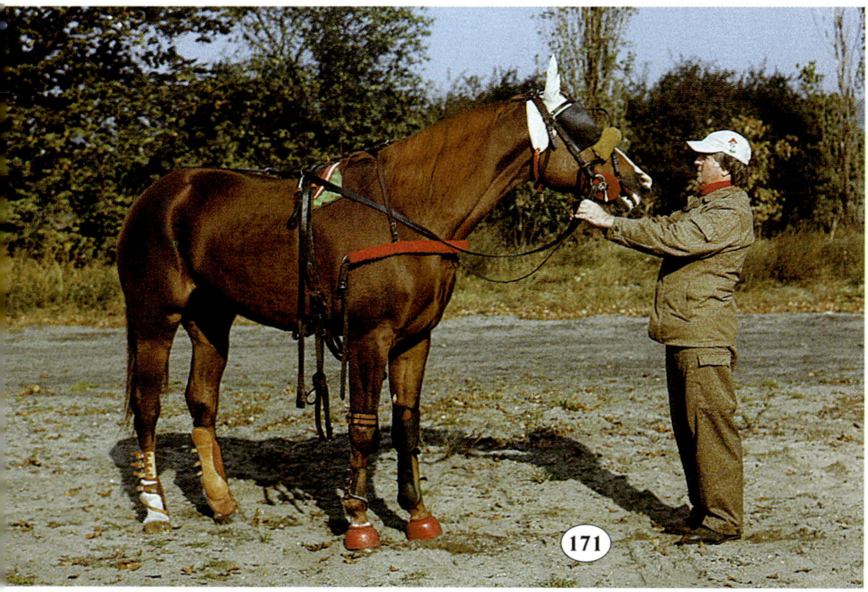

171

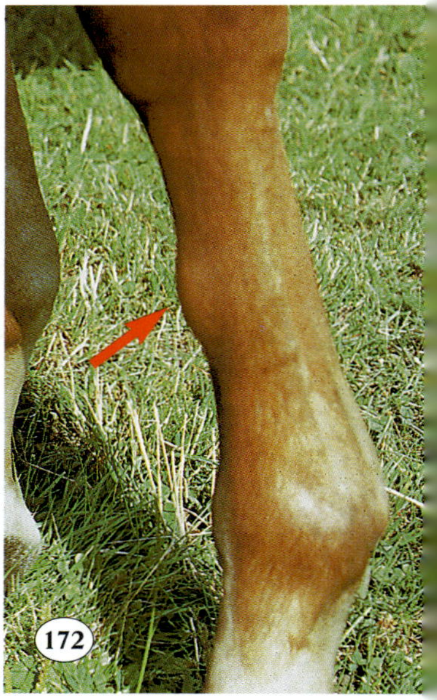

172

173

174

empfohlen. Als letzte Möglichkeit zur Erhaltung einer zeitweiligen Einsatzfähigkeit bleibt der Nervenschnitt.

→ **Vorbeuge.** Da die Entstehung der Podotrochlose scheinbar durch Stellungsanomalien der Gliedmaßen, fehlerhafte Hufform und unzureichende Mineralstoff- und Vitaminversorgung während der Aufzucht begünstigt wird, gilt optimalen Ernährungs- und Haltungsbedingungen der Pferde während der gesamten Wachstumsperiode besondere Aufmerksamkeit. Wichtig ist auch eine nicht zu frühe Belastung der Pferde unter dem Reiter. Rückständige Vordergliedmaßenstellung mit steiler Fessel und stumpf gewinkeltem, engem Huf, die die Hufrolle ganz besonders stark belasten, erfordern eine rechtzeitige orthopädische Behandlung durch den Hufschmied. Empfehlenswert ist das Hufkissen nach Norberg, das stoßdämpfend wirkt und die Last auf die gesamte Hufläche verteilt. Es wird aus einem selbsthärtenden Kunststoff hergestellt, mit dem man die Sohlenfläche ausfüllt. Das Kissen wird durch eine Leder- oder Kunststoffsohle gehalten.

Knochenriß (Fissur) und Knochenbruch (Fraktur)

→ **Begriffsbestimmung.** Als **Fissur** bezeichnet man eine Rißbildung im Knochen, die nicht zur völligen Zusammenhangstrennung führt. Die Knochenhaut kann unverletzt bleiben (subperiostale Fissur). Zur Fissur rechnen auch Einknickungsbrüche, die durch Biegung an den Rippen und langen Röhrenknochen entstehen können. Der Riß verläuft dabei quer zur Längsrichtung. Fissuren kommen wesentlich seltener vor als Frakturen.

Beim **Knochenbruch** tritt eine Trennung des Knochens in mehrere Teile ein (Foto 205, Seite 336). Der Entstehungsmechanismus ist bei beiden gleich, nur daß bei der Fissur die einwirkende Gewalt geringer ist.

Zusammenhangstrennungen am Knochen können durch äußere (Sturz, Ausgleiten, Gegenrennen, Schläge usw.) oder innere (plötzlicher Muskelzug oder mangelnde Widerstandsfähigkeit) Ursachen entstehen. Im Unterschied zu direkten Knochenbrüchen, bei denen der Bruch am Ort der Gewalteinwirkung eintritt, entstehen indirekte Frakturen nicht dort.

→ **Ursachen.** Nach der Entstehung des Knochenbruchs trennt man traumatische Frakturen, bei denen die Ursache rein mechanisch ist, von den krankhaften, bei denen der Knochen durch eine Krankheit vorgeschädigt ist. Wir sehen häufig Biegungsbrüche an den langen Röhrenknochen nach Hufschlägen, Abknickungsbrüche beim Hängenbleiben in Löchern, Einklemmungen und Überfahrenwerden und Drehungsbrüche nach übermäßigen Drehungen des Knochens in der Längsachse. Der Quetschungsbruch wird durch großen Druck hervorgerufen. Es kommt dabei meist zum Trümmerbruch.

Unter Berücksichtigung der Nebenverletzungen werden die geschlossenen oder gedeckten Brüche ohne Hautwunden von den offenen mit Hautdefekten unterschieden.

→ **Erscheinungsbild.** Im Augenblick des Bruches ist gelegentlich ein dumpfer Krach zu hören, an dem sich in den meisten Fällen sofort hochgradige Schmerzen und Lahmheit anschließen. Das Allgemeinbefinden ist in der Regel ungestört. Lediglich empfindliche Pferde zeigen einen geringeren Appetit. Im folgenden kommt es zu einer Temperaturerhöhung, dem Resorptionsfieber. Lahmheit und Schmerz treten sofort nach dem Bruch ein. Sie sind besonders stark ausgeprägt, wenn der Bruch in ein Gelenk reicht. Nur in Einzelfällen können sie bei psychischem Streß (Verletzungen im Endkampf) für kurze Zeit überdeckt werden. Die auftretenden Schwellungen werden in der Regel von einer Deformierung der betroffenen Gliedmaße begleitet (Foto 173, Seite 298). Diese Umfangsvermehrungen bilden sich meist innerhalb von zwei Wochen zurück. Hör- und fühlbare

F168, F169, Streich- und Klopfschutz bei Trabern
F170 zur Verhütung von Verletzungen.
F171 Zusatzbeschirrung beim Traber. Ohrtüten gegen Gehörscheu, Augenblende, Bodenblende gegen Gesichtsscheu, Gummischeiben gegen Gebißdruck, Unterlagen unter dem Kammdeckel, Karpalgelenksschutz, Gummiglocken und Streichgamaschen zur Verhinderung von Verletzungen.
F172 Röhrbeinfissur. Diese Erkrankung wird am häufigsten bei jungen Vollblütern festgestellt.
F173 Unterschenkelfraktur hinten rechts nach Schlagverletzung. Das nicht mehr belastbare und abnorm bewegliche Bein wird auf dem Boden aufgestützt, um die Schmerzen zu verringern.
F174 Beckenfraktur. Deutliche Asymmetrie.

Knirschgeräusche (Krepitation) sind vorsichtig zu bewerten, weil auch bei anderen Erkrankungen ähnliche Geräusche (Pseudokrepitation) auftreten können.

Die Lage der Bruchstücke kann verschieden sein. Bei Frakturen ohne Verschiebungen der Fragmente bleibt die Knochenhaut erhalten. Es ist nur ein geringer Bruchspalt vorhanden, der sich während der Heilung etwas verbreitert. Bei Frakturen mit Verschiebung der Bruchteile handelt es sich zumeist um Veränderungen der Form und Stellung des Knochens nach der Seite oder der Längsachse. Hierbei ist die winklige Knickung sehr häufig.

Die Heilungsvorgänge beim Knochenbruch beginnen mit der Beseitigung des Blutergusses und der Bildung neuen Knochengewebes, das die Bruchstücke wieder miteinander verbindet. Beim Pferd ist dieses neue Knochengewebe in der zweiten Woche noch weich. Danach verdichtet sich das Gewebe und verknöchert in der dritten bis fünften Woche durch Kalkeinlagerung immer mehr. Damit ist die klinische Heilung des Knochens erreicht. Er kann wieder belastet werden.

Die Heilungsdauer beträgt beim Pferd in der Regel beim einfachen gedeckten Bruch, bei dem eine Fixierung möglich ist, zwei bis vier Monate.

Die Heilungsaussichten sind jedoch abhängig vom Sitz des gebrochenen Knochens, von der Bruchform, von den Fixationsmöglichkeiten und der Wirtschaftlichkeit.

→ **Behandlung.** Die Frakturbehandlung hat in den letzten 20 Jahren eine bedeutende Wandlung erfahren. Die altherkömmliche Meinung, daß ein Pferd, welches sich einen Knochenbruch zugezogen hat, grundsätzlich nicht zu heilen sei, sondern der wirtschaftlichen Verwertung zugeführt werden muß, ist überholt. Trotzdem bedeutet eine Gliedmaßenfraktur für das Sportpferd in vielen Fällen das Ende der sportlichen Laufbahn.

Die Hauptschwierigkeit liegt darin, den gebrochenen Knochen für die Dauer der Heilung mit einer Methode stillzulegen, die es dem Tier erlaubt, die ganze Körpermasse mit der betroffenen Gliedmaße aufzunehmen und frei und ohne Schmerz zu bewegen.

Die erste Notversorgung besteht im Anbringen eines festen Verbandes, der behelfsmäßig geschient wird, um einen zu starken Bluterguß zu vermeiden und eine Verschiebung der Bruchstücke zu verhindern. Das Pferd ist sofort ruhig zu stellen und nach Möglichkeit unter Berücksichtigung bestimmter Vorkehrungen in eine Tierklinik zu bringen.

Wenn keine Röntgenuntersuchung möglich ist, sollte das Pferd bereits bei Verdacht einer Fraktur in eine Sägespänebox gebracht und mit kalten Angußverbänden behandelt werden. Zur Fixation der gebrochenen Gliedmaße werden Schienen-, Kleister-, Gips- und Kunststoffverbände angewendet. Gipsverbände haben den Nachteil, daß sie leicht brechen und Druckverletzungen der Haut begünstigen. Die Verwendung von harzgebundenem Faserglas ist deshalb mehr zu empfehlen. Bei wachsenden Tieren muß der Verband von Zeit zu Zeit gewechselt werden. Die Anwendung dieser unblutigen herkömmlichen Behandlungsmethode hat gegenüber den operativen Verfahren den Vorteil, daß keine Hautwunden entstehen, die eine Infektionsgefahr darstellen. Der Nachteil liegt darin, daß bei jeder Bewegung die Gefahr der Verschiebung der Bruchstücke besteht und der Frakturspalt ziemlich breit bleibt. Dadurch entstehen Knochennarben, die auf Gelenkflächen zu chronischen Gelenkentzündungen und zu bleibender Lahmheit führen können.

Diesen Nachteilen kann in bestimmten Fällen durch operative Methoden begegnet werden. Bei der operativen Knochenbruchbehandlung (Osteosynthese) erfolgt eine Vereinigung der Bruchstücke entweder durch Naht mit Metalldraht, Nagelung, Verschraubung, Bolzung oder Schienung. Das Hauptziel der Osteosynthese ist die Wiederherstellung der vollen Funktion der verletzten Extremität durch exakte, stabile Wiedervereinigung der Bruchenden mittels gewebeschonender Operationstechnik. Bei jeder operativen Frakturbehandlung sollte eine Antibiotikaversorgung über 5 bis 6 Tage erfolgen, um einer Infektion vorzubeugen. Die Knochenheilung kann durch die Verabreichung von Kalkpräparaten, Vitamin D_3, C und K gefördert werden.

Die Heilungsaussichten bei Frakturen der Gliedmaßen müssen grundsätzlich hinsichtlich der vollständigen Wiederherstellung von Form und Funktion des Knochens als ungünstig bezeichnet werden, da das Temperament, die Körpermasse und die gewaltsamen Anstrengungen beim Aufstehen und Hinlegen oft unüberwindliche Hindernisse für eine komplikationslose Heilung darstellen.

Die Belastung der gesunden Gliedmaßen führt gelegentlich zur Belastungsrehe, in deren Folge die Pferde zum Festliegen kommen. Eine Gliedmaßenfraktur des Sportpferdes sollte deshalb nur behandelt werden, wenn die Wirtschaftlichkeit gegeben ist. Dabei dürfen das Alter, der Allgemeinzustand, die Schwere des Bruches und die vorgesehene Verwendung nach der Heilung nicht unberücksichtigt bleiben.

Quer- und Längsbrüche des Fesselbeins sowie Frakturen des Hufbeins werden als günstig angesehen. Splitterbrüche sind in fast allen Fällen unheilbar. Bei Brüchen in der Nähe von Gelenken ist mit einer Versteifung der Gelenke zu rechnen. An den Zehenknochen tritt gelegentlich Schalenbildung auf, die zu dauernder Lahmheit führt. Wertvolle Hinweise für die Beurteilung und die Behandlung einer Fraktur gibt die Röntgenuntersuchung.

Ziel der Behandlung eines Knochenbruches muß beim Sportpferd eine vollständige funktionelle Heilung sein. Bewegungseinschränkungen werden nur beim Zuchttier in Kauf genommen. In diesem Falle ist eine weitere Nutzung des Pferdes wirtschaftlich.

Griffelbeinfraktur

→ **Begriffsbestimmung.** Griffelbeine sind schmale, längliche, paarig vorhandene Knochen an der Hinterseite der Röhre, die an den Fußwurzelgelenken konisch mit einem Köpfchen beginnen und an der unteren Hälfte des Röhrbeines als Griffelbeinknöpfchen endigen. Sie stellen Überreste aus der Entwicklung des Pferdes vom Mehrzeher zum Einzeher dar (Abb. 7.56).

Brüche im Bereich des Köpfchens entstehen in der Regel durch Gewalteinwirkung. Sie sind selten. Häufiger treten sog. gedeckte Griffelbeinbrüche oberhalb des Köpfchens auf. Sie kommen bei Galopprenn- und Turnierpferden an den Vorderextremitäten, beim Traber allerdings auch ziemlich häufig an den Hinterbeinen vor.

→ **Ursachen.** Im Zuge der Verknöcherungsvorgänge beginnt im Alter von zwei Jahren eine zunehmende Verknöcherung des Griffelbeines mit dem Hauptmittelfußknochens. Dadurch tritt ein Zustand der Stabilität ein, der es dem Griffelbeinknöpfchen nicht gestattet, der bei hoher Belastung eintretenden Bewegung des Fesselträgers zu folgen. Bei maximaler Streckung werden sie bis zu 5 mm nach innen, bei maximaler Beugung nach außen gebogen. Mit fortschreitender Verknöcherung nimmt die Elastizität entsprechend ab, so daß es an der Stelle des geringsten Widerstandes zur Knickung oder zur Drehung kommen kann. Begünstigend wirken Umbauvorgänge am Knochen, die als Reaktion auf den ständigen Reiz des Trainings aufzufassen sind.

→ **Erscheinungsbild.** Meist beobachtet man einen unsauberen Gang oder eine leichte bis mittelgradige Stützbeinlahmheit. Damit verbunden sind schmerzhafte schwielige Umfangsvermehrungen im Bereich des Fesselträgers, der dem unteren Griffelbeinende benachbart ist. Unter Umständen ist auch eine abnorme Beweglichkeit des Griffelbeinknöpfchens und bei starkem Druck Schmerzhaftigkeit nachweisbar. Fehlbeurteilungen sind bei ungleich lang ausgebildeten Griffelbeinen möglich. Das Röntgenbild bestätigt die Diagnose (Foto 209, Seite 336).

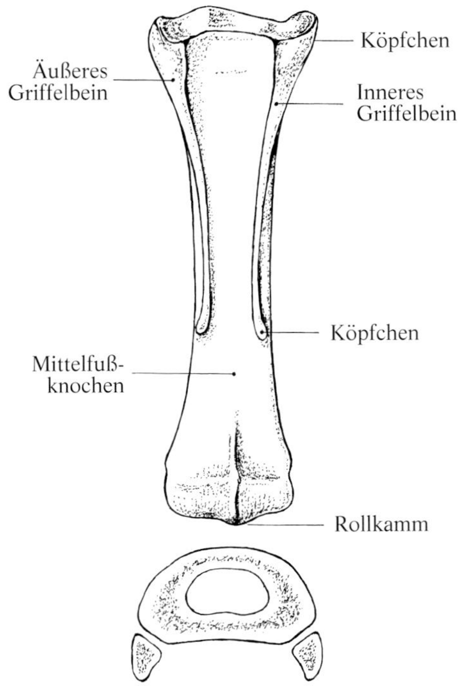

Abb. 7.56 Linker Mittelfußknochen des Pferdes, Ansicht von hinten und Querschnitt.

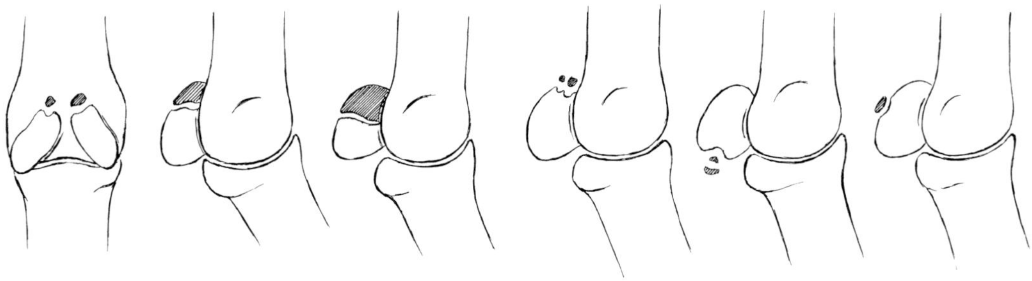

Abb. 7.57 Schematische Darstellung der Frakturformen an den Gleichbeinen des Pferdes.

Bei schmalen, langen Griffelbeinenden, bei denen die Knochenteile deutlich voneinander getrennt sind, tritt selten durch Knochenneubildung eine Heilung ein. Dagegen entsteht bei Tieren mit kräftig ausgebildeten Griffelbeinen oft eine starke Knochenwucherung, die später zur Befestigung der Frakturenden führt.

→ **Behandlung.** Die Behandlung richtet sich nach der Stärke des Griffelbeines. Frakturen bei kräftig ausgebildetem Griffelbein ohne wesentliche Ortsveränderungen der Bruchenden heilen in der Regel in 3 bis 4 Monaten ab, wenn die Pferde ruhiggestellt werden. In allen anderen Fällen empfiehlt sich die operative Entfernung des abgebrochenen Griffelbeinendes. Dadurch soll die ständig auftretende Reizung des Fesselträgers und der Knochenhaut infolge der entstehenden Knochenwucherungen beseitigt werden. Bereits vorhandene Schäden am Fesselträger sind allerdings dadurch nicht zu beheben. Sie müssen durch eine zusätzliche Behandlung mit scharfen Einreibungen oder durch andere Heilmethoden beeinflußt werden.

Gleichbeinfraktur

→ **Begriffsbestimmung.** Gleichbeine (Sesambeine) sind Knochen, die zur Komplettierung und Festigung von Gelenken angebracht sind. Frakturen dieser Knochen werden bei Sportpferden vornehmlich an der Vordergliedmaße, beim Traber auch am Hinterbein beobachtet. Man unterscheidet nach der Lage zwei Arten von Brüchen, wobei fließende Übergänge möglich sind:

- Horizontale Frakturen mit gleichgroßen Bruchstücken (Abb. 7.57). Sie treten meist an beiden Gleichbeinen einer Extremität auf und kommen vorwiegend bei Hindernis- und Flachrennpferden vor. Der Bandapparat ist im Bereich der Gleichbeine mehr oder weniger stark in Mitleidenschaft gezogen.
- Abrißfrakturen oder Querfrakturen mit ungleichen Teilen einzelner Gleichbeine einer Extremität (Foto 207, Seite 336).

In beiden Fällen kommt es zu einer mehr oder weniger starken Ortsveränderung des abgesprengten Bruchstückes.

→ **Ursache.** Als Ursache für die Entstehung von Gleichbeinbrüchen werden direkte oder indirekte Verletzungen genannt (Schlag, übermäßiger Zug).

→ **Erscheinungsbild.** Die klinischen Erscheinungen sind bei der ersten Form sehr eindrucksvoll. Es besteht eine sofortige Stützbeinlahmheit. Die Tiere belasten entweder nur die Zehe oder sie treten bei zusätzlicher Zerreißung der Beugesehne oder des Fesselträgers im Fesselkopf bis zum Boden durch. Im Bereich der Gleichbeine entsteht eine Umfangsvermehrung und eine starke Schmerzhaftigkeit. In den meisten Fällen sind knirschende Geräusche und abnorme Beweglichkeit vorhanden.

Die Erscheinungen der zweiten Form unterscheiden sich von diesen beschriebenen Veränderungen erheblich. Meist tritt eine Lahmheit erst nach kurzer Zeit im Stall auf. Die Tiere schonen das Bein bei aufgesetzter, nicht belasteter Zehe. Im Bereich des Fesselkopfes besteht Umfangsvermehrung und Druckschmerzhaftigkeit. Knochenknirschen ist nicht nachweisbar.

→ **Behandlung.** Heilungsaussichten sind in beiden Fällen zweifelhaft. Es können Lahmheiten und Stellungsfehler im Fesselgelenk bestehen bleiben, weil die Bruchstücke durch den Zug der angreifenden

Abb. 7.58 Überstreckung des Karpalgelenkes als Ursache für Absprengfrakturen.

Bänder wenig Neigung zu einer knöchernen Verbindung zeigen. Der bindegewebige Ersatz ist den hohen Anforderungen des Trainings nicht gewachsen, so daß bei Wiederaufnahme der Arbeit erneut erhebliche Ortsveränderungen auftreten. Es besteht aber die Möglichkeit bei der zweiten Bruchform, das abgebrochene Teilchen zu entfernen, wenn es nicht größer als ein Drittel des gesamten Gleichbeines ist. Auch ein Nervenschnitt der versorgenden Nerven ist möglich. Bei der erstgenannten Form erstreckt sich die Behandlung auf eine Arbeitspause von ca. 12 Monaten und eine konservative Behandlung durch Brennen oder straffe Verbände (Gips, Kunststoff) sowie eine Verschraubung. Die Tiere sind meist nur noch für die Zucht verwendungsfähig.

Erbsbeinfraktur

→ **Begriffsbestimmung.** Eine besondere Art von Frakturen eines Gleichbeines stellen bei Renn- und Sportpferden die Brüche des Erbsbeines dar. Es befindet sich an der Beugeseite des Vorderfußwurzelgelenkes.

→ **Ursache.** Das Erbsbein zerbricht meist in der Längsrichtung, wenn Spring-, Galopprenn- bzw. Hindernispferde bei abgebeugtem Karpalgelenk, wie es heißt, auf das „Vorderknie" stürzen. Dabei wird das Erbsbein zwischen Speiche und Hauptmittelfußknochen so eingeklemmt, daß es bricht.

→ **Erscheinungsbild.** Innerhalb kurzer Zeit bildet sich infolge eines Blutergusses eine diffuse Schwellung in der Karpalgelenksbeuge. Die Pferde gehen in den ersten Tagen hochgradig lahm.

→ **Behandlung.** Auch bei dieser Franktur ist kaum oder nur sehr spät mit einer knöchernen Vereinigung der Bruchstücke zu rechnen. Trotzdem ist die Heilungsaussicht nicht ungünstig. Nach einer Außerdienststellung von 3 bis 4 Monaten kann wieder mit der Arbeit begonnen werden, auch wenn im Röntgenbild der Bruchspalt noch weit ausgebildet ist und wenig Verknöcherungsneigung zeigt.

Absprengungsfrakturen vom Gelenkrand (Chip-, Slabfrakturen, Osteochondrosis dissecans)

→ **Begriffsbestimmung.** Recht häufig werden bei Reit- und Rennpferden Absprengungsfrakturen von Hirsekorn- bis Erbsen- oder Bohnengröße an den Rändern des Vorderfußwurzelgelenkes, des Fesselgelenkes und auch an den Rollkämmen des Sprunggelenkes beobachtet (Foto 208, Seite 336).

Ursache. Diese kleinen Absprengungsfrakturen entstehen durch schwere Verrenkungen oder Quetschungen der Gelenke, insbesondere durch maximale Überstreckung in schneller Bewegung (Foto 137, Seite 336 und Abb. 7.58). Auf diese Weise entstehen die Slabfrakturen der kleinen Karpalgelenksknochen. Durch Knochenreifungsstörungen und damit verbundener mangelnder Sauerstoffversorgung einzelner Knochenknorpelzonen (Osteochondrosis dissecans) kann die Absprengung begünstigt werden.

→ **Erscheinungsbild.** In vielen Fällen bleiben derartige Absprengungen von Knorpelknochenteilchen klinisch unauffällig. Sie werden häufig auf Röntgenaufnahmen entdeckt.

Vereinzelt zeigt sich eine verstärkte Füllung der Gelenkhöhle. Durch Einklemmung des Bruchstückes im Gelenkspalt während der Belastung bzw. in der Bewegung kann aber plötzlich das Bild einer frischen, nichteitrigen Gelenksentzündung mit mehr oder weniger hochgradiger Lahmheitserscheinung entstehen. Eine sichere Diagnose ist nur durch die Röntgenuntersuchung möglich.

→ **Behandlung.** Medikamentelle Behandlungen sind erfolglos. Nur die operative Entfernung des abgesprengten Teiles führt bei bestehender Lahmheit oder starker Füllung des Gelenkes zur Heilung.

Hufbeinfraktur

→ **Begriffsbestimmung.** Hufbeinfissuren und -frakturen kommen als gedeckte und offene Brüche vor. Sie treten wesentlich häufiger vorn als hinten auf. Desweiteren werden Längsfrakturen, Hufbeinastfrakturen, die Fraktur des Sehnenfortsatzes der Strecksehne (Proc. extensorius), Absprengfrakturen am Sohlenrand und Splitterbrüche unterschieden. Fissuren sind selten. Auch bei der Hufbeinastfraktur kann der Bruchspalt in das Hufgelenk reichen.

Ursachen. Neben den üblichen traumatischen Einwirkungen von außen durch Sturz, Stolpern, Sprung, Hängenbleiben und Gegenschlagen gegen die Wand kann eine Hufbeinfraktur durch plötzliches Loslassen des aufgehobenen Hufes entstehen, so daß dieser mit der Vorderfläche auf den Boden prallt. Begünstigend wirk en Knochenentzündungen, Hufkrebs und Huflederhautentzündungen. Auch nach Nervenschnitten wurden wiederholt Hufbeinbrüche beobachtet. Starke, eingetretene Fremdkörper führen zu offenen Frakturen.

→ **Erscheinungsbild.** Mit Ausnahme von psychischen Streßsituationen (Wettkampf), in denen ein Schmerz unmittelbar nach Eintritt der Fraktur überdeckt werden kann, tritt sofort eine hochgradige Stützbeinlahmheit auf. Im Stehen wird der Fuß nur mit der Zehe belastet. Am Kronrand ist an der Stelle, an der die Bruchlinie ins Gelenk reicht, eine schmerzhafte Schwellung wahrnehmbar. Die Pulsation der Mittelfußarterie verstärkt sich in den nächsten Tagen und nimmt dann merklich ab. Beim Beklopfen ist eine Schmerzreaktion im gesamten Huf auslösbar. Gelegentlich ist dabei der Schmerz linear zu begrenzen. Auch beim Zusammendrücken der Trachten wird Schmerz geäußert. Passive Drehung im Hufgelenk bei fixiertem Kronengelenk ist ebenfalls schmerzhaft.

Nach 10 bis 14 Tagen ist die Lahmheit weitgehend abgeklungen. Bei älteren Brüchen verfärbt sich die weiße Linie. Klinisch ist ein Knochenriß nicht von einem Knochenbruch zu unterscheiden. Die Röntgenaufnahme gibt Aufschluß über Lage und Form des Bruches.

→ **Behandlung.** Ein Hufbeinbruch kann in zwei bis drei Monaten geheilt werden, wenn die Tiere in einer gut gepolsterten Box absolute Stallruhe erhalten. Ein Hufbeschlag mit breiten Schenkeln, kräftigen Seitenaufzügen, Ledersohle und guter Wergpolsterung verteilt die Last auf die Wand und die gesamte Sohle. Zur Ausschaltung des Hufmechanismus wird bis in die Trachtenwände genagelt. Am entlasteten Huf kann ein Verband mit Isolierband angelegt werden, wobei die dachziegelartig übereinander liegenden Touren von der Krone bis Mitte Hornwand liegen sollten. Auch Verschraubungen sind möglich. Auf diese Weise sind Längsbrüche und Hufbeinastbrüche heilbar. Ebenso ist bei Absprengungen am Sehnenfortsatz und am Sohlenrand evtl. durch Entfernung der Bruchteile eine Wiederherstellung möglich. Splitterbrüche und offene Frakturen sind im Hinblick auf ihre Heilung schlecht zu beurteilen.

Erkrankungen der Wirbelsäule

Bau und Funktion. Die Wirbelsäule des Pferdes gehört zum Stütz- und Bewegungsapparat. Sie besteht aus einzelnen Wirbeln, die durch Zwischenwirbelscheiben, Gelenke und Bänder miteinander verbunden sind. Das Pferd hat zwischen 50 und 55 Wirbel (Abb. 7.34, Seite 252):

- 7 Halswirbel,
- 18 (17–19) Brustwirbel,
- 6 Lendenwirbel und
- 5 Kreuzwirbel, die zum Kreuzbein vereinigt sind.
- Der Schweif hat 15–19 Wirbel.

Alle Wirbel, außer dem 1. Hals- und den letzten Schwanzwirbel, haben einen **Wirbelkörper** und einen **Wirbelbogen**. Beide bilden in ihrer Gesamtheit den **Wirbelkanal**, in dem das Rückenmark eingebettet ist. Vom Wirbelbogen gehen die **Wirbelfortsätze** ab, und zwar oben die **Dornfortsätze**, an den Seiten die **Querfortsätze** und nach vorn und hinten die **Gelenkfortsätze**. Zwischen den Wirbeln befindet sich seitlich eine Öffnung, durch die die Rückenmarksnerven austreten. Sie bilden den sympathischen Grenzstrang, Nervengeflechte und einzelne Nerven (Abb. 7.61, Seite 314).

Verletzungen der Wirbelsäule

→ **Begriffsbestimmung.** Man unterscheidet Quetschungen, Bänderzerrungen, Verrenkungen sowie Brüche der Wirbelsäule. Vollständige Verletzungen sind Beschädigungen in der Querebene. Partielle oder isolierte Verletzungen beschränken sich auf einen Fortsatz oder Wirbelbogen.
→ **Ursachen.** Die häufigsten Verletzungen sind Stürze bei schnellen Bewegungen sowie beim Überwinden von Hindernissen, das Zusammenprallen mit Gegenständen, Stürze aus der Höhe, schroffe Wendungen und Verkehrsunfälle.
→ **Erscheinungsbild.** Der Grad der mit der Verletzung einhergehenden Funktionsstörung hängt weitgehend davon ab, inwieweit das Rückenmark mit beschädigt ist. Sie reicht von Bewegungsstörungen und Verspannungen im Rücken bis zur totalen Lähmung der Gliedmaßen. Der Sitz des Schmerzes kann unter Umständen durch Palpation des Rückens ermittelt werden.
→ **Behandlung.** Bei einfachen Quetschungen und Verrenkungen werden entzündungshemmende und schmerzstillende Medikamente eingesetzt. Günstig wirken sich auch Wärme, Massage und andere physiotherapeutische Maßnahmen aus.

Bei Brüchen ohne Beeinträchtigung der Rückenmarksfunktion muß versucht werden, die Kopf- und Halsbewegung einzuschränken. Frakturen, die mit Lähmung einhergehen, haben wenig Aussicht auf Heilung.

Spondylose

→ **Begriffsbestimmung.** Spondylose ist eine chronische Erkrankung der Wirbelsäule. Meist ist die Lendenwirbelsäule betroffen. Sie tritt beim Pferd selten auf.
→ **Erscheinungsbild.** Schwierigkeiten beim Aufstehen, Unwilligkeit beim Springen, steifer Rücken oder die Verweigerung mancher Gangarten sind wesentliche Symptome dieser Erkrankung. Bei Arbeitspferden bildet sich oft ein Karpfenrücken aus. Im Röntgenbild sind Knochenauflagerungen und Brückenbildungen nachzuweisen.
→ **Behandlung.** Die Behandlung ist häufig wenig erfolgreich. Sie erfolgt wie bei Verletzungen der Wirbelsäule beschrieben. Im allgemeinen empfiehlt sich, diese Pferde von einer weiteren Nutzung auszuschließen.

Überlappungen der Dornfortsätze der Brust- und Lendenwirbel (Kissing-spine)

→ **Begriffsbestimmung.** Einzelne Brust- und Lendenwirbel können sich im Bereich der Dornfortsätze berühren oder überlappen.
→ **Erscheinungsbild.** Traber zeigen einen unsauberen Gang oder neigen wiederholt zum Galoppie-

ren. Bei Reitpferden werden Symptome des Sattelzwangs beobachtet. Beim Nachgurten schlagen sie aus oder legen sich sogar hin. Die Pferde haben Mühe beim Aufstehen oder sind steif im Rücken. Es besteht ein Druckschmerz über dem erkrankten Dornfortsatz. Manche Pferde legen sich beim Betasten sogar hin. Die Untersuchung der Rückengegend beginnt am Widerrist und reicht bis zum Schweifansatz. Dabei ist mitunter eine Verbreiterung oder Verhärtung der Knorpelkuppen der Dornfortsätze festzustellen.

Genauere Hinweise ergibt das Röntgenbild.

→ **Behandlung.** Eine sichere Heilung ist nur durch die operative Kürzung der sich berührenden Dornfortsätze möglich. Der größte Teil der operierten Pferde konnte wieder erfolgreich genutzt werden. Oft ist auch eine falsche reiterliche Behandlung die Ursache. In diesen Fällen ist durch korrektes Longieren und fachgerechtes Reiten eine Verbesserung des Zustandes zu erreichen.

Verrenkung des Kreuzbein-Darmbein-Gelenkes (Subluxation des Ileosakralgelenkes)

→ **Begriffsbestimmung.** Das Ileosakralgelenk wird von der Gelenkfläche des Kreuzbeines und der Gelenkfläche des Darmbeines gebildet. Im allgemeinen ist diese Gelenkfläche des erwachsenen Pferdes jedoch nicht mehr beweglich.

→ **Ursachen.** Durch Gewalteinwirkung kommt es zur Lockerung bzw. Zerreißung des recht stabilen Bandapparates und damit zur teilweisen Verrenkung (Subluxation). Die auftretende Beweglichkeit führt zu chronischen Schmerzzuständen.

→ **Erscheinungsbild.** Am auffälligsten ist ein mühevolles Aufstehen, das oft von Stöhnen begleitet wird. In der Bewegung wird eine Steifheit der Hinterhand beobachtet. Beim Betasten der erkrankten Rückengegend wird Schmerz geäußert. Besteht die Erkrankung längere Zeit, so bildet sich eine Asymmetrie zwischen den beiden Kreuzbeinhöckern aus.

Weitere Hinweise ergeben sich aus inneren Untersuchungen (rektale US) und bilddarstellenden Untersuchungsmethoden. Dadurch kann auch eine Beckenfraktur abgeklärt werden (Foto 19, Seite 67). Durch die Injektion eines Lokalanästhesthetikums in Verbindung mit einem Glukokortikoid können die Schmerzen zeitweilig beseitigt werden.

→ **Behandlung.** Voraussetzung für den Heilungserfolg ist eine genügend lange Arbeitspause (mindestens 2 Monate), damit sich der geschädigte Bandapparat wieder festigen kann. Unterstützend wirken Injektionen von bindegewebsbildenden Mitteln und physiotherapeutische Maßnahmen. Häufig tritt aber keine zufriedenstellende Nutzungsfähigkeit mehr ein.

Spannrücken, Rückensyndrom

→ **Begriffsbestimmung.** Unter Spannrücken versteht man eine Bewegungsstörung beim Sportpferd, die durch eine Steifheit der Nachhand in Erscheinung tritt.

→ **Ursache.** Als Ursache werden Verbiegungen, Abknickungen oder Frakturen an den Dornfortsätzen der Lendenwirbel angenommen (Kissingspine). Eine Neigung dazu besteht bei einem Senkrücken (Foto 136, Seite 261).

→ **Behandlung.** Die Krankheit kann durch eine teilweise operative Entfernung der Dornfortsätze behoben werden. In vielen Fällen gelingt es aber auch, durch medikamentelle Behandlung, eine Nervenblockade des sympathischen Grenzstranges und entsprechende entlastende reiterliche Einwirkung Schmerzfreiheit zu erzielen. Die Behandlung kann durch Massagen unterstützt werden.

Augenerkrankungen

Das Sehen ist neben dem Geruchsvermögen und dem Gehör die wichtigste Sinneswahrnehmung, die das Pferd über Gegenstände und Vorgänge seiner Umwelt unterrichtet. Bei Reit- und Sportpferden ist eine normale Sehleistung Voraussetzung für ihre Nutzungsfähigkeit. Pferde mit erkennbaren Krankheiten eines oder beider Augen sind in Leistungsprüfungen über Hindernisse nicht startberechtigt.

Bau und Funktion des Auges. Das Auge besteht aus einem nervalen Teil und seinen Hilfseinrichtungen.

Zu ersterem gehört die Netzhaut und der Sehnerv, zu letzterem seine Schutzorgane und sein Bewegungsapparat. Schutzorgane des Auges sind Augenlider, die Wimpern, die Nickhaut und die Tränendrüse. Die Augenlider sind Hautfalten, die durch Muskeln über den freien Teil des Augapfels bewegt werden. Sie sind selten unpigmentiert (Foto 180, Seite 315). Die Nickhaut, das 3. Augenlid, ist bei geöffnetem Auge gerade noch im inneren Augenwinkel zu sehen. Sie fällt vor, wenn der Augapfel tiefer in die Augenhöhle sinkt. Die Wimpern sollen das Auge vor dem Eindringen von Staub und Fremdkörpern schützen.

Die Tränendrüse mündet am Rand des oberen Augenlides und produziert die Tränenflüssigkeit, die durch den Lidschlag ständig gleichmäßig über die Hornhaut verteilt wird. Dadurch wird diese vor dem Austrocknen bewahrt. Die Tränenflüssigkeit sammelt sich im Bereich des inneren Augenwinkels und wird durch den Tränennasengang in die Nasenhöhle abgeleitet (Fotos 182 und 183, Seite 316).

Der Augapfel liegt in der knöchernen Augenhöhle. Eine weiße, derbe Haut (Lederhaut) bildet seine äußere Hülle. Ihr vorderer, sichtbarer, kreisrunder Abschnitt ist glasartig durchsichtig und wird als Hornhaut bezeichnet. Unter der Lederhaut liegt die Gefäßhaut. Sie enthält Farbstoffe und zahlreiche Blutgefäße. Im Bereich der Hornhaut hebt

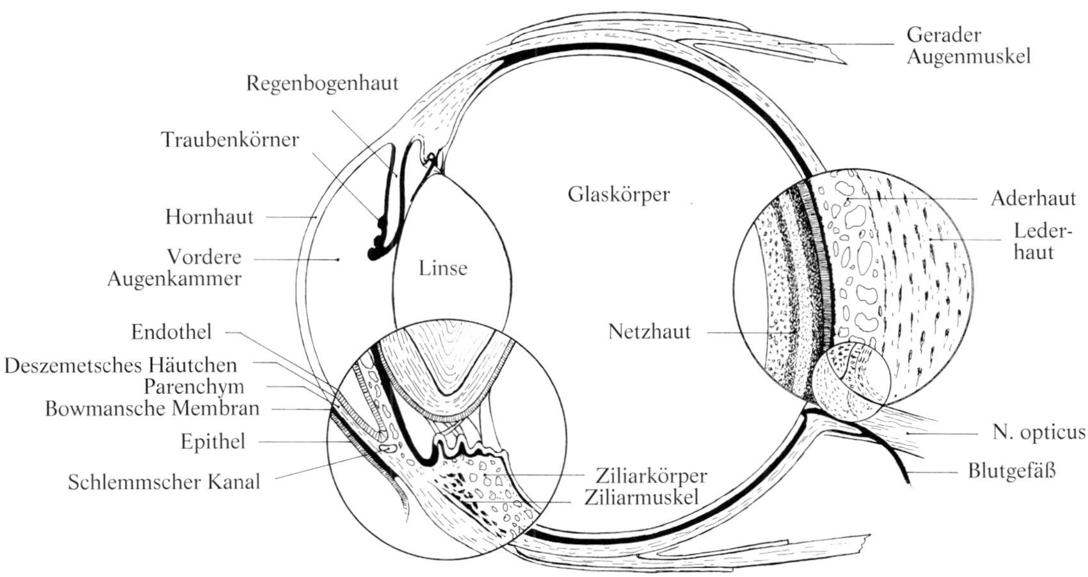

Abb. 7.59 Schnitt durch den Augapfel (nachgezeichnet nach Prince und Mitarbeiter in Schmidt, Vera: Augenkrankheiten der Haustiere, Fischer Verlag 1988).

sie sich als Falte von ihr ab und bildet die Regenbogenhaut (Iris). In der Mitte der Iris befindet sich eine Öffnung, die Pupille, die sich durch Muskelzug weiten und verengen läßt. Die hintere Fläche der Iris berührt ein farbloses, öltropfenähnliches Organ, die Linse. Durch Muskelzug am Aufhängeband der Linse läßt sich der nahezu kreisrunde Querschnitt verändern. Dadurch ist eine Anpassung an nahes und fernes Sehen möglich (Akkomodation).

Der Raum hinter der Linse wird von einer klaren gelatinösen Masse, dem Glaskörper, eingenommen. Innen auf der Gefäßhaut liegt die Netzhaut lose an. Sie enthält den für Lichtreize empfindlichen Sehabschnitt. Er besteht aus einer Schicht Sinneszellen, den Stäbchen und Zäpfchen. Mit ihnen stehen Nervenzellen in Verbindung, die die Reizimpulse zum Augennerv weiterleiten (Abb. 7.59).

Das Auge ist nach dem Prinzip einer fotographischen Kamera gebaut. Es hat eine bewegliche Blende (Iris mit Pupille), einen dunklen Innenraum, dessen Hintergrund wie ein Film lichtempfindlich ist und ein Objektiv, das sich aus Hornhaut und Linse zusammensetzt. Die Scharfeinstellung erfolgt durch Veränderung der Brechkraft der Linse. Im Auge entsteht immer ein scharfes umgekehrtes verkleinertes Bild. Bei den Einhufern ist der für das Nahsehen notwendige Muskel nur schwach entwickelt. Dadurch ist eine gewisse Schreckhaftigkeit der Pferde bei Bewegung in nächster Nähe erklärbar.

Die Iris funktioniert als Blende, die durch wechselnden Pupillendurchmesser die einfallende Lichtmenge und die Tiefenschärfe regelt. Die Pupillenbewegung erfolgt auf Lichtreiz reflektorisch. Sie ändert ihre Weite nach der einfallenden Lichtmenge.

Im Dunkeln kann man beim Pferd bei Lichteinfall ein Aufleuchten des Augenhintergrundes erkennen. Das wird durch eine in der Aderhaut liegende Schicht von Kristallen bewirkt, die geringe Lichtmengen durch Reflexion verstärken und das Tier befähigen, bei schwachem Licht besser zu sehen. Aufgrund der seitlichen Anordnung der Augen im Kopf ist das gemeinsame Gesichtsfeld beider Augen relativ eng. Damit wird das räumliche Sehen eingeschränkt. Andererseits erfährt der von beiden Augen zu überblickende Raum eine größere Ausdehnung. Die geringe Koordination der Augenmuskeln hinsichtlich der Scharfeinstellung beider Augen auf ein Objekt wird durch eine stärkere seitliche Bewegung des Kopfes ausgeglichen (Abb. 7.60).

Das Farbsehen des Pferdes ist schwach ausgeprägt. Eindeutig werden vier Hauptfarben (Grün, Gelb, Rot, Blau) wahrgenommen, wobei eine gewisse Fehlsichtigkeit bei Blau und Rot besteht.

Untersuchung auf Sehfähigkeit

Für die Nutzung eines Pferdes ist ein uneingeschränktes Sehvermögen von Bedeutung. Deshalb spielt die Überprüfung der Sehleistung auch beim Pferdekauf eine erhebliche Rolle. Einfache Augenfunktionsprüfungen sind ohne großen technischen Aufwand möglich. Sie lassen allerdings nur eine Beurteilung bei erheblicher Einschränkung des Sehvermögens zu.

Im wesentlichen beruht die Überprüfung der Sehfunktion auf einer Beobachtung des Verhaltens des Pferdes in einem ihm bekannten oder fremden Umfeld. Dabei spielt die Haltung und Bewegung des Kopfes, des Körpers, der Ohren und des Augapfels eine Rolle. Man beobachtet das Pferd bei unterschiedlicher Helligkeit in verschiedenen Gangarten.

Schließlich wird das Pferd am langen Zügel über unterschiedlich gestaltete Hindernisse, wie Stangen, Bäume, Balken oder an in Körperhöhe gespannte Seile geführt.

Beide Augen werden nacheinander untersucht, wobei jeweils ein Auge abgedeckt wird.

Das Hin- und Herfahren mit der Hand, das häufig im Pferdehandel als Beweis für eine ungestörte Sehfähigkeit ausgeführt wird, sagt nichts über die Sehleistung des

Abb. 7.60 Gesichtsfeld des Pferdes. Schraffierter Bereich: Toter Winkel.

Pferdes aus, weil der Luftstrom, der dabei entsteht, mit den Tasthaarren wahrgenommen wird und eine Lidbewegung auslösen kann.

Angeborene Augenveränderungen

Farbveränderungen

Die Farbe des Auges wird durch Farbstoffeinlagerungen (Pigment) in der Gefäßhaut bestimmt. Sie ist normalerweise beim Pferd braun. Fehlt der Farbstoff in der Regenbogenhaut, dann leuchtet der pigmenthaltige Teil der Aderhaut hindurch. Das Auge erscheint dadurch grauweiß. Dieser Zustand wird als „Glasäugigkeit" bezeichnet (Foto 175, Seite 315). Sind noch einzelne Farbflecken in der Regenbogenhaut enthalten, so spricht man allgemein von einem „Birkauge".

Erstreckt sich der Farbstoffmangel auf die gesamte Gefäßhaut, so erscheint die Pupille rot (Albinismus). Nur selten weicht die Farbe des einen Auges von der des anderen beim Pferd ab. Alle diese Farbstoffmängel im Auge sind nicht zu beeinflussen. Sie haben für die Sehfähigkeit keine Bedeutung.

Angeborener Star

Der angeborene Graue Star des Pferdes kann seine Ursachen in einer Störung der Keimanlage oder einer späteren Schädigung der normal angelegten Linse haben. Er zeigt sich als scharf abgegrenzte, regelmäßige, weiße Trübung der Linse oder in Form eines dreistrahligen Sternes. Diese Trübung bleibt im durchfallenden Licht sichtbar.

Startrübungen geringeren Ausmaßes beeinträchtigen die Sehfähigkeit kaum. Bei stärkeren Veränderungen kann eine operative Entfernung des trüben Linseninhaltes versucht werden.

Erworbene Augenschäden

Verletzungen

Das Auge des Pferdes ist häufig Verletzungen ausgesetzt. Sie reichen nach ihrem Schweregrad von einfachen Quetschungen und Prellungen bis zu tiefgehenden Wunden. Besonders gefährdet sind die Augenlider und die Hornhaut. Oft entstehen Quetschungen durch Aufschlagen des Kopfes bei Kolikschmerzen, durch langes Festliegen oder Aufstehversuche. Wunden ereignen sich durch Gegenlaufen oder Hängenbleiben an vorstehenden scharfen, spitzen Gegenständen, durch Peitschenschlag oder das Eindringen von Fremdkörpern (Samenkörner, Pflanzenhalme, Sand usw.).

Lidwunden

→ **Erscheinungsbild.** Quetschungen oder Prellungen führen meist zu erheblichen Schwellungen der Lider (Ödeme), die den Lidspalt verkleinern (Foto 177, Seite 315). Wunden reichen von einfachen Abschürfungen der Haut bis zu vollständigen Durchtrennungen des Lides (Foto 178, Seite 315). Die Folge davon sind neben der Lidschwellung, wäßrig schleimiger Ausfluß und eine Rötung der Bindehaut (Foto 179, Seite 315).

→ **Behandlung.** Augenverletzungen gehören generell in die Hand des Tierarztes, da durch falsche Vorbehandlung wie Spülen oder Einbringen ungeeigneter Augensalben der Erkrankungszustand verschlimmert werden kann. Einfache Schwellungen werden mit kühlenden Umschlägen (Borwasser, Fencheltee) oder das Auftragen von Kühlsalben (Eudermatan) behandelt. Bei Schürfwunden sind darüber hinaus abdeckende Salben, wie Lebertran-Zink-, Äthacridin- und Wundsalben zu empfehlen.

Fremdkörper sind schnell zu entfernen, um weiteren Schäden vorzubeugen. Bei großflächigen Wunden ist das wichtigste Prinzip der Behandlung die Wiederherstellung des Gewebszusammenhanges durch eine sorgfältige Naht. Größere Substanzverluste verhindern einen Lidschluß und bergen die Gefahr einer Hornhautschädigung in sich. Nach der Operation ist eine örtlich antibiotische Versorgung und eine Ruhigstellung des Operationsgebietes erforderlich. Vor allem muß eine Störung der Wundheilung durch Scheuern des Kopfes verhindert werden. Das kann durch das Ausbinden des Pferdes im Stand oder das Anlegen eines Verbandes geschehen.

Hornhautwunden

→ **Erscheinungsbild.** Auch Hornhautwunden reichen von einfachen, oberflächlichen Abschürfungen bis zur völligen Durchtrennung aller Hornhautschichten. Da die Hornhaut sehr gut mit Nerven versorgt ist, sind Verletzungen sehr schmerzhaft. Es setzt deshalb sofort ein Lidkrampf und Tränenfluß ein. Die Bindehaut ist häufig gerötet. Der Defekt selbst markiert sich als rauhe Stelle, die durch das Anfärben mit Fluoreszin besser sichtbar gemacht werden kann. Bald trübt sich die Umgebung der Wunde ein und ist als grauweiße oder gelbliche Verfärbung erkennbar (Foto 181, Seite 316). Bei tiefen Wunden, die die Hornhaut durchstoßen, treten oft Teile aus dem Inneren des Augapfels, wie die Regenbogenhaut oder gar die Linse, hervor. Meist wird die Wunde durch einen gallertartigen Pfropf (Fibrinpfropf) verschlossen, der eine weitere Verschmutzung des Augeninneren verhindert (Foto 184, Seite 317). Andernfalls kommt es zur eitrigen Entzündung des gesamten Augapfels (Foto 185, Seite 317).

→ **Behandlung.** Behandlung und Heilungsaussichten richten sich nach dem Grad der Verletzung. In jedem Falle ist der Tierarzt zu Rate zu ziehen, der nach genauer Untersuchung eventuell eingedrungene Fremdkörper entfernt und die Wunde versorgt.

Oberflächliche Wunden heilen in der Regel unter örtlichem Antibiotikaschutz durch eine Augensalbe komplikationslos ab. Bei verzögerter Heilung, die immer zu einer chronischen Hornhautentzündung führt, kann mit Hilfe von Medikamenten, die die Einsprossung von Blutgefäßen in die sonst gefäßlose Hornhaut fördern (Foto 181, Seite 316) (Zuckersalbe, Jodoformsalbe, Staubzucker usw.), eine Unterstützung des Heilungsprozesses erfolgen.

Ist die Hornhaut durchtrennt, empfiehlt sich eine Hornnhautnaht oder eine Abdeckung des Defektes mit Hilfe einer Bindehautplastik bzw. eines künstlichen Lidverschlusses. In diesem Falle ist auch eine allgemeine Antibiotikabehandlung notwendig. Ist es bereits zu einer eitrigen Infektion des Auges gekommen, so bleibt in der Regel nur die Entfernung des Augapfels.

Nur Verletzungen der oberen Hornhautschicht heilen ohne Narbenbildung aus. Alle tieferen Wunden hinterlassen mehr oder weniger große, grauweiße Narben. Durch glukokortikoidhaltige Salben kann nach vollständiger Abheilung der Wunden eine Aufhellung dieser grauweißen Schatten in der Hornhaut erreicht werden.

Krankhaftes Tränenträufeln

→ **Begriffsbestimmung, Ursachen und Erscheinungsbild.** Krankhaftes Tränenträufeln äußert sich in einem anhaltenden Tränenfluß, einer Bindehautentzündung und im Haarausfall entlang der Sekretbahn. Die Ursache ist meist eine Verstopfung des Tränennasenganges durch Entzündungsprodukte, Fremdkörper oder Parasiten. Vereinzelt können auch angeborene Verschlüsse und raumfordernde Prozesse durch das Wachstum von Geschwülsten den Durchfluß des Tränensekrets verhindern.

→ **Behandlung.** Verstopfungen können durch Spülungen mit milden, desinfizierenden Lösungen oder physiologischer Kochsalzlösung beseitigt werden. Man benutzt dafür eine Spezialkanüle, einen elastischen Katheter oder eine Knopfkanüle, die in die untere Öffnung des Kanals eingeführt wird. Sie befindet sich in der Nasenscheidewand am Übergang der pigmentierten zur unpigmentierten Schleimhaut (Foto 182, Seite 316). Die körperwarme Spülflüssigkeit wird in den Kanal gedrückt und entleert sich bei Durchgängigkeit über den Lidrand des betreffenden Auges (Foto 183, Seite 316). Bei fehlendem Ausgang des Tränennasenganges (Atresie) kann auf operativem Wege eine künstliche Öffnung geschaffen werden.

Bindehautentzündung

→ **Begriffsbestimmung und Ursachen.** Bindehautentzündungen entstehen in der Regel durch physikalische oder chemische Einflüsse von außen. Bekannt sind Stoß, Schlag, Riß, das Eindringen von Fremdkörpern oder ätzenden Substanzen (Desinfektionsmittel, Laugen, Säuren usw.) und Verbrennungen. Sie können aber auch Folge örtlicher oder allgemeiner Infektionen sein. Man unterscheidet danach nichteitrige und eitrige sowie nach der Dauer der Erkrankung akute und chronische Entzündungen.

→ **Erscheinungsbild.** Zu Beginn der Erkrankung erscheint die Bindehaut gerötet, glasig und geschwollen. Das erkennt man am besten, wenn man mit Daumen und Zeigefinger auf das Unter- und Oberlid drückt und so die Nickhaut vorlagert. Desweiteren ist ein schleimiger Ausfluß zu beobachten. Bei längerer Krankheitsdauer wird die Bindehaut schlaff und faltig. Bakterielle Infektionen bewirken eine

Ansammlung von gelbem, schleimigem Eiter im Bindehautsack (Foto 189, Seite 317).

→ **Behandlung.** Im allgemeinen beträgt die Heilungsdauer 10 bis 12 Tage, wenn die auslösenden Ursachen beseitigt werden und eine entsprechende Behandlung erfolgt. Als günstig erweisen sich dabei Spülungen mit physiologischer Kochsalzlösung, milde desinfizierende Waschungen (Äthacridinlösung) und entzündungswidrig wirkende Salben.

Manchmal geht jedoch die Erkrankung in ein chronisches Stadium über. Dabei entwickeln sich nicht selten stecknadelkopfgroße, derbe, glasige Knötchen an der Innenfläche der Nickhaut, die in der Regel nur operativ zu beseitigen sind. Im Falle bakterieller Infektionen sind antibiotikum- oder sulfonamidhaltige Salben bzw. Lösungen anzuwenden. Vitamin-A-Salben-, Rizinus-, Erdnußöl oder Lebertran wirken abdeckend und heilungsfördernd.

Periodische Augenentzündung (Mondblindheit)

→ **Begriffsbestimmung.** Die periodische Augenentzündung oder Mondblindheit ist eine Erkrankung der mittleren Augenhaut (Gefäßhaut), für die ein rezidivierendes Auftreten typisch ist, und die im Gefolge den gesamten Augapfel erfaßt. Die häufig dadurch eintretende bleibende Beeinträchtigung der Sehfähigkeit oder gar Erblindung macht sie zur bedeutendsten Augenerkrankung des Pferdes.

→ **Ursachen.** Trotz umfangreicher wissenschaftlicher Untersuchungen auf diesem Gebiet gibt es über die Entstehung der periodischen Augenentzündung noch Klärungsbedarf. Genannt werden als Ursachen:

- Allergien,
- Autoimmunreaktionen,
- Endotoxine durch Bakterien und Eiweißabbauprodukte.
- Infektionen mit Leptospiren und Mikrofilarien,
- Virusinfektionen, besonders der oberen Luftwege,
- Erblichkeit und Rassedisposition.

In neuerer Zeit räumt man den allergischen Vorgängen eine tragende Rolle ein, die durch wiederholte Einwirkung toxischer Stoffe oder Krankheitserreger hervorgerufen werden.

→ **Erscheinungsbild.** Die Erkrankung ist gekennzeichnet durch sich wiederholende Anfälle einer Gefäßhautentzündung. Sie sind sehr schmerzhaft. Daneben bestehen Lichtscheue, Tränenfluß, Bindehautentzündung mit verstärkter Gefäßinjektion, grau-bläuliche Trübung der Hornhaut. Diese Symptome können, wenn sie unterschwellig verlaufen, oft unbemerkt bleiben. Gewöhnlich schließen sich jedoch in den folgenden Tagen Krankheitserscheinungen, wie eine verschwommene Oberfläche der Regenbogenhaut, Pupillenverengung, träge Pupillenreaktion und die Ansammlung eines blutigen Exsudates an. Nach 14 Tagen ist der Anfall vorbei. Das Auge erscheint wieder gesund.

Die chronischen Veränderungen, die zuweilen schon beim ersten Mal, im allgemeinen jedoch erst nach mehreren Anfällen wahrnehmbar sind, bestehen vor allem in einer Regenbogenhautentzündung mit Verklebungen der Regenbogenhaut mit Hornhaut oder Linse. Die Pupille ist daduch verengt und verzerrt. Der Pupillenrand ist ausgefranst. Von der Regenbogenhaut haben sich Gewebsinseln abgelöst, die in Form von Streifen und Punkten der Vorderfläche der Linsenkapsel aufsitzen (Foto 186, Seite 317). Die Regenbogenhaut ist gelb verfärbt und hat eine matte Oberfläche. Weiterhin kommt es zu punktförmigen oder diffusen Trübungen der Linse. Wenn sie sich von ihrem Aufhängepunkt löst, kann sie in die vordere oder hintere Augenkammer verlagert sein (Foto 187, Seite 317).

In fortgeschrittenen Fällen wird die Netzhaut und der Sehnerv in die Entzündung einbezogen. Das führt schließlich zum Verlust der Sehfähigkeit. Zuletzt schrumpft der gesamte Augapfel. Er sinkt tief in die Augenhöhle ein. Das obere Augenlid wird winkelig aufgezogen. Es entsteht ein sogenannter dritter Augenwinkel. Manchmal bleibt es bei einem Anfall. Häufig folgen aber in ganz unregelmäßigen Abständen zunächst schneller, später langsamer Rückfälle. Die Zeit zwischen zwei Erkrankungen beträgt nicht immer einen Monat, wie man aus dem Begriff „Mondblindheit" schließen könnte.

Häufig wird nur ein Auge befallen, später kann aber auch das andere erkranken. In der Regel ist es eine Erkrankung junger Pferde bis zu einem Alter von 7 Jahren.

→ **Behandlung.** Wichtig ist eine schnelle, auf die Beseitigung der Krankheitserscheinung gerichtete örtliche und allgemeine Behandlung, um Schäden am Auge zu verhindern, die nicht mehr zu beheben sind. Das kann durch warme Umschläge geschehen, die mehrmals täglich zu wiederholen sind. Um Verklebungen der Regenbogenhaut mit der Linse vorzubeugen, muß die Pupille weit gestellt werden. Das erreicht man mit der Anwendung von Atropin-Augentropfen oder -salbe. Schließlich ist es möglich, die entzündlichen Vorgänge mit Hilfe von Medikamenten einzuschränken. Dafür eignen sich Glukokortikoide in Kombination mit einem Antibiotikum, die in Salbenform und durch Injektion verabreicht werden.

In bestimmten Fällen, insbesondere wenn noch keine zu starken Schädigungen der inneren Augenorgane vorliegen, kann durch eine Operation (Vitrektomie) eine Besserung erzielt werden.

→ **Vorbeuge.** Besonderes Gewicht besitzen solche Maßnahmen, die mithelfen können, die Krankheit zu verhindern.

So sollte die Verabreichung von faulem, muffigem, schimmelpilzbefallenem Futter verhindert werden und alle haltungshygienischen Mängel und übermäßigen Belastungen unterbleiben, die die Widerstandskraft des Pferdes mindern können. Der Gefahr der Ansteckung mit Leptospiren ist durch Bekämpfung von Schadnagern zu begegnen, die diese Krankheit übertragen. Vorbeugend kann auch eine regelmäßige Parasitenbekämpfung wirken.

Nach wie vor ist die periodische Augenentzündung des Pferdes eine Erkrankung, die aufgrund ihrer Rezidivierungsneigung auch bei scheinbarer Gesundung des Auges als ernst und ungünstig einzuschätzen ist. Die Sehfähigkeit geht um so schneller verloren, je heftiger die Entzündungserscheinungen ablaufen. Die periodische Augenentzündung oder Mondblindheit zählt zu den Hauptmängeln.

Neubildungen (Tumoren)

Begriffsbestimmung und Erscheinungsbild. Neben entzündlichen Veränderungen kommen am Auge des Pferdes hin und wieder auch Neubildungen vor, die als mehr oder weniger große, unterschiedlich gestaltete Knoten und Umfangsvermehrungen auftreten können. Sie finden sich an den Lidern, der Nickhaut oder im Auge selbst (Foto 188, Seite 317).

→ **Behandlung.** Diese Neubildungen können nur operativ entfernt werden, wobei die Aussicht auf die Erhaltung des Auges nur dann günstig ist, wenn das veränderte Gewebe einem chirurgischen Eingriff zugängig ist. In anderen Fällen ist die totale Entfernung des Auges oder des Augapfels erforderlich.

Krankheiten des Nervensystems

Bau und Funktion des Nervensystems. Das Nervensystem überwacht und steuert alle Lebensfunktionen des Organismus. Wie das Blutgefäßsystem ist es über den gesamten Körper verbreitet. Zu unterscheiden sind das

- Zentralnervensystem (ZNS); es steuert alle lebenswichtigen Vorgänge, zu ihm gehören Gehirn und Rückenmark;
- periphere Nervensystem, das aus Leitungsbahnen besteht, die das ZNS mit den peripheren Erfolgsorganen verbinden;
- vegetative oder autonome Nervensystem, das die Leistungen der inneren Organe aufeinander abstimmt. Dieser Teil des Nervensystems unterliegt nicht der Willensbeeinflussung.

Das Nervensystem nimmt von der Außenwelt und aus dem Körper kommende Reize auf, wandelt sie in Erregung um und gibt als Reaktion darauf entsprechende Impulse an die angesprochenen Erfolgsorgane ab. Der Grundbaustein des Nervengewebes ist die Nerven- oder Ganglienzelle. Entsprechend ihrer Aufgabe, nervöse Erregung zu leiten, ist sie mit langen Ausläufern ausgestattet. Die Nervenzellen liegen hauptsächlich im ZNS oder in Nervenknoten, den Ganglien, die auch an anderen Orten des Körpers vorkommen.

Erkrankungen des Zentralnervensystems

Im Nervensystem gibt es die

- graue Substanz, in der die Ganglienzellen liegen, und die
- weiße Substanz, die vorwiegend aus leitenden Elementen, den Neuriten, besteht.

Die Leitungsgeschwindigkeit der Nervenfasern beträgt minimal 1 bis 2 m/s, maximal 80 m/s. Das Gewebe des ZNS ist weich und leicht verletzbar. Deshalb ist es in knöchernen Hohlräumen, der Schädelhöhle und dem Wirbelkanal untergebracht und von einer harten und weichen Hülle (Gehirnhäuten) umgeben. Zwischen beiden Hirnhäuten befindet sich ein flüssigkeitsgefüllter Hohlraum, der vor Erschütterung schützt.

Das **Gehirn** besteht aus verschiedenen Teilen, die unterschiedliche Aufgaben zu erfüllen haben, und zwar aus dem Großhirn, Zwischenhirn, Mittelhirn, Kleinhirn und dem verlängerten Mark (Abb. 7.62).

Das **Großhirn** erfaßt beim Pferd 67% der Gesamthirnsubstanz. Es enthält bestimmte Leitungszentren, die der Reflexüberwachung dienen. Das **Zwischenhirn** ist eine Umschaltstelle aller Nervenbahnen zwischen dem Großhirn und dem übrigen Zentralnervensystem. Eine Reihe vegetativer Zentren reguliert den Stoffwechsel (Hunger), die Körpertemperatur, die Bewegungsabläufe, den Schlaf, den Wasserhaushalt (Durst), die Speichelsekretion und die Fortpflanzungsfunktionen. Das **Mittelhirn** ist Befehlsorgan der Abwehr- und Fluchtbewegungen. Das **Kleinhirn** spielt bei der Erhaltung des Gleichgewichts eine Rolle. Es enthält Zentren für das Laufen, Springen, Aufstehen,

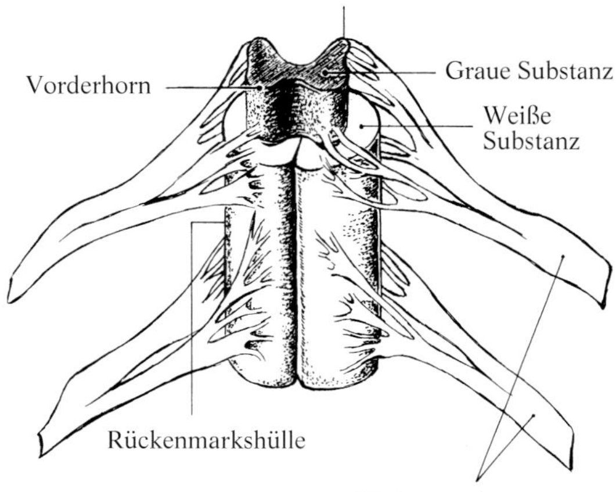

Abb. 7.61 Rückenmark mit den Nervenwurzeln (von vorn – unten gesehen).

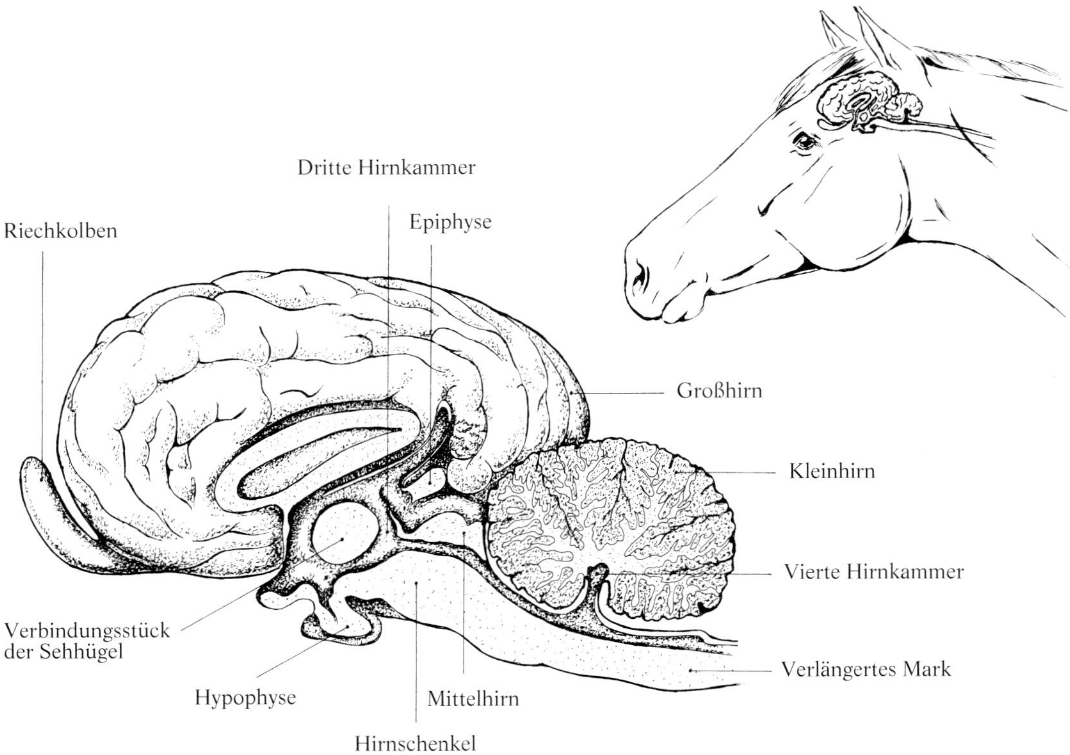

Abb. 7.61 Aufbau des Gehirns (Längsschnitt).

Bildlegenden zu Farbtafel Seite 315:

F175 Glasauge. Pigmentlose Regenbogenhaut.

F176 Grauer Star. Graue Trübung der Linse.

F177 Lidödem. Das weiche Lidgewebe neigt zu starker Schwellung.

F178 Lidwunde. Sie muß operativ versorgt werden, um den Lidschluß zu gewährleisten.

F179 Bindehautentzündung. Die Bindehaut ist gerötet und geschwollen. Die starke Sekretion lockt Insekten an.

F180 Pigmentverlust der Haut in der Umgebung des Auges.

Bildlegenden zu Farbtafel Seite 316:

F 181 Hornhauttrübung. Meist Symptom einer Hornhautentzündung. Vom Hornhautrand sprossen Gefäße ein.

F182 Tränennasenkanal. Führt vom inneren Augenwinkel zur dargestellten Öffnung im Nasenvorhof und dient zum Abfluß der Tränenflüssigkeit aus dem Auge.

F183 Spülung des Tränennasenkanals zur Beseitigung einer Verstopfung und damit verbundenem, dauerndem Tränenfluß aus der Lidspalte.

Bildlegenden zu Farbtafel Seite 317:

F184 Perforierende Hornhautwunde. Der Defekt ist durch einen Fibrinpfropf verschlossen.

F185 Eitrige Infektion des gesamten Auges.

F186 Periodische Augenentzündung. Die Pupille ist verengt und unregelmäßig gestaltet. Die Iris wirkt pigmentarm. Der Augapfel ist verkleinert.

F187 Hintere Linsenluxation. Die aus ihrer Aufhängung gelöste Linse ist halbmondförmig hinter dem Irisrand zu erkennen.

F188 Neubildung am dritten Augenlid.

F189 Eitrige Bindehautentzündung. Stark gerötete Bindehaut, grauweißer, flockiger Ausfluß.

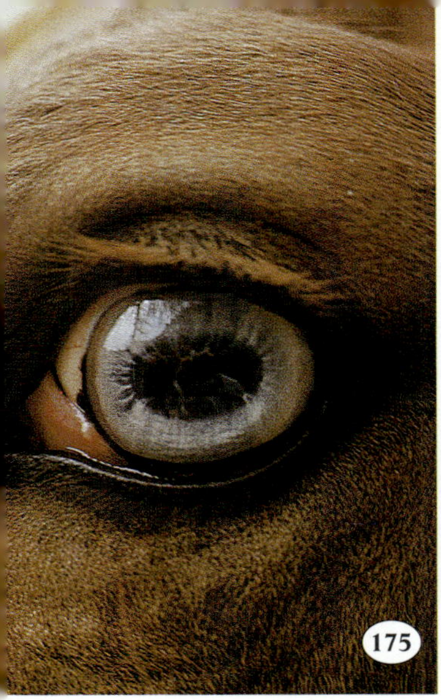
175

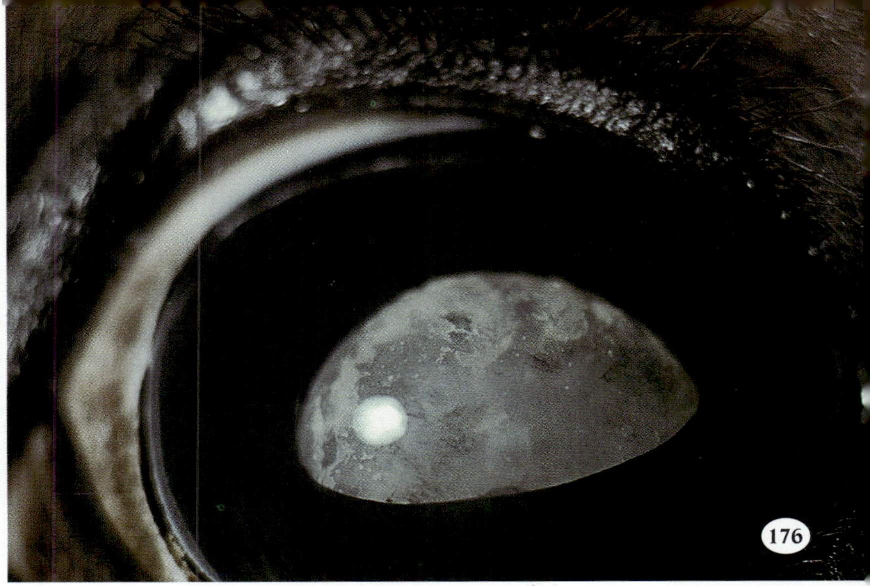
176

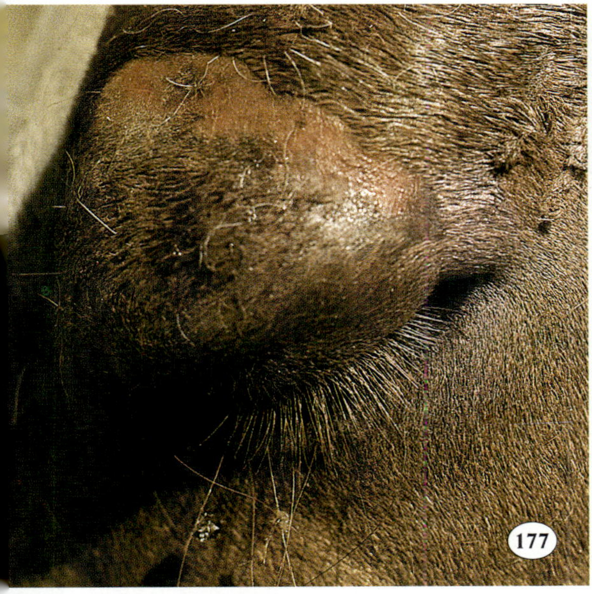
177

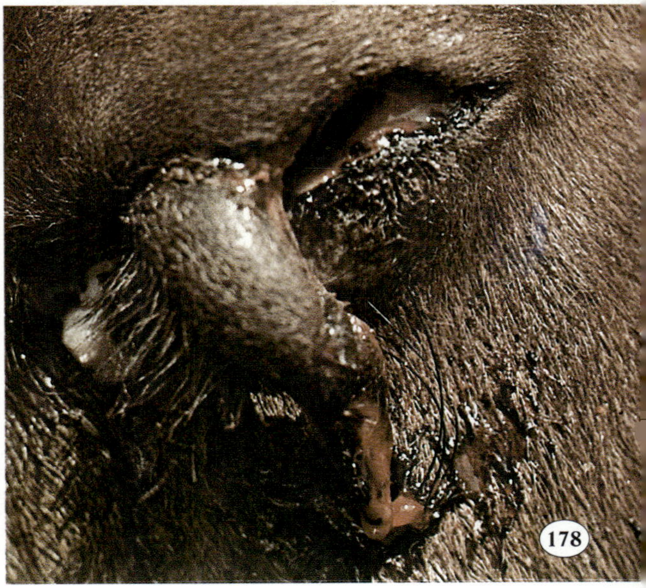
178

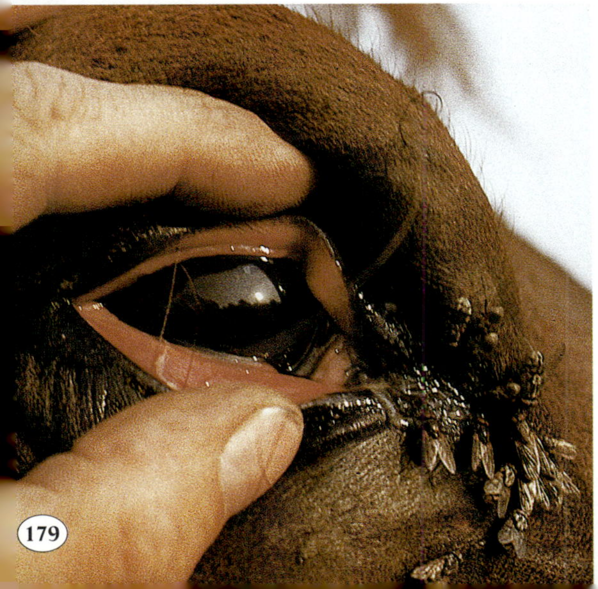
179

180

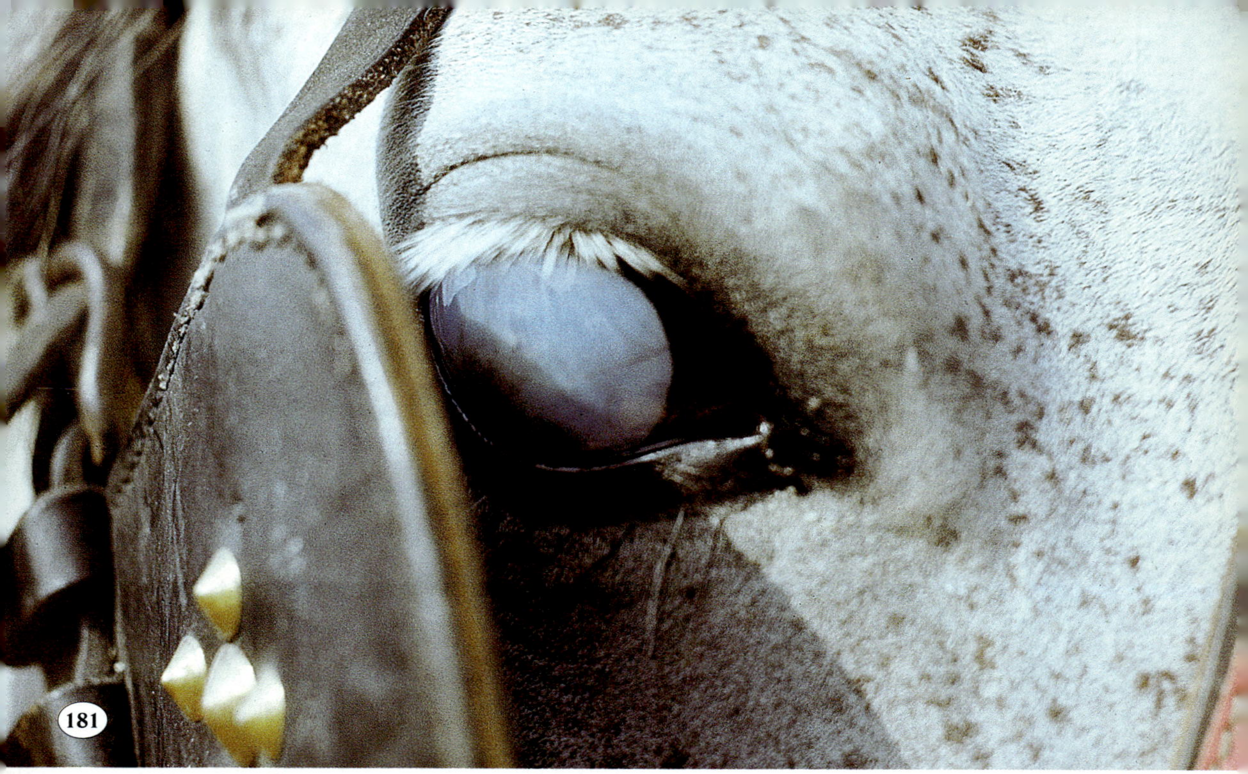

181

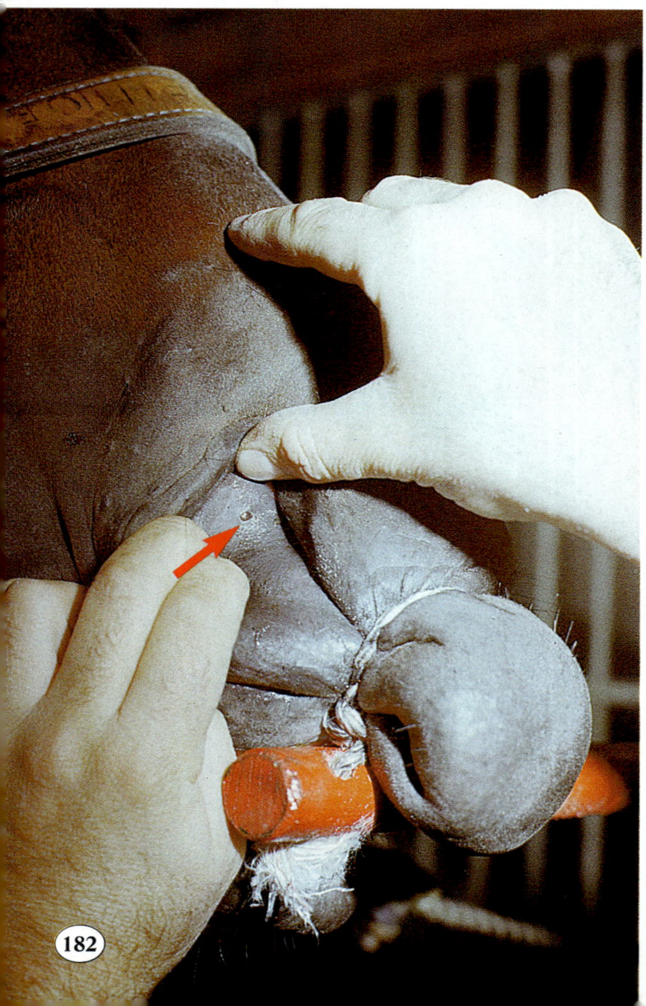

182

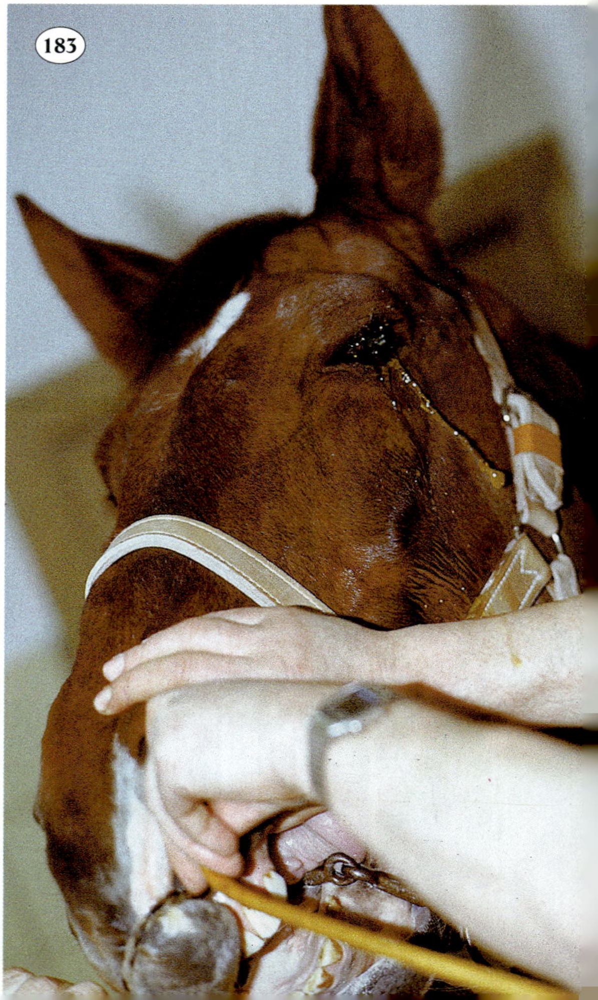

183

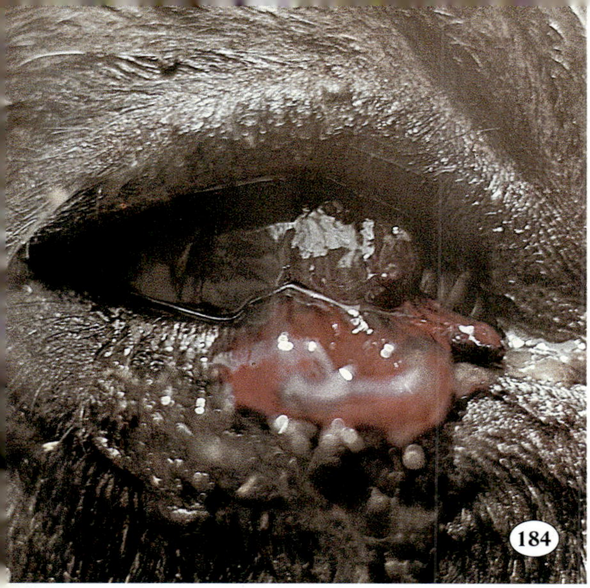
184

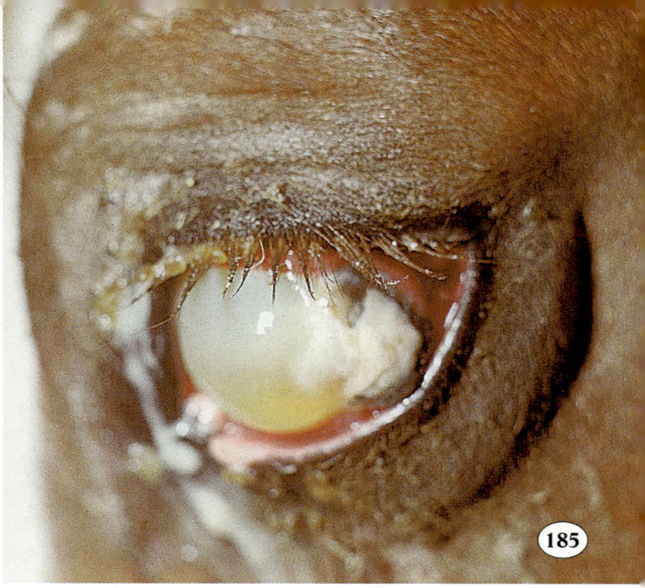
185

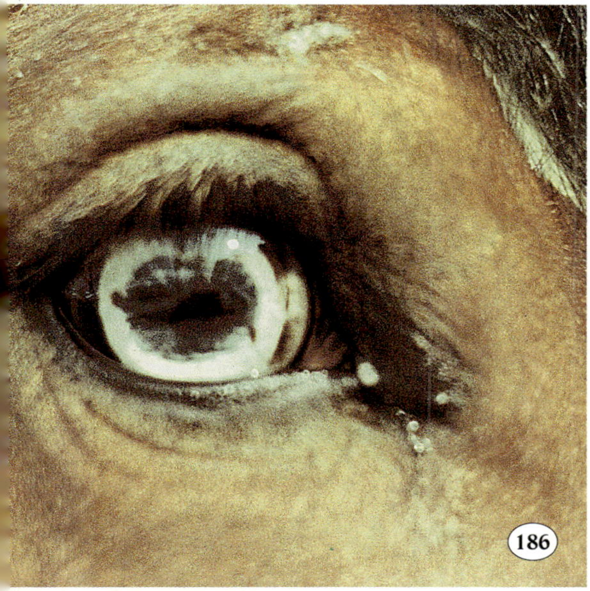
186

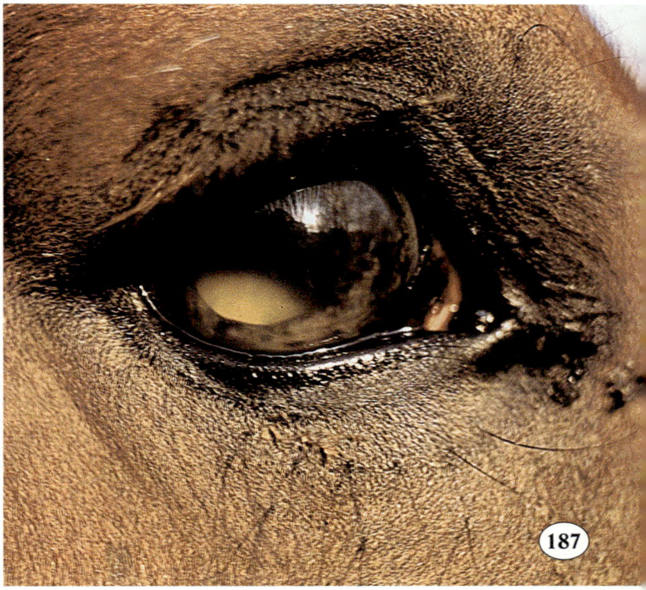
187

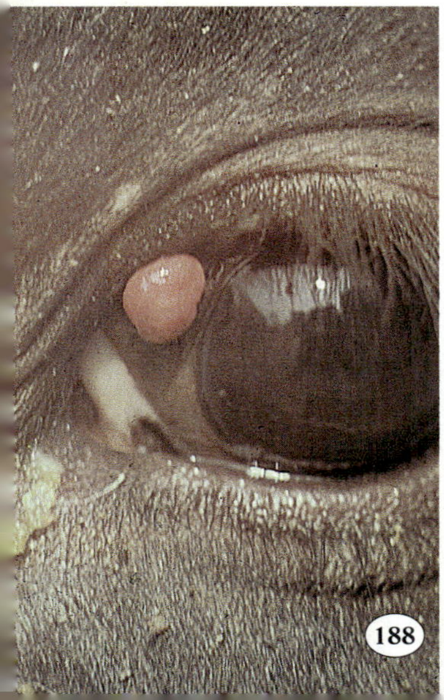
188

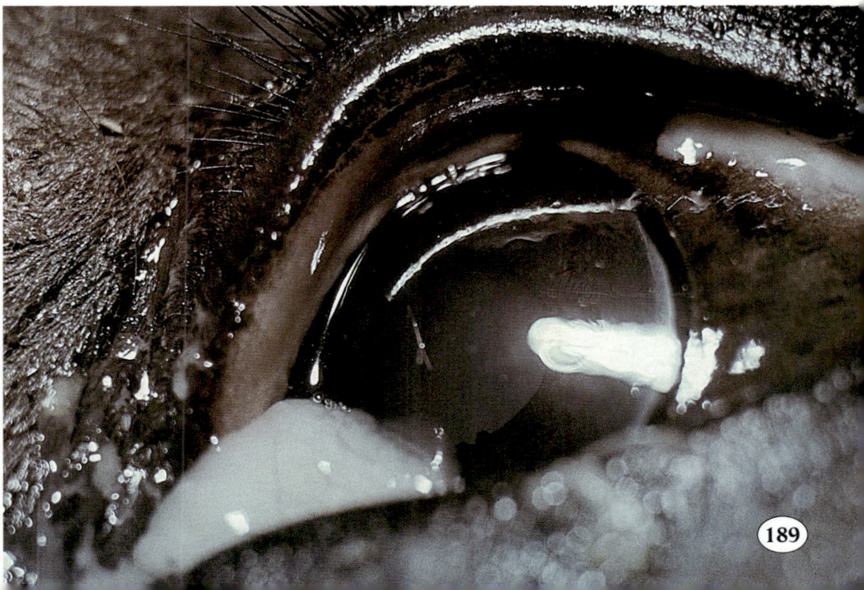
189

190

191

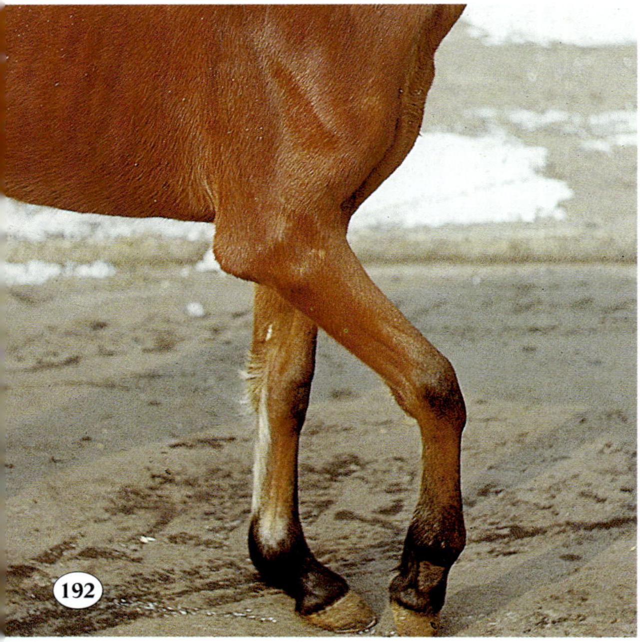
192

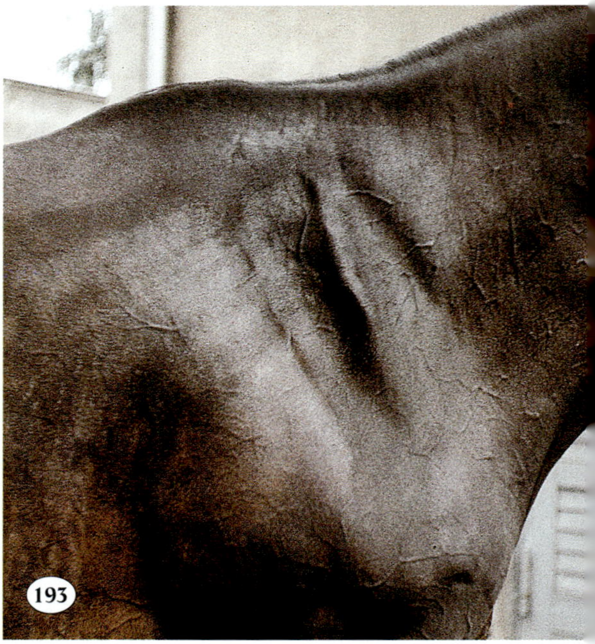
193

194

195

Hinlegen und die Bewegung einzelner Gliedmaßen. Das **verlängerte Mark** ist Sitz lebenswichtiger Reflexe. Von hier aus werden Atmung, Kreislauf, Saug-, Schluck-, Kau- und Hustenreflex gesteuert.

Das **Rückenmark** (Abb. 7.61) reicht vom Kopf bis zum Kreuzbein und ist beim Großpferd etwa 1,90 m lang. An jedem Zwischenwirbelloch gibt es einen sensiblen und einen motorischen Nerv ab. Aufsteigende sensible Bahnen vermitteln Empfindungen über Spannungszustände der Muskeln, der Sehnen und die Belastung der Gelenke. Die absteigenden motorischen Bahnen ziehen zu Ganglienzellen der grauen Substanz des Rückenmarks, auf deren Funktion sie erregend und hemmend einwirken können.

Verletzungen im Bereich des Rückenmarks, die die Leitungsbahnen betreffen, führen durch Unterbrechung des Reflexbogens zu Lähmungserscheinungen.

Gehirnerschütterung

→ **Begriffsbestimmung und Ursachen.** Durch Gewalteinwirkung auf den Kopf kann es zu Funktionsstörungen im Zentralnervensystem kommen, die entweder ohne krankhafte Veränderungen entstehen oder auf Verletzungen und Blutungen zurückzuführen sind. Die Folge davon ist meist eine Druckerhöhung im Gehirn. Gehirnerschütterungen entstehen in der Regel durch Anrennen an Hindernisse, Hufschläge auf den Kopf, schwere Stürze sowie Aufschlagen des Kopfes bei Aufstehversuchen beim Festliegen (Kolik, Lumbago, Tetanus usw.).

F190 Schweiflähmung. Infolge einer Nervenschädigung hängt der Schweif schlaff herunter.

F191 Lähmung der rechtsseitigen Gesichtsnerven. Herabhängen des rechten Ohrs, Zug von Lippen und Maulspalte nach der gesunden Seite.

F192 Lähmung des Armnervengeflechtes. Typische Gliedmaßenbeugehaltung.

F193 Schwund der Schulterblattmuskulatur bei Nervenlähmung.

F194 Krippen- oder Barrenwetzen. Die Lippenseite der Schneidezähne in Ober- und Unterkiefer ist stärker abgerieben als die Zungenseite.

F195 Koppendes Pferd, Aufsetzkopper. Die Schneidezähne werden gegen die Stange gepreßt. Die starke Anspannung der unteren Halsmuskulatur ist gut zu erkennen.

→ **Erscheinungsbild.** Die Krankheitserscheinungen treten stets direkt nach dem Unfall auf. Das Pferd stürzt sofort zusammen und bleibt liegen. Es bestehen allgemeine Schlaffheit der Muskulatur und mehr oder weniger ausgeprägte Bewußtlosigkeit. Puls und Atmung sind in leichten Fällen unverändert. Nach wenigen Minuten erhebt es sich wieder, zeigt jedoch noch eine gewisse Zeit einen unsicheren, taumelnden Gang. Bei schweren Gewalteinwirkungen hält die Bewußtseinsstörung länger an. Dabei sind Haut-, Sehnen- und Pupillenreflexe aufgehoben. Die Pupillen sind stark erweitert und oft ist ein Zucken des Augapfels wahrnehmbar. Das Festliegen kann mehrere Stunden dauern. Nach der Erholung bleiben noch längere Zeit Bewegungsstörungen, wie Taumeln, unkoordinierter Gang, Zwangsbewegungen oder Zwangshaltung des Kopfes sowie Lähmungen einzelner Kopfnerven bestehen.

Der Verlauf wird maßgeblich durch den Grad der Schädigung und vor allem von der Blutung bestimmt. Die dadurch bedingte Druckzunahme im Gehirn kann nach einer scheinbaren Erholung nach Stunden den Zustand wieder verschlechtern. Hinweise dafür sind Verlangsamung der Herztätigkeit und evtl. Unruhe. Ein fieberhafter Anstieg der Körpertemperatur kann eine beginnende Gehirnhautentzündung anzeigen. Das ist besonders bei einem Bruch der Schädelknochen möglich. Um das genau festzustellen, ist eine Röntgenaufnahme notwendig.

→ **Behandlung.** Eine Behandlung ist dann angezeigt, wenn innerhalb weniger Minuten keine Besserung eintritt. Es gilt vor allem, den Schockzustand zu beheben und die Druckerscheinung im Gehirn durch Entwässerungsmaßnahmen zu mindern. Beides sind Maßnahmen, die nur vom Tierarzt ausgeführt werden können und seine schnellstmögliche Anwesenheit erfordern. Das Pferd ist absolut ruhig zu stellen. Der Verlauf und der Ausgang der Erkrankung ist abhängig von der Schwere der Blutung und vom Sitz der Schädigung im Gehirn. Verletzungen des verlängerten Markes und Schädelbasisbrüche führen fast immer zum Tode.

Ataxie

→ **Begriffsbestimmung.** Unter Ataxie versteht man eine fehlende Koordination des Bewegungsablaufes der Gliedmaßen. Sie kann ihre Ursache in Schädigungen verschiedener Teile des Zentralnervensystems haben. Danach unterscheidet man mehrere Formen.

→ **Ursachen.** Ataxien, die ihre Ursachen in der Gehirnrinde haben (kortikale und subkortikale Ataxien) entwickeln sich nach Gewalteinwirkungen oder nach Infektionen des ZNS. Sie sind beim Pferd sehr selten. Kleinhirnataxien sind meistens auf Entwicklungsstörungen des Fohlens im Mutterleib zurückzuführen. Die Ursachen dafür sind bis heute noch unbekannt.

Bei der spinalen Ataxie wird neuerdings als Ursache eine Fehlentwicklung der Wirbelgelenke angenommen. Diese Veränderungen treten vorwiegend am 3. bis 6. Halswirbel auf. Durch Lockerung der Wirbelgelenke kommt es möglicherweise zu Quetschungen der weißen Substanz des Halsmarkes und damit zur Schädigung der Nervenstränge. Ältere Pferde können diese Wirbelverschiebungen und evtl. Knochenrisse durch Unfälle bekommen. In beiden Fällen tritt eine Schädigung der motorischen Bahnen des Rückenmarkes auf. Dadurch kann die Koordination des Bewegungsablaufs nicht mehr kontrolliert werden. Der Prozeß ist in der Regel fortschreitend.

→ **Erscheinungsbild.** Am häufigsten sind beim Pferd Ataxien, die vom Kleinhirn oder vom Rückenmark ausgehen (cerebellare und spinale Ataxien). Auffällig sind bei der cerebellaren Ataxie gestörte Zielbewegungen. So ist z. B. das Aufsuchen des Euters oder die Wasseraufnahme aus einem Eimer erschwert. Die Bewegungen sind zum Teil hastig, zum Teil auch verlangsamt. Es fehlt die Feinsteuerung. Bei verbundenen Augen treten Gleichgewichtsstörungen auf.

Spinale Ataxien kommen als angeborene und als erworbene Formen vor. Im ersten Falle treten die Krankheitserscheinungen bis zum 2. Lebensjahr auf. Die erworbene Ataxie kann in jedem Alter beobachtet werden. Bemerkenswert ist ein zunehmend unsicherer Gang, der sich besonders an den Hintergliedmaßen äußert. Die Pferde haben vor allem Schwierigkeiten beim ruckartigen Wenden. Dabei werden die Gliedmaßen schubweise vorgeführt und abgesetzt. Es besteht ein deutliches Schwanken der Nachhand. In gerader Richtung ist der Bewegungsablauf in der Regel unauffällig. Beim plötzlichen Halten zeigt sich ein Einknicken und Taumeln der Hinterhand. Diese Erscheinungen können durch zwangsweises Rückwärtsrichten so verstärkt werden, daß die Tiere stürzen.

Die Hautempfindlichkeit und die Sehnenreflexe sind kaum oder gar nicht beeinträchtigt. In fortgeschrittenen Fällen sind auch die Vordergliedmaßen in die Bewegungsstörungen einbezogen. Durch das Verbinden der Augen werden diese Erscheinungen verstärkt, weil die Orientierung durch den Gesichtssinn ausfällt.

→ **Behandlung.** Die Heilungsaussichten sind gering. In ganz frischen Fällen können die Erscheinungen durch eine kurmäßige Verabreichung von verschiedenen Medikamenten (Glukokortikoide, Vitamin-B-Komplex, Anabolika, Selenpräparate) über einen Zeitraum von 6 bis 8 Wochen zum Verschwinden gebracht werden. Da aber die Veränderungen an den Wirbelgelenken nicht zu beseitigen sind, ist mit einem Wiederauftreten der Erkrankung zu rechnen.

Entzündung der Nervenstränge des Schweifes

→ **Begriffsbestimmung.** Die Krankheit wird auch als Schweif-Afterschließmuskel-Lähmung oder „Hammelschwanz" bezeichnet. Man versteht darunter eine chronische Entzündung der Nervenstränge des Schweifes.

→ **Ursachen.** Über die Ursachen gibt es unterschiedliche Meinungen. Neben Gewalteinwirkungen, wie sie beim Aufheben des Pferdes am Schweif, Anschlagen der Schweifrübe in Transportwagen, Hufschläge, Überschlagen usw. entstehen können, werden auch wandernde Parasitenlarven für die Entstehung der Krankheit verantwortlich gemacht. Wahrscheinlicher ist jedoch eine Nervenschädigung durch Virusinfektionen. Insbesondere ist mit einer solchen Schädigung bei der Rhinopneumonitis zu rechnen, bei der Erkrankungen des ZNS nicht ungewöhnlich sind.

→ **Erscheinungsbild.** Die Krankheitssymptome entwickeln sich in den meisten Fällen langsam und sind recht unauffällig. Nur bei genauer Beobachtung fällt auf, daß die Beweglichkeit des Schweifes nachläßt und die Schweifrübe in der Bewegung nicht mehr so gehoben werden kann. Später fällt der Schweif schlaff herunter. Er baumelt hin und her (Hammelschwanz), der Kotabsatz ist erschwert und die Schweifhaare sind mit Kot verschmiert (Foto 190, Seite 318). Da der After nicht mehr geschlossen gehalten werden kann, fallen beim Laufen einzelne Kotballen heraus. Die Untersuchung des

Mastdarmes ergibt eine starke Kotanschoppung. Es fehlt der Muskeldruck des Afterschließmuskels, die Blase ist schlaff, voll und beim Aufstehen sowie in der Bewegung wird Urin abgesetzt.

Die Umgebung des Schweifes ist bis zum Sitzbeinhöcker meist völlig unempfindlich. Infolge der Blasenlähmung kann bei Stuten eine Blasenentzündung und im Schenkelspalt ein Hautekzem entstehen. In fortgeschrittenen Fällen tritt mitunter eine Bewegungsstörung in Form einer Nachhandschwäche oder einer Ataxie auf.

→ **Behandlung.** Wenn eine völlige Lähmung des Schweifes, des Afters und der Blase besteht, ist kaum noch eine Heilung möglich. Die Pferde können noch für leichtere Arbeit genutzt werden. Es besteht aber immer die Gefahr der Entstehung einer Blasen- bzw. Mastdarmentzündung. In leichten Fällen sind Behandlungsversuche mit Glukokortikoiden und Vitamin-B-Komplex möglich. Mastdarm und Blase müssen mit der Hand entleert werden.

Streukrampf

→ **Begriffsbestimmung.** Streukrampf, im englischen Sprachraum *shivering* genannt, stellt eine charakteristische, zitternde Bewegung der Hinterhand und des Schweifes dar.

→ **Ursache.** Die Ursache ist noch nicht geklärt. Der auftretende Koordinationsverlust der Bewegung läßt eine Störung im Nervensystem vermuten.

→ **Erscheinungsbild.** Beim normalen Vorführen wird das Hinterbein plötzlich übertrieben seitwärts angehoben und für einige Zeit zitternd in die Höhe gehalten. Gleichzeitig hebt das Pferd den ebenfalls zitternden Schweif. Diese Haltung wird beim Rückwärtstreten besonders deutlich sichtbar. In scharfen Wendungen ist die Koordination der Gliedmaßen gestört.

→ **Behandlung.** Eine Behandlung ist nicht bekannt. Bei leichten Fällen ist eine beschränkte reiterliche Nutzung möglich.

Dummkoller, Gehirnwassersucht

→ **Begriffsbestimmung.** Dummkoller ist eine durch allmählich oder akut entstandene Gehirnwassersucht verursachte, unheilbare Krankheit des Gehirns, bei der das Bewußtsein herabgesetzt ist. Ihr können verschiedenartige Veränderungen im Gehirn zugrunde liegen.

→ **Ursachen.** Die Ursachen des Dummkollers sind in vielen Fällen unbekannt. Sehr häufig entsteht er als Nachkrankheit einer Gehirnentzündung.

→ **Erscheinungsbild.** Das Krankheitsbild des Dummkollers ist außerordentlich unterschiedlich. Als Zeichen eines herabgesetzten Bewußtseins wird ein stieriger oder schläfriger Blick gewertet. Das Ohrenspiel ist häufig unphysiologisch, verkehrt und wechselvoll. Der Kopf wird gesenkt gehalten, zuweilen aufgesetzt oder angelehnt. Mitunter stehen die Pferde mit gekreuzten Vorder- oder Hinterbeinen und nehmen eine schräge Stellung im Stand ein. Die Empfindung ist herabgesetzt oder fehlt ganz. Die Pferde lassen sich gegen die Stirn, Nase, Oberlippe, den Mittelfußknochen klopfen, in die Ohren greifen, auf die Kronen der Vorder- und Hinterfüße treten und in die Flanken kneifen, ohne zu reagieren. Diese herabgesetzte Empfindlichkeit ist zu verschiedenen Zeiten wechselnd, manchmal auch erhöht. Dummkollerige Pferde sind träge, reagieren schwer oder gar nicht auf Reit- und Peitschenhilfen oder verweigern zuweilen sogar die Arbeit. Der Gang ist häufig unphysiologisch, tappend und stark akzentuiert. Bei der Futteraufnahme fällt auf, daß die Pferde plötzlich mit dem Kauen aussetzen, langsam oder hastig fressen und das Futter vom Boden aufnehmen. Beim Trinken wird das Wasser gekaut und der Kopf bis über die Nüstern in das Wasser getaucht. Die Erscheinungen steigern sich meist nach der Arbeit.

→ **Behandlung.** Im allgemeinen ist der Dummkoller ein chronisches, viele Jahre andauerndes, unheilbares, in der Regel jedoch nicht tödliches Leiden. Kühle Stallungen, mäßige Fütterung und Schonung wirken sich günstig aus. Dagegen verschlechtert sich die Krankheit sehr bei Sonnenhitze, schwerer Arbeit, reichlicher Fütterung und Rossigkeit.

Equine motorische Nervenzelldegeneration

→ **Begriffsbestimmung und Ursachen.** Die Krankheit wurde erstmalig in den USA, später auch in Europa beschrieben. Die dabei beobachteten Krankheitserscheinungen werden auf eine Degeneration von Nervenzellen im Rückenmark zurückgeführt, die eine fortschreitende Atrophie der Muskulatur auslösen. Nicht selten tritt die Erkrankung in Kombination mit der sogenannten Graskrankheit (Grass-sickness, s. Seite 211) auf.

→ **Erscheinungsbild.** Die klinischen Symptome haben eine Ähnlichkeit mit der chronischen Form der Graskrankheit. So findet man wie bei dieser Apathie, Körperschwäche, oft starken Schweißausbruch, Abmagerung, Hängenlassen des Kopfes, aufgeschürzten Leib, Muskelzittern, Muskelatrophie und verringerten Widerstand bei passiver Schweifbewegung. Die Pferde nehmen eine unterständige Stellung ein, bewegen sich nur ungern und zeigen dann einen kurzen, klammen Gang. Allerdings werden Krankheitsmerkmale wie Inappetenz, Schluckbeschwerden, Kolik sowie Störung der Konsistenz des Dickdarminhaltes nicht beobachtet.

→ **Behandlung.** Da die Ursache noch unbekannt ist, gibt es keine gezielte Therapie. Empfohlen wird eine Zusatzversorgung mit Vitamin E. Die Krankheit geht aber in den meisten Fällen tödlich aus.

Erkrankungen des peripheren Nervensystems

Das **periphere Nervensystem** umfaßt die Nerven außerhalb des Zentralnervensystems. Die vom Rückenmark kommenden, sensiblen und motorischen Nervenfasern ziehen als bandartige Stränge meist gemeinsam mit Gefäßen zum Versorgungsgebiet. In ihrem Verlauf geben sie zahlreiche Nervenäste ab, die als motorische Fasern direkt zum Muskel gehen und als sensible Fasern Erregungen von den Sinnes- und Empfindungsrezeptoren zum Zentralnervensystem leiten.

Neben diesen sensiblen und motorischen Nerven, deren Leistungen dem Willen unterworfen sind, gibt es andere sog. vegetative Nerven, die außerhalb des Bewußtseins arbeiten. Es gibt kein Organ, das nicht von ihnen versorgt wird. Bevorzugt steuern sie die Tätigkeit der inneren Organe. Man unterscheidet die

- Sympathikusgruppe und die
- Parasympathikusgruppe,

die entgegengesetzte Wirkungen auslösen.

Die übergeordneten Zentren für die Koordinierung der vegetativen Funktionen befinden sich im Zwischenhirn. Im Schlaf überwiegt der Parasympathikus, während des Wachens der Sympathikus. Jedes Organ steht unter dem Einfluß beider Systeme. Je nach Reaktionslage überwiegt das eine oder das andere.

	Sympathikus	Parasympathikus
Herzschlag	beschleunigt	verlangsamt
Ohrenbewegung	verlangsamt	beschleunigt
Verdauung	gehemmt	gefördert
Pupillenreaktion	erweitert	verengt
Blutdruck	erhöht	gesenkt
Atmung	beschleunigt	verlangsamt

Bei den Erkrankungen der peripheren Nerven handelt es sich entweder um Entzündungen der Nerven oder um Lähmungen. Das führt einmal zu einer erhöhten Schmerzbereitschaft im Versorgungsgebiet oder zu Ausfallerscheinungen der nervalen Funktion, den Lähmungen. Nervenentzündungen haben beim Pferd eine untergeordnete Bedeutung. Am häufigsten ist die Entzündung des Nervenstumpfes nach Nervenschnitten. Wesentlich zahlreicher werden Lähmungen beobachtet. Sie haben ihre Ursache in der Regel in lokalen Schädigungen der Nerven durch Gewalteinwirkung bzw. Gifte. In Einzelfällen sind aber auch Veränderungen im Bereich der Nervenwurzeln oder bestimmter Zentren im Zentralnervensystem beteiligt. Man unterscheidet danach zentrale oder periphere Lähmungen. Des weiteren differenziert man zwischen ein- oder beiderseitigen sowie zwischen unvollständigen (Paresen) oder vollständigen Lähmungen (Paralysen).

Lähmung des Gesichtsnervs

→ **Ursachen.** Häufig entstehen die Lähmungen der Gesichtsnerven beim Festliegen, bei Koliken, im Narkoseschlaf, bei Aufstehversuchen, bei denen das Pferd mit dem Kopf auf hartem Boden oder auf Kanten schlägt. Zentral bedingte Lähmungen der Gesichtsnerven haben ihre Ursache in Gehirnentzündungen, raumfordernden Prozessen im Schädel (Tumoren, Blutungen, Abszesse) und in Schädelbrüchen.

→ **Erscheinungsbild.** In Abhängigkeit vom Ort der Schädigung kann ein Funktionsausfall der Muskeln des Ohres, des Augenlides, der Backe, der Oberlippe, der Unterlippe, der Nüstern und des Kinns beobachtet werden. Bei einseitiger Lähmung hängen

Ober- und Unterlippe herunter. Die Backe ist erschlafft. Maulspalte und Lippen erscheinen nach der gesunden Seite verzogen. Die Nüster kann der Atembewegung nicht mehr folgen und schlottert beim Atmen hin und her. Dadurch kann eine Atembehinderung entstehen. Weitere Störungen sind die Bewegungseinschränkung der Ohrmuskeln (Foto 191, Seite 318) und des Augenlides.

Durch Lähmung der Lippen kann das Futter nur ungeschickt und langsam erfaßt werden. Auch das Abschlucken bereitet Schwierigkeiten. Man findet zerkleinertes, schaumiges oder zu Wickeln gekautes Futter in der Krippe, das aus der Mundhöhle gefallen ist. Das Pferd trinkt langsam und taucht dabei die Nüstern mit ins Wasser. Bei beiderseitiger Lähmung hängen Unter- und Oberlippe herab, beide Nasenlöcher sind verengt und bei der Atmung sind schnaubende und schlotternde Geräusche hörbar. Das Futter kann nicht mehr mit den Lippen aufgenommen werden, sondern wird mit den Schneidezähnen gegriffen.

→ **Behandlung.** Die Heilungsaussichten bei Nervenquetschungen sind gut, aber ungünstig, wenn der Nerv durchtrennt ist. Bei zentralen Lähmungen ist kaum mit einer Wiederherstellung zu rechnen. Die Behandlung hat eine Beseitigung der Ursachen und eine Wiederherstellung der Nervenfunktion zum Ziel.

Das Pferd sollte ohne Halfter in einer Box mit weicher Einstreu laufen. Empfehlenswert ist weiches Futter, das ständig zur Aufnahme bereit liegt. Günstig wirken hochprozentige Traubenzuckerlösungen, Vitamin-B-Komplex-Präparate und physiotherapeutische Maßnahmen wie Massagen, Rotlicht und Mikrowelle. Gute Resultate erzielt man auch durch wiederholte Injektionen von Glukokortikoiden und Blockaden des Ganglion stellatum, die für eine maximale Durchblutung sorgen.

Die Heilung der Lähmung der Gesichtsnerven kann 4 Wochen bis mehrere Monate dauern. Bei beiderseitiger Erkrankung muß jedoch oft schon nach 14 Tagen die Tötung erfolgen, weil die Gefahr des Verhungerns besteht.

Lähmung des Schulterblattnervs

→ **Ursachen.** Die häufigste Ursache dieser Nervenlähmung ist stumpfe Gewalteinwirkung im Bereich des Buggelenkes, die zur Quetschung, Zerrung oder gar Zerreißung des Nerven auf seiner wenig gepolsterten Unterlage am Schulterblatthals führt. Das geschieht meist beim Gegenlaufen oder Hineinspringen in Hindernisse oder beim Überwinden von Gräben.

→ **Erscheinungsbild.** Durch die Lähmung dieses Nerven kommt es zu einem Funktionsausfall der Muskeln im Bereich der Schulterblattgräte. Sie tritt recht häufig auf, weil der Nerv am Schulterblatthals direkt unter der Haut liegt und so leicht Quetschungen ausgesetzt ist.

Der Ausfall dieser Muskelfunktion führt zu einer leicht- bis mittelgradigen Lahmheit, die mit einem sog. Abblatten verbunden ist. Darunter versteht man das Abweichen des Schultergelenkes und des Schulterblattes von der seitlichen Brustwand in der Stützphase der Bewegung. Dieser Zustand ist am besten zu beobachten, wenn das Pferd im Schritt auf den Untersucher zugeführt wird. Nach etwa 8 bis 10 Tagen sind die Grätenmuskeln so stark zurückgebildet, daß beiderseits der Schulterblattgräte deutliche rinnenförmige Vertiefungen sichtbar sind (Foto 193, Seite 318).

→ **Behandlung.** Bei Nervenquetschungen tritt nach wenigen Tagen Heilung ein. Liegen jedoch intensivere Schädigungen, wie Zerreißungen, vor, dauert die Wiederherstellung der Funktionsfähigkeit oft Monate oder sie kehrt überhaupt nicht mehr zurück. Heilungsfördernd wirken Massagen, feuchte und trockene Wärme im Bereich des Schulterblattes oder, wenn technisch möglich, Mikrowelle und Reizstrombehandlung. Zu empfehlen sind desweiteren Medikamente, wie Vitamin-B-Komplex, Vitamin-E-Selen-Präparate, Glukoselösungen und evtl. Strychnin. Auch eine Blockade des Ganglion stellatum, die eine maximale Weitstellung der Gefäße und damit eine besonders gute Durchblutung bewirkt, sowie wiederholte Glukokortikoidinjektionen fördern die funktionelle Wiederherstellung. Das Pferd sollte in einer Laufbox untergebracht werden, damit es sich selbst bewegen kann. Ist nach 4 Monaten noch keine Besserung eingetreten, so kann kaum noch mit einer Heilung gerechnet werden. Gegebenenfalls kann das Pferd noch zur Zucht Verwendung finden.

Lähmung des Radialisnervs

→ **Ursache.** Die Ursache für eine totale Lähmung der Radialisnerven ist in einer Überstreckung der gesamten Gliedmaße zu sehen. Das trat früher häufig bei Benutzung eines Operationstisches nach Vinsot für chirurgische Eingriffe ein. Ähnliche Erscheinungen beobachtet man man auch, wenn sich Pferde in unvollständiger Narkose gegen die Fesseln sträuben. Der Nervenschaden entsteht dabei im oberen Gliedmaßenbereich an der Innenseite des Oberarmknochens. Partielle oder totale Lähmungen dieses Nervs werden häufig durch Liegen auf hartem Boden, Gegenrennen oder Springen oder durch Hufschlag anderer Pferde ausgelöst.

→ **Erscheinungsbild.** Bei der Lähmung des Radialisnervs arbeiten die Streckmuskeln des Ellbogengelenks, des Vorderfußwurzelgelenks und der Zehengelenke nicht mehr. Nach dem Ort der Nervenschädigungen treten unterschiedlich starke **Ausfallerscheinungen** auf. Sie betreffen:

- die Streckmuskeln des Ellbogengelenkes allein,
- die Streckmuskeln des Vorderfußwurzel- und der Zehengelenke
- oder alle Muskelgruppen zusammen (totale Radialislähmung).

Im Falle einer totalen Lähmung wird das Schultergelenk gestreckt gehalten. Das Ellbogengelenk hängt nach unten, das Vorderfußwurzelgelenk wird gering, das Fesselgelenk jedoch stark gebeugt. In der Bewegung wird die Gliedmaße mit schleifender Zehenwand des Hufes nur unvollständig vorgeführt. Im Moment der Belastung knickt das Pferd im Vorderfußwurzel- und Fesselgelenk zusammen. Nach 8 bis 10 Tagen schrumpfen die von der Nervenlähmung betroffenen Streckmuskeln. Bei der Lähmung der Streckmuskeln des Vorderfußwurzelgelenkes und der Zehengelenke sind die betroffenen Gelenke nur leicht gebeugt. Das Pferd ist in der Lage, sich auf dem gesunden Bein stützend in kleinen Sprüngen vorwärts zu bewegen. Der Tragerand der Zehenwand wird belastet.

Die alleinige Lähmung der Ellenbogenstreckmuskeln tritt selten auf. Das Pferd knickt nur im Ellenbogengelenk ein, während die übrigen Gelenke belastbar sind. Sowohl bei der totalen wie bei der teilweisen Lähmung des Radialisnervs besteht eine herabgesetzte oder völlig aufgehobene Empfindlichkeit der Hautnerven des Unterarmbereiches. Manchmal wird der Nerv im Bereich seiner Umschlagstelle am Oberarmknochen gequetscht. Nervenlähmungen dieser Form sind selten. Sie können ab und zu bei tiefer Allgemeinnarkose beobachtet werden, weil dabei die Muskulatur in totaler Entspannung ihre Polsterwirkung verliert.

→ **Behandlung.** Bei der Behandlung kann wie bei der Lähmung des Schulterblattnervs verfahren werden. Die Pferde sollten eine Laufbox erhalten. Zur Umsetzung muß das kranke Bein mit einem Strick, der in der Fesselbeuge befestigt wird, in der Hangbeinphase der Bewegung nach vorn gezogen werden. Liegende Pferde können sich nur dann erheben, wenn sich die gesunde Gliedmaße unten befindet.

Oft tritt bei dieser Nervenlähmung bereits nach wenigen Stunden eine Besserung ein. Man nimmt daher an, daß in diesen Fällen nur eine Durchblutungsstörung und keine Nervenschädigung vorliegt. Stellt sich aber nach 3 bis 4 Tagen noch keine Neigung zur Wiederherstellung der Nervenfunktion ein, ist die Aussicht auf Heilung ungünstig. In Einzelfällen werden allerdings nach Wochen und Monaten noch positive Ergebnisse erzielt.

Lähmung des Armnervengeflechts

→ **Ursache.** Im allgemeinen ziehen sich die Pferde eine Lähmung des Armgeflechts zu, wenn sie in ein Loch treten und sich gewaltsam daraus befreien wollen. Dabei wird der Nerv gedehnt oder aus seiner Wurzel im Wirbelkanal gerissen.

Gleiches geschieht bei großer Gewalteinwirkung zwischen Brust und Schulterblatt oder bei Pfählungsverletzungen in diesem Bereich. Meist können dabei Knochenbrüche des Schulterblattes beobachtet werden. Nichttraumatischen Ursprungs sind Lähmungen des Armgeflechtes durch Abszesse, Neubildungen und andere raumfordernde Prozesse.

→ **Erscheinungsbild.** Es handelt sich bei der Lähmung des Armgeflechtes um einen völligen Funktionsausfall aller Nerven, die die Vordergliedmaßen versorgen. Das Bein hängt baumelnd herunter und schleudert beim Fortbewegen auf den gesunden Gliedmaßen nach allen Richtungen hin und her. Zehenwand und Streckseite der Zehe schleifen auf dem Boden. Schulter- und Ellenbogengelenk hängen im Stand weit nach unten (Foto 192, Seite 318). Es ist keine Empfindlichkeit der Haut mehr feststellbar. Bei gestreckter Zehe weichen im Moment des Belastungsversuches Schulterblatt und Schultergelenk nach außen weg.

→ **Behandlung.** Die Behandlung kann wie bei anderen Nervenlähmungen der Vordergliedmaßen erfolgen, wobei durch die verdeckte Lage des Armgeflechts örtliche Behandlungsmaßnahmen ausscheiden. Liegt gleichzeitig ein Bruch des Schulterblattes vor, ist die Heilungsaussicht schlecht. Tritt nach 8 bis 10 Tagen kein Anzeichen auf Besserung ein, ist eine weitere Behandlung aussichtslos.

Lähmung des Wadenbeinnervs

→ **Ursache.** Die Lähmung des Wadenbeinnervs wird mitunter nach operativen Eingriffen in Rückenlage beobachtet, wenn die Narkose nicht tief genug war und die Beine zusätzlich gespreizt wurden. Seltener entsteht sie durch Gewalteinwirkung, wie zum Beispiel Hufschlag auf den Unterschenkel.

→ **Erscheinungsbild.** Die Lähmung des Wadenbeinnervs bewirkt einen Funktionsausfall der Beugemuskeln des Sprunggelenkes und der Streckmuskeln der Zehe. Im Stand erscheint das Sprunggelenk weit geöffnet und das Fesselgelenk total gebeugt. Das Pferd stützt sich dabei auf den Fesselkopf. In der Bewegung führt es die kranke Gliedmaße im Halbkreis nach außen und vorn, wobei die Zehenwand des Hufes auf dem Boden schleift.

→ **Behandlung.** Bei Lähmungen, die in der Narkose entstanden sind, bestehen bei Anwendung der bei der Nervenlähmung der Vordergliedmaßen geschilderten Verfahren gute Heilungsaussichten. Sofort durchgeführte lumbale Sympathikusblockaden beheben die Lähmungserscheinungen meist bereits nach 24 bis 48 Stunden. Wird nach 14 Tagen noch kein Anzeichen einer Besserung beobachtet, ist die wirtschaftliche Verwertung angezeigt.

Lähmung des Kehlkopfnervs

Siehe unter Kehlkopfpfeifen.

Verhaltensstörungen

Die Grundsätze der Verhaltensforschung rechtfertigen, die allgemein als Untugenden des Pferdes bekannten psychischen Abnormitäten den Störungen im Verhalten gleichzusetzen. Um sie zu beurteilen, ist es notwendig, die Verhaltensweisen des Pferdes als Herden- und Haustier, seine Individualität und die Beziehungen zwischen Mensch und Pferd zu erkennen.

Wichtig ist, daß Pferde auf Nervenbelastungen besonders intensiv reagieren, also sehr streßempfindlich sind. Reizzustände, die nicht trainiert wurden, führen fast immer zu Verschiebungen der typischen Verhaltensweisen. Diese Streßanfälligkeit ist stark abhängig von der Rangstellung und der Dauer des Trainings bestimmter Eigenschaften.

Die Verhaltensweisen eines Pferdes müssen stets im Zusammenhang mit der Leistungsfähigkeit seiner **Sinnesorgane** beurteilt werden. Daraus ergibt sich die große Individualität, die beim Umgang mit dem Pferd zu beachten ist. Das Geselligkeitsbedürfnis der Herdentiere war eine wesentliche Voraussetzung zur Domestikation, weil sich die Anschlußneigung an Artgenossen auch auf andere Lebewesen, z. B. den Menschen, übertragen kann. Er wird damit in die soziale Rangordnung der Herde eingegliedert. Seine Stellung wird sich nach seinem Verhalten richten. Das Tier wird entscheiden, ob es den Menschen als Ranghöheren akzeptiert oder nicht.

Die Aufgabe bei der Erziehung besteht darin, daß der Mensch gegenüber dem Pferd eine übergeordnete soziale Stellung erlangt. Sie sollte niemals in Frage gestellt werden. Diese Vorherrschaft erlangt er durch ruhiges, besonnenes, sicheres Auftreten oder, wenn erforderlich, auch durch energisches Verhalten. Wenn es gelingt, keine Anforderungen zu stellen, die das Pferd in eine Streßsituation bringen und seine Umwelt so zu gestalten, wie es seinem natürlichen Verhalten nahe kommt, wird es nur selten Störungen im Verhalten geben, die als Untugenden empfunden werden. Einmal aufgetretene Verhaltensstörungen sind schwer zu beeinflussen. Sie schränken die Nutzungsfähigkeit des Pferdes zum Teil erheblich ein und besitzen deshalb eine vertragsrechtliche Bedeutung.

Es bietet sich an, je nachdem, ob sich die Verhaltensstörungen im Dienstgebrauch oder im Stall äußern, eine Einteilung in

- Störungen des Verhaltens im Dienst und
- Störungen des Raumverhaltens vorzunehmen.

Darüber hinaus spielen Störungen des Sexualverhaltens eine Rolle.

Im Gegensatz zu älteren Angaben in der Literatur kann festgestellt werden, daß Verhaltensstörungen beim Pferd nicht angeboren sind. Es scheint jedoch die Neigung dazu im unterschiedlichen Maße innerhalb der erblichen Verhaltensmuster festgelegt zu sein.

Stätigkeit

→ **Begriffsbestimmung.** Als Stätigkeit wird die gewohnheitsmäßige Unfolgsamkeit und Widersetzlichkeit beim ordnungsgemäßen Reit- und Zugdienst bezeichnet. Es gibt dabei graduelle Abstufungen und unterschiedliche Formen. Zunächst wird zwischen absoluter und relativer Stätigkeit unterschieden, je nachdem, ob ein Pferd zu allen oder nur zu einzelnen Dienstleistungen unbrauchbar ist. Nach den Erscheinungsformen der Widersetzlichkeit unterscheidet man zwischen einer aktiven und einer passiven Stätigkeit.

→ **Ursachen.** Eine Stätigkeit kann durch folgende Umstände entstehen:

- Unzweckmäßige oder rohe Behandlung, vor allem junger Pferde, beim Reiten und Fahren, unmotivierte Bestrafung, unkorrektes Satteln oder Anspannen, unsichere und fehlerhafte Hilfengebung (manche Pferde machen unter einem geschickten Reiter keine Schwierigkeiten, bei Schwächeren wollen sie nicht gehen, sie steigen,

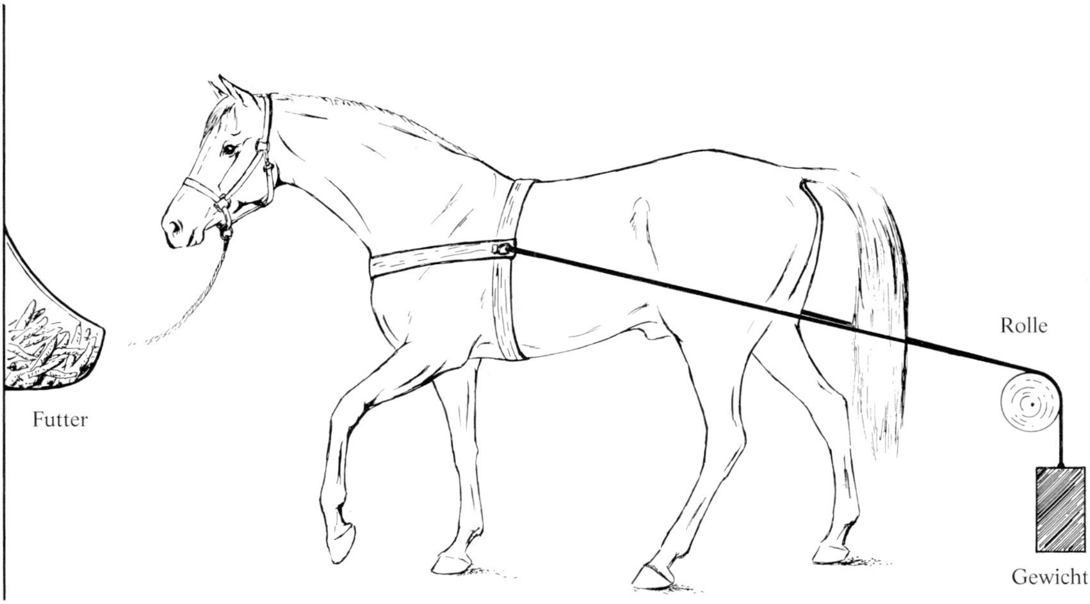

Abb. 7.63 Zugvorrichtung zur Korrektur von Stätigkeit.

bocken oder gehen durch. Sie erkennen den Menschen nicht als ranghöher an). Affektbestimmte Mißhandlungen, schmerzhafte Veränderungen an Organen, die im Dienstgebrauch belastet werden (Widerrist, Schulter, Brust, Schweifansatz, Lippen, Lade) können auch dazu beitragen, Widersetzlichkeiten zu erzeugen.

- Erbliche Neigung zur Widersetzlichkeit. Eine unzweckmäßige Behandlung durch den Menschen kann diese Neigung als Untugend offenkundig werden lassen.
- Krankhafte Veränderungen im Zentralnervensystem oder durch hormonelle Störungen. Widersetzlichkeiten als Symptome dieser Erkrankungen stellen keine Verhaltensstörungen im eingangs beschriebenen Sinne dar.

→ **Erscheinungsbild.** Die Merkmale der Stätigkeit sind vielfältig. Es gibt eine aktive und passive Form. Bei der aktiven Stätigkeit stehen die Pferde und widersetzen sich der Aufforderung zum Gehen. Wagenpferde trippeln hin und her, drängeln nach der Seite, steigen, treten über die Stränge, werfen sich auf die Deichsel oder auf das Nebenpferd, schlagen mit den Hinterbeinen gegen den Strang oder gegen den Wagen. Manche werfen sich auch zu Boden. Andere sind Leinenfänger, dulden keine Schweifriemen oder gehen nicht bei einer bestimmten Beschirrung.

Reitpferde versuchen sich gegen das Satteln zu wehren oder durch Steigen, Bocken, Drängen gegen die Wand den Reiter abzuwerfen (Sattelzwang). Dabei können sie sich überschlagen. Formen aktiver Stätigkeit sind ferner Widersetzlichkeiten beim Beschlagen („Nicht schmiedefromm sein") und beim Anbinden („Sich nicht anbinden lassen"). Im Stall sind diese Pferde meist willig.

Passive Stätigkeit äußert sich in absoluter Unfolgsamkeit. Manche Zugpferde ziehen den Wagen nicht und Reitpferde gehen nicht vom Stall weg, sie „kleben". Andere bleiben unterwegs stehen und versuchen umzukehren. Heimwärts gehen diese Pferde im allgemeinen willig.

Zur passiven Stätigkeit ist auch die mangelhafte Zugfestigkeit zu rechnen, die sich nur beim Ziehen schwerer Lasten oder bei schwierigen territorialen Bedingungen äußert, sie kann im ein- und zweispännigen Zug auftreten.

Reitpferde versuchen sich mitunter durch steife Haltung des Kopfes der Zügelführung zu entziehen oder gehen nur in Gesellschaft. Allein bleiben sie stehen. Ersteres wird als „Ganaschenzwang", letzteres als „Nichtalleingehen" bezeichnet.

Die Erscheinungen und der Grad der Stätigkeit sind bei den einzelnen Pferden unterschiedlich. Die Untersuchung auf Stätigkeit, gleich welcher Form, setzt eine sorgfältige **Beobachtung und Beurteilung** einer Reihe von Fakten voraus.

- Das Pferd muß im Vollbesitz seiner Leistungsfähigkeit sein. Das schließt das Vorliegen allgemeiner krankhafter Zustände, Überlastungserscheinungen oder auch physiologischer Situationen, die leistungsmindernd wirken können, wie z. B. Rosse, Trächtigkeit usw. aus. Weiterhin gilt es zu beachten, daß verschiedene krankhafte Zustände durch medikamentelle Beeinflussung zeitweise beseitigt werden können (schmerzstillende und beruhigende Mittel mit Langzeiteffekt).
- Die Körperregionen des Pferdes, die mit dem Geschirr oder Sattelzeug Kontakt haben, müssen frei von schmerzhaften Prozessen sein.
- Geschirr, Sattel und Zaum müssen in Größe, Lage und Form zum Pferd passen.
- Bei der Untersuchung zur Beurteilung einer Stätigkeit müssen die Pferde von fachkundigen Reitern und Gespannführern vorgestellt werden. Besonders junge Pferde bedürfen einer geduldigen und fachgerechten Behandlung. Übermäßiger Sporen- und Peitschengebrauch ist zu vermeiden.
- Die geforderte Arbeitsleistung muß der physischen und psychischen Verfassung des Pferdes entsprechen (Alter, Temperament, Rasse usw.).
- Die Pferde müssen an die Arbeitsleistung gewöhnt sein, die von ihnen verlangt wird. Das heißt, sie müssen sich in einem Trainingszustand befinden, der sie zu der geforderten Leistung befähigt. Besonders junge Pferde müssen ordnungsgemäß angeritten oder für den ein- oder zweispännigen Zug eingefahren sein. Auch beim Wechsel der Art der Dienstleistung wird die übliche Leistungsfähigkeit erst nach mehreren Tagen erreicht.
- In gerichtlichen Fällen muß auch die Erheblichkeit des Fehlers eingeschätzt werden. Denn als Vertragsfehler gilt nur die Stätigkeit, die die Dienstfähigkeit des Pferdes erheblich herabsetzt. Notwendig ist auch die Beurteilung der Verborgenheit des Mangels.
- Es muß weiterhin festgestellt werden, daß es sich bei der vorhandenen Widersetzlichkeit um einen länger bestehenden, gewohnheitsmäßigen Fehler handelt. Deshalb genügt meist keine einmalige Untersuchung. Besonders bei jungen Pferden ist der Beweis einer andauernden Widersetzlichkeit nur durch mehrmalige Untersuchung zu erbringen.

Wagenstätigkeit

Sie ist bei Zugpferden die häufigste Art der Verhaltensstörung und äußert sich als periodisch wiederkehrende Widersetzlichkeit im ein- oder zweispännigen Zug. Die Pferde lassen sich zwar beschirren, gehen aber trotz Peitschengebrauches nicht vorwärts. Vereinzelt springen sie im Galopp eine kurze Strecke und bleiben wieder stehen.

Bei Aufforderung mit der Peitsche schlagen sie aus und zertrümmern den Wagen, wenn sie dabei über den Strang oder die Deichsel geraten. Manche Pferde werfen sich zu Boden. Zweispännig bleiben sie hinter dem Nebenpferd zurück, drängen nach der Seite und legen den Kopf über den Hals des Nachbarpferdes.

Eine Stätigkeit ist vor allem bei älteren Pferden schwer zu beseitigen. Nur bei großer Fachkenntnis im Umgang mit Pferden ist durch Geduld und Ausdauer in einzelnen Fällen eine Beeinflussung möglich. Deshalb gilt der Fehler als erheblich. Da die Widersetzlichkeit, vor allem bei geschickter Fahrweise, nicht gezeigt wird, muß sie als verborgen angesehen werden. Neben einer allgemeinen, langsamen allmählichen Entstehung der Stätigkeit sind namentlich bei jungen Pferden Fälle einer raschen, kurzzeitigen Entwicklung bekannt.

Mangelhafte Zugfestigkeit

Sie unterscheidet sich von der Wagenstätigkeit darin, daß die Pferde nur dann den Dienst versagen, wenn größere, aber der körperlichen Verfassung entsprechende Leistungen gefordert werden. Zugverweigerung tritt auch bergauf oder in schwierigem Gelände auf. Mitunter ziehen die Pferde wieder an, wenn der Wagen nachgeschoben wird. Mit rohen Zwangsmitteln läßt sich im allgemeinen keine Verbesserung der Zugleistung erreichen. Erfolgversprechend sind eher Zugvorrichtungen, die Futteraufnahme und Belastung durch Gewichte koppeln (Ausbildung eines unbedingten Reflexes, Abb. 7.63).

Strangschlagen

Das Strangschlagen wird meist bei jungen Stuten beobachtet, die sich diese Untugend beim Einfahren angewöhnt haben. Besonders sensible Tiere fühlen sich durch das Berühren der Stränge bedroht und versuchen entsprechend einem natürlichen Abwehrverhalten sich mit dem Hinterbein der Gefahr zu entledigen. Neben dem Ausschlagen tritt besonders Unruhe, Quietschen und Harnspritzen auf. Sie krümmen sich zusammen und gehen auch zuweilen durch (Fluchtreaktion). Die Erscheinungen zeigen sich verstärkt während der Rosse, vermutlich als Ausdruck einer für die Vorbrunst typischen Überempfindlichkeit. Das Strangschlagen oder das Schlagen gegen das Geschirr überhaupt ist schwer zu beseitigen. Es kann durch den Gespannführer in unterschiedlichem Maße beeinflußt werden.

Leinefangen

Das Leinefangen ähnelt in Ursache und Erscheinung dem Strangschlagen. Die Pferde versuchen, mit dem Schweif die Leine zu greifen und festzuhalten. Dadurch entziehen sie sich dem führenden Einfluß des Gespannführers und gehen durch. Rossige Stuten schlagen dabei auch gegen die Stränge.

Die Gebrauchsfähigkeit ist nur bei besonderer Aufmerksamkeit des Fahrers gewährleistet, der das Fangen der Leine zu verhindern versteht. Weitere Möglichkeiten der Beeinflussung sind das Anbringen einer dicken Schweifwalze, das Festbinden des Schweifes oder als letzte Möglichkeit das Kupieren des Schweifes, das aber nur von einem Tierarzt ausgeführt werden darf.

Weniger erheblich ist das Nichtdulden des Schweifriemens, der besonders im bergigen Gelände ein Verschieben des Geschirres verhindern soll. Dadurch soll Geschirrdrücken am Widerrist vorgebeugt werden. Manche Pferde können auch ohne Schweifriemen gefahren werden.

Kleben

Das Kleben ist eine Form der Reitstätigkeit, bei der die Pferde nicht vom Stall oder aus der Gesellschaft anderer Pferde wegzubringen sind. Sie drehen sich im Kreise, drängen gegen die Wand, steigen und bocken. Es ist anzunehmen, daß sich die Tiere in der Gesellschaft anderer Pferde bzw. im Stall sicher fühlen, der für sie die Geborgenheit der Herde darstellt. Deshalb laufen auch viele Pferde bei Katastrophen in den Stall zurück oder lassen sich schwer dort herausbringen.

Ein geschickter Reiter, der in der Lage ist, durch korrekte Hilfegebung gegenüber dem Pferd Überlegenheit im Sinne der Sozialordnung zu zeigen, kann zumeist die Widersetzlichkeit überwinden. Das gelingt häufig durch energisches Vorwärtsreiten und schnelleres Reagieren als das Pferd. Bereits bei dem geringsten Anzeichen eines Widerstandes muß der Reiter mit entsprechenden treibenden Hilfen einwirken.

In ähnlicher Weise ist das „Aufstecken" bei Rennpferden zu betrachten. Sie gehen nicht an der Spitze oder kämpfen nur, bis sie das führende Pferd erreicht haben. An diesem gehen sie nicht vorbei. Sie kleben am Feld. Hengste versuchen direkt hinter Stuten zu laufen. Möglicherweise entsteht ein solches Verhalten aus einem Unterordnungskomplex heraus, der keine Spitzenposition im Sinne der Rangordnung zuläßt. Bei Hengsten wäre auch als Ursache ein entsprechendes sexuelles Partnerverhältnis denkbar.

Ganaschenzwang

Als Ganaschenzwang wird ein abnormes Verhalten des Pferdes beim Herannehmen und beim seitlichen Abbeugen des Kopfes bezeichnet. Die Pferde entziehen sich durch steife Kopfhaltung der Zügelführung. Ursache kann eine mangelhafte Unterordnung unter den Reiter sein oder besonderer Körperbau der Kopf-Hals-Region, die eine solche Beweglichkeit nicht zuläßt (breite, dicke Ganaschen, kurzes Genick). Außerdem zeigen mangelhaft zugerittene Pferde Ganaschenzwang. Als Reitstätigkeit kann deshalb nur die Form des Ganaschenzwanges angesehen werden, bei der zugerittene Pferde trotz guter Kopf- und Halsform das Genick und den Hals steif halten und der Anforderung zum Herannehmen und Abbeugen des Kopfes nicht Folge leisten. Ein perfekter Reiter kann diesen Fehler meist beseitigen. Differentialdiagnostisch muß auch an Zahnspitzen gedacht werden, die zu Schleimhautverletzungen führen.

Verweigern beim Beschlagen

Als „schmiedefromm“ gilt ein Pferd, wenn es sich im Stall oder auf der Beschlagbrücke von jedem Beschlagschmied ohne Anwendung von Zwangsmitteln (Oberlippenbremse ausgenommen) unter Beihilfe einer einzigen Person (des Aufhalters) beschlagen läßt. Pferde, bei denen unter diesen Bedingungen ein Zurichten oder Beschlagen der Hufe nicht möglich ist, werden als „nicht schmiedefromm“ oder „nicht beschlagfromm“ bezeichnet.

Der Hufbeschlag erfordert bei diesen Pferden meist viel Zeit, technischen und personellen Aufwand und schließt Verletzungen des Schmiedepersonals oder des Pferdes nicht aus. Oft ist ein Beschlagen nur nach medikamenteller Beruhigung oder im Beschlagsstand möglich (Foto 9, Seite 50). Der Gebrauchswert dieser Tiere ist daher eingeschränkt.

Verweigern beim Anbinden

Manche erwachsenen Pferde lassen sich im Stall nicht anbinden, sondern gehen zurück, steigen und zerreißen das Halfter. Ein solches Verhalten kann nur dann als Untugend bezeichnet werden, wenn das Anbinden fachgerecht geschieht, das Halfter paßt und keine krankhaften Veränderungen vorliegen, die eine solche gewohnheitsmäßige Widersetzlichkeit gegen das übliche Anbinden rechtfertigen (schmerzhafte Veränderungen an Kopf und Hals, Erkrankungen des Zentralnervensystems). Weniger bedeutend ist das Abstreifen des Halfters, weil es durch einfache Anbindevorrichtungen verhindert werden kann.

Startboxverweigerung

Bei Galopprennpferden kann eine Weigerung, die Startbox zu betreten, als eine Form der Stätigkeit angesehen werden, die die Gebrauchsfähigkeit als Rennpferd erheblich einschränkt. Diese Pferde können nur an Rennen teilnehmen, die mit Band oder Flagge gestartet werden. Damit ist ein Start in Flachrennen nahezu ausgeschlossen.

Als abnorm kann dieses Verhalten allerdings nur dann gelten, wenn diese Tiere trotz üblicher Hilfsmittel (Kapuze, Nasenbremse, Hochhalten des Schweifes usw. und energische treibende Hilfen) nicht zum Betreten der Startbox zu bewegen sind oder die Anwendung dieser Hilfsmittel durch Ausschlagen, Bocken, Steigen und Hinwerfen verhindert wird. Durch geduldiges Üben, auch unter Verwendung älterer erfahrener Führpferde, gewöhnen sich die meisten jungen Pferde an das Betreten der Startbox. In einzelnen Fällen kann die vorübergehende medikamentelle Beruhigung während des Trainings von Nutzen sein.

Ähnlich ist die Widersetzlichkeit beim Betreten von Transportmitteln bei Sportpferden zu betrachten. Sie können im allgemeinen nur als voll gebrauchsfähig gelten, wenn ihre Teilnahme an Leistungsprüfungen gewährleistet ist. Das ist aber durch den damit notwendigen kurzfristigen Ortswechsel nur mittels schneller Transportmittel möglich. Sportpferde, die sich nicht verladen lassen, sind deshalb in ihrer Nutzungsfähigkeit erheblich eingeschränkt. In Einzelfällen ist auch hier der Einsatz beruhigender Medikamente möglich, wenn keine Leistungsprüfungen vorgesehen sind.

Scheuen

→ **Definition.** Scheuen ist eine Furchtreaktion aufgrund optischer, akustischer, taktiler oder olfaktorischer Reize. Es ist aber im forensischen Sinne nur dann als erheblicher Fehler zu beurteilen, wenn es gewohnheitsmäßig vor bekannten und immer wiederkehrenden Erscheinungen geschieht und dadurch die Nutzung der Pferde wesentlich eingeschränkt wird.

→ **Symptome.** Man unterscheidet – entsprechend der sinnlichen Wahrnehmung, die die Fluchtreaktionen auslöst (Reiz-Bewegungs-System) – die **Gesichts-, Gehör- und Geruchsscheu**, wobei mit Sicherheit ein Zusammenspiel aller Sinnesorgane zugrunde liegt.

Bei der **Gesichtsscheu** erschrecken die Pferde vor an sich harmlosen, belebten und unbelebten Gegenständen. Die Pferde zeigen sich ängstlich, weichen zurück, springen zur Seite oder kehren einfach um (optischer Auslöser).

Als **Geruchsscheu** bezeichnet man eine spontan geäußerte Aversion gegenüber Gerüchen (olfaktorischer Auslöser).

Die **Gehörscheu** zeigt sich im ängstlichen Zusammenschrecken und Durchgehen beim Hören bestimmter ungewohnter Geräusche wie Zischen, Pfeifen, Knallen (Schußgeräusche usw.).

Im weitesten Sinne können auch Angst- und Schreckreaktionen aufgrund grober und intensiver Einwirkung auf Haut und Muskeln (Sattelzwang), sowie intensive treibende Hilfen mit Sporen und Peitsche dem Scheuen zugeordnet werden (taktiler Auslöser).

Eine besonders bedeutende Furchtreaktion ist wegen ihrer Gemeingefährlichkeit das **Durchgehen**. Die Pferde beginnen zu zittern und rennen davon. Galopprennpferde verlassen die Bahn, sie „brechen weg" oder „aus", Trabrennpferde springen.

→ **Ursachen.** Als Ursache des Scheuens sind Verhaltensweisen anzusehen, die aufgrund der Sinnesleistung des Pferdes seinem Reiz-Bewegungs-System entsprechen, das wesentlich auf Furcht und Selbstschutz eingestellt ist. Kennzeichen dafür sind Vorsicht, Angst, Scheu, Schreckhaftigkeit und Neigung zur Panik. Diese Verhaltensweisen sind entweder angeboren oder durch fehlerhaften Umgang erworben.

Vereinzelt können aber auch Sehstörungen wie z. B. Grauer Star, Glaskörpertrübung, Refraktionsanomalien oder Astigmatismus der Hornhaut und der Linse zum Scheuen führen. Nach der älteren Literatur soll auch der Dummkoller durch Beeinträchtigung des Vorstellungsvermögens Scheuen veranlassen.

Das Pferd hat ein vorzügliches Gehör und reagiert deshalb sehr intensiv auf akustische Reize.

Das Sehvermögen ist weitgehend und vielseitig für die Schutzfunktion des Pferdes (Furcht, Selbstschutzsystem) ausgebildet. Es wird schneller als jede andere Sinnesleistung wirksam. Das Pferd vermag Gegenstände, die sich hinter ihm befinden, innerhalb eines bestimmten Abschnittes zu sehen und reagiert entsprechend, wenn es diese Erscheinungen nicht kennt oder diese plötzlich eintreten.

Deshalb ist es bei Annäherung von hinten stets anzurufen, damit es nicht erschrickt und sich durch Schlagen wehrt. Besonders groß ist die Empfindlichkeit für das Bewegungssehen.

Es führt zu Verhaltensweisen wie Bodenscheu, plötzliches seitliches Ausweichen, Abstellen von der Wand oder Bande und schnelles Durcheilen von Einengungen z. B. Stalltüren.

Vorzüglich ausgeprägt sind auch der Geruchs- und Geschmackssinn beim Pferd. Es ist sehr empfindlich gegen unangenehme Gerüche, z. B. Blutgeruch, Menstruationsgeruch von Frauen oder Schweißgeruch des Menschen.

Das Pferd ist auch in der Lage, mit seinen Sinnesorganen Veränderungen wahrzunehmen, die sich aus den Wechselwirkungen zwischen seinen biologischen Reizzonen z. B. dem Wetter ergeben. Diese Wetterfühligkeit kann zu Unruhe, negativer und positiver Leistungsdisposition, zum Meideverhalten oder auch zum Einhalten bestimmter Fluchtdistanzen, wie z. B. an blitzgefährdeten Stellen, führen.

Das vorzügliche optisch-motorische Gedächtnis des Pferdes und sein Erinnerungsvermögen begründen die Fähigkeit, Schreckerlebnisse zu lokalisieren. Das führt zum Scheuen vor bestimmten Gegenständen an einem Ort. Hierzu gehört das automatische Angaloppieren an bestimmten Stellen und Scheu und Angstreaktionen vor Dingen, die dem Menschen belanglos erscheinen, wie z. B. plötzlich auftauchende Papierschnitzel.

→ **Diagnose.** Da reflektorische Schutz- und Fluchtreflexe einer natürlichen Verhaltensweise des Pferde entsprechen, ist eine Entscheidung über das Vorliegen eines abnormalen Verhaltens oft schwer. Sicher ist auch, daß bei aufmerksamer Führung des Pferdes im Sattel oder im Geschirr derartige Schreckreaktionen unterdrückt oder vermieden werden können. Deshalb kann ein Fehlverhalten nur in dem Scheuen gesehen werden, das unmotiviert und andauernd geäußert wird.

In jedem Falle ist eine sorgfältige Untersuchung der Augen vorzunehmen. Namentlich die Myopie scheint mit dem Scheuen in einem ursächlichen Zusammenhang zu stehen. Da das Scheuen unter bestimmten Bedingungen nicht gezeigt wird, gilt es als verborgener Mangel. Nach der Ursache (individuell stark ausgeprägtes Relikt eines natürlichen Schutz- und Fluchtreflexes) scheint zumindest die Anlage zum Scheuen angeboren zu sein. Auch Sehstörungen führen nach längerer Dauer zum Scheuen. In Einzelfällen kann sich diese Verhaltensstörung bei jungen Pferden durch äußere Einflüsse schnell entwickeln. Ein geringgradiges Scheuen ist weder beim Reit- noch beim Wagenpferd ein erheblicher Mangel. Mit Rücksicht auf die Gemeingefährlichkeit ist jedoch ein gewohnheitsmäßiges Durchgehen als sehr schwerwiegend zu beurteilen.

→ **Behandlung.** Setzt man voraus, daß das Scheuen eine Furchtreaktion darstellt, die einer physiologischen Verhaltensweise in der Natur entspricht, muß das Bemühen sein, ein gutes Vertrauensverhältnis zwischen Pferd und Mensch herzustellen, so daß der Furchtkomplex unterdrückt wird.

Das gelingt nur durch genaue Beobachtung der Sinnesäußerungen des Pferdes und ein entsprechendes Reagieren des Reiters oder Gespannführers. Ängstliche Pferde zeigen diese Sinnesäußerungen durch lebhaftes Ohrenspiel, unruhige Körperbewegungen, Augenausdruck usw. meist recht deutlich, so daß durch ruhiges und sicheres Einwirken und Zurufen eine Beruhigung möglich ist.

Liegt die Ursache des Scheuens in einer Augenerkrankung, so ist die Beseitigung des Leidens anzustreben, sofern es möglich ist. Die Anwendung scharfer Gebisse und besonderer Zäumungsmethoden sind umstritten. Zu empfehlen sind Scheuklappen bei Gesichtsscheu, schalldämpfende Ohrenklappen bei Gehörscheu (Trabrennpferde, Foto 171, Seite 298).

Kopfscheu

Unter Kopfscheu wird eine Überempfindlichkeit am Kopf verstanden, die als Abwehrreaktion bei Pflegearbeiten oder beim Auflegen des Zaumes oder des Halfters geäußert wird. Sie kommt bei vielen Pferden vor und entwickelt sich in der Regel nach Mißhandlungen oder bei krankhaften Prozessen im Kopfbereich. Bei ruhiger Behandlung ist im allgemeinen eine Nutzungsfähigkeit gewährleistet, so daß der Fehler nicht als erheblich beurteilt werden kann.

Zungenstrecken

→ **Begriffsbestimmung.** Unter „Zungenstrecken" oder „Zungenblöken" (Zungenschleppen, Zungenschießen, Zungenstechen, Bläken) wird die Angewohnheit mancher Pferde verstanden, die Zunge seitlich oder nach vorn aus dem Maul hängen zu lassen. Das geschieht teils während der Bewegung beim Ziehen und Reiten, teils aber auch im Stall. Durch das meist damit verbundene Hochziehen der Zunge über das Gebiß verringert sich die führende Wirkung des Zügels.

→ **Erscheinungsbild.** Nur das gewohnheitsmäßige, regelmäßige und auffallende Herausstrecken der Zunge gilt gesetzlich als „Zungenstrecken". Es darf nicht mit dem gelegentlichen Zeigen der Zunge junger Pferde verwechselt werden, das bei ungewohntem oder unbequemem Gebiß vorübergehend auftreten kann. Das bloße Vorschieben des vorderen Zungenrandes zwischen die Schneidezähne, bei dem oft auch ein schmatzendes Geräusch zu hören ist, fällt nicht unter „Zungenstrecken". Verletzungen und Lähmungen der Zunge müssen ausgeschlossen werden. Das erworbene „Zungenstrecken" kann sich schon innerhalb kurzer Zeit entwickeln. Es gilt als verborgener Mangel, weil es durch bestimmte Hilfsmittel vorübergehend beseitigt werden kann.

→ **Ursachen.** Das Zungenstrecken ist vielfach erblich und kaum zu beseitigen. Oft entsteht es aber auch als Spielerei oder auch durch unsachgemäße Zäumung (ungewohntes, schweres, kantiges Mundstück der Trense oder Kandare).

→ **Behandlung.** Das erworbene Zungenstrecken kann durch ein genau passendes Mundstück und zweckentsprechendes Verschnallen des Nasenriemens, der so viel Spielraum haben muß, daß die hochgezogene Zunge ohne Schwierigkeiten ihren normalen Platz unter dem Gebiß wieder einnehmen kann, allmählich verlorengehen. Dazu ist erforderlich, daß der Schenkel und das Kreuz des Reiters das Pferd bei leichter Zügelführung zum Aufnehmen des Gebisses und zum Abkauen auffordern. Beim Abstoßen vom Gebiß wird dann die Zunge ihre richtige Lage einnehmen. Mittel, wie Zungennetz, Zungenschlinge, Zungengummiband, Doppelgebiß, Strick-, Spiel-, Löffelgebiß und operative Maßnahmen, wie das Brennen usw., haben kaum anhaltende Wirkung. Ein Gebiß mit größerer Zungenfreiheit mildert den Druck auf die Zunge. In manchen Fällen hat das Festbinden der Zunge während der Arbeit Erfolg. In Prüfungen ist – mit Ausnahme des Galopprennsports – der Zungenriemen verboten.

Bewegungsstereotypie (Weben, Manegebewegung)

→ **Begriffsbestimmung.** Als Bewegungsstereotypien werden relativ starr festgelegte und häufig wiederholte Bewegungsabläufe bezeichnet, die ohne ersichtlichen Funktionszusammenhang bestehen.

Beim Pferd fällt darunter das „Leineweben" oder die „Manegebewegung". Beim Leineweben oder Weben wiegen die Pferde den Vorderkörper meist bei gespreizten Vorderbeinen hin und her. Unter Manegebewegung versteht man eine kreisförmige Bewegung in der Box. Beides tritt vornehmlich bei leichten Reit- und Wagenpferden auf. Das Weben ist nur bei Luxuspferden als erheblicher Mangel zu betrachten, die außer ihrer Leistungsfähigkeit auch durch ihr untadeliges Verhalten im Stall wertvoll sind. Es hat keinen leistungsmindernden Einfluß. Anders ist dagegen die Bedeutung der Manegebewegung zu bewerten. Sie verursacht nicht nur eine ständige Unruhe im Stall, sondern kann vor allem bei Rennpferden auch zu einer Leistungsminderung führen.

→ **Erscheinungsbild.** Bewegungsstereotypien haben den Charakter eines verborgenen Mangels. Sie werden nicht an jedem Ort und nicht zu jeder Zeit geäußert. Häufig sieht man sie nur dann, wenn sich die Tiere unbeobachtet fühlen. Gewöhnlich hören die Bewegungen auf, wenn die Aufmerksamkeit durch den Fütterungsvorgang, hinzutretende Menschen oder Tiere abgelenkt wird. Das Weben zeigen manche Pferde nur in der Box und nicht im Stand.

→ **Ursachen.** Als wesentliche Ursache für Bewegungsstereotypien ist eine reiz- und bewegungsarme Einzelboxenhaltung anzusehen. Die Pferde versuchen, den überschüssigen Bewegungsdrang abzureagieren. Zum anderen wird eine Beziehung dieser Erscheinungen zu mehr oder minder krankhaften Angewohnheiten (Tics) vermutet. Der Fehler entsteht ziemlich rasch, wahrscheinlich innerhalb weniger Tage. Nur bei einer großen Fertigkeit in der Ausübung dieser Bewegungen kann ein längeres Bestehen angenommen werden.

→ **Behandlung.** Ein sicheres Mittel zur Beseitigung von Bewegungsstereotypien gibt es nicht. Abhilfe versprechen am ehesten reichliche und häufige Bewegung oder ein Wechsel der Aufstallung. Eine zuweilen recht nützliche Maßnahme zur Beseitigung des Webens ist das Bemalen der Stirnwand des Standes oder der Boxenwände mit senkrechten Zebrastreifen. Die Tiere sollen durch das Hin- und Herschwanken der Streifen in der Bewegung so irritiert werden, daß sie die Untugend im Laufe der Zeit aufgeben.

Die Manegebewegung in der Box hört häufig durch das Dazustellen eines kleinen Wiederkäuers (Schaf oder Ziege) auf. Allerdings wird dieser Stallgefährte bei Reisen zum Problem. Wegen der Übertragungsmöglichkeit von Infektionskrankheiten bestehen auch seuchenhygienische Bedenken.

Bekannt ist außerdem ein über die Box spanntes Netz mit senkrecht nach unten hängenden Fransen, das durch die ständige Behinderung den Bewegungstrieb hemmen soll.

Krippensteigen

Der Fehler ist selten und entsteht vermutlich ebenfalls aus Langeweile. Die Pferde richten sich dabei im Stand mit den Hinterbeinen auf und treten mit den Vordergliedmaßen in die Krippe. Dadurch entsteht eine erhebliche Verletzungsgefahr. Kurzes Anbinden und Höherlegen der Krippe nützen wenig. Die Pferde müssen entweder ihr Futter im Beutel erhalten oder eine mobile Krippe muß nach der Futteraufnahme wieder entfernt werden.

Raumangst

Man versteht unter Raumangst „Platzangst" in zu engen Räumen, z. B. Transportboxen bei Land-, Luft- und Seereisen. Der Zustand kann vereinzelt beim Bezug neuer Boxenställe auftreten. Im Zustand der Raumangst unternehmen die Pferde panische Befreiungsversuche, die zu lebensgefährlichen Verletzungen führen können. Dunkelheit kann unter diesen Bedingungen dieser Verhaltensstörung entgegenwirken. Möglich sind auch beruhigende Medikamente, die vor Antritt von Reisen vorbeugend gegeben werden. Im Zustand der Panik ist eine Verabreichung gefährlich und oft kaum möglich.

Nicht-Legen

Diese Pferde legen sich über längere Zeit (manchmal Monate oder auch Jahre) nicht hin, obwohl die Stallverhältnisse das Niederlegen erlauben. Häufig beruht dieses Fehlverhalten auf chronischen Erkrankungen des Stützsystems, einer chronischen Lungenerkrankung, Störungen des ZNS oder Zwerchfellrissen, die das Hinlegen und Aufstehen der Tiere erschweren. Das gilt auch für das ständige Stehen sehr alter Pferde. Vielfach legen sich aber auch anscheinend gesunde Pferde, besonders beim Wechsel des Stalles, nicht nieder. Vermutlich spielen dabei psychische Einflüsse (bestimmte Raumfaktoren) eine Rolle.

Nur eine sorgfältige, wiederholte Untersuchung kann über den Grund des „sich-nicht-Hinlegens“ Aufschluß geben. Es ist dabei zu beachten, daß die Stallverhältnisse (kein enger oder ungewohnter Stand) das Hinlegen gestatten müssen. Der Fehler gilt als verborgener Mangel, weil er in der Regel bei Tage nicht sichtbar ist. Wegen der damit verbundenen unvollständigen Regeneration der Leistungsfähigkeit kann er als erheblich angesehen werden.

Lippenschlagen

Das klappende Aufeinanderschlagen der Lippen, als Lippenschlagen oder Lippenspielen bezeichnet, ist eine Spielerei vieler Sportpferde, die im Stall, aber auch im Freien während der Arbeit ausgeübt wird. Sie geschieht aus Langeweile und stellt keine Beeinträchtigung der Nutzungsfähigkeit dar.

Krippen- oder Barrenwetzen

Beim Krippen- oder Barrenwetzen öffnen die Pferde die Lippen und reiben mit den fest geschlossenen Schneidezähnen durch Hin- und Herbewegen des Kopfes auf einer harten Unterlage. Dabei wird die Lippenfläche der Schneidezähne in der Regel bis zum Zahnfleischrand abgenutzt. In hochgradigen Fällen sind die Zähne bis auf die Kunden abgeschliffen. Die Unterkieferschneidezähne nehmen meist eine etwas stumpfwinklige Form an (F. 194, Seite 318). Dazu entstehen Wunden, Blutungen und Geschwüre am Zahnfleischrand. Kaustörungen bestehen nicht. Mitunter kann aber das Erfassen des Futters Schwierigkeiten bereiten. Als Ursache wird eine Bewegungsstereotypie vermutet. Diese Verhaltensstörung läßt sich nicht beseitigen. Es empfiehlt sich, die Haltungsbedingungen so zu verändern, daß die Tiere genug Bewegung und Abwechslung haben. Gegebenenfalls sind die Pferde so anzubinden, daß sie nicht wetzen können, und nach der Fütterung die Krippen zu entfernen. Möglich ist auch die Verabreichung des Futters im Beutel. Erwähnt wird auch das Anbringen eines elektrischen Weidezaunes an der Futterkrippe außerhalb der Futterzeit.

Kopfschütteln, Kopfschlagen

→ **Begriffsbestimmung.** Manche Pferde zeigen eine ungewöhnliche Störung ihres Verhaltens, indem sie unter bestimmten Umständen heftig mit dem Kopf schütteln. Im englischen Sprachraum wird das als „head-shaking“ bezeichnet. Meist wird diese Unart so heftig und intensiv betrieben, daß eine Nutzung der Pferde unter dem Reiter oder im Gespann unmöglich wird. Allerdings darf diese Verhaltensstörung nicht mit einer physiologischen Abwehrreaktion z. B. bei Belästigung durch Insekten oder als Ausdruck von Ungeduld vor Trainings- oder Leistungseinsatz verwechselt werden.

→ **Erscheinungsbild.** Das Kopfschütteln wird in allen Nutzungsrichtungen und bei allen Rassen beiderlei Geschlechts beobachtet.

Besonders ausgeprägt tritt es im Frühjahr und im Sommer auf. In den Wintermonaten klingt die Erscheinung im allgemeinen ab. Am Anfang wird das Kopfschütteln vorwiegend im Trab, später auch in allen übrigen Gangarten festgestellt, vor allem, wenn die Pferde aufgewärmt sind.

Im einzelnen werden folgende Erscheinungen beschrieben:
- plötzliches willkürliches Hochreißen des Kopfes
- übertriebenes Absenken des Kopfes, so daß der Reiter abgeworfen wird
- Der Kopf wird vertikal, horizontal oder im Kreis bewegt

F196 **Angußverband.** Er dient zur Einwirkung gelöster Wirkstoffe und gleichzeitig zur Kälte- oder Wärmebehandlung.
F197 **Gipsverband** zur Stabilisierung des unteren Gliedmaßenabschnittes.
F198 **Hufschuh.** Kann als Schutz über den Hufverband gelegt werden.
F199 **Sprunggelenksverband** mit Stützverband am Mittelfuß.
F200 **Huf-, Fessel-, Mittelfußverband.**
F201 **Fessel- und Mittelfußverband.**
F202 **Halskragen.** Soll die Beweglichkeit des Halses einschränken, um das Pferd z.B. am Benagen von Verbänden zu hindern.

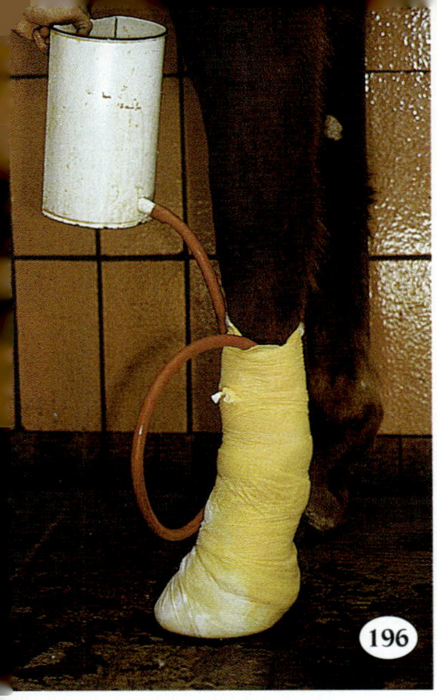
196

197

198

199

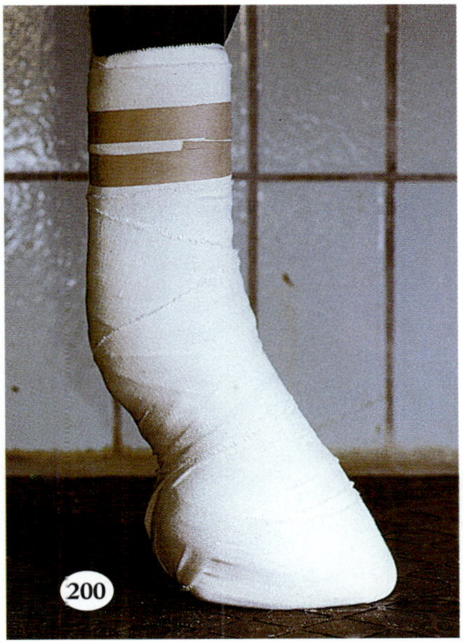
200

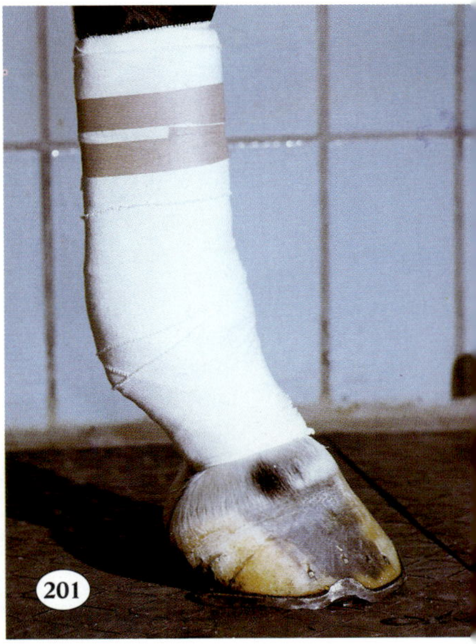
201

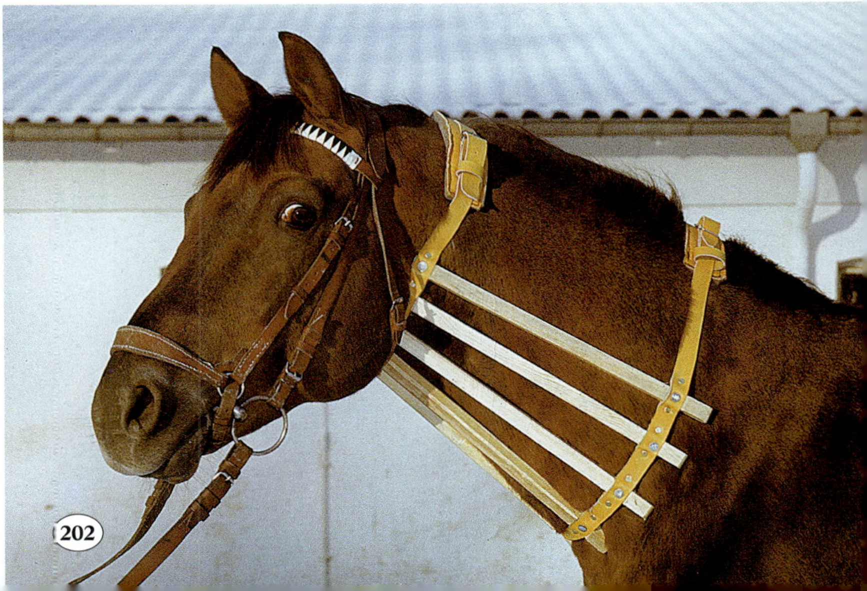
202

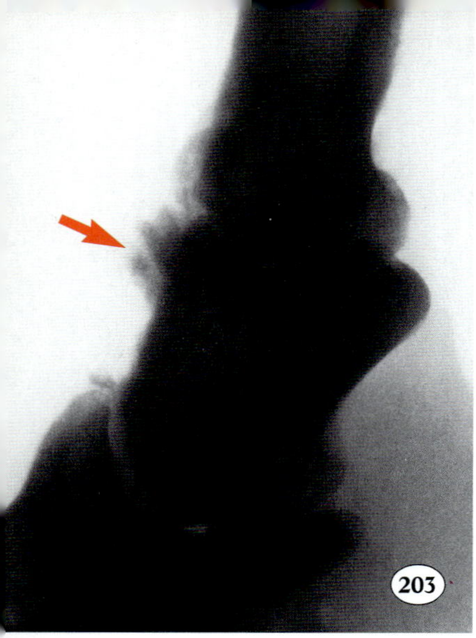
203

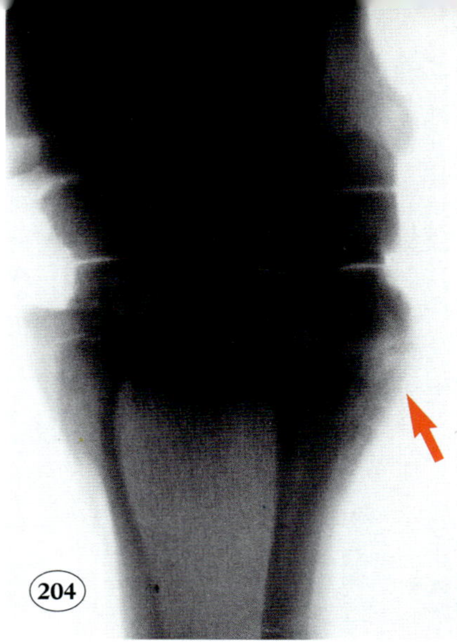
204

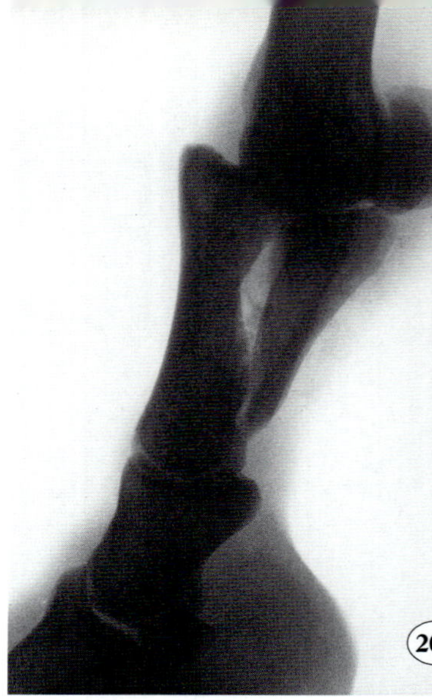
20

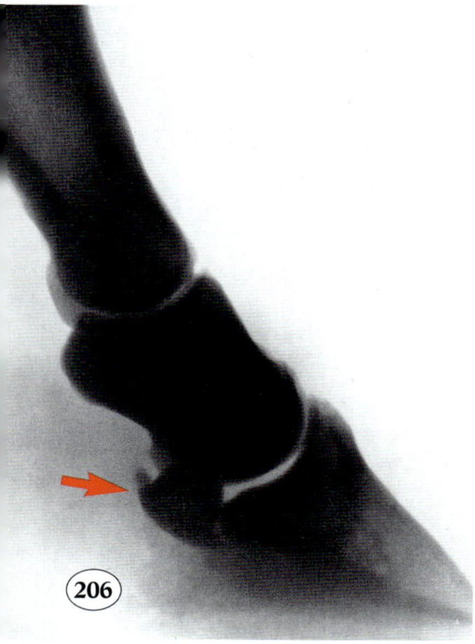
206

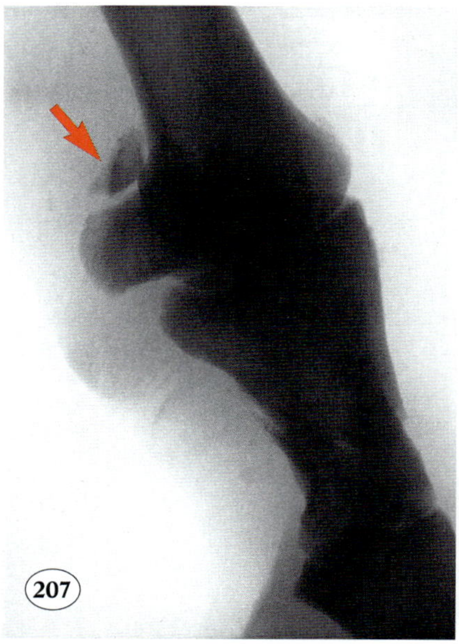
207

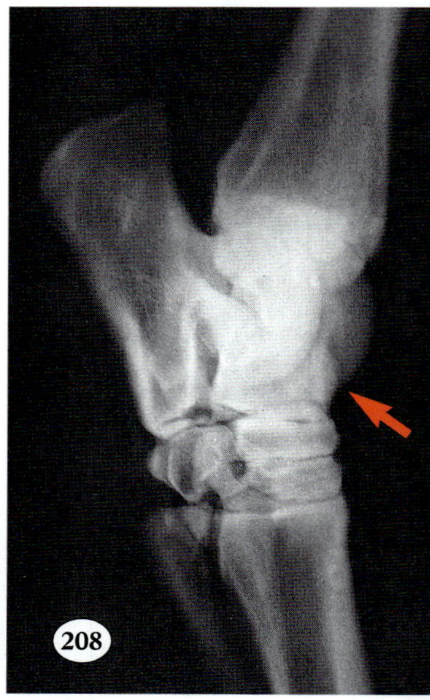
208

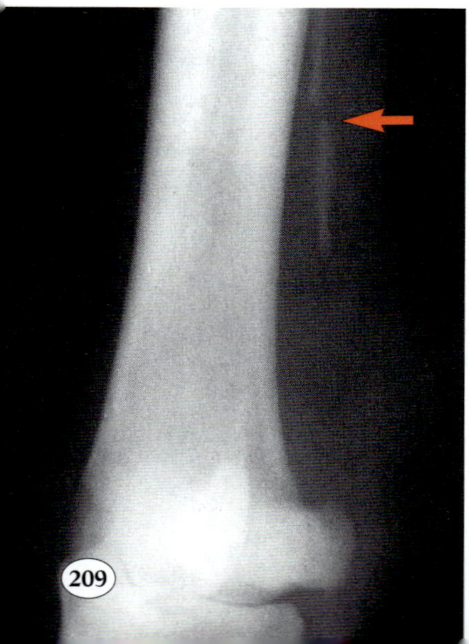
209

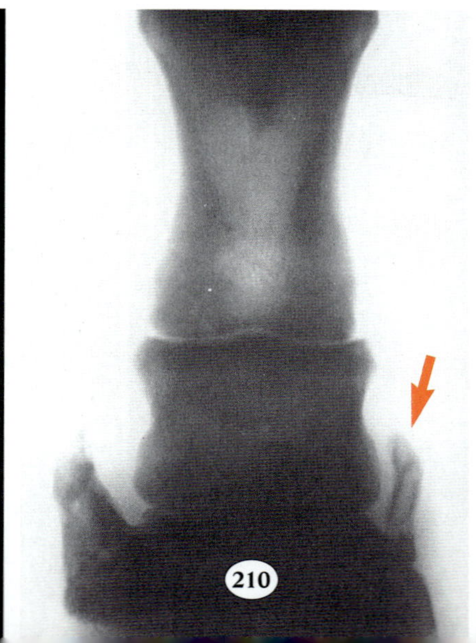
210

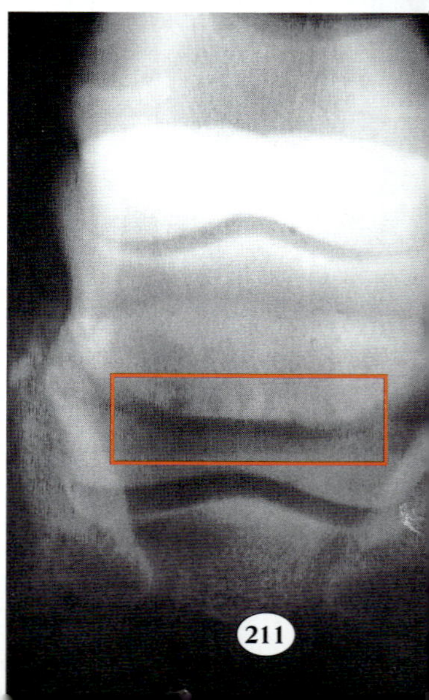
211

- Manchmal tritt neben dem Hochreißen des Kopfes ein zusätzliches Strecken und Anheben eines Vorderbeines auf.
- Oft wird ein Schniefen und Schnarchen geäußert und die Nase als Anzeichen einer Reizung an den Vorderbeinen gerieben.

Die Erscheinungen können in Abhängigkeit von Witterungseinflüssen und bestimmten Umweltbedingungen unterschiedlich stark auftreten.

→ **Ursachen.** Als Kopfschütteln im engeren Sinne kann nur eine Verhaltensstörung bezeichnet werden, bei der keinerlei Krankheitszustände ermittelt werden. Häufig liegen aber Erkrankungen vor, die Schmerz, Gereiztheit oder Unbehagen auslösen. Das kann der Fall sein bei Krankheiten der Atemwege, der Nase und der Nebenhöhlen. Desweiteren kommen Erkrankungen des Nervensystems, des Gleichgewichtsorgans, der Ohren, der Augen, der Maulhöhle sowie schmerzhafte Prozesse im Halsbereich in Frage.

Aus diesem Grund ist zur Ermittlung der Ursache des Kopfschüttelns eine genaue Untersuchung der genannten Organsysteme notwendig. Wesentlich ist auch die Feststellung, ob das Kopfschlagen als Zeichen des Unwillens gegen Zäumung oder Sattel geäußert wird.

→ **Behandlung.** Zunächst müssen alle Ursachen beseitigt werden, die Anlaß für diese Verhaltensstörung sein können. Bei der Vielzahl der Möglichkeiten kann keine genaue Empfehlung gegeben werden. Die Heilungsergebnisse sind nicht ermutigend. Häufig gelingt keine zufriedenstellende Beseitigung dieser Verhaltensstörung.

Aggressivität, Schlagen und Beißen

→ **Begriffsbestimmung.** Unter Aggressivität versteht man bei Pferden Beißen oder Schlagen oder beides. Manche Pferde sind darüber hinaus noch dadurch gefährlich, daß sie versuchen, die Person, die die Box betritt, an die Wand zu drücken. Entsprechend ihres natürlichen Schutzverhaltens neigen Stuten mehr zum Schlagen mit den Hinterbeinen, während Hengste häufig von den Vorderbeinen und vom Gebiß Gebrauch machen.

→ **Erscheinungsbild.** Abwehr- und Angriffsreaktionen sind das Ergebnis eines psychischen Zustandes, der in den meisten Fällen an bestimmten Sinnesäußerungen des Pferdes erkennbar ist. Dazu gehören spezielle Bewegungen der Ohren, des Schweifes und der Augen, eine besondere Spannung und Stellung des Körpers und der Ausdruck der Stimme. So kann z. B. ein Auge klein und böse blickend erscheinen. Viel „Weiß im Auge" spricht für unbequemes, energisches Verhalten. Und ein unruhiges, gequält blickendes Auge deutet auf Ängstlichkeit hin.

Aufgestellte, aber mit der Öffnung nach hinten gedrehte Ohren zeigen Aufmerksamkeit für hinter dem Pferd befindliche Vorgänge an. Zurückgelegte Ohren sind ein Zeichen von Unbehagen. In diesem Zustand ist das Pferd stets zur Abwehr geneigt und zum Beißen und Schlagen bereit.

Psychische Spannungen lassen sich auch vom Minenspiel, zu dem auch die Bewegungen der Lippen gehören, ablesen. Im Zustand der Erregung wird der Schweif entweder eingeklemmt, gedreht oder stark nach hinten ausgestreckt. So kündigt sich auch das Bocken und Auskeilen an. Bei besonderer Aufregung wird der Schweif sogar nach oben aufgerollt.

Hinweise gibt auch die Stimme. So werden Kitzelgefühle vor allem von rossigen Stuten durch

Röntgenaufnahmen.

F203 Krongelenksschale. Knochenwucherung am Krongelenk.

F204 Spat. Knochenwucherung an der Innenseite des Sprunggelenks.

F205 Fesselbeinbruch. Breiter, senkrecht verlaufender Bruchspalt.

F206 Knochenzacke (Exostose) am Strahlbein, Hufrollenerkrankung.

F207 Gleichbeinbruch. Das Bruchstück ist nach oben verlagert.

F208 Freier Körper im Sprunggelenk (Osteochondrosis dissecans). Häufige Ursache einer verstärkten Gelenksfüllung.

F209 Griffelbeinbruch mit Verlagerung des Bruchstückes.

F210 Hufknorpelverknöcherung. Die Hufknorpel sind rechts und links als Fortsatz am Hufbein sichtbar.

F211 Hufrollenerkrankung. Unregelmäßige, kolbenartige Erweiterung der Gefäßkanäle im Strahlbein bis zur Mitte des Knochens.

charakteristische Quieklaute ausgedrückt. Ein heftiges, stoßweises Schnauben deutet auf Angst und Furcht hin, während das Schnauben in Form des „Abbrausens" ein Zeichen dafür ist, daß das Pferd seine Spannung aufgibt. Nicht zuletzt drückt auch ein unruhiger, gespannter Gang eine gewisse Erregung aus. Die Kenntnis dieser psychischen Äußerungen des Pferdes ist für die Untersuchung auf Bösartigkeit notwendig.

Bei der Untersuchung auf Beißen und Schlagen müssen Verhaltensweisen, wie Futterneid oder Unleidlichkeit von Bösartigkeit abgegrenzt werden. Auch das Ausschlagen stallmutiger Pferde oder (durch plötzliches Herantreten) erschreckter Pferde kann ebenso wenig als bösartig gelten wie das spielende Anfassen mit Lippen und Zähnen, das **Nachtschlagen** bei chronischer Kolik oder das **Stampfen** im Stand bei Fußräude.

Als **Unleidlichkeit** wird ein besonders reizbares, kitzeliges, nervöses Verhalten bei Pferden bezeichnet, das vorwiegend bei Stuten bei Annäherung oder Berührung des Körpers auftritt. Die Tiere legen die Ohren an, trippeln hin und her, zeigen die Zähne, quieken, setzen in kleinen Portionen Harn ab und drohen mitunter sogar zu schlagen und zu beißen, ohne indessen diese Bewegung wirklich auszuführen. Diese Äußerungen sind keine wirkliche Bösartigkeit, sondern der Ausdruck einer Überempfindlichkeit, die möglicherweise einer hypersexuellen Verhaltensweise entspricht.

Futterneid zeigt sich nur bei der Futteraufnahme gegenüber anderen Pferden. Er ist Ausdruck der Nahrungskonkurrenz und wird bei sozialen Tieren oft durch die Rangordnung überdeckt. Die Pferde sind aufgeregt, springen hin und her, legen die Ohren an und fressen das Futter gierig und hastig. Bei Annäherung versuchen sie zu schnappen. Die Angriffe richten sich gewöhnlich gegen andere Pferde, nur selten gegen Menschen.

Die wirkliche Bösartigkeit wird im allgemeinen nicht immer gezeigt. Manche Pferde schlagen nur fremde Personen oder nur im Stall. Gegenüber dem gewöhnten Betreuer bleiben sie fromm. Auch bei Übermüdung und bei Krankheiten kann das Schlagen und Beißen unterbleiben. Bösartige Stuten verhalten sich manchmal während der Rosse unerwartet ruhig (hormonell bedingte Duldungsbereitschaft). Eine Bösartigkeit entwickelt sich in der Regel langsam. Bei nervösen, jungen Pferden ist jedoch vereinzelt auch ein rasches Auftreten möglich, wenn die Pferde fehlerhaft behandelt werden.

→ **Ursachen.** Bösartige Pferde greifen meist nur bestimmte oder ihnen fremde Personen an. Nur in Ausnahmefällen schlagen und beißen sie gegen jedermann. Daraus kann man schließen, daß diese Pferde in der sozialen Rangordnung nur bestimmte Personen respektieren. Der Mensch kann seinerseits durch unsachgemäße Behandlung, wie unangemessene Bestrafung, Spielerei und Necken seine Überlegenheit einbüßen. Besonders bei temperamentvollen Pferden und Stuten mit hormonellen Störungen kann sich eine Bösartigkeit recht schnell entwickeln. Die Vererbbarkeit eines bösartigen Charakters ist wissenschaftlich nicht erwiesen, eine erbliche Neigung im Einzelfall wohl aber möglich.

→ **Behandlung.** Zunächst muß durch das Anbringen eines Hinweisschildes oder eines Strohwisches und durch Belehrung verhindert werden, daß sich Personen dem Tier nähern, die es nicht kennt. Bösartige Pferde können nur von einem Betreuer erzogen werden. Voraussetzung ist ein ruhiges, sicheres Auftreten, das bewirkt, dem Tier seine Überlegenheit zu nehmen. Meist scheitert ein solcher Erziehungsversuch bei Pferden, die sich jeder Annäherung widersetzen, am Fehlen einer solchen Persönlichkeit. Zeitweiliger Futter- und Wasserentzug können die Bemühungen unterstützen, weil dadurch das Interesse für die Nahrung größer wird als an dem, der sie reicht. Desweiteren müssen auch Schreckreaktionen und Neckereien vermieden werden. Vorbeugend wirkt ein ruhiges, sicheres Verhalten gegenüber dem Pferd.

Junge Pferde lassen mitunter vom Beißen ab, wenn man sie wiederholt mit dem Maul in etwas fassen läßt, was ihnen unangenehm ist, z. B. in rohes Fleisch oder in eine heiße Rübe. Hilft dies nicht, so kann durch das Anlegen eines Maulkorbes Schaden verhütet und bedingte Nutzungsfähigkeit erreicht werden.

Gesetzlich ist die Bösartigkeit als erheblicher Fehler zu betrachten, weil die Nutzungsfähigkeit der Pferde eingeschränkt ist und die Möglichkeit der Beseitigung bezweifelt wird. Sehr bösartige Pferde sind überhaupt unbrauchbar.

Koppen

Koppen gehört zu der großen Gruppe der „Stereotypien", die durch sich identisch wiederholende Verhaltensmuster ohne ersichtlichen Funktionszusammenhang gekennzeichnet und relativ häufig sind.

→ **Begriffsbestimmung.** Koppen ist eine Stereotypie, bei der die Pferde durch Herabziehen des Kehlkopfes mit der unteren Halsmuskulatur den Schlundkopf öffnen und Luft in die Speiseröhre einströmen lassen. Dabei wird ein dumpfer, gurgelnder Ton, das „Köken", hörbar. Der Vorgang läuft in mehreren Phasen ab, die von verschiedenen Autoren unterschiedlich interpretiert werden. Die Befürchtung der Nachahmung führt zu Schwierigkeiten bei der Einstallung von Koppern in Gemeinschaftsunterkünften von Pferden und kann deshalb eine erhebliche Wertminderung des Tieres bewirken.

→ **Ursachen.** Über die Ursachen des Koppens besteht keine einheitliche Meinung. In den meisten Fällen entwickelt sich diese Verhaltensweise bei jungen Pferden spontan, wenn sie nicht genügend beschäftigt werden. Bekannt ist auch, daß viele Pferde das Koppen durch Nachahmung erlernen. Möglicherweise ist diese Verhaltensstörung in bestimmten Fällen auch neuropathischen Ursprungs im Sinne einer Elementarbewegung.

→ **Erscheinungsbild.** Man unterscheidet drei Formen des Koppens.

Das **Krippensetzen** (Aufsetzen) tritt am häufigsten auf. Dabei wird die labiale Kante der Schneidezähne des Oberkiefers auf den Krippenrand oder andere feste Gegenstände gestellt und der Kopf zur Anspannung der Halsbeuger gegen den Widerstand gepreßt, wobei ein rülpsender Ton hörbar wird (Foto 195, Seite 318). Durch dauernde Wiederholung dieses Vorganges werden die Zahnkanten schräg abgeschliffen. Bei geschlossenem Kiefer sieht man am vorderen labialen Rand der Kaufläche einen dreieckigen Defekt an den Zangen und den Mittelzähnen. Nach jahrelangem Koppen können die Oberschneidezähne bis auf Stummel abgewetzt werden (Koppergebiß). Stets beobachtet man zugleich eine Hypertrophie der unteren Halsmuskulatur.

Beim **Freikoppen** (Luftkoppen) setzen die Pferde das Gebiß nicht auf. Der Kopperton wird bei Abbeugung des Kopfes gegen die Brust unter eigentümlichen Lippenbewegungen hörbar. Anschließend richten sie meist den Kopf wieder ruckartig auf.

Das **Luftschnappen** (Windschnappen) ist nicht identisch mit Freikoppen, sondern bildet eine besondere Form, bei der ohne Aufsetzen mit oder ohne Kopperton Luft abgeschluckt wird.

Das Koppen beeinträchtigt im allgemeinen die Arbeitsfähigkeit der Pferde nicht. Deshalb kann die Verhaltensweise lediglich bei Luxuspferden als erheblich wertmindernd betrachtet werden. Vereinzelt neigen Kopper allerdings zu Verdauungsstörungen (Koliken) oder sind schwer in eine gute Ernährungskondition zu bringen. Als unerhebliche Folgezustände des Krippensetzens sind das Abreiben der Zähne und die Hypertrophie der beteiligten Halsmuskulatur zu sehen.

Kopper verlieren die Stereotypie kaum, auch wenn sie vorübergehend längere Zeit an der Ausübung gehindert werden.

→ **Diagnose.** Die Diagnose des Koppens basiert einmal auf der Feststellung des Koppertons, zum anderen auf einer sicht- und fühlbaren Kontraktion der am Hals gelegenen Muskeln mit Herabziehung des Kehlkopfes. Der akustische Nachweis des Geräusches ist nicht immer leicht, weil viele Pferde diese Verhaltensstörung nicht zeigen, wenn sie sich beobachtet fühlen. Manche bevorzugen eine bestimmte Unterlage zum Aufsetzen (Holz, Stein oder Eisen). Andere wiederum unterlassen die Spielerei vorübergehend, wenn sich die Stalleinrichtung ändert. Beim Luftschnappen kann das Geräusch fehlen. Ein Abrieb an den Zähnen ist nur beim Aufsetzen feststellbar. Die Hypertrophie der unteren Halsmuskulatur bildet sich erst nach und nach aus. Sie fehlt bei geringgradigen Formen und beim Luftschnappen. In Verbindung mit den übrigen Symptomen des Koppens gilt sie als Beweis für ein längeres Bestehen des Mangels.

Abzugrenzen sind das Lippenschlagen, das Lippenblasen, das Lecken und Zungenlöffeln, das Zähneklappern, das Aufsetzen ohne Kopperton, das Krippenbeißen und das Barrenwetzen. Bei diesen Stereotypien fehlen die typischen Merkmale des Koppens: Kontraktion der unteren Halsmuskulatur, Herabziehen des Kehlkopfes, Kopperton und Abschlucken von Luft, das aber für die Feststellung des Koppens nicht unbedingt nachgewiesen werden muß. Das Verschlucken von mit Luft gemischtem Speichel wird nicht zum Koppen gerechnet.

→ **Behandlung.** Ziemlich gut läßt sich das Koppen durch eine Operation beseitigen. Gelingt dies, ist das Pferd kein Kopper mehr. Es stellt sich beim Kauf nur die Frage nach der Offenbarungspflicht des Verkäufers. Dem aufmerksamen, sachkundigen Käufer dürften allerdings die Operationsnarben nicht verborgen bleiben. Wegen der dadurch unschönen Leere im Unterhalsbereich kann man durch Trennung des bestimmte Halsmuskeln versorgenden Nerven die Entfernung des Muskels umgehen (Neurektomie des N. accessorius).

Obwohl sich beim Koppen die Zähne des Oberkiefers durch Nachschieben und Abnutzung verkürzen, sind die Schliffstellen an den Schneidezähnen bereits nach einem Jahr bis auf eine geringe Rundung des Vorrandes verschwunden. Nur hochgradige Abnutzung und Stummelbildungen bleiben jahrelang oder für immer bestehen.

Das Koppen ist ein Gewährsmangel mit einer Gewährsfrist von 14 Tagen. Problematisch ist dabei, daß sich diese Stereotypie zweifellos innerhalb dieser Frist entwickeln kann.

8 Versorgung des erkrankten Pferdes

Verbandlehre

Jeder Verband ist Bestandteil einer Behandlung. Er hat die Aufgabe, Heilungsvorgänge zu fördern. Diese Funktion kann er allerdings nur erfüllen, wenn er fachgerecht angelegt wird. Unsachgemäß ausgeführte Verbände können die Heilung verzögern oder sogar Ursache für zusätzliche Schäden (z. B. Druckstellen) sein. Die besonderen Aufgaben eines Verbandes ergeben sich aus der Funktion, die er auszuüben hat.

Verbände sollen äußere Einflüsse fernhalten. Das trifft einmal für die Abdeckung von Wunden zu, die vor Schmutz, Insekten, Infektionserregern und mechanischen Reizungen (z. B. Scheuern, Benagen) bewahrt werden sollen. Zum anderen schützen sie aber auch gesunde Körperregionen vor Gewalteinwirkungen.

Druckverbände werden dort angewendet, wo durch äußeren Druck Gewebe zusammengepreßt werden soll oder eine zerstörte Organform wiederherzustellen ist. Das gilt für Blutungen, wo durch das Zusammendrücken der Gefäßwände der Blutaustritt zum Stehen kommen und die Blutgerinnung begünstigt werden soll. Bei älteren Wunden verhindern sie eine überschießende Bildung von Ersatzgewebe (wildes Fleisch) und bei Defekten von Körperhöhlenwänden und der Hornkapsel des Hufes den Austritt oder Vorfall von Organen und Organteilen (z. B. Vorfall der Huflederhaut).

Verbände als Medikamententräger haben die Aufgabe, Heilmittel an einer bestimmten Körperstelle so zu fixieren, daß sie eine ausreichend lange Wirkung erzielen können. Dazu zählen **Angußverbände** (Foto 196, Seite 335), bei denen medikamentelle (desinfizierende) und physiotherapeutische Anwendungen (Wärme, Kälte) miteinander verbunden werden können.

Stabilisierende Verbände sollen ein geschädigtes Organ ruhigstellen und so vor weiterer Bewegung bewahren, damit zusätzliche Schäden vermieden werden. Sie gewährleisten darüber hinaus die für eine komplikationslose Heilung notwendige Ruhe im erkrankten Gewebe. Bei besonderer Leistungsexposition unterstützen sie die Festigkeit und Belastbarkeit bestimmter Körperteile und entfalten so auch eine vorbeugende Wirkung. Das ist beim **Zinkleimverband** der Fall, bei dem neben einem stabilisierenden gleichzeitig ein durchblutungsfördernder Massageeffekt erzielt wird. Der Zinkleim wird im heißen Wasserbad verflüssigt und mit einem Pinsel schichtweise auf die um die Gliedmaße geführten Wirkbindentouren aufgetragen. Um einen zu hohen Druck zu vermeiden, empfiehlt es sich, den Verband an der belasteten Gliedmaße anzubringen, indem man die gegenüberliegende Gliedmaße anheben läßt. Der Verband soll, wenn er am Mittelfuß angelegt wird, den Fesselkopf mit bedecken, um eine genügend große Stabilität zu erreichen.

Verbandmaterial

Die Auswahl des Verbandsmaterials richtet sich nach der Aufgabe, die der Verband zu erfüllen hat. Der **klassische Wundverband** besteht immer aus drei Teilen. Zunächst wird die Wunde mit keimfreier Gaze bzw. mit Mull abgedeckt. Das dient gleichzeitig der Fixierung von Medikamenten auf der Wunde. Darüber folgen eine oder mehrere Lagen saugfähiges, die Verdunstung förderndes und gleichzeitig polsterndes Material. Im allgemeinen wird dazu Watte oder Zellstoff in Lagen verwendet. Die besseren Eigenschaften besitzt Watte, sie ist saugfähiger, modellierfähiger, besitzt bessere polsternde Eigenschaften und kann trotzdem genügend Druck ausüben. Ideal ist ein speziell für Pferde hergestelltes Produkt, das aus gazeumhüllter Watte in Rollen besteht.

Der äußere Teil muß dem Verband die notwendige Festigkeit verleihen und besteht deshalb aus zweckentsprechenden Binden. Ihre Auswahl erfolgt

Abb. 8.1 Augenverband.

Abb. 8.2 Kehlgangsverband.

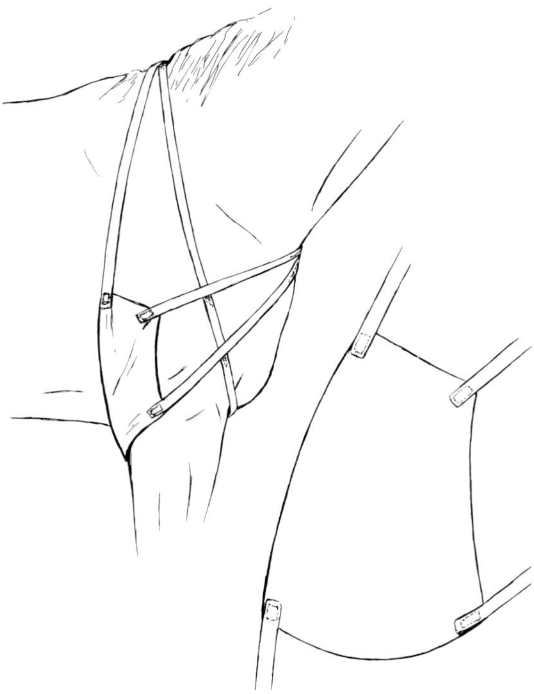

Abb. 8.3 Ellenbogenhöckerverband.

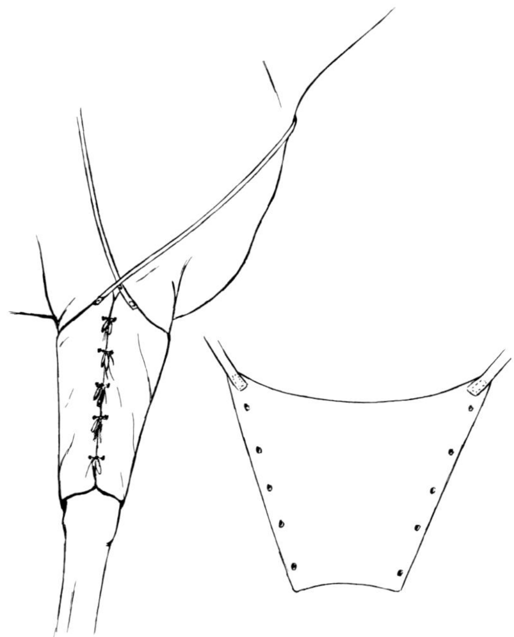

Abb. 8.4 Unterarmverband.

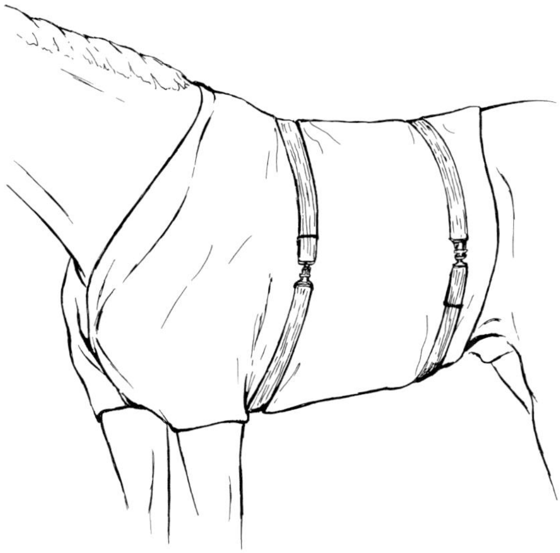

Abb. 8.5 Brustwickel für lungenkranke Pferde.

in Abhängigkeit vom gewünschten Effekt nach Luftdurchlässigkeit (zur Förderung der Verdunstung), Elastizität (zur Ausübung eines elastischen Druckes), Festigkeit (zur Ausübung eines anhaltenden festen Druckes und zur Stabilisierung) sowie nach Länge und Breite. Für das Pferd genügen im allgemeinen 8 bis 10 cm breite Binden. Zu breite Binden lassen sich nur schwer, ohne Falten zu bilden, um Gelenke legen. Elastische Binden müssen gleichzeitig angezogen werden, da sonst Einschnürungen entstehen können. Neue Elastikbinden sollten vor der Benutzung gewaschen und getrocknet werden. Das Gewebe zieht sich dadurch etwas zusammen und beugt so einer zu starken Schnürung vor.

Bedarf der Verband größerer Festigkeit, stehen dafür **Gipsbinden** (Foto 197, Seite 335) und verschiedene Kunststoffe (light cast) zur Verfügung.

Schienen aus verschiedenen Materialien können die Stabilität zusätzlich erhöhen.

Zur Vermeidung von Druckschäden ist eine entsprechende Polsterung bei Stabilisierungsverbänden (z. B. Gipsverbänden) erforderlich. Das häufig dafür verwendete Kreppapier erfüllt diese Aufgabe nur unvollkommen. Besser sind Kunststoffschaumbinden. Zinkleimverbände werden aus Gelatini zinci und Festkant-Wirkmullbinden hergestellt. Varicosan-Binden eignen sich dafür weniger, weil sie keine genügende Festigkeit erreichen.

Verbandformen

Bindenverbände sind die gebräuchlichsten Verbände. Sie werden als Wund-, Schutz-, Druck- und Stabilisierungsverband angebracht. Relativ einfach sind sie an den Gliedmaßen zu befestigen. Aber auch an anderen Körperstellen, wie Kopf, Hals oder Schweif, sind sie verwendbar. Bei hohen Gliedmaßenverbänden ist zusätzlich ein Stützverband erforderlich, der, im unteren Gliedmaßenbereich angebracht, ein Abrutschen verhindern soll.

Der Ruhigstellung und Stabilisierung dient auch der **Karkassenverband**. Dieser wird entsprechend den speziellen anatomischen Gegebenheiten zum Beispiel aus Kunststoffmaterial oder Gips angefertigt.

Klebeverbände nutzen diverse Pflaster, Klebebinden oder Leimstoffe zur Befestigung von Verbandsmaterial. Sie lassen sich auch dort anbringen, wo andere Verbände nur sehr schwer zu fixieren sind.

Bei **Schwitzverbänden** wird nach dem Auftragen eines mild reizenden, durchblutungsfördernden Medikamentes (Fluid, Kampferspiritus) ein Watteverband angebracht, der mit einer Folienlage abgedeckt wird. Dadurch kommt es unter dem Verband zu einem besonderen Wärmestau. Schwitzverbände sollten jedoch nicht länger als 2 bis 4 Stunden liegen bleiben, um keine Hautschäden entstehen zu lassen. Danach wird ein trockener Watteverband angelegt.

Verbandstücher wie Kappen, Hosen oder Strümpfe werden dort angewendet, wo es schwerfällt, Verbandsstoffe mit Binden zu fixieren. Sie werden mit angenähten Schnüren oder Gummibändern befestigt. Eine besondere Form des Wundschutzes ist die chirurgische Befestigung einer Mullkompresse. Dabei wird entweder eine rechteckige Gaze- oder Mullage an ihren Ecken an die Haut angeheftet oder mit Entspannungsnähten über einer Wundnaht zusammengezogen.

Eine Ausnahme bildet der **Notverband**, der im Sinne der Ersten Hilfe eine Notversorgung darstellt und wo auf Materialien zurückgegriffen werden muß, die im Moment zur Verfügung stehen.

Trotzdem ist er richtig und sorgfältig anzulegen, damit er keine nachteiligen Folgen für die weitere Behandlung hat. Im Falle des Notverbandes genügt unter Umständen ein frisch gebügeltes, sauberes Leinentuch bzw. Handtuch.

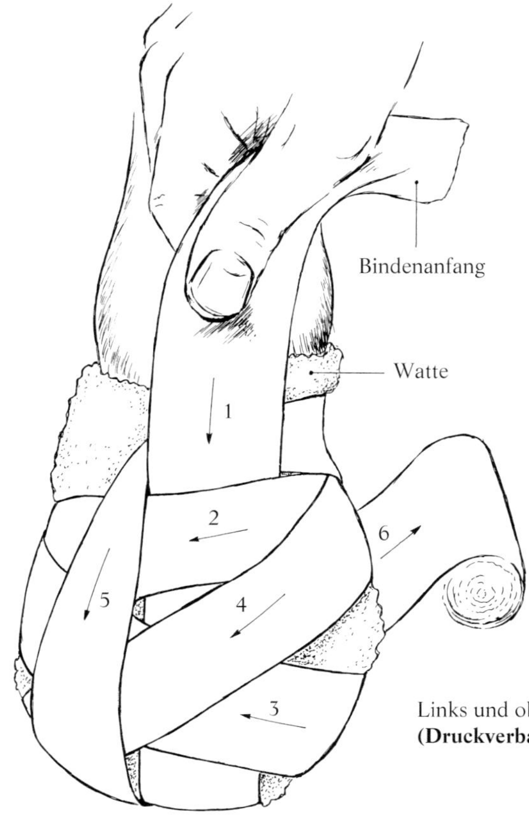

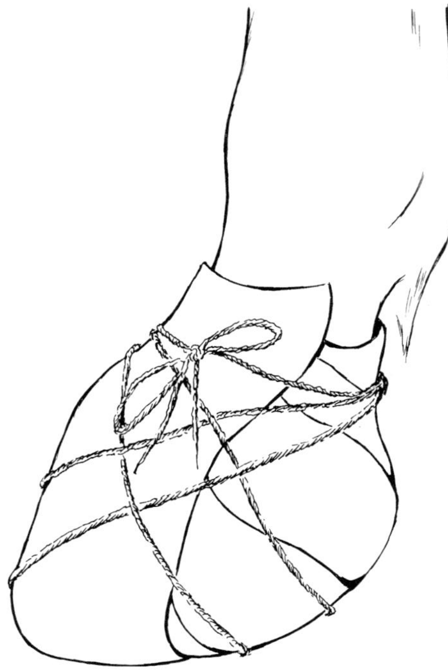

Links und oben: **Hufverband mit Binde (Druckverband)**.

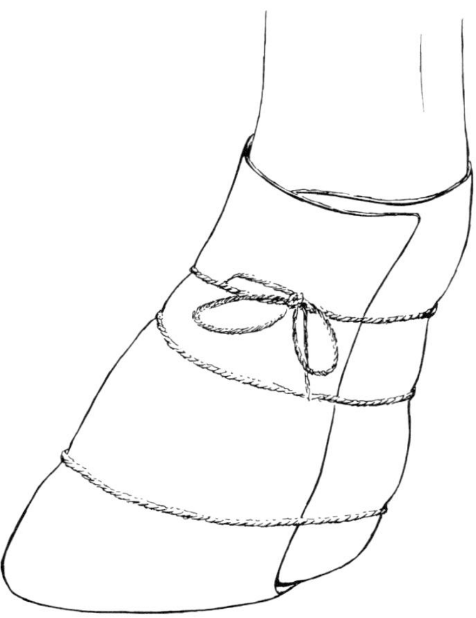

Hufverband mit Tuch.

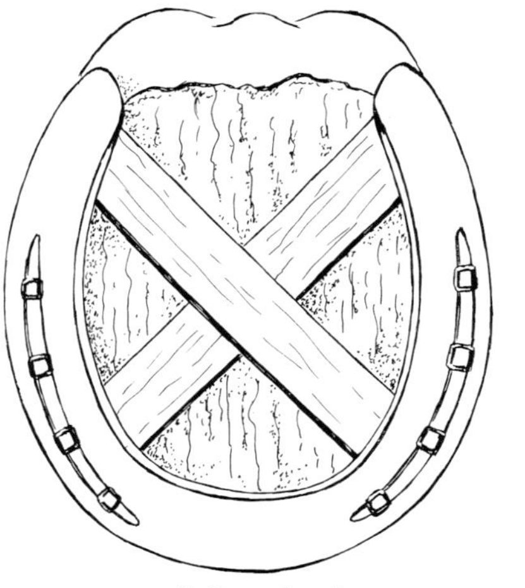

Splintverband.

Abb. 8.6 Hufverbände.

Anlegen des Verbandes

Das Anlegen eines Verbandes muß mit besonderer Sorgfalt erfolgen, um Druckstellen zu vermeiden. Dabei sind zunächst die anatomischen Bedingungen und das einzusetzende Verbandsmaterial zu berücksichtigen. Der Verband muß eine genügende Ausdehnung über die Grenzen seines eigentlichen Verwendungszweckes hinaus haben, damit eine breite Abdeckung erfolgt. Weiterhin sind Ort und Art der Befestigung wichtig. Gliedmaßenverbände, beim Pferd die häufigsten Verbände, werden als Zehenverbände am Fesselgelenk fixiert. Sprunggelenks-, Vorderfußwurzelgelenks- oder Unterarmverbände werden am Fesselgelenk abgestützt, d. h. es wird zunächst ein Stützverband angebracht, der am Fesselgelenk fixiert wird. Erst danach wird unter Einbeziehung des Stützverbandes der eigentliche Verband angelegt.

Beim **Bindenverband** sind verschiedene Bindenführungen möglich (Kreistouren, Spiraltouren).

Um den Verband sicher verknoten zu können, muß bei der einköpfigen Binde der Bindenanfang in ausreichender Länge aus dem Verband herausschauen, damit man ihn mit dem Bindenende verknüpfen oder evtl. auch eine zweite Binde daran befestigen kann. Die Binden müssen immer vom körperfernen Teil zum Zentrum zu angelegt werden, weil es sonst zu Stauungen in den Venen und Lymphgefäßen kommen kann.

Soll die Beweglichkeit eines Gelenkes weitgehend eingeschränkt werden, legt man um das betreffende Gelenk möglichst steile Achtertouren. Soll ein Verband zusätzlich geschützt werden, kann darüber ein sauberes Tuch mit einer zusätzlichen Binde befestigt werden. Es ist zu beachten, daß sich trockene Verbände nach dem Anfeuchten (Angußverband) straffen. Dagegen lockern sich feuchte Verbände, wenn sie abtrocknen. Das sollte man bereits beim Anlegen eines Verbandes berücksichtigen.

Am Huf gibt es neben dem Bindenverband bei Defekten im Sohlenbereich die Möglichkeit, am Hufeisen einen Deckel mit Hilfe von Schrauben zu befestigen **(Deckeleisen)** oder Metallsplinte von der Sohle kreuzweise unter das Eisen zu treiben **(Splintverband)**. Hufverbände müssen einen physiologischen Druck auf die Lederhaut ausüben und bedürfen daher einer gleichmäßigen Festigkeit.

Schweifverbände sind nicht nur aus therapeutischen Gründen erforderlich, sondern auch um das Abscheuern der Schweifhaare auf engem Raum (Transport) zu verhindern und die Bewegung des Schweifes zu beschränken, damit in der Nähe befindliche Wunden nicht bei der Heilung gestört werden. Sie sind so anzulegen, daß in die Bindentouren Strähnen von Schweifhaaren einbezogen werden, um ein Verrutschen zu verhindern. Beim Anlegen ist besondere Sorgfalt nötig, weil die Schweifrübe besonders druckempfindlich ist. Sehr leicht können Haarausfall und Drucknekrosen entstehen.

Häufige Gliedmaßenverbände

Hufverband. Nach entsprechender medikamenteller Wundversorgung wird zunächst Gaze auf den gereinigten Huf gelegt. Um speziell auf die Wunde einen Druck auszuüben, wird ein Tampon aufgepreßt. Danach werden die Höhlung der Sohle, Krone, Ballen und Fesselbeuge gepolstert. Dazu eignen sich Watte oder Zellstoff. Dann beginnt man, mit einer genügend breiten und festen Binde den Verband anzulegen. Der Bindenanfang wird in der Fesselbeuge gehalten, die Binde wird über die Zehe geführt, verläuft seitlich am Huf wieder zur Fesselbeuge und wird hier durch eine Kreistour um die Fessel zunächst fixiert. Der Bindenanfang ist ein zusätzlicher Fixationspunkt, um den die Binde umgeschlagen werden kann. Danach wird die Binde möglichst in Achtertouren um den Huf gelegt und das Bindenende mit dem Anfang verknotet. Zum Schutz des Verbandes wird ein Hufschuh (Foto 198, Seite 335) angelegt. Steht er nicht zur Verfügung, kann ein Tuch über dem Verband mit Bindfaden verknotet werden.

Zehenverbände. Sie werden bei Erkrankungen an Krone, Ballen oder Fessel notwendig. Sie beziehen die seitlichen Hufwände und das Fesselgelenk als Fixationspunkt ein und reichen handbreit über das Fesselgelenk hinaus (Foto 200, Seite 335). Nach Wundabdeckung wird Watte von der Rolle aufgelegt. Die Wattelagen sollen möglichst breit sein (etwa 30 cm). Die Binde wird in der Peripherie in einer Zirkulärtour fixiert und danach in Spiraltouren aufwärts gewickelt, wobei die vorhergehende Lage etwa zu einem Drittel zu überdecken ist. Über dem Fesselkopf wird sie wieder in einer Zirkulärtour fixiert, um in Spiraltouren abwärts zu laufen. Durch Streichen der Binde mit der freien

Hand wird die Watte fest an die Gliedmaßen gedrückt und ein gleichmäßiger Zug und Druck erzeugt, der einen einwandfreien Sitz des Verbandes ermöglicht. Um ein Aufwärtsrutschen zu verhindern, sind die Bindentouren mehrmals über die Trachten zu ziehen. Dabei wird die Binde um 180° umgeschlagen.

Mittelfußverbände (Foto 201, Seite 335). Sie reichen von der Krone bis unter das Vorderfußwurzel- bzw. Sprunggelenk. Nur in Ausnahmefällen können sie auch einmal auf den Fesselkopf aufgesetzt werden. Die Binden werden wieder peripher mit einer Zirkulärtour beginnend unter Verwendung von Spiral- und fixierenden Zirkulärtouren angelegt. Soll die Beweglichkeit des Fesselgelenkes eingeschränkt werden, so wird das Gelenk mit mehreren Achtertouren abgedeckt. Die Binden müssen gleichmäßig angezogen und glattgestrichen werden, um Druck und Stauungen zu vermeiden. Die letzten Bindentouren werden in einer engen Spirale vom oberen Ende zum Fesselkopf geführt und kurz über dem Fesselkopf verknotet oder verklebt.

Vorderfußwurzel- und Sprunggelenksverbände (Foto 199, Seite 335). Sie werden nur selten als isolierte Gelenksverbände angelegt, da sie aufgrund der großen Beweglichkeit der Gelenke nur unzureichend stabil sind und leicht rutschen. Es ist dann sinnvoller, einen elastischen Strumpf zu verwenden. Der Verband ist wesentlich stabiler, wenn er vom Huf bis zwei Handbreit über den Carpus bzw. Tarsus aufgebaut wird. Zur Einschränkung der Beweglichkeit der Gliedmaße werden um Fesselgelenk, Karpal- und Sprunggelenk Achtertouren gelegt. Um der Binde an den Vorderenden jeweils eine neue Verlaufsrichtung zu geben, werden an der Innen- oder Außenseite des Verbandes Umschlagtouren von 180° gelegt. Zur Erhöhung der Stabilität dieser umfangreichen Verbände kann man saubere Tücher aus grobem Gewebe außen herumlegen und zusätzlich mit Binden nach den Verbandsregeln umwickeln.

Verbandwechsel

Zu kurze Wechsel können die Wundheilung beeinträchtigen, während zu lange Wechsel keine ausreichende Kontrolle des Heilungsprozesses gewährleisten. Daher empfiehlt sich in Abhängigkeit vom Heilverlauf anfänglich ein 2- bis 4tägiger, später ein 6- bis 8tägiger Verbandwechsel. Stützverbände werden stets mit gewechselt. Pferde, die keinen Verband dulden, können durch einen Halskragen, einen Latz oder durch Bestreichen des Verbandes mit einem abweisenden Mittel (Hohteer, Finalgon) daran gehindert werden, den Verband mit dem Maul zu beschädigen (Foto 202, Seite 335).

Physiotherapie

Mit Hilfe der Physiotherapie sollen die Selbstheilungskräfte gefördert werden. Das kann mit einfachen Mitteln, wie Wärme, Kälte und Massagen sowie mit technischen Verfahren geschehen.

Bei der **Kühlung** kommen kaltes Abspritzen, kalte Umschläge und Eispackungen zum Einsatz. Damit sollen akute, entzündliche Reaktionen des Körpers wie Hitze, Schwellung und Schmerz verringert werden.

Wärme erweitert dagegen die Blutgefäße, fördert so die Durchblutung und aktiviert einen chronischen, älteren Entzündungsprozeß. Sie kann trocken oder feucht zur Anwendung kommen. Häufig werden heiße Bäder, Breiumschläge oder Wärmeverbände angewendet. Weit verbreitet ist der Gebrauch von Wärmestrahlern. Dabei eintretender verstärkter Blutfluß führt zur schnelleren Wiederherstellung des geschädigten Gewebes, besonders wenn die Wirkung der Wärme tief in das Gewebe eindringt.

Massagen sind leider etwas in den Hintergrund getreten. Beim Menschen sind sie ein weitverbreitetes Heilmittel. Dabei bedarf es keiner großen finanziellen Aufwendungen.

Massagen setzen vielseitige Reize, die allesamt eine lokale und allgemeine Anregung des Stoffwechsels bewirken. Durch Beseitigung angesammelter Stoffwechselschlacken wird die normale Zellfunktion wieder hergestellt. Das bewirkt besonders bei Muskeln, Sehnen und Bändern eine schnelle Wiedererlangung optimaler Funktionen. Günstig wirkt sie sich auch bei Stauungen des Blutgefäß- und Lymphsystems aus.

Prophylaktisch erfolgt ihr Einsatz zur Vorbereitung der Muskulatur auf eine hohe Belastung, um sie für eine optimale Funktion zu befähigen.

Die Massage kann manuell, mit Bürsten oder einem Strohwisch erfolgen. Daneben gibt es aber auch technische Geräte, die mitunter Wärme und Massage kombinieren.

Wirbelsäulen- und Gelenkmanipulationen (Chiropraktik) sind in der Veterinärmedizin relativ neu und nicht ganz unumstritten. In der Humanmedizin sind diese Verfahren besonders bei Problemen der Wirbelsäule schon lange bekannt. Aber auch beim Pferd, besonders bei reiterlicher Nutzung, werden immer häufiger Rückenprobleme beobachtet, die mit großer Wahrscheinlichkeit durch visuell nicht nachweisbare Wirbeldislokationen und Quetschungen verursacht werden. Diese Verschiebungen der Wirbel führen zu Reizungen der Spinalnerven und erzeugen so Muskelverspannungen. Besonders beim Springpferd, dessen Wirbelsäule sehr belastet wird, muß mit Beschwerden des sogenannten „Rückensyndroms" (siehe Seite 256) gerechnet werden.

Diese Beschwerden werden als Bewegungsbeeinträchtigungen oder sogar Lahmheiten sichtbar.

Zur genauen Lokalisation der Problemzonen und dem richtigen Ansetzen der Griffe bedarf es einer speziellen Ausbildung und langer Erfahrung, wenn die Manipulation erfolgreich sein soll.

Ultraschallbehandlung

Ultraschallwellen dringen sehr tief ins Gewebe ein und erreichen damit auch Gewebestrukturen, die durch andere Heilverfahren nicht beeinflußt werden können. Die Wirkung beruht auf mechanischen, thermischen und chemischen Effekten in den Körperzellen.

Durch Longitudinalwellen kommt es zu einem Druckgefälle in den einzelnen Zellen. Durch Zug- und Druckwirkung, die im Schallfeld entstehen, werden Zellelemente im Sinne einer Massage in Bewegung gebracht. Das führt zu einer Förderung des Zellstoffwechsels, der Regeneration und Durchblutung.

Der thermische Effekt beruht auf einer Umwandlung von Bewegungsenergie in Körperwärme. Diese nimmt mit der Intensität und Behandlungsdauer zu.

Gewisse Reaktionsabläufe beweisen auch eine chemische Wirkung des Ultraschalls. Dazu gehört eine verbesserte Diffusionsfähigkeit verschiedener Substanzen durch Zellmembranen und die Haut.

Die Leitfähigkeit elektrolytischer Lösung nimmt zu und Oxidationsprozesse werden ausgelöst. Chemische Reaktionen laufen wie unter katalytischen Bedingungen ab. Wichtig ist eine Verschiebung des pH-Wertes in den alkalischen Bereich. Neben der Freisetzung gewisser pharmakologischer Substanzen entsteht auch eine beschleunigte Flüssigkeitsaufnahme im Gewebe.

Die Folgen der Ultraschallbehandlung können wie folgt zusammengefaßt werden:

- Steigerung des basalen Stoffwechsels,
- Veränderung des Gewebe-pH-Wertes in den alkalischen Bereich,
- Hyperämisierung,
- Förderung der Resorption und Diffusion im Gewebe,
- Entspannung der Muskulatur,
- Steigerung der Leitungsgeschwindigkeit der pheripheren Nerven.

Die Anwendungsmöglichkeiten dieser Heilmethode liegen in folgenden Bereichen:

- Zerrungen im Gelenk,
- Muskelverletzungen,
- Reduzierung der Entzündungsreaktionen bei Gelenk- und Bänderschäden,
- Sehnenerkrankungen,
- nicht infektiöse Schwellungen,
- Unterstützung bei der Frakturheilung von Knochen,
- Wundbehandlung bei verzögertem Heilverlauf, besonders bei übermäßiger Granulation (wildes Fleisch).

Bei der Behandlung mit Ultraschallwellen ist zu beachten:

- keine Anwendung bei Infektionen im Bereich des zu behandelnden Körperschadens,
- eine ständige Bewegung des Schallkopfes verhindert eine Überhitzung,
- bei Abwehrreaktionen des Pferdes muß der Impulsmodus und die Intensität geändert werden,
- eine Therapieeinheit sollte nicht länger als 5 Minuten dauern,
- keine Anwendung bei frischen Verletzungen, da erneut Blutungen auftreten können,
- die Verminderung der entzündlichen Gewebsreaktion ist nicht mit einer vollständigen Heilung gleichzusetzen. Die Reparationsvorgänge bedürfen einer längeren Schonung, sonst können Rezidive auftreten.

Je nach Schwere der Verletzung wird die Einwirkungsdauer und die Intensität entsprechend festgesetzt. Dabei sind die Richtlinien des Geräteherstellers und die eigene Erfahrung von Bedeutung.

Laserbehandlung

Softlaser sind ähnlich wirksam wie Ultraschallwellen. Verwendung findet im allgemeinen der Infrarotlaser. Bemerkenswert ist oft die höhere Effektivität bei der Rückbildung von Entzündungserscheinungen. Das darf aber nicht zu einer vorzeitigen Belastung des erkrankten Gewebes verleiten, sonst können Rückfälle auftreten.

Bei chronischen Muskelschäden gelingt in der Regel keine zufriedenstellende Heilung. In akuten Fällen reduziert die Laserbehandlung die Entzündungssymptomatik und den Schmerz. Ein zusätzliches kontrolliertes Kontraktionstraining mittels Reizstrom wirkt sich günstig auf die Wiederherstellung einer normalen Muskelfunktion aus.

Anwendung von Reizstrom

Elektrische Reize bewirken eine Muskelkontraktion. Das führt auch zu einem Training verletzter Muskelbereiche, die normalerweise reflektorisch aus der Bewegung ausgeschaltet werden. Dabei übernehmen andere Muskelpartien ihre Arbeit. Das kann zu einer Überlastung dieser Bereiche führen, ohne daß zunächst Störungen sichtbar werden.

Die Behandlung erfolgt mit Hilfe von zwei Elektroden, von denen eine stationär aufgelegt wird. Die andere kann vom Therapeuten je nach Bedarf geführt werden. Das ist besonders bei der Lokalisation von Veränderungen wichtig. Andere Geräte verwenden zwei Pole, die an verschiedenen Enden eines Muskels aufgesetzt werden und diesen durch rhythmische Reize stimulieren.

Reizstromgeräte unterscheiden sich auch in solche mit unipolaren oder bipolaren Ausgängen. Bei letzteren fließt der Strom in wechselnden Richtungen, was die Effektivität bei der Behandlung von Schwellungen und Gelenkverletzungen verbessert.

Um die Behandlung risikolos und fachgerecht durchzuführen, ist eine entsprechende Ausbildung notwendig.

Magnetfeldtherapie

Das Anwendungsgebiet von Magnetfeldern in der Behandlung entspricht denen des Lasers und des Ultraschalles. Die Wirkungsweise unterscheidet sich aber grundsätzlich.

Die Geräte werden als Decken, Stabmagnete oder Pads angeboten, die für bestimmte Körperstellen bestimmt sind. So werden Decken bei Rückenproblemen, Gamaschen bei Gliedmaßenbehandlungen und Stabmagnete an den Hufen eingesetzt.

Während der Behandlung werden mit hoher Frequenz pulsierende Magnetfelder induziert und dadurch gezielt Energie auf das zu behandelnde Gewebe übertragen. Günstig wirken sich die pulsierenden Magnetfelder bei der Frakturheilung aus.

Erste Hilfe

Maßnahmen der Ersten Hilfe, Notversorgungen und einfache Behandlungen werden in der Regel von Beauftragten der Tierhalter (Reiter, Pferdebetreuer), von den Tierhaltern oder von den Besitzern der Pferde selbst durchgeführt. In den meisten Fällen sind es Laien, die eine Behandlung am Patienten einleiten. Daher ist es notwendig, auf einige wichtige Grundsätze zu verweisen, die zu beachten sind.

Jeder, der ein Pferd behandelt, übernimmt eine große Verantwortung.

Vom Laien dürfen nur einfache Behandlungen oder Notversorgungen bis zum Eintreffen des Tierarztes durchgeführt werden. Fehlerhafte Behandlungen, z. B. bei Lahmheiten, bei Koliken oder Augenverletzungen, können dauernde Unbrauchbarkeit der Pferde zur Folge haben und dem Tier zusätzliche Leiden zufügen, die mit der Ethik und dem Tierschutzgesetz nicht vereinbar sind.

Maßnahmen der Ersten Hilfe werden immer wieder bei **Verletzungen** notwendig. Bei allen Wunden ist stets darauf zu achten, daß die Pferde gegen Tetanus (Wundstarrkrampf) geimpft werden müssen. Eine vorbeugende aktive Immunisierung gegen Tetanus ist empfehlenswert.

Erhebliche, die Haut durchdringende oder großflächige Wunden machen immer eine tierärztliche Behandlung erforderlich. Bis zum Eintreffen des Tierarztes sollten sie mit sauberem Verbandsmaterial abgedeckt und nach Möglichkeit unter Verband gehalten werden. So ist ein Schutz vor weiteren äußeren Einflüssen möglich. Außerdem schränken Verbände die verletzungsbedingte Wundschwellung ein und erleichtern damit eine Wundnaht.

Frische Wunden, die verschmutzt sind, werden in den ersten drei Tagen mit einem Angußverband behandelt. Zum Anguß verwendet man 1‰ige Acridinfarbstofflösung. Die ersten 24 Stunden wird kalt, danach handwarm angegossen. Ältere Wunden erfahren eine Puder- oder Salbenbehandlung.

Frische, unverschmutzte Wunden lassen sich sofort trocken behandeln. Handelt es sich um unerhebliche Verletzungen, genügt ein flüssiger Wundschutz (abdeckender Spray).

Blutungen infolge von Verletzungen größerer Blutgefäße bedürfen einer sofortigen Notversorgung. Ist das Blut hellrot, sind Arterien verletzt, ist es dunkelrot, so handelt es sich um eine venöse Blutung. Aus Arterien tritt das Blut im pulsierenden Strahl heraus. Oft hören Blutungen nach etwa 20 Min. von allein auf, da sich die Gefäßwände einrollen und die Gefäßstümpfe in das Gewebe zurückgleiten. Die Blutgerinnung tritt beim Pferd nach 15 bis 30 Min. ein. Die vorläufige Blutstillung soll größere Blutverluste verhindern. Bei sehr starken Blutungen können Gliedmaßen oder Schweif oberhalb der Wunde abgebunden werden, um das Gefäß zu komprimieren. Am besten verwendet man dazu eine breite Gummibinde oder einen **Gummischlauch** (Esmarch). Man kann auch ein Seil mit einem Holzstock als Knebelpresse zusammendrehen (Abbinden möglichst an einer gut bemuskelten Stelle!). Der abgebundene Körperteil darf jedoch nicht länger als zwei Stunden blutleer sein, da sonst das nicht mit Blut versorgte Gewebe zu stark geschädigt wird. Dauert der Stauvorgang länger, ist die Staubinde zwischenzeitlich zu öffnen. Eine andere Art der vorläufigen Blutstillung ist der **Druckverband**, wobei auf die Wunde selbst mit Hilfe fester Tamponaden und fester Binden ein starker Druck ausgeübt wird. Wunden an anderen Körperteilen werden bei starker Blutung mit sauberen Tüchern fest ausgestopft.

Lahmheiten erfordern, daß das Pferd bis zur Klärung der Ursache nach Möglichkeit ruhiggestellt wird. Die durchzuführende Untersuchung ist darauf gerichtet festzustellen, wo im Bereich der Gliedmaßen eine erhöhte Schmerzempfindlichkeit besteht. Dazu sollte man sich angewöhnen, zunächst den Huf auf eingetretene Fremdkörper und dann die gesamte Gliedmaße auf Verletzungen zu untersuchen. Lahmheiten, die durch Vertreten, Zerrungen und Prellungen hervorgerufen worden sind, lassen sich meist durch umschriebene Schwellungen und Schmerzempfindlichkeiten lokalisieren. Sie werden innerhalb der ersten 24 Stunden intensiv gekühlt. Dazu kann man Kühlbeutel, kalte Angußverbände (in etwa stündlichen Abständen kalt angießen) oder Acetatanstrich anwenden. Es werden auch Kühlbeutel zur einmaligen Verwendung angeboten, deren Wirkung auf eine chemische Reaktion zurückzuführen ist, die durch Zerdrücken eines Innenkörpers unmittelbar vor dem Gebrauch ausgelöst wird. Sie eignen sich besonders für die Reise und sind auch dann einsetzbar, wenn keine Technik zum Kühlen der Beutel zur Verfügung steht.

Bei Lahmheiten, die durch akute Phlegmonen, als Folge von örtlichen Infektionen nach Verletzungen hervorgerufen werden, wird mit 1‰iger Acridinfarbstofflösung wiederholt warm angegossen. Damit wird für zwei bis drei Tage feuchte Wärme appliziert.

> Phlegmonen müssen unbedingt sofort tierärztlich behandelt werden.

Eingetretene Fremdkörper im Bereich der Hufsohle müssen entfernt werden. Ihre Lokalisation ist jedoch vorher (z. B. mit einem Hufmesser) genau zu kennzeichnen. Ebenso muß am Fremdkörper ermittelt werden, wie tief er eingetreten war. Danach sollte ein vorübergehender Schutzverband angelegt werden. Pferde, die sich einen Fremdkörper eingetreten haben, sind unbedingt dem Tierarzt vorzustellen, da der Laie nicht einschätzen kann, ob die Beugesehne oder sogar das Hufgelenk verletzt sind. Derartige Verletzungen können schwerwiegende Folgen haben. Für den Transport hochgradig lahmer Pferde sind die Hinweise im Kapitel 3 zu beachten.

Festliegende, bewußtlose Pferde, z. B. nach Gehirnerschütterung oder Hitzschlag, sind sofort mit kalten Berieselungen oder kühlenden Kompressen, besonders im Kopfbereich, zu behandeln. Es ist zu gewährleisten, daß die Tiere keiner intensiven Sonnenbestrahlung mehr ausgesetzt sind und auch ausreichend Frischluft erhalten. Die Pferde dürfen nicht zum Aufstehen gezwungen werden. Nach

Wiedererlangung der Standfähigkeit sind sie vorsichtig in den Stall zu führen.

Ein Pferd, das in sumpfigem Untergrund oder in Eis eingebrochen und umgefallen ist, sollte nur über den Rücken mit unter dem Hals und zwischen den Beinen durchgeführten Tauen herausgeholt werden. Wenn an den Beinen gezogen wird, gerät das Pferd in Angst, strampelt irrsinnig und wühlt sich noch tiefer ein.

Aufstehversuche festliegender Pferde werden durch hebende und stützende Hilfeleistungen mehrerer Personen an Hals, Mähne, Schweif, Bauch und Rücken unterstützt. Es wird zunächst auf die Brust gewälzt und die Vorderbeine werden nach vorn herausgezogen. Zweckmäßigerweise übernimmt eine Person das Kommando. Bis zum Eintreffen geeigneter Hilfspersonen wird das Pferd durch Niederdrücken des Kopfes an uneffektiven, gefährlichen Aufstehversuchen gehindert.

Stall- und Reiseapotheke

Im Stall, während des Trainingsbetriebs, bei Transporten und auf Turnieren treten im Umgang mit Pferden häufig Situationen ein, die eine einfache Behandlung und in schwierigen Fällen auch eine Erste Hilfe bis zum Eintreffen des Tierarztes erforderlich machen. Daher ist es notwendig, in einer Stall- und Reiseapotheke bestimmte Verbandmaterialien, Instrumente und Medikamente bereitzuhalten und mitzuführen. Bei der Anwendung sind die Dopingbestimmungen und die Wartefristen zu beachten.

Stall- und Reiseapotheke

Bezeichnung	Wirkung und Anwendung
Verbandmaterial	
Verbandwatte in Rollenform (20 bis 30 cm breit), Verbandzellstoff in Lagen, läßt sich zu Rollen drehen	Trockene Wundverbände, Angußverbände
Mull in Lagen	Wundabdeckung
Isolierband, Heftpflaster o. Tesaband (2,5 cm breit)	Zur Befestigung und Stabilisierung der Verbände, Schutz für trockene Hufverbände
Zinkleim	Zinkleimverband
Mullbinden (10 cm)	Verbände
Festkantbinden (10 cm)	Verbände, Zinkleimverbände
elastische Binden (10 bis 12 cm)	elastische Bandagen
Flavabinden (6 cm)	Druckverbände, feste Verbände
Selbsthaftende Binden (10 cm)	alle Verbände
Instrumente	
gebogene Schere	Abschneiden von Haaren in der Wundumgebung, Zurechtschneiden des Verbandstoffes
Thermometer	Messung der Körpertemperatur
Oberlippenbremse	Zur Ablenkung des Pferdes
Hufuntersuchungszange	Zur Erkennung schmerzhafter Prozesse am Huf

Stall- und Reiseapotheke (Fortsetzung).

Bezeichnung	**Wirkung und Anwendung**
Hufmesser rechts Hufmesser links	Hufbehandlung
Esmarchscher Schlauch	Staubinde aus Gummi zum Abstauen stärkerer Blutungen bei Verletzungen; Anwendung vorübergehend, an Gliedmaßen nach max. 2 Stunden kurzzeitig lösen
Kühlbeutel	Kühlung bei Verletzungen
Irrigator, 3 bis 5 l	Gefäß mit angeschlossenem Gummischlauch zur feuchten Berieselung von Wunden oder Angußverbänden sowie für Klistiere
Puderzerstäuber (Gummiball)	Wundbehandlung
harte Wurzelbürste	Intensive Säuberung (Huf)
Maulkorb	Verhinderung der Futteraufnahme
Halskragen	Verhinderung des Benagens von Verbänden oder Wunden
Medikamente zur äußerlichen Anwendung Jodtinktur	Desinfektion der Wundumgebung
Acridinfarbstoffpulver oder -tabletten	Zur Herstellung einer 1‰igen Lösung für antiseptische Angußverbände und zur Wundreinigung
Kupfersulfatlösung 10%ig	Austrocknend, bei Strahlfäule
Sulfonamidpuder	Keimtötend, zur Wundbehandlung (dick auftragen)
Jodoformäther	Desinfizierend, bei Wunden am Huf, Wunden mit schlechter Heiltendenz
Flüssiger Wundverschluß	Wundabdeckung, bei oberflächlichen Hautwunden
Kaliumpermanganat, schwach-violette Lösung	Hautwunden
Wasserstoffperoxyd, 3%ig	Wundreinigung und -desinfektion
Alkohol, 70%ig Kampferspiritus, 10%ig, Franzbranntwein	Durchblutungsfördernde Massage, Schwitzbandagen
Kampfersalbe	Durchblutungsfördernde Einreibung (Phlegmone), Abszeßreifung
Kühlgel und Kühlsalbe	Kühlende, entzündungswidrige Salbe (1- bis 3mal täglich dick auftragen)

Stall- und Reiseapotheke (Fortsetzung)

Bezeichnung	**Wirkung und Anwendung**
Lebertransalbe	Granulationsanregend, fettend (Wundbehandlung)
Zinköl	Entzündungshemmend, bei Ekzemen
Lebertran-Zink-Salbe	Fördert Wundheilung und wirkt austrocknend (1- bis 2mal täglich dünn auftragen)
Lorbeersalbe	Förderung des Hornwachstums, zum Massieren der Hufkrone
Ichthyolsalbe	Zur Aktivierung von chronischen Entzündungsprozessen (Abszeßreifung)
Acetat	Als Brei zum kühlenden Anstrich bei akuten Entzündungen (gegen Haarstrich auftragen und ständig feucht halten)
Essigsaure Tonerde	Als Lösung zum kalten Anguß
Laubholzteer	Schutzanstrich für Verbände
handelsübliche Desinfektionsmittel	Zur Grob-, Stall-, Geschirr- und Feindesinfektion (Krippen, Wassereimer und Hände)
Medikamente zur innerlichen Anwendung	
Medizinische Kohle (pulverisiert)	Absorbierend, bei Durchfall
Eichenrinde	Adstringierend, bei Durchfall
Glaubersalz Leinsamen	Anregung der Darmtätigkeit bei Verstopfung
Hustenpulver (Kräutermischung)	Schleimlösend und hustenstillend bei Katarrh der Atemwege

9 Krankheitsanzeichen

Anzeichen als Hinweise auf bestimmte Erkrankungen

In der folgenden Übersicht sind wichtige Krankheitsanzeichen (Symptome), die meist zuerst am erkrankten Pferd beobachtet werden, und einige der möglichen Krankheiten, bei denen diese auftreten können, zusammengestellt. Die Übersicht ist keineswegs vollständig und lediglich als Orientierungshilfe gedacht.

Oft tritt ein bestimmtes Symptom bei verschiedenen Erkrankungen auf. Nur durch die komplexe Betrachtung der klinischen Erscheinungen kann auf die richtige Krankheit geschlossen werden. Das erfordert Erfahrung und muß dem veterinärmedizinischen Fachmann überlassen werden. Dennoch soll durch diese Übersicht der Tierhalter und -nutzer zur exakten Beobachtung seiner Pferde angeregt werden, die es ihm auch ermöglicht, im Erkrankungsfall einen fundierten Vorbericht zu geben.

Leitsymptom	Weitere charakteristische Symptome	Hinweise auf folgende Erkrankung
Gestörte Futteraufnahme	Keine Krankheitserscheinungen	Futter von unzureichender Qualität
	Keine Krankheitserscheinungen	Tränkfehler (längerer Wasserentzug, defekte Selbsttränken, schlechte Wasserqualität)
	Nach starker Belastung keine Futter- oder Wasseraufnahme; teilnahmslos, Temperatur erhöht	Überlastungssyndrom
	Langsame und verringerte Futteraufnahme, Heu und Gras werden zu „Wickeln" gekaut, die aus dem Maul fallen, z. T. Speichelfluß; wehrt sich gegen die Trense	Zahnerkrankungen
	Starker Speichelfluß, Futter fällt z. T. wieder aus dem Maul, Rötung und Schwellung oder Wunden in der Maulschleimhaut	Entzündung der Maulschleimhaut oder der Zunge
	Langsame Futteraufnahme mit Unterbrechungen, gestreckte Kopfhaltung, bes. beim Abschlucken, Schmerzen beim Betasten des Gebiets kopfwärts des Kehlkopfes; z. T. schmerzhafter Husten	Schlundentzündung
	Futteraufnahme wird plötzlich abgebrochen, Unruhe, Husten, Kopfschütteln, Speichel und Futterteile fließen aus den Nüstern	Speiseröhrenverstopfung
	Geringe oder gar keine Futteraufnahme. Übler Mundgeruch; häufiges Lecken, Gähnen und Flehmen	Magenschleimhautentzündung

Leitsymptom	Weitere charakteristische Symptome	Hinweise auf folgende Erkrankung
Gestörte Futteraufnahme (Fortsetzung)	Keine Futteraufnahme, plötzlich starke Unruhe, Speichelfluß, Würgebewegungen, eventuell fließt flüssiger Mageninhalt aus den Nüstern	Magenüberladung
	Schmerzäußerung, motorische Unruhe, wiederholtes Niederlegen und Aufstehen: Niederwerfen, Wälzen, Schweißausbruch, z. T. Umsehen nach dem Bauch, Futter- und Wasseraufnahme z. T. gestört, Kot und Harnabsatz gestört	Kolikerkrankung
	Freßunlust, verminderte Wasseraufnahme, oft Gelbfärbung der Lidbindehäute, Abgeschlagenheit, Schwäche	Lebererkrankung
	Durchfall, Kolik, Erregungs- und Lähmungszustände	Vergiftung durch Schimmelpilzgifte
	Teilnahmslos, abgeschlagen, Blutserum milchigtrüb; meist Ponys	Störung des Fettstoffwechsels (Hyperlipämie)
Gestörte Wasseraufnahme	Allgemeinzustand ungestört	Schlechte Wasserqualität, Tränkeimer unsauber oder ungewohnt
Gestörter Kotabsatz und veränderter Kot	Kot breiig, Abmagerung, Mattigkeit, struppiges, stumpfes Haarkleid	Starker Wurmbefall
	Kot dünnflüssig, wäßrig, schleimig, blutig, übelriechend; Abgeschlagenheit, Fieber,	Infektion des Magen-Darm-Kanals (z. B. Salmonellose)
	Kotballen hart, kleiner, von Schleim überzogen	Kolik (Dickdarmverstopfung)
	Kot breiig-wäßrig, Kolik	Akute Bleivergiftung
	Kot wäßrig-blutig, Lähmung der Nachhand	Akute Arsenvergiftung
	Kot breiig, häufiger Harn- und Kotabsatz, Atmung pumpend, Kolikerscheinungen	Nitrat/Nitrit-Vergiftung
	Verstopfung, Kot hart, Harn rotbraun, Kolikerscheinungen	Vergiftung durch Eiche
	Blutiger Durchfall, Lähmung	Vergiftung durch Herbstzeitlose
Rotbraun verfärbter Harn	Steifer Gang der Nachhand, kurz nach Beginn der Bewegung Muskelzittern, Schweißausbruch	Kreuzverschlag (Nierenverschlag)
	Muskelzittern; steifer, schwankender Gang, Festliegen; Weidehaltung	Atypische Myoglobinurie der Weidepferde

Leitsymptom	Weitere charakteristische Symptome	Hinweise auf folgende Erkrankung
Rotbraun verfärbter Harn (Fortsetzung)	Blasse und gelbliche Lidbindehäute und Schleimhäute	Vergiftung durch Zwiebeln
	Starke Hinfälligkeit, Teilnahmslosigkeit; oft starker Durchfall	Vergiftung durch Schwarzen Nachtschatten
	Appetitmangel, abgeschlagenes und teilnahmsloses Verhalten, Lidbindehäute gelblich	Vergiftung durch Kreuzkraut
	Verstopfung, Kolikerscheinungen	Vergiftung durch Eiche
	Leistungsdepression, Mattigkeit, starke Abmagerung	Vergiftung durch Altöl
	Allgemeinbefinden ungestört	Fütterung von roten Rüben
Leistungsdepression und Mattigkeit	Meist akuter Verlauf, Schwäche, Schleimhäute blaß, 1. Herzton verstärkt hörbar, Muskelzittern, Körpertemperatur niedrig	Blutarmut nach starkem Blutverlust
	Lidbindehäute mit bläulichem Farbton, Puls unregelmäßig, Appetitmangel, Atemnot; manchmal Fieber; Beine, Unterbauch und -brust teigig angeschwollen	Herzerkrankungen
	Teilnahmslos, wiederholt einige Tage hohes Fieber mit fieberfreien Intervallen, Blutarmut	Ansteckende Blutarmut (Infektiöse Anämie)
	Lidbindehäute stark gerötet und glasig geschwollen, Fieber (1 bis 3 Tage); etwas später trockener, bellender Husten, wäßriger Nasenausfluß; Krankheit schnell auf andere Pferde übergreifend	Hoppegartener Husten (Influenza)
	Stark abgeschlagen, hohes Fieber, Lidbindehäute geschwollen und gerötet, Nasenfluß; teigige Anschwellung der Haut von Unterbauch und Gliedmaßen; tragende Stuten abortieren oft	Pferdestaube (Arteritis)
	Fieber, Husten (über Wochen), Lidbindehäute gerötet, Augen- und Nasenausfluß, Rasselgeräusche in der Lunge; tragende Stuten verfohlen, vereinzelt Lähmungserscheinungen	Stutenabort (Rhinopneumonitis)
	Geringe Belastbarkeit, Pferde schwitzen leicht, Leistungs„knick“ bei Vollblutpferden (Erythrozyten, Hämoglobin und Hämatokrit abgefallen)	Mangelzustände (besonders Mineralstoffe und Vitamine) Eisenmangelanämie
	Kropfbildung, Schilddrüsenunterfunktion	Jodmangel, chron. Nitratvergiftung
	Starke Abmagerung, Blutharnen, Schwäche	Altölvergiftung
	Mangelnder Appetit, steifer Gang, Schlundlähmung; eventuell Kehlkopfpfeifen	Chronische Bleivergifung

Leitsymptom	Weitere charakteristische Symptome	Hinweise auf folgende Erkrankung
Allgemeine Erregungs- und Lähmungszustände	Erregung, Unruhe, Schreckhaftigkeit, Tobsucht, Aggressivität, Kotdrängen, Kolikerscheinungen, später gestörte Futter- und Wasseraufnahme, Lähmungen, heisere Stimme	Tollwut
	Plötzliche Schwäche, Muskelzittern, taumelnder Gang, Schweißausbruch, Lähmung, Festliegen. Anfallartig, Pferde ansprechbar, Kalium im Blutserum erhöht	Hyperkaliämische periodische Paralyse (HYPP)
	Erregung, immer stärkeres Muskelzittern, Nachhandschwäche	Vergiftung durch chlorierte Kohlenwasserstoffe
	Erregung, Unruhe, Kolikerscheinungen, Muskelzittern, Speichelfluß, Bewegungsstörungen	Vergiftung durch Phosphorsäureesther
	Erregungszustände, hohe Berührungsempfindlichkeit, Bewegungsstörungen	Vergiftung durch Adlerfarn
	Erregung, Kolik, starkes Speicheln, Muskelzittern, Zuckungen	Vergiftung durch Goldregen
	Unruhe, Muskelzittern, Kolik, Durchfall	Vergiftung durch Eibe
	Unruhe, Pupillen sehr weit, Schleimhaut trocken, Verstopfung	Vergiftung durch Tollkirsche oder Stechapfel
	Übererregt, Krämpfe, Kolik, starke Schweißbildung, Pupillen weit	Vergiftung durch Robinie
	Männliche Tiere unruhig, leicht erregbar; schlagen, beißen oder drängen zu anderen Tieren, schachten aus, springen auf	Gesteigerter Geschlechtstrieb (Hypersexualität)
	Stuten nervös, kitzlig, widersetzlich, schlagen und beißen	Roßkoller (Nymphomanie) oder Virilismus
	Starke Erregungszustände (Rennen gegen Hindernisse) wechseln mit Phasen ausgeprägter Schläfrigkeit	Vergiftung durch Wasserschierling
	Ruhiges schläfriges Verhalten, Störungen im Bewegungsablauf, Gleichgewichtsstörungen, unnormale Gliedmaßenstellung, gestörte Futteraufnahme, Fieber, Lidbindehäute gelblich	Bornasche Krankheit
	Allgemeine Schwäche, Störung der Futteraufnahme, Zungenlähmung, Schluckbeschwerden, Augenlidlähmung, kein Fieber	Botulismus
	Lähmung, Muskelzittern, Festliegen, mäuseähnlicher Geruch	Vergiftung durch Fleckschierling
	Teilnahmslos, abgeschlagen, Gähnen, Lidbindehäute gelblich	Vergiftung durch Kreuzkraut

Leitsymptom	Weitere charakteristische Symptome	Hinweise auf folgende Erkrankung
Nasenausfluß	Blutig, plötzlich (ein- oder meist beidseitig) nach starker Belastung bei Vollblutpferden	Lungenbluten
	Beidseitig seröser bis eitriger Nasenausfluß, z. T. hohes Fieber, flache Atmung	Infektion der oberen Luftwege und der Lunge
	Schleimig-eitriger Nasenausfluß, Schwellung und Vereiterung der Kehlgangslymphknoten, Fieber	Druse
	Einseitiger Nasenausfluß, eitrig, übelriechend, Klopfschmerz im Bereich der Gesichtsleiste	Vereiterung der Nasennebenhöhlen (Kieferhöhle)
	Einseitiger eitriger Nasenausfluß (besonders bei gesenktem Kopf), Schluckbeschwerden, Schwellung seitlich am Kehlgang	Luftsackvereiterung
	Haut der Nase und Lippen mit pergamentartigem, z. T. zerrissenem und abgelöstem Häutchen überzogen, manchmal schollige Beläge in den Nüstern, Nasenschleimhaut und Augenbindehäute gerötet	Vergiftung durch Mykotoxine (Satratoxine)
Husten (siehe auch Leistungsdepression und Mattigkeit)	Schmerzhafter, anfallartiger Husten, ausgelöst durch kalte Luft, staubiges Futter u.ä., später wäßriger bis schleimig-eitriger Nasenausfluß	Kehlkopfentzündung
	Häufiger starker, chronischer Husten, besonders bei Beginn körperlicher Belastung oder Einwirkung staubiger Luft; erschwerte Atmung, Dampfrinne; nur zeitweise Nasenausfluß	Dämpfigkeit, COB
	Häufiger Husten, erschwerte Atmung; schleimig-eitriger Nasenausfluß	Bronchitis
	Schwacher, schmerzhafter Husten, abgeschlagen, hohes Fieber, angestrengte Atmung; z. T. Nasenausfluß	Lungenentzündung
Verändertes Atemgeräusch	Pfeifendes, später rohrendes, schnarchendes Geräusch bei der Einatmung während schneller Bewegung; Leistungsabfall; Veränderung der Stimme	Kehlkopfpfeifen
	Flatternd-schnarrendes Geräusch, bei versammelter Arbeit und großen Anstrengungen, meist bei der Ausatmung	Verlagerung des Gaumensegels
Starker Speichelfluß	Entzündung von Haut und Schleimhaut am Kopf; Kolik, oft blutiger Durchfall; Hinterhandschwäche	Vergiftung durch Rostpilze
	Schlingbeschwerden, Taumeln, Niederstürzen	Vergiftung durch Brandpilze

Leitsymptom	Weitere charakteristische Symptome	Hinweise auf folgende Erkrankung
Augenausfluß	Wäßrig, ohne Lichtscheue; bes. junge Pferde	Verschluß des Tränenkanals
	Wäßrig-schleimig-eitrig, Lidkrampf, Lichtscheue	Entzündung der Augen durch Fremdkörper; Wunden; Beginn oder Anfall der Mondblindheit
Äußerlich sichtbare Umfangsvermehrungen und Hautveränderungen	Kühle, teigige Anschwellung, Fingereindrücke bleiben bestehen; besonders an tiefgelegenen Stellen des Körpers (Bauch, Beine)	Ödem
	Schwappende Verwölbung, wenig warm und gering schmerzhaft	Bluterguß
	Derb geschwollen, schmerzhaft, warm, oft beetartig abgesetzt; meist an den Gliedmaßen	Phlegmone, Einschuß
	Derb geschwollen, schmerzhaft, warm; umschrieben, örtlich begrenzt, später fluktuierender Inhalt	Abszeß
	Teigige, weiche, gut abgegrenzte, schmerzhafte Schwellung in Sattel-, Gurten- oder Geschirrlage; evtl. später geschwürartige, tiefe Wunde	Druckstelle
	Haut aufgedunsen, puffig, knisternd, kalt; von Wunden ausgehend	Unterhautemphysem
	Haut puffig, knisternd, warm; mit starken Allgemeinstörungen und hohem Fieber	Gasödem
	Schmerzhafte Schwellung, Rötung, Haare versengt, Blasenbildung	Verbrennung
	Unter der unveränderten Haut liegender derb-elastischer Knoten	Fibrom
	Weicher, rundlicher Knoten mit verhornender Oberfläche	Warze
	Bis linsengroße, verhornende Knötchen, die schnell in großer Zahl an Mundwinkel, Oberlippe und Nüstern bei jungen Pferden entstehen können	Papillomatose
	Derber, etwa walnußgroßer, schwarzer Knoten; vorwiegend bei Schimmeln	Melanom
	Bogenförmige, meist derbe Anschwellung an der Hinterseite der Hintergliedmaßen unterhalb des Sprunggelenks; nur z. T. Stützbeinlahmheit	Hasenhacke

Leitsymptom	Weitere charakteristische Symptome	Hinweise auf folgende Erkrankung
Äußerlich sichtbare Umfangsvermehrungen und Hautveränderungen (Fortsetzung)	Derbe bis harte Auftreibung unter der Haut an verschiedenen Stellen der Röhrbeine. Im akuten Fall Druckschmerz, z. T. Lahmheit	Überbeine
	Harte Auftreibung an den Zehengelenken, nur z. T. Lahmheit; Beweglichkeit der Gelenke oft eingeschränkt	Schale
	Bogenförmige, meist sehr druckschmerzempfindliche Vorwölbung an der Vorderseite der Vorderröhrbeine junger Pferde; klammer Gang, Beeinträchtigung der Leistung	Schienbeine
	Bogenförmige, derbe Umfangsvermehrung mit Verdickung der Beugesehne an der Hinterseite der Röhrbeine, meist keine Lahmheit	Chronische Sehnenentzündung, „Wade", „Bogen"
	Anschwellung im Bereich des Fersenhöckers, weich und flüssigkeitsgefüllt oder derb; nur manchmal Lahmheit	Piephacke
	Umschriebene, teigige bis schwielige, z.T. flüssigkeitsgefüllte Umfangsvermehrung über dem Ellenbogenhöcker	Stollbeule
	Verstärkte Füllung und Vergrößerung des Hodensackes, wechselndes Ausmaß, keine Entzündungsreaktion	Hodensackbruch
	Säckchenartige Vorwölbung der Bauchwand im Nabelbereich, Fohlen	Nabelbruch
	Vorwölbung an verschiedenen Stellen der Bauchwand, Entzündung; Öffnung in der Muskulatur i. d. R. erst nach einigen Tagen fühlbar	Bauchwandbruch
Juckreiz	Hautrötung, Schuppen, Bläschen, Krusten, örtlich Haarausfall	Ekzem, Sommerekzem
	Örtlicher Haarausfall, Juckreiz, dazu knapp 1 mm große Eier an Haaren angeheftet und Parasiten sichtbar	Haarlings- und Läusebefall
	Haut ausgedehnt derb und faltig, Schuppen, Krusten, Haarausfall	Räude durch Saug- oder Grabmilben
	Rötung, schmierig-nässende Beläge in den Fesselbeugen, Fußstampfen, Scheuern der Fesselbeugen am Standbaum	Fußräude durch schuppenfressende Milben
	Plötzlich an der Hautoberfläche in großer Zahl entstehende Quaddeln	Nesselfieber

Leitsymptom	Weitere charakteristische Symptome	Hinweise auf folgende Erkrankung
Juckreiz (Fortsetzung)	Runde, sich peripher erweiternde, mit Schuppen und Krusten bedeckte, haarlose Stellen; manchmal zusammenfließend; z. T. borkig, geschwürartig	Hautpilzerkrankung
	Plötzlich starke Schmerzreaktion, Ausschlagen, Angstzustände; Parasitennachweis	Lausfliegenbefall
Haarausfall (meist ohne Juckreiz)	Ausgedehnt, großflächig, Langhaar wird nicht erfaßt; Allgemeinzustand meist ungestört	Begleiterscheinung von Stoffwechselstörungen und Verdauungsstörungen oder chronische Quecksilbervergiftung
Bewegungsstörung und Lahmheit	Vorsichtiger, gespannter Gang der Hinterhand, ein oder beide Hoden vergrößert, warm und druckschmerzempfindlich; eventuell Temperaturerhöhung	Hoden- und Nebenhodenentzündung
	Störungen bei Koordination der Gliedmaßenbewegungen, Lähmungen; teilnahmslos, leichtes Fieber, eitrige Entzündung der Augenbindehaut, gestörte Futteraufnahme	Listeriose
	Unkoordinierte Bewegung aller 4 Extremitäten, Stolpern, Schwanken, unphysiol. Gliedmaßenstellung, Futteraufnahme gestört	Bornasche Krankheit
	Taumeln und Schwanken der Nachhand und später der Vorhand, besonders im schnellen Trab und bei Wendungen; Allgemeinverhalten nicht gestört; Symptome verstärken sich beim Rückwärtsrichten und bei verbundenen Augen	Spinale Ataxie
	Steifer, gespannter, stolpernder Gang, Muskeln verkrampft, Kopf vorgestreckt, Ohren aufgestellt, Nickhautvorfall, Kaumuskelkrampf, Schiefhalten des Schweifes, aufgeschürzter Leib	Wundstarrkrampf (Tetanus)
	Steifer Gang, Erregungszustände, starkes Muskelzittern, Kaukrampf, Zusammenbrechen; meist Stuten im geburtsnahen Zeitraum	Tetanie durch Abfall des Mg-Spiegels im Blut
	Steifer (gespannter) Gang, langsam entstehend, Pferde stehen vorsichtig auf, laufen ungern, rasche Ermüdung, eventuell Knochenauftreibungen	Stoffwechselbedingte Skelettsystemerkrankungen
	Steifer Gang der Nachhand kurz nach Beginn der Bewegung, Muskelzittern, Schweißausbrüche, eventuell Niederstürzen; Rücken-, Lenden- und Oberschenkelmuskeln hart, Harn rotbraun	Kreuzverschlag (Nierenverschlag)

Leitsymptom	Weitere charakteristische Symptome	Hinweise auf folgende Erkrankung
Bewegungsstörung und Lahmheit (Fortsetzung)	Steifer Gang der Nachhand nach Belastung, bei weiterer Schrittbewegung nach einigen Minuten Besserung; besonders Vollblutpferde	Tying-up-Syndrom
	Gespannter Gang der Hinterhand, Herumtreten im Stall erschwert; Druckschmerz an den langen Rücken-, Kruppen- und Lendenmuskeln	Muskelentzündung, Selen- und Vitamin-E-Mangel
	Pferde „kleben" am Boden, gehen nur mit Mühe vorwärts, Beine nach vorn gestellt, Hufe warm, Hinterhand untergesetzt; plötzlich auftretend, Körpertemperatur erhöht	Akute Rehe
	„Pantoffelnder" Gang, Hufe werden mit den Trachten aufgesetzt und klappen dann nach unten; Knollhuf	Chronische Rehe
	Bei schneller Bewegung zunehmende Lahmheit einer oder beider Hintergliedmaßen. Tiere bleiben stehen und belasten ein Bein nicht mehr oder brechen hinten zusammen. Betroffene Hintergliedmaße kalt; keine Pulsation der Mittelfußarterie	Thrombose der Schenkel- oder Beckenarterien
	Derbe, schmerzempfindliche Anschwellung einer Gliedmaße (meist Hinterbein), oft beetartig zum unveränderten Gebiet abgesetzt; starke Lahmheit, Fieber	Einschuß (Phlegmone)
	Hangbeinlahmheit vorn, meist plötzlich beginnend, Schultergelenksbereich warm und schmerzhaft, passives Strecken der Gliedmaße schmerzhaft	Schulterlahmheit (akut)
	Gemischte Lahmheit vorn, Vorderfußgelenk derb verdickt (besonders dessen Vorderfläche); Lahmheit nach Karpalgelenksbeugeprobe verstärkt; Beugung schmerzhaft	Chronische Entzündung des Vorderfußwurzelgelenks (Karpalgelenk)
	Stützbeinlahmheit, Pferde laufen sich ein; z. T. auch nur klammer Gang, Hinterseite des Mittelfußes angeschwollen („Bogen, Wade"), Druck auf Sehne schmerzhaft, wärmer; meist an den Vordergliedmaßen	Schaden der Beugesehne
	Klammer Gang der Vordergliedmaßen, kurze Schritte, schmerzhafte, derbe Vorwölbung an der Vorderseite der Röhrbeine, bei jungen Vollblutpferden nach intensiver Belastung	„Schienbeinerkrankung"

Leitsymptom	Weitere charakteristische Symptome	Hinweise auf folgende Erkrankung
Bewegungs-störung und Lahmheit (Fortsetzung)	Unsauberer Gang der Hinterhand oder Lahmheit einer Hintergliedmaße bei Beginn der Bewegung oder Übergang in schnellere Gangart; Pferde laufen sich ein; Hinterhufe mit angeschliffener Zehenrichtung; eventuell derbe Auftreibung an der Innenseite des Sprunggelenkes; Bewegung schmerzhaft	Spat
	Gemischte Lahmheit hinten; Sprunggelenk stark gefüllt und bei Druck schmerzhaft; Beugung schmerzhaft	Sprunggelenkentzündung
	Hangbeinlahmheit hinten, Knie- und Sprunggelenk in Beugehaltung, Zehe belastet; Kniegelenk prall gefüllt, schmerzhaft und warm	Kniegelenkentzündung
	Hangbeinlahmheit hinten, plötzliche Streck-stellung des Knie- und Sprunggelenks und Beugehaltung der Zehe; Bewegung der gestreckten Gliedmaße im Halbkreis nach vorn; manchmal nach deutlichem Knacken wieder plötzlich normale Bewegung	Kugelschnapper
	Hangbeinlahmheit hinten, Sprunggelenk kann vom Pferd nicht gebeugt werden; erkrankte Gliedmaße kann man am stehenden Pferd ohne Widerstand weit nach hinten herauszie-hen und strecken, Achillessehne schlaff, wellenförmig	Zerreißung des dritten Waden-beinmuskels (M. fibularis tertius)
	In der Bewegung eine oder beide Hinterglied-maßen ruckartig übertrieben stark angehoben und gesenkt; Bewegungsrhythmik ungestört	Hahnentritt, Zuckfuß
	Stützbeinlahmheit, allmählich entstehend, laufen sich ein, harte Schwellung im Bereich des Krongelenkes	Krongelenkschale
	Stützbeinlahmheit, allmählich entstehend, anfangs nur nach starker Belastung, harte, schmerzlose, ringförmige Schwellung um das Fesselgelenk	Fesselgelenkschale
	Stützbeinlahmheit der Vorderextremitäten, stumpfer Gang, kurze Schritte, stolpern leicht, Fesselgelenk wird bei Belastung nicht voll durchgetreten	Gleichbeinlahmheit, Hufrollenerkrankung
	Stützbeinlahmheit, Hintergliedmaße unvoll-ständiges Durchtreten im Fesselgelenk	Gleichbeinlahmheit

Leitsymptom	Weitere charakteristische Symptome	Hinweise auf folgende Erkrankung
Bewegungsstörung und Lahmheit (Fortsetzung)	Plötzliche mittel- bis hochgradige Stützbeinlahmheit; auf Druck schmerzhafte, vermehrt warme Schwellung im Bereich der Beugesehnen oder Fesselträger	Akute Beugesehnen- oder Fesselträgerentzündung, partielle Ruptur
	Plötzlich starke Lahmheit, abnorme Beweglichkeit der Gliedmaße	Knochenbruch, Sehnen- oder Bänderriß
	Plötzlich starke Stützbeinlahmheit, Huf warm, starke Pulsation der Mittelfußarterie	Entzündung der Huflederhaut (Nageltritt, Vernagelung), starke Prellung von Sohle, Strahl oder Ballen, Hufbeinbruch
	Stützbeinlahmheit meist nur geringgradig, nach Ruhe verschwindend, nach anschließender Belastung wieder auftretend; schmerzhafte Schwellung zwischen Beugesehne und Röhrbein	Griffelbeinbruch
	Klammer Gang, Trachten sehr eng	Trachtenzwanghuf
	Klammer Gang, Hufknorpel hart	Hufknorpelverknöcherung
	Klammer Gang, Huf druckschmerzempfindlich	Steingallen, Hufprellung, nicht eitrige Huflederhautentzündung

Anhang

Physiologische Kenn- und Normalwerte

Physiologische Kennwerte im Ruhezustand

Kriterium	Beschaffenheit bei gesunden Pferden
Allgemeinverhalten	Ungestört, aufmerksames Verhalten, reagiert auf Umweltreize. Auge klar, Ohrenspiel lebhaft, Gegenstände oder Lebewesen werden beschnuppert, Hautzucken nach Berührung (Fliegenabwehr). Haarkleid glatt, glänzend, anliegend (ausgenommen Robustpferde und Zeit des Haarwechsels). Gesunde Pferde legen sich (mit Ausnahme alter Pferde).
Atemfrequenz	8 bis 14 Atemzüge/min.
Pulsfrequenz[1)]	28 bis 40 Schläge/min.
Rektaltemperatur[2)]	Bis 5. Lebensjahr 37,5 bis 38,0 °C Über 5. Lebensjahr 37,5 bis 38,0 °C
Lidbindehäute	Blaßrosarot
Belastung der Gliedmaßen	Beim Stehen werden alle 4 Gliedmaßen gleichmäßig belastet (Ausnahme „Schildern“)
Futteraufnahme	Im Stall: ständige Aufnahme in relativ langer Zeit, da Futter gut zerkaut werden muß. Für 1 kg Heu sind etwa 3000 Kauschläge erforderlich, bei durchschnittlich 75 Kauschlägen/min. beträgt die Aufnahmezeit etwa 40 Minuten. Konzentratfutter muß über Nacht aus der Krippe vollständig aufgenommen werden. Auf der Weide: Futteraufnahme bei langsamer Vorwärtsbewegung, pro Schritt einige Futterbissen.
Wasseraufnahme	Großpferd 30 bis 60 l je Tag, zügige Aufnahme.
Kot	Absatz: 5 bis 12 × in 24 h (alle 2 bis 5 Stunden) Menge: Großpferd 15 bis 25 kg täglich Aussehen: geformte Ballen, wenig feucht, zerfallen beim Aufschlagen Bei Grünfütterung stärker durchfeuchtet und nur undeutlich geformt
Harn	Absatz: 5 bis 8 × in 24 h Menge: Großpferd 5 bis 15 l täglich Aussehen: gelblich, leicht schleimig und trüb

1) Bei sensiblen, ängstlichen Pferden, die durch die Pulsmessung beunruhigt werden, kann die Pulsfrequenz stark ansteigen. Sie fällt meist innerhalb weniger Minuten wieder auf die Ausgangswerte ab, so daß dann die Zählung erfolgen kann. Bei körperlicher Belastung steigt der Puls an. Gut trainierte und nicht überlastete Pferde erreichen nach 10 bis 15 Minuten Ruhe wieder die Ruhepulsfrequenz.
2) Da während der Arbeit die Temperatur ansteigt, ist 1 Stunde nach Beendigung der Belastung zu messen.

Wichtige Laborparameter (Normalbereiche, Aussage)

Laboruntersuchungen unterstützen die Diagnosefindung. Sie haben besondere Bedeutung bei Sportpferden, um Stoffwechselstörungen und Mangelsituationen sowie Organschäden als Ursache von Leistungsdepressionen und Erkrankungen zu erfassen. Die folgenden Tabellen sollen bei der Interpretation der Ergebnisse unterstützen.

Biochemische Untersuchungen im Vollblut (B), Blutserum (S) und Harn (H)

Kriterium	Normalbereich / Grenzwert Warmblutpferd (WB)	 Vollblutpferd (VB)	Aussage bei Abweichung von der Norm
Albumin (S)	28–41 g/l		**Abfall** bei Eiweißmangel (Leber-, Darm- und Nierenerkrankungen)
AP gesamt (Alkalische Phosphatase) (S)	Jährlinge < 900 E/l 2jährige < 650 E/l 3jährige < 500 E/l 4jährige und ältere < 350 E/l		**erhöht** bei Störungen des Knochenstoffwechsels (Rachitis, Knochenweiche) und Lebererkrankungen
AP Knochenfraktion (S)	Jährlinge < 350 E/l 2jährige < 250 E/l 3jährige < 150 E/l 4jährige u. ältere <120 E/l		**erhöht** bei Knochensystemerkrankungen und gesteigerter Tätigkeit der Knochenzellen (Osteoblasten)
ASAT (GOT, Aspartataminotransferase) (S)	< 250 E/l		**erhöht** bei Skelettmuskelschäden (u.a. Muskelentzündung, Kreuzverschlag, Tying-up-Syndrom), Lebererkrankungen und akuten Sehnenschäden. Anstieg auch nach starker Trainings- oder Rennbelastung (1–2 Tage erhöht)
Betakarotin	50–250 µg/l		**Abfall** bei ungenügender Versorgung
Bilirubin (gesamt) (S)	50,0 µmol/l	60,0 µmol/l	**erhöht** bei Leberschäden und gesteigertem Erythrozytenzerfall
Cholesterol (S)	2,0–4,2 mmol/l		**erhöht** bei Störungen des Fettstoffwechsels (Hyperlipämie) und Lebererkrankungen
CK (Kreatinphosphokinase) (S)	< 160,0 E/l	< 170,0 E/l	**erhöht** bei Skelettmuskel- und Sehnenschäden (z.T. noch vor Auftreten klinischer Erscheinungen), bei hohen Werten ist immer die Leistungsfähigkeit der Tiere eingeschränkt Anstieg auch nach i.m.- Injektionen möglich Anstieg nach erheblicher Trainings- oder Wettkampfbelastung (ca. 1 Tag erhöht)
Eisen (S)	0,8–1,4 mg/l		**Abfall** bei Eisenmangel, Anstieg durch Hämolyse
Eisenbindungskapazität (S)	54–90 µmol/l		**Abfall** bei Eiweißmangel
Eiweiß (S)	58,0–77,0 g/l		**Abfall** bei Eiweißmangel (ungenügende Aufnahme, Verdauungsstörungen, starker Parasitenbefall, Leberschäden, chronische Nierenerkrankungen, starker Blutverlust **erhöht** (relativ) bei starkem Flüssigkeitsverlust (Exsikkose, Durchfall) und chronischen Lebererkrankungen

Kriterium	Normalbereich / Grenzwert Warmblutpferd (WB) Vollblutpferd (VB)	Aussage bei Abweichung von der Norm
Gammaglobuline (S)	< 40,0 g/l	**erhöht** bei (chronischen) Infektionen
GGT (Gammaglutaryltranspeptiase)	< 20 E/l	**erhöht** bei Erkrankungen der Leber und der Gallengänge, reagiert träger als AP, aber leberspezifisch
Glukose (Blutzucker) (B) (S)	2,7–5,2 mmol/l 4,4–6,7 mmol/l	**Abfall** bei hoher körperlicher Belastung (bei gutem Trainingszustand geringerer Abfall) **erhöht** bei Diabetes mellitus (sehr selten)
Harnstoff (S)	3,3–6,7 mmo/l	**erhöht** bei Eiweißüberschuß im Futter, starker Gewichtsabnahme (Abbau von Körpereiweiß), Fieber, chron. Nierenerkrankung, Störung der Harnausscheidung
Jod (S)	> 0,005 mg/l	**Abfall** Hinweis auf Mangel
Kalium (S)	2,8–4,5 mmol/l	**Abfall** bei akuten Krankheiten des Verdauungstraktes möglich **erhöht** bei der „Hyperkaliämischen periodischen Paralyse“
Kupfer (S)	0,7–1,6 mg/l	Abfall: Hinweis auf Mangel
Kalzium (S)	2,0–3,3 mmol/l	**Abfall** bei plötzlich stark erhöhter Kalziumabgabe (Laktation, hohe Arbeitsbelastung)
Kreatinin (S)	90–160 µmol/l	**erhöht** bei Nierenerkrankungen (Ausscheidungsstörungen), unabhängig von der Art des Futters und vom Eiweißstoffwechsel, gewisse Beziehung zur Muskelmasse
Laktat (Milchsäure) (S, B)	0,7–1,8 mmol/l	**erhöht** bei intensiver Trainings- oder Wettkampfbelastung und bei Muskelerkrankungen (Kreuzverschlag). Spiegelt Trainingszustand wider, da belastungsbedingter Anstieg bei gut trainierten Pferden geringer ist
Magnesium (S)	0,7–1,0 mmol/l	**Abfall** bei ungenügender Versorgung oder Resorptionsstörungen (Tetanie)
Natrium (S)	125–150 mmol/l	**Abfall** bei Elektrolytimballance, Dauerbelastungen und hohem Schweißverlust
Natrium (H)	> 5,0 mmol/l	**Abfall** bei ungenügender Natriumversorgung
Phosphat (anorganisch) (S)	0,9–1,8 mmol/l	**Abfall** bei Mangel, Knochensystemerkrankungen (Rachitis, Osteomalazie) **erhöht** bei Überfunktion der Nebenschilddrüse Parameter fällt mit steigendem Alter der Tiere ab
Progesteron (S)	0,1–17,0 ng/ml	Stute zyklusabhängig
Selen (S)	> 0,08 mg/l	**Abfall** bei Mangel (Weißmuskelkrankheit)
Testosteron (S)	> 200 ng/l 0–33 ng/l	Hengste, einschließlich Kryptorchiden Wallache (kastrierte Tiere).Parameter ist zum Erkennen von Kryptorchiden geeignet

Kriterium	Normalbereich / Grenzwert Warmblut-pferd (WB) Vollblut-pferd (VB)	Aussage bei Abweichung von der Norm
Triglyceride (S)	< 0,6 mmol/l	**erhöht** bei Fettstoffwechselstörung (Hyperlipämie der Ponys)
T_4 (Thyroxin) (S)	17–44 µg/l	**erhöht** bei Schilddrüsenüberfunktion **Abfall** bei Schilddrüsenunterfunktion
Vitamin A (Retinol) (S)	100–200 µg/l (= 330–660 IE/l	Hinweise auf Versorgungsgrad (geeigneter ist Vit.-A-Gehalt der Leber)
Vitamin E (S)	4,2–8,7 mg/l	**Abfall** bei ungenügender Versorgung; Erkrankungen der Skelettmuskulatur
Vitamin C (Ascorbinsäure) (S)	5,0–7,0 mg/l	**Abfall** bei Infektionskrankheiten und Wundinfektionen sowie bei Leistungsschwäche
Zink (S)	> 0,60 mg/l	**Abfall** bei nicht ausreichender Versorgung

Anmerkung: Alle Enzymkonzentrationen beziehen sich auf Bestimmung bei 37 °C.

Hämatologische Untersuchungen in Vollblut (B).

Kriterium	Normalbereich / Grenzwert Warmblut-pferd (WB)	 Vollblut-pferd (VB)	Aussage bei Abweichung von der Norm
Blutgerinnungszeit Prothrombinzeit (Quicktest)	15–30 min 8–14 sec		 Verlängerung bei Gerinnungsstörungen (Neigung zu Blutung und Bluterguß)
Blutkörperchensenkungs-geschwindigkeit	WB / Vb / Pony 10 min: 4– 18 / 0 / 0–15 30 min: 6– 60 / 2–12 / 10–100 60 min: 30–110 / 4–40 / 20– 150		**Beschleunigt** bei Anämie sowie allgemeinen und örtlichen Infektionen **Verringert** nach intensiver Trainings- und Wettkampfbelastung (Flüssigkeitsverlust)
Differentialblutbild (Leukozyten):			
Basophile	0–2%	0–4%	
Eosinophile	0–6%	0–10%	**erhöht** u.a. bei Parasitenbefall (im Gewebe wandernde Larven) und allergischen Erkrankungen **Abfall** in Streßsituationen oder nach der Behandlung mit Kortikosteroiden (Nebennierenrindenhormonen)
Neutrophile Stabkernige	2–5%	0–8%	**Anstieg** der Neutrophilen, insbesondere der Stabkernigen („Linksverschiebung") bei bakteriellen Infektionen
Neutrophile Segmentkernige	35–65%	22–72%	
Lymphozyten	20–45%	17–68%	**Abfall** oft bei Viruskrankheiten **Anstieg** in der Heilphase bakterieller Infektionen
Monozyten	1–6%	0–14%	**erhöht** bei Infektionskrankheiten („Kampfphase") und bei chronischen Entzündungen (Stimulation der Antikörperbildung)
Erythrozyten (rote Blutkörperchen) Hb (Hämoglobin) Ht (Hämatokrit)	6–10 T/l (= Mill./µl) 110–140 g/l 0,32–0,45	6,8–12,9 T/l (= Mill./µl) 120–190 g/l 0,34–0,53	**Verringert** bei Anämie (Blutarmut), **erhöht** bei starkem Flüssigkeitsverlust infolge Entzugs von Blutflüssigkeit (Distanzritte, schwere Kolik) Bei wiederholter Bestimmung Hinweise auf den Trainingszustand des Pferdes; die Ruhewerte erhöhen sich mit der infolge Trainings- oder Wettkampfbelastung steigenden Leistungsfähigkeit
Leukozyten (weiße Blutkörperchen) gesamt	6–10 G/l (= 6000–10000 /µl)	5,4–11 G/l (= 5400–11000 /µl)	**erhöht** als Zeichen gesteigerter Abwehrleistung bei Infektionskrankheiten und Eiterungsprozessen **Abfall** kann Ausdruck einer Erschöpfung des Abwehrsystems sein

Harnuntersuchung

Kriterium	Normalbereich / Grenzwert	Aussage bei Abweichung von der Norm
Farbe	hellgelb bis hellbraun bis rötlichgelb	dunkelt im offenen Gefäß nach blaßgelblich, fast farblos, bei chron. Nierenerkrankung sowie starker Wasseraufnahme u. -abgabe rot- bis dunkelbraun bei Hämo- oder Myoglobinurie (Ausscheidung von Blut- oder Muskelfarbstoff) und Hämaturie (Blutharnen)
Konsistenz	schleimig, dickflüssig bis fadenziehend	
Transparenz	trüb, nach kurzem Stehen setzt sich reichlich Niederschlag ab	bei Azidose (Übersäuerung) klar, wäßrig und durchsichtig
Geruch	fleischbrühartig, aromatisch	
spezifisches Gewicht (Dichte)	1020–1050	**Abfall** bei chronischen Nierenerkrankungen, Wasserharnruhr oder hoher Wasseraufnahme Anstieg bei ungenügender Wasseraufnahme
pH-Wert	7,0–8,5	**Abfall** bei Azidose (Übersäuerung)
Eiweiß	nicht nachweisbar	positiv bei Fieber und Erkrankungen der Harnorgane
Zucker	nicht nachweisbar	positiv bei Diabetes mellitus (selten) und nach Infusion zuckerhaltiger Lösung
Gallenfarbstoffe	nicht nachweisbar	positiv bei Lebererkrankungen
Blut- oder Muskelfarbstoff	nicht nachweisbar	positiv bei Erkrankungen der Harnorgane, der Muskulatur und bei Hämolyse in den Blutgefäßen
Sediment: Karbonate	reichlich	wichtigster Bestandteil des Niederschlags, Fehlen ist pathologisch
Chloride Phosphate	geringe Menge	
Erythrozyten	nicht nachweisbar	Nachweis immer pathologisch
Leukozyten	vereinzelt	größere Zahl spricht für Entzündung der Harnorgane
Epithelien	geringe Zahl	erhöhte Zahl bei Erkrankung der Harnorgane, Art der Zellen gibt Hinweis auf Lokalisation der Erkrankung
Zylinder	sehr vereinzelt	erhöhte Zahl weist auf Nierenerkrankungen hin (Zylinder sind Ausgüsse der Harnkanälchen der Nieren)
Bakterien	nicht nachweisbar	Nachweis erfordert weitere Abklärung durch bakteriologische Harnuntersuchung

Beachte: Nach starker Laufbelastung (Training, Rennen) sind Erythrozyten sowie Blut-/ Muskelfarbstoff und Eiweiß im Harn nachweisbar. Deshalb sind Harnproben für diagnostische Untersuchungen erst mehrere Stunden später zu entnehmen.

Bedarfsgerechte Fütterung der Sportpferde

Tägliche[1)] Energie- und Proteinbedarfsnormen in Abhängigkeit von Lebendmasse und Leistung der Sportpferde (einschließlich Erhaltungsbedarf)

Lebend-masse (kg)	Leistung[2)]	Energie Nettoenergie (kEFr[3)])	verdauliche Energie (MJ)	verdauliches Rohprotein (g)	Energie-konzentration (EFr/kg TS)
400	leichte Arbeit	3,3	67–71	380	510
	mittlere Arbeit	4,2	75–88	440	550
	schwere Arbeit	5,1	92 und mehr	520	570
500[4)]	leichte Arbeit	4,6	80–92	460	560
	mittlere Arbeit	5,6	96–109	505	610
	schwere Arbeit	6,6	113 und mehr	560	630
600	leichte Arbeit	4,8	92–101	380	540
	mittlere Arbeit	5,8	109–122	440	590
	schwere Arbeit	6,8	122 und mehr	520	610

1) Die täglichen Futterrationen sind den aktuellen Arbeitsleistungen anzupassen
2) leichte Arbeit: leichtes Vorbereitungstraining
mittlere Arbeit: Trainings- und Wettkampfbelastung
schwere Arbeit: Rennbelastung bzw. sehr hohe Wettkampfleistung
3) EFr = Energetische Futtereinheit-Rind, auch für Pferde verwendbares Maß des energetischen Futterwertes (Nettoenergie – Fett)
4) besonders Vollblutpferde und Traber

Täglicher Mineralstoffbedarf (Mengen- und Spurenelemente) der Sportpferde

	Mengenelemente (in g) Kalzium*	Phosphor*	Magnesium	Natrium	Kalium		
Großpferd	25–40	20–30	12–15	18–35	40–60		
Kleinpferd	12–30	12–17	3–9	8–15	40		
Je kg Futter-trockenmasse	2,5 (6,5)[1)]	2,0 (4,0)[1)]	2,5	1,0 (3,0)[2)]	4,0		
	Spurenelemente (mg) Mangan	**Zink**	**Kupfer**	**Jod**	**Kobalt**	**Eisen**	**Selen**
Großpferd	250–500	400–500	50–80	1,0–1,5	0,5–1,0	250–500	1,0–2,0
Kleinpferd	200	300	40	1,0	0,5	200	1,0
Je kg Futter-trockenmasse	40	40– 50	10–20	0,1–0,3	0,05–0,1	50– 75	0,1–0,2[3)]

* Das Kalzium-Phosphor-Verhältnis der Ration soll 1:1 bis 2:1 (optimal 1,2 bis 1,5:1) betragen
1) bei schnellem Wachstum oder Laktationsbeginn
2) im Training und bei Wettkampfbelastung
3) Vorsicht bei zu hohen Zusätzen; 2 mg Se/kg Futtertrockenmasse können bereits toxisch sein!

Rationsbeispiele

1. Sportpferd, 600 kg Lebendmasse, mittlere Arbeitsleistung

Komponente	Menge (kg)	Trockensubstanz (kg)	Energiegehalt Nettoenergie (kEFr)	Energiegehalt Verdaul. Energie (MJ)	Verdaul. Rohprotein (g)	Rohfaser (kg)	Kalzium (g)	Phosphor (g)	Magnesium (g)	Natrium (g)
Wiesenheu (gute Qualität)	4	3,40	1,584	33,20	160	1,192	20	10	9,2	1,2
Hafer	4	3,52	2,424	50,80	356	0,380	4,4	13,6	6,4	0,8
Haferstroh	2	1,75	0,692	10,46	12	0,778	7,0	1,6	2,8	0,8
Zuckerschnitzel	2	1,86	1,230	25,80	30	0,092	4,8	2,6	3,0	3,8
Viehsalz	0,040									16
Aufnahme		10,5	5,9	120,3	560	2,4	36,2	27,8	21,4	22,6
Bedarf			5,8	109–122	520	1,6–2,5	25–40	20–30	12–15	18–25

Anmerkung: Zusätzlich Strohaufnahme aus der Einstreu

2. Sportpferd, 600 kg Lebendmasse, mittlere Arbeitsleistung

Komponente	Menge (kg)	Trockensubstanz (kg)	Energiegehalt Nettoenergie (kEFr)	Energiegehalt Verdaul. Energie (MJ)	Verdaul. Rohprotein (g)	Rohfaser (kg)	Kalzium (g)	Phosphor (g)	Magnesium (g)	Natrium (g)
Grünfutter (minderwertig)	30	5,700	2,910	61,0	420	1,770	30,0	21,0	15,0	2,1
Hafer	3	2,640	1,818	38,1	267	0,285	3,3	10,2	4,8	0,6
Zuckerschnitzel	2	1,860	1,230	25,8	30	0,092	4,8	2,6	3,0	3,8
Viehsalz	0,035									14,0
Aufnahme		10,2	5,96	124,9	717	2,15	38,1	33,8	22,8	20,5
Bedarf			5,8	109–122	520	1,6–2,5	25–40	20–30	12–15	18–25

Anmerkung: Zusätzlich Strohaufnahme aus der Einstreu

3. Vollblutrennpferd, 500 kg Lebendmasse, schwere Arbeitsleistung

Komponente	Menge (kg)	Trockensubstanz (kg)	Energiegehalt Nettoenergie (kEFr)	Energiegehalt Verdaul. Energie (MJ)	Verdaul. Rohprotein (g)	Rohfaser (kg)	Kalzium (g)	Phosphor (g)	Magnesium (g)	Natrium (g)
Hafer	6	5,280	3,636	68,9	534	0,570	6,6	20,4	9,6	1,2
Mischfutter	1	0,850	0,540	11,3	95	0,090	6,0	5,0	1,6	0,2
Grünfutter	4	0,640	0,388	8,8	76	0,160	4,0	2,8	2,0	0,3
Wiesenheu	3	2,550	1,190	22,6	120	0,894	15,0	7,5	6,0	0,9
Pflanzenöl	0,2	0,170	0,460	9,6	–	–	–	–	–	–
Rübenzucker	0,5	0,475	0,345	6,3	–	–	–	–	–	–
Viehsalz	0,050									20,0
Aufnahme		10,0	6,6	127,5	825	1,71	31,6	35,7	19,2	22,6
Bedarf		10,0	6,6	113 u. mehr	550	1,5–1,8	25–40	20–30	12–15	18–25

Anmerkung: Phosporüberschuß durch kalziumreiches Mineralstoffgemisch ausgleichen

Täglicher Vitaminbedarf der Sportpferde (Großpferde)

Vitamin	Bedarf (IE)	Vergiftungen ab etwa (IE)
A	40 000 bis 60 000	160 000
D	6 000 bis 9 000	22 000
E	500 bis 1000[1]	10 000

[1] Rennpferde während der Rennperiode zeitweise bis 2000 IE

Umrechnung:
1 IE Vit. A = 0,3 µg Vit. A
1 mg ß-Carotin = ca. 650 IE Vit. A (starke Variation, abhängig von Angebot und Begleitstoffen im Futter)
1 IE Vit. D = 0,025 µg Vit. D
1 IE Vit. E = 1 mg Vit. E

Kenndaten wichtiger in der Pferdefütterung eingesetzter Futtermittel (bezogen auf Originalsubstanz) und maximalen Einsatzmengen für Sportpferde

Futtermittel	Trocken-substanz (g/kg)	Energetische Futtereinheiten (EFr) (je kg)	Verdauliche Energie (MJ/kg)	Verdauliches Rohprotein (g/kg)	Rohfaser (g/kg)	Richtlinie für maximale Einsatzmenge (kg)
1	2	3	4	5	6	7
Grünfutter						
Wiesengras, frisch (hochwertiger Bestand)						
Beginn Ährenschieben	160	97	2,2	19	40	30 (–40)
Ende Ährenschieben	190	97		14	59	
Blüte	244	129	1,9	16	79	
nach der Blüte	285	138	2,1	16	98	
Wiesengras (minderwertiger Bestand)						
Beginn Ährenschieben	160	88	1,9	15	44	30 (–40)
Ende Ährenschieben	188	108		18	55	
Blüte	240	112	2,3	12	82	
nach der Blüte	280	119		11	101	
Weidegras (hochwertiger Bestand)						
1. und 2. Aufwuchs	155	95	1,9	25	22	
3. und 4. Aufwuchs	180	106	2,1	30	40	
Klee (Rotklee, Beginn der Blüte)	187	99	2,1	21	49	20
Luzerne (Beginn der Blüte)	189	94	2,4	28	58	15
Silagen						
Maissilagen (Milch-wachsreife)	220	129	2,5	8	51	15
Grasanwelksilage (Blüte)	350	179	3,4	23	124	10
Heu bzw. Grünmehl						
Wiesenheu (hoch-wertiger Bestand, gute Qualität, Blüte)	860	396	8,0	59	298	10

Futtermittel	Trocken-substanz (g/kg)	Energetische Futtereinheiten (EFr) (je kg)	Verdauliche Energie (MJ/kg)	Verdauliches Rohprotein (g/kg)	Rohfaser (g/kg)	Richtlinie für maximale Einsatzmenge (kg)
1	2	3	4	5	6	7
Heu bzw. Grünmehl (Fortsetzung)						
Wiesenheu (minderwertiger Bestand, mindere Qualität, Blüte)	860	356	6,8	40	315	10
Luzerneheu (gute Qualität, Vollblüte)	860	353	8,1	94	315	5
Luzernegrünmehl	890		8,6	92		262
Stroh						
Haferstroh	875	346	5,5	10	389	4
Winterweizenstroh	875	295	4,7	7	398	4
Hackfrüchte und deren Rückstände						
Maisganzpflanzenpellets	900	528	11,6	27	194	4
Futterrüben, Gehaltsrüben	140	91	1,9	6	8	15
Zuckerrüben	234	163	3,3	10	11	10
Kartoffeln (gedämpft)	257	159	3,3	10	7	10
Mohrrüben (Rote Mohrrüben)	129	87	1,9	9	11	10
Zuckerrübenschnitzel	930	615	12,9	15	46	3
Trockenschnitzel	900	535	11,2	54	180	3
Rübenzucker, Futterzucker	950	690	14,0	0	0	1
Melasse	770		11,1	80		
Körner und Samen						
Hafer	880	606	11,5	89	95	8
Wintergerste	880	605	12,9	74	40	6
Sommergerste	870		12,6	75		46
Mais	880		13,7	67		
Rückstände der Getreide- und Ölverarbeitung						
Weizenkleie (90% Ausmahlung)	880	491	9,7	107	108	3
Pflanzenöl (Soja-, Erdnuß-, Leinöl)	850	2300	35,0	0	0	0,3
getrocknete Biertreber	900		8,7	161		
getrocknete Bierhefe	890		14,1	413		

Mittlere Mineralstoff- und Vitaminkonzentration[1] einiger wichtiger in der Pferdefütterung eingesetzter Futtermittel (bezogen auf Frischsubstanz)

Futtermittel	Ca	P	Mg	Na	K	Mn	Zn	Cu	Fe	Se	β-Carotin	Vit. D	Vit. E
	(g/kg)				(mg/kg)					(mg/kg)[2]	(IE/kg)	(IE/kg)	
Wiesengras	1,0	0,7	0,5	0,1	6,9	17,9	5,0	1,9	40,5	0,0008	50	40	65
Rotklee	3,1	0,5	0,7	0,1	5,4	7,9	6,2	2,1	30		40		33
Luzerne	3,6	0,6	0,5	0,1	5,0	9,8	4,5	1,9	22,6		50	50	40
Wiesenheu	5,0	2,5	2,0	0,3	19,2	83	16,7	6,7	217	0,04–0,11	25	600	120
Luzerneheu	11,6	2,3	2,4	0,4	17,5	55	20	8,8	142		30	800	50
Haferstroh	3,5	1,2	1,4	0,4	19,9	81	130	5,9	195				
Futterrüben	0,4	0,4	0,2	0,5	4,5	8,9	5,2	0,9	10,7				
Zuckerrüben	0,6	0,3	0,4	0,5	2,4	16	6,2	1,3	13,3				
Rote Mohrrüben	0,4	0,3	0,2	0,2	3,1	5,1	4,2	0,9	5,9		60[3]		5
Kartoffeln (gedämpft)	0,2	0,6	0,3	0,03	6,4	1,5	3,3	1,5	13				
Trockenschnitzel	8,0	1,0	2,5	1,6	5,0	60	2,3	14,3	535			0	
Zuckerschnitzel	2,4	1,3	1,5	1,9	9,3	62	24	5,3	52				
Hafer	1,1	3,4	1,6	0,2	4,0	46	28	5,6	0,9	0,02	0		19
Gerste	0,7	3,6	1,3	0,2	5,0	18	26	7,5	64	0,02	0		36
Weizenklee	1,6	13,2		0,7							3		17
Körnermais	0,4	2,9		0,2							2–5		37
Melasse	4,7	0,2		5,8								200–500	
Luzernegrünmehl	18,0	2,5		1,7							100–200		
Biertreber (getrocknet)	3,9	6,2		0,6									
Bierhefe (getrocknet)	2,9	13,5		2,2									

1) Bei einzelnen Futtermitteln treten starke qualitätsbedingte Schwankungen auf
2) 1 mg β–Carotin entspricht ca. 650 IE Vitamin A.
3) Gelbe Mohrrübe nur etwa 30% dieser Karotinmenge

Literatur

Autorenkollektiv: DDR-Futterbewertungssystem Deutscher Landwirtschaftsverlag, Berlin 1986, 5. Aufl.

BARTZ, J.: Bis der Tierarzt kommt. Erste Hilfe für Pferde. Kosmos, Stuttgart 1996.

BELLINGHAUSEN, W.: Pferdekrankheiten. Verlag Eugen Ulmer, Stuttgart 1996, 2. Aufl.

BOLZ, W., DIETZ, O.: Lehrbuch der Allgemeinen Chirurgie für Tierärzte. Ferdinand Enke Verlag, Stuttgart 1985.

DIETZ, O., SCHÄTZ, F., SCHLEITER, H., TEUSCHER, R.: Anaesthesie und Operationslehre bei Groß- und Kleintieren. S. Hirzel Verlag, Leipzig 1988.

DIETZ, O., HUSKAMP, B.: Handbuch der Pferdepraxis. Ferdinand Enke Verlag, Stuttgart 1999.

DLG-Futterwerttabellen. Futterwerttabellen für Pferde. DLG-Verl. Frankfurt/M. 1995, 3. Aufl.

EIKMEIER, H., FELLMER, E., MOEGLE, H.: Lehrbuch der gerichtlichen Tierheilkunde. Verlag Paul Parey, Berlin und Hamburg 1990.

F. E. I. (Federation Equestre Internationale): Identification des chevaux par le signalement descriptif et graphique. 1. édition 1981.

F. E. I. (Federation Equestre Internationale): Réglement Véterinaire. 5 éme édition 1985.

FLADE, J.-E.: Grundwissen für Pferdezüchter und Pferdesportler. Deutscher Landwirtschaftsverlag, Berlin 1989.

GERBER, H.: Pferdekrankheiten. Bd. 1: Innere Medizin einschließlich Dermatologie. Verlag Eugen Ulmer, Stuttgart 1994.

GRAY, P.: Die Lahmheiten des Pferdes. Franckh-Kosmos Verlag, Stuttgart 1997.

HERMANS, W. A.: Hufpflege und Hufbeschlag. Verlag Eugen Ulmer 1992.

HIEPE, TH.: Lehrbuch der Parasitologie. Band 4 Veterinärmedizinische Arachno-Entomologie. Gustav Fischer Verlag, Jena 1982.

KRAFT, W., DÜRR, U.: Klinische Labordiagnostik in der Tiermedizin. Verlag Schattauer, Stuttgart, New York 1995, 3. Aufl.

KÜHNER, M.: Veterinärmedizinische Toxikologie. Gustav Fischer Verlag, Jena 1991.

LOEFFLER, K.: Anatomie und Physiologie der Haustiere. Verlag Eugen Ulmer, Stuttgart 1994, 9. Aufl.

MEHLHORN, H., DÜWEL, D., RAETHER, W.: Diagnose und Therapie der Parasiten von Haus-, Nutz- und Heimtieren. Ferdinand Enke Verlag, Stuttgart 1993, 2. Aufl.

MEYER, H.: Pferdefütterung. Verlag Paul Parey, Berlin und Hamburg 1992, 2. Aufl.

MOSER, E., WESTHUES, M.: Leitfaden der Huf- und Klauenkrankheiten. Ferdinand Enke Verlag, Stuttgart 1950.

OESE, E.: Pferdesport. Sportverlag, Berlin 1982.

PICK, M.: Handbuch der Pferdekrankheiten. Franckh'sche Verlagshandlung, Stuttgart 1977, 2. Aufl.

RICHTER, W.: Erhebungen über belastungsbedingte Gliedmaßenerkrankungen des juvenilen und des adulten Sportpferdes. Dissertation B. Berlin 1975.

ROSSOW, N., HORVATH, Z.: Innere Krankheiten der Haustiere. Band 1: Organkrankheiten. Gustav Fischer Verlag, Jena 1985.

SCHMIDT, V.: Augenkrankheiten der Haustiere. Gustav Fischer Verlag, Jena 1988.

SCHWARK, H.-J.: Pferdezucht. Deutscher Landwirtschaftsverlag, Berlin 1984.

SCHUBERT, R.: Erfahrungen, Ergebnisse, Entwicklungen. Schriftenreihe d. Lehrgangsrichtung f. Fütterungsberatung Remderoda, Heft 9: Pferdeernährung. 1986.

STASHAK, T.S.: Adams Lahmheit bei Pferden. Verlag M. u. H. Schaper, Alfeld-Hannover 1989.

STASHAK, T.S.: Wundbehandlung bei Pferden. Verlag M. u. H. Schaper, Alfeld-Hannover 1992.

THEIN, P. (Hrsg.): Handbuch Pferd. BLV Verlagsgesellschaft, München, Wien, Zürich 1995, 5. Aufl.

WIESNER, E.: Ernährungsschäden der landwirtschaftlichen Nutztiere. Gustav Fischer Verlag, Jena 1967.

WINTZER, H.J.: Krankheiten des Pferdes. Verlag Paul Parey, Berlin 1997.

Register

Fett gedruckte Seitenzahlen verweisen auf Abbildungen.

Bildquellen

Walter Busch, Berlin: Foto Nr. 127.
Chirurg. Tierklink der Humboldt-Universität, Berlin: Foto Nr. 46, 48, 52, 53, 54, 56, 58, 59, 60, 62, 64, 65, 68, 70, 71, 74, 77, 82, 83, 84, 89, 90, 92, 99-102, 104, 105, 109-111, 114, 126, 128, 131, 133, 139, 142, 143, 144, 146, 147, 149-152, 160-162, 164, 166, 167, 180, 182, 184, 185, 187-190, 192, 193, 211.
Heinz Gerber, CH-Bern: Foto Nr. 103.
Peter Launer, Zaschendorf: Foto Nr. 7, 11-18, 20-23, 25-37, 43-45, 47, 49, 50, 55, 57, 61, 63, 66, 67, 69, 72, 73, 75, 76, 78-81, 85-88, 93-98, 106-108, 112, 113, 115-125, 129, 130, 132, 135, 138-141, 145, 147, 148, 153-159, 163, 165, 172, 173, 174, 179, 181, 191, 194, 195.
Christian Petzold, Dresden: Foto Nr. 137.
Wilfried Richter, Berlin: Foto Nr. 2, 4, 6, 22, 24, 91, 134, 136, 203-210.
Vera Schmidt, Leipzig: Foto Nr. 175-178, 185, 186.
Albrecht Uhlig, Medizinische Tierklinik der Universität Leipzig: Foto Nr. 38-42.
Bernd Urban, Berlin: Foto Nr. 1, 3, 5, 8-10, 19, 51, 168-171, 182, 183, 196-202.

Die Zeichnungen fertigte Siegfried Lokau, Wattenscheid, nach Angaben der Autoren.